Tip des Monats

3 Romane in einem Band

Johanna Lindsey

Wildes Liebesglück
Paradies der Leidenschaft
Auf den Wogen der Leidenschaft

WILHELM HEYNE VERLAG
MÜNCHEN

HEYNE TIP DES MONATS
Nr. 23/34

Titel der amerikanischen Originalausgabe
FIRES OF WINTER/Wildes Liebesglück
Deutsche Übersetzung von Uschi Gnade

Titel der amerikanischen Originalausgabe
PARADISE WILD/Paradies der Leidenschaft
Deutsche Übersetzung von Uschi Gnade

Titel der amerikanischen Originalausgabe
A PIRATE'S LOVE
Deutsche Übersetzung von Hans-Erich Stroehmer

4. Auflage

Inhalt

Wildes Liebesglück

Paradies der Leidenschaft

Auf den Wogen der Leidenschaft

Wildes Liebesglück

1

Wenige Meilen von der walisischen Westküste und zur Linken von Anglesey Island war ein kleines Dorf in eine winzige Rodung eingenistet. Auf einem steilen Hügel, der über das Dorf hinausschaute, stand ein eindrucksvolles Gut. Das graue Steingebäude blickte auf das Dorf herab, fast wie eine Mutter, die besorgt über ihr Kind wacht.

Das Dorf sonnte sich in der verschwenderischen Wärme der Mittsommersonne. Nicht so das Gut auf dem Hügel, das kalt und abweisend blieb, selbst wenn die Sonne auf seine strengen grauen Mauern traf. Die Reisenden, die hier vorbeizogen, gewannen meist den Eindruck von Kälte. Auch heute war es nicht anders.

Ein Fremder fand langsam seinen Weg zur Dorfmitte, wobei er das Gut wachsam im Auge behielt. Aber schon bald lenkte die Geschäftigkeit um ihn herum die Aufmerksamkeit des großgewachsenen Neuankömmlings von der schützenden Mutter auf dem Hügel ab. Allmählich wich sein Unbehagen, und an seine Stelle trat das Gefühl, daß er auf dem besten Weg war, längst überfällige Freuden zu finden. Mehr als einmal drehte er sich im Kreis und genoß die friedliche Stille, den Anblick der dicht gedrängten Häuschen, der Kinder, die herumtollten und ihre unschuldigen Spiele spielten, und der Frauen. Ah, diese Frauen . . . Geschwind hatte er fünf oder sechs entdeckt, die ganz nach seinem Geschmack waren. Sie bemerkten ihn noch nicht einmal, während sie ihren alltäglichen Besorgungen nachgingen.

Der Fremde, dessen Hosen gesäumt, aber jämmerlich fadenscheinig waren und dem ein verfilzter Wolfspelz als Mantel diente, konnte kaum seinen Augen glauben. Kein Mann war zu sehen, kein einziger Mann. Und diese Frauen, gleich so viele und in jedem Alter! Sollte er etwa über ein altertümliches Amazonendorf gestolpert sein? Aber nein, es gab ja Kinder hier, Knaben und Mädchen. Die Männer mußten irgendwo im Osten auf den Feldern arbeiten, denn auf dem Weg hatte er nicht einen einzigen getroffen.

»Kann ich Euch helfen, Herr?«

Verblüfft wirbelte der Fremde herum und sah sich einem neugierig lächelnden Mädchen gegenüber, das nicht mehr als sechzehn Lenze gesehen haben konnte. Sie war ganz nach seinem Geschmack. Ihr flachsfarbenes Haar war säuberlich geflochten, und ihre großen grünen Augen saßen in einem unschuldigen Engelsgesicht. Seine Augen glitten tiefer, aber nur eine Sekunde lang, damit sie nicht hinter seine Absichten käme. Aber in dem Moment, in dem er ihre überreifen Brüste sah, die sich deutlich unter ihrem braunen Gewand abzeichneten, dann ihre prallen, stämmigen Hüften, begannen seine Lenden zu schmerzen.

Als der Fremde nicht antwortete, sprach das Mädchen unbefangen weiter. »Es ist viele Monate her, seit ein Wanderer bei uns vorbeigekommen ist – keiner, seit die letzten von Anglesey Island auf ihrer Suche nach einer neuen Heimat durchreisten. Kommt Ihr auch von Anglesey?«

»Ja, dort ist es nicht mehr, wie es einst war«, antwortete er schließlich. Oh, er hätte so viel von seinem Kummer erzählen können, wenn er dazu aufgelegt gewesen wäre, aber wenn es nach ihm ging, würde sie bald genug selbst Kummer haben, und es war auch kein mitfühlendes Ohr, dessen er bedurfte. »Wo sind die Männer des Dorfes? Ich habe noch nicht einmal einen alten Mann erspäht, der seine Zeit vertrödelt.«

Das Mädchen lächelte betrübt. »Vor zwei Wintern hat das Fieber die Alten hinweggerafft. Viele Junge und Alte sind in diesem Jahr gestorben.« Dann hellte sich ihr Lächeln auf. »Heute morgen wurde ein wilder Keiler entdeckt, und die restlichen Männer jagen ihm nach. Heute nacht wird es einen Festschmaus geben, und Ihr seid herzlich dazu eingeladen.«

Die Neugier veranlaßte den Mann, zu fragen: »Aber müssen denn keine Felder bestellt werden? Oder ist ein wilder Keiler wichtiger?«

Das Mädchen kicherte unverhohlen. »Ihr seid wohl ein Mann von der See, denn sonst wüßtet ihr, daß man im Frühling sät und im Herbst erntet und zwischendurch wenig zu tun hat.«

Er legte seine hagere Stirn in Falten. »Dann erwartet ihr die Männer bald zurück?«

»O nein. Nicht, wenn es sich vermeiden läßt«, erwiderte sie lachend. »Sie werden die Jagd hinauszögern, um sie mehr zu genießen. So nah kommt ein Keiler nicht oft.«

Die Züge des Mannes entspannten sich, und seine schmalen Lippen verzogen sich zu einem Lächeln. »Wie heißt du, mein Kind?«

»Enid«, antwortete sie unbefangen.

»Hast du einen Gemahl, Enid?«

Sie errötete reizend und senkte den Blick. »Nein, Herr, ich lebe noch bei meinem Vater.«

»Und der ist mit den anderen fort?«

Ihre grünen Augen leuchteten wieder vor Lachen. »Der würde sich niemals eine Jagd entgehen lassen.«

Das ist zu schön, um wahr zu sein, dachte der Mann beglückt, ehe er weitersprach. »Ich bin weit gereist, und die Morgensonne ist so warm, Enid. Darf ich mich ein Weilchen in eurem Haus ausruhen?«

Zum erstenmal sah sie nervös aus. »Ich – ich weiß nicht . . .«

»Nur für ein paar Minuten, Enid«, setzte er eilig hinzu.

Sie dachte einen Augenblick lang nach. »Ich bin sicher, daß mein Vater nichts dagegen hätte«, antwortete sie dann und ging ihm voran.

Das Haus, in das sie eintraten, war winzig klein. Es enthielt einen winzigen Raum mit einer behelfsmäßigen Wand, die zwei Schlafmatten voneinander trennte, die in einer Ecke auf dem Erdboden lagen. Ein geschwärzter Steinofen nahm eine Wand ein, zwei unbearbeitete Stühle und ein Tisch standen davor. Zwei hervorragend gearbeitete Kelche, in die Halbedelsteine eingesetzt waren, standen auf dem Tisch. Sie zogen den Blick des Mannes auf sich. Sie waren ein kleines Vermögen wert. Er konnte nicht verstehen, wie sie ihren Weg in diese bescheidene Hütte gefunden hatten.

Enid beobachtete den Mann neugierig, als er die Gaben beäugte, die sie vom Gutsherrn für die Dienste erhalten hatte, die sie ihm mit Freuden erwiesen hatte. Der große Fremde war nicht hübsch, aber er war auch nicht abstoßend. Und obwohl er augenscheinlich wenig besaß, hatte er einen starken Rücken und würde sich als Gemahl nicht schlecht eignen. Sie hatte kaum die Möglichkeit, unter ihren eigenen Leuten einen Mann zu finden, weil alle, die in Frage kamen, ihre Reize schon gekostet hatten. Und obwohl es ihr an nichts fehlte, würde sie keiner zur Frau nehmen, weil jeder wußte, daß auch seine Freunde schon ihre Gunst genossen hatten.

Enid lächelte vor sich hin, während sie Pläne schmiedete. Nach seiner Rückkehr würde sie ihrem Vater den Plan unterbreiten. Er würde ihren Vorschlag wohlwollend aufnehmen, denn er sehnte sich nach einem Schwiegersohn, der ihm in den Feldern helfen könnte. Gemeinsam würden sie den Fremden beschwatzen, eine Zeitlang zu bleiben. Dann würde Enid ihre List ausspielen, um dem Mann einen Heiratsantrag zu entlocken. Diesmal kam erst die Heirat und dann das Spiel. Sie würde ihrer langen Liste keinen weiteren Fehler hinzufügen.

»Mögt Ihr ein Bier gegen Euren Durst, mein Herr?« fragte sie süßlich und zog die Aufmerksamkeit des Mannes wieder auf sich.

»Ja, das wäre mir äußerst willkommen«, antwortete er und wartete geduldig, bis sie ihm den Becher in die Hände drückte.

Der Mann blickte nervös auf die offene Pforte, und als er sah, daß eine Strohtür an der Wand lehnte, trank er eilig sein Bier aus. Wortlos hob er die Tür in ihre Angeln und sperrte die Morgensonne aus. Diese Tür diente nicht zum Schutz, aber sie diente seinen Zwecken, indem sie neugierige Blicke abhielt.

»Das wird ein heißer Morgen«, erklärte er sein Verhalten, und das Mädchen nahm es hin, ohne sich auch nur im geringsten zu fürchten.

»Wollt Ihr etwas essen, Herr? Ich könnte Euch schnell etwas richten.«

»Ja, du bist nett«, antwortete er und lächelte dankbar mit seinen schmalen Lippen. Aber sich selbst gestand er ein, daß das Essen warten konnte. Seine Lenden konnten es nicht.

Das Mädchen wandte ihm den Rücken zu und ging zum Herd. In dem Moment zog er ein Messer unter seiner Tunika hervor und schlich sich verstohlen hinter sie. Enids Körper wurde steif, als das Messer ihre Kehle berührte und der Mann seine Brust gegen ihren Rücken preßte. Sie fürchtete nicht um ihren Körper, wie es den meisten Mädchen in ihrem Alter ergangen wäre, sondern um ihr Leben.

»Schrei nicht, Enid, sonst muß ich dir weh tun«, sagte der Mann und wölbte eine Hand über ihre üppige Brust. »Und jedem anderen, der dir zur Hilfe käme, auch. Ich will nur ein kleines Techtelmechtel.«

Enid unterdrückte ein Schluchzen, als sie sah, wie ihre Pläne sich bei seinen Worten in Luft auflösten. Der Traum vom Ehemann war kurzlebig gewesen.

Im Süden des Dorfes humpelte eine einsame Gestalt unter den Bäumen heran und schimpfte vor sich hin. Das Pferd, das seinen Reiter längst abgeworfen hatte, war nirgends mehr zu sehen, aber der Jüngling drehte sich immer noch laut fluchend mit erhobener Faust nach ihm um.

»Ehe ich dich wieder aufnehme, kommt ein kalter Tag, du verzärtelter Klepper!«

Der Stolz war mehr verletzt als das Hinterteil, auf dem der Reiter gelandet war, und mit den Händen auf den betroffenen Stellen setzte der Jüngling seinen Weg zum Dorf fort. Voller Vorfreude, sich bald ausruhen zu können, reckte der Jüngling seinen Kopf stolz in die Luft und hielt den neugierigen Blicken der Dorfbewohner stand.

Eine Frau ging ihm entgegen, und ohne die naheliegende Frage nach dem Verbleib seines Pferdes zu stellen, sagte sie: »Wir haben einen Besucher, Bren. Enid hat ihn willkommen geheißen.«

Kühle graue Augen wandten sich zu Enids Hütte und wieder zu der Frau. »Warum diese Heimlichkeit?«

Die Frau lächelte wissend. »Du kennst doch Enid.«

»Ja, aber sie erweist keinem Fremden ihre Gunst.«

Ohne ein weiteres Wort legte der Jüngling die kurze Entfernung zu Enids Hütte zurück und schob die Tür beiseite. Nach ein paar Sekunden hatten sich die silbergrauen Augen an die Dunkelheit gewöhnt, und dann fielen sie auf das Paar in der Ecke, das ihr Eindringen nicht bemerkt hatte. Der Fremde hatte Enid bestiegen und warf seine schmalen Hüften umher wie ein brunftiger Keiler.

Im ersten Moment beobachteten die grauen Augen fasziniert die Paarung der zwei Geschöpfe, das tiefe Eintauchen des Mannes zwischen die gespreizten Schenkel des Weibes, und er lauschte dem Stöhnen, das aus der Ecke kam. Aber dann blitzte das Silber auf, und die Augen des Jünglings wurden düster, als er das Messer in der Hand des Fremden sah.

Ohne auch nur eine Sekunde nachzudenken, durchquerte der Jüngling mit zielbewußten Schritten und erhobenem Schwert den Raum und schnitt dem Fremden geschickt in den Rücken. Ein Schreckensschrei hallte durch die Hütte. Der Mann sprang von der hingekauerten Enid und wich vor seinem Angreifer zurück.

Enid keuchte, als sie sah, warum der Fremde aufgesprungen war. »Ben, was machst du denn hier?«

Der Jüngling stand mit gespreizten Beinen da und antwortete ohne jede Gefühlsregung: »Wohl doch ein Glück, daß der Klepper, den ich Willow nenne, mich abgeworfen hat. Sonst wäre ich zu spät gekommen, um Gerechtigkeit zu üben. Er hat dich gezwungen, nicht wahr?«

»Ja«, antwortete Enid und schluchzte so sehr vor Erleichterung, daß ihr Körper bebte.

13

»Das Mädchen war keine Jungfrau!« platzte der Fremde zornig heraus und wölbte beide Hände über seine blutende Rückseite.

Das konnte nicht der Vater des Mädchens sein, sondern irgendein Knabe, und seiner hohen Tonlage nach zu urteilen, ein sehr junger Knabe. Aus dem Dorf konnte er auch nicht stammen, denn der Reichtum des Jünglings ging klar aus seinem üppig bestickten Mantel hervor, der eine silberne Tunika bedeckte, die es mit den zornigen Augen ihres Trägers aufnehmen konnte. Das Schwert glich keinem anderen, das er je gesehen hatte – gewiß ein Pallasch, aber außergewöhnlich dünn und leicht, und sein Knauf war mit blau und rot funkelnden Juwelen übersät.

»Daß sie keine Jungfrau war, hat Euch nicht das Recht gegeben, sie zu nehmen. Es ist bekannt, daß Enid großzügig mit ihren Gunstbezeigungen umgeht«, sagte der Jüngling und fügte dann leiser hinzu: »Aber nur bei Männern ihrer Wahl. Sie hat Euch willkommen geheißen, und Ihr habt es ihr auf diese unsägliche Weise zurückgezahlt. Welche Strafe soll er haben, Enid? Soll ich ihm den Kopf abschlagen und ihn dir zu Füßen legen? Oder vielleicht dieses verschrumpelte Organ, das noch vor einem Moment so stolz gestanden hat?«

Der Mann war außer sich vor Zorn. »Dafür werde ich dir das Herz rausschneiden, Knabe!«

Gekicher stieg über der Weiberschar auf, die sich auf den Schrei hin an der Tür gesammelt hatte. Das Gesicht des nackten Mannes lief blau an vor Wut. Um noch mehr zu seiner Erniedrigung beizutragen, fiel der Jüngling selbst kichernd in das Gelächter der anderen ein.

Dann sagte Enid zur allgemeinen Überraschung empört: »Du solltest dich nicht über ihn lustig machen, Bren.«

Das Gelächter verstummte, und der Jüngling warf ihr einen verächtlichen Blick zu. »Wieso, Enid? Der Fremde glaubt offensichtlich, es mit mir aufnehmen zu können. Mit mir, wo ich doch meinen ersten wilden Keiler erlegt habe, als ich neun war, und fünf unwürdige Straßenkehrer mit meinem Vater getötet habe, als sie unserem Dorf Schaden zufügen wollten. Mit mir, wo ich doch eifrig auf den Ernst der Kriegführung vorbereitet wurde. Dieser Wüstling glaubt, daß er mir das Herz mit diesem Spielzeug in seiner Hand herausschneiden kann. Seht ihn doch an! Groß mag er ja sein, aber er ist nichts als ein jämmerlicher Feigling.«

Diese letzte Beleidigung entlockte dem Mann ein Wutgeheul. Mit dem Messer in der Hand und erhobenem Arm sprang er nach vorn und hatte die Absicht, seine früher ausgestoßene Drohung in die Tat umzusetzen. Aber der Jüngling hatte nicht zu Unrecht geprahlt. Mit einer geschmeidigen Wendung trat er zu Seite, mit einer leichten Drehung seines Armes zog er eine lange Blutstrieme über die Brust des Mannes. Dem folgte ein Fußtritt mit seinem Stiefel in den bereits purpurnen Hintern des Fremden.

»Vielleicht ist er kein Feigling, aber ganz bestimmt ein ungeschickter Tölpel«, spottete der Jüngling, als der Mann an die entgegengesetzte Wand flog. »Habt Ihr nun genug, Vergewaltiger?«

Dem Mann fiel das Messer aus der Hand, als er an die Wand stieß, aber er hob es schnell auf und griff wieder an. Diesmal ritzte die Schneide des Jünglings gewandt von links nach rechts, und der Mann sah wutentbrannt auf das perfekt geformte X auf seinem Brustkasten. Die Wunden waren nicht tief, aber es reichte aus, um seinen Brustkasten und seinen Unterleib mit seinem eigenen klebrigen Blut zu bedecken.

»Du fügst nur Kratzer zu, Junge«, knurrte der Mann. »Meine Klinge mag zwar klein sein, aber sie wird dir den Todesstoß versetzen.«

Da die Gegner jetzt nur dreißig Zentimeter voneinander entfernt standen, sah der Mann seine Chance und zielte flink nach der weißen Gurgel seines Antagonisten. Aber der andere trat mit der Leichtigkeit eines Matadors, der einem angreifenden Stier aus dem Weg springt, zur Seite. Das Messer des Mannes zerteilte die Luft, und eine Sekunde später wurde es ihm mit einem kraftvollen Hieb aus der Hand geschlagen und fiel klappernd zu Boden, außerhalb seiner Reichweite.

Der Fremde schaute Enid an, die mitleidlos zurückschaute. »Du Narr! Bren hat doch nur gespielt.«

Er erkannte die Wahrheit ihrer Worte und erbleichte sichtlich. Und obwohl es ihn brennend ärgerte, daß ausgerechnet ein Knabe ihn in die Enge getrieben hatte, fürchtete er jetzt um sein Leben. Er sah dem Knaben ins Gesicht und betete, der Todesstoß möge schnell kommen.

In den kalten grauen Augen, die ihn betrachteten, stand keine Gnade, und das Lachen, das aus den weichen sinnlichen Lippen dang, ließ ihm das Blut gefrieren.

»Wie nennt man Euch?«

»Donald – Donald Gillie«, antwortete er schnell.

»Und wo kommt Ihr her?«

»Aus Anglesey.«

Bei der Erwähnung dieses Namens verengten sich die grauen Augen. »Wart Ihr letztes Jahr dort, als die verfluchten Wikinger Holyhead Island überfallen haben?«

»Ei, es war entsetzlich, ein solches Gemetzel mit anzusehen und . . .«

»Schweigt! Ich habe Euch nicht um einen Bericht darüber gebeten, was diese Schurken getan haben. Wisset eins, Donald Gillie! Euer Leben liegt in den Händen dieser Maid.« Der Jüngling wandte sich an Enid. »Was soll es sein? Soll ich seine Tage des Schändens hier und jetzt beenden?«

»Nein!« stieß Enid keuchend hervor.

»Soll ich ihn dann für das, was er dir angetan hat, verstümmeln? Einen Arm abschneiden? Ein Bein?«

»Nein! Nein, Bren!«

»Er soll gerichtet werden, Enid!« fauchte der Jüngling ungeduldig. »Ich übe mehr Nachsicht als mein Vater. Hätte Lord Angus ihn brunftig zwischen deinen Beinen vorgefunden, so hätte er ihn auf einen Pfahl gespießt und ihn den Wölfen überlassen. Ich habe mit ihm gespielt, ja, aber sein Vergehen habe ich mit eigenen Augen gesehen, und er wird dafür zahlen.«

Enid sah sich mit großen, furchtsamen Augen um. Donald Gillie stand mit hängenden Schultern da und erwartete sein Schicksal. Die glatte Stirn des Jünglings legte sich gedankenvoll in Falten. Dann leuchteten die grauen Augen auf.

»Jetzt habe ich es. Willst du den Mann zum Gemahl nehmen, Enid?«

Es dauerte nicht lang, bis sie kaum hörbar flüsterte: »Ja.«

»Seid Ihr damit einverstanden, Donald Gillie?« Graue Augen durchbohrten in scharf.

Der Mann hob den Kopf. »Ja, das will ich!« versicherte er eilfertig.

»So sei es denn – ihr sollt verheiratet werden«, sprach der Jüngling in einem Ton, der keinen Widerspruch duldete. »Da habt Ihr ein gutes Geschäft gemacht, Donald Gillie. Aber eins müßt Ihr wissen. Ihr könnt nicht heute ja und morgen nein sagen. Laßt mich nicht bereuen, daß ich Euch so leicht habe davonkommen lassen. Wenn Enid ein Leid widerfährt oder wenn Ihr vorhabt, sie zu verlassen, wird es kein Loch geben, das tief genug ist, um Euch zu verbergen. Denn ich werde Euch finden, und diesen Fehler würdet Ihr mit Eurem Leben büßen.«

Der Mann konnte seine Freude über diese leichte Strafe kaum für sich behalten. »Ich werde dem Mädchen kein Leid antun.«

»Gut«, antwortete der Jüngling barsch, dann wandte er sich zur Tür und rief: »Fort mit euch, ihr Weiber! Für heute habt ihr genug Unterhaltung gehabt. Laßt die zwei allein, damit sie einander kennenlernen können.« Er wandte sich wieder um und sagte: »Enid, wasch ihn schnell, ehe dein Vater zurückkehrt. Du wirst dem guten Mann ohnehin viel erklären müssen.«

»Euer eigener Vater hat wahrhaft einen barmherzigen Sohn aufgezogen, mein Gebieter«, antwortete Donald Gillie.

Der Jüngling lachte herzlich. »Mein Vater hat keinen Sohn.«

Donald Gillie sah der entschwindenden Gestalt nach und wandte sich dann an Enid. »Was hat er damit gemeint?«

»Das war kein er.« Sie lachte über seine Verwirrung. »Die Lady Brenna war es, die dein Leben geschont hat.«

2

Brenna schwang die schwere Tür aus massiver Eiche auf und ließ die Mittagssonne in die verdunkelte Eingangshalle des Gutes ein. Die Halle war leer, aber aus dem großen Empfangszimmer zur Rechten drangen Stimmen durch die doppelten Türen. Brenna konnte hören, wie ihre Stiefschwester Cordella mit dem Koch besprach, was es zum Abendessen geben würde.

Cordella war der letzte Mensch, den Brenna jetzt hätte sehen mögen. Sie fühlte sich von ihrem Sturz geschwächt, und es ging ihr nicht gut.

Da Brenna es gewohnt war, fröhlich durch die Halle zu tollen, fiel es ihr reichlich schwer, sich plötzlich im Schneckentempo bewegen zu müssen. Sie fühlte sich, als täte ihr jeder einzelne Muskel in ihrem unteren Bereich weh, und das kurze Gerangel mit dem Fremdling, Donald Gillie, hatte ihr auch nicht gutgetan. Es hatte sie viel Kraft gekostet, nicht bei jeder Bewegung, die sie in Enids Hütte gemacht hatte, zusammenzuzucken, aber ihr starker Wille hatte verhindert, daß sich der Schmerz auf ihrem zarten Gesicht zeigte.

Ha! Der Fremde hatte sie für einen Knaben gehalten. Das hatte ihrem Ego geschmeichelt. War das nicht die Wirkung, die sie erzielen wollte? In jenen fünf Minuten war sie wahrhaft der Sohn ihres Vaters gewesen, nicht nur das Wesen mit dem Herz eines

Knaben, das in einem lästigen, schwerfälligen Frauenkörper steckte. Angus wäre ebenso stolz auf sie gewesen wie sie selbst.

Abrupt wandte sie sich um und stieg die breite Treppe hinauf, die zu dem Labyrinth von Hallen im zweiten Stock führte. Ein Fremder würde sich dort verlaufen, denn das Gutshaus war so gebaut, als hätten zwei Bauherren unabhängig voneinander an entgegengesetzten Seiten begonnen und erfolglos versucht, sich in der Mitte zu treffen. Angus' Vater hatte das Haus dergestalt gebaut, weil es ihm Spaß machte, seine Gäste zu verwirren. Angus war schon ein junger Mann gewesen, als das Gut fertiggestellt worden war, denn es hatte zwei Jahrzehnte gedauert, eine solche Ansammlung von Irrgärten anzulegen.

Der erste Stock des Gutshauses unterschied sich nicht von vergleichbaren Gebäuden, aber im zweiten Stock befanden sich neun separate Wohnungen, zu denen jeweils ein eigener, privater Gang führte.

Brenna wandte sich in der ersten Halle nach rechts und ging an der Tür vorbei, die zum Gemach ihres Vaters führte. Er lag jetzt gewiß im Bett, denn er war vor einer Woche krank geworden und noch nicht genesen. Sie erwog, ihm von dem Spaß mit dem Fremden zu erzählen. Vielleicht später – als erstes brauchte sie ein Bad.

Brenna betrat den Gang, der zu den Räumen von Cordella und deren Mann führte. Links lagen ihre eigenen Gemächer, die zur Vorderseite des Hauses gingen. Sie bewohnte ein Eckzimmer, das durch zwei Fenster viel Licht einließ. Da sie erst siebzehn Lenze zählte, machte ihr der lange Weg zu ihrer Kammer nichts aus, es sei denn an einem Tag wie heute, wo ihr jeder Schritt Mühe bereitete.

Brenna hätte aufschreien können vor Erleichterung, als sie endlich ihre Tür öffnete und nur noch stehenblieb, um nach Alane zu rufen, ihrer Dienerin. Sie öffnete langsam die Tür und humpelte auf ihr Bett zu, während sie ihren Mantel auszog, der ihr prächtiges, langes Haar verbarg, wenn sie ausging. Ihr langes Haar. Das war das einzige, was nicht zu dem Eindruck paßte, den sie hervorrufen wollte. Ihr Vater verbot ihr, es abzuschneiden, also versteckte sie es. Sie haßte dieses augenscheinliche Symbol ihrer Weiblichkeit.

Ehe Brenna auf die Kissen zurückfiel, kam Alane aus ihrer eigenen Kammer, die um die Ecke lag, in den Raum geeilt. Alane hatte die Blüte der Jahre überschritten, aber das machte sich nicht übermäßig bemerkbar. Ihr rotes Haar verriet ihre schottischen Vorfahren. Einst war es karottenrot gewesen, aber jetzt war es von einem stumpfen Gelborange. Ihre dunkelblauen Augen blitzten immer noch jugendlich. Sie war nicht mehr so lebhaft wie früher und war während der Wintermonate häufigen, langwierigen Krankheiten ausgesetzt. Dann wurde Brenna zur Dienerin und pflegte Alane.

»O Brenna, mein Kind!« sagte Alane atemlos und hielt sich eine schmale Hand auf den Brustkorb. »Ich bin ja so froh, daß du rechtzeitig zurückgekommen bist. Dein Vater bekommt immer seine Anfälle, wenn du deine Stunden bei Wyndham verpaßt. Jetzt ist es vorbei damit, daß du dich anziehst wie ein Sohn. Es ist an der Zeit, daß du dich als die Tochter kleidest, die du bist. Als Boyd uns die Neuigkeiten von dem Keiler brachte, habe ich schon gefürchtet du könntest nicht rechtzeitig zurückkehren.«

»Dieser verfluchte Wyndham und seine Landsleute!« fauchte Brenna erschöpft. »Und dann auch noch dieser verfluchte Keiler!«

»Haben wir aber wieder gute Laune heute!« sagte Alane kichernd.

»Nicht wir, sondern ich!«

»Wie bist du denn zu dieser Laune gekommen?«

Brenna setzte sich auf, wimmerte und legte sich wieder hin.

»Willow, diese schwangere Kuh! Jetzt habe ich diesen Klepper so gut trainiert, und sie besitzt die Unverschämtheit, sich von einem Karnickel erschrecken zu lassen. Von einem Karnickel! Das verzeihe ich ihr nie!«

Alane kicherte. »Ich nehme an, das temperamentvolle Füllen hat dich vom Sockel gekippt, und dein Stolz hat einen kleinen Knacks gekriegt.«

»Schweig, Frau! Dein Geplapper kann ich nicht gebrauchen. Ich brauche ein Bad – ein heißes, um meine schmerzenden Knochen einzuweichen.«

»Das wird aber ein schnelles Bad werden, meine Liebe«, antwortete Alane, ohne sich angegriffen zu fühlen. Sie war die aufbrausende Art ihrer Herrin gewohnt. »Wyndham erwartet dich bald.«

»Wyndham kann warten!«

Das geräumige Empfangszimmer, in dem Brenna jeden Nachmittag mit Wyndham zusammentraf, lag in dem unteren Stockwerk. Seit fast einem Jahr ging das jetzt schon so, seit die blutrünstigen Heiden aus dem Norden gekommen waren und Holyhead Island überfallen hatten. Das war im Jahre 850 gewesen. Brenna ließ die verhaßten Lektionen über sich ergehen, weil sie keine andere Wahl hatte. Sie lernte, was man ihr beibrachte, aber nur, um es für ihre eigenen Zwecke zu nutzen, und nicht, weil Angus es angeordnet hatte.

Als sie in den Raum trat, stand Wyndham auf. Ein finsterer Blick verdunkelte sein freundliches Gesicht. »Ihr kommt zu spät, Lady Brenna.«

Brenna war in ein Gewand aus meergrüner Seide gehüllt. Es paßte gut zu ihrem rabenschwarzen Haar, das ihr lose über den schmucken Rücken fiel. Sie lächelte süß. »Ihr müßt mir vergeben, Wyndham. Es bekümmert mich, daß ich Euch habe warten lassen, wo Ihr doch gewiß Wichtigeres zu tun habt.«

Die Züge des großen Norwegers wurden sanft, und er sah überallhin, außer zu Brenna, als er sagte: »Unsinn! Nichts ist wichtiger, als Euch auf Euer neues Leben und Heim vorzubereiten.«

»Dann fangen wir doch gleich an, um die verlorene Zeit aufzuholen.«

Man mußte Brenna zugestehen, daß sie eine Dame sein konnte, wenn es die Situation erforderte. Ihre Tante Linnet hatte sich dessen angenommen. Brenna konnte charmant und anmutig sein und ihre List für ihre Zwecke gebrauchen. Sie griff nicht oft auf diese weiblichen Listen zurück, aber wenn sie es tat, war jeder Mann verloren.

Das Bad hatte geholfen, aber nicht genug, um ihr die Leichtigkeit ihrer Bewegungen zurückzugeben. Brenna ging langsam auf einen der vier thronartigen Stühle zu, die vor dem großen Kamin standen, und setzte sich zu Wyndham. Er begann dort, wo sie am Vortag aufgehört hatten – bei der norwegischen Mythologie. Er sprach jetzt norwegisch, was Brenna keine Schwierigkeiten bereitete, weil Wyndham ihr als allererstes jene Sprache beigebracht hatte.

War es wirklich weniger als ein Jahr her, seit sie die Neuigkeiten von Holyhead Island erhalten hatten? Es kam ihr viel länger vor. Die Geschichte hatte jedermann erschreckt und in Todesangst versetzt. Zwei Tage später hatte Angus nach Brenna schicken lassen und ihr die Lösung der mißlichen Lage unterbreitet.

Brenna war noch nicht einmal bewußt gewesen, daß die Lage brenzlig war.

Die Zusammenkunft stand ihr noch klar vor Augen. Die Szene verfolgte sie häufig im Traum. In eben diesem Zimmer hatte ihr Vater gesessen. Er war in angemessenes Schwarz gekleidet – in Schwarz, die Farbe des Verhängnisses. Die schwarze Tunika war so dunkel wie seine schulterlangen Haare und so düster wie seine Augen – Angus Carmarhams Augen, die gewöhnlich klar und außerordentlich strahlend waren für einen Mann von fünf Jahrzehnten. An jenem Tag waren seine Augen die eines alten Mannes gewesen.

Brenna war gerade von ihrem Morgenritt auf Willow zurückgekehrt, als die Aufforderung sie erreichte. Sie war als Knabe herausgeputzt und trug eine taubengraue Tunika und einen kurzen Mantel aus silbernem Garn, eine schöne Hose aus weicher Hirschhaut und Stiefel aus feinstem spanischen Leder. Ihr Schwert baumelte von ihrer Hüfte, aber sie legte es ab, ehe sie sich ihrem Vater gegenüber in den hochlehnigen Samtstuhl setzte.

»Du wirst einen Norwegerhäuptling heiraten, meine Tochter«, waren Lord Angus' erste Worte.

»Und ich werde ihm zwanzig edle Söhne gebären, die dann kommen und unsere Küsten überfallen werden«, antwortete Brenna.

Angus lachte nicht über ihren Scherz, und sein nüchterner Blick ließ ihr das Blut gefrieren. Sie hielt sich an den Stuhllehnen fest und wartete gespannt darauf, daß er seine Aussage widerrufen würde.

Er seufzte müde auf, als hätten ihn soeben all seine Jahre und noch mehr eingeholt. »Vielleicht werden sie unsere Küste überfallen, aber uns nicht.«

Brenna sah ihn besorgt an. »Was hast du getan, Vater?«

»Der Bote hat sich gestern auf den Weg gemacht. Er reist nach Norwegen, um einen Pakt mit den Wikingern zu schließen . . .

Brenna sprang auf. »Mit den Wikingern, die Holyhead Island angegriffen haben?«

»Nein, nicht unbedingt mit den gleichen. Der Mann wird sich nach einem Häuptling umsehen, der dich zur Frau nehmen will. Nach einem mächtigen Mann.«

»Du würdest mich verschachern?« beschuldigte Brenna ihren Vater und sah mit weit aufgerissenen grauen Augen auf ihn nieder. Zum erstenmal in ihrem Leben hatte sie das Gefühl, diesen Mann, der sie gezeugt hatte, nicht zu kennen.

»Du wirst nicht verschachert, Brenna«, sagte Lord Angus aus Überzeugung und empfand bei allem, was ihm heilig war, daß er sich korrekt verhalten hatte, so schmerzlich es auch für ihn war.

»Der Mann wird diskret vorgehen. Ich habe Fergus ausgesandt. Der ist diplomatisch. Er wird Erkundigungen einholen. Er wird einen mächtigen Mann finden, der noch nicht verheiratet ist, und ihm das Angebot unterbreiten. Du wirst nicht verschachert. Fergus ist beauftragt, nur einen zu fragen. Wenn er kein Glück hat, wird er zurückkehren. Das war es dann. Aber der Himmel steh uns bei, wenn er ohne den Namen deines zukünftigen Gemahls zurückkehrt.«

Brenna sah rot, blutrot. »Wie konntest du mir das antun?«

»Es geht nicht anders, Brenna.«

»Doch, es geht schon!« stieß sie hervor. »Wir sind viele Meilen von der Küste entfernt. Wir haben nichts zu befürchten.«

»Die Wikinger werden mit jedem Jahr stärker«, ersuchte Angus zu erklären. »Die ersten Nachrichten über ihre Verwegenheit trafen bei uns ein, ehe ich geboren wurde. Sie haben das Land uns gegenüber erobert. Unsere Brüder im Norden dienen ihnen, im Osten Britanniens, wo sie sich niedergelassen haben. Und jetzt sind sie an unseren Küsten angelangt. Es ist nur noch eine Frage der Zeit, bis sie ins Inland einfallen werden – vielleicht im kommenden Jahr. Willst du unser Dorf verwüstet zu ihren Füßen liegen sehen? Unsere Männer tot, die Frauen zu Sklavinnen gemacht?«

»Dahin käme es nicht!« rief sie. »Du bist ein gewandter Krieger. Du hast mich in den gleichen Künsten trainiert. Wir können sie bekämpfen, Vater – du und ich!«

»Ah, Brenna, meine Brenna«, seufzte er. »Ich bin zu alt, um zu kämpfen. Du könntest viele töten, aber das wäre nicht genug. Die Norweger sind eine Rasse von Riesen. Ihresgleichen gibt es nicht. Sie sind wild und gnadenlos. Ich will dich leben und nicht sterben sehen. Ich will mein Volk beschützen.«

»Indem du mich opferst!« zischte sie außer sich vor Zorn.

»Einem alten Häuptling, der nach deinen eigenen Worten wüst und gnadenlos ist!«

»In diesem Punkt mache ich mir keine Sorgen um dich. Ich weiß, daß du dich wehren kannst.«

»Aber ich will nicht!« schrie Brenna. »Ich werde mich nicht mit der Hochzeit einverstanden erklären!«

Angus runzelte drohend die Stirn. »Du wirst! Fergus hat mein Ehrenwort.«

»Warum hast du mir das gestern nicht gesagt? Du hast doch gewußt, daß ich Fergus aufhalten würde, oder!«

»Ja, meine Tochter, das habe ich gewußt. Aber was geschehen ist, kann nicht mehr ungeschehen gemacht werden. Und zum Teil liegt es auch an dir. Du bist zu haben. Cordella nicht, und deine

Tante ist zwar noch hübsch, aber sie ist zu alt. Der Wikinger wird eine junge Braut wollen.«

»Gib mir keine Schuld, Vater! Das liegt einzig und allein an dir.«

»Ich habe dir dutzendweise Männer vorgesetzt, Männer von Ruhm und Reichtum mit angenehmer Erscheinung, aber du wolltest keinen!« erinnerte Lord Angus sie mürrisch. »Du könntest schon längst verheiratet sein, aber das hätte uns leider zum Verhängnis gereicht.«

»Du hast mir nichts als angeberische Bauernlümmel und neckische Gecken vorgesetzt. Hast du wirklich erwartet, daß ich einen von diesen Schwachköpfen wähle?«

»Ich kenne dich, Brenna. Was ich dir auch vor Augen gebracht hätte – du hättest keinen erwählt. Allein die Vorstellung einer Heirat macht dich krank, wenn ich auch nicht weiß, warum.«

»Da hast du recht, Mylord«, gab sie trocken zu.

»Also habe ich für dich gewählt. Du wirst den Mann heiraten, den Fergus findet. Unwiderruflich.«

Brenna wirbelte herum und starrte ins Feuer. Ihr Geist lehnte sich gegen den Gedanken auf, aber sie fühlte sich hilflos. Sie, die das Kämpfen gelernt hatte, fand keinen Weg, hier zu siegen. Sie griff nach einem letzten Strohhalm, ehe sie schließlich nachgab.

»Jemand anders könnte für mich einspringen«, sagte sie unterdrückt. »Das würde nie herauskommen.«

»Du würdest eine Dienerin als Dame ausgeben?« fragte Angus ungläubig. »Dafür würden die Wikinger sich in einer Form rächen, die alles schlägt. Fergus wird deine Tugenden preisen, Brenna. *Deine!* Welche Dienerin, ob hier oder anderswo, besitzt deine Schönheit, dein Benehmen oder deinen Mut? Es würde Jahre brauchen, einem einfachen Mädchen deine Vorzüge anzuerziehen. Du bist von edler Herkunft und dank der sanften Lehren deiner Tante in jeder Hinsicht eine Dame. Gelobt sei der Tag, an dem Linnet gekommen ist und sich deiner angenommen hat! Andernfalls könnte man dich mit niemandem verheiraten, noch nicht einmal mit einem Norweger.«

»Dann verfluche ich jenen Tag für das, was er mir eingebracht hat!« schrie sie

»Brenna!«

Sofort bereute sie ihre Worte. Sie liebte ihre Tante innig. Von Geburt an ohne Mutter, hatte Brenna sich vom ersten Moment an zu der reizenden Linnet hingezogen gefühlt, als sie nach dem Tod ihres Mannes hergekommen war. Das war jetzt vier Jahre her.

Linnet war Angus' jüngere Schwester. Ihre Art und ihr Aussehen entsprachen nur der Hälfte ihrer vier Jahrzehnte. Sie hatte sich Brennas angenommen, obgleich es zu spät war, um ihre knabenhafte Art vollständig auszumerzen. Sie war Brenna eine zweite Mutter gewesen, wogegen ihre Stiefmutter, die jedem ein Dorn im Auge gewesen war, ihre Stieftochter überhaupt nur angesprochen hatte, um ihr Vorwürfe zu machen. Sogar Angus bereute bitter, sie geheiratet zu haben. Aber zumindest mußte niemand ihre Gegenwart länger als drei Winter ertragen, da sie ein Jahr, nachdem Linnet gekommen war, starb. Aber sie hatte eine Tochter hinterlassen, die ihre zänkische Art geerbt hatte.

»Es tut mir leid, Vater«, sagte Brenna mit niedergeschlagenen Augen. »Es ist nur so, daß ich die Entscheidung, die du getroffen hast, so sehr verabscheue.«

»Ich wußte, daß es dir nicht passen würde, Brenna, aber ich hatte es mir nicht so schlimm vorgestellt«, antwortete Angus und stand auf, um seiner Tochter einen Arm um die Schulter zu legen.

»Faß dir ein Herz, Mädchen. Du bewunderst Mut und Stärke, und damit sind die Norweger reich gesegnet. Vielleicht bist du mir eines Tages für diese Entscheidung dankbar.«

Brenna lächelte müde, weil sie nicht mehr streiten wollte. Zwei Wochen später wurde sie Wyndham vorgestellt, einem norwegischen Kaufmann, der sich auf der Emerald Isle niedergelassen hatte. Angus hatte ihn in Anglesey gefunden. Er wurde mit einer hübschen Summe dafür entlohnt, daß er Brenna in der norwegischen Sprache und in den Landessitten unterrichtete, damit sie nicht ›blind in die Höhle des Löwen laufen würde‹, wie ihr Vater es ausgedrückt hatte.

Zur Erntezeit kehrte Fergus mit dem Namen ihres Verlobten zurück, was ihr Schicksal ein für allemal besiegelte. Brennas zukünftiger Gatte war zwar nicht der Führer seines Klans, wie Angus gehofft hatte, aber er war immerhin einer der führenden Kaufleute und Sohn eines mächtigen Häuptlings, ein junger Mann, der bereits mehrere Jahre im Krieg gewesen war und sich jetzt auf seine Weise durchs Leben schlug. Der Name des Mannes lautete Garrick Haardrad. Nein, Fergus hatte ihn nicht persönlich kennengelernt, da der Kaufmann Handel im Osten betrieb. Ja, Garrick würde im kommenden Sommer zurückkehren und seine Braut noch vor dem Herbst abholen. Auf die Bedingungen hatte man sich geeinigt. Alles war abgemacht. Abgemacht, abgemacht, abgemacht – Brenna blieb kein Ausweg.

Danach zählte sie die Tage mit melancholischem Schauer, bis ihre jugendlichen Energien sie veranlaßten, die unerfreuliche Zukunft zu verdrängen. Nur die täglichen Lektionen dienten ihr als ständige Erinnerung daran. Mit der Zeit gelang es ihr, daß Beste aus ihrer Lage zu machen. Sie plante. Sie wollte den Feind auf seinem Grund und Boden treffen. Sie würde sich nicht unterwerfen lassen. Sie wollte ihren Willen gegen den ihres Mannes durchsetzen und frei sein, zu tun und lassen, was sie wollte. Ein neues Land – ja, aber keine neue Brenna.

Brennas Aufmerksamkeit kehrte zu Wyndham zurück, der die erteilte Lektion kurz zusammenfassen wollte.

»Und so ist Odin, der Gebieter des Himmels, der höchste aller Götter. Es ist der allwissende Gott, der auch die Zukunft kennt. Außerdem ist er der Kriegsgott. Odin, um den die Walküren die gefallenen Krieger versammeln, reitet auf seinem unermüdlichen, achtbeinigen Streitroß Sleipnir durch die Lüfte. Der Traum eines jeden Wikinger ist es, sich Odin in der Walhalla anschließen zu dürfen, dem ewigen Festsaal, wo man den ganzen Tag lang kämpft und die ganze Nacht Festschmause abhält, bei denen die Walküren, Odins Adoptivtöchter, geweihten Eber servieren. Odins Blutsbruder ist Loki. Vergliechen mit dem christlichen Luzifer ist er heimtückisch und verschlagen und stiftet den Sturz der Götter an. Der rotbärtige Thor jedoch erfreut sich großer Beliebtheit – ein heiterer Gott bar jeglicher Bosheit, der aber leicht zu erzürnen ist. Er ist der Gott des Donners, der Sturmgott, der mit seinem gewaltigen Hammer die Donnerschläge erzeugt. Eine Nachbildung von Thors fliegendem Hammer kann man in jedem norwegischen Haushalt finden. Tyr, ein weiterer Kriegsgott, der den gigantischen Fenriswolf zähmt, und die dunkle Hel, Tochter des Loki und Göttin der Unterwelt, sind nur Randfiguren, ebenso Frey, der Gott der Fruchtbarkeit. Mehr über diese unbedeutenden Götter werdet Ihr morgen erfahren, Brenna.«

»O Wyndham!« sagte Brenna seufzend. »Wann werden diese Lektionen endlich ihr Ende finden?«

»Seid Ihr meiner müde?« fragte er sanft. Dieser Tonfall war für einen so großgewachsenen Mann erstaunlich.

»Natürlich nicht«, antwortete sie geschwind. »Ich mag Euch recht gern. Wenn all Eure Landsleute so wären wie Ihr, hätte ich nichts zu befürchten.«

Er lächelte mit einer Spur von Betrübnis. »Ich wünschte, es wäre so, Brenna. Aber in Wahrheit kann man mich keinen Wikinger mehr nennen. Zwanzig Jahre sind vergangen, seit ich meine Heimat erblickt habe. Ihr Christen habt mich gezähmt. Ihr lernt schnell, meine Liebe. Ihr wißt nun genausoviel von meinem Volk wie über Eure eigenen keltischen Vorfahren. Von jetzt an werden wir bis zur Ankunft Eures Verlobten nur noch einmal durchgehen, was Ihr bereits gelernt habt.«

»Könnt Ihr mir nicht mehr von dieser Sippe erzählen, in die ich einheiraten werde?« fragte sie.

»Wenig mehr, als ich Euch bereits erzählt habe. Ich habe nur den Großvater Eures Verlobten gekannt, Ulric den Verschlagenen. Er war ein Mann von großem Mut. Ulric regierte mit eiserner Hand und kämpfte mit Loki an seiner Seite. Aber er war ein sonderlicher Mensch. Um nicht mit seinem Sohn handgemein werden zu müssen, zog er es vor, seine Familie zu verlassen und den Großteil seiner Ländereien seinem Sohn, Anselm dem Emsigen, zu überlassen. Anselm trug seinen Namen zu Recht. Er war übereifrig darauf aus, Anführer des Klans zu werden. Er zog nicht weit, nur einige Meilen den Fjord aufwärts, bis er zu einem Teil seines Landes kam, der unbewohnt war. Er hatte Pferde, zwanzig Rinder und eine Handvoll Diener bei sich und baute sich dort ein Haus, wie man es nirgends sonst in Norwegen findet. Es wurde aus Steinen, die er von den Friesen gekauft hatte, auf die Steilhänge des Horten-Fjords gebaut. Es ist ein großes Haus, wenn auch nicht so geräumig wie Euer Gut hier, und in jedem Zimmer gibt es einen Kamin.«

»Aber das ist doch gar nicht anders als bei uns, Wyndham«, wies Brenna ihn zurecht.

»Doch, insofern, als die Holzhäuser in Norwegen keine Kamine haben, wie Ihr sie kennt, sondern nur große Feuer in der Mitte des Raumes, wo der Rauch nirgends abziehen kann, außer durch eine offene Tür.«

»Wie entsetzlich!«

»Stimmt, und es brennt in der Nase und in den Augen.«

»Werde ich in einem der Holzhäuser, die Ihr beschrieben habt, wohnen müssen?«

»Höchstwahrscheinlich. Aber das ist ein Umstand, an den man sich schnell gewöhnt.«

3

Zur Stunde des Abendessens war die große Halle der hellste Raum des Gutes. Neun flackernde Flammen tanzten in einem reich verzierten Kandelaber in der Mitte des langen Tisches, und von allen Wänden strahlte aus Lampenschalen zusätzliches Licht.

Vom Rauch verdunkelte Wandteppiche hingen an den Wänden, darunter eine halb vollendete Landschaft, die Brennas Mutter angefertigt hatte, die im Wochenbett gestorben war, ehe sie ihr Werk zu Ende bringen konnte. Ein Wandteppich, den Linnet gewebt hatte, stellte ein Kastell am Meer dar. Cordellas Kriegsszene hing daneben. Der letzte Wandteppich des Zimmers war von unvergleichlicher Schönheit. Er kam aus dem fernen Osten und war ein Geschenk von dem Herzog eines benachbarten Königreiches.

Es war nicht verwunderlich, daß kein Teppich von Brenna die Wand schmückte, denn sie hatte nicht die Geduld, die eine so zarte Kunst erfordert. Außerdem konnte sie jede Form von Handwerk, das ausschließlich den Frauen vorbehalten war, nicht ausstehen.

Ihre frühesten Kindheitsjahre hatten den stärksten Einfluß auf sie ausgeübt und ihre Spuren hinterlassen, denn während dieser Zeit hatte ihr Vater sie als den Sohn behandelt, auf den er gehofft hatte. Für ihn war sie ein Sohn, bis sie Rundungen entwickelte, die diese Lüge an Licht treten ließen. Das Jahr, in dem ihre Gestalt sich veränderte, war ein Alptraum für Brenna, und ihr zunehmend weiblicher Körper kämpfte mit ihrem männlichen Geist. Der Geist ging als Sieger hervor. Brenna ignorierte ihren veränderten Körper, solange sie nicht an seine Bedeutung erinnert wurde.

Cordella mit ihrem flamingoroten Haar, den flußgrünen Augen und der wohlgeformten Figur, die sie bemüht war, in gewagt geschnittenen Kleidern zur Schau zu stellen, war Brennas konstante Antagonistin. Sie war eine anmutige Dirne, solange sie schwieg. Brenna kannte die Ursachen ihrer zänkischen Art und versuchte, nicht die Geduld mit ihr zu verlieren.

Sie wußte, daß Cordella unglücklich war. Als Frau von nur zwanzig Jahren hatte sie den jungen Dunstan aus ihrem eigenen, freien Willen geheiratet. Zu Beginn hatte sie Dunstan geliebt, und zu der Zeit war sie eine andere Frau gewesen. Aber aus einem Grund, den niemand, außer vielleicht Dunstan, kannte, haßte Cordella ihn jetzt. Dieser Haß hatte sie zu dem gehässigen Geschöpf gemacht, das sie heute war.

Cordella betrat die Halle und setzte sich zu Brenna an den langen Tisch. Wenige Momente später brachten Diener das üppige Hasenragout. Cordella, die sich in gelbem Samt herausgeputzt hatte, gegen den ihr Haar abstach und der es noch leuchtender erscheinen ließ, wartete, bis sie allein waren. Dann fragte sie: »Wo ist deine Tante zu dieser Abendstunde?«

»Linnet hat sich entschlossen, heute abend mit Vater zu speisen«, antwortete Brenna, während sie eine Schöpfkelle in den großen Topf tunkte und ihren Teller füllte.

»Das sollte doch deine Sache sein und nicht die deiner Tante«, entgegnete Cordella.

Brenna zuckte mit den Schultern. »Linnet hat es so gewollt.«

»Wie geht es meinem Stiefvater?«

»Wenn du dir die Zeit nehmen würdest, selbst nachzusehen, wüßtest du, daß er noch nicht genesen ist.«

»Der wird gesund«, sagte Cordella trocken. »Dieser alte Mann wird uns alle überleben. Aber ich habe dich nicht zum Essen erwartet. Ich habe gehört, daß heute ein Keiler erlegt worden ist und daß es im Dorf ein Festmahl gibt. Ich dachte sicher, du würdest mit deinen bäuerlichen Freunden dort sein, mit Wyndham, Fergus und den anderen.«

»Ich muß feststellen, daß es Dunstan auch besser im Dorf zu gefallen scheint«, sagte Brenna kalt. Die Erwähnung des Keilers hatte sie an ihren Sturz erinnert. »Ich will keinen Bissen von dem Kadaver dieses verfluchten Keilers!«

»Du scheinst heute abend recht heikel zu sein«, antwortete Cordella mit einem schadenfrohen Lächeln auf ihren vollen Lippen. Sie überging bewußt, daß Brenna Dunstan erwähnt hatte. »Ist es zufällig möglich, daß Willow heute lange Zeit nach dir in seinen Stall zurückgekehrt ist? Oder liegt es daran, daß dir nicht mehr viel Zeit bleibt, bis dein Verlobter kommt?«

»Nimm dich in acht, Della«, sagte Brenna warnend. »Heute abend fehlt mir die Geduld für deine lose Zunge.«

Cordella sah Brenna mit unschuldig aufgerissenen Augen an und ließ das Thema einstweilen fallen. Sie war rasend eifersüchtig auf ihre jüngere Schwester, das gestand sie sich offen ein. Das war nicht immer so gewesen. Als Cordella und ihre Mutter vor acht Jahren gekommen waren, um auf das schöne Gut zu ziehen, war Brenna nur eine dürre Neunjährige gewesen. Cordella stellte erst einen Monat später fest, daß sie eine Schwester hatte und nicht, wie sie angenommen hatte, einen Bruder.

Gewiß, sie hatten einander von Anfang an nicht gemocht, weil beide Seiten einander skeptisch gegenüberstanden, aber um die Kluft noch zu vergrößern, kam hinzu, daß sie nichts miteinander gemeinsam hatten. Brenna mit ihrer knabenhaften Art mißtraute Cordella, die schon mit zwölf absolut weiblich gewesen war, zutiefst. Cordella hielt Brenna für dumm, weil sie die Schwerter dem Nähen vorzog und sich lieber um die Pferde kümmerte, als Hausarbeiten zu verrichten. Trotzdem lebten die beiden ohne Ausbrüche offener Feinseligkeiten zusammen, und so vergingen die Jahre.

Dann lernte Cordella Dunstan kennen, einen starken, muskulösen Mann, der ihr Herz höherschlagen ließ. Sie heirateten, und Cordella war fürs erste wirklich glücklich. Aber ihre Freude hielt nur ein Jahr an. Sie endete, als Linnet darauf bestand, daß Brenna bei gewissen Anlässen Frauenkleider trug und als Dunstan sah, welch eine Schönheit sie eigentlich war. Brenna, diese verfluchte Ziege, merkte noch nicht einmal, daß Dunstan sie begehrte. Dunstan dagegen entging es, daß seine Frau davon wußte. Er wußte nur, daß ihre Liebe zu ihm in diesem Jahr abgestorben war.

In Cordellas Eifersucht mischte sich Haß – auf Dunstan und auf Brenna. Sie konnte Brenna nicht offen angreifen, obwohl sie ihr oft gern die Augen ausgekratzt hätte. Brenna war, dank ihrem Vater, gewandt im Kämpfen, und wenn sie aufgebracht war, erstarrte Cordella das Blut in den Adern. Ohne auch nur einmal mit der Wimper zu zucken, hatte Brenna Männer getötet. Sie hatte viel Erfolg, und Angus war stolz auf sie.

Da Cordella unfähig war, gegen Brenna zu kämpfen, konnte sie ihrer Stiefschwester nur Angst vor dem einen machen, was Brenna noch nicht erlebt hatte – vor dem Zusammensein mit einem Mann. Cordella genoß es maßlos, in den Schrecken, nicht jedoch in den Vergnügungen zu schwelgen, die es bedeutete, einen Mann zu kennen. Sie verhöhnte Brenna bei jeder Gelegenheit, die sich irgend bot, und freute sich über das Entsetzen in diesen grauen Augen. Das war Cordellas einzige Rache. Wenn sie es Dunstan nur auch noch zurückzahlen könnte . . .

Brenna würde bald abreisen, eine Aussicht, von der Cordella wußte, daß sie die junge Frau erschreckte. Dann würde es meilenweit niemanden mehr geben, der sich mit ihrer eigenen Lieblichkeit messen konnte, und Dunstan würde wieder bei Fuß gehen.

Cordella schob ihren Teller von sich und sah Brenna versonnen an. »Ja, Schwester, jetzt kann das Schiff von Norden also jeden

Tag eintreffen. Der Sommer ist schon recht fortgeschritten. Bist du bereit, deinen künftigen Gatten zu treffen?«

»Dazu werde ich nie bereit sein«, antwortete Brenna unglücklich und schob jetzt ihren Teller zur Seite.

»So wird also die Prinzessin den Löwen vorgeworfen. Es ist jammerschade, daß du bei dieser Angelegenheit nichts zu sagen hattest. Ich hätte nicht erwartet, daß dein Vater dir das antut. *Ich* hatte schließlich die Wahl.«

»Du weißt, warum er das getan hat«, fauchte Brenna.

»Ja, gewiß. Um uns alle zu retten«, erwiderte Cordella sarkastisch. »Zumindest weißt du, was du zu erwarten hast. Wenn ich gewußt hätte, was auf mich zukommt, wäre ich wie du gewesen und hätte niemals heiraten wollen. Mein Gott, wie ich mich vor den Nächten fürchte, vor dem Schmerz, den ich ertragen muß!«

Brenna sah sie eisig an. »Della, ich habe heute im Dorf einen Akt der Paarung mit angesehen.«

»Wirklich? Wie war es denn?«

»Das spielt keine Rolle, Aber das, was ich gesehen habe, war nicht so entsetzlich, wie du mich glauben machen willst.«

»Das kannst du nicht wissen, solange du es nicht an dir selbst erfährst«, erwiderte Cordella scharf. »Du wirst lernen, daß du deine Qualen schweigend ertragen mußt, weil der Mann dich sonst schlägt. Es ist ein Wunder, daß sich nicht mehr Frauen lieber die Kehle durchschneiden, als sich jeder Nacht solcher Pein hinzugeben.«

»Genug, Della! Ich will nichts mehr hören.«

»Du solltest dankbar sein. Zumindest wirst *du* nicht arglos in deine Hochzeitsnacht gehen.« Cordella schwieg und verließ den Tisch. Sobald sie aus Brennas Blickfeld verschwunden war, verzogen sich ihre Lippen zu einem Lächeln.

4

Bulgarien war durch seine Lage an der östlichen Biegung der Wolga ein großer Einschiffungshafen, wo sich Westen und Osten trafen. Hier betrieben die Langschiffe der Wikinger Handel mit den Karawanen aus den zentralasiatischen Steppen und mit den arabischen Frachtern aus den östlichen Provinzen. Von Bulgarien führte die legendäre Seidenstraße nach China.

In Bulgarien wimmelte es von Menschen aller Rassen und Nationen, von Dieben und Mördern bis hin zu Kaufleuten und Königen. Zu Beginn des Sommers ging Garrick Haardrad hier mit seinem prächtigen Langschiff vor Anker und machte sich auf, um das Vermögen, das er auf seinen Reisen angesammelt hatte, zu vermehren. Ein wunderliches Geschäft, der Handel.

Nachdem er den Winter ganz unvorhergesehen bei einem slawischen Nomadenstamm verbracht hatte, hegte Garrick nicht die Absicht, lange in Bulgarien zu verweilen. Er war eifrig darauf bedacht, in seine Heimat zurückzukehren. In Hedeby mußte er noch einmal anhalten, um die zwanzig Sklaven zu veräußern, die Aleksandr Stasov ihm mitgegeben hatte, damit er die Heimreise mit größerer Geschwindigkeit zurücklegen konnte. Seine erste Reise in den Osten war voller Überraschungen gewesen, aber sehr zu seiner Zufriedenheit verlaufen.

Nachdem er Norwegen im vergangenen Jahr mit einer Fracht von Pelzen und den Sklaven, die zu verkaufen er sich entschlossen hatte, hinter sich gelassen hatte, war Garrick mit seiner neunköpfigen Mannschaft nach Hedeby gesegelt, der großen Handelsstadt an der Schlei. Dort hatte er die Hälfte seiner Sklaven gegen ein Sortiment von Waren eingetauscht, die teilweise von den dort ansässigen Handwerkern hergestellt worden waren. Er nahm Kämme und Nadeln, Würfel und Spielsteine mit, die aus Knochen geschnitzt waren, ferner Perlen und Anhänger aus Bernstein, die aus den baltischen Ländern kamen.

Von Hedeby segelten sie nach Birka, einer Insel im Malarsee, der gegenüber der slawischen Stadt Jumne im Herzen von Schweden gelegen ist. Birka war ein berühmter Marktort. In seinem Hafen konnte man dänische, slawische, norwegische und skythische Schiffe finden. Hier tauschte Garrick rheinisches Glas, friesisches Tuch, das wegen seines guten Gewebes geschätzt wurde, juwelenbesetzte Steigbügel und Rheinwein ein, von dem er jedoch den größten Teil für sich behielt.

Dann segelte Garrick mit seiner Mannschaft nach Uppland, durch den Finnischen Golf, über die Newa an den Sümpfen vorbei und kam zum Ladogasee. Alt-Ladoga, das Handelszentrum, war an der Mündung des Volkhor gelegen, und hier hielten sie an, um sich mit Lebensmitteln zu versorgen. Inzwischen war der Sommer schon fortgeschritten, und sie hatten noch einen langen Weg vor sich. Sie segelten nach Osten in das Land der Westslawen, über den Svir zum Onegasee und auf etlichen kleineren Flüssen und Seen weiter zum Beloyasee, bis sie schließlich die Wolga erreichten.

Auf halbem Weg zwischen hier und Bulgarien, ihrem Bestimmungsort, trafen sie auf ein Schiff, das von einer Horde von Slawen, die am Flußufer wohnten, angegriffen wurde. Die Schreie von Frauen und Männer zerrissen die Luft. Garrick ließ die Ruder setzen und erreichte das Schiff, ehe der blutige Angriff beendet war. Er und seine Männer gingen an Bord des kleinen segellosen Schiffes und schlachteten die Plünderer ab, die nicht schnell genug fliehen konnten, als sie das große Wikingerschiff sahen.

Nur eine junge Frau und ihr Baby waren noch am Leben, und das auch nur, weil sie sich in einem großen, leeren Faß versteckt hatten. Haakorn, einer von Garricks Männern, war ein erfahrener Reisender und sprach die slawische Sprache der Frau. Es stellte sich heraus, daß sie die Tochter eines mächtigen slawischen Stammesoberhauptes war. Ihr Mann war getötet worden, und sie lag weinend über seinem verstümmelten Körper, während sie von dem Massaker berichtete. Die Angreifer waren Angehörige eines feindlichen Stammes, die es darauf abgesehen hatten, sie und das Baby zu töten, um sich für frühere Taten ihres Vaters zu rächen. Dieser Angriff war nicht ihr erster gewesen.

Garrick beriet sich sofort mit seinen Männern, um zu beschließen, was mit der Frau geschehen sollte. Perrin, Garricks engster Freund, der ihm so nahestand wie ein leiblicher Bruder, setzte sich mit seinem klugen Rat durch. Da sie sich der Männer, die geflohen waren, schon zu Feinden gemacht hatten, konnten sie nicht noch mehr Feinde gebrauchen, indem sie das Mädchen gegen Lösegeld an ihren Stamm auslieferten. Sie wollten diese Strecke in Zukunft noch öfter bereisen, also konnte es nur von Vorteil für sie sein, wenn sie Freunde in dieser Gegend hatten.

So brachten sie das Mädchen und ihr Baby zu ihrem Vater zurück, ohne eine Belohnung zu fordern. Festmahle wurden ihnen zu Ehren gegeben, eins nach dem anderen, und aus den Tagen wurden Wochen. Der Regen kam, und das gab ihnen eine weitere Entschuldigung für ihr Bleiben, denn Aleksandr Stasov war ein vorzüglicher Gastgeber, und es fehlte ihnen an nichts. Endlich war es zu spät, Bulgarien noch zu erreichen und vor Einbruch der Kälte nach Hause zurückzukehren, und so blieben sie den Winter über.

Im Frühjahr schickte der dankbare Häuptling sie mit zwanzig Sklaven auf den Weg und gab jedem der Männer einen Beutel Silber mit auf die Reise. Alles in allem war die Zeit, die sie verloren hatten, es wert gewesen.

In Bulgarien verkauften sie den Rest ihrer Fracht. Allein die Pelze brachten eine enorme Summe ein, besonders die weißen Felle der Eisbären, von denen Garrick vier besaß. Jeder der Männer verkaufte seine eigenen Güter, weil es ein gemeinsames Wagnis unter Freunden war, wenn auch Garricks Schiff sie dorthin gebracht hatte.

Da sie aber junge Männer auf ihrer ersten Reise nach Osten waren (nur Haakorn war zuvor schon so weit gereist), bummelten sie lange herum und ergötzten sich an dem Neuen und Ungewohnten. Garrick erstand viele Geschenke für seine Familie. Einige davon wollte er bei seiner Rückkehr verteilen, andere wollte er für besondere Anlässe und Feierlichkeiten aufheben. Für seine Mutter hatte er Halsketten und Armbänder erstanden, die aus wertvollen Juwelen gemacht waren, die er billig von den Arabern gekauft hatte, und er hatte auch chinesische Seide aufgetrieben. Für seinen Vater fand er ein großartiges Schwert, das wie sein eigenes eine ausgezeichnete rheinische Klinge hatte und dessen Griff reich verziert und mit Silber und Gold eingelegt war. Für seinen Bruder Hugh kaufte er einen Goldhelm, das Symbol der Führerschaft.

Er kaufte Gaben für seine Freunde und wertlose Klunker für Yarmille, die Frau, die ihm den Haushalt führte und in seiner Abwesenheit die Sklaven befehligte. Für sich selbst erwarb er verschwenderische Schätze – byzantinische Seiden- und Brokatstoffe, aus denen er sich edle Gewänder schneidern lassen wollte, Orientteppiche für sein Heim und ein Faß voller Eisenutensilien, das seine Sklaven begeistern würde. Solange sie in Bulgarien blieben, fand Garrick täglich etwas Neues, das er seiner Sammlung hinzufügte, bis seine Freunde schließlich anfingen, Wetten darauf abzuschließen, von wieviel Silbergeld er sich trennen würde, ehe der Tag zu Ende ging.

An jenem Tag im Hochsommer betrat Garrick mit seinem Freund Perrin das Haus des Graveurs.

Der Mann sah von seiner Arbeit auf und blickte flüchtig zu den zwei jungen Norwegern herüber, die in kurze, ärmellose Tunikas und enganliegende lange Gamaschen gekleidet waren. Beide waren turmhoch und breit gebaut. Auf ihren nackten Armen konnte man das Spiel der Muskeln sehen. Sie hatten stramme, kräftige Körper ohne ein Gramm überflüssiges Fett. Einer hatte kastanienbraunes Haar und einen gepflegten Bart, der andere war blond und glattrasiert. Für einen so jungen Mann waren die Augen des Blonden zu kalt und skeptisch. Sie waren aquamarinfarben wie seichte Gewässer an einem schönen Tag. Der andere hatte lachende Augen wie glänzende Smaragde.

Bolsky hatte den blonden Wikinger erwartet, weil er ihn gebeten hatte, ihm ein schönes silbernes Medaillon anzufertigen, auf dessen Unterseite das Bild eines schönen Mädchens eingraviert war. Er hatte Bolsky eine Skizze des Mädchens gegeben, und der Graveur war stolz auf sein Werk. Auf der Vorderseite war ein Wikingerschiff mit neun Rudern abgebildet, darüber ein Hammer und ein Pallasch, die sich kreuzten. Auf der Rückseite des Medaillons war das Mädchen präzise bis ins Detail dargestellt, ein perfektes Abbild der Skizze. Sein Liebchen vielleicht? Oder seine Frau?

»Ist es fertig?« fragte Garrick.

Bolsky lächelte und öffnete einen fellbesetzten Beutel, aus dem er das Medaillon an seiner langen silbernen Kette herauszog.

»Das Werk ist vollbracht.«

Garrick warf einen Silberbeutel auf den Tisch, nahm das Medaillon und hängte es sich um, ohne auch nur einen prüfenden Blick darauf zu werfen. Aber Perrin, dessen Neugierde geweckt war, hob die schwere Silberscheibe von Garricks Brust und sah sie sich genau an. Er bewunderte die Symbole des Reichtums, der Macht und der Stärke, aber als er das Medaillon umdrehte, runzelte er die Stirn.

»Wieso das?«

Garrick zuckte mit den Schultern und ging zur Tür, aber Perrin folgte ihm dicht auf den Fersen und hielt ihn an. »Warum quälst du dich so?« fragte Perrin. »Das ist sie nicht wert.«

Garrick zog vor Erstaunen eine Braue hoch. »Das sagst *du?*«

Perrin schnitt eine Grimasse. »Ja das sage ich. Sie ist meine Schwester, aber was sie getan hat, kann ich ihr nicht verzeihen.«

»Sorge dich nicht, mein Freund. Was ich für Morna empfunden habe, ist tot – schon seit langem.«

»Warum dann das?« fragte Perrin und deutete auf das Medaillon.

»Eine Erinnerung« antwortete Garrick mit fester Stimme.

»Eine Warnung, daß man keiner Frau trauen kann.«

»Ich fürchte, meine Schwester hat dir ein Mal hinterlassen, Garrick. Du bist nicht mehr der gleiche, seit sie diesen fetten Kaufmann geheiratet hat.«

Ein Schatten legte sich über die blaugrünen Augen des jüngeren Mannes, aber auf seine Lippen trat ein zynisches Lächeln. »Ich bin nur weiser geworden. Ich werde nie mehr den Listen eines Weibes zum Opfer fallen. Ich habe einmal mein Herz geöffnet, und ich werde es kein zweites Mal tun. Jetzt weiß ich, wie sie wirklich sind.«

»Nicht alle Frauen sind gleich, Garrick. Deine Mutter ist anders. Ich habe nie eine freundlichere und hingebungsvollere Frau gesehen.«

Garricks Züge entspannten sich. »Meine Mutter ist die einzige Ausnahme. Aber nun komm, genug davon. Heute ist unsere letzte Nacht hier, und ich habe vor, ein Faß Bier zu trinken. Und du, mein Freund, du wirst mich zum Schiff zurücktragen müssen, wenn ich damit fertig bin.«

5

Brenna saß mitten auf ihrem großen Bett und polierte ihr Schwert mit der Sorgfalt, die man einem hochgeschätzten Besitz angedeihen läßt, was ihr Schwert für sie auch war. Es war gut verarbeitet und für sie abgezogen. Die Waffe wog nicht viel und war so scharf wie eine Rasierklinge. Es war ein Geschenk ihres Vaters, das sie zu ihrem zehnten Geburtstag bekommen hatte. In den silbernen Griff war ihr Name eingraviert und von erbsengroßen Rubinen und strahlenden Saphiren umgeben. Brenna hegte das Schwert liebevoller als irgendein anderes Besitztum, und sei es auch nur, weil es den Stolz ihres Vaters auf ihre Erfolge symbolisierte.

Jetzt hielt sie es mit düsteren Gedanken gegen ihre Stirn. Würde ihr weiblicher Körper ihr im Land ihres Gatten hinderlich sein? Würde es ihr jemals möglich sein, dieses Schwert wieder zu führen und für das zu kämpfen, was ihr gehörte, wie jeder Mann es täte? Oder würde man von ihr erwarten, daß sie sich in jeder Hinsicht als Frau verhielte, ohne ihre Fertigkeiten jemals wieder einzusetzen, daß sie eine Frau wäre und nur täte, was einer Frau zustand?

Diese verfluchten Männer mit ihren festgelegten Vorstellungen! Sie würde sich das nicht gefallen lassen. Sich unterwerfen und beherrschen lassen, nein! Sie würde sich nicht fügen. Sie war Brenna Carmarham und nicht irgendein einfältiges, feiges Mädchen.

Brenna war so aufgebracht, daß sie nicht hörte, wie ihre Tante das Zimmer betrat und leise die Tür hinter sich schloß. Linnet blickte ihre Nichte müde und verzagt an.

Sie hatte ihren eigenen Gatten über Monate des Leidens hinweg gepflegt und dabei täglich mehr von ihrer Kraft eingebüßt. Als er den Tod gefunden hatte, war auch ein Teil von ihr gestorben, denn sie hatte ihn tief geliebt. Jetzt hatte sie auch ihren Bruder Angus gepflegt und verloren. Herr im Himmel, bitte – keinen Tod mehr . . .

Brenna fuhr zusammen, als sie mit einem Augenwinkel die hagere Gestalt gewahrte. Sie drehte sich zu Linnet um, die kaum wiederzuerkennen war. Ihr Haar war ungekämmt, ihr Gewand verschmutzt, aber die beunruhigendste Veränderung hatte sich eigentlich in ihrem Gesicht vollzogen. Es war schneeweiß, ihre Lippen waren zusammengepreßt, und unter ihren rotgeränderten Augen lagen dunkle Ringe.

Brenna stand von ihrem Bett auf und führte ihre Tante zu dem langen goldenen Sofa am Fenster. »Linnet, du hast geweint. Das sieht dir nicht ähnlich«, sagte sie bekümmert. »Was ist denn passiert?«

»O Brenna, Liebchen! Dein Leben verändert sich so sehr. Es ist nicht recht, daß alles gleichzeitig geschehen muß.«

Brenna lächelte schwach. »Du hast meinetwegen geweint Tante? Das brauchst du nicht.«

»Nein, Liebes, nicht um dich, obwohl ich das gewiß noch tun werde. Aber es geht um deinen Vater. Angus ist tot.«

Alle Farbe wich aus Brennas Gesicht. »Wie kannst du damit scherzen?« beschuldigte sie ihre Tante grob. »Das ist nicht wahr!«

»Brenna!« Linnet strich ihrer Nichte liebevoll über die Wange. »Ich würde dich nie belügen. Angus ist vor einer Stunde gestorben.«

Das Mädchen schüttelte langsam den Kopf. »Er war nicht so krank. Er kann nicht sterben!«

»Angus hatte die gleiche Krankheit wie mein Mann, aber er hat zumindest nicht übermäßig gelitten.«

Entsetzt starrte Brenna ihre Tante an. »Du hast gewußt, daß er sterben würde?«

»Ja.«

»Um Gottes willen, warum hast du mir das nicht gesagt? Warum hast du mich in dem Glauben gelassen, daß er wieder gesund wird?«

»Das war sein Wille. Er hat mir verboten, mit jemandem darüber zu sprechen, und am allerwenigsten mit dir. Er wollte dich nicht weinen sehen. Angus konnte Tränen nie ertragen, und es war schon genug, daß er mit meinen fertig werden mußte.«

Nun stiegen Tränen in Brennas Augen. Tränen waren ihr unbekannt, weil sie noch nie zuvor welche vergossen hatte. »Aber ich hätte es sein müssen, die ihn pflegt. Statt dessen bin ich meiner Wege gegangen, als wenn es an nichts fehlen würde.«

»Er wollte dir keinen Kummer bereiten, Brenna. Und den hättest du erlitten, wenn du davon gewußt hättest. So wirst du eine Weile trauern und es dann hinter dir lassen. Deine bevorstehende Heirat wird dir dabei helfen.«

»Nein! Diese Heirat kommt jetzt nicht mehr zustande.«

»Dein Vater hat sein Wort gegeben, Brenna.« Linnet wurde langsam ungeduldig. »Du mußt es in Ehren halten, auch wenn er tot ist.«

Brenna konnte ihr herzzerreißendes Schluchzen nicht länger zurückhalten. »Warum mußte er nur sterben, Tante, sag, warum?«

Lord Angus Carmarham wurde an einem strahlend blauen Vormittag zur letzten Ruhe gebettet. Die Vögel hatten eben erst angefangen, den Tag zu begrüßen, und der Duft von wilden Blumen wehte durch die kühle Morgenluft.

Brenna war von Kopf bis Fuß in Schwarz gekleidet. Sie trug eine Tunika und Hosen mit Lederbesätzen, darüber einen kurzen, flatternden Mantel, der mit Silberfäden bestickt war. Ihre langen, rabenschwarzen Locken waren geflochten, und wie gewöhnlich hatte sie das Haar unter ihrem Mantel verborgen. Die einzigen hervorstechenden Farben waren das Weiß ihres Gesichts und das glänzende Silber ihres Schwertes.

Ihre Tante hatte ihr Mißfallen über ihre Erscheinung ausgedrückt, aber Brenna blieb unerbittlich. Ihr Vater hatte sie wie einen Sohn behandelt und erzogen, und so würde sie sich für ihren letzten Abschied kleiden.

Die Dorfbewohner waren anwesend, und viele weinten laut. Linnet stand rechts neben Brenna und hatte dem Mädchen ihren Arm um die Schulter gelegt. Cordella und Dunstan standen zu ihrer Linken. Dunstan pries den Ruhm vergangener Tage, aber Brenna hörte nicht zu. In jenen Minuten lebten ihre Erinnerungen wieder auf – das kleine Kind, das auf dem Schoß des Vaters saß; der stolze Mann, der seine Tochter mit ermutigenden Zurufen anfeuerte, als sie ihr erstes Pferd ritt. Sie rief sich all die zärtlichen und liebevollen Momente ins Gedächtnis zurück.

Ohne ihn fühlte Brenna sich verloren, und ein entsetzliches

Gefühl von·Leere brach über sie herein. Aber sie bot sich Stolz den Blicken ihres Volkes dar. Nur aus ihren glanzlosen, toten Augen sprach ihr Herzeleid.

Als Dunstans Rede beendet war, trat feierliche Stille ein. Überrascht sahen die Trauergäste einen Reiter durch die Bäume preschen und auf die Versammlung zukommen. Er sprang von seinem Pferd und bahnte sich eilig einen Weg durch die Menge. Neben Brenna blieb er stehen.

»Dein Verlobter ist eingetroffen«, sagte der junge Mann atemlos. »Ich wollte eben von Anglesey zurückkehren und bin der Gesellschaft auf dem Weg begegnet.«

»Wie willst du wissen, daß es mein Verlobter war?« fragte Brenna besorgt. Auf diese Nachricht war sie nicht gefaßt gewesen, gerade jetzt, wo man ihren Vater zu Grabe trug.

»Wer sollte es denn sonst sein?« antwortete der Mann. »Es war eine Schar von hochgewachsenen blonden Männern. Es waren ganz bestimmt Wikinger.«

Angstvolle Stimmen klangen auf, aber Brenna konnte nur an ihre eigene mißliche Lage denken. »Herr im Himmel, warum gerade jetzt?« rief sie aus.

Das konnte ihr der junge Mann nicht beantworten. Linnet zog sie an sich und sagte: »Frag dich nicht, warum, mein Liebling. Es ist so.« Dann sprach sie mit dem Boten. »Wie nah sind sie?«

»Jenseits des Waldes.« Er zeigte nach Nordwesten. »Etwa eine Meile entfernt.«

»Sehr gut«, antwortete Linnet. »Wir müssen sie auf dem Gut empfangen. Ihr Leute geht jetzt ins Dorf zurück. Ihr habt nichts von diesen Wikingern zu befürchten. Sie kommen mit friedlicher Absicht.«

Als sie auf dem Gut angelangt waren, ging Brenna ruhelos in der großen Empfangshalle auf und ab. Fergus saß gespannt bei dem Rest der Familie. Er war dafür verantwortlich, daß die Wikinger hier waren, und er konnte es kaum erwarten, sie willkommen zu heißen. Er hatte lange Zeit in einem feindlichen Land geweilt, ehe er den Haardrad-Klan gefunden hatte. Der Anführer hatte Fergus persönlich empfangen, um das Geschäft für seinen Sohn abzuschließen und sein heiliges Ehrenwort gegeben, daß alles geschehen würde wie vereinbart. Durch Lord Angus' Tod war die Braut ein großes Vermögen wert, da seine Ländereien und sein Gut jetzt an sie gefallen waren und somit auch ihrem Gatten gehörten. Die Wikinger würden hoch erfreut sein.

»Brenna, Liebling, du müßtest ein Kleid anziehen«, sagte Linnet.

»Nein.«

»Brenna, so kannst du deinen zukünftigen Mann nicht empfangen. Was soll er nur denken?«

»Ich habe gesagt – nein!« fauchte Brenna.

Cordella beäugte ihre Schwester selbstgefällig. Sie amüsierte sich, weil sie sich denken konnte, warum ihre Schwester sich grämte. Die junge Frau fürchtete, ihr Verlobter könnte sie vor der Abreise heiraten wollen. Die Hochzeit würde schon heute stattfinden. Oder morgen. Und dann kam die Hochzeitsnacht – und das Entsetzen. Cordella hätte fast laut aufgelacht. In dieser ersten Nacht würde sie Schmerzen haben, und Brenna würde dank ihrer Mithilfe glauben, daß es immer so wäre. Welch süße Rache! Wenn sie nur dabeisein und zuschauen könnte . . .

Genau daran dachte Brenna. Sie war noch nicht auf eine Heirat vorbereitet, und sie würde es auch nie sein. Sie war nicht gewohnt, Schmerz ohne Vergeltung hinzunehmen. Sie würde kämpfen. Herr im Himmel, was war, wenn sie ihren Gemahl tötete, weil er seine Rechte beanspruchte? Das wäre ihr eigenes Todesurteil.

Solche Überlegungen wirbelten ihr durch den Kopf, als der erste große Geröllblock gegen die Tür des Gutshauses schlug. Alle schrien verblüfft auf. Fragende Seitenblicke trafen auf verwirrte Gesichter, aber als ein erstickter Schrei vom Hof kam, dem ein weiterer Geröllblock folgte, stürzte Brenna zum Fenster und starrte ungläubig auf das Geschehen.

»Allmächtiger Gott, sie greifen an!«

Ein Diener lag enthauptet auf dem Weg, der zu den Ställen führte, und auf dem ganzen Hof wimmelte es von Wikingern mit gezogenen Schwertern, mit Äxten und mit Speeren. Eine kleine, grob zusammengebaute Schleuder wurde von zwei Männern betätigt. Ein dritter Steinblock traf die Tür. Von dem Fuß des Hügels stiegen dunkle Rauchwolken auf – das Dorf stand in Flammen.

Brenna drehte sich zu der Gruppe um, die sich hinter ihr versammelt hatte. Wyndham war darunter, und sie sah ihn anklagend an. »Kommen so Eure Landsleute, um eine Braut zu holen?«

Wyndham wußte nicht, was er antworten sollte, aber Fergus sagte unsicher: »Diese Wikinger können nicht diejenigen sein, die ich ausgewählt habe.«

»Dann sieh nach, ob du sie kennst!« befahl sie grob.

»Brenna, beruhige dich doch!« bat Linnet.

Fergus ging zum Fenster, und es dauerte nur eine Sekunde, bis er den großen Häuptling des Haardrad-Klans erkannte. Anselm der Emsige stand vor seinen Männern und gab die Befehle.

»Das ist doch nicht möglich!« rief Fergus. »Er hat sein Wort gegeben!«

Ein weiterer Geröllklotz veranlaßte Brenna zu handeln. »Wyndham, seid Ihr auf unserer Seite oder auf der Eurer heimtückischen Landsleute? Das muß ich wissen, ehe ich Euch meinen Rücken zukehre.«

Er sah sie zutiefst verletzt an. »Auf Eurer Seite, meine Herrin. Ich beanspruche keine Zugehörigkeit zu diesen Norwegern, die ihr Wort nicht halten.«

»So sei es denn«, antwortete sie. »Diese Narren haben uns Zeit eingeräumt, indem sie eine unverschlossene Tür bombardieren. Dunstan, verriegle sie jetzt, ehe noch mehr passiert.«

Dunstan wich mit entsetztem Blick vor ihr zurück. »Brenna, das sind dreißig oder mehr gegen uns drei!«

»Vier, du Narr!« fauchte sie. »Glaubst du, daß *ich* mich hinsetze und zuschaue?«

»Brenna, sei doch vernünftig! Wir haben keine Hoffnung!«

»Schlägst du vor, daß wir uns ergeben? Hast du Holyhead Island vergessen, du Dummkopf? Die Männer, die nicht gekämpft haben, fielen ebenso wie die Kämpfenden der blutigen Axt anheim. Verriegle jetzt die Tür! Fergus, sammle die Diener um dich und bewaffne sie. Wyndham, Ihr sichert die Rückseite des Hauses ab und trefft dann in der Halle zu mir. Wir werden bereit sein, den elenden Schurken gegenüberzutreten, wenn die Tür schließlich nachgibt.«

Ohne weitere Fragen zu stellen, folgten alle ihrem Geheiß. Cordella kauerte sich in einer Ecke zusammen und heulte hysterisch. Linnet war ebenfalls den Tränen nah, als sie Brenna am Ärmel festhielt.

»Du kannst nicht gegen sie kämpfen, Brenna. Sie werden dich genauso töten wie einen Mann.«

»Sie würden mich ohnehin töten, Tante. Mein Vater hat mir diese Dinge beigebracht. Ich will lieber ruhmvoll im Kampf sterben, als wie Della vor Selbstmitleid zerfließen!«

»Sie werden dich nicht töten, Brenna, wenn du ihnen keinen Widerstand leistest«, beharrte Linnet. »Sie nehmen Frauen . . .«

»Niemals!« fiel ihr Brenna ins Wort. »Ich will lieber sterben, als eine Gefangene der Wikinger sein.«

Mit diesen Worten verließ Brenna den Raum und überließ Linnet und Cordella ihren Gebeten. Aber ehe alle Diener zusammengetrommelt und bewaffnet waren, wurde das Hindernis durchbrochen, und aus dem Hof erklangen Kriegsrufe, die einem das Blut erstarren ließen. Kurz darauf stürzte ein Dutzend mordlustiger Männer durch die niedergerissene Tür und stürmte in die Halle.

Brenna stand mit gespreizten Beinen und gezogenem Schwert am Fuß der Treppe. Eine Axt verfehlte ihren Kopf nur um Zentimeter. Dunstan, der vor ihr stand, war der erste, der fiel. Die Wikinger verteilten sich. Drei gingen nach hinten und drei weitere in das Empfangszimmer, wo sie die Tür fest hinter sich verschlossen. Wyndham kam von hinten und nahm es mit zweien seiner Landsleute auf. Er kämpfte schwer, aber er war zu alt und schnell erschöpft. Er fällte einen, ehe das Schwert des anderen in seinen Körper eindrang und so sein Leben beendete.

Fünf Männer kamen auf Brenna zu. Vier gingen an ihr vorbei und stiegen die Treppe hinauf, aber nur, um sich im Labyrinth des zweiten Stocks zu verlaufen. Furchtlos stand sie dem verbleibenden Mann gegenüber. Sein Pallasch war schwerer als der ihre, und jeder Hieb, den sie ausführte, wurde mit enormer Kraft zurückgeschlagen. Ihr Arm und ihr Rücken schmerzten vor Anstrengung, aber die Schreie, die durch die geschlossene Tür des Empfangsraumes drangen, verstärkten ihre Entschlossenheit. Mit einer Stärke, von der sie selber nichts geahnt hatte, hieb sie das Schwert des Mannes zur Seite und durchbohrte ihn glatt mit ihrem eigenen. Sie trat ihn fort, aber ein anderer älterer Mann nahm schnell seinen Platz ein. Ihre Kraft ließ nach, aber Brenna kämpfte weiter, bis der Mann mit einem kraftvollen Hieb ihr Schwert in zwei Teile spaltete.

Brenna starrte mit leerem Blick auf die zerbrochene Waffe in ihrer Hand. Sie sah den Todesstoß nicht auf sich zukommen, und sie hörte auch nicht Fergus' gepeinigten Aufschrei: »Haltet ein! Sie ist die Lady Brenna!«

Dann stand Fergus zwischen ihr und dem glitzernden Schwert und stieß sie zurück. Die mächtige, zweischneidige Klinge hieb ihm den Arm ab, der mit einem ekelerregenden Geräusch zu Boden fiel. Fergus, aus dem langsam das Leben wich, sank Brenna zu Füßen.

Anselm der Emsige sah das Mädchen neugierig an. Wenn man bedachte, daß er mit ihr gekämpft und sie beinahe getötet hatte . . . Das wäre ja eine schöne Ehre für ihn gewesen. Das hätte er nie wieder gutmachen können. Das war also das Mädchen, das seinen Sohn hätte heiraten sollen. Ein erstaunliches Weib, soviel war gewiß. Jetzt, wo er sie als das ansah, was sie war. Soviel Mut und Geschicklichkeit hatte er noch nie zuvor an einer Frau gesehen. Es war ihr sogar gelungen, einen seiner Männer zu verwunden. Der würde sich für den Rest seines Lebens schämen müssen. Von einer Frau in die Enge getrieben zu werden – ha!

Es war zu schade, daß sie zu den Feinden zählte. Diese schwarzhaarige Schönheit hätte eine prächtige Schwiegertochter abgegeben. Sie hätte Söhne geboren, mit denen sich keiner in Mut und Stärke hätte messen können. Das war wirklich ein Jammer.

Die Diener, die zu spät eintrafen, fielen alle. Überall floß Blut. Die Schreie aus der Empfangshalle hatten ein Ende gefunden. Zwei der Wikinger kamen heraus und lachten und klopften einander auf den Rücken, ehe sie gemeinsam mit den anderen das Gutshaus durchstöberten. Brenna fragte sich, ob auch Linett und Cordella tot waren.

Von dem oberen Ende der Treppe kam ein weiterer gellender Schrei, und Brenna drehte sich schweigend um und blickte hinaus. Alane stand mit einem kurzen Dolch in der Hand auf der obersten Stufe. Er entglitt ihren Fingern unter Brennas entsetzlichem Blick. Dann rollte ihre alte Dienerin mit grauem Gesicht und hervortretenden Augen die Treppe herunter und landete in einer Pfütze ihres eigenen Bluts. Eine Axt war grotesk in ihren Rücken eingebettet, der sich purpurn verfärbt hatte.

Dies war das letzte Entsetzen, die letzte Wahnsinnstat, die Brenna nicht mehr ertragen konnte. In ihrem Kopf hakte etwas aus, und Schwärze umfing sie, ohne jedoch alles von ihr fernzuhalten, denn sie konnte immer noch Stimmen hören, und sie stand aufrecht da. Jemand schrie und schrie. Es klang so nah, daß sie wußte, daß sie denjenigen, wer immer es auch sein mochte, der diesen qualvollen Lärm erzeugte, anfassen könnte, wenn sie ihren Arm ausstrecken würde. Aber sie konnte ihren Arm nicht bewegen. So sehr sie es auch versuchte – sie rührten sich nicht von der Stelle.

»Anselm, kannst du nichts gegen das Schreien tun? Die Männer drehen langsam durch. Sie würden sie lieber Hel anheimgeben, als sich das anzuhören.«

»Ich kenne nur ein Mittel«, antwortete Anselm der Emsige ermüdet.

Brenna spürte den Schlag nicht, aber endlich war die Schwärze vollkommen. Sie hörte die Schreie einer Wahnsinnigen nicht länger.

6

Der Marsch zur Küste ging langsam voran. Der Rückweg dauerte zwei Stunden länger als der Hinweg. Die Pferde, Rinder und Schweine und die mit Beute beladenen Karren verzögerten den Rückmarsch. Aber sie erreichten das Schiff noch vor Einbruch der Nacht.

Das Wikingerschiff war zwanzig Meter lang und maß an der breitesten Stelle mindestens fünf Meter. Auf dem Bug des geschmeidigen Schiffes stand ein kunstvoll geschnitztes, unheimliches Höllenungeheuer. Dieses Schiff würde die Gefangenen von ihrem Land fortbringen und alle Bande mit der Welt, die sie kannten, zerreißen.

Das stolze Wikingerschiff war in einer kleinen Bucht an Land gezogen und hinter hohen Bäumen verborgen worden. Man hatte zwei Männer als Wachen zurückgelassen, die nun die zurückkehrenden Krieger lautstark begrüßten.

Normalerweise verbrachten die Wikinger die Nächte an Land, aber wegen der Feinde, die während des Angriffs in die Wälder entkommen waren – möglicherweise, um Hilfe zu holen –, und wegen der breiten Spur, die seine Wikinger hinterlassen hatten, hißte Anselm der Emsige in jener Nacht das quadratische purpurne Segel.

Ein paar Männer versuchten, Thor mit Opfern günstig zu stimmen, um sich für die Heimreise abzusichern, während die anderen die Fracht verluden. Die Frauen wurden im Heck untergebracht, wo man ein behelfsmäßiges Zelt für sie errichtete. Dort ließ man sie allein. Die Männer hatten ihren Blutdurst und ihre fleischlichen Gelüste gestillt und würden keinen Gebrauch mehr von ihnen machen, ehe das Schiff wieder an Land ging.

Alle Frauen außer Brenna, die, noch als das Schiff die Segel hißte, von Anselms Schlag bewußtlos war, waren vergewaltigt worden, manche mehrfach. Es gab insgesamt sieben Gefangene – Linnet und Cordella, Enid und noch drei junge Mädchen aus dem Dorf. Die Männer waren bis auf diejenigen getötet worden, denen es gelungen war, in die Wälder zu fliehen, und denen, die zu schwer verwundet waren, um die Nacht zu überleben.

Das wußte Brenna, und es bereitete ihr zusätzliche Qualen. Es war ihr mißlungen, ihre Leute zu schützen, und auch sich selbst hatte sie nicht beschützen können. Ihre Niederlage durch den Wikingerhäuptling, einen Mann, der die Blüte der Jugend überschritten hatte, erfüllte sie mit unerträglicher Scham. Ihr Haß auf diesen Mann überstieg jede Vernunft. *Er* hatte sie zur Hilflosigkeit verdammt, *er* hatte sie niedergeschlagen. Er hatte allen bewiesen, daß sie schließlich doch nur eine Frau war. Dafür und für alles andere würde er zahlen.

Wie ein geschmeidiges Ungeheuer glitt das Schiff über die Wellen und ließ Wales hinter sich zurück. Zweimal täglich setzte man den Frauen Stockfisch, Schinkel oder Pökelfleisch vor, dazu Fladenbrot und Butter. Das Essen war so kalt und trocken, daß viele es nicht bei sich behalten konnten. Cordella sprang oft auf, um ihren Magen zu entleeren. Das Gelächter der Männer trug nur noch mehr zur Scham der Frauen bei.

Brenna aß nur, um sich nicht zu schwächen, denn sie hatte sich ein Ziel gesetzt – Anselm den Emsigen zu töten. Sie sprach nicht mit ihren Gefährtinnen, noch nicht einmal mit Linnet, deren Freundlichkeit ihr unerträglich war. Ihre Scham war zu groß, ihre Erbitterung zu neu. Linnet war so klug, vorläufig aufzugeben.

Anselm der Emsige kam gelegentlich vorbei, um Brenna anzuschauen. Er war riesengroß und bärenstark. Sein Haar war flachsfarben, ebenso der Bart, der sein Gesicht bedeckte, und er hatte stechende blaue Augen. Er war ein Mann, der seine Feinde in Angst und Schrecken versetzen konnte, aber Brenna fürchtete ihn nicht. Wenn er sie neugierig ansah, fast bewundernd, begegnete er einem gehässigen Blick, einer solch offenen Feindseligkeit und einem solchen Haß, daß er verdrossen davonzog.

Anselm bereute fast, was er getan hatte, aber das hätte er nie zugegeben. Er hatte dem Feind sein Ehrenwort gegeben. Trotzdem war es nicht unehrenhaft, sein Wort zu brechen – gegenüber einem Freund schon, aber nicht einem Feind gegenüber.

Der Mann, der die Hochzeit arrangiert hatte, war recht arglos gewesen. Er hatte zusammen mit der Braut großen Reichtum versprochen und auch noch erzählt, wo dieser zu finden sei. Anselms Sohn würde keine Braut bekommen, aber das Gold lag bereit. Der Häuptling kehrte als reicher Mann zurück, und seine Männer waren mit ihrem Anteil glücklich.

Wenn Anselm die junge Schönheit betrachtete, amüsierte ihn ihre herausfordernde Art. Ihr Stolz entsprach dem seinen, aber er fragte sich, wie lange sie ihn noch aufrechterhalten würde. Die Vorstellung, daß ein solcher Geist gebrochen würde, hinterließ einen sauren Geschmack in seinem Mund.

Er erinnerte sich daran, wie sie einen seiner Männer verwundet hatte. Er hatte sie für einen schlanken, jungen Mann gehalten und war über die Geschicklichkeit überrascht gewesen, mit der sie gegen diese brutale Gewalt gekämpft hatte. Es war ein Vergnügen, soviel Mut zu beobachten, der ohnehin von seinem Volk hoch geschätzt wurde. Es hatte ihm widerstrebt, sie zu töten – sogar, als er sie noch für einen Mann gehalten hatte. Aber er konnte es sich nicht leisten, noch mehr seiner Männer durch sie zu verlieren. Und dann mußte er entdecken, daß sie das junge Mädchen war, das man seinem Sohn als Braut angeboten hatte, und daß sie eine bemerkenswerte Frau war . . .

Nachdem er ihren außergewöhnlichen Mut beobachtet hatte, war Anselm enttäuscht gewesen, sie schwach zu sehen. Als sie diese alte Frau mit dem roten Haar erblickt hatte, war sie durchgedreht und hatte nur noch geschrien und ihre kleinen Fäuste gegen ihre Schläfen gepreßt. Hatte sie ihren Vater fallen sehen? Konnte die Frau ihre Mutter gewesen sein? Nein, die schwarzhaarige ältere Frau, die in ihrer Nähe war, hatte mehr Ähnlichkeit mit ihr. Wenn er nur ihre Sprache hätte sprechen können, wüßte er die Antworten auf seine Fragen. Aber er würde warten müssen, bis sie zu Hause waren und Heloise mit ihnen reden könnte.

Einstweilen konnte er sich nur über diese keltische Schönheit wundern. Sie war wirklich etwas Besonderes, und er entschloß sich, seine Männer von ihr fernzuhalten. Ihre Jungfräulichkeit machte sie zu einer noch besseren Erwerbung. Sie würde Garrick bestimmt gefallen.

Sie hielten bei der Isle of Man an, um dort die Nacht zu verbringen und etwas Warmes zu essen. Manche Männer vergewaltigten die Frauen wieder, aber noch wagte es keiner, sich Brenna mit ihrem wilden Haß zu nähern. Manche hielten sie für verrückt. Sie passierten den Nordkanal und segelten an der schottischen Küste entlang. Dann hielten sie auf den Hebriden an, wo sich viele ihrer Landsleute niedergelassen hatten. Nach zwei Tagen segelten sie weiter und verbrachten auf den Shetland-Inseln ihre letzte Nacht an Land.

Schließlich gelangten sie aufs offene Meer, wo Ungeheuer und Drachen von unglaublichen Ausmaßen jederzeit an die Oberfläche kommen und sie alle lebendig verschlingen konnten – oder zumindest klagten die Frauen über solche Gefahren. Sie fürchteten nichts mehr als das Unbekannte. Ein unerwarteter, heftiger Sturm trug auch nicht dazu bei, ihre Ängste zu lindern. Hohe Wellen griffen nach ihnen, und der Ozean öffnete seine Arme. Dort warteten Schlangen mit giftigen Zungen. Sogar Cordella, deren herablassende Haltung ihrer Stiefschwester gegenüber auf dem Höhepunkt angelangt war, saß nur noch jämmerlich schluchzend in der Ecke, bis der Sturm nachließ.

Linnet bereitete es große Schwierigkeiten, die Frauen zu beruhigen, da sie selbst nicht mehr die besten Nerven hatte. Sie flehte Brenna um Hilfe an, erhielt aber keine Antwort. Sie verstand, was Brenna durchmachte und warum sie schweigend vor sich hin brütete, aber sie fand, daß ein paar tapfere Worte von Brenna jetzt angebracht wären, um die Ängste der anderen zu verringern. Cordella, die nur noch heulte und glaubte, die Welt ginge unter, war ihr auch keine Hilfe.

Wenn Linnet nicht solche Sorgen gehabt hätte, es hätte ihr nahezu Vergnügen bereitet, Cordella in ihrer momentanen Verfassung zu sehen. Diese junge Frau hatte ihrem toten Gatten keine einzige Träne nachgeweint. Noch vor wenigen Stunden hatte die hitzköpfige Della damit geprahlt, daß sie sich nicht davor fürchtete, was die Zukunft bringen würde. So sicher war sie sich, daß alle einschließlich des Häuptlings sie mehr als alle anderen begehrten, besonders, seit sie Brenna in Ruhe ließen. Cordella war sicher, daß sie es in der neuen Heimat angenehm haben würde.

Vielleicht gab Cordella nicht zu Unrecht an. Immer mehr kamen zu ihr, wenn sie eine Nacht an Land verbrachten. Und sie wehrte sich nicht mehr wie beim erstenmal. Sogar der Anführer suchte sich Della aus.

Linnet überlief ein Schauer, wenn sie an die zwei Wüstlinge dachte, die sie an jenem schicksalhaften Tag in der Empfangshalle vergewaltigt hatten. Seit damals war sie nur noch einmal belästigt worden, von keinem anderen als dem Anführer selbst, der zumindest nicht grob mit ihr umging wie die jüngeren Männer. Eigentlich war es ein zärtliches Zwischenspiel, denn sie hatte ihren Kampfgeist verloren, und er war auf seine Weise recht sanft gewesen. Sie war schon lange verwitwet und hatte seit Jahren keinen Mann mehr gehabt. Trotzdem betete Linnet, es möge sich nicht wiederholen. Von Anselm Haardrad von Norwegen hatte sie sich nichts zu erhoffen. Nach Fergus' Worten war er schon verheiratet.

Der Sturm dauerte nicht allzu lang, aber alle waren erschöpft. Wie durch ein Wunder wurde am folgenden Tag Land gesichtet. Die lange Küste Norwegens erstreckte sich soweit das Auge reichte. Sie hielten nicht mehr an, sondern segelten Tag und Nacht weiter nach Norden, bis sie schließlich den Kurs änderten und über den Hjorten-Fjord ins Inland gelangten.

Es war Hochsommer und das leuchtende Grün der Bäume und Wiesen war eine Wohltat für die Augen. Der Himmel war tiefblau und mit flaumigen weißen Wölkchen übersät. Vor ihnen am Himmel stand eine einzelne große Wolke in Form eines riesigen Hammers – der fliegende Hammer des Thor.

Die Frauen sahen die Wolke, ohne sich etwas dabei zu denken, aber die Männer jauchzten ohrenbetäubend. Das war ein gutes Zeichen, denn es bedeutete, daß Thor ihnen seinen Segen gab.

Felsige Klippen erhoben sich zu beiden Seiten des Schiffes wie Steilwände. Als die Ufer wieder eben wurden, ruderten die Männer das Schiff an Land. Die Reise war vorüber.

7

Die Ansiedlung war dürftig. Eine Viertelmeile neben dem Fjord stand ein großes, fensterloses Holzhaus, das von vielen kleineren Häusern und Lagerschuppen flankiert war. In den Feldern hinter der Ansiedlung standen weitere grob zusammengebaute Häuser weit verstreut.

Einige Frauen und Kinder, die von sämtlichen Hunden begleitet wurden, kamen auf die Anlegestelle zugerannt, um die Männer zu begrüßen. Andere warteten vor dem Haupthaus. Brenna und den anderen Frauen wurden die Handgelenke gebunden, ehe man sie wie Frachtgut ablud und zwei Männer sie zu einem der kleineren Häuser brachten.

Alle Augen folgten der schmalen Gestalt in Schwarz, die stolz und furchtlos einherschritt. Die anderen Gefangenen bewegten sich langsam vorwärts. Sie wurden in das kleine Haus gestoßen, dann wurde die Tür hinter ihnen zugeschlagen. Dunkelheit umgab sie.

»Und was nun?« fragte Enid weinerlich. »Wenn ich das wüßte, würde ich mich weniger fürchten«, antwortete ein anderes Mädchen. »Das ist ja gerade das Entsetzliche, daß wir nichts wissen.«

»Wir werden es bestimmt noch früh genug erfahren«, fauchte Cordella ungeduldig. »Diese Dunkelheit ist unerträglich! Habt ihr gesehen, daß keines dieser Häuser Fenster hat? Haben diese tapferen Wikinger Angst vor dem Licht?«

»Wir sind hoch im Norden, Della«, erwiderte Linnet. »Ich kann mir vorstellen, daß es hier kälter wird, als wir es jemals im Winter erlebt haben. Selbst die dichtesten Fenster würden die Kälte hereinlassen.«

»Du hast aber auch auf alles eine Antwort«, zischte Cordella sarkastisch. »Und was wird aus uns, Linnet?«

Linnet seufzte müde. Sie stand neben Brenna in der Mitte des Raumes, aber in der Finsternis konnte sie nichts erkennen. Sie war unfähig, ihre Befürchtung auszusprechen, daß sie alle Sklaven und sonst gar nichts waren. Es bestand kein Anlaß, die jüngeren Mädchen noch mehr zu erschrecken, da ihr Verdacht noch keine absolute Gewißheit war.

»Wie du schon gesagt hast, Della, werden wir es früh genug erfahren«, sagte sie schließlich.

Brenna schwieg. Sie war unfähig, die anderen zu beruhigen. Auch sie erriet ihr Schicksal, aber sie wollte sich diese Möglichkeit nicht eingestehen.

Was hätte sie schon ohne Waffe und mit gebundenen Händen tun können? Alle waren brutal vergewaltigt worden, aber sie hatte es nicht verhindern können.

Die Tatsache, daß sie selbst nicht vergewaltigt worden war, trug wenig zu ihrem Behagen bei. Sie konnte es sich nur damit erklären, daß man sie für die vereinbarte Hochzeit aufsparte. Dazu würde es nicht kommen, denn sie wollte lieber sterben, als die Braut eines Wikingers zu sein. Sie wollte nichts als Rache, und dazu würde sie noch Gelegenheit finden.

Das Schiff wurde entladen, die Beute wurde in das Schatzhaus gebracht, das Vieh auf die Weide. Im Haupthaus wurden die Vorkehrungen für ein Fest getroffen. Ein großer Keiler wurde in der Mitte des Raumes auf einem Spieß gedreht. Sklaven oder Leibeigene waren eifrig damit beschäftigt, Fladenbrot und Fischgerichte zu bereiten.

Die Männer drängten sich an den langen Tischen und tauchten ihre Becher gierig in einen großen Eimer, der mit Met gefüllt war. Einige veranstalteten Wettsaufereien. Andere bezogen Stellung und setzten auf eine der Seiten. Der große thronartige Stuhl am Kopfende war frei. Aber bis jetzt vermißte man Anselms Gesellschaft noch nicht.

Im Badehaus kochte das Wasser in großen Kesseln über dem Feuer. Rauch und Dampf brannten in den Augen. Eine riesige Wanne, die bequem vier oder fünf Menschen aufnehmen konnte, stand mitten im Raum. Mit einer Schale Met in der Hand saß Anselm in der Wanne. Das Wasser reichte ihm bis zur Taille. Eine hübsche Sklavin war über ihn gebeugt und schrubbte ihm den

Rücken. Hugh, sein erstgeborener Sohn, saß auf einer Bank an der Wand.

»Willst du mir wirklich keine Gesellschaft in der Wanne leisten?« fragte Anselm mürrisch. »Verdammter Mist, daß deine Mutter auf diesem rituellen Bad besteht! Zu jedem anderen Zeitpunkt wäre es mir recht, aber sie weiß, daß ich es kaum erwarten kann, mitzufeiern, und doch muß ich erst hierher.«

»Du bist nicht allein, Vater«, sagte Hugh grinsend. »Das gleiche macht sie mit Garrick und mir, wenn wir von einem Beutezug zurückkehren. Sie glaubt wohl, daß das Blut der Feinde noch an uns haftet und eiligst abgewaschen werden muß.«

»Warum auch immer«, brummte Anselm. »Loki lächelt über meinen Mißmut. Ich weiß selbst nicht, warum ich mir das gefallen lasse.«

Hugh lachte herzlich, und seine stechenden blauen Augen funkelten. »Du hast mehr als einmal gesagt, daß dein Weib das Haus regiert und du das Meer.«

»Stimmt, doch diese Frau nutzt die Macht, die ich ihr gegeben habe, zu sehr aus. Aber genug davon. Ist Garrick schon zurückgekehrt?«

»Nein.«

Anselm runzelte die Stirn. Als sein Sohn einmal nicht vor dem Winter zurückgekehrt war, hatten ihn die Christen gefangengenommen. Aber dann hatte er sie überfallen. Anselm brauchte sich erst Sorgen zu machen, wenn die Kälte einsetzte.

»Und Fairfax, mein Bastard? Wo treibt der sich rum?«

»Der ist auf Walfang vor der Küste«, antwortete Hugh barsch.

»Seit wann?«

»Seit einer Woche.«

»Dann wird er bald wiederkommen.«

Hugh stand steif auf. Er war ein kräftig gebauter Mann von dreißig Jahren und das Abbild seines Vaters. Er konnte seinen Halbbruder nicht ausstehen und ärgerte sich über jede Aufmerksamkeit, die sein Vater auf ihn verschwendete.

»Warum beschäftigt er dich? Zugegeben, seine Mutter ist eine freie Frau, aber er ist trotzdem ein Bastard, genauso wie die Kinder, die du mit den Sklavinnen gezeugt hast.«

Anselms blaue Augen verengten sich. »Die anderen sind Töchter. Ich habe nur zwei legitime Söhne und Fairfax. Mißgönne mir mein Interesse an ihm nicht.«

»Loki soll ihn holen! Er ist kein Wikinger. Er ist schwach!«

»Mein Blut, wenn auch wenig davon, fließt in seinen Adern. Kein weiteres Wort mehr darüber! Nun erzähl mir, was los war, während ich fort war. Hat es Ärger mit dem Borgsen-Klan gegeben?«

Hugh zuckte mit seinen breiten Schultern und setzte sich wieder. »Zwei Kühe wurden tot in der Nähe der Felder aufgefunden, aber wir haben keine Beweise, daß es die Borgsens waren. Es kann das Werk eines unzufriedenen Sklaven sein.«

»Aber du bezweifelst es?«

»Ja. Das war eher Gervais oder Cedric oder einer ihrer Vettern. Sie fordern, nein, sie betteln fast um Vergeltung. Wir warten nur auf deine Zustimmung zum Angriff.«

»Diese Fehde wird fair ausgefochten«, entgegnete Anselm verdrossen. »Wir greifen nicht an.«

»Also sind sie dran?« fragte Hugh sarkastisch. »Thor! Nur weil Latham Borgsen dein Freund war, willst du diesen Kampf ehrenhaft führen. Jahre sind ohne Blutvergießen vergangen.«

»Gegen unsere eigenen Leute wird ehrenhaft gekämpft. Latham kann nichts für das, was geschehen ist, aber er muß sich hinter seine Söhne stellen und ihre Partei ergreifen.«

»Hast du vergessen, daß du deine einzige legitime Tochter wegen seines Sohnes verloren hast?« zischte Hugh.

»Ich habe nichts vergessen. Odin sei mein Zeuge, daß Edgars Vergehen zurückgezahlt wird. Aber kein faules Spiel!« Anselm erhob sich aus der Wanne und wurde sofort von der hübschen Sklavin in ein Tuch gehüllt. »Ich bin sicher, daß auch sie zwei tote Kühe vorgefunden haben.«

Hugh grinste. »Klar.«

»Gut«, erwiderte Anselm. »Also sind sie wieder dran. Aber jetzt, wo Heloise keinen Makel mehr an mir finden kann, werde ich mich ankleiden und dich in der Halle treffen.«

»Ich habe gehört, daß du Gefangene mitgebracht hast?«

»Stimmt. Insgesamt sieben.«

»Man sagt, einer davon sei ein schmächtiger Mann mit langem schwarzen Haar. Du hast genug männliche Sklaven. Warum hast du ihn mitgebracht?«

Anselm kicherte. »Der, von dem du sprichst, ist auch eine Frau. In Wahrheit ist es sogar das Mädchen, das sie mit deinem Bruder vermählen wollten.«

»Was? Die Lady Brenna? Ich will sie sehen.«

»Sie hat mehr Mut, als ich je bei einer Frau gesehen habe. Sie hat mit dem Schwert gegen uns gekämpft und Thorne verwundet F∴ war ein großartiges Schauspiel.«

»Ich will sie haben.«

»Was?«

»Ich habe gesagt, daß ich sie haben will«, erwiderte Hugh. »Garrick haßt Frauen, und du hast Heloise. Meine Frau ist so furchtsam wie meine Sklaven. Ich will eine Frau mit Mut.«

»Du hast sie noch nicht gesehen, Hugh«, bemerkte Anselm.

»Diese kleine Schönheit ist mutiger, als es dir behagen würde Sie ist äußerst feindselig und von bitterem Haß erfüllt.«

»Ihre Stärke kann man brechen«, sagte Hugh, und seine Augen blitzten vor Vorfreude auf. »Ich will sie trotzdem.«

»Man braucht sie nicht zu brechen«, sagte Anselm grob. »Es ist mein Wunsch, sie Garrick zu geben. Sie ist genau das, was er braucht, um seine Bitterkeit zu vergessen.« Er sagte nicht dazu, daß sie noch jungfräulich war, denn dann hätte Hugh sie gewiß gewollt, und als Erstgeborener hatte er das Recht auf sie. »Eine Dirne mit feuerroten Haaren und Temperament ist auch dabei, und sie gefällt dir sicher besser. Sie ist rundlicher, so, wie du es magst, und sie ist umgänglicher.«

»Und wenn ich mir doch die Lady Brenna aussuche?«

»Ich würde es gern sehen, wenn du das nicht tätest, Hugh«, warnte Anselm ihn.

»Das werden wir ja sehen«, erwiderte Hugh nichtssagend, während sie das Badehaus verließen.

Die Tür flog auf. Staub wirbelte hoch und trieb sachte in dem Sonnenstrahl, der auf den Erdboden des kleinen Hauses fiel. Als die Gefangenen in den Hof geführt wurden, blendete sie die Sonne. Sie wurden zum Haupthaus geleitet und durch die offene Tür gestoßen, durch die der Rauch der Feuer entwich. Dann ließ man sie in der Mitte des überfüllten Raumes stehen.

Linnet erkannte die Männer, die an zwei langen Tischen und auf Bänken an den Wänden saßen. Sie waren auf dem Schiff gewesen. An einem Ende des Tischs wurde ein Brettspiel gespielt. Ein großer Mann, den sie zuvor noch nicht gesehen hatte, untersuchte ein edles graues Pferd, das man gemeinsam mit den Frauen in den Raum gebracht hatte. Sie seufzte, als sie sah, daß es sich um Willow, Brennas Pferd, handelte. Wenn Brenna das entdeckte, war nicht abzusehen, was sie tun würde. Zum Glück bemerkte sie es nicht. Mit unverhohlenem Abscheu sah sie Anselm den Emsigen an und warf nicht einmal einen Blick auf die Pferde, als sie ins Freie geführt wurden.

Anselm saß am Kopf des Tisches. Er wurde von Mädchen, die in rohe, ungefärbte Wolle gekleidet waren, bedient – zweifellos Sklavinnen. Neben ihm saß, festlich in gelbe Seide gekleidet, eine Frau, die nicht viel älter als Linnet war. Neben ihr saß noch eine Frau, jung und dick und mit dem gleichen blonden Haar, das hier die meisten Menschen hatten.

Der große Mann, der Willow gemustert hatte, kam zu den Gefangenen herüber. Er stieß Linnet zur Seite und stellte sich vor Brenna. Er hob Brennas Gesicht, um es ebenso zu mustern, wie er einen Moment zuvor das Pferd angeschaut hatte, aber Brenna schlug seine Hand mit einem Hieb ihrer gebundenen Hände fort. Die Wut in ihren Augen forderte ihn dazu heraus, sie noch einmal anzufassen. Brenna roch seine Männlichkeit, den Geruch von Schweiß und Pferden. Er glich Anselm dem Emsigen so sehr, daß sie ihm mit Freuden die Kehle durchgeschnitten hätte, wenn sie nur ein Messer gehabt hätte. Gierig blickte sie auf den Dolch, den er in seinem breiten Gürtel trug, aber sein tiefes Lachen zog ihren Blick zu seinem Gesicht zurück.

»Bei Thor, sie ist eine Schönheit!«

»Das habe ich dir bereits gesagt, Hugh«, erwiderte Anselm vom Tisch her.

Hugh grinste, ging um sie herum und betrachtete sie von allen Seiten. Ihre Augen waren furchtlos, obwohl sie wußte, daß sie mit ihren gebundenen Handgelenken hilflos war, solange sie kein Messer hatte, das sie mit beiden Händen packen konnte. Brenna hing diesem Gedanken so sehr nach, daß sie es nicht bemerkte, als Hugh nähertrat.

Als er so nah vor ihr stand, daß keiner, der seine Sprache verstand, ihn hören konnte, flüsterte er ihr ins Ohr: »Ich will Euch diesen blutrünstigen Blick nehmen, Lady. Ich werde den Geist brechen, den mein Vater so sehr bewundert hat.«

Er konnte nicht wissen, daß sie jedes Wort verstand. Ihr ekelte vor seiner Prahlerei, bis er sie an sich zog und seine fordernden Lippen sich auf ihre preßten. Mit der anderen Hand faßte er auf ihre Brüste und quetschte sie grausam zusammen, um sie mit seiner Stärke zu verspotten. Ihre Arme waren nutzlos, aber ihre Zähne wehrten sich gegen die forschende Zunge, die gewaltsam in ihren Mund drang. Er konnte sie gerade noch rechtzeitig zurückziehen. Dann stieß er sie von sich, und sie fiel auf die anderen Frauen.

»Tochter der Hölle!« fluchte Hugh und ging auf sie zu, um sie zu schlagen, aber Anselm hielt ihn zurück. Hugh ließ seinen Arm sinken und wandte sich anklagend an seinen Vater.

»Sie würde mein Blut vergießen, ohne zu begreifen, daß es ihren Tod bedeutet.«

»Ich habe dich vor ihrem Haß gewarnt«, erwiderte Anselm.

»Haß, für den sie sterben würde. Bah! Ich glaube, sie ist verrückt. Gib sie ruhig meinem Bruder Garrick, ganz nach deinem Willen. Er haßt Frauen, und es wird ihm ein Vergnügen sein, diese hier zu mißhandeln. An ihrem Körper soll er seinem Haß Luft machen. Wir werden ja sehen, ob sie einander umbringen. Ich werde die mit den feuerroten Haaren nehmen.«

»Genug davon, Hugh!« schimpfte die Frau in der gelben Seide. »Hast du vergessen, daß deine Mutter und deine Frau anwesend sind?«

»Verzeihung, Herrin«, antwortete Hugh unverfroren. »Ich hatte es in der Tat vergessen. Ich bin hier fertig. Ihr könnt jetzt nach dem Geheiß meines Vaters handeln und die Gefangenen ausfragen.«

»Ich wußte nicht, daß ich dazu der Erlaubnis meines Sohnes bedarf«, erwiderte die Frau mit kühler Autorität.

Schallendes Gelächter kam von denen, die dem Wortwechsel gelauscht hatten, und Hugh brauste auf. Ein warnender Blick seines Vaters hielt ihn zurück. »Ich bitte wiederum um Verzeihung, Herrin. Ich muß ja nicht nur in Worten mit Euch streiten.«

Brenna siedete innerlich. Sie hatte genau verstanden, was der Schurke über sie gesagt hatte. Gib sie Garrick? Laß ihn mit seinem Frauenhaß sie mißhandeln? Sie würden schnell merken, daß sie sich nicht mißhandeln ließ. Der Mann, der sie heiraten wollte, würde sterben, wenn er es wagte, sie zu berühren. Gott, wie sehr sie diese Männer haßte!

Linnet beobachtete das Geschehen schweigend. Sie zwang sich, nicht einzugreifen, als der Wikinger Brenna mißhandelte, und hoffte, daß die grobe Behandlung Brenna wenigstens aus ihrem erbitterten Schweigen aufrütteln würde. Aber dem war nicht so. Sie wünschte sich nichts sehnlicher, als zu verstehen, was geredet wurde. Hätte sie sich nur Brennas Lektionen bei Wyndham angeschlossen . . . Aber was hatten sie damals schon von der Zukunft gewußt? Wie sollten sie nur mit ihren Eroberern reden und sich ein Bild von ihrer Lage machen, wenn Brenna nicht bereit war, mit ihnen zu sprechen? Nur sie kannte ihre Sprache.

Kurz darauf wurden Linnets Befürchtungen zerstreut, denn die

Wikingerdame mit dem fließenden Seidengewand kam auf sie zu. Sie war eine zierliche, graziöse Frau mit walnußfarbenem Haar und dunkelbraunen, mandelförmigen Augen.

»Ich bin Heloise Haardrad. Mein Mann ist Anselm der Emsige, Anführer unseres Klans und zugleich der Mann, der euch hierhergebracht hat.«

Linnet stellte schnell sich und die anderen vor und fragte dann: »Wie kommt es, daß Ihr unsere Sprache sprecht?«

»Wie ihr wurde ich vor langen Jahren in dieses Land gebracht, wenngleich auch unter anderen Umständen. Ich war mit Anselm verlobt, und wir heirateten. Ich bin Christin – wie vermutlich auch ihr.«

»Ja, natürlich!«

Heloise lächelte. »Aber ich preise auch die Götter meines Mannes – ihm zu Gefallen. Ich werde euch helfen, so sehr ich kann, aber ihr müßt verstehen, daß ich zu ihm halte.«

Linnet stellte die Frage, die für sie alle die vordringlichste war. »Was wird aus uns werden?«

»Im Augenblick seid ihr die Gefangenen meines Mannes. Die Entscheidung darüber, was mit euch geschieht, liegt bei ihm.«

»Dann sind wir also Sklaven?« fragte Cordella hochmütig, obwohl sie wenig Grund zur Arroganz hatte.

Heloise zog eine Braue hoch und sah Cordella an. »Ihr habt eure Rechte verloren, als man euch gefangengenommen hat. Es überrascht mich, daß du noch fragst, Kind. Habt ihr gedacht, man würde euch hierherbringen und freilassen, euch Häuser und Eigentum geben? Nein, *ihr* seid das Eigentum. Ihr gehört meinem Mann oder denjenigen, denen er euch zu schenken beliebt. Ich mag das Wort Sklave nicht besonders gern. Ich bevorzuge es, von ›Dienern‹ zu sprechen, so wie auch ihr sie in eurem Land hattet.«

»Bei uns waren die Diener frei!« fauchte Cordella.

»Ihr mögt sie frei genannt haben, aber in Wahrheit waren sie es nicht. Und du, mein Kind, mußt schnell begreifen, wohin du gehörst, oder es sieht schlecht für dich aus.«

»Sie hat recht, Cordella«, sagte Linnet leise. »Halt jetzt den Mund.«

Cordella wandte sich beleidigt ab. Heloise lachte. »Ich glaube, wir könnten Freundinnen werden, Linnet.«

»Das wäre schön,« antwortete Linnet ernst. Im Moment brauchte sie nichts mehr als eine Freundin.

»Es ist ein unseliges Geschick, das euch hierhergebracht hat«, fuhr Heloise mitfühlend fort. »Aber ich hoffe, ihr werdet euch alle schnell eingewöhnen. Ich billige die Überfälle meines Mannes nicht, ebensowenig, daß er mit Gefangenen heimkehrt, aber in diesem Bereich habe ich wenig zu sagen. Ich weiß, daß man eure Familie verleitet hat zu glauben, ein Bündnis käme zustande, und das tut mir leid.«

»Euer Gemahl hat sein Wort gegeben«, mischte sich Cordella wieder ein. »Haben die Wikinger keine Ehre?«

»Della!«

»Man kann ihr nicht vorwerfen, daß sie sich ungerecht behandelt fühlt. Ja, mein Mann hat Ehrgefühl, aber nicht gegenüber denen, die er als seine Feinde ansieht. Garrick, mein jüngster Sohn, wurde einmal von eurem Volk gefangengenommen und unmenschlich behandelt. Von da an haßt mein Mann euch Kelten. Er hat sein Wort schon mit der Absicht gegeben, es nicht zu halten. Nie würde er unserem Sohn gestatten, eine Keltin zu heiraten.«

»War das Garrick?« fragte Linnet und wies auf den großen Wikinger. »Der Mann, der meine Nichte inspiziert hat?«

»Nein, das war Hugh, mein Erstgeborener. Garrick ist nicht hier, aber auch wenn er da wäre, würde das keinen Unterschied machen. Eine Heirat ist ausgeschlossen.«

»Ja.«

»Garrick weiß nichts von alledem. Er ist im Frühjahr, ehe euer Gesandter eintraf, abgereist. Ich bedaure wirklich, was geschehen ist, und am allermeisten den Betrug. Wenn ich euer Los ändern könnte, würde ich es tun.«

»Ist es nicht unklug, solche Reden zu führen?«

Heloise lachte. »Keiner versteht uns. Ich habe meinen Mann nie meine Sprache gelehrt, sondern seine erlernt. Mein Mann weiß, wie ich über Gefangene denke. Aber wie ihr an den Dienern sehen könnt, kann ich ihn nicht daran hindern. Das ist ein Bestandteil im Leben der Wikinger.«

»Was wird aus meiner Nichte werden?« fragte Linnet besorgt.

»Sie wird ebenso dienen wie ihr«, sagte Heloise und wandte sich an Brenna. »Verstehst du, Kind?«

Brenna sagte nichts, und Linnet seufzte. »Sie ist dickköpfig und verstimmt. Sie will nicht wahrhaben, was geschehen ist.«

»Sie wird es müssen«, sagte Heloise ernst. »Ich will euch nicht belügen. Wenn sie sich als schwierig erweist, wird sie vielleicht auf einem der Märkte verkauft. Vielleicht tötet man sie auch.«

»Nein!« stieß Linnet keuchend hervor.

Brenna verlieh ihrem Abscheu Ausdruck, indem sie Heloise feindselig ansah, ehe sie sich störrisch umdrehte.

»Macht Euch darüber keine Sorgen, Linnet«, sagte Heloise. »Man wird dem Mädchen Zeit geben, um sich einzugewöhnen. Mein Mann bewundert ihren Mut und wird nicht wünschen, daß ihr ein Leid geschieht.«

Linnet sah besorgt auf Brenna. »Ich fürchte, sie wird sich selbst ein Leid antun.«

»Wird sie sich das Leben nehmen?«

»Nein, sie sucht Rache. Ich habe nie zuvor solchen Haß gesehen. Seit man uns gefangen hat, brütet sie schweigend vor sich hin. Sie spricht nicht einmal mit mir.«

»Ihre Bitterkeit ist verständlich, aber man wird sie nicht lange dulden.«

»Ihr könnt nicht wissen, warum sie mehr Haß empfindet als wir übrigen«, sagte Linnet schnell. »Am Tag vor dem Angriff ist ihr Vater gestorben, und sie muß sich noch davon erholen. Mit der Heirat war sie nie einverstanden, aber ihr Vater hatte sein Wort gegeben, und sie hätte es gehalten. Sie erwartete ihren Verlobten, nicht Euren Gemahl, der uns ohne Warnung angegriffen hat. Sie hat so viele Tote an diesem Tag gesehen. Ihren Schwager, ihre Diener. Sie hat Cordellas Schreie gehört, und auch meine, als – als . . .«

»Ich verstehe. Sprecht weiter.«

»Und dann hat Brenna die erste Niederlage ihres Lebens erfahren. Sie ist das einzige Kind ihres Vaters und mutterlos aufgewachsen, weil ihre Mutter im Kindbett starb. In den Augen ihres Vaters war sie der Sohn, der ihm versagt geblieben war. Mit kleinen Mädchen kannte er sich nicht aus. Er hat sie wie einen Knaben aufgezogen. Ihre Niederlage muß sie als Versagen in den Augen ihres Vaters aufgefaßt haben. Ihre Dienerin, die wie eine Mutter für sie war, wurde brutal getötet. Da hat Brenna zum erstenmal in ihrem Leben hysterisch geschrien. Nicht nur das beschämt sie jetzt, sondern auch, daß sie nicht in der Lage war, ihren Leuten zu helfen.«

»Es ist eine Schande«, stimmte Heloise nachdenklich zu. »Aber sie ist doch intelligent, nicht wahr? Sie wird merken, daß sie keine andere Wahl hat, als ihr Mißgeschick hinzunehmen.«

»Warum sollte sie?« fragte Cordella, die ihren Mund nicht mehr halten konnte. »Was haben wir hier schon zu erwarten? Aber Brenna, ha! Wer sie nicht kennt, weiß nicht, was Stolz ist. Sie wird diese aufgezwungene Sklaverei nie akzeptieren. Seht sie Euch doch an! Nicht einmal mit Euch spricht sie, und sie wird Euch auch nicht dienen. Eher läßt sie sich töten.«

»Das ist nicht meine Angelegenheit. Mein Mann hat sie Garrick gegeben, und sie wird in seinem Haus leben. Du dagegen fällst in meinen Bereich« sagte Heloise zu Cordella, »weil Hugh dich ausgesucht hat und er mit seiner Frau in meinem Haus lebt. Du gehörst jetzt Hugh, aber in diesem Haus herrsche ich, und du wirst dich vor mir verantworten müssen.«

Cordellas Gesicht wurde aschfahl, aber sie sagte nichts mehr. Sie fürchtete nicht die Herrschaft dieser Frau, aber sie hatte den Blick gesehen, den der mächtige Hugh ihr zugeworfen hatte. Vielleicht war doch noch nicht alles verloren.

»Wird man mir gestatten, Brenna zu begleiten?« fragte Linnet ängstlich.

»Nein. Mein Mann begehrt Euch selbst zu behalten. Auch Ihr werdet hierbleiben.«

Linnets Wangen brannten. »Ich – ich . . .« Sie konnte nicht weiterreden.

»Macht Euch keine Sorgen, Linnet. Ich bin nicht eifersüchtig. Bei uns ist es üblich, daß die Männer sich mit ihren Sklavinnen amüsieren. Ich glaube, das ist auf der ganzen Welt der Fall. Manche Frauen dulden die Konkubinen ihrer Männer nicht in ihren Häusern, aber so bin ich nicht. Seid ganz beruhigt. Ich glaube immer noch, daß wir Freundinnen werden.«

»Danke.«

»Was den Rest von euch betrifft«, sagte Heloise gebieterisch, »so werdet ihr eine Zeitlang in meinem Hause bleiben, aber nicht lange. Mein Mann wird sich entscheiden, welchen Freunden, die ihm gute Dienste geleistet haben, er euch schenkt. Ich glaube nicht, daß euer Los so schwer wird, wie es euch jetzt erscheint. Mit der Zeit werdet ihr euch alle eingewöhnen.«

8

Mit einem kleinen kanuähnlichen Boot wurde Brenna weiter ins Inland gebracht. Sie wurde nur von Ogden begleitet, dem Anselms Frau klare Anweisungen erteilt hatte. Sie fuhren nicht weit. Bald stiegen die Felsen neben dem Fjord wieder steil an und tauchten das Wasser und das gesamte Tal in trübes Dunkel. Dann sah sie es

– Ulric Haardrads Steinhaus, das hoch oben auf den Klippen thronte und wie eine natürliche Erweiterung des grauen Felsgesteins wirkte.

Der Wikinger, der Brenna begleitete, war nicht über seine Aufgabe erfreut. Er ruderte schneller, als sie sich dem hölzernen Landesteg näherten. Er spielte kurz mit dem Gedanken, dem Mädchen die Kehle aufzuschlitzen und sie in die bodenlose Tiefe des Fjordes zu stoßen. Hatte sie nicht seinen Bruder verwundet und ihm somit unsägliche Scham zugefügt?

Aber Anselm würde Ogden zur Rede stellen, ganz zu schweigen von Garrick, dem das Mädchen jetzt gehörte. Und, ehrlich gesagt, es war nicht ehrenhaft, eine Frau zu töten, am wenigsten eine hilflose Frau, deren Hände gebunden waren. Im Moment hatte sie keinerlei Ähnlichkeit mit dem schwarzen Panther, der so listig gegen seinen Bruder gekämpft hatte. Trotzdem haßte Ogden diese Frau, die sich kleidete und verhielt wie ein Mann und ihn mit den heißen, gehässigen Augen einer Tigerin ansah.

Der Landesteg lag nicht direkt unter dem Steinhaus, sondern weiter oben, wo die Klippen uneben abfielen. Ogden zerrte Brenna grob an Land und einen steilen, felsigen Weg hinauf. Es war ein schmaler Pfad, der entstanden war, als die Sklaven die großen Steine herangeschleppt hatten. Er endete bei einem großen Geröllbock, der zur Seite geschoben war. Wenn es sich als nötig erwies, konnte man mit ihm den Zugang vom Fjord her versperren. Ogden überlegte, daß Ulrics Haus im Kriegsfall eine ideale Festung wäre.

Das Haus ähnelte den hölzernen Bauten der Norweger nur in einer Hinsicht – es war fensterlos. Im übrigen war es wie die großen, steinernen Gutshäuser, die Ogden an der schottischen Küste gesehen hatte. Es hatte Schornsteine, durch die der Rauch entweichen konnte, und einen zweiten Stock, der bewohnt war. Der Eingang war nicht dem Meer oder den Feldern zugewandt, sondern befand sich an der Seite, wo alte, knorrige Bäume wuchsen. Die hölzernen Nebengebäude, ein Lagerhaus, die Vorratsschuppen und der Stall, standen hinter dem Haus.

Vor seinem Tode hatte Ulric sein Haus und einige Hektar fruchtbaren Landes in Anselms Gegenwart Garrick vermacht, um nachträglichen Streit zu vermeiden. Anselm hatte das Haus ohnehin nicht gewollt, weil es durch seine Steinwände im Winter sehr kalt wurde. Für Garrick war diese Erbschaft nicht unwesentlich. Das kleine, stabile Haus war sein einziger Besitz, da Anselms Reichtümer traditionsgemäß an seinen Erstgeborenen, Hugh, fielen.

Garrick war weder Bauer wie Ogden und die anderen freien Männer, die hier fruchtbaren Boden besaßen, noch war er Fischer wie die meisten anderen. Er war Jäger. Mit Pfeil und Speer konnte er geschickt umgehen, und die dichten Wälder, von denen sein Land umgeben war, dienten ihm als Jagdgebiet. Er zog gern in die unbevölkerten Gebiete im Inland, wo Luchse und Elche hausten. Im Winter war er jederzeit dafür zu haben, durch die warmen Küstengewässer hoch in den Norden bis zum Nordkap zu segeln, um Eisbären zu jagen. Seine Geschicklichkeiten als Jäger bewies die beachtliche Fracht an Pelzen, die er im Lauf von zwei Wintern zusammengetragen hatte und jetzt im Osten verkaufte.

Obwohl Garrick selbst kein Bauer war, gestattete er seinen Sklaven, Gemüse anzubauen. So zierten seinen Tisch selbstgezogene Zwiebeln und Erbsen, und der Roggen für das Brot sowie der Hafer für den Honigmet, der allnächtlich konsumiert wurde, kamen auch aus seinem Garten.

Ogden hatte vor zwei Jahren eine Woche in Garricks Haus verbracht. Als Gastgeber war er ebenso großzügig wie sein Vater. Mit Essen und Trinken war er freigebig, und er hatte Ogden sogar eine hübsche Sklavin gegeben, die sein Bett wärmen sollte, was in diesem kalten Haus bitter nötig war.

Ogden mochte Garrick und fand, daß dieses Geschenk des Vaters unbrauchbar war. Dieses Mädchen war eine wahre Teufelin, die ihm ohne weiteres eines Nachts im Schlaf die Kehle durchschneiden würde. Aber das war schließlich Garricks Problem und im Moment das seiner Haushälterin.

Die Eingangstür des Hauses stand offen, um den lauen Sommerwind einzulassen. Es wurde schon kühler, ein Zeichen dafür, daß die Zeit des Mitternachtssonne fast vorüber war und die lange Nacht des Winters hereinbrechen würde, während der die Sonne die Völker im Norden ganz und gar verließ.

»He! Frau Yarmille!« schrie Odgen, als er in den Flur trat und Brenna wie eine Kuh an einem Halsband hinter sich her zerrte.

»Ogden!« Die überraschte Begrüßung kam aus der Öffnung am anderen Ende des Ganges. Dort stand Yarmille in weichem blauen Leinen. Ein goldenes Band hielt ihr strohblondes Haar in einem strengen Knoten zusammen. »Ich habe nicht gewußt, daß Anselm schon zurück ist.«

»Er ist heute erst gekommen«, erwiderte Ogden. »Der Festschmaus wird eben gerichtet.«

»Wirklich?« Yarmille war in ihrer Jugend eine Schönheit gewesen, aber jetzt, wo sie fast fünf Jahrzehnte zählte, wiesen keine Spuren mehr darauf hin. Das was verwunderlich, weil ihr Leben nicht allzu schwer verlaufen war. »Man kann wohl annehmen, daß der Überfall gelungen ist?«

Ogden grinste und ließ Brenna los. »Bestens. Genug Schätze für alle – und sieben Gefangene sind mit uns zurückgekehrt. Ein Mann ist in die Walhalla eingegangen, der Glückliche! Mein Bruder ist verwundet worden, aber die Verletzung ist harmlos.« Ogden sagte nicht, wie es passiert war. »Ich glaube, Anselm wird ihm eine der Gefangenen geben, und eine wird an die Witwe des toten Kriegers gehen.«

»Und die da?« Yarmille wies auf Brenna, die aufrecht da stand und der das Haar unordentlich über die Schultern fiel. »Die hat er dir geschenkt?«

Ogden schüttelte den Kopf. »Nein, Garrick. Das ist das Mädchen, das man ihm als Braut angeboten hat.«

Die Geschichte hatte sich schnell verbreitet. »Die Lady Brenna? So, so, dann hat Anselm sein Versprechen eingehalten.« Als sie den fragenden Blick des Wikingers sah, erklärte sie: »Ich war bei ihm, sofort, nachdem der Narr von einem Vermittler gegangen war. Ich glaube, Anselms Worte waren: ›Eine Braut ist uns angeboten worden, eine Braut wird Garrick auch bekommen, aber eine Heirat wird nie stattfinden.‹«

Ogden lachte, weil auch er Anselms Haß auf die Kelten kannte und wußte, daß er eine solche Verbindung niemals zulassen würde. »Eine Braut ohne Ehegelübde, das gefällt mir. Aber ich bezweifle, daß es Garrick gefällt.«

»Warum nicht? Sie ist doch ganz hübsch. Wenn sie etwas anderes anhat, dürfte sie recht schön sein.«

»Mag sein, aber ihre Abscheu ist größer als ihre Schönheit.«

Yarmille ging auf das Mädchen zu und drehte ihr Gesicht zur Tür, um es besser anschauen zu können, aber Brenna schleuderte ihren Kopf zur Seite und geruhte nicht einmal, der Frau in die Augen zu schauen.

Yarmille runzelte abschätzig die Stirn. »Ein halsstarriges Luder, was?«

»Und wie«, antwortete Ogden böse. »Zweifellos wird sie die erste Gelegenheit nutzen, zu türmen. Sie kämpft auch. Genaugenommen hat sie sogar die Kriegführung erlernt. Seid vorsichtig, Frau.«

»Was soll *ich* denn mir ihr anfangen?«

Ogden zuckte mit den Schultern. »Ich habe meine Anweisungen befolgt und sie bei Euch abgeliefert. Jetzt seid ihr für sie verantwortlich, weil Ihr in Garricks Abwesenheit sein Haus führt.«

»Das fehlt mir gerade noch«, fauchte Yarmille erbost. »Garrick hat fast alle seine Sklavinnen mitgenommen, um sie zu verkaufen, und nur einige zurückgelassen, damit sie sich um diesen Eisberg von einem Haus kümmern. Und jetzt soll ich auch noch die da bewachen.«

»Frau Heloise meint, Ihr solltet das Mädchen in Ruhe lassen, bis Garrick wiederkommt und selbst entscheidet, wie er mit ihr umgehen will. In einer Woche schaut sie selbst vorbei, um zu sehen, ob die *Lady* sich mit ihrem Los abgefunden hat.«

»Heloise kommt her? Ha!« Yarmille lachte. »Das Mädchen muß sie ja sehr interessieren, wenn sie es wagt, hierherzukommen, wo Garrick nicht zu Hause ist.«

Ogden wußte, daß die beiden Frauen sich nicht ausstehen konnten. Beide hatten Anselm einen Sohn geboren. »Meine Aufgabe ist erfüllt. Kommt Ihr mit mir zum Festschmaus, Frau? Anselm hat Euch eingeladen!«

Yarmilles hellblaue Augen leuchteten vor Freude auf. »Natürlich.« Sie ging zur Treppe. »Janie, komm her!«

Kurz darauf erschien eine zierliche junge Frau. Sie trug ein Kleid aus grobem Wollstoff. »Herrin?«

»Janie, nimm dieses Mädchen mit. Bade sie, gib ihr zu essen, steck sie in Garricks Bett. Ich überlege mir noch, wo wir sie auf die Dauer hintun werden.«

»Ja, Herrin«, antwortete die Frau und sah Brenna neugierig an.

»Und du, Ogden, bring das Mädchen doch bitte in Garricks Zimmer und paß auf sie auf, bis der Sklave kommt, der sie bewachen wird. Das wäre lieb von dir.«

Die Woche zog sich für Brenna endlos dahin. Sie hatte jedes Zeitgefühl verloren. Man hielt sie in einem großen, kalten Raum gefangen, der keine Fenster und zwei verschlossene Türen hatte. Gottloser Zorn überkam sie, als man sie am zweiten Tag an ihrem Bett festband, weil die hochmütige Yarmille es als Vergeudung empfand, sie von einem Sklaven bewachen zu lassen.

Brenna wurde nur losgebunden, um zu essen, zu baden und sich zu erleichtern, aber dann wurde Janie von einem männlichen Sklaven begleitet, der vor der Tür stehenblieb. In den ersten zwei Tagen weigerte sich Brenna zu essen und warf das Tablett, auf dem man ihr die Mahlzeiten brachte, wutentbrannt zu Boden. Sie ließ sich sogar dazu hinreißen zu reden. Ihre Flüche waren so gottlos, daß Janie erbleichte und aus dem Zimmer floh und es dem jungen Sklaven überließ, Brenna ans Bett zu binden. Sie wehrte sich und beschimpfte ihn, aber das half ihr wenig, weil ihre Handgelenke noch zusammengebunden waren.

Nach dem dritten Tag spürte Brenna, daß sie schwächer wurde, und so fing sie wieder an zu essen, wenn auch widerwillig. Sie ignorierte Janie. Die beiden Mahlzeiten, die sie täglich bekam, lagen weit auseinander. In der Zwischenzeit verzweifelte sie an ihrer Unfähigkeit, sich zu bewegen. Ihr Zorn wurde durch den zunehmenden Hunger verstärkt.

Erst tat es ihr leid, dann machte es sie halb wahnsinnig, daß sie eine solche Last für die arme Janie war. Sie wußte, daß das Mädchen den ganzen Tag lang hart arbeiten mußte, und seit Brennas Ankunft mußte sie sich noch mehr abmühen. Morgens, wenn sie kam, hatte Janie freundliche Worte für sie übrig, aber gegen Ende des Tages war sie erschöpft und schweigsam. Ohne sie zu kennen, empfand Brenna Mitglied für Janie, ein für sie ungewohntes Gefühl.

Janie sprach Brennas Sprache, hatte aber gezwungenermaßen auch das Norwegische erlernt. Sie beherrschte es noch nicht vollständig, aber sie verstand alle Befehle, ohne sich Schläge einzuhandeln. Brenna nahm an, daß Janie ebenfalls gefangengenommen worden war. Aber sie wußte nicht, wie lange es her war, und sie wollte nicht fragen, weil sie das Mädchen ablehnte, obwohl sie wußte, daß Janie nur Yarmilles Befehlen folgte, wenn sie die Gefangene festband. Mit Gewißheit war Brenna für das gleiche Schicksal wie Janie bestimmt. Sie würde sich nie daran gewöhnen, zu dienen – soviel stand fest. Wenn sie nur endlich freigelassen würde. Alles weitere würde sich schon zeigen.

Ihre Gedanken wanderten zu Garrick Haardrad – einst ihr Verlobter, jetzt ihr Gebieter. Sie hatte schon oft über ihn nachgedacht. Sie wußte, daß er jung war, erst fünfundzwanzig Jahre. Unglücklicherweise war er noch nicht verheiratet, denn sonst hätte Fergus diesen Klan nie kennengelernt. Da sie seinem Bruder Hugh zugehört hatte, wußte sie jetzt auch, daß er Frauen haßte. Sie hoffte, dies möge für sie ein Segen sein. Das konnte bedeuten, daß er sie in Ruhe lassen würde, es konnte aber auch heißen, daß er sie grausam mißhandeln würde. Sie betete, sein Frauenhaß möge ihn von ihr fernhalten. Aber was, wenn die andere Möglichkeit zutraf, in ihren

Fesseln war sie auf Gedeih und Verderb seiner Gnade ausgeliefert. Er konnte sie, die sich nicht wehren konnte, schlagen, vielleicht auch töten. Sie verdammte die vorsichtige Yarmille.

Wie versprochen, kam Heloise nach einer Woche. Brenna erkannte ihre Stimme, als sie mit Yarmille näherkam. Als sie eintraten, blieb Heloise ruckartig stehen. Brenna war ans Bett gekettet. Yarmille ging auf sie zu.

»Seht selbst«, sagte Yarmille herablassend. »Wie ich Euch bereits sagte, ist sie nichts als eine Quälgeist.«

Heloise kam näher. Ihre Augen waren kalt. »Geht Ihr so mit dem Eigentum meines Sohnes um?« fragte sie zornig. »Sie ist doch kein Tier.«

»Ogden hat gesagt, daß sie weglaufen will«, erklärte Yarmille. »Ich wollte nur dafür sorgen, daß sie bei Garricks Rückkehr noch da ist.«

»Weglaufen!« Heloise schüttelte erbittert den Kopf. »Wohin sollte sie denn gehen. Außerdem weiß niemand, wann Garrick nach Hause kommt. Das kann noch Monate dauern. Wollt Ihr das Mädchen ewig so halten?«

»Ich . . .«

»Seht sie doch an!« sagte Heloise scharf. »Sie ist blaß und hat selbst in dieser einen Woche abgenommen. Seid Ihr denn von Sinnen, Weib? Dieses Mädchen ist ein wertvolles Gut für meinen Sohn. Er kann sie für viel Geld auf einem Markt verkaufen, oder er kann sie zu seinem eigenen Vergnügen behalten, aber er wird es nicht zu schätzen wissen, wie Ihr in seiner Abwesenheit mit ihr umgeht.«

Yarmille wußte, daß Heloise die Wahrheit sprach, und erbleichte sichtlich. Das Mädchen verlor an Wert, wenn es eingesperrt dahinwelkte. Ihr Zorn wandte sich gegen Brenna, die sie in diese mißliche Lage gebracht hatte, aber sie verbarg ihn unter einem verbissenen Lächeln.

»Ihr habt recht. Ich werde mich fortan selbst um das Mädchen kümmern. Sie wird Garrick sicher sehr gefallen. Vielleicht kann er bei ihr sogar Morna vergessen, meint Ihr nicht?«

»Das, alte Freundin, steht zu bezweifeln«, erwiderte Heloise steif, ehe sie sich zu Brenna umwandte. »Du wirst losgebunden, Kind, aber du darfst nicht versuchen, von hier zu entkommen. Hast du mich verstanden?« fragte sie sanft. »Du kannst nirgends hingehen.«

Trotz der freundlichen Worte blieb Brenna wenig Hoffnung.

Außerdem hatten die beiden Frauen gerade über sie wie über ein Stück Vieh gesprochen. Sie wandte ihren Kopf schweigend ab.

Heloise setzte sich auf das Bett. »Dein hartnäckiges Schweigen schadet dir nur, Brenna. Ich hatte gehofft, du hättest dich inzwischen ein wenig mit deinem neuen Zuhause ausgesöhnt. Anselm glaubt, daß du Garrick gefallen wirst. Wenn du dich darum bemühst, wird es dir gut ergehen.«

Brenna wollte sie nicht ansehen, aber Heloise gab nicht auf. »Wenn du Angst vor etwas hast, dann sag es mir. Vielleicht kann ich dich beruhigen. Brenna!« Sie zögerte, dann fügte sie hinzu: »Es wird nicht schwierig sein, meinem Sohn zu dienen. Er ist weder fordernd noch grausam. Vielleicht wirst du ihn sogar mögen und hier glücklich werden.«

Brenna warf ihren Kopf herum. Ihre Augen glänzten wie poliertes Silber. »Nie!« zischte sie und erstaunte beide Frauen mit der Kraft ihrer Stimme und mit der Tatsache, daß sie wirklich eine Zunge hatte. »Ich kenne keine Furcht, Herrin. Ihr werdet Grund haben, Euch zu fürchten, denn Ihr werdet den Tag noch verfluchen, an dem Ihr versucht habt, mich zur Sklavin zu machen! Blut wird fließen, und zweifellos das Eures geschätzten Garrick!«

»Was hat sie gesagt?« fragte Yarmille.

Heloise schüttelte den Kopf und seufzte. »Sie ist immer noch maßlos verbittert, aber das wird nicht anhalten. Sie wird selbst herausfinden, daß sie keine andere Möglichkeit hat, als sich zu beugen – zumindest ein wenig.«

»Und bis dahin?« fragte Yarmille.

Heloise sah Brenna nachdenklich an und begegnete ihrem trotzigen Blick. »Wirst du dich benehmen, wenn man dich frei in diesem Raum herumlaufen läßt?«

»Ich verspreche nichts!« stieß Brenna hervor und wandte sich wieder ab.

»Kannst du denn nicht vernünftig werden?«

Brenna schwieg wieder, und schließlich gab es Heloise auf und ging. Aber Yarmille blieb zurück.

»Nun, Brenna Carmarham, jetzt, wo Ihre Hoheit fort ist, besteht kein Anlaß, dich auf der Stelle freizulassen. Heute abend wird es noch früh genug sein«, sagte Yarmille zu sich selbst, ohne auch nur im Traum daran zu denken, daß Brenna sie verstehen könnte. »Morgen kriegst du mehr zu essen, damit du wieder Fleisch auf den Knochen hast, wenn Garrick kommt. Und du wirst ins Freie gebracht, damit du frische Luft bekommst – wie ein

Zwischen 🥄 *durch:*

Noch ist der Zorn Brennas über ihre Gefangennahme maßlos – in ihrer unbezähmbaren Wut
kann sie noch nicht ahnen, daß es gerade ihr
Stolz ist, der ihren neuen Herrn Garrick herausfordern wird.
Doch kühle Überlegung ist in diesem Moment
der Schmach nicht Brennas Sache.
Wir Leser haben es leichter, den Überblick zu
wahren – können wir das Buch doch immer mal
wieder beiseite legen und bei einer kleinen warmen Zwischenmahlzeit das Geschehene überdenken. Wir brauchen dazu nur 5 Minuten Zeit,
einen Löffel und die...

Zwischen durch:

Die kleine, warme Mahlzeit in der Eßterrine. Nur Deckel auf, Heißwasser drauf, umrühren, kurz ziehen lassen und genießen.
Die 5 Minuten Terrine gibt's in vielen leckeren Sorten – guten Appetit!

Teppich oder so.« Sie lachte über ihren eigenen Scherz, ehe sie den Raum verließ.

Wenn sie ein Schwert zur Hand gehabt hätte und wenn diese verfluchten Fesseln sie nicht noch immer behindert hätten, Brenna hätte diese Frau umgebracht. Alle diese heuchlerischen, gemeinen, abscheuerregenden Kreaturen! Zumindest würde man sie bald losbinden und morgen würde sie Pläne für ihre Flucht schmieden. Sie waren dumm genug, ihr zu vertrauen.

9

Das große Wikingerlangschiff bewegte sich wie ein riesiger Drache, der Ruder anstelle der Flügel hatte, den Fjord hinauf. Die Mitternachtssonne schwebte wie ein mächtiger Feuerball am Horizont. Es war mitten in der Nacht, und sie wollten niemanden wecken. Morgen würde noch genug Zeit für Lustbarkeiten und die Begrüßung alter Freunde sein. Aber jetzt wollte Garrick nach Hause, um den Rest der Nacht in seinem eigenen Bett zu schlafen.

Die Männer würden über Nacht in Garricks Haus bleiben und erst am nächsten Morgen nach Hause gehen, um ihre Familien herbeizuholen und mit ihnen zu Garricks Festessen zurückzukehren. Die Müdigkeit lastete schwer auf ihnen allen, denn bis vor wenigen Stunden hatten sie gegen einen Sturm angekämpft.

Zwei Männer mußten auf dem Schiff bleiben, weil man die Fracht heute nacht nicht mehr löschen wollte. Die anderen folgten Garrick auf dem engen Felsenpfad und nahmen nur das Nötigste mit. Das Haus war dunkel und still, denn es war noch nicht so kalt, daß die Feuer die ganze Nacht über brannten. Das Sonnenlicht, das durch die offene Tür hereinströmte, gab ihnen genügend Licht, um sich zurechtzufinden, ohne an die großen Bänke und Tische zu stoßen, die in der Halle standen.

Garrick stieg ohne Schwierigkeiten die dunkle Treppe hinauf, denn er kannte das Haus gut, weil er hier einen Großteil seiner Jugend mit seinem Großvater verbracht hatte. Im zweiten Stock lagen vier Räume – sein eigenes Zimmer, das Herrenzimmer auf der einen Seite der Treppe, ein kleines Nähzimmer auf der anderen Seite der Stufen, am Ende des breiten Korridors ein Gästezimmer, das mit zwei Betten ausgestattet war, und das Zimmer, das er Yarmille, seiner Haushälterin, zugewiesen hatte. Am Ende des Korridors führte eine Tür zu den Steinstufen ins Freie. Die Tür war hauptsächlich dazu gedacht, die warme, sommerliche Luft einzulassen, aber im Sommer war Garrick selten zu Haus.

Jetzt öffnete er die Tür, um Licht im Korridor zu haben, dann ging er in die Halle zurück, um einigen seiner Männern, darunter Perrin, das Gästezimmer zu zeigen. Die anderen würden unten in der Halle auf den Bänken nächtigen, weil harte Betten mehr nach ihrem Geschmack waren.

Endlich betrat Garrick sein Zimmer. Dorthin würde er das Sofa, das aus dem Orient stammte, und die beiden thronartigen Stühle, die er in Hedeby erstanden hatte, bringen lassen. Im Moment war der geräumige Raum eher dürftig möbliert. Sein großes Bett, ein einzelner Stuhl mit hoher Lehne und einer großen Kiste standen darin. Außer einem alten Bärenfell wärmten keine Matten den kalten Fußboden, und die Wände waren schmucklos. Das würde sich ändern, sobald das Schiff entladen war, denn Garrick hatte exquisite Einrichtungsgegenstände für sein Heim erworben, um den kalten steinernen Kammern einen Anschein von Behaglichkeit zu verleihen.

Kärgliche Strahlen vom Korridor beleuchteten den Raum. Garrick ging zu der großen Tür, die sich zu einem kleinen Steinbalkon öffnete. Sein Blick fiel auf ein außerordentliches Schauspiel der Natur.

Garrick blieb ein paar Minuten stehen, aber dann überkam ihm wieder seine körperliche Erschöpfung. Er ließ die Balkontür offen, schloß die Flurtür und ging auf sein Bett zu. Auf der weißen Hermelindecke, die seine Mutter ihm aus den Pelzen genäht hatte, die er ihr gebracht hatte, lag zu einer Kugel zusammengerollt die Gestalt eines Mädchens, das in der Mitte des riesigen Bettes um so winziger aussah.

Garrick blieb stehen. Ihr langes schwarzes Haar lag ausgebreitet auf dem Hermelin und verbarg ihr Gesicht. Ihre Figur war unter dem wollenen Nachthemd, das ihr um einige Nummern zu groß war, nicht zu erkennen, und selbst das Alter dieses schlafenden Geschöpfs war unmöglich zu schätzen.

Aber das interessierte ihn ohnehin nicht. Er war nur zornig, daß sein Bett ihm jetzt, wo er sich so sehr nach seiner Bequemlichkeit sehnte, nicht zur Verfügung stand. Er wandte sich ab und stolzierte aus dem Zimmer. Er betrat Yarmilles Schlafgemach, ohne anzuklopfen, und schüttelte sie grob aus ihren Träumen auf.

»Frau, wacht auf!«

Yarmille öffnete verschlafen die Augen und sah die große Gestalt neben ihrem kleinen Bett stehen. Das Gesicht war im Schatten, aber sie erkannte ihn sofort. »Garrick! Ihr seid zurückgekehrt!«

»Offensichtlich«, antwortete er trocken, und in seiner Stimme schwang unverhohlener Zorn. »Um herauszufinden, daß Ihr Eure Befugnisse weit überschritten habt!«

»Ich – wovon redet Ihr eigentlich?« fragte sie schnippisch und zog sich die bestickte Bettdecke über ihren Hals. »Ihr beschuldigt mich zu Unrecht.«

Garrick runzelte die Stirn. »Mit welchem Recht laßt Ihr zu, daß ein Gast in meinem Zimmer schläft, wenn der hierfür gedachte Raum leersteht?«

»Ein Gast?« Sie brauchte einen Moment lang, um zu begreifen. Dann lachte sie. »Nein, das ist kein Gast.«

Garrick war mit seiner Geduld am Ende. »Erklärt Euch, Yarmille, aber faßt Euch kurz. Wer ist die Frau?«

»Sie gehört Euch. Eure Mutter hat mich gebeten, mich um sie zu kümmern. Deshalb habe ich sie nicht zu den anderen Frauen gesteckt. Ich habe ja gewußt, daß sie nach Eurer Rückkehr ins Gästezimmer kommt, aber ich habe nicht geglaubt, daß es Euch stört, wenn sie das Zimmer mit Euch teilt.«

Garrick biß die Zähne zusammen. »Erstens stört es mich!« sagte er barsch. »Zweitens will ich wissen, was Ihr meint, wenn Ihr sagt, daß sie mir gehört.«

Yarmille hatte Garrick noch nie so zornig gesehen. Sie hätte wissen müssen, daß er Frauen seit jüngster Zeit nicht mehr mochte, und das Mädchen anderswo unterbringen müssen.

»Euer Vater hat im Sommer die Britischen Inseln überfallen und ist mit sieben Gefangenen zurückgekehrt. Das Mädchen war eine von ihnen, und Euer Vater hat sie Euch geschenkt. Sie war die Tochter eines Lords und hatte geglaubt, sie würde Eure Frau werden.«

»Meine Braut!« explodierte er.

»Das haben nur sie und ihre Leute geglaubt, Garrick«, setzte Yarmille schnell hinzu. »Anselm hat ein falsches Spiel getrieben, um sich den Überfall zu erleichtern. Das ist eine lange Geschichte, die Anselm Euch sicher gern selbst erzählen wird.«

»Was stimmt denn mit dem Mädchen nicht? Warum will Hugh sie nicht für sich?« fragte Garrick, weil er wußte, daß jetzt, wo Anselm nicht länger die jungen, hübschen Mädchen für sich behielt, Hugh sich aussuchte, wen er haben wollte.

»Das Mädchen ist ein zänkischer Teufel. Euer Vater muß

schlecht auf Euch zu sprechen sein, wenn er Euch mit einem solchen Geschenk bedenkt. Man hat mir gesagt, daß sie kampflustig ist und nach Blut dürstet.«

Zweifellos war sie auch unansehnlich, und Hugh wollte sie deshalb nicht. Warum sonst sollte sein Vater ihm ein solches Mädchen geben?

Garrick seufzte. Er war zu müde, um noch länger nachzudenken. »Sie schläft, also soll sie bleiben. Aber morgen werdet Ihr sie fortbringen, wohin Ihr auch mögt.«

»Sie wird versuchen, fortzulaufen, Garrick. Ich kann sie nicht zu den anderen Frauen bringen. Dort kann sie sich zu leicht hinausschleichen.«

»Bei Thor, Weib! Ich sagte, daß es mir gleich ist, was Ihr mit ihr anfangt, solange sie nicht in meinem Zimmer bleibt!«

Eine kühle Brise zersauste Brennas Haar und weckte sie auf. Sie zwinkerte verschlafen und stöhnte. Das Sonnenlicht fiel in den Raum. Schon wieder Morgen? Es kam ihr vor, als wären erst wenige Stunden vergangen, seit man sie losgebunden hatte. Wahrscheinlich stand ein Wärter vor der Tür, aber das spielte keine Rolle, denn sie war noch nicht soweit, daß sie davonlaufen konnte. Nachdem die lange Haft ihren Körper geschwächt hatte, war sie nicht in der Lage, sich dem Ungewissen zu stellen. Sie mußte erst wieder zu Kräften kommen, das Land erforschen und ihre Fluchtwege erkunden.

Sie stand auf und schloß beide Türen. Als der Raum wieder verdunkelt war, kroch sie ins Bett zurück. Sie schlief schon fast, als sie eine zornige Stimme vernahm. Kurz darauf ging die Tür auf, und ein großer junger Mann betrat den Raum.

Brenna war sofort hellwach, mit jeder Faser ihres Körpers witterte sie Gefahr. Sie bewegte sich nicht, aber sie beobachtete den Wikinger wachsam durch ihre halbgeschlossenen Lider, bereit, sich auf sein Schwert zu stürzen, falls sich die Notwendigkeit ergeben sollte.

Der Fremde sah nicht in ihre Richtung. Er ging auch nicht auf das Bett zu, sondern zu dem Stuhl, der an der Wand stand, und entkleidete sich wütend. Erst legte er das Schwert ab, dann das kurze Messer, dann warf er die ärmellose Tunika über die Stuhllehne. Dann stellte er einen Fuß auf den Stuhl, um seinen weichen Lederstiefel aufzuschnüren.

Brenna sog die Züge des Mannes mit einem Blick in sich auf, der fast besitzergreifend war. Sie hatte nie zuvor einen Mann gesehen, der so schön anzuschauen war. Langes, welliges, goldenes Haar lockte sich über seinen außergewöhnlich breiten Schultern. Er hatte eine lange, gerade Nase und ein festes, glattes Kinn. Die nackten Arme wiesen ebenso starke Muskeln auf wie seine breite Brust und sein Rücken, Muskeln, die bei jeder Bewegung spielerisch tanzten. Blonde Löckchen bedeckten seine Brust und endeten an seinem festen, schmalen Unterleib. Der ganze Körper strahlte vor Kraft und Stärke. Bis auf ein paar kleine Narben war dieser Körper perfekt. So ein Körper war schon als solcher eine gefährliche Waffe. Brenna fühlte, wie sie ein sonderbares, bisher unbekanntes Gefühl durchströmte.

Als der Mann seine Hose aufmachen wollte, zuckte Brenna zusammen. Einerseits wollte sie den Rest dieses wunderbaren Körpers sehen, aber ihre praktische Seite wußte, daß dies zu nichts Gutem führen konnte. Glücklicherweise warf der Mann einen Blick auf das Bett und überlegte es sich anders.

Brenna hielt den Atem an. Sie hatte sich noch gar nicht überlegt, was es bedeutete, daß der Wikinger hier war. Warum er hereingekommen war und sich anscheinend ins Bett legen wollte, war ihr ein Rätsel. Auf den Gedanken, daß es sich um Garrick Haardrad handeln könnte, kam sie nicht.

Jetzt merkte der Mann, daß die Balkontür geschlossen war. Er öffnete sie wieder. Dann schloß er die Flurtür und sperrte sie somit gemeinsam in diesem Zimmer ein. Dann kam er auf das Bett zu.

Brenna tat nicht mehr so, als würde sie schlafen, denn er wußte vermutlich, daß sie wach war. Sie rollte sich auf die Bettseite, die nicht an der Wand stand, um einen Fluchtweg offen zu haben. Dort krümmte sie sich zusammen.

Beide erstarrten, als ihre Blicke sich trafen und einander einen Moment lang festhielten. Brenna fühlte sich hypnotisiert durch diese Augen, die so hell wie das Wasser waren und von denen man nicht sagen konnte, ob sie blau oder grün waren. Wütend stellte sie fest, daß sie den Atem angehalten hatte.

»Ihr wolltet mich wohl täuschen, Dirne.« Seine tiefe Stimme war weder zornig noch freundlich. »Ihr scheint mir kein teuflisches Weib zu sein, das sich mit Fluchtgedanken trägt, sondern ein verängstigtes kleines Kind, das vielleicht eine List eingesetzt hat, um zu einem behaglichen Zimmer zu kommen.«

Sie lachte stolz. »Ängstlich? Vor Euch, Wikinger? Eure erste Beschreibung war treffend.« ·

»Ihr seid noch da.«

»Nur weil ich bis zum gestrigen Abend an das Bett gebunden war«, antwortete sie.

»Die Geschichte klingt gut, aber sie läßt sich leicht widerlegen.«

Brenna zog ihre dunklen Brauen zusammen. Sie war es nicht gewohnt, des Lügens beschuldigt zu werden. Katzengleich sprang sie vom Bett und landete mit gespreizten Beinen und Armen, die auf ihre Hüften gestützt waren, vor ihm.

»Wißt dies, Wikinger!« sagte sie wütend und sah ihn mit ihrem dunklen, festen Blick an. »Ich bin Brenna Carmarham, und ich lüge nicht. Wäre es nicht so, wie ich sagte, so könntet Ihr gewiß sein, daß ich nicht hier wäre!«

Ein amüsiertes Funkeln trat in Garricks Augen, als er diese stolze Schönheit beobachtete. Er ignorierte ihre Aussage und nahm ihre Worte als leere Drohung hin.

»Da Yarmille offenbar nicht weiß, was sie mit Euch anfangen soll, ist es ein Glück, daß ich das jetzt in die Hand nehmen kann«, sagte er obenhin.

»Wie das?« fragte sie und runzelte die Stirn. Ehe er antworten konnte, fügte sie argwöhnisch hinzu: »Wer seid Ihr, Wikinger?«

»Euer Besitzer, wenn man mich recht informiert hat.«

Brenna keuchte. »Nein, mich besitzt man nicht!«

Garrick zuckte mit den Schultern. Er hatte es nicht mit einer sanftmütigen Sklavin zutun, soviel stand fest. »Was das angeht, habt Ihr keine Wahl.«

»Ich habe nein gesagt!« schrie Brenna. Ihr gesamtes Sein lehnte sich gegen die Vorstellung auf. Zorn blitzte aus ihren Augen. »Niemals!«

Seine Stimme wurde ungeduldig. »Da gibt es nichts zu diskutieren.«

Sie überraschte ihn mit ihrer hochmütigen Antwort: »Stimmt.«

Garrick mußte lachen. Eine solche Sklavin hatte er noch nie gehabt. Dieses schwarze Haar, das fast bläulich schimmerte, diese sahnige weiße Haut, und ein Gesicht, von dem man nur träumen konnte. Er war nahezu versucht, sie näher anzusehen, zu schauen, was sich unter ihrem unvorteilhaften Nachthemd verbarg.

Brenna beobachtete ihn wachsam, als er sich im Bett aufsetzte und sich mit den Händen durchs Haar fuhr. Das war also Garrick Haardrad, der Mann, den sie hatte heiraten sollen und der jetzt annahm, er wäre ihr Besitzer. Es erstaunte sie, daß er ihre Sprache sprach. Aber das konnte ihn seine Mutter gelehrt haben.

Sie wünschte, er wäre nicht so bald zurückgekehrt und sie hätte Zeit gehabt, ihre Lage zu erforschen. Sie wußte nicht, ob sie von diesem Mann etwas zu fürchten hatte oder nicht. Er war ein angenehmer Anblick, und sie ertappte sich bei dem Wunsch, die Dinge wären anders verlaufen, was heißen würde, daß sie sich als seine Braut und nicht als seine Sklavin hier befände. Anselm war schuld daran, und dafür haßte sie ihn noch mehr.

»Was meint Ihr mit ›in die Hand nehmen‹?« fragte sie.

»Ich dulde keinen unbrauchbaren Besitz. Meine Sklaven verdienen sich auf die eine oder andere Weise ihren Lebensunterhalt, oder ich sehe zu, daß ich sie loswerde.«

Die Kälte in seiner Stimme und die Herzlosigkeit seiner Worte sandten ihr einen Schauer über den Rücken. »Ihr würdet es wagen, mich zu verkaufen?«

»Wagen? Das klingt, als sei dies nicht mein Recht.«

»Ist es auch nicht!« fauchte sie, von seiner Dickköpfigkeit entnervt. »Ich sagte Euch doch, daß man mich nicht besitzt.«

»Odin steh mir bei!« stieß Garrick atemlos hervor und sah sie wild an. »Wenn Ihr nicht davon ablaßt, Fräulein, zwingt Ihr mich, Euch das Gegenteil zu beweisen!«

Sie wollte schon fragen, wie, aber dann entschied sie hastig, es lieber nicht wissen zu wollen. Sie würde nicht nachgeben, aber da er bis jetzt keine Forderungen an sie stellte, konnte sie den Fall vorläufig auf sich beruhen lassen.

»Nun dann, Garrick Haardrad«, sagte sie abschließend.

Er sah sie argwöhnisch an und wußte nicht, ob seine Drohung sie eingeschüchtert oder ob sie begriffen hatte, daß sie ihm zustand. Wenn er nicht so müde gewesen wäre, hätte er ihrem Hochmut Grenzen gesetzt. Diese Sklavin würde man zähmen müssen. Er merkte, daß ihm diese Vorstellung gefiel. Das erstaunte ihn. Es war lange her, seit er sich zum letztenmal augenblicklich zu einer Frau hingezogen gefühlt hatte. Er fragte sich, was ihn mehr reizte – ihre Schönheit oder ihre stolze Herausforderung. Er wünschte fast, er wäre nicht so erschöpft. Aber das machte nichts. Er konnte warten.

»Ihr könnt weiterschlafen, Fräulein«, sagte er müde. »Wir können uns morgen über Euren Status unterhalten.«

Sie blickte verblüfft auf die Balkontür. »Aber es ist Morgen!«

»Nein, es ist mitten in der Nacht, Dirne, und ich habe meinen Schlaf bitter nötig.«

»Ich bin doch nicht blind, Wikinger«, erwiderte sie schroff. »Ich sehe, daß die Sonne scheint.«

Er wollte nicht mehr mit ihr streiten. Er zog die Hermelindecke zurück und legte sich unter sie. »Wir sind weit im Norden. Unser Sommer hat keine Nacht, wie Ihr sie kennt, und dieser Winter hat keinen Tag.«

Jetzt fielen ihr Lektionen Wyndhams wieder ein. Er hatte ihr erzählt, daß hier die Sonne im Sommer nicht untergeht, aber im Winter nur wenige Stunden zu sehen ist, wenn überhaupt. Damals hatte sie geglaubt, das hätte er erfunden, um den Unterricht interessanter zu gestalten.

Sie sah Garrick an, der mit geschlossenen Augen auf dem Bett lag. »Und wo soll ich schlafen?«

Er antwortete, ohne auch nur die Augen zu öffnen. »Ich habe mein Bett noch nie mit jemandem geteilt, aber ich glaube, diesmal könnte ich eine Ausnahme machen.«

»Eure Großzügigkeit ist mir unangenehm!« gab sie zurück. »Ich werde nicht bei Euch schlafen.«

»Macht es Euch bequem, Fräulein. Aber ich schätze, der Fußboden wird nicht ganz nach Eurem Geschmack sein.«

Sie hielt den Fluch zurück, der schon auf ihren Lippen stand, und ging auf die Tür zu. Seine Stimme hielt sie auf.

»Ich habe Euch nicht gestattet, diesen Raum zu verlassen, Fräulein Brenna!«

Sie wirbelte herum. »Ihr gestattet? Ich frage nicht, was Ihr gestattet!«

Er stützte sich auf einem Ellbogen auf. »Nein, aber fortan werdet Ihr das tun!«

»Ihr unerträglicher Dummkopf!« fauchte sie erbost. »Ist denn kein Wort von dem, was ich gesagt habe, in Euer verwirrtes Hirn gedrungen? Was ich tue, lasse ich mir nicht von...«

»Hör auf zu plappern, Mädchen!« befahl er. »Loki lacht sicher schon über die Parzen, die dich mir zugeführt haben. Du bist einem bedauerlichen Irrtum erlegen, wenn du glaubst, daß ich mein Bett mir dir teilen möchte, aber wenn ich heute nacht noch schlafen will, sehe ich keine andere Möglichkeit.«

Sie ließ ihm diese Beleidigung durchgehen. »Habt Ihr keine weiteren Räume in diesem Haus?«

»Doch, aber die sind belegt. Mein Haus ist voller Männer, Fräulein, von denen, die mit mir zurückgekehrt sind. Ich bin sicher, daß sie nichts dagegen hätten, wenn Ihr im Dunkeln über sie stolpert, aber Eure Schreie wären meinem Schlaf nicht zuträglich.«

»Die Schreie Eurer Männer, Wikinger, nicht meine Schreie«, entgegnete sie.

Er seufzte lautstark. »Ihr überschätzt Euch gewaltig, Dirne. Jetzt gebt mir meinen Frieden und kommt ins Bett.«

Brenna unterdrückte die Erwiderung, die ihr schon auf der Zunge lag, und näherte sich langsam dem Bett. Sie mußte zugeben, daß es wirklich einladender war als der Fußboden. Sie kroch hinauf und legte sich an die Wand, mehr als einen halben Meter von dem Wikinger entfernt. Der Hermelinpelz, unter dem er und auf dem sie lag, bildete eine Art Mauer zwischen ihnen.

Kurz darauf hörte sie seinen tiefen, gleichmäßigen Atem. Aber Brenna fand noch lange keinen Schlaf.

10

Brenna wurde unsanft geweckt, als Yarmille in den Raum stürzte. »Wach auf! Wach auf, Mädchen, ehe er heimkommt und dich immer noch im Bett vorfindet.«

Brenna hob den Kopf und stellte fest, daß Garrick nicht mehr neben ihr lag. Dann sah sie auf die strenge Frau mit dem harten Gesicht, die neben ihrem Bett stand. In ihrem Blick lag Ekel. Sie fragte sich, was diese Frau wohl täte, wenn sie sich auf sie werfen würde. Wahrscheinlich würde sie schreiend zu ihrem Herrn rennen, und ob sie sich vor ihm in acht nehmen mußte, konnte Brenna noch nicht beurteilen.

»Schnell, Mädchen, zieh dich an«, fuhr Yarmille fort und gab Brenna ein Gewand aus rauher Wolle. »Garrick will dich nicht in seinem Zimmer haben. Genauer gesagt, er freut sich gar nicht über dich. Bei deinem bösen Blick ist das aber auch kein Wunder.«

Brenna sah sie durchbohrend an, aber sie sagte nichts. Sie hatte sich entschieden, weiterhin vorzugeben, die Landessprache nicht zu beherrschen. Es konnte ihr nur nützliche Informationen einbringen, wenn sie sich in ihrer Gegenwart unbefangen unterhielten. Das Schweigen fiel ihr schwer, aber sie würde es versuchen.

Yarmille ging hinaus und bedeutete Brenna, ihr zu folgen. Auf dem Weg zum Nähzimmer hörten sie die Geräusche der Festivitäten aus dem unteren Geschoß.

Das Nähzimmer ähnelte dem, das sie von zu Hause kannte, aber Brenna hatte sich nie dort aufgehalten. Sie sah sich neugierig um und entdeckte ein Spinnrad und Webstühle. Tierhäute waren in einer Ecke gestapelt, und Stofffarben standen auf dem Regal. Es war einfach ein Weiberzimmer, und Brenna fühlte sich völlig verloren.

»Garrick holt seinen Vater ab, aber er hat unerbittlich darauf bestanden, daß du diesen Raum nicht verläßt«, sagte Yarmille und begleitete die Worte mit erklärenden Gesten. »Ich habe unten mit den Vorbereitungen zu dem Fest zu tun und kann nicht auf dich aufpassen. Hier.« Sie zeigte auf eine halbfertige Matte und machte Brenna klar, daß sie daran weiterweben sollte. »Damit bist du vorerst beschäftigt.«

»Verfaulen und vermodern soll es, ehe ich das anrühre«, erwiderte Brenna lächelnd in ihrer eigenen Sprache.

»Schon gut«, sagte Yarmille. »Garrick schien zu glauben, daß du mir Ärger machst, aber das glaube ich nicht. Wenn du dich nützlich machst, ist alles in Ordnung.« Dann fügte sie streng hinzu: »Du – hier – bleiben.« Sie ging und schloß die Tür hinter sich.

Brenna blickte den Webstuhl drohend an. »Wenn die glaubt, daß sie mich dazu zwingen kann, Weiberarbeit zu verrichten, dann kriegt die alte Hexe mehr Ärger mit mir, als sie verkraftet.«

Brenna stöberte müßig in dem Zimmer herum. Sie fand ein paar breite Lederstreifen und flocht sie zu einem behelfsmäßigen Gürtel zusammen. Dann flocht sie ihr Haar zu einem Zopf, der ihr bis auf die Hüften fiel und wob einen dünnen Lederstreifen hinein, um ihm Halt zu geben.

Die Geräusche, die von unten heraufdrangen, erinnerten sie an zu Hause. So hatte es geklungen, wenn ihr Vater Gäste gehabt hatte. Bis jetzt hatten Zorn und Verzweiflung die Erinnerung an den Tod ihres Vaters nicht an die Oberfläche kommen lassen. Die blutige Szene, deren Zeugin sie zu Hause geworden war, trug zu ihrer Empörung bei.

»O Vater, was warst du doch für ein Narr!« flüsterte sie. »Dein Angebot hat sie zu uns geführt. Du hast geglaubt, uns zu retten, und uns statt dessen vernichtet.«

Brenna weinte nicht mehr, sondern begrub den Kummer tief in ihrem Innern, ohne zu klagen und zu stöhnen, weil sie an andere Dinge denken mußte.

Sie kam zu der Lösung, daß sie hier nicht bleiben konnte. Sie mußte dieses gottverfluchte Land verlassen und nach Hause zurückkehren. Dazu mußte sie das Land erst besser kennenlernen. Aber vorher wollte sie Rache üben.

Unwillig kehrten ihre Gedanken zu dem Wikinger zurück. Garrick Haardrad war ihr ein Rätsel. An dem Betrug ihres Volkes hatte er nicht teilgehabt, und doch stellte er die größte Drohung für sie dar. Er war der Meinung, sie zu besitzen und mit ihr umspringen zu können, wie es ihm behagte. Er würde schon noch herausfinden, daß sie das nicht zuließ.

Dieser Hüne von einem Mann blickte nicht lüstern auf sie. Das war zwar ein wenig ungereimt, aber es war ein Segen. Brenna wußte, daß er von ihr erwartete, sie würde sich nützlich machen. Wenn ihr nur etwas eingefallen wäre, was sie nicht allzu ungern getan hätte, würde es ihr keine Schwierigkeiten bereiten, eine Zeitlang hierzubleiben und sich so die Zeit zu erkaufen, die vonnöten war. Aber was konnte sie schon tun hier?

Brenna öffnete leise die Tür. Sie nahm an, daß sie sich Yarmilles Zorn zuzog, wenn sie das Nähzimmer verließ. Aber dann konnte sie immer noch so tun, als hätte sie Yarmilles Anweisungen nicht verstanden.

Sie wußte nicht, ob Garrick schon wieder da war. Falls er zurückgekommen war, wäre auch Anselm hier. Und Anselm mußte sterben. Sie würde einen Weg finden.

Brenna schloß die Tür von außen, damit man nicht gleich sah, daß sie fort war. Sie ging auf die Tür zu, die ins Freie führte. Sie blickte nach draußen und konnte keinen Menschen entdecken. Ganz im Hintergrund sah sie das strahlende Blau des Ozeans. Seine Oberfläche schien mit einem Mantel von Diamanten bedeckt zu sein. Zu ihrer Linken lag der Fjord, auf dessen gegenüberliegendem Ufer sich Wiesen erstreckten. Den abschüssigen Hang zu ihrer Rechten bedeckten Wälder und Auen. Eine Anzahl kleiner Häuser war über die Landschaft verstreut.

Brenna erwog, zum Fjord hinunterzugehen und nachzuschauen, ob dort ein Schiff lag. Wenn sie zur Flucht bereit war, würde sie mit Gewißheit ein Schiff benötigen, aber wie sollte sie es alleine segeln? Vielleicht könnte sie sich auf einem Schiff verstecken, das losfuhr, um ihre Heimat zu überfallen. Aber das würde bis zum Frühling dauern. Ob sie so lange warten konnte?

Brenna kletterte die Stufen hinab und ging forsch auf die kleinen Gebäude hinter dem großen Steinhaus zu. Sie hörte das Grunzen der Tiere und betrat ein Gebäude, dessen Türen weit offenstanden. Sie befand sich in einem Stall, in dem vier edle Pferde standen.

Brenna war begeistert. Ihr Blick fiel auf einen prachtvollen schwarzen Hengst. Sie ging auf ihn zu und erschrak entsetzlich, als sie den alten Mann sah, der das Tier abrieb.

Der alte Mann richtete sich auf, ächzte, und drückte sich eine

Hand ins Kreuz. Ein Vollbart bedeckte sein Gesicht. Der Bart war ebenso wie sein sandfarbenes Haar von vielen grauen Strähnen durchsetzt. Mit seinen sanften braunen Augen sah er sie interessiert an.

»Wer magst du wohl sein, Kleines?« fragte er sie in ihrer Sprache.

»Brenna. Brenna Carmarham. Arbeitest du hier?« fragte sie, während sie sachte ihre Hand ausstreckte, um das Pferd daran schnuppern zu lassen.

»Ja, schon seit fast vier Jahrzehnten kümmere ich mich hier um die Pferde«, antwortete er.

»Hilft dir keiner?«

Er schüttelte den Kopf.

»Nicht, seit unser Herr die meisten von uns mitgenommen hat, um sie zu verkaufen, als er nach Osten gesegelt ist. Er hat mich hiergelassen, weil ich zu alt bin, um viel Geld einzubringen.«

»Sprichst du von Garrick, dem Wikinger?« fragte sie. »Ist er es, den du deinen Herrn nennst?«

»Ja. Er ist ein guter Kerl. Ich habe schon bei seinem Großvater gedient«, sagte der alte Mann stolz.

»Wie kannst du freundlich über den reden, dessen Eigentum du bist?« fragte sie.

»Ich werde gut behandelt, Kleines. Garrick ist ein ehrgeiziger junger Mann, der versucht, sein Glück schnell zu machen, aber uns allen ist er ein gerechter Herr.«

Brenna ließ das Thema fallen. »Sind das die einzigen Pferde?«

»Nein, ein halbes Dutzend ist auf der Weide. Drei weitere hat Garrick seinen Freunden geborgt, weil sie ihre Familien zum Festschmaus abholen. Die da«, sagte er und zeigte auf die übrigen Pferde, »gehören Anselm Haardrad, der gerade mit seiner Familie eingetroffen ist.« Er rieb dem Hengst die Flanken ab. »Ein schöneres Tier als dieses habe ich noch nie gesehen.«

»Ja, er ist schön«, stimmte Brenna bereitwillig zu. Sie sah das geschmeidige Tier sehnsüchtig an. Der Mann rieb zärtlich den Rücken des Hengstes trocken. Man konnte dem Pferd ansehen, daß es gerade einen zügigen Ritt hinter sich hatte.

»Der Herr hat ihn erst mitgebracht. Aus Hedeby, hat er gesagt. Der hat ihn bestimmt einen ganz schönen Batzen gekostet.«

Brenna nickte, aber ihre Gedanken verweilten nicht länger bei dem Roß. Garrick, Anselm und zweifellos auch Hugh waren also da, dieses vulgäre Vieh, das es gewagt hatte, sie vor allen herunterzumachen.

Brenna überlegte, ob ihr noch Zeit blieb. Suchte er sie bereits, oder war er sich gar sicher, daß sie im Nähzimmer geblieben war? Wozu sollte er sich die Mühe machen, nachzusehen? Sein Desinteresse an ihr hatte er ja schon klar ausgedrückt. Sogar Yarmille hatte gesagt, daß sie Garrick nicht gefiel.

Brenna war froh darüber. Sie wollte keinerlei Aufmerksamkeit auf sich lenken.

»Wie heißt du?« fragte sie den alten Mann, der sich immer noch dem Hengst widmete.

»Erin McCay.«

»Sag, Erin, kennst du Janie?« fragte sie mit einem warmen Lächeln.

»Natürlich. Ein hübsches Mädchen, diese Janie.«

»Wo kann ich sie finden? Sie hat sich um mich gekümmert, als ich eingesperrt war, aber ich war nicht nett zu ihr, und das muß ich wieder gutmachen.«

»Du warst eingesperrt?« Er sah sie neugierig an. »So! Dann bist du die, über die man sich die Mäuler zerreißt, Garricks neue...«

»Ja«, unterbrach Brenna ihn, ehe er das Wort aussprechen konnte, das sie so verabscheute.

»Haben sie dich freigelassen?«

»Ja. Wo ist Janie jetzt?«

»Das Mädchen ist im Haupthaus. Sie wird bis spät in die Nacht hinein zu tun haben, weil sie das Festessen auftragen muß.«

Brenna blickte finster drein. »Dieses Fest! Wie lange wird es dauern?«

Erin lächelte liebenswürdig. »Das kann Tage dauern.«

»Was?«

Er kicherte in sich hinein. »Klar. Es gibt viel zu feiern. Der Herr ist als reicher Mann zurückgekehrt, und die Familie ist wieder vollzählig.«

Sie runzelte die Stirn. Sollte sie vor den Augen der Gäste verborgen bleiben? Warum wollte Garrick nicht, daß sie sich zeigte?

»Darf ich dir helfen, Erin?« flehte sie plötzlich.

»Nein, das ist Männerarbeit.«

Brenna wollte sich nicht mehr streiten und fragte statt dessen: »Wenn Garrick mir die Erlaubnis dazu erteilt, darf ich dann bei dir im Stall arbeiten?«

Er zog eine Augenbraue hoch. »Kennst du dich etwa mit Pferden aus?«

»Klar. Ich wette, ebensogut wie du.« Sie schwieg einen Moment lang und fuhr dann mit sanfter Stimme fort: »Als ich noch bei meinem Vater gelebt habe, bin ich jeden Tag ausgeritten, durch die Felder, über die Flüsse und Steinwälle und in den Wald. Ich habe mich so frei gefühlt – damals.« Sie unterbrach sich. Ein Ausdruck tiefer Trauer trat auf ihr Gesicht. Sie schüttelte sie ab und sah Erin wieder an. »Wenn ich mit dir in den Ställen arbeite – läßt du mich dann auch reiten?«

»Klar, Kleines. Nichts lieber als das. Aber ich muß sicher sein, daß der Herr es gestattet. Andernfalls kann ich nichts für dich tun.«

»Ich werde mit ihm reden.«

»Warte lieber, bis das Fest vorüber ist. Der Herr hat jetzt bestimmt schon tief ins Glas geschaut, und morgen erinnert er sich weder an deine Bitte noch an seine Antwort.«

Sie hätte es gern gleich hinter sich gebracht, aber vielleicht hatte Erin recht.»Gut, dann warte ich eben.«

»Noch was, Kleines. Halte dich besser von der Halle fern, bis die letzten Gäste gegangen sind. Wenn sie dich sehen, wird es übel für dich ausgehen.«

Sie sah ihn neugierig an. Erst hinterließ Garrick Anweisung, daß sie in dem kleinen Zimmer bleiben sollte, und jetzt warnte sie dieser alte Mann, sich nicht blicken zu lassen.

»Stimmt was nicht mit mir? Warum soll mich keiner sehen?«

»Brenna, Kleines, weißt du denn nicht, daß du eine anmutige Dirne bist? Diese Wikinger sind Lüstlinge, denen ein hübsches Mädchen wie du nicht entgeht. Der Herr geht großzügig mit seinen Sklavinnen um. Seine Freunde bedürfen nicht einmal seiner Erlaubnis, wenn sie eine seiner Dirnen begehren. Seine Gastfreundschaft rühmt man überall.«

»Das kann doch nicht dein Ernst sein!« flüsterte Brenna erbleichend.

»Doch, Kleines, das ist wahr. Bei einem besonders ungestümen Gelage hat einer eine arme Dirne vor den Augen aller mitten auf dem Fußboden der Halle genommen.«

Brenna riß entsetzt die Augen auf. »Das hat Garrick zugelassen?«

»Dieser Form von Unterhaltung hätte er Einhalt geboten, aber er lag ohnmächtig auf dem Tisch – oder zumindest erzählt man sich die Geschichte so – und war total besoffen.«

»Und das konnte trotzdem passieren?«

»Ja, also paß auf dich auf, Kleines. Es täte mir leid, wenn dir das gleiche zustieße.«

»Hab keine Angst um mich, Erin. *Ich* würde das nicht zulassen.«

Der alte Mann schüttelte unschlüssig den Kopf, während er ihr nachsah.

11

Garrick saß zwischen seinen Eltern am Kopfende des Tisches. Sein Bruder Hugh war ebenfalls anwesend, außerdem seine besten Freunde, die mit ihm gesegelt waren, und sein Halbbruder Fairfax. Fairfax war kaum ein Jahr jünger als Garrick, aber einen guten Kopf kleiner. In dieser Hinsicht war er Yarmille, seiner Mutter, nachgeschlagen. Garrick und Hugh rivalisierten recht genüßlich miteinander, wogegen Garricks kameradschaftliches Verhältnis zu Fairfax einer Freundschaft wie der, die ihn mit Perin verband, glich. Die Beziehung zwischen Hugh und Fairfax war angespannt, fast feindselig.

Garrick hatte Ulrics Bewunderung auf sich gezogen und war so zu seinem Haus und den Ländereien gekommen. Fairfax dagegen besaß nichts außer dem kleinen Haus seiner Mutter und einem Fischerboot. Er war nicht bitter geworden, obwohl er schwer für seinen Lebensunterhalt arbeiten mußte. Fairfax liebte das einfache Leben.

Es wurde gesungen, und Garrick hatte ausführlich über seine Reisen berichtet. Aber er hatte noch keine Fragen über die eigensinnige Dirne gestellt, die er in der vergangenen Nacht in seinem Bett vorgefunden hatte.

»Wie geht es dem Mädchen, Garrick?« fragte seine Mutter. »Ich habe sie gestern erst gesehen, und sie war immer noch so verbittert, daß sie kaum mit mir sprechen wollte.«

»Leider hat sie ihre Sprache wiedergefunden.«

Anselm kicherte in sich hinein. »Sie hat dir wohl eine Probe ihres Geistes und ihres Wagemuts gegeben?«

»Ich würde eher von Starrsinn sprechen. Gehört sie mir?«

»Ja, dir allein.«

»Da ist sie aber anderer Meinung«, murrte Garrick.

»Das habe ich mir gedacht«, sagte Anselm grinsend und begegnete einem finsteren Blick seines Sohnes.

Er erzählte Garrick die Geschichte von ihrer Gefangennahme, die er immer wieder von neuem mit Vergnügen zum besten gab. Die anderen konnten sie schon nicht mehr hören, aber Garrick lauschte gespannt.

»Warum hast du sie mir gegeben?« fragte Garrick schließlich. Er füllte seinen Krug aus dem großen Meteimer nach, der auf dem Tisch stand.

»Das Mädchen haßt mich, weil sie mir die Schuld an ihrer Lage zuschiebt. Ich habe gesehen, wie sie mit einer Waffe umgeht, und ich will sie nicht in meiner Nähe haben, weil ich ständig vor ihr auf der Hut sein müßte. Außerdem braucht deine Mutter sich in ihrem Alter die Launen dieses Mädchens nicht mehr gefallen zu lassen. Hugh wollte sie haben, aber als sie ihm ihre Krallen gezeigt hat, hat er es sich anders überlegt und sich statt dessen ihre Stiefschwester ausgesucht. Ich wollte sie ohnehin dir geben, und ich glaube, daß du das Mädchen zähmen kannst, wenn du es nur versuchst.«

»Wenn sie so ist, wie du sagst, ist sie die Mühe nicht wert. Sie wird nur Ärger machen, und man sollte sie besser verkaufen.«

Jetzt blickte Anselm finster. »Sie gefällt dir also nicht? Jedem anderen würde sie gefallen.«

»Du weißt, wie ich über Frauen denke«, antwortete Garrick bissig. »Die da ist auch nicht besser als die anderen. Als Ware mag sie wertvoll sein. Aber zu meinem Vergnügen?« Er schüttelte langsam den Kopf und leugnete die Anziehungskraft, die sie auf ihn ausübte. »Nein, ich kann sie nicht gebrauchen.«

Brenna war eben in das Nähzimmer zurückgekehrt, als sich die Tür öffnete und eine junge Frau mit einem Tablett eintrat. Stumpfes, zerzaustes Haar hing ihr über die Schultern, und ihre blauen Augen waren müde.

»Janie?«

»Jetzt redest du ja doch mit mir!« rief die Frau überrascht. »Ich hatte schon meine Zweifel, daß du jemals es tun würdest.«

»Es tut mir leid«, sagte Brenna schuldbewußt. »Ich habe es nicht so gemeint. Ich wollte meinen Zorn nicht an dir auslassen. Ich weiß, daß ich dir nur noch mehr zur Last gefallen bin.«

Janie zuckte erschöpft die Schultern. »Es war nicht richtig von Yarmille, dich anzubinden. Du hattest Grund, das abzulehnen. Es scheint ganz so, als sollte ich dich immer noch bedienen, obwohl man dich freigelassen hat.«

Brennas Schuldbewußtsein wurde noch größer, weil die zierliche Frau so erschöpft wirkte. »Ich würde gern selbst für mich sorgen, aber ich soll hierbleiben.«

»Ich weiß.« Janie versuchte zu lächeln. »Ein so hübsches Mädchen wie du würde da unten einen Aufruhr verursachen. Du mußt schon halb verhungert sein. Yarmille hat dich vergessen und ich bis vor ein paar Minuten auch. Hier«, setzte sie hinzu und gab Brenna das Tablett. »Damit mußt du auskommen, bis ich dir das Abendessen bringen kann.«

»Kannst du nicht ein wenig dableiben und mit mir reden? Ich möchte dir für alles danken, was du für mich getan hast.«

»Du brauchst mir nicht zu danken. Man hat mir zwar befohlen, mich um dich zu kümmern, aber ich hätte es ohnehin getan. Wir sind schließlich Landsleute, du und ich.«

»Dann bleib ein Weilchen.«

»Nein, Brenna, ich kann nicht – ich darf dich doch Brenna nennen?« Brenna nickte, und Janie fuhr fort: »Es gibt zuviel zu tun unten. Den halben Vormittag habe ich schon im Gästezimmer vergeudet«, sagte sie mit einer Grimasse. »Diese Männer wollen ihr Vergnügen aber auch zu jeder Tageszeit.«

Brenna sah ihr nach. Ob Linnet, Cordella und die anderen die gleiche Behandlung erdulden mußten? Würde man sie auch dazu zwingen?

»Nein! Niemals!« sagte sie laut vor sich hin, ehe sie sich mit dem Tablett auf den Fußboden setzte. Sie merkte erst jetzt, wie hungrig sie war. »Das sollen sie ruhig versuchen!«

Auf dem Teller lagen zwei Fasanenschenkel, ein Laib Fladenbrot mit reichlich Butter und eine kleine Schale mit Zwiebeln. Das Mahl war köstlich, und sie war Janie dankbar, daß sie als einzige an sie gedacht hatte. Das Essen wurde ihr nur durch eine Schale Milch verdorben. Milch, pfui Teufel! Hielt Janie sie für ein Kind? Sie hätte gern Bier gehabt oder wenigstens Wein, aber doch keine Milch!

Ehe Brenna fertig gegessen hatte, ging die Tür wieder auf, und als sie aufschaute, lehnte Garrick Haardrad lässig im Türrahmen. Er war äußerst vorteilhaft gekleidet. Brenna sah unbewußt auf seine nackten Arme. Sie stellte sich vor, wie er sie mit diesen starken, muskulösen Armen an sich ziehen würde, und bei diesem Gedanken schlug ihr Puls schneller. Aber der Schatten von Cordellas Erzählungen legte sich sofort darüber.

Schließlich sah sie ihm in die Augen und wurde flammend rot, als sie seinen belustigten Blick bemerkte. Er hatte beobachtet, wie sie ihn abschätzend anblickte, und sie hatte das Gefühl, er hätte auch ihre Gedanken gelesen.

»Was wollt Ihr, Wikinger?« fragte sie scharf, um ihre Verlegenheit zu überspielen.

»Ich wollte sehen, ob sich Euer Sinn gewandelt hat.«

»Hat er nicht und wird er auch nie!« antwortete sie heftig und rief sich alle Niederträchtigkeiten ins Gedächtnis zurück, die sie über diesen Mann vernommen hatte. »Also braucht Ihr nicht mehr nachzufragen.«

Trotz ihres scharfen Tons lächelte Garrick und entblößte dabei seine gleichmäßigen weißen Zähne. Auf seinen Wangen bildeten sich zwei Grübchen. »Es freut mich, daß Ihr Euch an Yarmilles Anweisungen gehalten und Eure Zeit genutzt habt. Ist das Euer Werk?« Er deutete auf den Webstuhl.

Er fragte so ernst, daß sie sich das Lachen verkniff. »Nein, so etwas würde ich nie anrühren.«

Jetzt lächelte er nicht mehr. »Warum nicht?«

»Das ist Weiberarbeit«, sagte sie und aß weiter.

»Wollt Ihr mir weismachen, Ihr wäret keine Frau?«

Sie warf ihm einen Blick zu, aus dem klar hervorging, daß sie ihn für dumm hielt. »Natürlich bin ich eine Frau. Aber Weiberarbeit habe ich noch nie verrichtet.«

»Ich nehme an, das ist unter Eurer Würde?« fragte er sarkastisch.

»Ja«, antwortete sie unverfroren.

Garrick knurrte und schüttelte den Kopf. »Man hat mir erzählt, daß Ihr mir als Braut angeboten wurdet. Wäret Ihr gekommen, ohne zu wissen, wie man ein Haus führt und sich als Frau verhält?«

»Ich kann einen Haushalt führen, Wikinger!« fauchte sie wütend. »Meine Tante hat mir alles beigebracht, was man nur über Weiberarbeit wissen kann. Aber ich habe dieses Wissen nie benutzt. Und was das mit der Braut angeht, so ist es wahr. Aber mir war diese Vorstellung schon immer ein Greuel, und ich habe nur zugestimmt, weil mein Vater sein Wort gegeben hatte. Zumindest halten *wir* ein Wort, das einmal gegeben ist.«

Er verstand ihre Andeutung. »In diesem Täuschungsmanöver habe ich keine Rolle gespielt. Wollt Ihr mich beschuldigen?«

»Nein, ich weiß, wer die Schuld trägt!« sagte sie verächtlich. »Eines Tages wird er dafür zahlen.«

Garrick belächelte ihre Drohung. Es stimmte also, daß sie seinen Vater haßte. Ihre Haltung war so herausfordernd, daß er Anselm fast auch den Rest der Geschichte glaubte. Sein Blick glitt an ihr herab. War es möglich, daß dieses zierliche Mädchen einen Wikinger verwundet hatte? Nein, es sah nicht danach aus. Ihr schmaler Körper war für das Vergnügen geschaffen. Wieder fühlte er sich heftig von ihr angezogen, und das nagte an ihm. Sie war in der Tat gefährlich, aber nicht durch ihre Drohungen, sondern durch ihre

Schönheit. Er traute keiner Frau. Wenn es nicht unbedingt nötig war, hielt er sich ihnen auch fern. Im allgemeinen jedoch mied er sie, und für ihn stand fest, daß diese Frau nicht anders war als alle anderen.

»Wenn Ihr mir nicht die Schuld an Eurer Anwesenheit gebt, warum laßt Ihr dann Euren Zorn an mir aus?«

»Wenn Ihr darauf eine Antwort braucht, seid Ihr ein Dummkopf, Wikinger! Erst bringt man mich hierher, und dann kommt Ihr und behauptet, mich zu besitzen. *Mich* besitzt man nicht! Nie!«

»Dann wären wir also wieder soweit«, sagte er seufzend. »Noch bin ich nicht bereit, Euch den Beweis zu erbringen, aber wenn ich es bin, werdet Ihr ein für allemal wissen, wer hier der Herr ist!«

»Ich habe nie daran gezweifelt, daß Ihr der Herr hier seid!«

Ihr Schmunzeln ließ auch ihn lächeln. »Solange Ihr mir das eingesteht, Fräulein, denke ich, daß wir ohne übermäßige Streitigkeiten miteinander auskommen werden.« Mit diesen Worten ging er.

12

Brenna erwachte aus einem Alptraum. Sie war so hungrig, daß sie aufstand. Schon wieder hatte man sie vergessen, zum Teufel mit ihnen! Sie beschloß, sich selbst um etwas Eßbares zu kümmern, und verließ das Haus über die Treppe, die ins Freie führte. Durch die Hintertür betrat sie das Haus. Vorsichtig lugte sie in die Küche. Zwei Frauen drehten ein ganzes Schwein über einem Rost. Janie lud Tabletts auf, und Yarmille war nicht zu sehen. Vorsichtig betrat Brenna den Raum.

Janie riß die Augen auf. »Brenna! O Gott, jetzt habe ich dich schon wieder vergessen. Ich hatte so viel zu tun«, entschuldigte sie sich.

»Das macht nichts, Janie. Ich bin ohnehin gerade aufgewacht. Wie spät ist es?«

»Nachmittag«, sagte Janie müde und strich sich das Haar aus der Stirn.

»Kein Wunder, daß ich solchen Hunger habe«, sagte Brenna und war überrascht, daß sie so lange geschlafen hatte. »Ist das die ganze Nacht so gegangen?« fragte sie mit einer Kopfbewegung zur Halle.

Janie seufzte. »Ja, ohne Pause. Die Zügellosigkeit hat manche halb ohnmächtig gemacht, aber die meisten waren so gescheit, sich zwischendurch auszuruhen. Aber ein paar Triefäugige singen nur noch.«

»Wann ist es vorbei?«

Janie zuckte mit den Schultern. »Hoffentlich morgen. Aber du solltest besser schnell wieder nach oben gehen, Brenna. Von Zeit zu Zeit kommen die Männer herein, um uns zu belästigen. Wenn sie dich sehen, bist du verloren. Von mir haben sie allmählich genug, und Maudya ist jetzt noch im Gästezimmer. Wenn jetzt eine neue Dirne kommt, die sie noch nicht ausprobiert haben, drehen sie vollständig durch.«

»Ich verstehe«, erwiderte Brenna und war sicher, daß Janie übertrieb. Garrick hatte sie schließlich kein einziges Mal so angesehen.

»Ich bringe dir was zu essen hinauf.«

»Gut.« Brenna wollte gehen.

Aber sie hatte zu lange verweilt. Hinter sich hörte sie einen Schrei, der nur von einer wilden Bestie stammen konnte. Sie blickte über die Schulter zurück und sah einen stämmigen Riesen auf sich zutaumeln. Zwei andere standen im Eingang und feuerten ihn lachend an.

»Lauf, Brenna!« schrie Janie.

Obwohl es gegen Brennas Natur ging, vor etwas davonzulaufen, sagte ihr der gesunde Menschenverstand, daß es unsinnig war standzuhalten, wenn sie keine Waffe zur Hand hatte und die Gegner ihr zahlenmäßig überlegen waren. Sie stürzte auf die Tür zu, aber ihre Überlegungen hatten sie zuviel Zeit gekostet. Der Wikinger packte ihren langen Zopf und zog sie an sich.

»Nimm deine Finger weg, du dreckiger Heide!« fuhr sie ihn an.

Aber er lachte nur über ihre Beleidigung und ihren unnützen Widerstand. Außerdem verstand er ihre Worte nicht. Sie biß die Zähne zusammen, um ihn nicht in seiner eigenen Sprache zu beschimpfen. Das wäre ihren Plänen nicht förderlich gewesen. So fauchte sie ihn weiterhin in ihrer Sprache an, was ihr aber wenig half, als er sie zurückzerrte. Er hatte sie wie ein Gepäckstück unter einen Arm geklemmt und ging auf seine Freunde zu, die neben der Treppe standen. Janie hatte die Küche verlassen, aber schließlich hätte sie ihr auch nicht helfen können.

»Nun, Gorm, da hast du ja einen schönen Fang gemacht. Der Segen der Götter scheint heute auf dir zu ruhen.«

»Das muß Garricks neue Sklavin sein. Ich frage mich, warum er sie bis jetzt versteckt gehalten hat«, sagte der andere.

Der Mann, der Brenna festhielt, lachte schallend. »Wie kannst du das noch fragen, wenn du sie siehst?«

»Garrick macht sich doch nichts mehr aus Frauen, seit Morna ihm so übel mitgespielt hat.«

»Ja, aber die ist was anderes.«

»Stimmt, Gorm. Garrick benutzt sie bestimmt nicht so, wie wir es täten. Außerdem liegt ihm nichts an seinem Besitz. Warum also hat er sie versteckt gehalten?«

»Ich nehme an, sie hat sich selbst versteckt. So, wie sie sich wehrt, glaube ich nicht, daß sie gefunden werden wollte.«

»Anselm sagt, sie kämpft wie ein Mann.«

»Vielleicht mit einer Waffe, aber sie hat keine – au!« Gorm schrie auf, ließ Brenna fallen und hielt sich mit der Hand den Schenkel fest, in den sie ihn gebissen hatte.

»Möglicherweise kämpft sie mit einem Schwert in der Hand wie ein Mann, aber ohne Schwert kämpft sie wie eine Frau!« brüllte ein anderer lachend.

Brenna stand sofort auf den Füßen, aber sie war von drei Männern umgeben und stand mit dem Rücken zur Halle. Der große, den sie gebissen hatte, blickte sie böse an und griff wieder nach ihr. Brenna hatte seine Stärke schon schmerzlich erfahren und dachte nicht daran, sich noch einmal einfangen zu lassen. Sie heuchelte Angst und schlüpfte unter Gorms ausgestreckter Hand hindurch, wobei sie gegen einen der anderen Männer stieß. Sie zog ihm ein Messer aus dem Gürtel, entschlüpfte seinem lockeren Griff und ging einen Schritt zurück. Sie hielt das Messer so, daß sie sehen konnten, wie das Metall in ihrer Hand schimmerte.

»Beim Thor! Du hast dich von einer geschickten Dirne täuschen lassen, Bayard.«

Der Mann, dessen Messer sie entwendet hatte, warf seinem Freund einen mordlustigen Blick zu. »Der werde ich es zeigen!«

»Tu das nur. Was mich angeht, so habe ich nicht die Absicht, mit einer Wunde zu meiner Gemahlin zurückzukehren, die ich ihr nicht ohne weiteres erklären kann.«

»Gorm?«

»Klar, Bayard, ich bin dabei. Das wird das lebhafteste Techtelmechtel aller Zeiten.«

»Ich nehme den Arm mit dem Messer, und du versuchst, sie festzuhalten.«

Brenna teilte ihre Aufmerksamkeit zwischen den beiden auf. Narren, dachte sie geringschätzig. Das unbefangene Gerede der

Männer war eine bessere Waffe als das Messer. Als sie auf sie zukamen, war sie vorbereitet. Sie hielt das Messer vor sich hin, und als Bayard ihren Arm packen wollte, senkte sie es schnell und zerschlitzte seine Tunika, die sich sofort rötete.

»Da, du Schwein!« stieß sie hervor, während sie mit dem Messer schon Gorm abwehrte.

Auf den Gesichtern der beiden stand eine solche Feindseligkeit geschrieben, daß sie langsam zurückwich. Dabei lief sie einem weiteren Wikinger in die Arme. Sie erkannte ihren Fehler zu spät. Sie stand in der Halle, umgeben von einer Gruppe von Männern. Sie drehte sich blitzschnell um, ehe der Wikinger hinter ihr Hand anlegen konnte, und schritt eilig weiter in die Halle hinein.

Schweigen war über den Saal gefallen. Brennas Blick traf auf verdutzte Gesichter. Außer Gorm und Bayard, die eindeutig böse Absichten hatten, rührte sich niemand. Sie wußte, daß sie verloren war, wenn alle gleichzeitig auf sie zukämen. Immerhin würden einige sterben, und das würde zumindest eine Art Rache für sie bedeuten. Brenna ging bewußt vor. Sie geriet nicht in Panik, obwohl ihre Gegner ihr zahlenmäßig weit überlegen waren. Als ein verblödeter Säufer auf sie zutorkelte, ihr auf den Hintern klopfte und einen Scherz von sich gab, wirbelte sie herum, ohne das Messer mit sich zu drehen. Statt dessen hob sie ihren Rock und gab ihm einen Tritt, der ihn rücklings zu Boden streckte. Dann widmete sie sich wieder ihren beiden Gegnern, die diese Ablenkung genutzt hatten, um näher an sie heranzukommen.

Plötzlich dröhnte der ganze Saal vor Gelächter über die klare Demütigung des Betrunkenen. Ein Teil der Spannung wich von ihnen. Viele kannten Brenna und waren erstaunt, sie wieder kampfbereit zu sehen. Alle beobachteten sie und ihre zwei Verfolger neugierig und bemerkten das Blut, das Bayards Tunika befleckte.

»Besser hättest du uns nicht unterhalten können, Bayard«, dröhnte Anselms tiefe Stimme durch den Raum. »Aber hältst du es für klug, eine Sklavin zu bewaffnen?«

Bayard wurde knallrot. Da er einen so mächtigen Mann wie Anselm nicht wegen seiner spöttischen Bemerkungen herauszufordern wagte, mußte er mitspielen. »Nein, aber es war das mindeste, was ich tun konnte, um das Fest zu beleben. Zu viele unter uns wollen lieber schlafen als trinken.«

Wieder brach schallendes Gelächter aus. Brenna blieb auf der Hut, als ihre beiden Gegenspieler die Verfolgung aufgaben und sich unter die Menge mischten. Sie wandte sich zu Anselm um, dessen Stimme sie unschwer erkannt hatte, und in ihren rauchgrauen Augen loderte Haß. Sie fand Anselm sofort. Als ihre Blicke sich trafen, brauchte Brenna ihre gesamte Willenskraft, um nicht aufzuschreien und ihn anzugreifen wie ein wildes Tier seine Beute.

»Leg das Messer hin, Brenna.«

Die Stimme ließ sie erstarren. »Nein, ich behalte es.«

»Was versprichst du dir davon?« fragte Heloise.

»Es wird diese beiden Esel davon abhalten, mich zu mißhandeln!« fauchte sie und sah in die Runde, ehe sie das Messer in ihren Gürtel steckte.

»Da magst du recht haben. Aber Garrick wird dir nicht gestatten, es zu behalten.«

Brennas Augen verengten sich gefährlich. Ihre Hand ruhte noch auf dem Heft des Messers. »Wenn er versucht, es mir wegzunehmen, wird er es bereuen«, sagte sie spitz und machte eine Kopfbewegung zu Anselm. »Sprecht für mich und sagt Eurem Gemahl, daß ich ihn herausfordere. Er mag die Waffe wählen, weil ich mit jeder Waffe meisterlich umzugehen verstehe.«

Heloise seufzte und schüttelte den Kopf. »Nein, Brenna. Das werde ich ihm nicht sagen.«

»Warum nicht?« sagte Brenna finster. »Das sind doch meine Worte und nicht die Euren.«

»Ein Wikinger kämpft nicht gegen eine Frau. Das ist unehrenhaft«, erwiderte Heolise sanft.

»Aber ich muß ihn sterben sehen!« schrie Brenna enttäuscht. »Es ist nicht meine Art, einen Feind von hinten anzufallen. Also muß ich fair mit ihm kämpfen. Von Angesicht zu Angesicht!«

»Er wird nicht mit dir kämpfen, Mädchen. Aber du kannst gewiß sein, daß er weiß, was du für ihn empfindest.«

»Das ist nicht genug! Könnt Ihr nicht verstehen, daß ich innerlich zerrissen bin und daß Euer Gemahl dafür verantwortlich ist? Seinetwegen sind meine Leute tot – Menschen, mit denen ich aufgewachsen bin, mit denen ich Brot gebrochen habe und um die ich mich gesorgt habe. Der Mann meiner Schwester – tot! Sogar einer der Euren, der dort war...« Sie ertappte sich dabei, daß sie beinahe zu viel verraten hätte. »Er war ein Freund! Auch er wurde niedergemetzelt. Und meine Dienerin, eine alte Frau, die ich innig geliebt habe...« Die Erinnerung überwältigte Brenna. »Sie starb mit einer Axt im Rücken! Warum sie? Sie hat für niemanden eine

Gefahr dargestellt. Wenn ein Wikinger nicht mit einer Frau kämpft, warum ist sie dann tot?«

»Der Überfall hat die Männer außer sich gebracht«, sagte Heloise traurig. »Es ist schlimm, daß oft die Falschen sterben. Hinterher kommt dann die Reue. Auch Anselm bereut einiges.«

Brenna sah sie ungläubig an. »Wie kann er Reue empfinden und doch meine Tante und meine Stiefschwester als Diener halten?«

»Und was ist mit dir?«

»Ich werde nicht dienen.«

»Du wirst es irgendwann tun müssen, Brenna.«

»Eher sterbe ich!«

Brennas Ausdruck hatte den ganzen Saal erneut zum Schweigen gebracht. Man verstand ihre Worte nicht, aber ihr Zorn war unverkennbar. Hugh Haardrad kam näher, weil er fürchtete, seiner Mutter könne etwas zustoßen.

»Droht sie Euch, Mutter?« fragte er.

»Nein, ihr Zorn gilt deinem Vater.«

»Ich traue keiner Sklavin mit einem Messer, und der dort am allerwenigsten«, erwiderte Hugh verstimmt. »Behalte sie im Auge. Ich werde es ihr von hinten abnehmen.«

»Nein, Hugh, laß sie«, befahl Heloise. »Sie ist kampfbereit. Sie will nichts lieber als das.«

Hugh lachte. »So? Welche Chancen hat sie denn?«

Brenna sah ihn mordlustig an. Das war der Mann, der versucht hatte, sie intim zu berühren, als sie hilflos und gebunden war.

»Drecksau!« zischte sie und spuckte ihm vor die Füße.

Hughs Blick wurde gehässig, und instinktiv hob er die Hand, um sie zu schlagen. »Warum, du...«

»Hör auf, Hugh!« befahl Heloise.

Im gleichen Moment zog Brenna das Messer aus ihrem Gürtel und hielt es ihm mit ausgestrecktem Arm entgegen. Sie lachte und provozierte ihn, näherzukommen.

»Diese Hure!« knurrte Hugh. »Gut, daß ich mir nicht dieses Höllenkätzchen ausgesucht habe, sonst wäre sie schon längst tot! Und der sieht aus, als würde er das gleiche empfinden«, sagte er und blickte zum Halleineingang.

Brenna drehte sich um. Garrick stand in der Tür, durch die sie hereingekommen war. Sein Gesicht war finster, und in seinem Blick lag kalte Wut. Wie lange stand er schon dort? Wieviel hatte er gehört?

Janie stand mit ängstlichem Gesicht hinter Garrick. Offensichtlich hatte sie ihn geholt. O Janie, Janie... Du hast gedacht, du würdest mir helfen, aber du hast mir nur noch mehr Ärger eingebrockt, dachte Brenna seufzend.

Garrick kam langsam auf sie zu. Er ignorierte Brenna und wandte sich an seine Mutter, jedoch nicht auf norwegisch.

»Was hat sie hier zu suchen?«

»Fragt mich, Wikinger!« fauchte Brenna. Er sah sie eisig an.

»Deine Freunde Gorm und Bayard haben sie in die Halle gejagt, Garrick«, erklärte Heloise schnell.

»Und das Messer?«

»Das hat sie Bayard abgenommen.«

»Ich kann verflucht noch mal für mich selbst reden!« warf Brenna zornig ein.

»Dessen bin ich mir sicher, Dirne«, erwiderte Garrick gepreßt. »Nun erzählt schon. Wie hat man Euch gefunden? Ich glaube kaum, daß meine Freunde das Nähzimmer betreten haben.«

»Ich bin runtergekommen.«

»Du hattest Anweisung, oben zu bleiben!« erinnerte er sie barsch.

»So habt Ihr die Absicht, mich verhungern zu lassen?« fragte sie empört. Sie hatte einen Kloß im Hals. »Niemand hat mir etwas zu essen gebracht, und so bin ich selbst auf die Suche gegangen.«

»Nun gut. Dann war es also die Vergeßlichkeit von jemand anderem, die dazu geführt hat, daß Ihr gefunden wurdet. Aber das gibt Euch noch lange nicht das Recht, eine Waffe zu stehlen, Fräulein!«

»Ich tat es nur zu meinem Schutz!«

»Wogegen?« fragte er brüsk. »Keiner der Anwesenden würde Euch ein Leid zufügen.«

»Vielleicht kein Leid, aber das, was die Kerle wollten, war ebenso schlimm!« gab Brenna zurück.

»Was sie vorhatten, ist in diesem Hause zulässig, Fräulein«, sagte Garrick und runzelte die Stirn.

»Ihr würdet denen also gestatten, mich zu nehmen?«

»Ja. Ich habe meinen Freunden ihr Vergnügen nie versagt und werde es auch fortan nicht tun.«

Brennas Augen wurden groß. Ihre Verwirrung war offensichtlich. »Warum habt Ihr mich dann vor ihnen verborgen gehalten?«

»Ich wollte Euch Zeit geben, Euch an Euer neues Leben zu gewöhnen«, erwiderte er leichthin, als erwarte er von ihr, daß sie seine Rücksichtnahme zu würdigen wisse. »Ich gebe Euch weiterhin Zeit.«

Sie blickte ihn verächtlich an. »Ihr erweist Euch schon wieder als Narr, Wikinger, denn an ein Leben, das Ihr mir aufzwingt, werde ich mich nie gewöhnen. Ich werde nicht mit Euren Freunden herumhuren!«

Zorn blitzte aus seinen Augen. »Die Zeit scheint gekommen zu sein, Dirne, zu der es sich erweist, wer hier der Gebieter ist.«

Endlich mischte sich Heloise sich ein. »Nein, Garrick. Nicht hier vor den Augen aller.« Sie sprach jetzt norwegisch, in der Annahme, daß Brenna sie nicht verstand.

»Sie hat eine Lektion verdient!«

»Ja, mein Sohn, aber privat. Du kannst sie nicht behandeln wie die anderen Sklaven. Ihr Stolz läßt es nicht zu.«

»Stolz kann man brechen, Herrin.«

»Und das tätest du einem so wunderbaren Geschöpf an?«

»Warum stellt Ihr Euch hinter sie? Erwartet Ihr etwa von mir, daß ich ihre Launen dulde?«

»Nein, aber ich fühle mich ihr irgendwie verwandt«, gab Heloise zu. »Einst fühlte ich wie sie. Aber ich wurde mit Liebe gewonnen.«

»Was schlagt Ihr also vor?«

»Probier es mal mit Freundlichkeit«, sagte sie liebevoll.

»Nein, das ist nicht meine Art.«

»Du warst nicht immer so hart, Garrick. Hat Morna dich so tief getroffen?« Als sie sah, daß seine Augen sich verengten, fügte sie eilig hinzu: »Vergib mir. Ich wollte dich nicht an sie erinnern. Aber dieses Mädchen ist nicht Morna. Kannst du nicht um ihretwillen etwas toleranter sein?«

»Gehört sie mir?«

»Ja«, antwortete sie widerstrebend.

»Dann überlaßt es mir, wie ich sie behandle.«

Brenna hätte sich am liebsten eingemischt, aber damit hätte sie ihre Kenntnis der Landessprache verraten. Garrick hatte sich als der kalte, herzlose Feind erwiesen, den sie erwartet hatte. Das wußte sie jetzt wenigstens mit Gewißheit.

Er sah sie eisig an. »Gebt mir das Messer, Fräulein.«

Sie schüttelte heftig den Kopf. »Nein, das müßt Ihr Euch schon selbst holen.«

»Garrick, um Gottes willen, laß es ihr!« sagte Heloise ernsthaft. »Willst du hier eine Verwundung riskieren?«

»Bei Thor!« tobte er. »Ihre Worte klingen tapfer, aber Ihr überschätzt sie maßlos, Mutter, ebenso wie sie sich selbst. Mit einem Mann kann sie es nicht aufnehmen.«

»Bitte, Garrick!«

Er kämpfte mit seinen widersprüchlichen Gefühlen, aber schließlich siegte die Bitte seiner Mutter über seine Instinkte. Er wandte sich zu Brenna um, die ihn trotzig ansah.

»Werdet Ihr friedlich mit mir kommen?«

»Ja«, antwortete sie bereitwillig, weil sie wußte, daß sie den Sieg davongetragen hatte. »Ich werde diesen Saal verlassen.«

Er bedeutete ihr, vor ihm herzugehen, und sie tat es stolz, ohne nach rechts oder links zu sehen. Beim Laufen steckte sie das Messer wieder in ihren Gürtel, weil sie sich jetzt sicher sein konnte, von keinem mehr belästigt zu werden.

Sie stiegen die Treppe hinauf. Als Brenna sich nach links wenden wollte, stieß er sie statt dessen auf die Tür seines Zimmers zu. Sie machte keine Einwände. Sein Zimmer hatte wenigstens ein weiches Bett. Aber in dem Moment, in dem sie über die Schwelle trat, fiel er unerwartet über sie her, zog ihr mit einer Hand die Füße weg und schleuderte ihr mit der anderen das Messer aus der Hand. Dann warf er sie quer durch den Raum, und sie landete hart auf dem kalten Fußboden.

»Das hätte ich schon unten tun sollen«, knurrte Garrick böse, »Euch den Platz zuweisen, der Euch zusteht.«

»Lügner!« zischte sie, als sie wieder aufstand. »Als ich bereit war, wolltet Ihr mir Euer Gesicht nicht zuwenden. Von hinten mußtet Ihr mich angreifen, feiger Schweinehund, der Ihr seid!«

»Nehmt Euch in acht, Dirne!« warnte er. »Oder Ihr bekommt doch die Schläge, die Ihr Euch so reichlich verdient habt.«

»Ihr schlagt auch wehrlose Frauen? Kennen Eure verächtlichen Methoden denn keine Grenzen?«

»Keine wehrlosen Frauen, Fräulein, sondern unbelehrbare Sklavinnen!« schrie er wütend.

»Ohhh!« schrie sie und wollte auf ihn losgehen.

»Halt ein, Mädchen, wenn dein Leben dir etwas wert ist!«

Sie schenkte seinen Worten keine Aufmerksamkeit, sondern war nur darauf aus, ihm ein Leid anzutun. Aber sie hielt in ihren Schritten inne, als sie ein rasendes Knurren vom Bett her vernahm. Ängstlich sah sie in die Richtung und erblickte einen weißen Hirtenhund, der seine Zähne bleckte.

»Wenn Ihr mir zunahe gekommen wärt, Fräulein, wäre er Euch augenblicklich an die Gurgel gegangen.«

»Ruft ihn zurück«, flüsterte Brenna furchtsam. Ihr Gesicht war leichenblaß.

»Nein, ich denke nicht daran. Der Hund ist genau das, was Ihr braucht, um keine Dummheiten zu machen.« Garricks Mundwinkel zogen sich höhnisch nach oben.

Sie blickte ihn verzweifelt an. »Ihr könnt mich nicht mit ihm hier lassen!«

»Er tut Euch nichts, solange Ihr stillhaltet.«

Garrick blieb in der Tür stehen und grinste sie an. »Wir haben noch nicht genug miteinander gerangelt, Brenna Carmarham. Aber wenn die Zeit reif dafür ist, wird es mir wohl Spaß machen.«

Sie vergaß einen Moment lang sogar den Hund und fauchte : »Mir auch, Wikinger!«

Garrick lachte herzlich und sah das Tier an, das auf dem Bett lag. »Bewache sie gut, Hund!« Dann schloß er die Tür und ließ das Mädchen mit der Bestie allein.

13

Ein fröstelnder Wind, der durch die Balkontür drang, weckte Brenna. Die Tür ging auf, und als sie die Augen aufmachte, sah sie Garrick mit einem großen Tablett vor sich stehen. Er schickte den Hirtenhund hinaus, trat die Tür mit seiner Ferse zu und setzte das Tablett auf dem Tisch ab.

»Kommt und eßt, Fräulein«, sagte Garrick und zog die beiden neuen Stühle an den Tisch.

»Sind Eure *Gäste* endlich abgereist?« fragte Brenna und legte allen Abscheu und Ekel, den sie empfand, in dieses Wort.

»Ja, mein Haushalt kehrt zum normalen Alltagsablauf zurück. Nach dem Essen reden wir miteinander.«

Sie sah ihn argwöhnisch an. »Worüber?«

»Über Euch und Euer neues Leben hier, und darüber, was von Euch erwartet wird. Es ist an der Zeit, diese Dinge zu regeln.«

O Gott! Sie fühlte sich nicht schon wieder kampfbereit. Seit dem Tode ihres Vaters hatte sie keinen Tag mehr Frieden gefunden. Brenna seufzte und gesellte sich zu Garrick an den Tisch. Als Brenna wieder warme Milch in ihrer Schale vorfand, schnitt sie erneut eine Grimasse.

Sie sah Garrick vorwurfsvoll an. »Wofür hält man mich eigentlich, daß man mir wie einem Baby Milch zu trinken gibt?«

»Ich trinke selbst Milch, Fräulein«, antwortete er. »Das soll gesund sein.«

»Ich kann Milch nicht ausstehen«, fauchte sie. »Dürfen Frauen bei Euch keinen Wein oder Met trinken?«

Er lehnte sich in seinem Stuhl zurück und lächelte höhnisch. »Doch, aber die Sklaven nicht.«

Am liebsten hätte sie ihm die warme Milch in sein spöttisches Gesicht geschüttet. Dann entschied sie sich, es bleiben zu lassen und haderte wieder mit dem Schicksal. Sie machte sich über das Essen her, um die Sache hinter sich zu bringen.

Garrick erinnerte sich daran, wie sie ausgesehen hatte, als er spät nachts zurückgekehrt war und sie zu einem kleinen Ball zusammengerollt auf dem Bett vorgefunden hatte. Ihr Gesicht war so kindlich gewesen und ihre Schönheit so unwirklich. Aber dann erinnerte er sich an ihr Aussehen, als er sie gestern in der Halle angetroffen hatte, ganz Trotz und Haß und Herausforderung. Sogar in dem Moment hatte er ihre Schönheit bewundern müssen, die wilden Funken, die aus ihren silbernen Augen sprühten, ihre Zornesröte. Ihr Streit mit seiner Mutter hatte ihn bis ins Mark erzürnt. Als sie beschrieben hatte, was ihr durch seinen Vater zugestoßen war, hatte er nicht länger auf ihre Worte gehört. Sein Zorn hatte kurz nachgelassen, aber nur, um desto stärker zu entflammen, als sie seinen Bruder bedroht hatte. Allein der Gedanke, daß eine seiner Sklavinnen seine Familie schwach anredete! Selbst seine Mutter hatte sich zu allem Überfluß auf ihre Seite gestellt! Aber es war gut, daß seine Mutter Zeugin dieser Auseinandersetzung geworden war, denn andernfalls hätte er dem Mädchen so hart zugesetzt, daß er es längst bereuen müßte.

»Nun, was habt Ihr zu sagen?« Er mußte über ihre Frage lächeln, und seine Grübchen traten hervor. »Werdet Ihr es hinnehmen?«

»Ich werde Euch erst anhören, ehe ich dies beantworte«, entgegnete sie tonlos.

»Großartig«, sagte er und lehnte sich wieder in seinem Stuhl zurück. »Als erstes werdet Ihr keine närrischen Rappel von der Sorte wie bisher hinlegen.«

»Ich lege keinen Rappel hin, Wikinger. Ich sage nur offen meine Meinung.«

»Das Wort Wikinger ist aus Eurem Mund ein Schimpfwort. Ich will es nicht mehr hören, Fräulein.«

»Ich werde Euch niemals Gebieter nennen!« zischte sie. Sie legte allen Abscheu in das Wort.

»Das räume ich Euch ein«, entgegnete er. »Schließlich habe ich einen Namen, und den könnt Ihr benutzen.«

»Ich habe auch einen Namen, bei dem Ihr mich noch nie genannt habt.«

»Na schön – Brenna«, sagte er grinsend.

Ein Lächeln trat auf ihre Lippen. »Es ist gar nicht so schwer, sich mit Euch zu einigen.«

»So? Bildet Euch lieber erst eine Meinung, wenn wir miteinander fertig sind«, antwortete er. »Yarmille hat vorgeschlagen, daß Ihr zu den anderen beiden jungen Frauen gesteckt werdet. Janie und Maudya haben gleich hinter dem Stall ein kleines Haus miteinander. Ihr werdet zu ihnen ziehen, dort schlafen und Eure Freizeit dort verbringen. Seid Ihr damit einverstanden?«

»Ja.«

»Gut. Ihr werdet Euch mit den anderen Frauen in die Arbeit teilen. Ihr werdet beim Kochen und Putzen, beim Waschen, Melken und Kornmahlen helfen. Es gibt nicht allzuviel zu tun, weil mein Haushalt klein ist und Ihr nur mir zu dienen habt. Yarmille wird Euch Anweisungen erteilen, wenn sie hier ist. Andernfalls wird Janie Euch zeigen, was Ihr tun sollt. Und da ich nicht verheiratet bin, werdet Ihr auch gelegentlich beim Flicken und Nähen helfen?«

»War es das?« fragte Brenna kühl.

»Ja. Ihr braucht Euch nicht um Kinder zu kümmern und auch keiner Dame zur Hand zu gehen, da ich nie heiraten werde. Ihr müßt es nur mir rechtmachen«, sagte Garrick schnell, da er aus ihrer Frage geschlossen hatte, sie sei einverstanden.

»Alles, was Ihr genannt habt, ist Weiberarbeit.«

»Natürlich.«

Sie sah ihn abschätzend an und versuchte, ruhig zu bleiben. »Ihr hattet Recht. Ich hätte mit meiner Meinung zurückhalten sollen, denn falls Ihr mir nichts anderes anzubieten habt, werden wir uns nie einigen.«

Garrick sah sie finster an. »Weigert Ihr Euch zu arbeiten?«

»Ich habe nur gesagt, daß ich keine Weiberarbeit mache«, erwiderte sie hochmütig. »Das habe ich noch nie getan, und ich werde es auch niemals tun.«

Er beugte sich vor. Seine Augen hatten sich zu Schlitzen verengt, und sein Zorn wuchs. »Ihr werdet es tun!«

»Nein, Wikinger!« fauchte sie und beendete damit den kurzen Waffenstillstand. »Niemals!«

»Euer Essen und Eure Kleidung kommen von mir! Ihr schlaft in meinem Haus!« stieß er hervor. »Wenn Ihr Euch Euren Unterhalt nicht verdient, Fräulein, kann ich Euch nicht gebrauchen!«

»Ich will meinen Unterhalt verdienen«, sagte sie so ruhig, daß es ihn erstaunte.

»Wie denn? In meinem Bett bestimmt nicht, falls Ihr daran denkt.«

»*Das* wird mit Gewißheit nicht passieren. Aber Erin wäre einverstanden, daß ich ihm mit den Pferden helfe, wenn ihr Eure Erlaubnis gebt.«

»Wann habt Ihr Euch mit Erin unterhalten?«

»Am Tage Eurer Rückkehr.«

»Es war Euch befohlen, im Nähzimmer zu bleiben!«

»Ich bin nicht an Untätigkeit gewohnt, Wikinger«, sagte sie scharf. »Ebensowenig wie daran, Befehle entgegenzunehmen.«

»Dann werdet ihr es eben lernen müssen, Dirne«, gab Garrick schroff zurück. »Was die Arbeit mit Erin betrifft, so kommt das nicht in Frage.«

»Warum?« fragte sie. »Ihr habt gesagt, ich müsse meinen Lebensunterhalt verdienen. Ich habe Euch einen annehmbaren Vorschlag gemacht. Ich kenne mich mit Pferden genauso gut aus wie mit Waffen, und es macht mir nichts aus, einen Stall zu reinigen, was ich auch schon getan habe. Wenn das noch nicht genug ist, kann ich Wild jagen. Zu Hause habe ich das Fleisch besorgt, das auf den Tisch kam. Das kann ich hier ebenso gut tun.«

»Erschöpfen sich Eure Talente damit?« fragte Garrick sarkastisch.

Brenna lachte plötzlich. »Nein, wenn Ihr einen Feind habt, kann ich ihn an Eurer Stelle töten.«

Garrick mußte ebenfalls lachen. »Ihr seid eine erstaunliche Dirne. Wollt Ihr versuchen, ein Mann zu sein?«

Sie erkannte seinen Spott und sagte mit gebrochener Stimme: »Ich kann nichts dafür, daß ich so bin. Ich bin so aufgewachsen.«

»Dann werdet Ihr Euch eben ändern müssen.«

»Ihr gebt nicht nach?«

»Nein, Ihr macht Hausarbeit.«

Brenna stand mich hochgezogenen Schultern und stolz nach vorn gerecktem Kinn auf. »Ihr laßt mir keine andere Wahl als die, zu gehen.«

»Was?« Er blickte sie ungläubig an.

»Ihr habt gehört, was ich gesagt habe, Wikinger. Da ich nicht die

Arbeiten verrichten werde, die Ihr mir aufzwingen wollt und Ihr mir nicht gestattet, die Arbeit meiner Wahl zu tun, bin ich, wie Ihr schon sagtet, nutzlos für Euch. Also gehe ich.«

Garrick schüttelte den Kopf. »Nein, Dirne, das geht nicht. Ihr vergeßt, daß Ihr nicht mehr die Freiheit habt, zu kommen und zu gehen, wie es Euch beliebt. Ihr gehört mir.«

»Ihr seid ein unausstehlicher Esel!« wütete Brenna. »Glaubt Ihr denn, Ihr könntet mich halten, wenn ich gehen will?«

»Ihr könnt nicht entkommen, Fräulein. Jeder Wikinger weit und breit würde Jagd auf Euch machen, und Ihr würdet in der Zelle im Felsen landen.«

Sie lachte ihn aus. »Wenn ich gehe, Wikinger, wird mich niemand finden; Eure Drohung erschreckt mich nicht.«

»Jetzt ist aber Schluß«, sagte Garrick mit eisiger Stimme. »Ich werde Euch zeigen, wer hier der Herr ist.«

»Was habt Ihr vor, Wikinger?«

»Als erstes eine gescheite Tracht Prügel«, sagte er und kam auf sie zu.

Garrick hatte erwartet, daß sie vor ihm weglaufen würde. Statt dessen warf sie sich auf ihn und tauchte unter seinem Arm hindurch. Er fluchte und wollte sie packen, aber in ihrer Hand glitzerte ein Messer.

Sie lachte über seinen verdutzten Blick. »Was wolltet Ihr sagen?«

»Gebt mir das Messer, Dirne!« knurrte er bedrohlich.

»Kommt doch her und holt es Euch!«

»Für diese Worte werdet Ihr noch büßen!«

»Vorsicht, Wikinger« höhnte sie. »Euer Hund ist nicht da, um Euch zu beschützen.«

Garrick kam auf sie zu. Brenna hielt das Messer vor sich hin. Sie wollte ihn abwehren, aber nicht ihn töten. Er hatte ihr bis jetzt nichts Böses getan. Sie wollte das Blut seines Vaters fließen sehen, nicht das seine.

Es war ein Fehler, daß sie ihn nicht angegriffen hatte. Garrick versuchte, ihr das Messer zu entwicken, aber als sie mit der Spitze seinen Arm erwischte, ließ er sie los. Sie sah auf das Blut. Die Verletzung war nur unbedeutend, aber in dem Moment stürzte sich Garrick auf sie und entriß ihr das Messer. Er schlug sie so fest ins Gesicht, daß sie nur mit Mühe ihr Gleichgewicht halten konnte.

Von ihren Lippen tröpfelte Blut. Sie wischte es langsam mit ihrem Handrücken ab und sah ihn herausfordernd an. Stolz und furchtlos stand sie vor ihm.

»Nur zu, Wikinger«, sagte sie.

Er sah sie schweigend an. Ein Teil seines Zorns war verflogen. Haßerfüllt sah sie auf den Gürtel, den er auszog, aber sie machte keine Anstalten fortzulaufen. Als er seine Tunika auszog und seine Stiefel aufmachte, keuchte sie.

»Was tut Ihr da?«

Ein grausames Lächeln trat auf seine Lippen. »Ich entkleide mich.«

Ihre Augen wurden groß vor Erstaunen. »Ihr wollt mich unbekleidet schlagen?« fragte sie ungläubig.

»Nein, Fräulein«, sagte er kühl, während er die Stiefel auszog. »Ich habe etwas ganz anderes mit Euch vor.«

»Was?«

Er zog eine Braue hoch. »Ich dachte, das sei offensichtlich. Ich will Euch auf die einzig sichere Art meistern, auf die ein Mann eine Frau beherrscht. Ich werde Euch nehmen.«

Sie brauchte einen Moment, um die Drohung, die in seinen Worten lag, zu begreifen. Zum erstenmal trat echte Angst in ihre Augen. Die Farbe wich aus ihrem Gesicht, und sie ging einen Schritt zurück.

Brenna würde von einer entsetzlichen Panik gepackt. Damit hatte sie nicht gerechnet. Alle hatten gesagt, daß er Frauen haßte. Er hatte sie auch kein einziges Mal lüstern angeblickt, wie es die anderen Männer getan hatten. Wie sollte sie die Qualen ertragen, die nach Cordellas Schilderung dazugehörten? Was, wenn sie vor Schmerzen schreien würde. Sie hatte keinerlei Vorstellung, wie schlimm es war.

Garrick sah Brenna verwundert an. Er beobachtete die widersprüchlichen Gefühle auf ihrem Gesicht. Was ihn am meisten erstaunte, war das Entsetzen, das in ihren Augen stand, und das bei ihr, die soweit nur Mut gezeigt hatte. Sie hatte ihm getrotzt und eine Tracht Prügel erwartet, aber jetzt war sie völlig eingeschüchtert, weil er mit ihr ins Bett gehen wollte.

Die drastische Veränderung, die sich in ihr vollzogen hatte, war verblüffend. Angesichts ihrer rebellischen Haltung hatte er damit gerechnet, daß kein Schmerz sie dorthin bringen würde, wohin er sie haben wollte. Aber es paßte nicht zu ihr, daß das Mittel, das er gewählt hatte, um sie zu demütigen, ihren Widerstand brechen sollte, zumindest nicht, ehe die Tat vollzogen war.

»Habe ich etwa ein Mittel gefunden, um Euch zu zähmen?« fragte er neugierig.

Seine Worte entfachten ungeachtet jeder Angst von neuem ihren Zorn. »Ich bin kein Tier, das man zähmt.«

»Aber Ihr seid eine Sklavin, deren Arroganz zu weit geht«, antwortete er sanft.

»Ihr wollt mich doch gar nicht, Wikinger. Warum also das?« fragte sie unterwürfig.

Garrick sah sie nachdenklich an. »Es stimmt, daß ich für Frauen keine Verwendung habe. Ich nehme sie nicht oft, und nur dann, wenn mein Körper sie verlangt. Ich werfe selten einen Blick auf wohlgestaltete Dirnen. Aber das scheint mir das einzige Mittel zu sein, mit dem ich Eurem Hochmut ein Ende bereiten kann.«

Er ging einen Schritt auf Brenna zu. Ihr Gesicht wurde noch weißer. Einen Moment lang stand sie versteinert da. Dann stürzte sie rasend auf sein Messer zu. Aber Garrick hatte ihre Bewegung vorausgesehen und hielt sie auf, ehe sie sich der Waffe nähern konnte.

Brenna kämpfte wie ein wildes Tier, das in eine Fall gegangen ist und weiß, daß es bald stirbt. Mit ihren scharfen Nägeln fiel sie über seinen steinharten Brustkasten her, aber er lachte nur belustigt.

»Jetzt habt Ihr keine Waffe, Dirne. Ihr könnt Eure Kraft mit meiner messen, aber Ihr wißt selbst, daß Ihr dabei den kürzeren zieht.«

Als Antwort grub sie ihre Zähne in seinen Arm. Er schrie auf, und sie riß sich los. Sie stürzte auf die Tür zu, aber er fing sie an einem Zipfel ihres Gewandes ein. Als sie ungeachtet dessen zu entkommen versuchte, riß das Gewebe bis zur Taille auf, und er zog sie wieder an sich. Sie drehte sich um und schlug ihm mit ihrer geballten Hand ins Gesicht. Er bog ihr den Arm um und zog ihren Busen an seine Brust.

»Laßt mich los!« schrie sie hysterisch.

»Nein, ich denke nicht daran.«

Sie war bereit zu flehen, aber als sie aufsah, fand sie endlich das Begehren in seinen Augen. Ihr ganzer Körper war gegen seinen gepreßt, und an ihrem Bauch konnte sie seine anschwellende Männlichkeit spüren. Ihr wurde schwach vor Angst, und sie war nur noch dazu in der Lage, ihren Kopf von einer Seite zur anderen zu schleudern, als er sich herunterbeugte, um sie zu küssen. Schließlich hielt er ihren Kopf mit seiner starken Hand fest und senkte seine Lippen auf ihren Mund. Aber noch ehe ihre Münder sich trafen, griff sie mit einer Hand in seine goldene Mähne und riß seinen Kopf zurück.

»Bei Thor, Dirne!« knurrte er. »Ihr kämpft, als gelte es Jungfräulichkeit zu verteidigen, die Ihr doch gar nicht mehr habt!«

»Ich bin Jungfrau«, flüsterte sie an seiner Brust. Ihr Gesicht war vor Schmerz verzerrt, weil er ihren Arm immer noch nicht losgelassen hatte.

Er blickte auf ihren dicken schwarzen Zopf, der über ihren nackten Rücken und ihrer beider Arme fiel. Er hielt sie weiterhin an sich gepreßt, lockerte jedoch seinen Griff.

»Ich kann mir nicht vorstellen, daß es den Männern meines Vaters nicht ebenso nach Euch gelüstet hat wie meinen Männern.«

»Sie sind mir nicht nahegetreten«, sagte sie leise und betete, dieses Wissen würde einen Sinneswandel bei ihm herbeiführen. »Euer Vater hat sie mir ferngehalten.«

Plötzlich lachte er auf. »Deshalb fürchtet Ihr mich jetzt?«

»Ich fürchte nicht *Euch*, Wikinger!«

»Oh, doch«, entgegnete er mit sanfter Stimme, »weil ich nämlich der Mann bin, der mit Euch schlafen wird. Ich werde sanft mit dir umgehen, Brenna, denn, wenn ich dir beweisen will, wer der Herr ist, spielt es keine Rolle, wie ich dich nehme.«

Mit diesen Worten hob er sie in seine Arme, aber sie schlug und trat wild um sich, und es bereitete ihm einige Mühe, sie ins Bett zu bringen. Er ließ sie fallen und sich auf sie. Sie atmete schwer und versuchte, sein Gewicht abzuschütteln. Er mußte ihre Arme wieder festhalten, weil sie ihm den Rücken blutig kratzen wollte.

»Warum widersetzt Ihr Euch, Dirne? Ich habe gesagt, ich würde sanft mit Euch umgehen. Beim erstenmal tut es weh, aber nicht allzu sehr.«

»Ihr lügt!« schrie sie und versuchte vergeblich, ihre Arme zu befreien. »Noch so ein schurkischer Zug an Euch!«

»Sei still!« befahl er ihr scharf, als sie ihre Knie gefährlich nah an seine Lenden hob. »Du würdest mit Wonne die Rute hinnehmen, die dir viel Schmerz bereitet, aber du verschmähst das, was nur zu deinem Vergnügen gereicht. Oder fürchtest du nur die Demütigung, weil es, wenn es einmal geschehen ist, keinen Zweifel mehr daran gibt, daß du mir gehörst?«

»Mit deiner lügenden Zunge wirst du mich nicht unterwerfen!« schrie sie verzweifelt. »Ich weiß, welche Qualen du mir zufügen willst!«

»Qualen?« Er sah in ihre entsetzten Augen und fragte sich, welche teuflischen Schreckgespinste in ihre Seele eingepflanzt worden waren. »Die Wahrheit wird sich zeigen.«

Mit diesen Worten ließ er sie los, und Brenna glaubte für einen Moment, er hätte es sich tatsächlich anders überlegt. Aber sie hatte sich getäuscht, denn im nächsten Moment löste er ihren Gürtel, riß ihr das Kleid von den Schultern, hinunter über die Hüften und warf es auf den Fußboden. Sie stöhnte leise über die Demütigung, die es darstellte, ihren jungen Körper vollkommen entblößt den lüsternen Blicken eines Mannes zur Schau zu stellen. Und die Augen dieses Mannes weideten sich hungrig an ihrer Nacktheit. Vor Scham schloß sie die Augen.

»Das ist also der Körper, den du leugnen willst«, murmelte er heiser. »Ich hatte eher eine knabenhafte Gestalt erwartet als diese perfekten Rundungen und Hügel. Du bist wahrhaftig eine Frau, und zwar eine Schönheit, wie ich nie zuvor eine vergleichbare gesehen habe – und du bist mein und für mich da.«

Brenna riß die Augen auf. »Hör auf zu murmeln, Wikinger! Ich bin nicht dein, und das Gegenteil mußt du mir erst noch beweisen!«

Er sah in ihre stürmischen grauen Augen und auf ihre leuchtend roten Wangen und grinste. »Das tue ich mit Vergnügen, Brenna.« Er sprach ihren Namen aus wie ein Kosewort. »Sogar mit dem größten Vergnügen.«

Er beugte sich über sie. Mit den Händen hielt er ihre Arme fest, und sein Bein hatte er so über ihre beiden gelegt, daß sie sich nicht rühren konnte. Er legte seine Lippen auf die festen Rundungen ihrer Brüste, die sich ihm so stolz entgegenreckten. Eine nahm er weit in den Mund und saugte sanft an der köstlichen Spitze, bis sie sich frech unter seiner Zunge aufrichtete. Brenna zuckte zurück. Sie hätte nicht einmal im Traum für möglich gehalten, daß die Lippen eines Mannes so heiß sein konnten. Dort, wo sie sie berührten, schienen sie ihre zarte Haut zu versengen. War diese ungeheure Hitze bereits ein Teil der Qualen, die auf sie zukommen würden?«

Sie sah erstaunt auf ihn herab. Sein goldener Schopf ruhte auf ihren Brüsten, seine Locken kitzelten ihre Haut. Ihr Blick fiel auf seine enormen Schultern, und sie entdeckte viele kleine Blutspuren von ihrem Kratzen. Sie sah die eisernen Muskeln, die auf seinem Rücken spielten, als sie versuchte, ihre Arme zu bewegen und er sie festhielt. Schon immer hatte Brenna Stärke und Mut bewundert. Er hielt sie mit einer solchen Leichtigkeit fest, daß sie sich trotz Einsatz all ihrer Kräfte nicht rühren konnte. Zwar war der Anblick eines so kraftvollen Körpers etwas Großartiges, aber sie ertrug es kaum, auf seine Gnade angewiesen zu sein.

»Garrick – Garrick...«

Erstaunt sah er zu ihr auf. »Das ist das erstemal, daß du mich bei meinem Namen nennst. Der Klang auf deinen Lippen gefällt mir.«

Brenna mußte Mut schöpfen, um weiterzureden. »Garrick, laß mich los.« Ihre Stimmlage ging in die Richtung eines Flehens; mehr konnte sie nicht tun.

Er lächelte liebevoll, und seine Augen glühten vor Leidenschaft. »Nein, meine Schönheit. Dazu ist es zu spät.«

Er wollte sie küssen, aber sie wandte ihren Kopf ab. Er ließ einen ihrer Arme los, um ihren Kopf festzuhalten. Er bereute seinen Entschluß sofort, denn ihre Nägel gruben sich wie scharfe Zähne in eine empfindliche Stelle seiner Brust.

Er heulte vor Schmerz auf und packte eiligst wieder ihre Hand. »Ich sehe, daß du doch noch eine Waffe hast, du blutrünstige Dirne!«

»Ja, aber bedauerlicherweise kann ich dir damit nicht das Herz ausreißen und es den Wölfen zum Fraß vorwerfen!«

»Nun gut, du Hexe, ich werde dir etwas anderes statt meinem Herzen geben, aber das geht nicht an die Wölfe, sondern zwischen deine Beine«, knurrte er zornig und preßte ihre Arme zusammen, um sie mit einer Hand festhalten zu können, mit der anderen zog er seine Hose aus.

Sowie sie für einen Moment ihre Beinfreiheit wiedererlangt hatte, trat sie um sich, aber es gelang ihr nicht, Schaden anzurichten. Dann preßte sich sein hartes, angeschwollenes Glied gegen ihren Schenkel. Er lag neben ihr, und sie konnte es deutlich sehen. Sie erschrak über das gewaltige Ausmaß und wußte, daß Cordella nicht gelogen hatte. Dieses stolze Geschöpf würde sie gewiß entzweireißen und sie schreiend seiner Gnade ausliefern. Selbst jetzt, wo sich eine entsetzliche Angst in ihr breitmachte, war sie nicht fähig, noch einmal darum zu bitten, er möge sie loslassen.

Ihre wachsende Panik drohte, sie zu ersticken. Sie wand sich unter ihm und atmete so schwer, daß sie nicht merkte, wie er seine Knie zwischen ihre Beine schob. Als er sein Köpergewicht langsam auf sie niedersenkte und somit ihren nutzlosen Bemühungen ein für allemal ein Ende setzte, wußte sie, daß nicht mehr die leiseste Hoffnung bestand, zu fliehen.

»Du tust, als würde es dir ans Leben gehen, Mädchen«, sagte er und war immer noch darüber erstaunt, wie rasend sie kämpfte. »Jetzt hör schon auf, dich zu fürchten. In meinem Bett kommst du nicht um.«

»So spricht der schlaue Fuchs zu seinem Mittagsmahl«, zischte sie durch ihre zusammengebissenen Zähne. »Ich warne dich, Wikinger. Wenn du darauf bestehst, das zu tun, so wirst du es noch bereuen. Ich nehme Ungerechtigkeiten nicht auf die leichte Schulter!«

Er überhörte ihre Drohung und senkte seine Lippen auf ihren Nacken. Dann flüsterte er ihr ins Ohr: »Entspann dich, Brenna. Ich werde sanft mir dir umgehen.«

»Wie kann ein grober Stümper sanft sein?« fauchte sie.

Brenna sah nicht, wie sein Gesicht sich vor Wut verzerrte, aber seine Stimme bezeugte seinen Zorn. »Dann kriegst du es eben so, wie du es willst!«

Mit seinen Hüften spreizte er ihre Beine auseinander. Sein gewaltiges Glied war wie ein stählerner Pfosten, der in sie eindringen wollte. Es traf auf den Widerstand ihrer Jungfräulichkeit, auf eine starke Mauer, die dazu gedacht war, Eindringlinge fernzuhalten. Aber er brach wie ein Sturmbock durch die Festungsmauer und zerriß ihr Fleisch, bis sie einen stechenden weißglühenden Schmerz empfand. Ihr Körper versteifte sich, während sie darauf wartete, daß diese entsetzlichen Qualen weitergehen würden. Sie konnte die angreifende Waffe tief in ihrem Leib spüren. Manchmal verließ sie sie auch ganz, aber nur, um sich dann noch tiefer in sie hineinzubohren. Immer wieder neckte er sie, indem es sich ihr entzog und sofort wieder zurückkehrte, um sich tief in sie hineinzugraben. Wo blieb der Schmerz, den sie über alles fürchtete? Und was war das für eine seltsame Empfindung, die langsam in ihren Lenden aufkam? Sie fühlte sich, als würde sie schweben, sich auf einer geheimnisvollen Wolke aufschwingen, die sie immer höher trug. Wozu das Ganze – und wie sollte es enden?

Brenna wußte nicht, daß Garrick die Verwirrung beobachtete, die sich auf ihrem Gesicht abzeichnete. Schließlich schloß er die Augen und stieß so tief in sie hinein, als wollte er sie für alle Ewigkeit miteinander vereinigen. Dann hielt er still. Er hätte sich gern entspannt und sich an dieser Nähe ergötzt, um das Vergnügen voll auszukosten, aber er konnte ihr nicht einmal jetzt trauen.

Brenna war tief in ihre Gedanken verloren, als er auf sie niedersah. Ihre Stirn lag in Falten. Garrick wunderte sich einen Moment lang darüber, daß sie jetzt so still war und nicht darauf bestand, daß er von ihr wich. Sie hatte sich als ein größeres Vergnügen erwiesen, als er für möglich gehalten hatte, und er stellte verwundert fest, daß er sich bereits darauf freute, sie wieder zu haben.

»Warum hast du aufgehört?« fragte Brenna hochmütig.

Er schaute in ihre verwirrten Augen und lachte. »Weil du meinen Samen in dir hast und es eine Weile dauert, bis ich dir neuen geben kann.«

»Aber ich spüre, daß es noch hart ist«, erwiderte sie unerschrocken. »Ich kann dich fühlen. Kannst du nicht weitermachen?«

Garrick sah sie verwundert an. »Willst du das?«

Sie dachte einen Moment lang nach und antwortete dann: »Nein, jetzt ist mir nicht mehr danach.«

Ihre Antwort verwirrte ihn, und er fragte sich, ob er diese Schlacht überhaupt gewonnen hatte. »Ich nehme an, du fandest es gar nicht so fürchterlich, was?« fragte er, während er sich neben sie legte und nach seiner Hose griff.

»Nein, nicht im geringsten«, antwortete sie und streckte sich behaglich. Plötzlich wurde sie zornig. »Aber jemand anders wird sich noch dafür verantworten müssen, was ich erwartet habe!«

»Wer?«

»Das ist meine Sache und geht dich gar nichts an«, erwiderte sie. Dann mußte sie lachen, was ihn restlos verwirrte. »Ich habe heute viel gelernt, Wikinger. Hab Dank.«

14

Da ihr niemand etwas anderes vorgeschrieben hatte, streunte Brenna am folgenden Tag müßig im Haus herum und machte sich mit den Bediensteten bekannt. Garrick hatte das Zimmer, sowie er angezogen war, übelgelaunt verlassen, ohne auch nur noch ein Wort an sie zu richten. Das Ergebnis des Liebemachens hatte ihn furchtbar verdrossen. Er hatte erwartet, daß sie sich gedemütigt fühlen würde, aber es war ihr gelungen, die Situation zu meistern. Das paßte ihm gar nicht. Vielleicht dachte er im Moment schon über andere Mittel nach, mit denen er sie kleinkriegen konnte, aber damit würde sie nun auch zurechtkommen.

Nachdem sie die erste Überraschung überwunden hatte, dachte Brenna über ihre Stiefschwester nach. Sie war nahezu versucht, sich auf eines von Garricks Pferden zu setzen und Cordella aufzusuchen. Was dieses Weib getan hatte, war unverzeihlich. Das Entsetzen und die Panik, der Brenna erlegen gewesen war, waren schon schlimm genug, aber was sie am meisten wurmte, war, daß sie dem Wikinger ihre Angst gezeigt hatte. Gegen ihren Willen erinnerte sie sich an das genüßliche Empfinden, das sein Eindringen in ihr hervorgerufen hatte. Sie schob den Gedanken eilig beiseite. Es war ihr unbegreiflich, warum Cordella ihre solche Lügen erzählt hatte, aber das würde sie bald herausfinden.

Brenna saß in der Küche und schaute Janie und Maudya zu, die das Abendessen für Garrick bereiteten. Maudya war flachsblond, etwa vier Jahrzehnte alt, klein und dicklich. Sie hatte eine blühende Gesichtsfarbe und lächelte oft.

Beide Frauen hatten Brenna anvertraut, wie es kam, daß sie hier lebten. Zu Brennas Erstaunen berichteten sie ohne Groll. Zu Hause waren sie Nachbarn gewesen, ehe das Dorf vor vier Jahren überfallen worden war. Garrick selbst hatte sie gefangengenommen und hierhergebracht. Zu der Zeit diente er noch seinem Vater und machte viele solche Überfälle. Die beiden Frauen hatten nichts an dem Leben auszusetzen, das sie hier führten, denn zu Hause wäre es nicht anders verlaufen, und sie wurden gut versorgt. Im Gegensatz zu Janie hatte Maudya nichts dagegen, daß Garricks Gäste sie jederzeit nehmen konnten, weil sie Sklavinnen waren, und keine Rechte besaßen. Janie klagte nur in diesem Punkt, aber schließlich geschah es nicht oft.

Beide lauschten Brennas Geschichte. Sie war noch nie so dankbar gewesen, daß ihr Vater sich keinen Deut um die Sitten und Gebräuche gekümmert hatte, denn sonst wäre sie möglicherweise wie diese Frauen geworden, die ihr Joch passiv ertrugen. Sie wollte sich niemals beugen, und Garrick Haardrad würde diese unliebsame Wahrheit eines Tages begreifen müssen.

»Erzählt mir von Garrick«, entfuhr es Brenna. »Ist er gerecht?«

»Gewiß ist er das«, antwortete Maudya leichthin.

»Wenn man davon absieht, was seine Freunde mit uns machen dürfen«, fügte Janie hinzu, die das Fest noch nicht vergessen hatte.

»Mir scheint, du klagst zuviel«, spottete Maudya. »Ich habe gehört, daß du genauso gekichert hast wie ich, als sie uns in Heu geworfen haben.«

»Ein Mann ist mir recht, aber nicht einer nach dem anderen, wie es halt auf den Festen so zugeht«, sagte Janie erbost.

»Willst du mir etwa erzählen, daß du die Wundheit zwischen den Beinen am nächsten Tag magst?«

Brenna war bemüht, das Thema möglichst schnell zu wechseln, denn ihre eigene Erfahrung mit einem Mann war noch so frisch, daß sie gar nicht daran denken wollte. »Wie steht es mit den Sklaven, die er verkauft hat? Ist ihm egal, was aus ihnen wird?«

»Er mußte sie verkaufen, Brenna«, erklärte Janie. »Er hatte einfach zu viele. Er hat nur die Widerstandsfähigen verkauft, und natürlich die, die ihm Ärger gemacht haben.«

Brenna erbleichte, aber Janie und Maudya bemerkten nichts. Sie erlangte ihre Fassung schnell wieder. »Wie viele hat er noch?«

»Ungefähr zwölf. Wir hier und die zwei Alten, die du gestern gesehen hast. Dann noch Erin und den alten Duncan und fünf jüngere Männer. Und dann sind da natürlich noch die Kinder.«

»Kinder?«

Janie strahlte stolz. »Ich habe eins. Sheldon. Er ist zwei. Maudya hat drei Kinder, darunter Zwillinge.«

»Tagsüber kümmern sich die Alten um die Kinder«, sagte Maudya. »Du siehst sie nachher, wenn du mit uns nach Hause kommst. Hoffentlich magst du Kinder.«

»Und wie.« Brenna lächelte. »Die Kleinen aus unserem Dorf habe ich immer mit auf die Jagd genommen, wenn ihre Väter auf den Feldern gearbeitet haben. Vielleicht kann ich eure auch mitnehmen, wenn sie älter sind.«

Brenna stellte voller Entsetzen fest, daß sie sprach, als würde sie ihre Zukunft hier verbringen. Sie hatte doch gar nicht die Absicht, länger als nötig hier zu bleiben. Sie mußte sich in acht nehmen. Wenn sie sich mit den Menschen hier anfreundete, könnte ihr das beim Fortgehen leid tun.

»Sind das Garricks Kinder?«

»Er hat mich nie angerührt«, erwiderte Maudya schmollend, »obwohl ich mich sehr bemüht habe, seine Aufmerksamkeit auf mich zu lenken.«

»Am Anfang hat er ein paarmal mit mir geschlafen«, erwiderte Janie. »Aber dann hat er das Interesse an mir verloren. Er besucht lieber seinen Vater und kostet dessen Sklavinnen. Perrin ist Sheldons Vater, das weiß ich gewiß.«

»Perrin?«

»Garricks bester Freund. Sie sind Blutsbrüder. Vor sechs Jahren haben sie ihr Blut in einem Fruchtbarkeitsritus miteinander vermischt, um ihre Freundschaft zu besiegeln.«

»Hat Perrin dir das erzählt?«

»Ja, er besucht mich oft und erzählt mir viel.«

»Weiß Perrin, daß Sheldon sein Kind ist?« fragte Brenna.

»Natürlich.«

»Warum heiratet er dich dann nicht?«

Beide Mädchen sahen Brenna an, als sei sie nicht ganz richtig im

Kopf. Maudya antwortete: »Kein Wikinger kann eine Sklavin heiraten. Das ist nicht erlaubt.«

»Und wenn die Sklavin freigelassen würde?«

»Ich werde nie frei sein, Brenna. Es gibt nur eine Möglichkeit für Sklaven, ihre Freiheit zu bekommen, und das ist, wenn sie während einer Fehde mithelfen, einen Feind des Klans zu töten. Selbst dann hängt es noch von der Großzügigkeit des Gebieters ab. Perrin möchte mich Garrick abkaufen; er wartet nur noch auf den geeigneten Moment und hofft, daß Garrick mit der Zeit wieder weicher wird.«

»Als wir hierherkamen, war Garrick ein heiterer, liebenswürdiger junger Mann. Perrins Schwester hat ihn verändert. Seit drei Jahren verachtet er jede Frau und würde Perrin nur dafür verspotten, daß er mich liebt. Perrins Schwester hat uns allen viel angetan, aber am meisten Garrick.«

Brennas Interesse war geweckt. »Ist das die Morna, von der ich abschätzig habe reden hören?«

Janie sah sich um, ob sie wirklich allein waren, ehe sie antwortete. »Bestimmt. Ein eiskaltes Weibstück, wenn du mich fragst – nicht so wie Perrin. Garrick hat sich in Morna verliebt und geglaubt, sie würde diese Liebe erwidern. Sie wollten schon heiraten. Aber dann reiste ein reicher Kaufmann durch die Gegend, und Morna, die den Reichtum scheinbar der Liebe vorzog, rannte mit ihm davon. Seit da ist Garrick wie ausgewechselt. Er hat gelobt, allen Frauen aus dem Weg zu gehen und niemals zu heiraten. Er tobt und wütet über jede Kleinigkeit. Er ist kalt und grausam geworden, sucht immerzu Streit und hat viele Freunde verloren. Er hat zwei Winter in den Wäldern verbracht und ist nach Norden gesegelt. Hunderte von Pelzen hat er dort erjagt. Die hat er im Osten verkauft. Er war nur noch an schnellem Reichtum interessiert. Zumindest hat er das jetzt erreicht. Perrin sagt, daß er inzischen ein reicher Mann ist. Er ist auch nicht mehr ganz so grob zu uns wie vorher, aber er ist immer noch kalt und mißtrauisch.«

»Glaubst du, daß er mit diesen neuen Reichtümern Morna zurückerobern will?« fragte Brenna.

»Mag sein«, entgegnete Janie. »Ich verstehe ihn nicht. Ich weiß nur, was Perrin mir erzählt, und das ist, daß Garrick nie mehr sein Herz an eine Frau verlieren will. Die einzige Frau, der seine Liebe gehört, ist seine Mutter. Alles was sie tut, ist in seinen Augen richtig.«

»Ja, ich habe gesehen, wieviel Respekt er ihr entgegenbringt«, sagte Brenna. »Warum hat sie Garrick unsere Sprache gelehrt und ihren anderen Sohn nicht?«

»Hugh ist ihr Erstgeborener und somit der Erbe. Deshalb muß er ein echter Wikinger sein. Ihre Liebe zu ihm konnte sie nicht öffentlich zeigen, denn das wird nicht gern gesehen, und der Klan hat ihn ständig beobachtet. Sie mußte ihn den anderen überlassen. Garrick ist ihr zweiter Sohn, und in ihn ist sie so vernarrt, wie es nur eine Mutter sein kann. Er spricht unsere Sprache und weiß ebenso viel über unsere Götter wie über die seinen. Seine Freundlichkeit und Sanftmut kamen daher, daß sie ihn mit Liebe überschüttet hat; aber das hat Morna abgetötet.«

»Es fällt mir schwer zu glauben, daß ein gebrochenes Herz soviel Schaden anrichten kann«, sagte Brenna gedankenverloren.

»Du hast eben noch nie dein Herz verloren, Brenna, sonst würdest du die Teufel kennen, die Rachegelüste in eine bekümmerte Seele pflanzen. Den Garrick haben sie gemein gemacht. Er trägt ja nicht zum Spaß den Spitznamen Garrick der Hartherzige.«

15

Brenna ging zum Stall herüber, um Erin zu besuchen. Sie fragte auch ihn über Garrick aus.

»Garrick hat mir heute morgen gesagt, daß du hier arbeiten darfst«, sagte Erin.

»Siehst du, Erin, du wolltest es nicht glauben«, entgegnete Brenna. »Erzähl mir mehr von ihm.«

Erin sah sie seltsam an. »Warum fragst du, Kleines? Hast du ein Auge auf ihn geworfen?«

»So ein Unsinn!« erwiderte Brenna scharf. »Aber falls ich hier bleibe, will ich so viel wie möglich über den wissen, der hier der Herr ist.«

»Falls?« fragte Erin mit gerunzelter Stirn. »Du hast keine Wahl, Kleines.«

»O doch, Erin«, sagte Brenna. »Zweifle nicht daran. Ist denn noch niemand von hier weggelaufen?«

»Doch. Hope ist mitten im Winter in die Berge geflohen, aber der Herr hat sie mühelos gefunden und zurückgebracht. Er hat sie zwei Tage in die Zelle gesteckt, und als sie herausgelassen wurde, war sie fast erfroren. Dann hat er sie mit den anderen Sklaven verkauft. Letztes Jahr ist ein junger Mann fortgelaufen. Garrick war nicht da, und Hugh hat ihn vor den Augen aller zu Tode peitschen lassen. Hugh hat eine Schwäche für Warnungen, an die man sich erinnert.«

Brenna erschauerte. »Gibt es diese Zelle wirklich?«

Erin nickte grimmig. »Ulric hat sie unter dem Haus anlegen lassen, weil er nichts vom Auspeitschen hielt. Sie ist in die Klippen gehauen und von einer schweren Tür verschlossen. Ein kleines Eisengitter läßt Luft hinein und im Winter auch die Kälte.«

»Macht dir keine Sorgen, Erin. Diesen Raum werde ich nie sehen. Wenn ich gehe, werde ich das Land verlassen, und keiner wird mich finden.«

»Mit dem Schiff?« Er lachte kurz auf. »Wie denn, Kleines? Auf dem Fjord gibt es nur drei Schiffe. Eines gehört dem Herrn, eines seinem Vater, und das dritte dem Klan, der auf der anderen Seite wohnt. Vor dem Frühling wird keines davon aussegeln, und allein kannst du sowieso nicht damit zurechtkommen.«

»Das war mir klar«, sagte Brenna verzweifelt.

In dem Moment näherte sich ein Reiter. Der große schwarze Hengst tänzelte in den Stall. Garrick saß aufrecht auf seinem Rücken. Sein blondes Haar war von dem Ausritt zerzaust.

Brenna sah hingerissen auf das Bild. Garricks Gesicht war so knabenhaft, wenn er lächelte, und so schön, wenn er ernst war. Brenna war unangenehm berührt, als sie merkte, daß sie ihn stundenlang hätte anschauen können, ohne daß ihr langweilig geworden wäre. Garrick nahm ihre Bewunderung mit Erstaunen zur Kenntnis. Dann stieg er ab und warf Brenna die Zügel zu. Sie führte das Pferd in den Stall. Erin kam, um dem Hengst den schweren Sattel abzunehmen, aber Garrick schickte ihn mit einer Handbewegung wieder fort.

»Kümmert Euch um das Pferd, Fräulein«, sagte Garrick herablassend.

»Glaubt Ihr, ich kann das nicht?« sagte sie grollend. »Wollt Ihr mich auf die Probe stellen?«

»Nein, das war ein Befehl, Dirne. Man hat Euch eine Aufgabe zugewiesen – nun führt sie aus.«

»Du – oh!«

Sie verschluckte die Worte, die ihr auf der Zunge lagen, und warf ihm einen mordlustigen Blick zu. Als sie die Bänder gelockert hatte, warf das Gewicht des Sattels sie fast zu Boden. Mit aller Kraft schwang sie den Sattel über den Pfosten. Ihre Brüste wogten vor Anstrengung, aber sie sah ihn triumphierend an.

»So!«

Garrick verschränkte seine Arme vor der Brust und lehnte sich an die Wand. »Was heißt hier so! Muß ich Euch sagen, was Ihr als nächstes zu tun habt?«

»Ich kann besser mit Pferden umgehen als Ihr, Wikinger. Ich möchte wetten, daß ich auch besser reiten kann!« fauchte sie und packte einen Lappen, um das Fell des Hengstes abzureiben.

»Ihr packt zwar jede Gelegenheit beim Schopf, so zu tun, als wärt Ihr ein Mann«, spottete er. »Aber ich kenne Euch auch von einer anderen Seite, Dirne.«

»Schert Euch fort!« schrie Brenna wütend und wurde rot. »Ihr braucht mich nicht zu überwachen!«

Garrick lachte herzlich. »Jetzt wollt Ihr mich aus meinem eigenen Stall werfen! Kennt Eure Dreistigkeit denn keine Grenzen?«

Brenna sah ihn an und mußte grinsen. Sie wußte, daß sie ihre Grenzen diesmal wirklich überschritten hatte.

»Ihr habt recht«, sagte sie. Ihr Zorn war verflogen. »Ich wüßte zwar nicht warum, aber bleibt nur ruhig, wenn Ihr Lust habt.«

Er wies sie nicht darauf hin, daß er dazu nicht ihrer Genehmigung bedurfte, sondern sah ihr schweigend zu. Sie kannte sich wirklich mit Pferden aus.

»Habt Ihr gut geschlafen?« fragte Garrick.

Sie sah ihn erstaunt aus den Augenwinkeln an. »Ja.«

»Habt Ihr mein weiches Bett nicht vermißt?« fragte er sie. Seine Augen schimmerten schadenfroh.

Sie grinste über seine Frage. »Mein neues Bett ist mehr nach meinem Geschmack, weil ich es mit keinem teilen muß.«

Er kam näher, nutzte ihre gute Laune aus, und hob ihr Kinn hoch. »Wie kommt Ihr darauf?«

Ehe sie antworten konnte, schloß er sie in die Arme und senkte seinen Mund auf ihren. Der Kuß schockierte sie bis ins Innerste. Es war ihr erster Kuß, denn der von Hugh zählte wohl nicht. Garricks Mund lag sanft auf ihrem und bewegte sich langsam. Dann teilte seine Zunge ihre Lippen und erforschte zärtlich ihren Mund. Ihre Sinne waren aufgewühlt.

Brenna stellte zu ihrem Erstaunen fest, daß diese zärtliche Nähe unglaublich angenehm war. Das Blut schien in ihre Venen zu schießen und sie kopflos zu machen. Sie stellte außerdem fest, daß sie diesem Mann noch näher sein wollte. Sie schlang die Arme um seinen Hals und drückte ihren Körper nah an ihn. Sie spürte, wie er überrascht zusammenzuckte, und sie hatte das Gefühl, er werde ihr die Knochen brechen, während sein Kuß so fordernd wurde, als wolle er sie mit Haut und Haar verschlingen.

Hatte ihre einfache Bewegung ihn zu diesem feurigen Angriff angespornt? Es gefiel ihr, und sie wollte nicht, daß er aufhörte. Sie brannte vor Leidenschaft. Er war ihr Feind, aber das schien ihren verräterischen Körper nicht zu stören. Ihn zu spüren glich einem Rauschmittel, das sie blind für alles andere machte.

Selbst als sie das Wirrwarr ihrer Sinne genoß, sagte sie sich, daß das nicht richtig sei. Sie mußte ihn dazu bringen, aufzuhören. Endlich konnte sie sich dazu zwingen, ihre Lippen fortzuziehen. Sie wollte Zeit gewinnen, bis sie ihren Verstand wieder beieinander hatte. Als er sie nicht losließ, lachte sie ihm leise ins Ohr.

»Würdest du mich hier nehmen, mich ins Heu werfen, wenn Erin herumläuft?«

Er ließ sie so schnell los, daß sie einen Schritt rückwärts taumelte. Dann blickte er sie einen Moment lang finster an, drehte sich auf dem Absatz um und stolzierte davon. Sie mußte ihr Lachen unterdrücken, damit er nicht noch zorniger wurde. Sie hatte die nächste Runde gewonnen, obwohl diese schon wesentlich schwieriger gewesen war.

16

Brenna arbeitete jetzt seit zwei Wochen im Stall. Sie hatte sich mit Erin angefreundet, denn er behandelte sie wie eine Tochter, und es machte ihr Spaß, mit ihm zu arbeiten.

Wenn sie mit ihrer Arbeit fertig war, ließ Erin sie manchmal für eine Stunde oder so auf einem der Pferde ausreiten. Diesmal wählte sie den braunen Hengst. Auf der ebenen Wiese außerhalb des Hofes zwang sie das Pferd in einen scharfen Galopp. Zum erstenmal an diesem Tag fühlte sie sich frei. Sie vergaß sogar ihren Status als Gefangene und ihre Kämpfe in diesem fernen, fremden Land. Eine Heiterkeit, wie sie sie seit Monaten nicht mehr verspürt hatte, ergriff Besitz von ihr. Unter dem blauen Himmel glitzerte der Fjord in der Sonne, während sie und das Roß unter ihr mühelos über den festen Boden schwebten. Auf ihren Lippen lag ein Lächeln. Es kam ihr vor, als sei sie schon Stunden oder Tage geritten, doch sie fühlte keine Ermüdung, und das Pferd schien so frisch zu sein wie in dem Moment, in dem sie den Stall verlassen hatten.

Eine Stunde später wich das Lächeln von ihrem Gesicht, als sie zwei Reiter geschwind auf sich zukommen sah. Noch konnte sie sie nicht erkennen. Sie fragte sich, wer das sein konnte. Garrick? Hugh? Anselm? Aber als sie näherkamen, stellte sie erstaunt fest, daß sie sie nicht kannte. Als sie sie sahen, lächelten sie einander zu und hielten ihre Pferde an. Sie waren groß und blond und gefielen Brenna nicht. Einer hatte stechende Augen, denen sie nicht traute, der andere eine lange, gezackte Narbe auf der Wange, die seinem Aussehen etwas Teuflisches verlieh.

»Mit diesen Haaren kannst du kein Wikinger sein«, sagte der mit der Narbe. »Vielleicht eine gefangene Sklavin?«

Brenna wurde wütend. Sie zog das Messer heraus, das sie in ihrem Stiefel verborgen hielt. Die beiden ritten auf sie zu, und es gelang ihr, einem der beiden eine Wunde an der Hand zuzufügen. Dann zog sie der andere vom Pferd und entwand ihr das Messer.

»Dafür wirst du mir büßen«, sagte der Verwundete. Sein Gefährte hielt Brennas Arme fest, und er legte sich auf sie. Brenna spürte seine Männlichkeit und trat wild um sich, aber sie konnte ihn nicht abschütteln. Er zerriß ihr Hemd gewaltsam bis zur Taille und legte ihre weißen perfekt geformten Brüste bloß. Sie trat um sich und biß zu, aber das steigerte sein Vergnügen nur, und er zerrte an seiner Hose, um sein angeschwollenes Glied herauszuholen. Als er in sie eindringen wollte, hörte er das Hämmern von Hufen und sah bestürzt auf.

Bitte, lieber Gott, laß es einen Freund sein, betete Brenna schweigend. Sie nutzte sein Zögern aus und versuchte, ihn abzuwerfen, aber es gelang ihr nicht. »Laßt uns gehen!« sagte er mit Furcht in der Stimme zu seinem Gefährten. Er stand auf und zog seine Hose hoch, während er auf sein Pferd zurannte. Die beiden gaben ihren Pferden die Sporen und galoppierten davon.

Brenna sah auf. Garrick brachte sein Pferd neben ihr zum Stehen. Sie lag schamrot und bewegungslos da. Ihre Angst von vor einer Minute war vergessen. Ausgerechnet er mußte sie retten wie eine jener schwachen, hilflosen Frauen, die sie so sehr verachtete! Und wie sie dalag! Es war ihr so peinlich, daß sie einen Moment lang die Augen schloß. Als sie sie wieder öffnete, hatte Garrick sich über sie gebeugt und sah sie besorgt an.

»Dir ist doch nichts passiert, Brenna?« fragte er liebevoll und streckte seine Hand aus, um sie zu streicheln.

»Laß mich in Ruhe!« schrie sie. Zornesröte stieg in ihr Gesicht.

Er wich zurück, als hätte sie ihn geschlagen, und seine Züge verhärteten sich. »Steh auf!« sagte er und zog sie auf die Füße. »Das war dein letzter Ausritt allein. Wer hat dir überhaupt gestattet, den Hof zu verlassen?« Sie gab keine Antwort.

Er blickte in die Ferne. »Ich habe deine Angreifer nicht aus der Nähe gesehen. Wenn wir heimkommen, werde ich Männer hinter ihnen herschicken, aber wahrscheinlich handelt es sich um umherreisende Händler oder Briganten, die nicht mehr auffindbar sind. Du könntest tot sein«, fügte er zornig hinzu und wandte sich von ihr ab. »Steig auf«, sagte er und schob sie auf den Hengst zu. »Ich glaube allmählich, ich wäre gut beraten, dich auf dem nächsten Sklavenmarkt in Hedeby zu verkaufen.«

Auf dem Rückritt redete er kein Wort mehr mit ihr. Als sie vor dem Stall angelangt waren, warf er ihr die Zügel seines Pferdes zu und ließ sie stehen.

Brenna sah Garrick jetzt täglich, wenn er ausritt, und meistens auch nachmittags, wenn er ihr sein verschwitztes Pferd übergab. Seit dem Tag, an dem er sie gerettet hatte, hatte er kein einziges Wort mehr an sie gerichtet. Er nahm nicht einmal ihre Anwesenheit zur Kenntnis.

Brenna rätselte oft daran herum, warum er sie so konsequent übersah und fragte sich schon, ob er sich wirklich nichts aus Frauen machte, solange sein Körper ihn nicht dazu zwang. Es wurmte sie, keine Wirkung auf ihn zu haben, denn sie verspürte seine Gegenwart immens stark. Immer öfter ertappte sie sich dabei, an ihn zu denken. Am ärgerlichsten war jedoch, daß sie den Tag nicht vergessen konnte, an dem er vergeblich versucht hatte, sie zu erniedrigen. Garrick dagegen hatte ihn offensichtlich aus seiner Erinnerung gestrichen.

Brenna badete. Ihr Kopf ruhte auf dem Wannenrand, und ihr dichtes schwarzes Haar schmiegte sich an ihren nassen Körper. Sie war entspannt und gutgelaunt.

Maudya und Janie servierten Garrick das Abendessen, und sie war allein in dem kleinen Haus. Brenna hörte nicht, als die Tür sich leise öffnete, aber sie spürte den kalten Luftzug auf ihrem Gesicht. Sie sah auf. Im Türrahmen stand ein sehr groß gewachsener Wikinger, der mit erstaunten Smaragdaugen auf sie niedersah.

»Geht hinaus und macht die Tür zu, Wikinger, ehe ich mich erkälte.«

Er schloß die Tür, aber von innen. Dann trat er näher. Brenna vergewisserte sich, daß ihre Haare ihren Körper vor seinen Blicken schützten, ehe sie den Eindringling erneut argwöhnisch ansah. Sie hatte ihn nie zuvor gesehen, aber seine Größe und sein Körperbau erinnerten sie an Garrick, und dem zollte sie Bewunderung. Sein Gesicht war angenehm, und man konnte ihm ansehen, daß er humorvoll und liebenswürdig war. Das Lächeln auf seinen Lippen setzte sich bis zu seinen Augen fort, deren Ränder Lachfalten aufwiesen.

Er hatte ihren Befehl offenbar nicht verstanden. Diese Sprachbarriere war zu ärgerlich, aber sie wollte ihr Spiel noch nicht aufgeben. Sie bedeutete ihm mit Gesten, er sollte gehen, aber er schüttelte nur den Kopf und lächelte noch breiter.

»Hau ab, verdammt noch mal!« rief sie verärgert.

»Kein Grund zur Aufregung, Fräulein.«

Sie riß die Augen auf. »Ihr sprecht meine Sprache.«

»Ja. Garrick hat sie mir beigebracht, als wir klein waren«, sagte er, belustigt über ihre Verwirrung.

»Wer seid Ihr?« fragte sie endlich.

»Perrin.«

Ihr Gesicht nahm einen wissenden Ausdruck an. »Falls Ihr Janie sucht – sie ist nicht da.«

»Das sehe ich selbst«, antwortete er und kam noch näher. »Ihr seid also Garricks neue Sklavin.« Er bemerkte ihren Zorn nicht. »Ich habe viel von Euch gehört.«

»Gleichfalls«, zischte Brenna zornig. »Ich respektiere keinen Mann, der weder Anspruch auf seinen Sohn erhebt, noch die Mutter dieses Sohnes zu sich allein nimmt.«

Perrin sah sie erstaunt an; dann verfinsterte sich sein Gesicht. »Janie scheint ein loses Mundwerk zu haben.«

»Ihr könnt Janie nichts vorwerfen«, erwiderte Brenna kühl. »Sie spricht nur voller Stolz und Liebe von Euch und wirft Euch Eure Feigheit nicht vor. Es stört Euch nicht, daß andere Männer mit der Mutter Eures Sohnes schlafen?«

Perrin wirkte tief getroffen. »Es stört mich. Aber ich kann bis jetzt nichts dagegen tun. Sie gehört Garrick.«

»Und Ihr habt Angst, ihn um sie zu bitten«, sagte Brenna verächtlich.

»Was ich fürchte, Dirne, ist seine Ablehnung, weil ich ihn dann kein zweitesmal mehr fragen könnte.«

»Wenn ich an Eurer Stelle wäre, würde ich mir nehmen, was ich will. Das tut ihr Wikinger doch sonst auch.«

Zu Brennas Erstaunen lachte Perrin plötzlich auf. »Ihr seid also wahrhaftig so arrogant und freimütig, wie man es Euch nachsagt. Man sieht, daß Garrick Euch noch nicht gezähmt hat.«

Brenna lächelte. »Wenn Ihr näher hinseht, werdet Ihr merken, daß Garrick derjenige ist, der gezähmt worden ist. Er war mir nicht gewachsen.«

»Ich frage mich, ob Garrick auch der Meinung ist«, erwiderte er und stellte sich schließlich direkt neben den Zuber.

Brenna sah ihn schelmisch an. »Gefällt Euch das, was Ihr seht, Wikinger?« neckte sie ihn zu ihrem eigenen Erstaunen.

»Aber gewiß«, antwortete er.

»Falls Ihr mehr sehen wollt, könnt Ihr das glatt vergessen. Ich wähle meine Liebhaber selbst aus, nicht sie mich. Und Ihr werdet mit Gewißheit nicht dazu zählen.«

Er lachte herzlich und blinzelte mit seinen grünen Augen. »Das sind tapfere Worte für eine Dirne, die meiner Gnade ausgeliefert ist.« Er fuhr grinsend mit einem Finger durch das Wasser.

»Nehmt Euch in acht, Wikinger.« Ihre Stimme wurde kalt. »Janie würde es mir nie verzeihen, wenn ich Euch ein Leid antun müßte.«

»Ha!« lachte er auf. »Zweifellos würdet Ihr es Janie erzählen, nicht wahr?«

»Klar.«

Er trat zurück. »Ihr habt nichts von mir zu befürchten, Dirne. Ich werde Euch nicht anrühren.«

Sie lächelte ihn an. »Ich fürchte mich nicht vor dir, Perrin. Ich fürchte mich vor keinem Mann.«

»Selbst vor Garrick nicht?«

»Gerade vor Garrick nicht.«

»Das solltet Ihr aber, Fräulein«, antwortete er ernsthaft. »Ihr scheint ihn zu leicht zu nehmen.«

Mit diesen Worten verließ er sie. Brenna wunderte sich über diese unerwartete Warnung.

Garrick saß allein an dem langen Tisch und brütete einsam vor sich hin. Der Hund lag zu seinen Füßen und pochte geräuschvoll mit seinem Schwanz auf den Boden. Garrick genoß es oft, alleinzusein, aber manchmal wünschte er fast, er wäre bei seinen Eltern geblieben, statt in dieses kalte, leere Haus zu ziehen. Er vermißte die Wärme einer Familie, gute Gespräche und Kameradschaft. Abwesend spießte er einen Happen Wildbret auf und gab ihn dem Hirtenhund. Gleich würden die Diener gehen und er wäre total allein in dem großen Haus. Nur der Hund würde mit ihm schlafen.

Vor drei Jahren hatte alles ganz anders ausgesehen. Wie sehr er sich geirrt hatte. Er hatte eine Familie gründen wollen, seinen Söhnen zuschauen, wie sie heranwuchsen, ein liebendes Weib an seiner Seite haben, das ihm das Bett wärmte. Was für ein Narr war er gewesen! Nie mehr würde er einer Frau vertrauen, ihr seine Liebe geben und sein Leben mit ihr verbringen.

Er hörte Janies schrilles Kichern. Einen Moment später kam Perrin in die Halle, ein zufriedenes Lächeln auf seinen Lippen. Er begrüßte Garrick und setzte sich zu ihm.

»Ich möchte schwören, daß du mehr Zeit mit dieser Dirne als mit mir verbringst, wenn du mich besuchst«, sagte Garrick.

»Ich gebe zu, daß ich ihre Gesellschaft der deinen vorziehe. Du bist meistens sauer, aber sie ist gar so süß.« Perrin lachte.

»Ich hätte mir gleich denken können, daß du nur ihretwegen gekommen bist«, sagte Garrick im Spaß. »Raus mit dir.«

»Du verletzt mich, Garrick«, sagte Perrin und legte bekräftigend seine Hand aufs Herz. »Es wäre traurig, wenn die Gesellschaft einer Frau einem Mann über die eines Freundes ginge.«

»Stimmt«, sagte Garrick, wieder ernst. »Warum hast du dich schon so lange nicht mehr blicken lassen?«

»Ich habe geerntet«, sagte Perrin.

Janie brachte zwei Krüge Bier. Garrick bemerkte den Blick, den Perrin mit dem Mädchen austauschte, und beneidete die beiden fast um ihre Beziehung.

Als Janie gegangen war, grinste Perrin und beugte sich zu Garrick hinüber. »Auf dem Weg hierher bin ich über deine neue Sklavin gestolpert.«

»So?«

»Ja. Ich habe Janie gesucht und statt dessen diese schwarzhaarige Schönheit beim Bade vorgefunden.«

Garricks Augen wurden finster. »Und?«

»Ich frage mich, warum du sie von dir weist, obwohl dein Bett groß genug für zwei ist.«

»Wenn du mit ihr geredet hättest, würdest du nicht fragen. Sie ist eine Rose, aber ihre Dornen sind für meinen Geschmack zu spitz.«

»Oh, ich habe mit ihr geredet, wenn auch nicht viel«, sagte Perrin lächelnd. »Sie hat mich geneckt, aber nur, um wüste Drohungen auszustoßen, falls ich sie berühren sollte.«

»Hast du das getan?« fragte Garrick finster.

»Nein, aber ich möchte wetten, daß es der nächste tut. Macht es dir auch bei ihr nichts aus, sie mit anderen zu teilen?«

»Wieso? Vielleicht rückt sie das zurecht«, sagte Garrick säuerlich.

Perrin lachte. »Du hast wohl dein Versprechen, sie zu zähmen, noch nicht eingelöst?«

»Erinnere mich nicht daran, was ich im Suff versprochen habe«, sagte Garrick unwirsch. Er konnte sich genau erinnern, denn *so* betrunken war er nicht gewesen. Nur Hughs Spott hatte ihn dazu gebracht, diesen Schwur vor allen abzulegen.

»Will sie nicht für dich arbeiten?« fragte Perrin.

»Nein, sie arbeitet im Stall.«

»Das läßt du zu?« fragte Perrin erstaunt.

»Alles andere war ihr nicht recht«, gab Garrick zerknirscht zu.

Perrin lachte laut. »Dann hat die Dirne also recht. Du bist zahm geworden, nicht sie.«

»Das hat sie gesagt?«

Perrins Gelächter erstarb, als er sah, welcher Zorn seinen Freund gepackt hatte. »Komm schon, Garrick. Ich möchte nicht, daß meine Worte ihr Ärger bereiten.«

»Ich werde ihr nichts antun, aber bei Thor, morgen wird sie weniger selbstzufrieden sein!«

Ein dunkle Wolke schien Garrick zu umhüllen. Perrin seufzte in sich hinein. Er bereute seine unbesonnenen Worte bitterlich und hoffte, daß sie dem Mädchen nicht allzuviel Schaden verursachen würden.

17

Erbost machte sich Garrick auf den Weg zum Nachtquartier der Sklaven. Brenna lag auf einer Matte vor dem Herd und sah im Schlaf so süß und unschuldig aus, daß Garrick fast vergessen hätte, was für ein Teufel sie tagsüber war. Alle Einzelheiten ihres verführerischen Körpers fielen ihm wieder ein, aber er verbannte die Vorstellung sofort aus seinen Gedanken, packte sie und trug sie in die schwarze Nacht hinaus. Als er sie auf den Boden stellte, erkannte sie ihn und hörte auf zu schreien.

»Ach so, du bist es«, sagte sie abfällig.

»Wer sonst sollte es sein?«

»Einer deiner Freunde. Bayard, der mir gewiß noch etwas heimzahlen will, oder dein Bruder, der die Absicht hat, mich flachzulegen.«

»Hast du Angst vor ihnen?«

»Nein, aber ich bin nicht so blöd, sie auf die leichte Schulter zu nehmen.«

»Das tust du nur bei *mir*, was?« knurrte er.

»Warum sollte ich dich fürchten, Wikinger? Du hast dich mir von deiner schlimmsten Seite gezeigt, aber das war gar nicht schlecht.«

Zornig trat er näher vor sie hin. »Muß ich Euch tragen, Fräulein, oder wollt Ihr laufen?«

»Ich komme nicht mit dir. Ich habe keine Lust, mich zu deinem Vergnügungen aufwecken zu lassen.«

»Es geht nicht um mein Vergnügen, Dirne.«

»Oh? Worum denn?«

»Kommst du?«

Ihre Neugierde war geweckt, aber ehe sie ja sagen konnte, trug er sie ins Haus und die Treppe hinauf. Dort ließ er sie zu Boden gleiten, aber Brenna ließ ihre Arme einen Moment länger als nötig um seinen Hals geschlungen. Mit regungslosem Gesicht schob er sie vor sich her.

Seit dem Tag, an dem er ihr die Unschuld genommen hatte, war sie nicht mehr in seinem Haus gewesen, und die Veränderungen, die sich seit da vollzogen hatten, sprangen ihr sofort ins Auge. Verzierte goldene Kerzenhalter hingen an den Wänden, dazwischen kleine, in leuchtenden Farben bestickte Wandbehänge mit goldgesäumten Kanten. Ein schwarz-silberner Teppich lag auf dem Boden. Die ganze Atmosphäre hatte ihre Düsterkeit verloren.

Brenna zögerte, als sie sah, daß sie auf Garricks Zimmer zugingen. Er schob sie hinein und schloß die Tür. Sie wirbelte herum, ihre Arme in die Hüften gestemmt und mit blitzenden Augen.

»Du hast mich getäuscht, Wikinger. Warum sind wir hier?«

»Ich denke, es wird länger dauern, und dieser Raum ist der wärmste im ganzen Haus.«

Auch hier war es ausgesprochen gemütlich geworden. Die Teppiche, die Wandbehänge und der Diwan nahmen dem Raum die Kälte des Steines.

»Wirst du mir jetzt sagen, warum ich hier bin? Und warum du mich so heimlich hergeholt hast?«

Er zuckte die Achseln und ging zu dem kleinen Tisch, auf dem ein Weinschlauch und eine Käseplatte wartete. »Ich wußte nicht, wie du gelaunt bist. Deshalb habe ich es vorgezogen, keinen Tumult zu riskieren und die anderen Frauen nicht aufzuwecken. Es besteht kein Anlaß für sie, auf ihren Schlaf zu verzichten, nur weil wir beide etwas miteinander zu regeln haben.«

»Wir haben alles geregelt. Was gibt es noch?« fragte Brenna.

»Wir haben nichts geregelt, Fräulein.«

»Ich arbeite doch für dich«, antwortete sie auffahrend. »Ich verdiene mir meinen Unterhalt. Was willst du mehr?«

Er ging zu der großen Kiste hinüber, die an der Wand stand und nahm einen grauen Seidenumhang heraus, der mit weißem Pelz besetzt war. Dann stellte er sich so dicht vor sie hin, daß sie zu ihm aufsehen mußte.

»Ja, zum Glück hast du gearbeitet, aber nicht so, wie ich es gewünscht habe. Ich habe nachgegeben, weil ich in dem Moment keine andere Möglichkeit gesehen habe. Sklaven sollen sich nicht an ihrer Arbeit erfreuen, aber das hast du sicher getan. Damit ist jetzt Schluß.«

»So?«

Ein kaltes Lächeln trat auf seine Lippen. »Wir fangen von vorn an. Du wirst die Arbeiten verrichten, für die du bestimmt bist, und das ist der Anfang.« Er händigte ihr den kurzen Umhang aus. »Unter einem Arm ist ein kleines Loch, das geflickt werden muß.«

Sie starrte ihn entgeistert an. »Herr im Himmel!« schrie sie außer sich.

»Da kann dir weder dein Gott noch meiner helfen. Du hast es nur mit mir zu tun.«

»Das tue ich nicht, Garrick!« erwiderte sie heftig und warf den Umhang auf den Boden. »Das weißt du ganz genau.«

Er zuckte gelassen die Schultern und setzte sich wieder an den Tisch. »Du bleibst in diesem Raum, bis du es dir anders überlegt hast«, sagte er über seine Schulter.

»Nein, nur bis du schläfst, Wikinger.«

»Dann scheint es so, als müßtest du wieder bewacht werden. Hund!« rief er, und schon kam der weiße Hirtenhund auf ihn zu. Brenna hatte ihn bisher nicht bemerkt, weil sein Fell sich perfekt mit dem Hermelin vermischt hatte. »Bleib in der Tür liegen, und paß auf, daß diese Dirne den Raum nicht verläßt«, befahl er.

Das Tier schien jedes Wort zu verstehen. Er wandte den Kopf und sah Brenna unschlüssig an, ehe es auf die Tür zuging und sich dort wieder schlafenlegte.

»Ich habe versucht, dich nicht zu hassen, Wikinger«, sagte Brenna, »weil es nicht deine persönliche Schuld ist, daß ich hier bin. Aber du machst es mir schwer.«

Er lächelte zynisch. »Haßt mich, so sehr es Euch beliebt, Fräulein. Das ändert gar nichts. Meine Gefühle für Euch sind vergleichbar, denn seit Ihr hier seid, wart Ihr nichts als übellaunig und mir ein Ärgernis. Zumindest wissen wir jetzt, wo wir stehen.« Er nahm einen tiefen Zug aus der Weinschale und fing an, sich zu entkleiden.

»Was nun?«

»Wir haben eine Sackgasse erreicht. Also wird heute nicht mehr diskutiert. Auf ins Bett, Fräulein!«

»Ich bin nicht mehr müde«, sagte sie verärgert.

»So?«

»Du kannst mich dazu zwingen, in diesem Zimmer zu bleiben, aber ich schlafe nicht mit dir in diesem Bett!« tobte sie.

»Du tust seit dem letztenmal, als wolltest du nichts lieber als das?«

»Du irrst dich!« fauchte sie errötend.

»Nun gut, das macht nichts. Da es mir nichts ausmacht, mein Bett mit dir zuteilen, schläfst du hier. Aber hab keine Angst. Ich werde dich nicht anrühren, denn Vergnügungen sollst du hier nicht finden. Jetzt geh ins Bett, und wenn du schon nicht schläfst, dann kannst du über deine eigene Dickköpfigkeit nachdenken.«

Brenna kam zu Bewußtsein. Ihr Körper schien aufzuschreien: Wach auf, Wach auf, und sieh nur, welche Freuden auf dich warten. Der Traum verflog, und ihre Augen öffneten sich vor Erstaunen über ihre eigenartigen Empfindungen und wurden kugelrund, als sie merkte, was mit ihr geschah.

Sie lag auf der Seite, mit dem Gesicht zur Wand. Ihre Arme lagen auf dem Kissen, ein Knie hatte sie angezogen, das andere Bein war ausgestreckt. Sie lag auf dem Hermelinfell, auf dem sie eingeschlafen war, aber ihr Nachthemd war bis zur Taille aufgekrempelt und legte ihre Beine und Hüften frei.

Sie blieb regungslos liegen und atmete gleichmäßig weiter, als würde sie noch schlafen. Garricks Brust preßte sich gegen ihren Rücken, und seine Wärme sickerte durch ihr Nachthemd. Sein Arm ruhte auf ihrer Taille, und seine Hand lag zwischen ihren Brüsten und neckte die eine zärtlich. Sie spürte seinen Atem in ihrem Nacken, heiß und kitzelnd, und seine Hand glitt langsam tiefer, über ihren festen Bauch, über die Hüften und ihren Schenkel hinunter. Auf ihren Beinen bildete sich Gänsehaut. Dann wand sich seine Hand flink zwischen ihre Schenkel und bewegte sich so langsam aufwärts, daß es zum Verrücktwerden war, bis sie schließlich auf dem weichen Hügel schwarzer Locken zwischen ihren

Beinen liegenblieb. Dort verweilten sie, und die Finger zerteilten sanft die Löckchen und suchten sich verstohlen ihren Weg in ihr feuchtes, heißes Fleisch, das bereits zitterte vor Begehren.

Verblüfft stellte Brenna fest, daß ihren Lippen ein Stöhnen entfloh. Sie wußte, daß sie davonlaufen, daß sie fliehen mußte, aber statt dessen drehte sie sich langsam auf den Rücken, um den forschenden Fingern den Weg zu öffnen. Ein verführerisches Lächeln trat auf ihre Lippen, als sie den glühenden Blick in Garricks türkisen Augen gewahrte.

»Du hast lange gebraucht, um wach zu werden, Dirne«, murmelte er im Scherz.

Es überraschte sie, daß er, der gewöhnlich so schroff und barsch war, so warm und zärtlich sein konnte. Aber es war ihr gleich, und auch das erstaunte sie. Sie freute sich darauf, denn als sie letztesmal so dagelegen hatte, hatte sie einen reinen Genuß gekostet, aber sie hatte auch das Gefühl, daß diese Köstlichkeit noch zu steigern war.

»Ich hätte schwören können, Wikinger, daß du gesagt hast, ich würde in diesem Bett kein Vergnügen finden«, sagte sie und ließ ihre Finger über die goldenen Haare auf seiner nackten Brust gleiten. »Kannst du dein Wort nicht eine einzige Nacht lang halten?«

»Es scheint so«, sagte er heiser und senkte seine geteilten Lippen zu einem zärtlichen Kuß auf ihre, »als hätte ich übereilt gesprochen. Aber du bist selbst schuld, denn dein männliches Auftreten ist verflogen, sowie du im Bett liegst.« Er ging auf sie nieder. »Wie kommt das?«

Sie zuckte die Achseln und lächelte schelmisch. »Manchmal hat es eben sein Gutes, eine Frau zu sein. Das gebe ich furchtlos zu.«

»Furcht, ha!« rief er lachend. »Nur das nicht.«

»Gut, daß du es weißt, Wikinger«, entgegnete sie und zog seinen Nacken mit ihrer Hand näher. »Dann wird dich mein Verhalten nicht mehr überraschen.«

Sie küßte ihn begierig, und trotz ihrer Worte war er erstaunt. Es stimmte, daß ihre Nähe ihn von Sinnen gemacht hatte. Noch wahrer war es jedoch, daß sie ihn außer sich vor Leidenschaft gebracht hatte. Sie zwang ihn dazu, sie zu nehmen, und er tat es, ohne zu zögern. Sie öffnete ihre Beine für ihn, und er stieß tief in ihr Inneres. Er packte ihren Hintern, um sie noch näher an sich zu drücken. Vor dem letzten Stoß fühlte er, wie ihre Beine sich um seine Hüften schlangen, und dann war er in der weißen Sphäre von Feuer und Seligkeit verloren, die ihn angespornt hatte, sein Wort zu brechen und sie zu der seinen zu machen.

Schwer atmend ließ Garrick sich mit voller Wucht auf sie sinken und schmiegte seinen Kopf an ihren Nacken. Als er aufstehen wollte, hielt sie seinen Kopf fest und umrundete seine Hüften immer noch mit ihren Beinen. Er sah fragend auf sie nieder und bemerkte den verlockenden Blick, das sinnliche Lächeln.

»Zeig mir deine Stärke, Wikinger«, keuchte sie, während ihr Körper sich verlockend unter seinem wand. »Mach weiter.«

»Bei allen Göttern, Weib, hast du denn kein Schamgefühl?« fragte er ungläubig.

»Wieso?« erwiderte sie unerschrocken. »Ist es eine Schande, daß ich das mag? Soll ich so tun, als sei dem nicht so?«

»Nein, aber keine Frau hat jemals mehr von mir gewollt.«

»Vergleich mich nicht mit anderen Dirnen, Wikinger«, sagte sie hitzig und ließ ihn los. »Laß von mir ab, wenn du nicht die Kraft hast, mich zu befriedigen!«

»Deine Taktik ziemt sich nicht, du Biest«, spottete er.

Bedächtig begann er, sich wieder in ihr zu bewegen und drückte gleichzeitig einen schmerzhaften Kuß auf ihre Lippen. Es dauerte nur einen Moment, bis der Funken der Begierde sich wieder entzündete. Garrick bewegte sich langsam und gleichmäßig. Mit der Zeit ließ er ihre Arme los und nahm ihr Gesicht zwischen seine Hände. Sein Kuß wurde leidenschaftlicher und fordernder. Er spürte, wie ihre Hände über seinen Rücken strichen und seine harten Muskeln massierten. Sie stöhnte leise und schlang ihre Arme wieder um seinen Hals, um ihn immer fester an sich zu ziehen. Selbst als er glaubte zu vergehen, spürte er noch ihre wilde, unbeherrschte Hingabe. Ihr Atem stockte und sie erstarrte, ihre Nägel gruben sich wie Krallen in seine Schultern. Sein Name kam in einem kehligen Flüstern über ihre Lippen, als sie gleichzeitig dort anlangten, worum sich alles Leben dreht. Diesmal hatte sie nichts dagegen einzuwenden, als er sich neben sie legte. Beide lagen erschöpft und schwer atmend da. Als sie ihre Hand zart auf seine Schultern legte, rebellierte sein Innerstes, weil er fürchtete, sie werde es wagen, noch mehr von ihm zu verlangen.

»Schlaf weiter«, sagte er mit geschlossenen Augen. »Es ist noch nicht Tag.«

»Ich wollte mich nur bei dir bedanken, Garrick. Das ist alles.«

Er öffnete die Augen und sah den zärtlichen Ausdruck in ihrem Gesicht, ehe sie sich umdrehte und ihr Nachthemd herunterzog. Er

wunderte sich immer wieder von neuem, zu welchen Stimmungs-
schwankungen diese Frau in der Lage war. So gefiel sie ihm am
besten.

Seine Züge wurden sanft. »Komm her«, sagte er heiser und zog
sie wieder in seine Arme. Er wußte, daß sie sich nicht wehren
würde, und das freute ihn ganz besonders. Sie schmiegte sich eng
an ihn, und er wußte, daß er sich mühelos an diese Frau gewöhnen
könnte.

»Es ist viel schöner, nicht mir dir zu kämpfen, Garrick«, flüsterte
Brenna im Halbschlaf.

Er lächelte vor sich hin und hielt sie ganz unbewußt fester. Die
Wirkung, die sie auf ihn ausübte, war verblüffend. Wenn das so
weiterging, würde er sie immer wieder begehren.

»Ja, Brenna, es ist wirklich schön.«

18

Brenna saß Garrick beim Frühstück gegenüber. Sie stocherte launisch in ihrem Essen herum und funkelte Garrick wütend an. Aber
er war zu sehr mit seiner Mahlzeit beschäftigt, um es zu bemerken.

Seit einer Woche hielt er sie jetzt schon in diesem Zimmer
eingesperrt. Er brachte ihr die Mahlzeiten selbst, ließ sie tagsüber
allein und kehrte erst nachts zurück. Nach der Nacht, in der er sie
hierhergebracht hatte, rührte er sie nicht mehr an und gab sogar
nach, wenn sie darauf bestand, auf dem Diwan zu schlafen und
nicht neben ihm in seinem breiten Bett.

Am Morgen nach ihrer gemeinsamen Nacht war sie bei der
Erinnerung daran, was sie getan hatte, erbleicht. Das konnte nicht
Brenna gewesen sein, die sich wie eine beliebige geile Hure verhalten hatte – ihr verachtenswerter weiblicher Körper hatte ihr das
angetan. Dieses verräterische Instrument hatte die Früchte seines
Erwachens bis zur Neige kosten wollen und sie sogar dazu gebracht, Garrick zu necken und ihm zu schmeicheln, um zu seinem
Ziel zu gelangen. Er hatte ein Feuer in ihr geschürt, wie sie es sich in
ihren kühnsten Träumen nicht ausgemalt hatte, aber soweit sollte
es nie mehr kommen. Derartig ausschweifende Genüsse wollte sie
sich fortan versagen. Diese Art der Ekstase konnte sie nicht gebrauchen, denn um sie wieder zu erlangen, mußte sie zuviel aufgeben.

Sie konnte zwar nicht rückgängig machen, was geschehen war,
aber sie würde keine Wiederholung dessen dulden. Wie hatte sie

nur glauben können, daß Garrick dadurch seine Meinung ändern würde! Er war immer noch entschlossen, sich von ihr seinen Wünschen entsprechend bedienen zu lassen. Das konnte sie ihm nicht verzeihen, nicht nach den Zärtlichkeiten, die sie ausgetauscht hatten.

Brenna gab dem Hund, der zwischen ihren Füßen lag, gedankenlos ein Stückchen Fleisch, wie sie es immer bei den Hunden ihres Vaters getan hatte; als der weiße Hirtenhund ihre Hand abschleckte, merkte sie erst, was sie getan hatte und sah auf. Garrick schaute sie finster an. Gut, dachte sie boshaft. Das war besser als das selbstsichere Grinsen, das er in letzter Zeit so häufig zur Schau stellte.

»Was mißfällt dir, Wikinger?« fragte sie mit gespielter Unschuld, und ihre Augen leuchteten vor Schadenfreude. »Hast du Angst, daß ich dir den Hund abspenstig mache?« Je finsterer seine Miene wurde, desto breiter wurde ihr Grinsen. »Hast du nicht gewußt, daß wir uns angefreundet haben? Was hast du anderes erwartet, wenn du uns zusammen einsperrst? Es wird nicht mehr lange dauern, bis er nicht einmal den Kopf hebt, wenn ich aus dem Zimmer gehe.«

»Wenn das die Wahrheit ist, wird es Zeit, daß ich ein Schloß an der Tür anbringe.«

Brenna wurde aschfahl. »Das kannst du nicht tun.«

»Und ob ich das kann«, antwortete er eisig. »Heute abend habe ich ohnehin nichts Besseres zu tun.«

»Ich habe doch nur Spaß gemacht, Garrick«, sagte Brenna und versuchte, die Sache mit Leichtigkeit abzutun. »Du kannst dich auf den Gehorsam deines Hundes verlassen.«

»*Du* bist diejenige, der ich nicht traue«, betonte er und wollte hinausgehen.

»Wie lange willst du mich noch hier einsperren?« fragte sie wütend.

Höhnisch grinsend drehte er sich um. »Ich sperre dich nicht ein, Dirne, sondern du sorgst dafür. Sowie du mir auf die Art dienst, wie ich es wünsche, kannst du dieselben Privilegien genießen, wie die anderen Sklaven.«

»Du hochnäsiges, anmaßendes Schwein!« schrie sie und sprang mit geballten Fäusten auf. »Eher kannst du in der Hölle schmoren!«

»Du bist ein stures Wesen«, sagte er mit einem geringschätzigen Grinsen. »Aber du wirst merken, daß ich noch sturer sein kann.«

Mit diesen Worten verließ er das Zimmer. Brenna war so rasend, daß sie ihre Milchschale packte und gegen die Tür warf. Als sie sah, was sie angerichtet hatte, trat ein zerstörerisches Funkeln in ihre Augen. Sie kippte den kleinen Tisch um. Der Teller zersprang auf dem Fußboden, und der Hund verzog sich in eine Ecke. Brenna ging wild entschlossen auf das Bett zu und zog die Decken herunter. Dann ging sie zu Garricks Kiste und schleuderte ihren Inhalt genüßlich quer durch den Raum.

Sie war von ihrem Tun so gefangengenommen, daß sie nicht hörte, wie Garrick zurückkam. Er packte sie von hinten und warf sie aufs Bett.

»Du benimmst dich wie ein verzogenes kleines Kind und nicht wie die Frau, die du bist!« schrie er und folgte ihr aufs Bett.

Als Brenna sich umdrehte und ihn ansah, kniete er neben ihr und hatte eine Hand erhoben, um sie zu schlagen. Sie blickte ihn an, ohne zurückzuschrecken. Aber Garrick hatte einen Moment zu lange gezögert. Der Impuls war verflogen. Fluchend senkte er seinen Arm und stand auf. Mit herzloser Wut blickte er auf sie nieder.

»Du hast dir selbst eine Aufgabe gestellt, Dirne. Bis heute abend wird dieses Zimmer aufgeräumt sein, oder du wirst hungrig einschlafen. Und falls du glauben solltest, daß das bei einer Mahlzeit keine Rolle spielt, dann denk daran, daß du nichts zu essen bekommst, bis du deine Arbeit getan hast.« Damit ging er aus dem Zimmer und schlug die Tür hinter sich zu.

»Was soll ich nur machen, Hund?« fragte Brenna leise, als könnte das kräftige Tier ihre Probleme lösen. »Soll ich aus Trotz verhungern? Das ist nicht nach meinem Geschmack, aber diesem Hundsfott würde es beweisen, daß er mich nicht herumkommandieren kann. Verfluchter Kerl!« schrie sie. »Warum tut er mir das an? Er will meinen Stolz brechen und mit Füßen treten!«

Bis jetzt ist doch alles gutgegangen, dachte sie. Und nun würde er mich verhungern lassen. Diesmal werde ich wohl nachgeben müssen.

19

Garrick hielt den Hengst auf einem kleinen Hügel an. Er hatte dem Pferd seinen Willen gelassen und war den ganzen Tag ziellos umhergeritten, um seine Gedanken zu ordnen. Das Schicksal, das er über Brenna verhängt hatte, hing wie eine dunkle Wolke über seinem Kopf.

Er verfluchte sich wieder und wieder für die Worte, die er im Zorn ausgesprochen hatte und die dem Leben des Mädchens ohne weiteres ein Ende setzen konnten. Aber allein der Gedanke in dieses liebliche Gesicht zu schlagen, hatte ihn erbleichen lassen. Wie stur war sie? Was sollte er nur tun? Er konnte es sich nicht leisten, wieder nachzugeben. Aber wenn keiner von beiden nachgab, würde das Mädchen sterben.

Wenn er nur mehr über sie gewußt hätte! Dann hätte er eher vorhersehen können, wie sie reagieren würde. Aber wer konnte ihm weiterhelfen?

Dann fiel ihm ein, daß es jemanden gab. Nach einem kurzen Ritt betrat er die rauchige Halle von Anselms Haus und fand seinen Vater und seinen Bruder beim Würfeln vor. Seine Mutter nähte.

»He! Was verschafft unserem bescheidenen Haushalt zu später Stunde die Ehre deines Besuches?« scherzte Hugh, als Garrick zu ihnen trat. »Ich dachte, du brauchst deine gesamte Freizeit, um die Reichtümer zu zählen, die du angehäuft hast.«

»Nein, nur die Hälfte«, entgegnete Garrick, obwohl ihm nicht nach Scherzen zumute war. »Ich bin gekommen, um mit einer der neuen Sklavinnen zu reden.«

»Willst du nur mit ihr reden?« fragte Hugh und klatschte sich auf die Schenkel. Er lachte schallend über seinen Witz.

»Genug, Hugh«, sagte Anselm feierlich. Seine Neugier war geweckt. »Welche?« fragte er Garrick.

»Eine aus Brennas Verwandtschaft. Welche ist mir gleich.«
»Oh?«

Garrick schnitt eine Grimasse. »Vater, ich kann die Frage lesen, die auf deinem Gesicht steht, aber stell sie mir bitte nicht. Im Moment bin ich derjenige, der Fragen hat, auf die ich eine Antwort brauche.«

»Von Brennas Verwandtschaft?« erwiderte Anselm grinsend. »Du willst mehr über sie wissen, was?«

»Ja. Ich muß wissen, wohin ihr Stolz sie treiben kann«, gab er zu.

»Das verstehe ich nicht, Garrick. Hast du Probleme mit dem Mädchen?«

»Ausgerechnet du mußt mich das fragen – du, der ihren Mut gepriesen hat«, gab Garrick zurück. »Hast du wirklich geglaubt, sie würde sich mit ihrem neuen Leben abfinden?«

Anselm seufzte. »Sie gefällt dir also nicht?«

»Ich kann mich noch nicht entscheiden, ob die Freuden, die sie mir im Bett bereitet, den Ärger wert sind, den sie mir außerhalb bereitet.«

»Gib sie mir«, fiel Hugh ein. »Ich wüßte, wie man mit ihr umgeht.«

»Du würdest nur ihren Mut und ihren Willen brechen«, bemerkte Anselm zu seinem ältesten Sohn. »Eine Frau mit Geist und Mut ist viel wert. Man muß sie sachte zähmen, nicht sie brechen. Ah, Garrick, wenn du jemals ihre Loyalität erlangen könntest, hättest du etwas Unvergleichliches.«

»Du sprichst aus Erfahrung?« fragte Garrick und warf seiner Mutter einen liebevollen Blick zu.

»Stimmt«, sagte Anselm kichernd, »aber ich weiß auch, daß ich die Loyalität, die ich errungen habe, nicht verdiene. Geh und finde die Antworten auf deine Fragen, mein Sohn. Die Frauen sind dort hinten.«

Als Garrick fort war, schüttelte Anselm den Kopf und bemerkte zu Hugh: »Dein Bruder scheint große Sorgen zu haben.«

»Ich wünschte, ich hätte seine Sorgen«, sagte Hugh grinsend, aber Anselm konnte der Situation nichts Komisches abgewinnen.

Cordella ging sofort an die Tür, als es heftig klopfte, damit die anderen Frauen nicht wach wurden. Sie nahm an, Hugh sei an der Tür, denn sie erwartete ihn. Seit ein paar Tagen hatte er sie nicht mehr besucht. Sie wußte, daß der Wikinger Widerstand von ihr erwartete, und sie spielte ihre neue Rolle mit Leichtigkeit. Sie konnte es sich nicht leisten, daß er sein Interesse an ihr verlor, da ihre Pläne sonst nicht zum Ziel kämen.

Hugh Haardrad mußte sich für den Vater des Kindes, das sie in sich zu tragen glaubte, halten. Sie würde ihm einen Sohn gebären und somit ihre eigene Zukunft sichern. Man hielt Hughs schwächliche Frau für unfruchtbar. Das wußte Cordella von Heloise, die ihr auch gesagt hatte, daß er noch keine Bastarde hatte. Vielleicht würde diese Täuschung ihr eines Tages sogar zu einer Heirat verhelfen. Sie wußte genau, daß das Kind nicht von Hugh sein konnte, aber sie würde das Gegenteil beeiden, und seine eigene Mutter würde das bestätigen, denn Cordella hatte sich aus purer Berechnung bitterlich bei der älteren Frau beklagt, daß die Krämpfe ihrer Regel die Seereise noch viel schlimmer für sie gestaltet hatten. Sie hatte in weiser Voraussicht gehandelt. *Ihr* zumindest würde es hier nicht allzu schlecht ergehen.

Sie war sorgsam bedacht, eher desinteressiert zu schauen, als sie die Tür öffnete. Aber es war nicht Hugh, der in der Kälte stand, sondern sein Bruder Garrick. Sie hatte ihn gelegentlich gesehen, wenn er seinen Vater besucht hatte, und sie war hingerissen von seiner Stattlichkeit. Er war wesentlich beeindruckender als Hugh. Aber Hugh würde eines Tages das Oberhaupt des Klans sei und Macht und Reichtum besitzen; deshalb zog sie ihn vor.

»Ihr seid Brennas Schwester?« fragte Garrick. Als sie nickte, fuhr er mürrisch fort: »Dann möchte ich mit Euch reden, Frau. Kommt Ihr mit?«

Cordella zitterte, als der kühle Wind ihren grobleinenen Rock bauschte. »Ich hole mir einen Umhang.«

»Nein«, erwiderte er. Er schüttelte seinen schweren Pelz ab und legte ihn um ihre Schultern. »Ich bin ungeduldig.«

Sie biß sich auf die Lippen, als sie sich von dem Haus entfernte. Sie fürchtete ein wenig, dieser große Wikinger könnte sie begehren und von den anderen fortholen, um sich an ihr zu vergnügen. Dieses Erlebnis wäre zwar ganz nach ihrem Geschmack gewesen, aber es ließ sich nicht mit ihren Plänen vereinbaren. Seit ihrer Ankunft in diesem Land hatte niemand außer Hugh mit ihr geschlafen, der sie für sich allein beanspruchte.

»Ich habe ein Problem, Frau«, sagte Garrick, während sie langsam durch die Ansiedlung spazierten. »Helft mir, wenn Ihr könnt.« Er unterbreitete ihr Brennas Einstellungen und ihre Weigerung, ihm zu dienen bis hin zu der Auseinandersetzung des heutigen Morgens. »Ich will wissen, wie stur sie ist. Ist ihr das Leben so wenig wert?«

Cordella hätte am liebsten gelacht, aber sie wagte es nicht. Brenna verhielt sich also ganz so, wie es zu erwarten gewesen war. Der Wikinger zeigte besorgtes Interesse, und das hatte Brenna gewiß nicht verdient. Vielleicht gab ihr das die Möglichkeit, ihre Rache noch weiter auszudehnen, dachte Cordella voller Bosheit.

»Das ist typisch für Brenna«, antwortete Cordella. »Aber ihr Leben würde sie nie aufs Spiel setzen«, fügte sie fest hinzu.

»Und doch hat sie gegen meinen Vater gekämpft, als er ihr Gut angegriffen hat. Dabei hat sie ihr Leben riskiert.«

»Brenna hat keine Sekunde geglaubt, daß ihr ein Leid geschehen könnte«, erklärte Cordella. »Sie hat angenommen, daß ihr Wikinger keine Frauen tötet. Was Brennas Sturheit betrifft, so ist das nur ein Kniff, um zu sehen, wie weit sie gehen kann. Sie empfindet niedere Arbeiten als unter ihrer Würde. In Wahrheit ist sie nur faul und freut sich, wenn sie keinen Finger krümmen muß. Ihr Leben lang hat sie Dienstboten gehabt, die alles für sie tun mußten.«

»Sie hat in meinem Stall gearbeitet«, widersprach Garrick. »Sie sagt, sie will nur keine Weiberarbeit verrichten.«

»Habt Ihr sie arbeiten gesehen?« fragte Cordella. »Oder hat sie jemanden beschwatzt, es für sie zu tun? Das war zu Hause genauso. Brenna wollte immerzu von allen bedient werden, sogar von ihrer Familie, während sie sich den ganzen Tag lang mit den Männern aus dem Dorf herumgetrieben hat und sie ihren Frauen abspenstig gemacht hat.«

»Die Brenna, die Ihr beschreibt, hat nichts mit der Brenna zu tun, die ich kenne und die Männer meidet.«

»Das will sie Euch nur glauben machen«, sagte Cordella listig. »Nein, die wahre Brenna ist eine Verführerin mit dem Herzen einer Hure. Sie weiß, daß sie gut aussieht und mit ihrem Charme jeden Mann schwach machen kann. Es hat sie selbst nach meinem Mann gelüstet. Er ist auch auf sie hereingefallen.«

»Sie war Jungfrau!«

Cordella lächelte. »Ist sie es noch?« Sein finsterer Blick konnte sie nicht davon abhalten, hinzuzufügen: »Wenn Ihr sie für Euch allein begehrt, Wikinger, so solltet Ihr ein Auge auf sie haben, denn ein Mann wird ihr nie ausreichen. Ich kenne meine Schwester.«

»Ich habe nicht gesagt, daß ich sie für mich allein haben will, Frau«, sagte er schroff.

Garrick verließ das Haus seines Vater verwirrter und verdrossener, als er es betreten hatte. Cordellas Worte behagten ihm nicht, und er kehrte übel gelaunt nach Hause zurück.

Garrick ging zu seinem Gemächern. Er zögerte einen Moment, ehe er eintrat und fragte sich, was er wohl vorfinden würde. Mit einer Hand hielt er unbeholfen das Tablett fest, während er mit der anderen den Riegel zurückschob. Der Hund kam sogleich schwanzwedelnd auf ihn zu. »Geh nur«, sagte Garrick, »dein Fressen steht unten.« Als der Hirtenhund das Zimmer verlassen hatte, trat er die Tür mit einem Fuß zu. Nur eine einzelne Kerze brannte, aber selbst bei dieser düsteren Beleuchtung konnte er erkennen, daß das Zimmer aufgeräumt war. Brenna saß auf einem Stuhl und starrte ins Feuer. Er sah sie an und fragte sich erneut, ob ihre Schwester die Wahrheit gesprochen hatte. Spielte Brenna mit ihm? Warum sollte ihre Schwester ihn belügen?

»Warum warst du so lange fort?« fragte Brenna. »Ich bin halb verhungert.«

Voller Bitterkeit fragte er sich, ob sie das Zimmer erst aufgeräumt hatte, nachdem der Hunger an ihrem Magen genagt hatte.

»Ja, es ist spät«, erwiderte er. Er schichtete das Feuerholz auf und erwartete ihren Wortschwall. Als er nicht gleich kam, sah Garrick sie grüblerisch an und setzte sich zu ihr an den Tisch, da er plötzlich selbst Hunger verspürte. Brenna war tief in ihre Gedanken verloren und aß schweigend mit gerunzelter Stirn.

»Du bist aufgehalten worden?« fragte sie endlich.

»Nein, ich habe schlicht vergessen, daß du meine Rückkehr erwartest«, antwortete er scharf.

Ihr Lachen verwirrte Garrick restlos. »Gut. Ich bin froh, daß es dir so leichtfällt, mich zu vergessen, Wikinger.«

»Warum?«

»Warum nicht?« gab sie lächelnd zurück. »Glaubst du denn, ich wollte in deinen Gedanken herumspuken? Nein, ich weiß ja nicht einmal, was du denkst. Ob es nun gut oder schlecht ist – ich möchte keine Rolle darin spielen.«

»Wenn man dein bisheriges Verhalten bedenkt, wählst du seltsame Mittel, um dies zu beweisen.«

»Also hast du doch an mich gedacht?« fragte sie unschuldig. Dann setzte sie belustigt hinzu: »Es tut mir ja *so* leid, Garrick. Ich muß wohl meine Mittel ändern.«

Er stellte seinen Teller hin und sah sie böse an. »Welches Spiel spielst du eigentlich, Dirne?«

»Ich spiele nicht.«

»Soll ich daraus entnehmen, daß du mir von jetzt an dienen willst?« fragte er. Die plötzliche Veränderung bestürzte ihn.

»Ja. Das willst du doch? Ich beuge mich deinem Willen, Garrick. Wie fühlt man sich nach diesem Sieg?«

Irgend etwas in seinem Innern ließ ihn sich als Verlierer fühlen, aber das konnte er ihr unmöglich eingestehen. »Ich freue mich, daß du endlich zur Vernunft kommst.«

»Hast du mir etwa die Wahl gelassen, Garrick?« erwiderte sie, und in ihrem Tonfall schwang eine leichte Bitterkeit mit.

Im weiteren Verlauf des Essens hielt sie ihren Blick von ihm abgewandt, und er beobachtete sie. Er konnte die Veränderung immer noch nicht fassen. Nach dem trotzigen Widerstand, den sie ihm bisher entgegengesetzt hatte, hätte er wenigstens damit gerechnet, daß sie ein paar Tage ohne Nahrung aushalten würde, ehe sie schließlich nachgab. Hatte ihre Schwester wirklich recht? War das Ganze nur ein Test, wie weit sie gehen konnte?

»Dein Zimmer ist aufgeräumt, Garrick«, unterbrach Brenna seine Überlegungen. »Dein Umhang ist auch geflickt.« Sie schob ihren leeren Teller von sich und stand auf. »Gestattest du mir, in das Nachtquartier der Frauen zurückzukehren, falls du mich heute nicht mehr brauchst?«

Er zögerte, ehe er seinen Blick auf ihre Augen heftete und antwortete. »Nein.«

»Oh? Was also gibt es noch zu tun?«

»Es gibt nichts mehr zu tun, aber du wirst fortan nicht mehr mit den anderen Frauen zusammenwohnen. Von jetzt an wirst du in dem Zimmer schlafen, das Yarmille bewohnt, wenn ich nicht da bin. Es ist dem Nähzimmer gegenüber gelegen.«

»Warum?« fragte sie barsch. Ihre Augen wurden grau wie Stein, und sie hatte die Hände auf die Hüften gestemmt.

Fragend zog er die Brauen hoch. Als er antwortete, lag ein Hauch von Spott in seiner Stimme. »Ich dachte, du würdest dich meinem Willen beugen. Hast du gelogen?«

Er sah, wie ihr Rücken steif wurde und ihre Augen vor Zorn sprühten, aber ihre Stimme war überraschend ruhig.

»Wie du wünschst«, antwortete sie.

Dann verließ sie das Zimmer kühl und würdevoll. Er blieb zurück und fragte sich, warum er sie ständig in greifbarer Nähe wissen wollte.

20

»Oh, Brenna!« rief Janie, als Brenna in die Küche trat. Janie sah heute besonders hübsch aus. Sie war frisch und munter und bei ihrem Anblick fühlte sich Brenna, die kaum geschlafen hatte, nur noch müder.

»Wir haben uns solche Sorgen um dich gemacht. Wir wußten nicht, was wir davon halten sollen, daß der Herr dich eingeschlossen hat, und er war so grauenhaft in den letzten Tagen, daß wir nicht gewagt haben, ihn nach seinen Gründen zu fragen.«

»Garrick hatte nur etwas dagegen, daß ich mit Erin arbeite. Und gegen meine langen Ausritte«, fügte Brenna hinzu. »Er will, daß ich hier arbeite. Es war meine Schuld, daß er mich eingeschlossen hat, weil ich mich geweigert habe, zu tun, was er will.«

»Aber inzwischen hast du dich einverstanden erklärt«, bemerkte Janie. »Er hat heute morgen gesagt, daß du uns fortan hilfst.«

»Ja, das tue ich.«

»Du wirkst unzufrieden, Brenna«, wandte Janie ein. »Es gibt wirklich nicht allzu viel zu tun.«

»Ich habe nichts dagegen, zu arbeiten, Janie, sondern dagegen, daß ich Garrick als Sklavin dienen soll, nachdem ich damit gerechnet hatte, ihm als Gattin zu dienen. Es wurmt mich, daß ich mich ihm beugen muß, ohne in den Vorzug einer Heirat zu kommen.«

»Tu, als sei er nicht derjenige, den du fast geheiratet hättest«, schlug Janie vor.

Brenna lachte. »Ich glaube, das hilft mir auch nicht weiter.« Sie schöpfte sich einen Schlag voll Hafergrütze aus dem Topf, der auf dem Feuer stand und setzte sich an den Tisch. »Du hast gesagt, daß es nicht viel zu tun gibt. Warum warst du dann immer so müde, als ich hergekommen bin?«

Janie blickte grimmig drein. »Damals war Yarmille die ganze Zeit über hier, wie immer, wenn Garrick fort ist. Sie hat keine eigenen Sklaven und genießt es deshalb besonders, uns herumzukommandieren. Außerdem ist sie eine der Frauen, die keine müßigen Hände sehen können. Sie läßt uns Zimmer reinigen, in denen kein Staubkorn mehr liegt, nur um uns zu beschäftigen. Zum Glück kommt sie nur ein- oder zweimal in der Woche, wenn Garrick zu Hause ist.«

»Weiß Garrick von ihren strengen Anweisungen?« fragte Brenna.

»Nein, aber es würde nur Übles nach sich ziehen, wenn er es erführe. Yarmille gehört gewissermaßen zur Familie. Ihr Bastard ist Garricks Halbbruder.«

»Ach so.«

»Außerdem hat sie als einzige in der Umgebung keine Familie und keinen Hof, um den sie sich kümmern muß. Also ist Garrick auf sie angewiesen. Andere haben Gattinnen, die sich um den Haushalt kümmern, wenn sie fort sind – Garrick hat Yarmille.«

»Er würde es sich also genauestens überlegen, ehe er ihr einen Verweis wegen ihrer Strenge geben würde.«

»Ja, das ist anzunehmen.«

»Aber das ist ja entsetzlich!« rief Brenna außer sich. »Man sollte ihn wirklich davon in Kenntnis setzen.«

»Das ist alles nicht so arg, Brenna. Er ist öfter zu Hause als fort. Außer natürlich im letzten Winter. Wenn er da ist, verlangt er ja nicht viel von uns, nur, daß wir ihn bedienen und seine Gäste, wenn er schon einmal welche hat, mit Respekt behandeln.«

»Und ihnen jeden Wunsch erfüllen«, fügte Brenna voller Abscheu hinzu.

Janie lächelte. »Ah, diese Wikinger schätzen ihr Vergnügen sehr.«

»Lüsterne Bastarde sind sie, alle miteinander!« fauchte Brenna, und ihre grauen Augen funkelten vor Ekel. »Ich werde ihm zu Diensten sein, aber nicht in dieser Hinsicht. Wenn er Lust hat, kann er mich verhungern lassen, aber für ihn werde ich *nicht* zur Hure!«

»Das hat er getan?«

»Nein, aber er hat damit gedroht«, gab Brenna zu. »Er spielt mit allen faulen Tricks.«

»Darüber brauchst du dir jetzt noch keine Sorgen zu machen«, tröstete Janie sie. »Wenn Gäste kommen, versteckst du dich einfach wieder. Sie suchen uns nur in unserem Haus, und du könntest dich wieder im Nähzimmer aufhalten.«

»Ich komme nicht mehr in euer Haus«, sagte Brenna. Warum, verstand sie selbst noch nicht. »Garrick hat mich geheißen, in Yarmilles Zimmer zu ziehen.«

Janie grinste. »Vielleicht hast du wirklich keinen Grund, dir Sorgen zu machen. Es scheint, als wolle Garrick dich für sich behalten.«

»Nein, denn wenn das der Fall wäre, hätte ich es letzte Woche in seinem Zimmer schwer gehabt, aber dem war nicht so. In der Hinsicht interessiert er sich nicht für mich.«

»Hat er dich noch nicht genommen?« fragte Janie überrascht.

Brenna wurde knallrot. »Doch, aber nur zweimal«, zischte sie verlegen. »Und wenn er das noch einmal probiert, wird er es mit Sicherheit bereuen!«

»Bis dahin wird es bestimmt noch eine Weile dauern«, bemerkte Janie. »Dieser Mann tut sein Bestes, um ohne Frauen auszukommen, weil er ihnen absolut mißtraut. Wenn du dich an die Gründe dafür erinnerst, dann hast du vielleicht eine Erklärung für seine schlechte Laune in der letzten Zeit. Morna ist zurückgekommen.«

»Zurückgekommen?«

»Ja, vor ein paar Tagen. Perrin hat es mir erzählt. Es scheint, als sei ihr reicher Gemahl an Schwindsucht gestorben. Sie ist als reiche Witwe zu ihrer Familie zurückgekehrt. Das kann nur Ärger bedeuten.«

»Wieso das?«

Janie runzelte die Stirn. »Perrin glaubt, daß sie vorhat, sich wieder um Garrick zu bemühen.«

Brenna zuckte zusammen. »Würde er sie wieder zu sich nehmen?«

»Sie war seine erste Liebe, und er konnte sie nicht so leicht vergessen. Andererseits hat sie ihn zutiefst verletzt.« Janie zuckte die Achseln. »Meiner Meinung nach wäre er ein Narr, wenn er sie, nach dem, was sie ihm angetan hat, noch haben will. Aber wer weiß schon, wie es im Herzen eines Mannes aussieht?«

Brenna hätte alles dafür gegeben, Garricks Gedanken zu kennen.

Janie und Brenna wuschen bis zum späten Nachmittag. Brenna rieb Garricks Kleidungsstücke mit solcher Wucht auf dem Schrubbbrett, daß sie Fäden zogen und sie sie anschließend flicken mußte. Als sie die Kleider gegen Abend von der Leine abhängten, sah Brenna zum erstenmal die Nordlichter. Im ersten Moment erschreckte sie die seltsame, umrißlose Glut, aber Janie beruhigte sie, daß dieses grünlich gelbe Licht häufig am Himmel erschien. Sie bereitete Brenna auch darauf vor, daß das Licht die verschiedensten Schattierungen annehmen konnte und manchmal weiß war. Die schöneren Lichter waren blau, rot oder sogar violett. Brenna war von dem Anblick gefesselt und freute sich schon darauf, weitere Nordlichter zu sehen. Dieses Land mit seinen zahlreichen Geheimnissen, das so anders als ihre Heimat war, war eine Welt für sich.

Garrick kam spät zum Essen. Brennas Blick fiel sofort auf seine blutdurchtränkten Hosen. Sie sah ihn fragend an.

»Ich wußte nicht, daß du Feinde in deinem eigenen Land hast«, sagte sie auf gut Glück mit rauher Stimme.

»Das ist wahr, aber ich bin heute keinem begegnet«, entgegnete er grinsend, als er näherkam. »Ich muß dich enttäuschen, Dirne, denn das Blut ist nicht meines, sondern das des Rentiers, dem Avery gerade das Fell abzieht.«

»Avery?«

»Auch einer meiner Sklaven.«

Garrick konnte es einfach nicht lassen, sie immer wieder an ihren Status zu erinnern. Ihre Wangen glühten, und sie blitzte ihn mit ihren silbergrauen Augen an.

»Man könnte fast meinen, du hättest gepfuscht«, sagte sie hämisch und sah wieder auf die Blutflecken. »Weißt du nicht, daß ein Pfeil durch den Kopf eine saubere Wunde und ein schöneres Fell hinterläßt?«

Er lachte. »Erst willst du wetten, daß du dich mit Pferden besser auskennst als ich, und jetzt willst du mir gar beibringen, wie man jagt. Wirst du denn nie aufhören, mich in Erstaunen zu versetzen, Brenna?«

Einen Moment lang war sie betroffen. Sie mochte es nicht, wenn er ihren Namen gebrauchte. Er hatte das bisher nur in zärtlichen Momenten getan.

»Dein Essen steht bereit«, sagte sie steif, denn sie wollte so bald wie möglich von ihm fort. »Wo möchtest du es einnehmen?«

»Heißt das, daß du mich bedienen willst?« fragte er und sah ihres Erachtens zu dreist auf ihren Körper. »Wo sind die anderen?«

»Vielleicht ist dir klar, daß es spät ist, Wikinger«, gab sie erbost zurück. »Die anderen haben sich schlafen gelegt.«

»Und du hast geduldig auf mich gewartet?« Er stand hinter ihr und zog seinen schweren Pelz aus. »Du hast dich wirklich bemerkenswert verändert, Brenna. Ich finde es seltsam, daß du dich nicht zu Bett gelegt hast und es den anderen überlassen hast, sich um meine Bedürfnisse zu kümmern. Du hast dich doch nicht etwa nach meiner Gesellschaft gesehnt?«

»Oh!« schnaufte sie und sprang auf die Füße, um ihn anzusehen. »Du eingebildeter Affe! Eher würde ich meine Zeit mit einem schreienden Esel verbringen!«

Sie wollte den Raum verlassen, aber er rief sie in scharfem Ton zurück. »Noch habe ich dir nicht gestattet, dich zurückzuziehen!«

Sie drehte sich wütend um und wartete zähneknirschend auf seine weiteren Anweisungen. Das spöttische Lächeln auf seinen Lippen brachte sie auf. Er genoß seine Rolle!

»Du wirst mir das Essen servieren«, sagte er beiläufig, »aber erst wirst du das Wasser für mein Bad zubereiten.«

»Ein Bad? Jetzt?« fragte sie ungläubig.

Als er nickte, stöhnte sie. Ihre Hände waren steif und wund vom Waschen, weil sie es nicht gewohnt war, Hausarbeiten zu verrichten. Und jetzt sollte sie eimerweise Wasser in seine Räume schleppen! Sie scheute vor dem Gedanken zurück.

»Warum zögerst du?« fragte Garrick, der die widerstrebenden Gefühle auf ihrem Gesicht beobachtet hatte. »Ein Bad ist eine simple Angelegenheit.«

»Dann mach es dir doch selbst!« zischte sie. »Ich trage dir kein Wasser nach oben.«

»Davon war keine Rede«, entgegnete er. »Ich bade hier. Ist dir das angenehm?«

Sie seufzte fast auf vor Erleichterung, aber sie antwortete steif und ohne sich etwas anmerken zu lassen: »Wie du wünschst.«

Sie nahm zwei große Eimer und ging nach draußen, um sie mit dem frischen Wasser zu füllen, das sich in einem Faß neben dem Haus befand. Der kalte Wind hob ihre Röcke und ließ ein Frösteln über ihren Rücken ziehen. Als sie die Eimer gefüllt hatte, ließ sie sie fast fallen, weil die Henkel in ihre entzündeten Finger schnitten. Dann schleppte sie das Wasser ins Haus.

Garrick hatte den faßförmigen Badezuber hervorgeholt, der unter der Treppe beim Feuer gestanden hatte. Er sah schweigend zu, wie sie das kalte Wasser in den Zuber schüttete. Widerwillig verließ sie die warme Küche, um die Eimer ein zweites Mal zu füllen.

Als sie zurückkam, stand Garrick in der Tür. »Bereite mir das Essen!« schnappte er ungeduldig und nahm ihr die Eimer ab. »Bei deinem Tempo kann ich die ganze Nacht auf mein Bad warten!«

Brenna eilte zum Herd. Sie war dankbar für seine Ungeduld, obschon sie sich nicht eingestehen wollte, daß es eine Freundlichkeit von ihm war. Um den Zuber auch nur bis zur Hälfte zu füllen, waren noch viele Eimer Wasser nötig. Garrick schleppte mehr Wasser herbei, als man zum Baden braucht, aber Brenna sagte nichts.

Sie hatte ihm den Rücken zugekehrt und füllte einen Holzteller mit dem Eintopf, den Janie im Lauf des Tages zubereitet hatte. Sie stellte ihn auf ein Tablett und legte einen Laib Fladenbrot daneben, dann füllte sie ihm einen Krug mit Bier. Sie wußte immer noch nicht, wo er das Essen einnehmen wollte. Höchstwahrscheinlich hier, denn nur hier brannte noch ein Feuer. In der Halle waren die Feuer eben am Ausgehen, und sie hatte auch nicht daran gedacht, ein Feuer in seinem Zimmer anzuzünden, ebensowenig wie in ihrem.

Nachdem er die Wasserkessel über das Feuer gehängt hatte, setzte Garrick sich an den Tisch, um zu essen. Diesmal stand Brenna hinter ihm und blickte auf seine breiten Schultern, das leuchtend goldene Haar, das sich über seinem Nacken lockte und auf seine kräftigen, muskulösen Arme. Brenna schüttelte den Kopf, um ihren nahezu hypnotisierten Blick davon loszureißen. Allein der Anblick dieses Mannes löste eine Unruhe in ihr aus, die sie sich nicht erklären konnte und vor der sie sich fürchtete.

»Hast du schon gegessen?« fragte Garrick über seine Schulter. »Ja, schon vor langem«, murmelte sie.

Als er weiteraß, biß sich Brenna auf die Lippen. Sein Essen war fertig, das Bad bereit, aber es war ihr zuwider, die Wärme dieses Raumes zu verlassen; noch mehr zuwider war es ihr allerdings, hierzubleiben und über die eigenartige Wirkung nachzudenken, die Garrick heute abend auf sie ausübte.

Sie ging um den Tisch herum, um ihm ins Gesicht schauen zu können. »Kann ich jetzt gehen, Garrick? Ich zünde noch ein Feuer in deinem Zimmer an, ehe ich mich schlafen lege.«

Garrick sah sie einen Moment lang an, ehe er antwortete. Er wandte seine Augen von ihrem Gesicht ab und ließ sie auf ihre Brüsten ruhen, deren sachte Bewegung sich, wenn sie atmete, durch das grobe Material ihres Kleides abzeichnete. Sein Blick wanderte weiter zu der Rundung ihrer Hüften, die durch den Gürtel betont wurden, den sie sich um die Taille geschlungen hatte. Ihr Gewand war unkleidsam, aber es konnte ihrer schlanken Schönheit kaum Abbruch tun.

»Was ist jetzt?« entfuhr es ihr. Sie errötete unter seinem dreisten, prüfenden Blick.

Er fing ihren Blick wieder ein und lächelte gewitzt. »Du kannst in meinem Zimmer Feuer machen, aber dann kommst du wieder hierher.«

»Warum?«

Sein Lächeln hellte sich angesichts ihrer Verwirrung auf. »Du sollst meine Befehle nicht hinterfragen, sondern sie unverzüglich ausführen, Brenna.«

Sie schluckte die böse Antwort herunter, die ihr schon auf der Zunge lag, und verließ den Raum. Sie würde den Grund noch früh genug herausfinden. Nachdem sie in Garricks und auch in ihrem Zimmer ein Feuer angezündet hatte, ging sie langsam wieder in die Küche zurück. Sie hatte sich absichtlich Zeit gelassen, und als sie in die Halle trat, hatte Garrick sein Essen beendet und das kochende Wasser bereits in den Zuber gefüllt. Er stand mit dem Rücken zum Feuer und zog seine Tunika aus. Sie hatte ihm etwas Frisches zum Anziehen mitgebracht; das Kleidungsstück hing über ihrer Schulter.

Garrick grinste, als er sie sah, und warf ihr seine Tunika zu. »Weich sie ein, ehe es zu spät ist. Den Rest kriegst du gleich«, sagte er und bückte sich, um die gekreuzten Lederbänder aufzuschnüren, die seine Hosenbeine hielten.

Sie ließ die Tunika in einen Eimer Wasser fallen und drehte sich errötend um, als er seine Hose auszog. Wie konnte er es nur wagen, sich vor ihr zu entkleiden, wenn sie vollständig angezogen war? Hatte er denn keinerlei Schamgefühl?

»Hier«, sagte er, aber sie drehte sich nicht um. »Was fehlt dir?« fragte er.

Als sie sich immer noch nicht umdrehte, lachte er und warf ihr seine Hose vor die Füße. Sie hörte das Plätschern des Wassers, als er in den Zuber stieg. Erst dann hob sie seine Hose auf und steckte sie in den Eimer. Als sie sich endlich vorsichtig umdrehte, fiel ihr Blick auf seinen schönen Körper.

»Kommst du zu mir, Brenna?« fragte er. Er hatte sie die ganze Zeit über beobachtet.

»Nein!« keuchte sie dunkelrot. »Ich habe heute morgen gebadet!«

Das konnte doch nicht Garricks Ernst sein.

»Wenn du nicht zu mir kommst, dann schrubb mir wenigstens den Rücken, oder?«

Sie sah den Schalk in seinen Augen und wurde noch zorniger.

»Ich denke nicht daran!«

»Und wenn ich es dir befehle?«

»Dann spürst du meine Nägel statt dem Schwamm auf deinem Rücken!« warnte sie ihn. »Ich diene dir auf normale Weise. Wenn du den Bogen überspannst, tue ich gar nichts mehr!«

»Jetzt droht sie mir schon wieder«, sagte Garrick mit gespieltem Zorn. »Du hast dich doch nicht allzusehr verändert.«

»Ich helfe im Haus, aber nicht in diesen intimen Bereichen«, sagte sie mit ruhiger Stimme. »Kann ich jetzt gehen?«

Er seufzte. »Geh ruhig. Coran wird den Zuber morgen ausleeren.«

Brenna rannte die Treppe hinauf und warf die Tür ihres Zimmers hinter sich zu. Warum ließ sich dieser Kleinkrieg nicht beenden? Sie zog ihr Nachthemd an und kämmte ihr langes, seidiges Haar, bis sich das Feuer darin widerspiegelte. Dann deckte sie sich zu und versuchte zu schlafen.

Sie versuchte, sich von dem knisternden Kaminfeuer einlullen zu lassen, aber es half nichts. Erst mußte sie wissen, daß Garrick im Bett lag. Es schien ihr Stunden zu dauern, bis sie die Korridortür sich öffnen und wieder schließen hörte. Warum konnte sie nur keinen Schlaf finden, ehe Garrick sich zur Ruhe gelegt hatte?

Als ihre Tür aufging, wußte Brenna es. War ihr sein dreister Blick eine Vorwarnung gewesen, daß er kommen würde?

Er trug nur einen kurzen Seidenumhang, den sie ihm gebracht

hatte. Der Widerschein des Feuers spielte auf seinen langen, kräftigen, nackten Beinen, die bald zwischen ihren liegen würden.

Brenna schüttelte den Kopf und war sprachlos über das, was sie
gedacht hatte. Sie würde es nicht dazu kommen lassen. Garrick war
stärker als sie, aber sie wollte ihn überlisten.

»Was willst du, Garrick?« fragte Brenna in einem kehligen Flüsterton.

Er sagte nur: »Dich.«

Sie stützte sich auf einen Ellbogen. Das Haar fiel wie ein Wasserfall über ihre Schultern. »Ich nehme an, es handelt sich um einen
der von dir erwähnten Momente, in denen dein Körper nach einer
Frau lechzt?«

Ihre Frage behagte ihm nicht. »Deine Erinnerung ist gut.«

»Warum auch nicht? Schließlich ist es nicht der Mensch namens
Garrick, der mich will, sondern nur sein Körper«, sagte sie leichthin. »Willst du mich hier haben, oder ziehst du dein Bett vor?«

Er runzelte verwundert die Stirn. Brenna war froh über sein
hilfreiches Zögern.

»Wie ich sehe, kannst du dich nicht entscheiden, Garrick. Da
dieses Bett viel zu klein für dich ist, werde ich also mit dir kommen.«

Sie schlüpfte anmutig aus ihrem Bett und kam auf die Tür zu.
Auf ihren Lippen spielte ein sinnliches Lächeln. Sie blieb neben
Garrick und stehen und legte sachte eine Hand auf seine Brust.

»Hast du es dir nicht anders überlegt, Garrick? Sag es mir, ehe
ich weitergehe.«

Ihre Nachgiebigkeit verblüffte ihn bis hin zu einem finsteren
Blick. »Nein, ich habe es mir nicht anders überlegt.«

»Nun, dann komm«, hauchte sie und ging vor ihm her aus dem
Zimmer.

Ihr Herz pochte fast schmerzhaft. Er würde rasend werden,
wenn sie ihm einen Streich spielte, aber um seinen Zorn an ihr
auszulassen, würde er sie erst fangen müssen, und das durfte
keinesfalls geschehen. Als sie die Treppe erreichten, stürmte sie
herunter und hetzte auf die Tür zu. In der Schwärze der Nacht
würde sie ein Versteck finden, in dem sie bleiben konnte, bis
Garricks Zorn und Begierde sich abgekühlt hatten.

Sie hatte nicht damit gerechnet, daß Garrick die Tür verschlossen
hatte, und ehe sie den schweren Riegel zurückgeschoben hatte,
stand er schon hinter ihr. Als er sie über die Schulter warf, kreischte
sie. Einen Moment lang war sie atemlos; dann fing sie an sich zu

winden und um sich zu treten, bis er sie beinah auf der Treppe fallen gelassen hätte. Ein kräftiger Schlag auf ihren Hintern stachelte sie nur noch mehr an. Garrick trat die Tür seines Zimmers zu und ließ sein Bündel aufs Bett fallen. Er wartete, bis sie sprungbereit war. Ein zynisches Lächeln trat auf seine Lippen.

»Immer von einem Extrem zum anderen«, sagte er. »Nur niemals in der Mitte.«

»Du sprichst in Rätseln«, sagte Brenna, erleichtert, daß sein Zorn nicht auf sie niederfiel.

»So? Dann erklär mir du, was das eben sollte.«

»Ich weiß nicht, wovon du redest«, sagte sie defensiv.

»Warum erwarte ich Narr auch Ehrlichkeit von einer Frau!« rief er seufzend. »Was spielst du, Brenna? Erklär mir die Regeln.«

»Ich spiele nicht. Du erwartest doch nicht etwa, daß ich passiv meine Arme für dich öffne?«

»Doch, unser letztes Zusammenkommen hat es mich glauben gemacht.« Er grinste sie an.

»Du eitler Affe!« schrie sie zornentbrannt. »Hast du vergessen, daß du mich beim letztenmal belogen hast? Das war dir nur durch meine Neugierde möglich.«

Er lachte hämisch. »So war es also deine Neugier, die dich veranlaßt hat, dich mir leidenschaftlich zuzuwenden?«

»Du lügst!« keuchte sie. »Du hast *mich* geweckt, Wikinger, und nicht umgekehrt!«

»Aber du hast keine Anstalten gemacht, zu entkommen. Und bei Thor, du warst es, die mich nicht von sich lassen wollte und mich mit unverschämtem Hohn dazu gebracht hat, weiterzumachen. Willst du das leugnen?«

Sie zuckte mit den Schultern und lächelte schelmisch. »Das war dir unbegreiflich, oder etwa nicht? Sieh mal, für dich war der Akt beendet, aber mir hat noch etwas gefehlt.« Als er die Stirn runzelte, fügte sie eilig hinzu: »Nicht, daß es dein Fehler gewesen wäre. Ich habe einfach länger gebraucht, um das Geheimnis zu lüften.«

»Das Geheimnis?«

»Ja, das Ende zu erreichen, wie du es getan hast. Herauszufinden, was den Akt so begehrenswert macht. Was sagst du zu meiner Ehrlichkeit, Wikinger?«

»Hat es dir denn gefallen?«

»Ja, das gebe ich zu.«

Er blickte sie finster an und fragte forschend: »Warum zum Teufel wolltest du dann vor mir weglaufen?«

»Bloß, weil mir das einmal Spaß gemacht hat, Wikinger, heißt das noch lange nicht, daß ich nach einer Wiederholung lechze, wie ihr Männer es immer tut. Meine Neugier ist gestillt, und ich kann auch ohne eine Wiederholung dieses Aktes leben.«

»Akt!« grunzte er ärgerlich. »Dafür gibt es ein besseres Wort.«

»So?« spottete sie. »Gewiß nicht Liebe machen, denn in dem, was wir getan haben, war keine Liebe enthalten. Für mich nicht, und für dich ohnehin nicht. Du, der Mann, nimmst gar nicht daran teil. Du hast zugegeben, daß es nur dein Körper ist, der sich Erleichterung verschaffen will. Also komm zu mir nicht wegen dieser Erleichterung, die dir jede andere Frau auch verschaffen kann.«

»Aber ich *bin* zu dir gekommen«, erwiderte er mit einem hinterhältigen Lächeln.

»Ich weigere mich! Ich mag mich nicht dazu mißbrauchen lassen, die Bedürfnisse deines Körpers zu befriedigen!«

»Du weigerst dich also«, sagte er leichthin, aber auf seinen Lippen stand noch das teuflische Lächeln. »Das wird mich nicht davon abhalten, dich zu nehmen.«

»Es scheint mein Glück zu sein, daß dein Körper diese Zwänge nicht oft verspürt. Aber sag mir eines – suchst du, der Mann, nie auch nach einer Frau?«

»Wieso sollte ich?«

»Nicht einmal bei Morna?«

Sein eisiger Blick jagte ihr einen Schauer über den Rücken. »Woher weißt du von Morna?«

»Weißt du nicht, daß man nie mit einem Feind kämpfen sollte, ohne vorher alles über ihn in Erfahrung zu bringen?«

»Du siehst mich als Feind an?«

»Mein Freund oder Verbündeter bist du bestimmt nicht. Also sind wir Feinde.«

»Nein«, erwiderte er kühl. »Wir sind Herr und Sklavin. Und jetzt bin ich der Worte müde.«

»Läßt du mich jetzt gehen?« fragte sie hoffnungsfroh.

»Ja, du kannst gehen, sowie der Akt, wie du es nennst, vollzogen ist.«

Garrick stürzte sich auf sie. Sie war nicht schnell genug, und er packte ihren Fuß, während der Rest ihres Körpers flach auf dem Boden landete. Der Aufschlag raubte ihr den Atem, und der Schmerz trieb ihr Tränen in die Augen. Sie verfluchte sich für die glitzernden Tropfen, die ihre Augen glasig machten. Tränen, die Waffen einer Frau; sie wollte sie nicht zu ihrer Hilfe einsetzen.

»Hast du dich verletzt?«

»Und wenn schon?« fauchte sie.

»Sag schon!« wiederholte er schroff.

»Dein Griff tut weh, sonst nichts.«

Er kauerte sich vor das Bett und hielt ihre Knöchel fest, jeden mit einer Hand. Sie sah ihn ungläubig an, als er aufstand und sie mit sich hochhob. Ihr Nachthemd rutschte über ihren Kopf und bot ihre Glieder ungehindert seinen Blicken dar. Dann legte er sie auf das Bett, ohne ihre auseinandergespreizten Beine loszulassen.

Als er auf die Knie fiel, versuchte sie, ihn von sich zu stoßen, aber er zog sie wieder an sich. Mit einer flinken Bewegung hängte er sich ihre Beine über die Schulter und ließ sich gleichzeitig auf sie fallen. Sein kurzer Umhang hatte sich von selbst geöffnet, und sein pochendes Glied preßte sich an sie und suchte die warme Höhle ihrer Weiblichkeit.

»Du verkommenes Vieh!« stieß sie keuchend hervor.

»Nein, Brenna, ich will dich nur haben, das ist alles«, murmelte er.

»Bis jetzt gehört dir mein Zorn, aber wenn du mich jetzt zwingst, handelst du dir damit auch meinen Haß ein. Mein Haß kann sehr unangenehm sein und dich nicht zur Ruhe kommen lassen.«

Als Antwort tauchte er so tief in sie hinein, daß ihr die Tränen in die Augen traten. Er nahm sie gnadenlos und schnell, während sie ihm ihren Abscheu uns Ohr flüsterte. Als er fertig war, ließ er ihre Beine los und legte sich neben sie. Im gleichen Moment rannte sie aus dem Zimmer und schlug erst seine Tür zu, dann ihre.

Garrick schlug mit der Faust auf das Bett. »Loki soll sie holen!« fluchte er.

Was von seiner Seite aus als angenehme Zusammenkunft gedacht gewesen war, hatte sich als ein schaler, nichtswürdiger Sieg erwiesen.

21

Der erste Schnee ließ bis zum Spätherbst auf sich warten. Gleichzeitig kam ein einwöchiger Sturm auf, der die Seen gefrieren ließ und Schneewälle von bis zu fünf Fuß Höhe zurückließ. Garrick war einer der wenigen, die dem eisigen Wind und Schnee trotzten. Zwei Wochen vor dem Schneefall war er ausgezogen, und selbst nach dessen Ende kam er noch nicht zurück.

An dem Tag, an dem der Wind sich legte, kam Anselm zu Besuch und brachte eine silbermähnige Stute von edler Rasse mit sich. Seine Frau hatte von Linnet erfahren, daß es der Lady Brenna gehört hatte. Seit drei Monaten dachte er schon über dieses Mädchen mit den rabenschwarzen Haaren nach. Das Mißvergnügen, das sie seinem Sohn bereitete, half ihm auch nicht weiter. Er bedauerte, sie Garrick gegeben zu haben, denn obwohl er sie seit Monaten nicht persönlich gesehen hatte, fürchtete er, daß es ihr nicht gut bei ihm erging.

Anselm hatte sie Garrick in der Hoffnung gegeben, daß er bei ihr das elende Weibsstück vergessen würde, das einen kalten Zyniker aus dem heiteren jungen Mann gemacht hatte. Als Garrick die Schwester des Mädchens aufgesucht hatte und einen Monat später auch ihre Tante, hatte Anselm angenommen, daß seine Wißbegierde ein gutes Zeichen sei und daß sein Sohn bald wieder der alte sein würde. Aber von da an hatte sich Garricks Verfassung nur verschlechtert. Anselm wußte nicht, warum. Jetzt war Garrick seit Wochen in den Bergen und Anselm sah ihn kaum noch.

Garrick blieb immer häufiger für längere Zeit fort. Anselm sorgte sich zwar langsam um Garricks Wohlergehen, aber er wollte noch einige Tage warten, ehe er ihn auf Heloises Drängen hin suchen ließ.

»He, Erin!« rief Anselm. »Ich habe ein neues Füllen mitgebracht. Hast du noch Platz?«

»Klar«, murmelte Erin.

»Es ist nicht für Garrick, merk dir das.«

»So?«

»Nein, das ist ein Geschenk für die keltische Dirne«, sagte Anselm brummig. »Denk daran, es meinem Sohn zu sagen, wenn er nach Hause kommt.«

»Bei meiner Seele!« gackerte Erin. »Seit wann macht Ihr einer Sklavin so edle Geschenke?«

»Denk dir nichts dabei, alter Kauz. Wo ist das Mädchen?«

»Sie lebt im Haus.«

Die Neuigkeiten überraschten Anselm. »Vielleicht war ich gar nicht ein solcher Narr«, meinte er kichernd.

»Wollt Ihr meine Meinung wissen?« fragte Erin, dem der Schalk in den Augen saß.

»Mach dich an die Arbeit«, knurrte Anselm und ging ins Haus.

Brenna saß am Küchentisch, weil die Küche der wärmste Raum im ganzen Haus war. Durch den Schneesturm kam Yarmille, die Brenna fast wahnsinnig gemacht hatte, nicht mehr ins Haus. Janie und Maudya verließen ihr Haus nur selten, und Erin zog die Wärme des Stalles vor. Brenna fühlte sich so einsam, daß sie schon fast Yarmille und ihr belustigendes Geschwätz herbeisehnte.

Brenna hatte zufällig herausgefunden, daß Yarmille Heloise aus tiefster Seele haßte und daß dieser Haß sich auch auf deren beide Söhne erstreckte. Brenna fragte sich, ob Garrick Yarmilles wahre Gefühle kannte.

Brenna warf einen Scheit ins Feuer und starrte in die knisternden Flammen. Sie wollte es sich nicht eingestehen, aber sie vermißte Garrick wirklich. In seiner Gegenwart verspürte sie nie, wie mühsam sich die Stunden dahinschleppten. Sie war immer auf der Hut und so lebendig wie nie zuvor. Nachts war sie ein Nervenbündel, das wartete und fürchtete Garrick könne wieder zu ihr kommen, aber seit er sie vergewaltigt hatte, tat er es nicht mehr.

Seine Behandlung verletzte sie zutiefst. Wenn er wieder zärtlich gewesen wäre, hätte sie ihm vielleicht verzeihen können. Die Nacht, in der er sie mit seiner Zärtlichkeit zum Schmelzen gebracht hatte, war wunderbar gewesen. Hinterher hatte er sie im Arm gehalten, als bedeute sie ihm etwas, und sie hatte in dieser Nähe geschwelgt.

Aber für das letztemal haßte sie ihn. Am nächsten Tag hatte sie einen Ausritt unternommen und dabei Coran kennengelernt. Er war nur ein Jahr älter als sie, hatte ein angenehmes Gesicht und klagte nie über sein aufgezwungenes Los. Er gefiel ihr gleich. Sie hatte ihn, der noch nie auf einem Pferd gesessen hatte, mit nach Hause genommen. Übermütig hatte sie dem Pferd die Sporen gegeben, und Coran hatte sich ängstlich an sie geklammert. Garrick hatte sie beobachtet und seinem Zorn freien Lauf gelassen.

Brenna seufzte versonnen. Zwei Monate lang hatte er sie ignoriert. Dann ging er häufig zum Jagen und kam später oder gar nicht heim. Brenna fragte sich, ob er bei Morna gewesen war. Vielleicht auch bei Janie oder Maudya, vielleicht waren auch die Sklavinnen seines Vaters mehr nach seinem Geschmack. Cordella! Brenna stampfte auf den Boden und machte Garrick Vorwürfe.

Brennas Puls ging schneller, als sie das Hämmern an der Tür vernahm, denn so konnte nur Garrick klopfen. Als sie die Tür öffnete, stand Anselm dort. Er war in einen schweren Pelz gehüllt, der ihn zweimal so kräftig aussehen ließ, wie er es ohnehin schon war. Im ersten Moment bekam sie einen Schock, aber dann blitzte weißglühender Zorn in Brennas Augen auf.

Sie stürzte zum Tisch, packte ein Messer und wollte ihn angreifen. Aber ihre blinde Wut hatte sie achtlos gemacht. Anselm stand längst hinter ihr. Er nahm ihr das Messer fort und warf sie quer durch die Küche auf einen Stuhl am Herd. Schwer atmend blieb sie sitzen, während er sich umsah und dann beruhigt die Tür schloß. Er sah ihr fest ins Gesicht. Eine Ewigkeit schien vergangen zu sein, als er sich wieder rührte.

»Ich will dir nichts Böses tun, Mädchen«, sagte Anselm brummig und räusperte sich, ehe er sanfter weitersprach. »Verstehst du mich? Hast du meine Sprache schon gelernt?«

Brenna zwinkerte nicht einmal mit einem Augenlid. Sie beobachtete ihn argwöhnisch. Welchen Grund hatte er, in Garricks Abwesenheit hierherzukommen?

Anselm fuchtelte mit dem Messer in seiner Hand herum. Er sah auf die Klinge nieder, in der sich das Feuer widerspiegelte. »Ich habe nichts anderes von dir erwartet«, flüsterte er sanft.

Brenna runzelte die Stirn. Wovon sprach er? Sie mußte sich anstrengen, um ihn zu verstehen. »Ich nehme an, ich hätte nicht kommen sollen. Du hast noch keine Zeit gehabt, zu vergessen, was ich getan habe, oder zu verstehen, warum. Ich habe dein Volk für das gehaßt, was es meinem Sohn angetan hat, Mädchen. Wenn du erst einen Sohn hast, wirst du mich verstehen. Garrick konnte ihnen verzeihen, weil seine Mutter ihn Mitgefühl gelehrt hat, aber ich konnte es nicht. Wir sind ein stolzes, rachsüchtiges Volk, aber es war mein Fehler, meine Rachsucht auf dich und deine Familie zu erstrecken, die keine Schuld traf. Die Nordkelten haben meinen Sohn fast ein Jahr lang in einem dunklen Verlies gefangen gehalten, als er siebzehn Jahre war. Sie verweigerten ihm jede Nahrung bis auf einen Haferschleim, den man einem Hund nicht zum Fraß vorsetzen kann. Sie haben ihn zum Spaß gefoltert, aber sorgsam vermieden, ihn zu töten, weil er ihnen von Nutzen sein würde, wenn sie wieder von den Wikingern überfallen würden. Als Garrick floh und zu uns heimkehrte, war er nur noch die äußere Hülle des Knaben, der er vorher gewesen war. Es dauerte ein Jahr, bis er seine Kraft wiedererlangt und seine Narben ausgeheilt hatte.«

Anselm sah mit traurigem Blick auf. »Ich weiß, daß du kein Wort verstehst, Mädchen. Aber das macht nichts. Ich mag dich. Ich bewundere deinen Mut, und ich bedaure, daß ich dich aus deinem Land fortgeholt habe. Du wirst es nie erfahren, weil ich mehr dummen, männlichen Stolz habe als jeder andere. Wenn du mich verstehen würdest, könnte ich niemals diese Worte zu dir sagen. Aber ich kann zumindest versuchen, es wiedergutzumachen und hoffen, daß du mich eines Tages weniger hassen wirst.«

Brenna war versucht, mit Anselm zu reden. Sie hätte ihm gern gesagt, daß sie jedes Wort verstanden hatte. Es wäre ihr eine Befriedigung gewesen, ihn so zu demütigen, aber sie durfte ihr einziges Geheimnis nicht preisgeben, das ihr von Nutzen sein konnte, wenn sie bereit war zu fliehen. Außerdem war sie verstört über das, was ihr eigenes Volk Garrick angetan hatte, und verstand Anselms Rachegelüste, wenngleich sie ihm auch nicht verzeihen konnte, was er und seine Männer in ihrem Land getan hatten. Immerhin hatte Garrick es gewagt, selbst gefangengenommen zu werden, als er ihr Volk überfallen hatte. Sie hätten ihn töten können, statt ihn zum Spaß zu foltern.

Anselm stand auf und legte das Messer auf den Tisch.

»Ich weiß, daß du mich aufspießen würdest, wenn du Gelegenheit dazu hättest«, sagte Anselm wieder mit seiner gewohnten Rauheit. »Aber versuch es nicht. Ich habe noch nicht den Wunsch zu sterben. Dazu liegen noch viel zu viele kämpferische Jahre vor mir. Ich will noch viele Streitigkeiten regeln und noch viele Enkel im Arm halten, ehe ich zu Odin in die Walhalle eingehe.«

Anselm ging zum Feuer, um sich die Hände zu wärmen. Es war, als wollte er Brenna eine Gelegenheit geben, sich auf das Messer zu stürzen. Vielleicht war es auch ein Vertrauensbeweis. Jedenfalls blieb sie ruhig sitzen.

Vielleicht wollte er sein Gewissen erleichtern, als er wieder ansetzte zu sprechen. »Seit ich dich zum erstenmal gesehen habe, beschäftigst du mich, Mädchen. Aber es scheint dir im Hause meines Sohnes wohl ergangen zu sein.« Er sah sie listig an. »Ja, dir geht es gut, aber Garricks Stimmung wird immer düsterer. Bist du der Grund?« Plötzlich knurrte er vor sich hin. »Pah! Du würdest mir ja nicht einmal antworten, wenn du es könntest. Ich bin der größte Narr aller Zeiten. Ich stehe da und rede auf eine Dirne ein, die kein Wort versteht. Und ein noch größerer Narr, einer Sklavin ein wertvolles Pferd zu schenken. Was mich zu diesem Entschluß veranlaßt hat... Nun ja, Schwamm drüber. Garrick wird nicht gerade erfreut sein, aber vielleicht erlaubt er dir, die silberne Stute zu reiten, wenn er hört, daß sie früher dir gehört hat.«

Brenna mußte ihre Lider senken, damit er nicht die plötzlich aufflackernde Freude in ihren Augen sah. Sie konnte es noch gar nicht glauben. Willow hier? Und sie gehörte ihr – nicht Garrick – sondern ihr!

Anselm ging zur Tür. Brenna sah ihm neugierig nach. Warum tat er das? Nach allem, was er ihr angetan hatte, war es unfaßbar, daß er jetzt freundlich zu ihr sein wollte.

Wie zur Antwort auf die Frage, die sie nicht gestellt hatte, drehte Anselm sich noch einmal um. »Erin wird dir von dem Pferd erzählen. Ich erwarte nicht, daß sich deine Gefühle mir gegenüber dadurch ändern, Mädchen, aber zumindest ist der Anfang gemacht.« Er kicherte. »Du wirst jedenfalls sicher an meinen Motiven herumrätseln.«

Welche Motive er auch haben mochte – Willow war hier und gehörte ihr wieder. Jetzt hatte sie einen Grund, sich in die Eiseskälte zu begeben. Sie würde Hosen brauchen, fürs Reiten und gegen die Kälte.

Brenna wirbelte vor Aufregung im Raum herum. Seit langem war sie nicht mehr so glücklich gewesen. Die Tatsache, daß Anselm dafür verantwortlich war, tat ihrem Vergnügen keinen Abbruch. Garrick konnte ihr zwar nach dem Zwischenfall mit den zwei Männern verbieten, auf Willow auszureiten, aber solange er nicht hier war, konnte er sie nicht aufhalten. Und wenn er zurückkam, nun, dann sollte ihn doch der Teufel holen. Er sollte es nur wagen, sie aufzuhalten!

22

Brenna hatte sich in das alte Bärenfell gehüllt, das Garrick ihr gegen Ende des Sommers hingeworfen hatte. Das Fell war schön, aber das Leder war rauh und schwer, und sie war sehr unzufrieden damit. Der Stall war warm, und von Erin war keine Spur zu sehen. Tränen glitzerten in Brennas Augen, als sie Willow sah.

»Willow, mein Liebes, ich dachte schon, ich würde dich nie wiedersehen!« sagte sie und fiel ihr um den Hals.

Garrick hatte sich sogar grundlos geweigert, als sie ihre Tante und ihre Stiefschwester sehen wollte, und sie war zu stolz, ein zweites Mal zu fragen.

»Wer ist da?« fragte Erin und kam auf sie zu. »Oh, du bist es, Kleines. Was führt dich her?«

Brenna biß sich auf die Lippen. Sie wollte Erin nicht anschwindeln, aber nicht einmal diesem alten Mann, den sie als ihren Freund betrachtete, konnte sie ihr Geheimnis anvertrauen.

»Anselm war gestern da«, sagte sie schließlich. »Er hat lange auf mich eingeredet, aber ich habe kein Wort verstanden. Ich bin gekommen, um dich zu fragen, was er wollte.« Sie wandte sich wieder zu Willow um. »Ich habe mein Pferd gefunden, Erin. Wie kommt es hierher?«

»Das Füllen gehört wieder dir, Kleines«, erklärte Erin kichernd. »Ein Geschenk von Anselm.«

»Hat er gesagt, warum?«

»Nein, nur, daß ich Garrick klarmachen soll, daß das Pferd dir gehört und nicht ihm.«

Brenna mußte lachen. »Meinst du, daß Garrick sich ärgern wird?«

»Klar. Der ärgert sich doch in letzter Zeit über alles. Ich verstehe das nicht.«

Morna mußte der Grund sein. Sie war ein Teil von Garrick, auch wenn er sie jetzt haßte. Er konnte sie nur so sehr hassen, weil er sie ebenso sehr geliebt hatte. Dieser Gedanke verstörte Brenna, und sie schüttelte ihn sofort wieder ab.

»Ich reite jetzt auf meinem Pferd aus. Es ist dir doch recht?«

Als Erin zögerte, sagte sie: »Nach Hause kann es mich nicht tragen. Ich bleibe nicht lange weg, denn die Kälte treibt mich sicher bald zurück.«

Garrick erkannte in der Ferne einen Reiter. Er war bewundernd in den Anblick des anmutigen silbergrauen Pferdes versunken. Er erinnerte sich, es schon einmal im Stall seines Vaters gesehen zu haben. Der Reiter war zu klein, um sein Vater oder Hugh zu sein. Vielleicht seine Mutter? Er wurde neugierig, aber im gleichen Moment sah er das rabenschwarze Haar, und Zorn stieg in ihm auf.

Brenna hatte das Pferd seines Vaters gestohlen. Eine andere plausible Erklärung gab es nicht– sie war auf der Flucht. Sein erster Impuls war, hinter ihr herzujagen und ihr auf der Stelle zu zeigen, daß sie versagt hatte. Aber sein Hengst war erschöpft und hätte ein solches Rennen in seiner momentanen Verfassung nicht durchgehalten. Ehe Garrick wußte, was er davon halten sollte, überraschte Brenna ihn aufs neue, indem sie in die Richtung zurückgaloppierte, aus der sie gekommen war. Garrick war beruhigt. Er dachte auch nicht mehr darüber nach, wie sie zu dem Pferd seines Vaters gekommen war. Für ihn zählte nur noch, daß sie nicht versucht hatte durchzubrennen, wie er im ersten Moment vermutet hatte. Er war erleichtert, denn er hätte sie sonst in die Zelle sperren müssen, und er wollte Brenna nicht wehtun.

Er konnte sie nicht mehr sehen, aber das Echo ihres fröhlichen Gelächters klang noch in seinen Ohren. So hatte er sie nur einmal lachen hören, als sie Coran auf dem Pferd mitgenommen hatte. Es wurmte ihn immer noch, daß ihr die Gesellschaft eines Sklaven angenehmer als seine eigene gewesen war.

Brenna mit ihrem Trotz und ihren Ausbrüchen war in vieler Hinsicht noch ein Kind. Hartnäckig klammerte sie sich an ihre Kindheit, in der sie Lord Angus' Sohn, nicht dessen Tochter, hatte sein dürfen. Linnet hatte ihm viel über Brenna erzählt, und fast alles stand in Widerspruch mit Cordellas Aussagen. Er neigte dazu, Cordella zu glauben, weil sie Brenna auf eine Weise beschrieben hatte, die seine Meinung über Frauen im allgemeinen bestätigte. Aber Brenna stellte die Worte ihrer Tante unter Beweis – sie war noch nicht erwachsen.

Bei den Göttern, er war verhext! Er konnte diese kleine Hexe beim besten Willen nicht aus seinen Gedanken verbannen. Er hatte gehofft, seine lange Abwesenheit würde ihm dabei behilflich sein, aber er hatte sich geirrt. Es konnte ihn wenig trösten, daß Brenna ihn Morna hatte vergessen lassen. Von der blonden Hexe zum rabenschwarzen Teufel! Aber eines hatten sie gemeinsam – man konnte ihnen nicht trauen.

Garrick brachte eine Vielzahl von Fellen mit nach Hause, die er im Frühling im Osten verkaufen wollte. Das war ein geeigneter Anlaß, seine Nachbarn zusammentrommeln und ein großes Fest zu veranstalten. Brenna würde das nicht mögen, aber Loki sollte sie holen. Im kommenden Frühjahr würde er das Bärenfell verkaufen, und vielleicht auch Brenna. Das war doch eine Möglichkeit, sie aus seinen Gedanken zu verbannen. Oder vielleicht doch nicht?

23

Brenna wärmte sich die Hände über dem Feuer. Es war fraglich, ob sie sich jemals an diese Eiseskälte würde gewöhnen können. Als sie leise Schritte hörte, öffnete sie die Hintertür und schloß sie wieder, sobald Janie, Maudy und Ranya eingetreten waren.

»Warum verriegelst du die Türen, Mädchen?« fragte Ranya. »Der Herr wird das nicht mögen.«

»Habt ihr den nichts von dem abgeschlachteten Hund gehört,

der vor der Tür auf den Stufen gefunden worden ist?« gab Brenna bissig zurück.

»Natürlich, aber deshalb braucht man doch nicht gleich die Tür zu verriegeln. Zweifellos ein Werk des Borgsen-Klans«, entgegnete Ranya. »Die Fehde zwischen ihnen und den Haardrads spitzt sich wieder zu. Es wird neues Blutvergießen geben. Einfach das Vieh abzuschlachten!«

»Was für eine Fehde?« fragte Brenna.

»Für die Geschichte bleibt uns jetzt keine Zeit«, warf Janie ein. »Master Garrick ist zurückgekommen und hat ein Festessen angeordnet.«

Brennas Puls ging schneller. Garrick war zurück... Aber gleichzeitig zuckte sie bei dem Gedanken an ein Fest wie das letzte zusammen. »Wo ist er?«

»Er ruft die Nachbarn zusammen, um den Bären zu holen, den er erlegt hat«, sagte Maudya fröhlich. Sie freute sich offensichtlich auf die große Ansammlung von Männern. »Erin hat uns hierhergeschickt, um Töpfe aufs Feuer zu stellen und die Halle vorzubereiten. Coran bringt das Bier.«

»Wie lange wird das Fest dauern?«

»Das läßt sich nicht sagen. Es ist Winter, und niemand hat etwas Besseres zu tun. Das kann Wochen dauern.«

Würde Garrick sich freuen, sie nach so langer Abwesenheit wiederzusehen? Brenna mußte sich immer wieder daran erinnern, daß sie geschworen hatte, Garrick zu hassen. Sie durfte ihn keinesfalls zur Begrüßung auch nur anlächeln. Sie steigerte sich in ihre Abwehr hinein, aber bei Garricks Anblick fühlte sie ihr Herz höherschlagen, und ihr Zorn war verflogen. Arm in Arm mit Perrin kam er lachend hinein. Dann sah er sie, und ihre Augen trafen sich in einer liebevollen Berührung.

Sie verlor sich in diesen Augen, um die herum noch die Lachfältchen spielten, aber nicht lange. Eine teuflische innere Stimme machte ihr Vorwürfe, und sie wandte sich reuig ab.

Wenige Sekunden später spürte sie, daß Garrick direkt hinter ihr stand. Er nahm sie am Ellbogen und geleitete sie wortlos aus der Halle. Als sie an Perrin vorbeikamen, grinste er, sagte aber nichts. Garrick ignorierte auch die anderen Besucher und zog sie hinter sich die Treppe herauf. Als sie oben angekommen waren, riß sie sich von ihm los.

»Wohin bringst du mich, Wikinger?« fragte sie in einem rauhen Flüsterton.

»Ins Bett«, erwiderte er und packte sie, ehe sie entkommen konnte.

»Aber deine Gäste warten unten!« protestierte sie.

Garrick lachte herzlich. Das hatte er lange nicht mehr getan. »Die können warten; ich nicht.«

Als er sie auf seinen Armen in sein Zimmer trug, war Brenna von dem Begehren überwältigt, das ihre Sinne durchflutete. Sie schloß die Augen und kämpfte gegen den Drang an, Garricks Ausstrahlung zu erliegen.

»Laß mich runter!«

Er grinste teuflisch. »Wie du wünschst.«

Er ließ sie auf das Bett fallen und setzte sich neben sie. Sie setzte sich auf und schob ihn mit aller Kraft von sich, aber sie brachte ihn nicht einmal aus dem Gleichgewicht.

»Solltest du mich etwa nicht vermißt haben, Dirne?« spottete er, während er seinen Gürtel auszog.

»Warum hätte ich dich vermissen sollen, Wikinger? Du bist nicht der einzige Mann im Umkreis.«

Seine Augen wurden eisig. »Du hast mit keinem Mann außer mir zu schäkern.«

»Und wie steht es mit deinen Freunden? Ich dachte, sie dürften mit allen deinen Sklavinnen schlafen!«

Er grinste. »Gibst du endlich zu, daß du mir gehörst, Brenna?«

»Nein, aber deine abscheulichen Freunde denken es.«

»Du brauchst keine Angst zu haben. Sie werden dich nicht belästigen.«

»Du willst, daß sie mich in Ruhe lassen?« fragte sie erstaunt.

»Ja.«

»Warum tust du das?« fragte sie skeptisch. »Für mich bestimmt nicht.«

»Es reicht, daß ich dich bis jetzt noch mit niemandem teilen möchte«, gab er in beiläufigem Tonfall zu.

»*Noch!* Du bist abscheulich! Wenn du meiner müde bist, wirfst du mich den Wölfen vor? Ich will dir eines sagen. Du hast mich gewarnt, mit keinem zu schäkern. Jetzt warne ich dich. Wenn ich einen Mann finde, den ich begehre, werde ich ihn mir nehmen, ob Sklave oder Freier. *Du* wirst mich nicht daran hindern!«

»Ich werde dich auspeitschen lassen«, sagte er kühl.

»Dann tu es jetzt, verfluchter Wikinger!« tobte sie. »Ich lasse mir nicht drohen!«

»Du lenkst mich geschickt von meinen Zielen ab, Dirne.«

»Das war keine Absicht!« rief sie frustriert und wand sich unter ihm.

»Dann sei still.«

Brenna spürte, wie ihr die Tränen in die Augen traten, als er ihren Rock hochhob und seine Hose aufmachte. Sie fühlte sich wie eine Hure. Sie fühlte sich schmutzig, aber er verstand das nicht.

»Ich hasse dich, Garrick!« zischte sie und versuchte verzweifelt, ihren Tränen Einhalt zu gebieten.

Er sagte nichts, als er ihre Knie auseinanderbog und sich dazwischenfallen ließ. Aber als er endlich auf ihr Gesicht niedersah und die Tränen gewahrte, erstarrte er.

»Warum weinst du?« fragte er überraschend sanft. »Habe ich dir weh getan?«

»Nein, ich ertrage jeden Schmerz, den du mir zufügst.«

»Warum weinst du dann?«

»Ich weine nie!« fauchte sie kindisch.

»Du willst die Tränen leugnen, die aus deinen Augen tropfen, Brenna?« Er schüttelte den Kopf. »Weinst du, weil ich wieder Liebe mit dir machen will?«

»Du machst keine Liebe, Wikinger. Du stürzt dich gewaltsam auf ein unwilliges Opfer.«

»Würdest du mich Liebe mit dir machen lassen?«

»Ich – nein, das würde ich nicht.«

Er beugte sich nieder und küßte die Tränen von ihren Schläfen. »Warum sprichst du dann darüber?« fragte er sanft.

»Das verstehst du nicht.«

»O doch«, sagte er. »Es wäre dir lieber, wenn ich zärtlich Liebe mit dir machen würde, als daß ich dich zwinge.« Er nahm ihr Gesicht zwischen seine Hände und küßte sie zärtlich. Dann senkte er seine Lippen auf ihren Hals. »Aber am allerliebsten wäre es dir, wenn ich dich überhaupt nicht nehmen würde.« Er küßte sie wieder auf die Lippen, diesmal leidenschaftlich, und ganz unbewußt schlang sie ihm die Arme um den Hals. »Ist es nicht so, Brenna?«

Sie fühlte sich wie eine Marionette in seinen Händen und antwortete mechanisch. »Ja, du hast recht.«

»Dann geh!«

Brenna schlug die Augen auf. Der sinnliche Zauber war gebrochen. »Was?«

Er rollte sich neben sie und machte seine Hose zu. »Du kannst gehen. Das ist es doch, was du willst?«

»Ich verstehe dich nicht«, erwiderte sie. Überrascht stand sie vom Bett auf und sah ihn an. »Willst du mich nicht mehr?«

Er lachte. »Erst erzählst du mir, daß du mich haßt, daß du meine Aufmerksamkeit nicht auf dich ziehen willst, und wenn ich dir deinen Wunsch gewähre, willst du mit mir diskutieren. Entscheide dich, was du eigentlich willst, Brenna. Hast du es dir anders überlegt?«

Ihre grauen Augen wurden kugelrund. »Oh!« keuchte sie und stolzierte aus dem Zimmer.

Brenna eilte die Treppe herunter und traf Janie, die gerade die leeren Krüge in die Halle tragen wollte. Als sie hörte, daß Garrick sein Zimmer verließ, hielt sie Janie an und sagte: »Die bringe ich schon herein.« Sie nahm ihr die Krüge so schnell ab, daß Janie nichts einwenden konnte.

Sie trat in die Halle und stöhnte, als sie sah, für wen die Krüge waren. Anselm und Hugh waren eben gleichzeitig mit Bayard und zwei anderen Männern eingetroffen. Brenna biß die Zähne zusammen und ging auf den langen Tisch zu, an dem die Männer saßen.

Als sie an Perrin vorbeikam, winkte er ihr zu, und sie mußte trotz ihres Kummers lächeln. Sie stellte den beiden Männern, die ihr unbekannt waren, Krüge hin. Sie tauchten sie in den riesigen Kübel mit schäumendem Met, der auf dem Tisch stand. Dann stellte sie einen Krug neben Bayard, der zum Glück gerade in eine Diskussion mit Gorm verwickelt war und sie nicht bemerkte. Als die Reihe schließlich an Anselm und Hugh kam, spiegelte ihr Ausdruck Ekel wider, als sie die Krüge neben ihnen absetzte. Aber gleich darauf trat ein Lächeln auf ihre Züge, als ihre Augen sich mit Garricks trafen, der eben am Tisch Platz nahm.

Im nächsten Moment keuchte Brenna auf, als Hugh sie um die Taille packte und auf seinen Schoß zog. »Nun hast du das Biest also doch gezähmt, Bruder«, sagte Hugh kichernd zu Garrick. »Ich hatte es nicht mehr für möglich gehalten.«

»Habe ich nicht gesagt, daß es so kommt?« erwiderte Garrick.

Brenna zwang sich, ruhig zu bleiben. Wenn es nicht ausgerechnet Hugh gewesen wäre, der sie festhielt, hätte sie vielleicht sogar einen Flirt in Erwägung gezogen. Aber bei Hugh war das ausgeschlossen. Sie verabscheute ihn.

»Du hast sie jetzt seit drei Monaten und bist ohnehin selten zu Hause, um Gebrauch von ihr zu machen. Warum verkaufst du sie mir nicht?« bot Hugh an. »Ich gebe dir drei meiner besten Pferde, wenn du darauf bestehst, auch vier.«

Brenna sah Garrick an und wartete gespannt auf seine Antwort. Er hatte die Brauen nachdenklich zusammengezogen und die Hände um seine Mitte gelegt, während er sich lässig in seinem Stuhl zurücklehnte. Als er nicht augenblicklich antwortete, fühlte Brenna Panik in sich aufsteigen. Auf die Idee, daß er sie verkaufen könnte, war sie nicht gekommen. Mit Schrecken bemerkte sie, daß sie ihm wirklich gehörte. Er hatte das Recht, sie zu verkaufen, ohne daß sie auch nur ja oder nein dazu sagen konnte.

Brenna wollte eben ihr Geheimnis enthüllen. Sie wollte Garrick sagen, daß sie wußte, was Hugh ihm angeboten hatte, und ihn anflehen, es ihm abzuschlagen. Aber Hughs ungeduldige Stimme hielt sie zurück. »Nun, was sagst du dazu, Bruder?«

»Du hättest das Mädchen umsonst haben können, aber du hast dir statt dessen ihre Schwester ausgesucht«, erinnerte ihn Garrick.

»Offen gestanden habe ich nicht geglaubt, daß sie sich jemals lenken lassen würde. Ich wollte eine temperamentvolle Dirne, aber die da hat mir fast die Zunge abgebissen, als ich sie ausprobieren wollte. Doch scheint es ganz so, als hättest du sie gezähmt.«

»Dann hast du es dir also anders überlegt? Mir scheint, du würdest es am liebsten den Kalifen im Osten gleichtun und dir einen Harem zulegen. Zum Glück hast du ein furchtsames Weib, das nichts dagegen hat, wenn du dich verzettelst, Hugh.«

Gelächter erhob sich unter den Zuhörern; selbst Anselm fiel ein. Alle außer Hugh waren belustigt. Als der Griff um ihre Taille fester wurde, zuckte Brenna zusammen.

»Du hast mir noch nicht geantwortet, Garrick«, sagte Hugh kühl.

»Was willst du mit dem Mädchen?« fragte Garrick ernsthaft. »Sie ist nicht so umgänglich, wie du glaubst. Ihre Zunge ist so scharf wie eine Klinge, aber stimmt, du würdest sie ja nicht verstehen. Sie ist halsstarrig, trotzig, stur und jähzornig. Das einzige, was für sie spricht, ist, daß sie hübsch ist.«

»Aus genau den Gründen, die du genannt hast, will ich sie haben. Ich bewundere ihren Mut.«

»Du würdest sie zum Krüppel schlagen, Hugh, denn du hättest keine Geduld mit ihrem Starrsinn«, sagte Garrick scharf. Dann fügte er mit sanfterer Stimme hinzu: »Aber das spielt keine Rolle, da ich sie bis jetzt nicht verkaufen will.«

»Dann werde ich mich jetzt sofort mit ihr vergnügen«, sagte Hugh. Er erhob sich vom Tisch. Einer seiner kräftigen Arme lag noch um Brennas schmaler Taille.

Garrick stand jetzt auch auf. Seine Miene war bedrohlich. »Nein, Bruder, ich werde sie weder verkaufen noch mit irgend jemandem teilen.«

Hugh zögerte einen Moment lang. Dann kicherte er nervös in sich hinein, ließ Brenna los und setzte sich wieder hin. Brenna stand erstarrt da und empfand die Spannung, die über dem Raum hing, wie ein Gewicht um ihren Hals.

Anselm hatte den Streit seiner Söhne schweigend verfolgt, aber jetzt räusperte er sich und wandte sich streng an Hugh. »Gib dich mit der Dirne mit den feuerroten Haaren zufrieden, und schlag dir diese aus dem Kopf. Garrick hat sie von mir bekommen, und falls er sich jemals entscheiden sollte, sie zu verkaufen, dann nur an mich, denn wenn er sich von ihr trennen sollte, kann ich ihm weitaus mehr für sie bieten als du.«

Beide Söhne starrten ihren Vater ungläubig an.

»Du hast doch gesagt, du könntest ihr in deiner Nähe nicht trauen, weil du fürchtest, sie würde versuchen, dich zu töten«, erinnerte Garrick seinen Vater. »Wieso willst du sie dann zurückkaufen?«

»Ich habe sie dir in der Hoffnung gegeben, daß du sie behalten willst, aber wenn das nicht der Fall ist, würde ich sie lieber frei sehen als in den Händen eines anderen.«

»Du würdest mir das Vermögen, das ich für sie fordern würde, zahlen, um sie freizulassen?« fragte Garrick.

»Ja, das täte ich.«

»Das ist ja unerhört, Vater!« protestierte Hugh.

»Ich würde es trotzdem tun.«

Brenna sah Anselm verwirrt an. Sie mußte ihm schon wieder dankbar sein. Verfluchter Kerl. Wie sollte sie ihn töten, nachdem sie das wußte.

»Sieh nach dem Essen!« befahl Garrick mit grundloser Schärfe.

Brenna drehte sich um. Als sie seinem finsteren Blick begegnete, erklärte sie ihn sich damit, daß die Worte seines Vaters ihm keinesfalls behagt hatten.

»Du brauchst nicht zu schreien, Wikinger. Ich bin nicht schwerhörig«, ermahnte sie ihn hochnäsig und begab sich nach draußen. Sie blieb bei Perrin stehen und beugte sich zu ihm herunter, um ihm etwas ins Ohr zu flüstern. »Es sieht ganz danach aus, als müßtest du bis ans Ende aller Zeiten warten, um ihn bei guter Laune anzutreffen. Arme Janie.«

»Bin ich etwa nicht arm?« flüsterte er kummervoll zurück. Dann grinste er. »Wenn du ihn bloß anlächeln würdest, wäre uns schon geholfen.«

Brenna richtete sich auf und lachte laut. »Schäm dich, Perrin so etwas auch nur vorzuschlagen.«

24

Gebannt starrte Brenna in den Himmel. Sie fragte sich, ob sie je zuvor etwas so Schönes wie die Nordlichter gesehen hatte oder je etwas Vergleichbares wiedersehen würde. Sie beobachtete, wie die violetten Nebel über den Himmel wirbelten. Der Boden, auf dem sie stand, die Häuser und alles andere um sie her, war in glühendes Violett getaucht. Wozu brauchte man die Sonne, um seinen Weg zu finden, wenn man statt dessen eine so großartige Farbenpracht haben konnte. Wenn es nicht ganz so kalt gewesen wäre, wäre Brenna endlos stehengeblieben, um die glühenden Nebel zu beobachten. Aber sie fror zu sehr.

»Komm, Coran, laß uns gehen ehe wir anfrieren.«

Der junge Mann und Brenna eilten weiter. Auch er war in Violett getaucht und sah aus, als wäre er aus einem Wandteppich gestiegen.

Es war ein glücklicher Zufall gewesen, daß Coran sie gefragt hatte, ob in der Küche noch Vorräte aus dem Lagerhaus benötigt wurden, ehe er sich für die Nacht zurückzog. Eigentlich hatte nichts gefehlt, was nicht bis zum nächsten Morgen Zeit gehabt hätte, aber Brenna hatte die Ausrede benutzt, der Roggen sei knapp, und wenn sie ihn jetzt holen würde, würde Coran am nächsten Morgen länger schlafen können.

Brenna ließ ihn draußen warten, während sie zwei Säcke aus der kleinen Vorratskammer hinter der Treppe holte, wo Grundnahrungsmittel und Gewürze aufbewahrt wurden. Sie versteckte einen der Säcke unter ihrem Umhang und machte Coran klar, daß sie ihn begleiten würde, um selbst zu schauen, ob ihr noch etwas einfiele, was vonnöten war.

Auf eine solche Gelegenheit hatte sie schon lange gehofft. Sie wollte sich Waffen besorgen und sie solange verstecken, bis sie sie brauchte. Wenn sie einen leichteren Umhang fände, würde sie ihn gegen ihren austauschen, obwohl sie inzwischen zugeben mußte, daß dieses schwere Ding warm hielt.

Es war spät, und die anderen Frauen hatten in der Halle zu tun.

Sie entfernten die Überreste des gerösteten Bären, den sie zuvor serviert hatten.

Coran schloß die schwere Tür des Lagerschuppens auf, und Brenna mußte zu ihrer Enttäuschung feststellen, daß der ganze Raum mit Lebensmitteln angefüllt war. Die Dinge, hinter denen sie her war, mußten sich in dem kleinen, verschlossenen Raum hinter dem Lagerhaus befinden.

Es gelang Brenna, Coran mit weiblicher List dazu zu überreden, ihr auch diese Tür zu öffnen, hinter der sich Garricks Schätze befanden. Sie mußte ihm versprechen, nichts zu berühren und nur so lange zu bleiben, wie er brauchte, um den Sack mit Roggen zu füllen. Impulsiv beugte sie sich herüber und küßte Coran auf die Wange.

»Danke, Coran. Das werde ich dir nie vergessen.«

Corans Wangen röteten sich. Verschämt zog er seinen Kopf zurück und machte sich daran, den Sack zu füllen.

Brenna war zwar darauf vorbereitet gewesen, auf Schätze zu stoßen, aber nicht in solcher Fülle und solchem Überfluß. Felle, Seide, Brokat und Samt häuften sich in offenen Truhen; Kelche aus Kupfer, Silber und selbst Gold, die mit Juwelen besetzt waren, füllten ein Regal. Daneben standen silberne Teller und Krüge mit reichen Gravuren. Auf einem langen Tisch standen wertvolle Einzelstücke – Statuen aus Marmor und Elfenbein, goldene Kerzenhalter, zierliche Messinghalter für Räucherstäbchen, ein mit Juwelen eingelegtes Kreuz, elfenbeinerne Schachfiguren und dergleichen Schätze mehr. In einer geschnitzten Teakholzkiste, die mit Samt ausgeschlagen war, sah Brenna Juwelen, die ihr die Sinne vernebelten – Halsketten aus Rubinen und Diamanten, goldene und silberne Armreifen mit Gemmen und reichhaltigen Verzierungen. In einer weiteren Kiste häuften sich Gold- und Silbermünzen.

Endlich fiel Brennas Blick auf die Waffen. Die Auswahl war reichhaltig, die Stücke erlesen. Brenna wählte einen Dolch, in dessen Hefte Bernsteine eingelegt waren. Vielleicht würde der Stein, dem man nachsagte, er sei der Lieblingsstein Thors, sie beschützen. Nicht etwa, daß sie Thors Hilfe brauchte – aber man konnte nie wissen, was kommen würde.

Brenna verbarg außerdem eine Armbrust und Pfeile in ihrem Sack und steckte sich ein Schwert in den Gürtel. Als sie gerade gehen wollte, fiel ihr Blick auf ihre eigenen schwarzen Lederstiefel und die Kleider, die sie bei dem Begräbnis ihres Vaters und dem anschließenden Kampf gegen Anselm Haardrad getragen hatte.

Brenna griff schnell entschlossen zu und verließ den Raum in dem Moment, als Coran zurückkam.

»Ich habe nicht gewußt, daß Garrick so reich ist«, sagte sie voller Unbehagen. Sie betete, daß Garrick das Fehlen der Waffen nicht bemerken würde.

»Ja, das wissen die wenigsten.«

»Er ist fast zu jung, um solche Reichtümer angehäuft zu haben. Er muß in seiner Jugend viele Raubzüge mitgemacht haben.«

Coran grinste. »Nein. Das meiste von dem, was du gesehen hast, hat er aus dem Osten mitgebracht. Unser Herr ist ein tüchtiger Geschäftsmann.«

Coran verschloß die Türen, und sie gingen gemeinsam zum Haus zurück. Brenna wollte nicht von den Feiernden in der Halle gesehen werden; sie verabschiedete sich von Coran und eilte die Treppe hinauf ins Nähzimmer.

Es war schon Mitternacht, aber Brenna konnte nicht schlafen. Sie dachte an zu Hause. Es gab dort keinen mehr, der es für sie zu einem Zuhause machte. Wenn ihr Vater noch am Leben wäre, würde er Himmel und Hölle in Bewegung setzen, um sie zu finden. Der Gedanke war wohltuend, aber illusorisch. Sie vermißte auch Linnet, die wenn auch noch so nah, so doch für sie unerreichbar war. Gott sei vor, aber sie vermißte selbst ihre Stiefschwester. Schluß mit diesem Selbstmitleid, sagte sie sich. In dem Moment gellte Garricks Stimme durch das Haus.

»Brenna!« dröhnte es sofort wieder.

Brenna öffnete die Tür und flüsterte: »Hier bin ich. Mit deinem Geschrei hast du bestimmt deine Mutter geweckt«, fügte sie hinzu, als er vor ihr stand.

»Die gute Frau ist es gewohnt, aus dem Schlaf gerissen zu werden, während ein Fest stattfindet«, antwortete Garrick mit lauter Stimme.

»Ich bin nicht betrunken«, sagte er grinsend und zeigte seine Grübchen. »Um deine Nachfrage zu beantworten – ich will dich«, sagte er lachend und packte sie um die Taille, hob sie hoch und trug sie in sein Zimmer. Als sie angelangt waren, stellte er sie ab. Während er die Tür schloß, wich sie vor ihm zurück. Er sah sie grinsend an, ohne ihr näherzukommen.

»Magst du einen Wein mit mir trinken?« fragte er freundlich.

Brenna zögerte und wunderte sich über seine Stimmung. Das war das erstemal, daß er ihr Wein anbot. Sie erinnerte sich daran, daß er einmal gesagt hatte, es sei Sklaven nicht gestattet, Wein zu trinken.

»Ja, ich trinke mit.«

Sie kuschelte sich gegen die Armlehne des Diwans, während er zwei Krüge aus einem Weinschlauch füllte. Beim Schein der einzigen, flackernden Kerze konnte sie Garrick deutlich sehen. Er schien nicht so betrunken zu sein, wie sie im ersten Moment vermutet hatte. Auf seiner Brust baumelte ein goldenes Medaillon mit einem einzigen großen Smaragd in der Mitte anstelle des gravierten Silbermedaillons, das er sonst immer trug. Er hatte sich umgezogen und sah teuflisch gut aus heute abend. Es fiel Brenna schwer, ihren Blick von ihm loszureißen.

Garrick brachte ihr einen Krug. Sie nahm einen kleinen Schluck, um zu kosten, dann sah sie ihm zu, als er das Feuer entfachte. Sie hatte die Kälte und auch alles andere in Garricks Gegenwart vergessen.

Das Holz fing Feuer, und es wurde heller im Zimmer. Garrick nahm seinen Weinkrug und setzte sich neben Brenna auf den Diwan. Er lehnte sich an die Wand, zog einen Fuß an, stützte seinen Arm darauf und nahm einen tiefen Schluck Wein.

Brenna war so nervös, daß ihre Hände gezittert hätten, wenn sie sich nicht an dem Kelch festgehalten hätte.

»Schmeckt dir der Wein nicht?«

Als er ansetzte, zuckte sie zusammen; dann sah sie ihn schuldbewußt an. »Nein – ich meine, er schmeckt gut.«

Als er sie angrinste, fühlte sie sich durchschaut. »Falls du vorhast, mich mit der Entschuldigung hinzuhalten, daß du deinen Wein noch nicht ausgetrunken hast, dann schlag dir das aus dem Kopf. Aber noch habe ich keine Eile. Entspanne dich und trink deinen Wein. Wenn du ihn ausgetrunken hast, kannst du mehr haben.«

Brenna befolgte seinen Rat und schüttete das berauschende Getränk in der Hoffnung in sich hinein, daß es ihr die Nervosität nehmen würde. Aber selbst, als der Wein ihr ins Blut ging, konnte sie sich noch nicht entspannen.

Als der Wein ihr zu Kopf stieg, lehnte sie sich zurück und fragte: »Wenn du sterben würdest, Garrick, was würde dann mit mir geschehen?«

Er sah sie belustigt an. »Willst du mir etwas antun?«

»Nein, ich kämpfe fair. Aber angenommen, du würdest eines Tages nicht von der Jagd zurückkehren?«

Garrick seufzte und blickte nachdenklich auf den Kelch in seinen Händen. »Da ich weder Bastarde noch eine Frau habe, wird mein Gesamtbesitz an meinen Vater fallen. Das kann dich ja nur freuen, Brenna«, setzte er trocken hinzu.

Brenna wußte, was er meinte, aber sie konnte es nicht zeigen. »Warum sollte mich das freuen? Ich hasse deinen Vater noch viel mehr als dich«, fragte sie daher.

»Würdest du ihn immer noch hassen, wenn er dich freilassen würde? Das ist sein Wunsch«, sagte Garrick verdrießlich. »Er bedauert inzwischen, dich mir gegeben zu haben.«

Brenna trank ihren Wein aus und sah Garrick ernsthaft an. »Dann gib mich zurück, oder verkauf mich an ihn.«

Garrick nahm eine ihrer Locken in die Hand und wickelte sie langsam um seinen Finger. »Was tätest du denn für mich, meine süße Brenna, wenn ich damit einverstanden wäre?«

Sie sah ihn erstaunt an. Welchen Preis ihr die Freiheit wert war? »Alles«, hauchte sie atemlos.

»Würdest du Liebe mit mir machen?«

»Ja, selbst das«, sagte sie, ohne zu zögern.

Garrick setzte seinen Wein ab und zog sie auf seinen Schoß. Er schlang ihr einen Arm um den Rücken und sah grinsend auf sie herunter, ehe er seinen Kopf in ihrem Nacken begrub. Seine Lippen brannten wie Feuer, und sie stöhnte leise, bis er ihren Mund mit einem Kuß verschloß, der mehr als eine bloße Erwiderung verlangte.

Brenna ließ ihren leeren Kelch auf den Boden fallen und zog Garricks Kopf noch näher an sich. Sie hatte sich an ihn verloren. Sie wußte nicht, ob es um sie selbst ging oder um die Vorstellung, frei zu sein, aber das war ihr egal. Sie begehrte ihn.

Brenna protestierte, als Garrick sie neben sich setzte und aufstand, aber als sie sah, daß er anfing, sich zu entkleiden, lächelte sie. Sie streckte sich wohlig und zufrieden, ehe sie aufstand, um es ihm gleichzutun. Als sie auf den Füßen stand, schwankte sie und kicherte.

»Ich glaube, ich habe zuviel von deinem Wein getrunken.«

Garrick sagte nichts, aber er lächelte sie an und half ihr aus den Kleidern. Dann trug er sie auf seinen Armen ins Bett. Er setzte sie sanft ab und legte sich neben sie, und seine Finger taten seltsame, wundervolle Dinge mit ihr.

»Wenn du willst, kannst du so süß sein«, sagte Garrick heiser, während seine Lippen ihre Lippen streiften.

»Du auch«, murmelte sie und ließ ihre Finger durch sein gewelltes Haar gleiten.

»Meine keltische Schönheit«, murmelte er und ließ seine Hand über ihren Bauch hinaufgleiten. Seine Lippen senkten sich auf ihre Brüste, die prickelnden Empfindungen, die über ihren Körper liefen, machten sie schwach, aber sie versuchte immer noch, ihm zu widerstehen. Umsonst. Als sie ihre Knie anzog, brachte er sie mit einem seiner Beine zum Stillhalten. Als sie ihre Nägel in seine Schultern grub, ertrug er den Schmerz, und statt ihre Hände festzuhalten, küßte er sie, küßte sie mit einer solchen Wildheit, daß sie den letzten Rest an eigenem Willen aufgab und an nichts anderes mehr denken konnte als an ihn.

Nur Garrick zählte noch, sein Kuß, seine Hände, die sie zärtlich bedrängten, sein Körper, der sich immer näher an sie drückte und jetzt auf ihr lag, sein warmes, pochendes Glied, das Einlaß suchte und ihn schließlich auch fand, und dann dieser köstliche erste Stoß, der Brenna zur Raserei brachte.

Wieder und wieder rief sie seinen Namen aus, als er sich in ihr bewegte, und hielt ihn an sich, als wolle sie seinen Körper für immer in sich aufnehmen. Sie küßte seinen Hals, seine Wangen und seine Lippen mit zügelloser Hingabe. Dann sammelten sich all ihre Empfindungen in ihren unteren Bereichen und schlossen sich bei seinem letzten tiefen Stoß um sein geschwollenes Glied. Kurz darauf verspürte sie selbst ein köstliches Pochen.

Nachdem sie den Gipfel des Genusses erreicht hatte, erlag Brenna sofort der Wirkung des Weines und des Liebesaktes. Sie schlief ein und rührte sich nicht einmal, als Garrick sich von ihr fortrollte, um eine Zudecke zu holen. Dann legte er sich neben sie. Er lag auf dem Bauch und hatte sich auf einem Ellbogen aufgestützt und sah ihr lange Zeit mit zärtlichem Gesicht beim Schlafen zu. Schließlich schlang er besitzergreifend einen Arm um sie und schlief ebenfalls ein.

25

Kampfgeräusche weckten Brenna aus dem Tiefschlaf. Als sie sah, daß sie allein war, sprang sie aus dem Bett, packte das erste, was ihr unter die Finger kam, Garricks weißen Seidenumhang, und zog ihn beim Hinauslaufen an. Er reichte ihr kaum bis zu den Knien, aber es war ihr gleich, wie sie aussah.

Unten angekommen, schaute sie vorsichtig in die Halle. Beide Tische waren umgedreht, die Bänke waren zerbrochen, die Metkübel und die Frühstücksreste lagen auf dem Boden.

Brenna überflog den Raum. Einige Männer lagen bewußtlos oder tot auf dem Boden. Manche kämpften mit Fäusten, Schwertern oder Äxten gegeneinander. Wie konnte das nur am frühen Morgen passiert sein? Und wo war Garrick?

Erst sah sie Hugh, der sich seinen geschwollenen Kiefer hielt. Dann fiel ihr Blick auf Garrick. Er lag flach auf dem Boden und hatte einen Arm auf eine Bank gestützt. Sie sah nur das leuchtend rote Blut auf seiner Kleidung.

In ihrer Angst vergaß Brenna alles andere und rannte auf Garrick zu. Er lachte über etwas, was Hugh gesagt hatte, aber als Brenna neben ihm niederkniete, erstarb sein Lachen. Er sah sie an, erst erstaunt, dann wutentbrannt.

»Hast du denn keine Scham, Frau? Was soll das heißen?« fragte er barsch und packte sie mit einem schmerzhaften Griff am Arm.

Sie hatte keine Ahnung, wovon er sprach. »Du bist verletzt.«

»Nein!« knurrte er. »Aber selbst, wenn ich im Sterben läge, wäre es noch kein Grund für dich, dich in diesem Aufzug hier zu zeigen. Geh, ehe die Blutlust in pure Lust umschlägt!«

Sie sah sich nervös um und bemerkte die Blicke, die auf sie gerichtet waren. Mit ihrem offenen Haar und dem tiefen Ausschnitt, der ihre Brüste fast freilegte, bot sie einen höchst verführerischen Anblick.

»Ich habe mir nichts dabei gedacht, Garrick«, murmelte sie errötend. »Ich wollte dir nur helfen.«

»Du denkst nie«, sagte er boshaft und schob sie von sich weg. »Scher dich raus!«

Brenna biß sich auf ihre zitternden Lippen. Sie hatte einen Kloß im Hals, an dem sie zu ersticken glaubte, und in ihren Augen glitzerten Tränen. Sie rannte schnell hinaus.

Sie wollte nicht an die vergangene Nacht denken. Sie lief ins Nähzimmer und warf die Tür hinter sich zu. Dort warf sie sich auf die Felle und ließ ihren Tränen freien Lauf.

»Ich habe nie geweint«, zischte sie vor sich hin und wischte sich die Tränen ab, »bis ich ihn kennengelernt habe. Das passiert auch nicht noch einmal. Der Teufel soll ihn holen!«

Brenna hätte im Traum nicht geglaubt, daß sie die gestohlenen Gegenstände so bald benötigen würde, aber ebensowenig hätte sie sich vorstellen können, daß Garrick so herzlos sein konnte.

Langsam zog sie ihre eigenen Kleider an und genoß es, den edlen schwarzen Samt auf ihrer Haut zu spüren. Als ihre äußere Erscheinung wieder die eines Mannes war, schmerzte sie ihr verletzter Stolz nicht mehr ganz so sehr. Sie gewann ihr Selbstvertrauen wieder und fühlte sich allem gewachsen. Sie steckte das Schwert in ihren Gürtel und stopfte weitere Pelze und Lederriemen in ihren Sack. Dann holte sie die zweite Zudecke von Garricks Bett.

Sie verbarg ihre Erscheinung unter ihrem Umhang und öffnete die Tür. Der Hund folgte ihr ins Freie. Als sie sich vergewissert hatte, daß außer Maudya niemand im Raum war, ging sie in die Küche.

»Kannst du mir einen Laib Brot mitgeben?«

Maudya sah überrascht auf. »Ja, aber wo willst du denn hin? Wir haben viel zu tun.«

Brenna hörte Gelächter aus der Halle. »Ist der Krawall vorbei? Weißt du den Grund dafür?«

»Garrick hat selbst angefangen«, erwiderte Maudya kopfschüttelnd. »Janie war dabei. Sie sagt, daß Bayard eine Bemerkung gemacht hat, die Garrick nicht gefallen hat. Wie ein Keiler ist er auf Bayard losgegangen, und dann war die Hölle los. Alle haben mitgemacht.«

»Sind Bayard und Garrick jetzt verfeindet?«

»Nein, Garrick hat es wieder eingerenkt, wie das eben so ist bei einem freundschaftlichen Krawall.«

»Hm! Hat Janie gesagt, worüber Garrick sich so erbost hat?«

»Nein«, seufzte Maudya bekümmert und strich sich seine Haarsträhne aus der Stirn.

»Hast du deshalb eine schwere Nacht hinter dir?« fragte Brenna mitfühlend.

Maudya grinste. »Das war nicht so wild.«

»Und Janie?«

»Sie hat diesmal Glück gehabt. Perrin ist mit ihr fortgegangen, und alle anderen hatten keine Chance.«

Brenna verstand Perrin nicht. Garrick galt als sein bester Freund, und doch fürchtete er sich, wegen einer so wichtigen Angelegenheit an ihn heranzutreten. Arme Janie! War Garrick wirklich so abstoßend, daß er selbst für seine Freunde kein Herz hatte?

»Hast du jetzt einen Laib Brot für mich übrig, Maudya? Ich habe wahnsinnigen Hunger, aber erst muß ich eine Weile reiten, bis ich mich nicht mehr ganz so unwohl fühle.«

»Unwohl?«

»Hast du nicht gehört, wie Garrick mich vor all seinen Freunden beschimpft hat?«

Maudya erschrak. »Das hat er dir angetan?«

»Ja.«

Maudya lief aufgeregt hin und her. Sie holte einen frischen Brotlaib aus dem Feuer und wickelte ihn in ein sauberes Tuch. »Dann geh nur, Kleines.«

»Wenn Garrick nach mir fragt, sag ihm nicht, wie sehr seine Worte mich verletzt haben. Sag ihm nur, daß ich kurz ausreiten will und gleich zurück bin.«

»Wie du willst, Brenna. Aber wenn du mich fragst: Ich finde, er sollte das wissen.«

Ein breites Grinsen trat auf Brennas Gesicht, als sie auf den Stall zuging. Maudya würde Garrick alles weitererzählen – das war ihre Art. Er würde annehmen, daß ihr verletzter Stolz sie aus der Halle fernhielt. Später, wenn er merkte, daß sie abgehauen war, würde er seine groben Worte für den Grund halten.

Brenna gestand sich wahrheitsgemäß ein, daß der Hauptgrund der war, daß sie sich selbst in Garricks Nähe nicht mehr trauen konnte, nicht nach dieser letzten Nacht. In seinen Händen wurde sie zu Ton, den er nach Belieben formen konnte. Seine Küsse verscheuchten ihren Widerstand und raubten ihr den Willen. Das konnte sie nicht dulden. Sie war eine Frau, die es gewohnt war, ihre Reaktionen total unter Kontrolle zu haben. Aber wenn Garrick sie berührte, wurde sie zur Marionette. Sie mußte weit fort von ihm.

Erin war nirgends zu sehen. Brenna sattelte Willow eilig. Hoffentlich schlief Erin. Sie wollte nicht auch noch ihn belügen. Sie nahm zwei große Säcke Hafer für Willow mit und füllte vier Wasserschläuche. Sie nahm den Weg, der hinter dem Stall vorbeiführte, aber als der Hund kläffend und winselnd hinter ihr her gerannt kam, mußte sie stehenbleiben.

»Hau ab!« fauchte sie ihn an, weil sie fürchtete, jemand könne ihn hören, aber der Hund folgte ihr.

Sie ritt schneller. »Geh zurück, du kannst nicht mitkommen!« Er sah sie neugierig an und wedelte mit dem Schwanz. Brenna seufzte. »Na denn, wenn du abenteuerlustig bist, komm mit. Wir sind schon ein merkwürdiges Trio. Ein Hund, ein Pferd und eine ausgerissene Sklavin.«

Sie ritt auf die offenen Felder zu. Der Hund blieb dicht auf den Fersen. Sie wußte nicht, wohin es ging, aber sie war frei und niemandem verantwortlich.

Am Waldrand hielt sie an und warf einen Blick zurück auf das Steinhaus auf den Klippen. »Adieu, Garrick Haardrad von Norwegen – Garrick der Hartherzige. Zweifellos werde ich immer an dich zurückdenken.«

Sie spürte wieder den Klumpen in ihrem Hals. »Du solltest glücklich sein, Brenna«, schalt sie sich. »Jetzt bist du frei.«

An der Küste gab es wenig Wild, und fischen konnte sie nicht. Der Süden, nach dem es sie am meisten zog, war durch den Fjord abgeschnitten. Am liebsten wäre sie nach Osten geritten, aber dort würde Garrick sie suchen, denn auf die Idee, daß sie nach Norden reiten würde, wo noch kältere Winde wehten als hier, käme er nie. Also ritt sie nach Norden.

»Ob wir hier wohl bis zum Frühling überleben, Hund? Bis dahin habe ich viele Pelze, und wir können uns näher am Wasser niederlassen. Dann erkaufen wir uns eine Überfahrt nach Hause – oder doch zumindest fort von deiner Heimat. Was hältst du davon?«

Der Hund sah sie feierlich an.

»Ich glaube, das packen wir schon. Oder wir sterben bei dem Versuch. Wir haben keine andere Wahl.«

»Wo ist Brenna?« knurrte Garrick. »Wenn sie sich einbildet, sie könnte spinnen wegen heute morgen, soll sie die Peitsche kennenlernen.«

Maudya erbleichte vor seinem Zorn. »Ich wollte Euch eben suchen, Master Garrick. Sie ist noch nicht zurück. Sie war den ganzen Nachmittag fort, und ich fürchte...«

»Wo ist sie?« unterbrach er sie. Seine Augen verengten sich.

Maudya war völlig durcheinander und fing an zu weinen. »Sie hat gesagt, daß sie ausreitet, um ihren Schmerz zu lindern, weil Ihr sie heute morgen gar so arg gezüchtigt habt.«

»Hat sie dir das gesagt?«

»Ich sollte es Euch nicht sagen. Ich sollte nur sagen, daß sie eine Zeitlang ausreitet und bald zurückkommt. Sie ist aber nicht da, und ich fürchte, daß ihr etwas zugestoßen ist.«

»Was sollte ihr zugestoßen sein?«

»Während Ihr fort wart, haben die Borgsens einen Hund abgeschlachtet, und einige von uns haben das Gefühl, daß sie es langsam müde werden, Tiere umzubringen, und daß als nächstes die Sklaven an der Reihe sind.«

»Was ist los, Garrick?« fragte Anselm, der hinzugekommen war.

Garrick stellte sich mit gerunzelter Stirn neben sie. »Das Mäd-

chen sagt, daß Brenna seit heute morgen verschwunden ist –
zweifellos mit dem Pferd, das du ihr geschenkt hast.«

»Sie freut sich also über das Geschenk?«

»Natürlich freut sie sich. Genug, um nicht wiederzukehren.
Maudya glaubt, daß die Borgsens ihr etwas angetan haben könnten.«

»Nein, dazu kenne ich Latham Borgsen zu gut. Das täte er nie.
Darauf setze ich mein eigenes Leben.«

»Ich bin deiner Meinung, aber das kann nur heißen, daß Brenna
durchgebrannt ist«, sagte Garrick verbittert. »Erst gibst du sie mir,
dann gibst du ihr das geeignete Fluchtmittel.«

»Du kannst mir nicht die Schuld in die Schuhe schieben, Garrick«, sagte Anselm zornig. »Du vergißt, daß ich heute morgen in
der Halle war. Ich weiß nicht, was du zu dem Mädchen gesagt hast,
aber dein Tonfall war unverkennbar. Du warst meines Erachtens
viel zu grob.«

Garrick starrte seinen Vater wutentbrannt an. »Du hast selbst
gesehen, wie sie angezogen war! Fast nackt ist sie in die Halle
gekommen. Und ich wette, das war Absicht. Sie ist die Verführerin,
als die ihre Schwester sie darstellt. Sie will jeden Mann in sich
vernarrt machen.«

»Ich habe nichts von alldem gesehen, sondern nur die Sorge um
dich, die in ihren Augen stand. Und wie heißt du sie willkommen?
Mit nichts als Zorn. Du mußt noch viel lernen, was Frauen betrifft,
mein Sohn. Es ist kein Wunder, daß sie vor dir davongelaufen ist.«

Bei den Worten seines Vaters fuhr Garrick zusammen. »Man
könnte fast meinen, das Mädchen sei dir wichtiger als ich. Ist dem
so?«

»Nein, aber ich verstehe sie besser als du.«

»Das bezweifle ich nicht im geringsten, denn ich verstehe sie
überhaupt nicht.«

Anselm lachte glucksend in sich hinein. »Ich werde dir helfen,
sie wiederzufinden.«

»Nein, das mache ich ganz allein«, entgegnete Garrick unerbittlich. »Ich werde ihr eine Lektion erteilen, die sie so schnell nicht
vergißt.«

»Garrick!«

»Halt dich aus dieser Sache raus, Vater. Seit du mir Brenna
gegeben hast, kannst du deine Hände in Unschuld waschen.«

Anselm seufzte und sah Garrick nach. Heute morgen hatte es
ihn belustigt, daß Garrick Anstoß an Bayards scherzhafter Bemer-

kung über Brenna genommen hatte. Bayard hatte gesagt, daß Brenna zu schnell von einer Wildkatze zum schnurrenden Kätzchen geworden sei und daß dies nur eine List sein könne. Offensichtlich hatte Garrick gegen diese Möglichkeit selbst dann etwas gehabt, wenn sie nur im Spaß geäußert worden war.

Garricks Reaktion hatte Anselm in seiner Auffassung bestätigt, daß Garrick sich wirklich etwas aus dem Mädchen machte. Erst gestern hatte er vor allen anderen gesagt, daß er sie mit keinem teilen wolle. Und jetzt das? Würden diese beiden jungen Menschen denn ewig miteinander im Streit liegen?

26

Brenna hatte noch keine wirklichen Schwierigkeiten gehabt. Es gab jede Menge Wild, und sie hatte eine Quelle gefunden, an der sie ihre Wasservorräte auffrischen konnte. Nur der eisige Wind machte ihr zu schaffen, weil sie selbst am Feuer fröstelte.

Vier Tage waren vergangen, seit sie Garrick verlassen hatte. Nach drei Tagen hatte ihr ein Fjord den Weg blockiert, und sie hatte sich gezwungen gesehen, schließlich doch noch nach Osten zu reiten, aber sie glaubte nicht, daß das jetzt noch eine Rolle spielte. Garrick würde sie niemals finden.

Sie würde noch zwei Tage weiterreiten und sich dann an einem geschützten Platz eine Hütte bauen, in der sie überwintern konnte.

Alles schien so einfach zu sein, daß sie sich beim Einschlafen fragte, warum sie Garrick nicht schon vor Monaten verlassen hatte. Garrick stieß mitten in der Nacht auf ihr Lager, aber er war so erschöpft, daß er nur noch eine leichte Befriedigung über das Ende seiner Suche verspürte. Sein Hengst stand kurz vor dem Zusammenbruch, weil er nur zweimal angehalten hatte und einen Tag damit verschwendet hatte, die Hügel im Osten zu durchsuchen.

Er hatte erwartet, Brenna halb verhungert und halb erfroren vorzufinden und war erleichtert, daß sie wohlauf zu sein schien. Ganz so zufrieden hätte sie seines Erachtens nicht aussehen müssen.

Garrick stieg ab, band sein Pferd an und legte sich, ohne sie zu wecken, neben Brenna ans Feuer. Morgen ist auch noch ein Tag, dachte er und schlief ein.

Brenna fühlte sich durch ein Gewicht auf ihrer Brust in ihrer Bewegungsfreiheit eingeschränkt. Als sie erwachte, merkte sie, daß dies kein Traum gewesen war. Sie riß die Augen auf und sah, daß ein Arm um sie geschlungen war. Sie unterdrückte einen Aufschrei und wandte sich langsam und ängstlich um. Fast hätte sie doch aufgeschrien. Das dürfte nicht wahr sein, das hielt ja kein Mensch aus!

»Du!« kreischte sie, schleuderte seinen Arm von sich und sprang auf die Füße.

Garrick wachte erschreckt auf und griff instinktiv nach dem Heft seines Schwertes. Brenna stand mit gespreizten Beinen und in die Hüften gestützten Armen vor ihm; ihre dunklen Augen loderten vor Zorn.

»Bist du endlich wach?«

»Wie hast du mich gefunden?« fragte sie. Ihr Körper bebte nahezu vor Wut.

Er ignorierte sie, warf seinen schweren Umhang ab und klopfte sich den Staub aus den Kleidern. Dann sagte er, ohne auf ihre Frage einzugehen: »Du hast meine Meinung über das weibliche Geschlecht wirkungsvoll bekräftigt. Keiner einzigen von euch kann man trauen.«

»Mit deinen Urteilen bist du zu schnell bei der Hand. Ich habe nie gesagt, daß ich bei dir bleibe. Wenn ich das gesagt hätte, wäre ich nicht weggelaufen. Jetzt sag mir, wie du mich gefunden hast!«

»Du vergißt, daß ich Jäger bin, Brenna«, sagte er erstaunlich ruhig. »Was ich mache, mache ich gut. Kein Tier«, sagte er, und sein Blick verfinsterte sich, »und auch kein ausreißender Sklave kann mir entkommen.«

»Aber ich habe meine Spuren verwischt! Du müßtest südlich von hier sein. Was hat dich nach Norden geführt?«

»Ich gebe zu, daß ich einen Tag in den Bergen verloren habe, aber als ich kein Zeichen von dir gefunden habe, bin ich umgekehrt.« Er warf dem Hund einen so bitterbösen Blick zu, daß dieser schuldbewußt den Kopf hängenließ. »Nachdem ich diesen verräterischen Köter nirgends gefunden habe, wußte ich, daß er bei dir ist. Es ist dir gelungen, die Fährte der Stute zu verwischen, aber du hast nicht an den Hund gedacht.«

Brenna hätte heulen können. Daß ihr ein solcher Fehler unterlief! Garrick war offensichtlich wütend auf den Hund, und sie wollte keinesfalls, daß das Tier ihretwegen zu leiden hatte.

»Du darfst ihm nicht böse sein. Ich habe ihn fortgelockt«, log sie, »damit er dir nicht helfen konnte, mich zu finden.«

Garrick lachte auf. »Und doch war es der Hund, der mich zu dir geführt hat.«

Sie sah ihn trotzig an. »Was nun, Wikinger?«

»Jetzt bringe ich dich nach Hause.«

»Um mich zu bestrafen?«

»Ich habe dich gewarnt. Hast du etwa geglaubt, du könntest auf meine Nachsicht rechnen, nur, weil du mir gelegentlich das Bett gewärmt hast?«

Wieder spürte sie den Klumpen in ihrem Hals. »Nein, das habe ich nicht von dir erwartet«, sagte sie leise. Ihre Unterlippe bebte leicht. »Ich habe geglaubt, du würdest mich nicht finden. Sind deine Nachbarn auch alle auf der Suche nach mir?«

»Ich bin dir allein nachgeritten«, sagte er freundlicher. Er flüsterte fast.

»Nun gut, ich werde nicht mitkommen und mich deiner Strafe stellen«, erwiderte sie mit täuschend ruhiger Stimme.

Er zuckte mit den Schultern und hob seinen Umhang auf. »Es wird dir wohl kaum etwas anderes übrigbleiben.«

»Du irrst dich.«

Innerlich zögernd, aber mit einer schnellen Bewegung warf sie ihren Umhang von sich und legte ihre Hand auf das Heft ihres Schwertes.

»Es bleibt mir etwas anderes übrig.«

Er sah sie fassungslos an. »Woher hast du diese Waffen?«

»Ich habe sie gestohlen.«

»Wer hat dir dabei geholfen?«

»Niemand«, log sie. »Ich habe Erin die Schlüssel weggenomen, während er schlief, und sie wieder an ihren Platz getan.«

»Und diese Kleider, sind das deine? Gewiß doch«, höhnte er. »Sie passen dir ausgezeichnet. Kein verführerisches Kleid, aber ebenso verlockend.«

»Hör auf!« schrie sie, als sie merkte, wie der Zorn in seinen Augen sich mit Verlangen mischte.

»Du willst also wieder den Mann spielen, Brenna«, sagte er versonnen. In seiner Stimme schwang Belustigung mit. »Willst du um deine Freiheit kämpfen?«

»Laß mich gehen. Dann brauchen wir nicht zu kämpfen.«

»Nein«, grinste er und zog sein Schwert. »Ich nehme die Herausforderung an.«

Brenna stöhnte auf und zog ihr Schwert, als Garrick auf sie zukam. Ihr Herz war nicht bei dem bevorstehenden Kampf. Sie war

168

nicht mehr zornig, sondern bedauerte nur noch, daß es soweit gekommen war.

Er ging sofort zum Angriff über und versuchte, ihr das Schwert aus den Händen zu schlagen, aber Brenna wich seitlich aus. Seine Seite war nicht gedeckt, aber sie konnte nicht zustoßen. Wieder griff er an. Er war geschickt im Umgang mit dem Schwert, und er hatte Kraft, aber war ihr weder an Erfahrung noch an Listenreichtum gewachsen. Aber das half ihr nichts. Sie brachte es nicht über sich, ihm nach dem Leben zu trachten, obwohl er ihr viele Gelegenheiten dazu bot, während er versuchte, sie zu entwaffnen.

Allein der Gedanke, ihn zu töten, Garrick tot zu sehen, machte sie krank. Auch sie wollte ihn nur entwaffnen, um dann weiterzuziehen.

Brenna sollte keine Gelegenheit dazu bekommen, denn in dem Moment tauchte ein gewaltiger Bär, größer als alle Bären, die sie je gesehen hatte, direkt hinter Garrick auf. Sie schrie auf, aber es war zu spät. Der Bär hatte sie in einem so ungünstigen Augenblick überrascht, daß er nur noch wenige Zentimeter von Garrick entfernt war, als dieser sich umdrehte, um zu sehen, was Brenna so erschreckt hatte. Mit einem gezielten Hieb seiner Pranke riß er Garrick die Seite auf. Garrick fiel mit seinem Kopf gegen einen Baumstamm und bewegte sich nicht mehr.

Brenna sah ungläubig zu, als der Bär mit Siegesgebrüll auf Garrick losging. Dann schrie sie auf und ging in blinder Raserei auf den Bären los. Sie hob ihr Schwert mit beiden Händen über den Kopf und stach es dem Bären mit aller Kraft in den Rücken. Aber das Tier fiel nicht um. Es taumelte noch nicht einmal. Statt dessen wirbelte der Bär blutrünstig zu Brenna herum, die aschfahl wurde. Eine solche Angst hatte sie in ihrem ganzen Leben noch nicht gehabt.

Ihr Degen war unbrauchbar. In heller Panik rannte sie zu Willow und holte die Armbrust aus dem Sack. Der Bär näherte sich ihr zu schnell. Sie rannte nach links, nur fort von den Pferden, und spannte beim Laufen die Armbrust. Dann kauerte sie sich hin und zielte. Der Pfeil durchbohrte die Kehle des Bären; nach einigen qualvollen Sekunden fiel er zu Boden.

Brenna war so erleichtert, daß sie auf die Knie fiel, um dem Himmel zu danken. Obwohl ihr ganzer Körper zitterte, ging sie auf wackligen Beinen zu Garrick herüber und hielt so lange ihren Atem an, bis sie wußte, daß er am Leben war. Seine Schulter blutete, aber sein Schädel war nicht gebrochen.

Brenna ging zu den Pferden zurück, riß einen Streifen von Willows Decke ab, tränkte ihn mit Wasser und kehrte zu Garrick zurück. Sie feuchtete sein Gesicht an und wischte dann das Blut von seiner Schulter.

Er stöhnte und faßte sich an den Hinterkopf. Dann sah er Brenna wachsam an. »Stehst du deinen Feinden immer bei?«

Sie ignorierte seine Frage und untersuchte seine Wunden. »Tut es weh?«

»Nein, alles taub. Ist der Bär fortgelaufen?«

Brenna schüttelte den Kopf. »Ich mußte ihn töten.«

Garrick riß die Augen auf. »Das Vieh hat dich angegriffen?«

»Nein, dich hat er gewollt«, sagte Brenna ruhig und ohne ihm in die Augen zu schauen.

Garrick nahm die Neuigkeiten mißvergnügt auf. »Erst versuchst du, mich zu töten, dann rettest du mir das Leben. Warum tust du das?«

»Wenn ich versucht hätte, dich zu töten, Garrick, dann wärest du jetzt tot. Ich konnte es nicht.«

»Warum nicht?« fragte er barsch, während sie seine Schulter verband. »Du hättest deine Freiheit erlangt.«

Brenna sah Garrick in die Augen. »Ich weiß nicht, warum. Nichts in mir wollte deinen Tod verursachen.«

Er packte ihr Handgelenk und zog sie an sich, um ihr dabei schnell den Degen aus dem Gürtel zu ziehen. »Für den Fall, daß du Hintergedanken haben solltest, behalte ich das lieber.«

Schweigend zog er sie hinter sich her. Er erkannte in dem Bären das Tier, das er vor wenigen Tagen aus seinem Schlummer geweckt hatte.

»Ich scheine dich unterschätzt zu haben, Brenna«, sagte er mürrisch, nachdem er den Kadaver untersucht hatte. »Du bist wirklich so gut, wie du behauptet hast.« Er sah sie fest an. »Es ist jammerschade, daß ich dir nicht trauen kann.«

»Wenn du meine Loyalität hättest, Wikinger, dann könntest du mir trauen«, sagte sie fast bitter.

Er runzelte fragen die Stirn. »Würdest du mir deine Loyalität geben?« Dann zog er sie an sich und packte sie so fest an den Schultern, daß es sie schmerzte. »Was willst du von mir, Brenna?«

»Die Freiheit!«

Er schüttelte erbost den Kopf. »Eine freie Frau hat viele Rechte, darunter auch das, einen Liebhaber abzulehnen.«

»Darf eine freie Frau nicht vergewaltigt werden?«

»Nein.«

Brenna zuckte zusammen. »Das ist alles, was dich interessiert – mich zu vergewaltigen! Warum ist es so wichtig für dich, mich und nicht eine andere zu haben? Du machst dir nichts aus mir als Frau. Meine Gefühle interessieren dich nicht. Das hast du schon oft bewiesen. Warum also muß ich es sein?«

»Dein Körper verschafft mir äußerstes Vergnügen, Brenna. Ich genieße es, dich nehmen zu können, wann ich will.«

»Vielleicht wäre es genug, wenn du gutherzig wärst, Garrick«, sagte sie ruhig. »Aber du bist oft hart und grausam.«

Auf Garricks Gesicht trat ein erschreckender Ausdruck. Er riß sie brutal an sich.

»Du hast es aber mit mir zu tun. Gib mir dein Wort, daß du mir nicht wieder davonläufst.«

»Du kannst mein Wort nicht erzwingen, Garrick, denn wenn du das tust, habe ich es nicht aus freiem Willen gegeben und werde es auch nicht ehren.«

»Dann hast du dein Schicksal selbst besiegelt«, sagte er.

Er zog sie zu den Pferden und setzte sie auf Willow. Sie wartete gehorsam, bis er ihre Umhänge und Waffen aufgesammelt hatte.

Dann stieg Garrick auf und nahm ihre Zügel in die Hand. Welches Schicksal hatte sie mit ihrer Zähigkeit und ihrem Stolz über sich selbst verhängt? Brenna zitterte. Sie würde es noch früh genug erfahren.

27

Das mächtige Steinhaus tauchte vor ihnen auf. Es war in das sanfte Blau des Nordlichts getaucht. Als sie sich dem Stall näherten, war die Nacht schon hereingebrochen. Auf Erins verwittertem, altem Gesicht stand Freude und Erleichterung.

Väterlich besorgt sagte er zu Brenna: »Schäm dich, Kleines, einfach so von uns davonzulaufen!« Seine Stimme klang mürrisch, aber seine Augen leuchteten vor Wiedersehensfreude.

»Ich bin nicht vor dir davongelaufen, Erin, sondern vor ihm«, erwiderte Brenna, ohne auf Garricks Anwesenheit Rücksicht zu nehmen.

»Du hast mir jedenfalls einen gewaltigen Schrecken eingejagt«, fuhr Erin fort. »Du hättest wenigstens bis zum Frühling warten können, damit du nicht gleich erfrierst.«

»Schluß jetzt, Erin!« befahl Garrick und packte Brenna grob am Arm.

Sie kam nicht mehr dazu, sich von Erin zu verabschieden, als Garrick sie fortzog. Er ging mit ihr auf das Haus zu und wandte sich am Hintereingang nach rechts. Brenna blieb stehen.

»Wohin bringst du mich?«

Er zog sie weiter, ohne zu antworten. Brenna stemmte sich dagegen, was es noch schwieriger für ihn machte. Sie wußte, wohin er sie brachte, aber sie konnte es einfach nicht fassen.

An der Seite des Hauses befand sich eine kleine Holztür, die zum Fjord wies. Garrick riß die Tür auf. In der Tür war ein kleines Eisengitter eingelassen. Durch die Nähe des Fjordes war der Raum so dunkel und feucht wie eine Tropfsteinhöhle.

Garrick trat zur Seite. »Dein Quartier.«

Mit Entsetzen in den Augen sah sie zu ihm auf. »Du willst mich wirklich hier einsperren?«

»Die meisten Strafen, die auf Davonlaufen stehen, sind schlimmer«, sagte er mit Ungeduld in der Stimme.

»Wie kannst du mir das antun, nachdem ich dir das Leben gerettet habe? Bedeutet dir das nichts?«

»Doch, ich bin dir dafür dankbar.«

»Das zeigst du auf bewundernswerte Weise, Wikinger«, sagte Brenna sarkastisch.

Er seufzte. »Wenn ich nichts gegen dich unternehme, Brenna, ist das gleichbedeutend mit einer Einladung an alle anderen Sklaven, ebenfalls davonzulaufen. Das kann ich nicht zulassen.«

Sie wollte ihn um nichts bitten. »Wie lange muß ich hier bleiben?«

»Drei oder vier Tage – bis du deine Lektion gelernt hast.«

Sie warf ihm einen abfälligen Blick zu. »Glaubst du im Ernst, daß du mir auf *diese* Weise etwas beibringen kannst, Wikinger? Du irrst dich. Hier wird mein Haß wachsen, und ich werde nur noch entschlossener sein, zu fliehen.«

Er riß sie an sich und preßte seine Lippen besitzergreifend auf ihren Mund. Sie erwiderte seinen Kuß verächtlich. Er würde noch bedauern, ihr dies angetan zuhaben. Er mußte es bereuen, und sie würde ihn dazu bringen.

»Du mußt nicht hier bleiben, Brenna«, flüsterte er in ihren Nacken, »wenn du mir dein Wort gibst, mich nicht wieder zu verlassen.«

Sie schlang ihre Arme um seinen Hals und sagte herausfordernd: »Dann könnten doch die anderen Sklaven glauben, daß ich etwas Besonderes bin.«

»Du bist etwas Besonderes.«

»Etwas Besonderes, und doch kannst du mich in dieser kalten Zelle einschließen.«

»Schwörst du es, Brenna?«

Sie küßte ihn flüchtig auf die Lippen, ehe sie ihn von sich stieß. »Der Teufel soll dich holen, Wikinger. Ich bin nicht bereit, dein Spielzeug zu sein.«

Mit erhobenem Kopf spazierte sie in die dunkle Zelle. Sie biß die Zähne zusammen, als er die Tür hinter ihr schloß. Augenblicklich fing sie an zu zittern. Fast hätte sie aufgeschrien und ihn zurückgerufen, aber dann hielt sie sich die Hand vor den Mund. Sie wollte ihn nicht darum bitten, sie freizulassen.

Es war kalt. Es war sogar Frost. Zum Glück hatte sie ihren Umhang und ihre warme Reitkleidung an. Eine alte Wolldecke lag auf einer schmalen Bank, dem einzigen Möbelstück. Aber es gab kein Feuer, und das Gitter in der Tür ließ die eisige Kälte herein.

Sie hatte auch nichts zu essen. Plötzlich überfiel sie Heißhunger, obwohl Garrick und sie erst vor wenigen Stunden ein Stück Wildbret zu sich genommen hatten. Er würde zurückkommen. Er konnte sie unmöglich hier erfrieren lassen.

Sie setzte sich auf die Bank und legte sich die Decke über die Beine. Während der ersten drei Tage, die sie gemächlich neben Garrick hergeritten war, hatte er geschwiegen. Aber in den letzten zwei Tagen hatte seine Stimmung sich aufgeheitert, und sie hatte schon geglaubt, er würde ihr nach der Heimkehr nichts tun. Sie konnte immer noch nicht glauben, daß er sie hier lassen würde.

Eine Stunde verging, dann noch eine. Die blauen Nebel verschwanden vom Himmel und ließen nichts zurück als eine deprimierende schwarze Düsterkeit. Brenna zitterte und spürte die ersten Anzeichen eines nahenden Fiebers. Eine Weile später wurde ihr heiß, und sie warf den Umhang sowie ihre Arm- und Beinkleider auf den Boden.

Er würde nicht wiederkommen. Sie hatte schon wieder diesen entsetzlichen Klumpen im Hals und Tränen in den Augen. Nach alles, was sie gemeinsam getan hatten, sogar jetzt, nachdem sie ihm das Leben gerettet hatte, konnte er sie so gnadenlos hier einsperren. Sie würde erfrieren und sterben. Dann würde es ihm leid tun. Eine schöne Rache, in deren Früchten sie noch nicht einmal schwelgen konnte...

Sie fing wieder an zu zittern und legte sich auf die harte Bank. Sie nickte immer wieder kurz ein und erwachte jeweils nur, um abwechselnd ihren Umhang und die Decke von sich zu werfen oder beides wieder über sich zu ziehen.

Ich bin krank, und er weiß es noch nicht einmal, dachte sie im Halbschlaf. Ich hätte es ihm sagen sollen. Aber für ihn hätte das keinen Unterschied gemacht. Er ist ein Tier. Ihm ist alles gleich. Sie drehte sich um. Ihre Augen waren blind vor Tränen. »Das wird dir noch leid tun, Garrick, leid... leid...«, flüsterte sie.

28

Garrick wälzte sich von einer Seite auf die andere und schlug mit der flachen Hand auf sein Kopfkissen. Er konnte beim besten Willen nicht schlafen. Er verzehrte sich vor Selbstanklagen.

Schließlich hielt er es nicht mehr aus. Er sprang aus dem Bett und warf sich seinen Umgang um. Er zündete eine Fackel an und stand Sekunden später vor der kleinen Zelle und kramte seinen Schlüssel hervor, um sie aufzuschließen.

Die Tür ging knarrend auf, dann richtete er sich auf und steckte die Fackel in einen an der Wand angebrachten Halter, ehe er sich Brenna näherte. Sie war auf dem Fußboden vor der Bank eingeschlafen und hatte sich zusammengerollt wie ein Embryo. Sie war bar jeder Zudecke, selbst ihren Samtmantel hatte sie ausgezogen.

Garrick knirschte vor Zorn mit den Zähnen. Diese kleine Närrin! Ohne Decke konnte sie sich den Tod holen bei diesem Wetter. Zweifellos war das ihre Absicht.

Er kniete neben ihr nieder und versuchte, sie unsanft wachzurütteln, aber er hörte auf, als er die Hitze spürte, die sogar durch ihre samtene Tunika drang. Er legte ihr die Hand aufs Gesicht und holte tief Atem. Sie war glühend heiß vor Fieber.

»Mein Gott, Brenna, was hast du nur getan?«

Sie öffnete die Augen und sah ihn verwirrt an. »Warum sprichst du mit meinem Gott? Dein heidnischer Gott wird dir zürnen.«

»Spielt es denn eine Rolle, an welchen Gott ich mich wende?« fragte er wütend. »Das ist doch alles ein und dasselbe, glaube ich. Aber ich frage sie und dich, warum du versucht hast, dich zu töten?«

»Ich bin nicht tot«, sagte sie flüsternd, ehe sie ihre Augen schloß und wieder einschlief.

Garrick wurde aschfahl. »Das bist du aber bald, wenn du nichts dagegen tust, Brenna. Wach auf!«

Als sie sich nicht von der Stelle rührte, hob er sie hoch und trug sie eilig auf seinen Armen ins Haus. In seinem Zimmer legte er sie aufs Bett und deckte sie mit dem warmen Hermelin zu. Er zündete ein Feuer an und kam wieder zu ihr.

»Brenna, Brenna!«

Sie wollte nicht wach werden. Er schüttelte sie an der Schulter, aber sie öffnete nicht einmal die Augen. Er geriet langsam in Panik. Mit Fieber kannte er sich nicht aus. Man mußte Yarmille rufen. Sie wußte mit Kräuter und Tränken Bescheid. Sie hatte Hugh geheilt, als er klein war und ein Fieber in ihm gewütet hatte. Garrick ging aus dem Zimmer. Er weckte Erin und sagte ihm, er soll die Frauen zu Brenna schicken. Dann ritt er selbst zu Yarmille, um sie zu holen. Nach einer knappen Stunde kamen sie zurück, und Yarmille schloß sich mit Brenna in dem Zimmer ein und verwehrte allen anderen den Zutritt.

Garrick ging ruhelos vor dem Feuer in der Halle auf und ab. Maudya trat schweigend ein und brachte ihm etwas zu essen und zu trinken, aber er rührte es nicht an.

Erin saß am Tisch und beobachtete seinen jungen Herrn bestürzt. »Das Mädchen ist zäh«, sagte er ermutigend. »Ich habe schon viele Fieber miterlebt. Man muß sie nur kühlen, wenn sie heiß sind und wärmen, wenn sie kalt sind.«

Garrick sah ihn so versteinert an, als hätte er kein einziges Wort von dem vernommen, was der alte Mann gesagt hatte. Er ging wieder auf und ab, ohne sich etwas daraus zu machen, daß ihm der Schlaf fehlen würde. Die Stunden vergingen, und der Tag wurde wieder zur Nacht.

Yarmille trat in die Halle. Sie sah übermüdet und abgehärmt aus. Garrick hielt den Atem an, als sie ihn einen langen Moment lang wortlos ansah.

Schließlich konnte Garrick die Ungewißheit nicht mehr ertragen. »Ist das Fieber vergangen?«

Yarmille schüttelte langsam den Kopf. »Es tut mir leid, Garrick. Ich habe alles versucht, was in meiner Macht steht.«

Er kam auf sie zu. »Was sagst du da? Daß es nicht besser geworden ist?«

»Vorübergehend. Das Fieber ist gesunken. Sie hat meine Tränke und ein wenig Fleischbrühe zu sich genommen. Aber dann ist das Fieber wiedergekommen, und sie hat alles, was ich ihr vorgesetzt habe, wieder von sich gegeben. Sie kann nichts bei sich behalten, und es geht ihr jetzt schlechter als vorher.«

»Du mußt doch etwas tun können!«

»Ich werde ein Opfer für sie bringen«, schlug Yarmille vor. »Das ist das einzige, was ich noch tun kann. Wenn es den Göttern gefällt, mögen sie ihr Leben schonen.«

Garrick erbleichte und raste die Treppe herauf. Erin, der den ganzen Tag mit Garrick verbracht hatte, stand vom Tisch auf. Tränen schimmerten in seinen Augen.

»Ist das Mädchen wirklich so krank?« fragte er.

Yarmille sah ihn verächtlich an und sagte herablassend: »Ja. Die Götter werden ihr auch nicht mehr helfen. Warum sollten sie auch? Sie wird noch vor Tagesanbruch sterben.«

Mit diesen Worten verließ Yarmille die Halle, um nach Hause zu gehen. Als sie draußen war, trat ein zufriedenes Lächeln auf ihre Lippen. Sie würde ein Opfer bringen, aber nur, um sicherzugehen, daß das Mädchen auch starb. Sie zweifelte daran, daß sie dazu noch der Hilfe der Götter bedurfte. Mit Yarmilles Tränken und der geöffneten Balkontür war ihr der Tod so gut wie sicher.

Wenn sie eher gewußt hätte, welche Bedrohung das Mädchen darstellte, hätte sie sie loswerden können, ehe Garrick sie auch nur zu Gesicht bekommen hatte. Sie war sicher gewesen, daß Garrick das Mädchen nicht nehmen würde, daß er sie ebenso verachten und meiden würde wie alle anderen. Aber, wenn man Zeit hat, kommt alles ganz von selbst – und sie brauchte nicht mehr viel Zeit...

Erin trat in Garricks Zimmer und fand ihn vor dem Bett vor, einen geschlagenen Mann. Im Ofen brannte ein Feuer, aber der ganze Raum wirkte entsetzlich kalt.

»Wenn ich noch einmal von vorne anfangen könnte, wäre alles anders, Brenna«, sagte Garrick mit leerer Stimme. »Das werde ich mir nie verzeihen.«

Erin stellte sich neben ihn. Sein Gesicht war vom Kummer gezeichnet. »Sie hört dich nicht.«

»Als ich in das Zimmer gekommen bin, hat sie gesprochen«, sagte Garrick zu ihm. »Wie ein kleines Kind.«

»Ja, sie lebt zweifellos ihre Vergangenheit noch einmal. Ich kenne diesen Tiefschlaf, in dem die Teufel den Geist übel zurichten. Für manche ist es nicht so schlimm; für andere kann es die Hölle auf Erden sein, und dann sehnen sie sich nur noch nach dem Tod.«

»Sie darf nicht sterben!«

»Also liebst du das Mädchen, Garrick?«

»Liebe? Liebe ist für die Narren da!« antwortete er hitzig. »Ich werde nie mehr lieben.«

»Was spielt es dann für eine Rolle, wenn das Mädchen stirbt, wenn sie ohnehin nur eine unter vielen Sklavinnen für dich ist?« fragte Erin.

»Es spielt eine Rolle«, sagte Garrick eindringlich. Dann wich der letzte Rest an Zorn von ihm. »Außerdem ist sie zu stur zum Sterben.«

»Ich bete, daß du recht hast, Kumpel. Was mich betrifft – ich gebe keinen Pfifferling auf Yarmilles Meinung. Mit Gottes Hilfe besteht immer eine Chance.«

Brenna saß auf dem Schoß ihres Vaters und hielt ihr neues Schwert, das mit funkelnden Edelsteinen besetzt war, fest mit ihrer winzigen Hand umklammert. »Habe ich mich bedankt, Vater? Oh, ich kann dir nur immer wieder danken. Ein eigenes Schwert, für mich gemacht! Ein schöneres Geschenk hätte ich mir nicht ausmalen können!«

»Auch kein schönes Kleid oder ein hübsches Schmuckstück? Deine Mutter hat solche Sachen geliebt.«

Brenna schnitt eine Grimasse. »Das ist etwas für Mädchen. Mädchen sind albern und weinen. Ich weine nie!«

Alane steckte Brenna in ein dampfendes Bad. Das Wasser war brühend heiß. Der Dampf hing über dem ganzen Raum und bildete einen weißen Nebel, durch den hindurch Alane nicht mehr zu sehen war.

»Was würde dein Vater sagen, wenn er wüßte, wie du mit den Knaben aus dem Dorf kämpfst – und das auch noch im Schlamm!«

»Vater wäre stolz auf mich. Ich habe doch gewonnen. Ian hat ein blaues Auge und Doyle eine dicke Lippe.«

»Die lassen dich nur gewinnen, weil du Lord Angus' Tochter bist.«

»Ich bin aber nicht seine Tochter. Nein, das bin ich nicht! Ich habe fair gewonnen. Jetzt laß mich aus diesem Bad heraus, ehe ich mich verbrühe!«

»Du mußt wieder hübsch und sauber werden, Lady Brenna.«

»Aber das Wasser ist zu heiß. Warum muß es gleich so heiß sein?«

Das Gesicht von Brennas Stiefmutter tauchte aus dem nebligen

Dampf auf. »Brenna, du machst deinem Vater Schande. Wann wirst du endlich lernen, eine Dame zu sein?«

»Du hast mir gar nichts zu sagen. Du bist nicht meine Mutter!«

Alane tauchte neben ihr auf. »Sie ist jetzt deine Mutter, Brenna.«

»Nein, nein, ich hasse diese Witwe, Alane, und ihre Tochter auch. Warum mußte Vater sie nur heiraten? Cordella hänselt mich immer, und die Witwe ist eine Hexe.«

»Du mußt ihnen Respekt entgegenbringen.«

»Warum denn? Sie hassen mich doch auch. Sie sind beide eifersüchtig auf mich.«

»Vielleicht haben sie kein gutes Herz, Mädchen, aber du hast es. Du mußt sie hier willkommen heißen.«

Brenna fühlte sich gehörig zurechtgewiesen. »Wenn es sein muß, dann muß es eben sein, aber ich tue es ungern.«

Der Schnee fiel so lange, bis das ganze Land unter einer weißen Decke lag. Brenna rannte rutschend und schlitternd über den zugefrorenen See. Sie winkte Cordella zu, die in einem silbernen Mantel an einem Baum lehnte; ihr rotes Haar setzte sich wie eine Flamme gegen den Schnee ab.

»Schäm dich, Brenna. Eine junge Frau in deinem Alter kann sich doch nicht gebärden wie ein Kind. Was tust du, wenn das Eis bricht und du ins Wasser fällst?«

Mit betäubendem Lärm zersprang das Eis, und Brenna purzelte in das eisige schwarze Wasser, wie Cordella es vorhergesagt hatte. Sie zitterte am ganzen Körper. Ihre Hände waren taub vor Kälte, und sie konnte nicht auf die feste Eisdecke zurückkriechen.

»Hilf mir, Cordella, ich erfriere!«

»Habe ich dir nicht gesagt, daß du hineinfällst?«

»Della, hilf mir bitte raus. Das Wasser ist so kalt. Es tut weh, es tut entsetzlich weh.«

»Es wird auch weh tun, wenn dein Gemahl dich zum erstenmal nimmt. Dann weißt du erst, was wahrer Schmerz ist.«

»Im Dorf habe ich einen Paarungsakt beobachtet. Es war nicht so erschreckend, wie du mir immer einreden willst, Della.«

»Warte nur ab. Bald kommt dein zukünftiger Gemahl und holt dich ab. Dann wirst du wahrhaftig leiden.«

»Ich heirate keinen Wikinger. Ich heirate gar nicht. Habe ich nicht schon zwei Dutzend reiche Freier verschmäht?«

»Du wirst heiraten, Brenna. Dein Vater hat sein Wort gegeben.«

Linnet war weit fort. Sie kam langsam aus dem Dunkel auf Brenna zu. Endlich stand sie vor ihr. Ihr Gesicht war müde und traurig, als sie Brenna aus dem eiskalten Wasser zog und ihr eine Decke nach der anderen um die Schultern wickelte, bis das Mädchen glaubte, vor Wärme zu ersticken.

»Angus ist tot, Brenna.«

»Nein!« schrie Brenna gequält. »Mein Vater kann nicht sterben. Das ist nicht wahr!«

Das ganze Dorf weinte. Angus wurde zur letzten Ruhe geleitet. Die Sonne stand noch nicht am Himmel, aber es schien entsetzlich heiß für diese frühe Stunde zu sein.

»Die Wikinger kommen, Lady Brenna.«

»Wyndham! Ist das die Art Eurer Landsleute, eine Braut zu begrüßen? Indem sie angreifen und töten? Nein, Alane! Du darfst nicht auch noch sterben? Ich kann dir nicht helfen, Tante Linnet. Er hat mein Schwert entzweigeschlagen. Ich kann keinem von euch mehr helfen. Ich werde ihn für das, was er meinem Volk angetan hat, töten, das schwöre ich!«

»Ich bin Heloise, Anselms Frau. Er wird dich meinem Sohn Garrick geben.«

»Mich besitzt man nicht!«

»Sollte ich das Mittel gefunden haben, Euch zu zähmen, Dirne?«

»Er wird mich vergewaltigen. Mein Gott, wie soll ich die Qualen ertragen, die Cordella mir geschildert hat? Wo bleibt der Schmerz? Cordella hat gelogen! Sie hat mich dazu gebracht, dem Wikinger meine Angst zu zeigen, obwohl das gar nicht nötig gewesen wäre. Aber es war wundervoll. Er ist wundervoll. Solch ein fantastischer Körper, soviel Kraft und Stärke. Er läßt mich vergessen, daß ich ihn hasse. Er gibt mir seinen Willen als den meinen ein.«

Aus der Ferne ertönte Gelächter. Cordella und Yarmille lachten. Anselm und Hugh lachten.

»Er ist ein Tier! Ich bin ihm gleichgültig. Wie konnte er mich so vor seinen Gästen herunterputzen? Jetzt bin ich frei. Er wird mich niemals finden. Ich hätte nicht mehr länger bei ihm bleiben können, nicht, wenn seine Berührung mich in seinen Händen schmelzen läßt.«

Schwerter trafen aufeinander. Der Lärm war ohrenbetäubend und so schmerzhaft, daß sie schließlich aufschrie.

»Ich kann dich nicht töten, Garrick, noch nicht einmal, wenn ich dadurch meine Freiheit wiedererlange. Ich weiß nicht warum, aber allein der Gedanke an deinen Tod bereitet mir entsetzliche Qualen.«

Brenna zitterte. »Ich friere. Ich bin krank, und er weiß es nicht einmal. Es wird ihm leid tun, wenn er mich tot vorfindet. Wie konnte er mir das antun, nachdem ich ihm das Leben gerettet habe? Es ist ja so kalt, so kalt.«

»Yarmille, mach die Tür zu, ehe – ehe . . .«

Brenna trieb in einem warmen See dahin. Durch ihre geschlossenen Augen spürte sie den wohltuenden Sonnenschein. Ihre Stirn war glatt vor Sorglosigkeit. Kein Gedanke störte ihren Frieden, als sie sachte in dem warmen Wasser, diesem natürlichen Balsam, trieb.

Sie erwachte, und anstelle des warmen Sees trat ein weiches Bett, das sie aus irgendwelchen Gründen ungewöhnlich hart erkannte. Dann wandte sie ihren Kopf zur Seite und sah ihn auf einem der thronartigen Stühle neben dem Bett sitzen. Er sah fürchterlich verhärmt und verwahrlost aus. Aber er lächelte sie an. In seinen Augen stand Wärme.

»Du siehst nicht gut aus, Garrick. Bist du krank gewesen?«

Er lachte über ihre Besorgnis. »Nein, mir geht es gut. Aber wie geht es dir?«

Sie versuchte, sich aufzusetzen, gab es aber unter Stöhnen auf. »Ich fühle mich, als sei mein ganzer Körper entzündet, als hätte mich jemand verprügelt.« Sie sah ihn argwöhnisch an. »Hast du mich geschlagen, während ich geschlafen habe?«

Er sah sie beleidigt an. »Wie kannst du so etwas denken? Du bist zwei Tage lang schwer krank gewesen. Die Krankheit hat dich gewiß geschwächt.« Er stand auf und zog ihr die Bettdecke über den Hals. »Die Frauen haben Suppe warm gestellt für den Moment, in dem du erwachst. Ich hole dir eine Schale.«

Brenna legte sich entspannt in dem großen Bett zurecht, als Garrick gegangen war. Tut es ihm leid, fragte sie sich. Er wirkt betroffen, aber geht es ihm wirklich nah?

Sie konnte das Essen nicht erwarten. Schlaf ergriff wieder Besitz von ihr und umhüllte sie mit friedlicher Dunkelheit, ehe Garrick zurückkam.

29

Der letzte Monat des Jahres war bitter kalt. Brenna verbrachte die meiste Zeit im Bett und wurde von Janie und Maudya verhätschelt. Sogar Ranya brachte ihr mürrisch Suppen, deren Kräuter für ihre heilsame Wirkung bekannt war.

Die Frauen waren eifrig um Brenna bemüht. Sie war eine von ihnen und nur knapp dem Tode entronnen. Außerdem wurde mit jedem Tag klarer, daß sie Garricks Liebling war.

Brenna mußte geradezu ihre Erleichterung verbergen, als Garrick sie für gesund genug erklärte, um wieder ihren Hausarbeiten nachgehen und ihr eigenes Zimmer bewohnen zu können. Aber seine Sorge um sie ließ nicht nach, und er bestand darauf, daß sie nur leichte Arbeiten verrichtete und weiterhin von den anderen Frauen bedient wurde.

Eines Abends stürzte sie in sein Zimmer.

»Erst steckst du mich länger als nötig ins Bett. Jetzt behandelst du mich wie ein zerbrechliches Püppchen, das bei jeder Bewegung kaputtgehen kann. Begreif endlich, daß ich gesund bin!« Brenna war so außer sich, daß sie wild mit den Händen gestikulierte. »Gott helfe mir. Ich kann nicht müßig herumsitzen. In deinem Stall wollte ich schon immer arbeiten, aber du hast es mir abgeschlagen. Wenn du mir nichts anderes erlaubst, als hier im Haus zu arbeiten, dann tue ich es eben. Aber ich muß einfach etwas zu tun haben.«

»Deine Schwester wollte mich eher das Gegenteil glauben machen.«

Brenna sah ihn verblüfft an. »Du hast mit Cordella gesprochen?«

»Ja, ausführlich.«

Brenna ballte ihre Hände. Der Gedanke, daß Garrick und Cordella miteinander gesprochen, gelacht und Liebe gemacht hatten, ließ sie alles andere vergessen. Sie hatte also recht gehabt. Die vielen Nächte, in denen sie auf Garrick gewartet hatte, wenn er spät nach Hause kam, hatte er bei Cordella verbracht!

»Komm her, Brenna.«

»Was?« fragte sie, ohne zugehört zu haben.

»Komm her!« wiederholte er.

Aber sie rührte sich nicht und sah ihn auch nicht an. Schließlich ging er zu ihr herüber und streichelte ihr Gesicht.

Sie empfand seine Hände auf ihrer Haut als Schock. Sie schlug ihm auf die Hand und wich vor ihm zurück.

»Rühr mich nicht an!« schrie sie; in ihrer Stimme mischten sich Schmerz und Zorn. »Rühr mich bloß nie wieder an!«

Garrick sah sie verwirrt an. »Thor, steh mir bei! Was ist los mit dir, Frau?«

»Du – du bist wohl wahnsinnig, wenn du glaubst, ich würde

dich mit meiner Schwester teilen! Wenn du sie willst, kannst du sie ja haben, aber wenn du mir noch einmal zu nahe kommst, werde ich dich töten, das schwöre ich dir!«

Garrick lächelte belustigt. »Warum sollte ich deine Schwester wollen, wenn ich dich habe? Und wie kommst du überhaupt auf die Idee, nachdem ich nur gesagt habe, ich hätte mit ihr geredet?«

»Hast du nicht Liebe mit ihr gemacht?«

»Nein, aber angenommen, es wäre so gewesen, wüßte ich nicht, was dich daran so sehr stören sollte, Brenna?«

Sie merkte, daß sie rot wurde. Sie mußte ihm vorgekommen sein wie eine eifersüchtige Ehefrau. Sie wandte sich von ihm ab und dachte über ihr eigenes unverständliches Verhalten nach.

»Brenna?«

»Es würde mir nichts ausmachen, wenn du eine andere Frau nimmst«, erwiderte sie ruhig und spürte, daß sich ihre Kehle wieder zuschnürte. »Wenn sich jemand anders um deine Bedürfnisse kümmern würde. Aber es geht nicht an, daß du sowohl meine Schwester als auch mich hast. Siehst du nicht, daß das so nicht geht?«

»Ist das der einzige Grund, den du mir nennen willst?«

Sie riß die Augen auf. »Einen anderen Grund gibt es nicht.«

»Nun gut, ich will dich nicht bedrängen.«

Sie sah ihm ins Gesicht. »Ich sage dir doch, daß es keinen anderen Grund gibt!«

Garrick grinste sie an, und seine Grübchen traten hervor. »Heute nimmst du besonders leicht an allem Anstoß«, sagte er humorvoll und öffnete seine Truhe. »Vielleicht kann dich das aufheitern.«

Sie hielt ihren Blick auf ihn gerichtet und war einen Moment lang hingerissen von seinem goldenen Haar, das ihm in die Stirn fiel und ihn so knabenhaft und harmlos aussehen ließ, so gar nicht wie den Wikingerkrieger, brutalen Lüstling und herzlosen Gebieter, als den sie ihn kannte. Nur widerwillig riß sie ihren Blick von seinem Gesicht los, aber schließlich sah sie doch auf die Kiste, die er aus seiner Truhe geholt hatte. Ihre Augen leuchteten vor Neugier auf. Als er näher kam, sah sie, daß es sich bei der Kiste um eine Miniaturtruhe handelte, in die östliche Muster geschnitzt und mit Elfenbein eingelegt waren. Sie war recht hübsch anzusehen.

Als er ihr die Truhe in die Hand drückte, sah sie ihm fragend in die Augen. »Was ist damit?«

»Mach sie auf.«

Sie hob den Deckel hoch. Darinnen lagen auf blauem Samt

gebettet ein Paar zusammenpassende goldene Armreifen in Form von zusammengeringelten Schlagen, deren Augen leuchtend rote Rubine waren. Sie wußte, daß die Wikinger Reifen wie diese sehr schätzten. Sie hatte gesehen, daß Hughs Ehefrau protzige Armbänder auf ihren nackten Armen trug, und selbst Heloise trug Armreifen. Auch die Männer trugen sie, und je reicher der Mann, desto kostbarer war der Armreifen.

Diejenigen, die Garrick ihr zeigte, waren sehr geschmackvoll. Sie nahm einen heraus und war über sein Gewicht erstaunt. Sie waren zweifellos aus reinem Gold.

Brenna blickte wieder zu Garrick auf. Seine Augen leuchteten.

»Warum hast du mir das gezeigt?« fragte sie und hielt ihm die Truhe wieder hin.

Garrick ließ seine Arme an sich herunterhängen. »Ich habe sie dir nicht gezeigt, Brenna. Ich schenke sie dir. Sie gehören dir – und die Truhe auch.«

Erst sah sie noch einmal auf die Reifen, dann starrte sie ihn ungläubig an. »Wieso?«

»Weil ich Lust dazu habe.«

»Einer Sklavin derart kostbare Schmuckstücke zu schenken?« Sie wurde wütend. Auf die Art wollte er seine Schuldgefühle beschwichtigen, weil er sie in dieser entsetzlichen Zelle eingesperrt hatte. Aber sie würde ihm nicht verzeihen. »Wann soll ich sie tragen, Garrick? Während ich deine Kleider wasche? Wenn ich die Halle kehre? Nein, ich werde dein Geschenk nicht tragen.«

»Das wirst du doch!« sagte er scharf und sah sie finster an. »Und du wirst auch das Kleid tragen, das meine Mutter gerade für dich näht. Du wirst es tragen, wenn du mit mir zu dem Fest im Hause meines Vaters kommst, um die Wintersonnenwende feierlich zu begehen.«

Brenna war restlos verblüfft. »Deine *Mutter* näht ein Kleid für mich?«

»Auf meinen Wunsch hin«, antwortete er barsch.

Brenna wunderte sich, daß Heloise sich damit einverstanden erklärte, einer Sklavin ein Kleid zu nähen. Sie wußte, daß Heloise Christin war, und ein gutes Herz hatte sie obendrein, aber daß sie ihre Zeit darauf verwendete, für eine Dienerin zu nähen, war unfaßbar. Ebenso überraschend war die Tatsache, daß Garrick sie in Anselms Haus mitnehmen wollte, und dann auch noch zu einem Fest.

»Das verstehe ich nicht, Garrick. Warum willst du mich jetzt plötzlich mit zu deinem Vater nehmen, nachdem du es mir jedesmal abgeschlagen hast, wenn ich dich darum gebeten habe, mich mitzunehmen, damit ich meine Verwandten sehen kann?«

»Du hast Zeit gebraucht, dich an dein neues Leben zu gewöhnen, ohne ständig an deine Heimat erinnert zu werden. Jetzt hast du es geschafft.«

»Glaubst du im Ernst, daß ich mich hier eingelebt habe, nachdem ich gerade versucht habe zu fliehen?«

»Ich habe nicht gesagt, daß du dich an mich gewöhnt hast, sondern an dein neues Leben.«

»Aber wie kommst du dazu, eine Sklavin auf ein Fest mitzunehmen? Ist das etwa so üblich?«

»Nein, aber ich richte mich nicht allzu streng nach den Gebräuchen. Du kommst mit, um dich um mich zu kümmern.«

Sie holte tief Lust. »Und wenn ich mich weigere?«

»Du kannst dich nicht weigern, Brenna«, sagte er lachend. »Ich bringe dich hin.«

»Mag sein. Aber ich kann es dir so schwer wie möglich machen«, sagte sie listig. »Ich gehe nur unter einer Bedingung mit – laß mich einen Dolch tragen.«

»Einverstanden.«

Sie ging lächelnd auf die Tür zu. Sein Geschenk hielt sie noch in der Hand. Sie fühlte sich diesmal als Siegerin. Garrick wurde nachgiebiger.

»Was es betrifft, daß ich mich dort um dein Wohl kümmern soll, so werden wir darüber noch reden, wenn es an der Zeit ist.«

»Da gibt es nichts zu diskutieren.«

»Verlaß dich drauf, daß es das gibt«, gab sie zurück und überließ ihn seinen Grübeleien.

30

Die Sonnwendfeiern nahten schneller, als es Brenna lieb war. Garrick war bester Laune und bestand unerbittlich darauf, daß sie mit ihm kam. Wenn sie ihm Widerstand geleistet hätte, hätte er sie eigenhändig zu Anselms Haus geschleppt.

Das Kleid stand ihr großartig. Es war aus rotem Samt mit eingewebten Goldfäden, einfach geschnitten und ärmellos, wie es die Wikinger trugen. Der breite goldene Gürtel mit den Rubinen war auf ihre Armreifen abgestimmt.

Janie flocht Brenna rote Bänder in ihre dicken Zöpfe. Sie war kein bißchen neidisch auf Brenna, sondern plapperte nur aufgeregt über Brennas Glück.

Garrick war in goldenen Samt gekleidet, der ihm saß wie eine zweite Haut. Der Stoff war mit roten Fäden durchsetzt, und Garrick trug nicht nur Rubine auf dem Gürtel, sondern auch das goldene Medaillon, das um seinen Hals hing, war mit Rubinen geschmückt. Sie fragte sich, ob er sich und sie absichtlich als Paar einkleiden hatte lassen.

Brenna errötete, als Garrick ihr Komplimente machte.

»Das Kleid gefällt mir«, war das einzige, was sie herausbrachte.

»Ja, aber an keiner anderen wäre es so schön wie an dir.«

Ihr war ausgesprochen unbehaglich zumute. »Solche Schmeicheleien sehen dir nicht ähnlich, Garrick.«

»Ich sage nur die Wahrheit«, sagte er lächelnd. »Du kennst noch vieles nicht an mir.«

»Das glaube ich langsam selbst.«

Plötzlich wurde er ungeduldig. »Laß uns gehen. Das Fest hat gewiß schon begonnen.«

Als sie ihren Umhang anziehen wollte, hing an seiner Stelle ein wunderbarer Hermelinpelz mit einer großen Kapuze.

»Schon wieder ein Geschenk?« fragte sie.

Er grinste. »Kostbare Gewänder stehen dir. Ich werde dir noch mehr schenken.«

»Diese Großzügigkeit paßt auch nicht zu dir, Garrick. Warum hast du dich so verändert?«

»Es macht mir Spaß«, sagte er achselzuckend und händigte ihr den versprochenen Dolch aus.

»Deine Unausstehlichkeit war mir lieber«, platzte sie heraus. »Ich hasse Ungereimtheiten.«

Garrick mußte über ihren Ausbruch lachen.

Brenna stellte fest, daß keine der Frauen so ein kostbares Gewand trug wie sie. Sie fühlte sich als Garricks verwöhnte Hure und wußte, daß alle anderen zu dem gleichen Schluß kommen würden. Dieser Gedanke verbitterte sie. Während sie noch grübelte, setzte sich Heloise zu ihr.

»Gefällt dir das Kleid, Brenna?«

Brenna sah in ihre freundlichen Augen und wurde lockerer. »Ja, ich danke Euch.«

»Dann gib mir deinen Umhang. Ich habe schließlich nicht stundenlang an deinem hübschen Kleid gesessen, damit du es jetzt versteckst.«

Brenna gab ihr widerwillig den Umhang, aber sie war dankbar, daß die Dame des Hauses sich die Zeit nahm, sich um ihr Wohlergehen zu kümmern.

»Ja, es steht dir wirklich gut, Kind«, sagte Heloise lächelnd.

»Danke, das ist nett von Euch.«

»Nein, ich sage nur die Wahrheit. Und ich habe dir zu danken.«

»Ich habe nichts getan.«

Heloise legte ihr liebevoll eine Hand auf den Arm. »Ich habe meinen Sohn seit langer Zeit nicht mehr so entspannt und gut gelaunt gesehen. Dafür habe ich dir zu danken.«

Brenna errötete. »Ihr irrt Euch gewiß.«

»Das glaube ich nicht. Er wollte deinen Reizen nicht zum Opfer fallen und hat sich dagegen gewehrt, aber das hat ihm nichts genutzt. Hast du den Unterschied nicht selbst bemerkt?«

Brenna nickte, ohne Heloise in die Augen zu schauen. Sie war anderer Meinung, aber der Gedanke gefiel ihr. Sollte sich Garrick etwa in sie verliebt haben?

»Da kommt deine Tante«, sagte Heloise. »Ich lasse euch jetzt allein.«

Mit Tränen in den Augen fiel Brenna Linnet um den Hals. Als die beiden sich setzten, wollte Brenna Linnets Hand nicht mehr loslassen. Ihre Tante sah jünger aus als je zuvor.

»Wie ist es dir ergangen, Tante?«

»Heloise hat mir das Gefühl gegeben, zur Familie zu gehören, und es geht mir sehr gut«, vertraute ihr Linnet an. »Ich war dabei«, sagte sie nach kurzem Zögern, »als Garrick Heloise gebeten hat, dir dieses Kleid zu nähen. ›Es muß nach unserer Mode geschnitten sein‹, hat er gesagt, ›denn sie ist jetzt eine von uns.‹«

Brenna runzelte die Stirn. »Ich habe ihm keinen Anlaß gegeben, mich für glücklich zu halten, und er weiß, daß ich wieder fliehen werde. Wie kommt er dazu, das zu sagen?«

»O Brenna, ich hatte gehofft, daß du dich endlich hier eingelebt hast und dein Schicksal akzeptierst.«

»So wie du?«

»Ja. Das Trauern um die Vergangenheit hilft uns nicht. Ich kann auch nicht klagen, mein Leben hat sich eher verschönert. Heloise ist mir eine treue Freundin. Sie verübelt mir Anselms gelegentliche Besuche nicht, und so habe ich auch einen Mann, der auf seine Art recht freundlich ist.«

»Hör auf! Ich will das nicht hören!«

»Garrick mag dich, Brenna. Mach etwas aus deinem Leben mit ihm. Er kann dich nicht heiraten, aber du kannst trotzdem leben wie seine Frau. Das beweisen seine kostbaren Geschenke. Vielleicht wird Garrick nie heiraten und immer nur dich lieben. Das würde deine Zukunft auch ohne Gelübde sichern. Selbst wenn du ihm in der Zukunft Bastarde gebärst, werden sie später seinen Platz einnehmen, wenn keine legalen Nachkommen vorhanden sind.«

»Mein Stolz verlangt von mir, nur verheiratet mit Garrick zusammenzuleben.«

»Er kann keine Sklavin heiraten.«

»Ich weiß«, sagte Brenna.

Sie sah zu Garrick herüber und lächelte. Ja, sie würde ihn liebend gern heiraten und nicht mehr gegen ihn ankämpfen. Sie liebte ihn.

Brenna mußte freudig über ihre Erkenntnis lachen. Sie nahm ihre Tante in den Arm. »Ich liebe ihn. Bis heute habe ich es nicht gewußt, aber es ist wahr. Ich liebe ihn. Wenn er sich etwas aus mir macht, wie du es sagst und wie seine eigene Mutter es gesagt hat, dann wird er mich heiraten. Das ist die einzige Weise, auf die ich mit Garrick leben kann.«

»Brenna, du bist eben Angus' Tochter. Hartnäckig und stur. Wenn du Garrick wahrhaftig liebst, wirst du ihn nehmen, wie er ist, ohne noch mehr von ihm zu fordern.«

»Nein, Tante, ich will ihn auf meine Weise oder gar nicht haben.« Sie stand auf. »Wo ist Della?«

»Sie liegt krank im Bett.«

»Wußte sie, daß ich hier sein würde?«

»Ja, das wußten wir alle. Garrick mußte die Erlaubnis seines Vaters einholen, dich als Gast mitbringen zu dürfen, um ihn nicht zu beleidigen.«

Brenna fuhr hoch. *Sie* war es, die man beleidigt hatte!

»Wir sehen uns später noch, Tante«, sagte sie steif. »Ich hoffe, bis dahin wirst du mehr auf meiner Seite stehen als auf der dieser heidnischen Barbaren.«

31

Garrick saß neben Hugh, als Fairfax ihm einen Streich spielte. Er erwartete ein Gefecht, aber Hugh blieb ruhig und bester Laune.

»Du scheinst milder geworden zu sein.«

Hugh kicherte. »Du auch.«

»Ich dachte, ich sei bester Laune«, sagte Garrick, »aber du scheinst mich zu überbieten. Hast du einen Blick in die Walhalla getan? Klär mich auf.«

»Du darfst mich beglückwünschen, Bruder«, sagte Hugh strahlend. »Ich werde endlich ein Kind haben.«

Garrick war überrascht. Er klopfte seinem Bruder auf den Rükken. »Das sind willkommene Neuigkeiten, Hugh!« Er hob seinen Kelch. »Möge das Kind ein Knabe werden und mit der Stärke seines – seines Onkel gesegnet sein.«

Hugh brüllte vor Lachen. »Dafür werde ich sorgen.«

»Nachdem ihr so lange gewartet habt, muß deine Frau überglücklich sein.«

»Nein, sie tobt. Immer hat sie mir die Schuld an ihrer Unfruchtbarkeit gegeben, aber sie ist immer noch unfruchtbar. Cordella, die neue Sklavin, bekommt das Kind.«

Garricks Freude verlor sich bei dieser Eröffnung. »Bist du sicher, daß es von dir ist?«

»Ja«, antwortete Hugh stolz. »Ich habe sie ebenso für mich behalten wie du deine.«

In diesem Augenblick kam Morna zur Tür herein.

Am Himmel sammelte sich roter Nebel an, ein heftiges Rot, das Rot des Blutes und des Zorns. Als Brenna die Tür zu den Frauenbehausungen öffnete, hatte sie den Zorn, der ihr solche Bilder eingegeben hatte, halbwegs unter Kontrolle.

»Wer ist da?« fragte Cordella gelangweilt. »Hugh?«

»Nein, ich bin's, Della.«

Cordella setzte sich sofort auf. Die Farbe wich aus ihrem Gesicht. »Brenna – ich...«

»Was ist mit dir?« fragte Brenna scharf und trat näher. »Tut es dir leid? Wolltest du deine Lügen eingestehen, ehe ich Demütigungen dadurch erfahren habe?« Brenna baute sich dicht vor Cordella auf. »Warum hast du mich darüber belogen, was zwischen einem Mann und einer Frau geschieht?«

Cordella stieg das Blut in die Wangen. »Weil du es verdient hast!«

»Wofür? Was habe ich dir je angetan, um diese Rache zu verdienen? Ich will die Antwort wissen, Cordella, ehe ich selbst Rache übe!«

Cordella erbleichte wieder. Hastig versuchte sie, sich zu rechtfertigen. »Dunstan wollte dich, und du hast es noch nicht einmal bemerkt.«

»Dunstan?« Brenna zog die Brauen zusammen. »Das ist doch absurd. Er war dein Mann.«

»Ja, mein Mann«, schrie Cordella bitter. »Aber nach dir hat ihn gelüstet. Wenn du es gewußt hättest, hättest du dem ein Ende bereiten können. Aber du warst ja nur damit beschäftigt, dich deines Vaters Stolz würdig zu erweisen. Du hast nicht gemerkt, was andere gefühlt haben.«

»Wenn das, was du sagst, wahr ist, warum hast *du* es mir dann nicht gesagt? Du weißt, daß ich keinen Mann wollte und am allerwenigsten Dunstan.«

»Ich hätte niemals eingestanden, daß ich die Liebe meines Mannes nicht halten konnte.«

»Und deshalb erzählst du mir Schauermärchen? Gegenüber dem Feind, der mich vergewaltigt hat, habe ich zum erstenmal in meinem Leben den Mut verloren!«

»Es freut mich, daß du wenigstens eine Demütigung erlitten hast, denn ich habe viel durch dich erlitten!«

Zorn blitzte in Brenna auf. »Wenn ich dich in der Nacht gefunden hätte, in der der Wikinger mich zum erstenmal genommen hat, hätte ich dich umgebracht.«

»Würdest du einer schwangeren Frau etwas antun?«

»Ist das wahr, Della?« fragte Brenna verblüfft.

»Frag Linnet, wenn du mir nicht glaubst.«

Damit hatte Brenna nicht gerechnet. Brenna hatte Cordella nicht töten wollen. Trotzdem verließ sie den Raum.

Unzufrieden ging sie in die Halle zurück und setzte sich neben Garrick. Ihr Selbstbewußtsein kehrte zweifach zurück, als viele Augen sie neugierig anstarrten. Aufgrund ihrer neu entdeckten Gefühle sah sie Garrick in einem ganz anderen Licht. Sie wollte Garrick behutsam davon in Kenntnis setzen, ohne sein Mißtrauen wieder wachzurufen.

Sie lächelte ihn kokett an. »Habe ich dir eigentlich gesagt, wie fabelhaft du heute aussiehst, Garrick?«

Dann fragte sie ihn über seine Familie und die Landessitten aus. Brenna hatte das Gefühl, in seinen Armen zu spüren, wie selbst die Wunden durch den Tod ihres Vaters heilten. So wie heute hatte sie noch nie mit Garrick geredet, und sie wußte, daß er jetzt den Mittelpunkt ihres Lebens bildete.Schließlich kam Brenna auf die Gefangenschaft Garricks bei den Kelten zu sprechen.

Dann wandte Garrick sich wieder an Hugh. Brenna fand es im nachhinein gar nicht mehr so erstaunlich, daß sie sich in diesen Wikinger verliebt hatte. Er besaß alles, was sie an einem Mann bewunderte – Mut, Kraft und einen starken Willen. Außerdem konnte er zeitweise sehr zärtlich sein und sah unverschämt gut aus. Er mochte sie sicher, und sie mußte ihm nur noch klarmachen, daß auch sie sich etwas aus ihm machte. Sie würde einen Weg finden, sein Vertrauen zu gewinnen.

Brennas Blick fiel auf Perrin, der sie nur sehr zurückhaltend über den Tisch begrüßte. Dann bemerkte sie die Frau, die neben ihm saß. Beide sahen einander in die Augen, und Brenna stieß nur auf Gehässigkeit. Im ersten Moment schockierte es sie, daß sie derart starke Empfindungen in einem wildfremden Menschen auslösen konnte. Aber dann wurde ihr klar, daß diese Frau ihr ein Begriff war. Es mußte Morna sein.

Das war also die Frau, die Garrick so tief verletzt hatte. Indirekt war Morna für viele von Brennas Schwierigkeiten verantwortlich. Diese Frau war skrupellos und von einer ungeheuerlichen Dreistigkeit. Außerdem wollte sie Garrick zurückerobern. Warum sonst sollte sie Brenna mit solchem Abscheu und Ekel anschauen? Sie hatte Reichtum erlangt und wußte, daß Garrick inzwischen selbst reich war, also wollte sie ihn. Glaubte Morna wirklich, daß sie die Vergangenheit ungeschehen machen konnte?

Berechnend lächelte sie Morna an. Solange Brenna noch am Leben war, würde diese blonde Schönheit Garrick nicht bekommen.

32

Zu den Festen der Wikinger gehörten viele Späße und Kraftproben. Nachdem es den ersten Toten gegeben hatte, wurde Brenna erst wirklich klar, welche Bedeutung die Wikinger der Stärke als der obersten Tugend eines Mannes beimaßen.

Brenna hatte sich vorgenommen, Morna, die ihr ständig gehässige Blicke zuwarf, unter vier Augen zu erwischen, aber sie wußte nicht, wie sie das anfangen sollte. Am späteren Abend überredete Morna Perrin, sie nach Hause zu bringen. Während Perrin ihren Umhang holte, ergab sich die Gelegenheit, auf die Brenna gehofft hatte. Sie machte sich an Perrin heran.

»Hat es dir hier gefallen, Perrin?«

Er wirkte verlegen. »Nein. Ich weiß, daß meine Schwester nicht willkommen war, aber sie darauf bestand, daß ich sie mitnehme.«

»Sag, Perrin, ist es wahr, daß sie wieder Absichten auf Garrick hat?«

»Ja, das hat sie gesagt«, gestand er ein. »Mißfällt es dir?«

»Nur, wenn Garrick dumm genug wäre, in ein Feuer zu springen, das ihn schon einmal verbrannt hat.«

»Dann hoffen wir doch, daß er niemals so blöd sein wird.«

Brenna grinste. »Du scheinst nicht viel von dieser Verbindung zu halten.«

»Leider entspricht es den Tatsachen, daß Morna meine Schwester ist. Dagegen ist nichts zu machen. Was sie Garrick, meinem besten Freund, angetan hat, kann ich ihr nicht verzeihen.«

Brenna sah ihn versonnen an. »Du hast dich noch nicht von dem Gastgeber verabschiedet, Perrin. Tu es ruhig. Ich bringe deiner Schwester den Umhang.«

Er wich bestürzt zurück. »Nein. Meine Schwester neidet dir Garricks Aufmerksamkeit. Sie würde dich mit dem größten Vergnügen an deinen Status erinnern.«

»Hast du Angst um mich?«

Er schüttelte den Kopf und grinste. »Ich kenne dich. Meine Schwester wäre in Gefahr.«

Brenna lachte. »Dann darf ich dich wenigstens zur Tür begleiten? Wenn du dabei bist, wird es gewiß keine Probleme geben.«

Er schien abgeneigt zu sein, aber Brennas gewinnendes Lächeln siegte, und er erklärte sich einverstanden. Morna war bereits ungeduldig. Hitzig und wutentbrannt wandte sie sich an ihren Bruder.

»Das ist ja nicht zu fassen! Du läßt mich warten, um mit dieser Sklavin zu reden!« zischte sie durch ihre zusammengebissenen Zähne. »Wie konntest du mir diese Schmach zufügen, Perrin?«

»Ich habe dich nicht warten lassen, Morna«, erwiderte er teilnahmslos.

»Ich hätte auch nichts dagegen einzuwenden gehabt, wenn du mit jemand anders gesprochen hättest«, fuhr Morna ungehalten fort. »Aber daß du mich *ihretwegen* warten läßt! Hast du nicht genügend Umgang mit ihr, wenn du Garrick besuchst?«

Perrin errötete. »Du siehst das falsch, Morna. Garrick ist nicht bereit, dieses Mädchen mit anderen zu teilen. Er will sie für sich allein.« Genüßlich sprach er diese Wahrheit aus.

Seine Worte vermochten den Zorn der blonden Witwe nur noch

zu steigern. Brenna mußte sich zusammenreißen, um ihre Fröhlichkeit in Schach zu halten.

Morna sah Brenna mit kalter Verachtung an. »Häng mir den Umhang um, Sklavin!« Als Brenna sie verdutzt ansah, wandte sie sich an Perrin. »Du sprichst ihre Sprache. Teile ihr meine Forderung mit.«

Perrins Augen verengten sich. »Du gehst zu weit, Schwester. Brenna gehört dir nicht, und du kannst sie nicht herumkommandieren.«

Morna warf ihm einen flammenden Blick zu. »Sie ist eine Sklavin – sag es ihr!«

»Warum schreit deine Schwester so?« fragte Brenna unschuldig.

Perrin seufzte. »Odin, steh mir bei! Sie besteht darauf, daß du ihr in den Umhang hilfst. Sie will ihren Zorn an dir auslassen, Brenna.«

Brenna lächelte. »Das ist kein Problem, Perrin. Sag ihr einfach, daß ich mich weigere. Dann gib ihr den Umhang und geh. Das ist die einfachste Lösung.«

Perrin schüttelte zweifelnd den Kopf, aber er händigte seiner Schwester den Umhang aus. »Sie wird deinem Geheiß nicht folgen, Morna. Komm jetzt«, sagte er und ging aus der Halle.

Morna war außer sich. »Dafür werde ich dich auspeitschen lassen!« fauchte sie Brenna an.

»Das glaube ich kaum«, sagte Brenna und schockierte Morna mit Worten, die sie verstehen konnte. »Erstens würde Garrick das nicht zulassen. Aber was noch entscheidender ist – und ich hoffe, du mißachtest meine Worte nicht, Morna. Ehe du auch nur nach einer Peitsche rufen könntest, würde ich dir die Kehle durchschneiden. Du warst nicht willkommen auf diesem Fest. Keiner, der hier anwesend ist, würde nach deinem Mörder fahnden.«

»Du wirst es nicht wagen, mich anzurühren!«

Brenna lächelte teuflisch. »Prüfe die Wahrheit meiner Worte. Ruf nach der Peitsche.«

Morna zögerte eine Sekunde zu lange. »Du wirst den Tag noch verfluchen, an dem du es gewagt hast, mir zu drohen, wenn ich erst Garricks Gemahlin bin!«

»Diesen Tag wirst du nie erleben.«

»Sei dir nicht so sicher, Sklavin!« fauchte Morna und stolzierte aus der Halle.

Brenna biß sich auf die Lippen. Sie hätte Morna niemals ihr Geheimnis entdecken dürfen... Was war, wenn Mornas Prophezeiung wahr würde? Nach Garricks Denkweise konnte er sie beide haben, Morna als Gemahlin, die ihm legitime Erben gebar, und Brenna als Konkubine. Brenna zitterte bei dem Gedanken. Nein, entschied sie, dahin würde es nicht kommen. Wenn sie nicht darauf hoffen konnte, seine Frau zu werden, blieb ihr keine Hoffnung mehr. Und doch hatte sie allen Grund, zu glauben, daß er sich etwas aus ihr machte.

Als sie sich umdrehte, stand Garrick mit dem Rücken zu ihr. Sie betete, er möge ihr Gespräch mit Morna nicht beobachtet haben, denn dann würde er sie ausfragen, und sie war nicht bereit, ihn zu belügen. Damit würde sie sich nur seinen Zorn zuziehen, und das war im Moment das letzte, was sie wollte.

Sie ging zu Garrick herüber. »Ich habe dich vermißt«, sagte er und lehnte sich an sie. »Was hast du getrieben?«

»Ich habe mich von Perrin verabschiedet«, sagte sie nach einer kurzen Pause. »Gehen wir auch bald?«

»Bist du müde?«

Sie nickte. »Das war ein langer Tag, und ich habe viel zuviel getrunken.«

Er grinste teuflisch. »Ich erinnere mich mit dem größten Vergnügen an ein anderes Mal, als du zuviel getrunken hattest. Damals warst du äußerst umgänglich. Bist du das jetzt auch?«

Sie senkte ihre Lider. »Nein, Garrick.«

Er ignorierte ihre Antwort und stand auf. »Komm. Ich habe für heute nacht einen Platz für uns gefunden.«

Brenna blieb sitzen. »Gehen wir nicht nach Hause? Es ist doch nicht weit.«

»Das wäre reine Zeitverschwendung, Brenna. Das Pferderennen beginnt am frühen Morgen, und ich will rechtzeitig hier sein.« Als sie ihn finster anblickte, fügte er hinzu: »Vielleicht bringe ich dich morgen abend nach Hause. Wir kommen dann am folgenden Tag zurück.«

»Zurück?«

»Ja. Das Fest dauert fast zwei Wochen lang. Komm jetzt.«

Seufzend nahm Brenna die Hand, die er ihr hingehalten hatte, und folgte ihm, um ihre Umhänge zu holen. In der Halle herrschte noch viel Trubel. Heloise und Linnet hatten sich schon zurückgezogen, aber Brenna hatte sich zuvor noch bei Linnet für ihre grundlose Schärfe entschuldigen können. Anselm und Hugh steckten mitten in einem Wettsaufen. Garricks Verabschiedungen fanden kaum Beachtung. Brenna spürte den eisigen Wind nicht, weil sie sich in die Wärme von Garricks Nähe kuschelte.

Als er sie in den Stall und zu einer leeren Box führte, wo Decken auf das Stroh gestapelt waren, sah Brenna Garrick leicht gereizt an. Er verriegelte die Box und schuf ihnen somit eine winzige Privatsphäre.

»Ist das der Ort, von dem du gesprochen hast?«

»Das war der wärmste, den ich finden konnte«, sagte er, ohne sie anzusehen, und zog seinen Umhang aus.

»Erwartest du etwa, daß ich hier schlafe?«

»Du bist nicht allein. Wäre dir eine der harten Bänke in der Halle lieber gewesen?«

»Wohl kaum«, sagte sie verdrossen.

Er streichelte mit seinen warmen Fingern über ihr Gesicht. »Außerdem stört uns hier niemand.«

Brenna empfand eine Art Schmerz in der Brust. Am liebsten hätte sie sich ihm in die Arme geworfen, aber auf diese Weise konnte sie ihr Ziel nie erreichen. Es würde ihm mit Sicherheit Vergnügungen bereiten, aber für wie lange? Wenn sie seine untertänige Sklavin wurde, würde er sie niemals heiraten.

Widerwillig zog sie sich vor ihm zurück und suchte krampfhaft nach einem Thema, mit dem sie das hinauszögern konnte, wovon sie wußte, daß es gleich auf sie zukam.

»Das Rennen, das für morgen geplant ist – kann da jeder mitmachen?«

»Ja.«

»Ich auch?«

Garrick mußte beinahe lachen, aber er überlegte es sich anders. »Nein, alle Männer können mitmachen, aber keine Frauen.«

»Und auch keine Sklaven, nehme ich an?« fragte sie grollend.

»Kannst du nicht einen Tag ohne Streit beschließen?« fragte er.

»Ich könnte mein Äußeres verbergen, Garrick. Zu Hause bin ich von denen, die mich nicht kannten, oft für einen Jungen gehalten worden. Außerdem wäre es mir ein Vergnügen, deinen Bruder zu schlagen.«

»Willst du auch mich schlagen?«

Brenna warf ihm einen Seitenblick zu. »Ich vermute, es wäre unangebracht, das vor den Augen aller zu tun.« Dann fügte sie mit einem schelmischen Lächeln hinzu: »Solange du weißt, daß ich dazu fähig wäre, reicht mir das.«

Garrick lachte laut los. »Ich werde deine Herausforderung eines Tages annehmen. Aber im Moment denke ich an einen wesentlich interessanteren Sport.«

Er streckte seinen Arm nach ihr aus, aber Brenna duckte sich und lief auf die Tür zu, um zu fliehen.«

»Du weißt, daß ich mich nicht freiwillig zu dir lege, Garrick. Wenn es sein muß, werde ich eben draußen schlafen.«

Garrick kam einen Schritt auf sie zu, blieb aber dann stehen. »Den ganzen Tag über habe ich deine Gegenwart an meiner Seite genossen, Brenna«, sagte er mit ruhiger Stimme. »Für die Nacht hatte ich mir einen noch größeren Genuß erhofft. Aber dafür jage ich nicht hinter dir her.« Er legte sich auf das Stroh und bedeutete ihr, sich zu ihm zu legen. »Komm. Du solltest schlafen, so lange es geht. Morgen werden wir einen langen Tag vor uns haben.«

Brenna hatte nicht damit gerechnet, daß Garrick aufgeben würde, oder zumindest nicht so schnell. Sie warf ihre Vorsicht ab und seufzte fast vor Bedauern. Sie zweifelte daran, ob sie so nah an seiner Seite würde einschlafen können, aber sie wollte es zumindest versuchen. Aber ehe sie sich flach ausgestreckt hatte, lag Garrick schon auf ihr.

Sie sah seinen triumphierenden Blick. »Du hast mich reingelegt!«

»Nein«, erwiderte er lachend. »Ich habe nur gesagt, daß ich dich nicht jage, und das habe ich schließlich nicht getan.«

Um den Streit zu beenden, legte er seine Lippen auf ihren Mund. Sie versuchte, ihren Kopf abzuwenden, aber er nahm ihr Gesicht in seine großen Hände, während er ihr Küsse raubte. Ihre Einwände schmolzen dahin, als er eine Hand unter ihr Mieder gleiten ließ. Er öffnete ihren Gürtel, hob ihren langen Rock, und ehe sie auch nur die Zeit fand, diese Narrheit zu bedenken, lagen beide nackt da. Seine Hände strichen zärtlich über ihren Körper. Die liebkosenden Finger, die über ihre Haut glitten, setzten sie in Flammen, wo sie sie berührten, und ließen ein Stöhnen auf ihre Lippen treten. Selbst das war ihr recht. Das einzige, was für sie noch zählte, war ihre Liebe zu ihm, ihr Begehren und das starke Bedürfnis, seinen harten, pochenden Schwanz in sich zu spüren.

Als er endlich in sie eindrang, schrie Brenna in wilder Ekstase auf. Alles war so natürlich, als seien sie füreinander geschaffen. Sie beraubte ihn seiner Stärke, und ihr Wille war der seine. Danach blieben sie erschöpft in dichter Umarmung aufeinander liegen, schwer atmend und in vollkommener Zufriedenheit.

Einige Minuten waren vergangen, aber Garrick bewegte sich immer noch nicht. Als Brenna die Augen öffnete, sah sie seinen Blick auf sich gerichtet; sein Ausdruck war zart und doch eigenartig. Sie wunderte sich nur kurz, denn sofort kamen die Worte wieder in ihr Gedächtnis, die sie in ihrer Leidenschaft ausgerufen hatte.

Ihre erste Reaktion war Panik. Sie versuchte, Garrick von sich zu stoßen. Sie wollte fliehen und sich verbergen. Auf diese Weise und so bald hatte sie ihm ihre Gefühle nicht darlegen wollen. Sie war sich seiner noch nicht sicher.

Es gelang ihr nicht, ihn von der Stelle zu bewegen, und als es ihm zu dumm wurde, hielt er ihre Hände fest. »Hast du die Wahrheit gesagt? Liebst du mich, Brenna?«

Sein durchdringender Blick ließ sie die Augen schließen. Wenn sie jetzt log, würde sie niemals sein Vertrauen gewinnen. Und das brauchte sie mehr als alles, wenn sie jemals wahrhaft glücklich miteinander werden sollten.

»Ja, ich liebe dich.« Sie flüsterte die gleichen Worte, die sie zuvor geschrien hatte.

Jetzt, wo es geschehen war, fühlte sie sich leichter. Sie öffnete die Augen und sah, daß er zärtlich auf sie nieder lächelte. Sein Blick machte ihr Mut.

»Bist du sicher, Brenna?«

»Ich weiß, was ich empfinde, Garrick. Ich bin mir absolut sicher.«

»Dann gib mir dein Wort, daß du mir nie mehr davonläufst.«

Sie war erstaunt, aber sie antwortete bereitwillig: »Du hast mein Wort.«

»Gut. Heute war ein denkwürdiger Tag, den ich nicht so bald vergessen werde.«

Er rollte sich neben sie. Brenna riß ihre Augen weit auf. Sie konnte es nicht glauben. Als er nichts mehr sagte, stützte sie sich auf und sah ihn an.

»Hast du mir sonst nichts zu sagen, Garrick?«

»Ich bin froh, daß du das gesagt hast, Brenna«, antwortete er und wandte ihr den Rücken zu. »Es ist spät, und ich bin müde. Schlaf jetzt.«

Seine Worte waren für sie wie ein Schlag ins Gesicht. Er hatte mit keinem Wort gesagt, daß er ihre Liebe erwiderte, nur daß es ihn freute. Nachdenklich starrte sie seinen Rücken an. »Es scheint, als hätte ich dir heute nacht mehr Vergnügen bereitet, als du verdienst.«

»Was?«

Als Garrick sich immer noch nicht umdrehte, sah Brenna plötzlich rot. Blind vor Zorn stieß sie ihn so heftig an, daß er ihr seine Aufmerksamkeit wieder zuwandte.

»Welche Absichten hast du, Garrick? Wirst du mich heiraten?«

Er blickte sie finster an. »Ein Wikinger kann keine Sklavin heiraten. Das weißt du ganz genau.«

»Dein Vater würde mich freilassen! Du kannst mich freilassen!«

»Nein, damit wäre keinem geholfen. Ich werde dich nicht heiraten. Wenn ich dich freiließe, würde ich dich verlieren.« Dann versuchte er, sie zu beruhigen. »Als meine Sklavin werde ich dich immer behalten, Brenna. Es wird sein, als wärest du meine Frau.«

»Bis ich alt bin!« fauchte sie. »Dann wirst du mich auf die Weide stellen wie eine klapprige Mähre.«

»Dahin kommt es nicht.«

»Leere Worte, Wikinger!« schrie sie in der Unvernunft ihres Schmerzes. »Wenn du mich auch nur ein klein wenig kennst, weiß du, daß ich mehr Stolz habe als die meisten anderen. Ich kann niemals aus freiem Willen zu dir kommen, solange uns keine geheiligten Gelübde miteinander verbinden. Du bist der einzige Mann, den ich heiraten würde. Wenn du dich weigerst, werde ich nie zufrieden sein.«

»Das wirst du mit der Zeit.«

»Mit der Zeit wird meine Liebe durch Bitterkeit sterben. Begreifst du das nicht?«

»Du forderst zuviel, Frau!« sagte er unwirsch. »Ich habe geschworen, nie zu heiraten!«

»Und nie zu lieben?«

»In mir ist keine Liebe mehr. Sie ist vor langer Zeit zerstört worden.« Er nahm ihre Hand und hielt sie fest. »Aber du bist es, zu der ich komme, Brenna«, sagte er, und seine Stimme war wieder sanft. »Du bist mir wichtiger als jeder andere Mensch. Mehr kann ich dir nicht geben.«

»Du könntest dich ändern.«

Er schüttelte bedächtig den Kopf. »Nein, Brenna. Es tut mir leid.«

»Mir auch«, murmelte sie. Zu sich selbst gewandt setzte sie hinzu: »Denn du gibst mir keine Hoffnung, Garrick.«

Kummer und Reue ließen Tränen in ihre Augen treten, und sie wandte sich von ihm ab, um ihr Unglück zu verbergen und still ihre Tränen zu vergießen.

33

Es war früh am Morgen, und die Sterne funkelten noch am schwarzen Himmel. Eine Frau eilte verstohlen und allein am Fjord entlang, bis sie an die Stelle kam, an der zwei kleine Kanus an einem hölzernen Landesteg festgebunden waren. Über dem stillen Wasser des Fjords lagen düstere Schatten. Die Frau zitterte und zog ihren Umhang fester um sich.

Eilig band sie eines der kleinen Fischerboote los und sprang hinein. Eine Sekunde später trieb es langsam von dem Landesteg fort. Sie packte die Ruder und zerteilte das Wasser. Jetzt konnte sie es sich nicht mehr anders überlegen.

Der Plan, der ihr im Lauf der vergangenen Nacht eingefallen war, war gewagt genug, aber er war ungefährlich. Ihr Ziel war das andere Ufer des Fjords und die Niederlassung der Borgsens. Da sie auf der nördlichen Seite des Fjordes lebte, würde man sie für eine Feindin halten. Sie hoffte, daß ein Batzen Gold diese Meinung berichtigen würde. Sie kannte niemanden hier, der bereit gewesen wäre zu tun, was sie wollte – aber ein Borgsen würde es tun. Zumindest rechnete sie damit.

Der Strom trieb sie mit sich, und sie erreichte das gegenüberliegende Ufer. Sie hatte erst einmal in ihrem Leben einen Fuß auf diese Seite des Fjordes gesetzt. Das war schon lange her. Damals hatte die beiden Sippen noch eine Freundschaft miteinander verbunden. Sie war bei der Hochzeit in Latham Borgsens Haus gewesen, als seine Tochter einen entfernten Cousin geheiratet hatte. Große Feierlichkeiten hatten stattgefunden und fast einen Monat angedauert, und im Umkreis von Meilen hatte man jeden eingeladen. Sie fragte sich, ob sie nach so vielen Jahren den Weg zu Lathams Haus wiederfinden würde.

Sie machte sich auf den Weg ins Inland. Die große Kapuze ihres Umhangs verbarg ihr Gesicht, wie sie es beabsichtigt hatte. Für den Fall, daß ihr eilig ausgeheckter Plan danebenging, wollte sie unerkannt verschwinden können. Aber das war unwahrscheinlich. So ein einfacher Plan, dachte sie. Was sollte da schon schiefgehen?

Nach den Berechnungen der Frau blieb ihr nur gut eine Meile bis zu der Ansiedlung der Borgsens zu Fuß zurückzulegen. Aber es war noch nicht einmal erforderlich, die gesamte Strecke zu laufen. In einem dichten Wäldchen kamen ihr zwei Reiter in scharfem Galopp entgegen. Furchtsam drückte sie sich an einen Baumstamm, als die mächtigen Rösser auf sie zukamen.

Sie lachten über ihre Feigheit. Von dieser und von ihrer kleinen Statur schlossen sie darauf, daß es sich um eine Frau handeln mußte, aber sie nahmen an, daß sie mit einer der Frauen ihres Klans diese Scherze trieben.

Einer der kräftigen Männer stieg ab. Er war der jüngere von beiden, und er war in Pelze gehüllt, die seinen Umfang doppelt so groß wirken ließen, wie er war.

»Eine Dirne, die zu so früher Stunde ausgeht und das auch noch allein, muß sich mit ihrem Liebhaber treffen. Ihr braucht nicht länger zu suchen, denn statt dem einen habt Ihr zwei gefunden, die Euch zufriedenstellen werden.«

Der andere Wikinger saß noch auf seinem Pferd. Er war kaum älter als der erste, aber er war ebenso groß, breit und bedrohlich. Sein Gesichtsausdruck zeigte deutlich, daß ihm die Bemerkungen des anderen Mannes unangenehm waren.

»Reg dich ab, Cedric«, sagte er unwillig und wandte sich selbst an die Frau. »Wie heißt Ihr«?

»Adosinda«, log sie.

»Ich kenne niemanden dieses Namens«, bemerkte Cedric. »Du Arno?«

»Nein. Woher kommt Ihr, Frau Adosinda?«

Sie zögerte. Ihr Herz schlug heftig. »Von – von der anderen Seite des Fjords.«

Beide Männer wurden todernst. »Seid Ihr vom Haardrad-Klan?«

»Nur entfernt, sehr entfernt.«

»Wenn Ihr von der anderen Seite des Fjordes kommt, müßt Ihr wissen, daß Ihr auf dieser Seite nicht willkommen seid!« rief Arno aus.

»Das ist eine Intrige, Arno« sagte der jüngere Wikinger nachdenklich. »Ich habe dir doch gesagt, daß die Haardrads schon zu lange ruhig waren. Jetzt haben sie eine Frau geschickt um unsere Häuser auszuspionieren und uns im Schlaf zu töten! Wer würde eine Frau verdächtigen?«

»Das ist nicht wahr, ich schwöre es!« schrie sie. »Niemand weiß, daß ich hier bin.«

»Spart Euch die Lügen, Frau. Ich bin Cedric Borgsen, der dritte Sohn Lathams. Mein ältester Bruder Edgar wurde von Hugh Haardrad umgebracht. Wenn ich Betrug schnuppere, wirst du augenblicklich sterben!«

»Ich will euch nichts antun!« sagte sie hartnäckig. Große Furcht hatte sie ergriffen. »Ich habe keine Waffe bei mir.«

»Warum dringt Ihr dann unbefugt in Gebiet ein, auf dem Ihr nicht erwünscht seid?«

»Ich wollte euch um Hilfe ersuchen.«

»Ihr wollt uns hereinlegen!« beschuldigte Cedric sie.

»Nein – nein! Ich kenne niemanden sonst, der mir helfen würde, denn ich habe die Absicht, einem Haardrad Übel zuzufügen, und welcher Vasall oder Anverwandte täte das schon? Nein, kein anderer als ein Borgsen würde meinen Plan ausführen.«

»Deine Worte klingen falsch. Welcher Haardrad würde einem anderen etwas antun wollen?« fragte Arno.

»Eine Frau, eine, an der viel zu verdienen ist.«

»Laß sie ausreden, Arno. Ich bin inzwischen neugierig geworden.«

»Was ich will, ist ganz einfach, und ich zahle gut dafür. Es gibt da eine junge Sklavin, die erst kürzlich gefangengenommen wurde, eine keltische Schönheit mit rabenschwarzem Haar und rauchfarbenen Augen. Sie steht mir im Weg, und ich will, daß sie verschwindet.«

»Mord?«

»Es ist mir gleich, was ihr mit ihr anfangt, wenn ihr sie erst habt«, fuhr die Frau fort. »Ihr könnt sie für euch behalten, solange sie nicht flieht – aber das *wird* sie versuchen. Ihr könnt sie auch weit weg von hier verkaufen und daran noch einmal einen Batzen verdienen. Meinetwegen könnt ihr sie auch töten.«

»Wie kann man einem Haardrad eins auswischen, indem man ihm eine Sklavin stiehlt?« fragte Arno.

»Anselm Haardrad hat sie hierhergebracht und sie seinem zweiten Sohn, Garrick, gegeben. Innerhalb kürzester Zeit hat sie Garrick verhext. Das Mädchen ist ihm viel wert, und wenn sie fortläuft, ist das für in verheerend.«

»Fortläuft?«

Die Frau lachte teuflisch. »Alles muß so aussehen. Versteht ihr, Garrick wird sie überall suchen, aber irgendwann gibt er auf. Aber wenn er glaubt, daß sie nicht aus freiem Willen gegangen ist, daß man sie gewaltsam fortgebracht hat, gibt er nie auf, ehe er sie gefunden hat.«

»Das klingt mir sehr nach einer Falle«, sagte Arno. »Wenn wir den Fjord überqueren, warten auf der anderen Seite schon Haardrads auf uns.«

»Wenn ihr die Haardrads auch nur ein wenig kennt, wißt ihr, daß sie keine Tricks anwenden. Sie kämpfen fair, Borgsen.«

»Das stimmt«, gab Cedric widerwillig zu. »Hugh ist hergekommen und hat meinen Bruder herausgefordert. Es war ein fairer Kampf.«

»Das mag wahr sein«, erwiderte Arno skeptisch. »Aber wir sollten deinen Vater von diesem Plan in Kenntnis setzen, denn er kennt den Feind gut. Es wäre blödsinnig, sich ohne Lathams Rat auf den Plan der jungen Frau einzulassen.«

Der junge Cedric fühlte sich angegriffen. »Willst du damit sagen, Arno, daß ich solche Dinge nicht selbst entscheiden kann?«

»Nein, ich halte es nur für klüger, deinen Vater einzuweihen. Schließlich ist im Laufe dieser langjährigen Fehde noch kein Blut vergossen worden, wenn man von den wertlosen Rindern und den ausgemergelten Hunden absieht. Der Plan dieser Frau könnte eine anders geartete Rache über uns hereinbrechen lassen.«

»Er könnte uns aber auch bereichern«, entgegnete Cedric habgierig.

»Und die Sklavin?« fragte Arno. »Wie willst du ihre Anwesenheit erklären?«

»Du brütest ungelegte Eier, mein Freund. Wir werden die Sklavin auf deinen Hof bringen, bis wir uns entschlossen haben, was wir mit ihr anfangen. Das ist doch ganz einfach.«

Die Frau freute sich, daß die Habgier der Männer über ihren Argwohn zu siegen schien. »Ihr braucht nicht zu befürchten, daß diese Angelegenheit Blutvergießen oder Rache nach sich ziehen könnte«, versicherte sie ihnen. »Es muß so aussehen, als sei die Sklavin durchgebrannt. Daher wird auf euch und euren Klan kein Verdacht fallen. Und das könnt ihr euch verdienen«, sagte sie und zeigte ihnen einen Beutel mit dem Gold. »Außerdem verschafft es euch das Bewußtsein, den Haardrads geschadet zu haben, ohne daß sie es wissen. Wenn ihr mir euer Wort gebt, meiner Bitte nachzukommen, gebe ich euch das Geld jetzt, und ihr seht mich nie wieder. Seid ihr einverstanden?«

Der Mann der vor ihr stand, beriet sich nicht mehr mit seinem Freund, sondern antwortete bereitwillig. »Zuerst erzählt ihr uns einmal, wie Ihr Euch die Ausführung Eures Planes gedacht habt, dann geben wir Euch unser Wort.«

Die Frau lächelte zufrieden, weil sie ihren Willen bald haben würde.

34

Ungestüme Beifallsrufe und der Klang von davongaloppierenden Pferden, weckten Brenna auf. Als erstes stellte sie fest, daß sie allein war. Dann reimten sich die Geräusche, die sie aufgeweckt hatten, in ihren vom Schlaf verworrenen Gedanken zusammen. Das Pferderennen hatte bereits begonnen.

Nachdem sie sorgsam das Stroh abgeschüttelt hatte, schlüpfte sie schnell in ihr Samtkleid, packte ihren Umhang und verließ den Stall. Die frische Morgenluft weckte sie vollends auf, und sie fragte sich jetzt, wie sie hatte schlafen können, während die Männer ihre Pferde für das Rennen bereitgemacht hatten.

Die Erinnerung an die vergangene Nacht war wie ein krebsartiges Geschwür, das in ihrem Innern eiterte, und der Gedanke, hier noch weiteren Festivitäten beizuwohnen, war ihr zutiefst zuwider.

In der Menge, die sich am Start versammelt hatte, erspähte Brenna ihre Tante und schlenderte langsam auf sie zu. Linnet sah so frisch und munter aus, daß sie sicher gut geschlafen hatte, und sie begrüßte Brenna mit einem warmen Lächeln.

»Ich dachte, du würdest eher hier sein, um deinem Wikinger Glück zu wünschen«, sagte sie fröhlich. »Er hat sich nach dir umgeschaut.«

»Wenn er wollte, daß ich ihm Glück wünsche, hätte er mich wecken müssen«, erwiderte Brenna teilnahmslos.

»Was fehlt dir, Brenna?« fragte Linnet. »Du siehst gar nicht gut aus.«

»Ich bin nur müde. Ich habe nicht gut geschlafen im Stall.« Linnet war sichtlich besorgt. »Mein Zimmer steht frei. Wenn du magst, kannst du dort eine Zeitlang schlafen. Die Männer werden nicht vor Mittag zurückkehren.«

»Nein, Tante, ich mache mich auf den Heimweg. Ich habe heute keine Lust, Garrick zu sehen.«

»Aber das Fest . . .«

»Wird auch ohne mich weitergehen. Ich will nicht feiern, wenn es nichts gibt, wofür ich dankbar bin.«

»Was ist passiert Brenna?« Als wir gestern miteinander geredet haben, warst du so froh.«

»Ich bin eine Närrin gewesen!«

»Wegen Garrick? Macht er sich nicht soviel aus dir, wie ich – wie wir gedacht haben?«

»Doch, Tante, aber nicht genug«, entgegnete Brenna und ging auf den Stall zu. »Nicht annähernd genug.«

»Warte, Brenna!« rief Linnet hinter ihr her. »Er wird nach dir fragen. Was soll ich ihm erzählen?«

Brenna wandte sich um und zuckte mit den Schultern. »Die Wahrheit. Ich gehe nach Hause und komme nicht zurück. Ich sehe ihn wieder, wenn er das Feiern satt hat.«

Die kurze Entfernung kam Brenna endlos vor. Sie ritt ziellos vor sich hin und grübelte über Garricks zurückgezogene Haltung nach.

Sie war froh, daß er nirgends zu sehen war. So brauchte sie niemandem erklären, warum sie allein war. Auch das Haus war leer, und drinnen war es ebenso kalt wie draußen, wenn nicht noch kälter. Brenna machte sich nicht die Mühe, die Feuer im unteren Geschoß anzuzünden, sondern ging direkt in ihr Zimmer. Dort setzte sie sich aufs Bett und starrte trübsinnig auf einen Sprung am Fußboden.

Schließlich gewann der Zorn in ihr die Oberhand und suchte nach einem Ventil. Brenna war außer sich vor Zorn, einem neuen Zorn, der ihrer Verletztheit entsprang. Da Garrick nicht da war und sie es nicht an ihm auslassen konnte, wählte sie das nächstbeste – seine Geschenke. Sie riß die beiden goldenen Armreifen herunter und warf sie gegen die Wand, aber sie fielen nur klappernd auf den Fußboden und lagen unbeschadet dort. Voller Enttäuschung zündete sie ein Feuer an und schmiß die Reifen hinein, aber der Schmelzvorgang des reinen Goldes dauerte ihr zu lange und befriedigte sie keineswegs. Als nächstes riß Brenna sich ihr schönes Kleid vom Leib und zerfetzte es in Streifen.

Als sie sah, was sie mit ihrer Zerstörungswut angerichtet hatte, traten ihr Tränen in die Augen. »Es war zu kostbar für eine Sklavin!« schrie sie laut, »und so sollte es keine Sklavin besitzen!« Dann überkamen sie Gewissensbisse, als sie an die freundliche Frau dachte, die das Kleid für sie genäht hatte. »Heloise wird sich nicht freuen.« Jetzt rollten die Tränen schon ihre Wangen herab. »Sieh nur, wozu du mich gebracht hast, Garrick! Das ist alles deine Schuld«, sagte sie kindisch. Dann warf sie sich aufs Bett. »Verfluchter Wikinger! Ich mag nicht immerzu diesen Schmerz empfinden!«

Erschöpft schlief sie ein. Sie schlief bis tief in den Nachmittag. Es war schon spät, als sie von einem Geräusch an ihrer Tür erwachte. Sie kroch sofort unter ihre Decke. Die Vorstellung, daß jemand sie in dieser Verfassung vorfinden würde, war entsetzlich. Eine Sekunde später, ehe sie ihre Nacktheit vollständig hatte verbergen können, wurde die Tür aufgerissen, und Garrick stürzte in ihr Zimmer.

Sein Gesicht war vor Wut entstellt. »Ich habe dir nicht gestattet, hierher zurückzukehren!«

»Das ist mir klar.«

»Und doch hast du getan, wozu du Lust hattest!« schrie er, noch ehe sein Blick auf die Überreste des Kleides fiel. Mit noch größerem Zorn wandte er sich wieder zu ihr um und zerrte sie aus dem Bett. »Ich bin gekommen, um dich notfalls mit Gewalt zurückzuholen, aber wie ich sehe, hast du selbst das unmöglich gemacht!«

Ihre Wangen glühten, als er sie brutal an den Schultern packte. »Einen Gast, der in grobe Wolle gekleidet ist, kann man wohl nicht ins Haus deines Vaters bringen, Wikinger?« spottete sie sarkastisch, um ihre eigene Niederlage zu überspielen.

»Nein, das kann man nicht«, antwortete er kühl. »Und da du deine Sklavenkleidung vorziehst, wirst du nie mehr etwas anderes besitzen, denn von mir bekommst du keine Geschenke mehr!«

»Ich habe dich nie darum gebeten!«

Sie glaubte schon, er wolle sie schlagen, aber statt dessen stieß er sie von sich fort, und sie fiel auf das Bett zurück. »Du bleibst in diesem Haus. Du selbst hast es so gewollt. Ich werde schon eine andere finden, die mich während des Festes unterhält.«

»Glaubst du vielleicht, daß mich das stört?« schrie sie, aber ihre Stimme strafte sie Lügen.

»Es spielt keine Rolle, ob es dich stört oder nicht«, erwiderte er und verletzte sie damit noch mehr. »Außerdem wirst du fortan meinen Anweisungen nachkommen, denn mit meiner Nachsicht dir gegenüber ist es vorbei.«

»Was hast du vor, Wikinger« fragte sie. »Wirst du mit meinem Leben ebenso sorglos umgehen wie mit meiner Liebe?«

Er sah sie lange an. Seine Augen glitten über ihre sanften Rundungen, blieben auf ihrem wogenden Busen hängen und ruhten zuletzt auf ihrem Gesicht, auf dem ihre stolze Schönheit stand, ihre trotzige Herausforderung, ihr Mut. Sie war wie ein wildes, unbezähmbares Geschöpf, das dennoch verwundbar ist.

»Nein, Brenna, ich werde dir nie das Leben nehmen«, sagte er mit der glühenden Leidenschaft, die der Anblick ihrer Pracht in ihm ausgelöst hatte. »Deine Liebe nehme ich wieder an, und zwar jetzt sofort.«

Ehe sie sich wehren konnte, fiel er über sie her, ohne sich mehr Mühe zu machen als die, seinen Schwanz herauszuholen, der es kaum erwarten konnte, in sie einzudringen. Brenna war schockiert und abgestoßen. Sie war viel zu aufgebracht, um sich von dieser Vergewaltigung mitreißen zu lassen, und kämpfte wild gegen ihn an. Sie krallte ihre Nägel in seine nackten Arme, bis sein Blut auf ihr Bett tröpfelte. Aber er hörte nicht auf und versuchte noch nicht einmal, ihre Hände festzuhalten, bis sich seine Samenflüssigkeit in sie ergoß und er zusammenbrach.

Als er aus dem schmalen Bett aufstand und seine Hose wieder zumachte, bebte Brenna vor Empörung darüber, wie herzlos er sie unter Mißachtung ihrer Gefühle genommen hatte. Er hatte nichts als seine eigenen tierischen Triebe im Kopf.

Das würde sie ihm nie verzeihen.

»Denk an meine Warnung, Brenna«, sagte er, als er auf die Tür zuging. »Verlasse dieses Haus nicht.«

Selbst jetzt machte er seine Macht über sie geltend, indem er sie daran erinnerte, daß sie ihm gehörte, daß sie nichts tun konnte, was er nicht gestattete. Er verschmähte ihre Liebe, aber er gebot über ihr Leben.

»Hast du mich verstanden?«

Sie sah ihn voller Bosheit an. Ihre Augen waren schwarze Asche. »Der Teufel soll dich holen, Wikinger! Mögest du dein Walhalla niemals finden, sondern mit Lokis Tochter in der Hölle schmoren!«

Garrick schien zu erbleichen. »Das sind harte Worte, Brenna, selbst wenn du sie im Zorn gesprochen hast. Für einen solchen Fluch würde dich ein anderer erschlagen.«

»Tu's doch! Töte mich!« kreischte sie. »Mir ist das völlig gleich!«

Garrick verließ wortlos den Raum. Er ging auf geradem Weg in den Stall, wo er Erins Abwesenheit zum zweitenmal an diesem Tage nicht bemerkte. Er bestieg das arme Tier, das heute morgen bereits sein Bestes gegeben hatte, wenngleich Garrick auch gegen Hugh verloren hatte. Diese Niederlage hatte seine Stimmung schon reichlich gedrückt, und Brennas Verschwinden hatte ihm gerade noch gefehlt.

»Verfluchtes, wankelmütiges Weib!« schrie er gegen den Wind an. »Erst besteht sie hartnäckig darauf, mich zu hassen, dann macht sie eine Kehrtwendung und erklärt mir, daß sie micht liebt – und jetzt haßt sie mich wieder. Ich habe ihr alles gegeben, was ich zu vergeben habe, aber nein, ihr genügt das nicht! Loki soll sie holen! Diese Schikane kann ich nicht brauchen.«

Mitleidlos gab er dem Pferd die Sporen. Er würde seine Sorgen im Met ertränken und diese sture Hexe vergessen.

35

Brenna zündete das Feuer im Herd an und bereitete einen Laib Fladenbrot, wie sie es bei Janie so oft beobachtet hatte.

Inzwischen ging es ihr wesentlich besser. Nachdem Garrick gegangen war, hatte sie noch ein wenig geweint und dann festgestellt, wie dumm sie sich verhalten hatte. Garrick wollte sein Leben mit ihr verbringen und ihr geben, was er geben konnte. Das mußte sie akzeptieren und dankbar dafür sein. Er konnte sich immer noch eines Tages ändern und wieder lieben. Schließlich hatte auch sie sich geändert.

Nur das gelegentliche Knistern des Feuers durchbrach die Stille des Hauses. Der Hund hatte sich unter dem Tisch ausgestreckt. Brenna konnte nicht sehen, daß er plötzlich die Ohren aufstellte. Aber sie hörte das Geräusch von draußen, das den weißen Hirtenhund aufgeschreckt hatte.

Sollte Garrick so bald zurückgekommen sein? Wenn ja, dann mußte er ihre Gesellschaft vermißt haben. Bei diesem Gedanken lächelte Brenna und wartete darauf, daß die Tür aufging.

Die Tür öffnete sich allerdings sehr langsam. Die kalte Luft ließ Brenna frösteln, aber nicht so sehr wie die Feststellung, daß weder Garrick noch sonst jemand, den sie kannte, sich so verstohlen in das Haus schleichen würde.

Ein Mann trat vorsichtig in die halb geöffnete Tür. Er war groß, fast so groß wie Garrick, hatte goldbraunes Haar und hellblaue Augen. Er war in verschiedenfarbige, dicke Pelze gehüllt und hielt ein einschneidiges Schwert in der Hand.

Brenna hielt den Atem an. Sie kannte diesen Wikinger nicht, und nach seinem überraschten Blick zu schließen, kannte er sie auch nicht.

Der Hund stellte sich neben sie und gab ihr mit seinem Knurren wieder Mut. Der Dolch, den Garrick ihr anvertraut hatte, hing an ihrer Hüfte und verringerte ihre Besorgnis ebenfalls, obwohl diese Waffe gegen einen Pallasch nicht viel ausrichten konnte.

»Brenna?«

Sie war verblüfft. Kannte er sie etwa doch? Aber nein, er hatte ihren Namen fragend ausgesprochen. Er mußte von ihr gehört haben und folglich auch Garrick kennen. Vielleicht hatte sie doch nichts zu befürchten.

»Wer seid Ihr?« fragte sie, doch dann sah sie deutlich, daß er sie nicht verstand.

Brenna biß sich unentschlossen auf die Lippen und wußte nicht, ob sie in seiner Sprache mit ihm reden sollte. Der Hund knurrte immer noch bedrohlich. Witterte er Gefahr?

»Die Dirne ist allen, Cedric.«

Brenna hielt den Atem an und wirbelte herum; sie sah sich einem anderen Fremdling gegenüber, der von hinten in das Haus gekommen war. Schneller als sie ihre Lage abschätzen konnte, packte der junge Man, der Cedric genannt wurde, sie von hinten. Sie schrie bestürzt auf und in dem Moment fletschte der Hund seine Zähne und ging auf das Bein des Wikingers los.

Cedric schrie vor Schmerz auf, als der Hund zubiß, und hob sein Schwert, um ihm den Schädel zu spalten.

»Nein!« schrie Brenna und fiel dem Wikinger in den Arm, um den Schlag aufzuhalten. Sie vergaß ihre eigene Angst und bot ihre gesamte Kraft auf, um das Schwert von seinem Ziel abzulenken. Aber nicht ihre Anstregungen retteten den Hund, denn mit diesem Mann konnte sie ihre Kraft nicht messen. Der andere Wikinger hatte kurz entschlossen gehandelt und den Hund vor dem niederfallenden Schwert zur Seite getreten.

»*Sie* würde den Hund nie töten«, sagte er warnend. »Also können wir das auch nicht tun.«

»Ah! Diese ganze Betrügerei ist ein Witz!« fauchte Cedric und ließ Brenna los, um sich um sein Bein zu kümmern. »Wir haben das Mädchen, Arno. Das genügt.«

»Wir werden alles so ausführen, wie die Frau es gewollt hat«, entgegnete Arno. »Ich war nur einverstanden, weil man uns nie verdächtigen wird.«

Cedric knurrte sarkastisch: »Der Batzen Gold hat dich kein bißchen beeindruckt, was?«

Arno überging die Frage und sah seinen Freund zornig an.

»Ist dir die Rache an einem Hund den Zorn deines Vaters wert?«

»Wie das?«

Arno gestikulierte wild. Dabei zeigte sich das zusammengerollte Seil, das von seiner Schulter hing. »Muß ich dich wirklich daran erinnern, daß dein Vater die Fehde, die deine Brüder und du begonnen haben, ablehnt? Wir wissen beide ganz genau, daß

Latham unser Tun nicht billigen würde, Wenn man uns auf die Schliche kommt, wird der Frieden der letzten Jahre blutig enden.«

Brenna lauschte dem Streit schweigend. Sie hatte nicht genau verstanden, warum sie hierhergekommen waren, aber sie wußte, daß es nichts Gutes für sie bedeutete. Der Hund war zwar noch am Leben, aber er war verletzt und konnte ihr kein zweitesmal zu Hilfe kommen – und Garrick vergnügte sich auf dem Fest.

Sie verspürte bohrenden Groll gegen Garrick, der sie hier schutzlos allein gelassen hatte. Dann schalt sie sich selbst.

Es war nicht sein Fehler, sondern ihre eigene Schuld.

Noch ehe Arno ausgeredet hatte, versuchte Brenna, ihre einzige Chance zu nutzen und fortzulaufen. Aber ihre Füße verfingen sich in etwas, und sie fiel vornüber auf den Boden und scheuerte sich die Handflächen auf. Sie hatten ihr das Seil um die Füße geworfen, und jetzt banden sie es um ihre Handgelenke.

»Jetzt haben wir das Pferd und das Mädchen. Gehen wir, ehe noch etwas schiefgehen kann.«

Er wartete die Antwort des jüngeren Mannes nicht ab, griff schnell nach einem alten Umhang, warf ihn ihr über die Schultern und zog sie an dem Seil hinter sich her. Sie fühlte sich so erniedrigt und hilflos wie ein armes Tier in der Falle. Wie konnten sie es wagen, sie so zu behandeln?

Brenna war völlig durcheinander und konnte vor lauter Zorn und Hilflosigkeit keinen klaren Gedanken fassen. Sie kletterten den steilen Felsenpfad zum Landesteg hinunter. Garricks Schiff lag stolz und ehrfurchtgebietend wie ein schlafender Drache auf dem ruhigen Wasser. Daneben lag ein ebenso beeindruckendes, mächtiges Wikingerschiff.

Sie wurde auf das zweite Schiff verfrachtet, das sofort ablegte und sie endgültig von jeder Rettung und von Garrick abschnitt. Brenna kämpfte gegen die Panik an, die sie zu überwältigen drohte. Wohin brachte man sie? Und warum, um Himmelswillen?

Sie beobachtete die Wikinger genau. Die Strömung trieb das Schiff mit sich, und dennoch kämpften sie mit den Rudern. Sie fragte sich, wie die Männer auf dem Hinweg gegen die Strömung angekämpft haben mochten. Und warum waren sie mit einem so großen Schiff angekommen, um eine einzige Sklavin zu rauben. Ein kleines Boot hätte ausgereicht.

Brenna fand den Grund heraus, als sie sich auf dem leeren Schiff umsah und feststellte, daß es gar nicht so leer war. Hinter ihr war im Schatten der Umriß eines Pferdes zu erkennen. Da nur ihre

Hände gebunden waren, ging sie näher heran und erkannte Willow. Das verwirrte sie nur noch mehr. Garrick hatte viele edle Tiere. Falls es sich bei diesen Wikingern um Piraten handelte, um Diebe in ihrem eigenen Land, warum nahmen sie dann nur ein Pferd und eine Sklavin mit?

Brenna zog alle erdenklichen Schlußfolgerungen aus ihrer Lage, aber eine war entmutigender als die andere. Sie wartete darauf, daß die Wikinger wieder miteinander sprechen würden, damit sie mehr erführe, aber die beiden widmeten sich schweigend ihrer Aufgabe. Zumindest steuerten sie nicht auf das offene Meer zu. Statt dessen ruderten sie auf eine Anlegestelle am gegenüberliegenden Ufer des Fjordes zu.

Man lud sie und Willow ab. Als sie auf das tiefe Wasser schaute, wurde ihr trostlos zumute. Selbst, wenn es ihr gelang, diesen Männern zu entkommen, führte kein Weg zu Garrick zurück. Mit diesem Schiff konnte sie nicht allein zurechtkommen, und schwimmen konnte sie nicht.

Zwei Pferde waren in der Nähe des Landeplatzes angebunden. Brenna wurde auf Willows bloßen Rücken gehoben, und nachdem die beiden Männer ihre Pferde bestiegen hatten, ritten sie wieder zurück in Richtung zum Meer. Aber schon kurz darauf wandten sie sich nach Süden, weg vom Fjord, weg von Garrick.

Garrick. Was würde er tun, wenn er ihr Verschwinden bemerkte? Willow war auch fort, und er mußte fast glauben, sie sei wieder davongelaufen. Vielleicht käme er auf die Idee, aber er würde den Gedanken sogleich wieder verwerfen. Sie hatte ihm ihr Wort gegeben, nicht mehr davonzulaufen. Folglich mußte er schließen, daß sie nicht aus freiem Willen gegangen war. Er würde sie suchen, aber würde er den Fjord überqueren?

Nach weniger als einer Stunde hielten die Männer ihre Pferde an. Brenna konnte vage den Umriß eines Hauses ausmachen, ehe sie vom Pferd gezogen und in das Gebäude gebracht wurde.

Die Männer machten Feuer in dem dunklen Haus, und Brenna sah sich in dem dürftig möblierten Zimmer um. Dann wandte sie ihre Aufmerksamkeit wieder den Männern zu. Cedric sah sie interessiert an, und sie fühlte, wie ihr das Blut gefror.

»Vielleicht gehe ich doch noch nicht gleich«, sagte Cedric, ohne seinen Blick von Brenna zu lösen.

Arno sah finster aus. »Dein Vergnügen läuft dir nicht davon. Das haben wir doch schon ausführlich besprochen, als wir gewartet haben, um sicherzugehen, daß sie allein ist.«

»Ich weiß«, sagte Cedric. »Diese Adosinda hat gesagt, die Sklavin sei eine Schönheit, aber sie hat zu wenig versprochen.«

»Cedric.«

»Schon gut!« entgegnete er gereizt. »Ich gehe zum Fest meines Vaters zurück. Aber ich komme morgen früh wieder. Ich will sie als erster haben, Arno, denk daran!«

Arno schüttelte den Kopf. »Ich will sie nicht. Ich habe ein schlechtes Gefühl bei dem, was wir getan haben.«

Cedric lachte. »Ich traue meinen Ohren nicht.«

»Sag, was du magst. Sie hat einem anderen Mann gehört und dessen Haus nicht verlassen wollen. Ich fürchte, er wird nicht ruhen, ehe er sie gefunden hat.«

»Was sagst du da?«

»Wegen dieser Tat wird es noch ein Blutvergießen geben. Ich spüre es – ich weiß, daß es so kommen wird.«

»Wenn du weißt, was die Zukunft bringt, dann sag mir, wie er sie jemals finden wird«, sagte Cedric sarkastisch. »Ich habe halt einen Feigling zum Freund.«

»*Weil* wir Freunde sind, werde ich keinen Anstoß an deinem losen Mundwerk nehmen.«

Cedric zeigte keinerlei Gewissensbisse. Er warf Brenna einen letzten Blick zu, der mehr als deutlich war. »Bewach sie gut für mich, Arno«, sagte er. Dann verließ er das Haus.

Brenna bebte. Sie sah Arno hoffnungsvoll an, aber er sah schnell weg. Von ihm konnte sie keine Hilfe erwarten. Er würde sich verdrücken, während sein Freund sie vergewaltigte. Das durfte nicht passieren; sie würde es nicht bis dahin kommen lassen!

Sie schöpfte ein wenig Mut. Sie hatte Garrick bekämpft und bis zu einem gewissen Grad Erfolg damit gehabt. Sie würde auch mit diesem Cedric fertig werden. Er sah sie als sein Opfer an, nicht als seine Gegnerin. Dieser Überraschungsfaktor würde ihr helfen.

Außerdem hatte sie ihren Dolch. Aus irgendwelchen Gründen hatten sie ihn ihr nicht abgenommen. Entweder konnten sie sich einfach nicht vorstellen, daß sie ihn gegen sie einsetzen würde, oder sie hatten den funkelnden Griff der Waffe an ihrer Hüfte für ein Schmuckstück gehalten. Auf alle Fälle war sie froh, diese Waffe bei sich zu haben.

Arno bereitete etwas zu essen und machte Brenna ein Bett aus Decken vor dem Ofen zurecht. Mit Gesten bedeutete er ihr, daß sie dort schlafen würde. Dann ging er hinaus, um nach den Pferden zu sehen.

Brenna wurde übel bei der Vorstellung, daß sie morgen entweder einen Mann töten oder die Folgen dafür tragen würde, daß sie es versucht hatte. Das Ergebnis war in beiden Fällen unerfreulich.

Die Suppe duftete verführerisch. Sie hatte den ganzen Tag noch nichts gegessen. Aber sie fürchtete sich, es jetzt zu tun, weil sie glaubte, das Essen nicht bei sich behalten zu können.

Brenna legte sich auf die Felle. Die Fesseln an ihren Handgelenken störten sie. Sie erwog schon, die zu zerschneiden, überlegte es sich aber anders. Ihre Bequemlichkeit war es nicht wert, daß sie dafür ihren Dolch verlor. Sie zog die Waffe aus der Scheide und legte sie in Reichweite unter das Fell. Als Arno zurückkam, war sie schon eingeschlafen.

36

Es stellte sich heraus, daß der Wikinger, der Cedric genannt wurde, weder am nächsten noch am darauffolgenden Tag auftauchte. Brenna war eine volle Woche lang mit Arno allein. In den ersten Tagen wurde ihre Geduld auf eine harte Probe gestellt. Sie hielt das kleinste Geräusch, selbst das Stöhnen des Windes, für ein Anzeichen von Cedrics Rückkehr.

Nicht einmal die Hoffnung, daß Garrick sie finden könnte, half ihr in diesen ersten Tagen, denn es fing schon in der ersten Nacht an zu schneien und schneite drei weitere Tage hindurch.

Sie verfluchte Arno, Cedric und den Schnee. Sie verfluchte die Frau, von der die beiden gesprochen hatten und die ihnen von ihr erzählt hatte. Machte Cordella ihre Drohung wahr?

Nein, Cordella sprach weder die Sprache dieser Männer, noch hätte sie jemals gewußt, wie sie sie finden sollte. Sie erinnerte sich an die häßliche Szene mit Morna. Sie war die einzige, die mit derart faulen Tricks arbeiten würde. Aber es gab auch noch Bayard und Gorm. Sogar Hugh – und vor allem den Wikinger, dem sie die Schmach zugefügt hatte, ihn im Kampf zu verletzen. Jeder dieser Männer konnte eine Frau vorgeschickt haben, um den Kontakt mit Cedric und Arno anzuknüpfen.

Am zweiten Tag bekam Arno Mitleid mit ihr und nahm ihr die Fesseln ab. In der folgenden Nacht versuchte Brenna, sich davonzuschleichen. Aber er hatte eine heimtückische Falle vor der Tür angebracht. In den folgenden Nächten band er sie an der Eisenstange über der Feuerstelle an, ließ sie jedoch tagsüber herumlaufen.

Nach einer Woche wurde auch Arno ungeduldig. Er murmelte ständig vor sich hin, und Brenna hoffte schon, Cedric sei etwas zugestoßen. Vielleicht würde Arno, der sie ohnehin nicht in seinem Hause haben wollte, sie laufenlassen.

Nachdem neun Tage vergangen waren, ohne daß Cedric sich hatte blicken lassen, entschloß sich Brenna, mit Arno zu reden. Sie hatte nichts zu verlieren, da außer ihr niemand da war, mit dem Arno hätte reden können. Somit hatte sie keine Gelegenheit zu lauschen.

Er bereitete das Brot für ihr Frühstück und war recht kratzbürstig, als Brenna auf ihn zukam.

»Euer Freund scheint uns vergessen zu haben«, begann sie. Er wandte ihr verblüfft seine Aufmerksamkeit zu. »Wie lange wollt ihr mich hier festhalten?«

»Ihr sprecht meine Sprache gut.«

»So gut wie Ihr«, erwiderte sie.

»Man hat mir gesagt, daß Ihr erst seit kurzem hier seid. Ihr müßt einen guten Lehrer gehabt haben, wenn Ihr unsere Sprache so schnell erlernt habt. War das Euer Herr?«

»Er hat mir viel beigebracht«, sagte sie beiläufig und kam näher. »Unter anderem auch, daß man nichts behalten kann, was man in seinem Land einem anderen weggenommen hat. Jedenfalls nicht, ohne teuer dafür zu bezahlen.«

Ihre Warnung traf Arno empfindlich, und er sprang so nervös vom Tisch auf, als stünde Garrick bereits vor ihm, um sie zurückzuholen. »Der junge Haardrad wird nie erfahren, daß du hier bist.«

»Mit der Zeit wird er es sich denken«, sagte Brenna hoffnungsvoll. »Er kennt das Land und wird jeden Zentimeter durchsuchen. Wenn er mich dort nicht findet, wird er schließlich auf der anderen Seite des Fjordes suchen.«

»Nein, er gibt schon vorher auf.«

»Glaubt Ihr das wirklich, Wikinger? Ihr habt eines nicht mitberechnet – ich liebe Garrick Haardrad, und er liebt mich.« Sie sprach diese halbe Wahrheit mit Überzeugung aus. »Die Liebe, die uns miteinander verbindet, wird alle Hindernisse überwinden.«

Arno setzte sich und sah sie fest an, bis sie sich unbehaglich fühlte. »Das mag sein, Dirne. Aber die Sache liegt nicht in meiner Hand. Ich behalte dich nur für einen anderen hier.«

»Ihr habt geholfen, mich hierherzubringen!« beschuldigte sie ihn und zeigte mit dem Finger auf ihn. »Ihr laßt mich nicht fort. Ihr seid ebenso verantwortlich wie Euer Freund.«

»Hört auf zu schwätzen, Weib!« sagte er wütend. »Mir wart Ihr lieber, ehe Ihr Eure Sprache wiedergefunden habt.«

»Ihr wißt, daß ich die Wahrheit sage. Garrick wird Euch nie verzeihen, wenn Ihr mich jetzt nicht gehen laßt.«

»Diese Entscheidung liegt nicht bei mir. Spart Euch Eure Argumente für Cedric auf. Ihm gehört Ihr jetzt.«

»Ich würde eher sterben als ihm gehören!« fauchte Brenna mit tiefem Abscheu. Dann senkte sie die Stemme. »Cedric ist nicht hier. Ihr könnt mich gehen lassen, ehe er zurückkommt.«

»Cedric ist mein Freund, Dirne, der einzige Freund, den ich habe«, entgegnete er. »Selbst wenn ich sein Vorgehen nicht billige, kann er mit meiner Loyalität rechnen.«

»Euer *Freund* wird Euren Tod herbeiführen!« warnte Brenna, der jedes Mittel recht war, um ihn zu überzeugen.

»Nein, denn Garrick Haardrad wird Euch hier nicht suchen. Und selbst wenn er es tut, ist es zu spät, denn bis dahin hat Cedric Euch satt und verkauft Euch weiter. Meine Loyalität gehört Cedric und seiner Familie. Ich bin einer von Latham Borgsens Vasallen. Ließ ich dich frei, würde er mir die Kehle durchschneiden.«

»Dann bringt mich zu Eurem Lehnsherren. Ihr habt selbst gesagt, daß er Euer Tun nicht billigen würde.«

»Schweigt!«

Brenna nahm einen letzten Anlauf. »Bitte.«

Sie hatte sich umsonst gedemütigt, denn Arno verließ den Raum. Als er zurückkam, hüllte sie sich wieder in Schweigen. Am frühen Nachmittag kam Cedric.

Von dem Moment an, als er den Raum betrat, fühlte sich Brenna als das langersehnte Mahl, das ein verhungerndes Tier gefunden hat. Seine Lüsternheit war so offensichtlich, daß Arno sich sträubte, eine Erklärung für seine Abwesenheit zu fordern und nur noch verlegen in eine andere Richtung schaute.

Als Cedric seinen Umhang auszog, sah Brenna seine Muskeln. Diesen Mann könnte sie töten, ohne mit der Wimper zu zucken, aber es war fraglich, ob sie gegen seine Kraft eine Chance hatte.

»Hat meine hübsche Kleine dir Ärger gemacht?«

»Erst heute morgen.«

»So?«

»Sie spricht unsere Sprache, Cedric, und das sogar gut.«

»Ist das wahr, Dirne?«

Brenna antwortete nicht. Sie versuchte, unauffällig in die Nähe des Bettes zu gelangen, wo ihre einzige Hoffnung verborgen lag.

»Sie kennt auch unsere Namen«, fuhr Arno fort. »Wenn Haardrad sie jemals wiederfindet, wird sie ihm alles erzählen. Wir hätten sie niemals holen sollen.«

»Sorg dich nicht grundlos. Er wird sie niemals finden.«

»Willst du sie bald verkaufen?«

»Nein, ich glaube nicht. Wir werden Haardrad töten, falls er sie hier suchen sollte. Das ist doch ganz einfach.«

»Hast du den Verstand verloren, Cedric?«

»Genug jetzt! Mein Vater hat mich lange genug aufgehalten. Ich habe die ganze Zeit an nichts anderes als sie gedacht, und jetzt will ich nicht mehr länger warten.« Plötzlich lachte er laut. »Willst du hierbleiben und zuschauen, Arno? Oder findest du es nicht an der Zeit, meinem Vater Respekt zu zollen?«

Arno blickte erst auf Cedric und dann auf Brenna. Er sah den stillen Hilferuf in ihren Augen, aber er wandte sich ab. Erbittert verließ er das Haus und schmetterte die Tür hinter sich zu.

Brenna hatte nichts anderes von ihm erwartet. Arno war zwischen seiner Loyalität und seinen wahren Empfindungen hin und her gerissen. Brenna hatte das Pech, daß seine Loyalität siegte. Das schien bei allen Wikingern das gleiche zu sein.

Jetzt ging es aufs Ganze. Brenna würde dieses Haus entweder mit Blut an den Händen verlassen, oder dieser junge Bastard würde sie vergewaltigen und ihr damit jede Hoffnung nehmen, Garricks Liebe jemals zu gewinnen. Garrick war nicht anders als andere Männer und wohl kaum bereit, das was er für sich beanspruchte, mit jemandem zu teilen. Selbst wenn sie schuldlos war, könnte er ihr nie verzeihen, daß ein anderer sie gehabt hatte. Männer urteilen meistens ungerecht. Noch war nichts passiert, aber Cedric näherte sich ihr schon wie eine Schlange, die zum Biß ansetzt.

»Komm her, meine Hübsche«, sagte er schmeichlerisch. »Du sprichst meine Sprache und weißt, was ich will.«

Brenna sagte kein Wort, aber in ihren Augen stand Abscheu, Ekel und Verachtung. Das schreckte ihn jedoch nicht ab. Er schien sich noch nicht einmal zu wundern.

»Willst du mit mir kämpfen?« fragte er mit hochgezogenen Brauen und einem widerwärtigen Lächeln auf den Lippen. »Ich habe nichts dagegen, Dirne. Ich bin sicher, daß du einen bewundernswerten Kampf hingelegt hast, als dein erster Mann dich nehmen wollte, aber jetzt hast du nichts mehr zu verteidigen. Wenn du trotzdem noch die Jungfrau spielen willst, soll es mir recht sein.«

Brenna konnte ihren Abscheu nicht länger für sich behalten.

»Du ekelhaftes Schwein!« zischte sie. »Wenn du mich anrührst, lebst du nicht mehr lange genug, um es noch zu bereuen!«

Er lachte über ihre Drohung. »Ich werde nichts bereuen, sondern die Berührung auskosten. Glaubst du wirklich, daß dein Herr durch diese Tür kommt, um mich davon abzuhalten, dich zu nehmen? Nein, Dirne, niemand wird mich daran hindern.«

Brenna hielt den Mund. Sollte er ruhig denken, sie sei hilflos. Sollte er doch unvorbereitet in die Falle gehen. Das war ihre einzige Chance.

Cedric legte langsam seine Waffen ab. Wie viele Menschen hatte er wohl schon getötet? Ob es eine große Sünde war, ihn umzubringen? Hatte sie nicht das Recht dazu?

Cedric sprang ganz plötzlich auf sie zu und packte sie. Brenna schrie auf, als sie zu Boden fiel, denn ihre Waffe lag weit von ihr entfernt, und sie sah keine Möglichkeit, näher an sie heranzukommen.

»Der Sieger fordert seinen Lohn«, murmelte er, ehe er ihr Gewand bis zum Gürtel aufriß.

Dann versuchte er ihren Gürtel aufzumachen. Brenna wehrte sich verzweifelt. Sie hämmerte mit ihren Fäusten auf ihn ein. Sie erwischte seine Lippe so, daß sein Blut auf sie tröpfelte. Daraufhin schlug er sie nahezu bewußtlos. Sie war benommen, und ihr Gürtel schien sich wie durch Zauberei zu öffnen. Mühelos zerriß er das, was noch von ihrem Gewand übrig war.

Mit beiden Händen quetschte er ihre bloßen Brüste so grausam zusammen, daß sie Folterqualen erlitt. Er ergötzte sich an ihren Schmerzenschreien und fuhr gnadenlos in seinem Tun fort. Die Zeit erschien ihr endlos, bis Brenna es einfach nicht mehr ertragen konnte und vor Schmerzen ohnmächtig wurde.

37

Garrick stand beim Schein einer einzigen Kerze in Brennas Zimmer. Er starrte gehässig in den kalten Kamin und auf die beiden goldenen Armreifen, die jetzt schwarz waren, ihre ursprüngliche Form jedoch bewahrt hatten. So zahlte sie ihm seine Großzügigkeit zurück. So reagierte sie auf sein Interesse an ihr.

Garrick ließ seinem Zorn schon seit Tagen freien Lauf. Warum sollte er anderen gegenüber so tun, als berührte ihn das Ganze nicht? Er war so wütend, daß er Brenna getötet hätte, wenn er sie heute gefunden hätte. Aber seine Chancen, sie zu finden, standen schlecht – sie hatte ihre Sache gut gemacht.

Er würde keiner Frau mehr über den Weg trauen. Nachdem sie ihm ihr Wort gegeben hatte, hatte er wirklich geglaubt, daß sie es halten würde.

»Narr!«

Er leerte den Krug in seinen Händen und verließ das Zimmer. Er würde anordnen, daß alles, was noch in dem Zimmer lag, verbrannt wurde. Er wollte durch nichts mehr an dieses verlogene Weibsstück erinnert werden.

Garrick trat in die Halle, als Maudya gerade sein Essen auf den Tisch stellte. »Wo ist Erin?« fuhr er sie an.

Maudya zuckte nervös zusammen. »Er kommt gleich.« In der Hoffnung, ihn zu beschwichtigen, fügte sie hinzu: Er ist alt, Herr Garrick. Er braucht heute länger als früher, um den Hof zu überqueren.

»Ich habe dich nicht um Ausflüchte gebeten«, knurrte er sie an. Dann schlug er mit der Faust auf den Tisch. »Odin und Thor, steht mir bei! Gehorcht mir denn keiner meiner Sklaven?«

Sein Anruf der Götter erschreckte Maudya mehr als sein Zorn, und sie rannte aus dem Zimmer, als wollten diese heidnischen Gottheiten sie verschlingen. Sie kam an Erin vorbei, der eben eintrat. Ihr weißes Gesicht und ihre entsetzten Augen riefen seinen Groll hervor.

»Ihr habt keinen Grund, Euren Zorn an der armen Dirne auszulassen«, sagte Erin kühn zu Garrick und nahm sich damit eine Freiheit heraus, von der er wußte, daß sie ihm nicht zustand. »Sie hat Euch immer treu gedient.«

Garrick wurde noch zorniger. »Du gehst zu weit, Alter. Du solltest dich lieber daran erinnern, wer der Herr hier ist!«

»Ich weiß doch selbst, wem ich mit Liebe diene – und notfalls auch mit Geduld.«

Garrick fühlte sich beschämt und zurechtgewiesen, aber er verbarg seine Gefühle unter einer strengen Miene und kam auf den Grund zu sprechen, aus dem er Erin hatte rufen lassen.

»Erzähl mir noch einmal alles, was du noch von dem Tag in Erinnerung hast, an dem Brenna verschwunden ist.«

»Schon wieder? Garrick, das habe ich jetzt schon viermal getan. Ich habe Euch alles erzählt.«

In diesem Moment kam Perrin mit forschem Schritt in die Halle, aber aus seinem erschöpften Gesicht war zu ersehen, daß auch er keine ermutigenden Neuigkeiten brachte. Garrick warf ihm nur einen kurzen Blick zu und fuhr dann in seinem Verhör fort.

»Wiederhole deine Geschichte einfach noch einmal, Erin.«

Erin seufzte. »Ich habe nicht gewußt, daß die Kleine an dem Tag zurückgekommen ist und ebensowenig, daß Ihr gekommen und wieder gegangen seid. Ich verfluche mich für meine Schwäche, ausgerechnet an jenem Tag krank geworden zu sein, der seither soviel für Euch bewirkt hat.«

»Kümmere dich nicht darum, was es bei mir bewirkt hat, Erin!« sagte Garrick schroff. »Wiederhole einfach, was sich zugetragen hat.«

»Ich hatte nicht damit gerechnet, daß ich an diesem Tag gebraucht würde, und bin deshalb früh am Morgen zu Renya gegangen, um mir ihre Heiltränke zu holen. Sie hat mich fast den ganzen Tag ins Bett gesteckt, und wahrhaftiger Gott: Ihre Mixturen haben mir geholfen. Ich bin spät zurückgekommen und habe den Hirtenhund heulen hören wie einen Höllenhund. Der Sturm hatte noch nicht eingesetzt, und die Luft war ruhig. Daher konnte ich das Tier selbst mit meinen alten Ohren unschwer vom Stall aus hören. Er war allein im Haus, und dabei habe ich mir nichts gedacht, bis ich das Feuer bemerkt habe, das das Tier unmöglich entzündet haben konnte. Dann habe ich das verkohlte Brot gesehen. Ich wußte, daß die anderen Frauen das Haus nicht betreten hatten und habe deshalb Coran zu Euch geschickt, um Euch zu berichten, was ich vorgefunden hatte. Da weder Euer Pferd noch das von Brenna im Stall standen, war es nur natürlich anzunehmen, daß sie noch mit Euch im Hause Eures Vaters war. Ehe Ihr mit Coran zurückgekehrt seid, hat der Sturm eingesetzt und jede Spur verweht.«

»Als du die Tür in jener Nacht geöffnet hast, ist der Hund hinausgelaufen und ist *vor* dem Haus verschwunden?«

»So war es«, erwiderte Erin.

Garrick schlug sich mit der Faust in die hohle Hand. »Ich habe jeden Zentimeter Land im Osten durchsucht, bis hin zu den Bergen, aber ich habe keine Spur von ihr gefunden!«

»Was ist mit den Bergen?« fragte Perrin, der bisher geschwiegen hatte.

»Jeder Narr weiß, daß er dort den Winter nicht überlebt, aber ich war dennoch in den unteren Gebirgsregionen.«

»Und der Hund? Vielleicht hätte er mehr Glück gehabt«, sagte Perrin. »Hast du ihn nicht mitgenommen?«

»Als ich zum erstenmal ausgeritten bin, konnte ich ihn nicht finden. Erin sagt, daß er am nächsten Tag zurückgekommen ist. Er war naß und verletzt. Wenige Stunden später ist er gestorben.«

»Das tut mir Leid, Garrick. Ich weiß, daß du ihn großgezogen hast.«

Garrick sagte nichts. Er hatte sich bis jetzt weder mit diesem Verlust abgefunden, noch konnte er an etwas anderes denken als daran, Brenna zu finden.

»Ich beharre immer noch darauf, daß sie nicht weggelaufen ist, Garrick,« sagte Erin ernsthaft. »Sie ist verletzt oder . . .«

»Sag nicht, daß sie tot ist!« fiel Garrick ihm mit solcher Heftigkeit ins Wort, daß Erin bedauerte, was er beinah gesagt hätte.

Perrin bemühte sich, die Spannung aufzulockern, die plötzlich in der Luft hing. »Der Hund ist also naß zurückgekommen. Der nächste See liegt im Nordwesten. Warst du dort, Garrick?«

»Ja, und im Norden auch, mein Vater sucht immer noch im Westen, an der Küste.«

»Ich war auch im Norden und im Osten, und viele andere außer mir.«

»Ich bin dir dankbar für die Mühen, die du auf dich genommen hast, Perrin, aber es ist an der Zeit, aufzuhören. Wir haben nicht einmal einen Anhaltspunkt in welche Richtung sie geflohen ist. Nicht einen einzigen.«

»Du hast aufgegeben?«

»Diese Frau ist gewitzt wie ein Mann. Sie hat einmal geschworen, daß ich sie nicht finden würde, wenn sie flieht. Beim erstenmal habe ich sie auch nur zurückgebracht, weil sie den Hund bei sich hatte.«

»Aber du kannst doch nicht einfach aufgeben, wenn Erin recht hat und sie vielleicht verletzt ist und nicht zurückkommen kann.«

»In dem Fall hätte ich sie gefunden. Nein, die Männer meines Vaters geben nicht auf, aber ich lasse mich nicht länger zum Narren halten. Sie ist fort, und ich möchte nicht, daß ihr Name jemals wieder in meiner Gegenwart erwähnt wird.«

38

Das eiskalte Wasser, das er Brenna ins Gesicht schüttete, brachte sie wieder zu Bewußtsein. Sie keuchte und hustete und hatte das Gefühl zu ertrinken. Dann riß sie die Augen auf. Sie wußte, daß sie sich in unmittelbarer Gefahr befand, aber sie konnte sich nicht mehr daran erinnern, was so bedrohlich gewesen war, bis eine großgewachsene Gestalt vor ihren Blicken auftauchte.

Cedric stand vor ihr, nackt von Kopf bis Fuß. Dann sah sie, daß auch sie vor seinen Blicken entblößt war. Mit wollüstigem Grinsen weidete er sich an ihrem Anblick. Sie stöhnte in sich hinein. War es vorbei? Hatte dieser grinsende Hurenbock ihre persönlichsten Körperteile schon gewaltsam erforscht? Nein – nein . . . Sie konnte einfach nicht glauben, daß ihr Bewußtsein sie so sehr im Stich lassen würde, sie im Angesicht der Gefahr hilflos verharren lassen würde.

»Du bist also wieder bei dir«, sagte Cedric verächtlich. »Du bist wie alle Frauen, die ich kenne. Bei dem kleinsten Schmerz fallen sie in Ohnmacht. Ich hatte gehofft, bei dir wäre das etwas anderes, Dirne, und du würdest ertragen, was ich dir auferlege.«

Die Erinnerung an den entsetzlichen Schmerz schoß ihr wieder durch den Kopf. Sie sah auf ihren Busen nieder, auf dem sich bereits blaue Flecken gebildet hatten. Schnell zog sie ihr Gewand um sich, aber es wollte nicht halten.

»Du Vieh!« zischte sie.

Cedric kicherte teuflisch. »Du scheinst meine Methoden, mir Genuß zu verschaffen, nicht zu schätzen? Das kommt noch, Brenna«, sagt er zuversichtlich. »Mit der Zeit wirst du die vielen verschiedenen Arten, auf die ich dich nehme, lieben lernen. Der köstliche Schmerz wird dir Lust verschaffen, und du wirst mich bitten, dir mehr Schmerzen zuzufügen.«

Brenna drehte sich der Magen um. Sie mußte ihn töten, soviel stand jetzt fest. Aber wann? Was mußte sie noch erleiden, ehe sich eine Gelegenheit ergab?

Er war ein perverses Ungeheuer. Sie empfand bei seinem Anblick eine Art morbider Faszination. Er war abstoßend, aber sie konnte ihren Blick nicht von ihm losreißen. Die Narben, die seine Arme und seinen Rumpf bedeckten, waren nichts gegen die gräßliche, klaffende Wunde auf seiner Hüfte. Gleich daneben sprang ihr seine Männlichkeit ins Auge, die so angeschwollen war, daß sie ihr wirklich Schmerz zufügen würde. War es schon geschehen? Stand das Ding wieder oder immer noch? Sie mußte es wissen. Wenn das Unheil schon geschehen war, konnte sie nie mehr zu Garrick zurückkehren, ohne unerträgliche Scham zu empfinden und zu wissen, daß es nie mehr so werden würde wie vorher.

Sie biß sich auf die Lippen. »Hast du . . .« Sie brachte die Frage kaum über die Lippen, aber es mußte sein. Mit geschlossenen Augen sagte sie schnell: »Hast du mich schon gehabt?«

Er lachte über ihre Frage. »Zweifelst du daran?«

Sie schrie gepeinigt auf, und er lachte nur noch mehr. »Nein, Dirne, ich will keine Frau, die nicht jeden Zentimeter meines Schwertes spürt. Sie muß wissen, wer sie beherrscht, und du wirst es auch bald wissen.«

Brenna seufzte erleichtert auf, aber sogleich bemerkte sie voller Entsetzen, daß sie noch am gleichen Fleck stand und kein bißchen näher an ihren versteckten Dolch herangekommen war. Als er sich wieder über sie beugte, wich Brenna nach hinten aus, auf ihre Füße und Ellbogen gestützt, aber er war immer noch zu nah. Sie konnte nicht aufstehen und davonlaufen. Im nächsten Moment warf er sich mit dem gewaltigen Schrei eines siegreichen Kriegers auf sie.

Als sein Körper mit voller Kraft auf sie fiel, verschlug es Brenna den Atem. Sie kämpfte gegen eine neuerliche Ohnmacht an. Sie war in heller Panik, denn jetzt konnte sie ihn nicht länger hinhalten. Brenna versuchte nicht, ihn abzuschütteln, sondern tastete hinter sich. Cedric war es soeben gelungen, ihre Beine auseinanderzubiegen, als Brennas Finger die kalte Klinge des Dolches fühlten.

Brenna hätte ihm auf der Stelle mit einem glatten Hieb die Gurgel durchgeschnitten, aber er war argwöhnisch geworden, da sie ihm keinen Widerstand mehr leistete. Er sah die Klinge aufblitzen und packte ihr Handgelenk mit so brutalem Griff, daß sie spürte, wie ihr eigener Zugriff schwächer wurde. Sie hielt den Dolch so fest, als hinge ihr Leben davon ab, was wohl auch der Fall war. Sie durfte jetzt nicht versagen, nicht so nah vor ihrem Ziel.

Er zog sich auf die Knie hoch und ballte mit seiner freien Hand eine Faust. Er holte zum Schlag aus. Brenna dachte an die Foltern, die auf sie zukamen, wenn sie jetzt versagte.

Mit letzter Kraft versuchte sie, ihn zu vertreiben, ehe seine Faust zuschlug, um sie wieder ohnmächtig werden zu lassen. Sie setzte ihren ganzen Körper ein. Gewaltsam riß sie ihre Beine hoch, und obwohl sie ihn nur mit einem traf, fiel Cedric mit einem Schmerzensschrei vornüber.

Brenna war verblüfft über das Ergebnis. Sie verstand nicht, wie sie ihren kräftigen Gegner mit dieser einen Bewegung außer Gefecht gesetzt hatte. Aber sein Ende war besiegelt, denn er fiel vornüber auf den erhobenen Dolch und blieb regungslos liegen. Ihre Erleichterung und seine Brust auf ihrem Gesicht wollten ihr den Atem nehmen.

Unter Mühen wand sie sich unter ihm heraus. Er bewegte sich immer noch nicht. Falls er noch nicht tot war, würde es nicht mehr lange dauern. Sie empfand keine Reue. Ihre Sünde konnte nicht allzu groß sein, denn wenn ein Mensch den Tod verdient hatte, dann war es dieser. Brenna dachte daran, wie er mit den vielen Frauen geprahlt hatte, die er mißbraucht hatte, und dankte Gott, daß sie ohne größeren Schaden davongekommen war. Die anderen Frauen würden seinen Tod ebensowenig beklagen wie sie.

Diese Gedanken schossen Brenna durch den Kopf, aber ihr Körper reagierte anders. Als sie das Blut sah, das den Boden unter Cedric tränkte, überkam sie Übelkeit. Sie wandte sich ab, erbrach den gesamten Inhalt ihres Magens und würgte immer noch qualvoll, als sie längst nichts mehr in sich hatte.

Schließlich stand sie auf, obwohl ihr Magen noch rebellierte. Die Zeit arbeitete gegen sie, Arno konnte jeden Moment zurückkommen, und das würde sie in eine noch schlechtere Lage versetzen als je zuvor. Sie hatte einen Wikinger getötet, einen Freien, und was noch schlimmer war, den Sohn eines Häuptlings.

Wenn man sie jetzt fand, war es aus mit ihr. Sie durfte sich nicht einfangen lassen. Garrick würde sie beschützen. Er war ihre einzige Rettung.

Brenna sammelte alles zusammen, was ihr von Nutzen sein konnte und rannte aus dem Haus. Mühelos fand sie den Schuppen, in dem Willow stand. Sie gab sich nicht erst lange mit dem Sattel ab, sondern warf ihm nur eine schwere Decke über den Rücken. Sie nahm noch einen Sack Hafer mit, stieg auf und ritt davon.

Brenna hoffte, daß Arnos Haus zum Fjord hin gebaut war. Jedenfalls schlug sie diese Richtung ein. Als sie ein Stück links von sich Arno sah und er sie, hatte Brenna schon das Gefühl, alles sei umsonst gewesen. Aber er kam nicht auf sie zu, sondern blieb nur stehen und sah ihr nach.

Brenna verschwendete keine Zeit damit, sich zu wundern. Arno mußte unter Schock stehen. Sie drängte Willow zu höchster Geschwindigkeit. Ehe sie in einem Wäldchen verschwand, sah sie noch einmal zurück. Arno galoppierte auf das Haus zu.

Wieviel Zeit blieb ihr noch, ehe die Jagd auf sie losging? Brenna ritt unverzüglich weiter, bis sie in der Ferne das Rauschen des Wassers vernahm. Sie hatte immer noch keine Vorstellung davon, wie sie den Fjord überqueren sollte. Sie würde Garricks Hilfe brauchen. Sie stellte sich Garricks Haus auf den Klippen vor und überlegte, ob man ihre Schreie vom entgegengesetzten Ufer hören würde. Es war immerhin möglich.

Vorsichtig näherte sie sich dem Fjord. Das Ufer war flach, und gegenüber lagen dichte Wälder. Sie war verzweifelt, weil sie nirgends aufsteigende Klippen entdecken konnte.

»Lieber Gott, zeig mir den richtigen Weg!« rief sie lauf.

Wie zur Antwort wandte sich Willow nach links und trottete am Ufer entlang. Tränen traten in Brennas Augen.

»Bitte hab recht, Willow. Bitte!«

Brenna merkte jetzt, daß es eiskalt war. Mit einer Hand klammerte sie sich an Willows Mähne, mit der anderen hielt sie ihren Umhang zu.

Sie hatte keine Ahnung, wie spät es war und wußte auch nicht, wie lange sie geritten war.

Endlich erkannte sie die Landschaft am anderen Ufer wieder und sah das Steinhaus auf der Klippe. Tiefes Wasser trennte sie von ihrem Geliebten, aber er würde es überwinden und sie in Sicherheit bringen.

Sie fing an, Garricks Namen zu schreien. Als die Antwort ausblieb, fragte sie sich, ob er zu Hause sei. Vielleicht war er gerade auf der Suche nach ihr. Abend irgend jemand mußte dort sein, denn aus dem Kamin stieg Rauch auf. Konnten sie bei geschlossenen Türen überhaupt ihre Hilferufe hören?

Brenna war so heiser, daß sie glaubte, sich selbst dann nicht mehr bemerkbar machen zu können, wenn jetzt jemand aus dem Haus getreten wäre.

Sie sank auf den Boden und gab sich ihrer Verzweiflung hin. Sie schluchzte. Was sollte sie bloß machen? Sie konnte nicht hierbleiben und den Morgen erwarten – Arno würde sie eher finden, als drüben jemand aus dem Haus kommen würde. Aber wie sollte sie ohne Hilfe jemals wieder nach Hause kommen? Sie konnte weder schwimmen noch ein Schiff allein handhaben. Wenn sie ein kleines Boot nahm, mußte sie Willow zurücklassen. Und doch schien das die einzige Möglichkeit zu sein. Diese Lösung bekümmerte sie, aber zuerst mußte sie ohnehin ein Boot finden.

Brenna stieg auf und ritt dorthin zurück, wo sie hergekommen war.

In dieser ersten Nacht schlief Brenna nicht. Sie kam an dem Landesteg vorbei, an dem das Wikingerschiff lag. Ein Boot war nirgends zu sehen, und so ritt sie am Fjord entlang nach Osten, bis ihr Rücken schmerzte und sie kein Gefühl mehr in den Beinen hatte. Ihr Magen hatte schon längst aufgehört, Nahrung zu fordern.

Im Lauf des nächsten Vormittags hielt Brenna endlich an, nicht ihretwegen, sondern um Willow zu schonen. Sie fütterte das Pferd, aß selbst etwas und rieb Willow ab, dann schnitt sie dünne Streifen von der Felldecke ab, ehe sie sie wieder auf Willow legte, stach mit Cedrics Schwert Löcher in ihr Gewand und band ihren Umhang mit den Streifen zusammen. Sie rollte sich wie eine Kugel neben Willow zusammen und schlief ein paar Stunden.

So ging es mehrere Tage lang. Wenig Schlaf, eilig eingenommene Mahlzeiten und die ständige Angst, gefunden zu werden. Bald hatte sie nichts mehr zu essen und war gezwungen, Jagd auf Wild zu machen. Sie dankte Gott dafür, daß sie Feuersteine mitgenommen hatte und das Fleisch nicht roh verzehren mußte. Bisher war sie nachts ohne Feuer ausgekommen, weil sie fürchten mußte, daß man ihr auf dem Fuß folgte. Jetzt hatte sie keine andere Wahl mehr.

Am sechsten Tag gab Brenna die Hoffnung, ein Boot zu finden auf. Das bedrückte sie nicht, denn es bedeutete, daß sie Willow nicht zurücklassen mußte. Allerdings bestand jetzt nur noch die Möglichkeit, das Ende des Fjordes zu erreichen und zu umrunden. Wenn es ihr nicht gelang, nach Hause zu kommen, würde sie in der Wildnis sterben. Sie hatte nicht mehr viel Hoffnung, und als weitere Tage vergingen und der Fjord kein Ende zu haben schien, verlor sie die letzte Hoffnung.

Sie ritt nur noch ziellos weiter, weil sie keine andere Möglichkeit hatte. Manchmal lief sie neben Willow her und trug die Wollschützer auf, die sie sich für ihre Füße gemacht hatte. Sie jagte nur noch Wild, wenn der Hunger sie so sehr schwächte, daß sie nicht mehr laufen konnte. Zweimal gab sie auf und brach zusammen, aber Willow schubste sie an, bis sie wieder zu sich kam. Das Tier war noch nicht bereit, sie sterben zu lassen. Als ihr ganzer Körper schließlich so schmerzte, daß sie sich nicht mehr bewegen konnte, überkam Brenna der Schlaf für einen ganzen Tag und die darauffolgende Nacht. Selbst Willows zärtliche Rippenstöße vermochten sie nicht zu wecken.

Als sie schließlich erwachte, fühlte sie sich keinesfalls erfrischt. Sie war so resigniert, daß sie sich nicht mehr bewegen wollte, sondern es vorzog, liegenzubleiben und den Tod zu erwarten. Sie lag auf dem Boden und hatte sich mit den Decken zugedeckt, die die Kälte nicht wirklich abhielten, und ihre Gliedmaßen waren so taub, daß sie keinen Schmerz mehr empfand.

Willow tat sein Bestes, um Brennas Aufmerksamkeit auf sich zu lenken, aber das Mädchen schloß die Augen und wünschte sich nur noch, ihr geliebtes Pferd möge fortgehen und sie in Frieden sterben lassen. Als Willow endlich davontrottete, sah Brenna auf, um ihm nachzusehen. Jetzt fühlte sie sich endgültig verloren. In dem Moment sah sie den See zum erstenmal. Er war von ungeheurem Ausmaß und schmiegte sich an den Fuß der Berge. Er bildete das Ende des Fjordes. ⌐

39

Sie brauchte einen vollen Tag, um den See zu umrunden. Das war der gewagteste und erschreckendste Teil ihrer Reise. Stellenweise mußte sie durch das seichte Wasser waten, weil ihr Felsbrocken den Weg versperrten. Die warmen Strömungen reichten nicht so weit ins Inland, und Brenna drohten Erfrierungen, während ihre Kleider trockneten.

Sie beschritt jungfräulichen Boden, auf dem es nicht einmal Wild gab. Sie mußte Löcher in den gefrorenen Schnee graben, um etwas Eßbares für Willow zu finden, denn der Hafer war längst aus. Dann mußte sie von ihrem Weg abweichen und weiter nach Norden ziehen, um auch für sich Nahrung zu finden.

Je näher sie ihrem Zuhause kam, desto besser wurde ihre Verfassung. Sie fühlte sich nicht mehr verloren und ohne jede Hoffnung, sondern wurde immer sicherer, daß sie es schaffen würde. Sie hatte sich an die Schmerzen aus ihren zahllosen kleinen Wunden gewöhnt und empfand sie nicht mehr. Sie würde bald genug Zeit haben, ihre Verletzungen auszuheilen und die vielen Pfunde wieder zuzunehmen, die sie verloren hatte. Garrick würde sich um sie kümmern und sie gesund pflegen. Seine Liebe würde sie schneller stärken als alles andere. Er liebte sie. Er wollte es sich zwar noch nicht eingestehen, aber das würde mit der Zeit noch kommen.

Diese und ähnliche Gedanken trieben sie weiter, wenn sie am Verzweifeln war. Er war das Ziel ihrer Reise, und das machte jedes Ungemach erträglich. Er mußte sich furchtbare Sorgen um sie gemacht und sie weit und breit gesucht haben. Inzwischen mußte er die Hoffnung aufgegeben haben. Das würde ihre Wiedervereinigung noch mehr versüßen.

Als sie endlich in Gegenden anlangte, die sie kannte, schöpfte sie neue Kraft aus ihrer Freude und Erleichterung. Wenn nicht Willow in einer ebenso schlechten Verfassung gewesen wäre wie sie, hätte sie die verbleibende Entfernung im Galopp zurückgelegt. Aber so dauerte es noch zwei Stunden, ehe sie auf dem letzten Hügel stand, zu dessen Füßen Garricks Haus gelegen war. Sie hatte kaum noch geglaubt, daß ihr dieser Anblick noch einmal vergönnt sein wurde.

Erin stand im Stall, als sie die Tür öffnete und Willow hinter sich herzog. Der Blick, den er ihr zuwarf, deutete weniger auf Überraschung als auf Unglauben hin.

»Du bist von den Toten zurückgekehrt«, sagte er schreckensbleich.

Brenna lächelte schwach. »Nein, ich bin nicht gestorben, obwohl ich es oft gewünscht habe.«

Er schüttelte den Kopf und sah sie fast mitleidig an. »Du hättest nicht fortlaufen sollen, Kleines.«

»Was?«

»Und wenn du es schon getan hast, hättest du nicht zurückkommen sollen.«

Sie belächelte seinen Irrglauben. »Ich bin nicht fortgelaufen, Erin. Zwei Wikinger von der anderen Seite des Fjordes haben mich entführt.«

Er hätte ihr gern geglaubt, aber alles sprach dafür, daß sie log. Trotzdem wollte er nicht derjenige sein, der sie der Lüge bezichtigte.

»Du siehst runtergekommen aus, Kleines. Ich werde dir etwas zum Essen machen.«

»Nein, ich will drüben essen. Ist Garrick zu Hause?« Als er unsicher nickte, fuhr sie fort: »Ich habe von der anderen Seite des Fjordes um Hilfe gerufen, aber keiner hat mich gehört. Ich konnte nicht dortbleiben, weil ich einen der Männer, die mich entführt haben, den Sohn eines Häuptlings, umgebracht habe.« Der Versuch, sich an alles zu erinnern, machte sie ganz benommen.

»Weißt du, was du da sagst, Brenna?«

Sie schien ihn nicht gehört zu haben. »Ich habe das Zeitgefühl verloren, als ich um den Fjord geritten bin. Wie lange war ich fort, Erin?«

»Fast sechs Wochen.«

»So lange?«

»Brenna . . .«

»Kümmere dich um Willow, Erin. Er hat ebensoviel hinter sich wie ich und braucht liebevolle Zuwendung. Ich muß jetzt sofort Garrick sehen. Ich kann es nicht mehr abwarten.«

»Brenna, Kleines, geh nicht ins Haus.«

»Warum nicht?« fragte sie erstaunt.

»Du bist dort nicht mehr willkommen.«

»Das ist doch absurd, Erin.« Sie runzelte die Stirn. »Glaubt Garrick auch, ich sei davongelaufen?«

»Ja.«

»Dann muß ich um so eiliger zu ihm. Er muß die Wahrheit erfahren.«

»Brenna, bitte . . .«

»Das geht schon in Ordnung, Erin«, fiel sie ihm ins Wort und ging auf die Tür zu.

»Dann komme ich eben mit.«

Im Haus war es warm. Betörende Gerüche hingen in der Luft, Brenna fühlte sich ganz schwach vor Hunger. Sie hatte in den letzten Wochen keine einzige vollwertige Mahlzeit zu sich genommen. Sie hatte ihre Nahrung ständig rationieren müssen, weil sie nie gewußt hatte, wann sie wieder etwas finden würde.

Janie sah sie als erste und ließ alles aus der Hand fallen. Ihre Augen füllten sich mit Entsetzen, aber Brenna lächelte und nahm ihre alte Freundin in den Arm. Sie sprachen kein Wort, weil Brenna sich ihre Kraft aufsparen wollte und Janie zu erschrocken war, als daß sie hätte reden können. Brenna ging in die Halle und überließ es Erin, Janie die Sache zu erklären.

Garrick stand über das Feuer gebeugt und stach auf das brennende Holz ein, als würde er einen unbekannten Feind angreifen. Brenna nahm seinen Anblick erst ganz in sich auf, ehe sie nähertrat und sich hinter ihn stellte. Als er ihre Nähe spürte, drehte er sich um. Lange sahen sie einander an. Erst sah sie das Erstaunen, dann den Zorn, aber sie konnte sich nicht länger zusammenreißen und warf sich in seine Arme und klammerte sich mit der wenigen Kraft, die sie noch besaß, an ihn.

Sie spürte, wie sein Körper steif wurde. Er erwiderte ihre Umarmung nicht. Langsam stieß er sie von sich weg.

»Du bist also zurückgekommen.«

Sie konnte weder seinen Blick noch seine Stimme ertragen. Das war kein Zorn – er war haßerfüllt.

»Bist du vom Weg abgekommen?« fuhr Garrick in demselben bitteren Tonfall fort. »Oder vielleicht hast du auch endlich eingesehen, daß du allein in der Wildnis nicht überlebt hättest.«

»Sie behauptet, sie sei nicht fortgelaufen, Garrick«, sagte Erin, der eben eingetreten war. »Man hat sie gewaltsam auf die andere Seite des Fjords verschleppt.«

»Hat sie dir das erzählt?«

»Ich glaube ihr«, sagte Erin mit fester Stimme. »Das würde auch erklären, warum der Hund bei seiner Rückkehr naß und verletzt war. Möglicherweise hat er versucht, ihr über den Fjord zu folgen.«

»Vielleicht ist er auch in einen See gefallen, als er ihr folgen wollte, und hat dafür mit seinem Leben bezahlt!«

»Der Hund ist tot?«

Bei dieser Frage wandte Garrick sich ab. Als sie Erin gequält ansah, nickte er betrübt. Gütiger Gott, warum auch noch das? War es nicht genug, daß sie gelitten hatte? Bei der Erinnerung traten ihr die Tränen in die Augen. Sie hatte die Zuneigung des Hundes gewonnen und ihn dann in den Tod geführt.

Garrick war offensichtlich der gleichen Meinung, aber die Schuld lag nicht allein bei ihr. Das mußte sie ihm klarmachen.

»Arno hat den Hund verletzt«, flüsterte Brenna mit vor Kummer erstickter Stimme. »Er hat ihn aus dem Weg getreten, als Cedric ihn töten wollte.«

»Cedric!«

»Das sind die beiden, die mich entführt habe, Garrick!« Es machte sie rasend, daß er ihr nicht glauben wollte. »Du mußt mir glauben! Sie sind mit einem Schiff gekommen, damit sie das Pferd auch mitnehmen konnten. Sie wollten dich glauben machen, ich sei fortgelaufen, damit kein Verdacht auf sie fällt.«

»Warum?« fragte er.

»Das konnte ich nicht herausfinden. Ich weiß nur, daß eine Frau ihnen von mir erzählt hat. Sie haben mich auf Arnos Hof festgehalten, aber ich sollte Cedric gehören. Als er gekommen ist und versucht hat, mich zu nehmen, habe ich ihn getötet und bin geflohen. Ich hätte deine Hilfe gebraucht und habe vom gegenüberliegenden Ufer aus gerufen, aber niemand hat mich gehört. Ich kann nicht schwimmen. Ein Boot habe ich auch nicht gefunden. Also mußte ich um den Fjord herumreiten.«

»Geh raus, Erin, ehe ich ihr etwas antue.«

Erin legte ihr die Hände auf die Schultern, aber sie schüttelte sie ab. »Das ist die Wahrheit Garrick! Jedes Wort ist wahr! Warum, in Gottes Namen, sollte ich dich belügen?«

»In der Hoffnung, daß ich dir verzeihe und dich zurücknehme«, sagte er herzlos. »Aber das ist zu spät.«

Brennas Tränen nahmen unbehindert ihren Lauf. »Vergewissere dich bitte der Wahrheit, Garrick. Überquere den Fjord. Laß dir selbst erzählen, daß Cedric von einer Frau getötet worden ist.«

»Wenn man mich auf dem Gebiet der Borgsens fände, wäre das mein Tod. Aber das weißt du sicher selbst. Wenn du die Namen der Borgsens von den Frauen kennst, wirst du auch das erfahren haben. Jeder kennt die Geschichte, und die Frauen schwatzen oft darüber.«

»Das stimmt nicht. Frag sie doch!« schrie sie hysterisch, aber er kehrte ihr den Rücken zu.

»Deine eigenen Worte strafen dich Lügen, denn das, was du beschrieben hast, würde im Winter kein Mensch überleben. Bring sie in das Haus meines Vaters, Erin.«

»Warum?«

Garrick sah sie noch einmal an, und sein Blick war so gehässig, daß sie zusammenzuckte. »Ich hatte eigentlich die Absicht, dich im Osten zu verkaufen, wenn ich dich finden würde. Dort werden Sklaven als Sklaven behandelt und haben nicht die Freiheiten, die ich dir idiotischerweise eingeräumt habe. Aber ich habe dich geschenkt bekommen, und daher ist es das Recht meines Vaters, dich zurückzufordern.«

»Komm schon, Brenna«, drängte Erin.

Brenna fühlte sich in zwei Teile zerrissen. Galle stieg in ihrer Kehle auf und erstickte sie fast. Sie hatte nicht die Kraft, diese Zurückweisung zu ertragen. Wenn Erin sie nicht gestützt hätte, wäre sie auf dem Fußboden zusammengebrochen. Sie ließ sich bis zur Tür führen, aber dort blieb sie stehen und sah sich ein letztes Mal nach Garrick um.

»Alles, was ich gesagt habe, ist wahr, Garrick.« Ihre Stimme entbehrte jeglicher Gemütsbewegung – sie war innerlich tot. »Meine Liebe zu dir und der Drang, zu dir zurückzukehren, haben es mir ermöglicht, die Umrundung des Fjords zu überleben. Ich hatte nichts zu essen, weil es dort nichts gab, und ich bin beinah erfroren. Aber ich habe durchgehalten, weil ich glaubte, am Ende dich zu finden. Ich hätte sterben sollen. Das hätte dich glücklicher gemacht.«

Sie hatte auf seinen starren, regungslosen Rücken eingeredet.

Als sie ging, empfand sie quälende Schmerzen in ihrer Brust. Sie hatte ihn verloren. Jetzt war alles egal.

40

Erin wagte es nicht, sich Garrick zu widersetzen. Er wußte, daß sein junger Herr sich geirrt hatte; dessen war er sich jetzt sicher. Aber er wußte ebensogut, daß Garrick sich nicht von seinem Irrtum abbringen lassen würde. Brenna dauerte ihn. Sie hatte diese herzlose Behandlung nicht verdient. Wenn diese andere Frau nicht gewesen wäre, die Garrick zerstört hatte, dann hätte er sich jetzt vielleicht erbarmt und Brenna vertraut. Aber Garrick war bitter geworden und hatte sich völlig in sich selbst zurückgezogen. Brenna mußte jetzt dafür büßen.

Auf dem Weg zu Anselm sprach sie kein Wort. Erin hatte einen Wagen für sie angespannt und ihr versprochen, daß er ihr Pferd bringen würde, sowie die Stute wieder einigermaßen bei Kräften war. Brenna hatte auch daraufhin nichts gesagt, und Erin hatte sie schweren Herzens bei Anselm abgeliefert.

Linnet machte viel Aufhebens über Brennas Zustand und behandelte sie wie eine Invalide. Sie durfte das Bett nicht verlassen und versuchte es auch gar nicht. Man hätte ihr jeden Wunsch von den Augen abgelesen, aber sie bat um nichts. Sie aß nur wenig von dem Essen, das man ihr hinstellte, und selbst Linnets Schimpfen half nicht. Sie wurde von Tag zu Tag schwächer. Sie erklärte nichts und reagierte auf nichts, bis Cordella sie eines Tages besuchte.

»Linnet hat mir erzählt, daß du dahinsiechst, Brenna«, sagte Cordella selbstgefällig. »Das freut mich sehr.«

Brenna schien sie nicht gehört zu haben. Sie sah ihre Stiefschwester nur teilnahmslos an. Das wurmte Cordella mehr als jede vernichtende Antwort.

»Hast du nicht gehört, Brenna? Ich freue mich darüber, daß du stirbst. Für mich bedeutet das, daß du mir Hugh nicht abspenstig machen kannst. Seit mein Bauch so dick ist, geht er fremd.«

Als Brenna immer noch nichts sagte, stand Cordella auf und lief unruhig auf und ab.

»Hugh und sein Vater tun alles für mich«, sagte Cordella. »Aber so Geschenke, wie sie dir dein Wikinger gemacht hat, habe ich noch nicht bekommen. Du bist verdorben, Brenna! Du bist mit nichts zufrieden! Warum bist du ihm davongelaufen? Jetzt bist du hier, und das gefällt mir nicht. Wenn du in der Nähe bist, verliere ich immer, was ich habe. Aber diesmal nicht. Ich werde mir Hugh nicht von dir abnehmen lassen – eher werde ich dich töten!«

Brenna folgte ihr mit den Augen. »Du spinnst, Della«, sagte sie schwach. »Ich würde lieber sterben, als dir Hugh abzunehmen. Er ekelt mich an.«

»Du lügst! Du willst mir alles abnehmen!«

»Deine lächerlichen Befürchtungen sind grundlos, und deine Eifersucht macht mich krank. Ich will dir nichts wegnehmen. Ich will nie mehr einen Mann.«

»Noch nicht einmal deinen schönen Wikinger, der dich wegen einer anderen sitzengelassen hat?« Cordella lachte schrill. »Ja, ich weiß von Morna, seiner wahren Liebe.«

Zum erstenmal seit Tagen setzte sich Brenna im Bett auf.

»Mach, daß du rauskommst, Della!«

Cordella ging zur Tür. Dann erstaunte sie Brenna mit einem Lächeln, in dem echte Wärme lag. »Deine Lebensgeister sind zurückgekehrt. Vielleicht lebst du doch noch, einfach mir zum Trotz?«

Mit diesen Worten verließ sie den Raum. Brenna blieb verwirrt zurück. Hatte Cordella ihren Zorn mit Absicht hervorgerufen?

Wollte sie in Wahrheit gar nicht, daß Brenna starb?

Linnet trat ein. Auf ihrem Gesicht stand Erleichterung. »Geht es dir endlich besser?«

Brenna überhörte die Frage. »Was ist über Della gekommen?«

»Sie hat sich sehr verändert, seit sie das Kind in sich spürt. Sie hat sich Sorgen um dich gemacht, als dich niemand gefunden hat. Sie hat mir vorgeweint, daß sie dir Unrecht angetan hat. Sie hatte entsetzliche Angst, sie würde es nicht wiedergutmachen können.«

»Es fällt mir schwer, das zu glauben.«

»Wir haben alle gefürchtet, die seist tot, Brenna. Es war dumm von dir, das zu tun.«

Brenna seufzte und legte sich wieder hin. »Das einzig Dumme, was ich getan habe, war, zu Garrick zurückzukehren.«

»Nein, Kind. Du lebst, und jetzt mußt du dich bemühen, wieder zu Kräften zu kommen.«

»Ich muß dir viel erzählen, Tante.«

»Sprich erst mit Heloise. Sie wartet schon seit Tagen darauf. Ich suche sie. Dann bringe ich dir etwas zu essen. Und diesmal«, fügte sie streng hinzu, »wirst du es aufessen.«

Brenna wartete geduldig. Sie wußte plötzlich, daß sie genesen würde, denn ihr Kummer und Selbstmitleid schadete nur ihr selbst, und sie wollte wieder leben.

Plötzlich fielen ihr Anselms Worte ein. »Ich würde Brenna lieber freilassen, als mit anzusehen, daß sie jemand anderem gehört.« Sie gehörte wieder Anselm, und um sein Wort zu halten, mußte er sie freilassen, selbst, wenn es dazu nötig war, ihm zu enthüllen, daß sie seine Worte verstanden hatte. Das würde zumindest bedeuten, daß sie nicht umsonst gelitten hatte.

Heloise und Linnet traten ein. Linnet trug ein großes Tablett. Brenna verspürte nagenden Hunger, aber auf ein paar Minuten kam es jetzt nicht an.

»Ich habe einen Feind der Haardrads getötet, und nach dem Gesetz der Wikinger fordere ich dafür meine Freiheit.«

Ihre Worte überraschten beide Frauen bis zur Sprachlosigkeit. So fuhr sie schnell fort, ihre Geschichte zu erzählen. »Vielleicht glaubt ihr mir nicht«, sagte sie zuletzt, »denn Garrick hat sich ja auch geweigert, die Wahrheit zu akzeptieren. Aber ich schwöre bei Gott, daß jedes Wort wahr ist.«

»Diese Geschichte ist unglaublich, Brenna«, sagte Heloise schließlich. »Du mußt zugeben, daß es schwer ist zu glauben, du könntest eine solche Reise zu der Jahreszeit überlebt haben.«

»Ja, das gebe ich zu. Wenn ich es nicht aus Liebe zu Garrick getan hätte, wäre ich umgekommen.«

»Ich glaube an die Kraft der Liebe. Sie kann die unglaublichsten Hindernisse überwinden«, sagte Heloise und setzte nachdenklich hinzu: »Ja, Brenna, ich glaube dir. Aber die anderen werden dir nicht glauben.«

»Was die anderen denken, ist mir gleich. Nur Euer Gemahl muß mir glauben. Ich würde es nicht ertragen, all das umsonst getan zu haben. Ich brauche meine Freiheit.«

»Ich werde ihm deine Geschichte erzählen, Brenna. Aber es spielt keine Rolle, ob er daran glaubt oder nicht. Du bist bereits frei. Du bist seit dem Tag frei, an dem mein Sohn auf seine Rechte an dir verzichtet hat.«

41

Brenna wurde die volle Bedeutung von Heloises Worten und der Ernst ihrer Lage erst klar, als sie wieder genesen war. Sie war frei, aber noch war sie bei Anselm Haardrad in Pflege, aß sein Essen und schlief in seinem Haus. Innerlich nagte diese Abhängigkeit an ihr. Sie sollte nicht noch tiefer in der Schuld dieses Mannes stehen, als es ohnehin schon der Fall war.

Anfang März, als der Frühling nahte, ging Brenna auf Heloise zu, die gerade dabei war, eine Bettdecke zu weben. Es stieß Brenna schmerzlich auf, daß sie darum bitten mußte, arbeiten zu dürfen, damit sie nicht so sehr das Gefühl hatte, zur Last zu fallen, aber da sie nicht wußte, wohin sie in diesem fremden Land gehen sollte, war sie gezwungen, hierzubleiben. Doch das war ihr nicht länger möglich, ohne für ihren Unterhalt aufzukommen.

»Herrin«, begann Brenna widerwillig, »ich kann Eure Gastfreundschaft nicht länger ohne Gegenleistung hinnehmen.«

»Das ist überflüssig, Brenna.«

»Nein, mir ist es wichtig. Ich falle in diesem Haus zur Last.«

»Du bist jetzt frei, Brenna, und du bist hier zu Gast. Es wäre unerhört, daß sich jemand von einem Gast bezahlen läßt.«

»Dann muß ich eben gehen«, sagte Brenna unerbittlich. Sie wußte, daß ihr dummer Stolz sie beherrschte, aber sie konnte nichts dagegen tun.

Heloise runzelte die Stirn und schüttelte den Kopf. »Mein Mann hat gesagt, daß es dahin kommen würde.«

Brenna war überrumpelt. »Woher hat er das gewußt?«

»Er brüstet sich damit, deine Handlungen voraussagen zu können. Er sieht dich als ein Wikingermädchen an, bei dem Mut und Stolz vorherrschen.«

Er versetzte Brenna einen Stich, daß sie so klar zu berechnen war, um so mehr, als Anselm ihren Charakter mit dem seiner Landsleute in Beziehung stellte.

»Er hat gewußt, daß ich nicht lange hierbleiben würde?«

»Das hat er mir gesagt«, gab Heloise zu, »aber ich konnte nicht glauben, daß du wirklich so unbesonnen bist, fortzugehen, wenn du nicht weißt, wohin.«

Brenna fühlte sich von ihren Worten getroffen. »Ich kann nichts dafür, daß ich so bin, Herrin. Es scheint mein Los zu sein, von Stolz beherrscht zu werden.«

»Ich weiß, Brenna. Es tut mir leid, daß ich es dir vorgeworfen

habe. Ich hatte früher genausoviel Stolz, aber ich habe gelernt, ihn zu zügeln.«

»Ich gehe morgen. Vielen Dank für diesen Aufenthalt.«

Heloise schüttelte den Kopf und lächelte schwach. »Falls du dazu entschlossen bist – auf unserem Land gibt es ein Haus, in dem du bis zum Frühjahr wohnen kannst.«

Brenna fühlte sich erleichtert und bestürzt zugleich. »Nur bis zum Frühjahr?«

»Nein, Brenna, solange du willst. Aber mein Mann hat mich gebeten, dir zu sagen, daß er dich im kommenden Frühjahr in deine Heimat zurückbringt, wenn du dich danach sehnst.«

Brenna nahm diese Neuigkeiten mit gemischten Gefühlen auf. Ehe sie ihr Herz an Garrick verloren hatte, war es ihr einziger Wunsch gewesen, dieses kalte Land zu verlassen. Aber nun? Es würde keinen Unterschied machen, wenn Welten zwischen ihnen lagen. Zwischen ihnen lag ein Meer aus Haß und Mißtrauen.

»Willst du das, Brenna?«

»Ja«, flüstere sie.

»Dort wartet niemand auf dich – oder doch?« fragte Heloise betrübt.

»Nein«, entgegnete Brenna. »Aber hier auch nicht.«

»Hier sind deine Tante und deine Schwester. Außerdem mag ich dich und mache mir Sorgen um dich, weil mein Sohn . . .«

»Erwähnt ihn nicht in meiner Gegenwart!« fauchte Brenna und schnitt ihr das Wort ab. »Er ist der scheußlichste, gemeinste, mißtrauischste Mensch, den ich je kennengelernt habe!« Brenna biß sich auf die Lippen. »Verzeiht mir. Er ist Euer Sohn, und ich vermute, in Euren Augen ist alles richtig, was er tut.«

»Nein, mein Sohn hat schon viel getan, worauf ich nicht stolz bin«, gab Heloise zu.

Brenna schüttelte krampfhaft jeden Gedanken an Garrick ab. »Was ist mit meiner Tante? Würdet Ihr sie freilassen, um mit mir nach Hause zu segeln?«

»Ich weiß nicht, Kind«, sagte Heloise traurig. »Sie und ich sind gute Freundinnen geworden, aber ich nehme an, du wirst sie mehr brauchen als ich. Ich werde darüber nachdenken und meine Entscheidung vor der Abfahrt treffen.«

»Und was ist mit meiner Schwester und den anderen Frauen aus dem Dorf?« beharrte Brenna.

»Die anderen fühlen sich hier zu Hause, Brenna. Soweit ich weiß, sind sie glücklich hier.«

»Als Sklavinnen?« Unbeabsichtigt schwang Sarkasmus in ihrer Stimme mit.

»Über dieses Thema könnte ich mich mit dir endlos streiten, Brenna«, sagte Heloise lächelnd. »Ich weiß, was du empfindest und du kennst meine Ansichten. Die anderen Frauen sind nicht schlechter dran als vorher.« Brenna wollte Einspruch erheben, aber Heloise hob die Hand, um fortfahren zu können. »Was deine Schwester angeht, so kann sie im Moment niemals freigelassen werden, weil sie das Kind meines ältesten Sohnes in sich trägt. Ich glaube ohnehin nicht, daß sie in ein verwüstetes Land zurückkehren will.«

Brenna fuhr zusammen. Daran hatte sie nicht gedacht. Anstelle ihres alten Heims würde sie sich ein neues aufbauen müssen.

Selbst, wenn das graue Gutshaus noch stand, könnte sie es nicht ertragen, allein dort zu leben.

»Ihr habt gesagt, es gäbe ein Haus, in dem ich bis Frühling leben darf?«

»Ja, es liegt nicht weit von hier an einem kleinen See. Ganz in der Nähe des Hauses befindet sich ein Brunnen.«

»Ich werde selbstverständlich für die Benutzung des Hauses zahlen.«

»Selbstverständlich«, sagte Heloise diplomatisch, weil sie wußte, wie sinnlos es war, gegen festgefahrenen Stolz anzugehen. »Die Familie, die das Haus vorher bewohnt hat, hat uns einen Teil ihrer Ernte abgetreten. Da das bei dir nicht in Frage kommt, halte ich zwei Felle wöchentlich für einen angemessenen Preis. Ich habe gehört, daß du von Kind an Wild gejagt hast. Insofern dürfte dir das keine allzu großen Schwierigkeiten bereiten.«

»Nein, das ist zu wenig. Ich zahle drei Pelze wöchentlich«, entgegnete Brenna unerbittlich.

»Brenna!« mahnte Heloise.

»Ich bestehe darauf.«

Die ältere Frau schüttelte den Kopf, aber sie mußte lächeln.

»Dann bestehe ich darauf, dich mit Salz zu versorgen, denn du wirst mehr Fleisch haben, als du essen kannst und wirst es einlegen müssen. Außerdem bekommst du Hafer und Roggen, vielleicht auch ein wenig getrocknetes Gemüse, denn du kannst nicht vom Fleisch allein leben.«

Brenna nickte zufrieden. »Einverstanden. Ich werde auch genügend Pelze zusammenkriegen, um im Frühjahr für meine Überfahrt zu zahlen.«

»Nein, *das* ist wirklich nicht nötig, Brenna. Davon will Anselm nichts hören.«

»Nichtsdestoweniger werde ich es tun.« Sie wandte sich ab und ging hinaus.

Heloise schlug die Hände über dem Kopf zusammen. »Närrischer Stolz«, murmelte sie atemlos, ehe sie sich wieder an ihren Webstuhl setzte.

42

Die Lage des kleinen Hauses hätte nicht besser sein können, und es war vor Brennas Ankunft gründlich gereinigt worden. Es war klein genug, um sich durch ein Feuer heizen zu lassen und lag am Waldrand, wo mehr als genug Wild umherstreifte. Im Innern des Hauses fand sie Eisentöpfe zum Kochen, saubere Wolldecken, eine Armbrust und Schlingen zum Jagen und sogar weiche Wollgewänder und einen wärmeren Umhang vor.

Das einzige was fehlte, war eine Badewanne, aber Brenna nahm an, dies sei auf die Nähe des Sees zurückzuführen, der jedoch im Moment zugefroren war. Es verlockte Brenna wenig, Löcher in die dicke Eisdecke zu schlagen, um sich in dem eiskalten Wasser zu waschen. Bis es wärmer wurde, würde sie sich mit Schwammbädern begnügen müssen.

Mit der Freude und Aufregung eines kleinen Kindes ließ sie sich in ihrem neuen Heim nieder. Sie war jetzt unabhängig und für sich selbst verantwortlich. Sie sonnte sich in ihrer neuen Freiheit, aber schon bald trat an Stelle dieser Freude die Einsamkeit, die sie stets an Garrick denken ließ. Eines Tages hatten sie sich in den Wäldern getroffen und waren wortlos wie Feinde weitergeritten. Seit da an war es noch schlimmer.

Sie versuchte, bis zur Erschöpfung zu arbeiten, aber auch das wurde monoton und konnte sie nicht von ihren Gedanken abhalten.

Die Tage wurden länger, und das Eis begann zu schmelzen, aber es schien noch nicht wärmer zu werden. Schließlich sprossen neue Blumen, und der Schnee verschwand fast vollständig. Der Frühling war über Norwegen hereingebrochen.

Brenna war völlig außer sich, als der Wagen auf ihr Haus zukam. Sie hoffte, es möge sich um Heloise oder um Linnet handeln, die

Neuigkeiten darüber brachten, daß Anselm schon bald segeln würde. Aber sie war so ausgehungert nach Gesellschaft, daß sie nicht im geringsten enttäuscht war, als Janie und Maudya aus dem Wagen stiegen, in dem Erin sie hergebracht hatte.

Nachdem sie herzliche Begrüßungen ausgetauscht hatten, bat Brenna sie in ihr Haus. Sie freute sich, ihnen ein üppiges Mahl vorsetzen zu können. Erin hatte einen Weinschlauch mitgebracht, den Garrick ihm im Zuge der Wintersonnwende geschenkt hatte, und sie tranken gegenseitig auf ihre Gesundheit. Trotz Brennas Protesten machte Erin sich daran, Holz zu hacken. Janie und Maudya waren anfangs recht zurückhaltend, weil Brennas neuer Status sie mit Ehrfurcht erfüllte, aber nachdem sie dem Wein zugesprochen hatten, empfanden sie nur noch Brennas natürliche Wärme, und ihr Unbehagen schwand.

»Erin hat uns erzählt, was dir zugestoßen ist«, fing Maudya eifrig an.

»Es ist ein Wunder, daß du noch lebst.«

Brenna nickte nur. Sie dachte nur noch selten an die Zeit, in der sie fast gestorben wäre. Das einfachste war, es zu vergessen.

»Garrick ist jetzt ein wahrer Wikinger.«

»Wie meinst du das, Maudya?« fragte Brenna. Sie merkte, daß sie eifrig darauf gespannt war, etwas über ihn zu erfahren, selbst wenn es noch so unbedeutend war.

»Er ist ein Mann von der Sorte, die in den Geschichten vorkommt, mit denen man kleine Kinder erschreckt. Seit du fort bist, Brenna, ist er unglaublich gemein geworden. Es ist noch viel schlimmer als damals, als ihn diese andere Frau wegen eines anderen verlassen hat. Jetzt ist er nur noch schlecht gelaunt. Ich fürchte mich richtig vor ihm.«

»Wie geht es ihm so?«

»Gesund ist er, falls du das meinst. Er trinkt nur täglich mehr, bis er zur allgemeinen Erleichterung einschläft.«

»Du übertreibst gewiß?«

»Ich wünschte, es wäre so.«

»Kein bißchen?«

»Nein, Brenna«, mischte sich Janie traurig ein. »Er hat sich mit seinen Freunden zerstritten – sogar mit Perrin. Es sind Worte gefallen, die sich nicht rückgängig machen lassen. Perrin kommt nicht mehr.«

»Das tut mir leid«, sagte Brenna.

»Soweit das überhaupt noch möglich war, ist Master Garrick

noch fieser geworden, seit er auf der anderen Seite des Fjordes war«, fügte Maudya hinzu.

»Wann war das?« fragte Brenna aufgeregt.

»Kurz nach deiner Rückkehr. Er hat sich bewaffnet, als wolle er in den Krieg ziehen. Aber er ist noch am selben Tag zurückgekommen. Er wollte niemandem erzählen, warum er losgezogen ist; wir haben auch nicht herausgefunden, was ihn so verärgert hat.«

Was hatte er vorgefunden? Es mußte ihre Geschichte bestätigt haben. Vielleicht hatte er die Wahrheit erfahren und war wütend, weil er sich geirrt hatte – und zu stur, als daß er das Unheil, das er mit seinen Zweifeln ausgelöst hatte, hätte ungeschehen machen können.

»Es ist ohnehin ein Wunder, daß er noch am gleichen Tag zurückgekommen ist«, fuhr Maudya fort. »Wenn die Borgsens ihn gefunden hätten, hätten sie ihn wahrscheinlich getötet.«

Brenna spürte die alte Neugierde wieder in sich aufsteigen.

»Erzählt mir mehr von der Fehde zwischen den beiden Klans.«

»Du kennst die Geschichte nicht,« rief Maudya. »Ich dachte, Janie hätte dir davon erzählt.«

»Und ich dachte, du hättest es getan«, entgegnete Janie.

»Könnt ihr mir das vielleicht jetzt erklären?« fragte Brenna ungehalten.

»Da gibt es nicht viel zu erzählen«, erwiderte Janie.

»Dann laß mich reden«, fiel Maudya ein, die leidenschaftlich gern klatschte. »Die ganze Geschichte hat vor fünf Wintern begonnen. Bis dahin waren der Häuptling der Borgsens und Garricks Vater eng befreundet. In Wahrheit waren sie sogar Blutsbrüder. Latham Borgsen hatte drei Söhne: der jüngste, der gerade von seiner ersten Seereise heimgekehrt war, ist Cedric, den du behauptest, ge . . .«

»Schon gut, sprich weiter«, unterbrach Brenna sie geschwind.

»Es war Herbst, Zeit, um den Göttern Opfer für eine gute Ernte zu bringen. Anselm hatte ein großes Fest vorbereitet, und beide Sippen taten sich zusammen, um es gemeinsam zu begehen. Die Späße und Trinkgelage zogen sich schon über Wochen hin, und es wurde mehr Met getrunken als je zuvor.«

»Aber was konnte diese langjährige Freundschaft beenden?« fragte Brenna ungeduldig.

»Der Tod von Anselms einziger Tochter, Thyra. Man hat uns erzählt, sie sei ein hübsches Mädchen gewesen, aber gegenüber allen, die nicht zu ihrer Familie gehörten, muß sie geradezu krankhaft schüchtern gewesen sein. Sie stand damals in ihrem fünfzehnten Sommer, aber sie hatte bisher noch nie irgendwelchen Feierlichkeiten beigewohnt, obwohl es ihr längst gestattet war. Daher ist es verständlich, daß Latham Borgsens Söhne nicht wußten, wer sie war. Sie hatten sie noch nie gesehen.«

»Was haben sie mit ihr gemacht?«

»Wie es dazu kam, weiß niemand genau. Es heißt, Thyra sei spazierengegangen, um dem Lärm zu entfliehen. Am nächsten Morgen hat man sie hinter dem Lagerhaus gefunden. Ihr Gesicht war schlimm zugerichtet, ihr Rock war bis zur Taille hochgekrempelt, und ihre Schenkel waren von dem Blut ihrer Jungfräulichkeit bedeckt. Ihre Hand war noch um ihren eigenen Dolch geklammert, der in ihrem Herzen steckte.«

Brenna packte das Entsetzen. »Sie hat sich umgebracht?«

»Das kann niemand mit Sicherheit sagen, aber die meisten sind der Meinung, daß sie es getan hat, weil sie nicht damit leben konnte, daß man sie dazu gezwungen hat.«

»Wer hätte etwas so Ungeheuerliches tun können?« fragte Brenna und fand die Antwort selbst, als sie daran dachte, was sie ihr erzählt hatten.

»Lathams Söhne – Gervais, Edgar und Cedric – alle drei.«

»Wie ist man darauf gekommen?«

»Sie haben sich selbst verraten, als sie am nächsten Morgen erfuhren, wer Thyra war. Alle drei gerieten in Panik und flohen. Entsetzliche Zeiten folgten, Kummer, Blutrünstigkeit und Rachsucht beherrschten alle. Master Garrick hing an seiner kleinen Schwester, aber auch Hugh hatte sie sehr gern gehabt. Die beiden Brüder kämpften darum, wem die Ehre gebührte, ihren Tod zu rächen. Hugh hat gewonnen. Es spielte keine Rolle, daß die Borgsen-Brüder geglaubt hatten, sich mit einer unbedeutenden Dirne zu tummeln und sie zweifellos für eine beliebige Sklavin gehalten hatten. Sie hatten ein Verbrechen gegenüber den Haardrads begangen, für das sie jetzt zahlen mußten. Anselm, Garrick und viele anderen überquerten den Fjord gemeinsam mit Hugh. Anselm war gebrochen vor Kummer, aber auch sein Freund Latham war todunglücklich über das, was geschehen war. Hugh hat Edgar herausgefordert und ihn in einem fairen Kampf getötet. Als er die beiden anderen Brüder auch noch herausfordern wollte, setzte Anselm dem, trotz der Proteste von Hugh und Garrick, ein Ende. Die Haardrads kehrten nach Hause zurück und erwarteten die Vergeltung der Borgsens. Aber dazu kam es nie. Sie haben im Lauf der

Jahre nur streunende Tiere niedergemetzelt. Beide Familien hatten einen Verlust erlitten, und beide Familienoberhäupter waren es leid, dem noch mehr hinzuzufügen.«

»Welch eine tragische Geschichte? Hat sich denn nie jemand gefragt, warum Thyra nicht um Hilfe gerufen hat, als sie überfallen wurde? Das hätte doch alles nicht passieren müssen.«

»Sie war ein ängstliches Mädchen, das sich vor allem fürchtete«, anwortete Janie. »Sie hat bestimmt zuviel Angst gehabt, um zu schreien. Vielleicht haben sie sie auch daran gehindert.«

»Man sagt, sie sei von Geburt an schwächlich gewesen«, setzte Maudya hinzu. »Es ist ein Wunder, daß man sie überhaupt am Leben gelassen hat.«

»Gelassen hat? Was soll dieses Wortspiel?«

»Das sind die richtigen Worte, Brenna«, sagte Janie voller Abscheu. »Wenn ich die Sitten der Wikinger gekannt hätte, als ich meinen Sohn getragen habe, hätte ich panische Ängste ausgestanden. Aber mein Baby war Gott sein Dank gesund.«

»Was sagst du da? Von welcher Sitte sprichst du?«

»Vom Geburtsritual«, sagte Maudya mit ebensolcher Verachtung. »Der Vater muß sein neugeborenes Kind annehmen, ganz gleich, ob er mit der Mutter verheiratet ist oder nicht. Wie du weißt, preisen die Wikinger Kraft über alles und beklagen Schwäche. Sie gehen davon aus, daß ein Mann oder eine Frau, die nicht stark genug ist, in diesem Land nicht überlebensfähig ist. Also lehnt der Vater ein verwachsenes oder schwaches Kind ab und setzt es den Elementen aus. Es stirbt auf die Weise natürlich, aber der Vater fühlt sich jeder Schuld enthoben, indem er damit argumentiert, daß das Kind ohnehin nicht überlebt hätte und daß es Verschwendung gewesen wäre, es zu ernähren und sich um es zu kümmern, wenn es Kinder gibt, die besser zu gebrauchen sind.«

»Das ist ja barbarisch!« stieß Brenna keuchend hervor. Sie mußte gegen die Übelkeit ankämpfen, die in ihr aufstieg.

»Was ist barbarisch?«, fragte Erin, der eben mit dem Feuerholz eingetreten war. Die Sitten, ein schwaches Baby zu verstoßen und es der Kälte oder dem Hungertod auszusetzen, ehe die Mutter es auch nur in den Armen gehalten hat«, antwortete Janie.

»Wieso ist das barbarisch?« fragte er gereizt und ließ das Holz neben dem Feuer fallen.

»Findest du das etwa nicht?« fauchte Brenna. »Du bist ebenso heidnisch wie diese Wikinger, Erin, wenn du eine derart gräßliche Sitte billigen kannst!«

»Nein, das ist nicht wahr. Ich halte es nur für das kleinere von zwei Übeln. Frag Janie, sie ist selbst Mutter. Frag sie, ob ihre Liebe zu dem Kind nicht täglich wächst.«

»Das ist wahr«, stimmte Janie zu.

»Was willst du damit sagen, Erin?«

»Die Bande zwischen Mutter und Kind sind stark, aber sie werden erst so stark, wenn die Mutter ihr Kind richtig kennenlernt.«

Brenna erbleichte. »Du hältst es also für menschlicher, ein Kind bei der Geburt zu töten, ehe sich diese Bande bilden können? Und was ist mit den Banden, die entstanden sind, während die Mutter das Kind austrägt? Das scheinst du aber nicht einzuberechnen.«

»Ich weiß nur, daß ich einen Sohn bei der Geburt verloren habe, aber durch natürliche Ursachen. Meine Frau und ich hatten eine Zeitlang Kummer und dann war das Kind, das wir nie gekannt haben, vergessen. Ich hatte noch einen Sohn, an dem ich mit aller Liebe hing und den ich nach zehn Sommern verloren habe. An dem Verlust dieses Sohnes leide ich noch heute. Die Erinnerung an ihn sucht mich immer wieder heim.«

»Das tut mir leid, Erin.«

»Es tut dir leid, Brenna, aber verstehst du mich?«

»Nein, das kann ich nicht verstehen. Ein schwaches Kind kann mit der Zeit stärker werden.«

»Vielleicht in deiner Heimat, Kleines, aber nicht im hohen Norden. Wir haben Frühling, und du brauchst immer noch ein Feuer, um dich zu wärmen. Ein schwaches Kind würde an dem Rauch ersticken oder fern vom Feuer erfrieren.«

»Laß es genug sein, Erwin, denn diese Weisheiten könnte ich nie verstehen,« sagte Brenna und wandte sich ab.

Als sie ihren Freunden das Essen hinstellte, zitterten ihre Hände. Sie hatte sich so sehr über ihren Besuch gefreut, aber jetzt wünschte sie, sie wären nie gekommen. Die Gespräche über die Fehde und das Töten der Babys hatten sie entsetzlich deprimiert. Es war ihr so auf den Magen geschlagen, daß sie ihr Essen nicht anrühren konnte.

Die anderen schwatzten weiter, als könnte ihnen das zuvor Gesagte nicht das geringste anhaben. Erin sah Brenna versonnen an. Sie versuchte, seinem Blick auszuweichen und verließ schließlich den Tisch, um das Zimmer aufzuräumen. Als sie nach einer Weile merkte, daß er sie immer noch anstarrte, hielt sie es nicht mehr aus.

»Warum siehst du mich so an?« fragte sie.

Ihr scharfer Tonfall brachte Erin keineswegs aus der Fassung.

»Bist du schwanger, Kleines?«

Brenna hatte es sich selbst nicht eingestehen wollen. Gegenüber anderen wollte sie es erst recht nicht zugeben.

»Nein.«

»Das wollte ich dich auch schon fragen, Brenna«, sagte Maudya. »Du hast wirklich ein wenig zugenommen.«

»Ich habe nein gesagt!« schrie Brenna und hielt sich unbewußt die Hände auf den Bach. »Ich sage euch, daß ich kein Kind bekomme!«

Der Reihe nach schossen ihr alle verheerenden Möglichkeiten durch den Kopf. Garrick würde ihr Baby zurückweisen, weil er sie haßte. Man könnte sie ebenso wie Cordella dazu zwingen, hierzubleiben. Soweit würde es nicht kommen. Der Frühling war gekommen. Bald, sehr bald, würde sie in ihre Heimat zurückkehren.

Nach Brennas Ausbruch gingen ihre Gäste. Ihr Leugnen hatte sie nicht überzeugt.

43

Brenna verbrachte eine schlaflose Nacht. Am nächsten Morgen hatte sie sich mit den Tatsachen abgefunden. In ihr wuchs ein Kind heran.

»Wenn Kinder Kinder kriegen«, sagte sie laut vor sich hin und bemitleidete sich selbst. »Spielen können wir miteinander. Lieber Gott, ich will nicht Mutter werden! Ich kann es nicht!«

Sie hatte zwar schon die ganze Nacht geweint, aber jetzt weinte sie schon wieder. Anselm mußte segeln, ehe jemand ihren Zustand bemerkte. Sie wollte das Kind weit weg in ihrer Heimat gebären, wo sie nicht um sein Leben fürchten mußte.

Selbst der frisch gefallene Schnee trug zu Brennas Verfolgungswahn bei. Panik hatte sie ergriffen. Sie wollte Heloise aufsuchen.

Heloise und Cordella nähten winzige Babykleidung. Wußte Cordella von dem Schicksal, das ihrem Kind bevorstand, wenn es nicht gesund geboren wurde? Wußte Heloise davon? Brenna sah die winzigen Kleidungsstücke an und vergaß vorübergehend den Grund ihres Kommens.

»Mein Mann ist krank«, sagte Heloise. »Es ist nichts Ernsthaftes, aber er folgt mir nicht und legt sich nicht ins Bett.«

»Wann wird er segeln können?« fragte Brenna erschrocken.

»Nicht allzu bald, aber es wird auch nicht sehr lange dauern, Brenna. Der unerwartete Schneefall hat auch die Arbeiten am Schiff hinausgezögert.«

»Wie lange kann es noch dauern?«

»Ich denke, zu Sommeranfang wird es klappen. Das ist auch eine besonders schöne Jahreszeit zum Segeln.«

»Ich kann nicht bis zum Sommer warten, Herrin!«

»Was ist mit dir los, Brenna?« fragte Cordella. »Ich habe mich gefreut, daß du noch eine Weile hierbleibst. Ich möchte, daß du bei der Geburt meines Kindes dabei bist.«

Wie sehr die Mutterschaft Cordella verändert hatte! Sie schien jetzt wirklich sehr glücklich zu sein.

»Ich scheine keine Wahl zu haben, Della. Schick nach mir, wenn es soweit ist. Ich werde für dich tun, was ich irgend kann«, sagte Brenna. Sie würde auf Cordellas Kind aufpassen.

In dem Moment, in dem Brenna vor die Tür trat, ritt Garrick in den Hof. Morna ritt mit strahlendem Lächeln neben ihm her.

Brenna sah Garricks eisigen Blick. Sie wollte davonlaufen, aber der Klang seiner Stimme ließ sie verharren. Sein zärtlicher Tonfall quälte sie.

»Laß dir vom Pferd helfen, Liebste.«

Brenna glaubte, an ihrem Schmerz zu ersticken. Er hatte in ihrer Sprache geredet, damit sie jedes Wort verstehen konnte. Wie konnte er ihr verzeihen und mir nicht? schrie sie innerlich.

»Was hast du gesagt, Garrick?« fragte Morna.

»Laß dir vom Pferd helfen, Morna«, sagte er in seiner Sprache.

»Als ich gehört habe, daß du dich von dieser keltischen Hexe losgerissen hast, wußte ich gleich, daß du wieder mein würdest«, sagte Morna.

»Hast du das wirklich gewußt?«

Brenna hielt es nicht mehr aus. Sie wischte sich die Tränen ab, während sie durch die Halle rannte und zur Hintertür wieder hinaus. Sie rannte in den Stall, um Willow zu holen.

Als Garrick sah, daß Brenna fort war, ließ er Morna sofort los. Er sah Brenna nach und wußte, daß er sie töten würde, wenn er ihr zu nahe kam.

»So hilf mir doch, mein Liebling.«

Garrick sah Morna giftig an. »Ich verhelfe dir höchstens dazu, mein Schwert zu spüren!«

»Was ist mit dir los?«

»Wenn du dein Leben liebst, Morna, dann komm mir nie mehr auf der Straße zu nahe und folge mir!«

»Aber – aber ich dachte, du hättest mir verziehen!« rief sie. »Du hast mich angelächelt, bis – bis sie . . .

»Nimm dich in Acht, Morna« warnte er sie mit kalter Stimme. »Mir fehlt die Geduld, deine Gegenwart zu ertragen.«

»Garrick, bitte. Du mußt mir verzeihen, was geschehen ist. Wir haben uns doch geliebt. Hast du das vergessen?«

»Nein, an deine Gelübde erinnere ich mich.« Er senkte seine Stimme bedrohlich. »Und auch daran, daß du dich dem ersten Mann zugewandt hat, der einen Geldbeutel vor deiner habgierigen Augen geschwenkt hat.«

»Ich habe mich geändert, Garrick. Reichtum bedeutet mir nichts mehr.«

»Nachdem du hast, was du wolltest, kannst du das leicht sagen«, sagte er voller Abscheu.

»Das ist nicht wahr, Garrick. Ich will dich. Ich habe immer nur dich gewollt.«

»Ich wollte dich auch – *damals*. Heute würde ich lieber in der Hölle schmoren, als etwas mit dir zu tun zu haben.«

»Sag das nicht, Garrick!« schrie sie.

»Hau ab, Morna!«

»Wegen dieser ausländischen Hexe willst du mir nicht verzeihen! Wie hat sie dich nur so verhext? Welchen Zauber hat sie über dich verhängst?«

»Keinen Zauber. Für mich ist sie gestorben, ebenso wie du. Ich werde keiner von euch jemals verzeihen!«

»Du . . .«

Er versetzte ihrem Pferd einen Schlag, auf den hin es in Bocksprüngen mit Morna den Hof verließ. Angeekelt wandte Garrick sich ab.

Es war ihm unbegreiflich, daß er einst geglaubt hatte, diese Frau zu lieben. Er hatte sich von ihrer Schönheit angezogen gefühlt und war stolz darauf gewesen, die begehrenswerteste Dirne in weitem Umkreis zu heiraten. Aber mit Liebe hatte das nichts zu tun gehabt. Als er sie verloren hatte, war seine Bitterkeit nur aus verletztem Stolz entstanden.

Morna hatte sich von ihrer Habgier treiben lassen. Brenna hatte ihrer Freiheit bedurft und war unfähig gewesen, sich zu teilen.

Für ihre Freiheit hatte sie ihn belogen und ihm etwas vorgemacht, aber ihre Liebesschwüre waren ebenso unecht gewesen wie die Mornas. Sie sollte ruhig in ihre Heimat zurückkehren und für immer aus seinem Leben verschwinden.

Garrick trat in die Halle. »Wo ist Hugh?« fragte er, ohne seine Mutter zu begrüßen. Nachdem sie ihn gerügt hatte, teilte sie ihm mit, daß Hugh vor Einsetzen des Schneefalls das Vieh auf die Weide getrieben hatte.

»Er wollte, daß ich Sachen für ihn verkaufe«, sagte Garrick erbost. »Hat er das dir gegenüber erwähnt?«

»Nein, Hugh hat mich gebeten, dir zu sagen, daß du auf ihn warten sollst. Er will mit dir im Norden Eisbären jagen, ehe du gen Osten fährst.«

»Es ist zu spät, um in den Norden zu segeln.«

»Du scheinst deine Abreise nicht erwarten zu können. Garrick, so wie damals . . .« Sie unterbrach sich, zog die Augenbrauen hoch, schüttelte aber den Kopf. »Du weißt, daß ein einziges Eisbärenfell dein Warten wert ist. Geht es dir um den Gewinn, oder geht es dir nur darum, so schnell wie möglich fortzukommen?«

»Wenn ich im Hochsommer lossegele, kann ich erst nach dem Winter zurückkehren,« erwiderte er.

»Du brauchst nicht so weit nach Osten zu segeln wie letztes Mal, Garrick. Hedeby ist ein ausgezeichneter Umschlagplatz.«

»Bulgarien ist besser«, gab er mürrisch zurück. »Ich warte nur noch, bis mein Schiff bereit ist.« Er ging zur Tür. Dort blieb er stehen und sah sich noch einmal um.

»Sie ist fort, Garrick«, sagte Heloise.

Er sah sie an. »Wer?«

»Die, nach der du dich eben umgeschaut hast. Sie ist mit Tränen in den Augen hinausgelaufen, ehe du hereingekommen bis. Warum weint sie, wenn sie dich sieht?«

Garrick zuckte zusammen. »Sie weint nicht! Sie hat geschworen, daß sie nie weint!«

»Warum bringt dich das so aus der Fassung?«

»Weil *jeder* Eid von ihr ein Meineid war!« sagte er erhitzt.

»Vielleicht deiner festgefahrenen Meinung nach. Ich dagegen glaube zufällig alles, was Brenna über die Zeit ihrer Abwesenheit erzählt, jedes einzelne Wort.«

»Tut Ihr das wirklich?« spottete er. »Dann laßt euch von mir aufklären. Sie beschwört, Cedric Borgsen getötet zu haben, und doch habe ich Cedric mit meinen eigenen Augen gesehen.«

»Wie hast du ihn zu sehen gekriegt?« fragt Heloise atemlos. »Hast du den Fjord überquert?«

»Das habe ich getan. Ich wollte mir Beweise dafür verschaffen, daß sie die Wahrheit spricht. Und Beweise habe ich auch gefunden – für ihre Lügen.«

Heloise legte nachdenklich die Stirn in Falten. »Sie hat angenommen, Cedric sei tot, sonst nichts.«

»Ihr seid ein guter Mensch, Mutter«, sagte Garrick verächtlich. »Brenna verdient Euer Vertrauen nicht.«

»Ich wünschte, du würdest ihr vertrauen und an sie glauben, Garrick«, sagte Heloise bekümmert. »Wir werden sie bald verlieren, und mir zumindest tut das leid.«

»Wie könnte ich etwas verlieren, was ich nie besessen habe?« erwiderte Garrick verbittert und ging hinaus.

44

Brenna erging sich in allerlei Aktivitäten, um sich von ihren Gedanken abzulenken. Als der Frühling zu Ende ging und sie immer noch keine Nachricht von Anselm hatte, machte sie sich unter dem Vorwand, mit ihren monatlichen Zahlungen in Verzug zu sein, auf den Weg zu ihm. Sie mußte das Risiko auf sich nehmen, daß Garricks Familie ihre Umstände bemerkte, wenn sie wissen wollte, warum man sie vergessen hatte.

Der Sommer in der Farbenpracht war berauschend schön. Die Sonne wärmte die Haut, und in der Luft hing der betörende Duft von Blumen. Heute war Brenna die Wärme erstmals unangenehm, weil sie sich in ihren schweren Umhang gehüllt hatte, um vor Garricks Familie zu verbergen, daß sie in anderen Umständen war.

Brenna stellte erleichtert fest, daß sich außer ihrer Tante niemand in der großen Halle aufhielt.

»Brenna!« Linnet kam auf sie zu und drückte ihre Hände. »Ich freue mich ja so, dich zu sehen.«

»Ich mich auch Tante. Ich hatte gehofft, du würdest mich einmal besuchen, jetzt, wo das Wetter besser ist.«

»Verzeih mir, Kind. Ich wollte kommen, aber es gab soviel zu tun. Das Aussäen und der große Frühjahrsputz. Wir waren alle vollauf beschäftigt.«

»Du hast beim Säen geholfen?«

Linnet wechselte schnell das Thema. »Wie ich sehe, hast du die Pelze für Anselm dabei. Es scheinen sogar mehr als sonst zu sein. Du warst wohl auch recht beschäftigt?«

Brenna nickte und legte die Pelze ab. Schweiß rann an ihr herunter, aber sie machte keine Anstalten, ihren Umhang auszuziehen. Sie konnte niemandem ihr Geheimnis anvertrauen, nicht einmal ihrer Tante.

»Bist du nur gekommen, um deine Schulden zu zahlen, Brenna, oder hast du Zeit, ein wenig hierzubleiben?«

»Ich kann nicht bleiben, Tante. Ich will nur wissen, wann Anselm segeln wird. Kannst du mir das sagen?«

Linnet blickte finster. »Ich weiß es nicht.«

»Ist er noch krank?«

»Nein, das was nichts Ernstes. Er ist nicht hier.«

»Wie meinst du das? fragte Brenna. »Ist er ohne mich losgesegelt?«

»Sein Schiff liegt hier, Brenna. Aber er ist mit Garrick und Hugh nach Norden gesegelt, um Eisbären zu jagen.«

»Das kann er doch nicht machen!« rief Brenna keuchend. »Er hat mir versprochen, mich nach Hause zu bringen.!«

»Das tut er auch. Es war Hughs Idee. Garrick hat sich nur widerwillig von seiner Handelsreise abhalten lassen, aber da Anselm noch einmal wie in alten Zeiten mit seinen beiden Söhnen auf die Jagd gehen wollte, hat er zugestimmt.«

»Wann kommen sie zurück?«

»Bald. Bei Cordella ist es fast soweit, und Hugh wird die Geburt seines ersten Kindes nicht verpassen wollen.«

»Gewiß nicht«, sagte Brenna höhnisch. »Schließlich muß er Gott spielen und über das Leben und den Tod des Babys entscheiden.«

»Gütiger Gott! Was hast du nur für wüste Fantasien, Brenna?«

Brenna rang sich unter ihrem Umhang die Hände. »Es tut mir leid, Tante, ich bin in letzter Zeit ziemlich empfindlich. Ich will jetzt schnell wieder nach Hause reiten. Ich sehne mich nach den Tagen, als ich Garrick noch nicht kannte und weder die Liebe noch den Haß gelernt habe!«

Brenna rannte hinaus. Ihre Tränen drohten schon wieder zu fließen. Sie sehnte sich auch nach den Tagen, in denen sie nie geweint hatte. Heute schien das das einzige zu sein, was sie tat.

In der folgenden Nacht wurde Brenna durch ein heftiges Klopfen an ihrer Tür geweckt. Sie war noch nicht ganz wach, als sie aus dem Bett kroch, um zu öffnen. Daher hüllte sie sich nur in eine Decke.

Zu Brennas Überraschung stand Heloise in der Tür. Sie wirkte verängstigt. »Ich bin so schnell es ging gekommen, Brenna. Cordella verlangt nach dir.«

»Kommt das Baby?«

»Ja. Ich wäre nicht gekommen, wenn ich nicht selbst noch nie bei einer Geburt geholfen hätte. Jetzt bin ich zu alt, um es noch zu lernen. Aber ich wollte wenigstens etwas tun. Das wird mein erstes Enkelkind!«

»Ich verstehe«, sagte Brenna bestürzt. Sie hatte geglaubt, diese starke Frau könne jeden Aspekt des Lebens mit einem Lächeln abtun. Und nun stand sie völlig aufgelöst vor ihr.

»Die Schmerzen haben heute morgen begonnen«, fuhr Heloise nervös fort, »aber sie hat es niemandem gesagt. Jetzt schreit sie nach dir. Eil dich, Brenna.«

Ohne nachzudenken warf Brenna die Decke ab und tauschte sie gegen ihren Umhang ein. In dem Moment sah Heloise ihre Fülle.

»In Gottes Namen, Brenna! Warum hast du uns nicht gesagt, daß du auch ein Kind trägst?«

Es war zu spät, um ihre Nachlässigkeit zu bereuen. »Darüber reden wir später. Jetzt kommt erst einmal ein anderes Kind. Meins hat Zeit bis zum Winter.«

»Warte, Brenna.« Heloise hob die Hand. »Das ist Cordellas erstes Kind. Vielleicht solltest du nicht zu ihr gehen. Es ist besser, du weißt nicht, was auf dich zukommt.«

»Ich habe Geburten miterlebt, Herrin. Ich weiß, daß eine Geburt eine langwierige, schmerzhafte Angelegenheit ist. Cordella möchte, daß ich bei ihr bin. Wir haben uns nie sehr nahegestanden, aber das ist das mindeste, was ich für sie tun kann.«

Cordellas Wehen dauerten unter Schreien und Schmerzen die ganze Nacht. Heloise fragte sich, ob auch sie bei den fünf Geburten so unmenschlich geschrien hatte. Das wäre eine Erklärung dafür, das Anselm anschließend immer so blaß gewesen war, als hätte er mehr durchgemacht als sie.

Sonnenstrahlen folgten Brenna in die Halle. Sie sah so schlecht aus, daß Heloise sie kaum erkannte. Brenna brach in Anselms thronartigem Stuhl zusammen. Ihre Stimme war schwach, ihre Augen trüb. »Ihr habt einen reizenden Enkel und Cordella schläft friedlich. Meine Tante und Uda sorgen für das Kind.«

»Ein Enkel? Hugh wird sich so sehr freuen! Und mein Mann wird vor Stolz platzen!«

»Wichtiger ist«, fügte Brenna bitter hinzu, »daß das Kind gesund ist. Es darf leben.«

Heloise schwieg einen Moment, ehe sie flüsternd sagte. »Du weißt es also?«

»Ja, ich weiß es. Ihr habt vorhin gefragt, warum ich niemandem von meinem Kind erzählt habe. Deshalb. Ich will mein Kind nicht gezwungenermaßen in diesem Land gebären, wo sein Leben von seiner Stärke abhängt.«

»Ich weiß selbst erst seit kurzem von dieser rauhen Sitte, Brenna. Ich habe zwei Kinder bei der Geburt verloren«, sagte sie. Die Erinnerung erstickte ihre Stimme.

»Sind sie eines natürlichen Todes gestorben?«

»Das hat man mir gesagt. Aber als ich von dieser Sitte erfuhr, wurden Zweifel in mir wach. Trotzdem konnte ich mich nicht dazu durchringen, Anselm zu fragen. Mein drittes überlebendes Kind wurde schwach geboren, aber Anselm wußte, wie sehr ich mir das Kind wünschte, nachdem ich zwei verloren hatte. Sie hat viele Jahre gelebt, ehe auch sie gestorben ist.«

»Ich kenne die Geschichte, Herrin. Es tut mir leid für Euch.«

»Als meine Tochter starb, wollte ich auch sterben«, sagte Heloise. »Es wäre besser gewesen, ich hätte sie nie gekannt. Sie war nicht dazu bestimmt, zu leben.«

»Ihr täuscht Euch!« fauchte Brenna übermäßig grob. »Ein grausames Schicksal hat sie Euch genommen. Sie hatte ein Recht auf ihr Leben, und Eure Erinnerungen an sie sind gewiß schön. Ich kann diese Sitte nicht gutheißen. Mein Baby wird nicht hier geboren!«

»Ich kenne meinen Mann, Brenna. Unter diesen Umständen wird er dich nicht nach Hause bringen, zumindest nicht, ehe das Kind geboren ist.«

»Das dauert bis zum Winter!«

»Dann wirst du eben bis zum darauffolgenden Frühling warten müssen.«

»Nein!« schrie Brenna und sprang so schnell auf, daß ihr Stuhl fast umkippte. »Er hat es mir versprochen!«

»Du mußt jetzt an das Kind denken. Bei einem Sturm auf offener See könntest du es verlieren.«

»Ich denke ja an das Kind.«

»Brenna, du bist eine starke Frau. Dein Baby wird stark sein. Du hast keinen Grund, um es zu fürchten.«

»Könnt Ihr mir das zusichern? Könnt Ihr mir versprechen, daß niemand Garrick gestattet, in die Nähe des Kindes zu kommen?«

»Bei uns muß der Vater das Kind akzeptieren und ihm einen Namen geben. Du siehst Garrick falsch. Ich habe ihn mit christlicher Liebe erzogen.«

»Er ist ein Wikinger, und – er haßt mich heute. Er würde nicht wollen, daß mein Kind am Leben bleibt.«

»Es ist auch sein Kind, Brenna. Ich kann dir nur eins sagen«, sagte Heloise seufzend. »Garrick segelt im Sommer nach Osten, und da sich seine Abreise verzögert hat, kommt er nicht vor dem folgenden Frühjahr zurück.«

Ein größeres Gefühl von Sicherheit hätte sie Brenna gar nicht geben können.

45

Anselm und Hugh kehrten aus dem Norden zurück, aber Garrick segelte ohne Unterbrechung weiter. Brenna hatte allen Grund zu glauben, daß er nicht im Winter zurückkehren würde. Sie konnte ihr Kind beruhigt austragen.

Heloise hatte Anselms Reaktion richtig vorhergesagt. Er weigerte sich, Brenna nach Hause zu bringen. Er kam selbst zu ihr, um ihr das zu sagen; Heloise begleitete ihn, um zu übersetzen.

Das Treffen verlief nicht gut, weil Brenna erbittert darüber war, ein weiteres Jahr in diesem Land verbringen zu müssen. Nichtsdestoweniger war Anselm überschwenglich und bester Laune, nachdem er seinen ersten Enkel gesehen hatte und wußte, daß er bald einen zweiten bekäme.

Er bestand darauf, daß Brenna in sein Haus zurückkehrte. Sie weigerte sich hartnäckig und wies sein Angebot entrüstet zurück.

»Es ist nur zu deinem Besten«, erklärte Heloise. »Du kannst in deinem Zustand nicht allein leben.«

»Das kann ich und das will ich auch! « sagte Brenna hitzig. »es hat sich nichts geändert. Ich mache mich von niemandem mehr abhängig!«

»Denk doch nach, Brenna. Du wirst dicker und unbeweglicher. Du kannst nicht so weiterleben wie vorher.«

»Doch!«

»Vergiß einmal in deinem Leben deinen Stolz, Mädchen. Du mußt auch an das Kind denken, nicht mehr nur an dich!«

»Immer wieder diese alte Sturheit!« sagte Anselm sauer. »Mit uns würde sie ohnehin nicht glücklich werden. Wenn nur mein

Sohn nicht so dickköpfig wäre! Dann ständen wir jetzt gar nicht vor diesem Problem!«

Heloise räusperte sich hilflos. »Willst du nicht vernünftig sein, Brenna?«

»Ich bleibe hier, Herrin, und ich werde zurechtkommen. Nahrung finde ich trotz meiner zunehmenden Körperfülle. Mein Ziel ist immer noch das gleiche. Ich bin nicht so dumm, weiterhin zu reiten, aber die Wälder sind nah, und Wild gibt es im Überfluß. Ich kann Zweige für das Feuer sammeln statt Holz hacken. Ich werde mich in acht nehmen, damit meinem Baby nichts widerfährt.«

»Es geht nicht darum, daß wir dir nicht trauen, alleine zurechtzukommen, Brenna«, sagte Heloise. »Wir wissen, daß du dazu fähig bist. Aber es kann zu unvorhergesehenen Zwischenfällen kommen.«

»Ich werde vorsichtig sein.«

Die ältere Frau seufzte. »Wenn du schon nicht zu uns ziehen willst, bist du dann wenigstens damit einverstanden, daß jemand zu dir zieht? Deine Tante hat sich dazu bereit erklärt und läßt dich fragen, ob sie bei dir wohnen kann. Ich bin damit einverstanden. Wenn es dir auch recht ist, mache ich mir keine Sorgen mehr um dich.«

Brenna ließ sich mit der Antwort Zeit. Ihre Tante wieder bei sich zu haben wäre wundervoll. Jemand, mit dem sie ihre neuen Erfahrungen teilen konnte, wenn das Baby anfing, um sich zu treten oder wenn sich neue Schwangerschaftsstreifen auf ihrer Haut bildeten, jemand, den sie liebte und mit dem sie reden konnte.

»Würdet Ihr meine Tante freilassen?«

»Du gehst zu weit, Brenna.«

Heloise wandte sich an ihren Gemahl. »Brenna ist damit einverstanden, daß ihre Tante zu ihr zieht, wenn du ihr die Freiheit gibst.«

»Nein! Niemals!«

»Worum geht es hier eigentlich?« fragte Heloise und verlor zum erstenmal ihren Gleichmut. »Allein kann Brenna sterben! Das Kind kann sterben. *Sie* kommt trotzdem nicht zur Vernunft, also müssen wir nachgeben!«

»Bei Thor!« stieß Anselm aus. »Was hatten wir doch für ein einfaches Leben, bis ich dieses Mädchen hierhergebracht habe!«

»Nun?«

»Tu, was du für richtig hältst. Sorg dafür, daß diesem Mädchen trotz ihrer Torheit die beste Pflege angedeiht – koste es, was es wolle!«

»Linnet kommt morgen, Brenna – als eine Freie. Ich schicke noch eine kräftige Frau mit, die euch bei den schwierigen Aufgaben hilft. Du kannst von deiner Tante nicht erwarten, daß sie in ihrem Alter Holz hackt oder Wasser herbeischleppt.«

Brenna lächelte. »Das ist großartig, Herrin. Aber ich werde weiterhin für dieses Haus zahlen.«

»Du bringst es fertig und jagst in deinem Zustand Hasen! Du wirst der Skandal des ganzen Landes sein!«

Brenna lachte erstmals wieder so herzhaft, wie sie es schon lange nicht mehr getan hatte. »Ich war mein Leben lang ein Skandal, Herrin.«

Brenna sehnte den Tag herbei, an dem alles vorüber war und sie ihr Baby im Arm halten konnte. Sie wollte gern ein Mädchen, die kleine Tochter mit dem rabenschwarzen Haar und den grauen Augen, die sie selbst nie gewesen war. Sie wünschte sich, das Kind möge keine Ähnlichkeit mit Garrick haben. Das Leben war grausam genug zu ihr gewesen, und sie konnte keine weiteren Enttäuschungen mehr gebrauchen.

Gegen Ende des Sommers wurden die Tage kürzer, aber für Brenna, die jetzt ziemlich auseinandergegangen war, vergingen sie immer noch zu langsam. Sie jagte immer noch in den Wäldern, aber nicht mehr so häufig, denn zweimal wöchentlich fand sie frisches Fleisch oder frischen Fisch auf ihrer Türschwelle, und schließlich konnte sie es nicht einfach wegwerfen. Eine Kuh graste hinter dem Haus, und Brenna machte mit Linnet und Elaine, der Dienerin, die Eloise geschickt hatte, Butter und Käse aus der frischen Milch. Diese gemeinsamen Stunden taten Brenna wohl, aber wenn sie gegen ihren Willen an Garrick dachte, suchte sie die Einsamkeit, um ihren Schmerz allein zu tragen. An solchen Tagen ging sie auf die Jagd, selbst wenn keine Notwendigkeit dafür bestand.

Eines Tages ging sie weit in den Wald hinein, ohne zu merken, wie weit sich sich von ihrem Haus entfernte. Als sie endlich ihre Umgebung wieder wahrnahm, mußte sie feststellen, daß sie sich hier nicht mehr auskannte. Sie kehrte um.

Nach kurzer Zeit nagte der Verdacht an ihr, beobachtet zu werden. Selbst als niemand zu sehen war, konnte sie das Gefühl nicht loswerden. Sie schritt rascher voran.

Dann sah sie den Reiter. Er trug einen Umhang, der viel zu

schwer für dieses Wetter war und hatte sich die Kapuze so weit ins Gesicht gezogen, daß Brenna nicht erkennen konnte, wer es war. Zehn Meter von ihr entfernt saß der Reiter bewegungslos auf einem gewaltigen Pferd. Eine unerklärliche Angst trieb Brenna den Schweiß auf die Stirn. Sie spannte ihre Armbrust und ging weiter, als sei nichts geschehen. Als die Entfernung zunahm, ließ ihre Spannung nach. Aber in dem Moment hörte sie das galoppierende Pferd hinter sich.

Brenna wirbelte gerade noch rechtzeitig herum, um zur Seite zu springen. Das Pferd raste auf sie zu und verfehlte sie nur knapp. Brenna konnte kaum ihren Augen trauen. Der Reiter hatte versucht, sie zu töten. Als sie sah, wie er das Pferd herumriß und wieder auf sie zukam, fing sie an zu rennen. Sie war zu behäbig und konnte nicht schnell rennen. Als das Geräusch der Hufe näher kam, wandte sie sich um und wollte ihre Waffe anlegen, aber sie hatte zu lange gewartet, und das Tier war schon über ihr.

Seine Hufe trafen ihre Schulter, und der Aufschlag warf sie zu Boden. Es gelang ihr, den Sturz abzufangen. Schwer atmend lag sie dort, ohne die Wunde zu spüren. Wenige Sekunden später überkam sie wieder der Drang, sich in Sicherheit zu bringen. Aber als sie versuchte, aufzustehen, zuckte ein Schmerz durch ihren Leib, der sie laut aufschreien ließ. Dann vernahm sie das teuflische Gelächter einer Frau und die Geräusche eines sich entfernenden Pferdes.

Wieder kam der Schmerz, und wieder schrie sie auf, ohne aufhören zu können. Als sie die schwarzen Wolken einer Ohnmacht nahen fühlte, hatte sie nur noch einen Gedanken im Kopf. Ihr Baby kam, aber es war zu früh, viel zu früh.

Brenna öffnete die Augen einen Spalt weit. Im Dunst der Sonnenstrahlen, die durch die Baumwipfel drangen, sah sie Garrick. Sein blondes Haar war länger als sonst, und ein üppiger Bart verdeckte sein Gesicht. Warum sah er in ihren Träumen anders aus, als sie ihn je in Wirklichkeit gesehen hatte? Er hielt sie im Arm – nein, er trug sie fort. Sie bemühte sich, zu erwachen, denn selbst im Traum schmerzte die Erinnerung an Garrick. Aber dieser Schmerz war anders als sonst – dumpf und bohrend.

»Geh fort, Garrick«, flüsterte Brenna. »Du tust mir weh.«

»Sei ruhig«, erwiderte er.

Garrick wollte, daß sie litt. Er würde immer in ihren Träumen herumspuken, um ihr weh zu tun. Lieber Gott, der Schmerz ist echt! Sie stieß einen Laut aus, den sie nicht als ihren eigenen erkannte. Dann war der Traum vorüber.

»Erst das Fieber, dann stirbt sie beinah an Kälte und Hunger, und jetzt auch noch das! Wie oft kann sie dem Tod ins Angesicht sehen und dennoch überleben?«

»Es ist nicht die Frage, wie oft, sondern, ob sie es *diesmal* überlebt.«

Brenna vernahm das Stimmengeflüster ganz in ihrer Nähe. Erst ihre Tante, dann Heloise. Jetzt hörte sie eine tiefe, männliche Stimme aus größerer Entfernung.

»Wo bleibt die Hebamme?«

»Wer ist das?« fragte Brenna mit schwacher Stimme.

Linnet trat an ihr Bett und strich ihr sanft das Haar aus dem Gesicht. Sie war blaß und sah zum erstenmal älter aus, als sie war.

»Vergeude deine Kraft nicht mit Fragen, Brenna, hier, trink das.«

Linnet setzte ihr eine Schale Wein an die Lippen, und Brenna trank sie aus. Sie sah ihre Tante mit wachsendem Entsetzen an, während ein neuer Schmerz durch ihren Körper drang.

»Habt ihr eben von mir gesprochen? Sterbe ich?«

»Bitte, Brenna, du mußt dich ausruhen.«

»Sterbe ich?

»Wir beten zu Gott, daß es nicht so ist.« Heloise trat zu ihr. »Aber du blutest, Brenna, und – und . . .«

»Und mein Baby kommt viel zu früh«, beendete Brenna den Satz an ihrer Stelle. Sie zitterte vor Angst. »Wird es leben?«

»Das wissen wir nicht. Es kommt öfter vor, das Babys zu früh geboren werden, aber . . .«

»Sprecht weiter.«

»Sie waren zu klein – zu schwach.«

»Mein Baby *wird* leben! Es mag vielleicht schwach auf die Welt kommen, aber ich werde es stark machen.«

»Gewiß, Brenna«, sagte Heloise, um sie zu besänftigen. »Aber nun ruh dich aus.«

»Ihr glaubt mir nicht!« Brenna wurde zornig und versuchte, sich aufzurichten. »Ich werde . . .«

Sie fiel zurück, ehe sie den Satz beendet hatte. Stumpfe Messer schienen sich in ihr Inneres zu graben. Sie schloß die Augen, um gegen den Schmerz anzukämpfen, aber nicht, ehe sie ihre Umgebung wahrgenommen hatte. Als der Schmerz für einen Moment nachließ, sah sie die beiden Frauen vorwurfsvoll an.

»Warum habt ihr mich hierhergebracht, in sein Haus? Warum?«

»Wir haben dich nicht hierhergebracht, Brenna.«

»Wer denn?«

»Er hat dich im Wald gefunden. Hierher war es näher als zu dir.«

In dem Moment betrat Uda, die Frau, die Cordella bei der Geburt geholfen hatte, den Raum und machte sich sofort an Brenna zu schaffen. »Das sieht nicht gut aus«, sagte sie in ihrer eigenen Sprache. »Die Blutung ist gering, aber es sollte gar keine Blutung auftreten.«

Brenna ignorierte Uda. »Wer hat mich gefunden?« fragte sie Heloise. »Hat er die Frau gesehen, die mich töten wollte? Ich weiß, daß es eine Frau war. Ich habe ihr Lachen gehört.«

»Jemand hat versucht, dich zu töten?«

»Eine Frau. Sie ist auf einem großen schwarzen Pferd auf mich zugeritten und hat mich niedergeschlagen.«

»Niemand will dir ein Leid antun, Brenna. Das hast du dir gewiß nur eingebildet. Ein solcher Schmerz gibt einem oft Vorstellungen ein, die nicht wahr sind.«

»Der Schmerz hat erst eingesetzt, *nachdem* ich hingefallen bin!«

»Aber Garrick hat gesagt, daß niemand in der Nähe war, als er dich gefunden hat«, sagt Heloise.

Brenna erbleichte, als sie sich an den kurzen Traum erinnerte, in dem er sie getragen hatte. »Garrick ist zurück?«

»Er ist vor einer Woche wiedergekommen.«

All ihre alten Ängste brachen mit doppelter Kraft über Brenna herein. »Ihr müßt mich nach Hause bringen. Hier kann ich mein Baby nicht bekommen.«

»Wir können dich jetzt nicht fortbringen, Brenna.«

»Dann müßt ihr mir schwören, daß ihr ihn nicht in die Nähe meines Babys laßt!« schrie Brenna.

»Hör auf, so töricht zu reden, Brenna!« sagte Heloise scharf. »Garrick will ebensosehr wie du, daß dein Baby lebt.«

»Ihr lügt!«

Brenna wurde wieder von einem stechenden Schmerz gepackt, schlimmer als der vorangegangene, und ihr blieb keine Zeit mehr, zu fliehen. Sie brauchte ihre gesamte Energie, um das Baby herauszupressen. Wieder und wieder verspürte sie die Notwendigkeit, mit aller Kraft zu pressen.

Garrick stand in der offenen Tür seines Zimmers und fühlte sich hilfsloser als je zuvor in seinem ganzen Leben. Er hatte jedes Wort gehört, das Brenna gesagt hatte, und ihre Ängste hatten ihn getroffen wie Messerstiche. Trotzdem konnte er ihr nicht vorwerfen, daß sie ihn für so grausam hielt. Wann hatte er sich ihr jemals von einer anderen Seite gezeigt?

Brennas Angstschrei drang tief in sein Innerstes. Wenn er sich vorstellte, daß er so weit wie möglich von Brenna fortgewollt hatte, daß er in den Fernen Osten hatte segeln wollen, um sie nie wiederzusehen. Er war nur bis Birka gekommen. Dort war er umgekehrt. Er hatte angenommen, Brenna weile bereits wieder in ihrer Heimat und war nun zurückgekommen, um seinem Vater zu sagen, er solle sie zurückbringen. Er hatte endgültig festgestellt, daß er, ganz gleich was sie für ihn empfand, nicht mehr ohne sie leben konnte.

Er wurde mit den Neuigkeiten begrüßt, daß sie noch hier war. Der Grund ihres Hierseins erstaunte ihn. Er konnte nicht zu ihr gehen, denn er hatte Angst, sie in ihren Umständen außer sich zu bringen, aber er war täglich durch die Wälder geritten und hatte sich ihrem Haus in der Hoffnung genähert, sie zu sehen. Und als er heute ihren Schrei gehört und die bewußtlos vorgefunden hatte, hatte ihn panische Angst ergriffen.

»Ein Junge«, sagte Uda und hielt das Kind an den Füßen hoch.

Garrick starrte ehrfurchtsvoll das winzige Baby an. Uda schüttelte das Kind. Dann schüttelte sie es noch einmal. Garrick hielt den Atem an und wartete auf ein Lebenszeichen.

»Es tut mir leid«, sagte Uda. »Das Baby ist tot.«

»Nein!« brüllte Garrick und stürzte auf das Baby zu. Er nahm es in seine großen Hände und starrte Uda hilflos an. »Es darf nicht sterben. Sonst sagt sie, ich hätte es umgebracht!«

»Das Kind kann nicht atmen. Das kommt oft vor. Dagegen kann man nichts machen.«

Garrick blickte das bewegungslose Kind in seinen Händen an. »Du mußt leben! Du mußt atmen!«

Heloise stellte sich mit Tränen in den Augen neben ihn. »Garrick, bitte. Du quälst dich nur selbst.«

Er hörte seine Mutter nicht. Es drohte, ihn zu zerreißen, als er wahrnahm, wie die Luft, die seinen Brustkasten bewegte, nicht auch den seines Sohnes aufleben ließ. Er sah auf den winzigen Oberkörper des Kindes und wünschte sich nichts mehr, als ihn mit Luft füllen zu können. Ohne zu denken, blies er dem Baby seinen eigenen Atem in den Mund.

»Au weh!« kreischte Uda. »Was tut er nur?« Schreiend rannte sie aus dem Zimmer. »Er ist verrückt!«

Garricks verzweifelter Versuch, seinem Sohn sein eigenes Leben einzuhauchen, war erfolglos, aber er war längst jenseits aller rationalen Erwägungen angelangt und versuchte das gleiche noch einmal. Diesmal bedeckte er Mund und Nase des Kindes, damit die Luft nirgends hin entweichen konnte, sondern in seinen Sohn eindringen mußte. Der winzige Brustkasten füllte sich, die Arme schlugen um sich, dann schluckte das Kind Luft und stieß einen Schrei aus, der so laut war, daß er im ganzen Haus widerhallte.

»Gelobt sei Gott für dieses Wunder!« rief Linnet und fiel auf die Knie, um ihrem Gott zu danken.

»Das ist wahrhaft ein Wunder, Garrick«, sagte Heloise liebevoll. »Aber du hast es vollbracht. Du hast deinen Sohn zum Leben erweckt.«

Er ließ es zu, daß sie ihm das schreiende Baby abnahm. Ob Wunder oder nicht – er war zu erleichtert, um zu sprechen. Er empfand einen so unsäglichen Stolz, als sei dies die größte Leistung, die er in seinem bisherigen Leben vollbracht hatte, und als würde er auch in Zukunft nie wieder zu etwas Vergleichbarem fähig sein.

»Ich brauche dich wohl nicht zu fragen, ob du dieses Kind annimmst«, sagte Heloise, wickelte das Baby in eine Decke und legte es Garrick zu Füßen, um ihn die Geburtsriten vollziehen zu lassen.

Er beugte sich nieder, nahm das Kind auf seine Knie und besprenkelte es mit Wasser aus einer Schale, die Heloise gebracht hatte. Er hatte zugeschaut, als sein Vater das Zeremoniell an seiner Schwester vollzogen hatte, und er wußte, daß man das gleiche mit ihm und Hugh getan hatte.

»Dieses Kind soll auf den Namen Selig hören!«

»Das ist ein guter Name«, sagte Heloise stolz und nahm ihm das Baby wieder ab. »Geh jetzt hinunter und erzähle deinem Vater, daß er einen neuen Enkel hat. Er wird ebenso stolz und glücklich sein wie du.«

Aber Garrick ging statt dessen langsam auf das Bett zu. Brenna hatte die Augen geschlossen. Fragend sah er Linnet an.

»Sie ist bei der Geburt ohnmächtig geworden«, sagte sie zu ihm, während sie Brenna den Schweiß von der Stirn wischte. »Sie weiß nicht, daß Ihr um ihren Sohn gekämpft habt, aber ich werde es ihr erzählen.«

Ob sie es glauben würde? »Ich weiß, daß sie viel Blut verloren hat. Wird sie es überleben?«

»Die Blutung hat aufgehört. Sie wird ebenso schwach sein wie das Kind. Wir können nur beten, daß sie beide schnell zu Kräften kommen.«

»Mach dir keine Sorgen, Garrick«, sagte Heloise von der anderen Seite des Zimmers her, wo sie Selig, der lautstark protestierte, in warmem Wasser badete. »Was du getan hast, kann nicht umsonst gewesen sein. Sowohl das Kind als auch die Mutter werden leben.«

46

In der ersten Woche fürchtete sich Brenna bei jedem Erwachen, bis sie sich vergewissert hatte, daß es ihrem Baby gut ging. Ihre Tante hatte ihr eine wüste Geschichte erzählt. Garrick sollte ihrem Sohn das Leben gerettet haben. Sie konnte es nicht glauben, da er sich das Kind noch nicht einmal angeschaut hatte. Brenna erholte sich nur langsam von der Geburt, aber Selig nahm schnell zu. Brenna war bitter enttäuscht, daß er seine glänzende Gesundheit nicht ihr zu verdanken hatte. Sie hatte ihr Baby säugen wollen, aber ihre Milch reichte nur zwei Wochen lang.

Brenna machte sich bittere Vorwürfe, als Heloise darauf bestand, ihr eine Frau zu schicken, deren Baby bei der Geburt gestorben war, aber sie sah schnell ein, daß es keine andere Lösung gab. Sie versuchte, ihrem Kind um so mehr Liebe zu geben, aber auch hier übertrieb sie. Schließlich fand sie ein gesundes Verhältnis zu ihrem Kind.

Brenna wußte auch, daß es an der Zeit für sie war, nach Hause zu gehen. Sie war nur so lange hiergeblieben, weil sie Garrick kein einziges Mal gesehen hatte. Sie wußte nicht einmal, wo er schlief und brachte es nicht über sich, jemanden danach zu fragen. Zweifellos war er zu Morna gezogen.

Linnet machte keine Einwände, als Brenna ihr mitteilte, sie sei bereit zu gehen. »Du wirst doch gewiß bei mir wohnen?« fragte Brenna hoffnungsvoll.

»Noch eine Weile. Dann gehe ich zu Anselm zurück.«

»Du bist doch frei«, protestierte Brenna. »Du brauchst nicht zurückzugehen.«

»Ich habe viele Freunde dort.«

Brenna seufzte. »Du vermißt Heloise?«

»Ja.«

»Und Garricks Vater?«

»Ich schäme mich nicht, gelegentlich das Lager mit ihm zu teilen, Brenna«, verteidigte sich Linnet. »Ich weiß, das Heloise seine wahre Liebe ist, aber er mag mich und ist nett zu mir. Heloise ist mir eine wertvolle Freundin«, sagte Linnet lachend. »Wir haben ein seltsames Verhältnis. Aber mir ist es recht, und ich fühle mich wohl. Ich weiß, daß du Anselm haßt, aber . . .«

»Ich hasse ihn nicht mehr«, fiel ihr Brenna ins Wort. »Als Anselm meinen Sohn zum erstenmal im Arm gehalten hat, mußte ich an den Haß und die Blutrünstigkeit auf seinem Gesicht denken, als er unser Gut angegriffen hat. Aber er hat seinen Enkel mit viel Liebe angeschaut. Er hat viel für mich getan, und ich bin ihm dankbar. Ich habe ihm noch nicht wirklich verziehen, was er uns damals angetan hat, aber ich verspüre keinen Haß mehr.«

»Das freut mich«, sagte Linnet lächelnd. »Ich glaube, du bist endlich doch noch erwachsen geworden, Brenna.«

Am Tag vor dem ersten Wintersturm zog Brenna wieder in ihr kleines Haus. Als sie auf der Suche nach Wild durch den Schnee stiefelte, hatte sie erstmals das Gefühl, als hätte sie sich an dieses Land und sein rauhes Klima gewöhnt.

Die Zeit verging, ohne daß Garrick nach seinem Sohn sah. Brenna hatte die Einladung zu den Feierlichkeiten der Wintersonnwende nicht angenommen und so kehrte Linnet allein zu Anselm zurück. Brenna vermißte sie, obwohl es ihr nicht an Gesellschaft fehlte. Leala, Seligs Amme, lebte noch bei ihr. Sie hatte Elaines Platz eingenommen. Oft kam auch Cordella mit dem kleinen Athol zu Besuch.

Brenna kehrte früh von der Jagd zurück, weil sie alle Pfeile verschossen hatte. Garricks Pferd stand vor ihrem Haus. Wie konnte er es nur wagen, sieben Monate nach der Geburt seines Sohnes plötzlich aufzutauchen? Sie trat ein. Selig saß auf dem Schoß seines Vaters vor dem Feuer, kicherte und spielte zufrieden, mit den Schnüren an Garricks Umhang. Garrick war überrascht, sie zu sehen, aber das merkte sie nicht. Sie sah nur, wie glücklich ihr Sohn war. Zorn stieg in ihr auf, weil Selig bisher nicht in den Genuß gekommen war, einen Vater zu haben. Und all das nur, weil Garrick sie haßte.

»Gefällt dir der Name, den ich ihm gegeben habe?« fragte Garrick unbeholfen.

»Ich habe ihn als das einzige akzeptiert, was er je von seinem Vater bekommen hat.«

Garrick setzte Selig ab, und die Eltern sahen zu, wie er auf dem Fußboden herumkroch und mit seinen winzigen Fingern ein Spielzeug betastete, ohne die Spannung wahrzunehmen, die über dem Raum lag.

Ihre Augen trafen sich zum erstenmal. »Es tut mir leid, daß du mich hier vorgefunden hast, Brenna. Es wird nicht wieder vorkommen.«

»Warum bist du gekommen?«

»Um meinen Sohn zu sehen.«

»Warum jetzt, nach so langer Zeit?« fragte sie. Glaubst du wirklich, daß ich ihn bisher nicht gesehen habe? Ich komme immer, während du auf der Jagd bist. Als du noch in meinem Haus warst, habe ich ihn täglich gesehen.«

»Wie?«

»Wenn er gefüttert wurde, durfte ich ihn halten, ehe man ihn zu dir zurückgebracht hat.«

Brennas Augen sprühten vor Zorn. »Warum hat man das vor mir geheimgehalten?«

»Du hast geglaubt, ich wollte dem Knaben etwas antun, deshalb habe ich ihn nur im geheimen gesehen. Ich wollte vermeiden, daß du dich aufregst.«

Brenna wandte sich an Leala, die sich vor den schreienden Stimmen, die sie nicht verstand, in eine Ecke zurückgezogen hatte. »Warum hast du mir nicht gesagt, daß Seligs Vater ihn hier besucht hat?«

»Das ist sein Recht, Herrin. Er braucht seine Liebe zu Selig nicht zu verbergen.«

Brenna erbleichte schon, als sie selbst noch sprach. Sie hörte die Antwort nicht. Sie hatte um Seligs willen mit Leala sprechen müssen, und jetzt hatte Garrick sie ertappt.

»Ich gehe jetzt, Brenna.«

Sie sah in verblüfft an. Er wollte ihren Ausbruch durchgehen lassen.

»Du hast mich in deiner Sprache sprechen gehört. Warum wirfst du mir nicht vor, daß ich das vor dir geheimgehalten habe?«

Garrick zuckte mit den Schultern. »Du warst lange genug hier, um es zu lernen. Brenna.«

»Ich habe deine Sprache schon in meiner Heimat gelernt Garrick. Es war meine einzige Waffe, das für mich zu behalten.«

»Ich weiß.«

Sie riß die Augen auf. »Du weißt es?«

»Deine Tante hat es mir gesagt, schon vor langem, als ich mehr von dir wissen wollte. Außerdem hast du, als du krank warst, in beiden Sprachen geredet.«

»Warum hast du nie etwas gesagt?«

»Ich wollte, daß du es mir selbst sagst. Und das hast du ja jetzt getan.«

»Aber jetzt spielt es keine Rolle mehr.«

»Es spielt eine Rolle«, sagte er liebevoll und kam auf Brenna zu. Er blieb vor ihr stehen, und als sie aufsah, fand sie keinen Zorn und keinen Haß. Als er sie an sich zog, schlug ihr Herz höher. Er küßte sie und beide verspürten eine große Sehnsucht in sich aufsteigen. Sie waren ein Jahr lang getrennt gewesen, und sie hatte sich ständig bemüht, nicht an ihn zu denken. Und doch begehrte sie ihn maßlos, ohne es zeigen zu wollen.

Er hielt sie dicht an sich gepreßt. Alles weitere wurde durch Lealas Gegenwart unmöglich gemacht. Brenna glaubte, einen Traum zu träumen, der nicht wahr sein konnte.

»Was soll das heißen?«

»Der Frühling naht, Brenna. Mein Vater hat dir sein Wort gegeben, dich nach Hause zu bringen.« Er zögerte und kämpfte gegen seinen Stolz an. »Ich möchte nicht, daß du gehst.«

Brenna sah einen Hoffnungsschimmer. »Was dann?«

»Ich möchte, daß du meine Frau wirst. Ich will die Vergangenheit vergessen und neu anfangen.«

Sie glaubte, ihren Ohren nicht zu trauen. Wie sehr sie sich nach diesen Worten gesehnt hatte! Aber warum sagte er das jetzt?

»Willst du mich, Garrick, oder sagst du das alles nur, weil du weißt, daß ich Selig mitnehmen werde?«

»Ich liebe meinen Sohn. Das kann ich nicht leugnen.«

»Und mich?«

»Ich würde dich nicht heiraten wollen, wenn es mir nur um meinen Sohn ginge, Brenna. Ich begehre dich mehr als jede andere Frau.« Er zog sie näher an sich. »Ich habe meinen übereilten Entschluß, dich aufzugeben, unzählige Male bereut. Ohne dich war mir elend zumute.«

»Liebst du mich?«

»Wie kannst du nach allem, was ich gesagt habe, daran zweifeln?«

Ihre Freude war grenzenlos. »Dann glaubst du mir endlich, daß ich die Wahrheit gesagt habe und kein zweitesmal von dir fortgelaufen bin?«

»Ich bin bereit, die Vergangenheit zu vergessen.«

Brenna zuckte zusammen und wich vor ihm zurück. »Bereit zu vergessen? Dann glaubst du mir immer noch nicht?«

»Du hast geschworen, Cedric Borgsen getötet zu haben, Brenna. Er lebt.«

»Das ist unmöglich!«

»Ich habe ihn selbst gesehen.«

»Aber – aber er ist doch auf meinen Dolch gefallen, auf den, den du mir gegeben hast! Er hat sich nicht mehr bewegt. Wie kann er dann noch leben?«

»Hör auf, mir etwas vorzumachen, Brenna!« sagte Garrick scharf. »Ich habe dir gesagt, daß die Vergangenheit tot ist.«

»Aber du glaubst mir nicht!« schrie sie.

»Ich weiß, warum du gegangen bist und dein Wort gebrochen hast, Brenna. Die Art und Weise, auf die ich dich beim letztenmal gewaltsam genommen habe, war unverzeihlich. Ich habe meinen Zorn an dir ausgelassen, und das war falsch von mir. Deshalb bist du fortgelaufen, und als du wiedergekommen bist, wolltest du die Wahrheit nicht eingestehen. Aber das spielt jetzt keine Rolle mehr. Ich liebe dich genug, um alles zu vergessen.«

»Aber nicht genug, um mir zu vertrauen?«

Er beantwortete ihre Frage, indem er sich wortlos abwandte. Selig fing an zu weinen, und Leala eilte zu ihm. Brenna sah ihren Sohn unbehaglich an und hatte von neuem das Gefühl, er würde nie einen Vater haben. Sie hatte ihre Hoffnungen zu hoch gesteckt, und ihre Enttäuschung war um so verheerender.

Sie fühlte sich mit Füßen getreten, als Garrick sie, trotz allem, was er gesagt hatte, sehnsüchtig anschaute. Wie konnte er ihr das antun?

»Geh, Garrick«, sagte sie gequält. »Ich kann dich nicht mit dem Bewußtsein heiraten, daß du mir nie vertrauen wirst.«

»Vielleicht wird mit der Zeit . . .«

»Nein, das wird immer zwischen uns stehen. Ich wünschte, es wäre nicht so, denn ich werde dich immer lieben, Garrick.«

»Bleib wenigstens hier, Brenna.« Er warf einen Blick auf Selig und sah dann wieder sie an. »Bring ihn nicht so weit von mir fort.«

Brenna glaubte, an ihren Gefühlen zu ersticken. Sein Schmerz tat ihr weh. »Du magst mich für herzlos und egoistisch halten, aber ich kann nicht in deiner Nähe leben, Garrick. In deiner Nähe zu sein, dich zu lieben und doch zu wissen, daß keine Hoffnung für uns besteht, ist einfach zu qualvoll.«

»Du hast noch Zeit, deine Meinung zu ändern, ehe du fortfährst, Brenna. Du kannst jederzeit zu mir kommen.«

Als er fort war, weinte sich Brenna auf Lealas Schultern aus. Es half alles nichts. Sie mußte weit fort.

47

Der Frühling nahte schnell. Brenna wurde mitgeteilt, daß sie in knapp vierzehn Tagen lossegeln würden. Schweren Herzens nahm sie diese Neuigkeit hin, hatte sie doch das Gefühl, die richtige Entscheidung getroffen zu haben. Wenn ihr nur das Vertrauen nicht ganz so wichtig gewesen wäre! Aber sie wußte mit Gewißheit, daß ihre Liebe zueinander ohne Vertrauen keine Dauer haben konnte.

Am meisten betrübte sie, daß sie ihrem Sohn den Vater und die Großeltern nahm. Einen Moment lang spielte sie sogar damit, ihn hierzulassen. Aber nein, er war ihr Leben, und nichts auf Erden würde sie je voneinander trennen. Sie hatte schon zu viele Ängste um ihn ausgestanden.

Sie hatte sich ein kleines Mädchen gewünscht, das nur ihr ähnelte. Selig hatte rabenschwarze Locken und graue Augen, aber er sah seinem Vater von Tag zu Tag ähnlicher.

Leala hatte sich zu Brennas Überraschung einverstanden erklärt, mit ihr zu segeln. Sie hatte keine Familie hier, seit sie ihren Mann und ihr neugeborenes Kind verloren hatte. Sie wollte sich um keinen Preis von Selig trennen. Brennas Erleichterung war groß. Selig brauchte zwar keine Amme mehr, aber Brenna hatte die kräftige Norwegerin liebgewonnen.

Am nächsten Tag sollte die Reise beginnen. Leala war fortgegangen, um sich von ihren wenigen Freunden zu verabschieden. Brenna wollte ein letztes Mal mit Selig zu seinem Vater gehen.

»Komm, mein Süßes«, sagte Brenna zu Selig und nahm ihn auf den Arm. »Dein Vater weiß nicht, daß wir kommen, aber er freut sich gewiß.« Als das Kind sie fragend ansah, fügte sie hinzu: »Danke Gott, daß du das nicht verstehst. Für dich wird die Reise ein Abenteuer. Für mich ...«

Sie konnte den Satz nicht beenden. Sie litt mehr als je zuvor, und doch glaubte sie noch daran, sich richtig entschieden zu haben.

Sie ging zur Tür, die sich aber schon öffnete, ehe sie sie erreicht hatte. Garrick stand dort. Auf seinen Zügen stand eine Mischung aus Traurigkeit und Sehnen, aber in seiner Haltung lag auch Widerstreben. Das betrübte Brenna. Sie wünschte, er werde noch einmal gewalttätig werden, wie er es schon so oft zuvor gewesen war. Sie wünschte sich verzweifelt, ein letztes Mal in seinen Armen zu liegen. Aber zwischen ihnen stand eine Mauer. Brenna konnte ihm nicht vorwerfen, daß er ihr nicht glaubte. Nachdem er gesehen hatte, daß Cedric noch am Leben war, hatte sie selbst gezweifelt.

»Ich hätte dich benachrichtigen sollen, Garrick. Ich wollte mich eben auf den Weg machen und Selig zu dir bringen.«

»Setz den Jungen ab, Brenna.«

Seine Stimme klang seltsam. War es Verbitterung? Brenna setzte Selig in seine Spielecke.

»Wenn du magst, kannst du auch mit ihm hierbleiben«, sagte Brenna linkisch. »Leala kommt erst am Abend zurück. Ich mache mich trotzdem auf den Weg zu deinem Haus, um mich von Erin und den anderen zu verabschieden. Dann kannst du eine Zeitlang mit Selig allein sein.«

Er antwortete nicht. Jetzt bemerkte sie erst die vielen Waffen, die an seinem Gürtel hingen, mehr, als sie ihn je hatte tragen sehen. In einer Hand hielt er ein Seil.

»Warum bist du hierhergekommen, Garrick? Du siehst aus, als wolltest du in den Kampf ziehen.« Ihr Blut schien zu erstarren. »Willst du diese Waffen gegen mich benutzen? Wenn du ihn so sehr liebst, daß du mich töten könntest, um ihn zu behalten, dann tu es, denn ich kann nicht ohne ihn leben.«

Er schüttelte den Kopf über die lächerliche Schlußfolgerung, die sie getroffen hatte. »Ganz gleich, wie sehr ich ihn auch liebe und wie gern ich ihn bei mir hätte, Brenna – ich könnte niemals seine Mutter töten.«

»Aber warum...«

»Ich könnte dich gewaltsam hierbehalten. Ich habe schon oft damit gespielt. Als ich letztes Jahr in den Osten gesegelt bin, um weit fort von dir zu sein, ist mir klargeworden, daß ich das gar nicht will. Ich wollte dich bei mir haben. Ich wollte den Rest unseres Lebens mit dir gemeinsam verbringen. Es war Spätsommer, und ich habe damit gerechnet, daß mein Vater dich längst nach Hause gebracht hat. Da er dir die Freiheit geschenkt hat, war es sein Recht zu erfahren, daß ich dir diese Freiheit wieder abnehmen wollte. Ich bin hierher zurückgekehrt, um ihm zu sagen, daß ich dich zurückbringen und auch gegen seinen Willen hierbehalten würde.«

»Hast du im Moment die Absicht?«

Garrick schüttelte den Kopf. »Dazu ist dir deine Freiheit zu viel wert. Aber es gibt eine andere Lösung.«

»Ich wünschte, es wäre so. Aber ich sehe keine Lösung.«

»Die Wahrheit, die allen Zweifeln ein Ende bereitet, ist die einzige Lösung, Brenna. Ich bete aus ganzem Herzen dafür, daß mein Mißtrauen unberechtigt war. Jetzt wird sich herausstellen, ob du gelogen hast. Und dann kann ich nur hoffen, daß du nie mehr lügen wirst.«

»Ich verstehe dich nicht, Garrick. Du hast mir bisher nicht geglaubt, und ich kann es dir nicht beweisen!«

»Ab heute glaube ich dir, Brenna. Ich muß dir glauben, weil ich dich liebe!« sagte Garrick sehr ernst. »Aber ich muß immer noch die Wahrheit wissen.«

Er zog an dem Seil, das er in den Händen hielt. An dem Seil hing Cedric Borgsen mit gefesselten Handgelenken, Blut rann ihm aus einer Kopfwunde. Brenna wurde kreidebleich, als sie den Totgeblaubten am Leben sah. Auch Cedric wurde blaß, aber im übrigen ließ er sich seine Überraschung nicht anmerken.

»Warum hast du mich hierhergebracht, Haardrad? fragte Cedric verächtlich. »Dein Bruder hat meinen getötet. Warum läßt du die alte Sache nicht endlich ruhen?«

»Die Vergangenheit interessiert mich nicht. Du sollst dich für ein jüngst geschehenes Verbrechen verantworten.«

»Wirklich?«

Garrick zeigte auf Brenna. »Du kennst diese Frau?«

Cedric entspannte sich und grinse. »Eine hübsche Dirne, aber ich sehe sie eben zum erstenmal.«

Brenna spürte, wie sich ihr Magen umdrehte. Sie sah zu Garrick. Garrick beobachtete sie beide, und seine Enttäuschung war klar zu erkennen. Sie mußte etwas unternehmen.

»Er lügt, Garrick!« Brenna sprach norwegisch, damit Cedric sie verstehen konnte. Ihre Stimme klang gequält und ungläubig. »Ich schwöre dir, daß er lügt!«

»Das macht nichts, Brenna.«

»O doch, das macht schon etwas!« Sie wandte sich verzweifelt an Cedric. »Sag ihm die Wahrheit! Erzähl ihm, wie du mich entführt hast!«

Cedric zuckte mit den Schultern und stellte sich überrascht. »Die Dirne ist verrückt. Was fantasiert sie da?«

»Du Lügner!« schrie Brenna und zitterte vor Wut. »Ich glaubte,

meine Klinge hätte dich getötet, aber ich hätte sichergehen sollen.«
Sie zog ihren Dolch. »Diesmal *werde* ich sichergehen!«

Garrick schlug ihr den Dolch aus der Hand. »Er ist hilflos und
gebunden, Brenna. Bei uns tötet man keinen unbewaffneten Gegner.«

Sie schrie vor Verzweiflung auf. Ihr Wort stand gegen Cedrics,
aber ihre Geschichte klang unglaubwürdig. Das wußte sie selbst.
Plötzlich fand sie die Lösung. Ein Hoffnungsschimmer trat in ihre
Augen!

»Meine Klinge hat sich in seine Brust gebohrt, Garrick«, sagte sie
geschwind. »Selbst, wenn die Wunde nicht tödlich war, muß sie
doch eine Narbe hinterlassen haben, die dir den gewünschten
Beweis erbringt.«

Garrick ging zu Cedric, der bis über beiden Ohren grinste. »Ich
habe eine Menge Narben«, sagte er zuversichtlich. »Welche willst
du sehen?«

Unbeirrt schlitzte Garrick Cedrics Tunika auf und fand tatsächlich viele Narben. Er ließ die Schultern hängen und stieß Cedric auf
die Tür zu.

»Ich werde dich dorthin zurückbringen, wo ich dich gefunden
habe.«

»Diese Beleidigung wird nicht ungestraft bleiben«, sagte Cedric
höhnisch. »Wegen der Fantasien einer Verrückten greifst du mich
an und zerrst mich hierher, um mich weiteren Beleidigungen
auszusetzen!«

Garrick hob gleichgültig die Schultern. Er war maßlos enttäuscht. Er hatte jeglichen gesunden Menschenverstand außer acht
gelassen und all seine Hoffnungen in diese Gegenüberstellung
gesetzt. Er hatte gebetet, Brennas Geschichte möge wahr sein. Aber
nun . . .

»War das eine Herausforderung, Cedric?«

»Nein, ich bin doch kein Narr!« gab er zurück. »Aber mein Vater
wird von dieser Geschichte erfahren.«

»Dessen bin ich mir sicher.«

»Warte, Garrick!« rief Brenna. Sie konnte einfach nicht glauben,
daß Garrick so schnell aufgab. Nun würde er ihr nie mehr glauben.
»Er hat noch eine Narbe, Garrick, und die ist unverwechselbar!
Eine lange, gezackte Narbe vorn auf seiner Hüfte. Ich habe sie
gesehen, als er versucht hat, mich zu vergewaltigen.«

Während sie noch sprach, sah sie, wie alle Farbe aus Garricks
Gesicht wich. Auch Cedric erbleichte, aber das sah sie zu spät. In

seiner Panik handelte er schnell. Er hob seine gebundenen Fäuste und schlug Garrick von hinten nieder. Garrick fiel vornüber mit dem Kopf gegen die Tischkante, glitt zu Boden und blieb regunglos liegen.

Brenna sah fassungslos zu. In ihrer Erinnerung lebte die Szene mit dem Bären wieder auf, der Garrick in den Wäldern angegriffen hatte. Sie sah sich nach ihrem Dolch um. Cedric hatte ihn in den Fäusten und versuchte eben, seine Fesseln zu zerschneiden. Ehe sie die Armbrust in der Hand hatte, war Cedric frei und schlug sie zu Boden.

»Deinetwegen bin ich fast gestorben«, schrie er rasend. »Arno kam gerade noch rechtzeitig. Als es mir wieder gut genug ging, habe ich dich verfolgt und von einer Sklavin gehört, daß du tot sein mußt. Nur deshalb habe ich die Verfolgung aufgegeben. Offensichtlich hat die Sklavin gelogen.«

»Nein«, flüsterte Brenna. »Ich habe den Fjord umrundet. Dazu habe ich etliche Wochen gebraucht.«

Er lachte. »Kein Wunder, daß er dir nicht geglaubt hat. Wenn du das überlebt hast, wirst du auch das lange ertragen, was ich mit dir vorhabe.«

»Sei kein Narr«, sagte Brenna erschaudernd. »Garrick hat dich nur hierhergebracht, weil er die Wahrheit wissen wollte.«

»Und jetzt weiß er sie. Alles ist glatt verlaufen, bis du die Narbe erwähnt hast, die er mir in früher Jugend zugefügt hat. Außer uns beiden weiß niemand davon. Es war ein unglücklicher Zufall, aber einer, den ich nie vergessen habe... und er ebensowenig.«

Er blickte angewidert auf Garrick nieder. Brenna hielt den Atem an. »Wenn du jetzt gehst, ist die Sache beendet. Ich werde dafür sorgen, daß er dir nie mehr nachstellt.«

»Das traue ich dir schon zu. Deine Schönheit gibt dir Macht. Aber du wirst keine Gelegenheit haben, dich um etwas zu kümmern. Du kommst mit mir.«

Cedric ging auf Garrick zu und zog Brennas Dolch aus seinem Gürtel. Brenna sprang keuchend auf die Füße. Sie packte Cedricks Arm und riß ihn herum.

»Das kannst du nicht tun! Er hat dir das Leben gerettet, als ich dich töten wollte. Er hat dich *gerettet!*«

»Er muß sterben. Ebenso wie du. Aber erst wirst du die Qualen eurer christlichen Hölle erleiden. Du hast dein Schicksal besiegelt, als du versucht hast, mich zu töten!«

»Wenn du ihn tötest, wirst auch du sterben – wenn nicht durch meine Hand, dann durch seinen Vater oder seinen Bruder. Sie kennen meine Geschichte, und wenn sie Garrick tot vorfinden und ich fort bin, wissen sie, daß du es warst.«

»Nein, Dirne, in dir werden sie die Schuldige sehen«, sagte er lachend.

»Ich würde nie den Vater meines Sohnes töten, den Mann, den ich aus tiefster Seele liebe.«

Er erkannte, daß ihre Worte wahr waren, und zögerte.

»Wenn du dich unbedingt an mir rächen willst, dann bring mich weit fort, an einen Platz, wo Garrick uns nicht finden kann. Aber laß ihn um deiner selbst willen leben.«

Er zögerte etliche qualvolle Sekunden lang. Dann nahm er sie wortlos an der Hand und zog sie hinter sich her. Sie wollte ihn erst bitten, ihren Sohn mitnehmen zu dürfen, aber sie durfte sein Leben nicht in Gefahr bringen. So wäre er nur unbeaufsichtigt, bis Garrick wieder zu sich kam. Bis dahin konnte nicht allzuviel passieren. Garrick würde am Leben sein und sich um ihn kümmern.

Sie bestiegen die Pferde und ritten auf Garricks Haus zu. Nachdem sie keine Angst mehr um Garrick hatte, fürchtete Brenna um ihr eigenes Leben. Sie war diesem Mann bereits einmal entkommen, und sie redete sich ein, daß sie es auch ein zweites Mal packen würde. Sie waren noch nicht lange geritten, als sie ein anderer Reiter anrief. Sie war eine Frau. Brenna war überrascht, als Cedric sein Pferd anhielt.

Yarmille erschrak, als sie Cedric und Brenna gemeinsam sah. Der blöde Trottel hatte zu lange gebraucht, um die Aufgabe zu vollenden, für die sie ihn gezahlt hatte. Warum mußte er ausgerechnet jetzt auftauchen? Morgen würde Brenna mit ihrem Sohn das Land verlassen.

Sie hatte schon oft versucht, die keltische Dirne zu beseitigen, die ihr im Weg stand. Als das Mädchen Fieber gehabt hatte, hatte Yarmille ihr Tränke eingeflößt, die sie jegliche Nahrung erbrechen ließen. Die offene Balkontür hätte das ihre dazu beitragen müssen. Und doch lebte das Mädchen.

Es war zu schade, daß damals nicht Garrick krank geworden war. Wenn sie ihn zu Tode gepflegt hätte, hätte er diesen Bastard gar nicht erst zeugen können. Jetzt stand ihr ein weiterer Erbe im Weg. Als sie Brenna in den Wäldern niedergeritten hatte, hatte sie geglaubt, sein Sohn werde niemals lebendig geboren werden. Wieder war ihr langersehntes Ziel durchkreuzt worden.

Yarmille mußte noch einen Weg ersinnen, wie sie Garrick und

seinen Bruder töten konnte. Aber das würde sich noch ergeben. Ebenso würde sie beider Söhne aus dem Weg schaffen. Wenn Cedric Brenna endlich mitnahm, konnten wenigstens keine weiteren Söhne geboren werden.

Brenna fühlte Hoffnung in sich aufsteigen, als sie Yarmille erkannte, aber als Yarmille näherkam, erkannte Brenna ihr Pferd als das, das sie in den Wäldern niedergeritten hatte.

»Erinnerst du dich an mich, Borgsen? Ich bin Adosinda.«

Cedric lachte. »Ich hatte Euch für jünger gehalten, Frau.«

»Ihr habt lange gebraucht, um das zu vollenden, wofür ich Euch bezahlt habe«, sagte sie erbost und ignorierte seine Bemerkung.

»Ich habe sie für tot gehalten, bis Garrick mich hierhergebracht hat, weil er eine Gegenüberstellung wollte. Sie wird kein zweites Mal zurückkehren, Frau.«

»Garrick hat Euch hierhergebracht? Wo ist er?« fragte Yarmille aufgeregt. »Habt Ihr ihn getötet?«

»Nein, ich habe ihn am Leben gelassen. Ich habe keine Zeit für weitere Fragen. Er wird nicht mehr lange bewußtlos sein.«

»Fürchtet Euch nicht, Borgsen«, sagte Yarmille lachend. »Ich werde mich um Garrick *und* um seinen Sohn kümmern. Er wird Euch nicht folgen.«

»Nein, Frau. Man wird mir die Schuld geben.«

»Du Narr!« schrie Yarmille außer sich. »*Ihr* wird man die Schuld geben! Es ist bekannt, daß sie den Vater und den Sohn haßt. Anselm Haardrad wollte sie morgen fortbringen, fort von seiner Familie, ehe sie alle tötet!«

»Sie lügt, Cedric!« keuchte Brenna. »Ihr Name ist Yarmille. Ihr Sohn ist Anselms Bastard.«

»Ja, und ich hasse sie ebenso wie sie! Aber mein Sohn und nicht ihrer wird Anselms Erbe sein!«

»Hugh ist der Erbe, und er hat einen Sohn. Wollt Ihr die beiden auch töten?«

»Hugh hat keinen Sohn und wird auch nie einen haben. Als Kind hat er das Fieber gehabt und ist seit da an nur noch ein halber Mann. Ich habe Anselm gesagt, daß deine Schwester gelogen hat, aber er hat mir nicht geglaubt. Also müssen die beiden auch sterben. Anselms Söhne und deren Söhne. Alle außer meinem!« Yarmille ritt auf Brennas Haus zu.

»Du mußt sie aufhalten!« schrie Brenna.

»Ich habe keine Zeit, Dirne.«

»*Dich* wird man für ihre Tat verfolgen.«

»Ich habe Garrick am Leben gelassen, obwohl ich wußte, daß er mich verfolgen wird. Das macht keinen Unterschied mehr. Ich gehe weit fort, vielleicht nach Finnland.«

»Sie wird meinen Sohn töten!« schrie Brenna außer sich vor Angst. Sie versuchte, ihr Pferd zu wenden, aber Cedric griff ihr in die Zügel. Trotzdem war Brenna nicht mehr zu halten, es sei denn, er würde sie töten. Sie sprang von ihrem Pferd und rannte zurück. Sie mußte Yarmille aufhalten! Cedric ritt neben ihr her und hob sie auf sein Pferd. Sie kämpfte wie ein Tiger, bis er ihr einen Hieb auf den Kopf versetzte, der sie ohnmächtig machte.

48

Das Wasser des Fjordes war unruhig, die Strömung stark. Das Schaukeln eines kleinen Bootes ließ Brenna aus ihrer Ohnmacht erwachen. Die Furcht hatte sie keine Sekunde lang verlassen, und beim Erwachen schlug sie wild um sich und wollte sich befreien. Sie war nicht gefesselt. Cedric hatte ihr den Rücken zugewandt und stieß das Boot von Garricks Landeplatz ab.

Brennas Verzweiflung trotzte jeglicher Vernunft. Sie mußte zum Anlegeplatz zurück. Sie mußte Yarmille finden, ehe es zu spät war. Ohne Rücksicht darauf, daß sie nicht schwimmen konnte, sprang sie ins Wasser, ehe Cedric überhaupt bemerkt hatte, daß sie wieder bei Bewußtsein war. Sie ging sofort unter, kämpfte sich aber an die Wasseroberfläche zurück. Ehe sie von neuem sank, hörte sie Cedrics Schreie.

Die Strömung trieb sie mit sich und schleuderte sie gegen die Bretter unter dem Landesteg. Sie klammerte sich an eine Holzplanke und zog sich wieder hoch. Dann sah sie Cedric mit dem Boot auf sich zukommen. Warum in Gottes Namen gab er nicht auf und ruderte fort?

Brenna versuchte, das Ufer zu erreichen, von wo aus sie leicht auf den Pfad gelangt wäre, der die Klippen hinaufführte. Aber Cedric war zu nah. Er würde sie schnappen, ehe sie aus dem Wasser kriechen konnte. Sie zog sich unter dem Landsteg von einer Planke zur anderen, bis sie die andere Seite erreicht hatte. Jetzt war Cedric gezwungen, außen herumzurudern. Auf die Weise gewann sie Zeit. Auf dieser Seite schnitten ihr allerdings gezackte Felsen den Weg zum Klippenpfad ab. Sie versuchte trotzdem, sich festzuhalten, aber die Felsen schnitten in ihre Finger. Endlich gelangte sie an eine Stelle, an der sie sich aus dem Wasser ziehen konnte. Es spielte keine Rolle, daß sie schon erschöpft war, denn Cedric ruderte ohnehin wie ein Besessener.

Brenna erklomm die Klippe so schnell sie konnte; selbst an Ästen und spitzen Steinen hielt sie sich fest. Mit der Gewißheit, daß Cedric nicht schneller sein konnte als sie, bahnte sie sich einen Weg zurück zur Anlegestelle. Aber er hatte das Boot schon verlassen und war dabei, sie einzuholen. Dabei schrie er, er werde sie jetzt töten. Plötzlich gab es nichts mehr, woran sie sich hätte festhalten können, außer einem glatten Felsen. Weder nach oben oder nach links ging es weiter, und Cedric befand sich direkt unter ihr.

Als er mit seinen Fingern nach ihrem Knöchel griff, schrie sie verzweifelt auf. Sie trat nach ihm, um ihn sich vom Leib zu halten, aber er versuchte immer noch, sie zu packen. Endlich gelang es ihr, ihm einen Tritt auf den Kopf zu versetzen, aber er fiel nicht tief, bis er einen neuen Halt fand und sofort wieder hinaufzuklettern begann. Wie lange würde es so weitergehen? Sie befand sich ganz dicht neben dem Weg, und doch konnte sie ihn unmöglich erreichen.

Als Cedrics Hände nach ihr griffen, schrie sie wieder auf. Dann hörte sie, wie jemand ihren Namen rief, aber der Ruf, der über die Geräusche des Wassers und ihres eigenen schweren Atems drang, schien aus weiter Ferne zu kommen. Im ersten Moment glaubte sie, ihr Geist würde ihr einen Streich spielen, indem er ihr Hoffnung zu geben suchte, wo keine bestand. Dann hörte sie die Stimme wieder, diesmal lauter, und sie erkannte sie.

»Garrick! Beeil dich – beeil dich!«

Cedric hatte den Schrei auch gehört und versuchte nicht länger, Brenna zu packen. Er stolperte die Klippen hinunter und sprang mit einem panischen Satz in sein Boot. Der Aufprall seines Körpers brachte das kleine Boot zum Kentern. Cedric fiel ins Wasser. Die Strömung ergriff ihn und trug ihn mit sich fort. Brenna sah, wie er gegen das Wasser ankämpfte und zu schwimmen versuchte. Einmal tauchte sein Kopf unter, dann wieder, und schließlich sah sie ihn nicht mehr.

Als Garrick sie fand, starrte sie mit leerem Blick auf das schwarze Wasser des Fjordes. Er hielt ihr seine Hand hin und zog sie um den glatten Geröllbrocken herum auf den Weg. Sie fiel ihm in die Arme und protestierte nicht, als er sie die Klippen hinauftrug und in sein Haus brachte.

Garrick ließ Brenna vor dem Feuer in der Halle herunter und brachte ihr schnell eine Schale Wein. »Du mußt die nassen Kleider ausziehen, Brenna.«

»Nein, ich muß mich erst einen Moment ausruhen.«

Ohne zu widersprechen, setzte er sich neben sie auf das Fell. Seine Augen waren niedergeschlagen; seine Beklemmung war groß. Brenna kannte den Grund.

»Kannst du mir je verzeihen?«

Sie strich ihm über die Wange. »Still! Jetzt ist es vorbei.«

»Nein. Ich habe dir unendlichen Kummer bereitet. Es hat dich fast das Leben gekostet, daß ich Cedric hierhergebracht habe, um die Wahrheit herauszufinden. Ich hätte dir glauben müssen.«

»Ich werfe dir nichts vor. Garrick, solange du mir jetzt endlich vertraust. Tust du das?«

»Ja, und das werde ich immer tun«, flüsterte er und küßte sie zärtlich. »Magst du mich jetzt heiraten?«

»Wenn du mich noch willst.«

»Dich wollen?« rief er verwundert aus. »Weib, wie kannst du daran zweifeln?«

Sie schmiegte sich lachend an ihn. »Wir haben so viel Grund zu Dankbarkeit, Garrick. Du, ich und Selig – wir hätten alle sterben können.« Sie setzte sich auf. »Wo ist Selig?«

»Er ist in Sicherheit.«

Sie entspannte sich wieder. »Mir schaudert bei dem Gedanken, was passiert wäre, wenn du nicht im rechten Moment gekommen wärst. Cedric war auf Rache versessen, weil ich ihn damals beinah' getötet habe. Als er dich gehört hat, hat er versucht zu entkommen, aber er ist ins Wasser gefallen und ertrunken.« Sie zitterte.

»Zum Glück ist dein Pferd wirklich schneller als meines. Ich habe nur wenige Minuten gebraucht.«

»Der Wind muß dich auf seinen Schwingen getragen haben«, sagte sie lächelnd. »Aber Gott sei Dank bist du rechtzeitig erwacht.«

Garrick lachte. »Dafür kannst du unserem Sohn danken. Ich bin zu mir gekommen, weil er mit seinen kleinen Fäusten auf meine Brust gehämmert hat. Er hat mich sicher für ein neues Spielzeug gehalten.«

»Wo hast du ihn gelassen? Bei Erin?«

»Nein. In dem Moment, in dem ich mit ihm aus deinem Haus getreten bin, kam Yarmille, um sich von dir zu verabschieden. Ich habe sie gebeten, ihn zu meinen Eltern zu bringen.«

Brennas Herz drohte stillzustehen. »Nein – Garrick! Sag, daß das ein Scherz war!«

»Was ist denn los?«

Brenna sprang auf. »Sie wird ihn töten! Sie ist gekommen, um euch beide zu töten!«

Garrick verstand die Welt nicht mehr. Beide rannten in den Stall und holten sich frische Pferde. In rasendem Galopp ritten sie auf Brennas Haus zu. Hinter ihrem Haus fand Garrick die Spur von Yarmilles Pferd, die nicht zu dem Haus seiner Eltern, sondern in den Wald führte.

Wortlos folgten sie der Spur. Brenna war blind vor Tränen. Irgendwie gelang es ihr trotzdem, nicht aufzugeben. Mit jedem weiteren Schritt murmelte sie mehr Gebete vor sich hin. Als Garrick im Unterholz die Spur verlor, glaubte Brenna, vor Angst zu sterben. Was konnte ihr kleiner Sohn gegen Yarmille ausrichten? Zuviel Zeit war inzwischen vergangen.

Garrick versuchte beharrlich, Brenna dazu zu überreden, daß sie Hilfe holte, aber solange Selig noch in ihrer Nähe sein konnte, konnte Brenna die Vorstellung nicht ertragen, die Wälder zu verlassen. Sie ritten blindlings weiter und suchten nach Yarmilles Spur. Als Brenna sah, daß Yarmille langsam auf sie zukam, überholte sie Garrick und stand als erste vor Yarmille. Die alte Frau war allein.

»Wo ist er?« schrie Brenna.

Yarmille schüttelte den Kopf und starrte auf ihre nach oben gekehrten Handflächen. »Ich konnte es nicht tun. Ich bin selbst Mutter. Ich konnte es nicht.«

Brenna ließ sich von ihrem Pferd gleiten und zog Yarmille von ihrem Pferd herunter. Sie schüttelte sie grob. »Wo ist er?«

Yarmille zeigte weiter in die Wälder hinein. »Ich habe ihn einfach dortgelassen.«

Garrick tauchte hinter ihnen auf. »Wo, Yarmille?« Seine Stimme war beunruhigend sanft.

»Nicht weit von hier.« Sie sah auf. Ihre Augen leuchteten seltsam. »Da, man kann ihn schreien hören. Fairfax hat immer am lautesten geschrien. Ich muß zu ihm gehen.«

Garrick ritt weiter. Brenna stieg auf ihr Pferd und folgte ihm. Sie konnte Yarmille nicht für ihren Verrat hassen. Dazu war diese Frau viel zu wahnsinnig. Aber sie empfand auch kein Mitleid mit ihr.

Sie fanden Selig unter einer hohen Kiefer. Er wimmerte vor sich hin, weil er sich beim Krabbeln an den Kiefernnadeln stach. Als Brenna ihn endlich im Arm hielt, wurden ihre Tränen zu Freudentränen. Aber mit der Ängstlichkeit einer Mutter wußte sie, daß es lange dauern würde, ehe sie diesen kleinen Jungen auch nur für kurze Zeit aus den Augen lassen würde. Sie kamen an der Stelle vorbei, wo sie mit Yarmille geredet hatten. Sie war fort.

»Sie hat das alles geplant, Garrick«, sagte Brenna, während sie langsam nach Hause ritten. »Yarmille war diejenige, die Cedric dafür bezahlt hat, daß er mich entführt. Ich habe auch ihr Pferd wiedererkannt. Sie ist die Frau, die damals in den Wäldern versucht hat, mich zu töten.«

»Warum dich, Brenna? Das verstehe ich nicht.«

»Sie hat mein Kind gefürchtet, nicht mich. Selig war einer von Anselms Erben, und sie wollte ihn aus dem Weg schaffen, damit ihr Sohn als Alleinerbe übrigbleibt.«

»Sie muß schon seit Jahren wahnsinnig sein, wenn sie geglaubt hat, diese Aufgabe durchführen zu können.«

»Ich hätte es wissen müssen, daß sie es war. Ich wußte, daß sie deine Familie haßt, aber ich war so eifersüchtig, daß ich schon geglaubt habe, Morna hätte etwas damit zu tun.«

»Morna!«

»Sie will dich für sich allein. Und – und als wir getrennt waren, hast du dich ihr wieder zugewandt.«

»Dann hast du das also geglaubt«, sagte Garrick mit finsterem Gesicht. »Ich war so zornig, daß ich wünschte, du solltest es glauben. Aber das ist nicht wahr, Brenna. Sie und ich hätten vor Jahren beinah geheiratet, aber die Gründe hatten nichts mit Liebe zu tun. Ich wollte sie wegen ihrer Schönheit, und sie hat mich nur begehrt, weil ich der Sohn eines Stammesoberhauptes bin. Das weiß ich inzwischen längst.«

»Sie bedeutet dir nichts mehr?«

»Nein, Sie erinnert mich nur daran, was für ein Narr ich war, mir ihre Zurückweisung so sehr zu Herzen zu nehmen. Ich war in vieler Hinsicht ein Narr. Kannst du mir den vielen Schmerz verzeihen, den ich dir verursacht habe?«

»Natürlich«, sagte sie lächelnd. »Von dem heutigen Tage an wirst du mich nur noch glücklich machen.«

Später wurde über Yarmille zu Gericht gesessen. Sie wurde aus dem Land verbannt. Ihr Sohn Fairfax entschloß sich, mit ihr zu gehen, da sie nicht mehr für sich selbst sorgen konnte. Er hatte nichts von ihren Intrigen gewußt und war ebenso schockiert wie alle anderen, als er die Wahrheit erfuhr. Brenna fand die Strafe hart, aber sie mußte zuerst an ihre eigene Familie denken, und wenn Yarmille fort war, brauchte sie keine Angst mehr zu haben.

49

»Schläft Selig?«

»Ja, mein Liebling«, erwiderte Brenna und kroch ins Bett, um sich eng an Garrick zu schmiegen. »Er ist mit Magenschmerzen aufgewacht, die zweifellos von all den Süßigkeiten kommen, die dein Vater ihm vorhin gegeben hat.«

»Er verwöhnt ihn entsetzlich.«

»Über das Thema kann ich mich nicht streiten«, sagte sie grinsend.

»Und warum willst du dich überhaupt über irgend etwas mit mir streiten, Dirne?« sagte er mit gespieltem Erstaunen.

Sie lehnte sich zurück und tat, als sei sie zornig. »Glaub nur nicht, daß dein Wille mein Wille ist, bloß, weil wir verheiratet sind, Wikinger.«

Er kicherte in sich hinein und zog sie näher an sich. »Du bist hartnäckig und stur. Das weiß ich gewiß. Hast du nicht an unserem Hochzeitstag darauf bestanden, daß ich Janie freilasse, damit Perrin sie so für sich beanspruchen kann wie ich dich? Es war dir ein Leichtes, dir meinen Willen gefügig zu machen.«

»Du hast dich so wie ich über ihr Glück gefreut«, sagte sie und versetzte ihm einen Rippenstoß.

»Das kann sein.« Er grinste. »Ich frage mich immer noch, warum ich diese mißliche Lage nie bemerkt habe. Warum hat Perrin nicht mit mir darüber geredet? Wir hatten eine Zeitlang Mißverständnisse, aber das war bei Seligs Geburt bereits vergessen und vorbei.«

»Er wollte dir Janie abkaufen, aber es hat ihm widerstrebt, dich zu fragen, weil er Angst hatte, du könntest ablehnen. Du warst überhaupt lange Zeit in einer Laune, in der du mit nichts einverstanden warst.«

»Ja, das stimmt. Selbst nachdem Selig geboren und ich so voller Stolz und Freude war, litt ich immer noch deinetwegen, weil ich während all dieser Monate zu dir kommen wollte und doch fürchtete, du könntest mich abweisen. Ich kann schon verstehen, daß Perrin damals nicht in einer solchen Angelegenheit zu mir kommen wollte.«

»Dann soll ich also schuld sein, was?«

»Du warst wirklich unglaublich stur, Dirne!«

Brenna lächelte und küßte ihn liebevoll, aber nicht ohne einen gewissen Spott. »Das werde ich wohl immer sein. Aber du liebst mich sowieso.«

»So? Stimmt das?«

»Garrick!«

Er lachte und legte sich auf sie. »Daran darfst du nicht zweifeln, Brenna. Niemals. Du bist jetzt mein, ob du es zugibst oder nicht.«

»Oh, das gebe ich sogar gern zu.«

Die Balkontüren standen offen, damit das Licht der Mitternachtssonne ins Zimmer dringen konnte. Die orangenen Strahlen warfen eine sachte Glut auf das Paar, das ineinander verschlungen auf dem Bett lag. Sie waren jetzt vier Wochen verheiratet. Das heidnische Zeremoniell war wunderbar gewesen, aber Brenna wollte auch den Segen Gottes und war entschlossen, eines Tages auch die christliche Zeremonie mit Garrick zu vollziehen.

Brenna verschwendete keinen Gedanken mehr daran, in das Land ihrer Jugend zurückzukehren. Ihr Zuhause war jetzt hier, wo sie ihren Mann und ihren Sohn hatte. Der Knabe, der zu sein sie einst versucht hatte, war tot. Sie war durch und durch Frau geworden.

Paradies
der Leidenschaft

1

9. April 1891

Die große, schlanke junge Frau mit den goldblonden Haaren, die nervös an dem Flurtisch herumzappelte, hatte den Blick ihrer verblüffend grünen Augen auf die geschlossene Tür zu ihrer Linken geheftet. Sie seufzte.

Dieses Seufzen löste aus, daß ihre jüngere Cousine Lauren ihren Blick vom Fenster abwandte und fragte: »Um Himmels willen, Corinne, warum bist du nur so nervös?«

Lauren Asburn warf ihren braunen Schopf zurück und sah wieder aus dem Fenster und auf die unwirtliche Umgebung. Boston wirkte ausgesprochen starr – alte Bäume, die der gnadenlose Wind, der sich seinen Weg zur Beacon Street und zu diesem Stadthaus bahnte, gebeugt hatte.

Selbst im April war es nicht einfach, in Boston zu leben. Die Monate der kalten, rauhen Winde, in denen sie einen großen Teil der Zeit im Hausinnern verbringen mußten, hatten ihre Spuren hinterlassen. Es war noch schwerer als gewöhnlich, mit Corinne auszukommen und ihr etwas recht zu machen, und selbst die umgängliche Lauren war häufig schwermütig.

»Es sieht nicht so aus, als würde es dieses Jahr überhaupt noch Frühling werden«, seufzte Lauren.

Corinne sah auf. Ihre goldenen Brauen zogen sich über ihren prachtvollen Smaragdaugen zusammen.

»Wie kannst du in einem solchen Moment über den Frühling schwatzen?« fauchte sie.

Ihr Blick wanderte schnell zu der geschlossenen Tür und dann wieder zu ihrer jüngeren Cousine zurück.

Lauren, die ihrem Blick gefolgt war, hob die Schultern. »Ich dachte, du hättest dich inzwischen daran gewöhnt. Allein im letzten Jahr hast du es zweimal durchgemacht.«

»Ich hätte wissen müssen, daß du das nicht verstehst«, sagte Corinne erbittert. »Du hast noch Jahre Zeit, ehe sich Freier einfinden, um mit deinem Vater zu reden. Dann werden wir ja sehen, ob es dir gefällt, tatenlos zu warten, während Männer über deine Zukunft entscheiden – anstatt du selbst!«

Laurens braune Augen füllten sich mit Tränen. »Ich verstehe dich doch, Cori. Ich bin sechzehn, also nur drei Jahre jünger als du.«

Corinne bereute ihre scharfen Worte augenblicklich. Sie war so impulsiv, daß sie sich ständig für im Zorn geäußerte Bemerkungen entschuldigen mußte.

»Es tut mir leid, Cousine. Ich bin nur so nervös. Russell ist wirklich meine letzte Hoffnung.«

»Wie kommst du nur darauf, Cori? Während der letzten drei Jahre hast du Dutzende von Freiern gehabt, die alle zu den hübschesten und wohlhabendsten Männer Bostons gehört haben. Weißt du denn nicht, wie schön du bist? Wenn Samuel Russell ablehnt, hast du immer noch jede Menge andere Männer zur Auswahl.«

»Nein, das stimmt nicht. Es gibt nur sehr wenige Männer, die so sind wie Russell.«

Lauren lächelte verständnisvoll. »Du meinst, daß es nur wenige Männer gibt, die du so leicht um den kleinen Finger wickeln kannst wie Russell. Oder wie Charles und davor William.«

»Genau. Alle anderen sind nicht das richtige für mich.«

»Russell Drayton ist nicht ganz so furchtsam wie die anderen. Ich war wirklich überrascht, als du dich für ihn entschieden hast, aber schließlich schien er sich deinen Wünschen doch zu fügen.«

»Russell und ich verstehen uns. Er ist genau richtig.«

»Ich glaube, es ist gut, daß du ihn nicht liebst. So wird dir zumindest nicht das Herz brechen, wenn dein Vater ihn ablehnt.«

»Mir wird das Herz nie brechen«, sagte Corinne lachend. »Aber Russell wird sich anstrengen, zu beweisen, daß er etwas auf dem Kasten hat. Im Moment dürfte er eine ganz beachtliche Darbietung liefern«, sagte sie mit einem Nicken zu der geschlossenen Tür des Arbeitszimmers hin. Dann runzelte sie die Stirn. »Ganz so lange dürfte die Unterredung allerdings nicht dauern.«

»Warum warten wir nicht im Wohnzimmer?« schlug Lauren vor. »Im Flur ist es so zugig.«

»Geh du schon vor! Ich möchte Russell genau in dem Moment sehen, in dem er das Zimmer verläßt.«

Corinne läutete die Glocke an der Tür des Wohnzimmers, und der Butler der Barrows' erschien augenblicklich aus einem der hinteren Räume.

»Brock, Miß Ashburn wünscht im Wohnzimmer Tee zu trinken.«

»Ja, Miß Barrows«, antwortete der steife Brock. »Was ist mit Mr.

Drayton? Wird er nach der Unterredung zum Abendessen bleiben, Miß?«

Corinne fuhr zusammen. Sie war wütend darüber, daß die Hausangestellten immer alles wußten. Erst heute morgen hatte sie entschieden, daß der geeignete Tag für Russells Antrag gekommen sei, da ihr ihr Vater in den letzten Tagen geneigt erschienen war.

»Das werde ich Sie noch rechtzeitig wissen lassen, Brock«, erwiderte sie scharf und entließ ihn mit diesen Worten.

Im gleichen Moment klopfte es zur Verblüffung der drei Anwesenden an der Eingangstür. Brock wollte sie öffnen, aber Corinne, der im Moment jede Zerstreuung gelegen kam, hielt ihn auf. Sie öffnete die Tür selbst und zitterte, als der Wind an ihr vorbei in den Flur blies und ihr blaues Musselinkleid sich eng um ihren Körper schmiegte.

Ihr Blick traf auf die stechenden hellgrünen Augen eines Fremden. Der Mann war klein und schlank und hatte leuchtendrotes Haar und lange Koteletten, die unter seiner Melone, die er bei ihrem Anblick im letzten Moment noch höflich zog, hervorschauten. Er erinnerte an einen neugierigen, kleinen Spürhund mit spitzer Nase und trug einen enganliegenden braunen Tweedanzug.

»Kann ich Ihnen behilflich sein?« fragte Corinne.

Ned Dougherty sah das hübsche blonde Mädchen von oben bis unten mit forschendem Blick an – eine Gewohnheit, die für seinen Beruf notwendig war. Er registrierte das goldene Haar, die leicht gewölbten Brauen und die großen Augen, die von einem leuchtenden Grün-Gelb waren und über der leicht geschwungenen, zierlichen Nase saßen. Lange Wimpern fächelten ihre hohen Wangenknochen. Ihre Lippen waren nicht zu voll. Der glatte, elfenbeinfarbene Teint und ihr sanft gerundetes Kinn paßten gut zu allem übrigen.

»Kann ich Ihnen behilflich sein?« wiederholte sie mit einer gewissen Schärfe.

Ned räusperte sich. Ihr Gesicht gehörte zu jenen, die er nicht vergessen würde.

»Ist dies das Haus von Samuel Barrows?«

»Ja.«

Neds stechender Blick fuhr mit der Musterung fort. Jetzt fiel ihm der schlanke Hals auf, dann bewunderte er die hochangesetzten kleinen Brüste. Das Kleid lief spitz auf eine zierliche Taille zu; die schmalen Hüften und langen Beine waren verborgen. Sie schien etwa einen Meter siebzig zu sein, für eine Frau also ziemlich groß.

»Wenn Sie mir nicht gleich sagen, was der Grund Ihres Kommens ist, muß ich Ihnen den Gruß entbieten.«

Corinne wurde langsam ungeduldig.

»Vergeben Sie mir, Miß! Ich bin auf der Suche nach einem Samuel Barrows, der vor langen Jahren eine Inselgruppe im Pazifik besucht hat, die damals als Sandwich Islands bekannt waren und später in Hawaii umbenannt worden sind.«

»Sie müssen an den falschen Mann geraten sein.«

»Sind Sie ganz sicher, Miß? Es ist schon lange her – neunzehn Jahre. Zu dieser Zeit können Sie kaum in Mr. Barrows' Diensten gestanden haben und daher können Sie nicht wissen, ob...«

»Entschuldigen Sie bitte«, unterbrach Corinne ihn hochmütig. »Mr. Barrows ist mein Vater.«

»Vergeben Sie mir ein weiteres Mal, Miß Barrows!« sagte Ned peinlich berührt. Die Schönheit dieses Mädchens verwirrte ihn. »Ich hatte nur angenommen...«

»Ich weiß selbst, was Sie angenommen haben. Guten Tag!«

Ned Dougherty hob abwehrend eine Hand, als sie die Tür schließen wollte. »Sind Sie ganz sicher, daß Sie über alle Reisen Ihres Vaters informiert sind?«

»Ja!« fauchte sie und schmetterte zornig die Tür zu.

Doch dann trieb eine weit zurückliegende Erinnerung in ihre Gedanken, und sie riß die Tür augenblicklich wieder auf.

»Warten Sie!« rief sie dem kleinen Mann zu, der sich eben zum Gehen umgewandt hatte. Sie lächelte entschuldigend. »Jetzt muß ich Sie bitten, mir zu verzeihen, Sir. Mein Vater war auf Hawaii. Er hat mir davon erzählt, als ich ein kleines Kind war. Ich hatte es im Moment vergessen.«

Ned Doughertys Augen leuchteten auf. »War das vor etwa neunzehn Jahren?«

»Genau«, gab sie zu. »Er war dort, als ich geboren wurde. Wünschen Sie, ihn zu sehen?«

»Nein, Miß Barrows. Ich danke Ihnen. Einen schönen Tag noch!«

»Warten Sie! Das verstehe ich nicht«, rief sie hinter ihm her, aber er eilte bereits die Straße hinunter.

»Zum Henker mit ihm!« fluchte sie vernehmbar. »Welch ein unhöflicher kleiner Mann!«

Corinne ließ die Tür ins Schloß fallen. Seufzend drehte sie sich um und blickte in die gepolsterten Bänke an den Wänden, wanderte über die riesigen Kronleuchter, die im Moment nicht brannten, und dann über die Spiegel und Bilder, die angeblich ihre Vorfahren aus England mitgebracht hatten. All diese Reichtümer! Und wozu das Ganze? Ihr Vater saß auf seinem Geld.

Corinne sah auf die geschlossene Tür. Sie war das Warten leid. Doch in diesem Moment öffnete sich die Tür, und Russell stürmte heraus.

Als sie seine zornige Miene sah, fragte sie widerstrebend: »Hat er nein gesagt?«

»Er hat nein gesagt«, antwortete Russell gepreßt. »Er hat *absolut* nein gesagt!«

Corinne packte seinen Arm. »Das verstehe ich nicht. Hast du ihm nicht all das gesagt, was ich dir eingeimpft hatte?«

»Doch.«

»Hast du dich auch gegen ihn zur Wehr gesetzt?«

»Ja, Corinne. Ja!«

»Warum dann das?« fragte sie verwirrt.

»Er hat gesagt, er hätte mich durchschaut«, erwiderte Russell verzagt. »Mein Gott, wenn er wüßte!«

»Wenn er was wüßte? Wovon redest du?«

»Das spielt jetzt keine Rolle, Corinne. Er hat uns monatelang verfolgen lassen. Er war durch nichts dazu zu bringen, mir Glauben zu schenken. Ich bin nicht der rückgratlose Narr, der zu sein er mich beschuldigt.«

»Russell!«

»Ich möchte jetzt nicht darüber reden. Ich treffe dich später in der geschlossenen Gesellschaft.«

Ohne ein weiteres Wort verließ er das Haus.

Corinne blieb wie angewurzelt mitten auf dem Flur stehen. Sie mochte Russell wirklich. Er war der weitaus schönste Mann, den sie je gesehen hatte, obwohl er ein wenig zu dürr war und einen Bart trug, der ihre empfindliche Haut reizte. Doch Russell war nachgiebig und bereit, sich ihren Wünschen zu beugen. Außerdem paßten sie gut in der Größe zusammen. Und sie hatten zahlreiche gemeinsame Gelüste. Vor allem teilten sie beide Corinnes einziges Laster: das Glücksspiel. Sie wußte zwar nicht allzuviel über Russell, aber er mußte reich sein, da er es sich andernfalls nicht hätte leisten können, fast jede Nacht an einem Spieltisch zu verbringen. Somit brauchte sie sich keine Gedanken darüber zu machen, ob er möglicherweise hinter dem Geld her war, das sie bei ihrer Heirat erben würde.

Es war einfach nicht gerecht. Im Laufe des letzten Jahres hatte ihr

Vater sich von einem liebevollen, toleranten Mann, den sie immer angebetet hatte, in einen halsstarrigen Tyrannen verwandelt. Er versuchte, ihre gesamten Pläne zu hintertreiben.

Corinne, die schon immer recht launisch gewesen war, wurde rasend wütend. Sie marschierte in das Arbeitszimmer ihres Vaters und starrte ihn über seinen breiten Schreibtisch hinweg an.

»Was willst du eigentlich noch alles gegen mich tun?« fragte sie mit lauter Stimme, ohne sich darum zu scheren, wer sie hören konnte.

»Paß mal auf, Cori, mein Schätzchen«, begann Samuel Barrows in versöhnlichem Tonfall, »ich wußte, daß du dich ärgern würdest, aber dazu besteht kein Anlaß.«

»Kein Anlaß?« Sie fing an, vor seinem Schreibtisch auf und ab zu gehen. »Als du William abgelehnt hast, dachte ich noch, du hättest eine gute Erklärung parat. Als du dich geweigert hast, Charles' Antrag zu akzeptieren, glaubte ich, du seist vorsichtig. Schließlich war Charles nur Vizepräsident einer Bank, und obwohl seine Familie von guter Herkunft und nicht unvermögend war, konnte sie sich nicht mit unserer Familie oder mit dem Vermögen, das ich erben werde, messen.« Sie sah ihn wieder an. »Doch wie konntest du Russell zurückweisen?«

»Er ist kein Mann für dich, Cori.«

»Wie willst du das beurteilen? Er ist der Mann, den ich heiraten *will*. Du hast mich gelehrt, mich um das zu bemühen, was ich haben will.«

»Ich hätte dich ein besseres Urteilsvermögen lehren sollen«, erwiderte Samuel und senkte seinen Blick. »Dafür, daß du ein Mädchen bist, habe ich dir zu viele Freiheiten gelassen. Nur ein starker Mann kann mit dir fertig werden.«

Ihre Smaragdaugen funkelten. »Ich will aber keinen starken Mann. Mit einem solchen Mann habe ich mein bisheriges Leben verbracht. Mit dir! Unsere Machtkämpfe waren eine Herausforderung, aber ich möchte den Rest meines Lebens in Frieden verbringen.«

»Du meinst, daß alles so kommen soll, wie du es willst, ganz gleich, ob dein Urteilsvermögen geschult ist oder nicht?«

»Ich möchte mein Leben selbst in die Hand nehmen. Ist das wirklich zuviel verlangt?« fragte sie.

Samuel begegnete ihrem kalten Blick. »Mädchen, im Laufe des letzten Jahres hast du zur Genüge bewiesen, daß du nicht weise genug bist, um dein Leben selbst in die Hand nehmen zu können.«

Corinne wollte eben eine heftige Erwiderung ausstoßen, als ihr einfiel, daß Russell gesagt hatte, ihr Vater hätte sie beide verfolgen lassen. Also wußte er, daß sie spielte, obwohl sie sich solche Mühe gemacht hatte, es geheimzuhalten, wohin sie ihr großzügig bemessenes monatliches Taschengeld trug.

»Ich bin bereit, einzugestehen, daß mein Urteilsvermögen noch nicht geschult ist, aber das wird sich mit der Zeit ändern«, sagte Corinne.

»Ich kann nur beten, daß diese Zeit bis in zwei Jahren gekommen ist«, gab Samuel zurück.

Corinnes Zorn flackerte wieder auf. »Hast du die Absicht, mich bis dahin unter deinen Fittichen zu behalten? Willst du damit sagen, daß du mich vorher nicht heiraten läßt?«

»Nein, zum Teufel!« Endlich verlor Samuel die Geduld. »Ich versuche nur, dich vor dir selbst zu beschützen. Du bist so begierig darauf, dein Kapital zu verwalten, daß dir ganz gleich ist, wen du heiratest. Um Gottes willen, Corinne, kannst du denn nicht warten, bis diese zwei Jahre vorüber sind? Dann hast du das Geld deiner Großmutter und kannst mit meiner oder gegen meine Einwilligung heiraten.«

»Dann brauche ich nicht mehr zu heiraten!« schrie sie enttäuscht und stürzte aus dem Raum.

Samuel Barrows lehnte sich in seinem Samtstuhl zurück und seufzte. Niemand hätte behaupten können, dieses hitzköpfige Geschöpf sei nicht seine Tochter. Sie war stur, entschlossen, ungeduldig und reizbar – genau wie er. Zum Glück hatte Daneil Stayton sich ausbedungen, daß ihre Enkelin vor ihrem einundzwanzigsten Geburtstag nicht ohne die Zustimmung ihres Vaters heiraten konnte. Daneil kannte die Impulsivität der Jugend. Sie hatte angenommen, daß Corinne mit einundzwanzig die nötige Reife besitzen würde, ihre eigenen Entscheidungen zu treffen. Samuel fragte sich, ob das der Fall sein würde.

Es war seine Schuld, das mußte er sich eingestehen. Er hatte seinem einzigen Kind Unabhängigkeit zugestanden, aber in zu frühem Alter. Er hatte ihr die Möglichkeit gegeben, sich frei zu entfalten, und ihr keine Einschränkungen auferlegt, bloß, weil sie eine Frau war. Seine Familie hatte ihn wiederholt gewarnt, daß er dieses Verhalten eines Tages bereuen würde, und jetzt war es soweit.

Das beste, was er für seine Tochter tun konnte, war, ihr einen Ehemann suchen, solange er noch die Kontrolle über sie hatte. Er mußte darauf achten, daß sie einen starken Kerl heiratete, nicht einen so rückgratlosen Esel, der sie weiterhin wild ins Kraut schießen lassen würde. Aber wo sollte er einen Mann finden, dessen Wille stärker als der Corinnes war? Und das in den nächsten zwei Jahren?

2

Auf der gegenüberliegenden Seite der Welt, im Pazifik, lag die Inselgruppe, die kürzlich in Hawaii umbenannt worden war. Die ehrfurchtgebietende Schönheit dieser Inseln, die von einstigen Historikern für den Ort gehalten wurden, an dem einst der Garten Eden gelegen hat, versetzte die Besucher in einen Zustand der inneren Ruhe und des Friedens und ließ sie das Leben genußvoll auskosten. Seit der Entdeckung der Inseln durch Captain Cook hatten zahlreiche Besucher ihren ständigen Wohnsitz dort aufgeschlagen, da sie sich nicht von den leuchtenden Farben, den exotischen Pflanzen und Vögeln und dem bezaubernden Ozean hatten trennen und in ihre Heimat zurückkehren wollen.

Die große Anzahl ausländischer Siedler hatte jedoch zur Folge, daß es im Jahre 1891 nicht mehr ganz so friedlich in Hawaii zuging. Die Eingeborenen hatten gerade ihren geliebten König verloren, der den Beinamen »der fröhliche Monarch« getragen hatte, und seine Schwester regierte jetzt in dem neuerbauten Iolana-Palast in Honolulu. Der Palast, der erste königliche Sitz auf der ganzen Welt, dessen Toiletten eine Wasserspülung hatten und der komplett durch Elektrizität beleuchtet wurde, sollte bald zur Kulisse der Auseinandersetzung zwischen den königstreuen Monarchisten und den Siedlern werden. Im April 1881 war es nur der gutmütigen Veranlagung der Eingeborenen Hawaiis zu verdanken, daß der Frieden in Oahu aufrechterhalten blieb.

Der siebenundzwanzigjährige Jared Burkett war auf Oahu geboren. In seinen Adern vermischte sich das Blut Europas mit dem Hawaiis. Obwohl seine hawaiianischen Freunde ihm Vertrauen und Liebe entgegenbrachten und seine europäischen Freunde seinen Stolz darauf, Hawaiianer zu sein, respektierten, konnte man von Jared nicht gerade behaupten, daß er das sanfte Wesen seiner hawaiianischen Vorfahren besaß. Jared war jedoch kein leichtlebiger Mensch; seine einzige Schwäche war seine jüngere Schwester Malia.

Einunddreißig Jahre zuvor hatten Jareds Vater Rodney und Rodneys Bruder Edmond drei Jahre damit zugebracht, sich eine Heimat auf Oahu aufzubauen, der Insel, auf der sich die meisten ausländischen Siedler niedergelassen hatten und auf der der Handel am stärksten blühte. Nachdem sie sich ein Haus in der Stadt gebaut hatten, entschloß sich Rodney, zu heiraten. Die Heirat führte zu einem endgültigen Bruch zwischen ihm und seinem Bruder. Edmond hatte eine starke Abneigung gegen Ranelle. Zwar war sie Amerikanerin und mit den amerikanischen Gebräuchen aufgewachsen, aber ihre Vorfahren kamen aus Hawaii. Edmond hatte das Gefühl, sein Bruder würde eine Farbige heiraten. Selbst der täglichen Umgang mit den Einwohnern Hawaiis vermochte seine starre Haltung nicht zu ändern.

Edmond Burkett verzichtete auf alle Rechte an dem neuen Haus, bei dessen Aufbau er behilflich gewesen war, und zog in die Stadt. Er ließ sich in der Nähe der Kreditanstalt nieder, die die beiden Brüder ins Leben gerufen hatten. Aufgrund ihrer Unstimmigkeiten überließ Rodney Edmond die Leitung der Anstalt und konzentrierte sich hauptsächlich auf Grundstücksspekulationen.

Im allgemeinen war es Ausländern nicht gestattet, Grund und Boden auf Hawaii zu erwerben, aber durch die entfernten Beziehungen, die Ranelle zu ihren hawaiianischen Vorfahren besaß, war es Rodney möglich, Landgebiete an der Nordküste Oahus zu kaufen. Dort baute er eine kleine Zuckerplantage auf, die sich nicht mit den größeren Plantagen messen konnte, aber doch groß genug war, um Profit abzuwerfen.

Mit den Gewinnen aus der Zuckerplantage und der Kreditanstalt schuf sich Rodney eine Zimmermannswerkstatt. Zu Beginn befaßte er sich nur mit Schiffsreparaturen, aber später kam noch der Bau von Häusern mit dazu. Damit verdiente er ein kleines Vermögen. Dieses Vermögen verlor er jedoch im Jahre 1872, als die wirtschaftliche Lage einen Tiefpunkt erreichte. Die Zuckerplantage machte Verluste und wurde schließlich aufgegeben. Einzig die Kreditanstalt florierte in jenen rauhen, freudlosen Jahren.

Gleichzeitig wurde Rodneys Ehe plötzlich schlechter. Die hoffnungslose Melancholie seiner Frau wirkte sich auch auf seine Geschäfte aus. Selbst nach Ranelles Tod dauerte es noch lange Zeit, bis Rodney sich wieder zusammengerissen und seine Geschäfte neu angekurbelt hatte. Als Rodney Burkett bei einem Segelunfall ums Leben kam und seinen beiden Kindern seinen Gesamtbesitz hinterließ, war sein Vermögen erneut angewachsen.

Sein einziger Sohn Jared bewohnte jetzt das Haus in der Beretania Street. Das Gebiet gehörte inzwischen zu Honolulu, da sich die Stadt vor Jahren schon in diese Richtung hin ausgedehnt hatte. Malia, Jareds zehn Jahre jüngere Schwester, verbrachte den größten Teil des Jahres in ihrem Strandhaus an der Nordküste der Insel, dort, wo einst die Zuckerplantage gewesen war.

Jared Burkett hatte bewiesen, daß er fähig war, den Platz seines Vaters einzunehmen. Rodney Burkett hatte einen Sohn großgezogen, auf den er stolz sein konnte. Jared war ein Mann, der jedem Problem gewachsen war, ganz gleich, wie schwierig es sich gestaltete. In der Gemeinde wurde Jared respektiert, aber man fürchtete ihn auch ein wenig; er schreckte nie vor einem Kampf zurück.

In Gesellschaft der Amerikaner verteidigte Jared sein hawaiianisches Erbe, auf das er wahrhaft stolz war. Die Eingeborenen befanden ihn ihrer Freundschaft für wert.

Nach dem Tode seiner Mutter war er jedoch schwermütig geworden und hatte sich zurückgezogen. Das war zu erwarten gewesen, aber er erholte sich nicht mehr. In Jared wuchs aus der Bitterkeit schwärender Haß. Dieser Haß hatte sechzehn Jahre lang an dem jungen Jared gezehrt, seit dem Todestag seiner Mutter.

Der Entschluß, sich heute, so viele Jahre nach diesem Tod, ein für allemal von diesem Haß zu befreien, war durch einen Brief gereift. Auf dem Weg zum Büro in der Spar- und Darlehenskasse las Jared den Brief zum schätzungsweise zehntenmal.

Lieber Mr. Burkett, es ist mir ein großes Vergnügen, Ihnen schon so bald nach Erhalt Ihres Briefes freudige Nachrichten übermitteln zu können. Sie haben mich gebeten, einen Samuel Barrows zu finden, der die Insel, auf der Sie leben, vor neunzehn Jahren besucht hat, und eben dies ist mir geglückt.

Gemäß Ihren Anweisungen habe ich mit der Suche in meiner Heimatstadt Boston begonnen und diesen Mann ohne größere Schwierigkeiten gefunden, da es sich bei ihm um ein außergewöhnlich ehrenwertes und prominentes Mitglied der Bostoner Gesellschaft handelt. Er lebt in der Beacon Street, in dem exklusiven Wohnbezirk, im Back-Bay-Gebiet der Stadt. Sein Reichtum entspringt verschiedenen Quellen. Der größte Teil seines Kapitals steckt in einer Schiffbaugesellschaft, einer der größten im Staate Massachusetts.

Ich zweifle nicht daran, daß es sich bei diesem Samuel Barrows um den Mann handelt, den Sie zu finden wünschten. Falls ich Ihnen darüber hinaus behilflich sein kann, stehe ich jederzeit gern zu ihrer Verfügung.

Ergebenst Ned Dougherty

Jared steckte den Brief in die Tasche seines weißen Tropenanzugs, als das Gefährt in der Fort Street anhielt. Er sah an dem alten zweistöckigen, rosa Gebäude hinauf, das einen neuen Anstrich nötig hatte; und doch sah es nicht schlimmer aus als die anderen Gebäude, die die Straße in diesem alten Teil der Stadt säumten.

Edmond Burketts Büro befand sich im zweiten Stock. Jared, der das Treffen, das ihm bevorstand, fürchtete, stieg die Stufen langsam hinauf.

Der Onkel und der Neffe hatten einander nie gemocht. Soweit Jared sich zurückerinnern konnte, war der Onkel ein Fremder für seine Familie gewesen. Jared war schon sieben Jahre alt, als er Edmond Burkett zum erstenmal gesehen hatte, obwohl sie kaum eine Meile voneinander entfernt lebten. Jared kannte den Grund, weswegen Edmond nichts mit seinen Verwandten auf der Insel zu tun haben wollte. Es war seine Mutter.

Edmond war nie fähig gewesen, sich an die verschiedenen Nationalitäten auf der Insel zu gewöhnen. Als Mann mit starren Vorurteilen hatte er Rodney die Heirat mit einer Frau mit hawaiianischem Blut nie verziehen, obwohl nur noch ein kleiner Rest davon in ihren Adern floß. Seine Abneigung gegen Ranelle erstreckte sich auch auf ihre Kinder und ganz besonders auf Jared, da der Knabe stolz auf dieses Erbe war. Zwar hatten sich Rodney und Edmond nach Ranelles Tod ausgesöhnt, doch mit ihren Kindern wollte Edmond trotzdem nichts zu tun haben. Jared und Malia erwiderten Edmonds Feindseligkeiten.

Jetzt jedoch, nachdem Jared Edmonds gleichberechtigter Partner in der Kreditanstalt war, wurde er gezwungen, mit ihm zusammenzuarbeiten. Beide bemühten sich, nach außen hin umgänglich zu wirken. Jared bereitete es sogar ein besonderes Vergnügen, seinem Onkel manchmal mit übertriebener Freundlichkeit zu begegnen, da er wußte, wie sehr dies seinen flegelhaften Onkel wurmte.

Die Sekretärin in Edmonds Vorzimmer begrüßte Jared bei seinem Eintreten mit einem strahlenden Lächeln. Jane Dearing war eine unverheiratete junge Frau, die kürzlich erst aus New York gekommen war. Ihr spezielles Interesse galt Jared Burkett. Jareds dunkle Schönheit nahm viele Frauen für ihn ein. Seine graublauen Augen standen in verblüffendem Gegensatz zu seinem tiefschwarzen Haar. Jared war sehr groß, ein Meter achtundachtzig, und hatte einen athletischen Körper. Jane war neidisch auf Dayna Callan, die

Frau, mit der er sich am häufigsten in der Stadt zeigte. Das waren allerdings viele andere Frauen auch. Dayna und Jared waren seit frühester Kindheit miteinander befreundet, und man nahm an, daß sie früher oder später heiraten würden. Doch noch war ein Großteil der Frauen der Stadt nicht bereit, Jared aufzugeben. Dazu gehörte auch Jane Dearing.

»Mr. Burkett!« Janes blaue Augen funkelten. »Welch eine Freude, Sie zu sehen!«

Ihr Interesse war offensichtlich und entlockte Jared ein Lächeln des Unbehagens. »Ist mein Onkel in seinem Büro, Miß Dearing?«

»Ja, aber im Moment unterhält er sich gerade mit Mr. Carlstead. Der arme Kerl hat ihn wegen einer Verlängerung seines Darlehens aufgesucht. Ich fürchte, seine Tabakernte war in diesem Jahre nicht allzugut.«

Jared runzelte die Stirn. Lloyd Carlstead war ein angenehmer Mensch, ein Schwede mit großer Familie, einer Unmenge von Kindern und einer plumpen, herzensguten Frau. Ihr Besitz war so klein, daß er sie kaum alle ernähren konnte, aber er lag auf erstklassigem Boden in Stadtnähe, und Jared wußte, daß sein Onkel sich für dieses Land interessierte. Wahrscheinlich würde Edmond die Hypothek für verfallen erklären.

Es war allseits bekannt, daß die Burketts sich in den Methoden der Geschäftsführung nicht einig waren, aber Jared hatte Edmond die Leitung abgetreten, da seine Interessen auf anderen Gebieten lagen. Es führte zu nichts, mit Edmond über eine Familie zu streiten, dessen Bankrott er verursachte, da alle Auseinandersetzungen immer mit dem gleichen Satz seines Onkels endeten.

»Entweder du stellst deine gesamte Zeit in den Dienst dieses Unternehmens und zahlst mich aus, oder du richtest dich nach meinen Entscheidungen.«

Kurz darauf eilte Lloyd Carlstead aus Edmonds Büro. Seine Hände waren geballt, und sein Gesicht hatte die Farbe von roten Rüben. Er ging an Jared vorbei, ohne ihn auch nur zu bemerken, und rannte die Treppe zur Straße hinunter. Vermutlich war der arme Kerl ruiniert, und all das nur, weil er unüberlegt ein Darlehen bei Edmond Burkett aufgenommen hatte.

Doch heute konnte Jared nicht die Schlachten anderer schlagen. Jetzt war er auf die Zusammenarbeit mit seinem Onkel angewiesen, vielleicht sogar auf einen Teil seines Geldes.

»Ich gehe gleich rein, Miß Dearing«, sagte Jared beiläufig. »Sie brauchen mich nicht anzumelden.«

»Natürlich, Mr. Burkett. Ich bin sicher, daß Ihr Onkel erfreut sein wird, Sie zu sehen.«

Darüber mußte Jared lächeln. Miß Dearing bemühte sich wirklich zu krampfhaft. Eines Abends sollte er sie wirklich mal zum Essen einladen, mit ihr ausgehen und sie selbst herausfinden lassen, wie hoffnungslos der Versuch war, ihm gefallen zu wollen.

Jared spazierte mit einer gewissen Lässigkeit in das Büro seines Onkels und schloß die Tür hinter sich. An beiden Seiten des großen Raumes standen die Fenster weit offen, und an der Decke drehten sich unermüdlich Ventilatoren. Der Raum hatte wirklich eine angenehme Atmosphäre. Edmond stellte seinen Reichtum gern zur Schau. Überraschenderweise beeinträchtigten die Plüschmöbel und die dicken Teppiche die kühle Ausstrahlung des Raumes nicht.

»Wie stehen die Geschäfte, Onkel?« setzte Jared an.

Edmonds selbstzufriedenes Grinsen reichte als Antwort aus.

»Gut, gut. Ich habe gehört, bei dir läuft es auch nicht gerade schlecht«, sagte Edmond gesprächsbereit und bedeutete Jared, sich auf einem der Stühle auf der anderen Seite seines Schreibtisches niederzulassen. »Der Vertrag, den du für das neue Hotel in Waikiki abgeschlossen hast – nun, das war ein anständiges Geschäft. Ich habe Rodney schon immer dazu ermutigen wollen, Hotels zu bauen, aber das Risiko war ihm zu groß, und er hat es vorgezogen, sich weiterhin mit Häusern und kleinen Läden abzugeben. Auf die Weise geht man nicht in die Geschichte ein.«

»Das ist allerdings nicht der Grund, aus dem ich das Hotel bauen wollte«, erwiderte Jared, und seine graublauen Augen blickten ausdruckslos. »Es bedeutet, daß meine Männer über einen längeren Zeitraum hinweg viel zu tun haben.«

»Natürlich. Sie werden sofort faul, wenn man sie nicht auf Trab hält.«

»Nein«, sagte Jared kalt, »dieses Problem stellt sich mir nicht.«

»Dann hast du mehr Glück als wir alle«, sagte Edmond mit spöttischem Lachen.

Jared hatte keine Lust, sich zu streiten. Sein Onkel hielt beharrlich an dem Glauben fest, daß alle Hawaiianer faule Nichtsnutze waren. Es war einfach lächerlich, aber Edmond war unbelehrbar.

»Was führt dich zu mir, Jared?« fragte Edmond. »Etwas von Bedeutung?«

Der ältere Mann lehnte sich in seinem Stuhl zurück. Die Ähnlichkeit zwischen Edmond und seinem Vater erstaunte Jared immer wieder. Edmond war jetzt siebenundvierzig. Er hatte dunkelblaue Augen und sandbraunes Haar, in dem noch keine Spur von Grau zu sehen war; und er war gut einen Meter achtzig groß.

»Ich nehme Urlaub, Onkel«, sagte Jared. »Ich dachte, du wüßtest es sicher gern vorher.«

»Das ist ja nichts Neues«, sage Edmond wohlwollend. »Schließlich nimmst du dir jedes Jahr während der heißesten Sommermonate frei und verbringst sie am Meer, ganz wie dein Vater. Ich könnte nicht behaupten, daß ich dir das vorwerfe. Wenn ich dort Land besäße, täte ich dasselbe. Verflucht heiß hier im Juni und Juli!«

»Wenn du Malia auf dem Land besuchen willst, bist du jederzeit willkommen, Onkel, falls es dir hier zu heiß wird. Ich werde jedoch nicht dort sein. Ich begebe mich aufs Festland.«

Edmonds Interesse war geweckt. »In die Staaten? Das ist natürlich ganz etwas anderes. Du hast geglaubt, zu erfrieren, als du auf dem Festland zur Schule gegangen bist, und hast geschworen, dort nie wieder hinzugehen.«

Bei der Erinnerung an diese Kälte schnitt Jared eine Grimasse. Er hatte sich nie an die Kälte gewöhnen können. »Dort drüben ist jetzt auch Sommer. Daher kann es nicht so schlimm werden.«

»Ich hatte selbst schon daran gedacht, wieder einmal in die Staaten zu fahren«, sagte Edmond nachdenklich. »Mein Gott, es ist schon fünfzehn Jahre her, seit ich diese Insel zum letztenmal verlassen habe, und damals habe ich nur eine Reise zu der großen Insel gemacht, um mir ein Grundstück anzuschauen, für das uns ein Angebot vorlag. Wenn ich nur jemanden fände, der die Gesellschaft eine Zeitlang betreuen könnte, würde ich wahrhaftig auch einmal gern Ferien machen. Aber das scheint schier unmöglich. Colby, mein derzeitiger Vertreter, wird demnächst gefeuert.«

Jared wollte sich nicht über die Probleme innerhalb der Bank unterhalten. Wenn sein Onkel gewußt hätte, wie schwierig es war, für ihn zu arbeiten, hätte er auch begriffen, warum er so viele Assistenten feuern mußte.

»Genaugenommen, Onkel, handelt es sich nicht um eine Vergnügungsreise. Ich denke schon seit geraumer Zeit daran, etwas Geld in ein Unternehmen auf dem Festland zu stecken. Was gute Investitionen betrifft, hat man dort wesentlich mehr zu bieten – Eisen, Nutzholz, Stahl und größere Banken und Schiffswerften.«

»Aber dort kannst du dein Geld nicht im Auge behalten«, hob Edmond hervor.

»Das ist wahr«, stimmte Jared ihm zu. »Aber das wäre nicht

notwendig, wenn ich in eine alteingesessene Firma investieren würde. Ich könnte hier sitzen, mich bequem zurücklehnen und die Gewinne ernten.«

Edmonds blaue Augen leuchteten bei der Erwähnung von Gewinnen. »In welchen Teil der Staaten gedenkst du dich zu begeben?«

»An die Ostküste. Nach New York oder Boston.«

»Eine gute Wahl«, erwiderte Edmond nachdenklich und pochte leicht mit einem Finger auf seinen Schreibtisch. »Wieviel Geld willst du mitnehmen?«

Jared ließ sich mit seiner Antwort einen Moment Zeit. »Fünfhunderttausend.«

Edmond richtete sich auf und würgte hervor: »Gütiger Gott, das ist fast dein gesamtes Bargeld!«

»Das weiß ich«, sagte Jared mit einem leichten Grinsen.

»Tut es nicht auch die Hälfte?«

»Ich werde kein Geld verlieren, Onkel«, sagte Jared zuversichtlich. »Ich werde verdienen.«

»Aber dennoch...«

Jared winkte ab. »Wenn du es nicht für ratsam hältst, daß ich mein gesamtes Bargeld anlege, obwohl ich in einem Jahr mehr als genug zurückbekommen werde, warum investierst du dann nicht selbst ein wenig? Sagen wir mal – hunderttausend? Es wäre eine sichere Anlage, da ich mich persönlich dafür verbürge.«

Edmond traf seine Entscheidung schnell. »Da du dich dafür verbürgst, gebe ich dir die Hälfte. Du mußt jedoch zur Deckung den gleichen Betrag hierlassen.«

»Ausgezeichnet!«

Jared lächelte in sich hinein.

Das war mehr, als er erwartet hatte. Falls er das gesamte Geld verlieren sollte, war er nicht am Ende und hatte ein Jahr oder mehr Zeit, seinem Onkel den Betrag zurückzuzahlen. Er wußte, daß Edmond ihm aus reiner Habgier half, aber nichtsdestotrotz half er ihm. Wenn er gewußt hätte, *wobei* er ihm half!

»Wie schnell brauchst du dein Geld?«

»Ich segle in fünf Tagen. Am Sonntag.«

»So bald?«

»Ich habe alles geregelt, Onkel – bis auf einen kurzen Ausflug zum Sunset Beach, wo ich mich von Malia verabschiede.« Jared grinste schadenfroh. »Du wirst ein Auge auf sie haben, während ich fort bin, nicht wahr?«

Edmonds Augen wurden eine Spur größer. »Sie wird bei euren zahlreichen Verwandten sein. Ich zweifle, daß ich dort vorbeischauen werde.«

»Nun ja, du weißt selbst, wie gern sie während des Winters in die Stadt kommt. Zu dieser Jahreszeit gibt es zu viele rauhe Stürme an der Nordküste.«

Edmond wurde nervös. »Hör mal, Jared, die Stürme setzen nicht vor Oktober oder November ein. Wie lange beabsichtigst du, auf dem Festland zu bleiben?«

»Das kann ich dir beim besten Willen noch nicht sagen. Drei oder vier Monate, aber das weiß man nie so genau. Möglicherweise auch sechs. Du willst doch nicht etwa, daß ich mich übereilt auf etwas einlasse? Eine Investition braucht Zeit, wenn ich sichergehen will, daß unser Geld gut angelegt ist.«

Edmond seufzte. Jared wußte verflucht gut, daß er die Verantwortung für Malia nicht auf sich nehmen wollte. Denn Jareds kleine Schwester konnte zeitweise ziemlich anstrengend sein, und jetzt, wo sie fast achtzehn war, durfte man sie nicht aus den Augen lassen.

Jared lächelte vor sich hin. Niemals hätte er sie Edmonds Obhut anvertraut, aber es machte ihm Spaß, seinen Onkel in dem Glauben zu wiegen, er sei für das junge Mädchen verantwortlich. In Wirklichkeit würde es natürlich Leonaka Naihe sein, die sie beschützte. Aber warum sollte er zum Wohlbehagen seines Onkels beitragen?

3

Naneki Kapuakele hörte, wie das Gefährt von der Beretania Street abbog und die Auffahrt hinauffuhr. Sie rannte in ein Zimmer an der Vorderseite des Hauses, um aus dem Fenster zu spähen. Es war früher Nachmittag, zu früh, als daß es Jared hätte sein können, und doch stieg er aus der Kutsche und kam den von Blumen umsäumten Gehweg hoch.

Wie sehr er Naneki an ihren toten Gemahl erinnerte, an Peni – groß, göttlich und mit der Haltung eines alten Kriegers. Peni Kapuakele wäre sicher ein großer Häuptling gewesen, wenn er in früheren Zeiten gelebt hätte. Er hätte zu König Kamahamahas Rechten gesessen und ihm geholfen, die Inseln zu vereinen.

Peni war tot. Ua hele i ke ala-maaweiki. Jared war am Leben. Er ähnelte Peni so sehr, war auch stolz, arrogant und kräftig. Es spielte keine Rolle, daß er kein reinrassiger Hawaiianer wie Peni war und nur noch wenig hawaiianisches Blut in seinen Adern floß. Sie war selbst halb Weiße, halb Hawaiianerin. Jared hatte das Herz und die Stärke eines Hawaiianers. Außerdem gehörte er ihr und nahm den Platz ihres verlorenen Peni ein.

Naneki fuhr mit einer Hand durch ihr dichtes schwarzes Haar und strich ihr rosa-weiß-geblümtes muumuu glatt. Sie wünschte, sie würde nur einen einfachen Sarong tragen, der sich eng um ihre Hüften geschmiegt und ihre langen, anmutigen Beine enthüllt hätte. Wenn sie mit Malia auf dem Lande war, trug sie nichts anderes, aber in der Stadt wollte Jared wegen der vielen Besucher, die in das Haus in der Beretanie Street kamen, nicht zulassen, daß sie so spärlich bekleidet herumlief.

Als Jared die Tür öffnete, stand Naneki dort, um ihn zu begrüßen. Sie war groß und mußte nur einige Zentimeter hochschauen, um ihm in die Augen zu sehen.

»Guten Tag, du Blume der Leidenschaft!«

Naneki grinste. So nannte Jared sie nur, wenn sie miteinander allein waren und er gut aufgelegt war. Das war allerdings nicht oft der Fall, da der junge Mann häufig Kummer und Sorgen hatte.

»Du früh zu Hause, Ialeka.«

Wie die meisten seiner eingeborenen Freunde nannte sie ihn bei seinem hawaiianischen Namen.

»Stimmt.« Er ging in das große Wohnzimmer und warf seinen breitkrempigen Strohhut auf einen Stuhl. »Würdest du mir einen Rumpunch zubereiten?«

Sie zögerte, weil ihre Neugierde geweckt war. »Warum du so früh zu Hause?«

Er nahm auf einem Ende des braungoldenen Sofas Platz, lehnte sich zurück und faltete die Hände hinter dem Kopf. »Zuerst das Getränk.«

Naneki hob die Schultern, als sei ihr gleich, was vorgefallen sein mochte, und verließ den Raum.

Als sie einen Moment später zurückkam, hielt sie ein großes Glas mit geeistem Punch in einer Hand. Sie ging zu der langen Bar an der gegenüberliegenden Wand, fügte einen großen Schuß Rum hinzu und drückte ihm dann das Glas in die Hand. Er trank es zur Hälfte leer, setzte es ab und zog Naneki auf seinen Schoß.

Kichernd preßte sie ihr Gesicht an seinen Nacken und begann, sanft an seinem Hals zu saugen. »Deshalb bist du also nach Hause gekommen? Du willst Liebe machen?«

Jared seufzte zufrieden und knetete eine ihrer prallen Brüste. Er würde Naneki vermissen, wenn er fort war. Sie war die perfekte Mätresse, die keine Forderungen an ihn stellte, aber da war, wenn er sie brauchte. Sie klagte nie – außer, wenn er sie allein mit seiner Schwester auf dem Lande zurückließ.

Naneki war die Adoptivtochter seiner Köchin und Haushälterin, die gleichzeitig eine entfernte Verwandte war, Aleka Kamanu, ein großartige Hawaiianerin, die Malia von Geburt an aufgezogen hatte. Naneki hatte sie ebenfalls aufgezogen. Sie hatte sie zu sich genommen, als ihre hawaiianische Mutter sie im Stich gelassen hatte, weil Nanekis Vater ein haole, ein Weißer, gewesen war. Naneki war Malias beste Freundin. Sie war nur ein Jahr älter, und die beiden waren in demselben Haushalt aufgewachsen, aber Naneki hatte der Familie Burkett gleichzeitig auch gedient.

Er hätte sie nicht angerührt, wenn sie nicht verwitwet gewesen wäre. Sie hatte jung geheiratet, aber ihre Ehe hatte nur drei Monate gedauert. Aus dieser Ehe war eine Tochter hervorgegangen, und die kleine Noelani bedurfte eines Vaters. Jared würde sich demnächst nach einem neuen Mann für Naneki umsehen müssen. Es war egoistisch von ihm, sie für sich zu behalten.

Er hatte schon mit dem Gedanken gespielt, sie zu heiraten und Noelani als sein eigenes Kind aufzuziehen. Die Zweijährige nannte ihn bereits häufig Papa. Doch Naneki hatte Peni Kapuakele zu sehr geliebt. Peni würde immer zwischen ihnen stehen, selbst wenn er tot war. Jared würde nie eine Frau heiraten, die vor ihm einen anderen geliebt hatte. Er wußte, was das für eine Ehe bedeuten konnte; er wußte, was es in der Ehe seiner Eltern bedeutet hatte.

Jared küßte Nanekis Lippen erst sanft, dann entschiedener. Schließlich stand er auf und trug sie in ihr Zimmer im oberen Stockwerk. Dort setzte er sie ab, und sie zog ihr langes, weites muumuu, ihr einziges Kleidungsstück, über den Kopf und warf es über das hölzerne Gestell am Fußende ihres Bettes. Dann legte sie sich hin und streckte sich einladend. Ihre schwarzen Augen lagen im Halbschatten, ihre vollen Lippen waren leicht geöffnet.

Jared entledigte sich geschwind seiner eigenen Kleider und legte sich neben sie auf das schmale Bett. Während seine Lippen die ihren fanden, ließ er eine Hand über die glatte braune Haut gleiten, die er so gut kannte, über die vollen, üppigen Brüste und hinunter zu ihrer schmalen Taille. Sie war so fest gebaut, daß er sich keine Sorgen zu machen brauchte, ihr mit seinen Händen weh zu tun. Sie konnte es mit ihm aufnehmen.

Jetzt hieß sie ihn willkommen und öffnete ihre Beine, damit er in sie eintauchen konnte.

Jared hielt sich zurück, bis sie ihren Höhepunkt erreicht hatte. Nachdem er auch seinen überschritten hatte, brach er auf ihr zusammen. Sein Kopf ruhte an ihrer einen Schulter.

»Du brauchst jetzt Bad«, sagte sie sanft, während sie mit ihren Fingern über seinen verschwitzten Rücken strich.

Jared knurrte nur etwas und rollte zur Seite, um sie aufstehen zu lassen. In dem Zimmer war es unerträglich heiß. Die Nachmittagssonne schien durch das offene Fenster, und es war nahezu windstill. Er hätte sie in eines der leerstehenden Zimmer auf der anderen Seite des Hauses bringen sollen, in die die Morgensonne schien und die am Nachmittag wesentlich kühler waren.

Naneki hatte ihn nie gefragt, warum er sie nicht in sein eigenes Zimmer mitnahm, das ihrem direkt gegenüberlag. Er war froh, sich nicht rechtfertigen zu müssen, daß er sich dorthin nur allein zurückziehen wollte. Er wollte sich nicht in die Situation begeben, eine Frau bitten zu müssen, sein Bett zu verlassen, und sein Bedürfnis nach Einsamkeit hätte schnell dazu geführt. Für ihn war es wesentlich einfacher, sich anschließend einfach davonzuschleichen.

Als Naneki sein Bad einließ, fragte er sich, ob sein Bedürfnis, sich zurückzuziehen, etwas mit den entsetzlichen Träumen zu tun hatte, die ihn nachts manchmal aufschreien ließen. Diese lebhaften Erinnerungen wollte er jedenfalls mit niemandem teilen.

Er nahm an, daß die Frauen, die er gekannt hatte, ihn nicht für einen geborenen Liebhaber hielten. Er suchte sie nur auf, wenn er sie brauchte, und war nie eine Bindung mit einer Frau eingegangen. Mit Jungfrauen wollte er nichts zu tun haben, und von Bordellen hielt er sich aus gesundheitlichen Gründen fern. Am liebsten waren ihm Witwen, und gleich danach kamen die offenherzigen, flotten Töchter von Bekannten, die sich ihm anboten. Nichts erzürnte Jared mehr, als wenn er geneckt wurde, und nichts bereitete ihm größeres Vergnügen, als einer Frau zu zeigen, daß mit Jared Burkett nicht zu spaßen war. Er schätzte sich glücklich, von keiner bestimmten Frau besonders eingenommen zu sein; denn er wußte, was Liebe einem Mann antun, wie zerstörerisch sie sein konnte.

Wahrscheinlich würde er eines Tages Dayna Callan heiraten. Sie hatten nie darüber gesprochen, aber Jared nahm an, daß sie auf ihn wartete. Bisher waren sie Freunde und keine Liebenden. Jared hoffte noch, eine Frau zu finden, die leidenschaftlicher war, als Dayna es zu sein schien. Sie war fünfundzwanzig Jahre, hübsch, ruhig und anspruchslos. In ihrem ganzen Leben war sie noch nicht einmal richtig verliebt gewesen; dessen war Jared sicher, und aus diesem Grunde zog er Dayna als Ehefrau in Betracht.

Leonaka, Jared und Dayna waren an der Nordküste aufgewachsen und hatten ihre Kindheit zusammen verbracht. Die beiden wußten jederzeit, wie sie Jared aus seiner düsteren Schwermut aufrütteln konnten. Doch Dayna heiraten? Ob er sich dazu je würde entscheiden können? Es wäre, als würde er eine Heilige heiraten, und er war nicht ganz sicher, ob er das ertragen würde. Er hatte sie immer nur mit freundschaftlichen Gefühlen umarmt. Wie sollte er es plötzlich über sich bringen, mit ihr zu schlafen? Doch wahrscheinlich war sie genau das, was er brauchte. Mit Dayna konnte ihm nichts zustoßen.

Naneki kam zurück. »Wasser fertig, großer Boß.«

Da sie immer noch in spielerischer Laune war, fragte er: »Kommst du mit?«

Sie nickte und wollte ihn zu sich hochziehen, ließ ihn aber los, ehe er sich aufgesetzt hatte.

»Warum bist du so früh nach Hause gekommen, Ialeka? Zu der Tageszeit habe ich dich noch nie gesehen – außer auf dem Land.«

Jared stand auf und gab ihr einen Klaps auf den Hintern. »Nach dem Bad müssen wir packen.«

Sie strahlte. »Fahren wir nach Hause?«

»Du schon. Du bist wegen einiger Einkäufe nach Honolulu gekommen und drei Monate lang geblieben. Wie willst du das erklären, wenn du wieder nach Hause kommst?«

»Akela weiß. Sie froh, ich mich um dich kümmere.«

Jared brummte. »Malia weiß nicht Bescheid.«

»Malia ist meine Freundin. Sie denkt nichts Schlechtes von mir«, sagte Naneki und grinste ein wenig.

»Deshalb will ich trotzdem nicht, daß sie es erfährt.« Jared runzelte die Stirn. »Verstehst du das, Naneki?«

Sie nickte, warnte ihn aber: »Du verdirbst Malia. Du läßt sie nicht erwachsen werden.« Als Jareds Augen stahlgrau wurden, fügte sie schnell hinzu: »Aber ich verstehe es. Komm!«

Jareds Stimmung hatte gewechselt. »Wir haben keine Zeit mehr für Spiele, Naneki. Morgen werden wir sehr früh abfahren. Am Freitag muß ich wieder in Honolulu sein. Am Samstag fahre ich aufs Festland.«

»Wie damals, als du zur Schule gegangen bist?«

»Nein, diesmal handelt es sich um Geschäfte.«

»Wie lange? Wirst du die Sommermonate nicht am Sunset Beach sein?«

»Nein. Aber ich werde versuchen, Weihnachten wieder hierzusein.«

Naneki versuchte, ihre Enttäuschung zu verbergen. »Das ist eine lange Zeit.«

Jared küßte sie zärtlich. »Während ich fort bin, solltest du dich nach einem neuen Mann umsehen. Noelani braucht einen Vater.«

Sie grinste. »Und wann heiratest *du*? Ich sehe dich noch nicht in die Kirche rennen.«

»Eines Tages werde ich es tun.«

»Miß Callan? Ich mag sie. Es macht mir nichts aus, dich mit ihr zu teilen.«

Jared seufzte erschöpft und zog sie mit sich zur Badewanne. »Denk an das, was ich dir gesagt habe! Sieh dich nach einem Mann um!«

4

Ned Doughertys Büro lag im Süden Bostons. Eigentlich konnte man den kleinen Raum über der Schenke kaum als Büro bezeichnen. Ein überhäufter Schreibtisch, zwei Stühle und mehrere Aktenschränke waren auf kleinstem Raum zusamengepfercht.

Als Jared dem rothaarigen Mann gegenübersaß, fragte er sich, warum er überhaupt hergekommen war. Was auch immer er erwartet haben mochte – dies mit Bestimmtheit nicht.

Neds abschätzender Blick wanderte über Jareds teuren Anzug und registrierte eine gewisse Rücksichtslosigkeit in diesen stechenden blaugrauen Augen. Dieser Mann bekam, was er wollte, und Ned sah freudig den Gewinnen entgegen, die er dabei machen würde.

»Ich muß Ihnen aufrichtig gestehen, Mr. Burkett, daß ich nicht damit gerechnet habe, jemals wieder von Ihnen zu hören. Am allerwenigsten habe ich jedoch erwartet, Sie kennenzulernen. Ihre Geschäfte müssen von beachtlicher Bedeutung sein, wenn Sie die Reise von Hawaii hierher unternommen haben.«

Jared entschied sich, offen zu sein. Wenn diesem Mann gelang, was er wollte, würde er bereit sein, ein gutes Honorar zu zahlen.

»Das, was ich in Boston vorhabe, ist allerdings von Bedeutung für mich«, sagte Jared und sah sich erneut in dem Büro um. »Ich bin jedoch nicht ganz sicher, ob Sie der richtige Mann für mich sind, Mr. Dougherty.«

»Beurteilen Sie mich nicht nach der Größe und Lage meines Büros!« verteidigte sich Ned. »Die größeren Detekteien haben höhere Unkosten, die zu Lasten ihrer Kunden gehen. Ich habe mehr Kunden als andere.«

»Arbeiten Sie allein?«

»Im Bedarfsfall kann ich mir Hilfe beschaffen.« Ned lehnte sich lächelnd zurück. »Ihr wachsamer Blick zeigt mir, daß Sie an meinen Fähigkeiten zweifeln. Ich kann Ihnen versichern, daß ich noch keinen Klienten enttäuscht habe. Ob ich Untersuchungen über eine Firma anstelle, einer Vermißtenmeldung nachgehe oder eine eigensinnige Frau beschatte – ich komme zu Ergebnissen. Selbst bei der Aufklärung etlicher Morde war ich behilflich.«

Jared war keineswegs beeindruckt. »Ich brauche nicht nur Auskünfte, Mr. Dougherty, sondern Sie sollen auch Propaganda für mich machen.«

»Ich habe einen Cousin und einige Freunde, die für die Zeitungen arbeiten.«

»Es ist notwendig, daß ich innerhalb eines Monats eine bekannte Persönlichkeit in dieser Stadt bin.«

»Kein Problem, Mr. Burkett.«

»Nun gut. Ich werde Ihnen eine Chance geben, Mr. Dougherty. Ich wünsche allerdings nicht, enttäuscht zu werden.«

Diese deutliche Drohung ließ Ned einen Schauer über den Rücken laufen.

»Ich wüßte gern, wie Sie auf mich gekommen sind, Mr. Burkett. Waren Sie schon einmal in Boston?«

Langsam entspannte sich Jared. »Nein. Ich kenne Ihren Namen durch einen Studienkollegen in den Staaten. Er hat in der Uni eine amüsante Geschichte über seinen Großvater herumerzählt, der Sie engagiert hatte, um seine Großmutter zu beschatten, die er verdächtigte, im Alter von zweiundsiebzig Jahren eine Affäre zu haben.«

Ned lachte. »An den Alten erinnere ich mich noch gut. Das war der lächerlichste Fall, den ich je bearbeitet habe.«

»Das kann ich mir vorstellen. Ihren Namen habe ich trotzdem nie vergessen«, gestand Jared. »Damals wußte ich schon, daß ich Sie eines Tages brauchen würde.«

»Nun gut, Mr. Burkett. Ich bin sicher, daß wir Ihr Ziel erreichen, wenn Sie mir mitteilen, worum es geht.«

Jareds graue Augen leuchteten kalt. »Ich wünsche Auskünfte über Samuel Barrows, insbesondere über seine Geschäftsinteressen, das Ausmaß seines Reichtums und über die Höhe seiner Reserven. Ich will alles über diesen Mann, seine Verbündeten und seine Familie wissen. Ich möchte über seine Zukunftspläne informiert werden, über seine Arbeitsweise, seine Schwächen und seine Gepflogenheiten.«

Ned nickte. »Das wird etwa zwei Wochen erfordern. Das Einholen von Auskünften ist für mich Routinearbeit. Daher sehe ich in dieser Hinsicht keine Probleme.«

»Gut. Jetzt zur Werbung für meine Person. Damit werden Sie augenblicklich beginnen. Wie ich bereits sagte, will ich, daß man mich in dieser Stadt kennt. Ich möchte, daß man in den höchsten Finanzkreisen über mich redet, insbesondere in Samuel Barrows' Kreisen.«

Der kleine Detektiv griff zu einem Bleistift und einem Notizbuch und beugte sich über seinen Schreibtisch. »In dem Fall brauche ich Fakten über Sie.«

Jared grinste. »Jared Burk, Millionär von der Westküste, der sich hier aufhält, um Geld zu investieren. Mehr brauchen Sie nicht zu wissen.«

»Das verstehe ich nicht.«

Jared erhob sich. »Sie brauchen es nicht zu verstehen. Weder der Name noch der Rest ist wahr. Ich möchte meine wirkliche Identität geheimhalten, aber bei guten Bedingungen habe ich wirklich die Absicht, Geld zu investieren. Sie könnten mir einen guten Rechtsanwalt empfehlen.«

Neds Neugierde war geweckt. »Sie wollen also der geheimnisvolle Unbekannte sein?«

»Genau.«

»Ausgezeichnet!« Ned ging um seinen Schreibtisch herum, um sich zu verabschieden. »In den nächsten Tagen lasse ich Ihnen den Namen eines Rechtsanwaltes zukommen. Wo kann ich Sie erreichen?«

»Ich habe mir heute morgen unter dem Namen Jared Burk ein Zimmer im Plaza genommen.«

Die Rückfahrt zum Hotel verlief erfreulich. Jared verband sie mit einer kleinen Stadtrundfahrt. Der frühe Junitag hatte achtzehn

Grad, was für Bostoner Verhältnisse recht warm, aber im Vergleich zu Hawaii eher kühl war. Jared hoffte, daß er nicht allzu lange hierbleiben mußte und vor den kalten Monaten wieder zu Hause sein konnte.

Die Kutsche fuhr durch das Back-Bay-Gebiet. Als Jared auf einem Straßenschild Beacon Street las, fuhr er zusammen. Welches dieser großen Stadthäuser wohl Samuel Barrows gehörte? Ganz gleich, welches es war – man würde Jared bald dorthin einladen. Er würde die Bekanntschaft von Samuel Barrows machen. Anschließend würde er diesen Mann auf irgendeine Weise ruinieren, ihn zugrunde richten. Er würde ihn nicht töten. Das ging zu schnell. Jared wollte, daß er als gebrochener Mann weiterlebte, der wußte, warum ihm das zugestoßen war.

Jared konnte sich noch genau daran erinnern, wie er den Namen Samuel Barrows zum erstenmal aus dem Munde seiner Mutter gehört hatte. Damals war er sieben Jahre alt gewesen. Das Leben war schön. Er lebte mit seiner Mutter auf dem Lande, während sein Vater viele Meilen entfernt in Honolulu seinen Geschäften nachging und seine Familie häufig besuchte.

Jared und Leonaka lernten gerade, was Verantwortung bedeutete, denn es war ihnen gestattet worden, beim Anbau des Zuckerrohrs zu helfen. Bei jeder sich bietenden Gelegenheit schlichen sie zum Strand, um Dayna zu treffen. Der Strand war ihr Spielplatz, die Surfbretter waren ihr Hobby. Als Jared sich eines Tages allein heimlich zum Strand geschlichen hatte, sah er dort seine Mutter Hand in Hand mit einem großen Mann, den er noch nie zuvor gesehen hatte. Am gleichen Abend fragte er seine Mutter, wer der fremde haole gewesen war, und sie erzählte es ihm. Samuel Barrows, ein alter Freund aus Boston.

Eine Woche später kam sein Vater nach Hause, und Jared hörte zum erstenmal in seinem Leben, daß seine Eltern sich stritten. Sie hielten sich in dem Patio hinter dem Haus auf und wußten nicht, daß Jared nur wenige Meter von ihnen entfernt im Hinterhof spielte.

»Wer, zum Teufel, ist der Mann, in dessen Armen John Pierce dich gesehen hat?« hatte Rodney Burkett gefragt.

»John?«

»Ja, unser Nachbar. Er ist bis nach Honolulu gefahren, nur, um mir zu erzählen, was er gesehen hat – dich und einen anderen Mann. Und ihr hättet euch am Strand ganz unerhört benommen.«

»Du hast keinen Grund, dich zu beunruhigen«, antwortete

Ranelle ganz ruhig. »Es war Samuel Barrows, und wir haben uns nur zum Abschied umarmt.«

»Barrows? Der Mann, den du beinahe geheiratet hättest? Der Mann, der statt dessen eine reiche Erbin geheiratet hat, weil seine Familie Geld brauchte?«

»Ja, ich habe dir von ihm erzählt.«

»Was, in Gottes Namen, hat er hier getan?«

Eine lange Pause folgte.

»Er – er kam meinetwegen. Er sagte, er liebte mich noch.«

Ein Gegenstand zerschellte an der Wand – ein Glas oder eine Vase. »Er liebt dich noch! Was ist mit seiner reichen Frau? Ist sie gestorben?«

»Rodney, ich sagte dir doch schon, du hast keinen Grund, dich zu beunruhigen.« Ranelle begann zu weinen. »Er ist schon fort. Er ist nach Boston zurückgefahren.«

»Du hast meine Frage nicht beantwortet, Ranelle. Ist er heute ein freier Mann?«

»Nein, er ist noch verheiratet. Aber wenn ich frei gewesen wäre, hätte er sie ungeachtet der Schande verlassen. Seine Ehe ist kinderlos, und seine Familie ist finanziell wieder flüssig. Er wußte nicht, daß ich verheiratet bin und einen Sohn habe.«

Leise und mit gebrochener Stimme fragte Rodney: »Hat er dich aufgefordert, mich zu verlassen?«

»Rodney, hör auf!« flehte Ranelle. »Das ist nicht von Bedeutung. Samuel ist fort – und er wird nie mehr wiederkommen.«

»Hat er dich gebeten?«

»Ja, er wollte, daß ich mit ihm gehe. Er sagte, er würde Jared auch mitnehmen. Aber wie du siehst, bin ich noch hier. Ich habe nein gesagt.« Ranelle begann hysterisch zu schreien. »Er ist acht Jahre zu spät gekommen. Zu spät!«

In dem Moment war Jared zum Strand gerannt, um das Weinen seiner Mutter nicht mehr zu hören. Nie zuvor hatte er sie weinen, nie zuvor seinen Vater die Stimme im Zorn oder im Schmerz erheben hören.

Danach war Ranelle Burkett nicht mehr die gleiche. Immer war sie eine sanfte und liebende Mutter gewesen, die sich für ihren Mann und ihren Sohn geopfert hatte. Jetzt zog sie sich in sich selbst zurück und entzog ihnen ihre Liebe. Sie lachte nie mehr, sie lächelte nicht einmal. Statt dessen trank sie übermäßig und weinte manchmal still vor sich hin.

Zwei Jahre lang lebte Jared in totaler Verwirrung. Er verstand nicht, warum seine Mutter ihn nicht mehr liebte und warum seine Eltern immerzu stritten. Dann erwartete Ranelle ein Kind. Zu Anfang war Rodney entzückt gewesen, aber dann verschlechterte sich die Situation zwischen ihnen noch mehr. Ranelles Melancholie schlug um in Bitterkeit. Sie wollte das Kind nicht bekommen. Rodney kam nur noch selten nach Hause, und der Streit fand kein Ende. Jetzt stritt sich Ranelle selbst mit Akela, die ihr riet, weniger zu trinken. Jared kam nur noch so selten wie möglich nach Hause.

Nachdem Malia geboren war, wollte Ranelle nichts mit ihr zu tun haben. Sie überließ Akela das Kind, wandte sich wieder der Flasche zu und war fast nie mehr nüchtern. Schließlich verstand Jared, warum seine Mutter sich verändert hatte. Sie liebte Samuel Barrows immer noch. Er hatte viele Streits zwischen seinen Eltern mit angehört, aber einer darunter hatte ihm vieles erklärt.

Dieser Streit spielte sich eines frühen Morgens ab, direkt nach Malias Geburt. Ranelle hatte noch keine Gelegenheit gehabt, ihren Rum zu suchen. Jared lag noch im Bett. Sein Zimmer befand sich neben dem Schlafzimmer seiner Eltern, und er erwachte von ihren lauten Stimmen.

»Um Gottes willen, so geh doch zu ihm!« schrie Rodney. »Du tust mir nicht mehr gut, und deinen Kindern auch nicht. Seit Barrows, dieser Schurke, hierher gekommen ist, warst du keine Ehefrau und keine Mutter mehr. Ja, ja, du hast mir ein weiteres Kind geboren, aber auch nur, weil ich mich dir aufgezwungen habe.«

»Laß mich bitte allein, Rodney!« antwortete Ranelle. »Ich bin machtlos gegen meine Gefühle.«

Die Stimme seines Vaters war schmerzerfüllt. »Warum, Ranelle? Sag doch nur, warum? Die ersten acht Jahre unserer Ehe waren schön. Wir waren glücklich. Wie konnten wir so glücklich sein, wenn du ihn immer noch geliebt hast?«

»Ich hatte ihn aufgegeben. Versteh mich doch! Ich glaubte, wir bekämen keine Chance mehr. Ich mußte ihn vergessen. Aber ich hätte auf ihn warten sollen. Er hatte von Anfang an die Absicht gehabt, seine Frau nach ein paar Jahren zu verlassen, aber davon wußte ich nichts. Ich hätte es wissen müssen.«

»Hast du mich je geliebt, Ranelle?«

»O Rodney!« Ranelle begann zu weinen. »Ich wollte dich nie verletzen. Ich habe dich geliebt. Aber Samuel war meine erste Liebe, und ich kann nichts dagegen tun, daß ich ihn immer noch liebe.«

»Dann geh zu ihm!« sagte Rodney gebrochen. »Ich bin zu einer Scheidung bereit.«

Ranelle lachte, aber ihr Lachen klang nicht glücklich. »Es ist zu spät. Er hat mir nach seiner Rückkehr nach Boston geschrieben. Sechs Monate, nachdem er Boston verlassen hatte, hat seine Frau ein Kind geboren. Jetzt wird er sich nie mehr von ihr trennen.«

»Ranelle, Ranelle, vergiß ihn! Du hast ihn schon einmal vergessen. Kannst du es nicht ein zweites Mal tun?«

»Wie könnte ich das, wo ich dieses Mal weiß, daß er mich immer noch will? Er hat es bewiesen, indem er hierher gekommen ist, um mich zu finden. Er liebt mich, und ich liebe ihn.«

»Du mußt etwas tun, Ranelle. So können wir nicht weitermachen. Ich kann nicht mehr arbeiten. Außerdem ist Jared in Mitleidenschaft gezogen. Er zieht sich zurück und wird schwermütig. Du mußt aufhören zu trinken und dich wieder wie eine Frau und Mutter verhalten.«

»Laß mich allein, Rodney!«

»Bitte, Ranelle!«

»Geh weg! Ich will nicht mehr darüber reden.«

Schweigen folgte. Und Jared wußte endlich, warum sein Leben auf den Kopf gestellt worden war.

Als Malia ein Jahr alt war, starb Ranelle Burkett. Es geschah in einer stürmischen Nacht, in der Nacht, die Jared noch heute in seinen Alpträumen verfolgte. Sein Vater war in Honolulu, und Akela war abgereist, um mit Malia und der zweijährigen Naneki für einige Tage Verwandte in Kahuku zu besuchen. Der elfjährige Jared fühlte sich als Beschützer seiner Mutter und wollte sie nicht allein zu Hause lassen. Die beiden verbrachten diese Nacht allein.

Jared hörte, wie sich die Tür des Patio öffnete und wieder schloß und stand auf, um nachzuschauen, ob Akela zurückgekehrt war. Als er niemandem im Haus vorfand, lief er in das Schlafzimmer seiner Mutter. Es war leer. Mitten im Bett lag eine halbvolle Flasche Rum.

Er geriet in Panik, da seine Mutter das Haus nachts nie verließ, und rannte zum Strand hinunter, wobei er immer wieder *Mutter* schrie. Er erhielt keine Antwort und vergeudete Zeit damit, sie am Strand zu suchen, ehe er sie im Wasser entdeckte. Sie watete schnell hinein.

Ranelle Burkett konnte nicht schwimmen, und das trotz all der Jahre, die sie direkt am Meer zugebracht hatte. Durch den heraufziehenden Sturm waren die Wellen hoch. Jared stürzte sich in die gewaltige Brandung, um sie zu erreichen, aber wie durch Gottes Hand war sie plötzlich hinweggetrieben worden. Die mondlose Nacht war zu dunkel; er konnte nichts sehen. Auch die Tränen, die ihn blind machten, erschwerten die Suche. Nichtsdestotrotz verbrachte er die gesamte Nacht im Meer. Er hielt nach ihr Ausschau, hoffte und betete.

In der Dämmerung entdeckte Jared seine Mutter, die die Brandung eine halbe Meile entfernt auf den kalten, nassen Sand gespült hatte. Sie war tot.

Es dauerte viele Stunden, bis man die beiden fand. Jared saß auf dem Sand, starrte aufs Meer hinaus und wiegte den Kopf seiner Mutter in seinem Schoß. Er konnte die bittere Wahrheit, daß sie in den Tod gegangen war, nicht geheimhalten, da allseits bekannt war, daß sie nicht schwimmen konnte und nie zuvor auch nur ins Wasser gewatet war.

Es dauerte Jahre, bis Jared aufhörte, sich Vorwürfe zu machen, weil er sie nicht hatte retten können. Schließlich wurde ihm klar, daß sie es immer wieder versucht hätte. Sie hatte den Wunsch gehabt, zu sterben. Samuel Barrows hatte sie in den Tod getrieben, indem er erneut in ihr Leben getreten war, als es zu spät war. Er war für ihr Unglück und ihren Tod verantwortlich, und Jared würde dafür sorgen, daß er dafür bezahlte.

5

Das Stadthaus in der Beacon Street war hell erleuchtet und voll frischer sommerlicher Schnittblumen aus dem Garten der Barrows'. Dienstmädchen in steifen, schwarzen Uniformen mit weißen Schürzen reichten Getränke unter den ersten Gästen herum. Ein offizieller Empfang wurde gegeben, und die Gäste würden sich scharenweise in der großen Empfangshalle einfinden, ehe das Abendessen angekündigt wurde.

Einen Stock höher, in Corinnes Schlafzimmer, war Florence mit Corinnes kunstvoller Frisur beschäftigt, während Lauren nervös hinter den beiden auf und ab ging, wobei ihre Hausschuhe mit den zierlichen Absätzen geräuschvoll auf dem Boden klapperten. Dies war erst die zweite Gesellschaft Laurens, und sie sorgte sich um den Eindruck, den sie machen würde.

»Bist du sicher, daß mein Kleid angemessen ist?« fragte sie zum dritten Mal.

»Gelb steht dir, Cousine. In deinem Alter willst du doch wohl nichts Dunkles tragen«, sagte Corinne, die Lauren in ihrem Spiegel betrachtete.

»Dein Kleid ist richtig verwegen, Cori – nur diese schmalen Träger halten es. Rosa Seide ist ja so schön! Mutter würde es nicht zulassen, daß ich ein solches Kleid trage. Ich bin sicher, daß ich altmodisch aussehe.«

»Jetzt hör schon auf, dich zu ärgern! Denk daran, daß ich älter bin als du!« bemerkte Corinne ungeduldig. »Wahrscheinlich habe ich vergessen, wie es war, sechzehn zu sein. Du bist bestimmt das hübscheste Mädchen von der ganzen Gesellschaft. Also hör jetzt auf, dir Sorgen zu machen!«

Lauren lächelte. »Vielleicht bin ich sogar die hübscheste, wenn du nicht kommst.«

»Sei nicht albern! Außerdem ist das Aussehen nicht alles. Mich sehen die meisten Männer kein zweites Mal an, weil ich so groß bin. Kleine, zarte Frauen wie du sind ganz groß in Mode.«

Lauren errötete und wechselte das Thema. »Ich frage mich, warum Onkel Samuel diese Gesellschaft nicht einige Tage eher gegeben und auf den 4. Juli gelegt hat. Und warum hat er uns nicht früher Bescheid gesagt?«

»Das weiß ich nicht, aber es ist mir gleich«, sagte Corinne lächelnd. »Ein Fest ist ein Fest.«

»Stimmt schon. Aber dieses wurde in aller Eile geplant. Mutter hat einen Anfall bekommen, weil ihr Kleid nicht rechtzeitig fertig geworden ist und sie ein altes anziehen muß. Weshalb die Eile? Weißt du das?«

»Es gibt irgendeinen Mann, den mein Vater mit seinen Freunden bekanntmachen will. Mir zuliebe hat er sich entschlossen, dies mit einer Einladung zu verbinden. Wir sind in letzter Zeit nicht allzugut miteinander ausgekommen.«

Florence bekundete ihre Zustimmung, während sie Rubinnadeln in Corinnes Haar steckte. Florence Merrill war seit frühester Kindheit bei Corinne. Sie befestigte die letzte Nadel in Corinnes Haar und verließ das Zimmer.

Corinne wühlte in ihrem großen Schmuckkasten herum.

»Kommt Russell auch?« fragte Lauren.

»Natürlich.«

»Ist dein Vater noch immer nicht bereit, in deine Heirat mit ihm einzuwilligen?«

»Nein. Ich habe zwar noch nicht ganz aufgegeben, aber langsam halte ich es für aussichtslos. Vater will nicht einmal mehr darüber reden. Wenn Vater nicht umgänglicher wird, muß ich so schnell wie möglich jemand anderen finden.«

»Denkst du an jemand Bestimmten?«

»Nein. Es wird schwierig werden, einen Mann zu finden, der die Einwilligung meines Vaters erhält. Er will, daß ich einen Mann mit starkem Willen heirate – ›einen Mann, den du nicht so leicht herumkommandieren kannst‹, das waren seine Worte. Ein solcher Mann jedoch würde alle meine Pläne vereiteln.«

»Du solltest warten, bis du dich verliebst«, sagte Lauren seufzend.

»Nein, meine Liebe«, widersprach Corinne, deren Mund ihre Entschlossenheit verriet. »Die Ehe wird mein Leben bestimmen, und daher muß ich sie unter Kontrolle haben. Liebe kann ich immer noch nebenher finden.«

»Corinne!«

»Wenn es doch wahr ist! Ich habe sogar die feste Absicht, nebenbei diskrete Liebesbeziehungen zu unterhalten. Seit ich weiß, daß dies etwas ist, was alle verheirateten Männer tun, kann ich nichts Falsches mehr darin sehen.«

»Nicht *alle* Männer.«

»Aber die meisten. Warum also nicht ich?«

Lauren schüttelte betrübt den Kopf. »Deine Anschauungen sind zu kühl, Corinne.«

»Nein, ich bin nur realistisch und weiß, was ich von einer Ehe zu erwarten habe und wie ich sie zu handhaben gedenke. Was ich bestimmt nicht will, ist ein Mann, der seinen Willen gegen meinen geltend macht.«

»Wäre das wirklich so schlecht?« fragte Lauren.

Sie konnte das Bedürfnis ihrer Cousine nicht verstehen.

»Für mich schon. Hilf mir jetzt mit der Kette, bitte!«

Lauren kam zu ihr herüber, um Corinne eine kurze goldene Kette mit tränenförmigen Rubinen anzulegen. Corinne wählte ein dazu passendes Armband und ihren kleinen Rubinring anstelle des großen aus. Sie wollte nicht übertreiben. Die älteren Matronen trugen viele Ringe, die die Blicke auf sich zogen, gleichzeitig. Trotz ihrer großen Auswahl trug Corinne jeweils immer nur einen Ring. Sie entschied sich auch gegen die Rubinohrringe; die glitzernden Nadeln, die ihr langes, goldenes Haar zusammenhielten, reichten aus.

»Wer kommt eigentlich heute abend?« fragte Lauren, die jetzt wieder nervös wurde, weil sie sich gleich nach unten begeben würden.

»Der übliche Kreis, wobei Edward und John Manning ihren Vater diesmal begleiten werden«, sagte Corinne abwesend. »Und Adrian Rankin.«

Lauren lächelte. Diese ansehnlichen jungen Männer gehörten zu Corinnes intellektuellem und künstlerischem Umgang.

»Was ist mit dem Mann, für den dein Vater diese Gesellschaft veranstaltet? Ist er jung?«

»Die Gesellschaft findet meinetwegen statt«, erinnerte sie Corinne. »Vater hat sich entschieden, die Geschäfte mit dem Vergnügen zu verbinden. Über Mr. Burk weiß ich nichts, aber jung ist er wohl kaum.«

Lauren sah sie aufgeregt an. »Hast du Burk gesagt?«

»Ja, ich glaube, Vater hat von Jared Burk gesprochen.«

»Das ist doch der Mann, über den alles redet. Hast du nichts über ihn gehört?«

»Nein, ich habe mich von den gesellschaftlichen Verpflichtungen in den letzten Tagen ferngehalten.«

Corinne verließ das Haus tagsüber kaum noch. Sie verbrachte die Tage schlafend, da sie sich allnächtlich aus dem Haus schlich, um Russell und ein paar andere Freunde an ihren geliebten Spieltischen zu treffen. Wahrscheinlich wußte ihr Vater Bescheid, aber er hatte sie nicht direkt daraufhin angesprochen oder ihr das Spielen verboten, selbst dann nicht, als sich die letzte ›geschlossene Gesellschaft‹, der sie angehört hatte, an ihn gewandt hatte, mit der Bitte, ihre Schulden zu bezahlen.

Seit kurzem war das Glück wieder auf ihrer Seite. Erst letzte Woche hatte sie eine beträchtliche Summe gewonnen. Aber das war nichts im Vergleich zu dem, was sie gewinnen könnte, wenn sie sich an Spielen ohne oberes Limit beteiligen dürfte. Corinnes größter Wunsch war es, sich keine Sorgen mehr um Schuldscheine machen zu müssen – und tausend, zweitausend oder gar fünfzigtausend riskieren zu können. Dieser Tag würde jedoch nicht vor ihrer Eheschließung oder vor ihrem einundzwanzigsten Geburtstag kommen. Und sie war zu ungeduldig, um warten zu können.

»Ich habe mitangehört, was unsere Väter über Mr. Burk geäußert haben«, sagte Lauren. »Die Freundinnen meiner Mutter klatschen seit Wochen über nichts anderes.«

Corinnes Interesse war geweckt. »Was ist so interessant an diesem Mr. Burk?«

»Das ist es ja eben! Man weiß nichts über ihn, außer, daß er unglaublich reich ist. Man weiß noch nicht einmal, woher er kommt. Die Leute sagen, er käme aus dem Westen, aber niemand weiß etwas Genaueres.«

»Ist das alles?« fragte Corinne enttäuscht.

»Es wird gemunkelt, er sei hier, um einige seiner Millionen zu investieren.«

»Das würde erklären, warum mein Vater sich für ihn interessiert. Hast du heute noch mehr Gerüchte gehört?«

»Nur, daß er mit Geld um sich wirft, als könnte er es verbrennen. Es muß schön sein, *so* reich zu sein!«

Corinne dachte verbittert, daß sie eines Tages genug Geld hatte, aber es war nicht gerecht, daß sie weiterhin auf diesen Tag warten mußte.

Sie verließen Corinnes Schlafzimmer und blieben auf dem oberen Treppenabsatz stehen, um auf die hellerleuchtete Halle herabzuschauen.

Der Raum war mit elegant gekleideten Menschen aller Altersstufen gefüllt. Die meisten hielten Gläser in den Händen und standen in kleinen Gruppen zusammen. Wie gewöhnlich beschlagnahmten die Matronen die gepolsterten Bänke an den Wänden, um die jüngeren Leute zu beobachten und unbelauscht miteinander zu schwatzen.

Der attraktive große Fremde in dem weißen Abendanzug fiel auf.

»Glaubst du, das ist er?« fragte Lauren.

»Ich weiß es nicht«, gestand Corinne. »Ich kann sein Gesicht nicht sehen.«

»Weißt du, wer es sonst sein könnte?«

»Ich nehme an, du hast recht. Mit wem unterhält er sich?«

Lauren ging weiter nach links.

»Mit Cynthia Hamill«, rief sie leise herüber und kehrte zu Corinne zurück. »Du solltest ihr Gesicht sehen. Sie strahlt und leuchtet.«

»Du kennst Cynthia doch«, sagte Corinne trocken. »Sie ist immer besonders charmant, wenn sie einen Mann kennenlernt.«

Lauren erwiderte mit Abscheu: »Wenn du mich fragst, ist sie ein wenig gar zu flatterhaft. Und dieses ekelhafte Flirten!«

»Dabei ist doch nichts Böses, solange man weiß, was man tut. Es macht Spaß. Schließlich geht es nicht über ein paar unschuldige Küsse hinaus.«

»Also hör mal, Corinne!«

Corinne lächelte. Eigentlich konnte sie Cynthia auch nicht leiden.

»Warte noch ein bis zwei Jahre, Cousine, und du wirst sehen, daß gegen einen kleinen Flirt nichts einzuwenden ist.«

Lauren hörte nicht mehr zu: »Schau! Jetzt dreht er sich um!« Und atemlos: »Gütiger Himmel! Hast du jemals einen so gutaussehenden Mann getroffen?«

Corinne war ebenso überrascht, jedoch nicht von der Schönheit des Fremden, sondern von seiner Jugend. »Ich glaube kaum – wenn man sonnengebräunte Gesichter mag. Er ist jünger, als ich gedacht hatte.«

»Ja – jung, reich und umwerfend.«

»Lauren, also nein! Er ist auch nur ein Mann.«

Lauren konnte ihren Blick nicht von dem Fremden losreißen. »Sieh nur, welch dunkle Haut er hat! Er muß den größten Teil seines Lebens unter heißer Sonne verbracht haben.«

»Nicht unbedingt. Vielleicht ist er Ausländer.«

»Wahrscheinlich ein Farmer. Im Westen gibt es jede Menge Rinderzucht. Vielleicht ist er auch ein Schiffskapitän – oder sogar ein Pirat. Sieht er nicht wie ein Pirat aus?«

Corinne verlor jedes Interesse. Der Fremde war nicht ihr Typ. Sie hatte herausgefunden, daß alle Männer mit außergewöhnlich schönen kräftigen Körpern einen starken Willen besaßen. Einen solchen Man konnte man nicht beherrschen.

»Warum fragst du ihn nicht einfach, Lauren? Dann kannst du zu rätseln aufhören und...«

Corinne unterbrach sich mitten im Satz. Ihr Atem stockte. Der Fremde sah ihn direkt ins Gesicht. Sein Blick war magnetisch, und Corinne lief ein Schauer über den Rücken. Sein Blick drang so tief in sie ein, als würde er ihre Gedanken lesen. Einen Moment lang konnte sie sich weder von der Stelle rühren noch Luft holen.

Schließlich gelang es ihr, sich abzuwenden. Was war nur mit ihr los? Sie bedeutete Lauren, es sei an der Zeit, sich der Gesellschaft anzuschließen.

Jared beobachtete aufmerksam die beiden jungen Damen, die wie bei einem großen Auftritt teilnahmslos die Stufen herabstiegen. Das kleinere Mädchen mit den braunen Haaren und dem zartrosa Teint war hübsch, aber sie war zu jung; ihre gesenkten Lider schienen echte Schüchternheit zu verraten. Die Blonde dagegen war etwas ganz Besonderes, eine außergewöhnliche Schönheit. Sie wirkte recht selbstbewußt, war groß und stattlich und vollkommener als eine sorgsam gemeißelte Statue. Hatte er je zuvor eine derart überirdische Schönheit gesehen? Doch er mißtraute solcher Vollkommenheit und fragte sich, ob Korsette ihren Teil zu dieser Idealfigur beitrugen.

Dieses Mädchen hatte etwas außerordentlich Provozierendes an sich, und das lag nicht nur an ihrer Schönheit. Sie strahlte Hochmütigkeit aus, eine Arroganz, die man bei Frauen im allgemeinen nicht fand. Sie zum Schnurren zu bringen, stellte eine Herausforderung dar. Konnte sie etwa Corinne Barrows sein?

Er runzelte die Stirn. Laut Ned Doughertys Bericht sollte sie außergewöhnlich schön sein. Je länger er diese junge Frau ansah, desto deutlicher malte er sich aus, wie gut sie in seine Arme passen würde. Jared hoffte inbrünstig, sie möge nicht Miß Barrows sein, denn die Tochter war ebensosehr seine Feindin wie ihr Vater.

Corinne bemerkte, wie sich die Miene des Fremden veränderte, während er sie beobachtete. Sie hatte Bewunderung in seinen Augen gesehen, selbst Begehren, aber gleichzeitig auch etwas anderes. Es kam ihr so vor, als gefiele ihm das, was er sah, aber gegen seinen Willen. Das belustigte sie. Ob er wohl verheiratet war?

»Nett, daß du kommen konntest, Cynthia«, sagte Corinne lächelnd, als sie und Lauren das Pärchen erreichten. »Die Gesellschaft kam so plötzlich zustande, daß ich schon befürchtet hatte, du könntest andere Pläne haben und es nicht schaffen.«

»Ich hätte es auch fast nicht geschafft«, erwiderte Cynthia. »Aber als Vater mir erzählte, wer der Ehrengast sein würde, mußte ich ihn einfach kennenlernen.«

Cynthia war klein und hatte ein puppenhaftes Äußeres. Corinne konnte sie sich fabelhaft im Süden in früheren Zeiten vorstellen. Gleichzeitig war Cynthia unglaublich eitel, und sie verbarg ihre Eitelkeit keineswegs.

»Hast du ihn inzwischen kennengelernt?«

Cynthia lachte so schrill, daß sie Corinnes Nerven verletzte. »Du mußt scherzen, Corinne. Warum hast du mir nicht vorher gesagt, wie hübsch und charmant er ist?«

»Ist das zufällig der Gentleman, über den wir reden?« fragte Corinne und lächelte Jared kühl an.

»Du weißt genau, daß er es ist.«

»Wie du siehst, habe ich Mr. Burk noch nicht kennengelernt.«

Die eisigen grauen Augen verblüfften sie. Er schien etwas gegen sie zu haben, obwohl er sie noch nie zuvor gesehen hatte.

Schnell verbarg er seine Gefühle hinter einer Maske und verbeugte sich mit einem aufgesetzten Lächeln vor ihr.

»Ich glaube, das Vorstellen erübrigt sich«, sagte Jared Burk mit seiner tiefen Stimme. »Wir kennen unsere Namen bereits.«

»Das ist nicht ganz korrekt, Mr. Burk.«

»Seit wann bist du korrekt, Corinne?« fragte Cynthia lachend, woraufhin Corinne sie mit ihren Blicken zu erdolchen drohte. Cynthia erholte sich schnell. »Sie kennen Corinnes Cousine noch nicht, Mr. Burk. Dies ist Lauren Ashburn.«

»Es ist ein Vergnügen, Miß Ashburn.«

Jared lächelte ihr zu, aber anstelle einer Antwort starrte sie ihn nur an.

Eine Bedienstete kam mit einem Tablett voller Getränke vorbei. Corinne nahm sich ein Glas. Dieses Unbehagen war untypisch für sie. Jared Burk starrte sie immer noch an. Obwohl seine Augen jetzt nur noch Interesse widerspiegelten, mußte sie ständig an den kalten Blick denken, mit dem er sie zuvor bedacht hatte. Das hatte sie aus der Fassung geraubt, und außerdem war sie pikiert, weil er es ihr genommen hatte, sich korrekt vorzustellen.

»Ist Ihnen bewußt, daß viele Gerüchte über Sie im Umlauf sind, Mr. Burk?« fragte Corinne spitz.

»Falls das der Fall sein sollte, so wird zweifellos übertrieben«, erwiderte er gewandt.

»Im Guten oder im Bösen?« fragte Corinne und lächelte vielsagend, als er nicht augenblicklich antwortete. »Habe ich Sie in Verlegenheit gebracht, Mr. Burk?«

Cynthia, die Jareds Unbehagen spürte, war über Corinnes deutlichen Angriff verärgert. »Was ist nur in dich gefahren, Corinne?«

»Ich möchte nur einige Tatsachen in Erfahrung bringen«, erwiderte Corinne unschuldig. »Ich habe heute zum erstenmal von Mr. Burk gehört, und bei dem, was ich gehört habe, handelt es sich zweifellos um Gerüchte und Spekulationen.«

»Ich versichere Ihnen, daß ich in keinster Weise geheimnisvoll bin, Miß Barrows«, sagte Jared höflich.

»Dann wird es Ihnen wohl nichts ausmachen, einige Fragen zu beantworten«, sagte Corinne kühn, ohne sich länger zu bemühen, die Schärfe aus ihrer Stimme zu verbannen. »Schließlich sind Sie in meinem Hause zu Gast, und ich weiß nichts über Sie.«

»Ganz im Gegenteil – falls Sie sich ebenso freimütig äußern«, entgegnete er.

Ehe sie weiterreden konnten, stellte sich Cynthia zwischen die beiden. »Ich habe Russell noch gar nicht gesehen? Kommt er heute abend etwa nicht?«

»Doch er kommt.«

»Russell Drayton ist Corinnes inoffizieller Verlobter«, erklärte Cynthia Jared und strahlte Corinne an. »Mr. Burk ist auch nicht verheiratet.«

»Sind Sie einer dieser überzeugten Junggesellen, Mr. Burk?« fragte Corinne. »Oder hat Sie etwa – unter anderem, versteht sich – die Suche nach einer Frau nach Boston geführt?«

»Ich bin geschäftlich hier, Miß Barrows.«

»Sie suchen keine Frau? Das ist zu schade, nicht wahr, Cynthia? Hier in Boston gibt es einige der raffiniertesten, intelligentesten und gebildetsten Frauen auf der ganzen Welt.«

»Wenn ich dich nicht näher kennen würde, hätte ich geschworen, du hättest dich soeben selbst beschrieben, Corinne«, sagte Cynthia. »Mußt du nicht deinen Verpflichtungen nachkommen – zum Beispiel, die übrigen Gäste begrüßen? Wir wollen dich keinesfalls aufhalten.«

»Ja, natürlich. Ich bin sicher, daß wir uns im Laufe des Abends noch miteinander unterhalten werden, Mr. Burk. Eben habe ich Russell entdeckt. Ich muß ihn wirklich begrüßen«, sagte Corinne, aber sie konnte es nicht lassen, hinzuzufügen: »Cynthia, du solltest nicht so deutlich werden. Das könnte Mr. Burk nervös machen. Möglicherweise ist er derart angrifflustige Frauen wie dich und mich nicht gewöhnt.«

Corinne hinterließ eine errötende Cynthia, die sagte: »Bin ich gar nicht. Mein Gott, wie grob sie manchmal sein kann!«

Corinne begab sich lächelnd auf die andere Seite der Halle. Sie begrüßte Russell mit übertriebener Freude und küßte ihn ausgedehnt vor den Augen aller Anwesenden, was ihm reichlich peinlich war.

»War diese Zurschaustellung notwendig?« flüsterte er, während sie sich Arm in Arm zu den anderen Gästen gesellten.

»Ich habe es wegen meines Vaters getan, aber ich bezweifle, daß er uns gesehen hat.«

»Und ob er uns gesehen hat!« sagte Russell gepreßt und sah Samuel Barrows, dessen Blick Mißbilligung ausdrückte, direkt ins Gesicht.

»Da bist du also, Vater!« begrüßte ihn Corinne. »Wo hast du dich versteckt gehalten?«

Samuel legte einen Arm besitzergreifend um die Taille seiner

314

Tochter. »Ich hatte Ärger in der Werft. Nichts Ernstes, aber es hat dennoch meine Aufmerksamkeit erfordert. Allerdings hätte ich nicht geglaubt, daß es so lange dauert.«

»Nun, zumindest bist du rechtzeitig zum Abendessen zurück«, neckte ihn Corinne. »Ich hätte dir nie verziehen, wenn ich als Gastgeber und Gastgeberin zugleich hätte auftreten müssen.«

»Du hättest deine Rolle großartig gespielt.«

»Das weiß ich, aber du hättest nie erfahren, wie es ausgegangen ist«, sagte sie lächelnd.

Samuel nickte Russell steif zu und nahm seine Anwesenheit anschließend nicht mehr zur Kenntnis.

»Hast du Jared Burk bereits kennengelernt, Cori?«

»Ja, aber ich kann nicht gerade behaupten, daß er mir gefällt.«

»So? Hat er eine Bemerkung gemacht, die dich verärgert hat?«

»Nein, es ist nur ein Gefühl. Ich kann es nicht erklären, aber dieser Mann erscheint mir – nun ja, gefährlich.«

»Jetzt hör bloß auf, Cori!« sagte Samuel lachend. »Er mag interessant sein, aber doch nicht gefährlich.«

»Wieso hast du eine Zuneigung zu ihm gefaßt, Vater? Du kannst nicht allzuviel über ihn wissen.«

»Um die Wahrheit zu sagen – das ist richtig. Aber ich weiß aus zuverlässiger Quelle, daß er sich hier aufhält, um eine beträchtliche Summe Geld zu investieren. Sein Rechtsanwalt hat Nachforschungen in der ganzen Stadt angestellt.«

»So? Und was hat das mit uns zu tun?«

»Würden Sie uns entschuldigen, Mr. Drayton?« sagte Samuel höflich. »Unser Gespräch ist ziemlich persönlich geworden.«

»Also wirklich, Vater!« beschwerte sich Corinne. »Schon in Ordnung«, sagte Russell. »Ich wollte mir ohnehin gerade etwas zum Trinken holen.«

Corinne kochte, als Russell fort war. »Das war einfach ungehörig, Vater.«

»Mag sein, aber ich habe noch nie so getan, als würde ich Russell Drayton mögen.«

»Offensichtlich nicht, aber schließlich wird er *mich* heiraten, und nicht dich«, fauchte Corinne erbost. »Du mußt ihn nicht mögen, sondern nur deine Einwilligung geben.«

»Das ist mir nicht möglich, und über dieses Thema fällt kein Wort mehr. Jetzt zu Mr. Burk...«

»Zum Teufel mit Mr. Burk!« fiel ihm Corinne zornig ins Wort und stolzierte auf der Suche nach Russell davon.

Die Gäste kamen, ohne daß Corinne ihnen allzu große Aufmerksamkeit schenkte. Die Speisen, die in dem großen Festsaal gereicht wurden, waren erlesen. Nach dem Abendessen versammelten sich die Gäste im Salon, um sich von einem bekannten Sänger unterhalten zu lassen, den Lauren auf dem Klavier begleitete. Einige von Samuel Barrow's Freunden – sowie auch Jared Burk – waren jedoch nicht anwesend. Sie hatten sich in Samuels Arbeitszimmer zurückgezogen. Corinne fragte sich immer noch, was ihr Vater wohl vorhatte.

Als alle Gäste – außer Russell – gegangen waren, sah Corinne ihre Chance gekommen, noch einmal mit ihrem Vater zu reden. Sie begleitete Russell zur Tür und nahm seine verliebte Umarmung hin. Dann versprach sie ihm, ihn am kommenden Abend am Spieltisch zu treffen. Die Vorbereitungen für die heutige Gesellschaft hatten sie fast eine Woche lang in Anspruch genommen, und sie konnte es kaum erwarten, ihr Glück wieder auf die Probe zu stellen.

Nachdem es still geworden war, schritt Corinne langsam über den Flur und ging auf die geschlossene Tür des Arbeitszimmers ihres Vaters zu. Der Lichtstrahl, der durch den Türspalt drang, zeigte ihr, daß er sich noch dort aufhielt. Sie glaubte, sich bei ihm entschuldigen zu müssen, und fühlte sich so, als sei sie wieder ein ganz kleines Kind.

Als sie eben nach der Klinke griff, öffnete sich die Tür, und gemeinsam mit ihrem Vater trat Jared Burk aus dem Zimmer.

Corinne war zwar recht überrascht, aber sie freute sich, Burk schließlich doch nicht verpaßt zu haben.

»Noch auf, Cori?« fragte Samuel. »Gut so. Dann kannst du Mr. Burk zur Tür begleiten.«

»Das ist nicht nötig«, sagte Jared.

Corinne wischte seine Einwände zur Seite, während ihr Vater sich wieder ins ein Arbeitszimmer zurückzog. »Kommen Sie, Mr. Burk! Ich hatte gehofft, Sie einige Minuten allein zu sprechen. Ich hole schon Ihre Sachen aus der Garderobe.«

Einen Moment später kehrte sie mit einem satingefütterten Abendumhang und einem breitkrempigen Seidenhut zurück.

»Das muß Ihnen gehören«, sagte sie und strich mit ihren Fingern über den glatten Satin. »Gefällt mir.«

Er lächelte sie an, während er sich den schweren Umhang über seine breiten Schultern warf. »Wir sind allein, Miß Barrows. Was wollen Sie von mir?«

Sein Tonfall war vielsagend, aber sie riß sich zusammen und ging nicht darauf ein.

»Ich wollte Ihnen nur zu verstehen geben, daß ich mein Verhalten am heutigen Abend bedauere. Es ist unentschuldbar, daß ich Ihnen Fragen gestellt habe, die mich nichts angehen.«

»Sie schienen mit Ihren Angriffen einen bestimmten Zweck zu verfolgen«, erinnerte er sie. »Wenn Sie mir den Anlaß vielleicht mitteilen würden?«

Sie lachte und errötete. »Es muß Ihnen so erschienen sein.«

»Aus welchem Grunde?«

»Ich fürchte, ich habe mich von der Art und Weise, in der Sie mich angesehen haben, als ich zum erstenmal an diesem Abend mit Ihnen zusammengetroffen bin, belästigt gefühlt. Es war, als wollten Sie mich umbringen. Ich bin es nicht gewohnt, eine derartige Wirkung auf Männer zu haben.«

Jared runzelte die Stirn. »Falls ich diesen Eindruck erweckt haben sollte, bin ich derjenige, der sich entschuldigen muß. Ich habe in diesem Moment an etwas anderes gedacht.«

»Ja, mir ist inzwischen klargeworden, daß dies der Fall sein muß.«

»Wir haben einen schlechten Anfang miteinander gemacht, Miß Barrows«, sagte Jared, während er langsam auf die Eingangstür zuging. »Vielleicht sollten wir es noch einmal probieren. Was wäre mit morgen – um die Mittagszeit? Vorausgesetzt natürlich, daß Ihr Mr. Drayton nichts dagegen einzuwenden hat.«

Er sagte es so provozierend, daß Corinne nicht widerstehen konnte. »Ein Mittagessen mit Ihnen wäre mir angenehm. Sie könnten mich gegen zwölf abholen.«

»Dann bis zwölf.«

Er blieb einen Moment lang stehen und starrte sie an. Corinne spürte, wie ein Schauer über ihre Arme lief. Sie rieb sich schnell die Hände warm.

»Gute Nacht, Miß Barrows!«

Sie nickte. »Mr. Burk.«

Als er fort war, seufzte sie erleichtert. Etwas an diesem Mann verstörte sie, aber sie wußte nicht, was. Sie schüttelte das Unbehagen ab und ging auf das Arbeitszimmers ihres Vaters zu.

Sie fand ihn an seinem Schreibtisch vor, hinter dem er sich in Papiere vertiefte.

»Nach einer solchen Gesellschaft arbeitet man nicht, Vater«, schimpfte sie, als sie den Raum betrat.

»Ich arbeite nicht, meine Liebe«, antwortete Samuel und legte seine Papiere nieder. »Genaugenommen habe ich eben das Testament deiner Großmutter noch einmal gelesen.«

»Wozu denn das?« Corinne runzelte die Stirn. »Das hat doch nicht etwas mit Mr. Burk zu tun?«

»Gewissermaßen schon. Er hat mich gefragt, wer der Besitzer der Schiffbaugesellschaft sei. Ich wollte nur sichergehen, daß ich ihm die korrekten Fakten mitgeteilt habe, ohne ihm alles zu verraten.«

»Wovon redest du bloß?«

»Setz dich, Cori! Wie du weißt, hat mein Vater die Werft begründet, aber sie war nahezu am Ende, als ich deine Mutter geheiratet habe. Das Geld deiner Mutter hat mir zwar geholfen, aber eigentlich wurde die Werft durch das Geld deiner Großmutter Daneil gerettet. Sie wurde vollwertige Partnerin, aber sie hat es mir überlassen, die Werft zu leiten. Als wir uns später vergrößert haben, hat Eliot sein Geld beigesteuert, und jetzt leiten wir beide das Geschäft gemeinsam.«

»Was hat das alles mit Mr. Burk zu tun? Du denkst doch nicht etwa daran, ihn in diese Firma investieren zu lassen?«

»Doch«, sagte Samuel offen. »Eliot und ich spielen seit Jahren mit dem Gedanken, die Werft zu erweitern. Wir können den einlaufenden Aufträgen nicht mehr nachkommen.«

»Dann steck dein eigenes Geld hinein!« schlug sie vor. »Warum willst du noch jemanden mit hineinnehmen?«

»Wenn wir uns mit einem weiteren Partner zusammentun, steigen die Gewinne, unsere Kunden werden schneller zu ihrer Zufriedenheit bedient, und es kostet uns nichts.«

»Was bedeutet das für Mr. Burk?«

»Er hätte die Rolle eines stillen Teilhabers. Schließlich hat dieser Mann meines Wissens nicht die Absicht, sich in Boston niederzulassen. Er wird Anteile an der Firma besitzen mit denen er sein Investitionskapital innerhalb weniger Jahre verdoppelt, aber er wird keine Kontrollfunktion und nur wenig Stimmrecht bei uns haben. Eliot und ich besitzen gleiche Anteile, aber du bist die Hauptinhaberin, da deine Großmutter dir ihre Anteile überlassen hat.«

»Warum suchst du dir keinen Teilhaber unter deinen Bekannten? Einen deiner Kumpel? Warum muß es ausgerechnet Mr. Burk sein?«

»Weil ich sicher bin, daß er nicht die Absicht hat, hierzubleiben.

Er wird uns nicht ständig zwischen den Füßen herumlaufen und sich um seine Anteile sorgen. Mr. Burk könnte auf keine Weise die Firma unter seiner Kontrolle bringen, selbst wenn er das zufällig beabsichtigen sollte.«

»Er könnte mich heiraten«, neckte ihn Corinne. »Dann hätte er alles unter Kontrolle.«

Samuel grinste. »Magst du ihn doch? Ich finde ihn ausgesprochen interessant.«

»Das war nur hyptothetisch, Vater«, antwortete Corinne eilig.

Sie konnte sich genau vorstellen, was es bedeutete, mit einem solchen Mann verheiratet zu sein. Er würde sie mit eisernem Willen beherrschen, schlimmer noch als ihr Vater.

»Selbst wenn du Mr. Burk heiraten solltest, bekäme er deine Anteile nicht unter Kontrolle, solange ich ihn nicht für vertrauenswürdig befände. Und ich bezweifle, daß ich mich vor meinem Tode zu seinen Gunsten entscheiden würde.«

»Ich dachte, mit einundzwanzig hätte ich zu bestimmen? Heißt das, daß ich mich irre?«

»Aus diesem Grunde habe ich das Testament deiner Großmutter noch einmal gelesen. Das Geld gehört dir, wenn du volljährig wirst oder heiratest, aber die Kontrolle über deine Anteile unterliegt mir, bis ich es für richtig befinde, sie dir zu übergeben. Wenn du bis dahin verheiratet bist, muß ich auch deinem Mann volles Vertrauen schenken.«

»Wieso das? Ich verstehe nicht, warum Großmutter dir soviel Machtbefugnisse eingeräumt hat. Sie mochte dich doch gar nicht.«

»Ich weiß.« Samuel kicherte. »Sie hat gewußt, daß ich deine Mutter um des Geldes willen geheiratet habe. Damit will ich nicht sagen, daß ich mir nichts aus Mary gemacht habe. Und Daneil wußte, daß ich dein Bestes wollen würde.«

»Warum erzählst du mir das erst heute?« fragte Corinne.

»Weil es dich nicht wirklich betrifft, Cori«, antwortete er obenhin. »Du hast doch nicht etwa die Absicht, dich in die Geschäftsleitung einzumischen?«

»Natürlich nicht.«

»Siehst du, dann macht es keinen Unterschied. Ich behalte die Kontrolle über die Firma, aber die Gewinne aus den Anteilen gehen wie bisher an dich.«

»Bisher habe ich nichts von diesen Gewinnen gesehen«, bemerkte Corinne bitter.

»Sie sind wieder in der Firma angelegt worden und haben sich seit dem Tode deiner Großmutter mehr als verdoppelt. Wenn du volljährig bist, werden sie direkt an dich ausgezahlt.«

»Wenn ich heirate, auch?«

»Ja.«

»Weißt du, Vater, wenn du mir nur einen Teil dieses Geldes geben würdest, hätte ich es mit dem Heiraten nicht so eilig«, sagte Corinne.

»Damit du alles verlierst? Nein, Mädchen. Ich hoffe nur, daß du mit dem Geld umzugehen verstehst, wenn du es bekommst. Die zweihundert, die du zur Zeit monatlich erhältst, gehen von deinem Vermögen ab. Was hast du eigentlich mit dem Geld gemacht?«

»Ich gebe mein Geld für Kleider aus«, verteidigte sie sich. »Und für Schmuck.«

»Das geht zu *meinen* Lasten. Du wirfst dein eigenes Geld aus dem Fenster.«

»Die Unterhaltung langweilt mich allmählich, Vater. Gute Nacht!«

Corinne erhob sich steif und stolzierte aus dem Raum.

6

Jared Burk erschien um exakt zwölf Uhr bei den Barrows', aber man ließ ihn dreißig Minuten warten. Corinne bezweckte nichts damit – wie es bei anderen Männern schon vorkommen konnte –, sondern sie hatte einfach verschlafen und vergessen, Florence zu bitten, sie rechtzeitig zu wecken.

Als sie schließlich die Treppe hinunterkam, zeigte ihr Jareds Blick, daß ihm das Warten nichts ausgemacht hatte. Sie trug ein schlichtes Kleid ohne Rüschen, das nur durch sein Material elegant wirkte. Es war aus flaschengrüner Seide und bloß um Nuancen dunkler als der Farbton ihrer Augen. Der hohe Kragen aus Bändern in dunklerem Grün wurde von einer Diamantenbrosche zusammengehalten. Ein großer Diamant und ein Smaragdring bildeten ihren einzigen zusätzlichen Schmuck.

Nach einigen Begrüßungsworten und den üblichen Komplimenten von Jareds Seite aus stiegen sie in Jareds Mietdroschke. Die Wahl des Restaurants überließ er ihr, da sie sich hier besser auskannte. Sie wählte ein kleines Café aus, in dem sie sich oft und gerne aufhielt. Das Essen war ausgezeichnet, die Atmosphäre freundlich.

Jared bestellte für beide das Mittagessen, Corinne gab ihre schweigende Zustimmung. Ein leichter Wein wurde ihnen augenblicklich serviert. Nach den ersten Schlucken entspannte Corinne sich allmählich und musterte keck ihren Begleiter.

Der dunkelblaue Anzug, unter dem er eine dünne Weste aus hellblauer Seide mit Perlmuttknöpfen trug, stand ihm gut. Sein gutes Aussehen, seine kostspielige Kleidung und seine gesamte Erscheinung erregten Aufmerksamkeit. Sein Gesicht war glatt rasiert, und sie fragte sich immer noch, woher seine tiefe Sonnenbräune rühren mochte. Corinne spürte den Neid der anderen Frauen, die sich im gleichen Raum befanden, und fühlte sich geschmeichelt.

»Stimmt etwas nicht, Miß Barrows?« fragte Jared schließlich, nachdem er ihre prüfenden Blicke lange genug über sich hatte ergehen lassen.

Sie errötete. »Ich wollte Sie nicht so ansehen. Ich bin nur noch nie jemandem begegnet, der eine so dunkle Haut hat wie Sie. Dort, wo Sie herkommen, muß es entsetzlich heiß sein.«

»Daran gewöhnt man sich«, erwiderte er unverbindlich und wechselte schnell das Thema. »Ich muß gestehen, daß ich damit gerechnet habe, wir würden von einer Anstandsdame begleitet.«

Corinne lachte. »Wozu, um Himmels willen? Wir leben in der heutigen Zeit, Mr. Burk. Anstandsdamen sind altmodisch.«

»Nicht jeder denkt so.«

»Was ist mit Ihnen?«

»Offen gestanden bin ich überrascht, daß Ihr Vater nicht darauf besteht, Sie von einer Anstandsdame begleiten zu lassen.«

»Was mich betrifft, so ist mein Vater recht tolerant. Er hat mir immer meine Freiheit gelassen, und so habe ich gelernt, auf mich selbst aufzupassen. Ich vermeide gefährliche Situationen. Sollte ich etwas von Ihnen zu befürchten haben, Mr. Burk?« fragte sie mit gespielter Schüchternheit und amüsierte sich über seine archaischen Vorstellungen.

Er grinste, ehe er antwortete. »Das kommt darauf an, wovor Sie sich fürchten.«

»Was heißt das?«

»Manche Frauen fürchten sich vor Dingen, vor denen andere sich nicht fürchten.«

Das Mittagessen wurde serviert. Ohne ihre Fragen direkt zu beantworten, stellte Jared viele Fragen an Corinne. Er horchte sie über Boston aus, und voller Stolz unterrichtete sie ihn über die Geschichte dieser Stadt.

Corinne genoß Jareds Gesellschaft. Er konnte charmant und

geistreich sein, und wenn er lachte, waren seine Augen mehr blau als grau. Doch während der Heimfahrt fühlte sie sich belästigt, als er von neuem begann, sie auszufragen; diesmal waren es wesentlich persönlichere Fragen.

»Ich finde es ungewöhnlich, daß ihr Verlobter nichts gegen unser heutiges Treffen einzuwenden hatte.«

»Er weiß gar nichts davon«, gestand sie. »Und wenn er es gewußt hätte, hätte er auch nichts dagegen gesagt.«

»Haben Sie die Absicht, ihm davon zu erzählen?«

»Unser gemeinsames Mittagessen war absolut harmlos, Mr. Burk. Außerdem bin ich Russel keine Rechenschaft schuldig.«

»Sie sind doch verlobt?«

»Nicht offiziell – jedenfalls nicht, ehe mein Vater seine Zustimmung gibt.«

»Dann hat Mr. Drayton noch gar nicht um Ihre Hand angehalten?«

Corinne spürte ein Unbehagen in sich aufsteigen. »Also wirklich, Mr. Burk! Das geht Sie nichts an.«

Die Kutsche hielt in der Boston Street an, aber Jared machte keinerlei Anstalten, ihr die Tür zu öffnen. »Da haben Sie natürlich recht. Ich finde es nur einfach seltsam, daß ein Mann, der Sie zu heiraten gedenkt, Ihnen gestattet, sich mit anderen Männern zu treffen.«

»Gestattet?« Corinne fühlte Zorn in sich aufsteigen. »Mir *gestattet* man nichts, Mr. Burk. Ich tue, was mir beliebt. Russell würde sich nie erdreisten, unserer Beziehung Einschränkungen aufzuerlegen.«

»Sie sind eine unabhängige Frau, nicht wahr?« bemerkte er.

»Ja, das bin ich«, sagte sie stolz. »Und ich schätze die Freiheit hoch ein.«

»Und doch sind Sie bereit, diese Freiheit aufzugeben, wenn Sie heiraten. Sie müssen Mr. Drayton wahrhaft lieben.«

»Natürlich liebe ich ihn«, log sie, weil ihr klar war, wie herzlos es klingen würde, wenn sie die Wahrheit eingestand. »Doch die Beziehung zu Russell schränkt meine Freiheit nicht ein. Ich werde meine Unabhängigkeit nicht aufgeben, wenn ich ihn heirate.«

»Dann ist er eben ein – außergewöhnlicher Mann.«

»Das stimmt. Er ist ziemlich anders als die meisten Männer.«

»Sie meinen, er ist schwach?« fragte er verächtlich.

»Gewiß nicht«, erwiderte sie ungehalten und fragte sich, warum sie dieses Verhör bis jetzt zugelassen hatte.

»Dann liebt er Sie so sehr, daß er Ihnen alles zugesteht, was Sie wollen, einschließlich der Unabhängigkeit, die für Sie so wertvoll ist.«

»Ich glaube, Mr. Burk, daß Ihre Kühnheit langsam zu weit geht. Ich habe Ihnen ohnedies schon wesentlich mehr erzählt, als Ihnen zu wissen zusteht.«

Er grinste. »Entschuldigen Sie, Miß Barrows, aber ich habe noch nie jemanden kennengelernt, der Ihnen ähnlich ist. Ihre Ansichten faszinieren mich.«

»Sie ziehen mich auf. Das gefällt mir nicht«, sagte sie eisig. »Ich weiß, daß Sie meine Ideen nicht gutheißen. Sie gehören zu der Sorte, die nie etwas einsieht.«

»Sorte?« fragte er und zog belustigt eine Braue hoch. »Haben Sie mich in eine Kategorie eingeordnet, Miß Barrows?«

Sie überging seine Frage. »Das Mittagessen hat mir Spaß gemacht, Mr. Burk. Vielen Dank für Ihre Einladung!«

Corinne wollte die Tür eigenhändig öffnen, aber Jared hielt sie davon ab, indem er seine Hände auf ihre legte. Ein elektrischer Funke schien zwischen ihnen überzuspringen. Sie konnte sich gegen seine Stärke nicht widersetzen.

Corinne war erschüttert. Sie sah ihn fragend an.

»Ich – ich möchte jetzt gehen«, sagte sie schwach.

Mit seinen graublauen Augen musterte er sie forschend, als wollte er ihre Gedanken lesen. »Ich weiß. Ich möchte Sie wiedersehen.«

»Warum?«

»Ich glaube, ich mag Sie sehr gern, Miß Barrows.«

»Ich fürchte, dieses Kompliment kann ich nicht erwidern«, sagte sie offen.

»Es tut mir leid, daß ich Sie verärgert habe, aber ich möchte Sie wirklich wiedersehen. Heute beim Abendessen? Oder sollten wir vielleicht ins Theater gehen?«

»Nein, Mr. Burk. Nach dem gestrigen Fest habe ich mich entschieden, heute einen gemütlichen Abend zu Hause zu verbringen.«

»Wie wäre es mit morgen?«

»Ich sehe keinen Sinn darin. Wir haben keine Gemeinsamkeiten. Außerdem könnte Russell das mißverstehen.«

»Ich dachte, Sie seien Mr. Drayton keine Rechenschaft schuldig?«

»Das bin ich auch nicht.«

»Dann sehen wir uns wieder?«

»Ich muß es mir überlegen, Mr. Burk. Guten Tag!«

Nachdem er die Tür geöffnet hatte, sprang Corinne hinaus, ohne seine Hilfe abzuwarten. Sie lief die Stufen schnell hinauf und begab sich in den Schutz des Hauses.

Ihr Herz klopfte heftig, als sie sich von innen gegen die Tür lehnte. Sie konnte sich nicht erklären, was sie so geängstigt hatte. Jared Burk hatte sie einen Moment lang davon abgehalten, auszusteigen. Aber das war nicht der Grund. Lag es an Jared Burk selbst? Es war eher anzunehmen, daß es an seiner Berührung lag, denn sie hatte sich noch nie so kraft- und willenlos gefühlt wie in dem Moment, da er seine Finger auf die ihren gelegt hatte. Sie war von ihrer eigenen Reaktion verblüfft, da ihr etwas Derartiges nie zuvor zugestoßen war.

Was war nur mit ihr los? Er war auch nur ein Mann, die Sorte Mann, der sie aus dem Weg ging. Schon als sie ihn zum erstenmal gesehen hatte, hatte sie das Gefühl gehabt, von ihm drohte Gefahr. Und sie hatte recht gehabt. Er hatte ihr die Kontrolle über sich selbst genommen, wenn auch nur für einen kurzen Augenblick, und das war außerordentlich gefährlich.

Jared hatte Corinne zur Tür begleiten wollen, aber als er aus der Kutsche gestiegen war, hatte sich die Tür des imposanten Stadthauses schon hinter ihr geschlossen. Er stieg wieder in die Kutsche ein und bemerkte die grüne Seidentasche, die auf dem Sitz ihm gegenüber lag. Er nahm sie in die Hand und wollte sie ihr nachtragen, überlegte es sich aber sofort wieder anders und gab dem Kutscher die Anweisung, ihn in sein Hotel zu fahren.

Jared lehnte sich zurück und sah nachdenklich die seidene Tasche an. Er stellte sie sich an ihrem schlanken Handgelenk vor und fragte sich, was bewirkt hatte, daß Corinne vor ihm davongelaufen war, als fürchte sie sich vor ihm. Sie hatte guten Grund dazu, aber den konnte sie unmöglich wissen. Er hatte sie auf jeden Fall dazu gebracht, sich feindselig ihm gegenüber zu verhalten. Er wollte ihren Charakter testen.

Halbwegs wußte er, woran er mit der hochmütigen Corinne Barrows war. Sie war leicht zu verärgern, von Grund auf verdorben und genoß viel zu viele Freiheiten. Eines Tages würde sie noch viel Ärger dadurch bekommen. Aber das war nicht sein Problem. Sie war kalt und wußte um ihre eigene Schönheit und die Wirkung, die sie auf Männer ausübte.

Bis jetzt hatte Jared noch keine Entscheidungen getroffen, aber fast alles in Betracht gezogen. Er besaß alle notwendigen Informationen über Samuel Barrows und wußte einige überraschende Tatsachen über seine Tochter. Jetzt mußte er nur noch entscheiden, was er mit dem Material anfing.

Er hoffte, durch seine Investition in Barrows' Werft eine gewisse Kontrollfunktion in der Firma ausüben zu können, die es ihm ermöglichte, größere Entscheidungen abzublocken und die Firma zugrunde zu richten. Sie war Barrows' Haupteinnahmequelle. Natürlich würde Jared sein Geld auch verlieren, wenn die Werft pleite ging, aber das machte nichts, da es ihm ausschließlich darum ging, Samuel Barrows zu ruinieren. Die Werft war sein ein und alles; fast sein ganzes Leben hatte er ihr gewidmet. Um sie zu retten, hatte er sich von der Frau abgewandt, die ihn liebte. Bald würde Barrows alles, wofür er je gearbeitet hatte, verlieren.

In einem Anflug von Neugierde öffnete Jared die Handtasche. Er holte ein Seidentaschentuch mit Spitzen heraus, ein paar Dollar und eine Puderdose. Kurz öffnete er die Kappe einer kleinen Parfümflasche und schnupperte den zarten Duft ein. Ein Gegenstand verblüffte ihn – ein winziges Messer mit einer kurzen, scharfen Klinge, dessen Griff mit Edelsteinen besetzt war. Er konnte sich beim besten Willen nicht vorstellen, daß die blasierte Corinne es jemals benutzte.

Als letztes holte er einen Zettel aus der Tasche, auf dem eine Adresse stand. Er sah so zerknittert aus, als sei er schon häufig gelesen worden. Jared kannte die Adresse von Ned Dougherty.

Natürlich hatte er Doughertys Behauptung, Corinne begebe sich zwei- bis dreimal wöchentlich mitten in der Nacht an diesen Ort, angezweifelt. Aber hielt er nicht eben gerade selbst den Beweis in der Hand? Es war die Adresse einer privaten Spielervereinigung in Cambridge, auf der anderen Seite des Charles River. Es handelte sich nicht nur um einen Spielklub, sondern auch um einen Ort, an dem die Herren im ersten Stock mit ihren Liebsten schäkerten. Ein bißchen Glück im Spiel unten, ein bißchen Wollust oben.

Jared hatte nun eine noch geringschätzigere Meinung von Corinne Barrows. Wenn er sich gezwungen sehen sollte, sie für seine Pläne auszunutzen, wäre er jetzt bar jeglicher Bedenken.

7

Corinne sah auf die Uhr über dem Kaminsims und stampfte mit dem Fuß auf den Boden. Ein Uhr! Sie haßte es, in Eile zu sein.

»Florence, beeil dich, bitte!« sagte sie mürrisch. »Russell kann jeden Moment vor dem Haus stehen.«

»Wenn dein Haar nicht so seidig wäre, könnte man es leichter hochstecken«, erwiderte Florence gelassen. »Außerdem schadet es Russell Drayton gar nichts, ein Weilchen zu warten. Er sollte ohnehin nicht dort draußen stehen«, fügte sie mißbilligend hinzu.

»Jetzt fang nicht schon wieder damit an!« gab Corinne zurück. »Ich bin heute nicht dazu aufgelegt.«

»Du bist nie dazu aufgelegt, Vernunft anzunehmen«, sagte Florence, die dennoch nie ermüdete, sie dazu zu ermahnen. »Sich mitten in der Nacht aus dem Hause zu schleichen! Eines Tages wirst du diese kleinen Abenteuer bereuen, darauf gebe ich dir mein Wort. Eine Dame tut solche Dinge nicht.«

Corinne grinste. »Möchtest du mit mir kommen und auf mich aufpassen? Ich bin sicher, daß Russell nichts dagegen hat.«

Florence war wirklich schockiert. Sie war zwar nur fünfzehn Jahre älter als Corinne, aber ihre Moralbegriffe waren die einer wesentlich älteren Generation.

»Ich darf es mir gar nicht vorstellen. Ich in einer Spielhölle! Meine Mutter – in Gott möge sie ruhen – würde aus dem Grabe aufstehen, um mich heimzusuchen. Deine Mutter dreht sich wahrscheinlich schon seit einiger Zeit im Grabe um.«

»Jetzt versuch bloß nicht, mir Schuldgefühle einzuimpfen, weil das nämlich völlig zwecklos ist. Hörst du?« fauchte Corinne. »Mein Gott, ist es denn ein Verbrechen, daß ich ein wenig Würze in mein Leben bringe? Spielen macht Spaß, Florence. Es ist spannend«, versuchte sie ihr zu erklären. »Außerdem weiß ich genau, was ich tue. Ich kenne die Spielregeln und bin ziemlich gut.«

»Du weißt, daß es sich nicht gehört, oder würdest du dich sonst durch den Dienstbotenausgang aus dem Hause schleichen? Du würdest auch nicht diesen Umhang tragen, in dem dich niemand kennt.« Sie schnaubte verächtlich. »Schlechte Wolle. Als ob du dir nichts anderes leisten könntest.«

Corinne warf einen Blick auf den schäbigen Mantel, der über dem Fußende ihres Bettes hing. »Darin erkennt mich niemand.«

»Du wirst noch Schande über die Familie bringen, Corinne Barrows.«

»Ich werde dieser Familie nie Schande machen.«

»Und wie...«

»Du hast mich nicht ausreden lassen«, fiel ihr Corinne ins Wort. »Warum glaubst denn du, warum ich mir Klubs aussuche, die so weit weg sind? Weil mich dort niemand kennt. In der ganzen Zeit habe ich in den Klubs erst zwei Leute getroffen, die ich gekannt habe.«

»Siehst du!«

»Sie werden keine Gerüchte über mich in Umlauf setzen, weil sie selbst ihre Geheimnisse haben.«

»Dein Vater ist dir auf die Schliche gekommen«, erinnerte sie Florence. »Der Himmel weiß, warum er damals nicht gleich ein Machtwort gesprochen und der Sache ein Ende bereitet hat.«

»Ich nehme an, er glaubt, daß ich erwachsen werde. Sowie ich in diesem Spiel ohne Limit mitspielen kann, wovon ich schon so lange träume, werde ich auch aufhören.«

»Du bist so besessen, Cori. Du mußt bald aufhören. Für manche kann das Spielen zur Sucht werden.«

»Das kann mir nicht passieren«, sagte Corinne zuversichtlich.

Sobald die letzte Nadel in ihrem Haar befestigt war, wollte Corinne, die ein Kleid aus lila Samt mit langen Ärmeln und hohem Kragen trug, das Haus verlassen. Sie holte ihr Geld aus einer verschlossenen Schublade und sah sich dann nach ihrer Handtasche um. Als sie sie nicht finden konnte, blickte sie finster drein. In der Tasche befand sich ihr kostbares kleines Messer, das sie besonders nachts gern bei sich trug.

»Hast du die grüne Seidentasche gesehen, die ich heute bei mir hatte, Florence?«

»Nein.«

»Dann muß ich sie in der Kutsche liegengelassen haben. Ich bin sicher, daß ich sie noch hatte, als ich das Café verlassen habe.«

»Du hast überhaupt nicht viel über das geredet, was heute mittag los war«, bemerkte Florence.

»Weil es nichts zu erzählen gibt. Ich habe mich ziemlich gelangweilt.«

»So?«

»Laß mich in Ruhe!« sagte Corinne gereizt, da sie den Zweifel hörte, der in Florences Stimme mitschwang. »Hol mir eine andere Tasche! Ich bin ohnehin schon spät dran.«

Kurz darauf schlich sich Corinne in ihrer Vermummung durch das Haus und durch den Dienstbotenausgang ins Freie, wie schon in zahllosen anderen Nächten zuvor. Eine Ecke weiter erwartete sie der treue Russell zu gemeinsamen nächtlichen Eskapaden.

Wie eine dichte Decke hing der Rauch von den vielen Zigarren, Zigaretten und Pfeifen der anwesenden Herren über dem Raum. Der Rauch konnte nicht abziehen, weil die Fenster geschlossen und die dicken Vorhänge vorgezogen waren. Für den zufälligen Passanten mußte das Haus aussehen wie jedes andere auch, aber für seine Bewohner stellte es eine Brutstätte des Lasters dar. Hier konnte man ein Vermögen gewinnen oder verlieren, und eine Liebesgeschichte konnte sich in aller Heimlichkeit weiterentwikkeln.

Corinne hatte die oberen Räumlichkeiten des Hauses nie erforscht. Manchmal fragte sie sich, wie es dort oben wohl aussah. Russell hatte mehrfach versucht, sie zu überreden, mit ihm nach oben zu gehen – um allein etwas miteinander zu trinken, krächzte er in solchen Fällen. Schließlich war sie aber nicht blöde. Sie wußte, was er wollte, und es gelang ihm nicht, sie dazu zu bringen, daß sie es ebenfalls wollte.

Eines Nachts hatte Corinne sich ganz elend gefühlt, weil sie die Schreie eines Mädchens von oben gehört hatte. Niemand war hinaufgegangen. Niemand war dem armen Mädchen zur Rettung herbeigeeilt.

Schließlich war im oberen Stockwerk alles möglich, selbst ein Mord, da die beiden Teile des Hauses vollständig voneinander getrennt waren. Es bestand die feste Abmachung, daß niemals zwei Paare den Spielsaal zur gleichen Zeit verlassen durften. Auf diese Weise gab es keine Zeugen, wenn ein Paar für einige Stunden nach oben ging, statt sich auf den Heimweg zu machen.

Corinne verstand den Sinn dieser Regelung, aber sie verdroß sie, weil sie sich vorstellen konnte, daß die Männer im Spielsaal, wenn sie nach Hause ging, Überlegungen darüber anstellten, ob sie mit ihrem Begleiter nach oben ging oder nicht. Das war ihr jedesmal von neuem peinlich.

Neun runde Tische standen in dem hellerleuchteten Raum. Das Haus stellte keine Kartengeber für alle Tische, dafür sammelte es vor jedem neuen Spiel Geld von jedem der Spieler ein. An den einzelnen Tischen wurden verschiedene Glücksspiele gespielt. Corinne spielte meistens Pharo, ein Spiel, bei dem alle Spieler abwechselnd die Bank übernahmen, oder Blackjack, bei dem der Geber jedesmal wechselte, wenn jemand einundzwanzig Punkte hatte. Sie hatte gelernt, ihre Chancen richtig einzuschätzen, und geriet jedesmal in Ekstase, wenn sie beim Austeilen einen Blackjack erwischte – ein As und ein Bild; dafür gab es das Doppelte, und man kam wieder mit dem Ausgeben an die Reihe. Obwohl sie gut Blackjack spielte, mochte sie jedoch noch lieber pokern.

Corinne liebte das Bluffen beim Pokern. Sie trug elegante, doch hochgeschlossene Kleider, die bewußt dazu dienten, daß niemand durch ihre Figur von ihrem Gesicht abgelenkt wurde. Auf ihren Gesichtsausdruck fielen viele Spieler herein. Wenn sie ihr auf die Schliche kamen, konnte sie ihre Taktik ändern und sie erneut zum Narren halten. Selbst Russell wußte nie genau, wann sie bluffte.

Heute schien Corinne Glück zu haben. Sie hatte bereits drei der ersten fünf Spiele gewonnen. Die anderen Spieler an ihrem Tisch – drei Herren und eine ordinär gekleidete junge Frau – spielten nicht allzu geschickt. Nachdem er sich vergewissert hatte, daß die Männer an Corinnes Tisch sich nicht für sie, sondern für die Karten interessierten, ging Russell zu dem Tisch hinüber, an dem Blackjack gespielt wurde.

Der Geber an Corinnes Tisch gab fünf Karten aus. Der Herr neben Corinne eröffnete das Spiel. Nachdem sie sich ihre Karten angeschaut und gesehen, daß sie Chancen für eine Straße hatte, legte sie ihren Einsatz auf den Tisch und ließ sich eine neue Karte geben. Es war nicht die Karte, die sie gewollt hatte, aber durch ein leichtes Hochziehen ihrer Lider erweckte sie den gegenteiligen Anschein. Corinne setzte den erlaubten Höchsteinsatz und lehnte sich zurück. Die anderen Spieler stiegen teils sofort, teilweise zögernd aus. Corinne warf ihre Karten auf den Tisch und rechte den Einsatz zu sich herüber.

Im Laufe der nächsten Stunde gewann sie einiges, allerdings eher mit guten Karten als mit Bluff. Sie war bester Laune, bis Jared Burk sich an ihren Tisch setzte.

Corinne war sprachlos, als sie ihn sich gegenübersitzen sah. Er trug einen schwarzen Abendanzug und grinste zynisch. Corinne fühlte sich gedemütigt, weil er sie hier gefunden, nachdem sie ihm erzählt hatte, sie würde einen ruhigen Abend zu Hause verbringen. Was mußte er von ihr denken? Grinste er deshalb?

»Vielleicht habe ich jetzt mehr Glück – mit neuem Blut an unserem Tisch«, sagte einer der Spieler.

»Vielleicht«, sagte Jared gewandt. »Aber es ist schwer, einer – Dame das Glück abspenstig zu machen.«

Corinne spürte, wie ihre Wangen flammten. Der Sarkasmus in

seiner Stimme war ihr nicht verborgen geblieben. Sie teilte die Karten aus, um der Unterhaltung ein Ende zu bereiten.

Von diesem Moment an verlor Corinne. Im Laufe der Stunden wanderten sowohl ihre Gewinne des bisherigen Abends als auch das Geld, das sie mitgebracht hatte, über den Tisch. Corinne war wütend auf sich selbst. So sehr sie sich auch bemühte, es gelang ihr nicht, sich auf das Spiel zu konzentrieren. Sie sah nie zu Jared hinüber, aber sie fühlte seinen spöttischen Blick auf sich ruhen. Das machte sie so rasend, daß sie ihre Karten kaum noch sah. Wiederholt mußte man sie darauf aufmerksam machen, daß sie an der Reihe war. Was mußte man bloß von ihr denken?

Beim letzten Blatt hatte sie drei Könige in der Hand und wußte, daß sie Jared schlagen konnte, aber sie hatte nicht mehr genügend Chips, um mitzubieten. Die Befriedigung, zuzusehen, wie sie einen Schuldschein unterschrieb, um weiterspielen zu können, wollte sie Jared Burk nicht verschaffen.

»Dieses Blatt ist es nicht wert zu setzen«, log sie lächelnd, um ihre Enttäuschung zu verbergen. »Ich glaube, mir reicht es für heute.«

Corinne täuschte Langeweile vor, verließ den Tisch und ging zu der Wand hinüber, an der sich die lange Bar befand. Sie bestellte sich einen Whisky pur. Harte Schnäpse war sie nicht gewöhnt, aber warum sollte sie es nicht mal probieren? Schließlich tat man alles irgendwann zum erstenmal.

Sie hatte nichts Besseres zu tun, als dort zu sitzen und sich zu betrinken. Russell war am Gewinnen und würde jetzt noch nicht nach Hause gehen wollen.

»Das verstehen Sie also unter einem ruhigen Abend zu Hause.«

Jared lehnte sich selbstgefällig neben ihr an die Bar. In seinem Hut hielt er seine Gewinne.

»Es ist nicht mehr Abend, Mr. Burk«, sagte sie scharf. »Es ist schon fast morgens.«

»Stimmt genau.«

Sie sah ihn böse an, aber er ließ sich nicht abschrecken. »Ich sehe, daß Sie zornig auf mich sind«, sagte er. »Das erstaunt mich keineswegs. Die meisten Frauen sind schlechte Verlierer.«

»Die meisten Männer auch.«

»Das ist wahr. Ich bin selbst ein schlechter Verlierer.«

Sie wußte, daß er nicht nur von den Karten sprach, und trank einen Schluck von ihrem Whisky. Einen Moment lang glaubte sie, zu ersticken, so brannte die beißende Flüssigkeit in ihrer Kehle.

»Jetzt wollen Sie also Ihren Kummer ertränken?« fragte er spöttisch. »Ich dachte, dazu seien Sie zu intelligent, Corinne.«

Sie runzelte die Stirn. »Ich habe Ihnen nicht gestattet, mich bei meinem Vornamen zu nennen, Mr. Burk.«

»Ist es nicht an der Zeit, daß wir die Förmlichkeiten beiseite lassen?«

»Das finde ich keineswegs«, entgegnete sie hochmütig.

Jared lächelte. Einen Moment lang ließ er seinen Blick von ihr zu Russell wandern. Dieser Mann war offensichtlich ein totaler Narr. Er hätte zumindest wissen müssen, daß man seine zukünftige Braut nicht in solche Lokalitäten bringen konnte.

Und sie dann auch noch sich selbst zu überlassen! Jeder, der Lust dazu hatte, konnte mit ihr davonhuschen, und Russell hätte es erst nach einer Weile gemerkt.

»Soll ich Sie nach Hause begleiten?« Als Corinne ihn argwöhnisch ansah, fügte er hinzu: »Nur, weil Ihr Verlobter anderweitig beschäftigt zu sein scheint.«

»Nein, danke«, sagte Corinne kühl. »Es macht mir nichts aus, auf Russell zu warten.«

»Soll ich Ihnen vielleicht etwas leihen?« bot er an. »Damit Sie weiterspielen können? Ihre Gesellschaft an diesem Tisch war mir ein großes Vergnügen.«

»Sie meinen, es war Ihnen ein Vergnügen, mein Geld zu gewinnen«, entgegnete sie bitter.

Er hob die Schultern und grinste. »Auch das.«

»Ich leihe mir hier nie Geld, Mr. Burk.« Ihre Lüge klang überzeugend, aber sie wandte ihre Blicke ab. »Ich setze mir eine Grenze, an die ich mich auch halte.«

»Das ist sehr empfehlenswert«, sagte er trocken. »Tragen Sie deshalb heute abend keinen Schmuck? Fürchten Sie, Sie könnten in Versuchung kommen, ihn zu verspielen?«

Sie mußte über seine Feststellung lächeln. Wußte dieser Mann denn alles?

»Ich habe mich ein wenig zu sehr mitreißen lassen, als ich zum erstenmal eine derartige Lokalität betrat«, gestand sie ein. »Mit einem einzigen Blatt habe ich eine wertvolle Diamantbrosche verloren. Seither lasse ich meinen Schmuck zu Hause.«

»Sie reden so, als seien Sie öfter hier.«

In seiner Stimme schwang ein Vorwurf mit.

»Stimmt«, erwiderte sie trotzig. »Ich kann es mir leisten.«

»Können Sie es sich auch leisten, daß es sich herumspricht?«

Corinne runzelte die Stirn. »Ist das eine Drohung, Mr. Burk? Wollen Sie diese Tatsache selbst verbreiten?«

»Ich käme nicht im Traum auf die Idee, Ihren guten Namen zu beschmutzen«, versicherte Jared.

»Aber Sie sind der Meinung, daß ich das selbst tue, indem ich hierher komme?« Als er die Schultern hob, fuhr sie wütend fort: »Hier kennt mich niemand, Mr. Burk. Und wenn es doch so wäre, würde man aus Respekt vor meinem Vater den Mund halten.«

»Dennoch riskieren Sie es?«

»Ich komme hierher, um zu spielen. Außerdem geht Sie das nun wirklich nichts an, finden Sie nicht?«

»Ich sage schon gar nichts mehr. Trotzdem bleibt mein Angebot bestehen, Sie nach Hause zu bringen.« Als sie ein zweites Mal ablehnen wollte, fügte er hinzu: »Wenn ich erst fort bin, Miß Barrows, werden Sie von Herren bedrängt, die die Bekanntschaft einer hübschen Frau machen wollen, von der sie glauben, sie sei allein hier.«

»Ich kann mich um mich selbst kümmern«, sagte sie und reckte ihre Nase stolz in die Luft.

»Verzeihen Sie! Ich hatte nur angenommen, diese Art von Aufmerksamkeit wollten Sie nicht erregen. Vielleicht habe ich mich geirrt.«

Sie war wahnsinnig wütend auf ihn.

»Ich finde keinen Geschmack daran, mich belästigen zu lassen, Mr. Burk. Ich bin lediglich der Meinung, daß ich auf Russell warten sollte.«

»Warum?« fragte er spitz. »Er merkt doch nicht einmal, daß Sie warten. Ich bin sicher, daß er zu Ihnen käme, wenn er es merken würde.«

Sie wußte, daß er es nicht so meinte.

»Sollte ich Sie etwa davon abhalten, mein Angebot anzunehmen?« fragte Jared schmeichelnd. »Sie fürchten sich doch nicht etwa, mit mir allein zu sein?«

»Ganz gewiß nicht.«

»Also dann?«

Corinne sah auf ihr leeres Glas. Da sie sich bereits davon überzeugt hatte, daß sie von diesem Mann nichts zu befürchten hatte, wußte sie nicht, warum sie noch zögern sollte.

»Ausgezeichnet!« sagte sie schließlich lächelnd. »Wenn Sie mir nur ein paar Minuten Zeit lassen, Russell zu sagen, daß ich gehe.«

»Ist das wirklich erforderlich?«

»Mr. Burk«, sagte Corinne spöttisch, »Sie wollen doch nicht, daß mein Verlobter glaubt, ich hätte ihn verlassen?« Sie beugte sich vor und flüsterte: »Er könnte glauben, ich sei nach oben gegangen und einen gewissen Aufruhr veranstalten, um mich zu suchen.«

Corinne lachte über Jareds verdutzten Blick, während sie auf den Tisch zuging, an dem Russell spielte. Sollte Jared Burk doch denken, was er wollte. Seine Meinung war ihr gleich. Außerdem hatte es ihr Spaß gemacht, ihn zu schockieren, zu sehen, wie die Arroganz einen Moment lang aus seinem Gesicht gewichen war. Jetzt ging es ihr wesentlich besser.

Sie wartete geduldig, bis die Runde beendet war, ehe sie Russells Aufmerksamkeit auf sich lenkte. Er verließ den Tisch, wenn auch nur widerstrebend.

»Russell, Lieber, ich wollte dich nicht stören und vom Spiel abhalten, aber ich fand es ungehörig, dir nicht zu sagen, daß ich gehe.«

»Du gehst? Wieso?«

»Ich habe mein Geld recht schnell verloren.«

Russell warf einen Blick auf seine eigenen Gewinne. »Ich kann noch nicht gehen, Corinne. Ich habe heute unverschämtes Glück. Wenn du Geld brauchst...«

»Nein, Russel, du weißt, daß ich mir nichts von dir leihe. Außerdem bin ich ziemlich müde. Du brauchst nicht mitzukommen. Mr. Burk hat mir freundlicherweise angeboten, mich nach Hause zu bringen.«

»Burk ist hier?« Russell runzelte die Stirn und ließ seinen Blick durch den Raum schweifen, bis er Jared sah, der an der Bar wartete. »Dieser Mann gefällt mir nicht, Corinne. Er kommt mir wie ein Abenteurer vor – oder noch eher wie ein gewinnsüchtiger Geschäftsmann.«

»Sei nicht albern, Russell!« spottete Corinne. »Er mag einen skrupellosen Eindruck machen, aber er ist absolut harmlos. Außerdem wird er bald einer meiner Partner sein. Vater bildet sich ein, sein Geld zu brauchen. Daher kann ich ohnehin nicht grob zu ihm sein.«

Russell warf noch einen Blick auf seine Gewinne, und seine Augen glühten vor Habgier.

»Du hast recht, Corinne. Doch paß auf dich auf!«

»Wie meinst du das?«

»Ich weiß, wie heftig du flirtest, wenn du dazu aufgelegt bist. An deiner Stelle würde ich mit Burk nicht spaßen.«

»Es handelt sich ausschließlich um eine geschäftliche Beziehung, Russell. Sonst nichts.«

Die Kutsche war weder ganz so groß noch ganz so bequem wie diejenige, mit der Jared Corinne zum Mittagessen abgeholt hatte. Corinne wollte fluchen, als ein Ruck sie fast von ihrem Platz warf.

»Ich muß mich für dieses Transportmittel entschuldigen«, sagte Jareds Stimme aus dem dunklen Innern der Kutsche. »Auf die Schnelle konnte ich nichts Besseres finden. Um die Wahrheit zu sagen: Ich war auch nicht sicher, ob der Fahrer warten würde, obwohl ich ihn dafür bezahlt habe.«

»Sie sollten in Erwägung ziehen, sich einen eigenen Kutscher zu engagieren«, schlug Corinne impulsiv vor. »Natürlich nur, falls Sie die Absicht haben, noch wesentlich länger hierzubleiben.«

»Das habe ich nicht«, erwiderte er.

»Sie wollen Ihr Geld investieren und sich gleich wieder aus dem Staub machen?«

»Wenn Sie es so formulieren wollen, ja«, antwortete Jared, ohne zu zögern.

»Haben Sie sich in bezug auf unsere Firma entschieden? Ich würde allerdings verstehen, wenn Sie sich nicht äußern wollen.«

Corinne spürte selbst im Dunkeln, daß Jared lächelte. »Wäre es eine sichere Investition?«

»Gewiß«, sagte sie stolz. »Nach dem, was man mir sagt, habe ich selbst im Laufe der Jahre ein Vermögen dort gemacht.«

»Sie wissen es nicht genau?«

»Mein Geld wird von einem Treuhänder verwaltet. Mr. Burk. Dafür hat meine Großmutter gesorgt. Es handelt sich dabei sowohl um das Geld, das sie mir hinterlassen hat, als auch um die Anteile an der Werft, die sie besessen hat. Aber bis ich heirate, hat mein Vater die Kontrolle darüber.«

»Hängt die Heirat von seiner Billigung ab?«

»Ja.«

»Ich nehme an, diese Bedingungen machen Ihnen nichts aus«, sagte Jared beiläufig. »Ich meine, wenn man bedenkt, wieviel Wert Sie auf Ihre Unabhängigkeit legen.«

»Es macht mir nichts aus, daß ich die Billigung meines Vaters brauche, um zu heiraten«, erwiderte Cornne. »Was mir etwas ausmacht, ist, daß ich bis dahin auf mein Geld warten muß. Das ganze Geld liegt einfach so herum, und mein Vater gibt mir nicht genug für meinen Eigenbedarf.«

»Es fällt mir schwer, das zu glauben.«

»Das Geld, das mir zum Ausgeben zur Verfügung steht, würde den meisten Frauen ausreichen, aber nicht mir.«

»Liegt das an Ihrer Spielleidenschaft?«

Corinne keuchte. »Ich möchte nur die Kontrolle über mein eigenes Geld haben, Mr. Burk. Verstehen Sie das nicht?«

»Doch. Aber wenn Sie heiraten, haben nicht Sie die Kontrolle, sondern Ihr Mann.«

Corinne lachte leise vor sich hin. »Nein, das stimmt nicht.«

»Ich verstehe Sie nicht.«

»Das ist ganz einfach, Mr. Burk. Sehen Sie, das ist eine der Abmachungen zwischen Russell und mir. Er versteht, daß ich keine Unterdrückung dulden kann. Wenn ich heirate, bin ich frei.«

»Ich verstehe.«

Jared verstand sie wirklich. In Russell Drayton hatte sie den perfekten Ehemann gefunden. Perfekt für sie.

»Wenn Sie nur heiraten müssen, damit Sie bekommen, was Sie wollen, warum haben Sie es dann nicht längst getan?« fragte Jared, der jetzt wirklich neugierig geworden war und hoffte, Corinne würde weiterhin auf dieser persönlichen Ebene mit ihm reden, ohne Argwohn zu schöpfen. »Fürchtet sich Mr. Drayton, Ihrem imponierenden Vater gegenüberzutreten?«

Corinne konnte Jareds Gesicht nur sehen, wenn der Wagen gerade an einer Straßenlaterne vorbeifuhr. Im Moment konnte sie seinen Gesichtsausdruck nicht erkennen.

»Die Wahrheit, Mr. Burk, ist die, daß Russell um meine Hand angehalten hat und von meinem Vater abgewiesen worden ist.«

»Das tut mir leid.«

»Mein Vater wird einlenken.«

»Mir kommt er nicht wie ein Mann vor, der so leicht seine Meinung ändert«, bemerkte Jared.

Jared hatte einen wunden Punkt berührt. Er hatte recht. Samuel Barrows änderte selten seine Meinung. Er hatte Corinne nur wenige Einschränkungen auferlegt, aber wenn er etwas einmal beschloß, war seine Entscheidung nicht rückgängig zu machen. Doch diesmal würde es anders kommen, sagte sich Corinne. Diesmal *mußte* er einfach nachgeben.

»Wenn er sieht, wie entschlossen ich diese Heirat betreibe, wird er sich erweichen lassen«, sagte sie zuversichtlicher, als sie sich fühlte.

»Werde ich möglicherweise zur Hochzeit eingeladen?«

»Wenn Sie noch hier sind«, sagte Corinne unbedacht.

»Sie haben übrigens heute – oder besser gesagt gestern – Ihre Handtasche liegengelassen. Wenn ich gewußt hätte, daß ich Sie so bald wiedersehe, hätte ich sie mitgebracht.«

»Ich hatte schon gefürchtet, ich hätte sie ganz verloren.« Corinne war erleichtert. »Ist es Ihnen recht, wenn ich morgen jemanden vorbeischicke, um sie in Ihrem Hotel abzuholen?«

»Das wird nicht nötig sein. Ich bringe sie mit, wenn ich Sie heute zum Abendessen abhole.«

»Ich habe nicht gesagt, daß ich heute mit Ihnen zu Abend essen werde, Mr. Burk«, entgegnete Corinne frech.

Jared grinste verschlagen. »Ist das nicht das mindeste, was Sie tun können, nachdem ich eine ausgezeichnete Gewinnsträhne aufgegeben habe, um Sie nach Hause zu bringen?«

Corinne lachte. Diese Neckerei machte ihr Spaß. »Das klingt, als seien Sie ein Märtyrer. Ich habe Sie nicht um Ihre Dienste gebeten. Dagegen waren Sie recht beharrlich . . .«

»Ich vermute, in meinem Innersten bin ich ein Kavalier, der nicht widerstehen kann, wenn eine Dame in Bedrängnis ist.«

»War ich das?«

»Etwa nicht?«

»Nun gut, ich werde also mit Ihnen zu Abend essen – vorausgesetzt, Sie erzählen mir, wie Sie in den Klub geraten sind. Schließlich ist das nicht direkt ein öffentlicher Ort.«

»Mein Rechtsanwalt hat mir davon erzählt«, antwortete Jared leichthin. »Wenn er nicht dort gewesen wäre, hätte man mich wahrscheinlich gar nicht hereingelassen.«

»Sie meinen, er war mit Ihnen dort, und Sie haben ihn einfach zurückgelassen?«

In dem Moment hielt die Kutsche an. »Ich fahre noch einmal zurück.«

Corinne lächelte. »Sie sind also wirklich nur fortgegangen, um mich nach Hause zu bringen?«

»Es hat mir Spaß gemacht«, sagte er beiläufig und öffnete die Tür.

Diesmal achtete er darauf, daß er vor ihr ausstieg und ihr hinaushelfen konnte.

Corinne war plötzlich seltsam zufrieden. Er hatte viele Mühen für sie auf sich genommen.

Er hielt sie am Ellbogen, bis sie vor der Haustür standen. Die

Dämmerung kroch gerade über den Horizont. Corinne fühlte sich hellwach.

»Ich werde Sie küssen, Corinne Barrows«, sagte er plötzlich.

Ehe sie reagieren konnte, hatte er sie schon in seine Arme gezogen. Es war ein sachter, eindringlicher Kuß, und Corinne hatte nicht die Willenskraft, zu widerstehen. Er preßte sie nicht eng an sich, wie Russell es oft versuchte, sondern hielt sie nur eben so fest, daß sie nicht davonlaufen konnte.

Dann ließ er sie los. »Ehe Sie mir den Kopf abbeißen, weil ich mir eine derartige Freiheit herausgenomen habe, müssen Sie wissen, daß mich nichts hätte aufhalten können. Weder Sie – noch meine eigene Willenskraft. Ich habe den unwiderstehlichen Drang verspürt, Sie zu küssen.«

Corinne lächelte. »Sie enttäuschen mich – Jared. Ich hätte keine Entschuldigung von Ihnen erwartet.«

Vollkommen erstaunt und über ihre Reaktion erfreut, ließ sie ihn stehen.

8

Einige Wochen später schlenderte Corinne in das Empfangszimmer. »Hier bist du also, Vater! Was tust du im Dunkeln?«

Samuel hatte es sich auf einem großen Stuhl gemütlich gemacht und hielt ein Glas Cognac in der Hand.

»Das Feuer gibt genügend Licht, und es ist friedlicher so«, erwiderte er und sah seine Tochter prüfend an. »Du bist vollständig angekleidet. Hast du Pläne für heute abend?«

Corinne stellte sich vor den Kamin und lüpfte ihre Röcke ein wenig, um sich die Füße zu wärmen. Die Septembernächte wurden immer kälter, und sie beschloß, sich am späten Abend wärmer anzuziehen.

»Jared holt mich zum Konzert ab. Er muß jeden Augenblick hier sein.«

»Jared? Habe ich richtig gehört?« Samuel zog eine Braue hoch. »Ich wußte nicht, daß deine Beziehung mit Mr. Burk so intim ist.«

»Sei nicht albern!« ermahnte Corinne ihn. »Ich käme mir nur einfach blöd vor, wenn ich ihn Mr. Burk nennen würde, nachdem wir in den letzten zwei Monaten mehr als ein dutzendmal miteinander ausgegangen sind.« Dabei hatte sie die vielen Male nicht mitgezählt, die sie gemeinsam bei der Spielervereinigung verbracht hatten. »Wir haben zusammen gegessen und waren im Theater. Selbst zum Comptons-Ball hat er mich mitgenommen, als du zu beschäftigt warst, und bei den Rennen waren wir auch.«

»So, so«, sagte Samuel, der über jeden Schritt informiert war, den seine Tochter tat, schmunzelnd. »Was ist mit Mr. Drayton passiert? Ist er von der Bildfläche abgetreten?«

Corinne versteifte sich. »Russell mußte im Hochsommer schon nach New York fahren.«

»Geschäftlich – oder zum Vergnügen?«

»Weder noch«, fauchte Corinne. »Die Familie seiner Mutter lebt dort. Sein Großvater ist krank, und die Ärzte befürchten, er könnte nicht mehr genesen. Russell sagt, er sei wirklich recht alt. Jedenfalls war es vollkommen korrekt, daß er dort hingefahren ist.«

»Also hast du dich in seiner Abwesenheit Mr. Burk zugewandt?« fragte Samuel spitz.

»Manchmal kannst du wirklich anstrengend sein, Vater« gab sie zurück. »Russell kann jetzt jeden Tag zurückkommen, und am Ende wird er doch noch mein Mann. Ich sehe nur keinen Grund, mich einzuschränken, solange er fort ist.«

Samuel runzelte die Stirn. »Du gibst dich doch nicht nur mit Jared Burk ab, weil du einen Begleiter brauchst – oder, Cori? Mit diesem Mann ist nicht zu spaßen.

»Du bist nicht der erste, der mir das sagt.« Sie lachte. »Jared weiß, was ich für Russel empfinde, Vater, und daß ich beabsichtige, ihn zu heiraten. Wir genießen beide die Gegenwart des anderen, das ist alles. Er hat sich wirklich als recht liebenswert erwiesen.«

»Zu Beginn hast du anders von ihm gedacht«, erinnerte sie Samuel.

»Der erste Eindruck stimmt nicht immer. Ich gebe zu, daß ich mich in ihm geirrt habe.«

»Besteht die Chance, daß du dich nicht nur in der Hinsicht irrst, Cori?«

»Wie meinst du das?«

»Bist du sicher, daß Burk eure Beziehung auch so harmlos sieht, wie du sie schilderst?« fragte Samuel ernst.

Corinne tat seine Frage obenhin ab. »Natürlich. Es kann schon vorkommen, daß ich mit Jared flirte und wir uns necken, aber das gibt unseren Treffen die Würze. Ohne einen kleinen Flirt wäre das ganze Leben langweilig. Er weiß, daß das nichts zu bedeuten hat.«

»Kennt er dich so gut? Kannst du umgekehrt dasselbe behaupten? Hast du während aller dieser unschuldigen Ausgänge etwas über ihn erfahren? Wo kommt er eigentlich her? Stammt er aus einer guten Familie? Selbst das weißt du bis heute nicht, oder?«

»Ich habe ihn gefragt, aber er antwortet immer ausweichend«, entgegnete Corinne. Dann grinste sie. »Ich glaube, ihm gefällt die Rolle des geheimnisvollen Unbekannten.«

»Bist du denn gar nicht neugierig?«

»Warum hast du ihn nicht gefragt, woher er kommt?«

»Das habe ich getan.«

»Und?«

»Auch mir gibt er ausweichende Antworten. Er hat gesagt, das sei unwichtig. Es beträfe unsere Verträge nicht, und damit hat er recht gehabt.«

»Falls er bei dir investiert, wirst du die Antwort auf deine Frage erhalten, sowie er Boston verläßt. Er wird dir eine postalische Anschrift hinterlassen müssen, wenn er seine Gewinne erhalten will.«

»Also werde ich demnächst Bescheid wissen.«

»Wieso?«

»Er hat letzte Woche in unsere Firma investiert«, antwortete Samuel, den das Erstaunen seiner Tochter amüsierte. »Hat er dir gegenüber nichts erwähnt?«

»Nein. Davon hat er mir nichts erzählt«, sagte Corinne plötzlich verärgert. »Warum hast du mir das nicht eher gesagt?«

»Ich habe dich in letzter Zeit selten gesehen, mein Liebling. Wenn ich gerade nicht gearbeitet habe, warst du nicht aufzufinden.«

»Dann ist er jetzt also ein Partner«, sagte Corinne mehr zu sich selbst als zu ihrem Vater.

Sie verstand nicht, daß Jared ihr nichts davon gesagt hatte.

»Stimmt, er ist ein Partner«, gab Samuel kichernd zu. »Er hat wesentlich mehr investiert, als wir vorhersehen konnten. Fast eine halbe Million.«

Corinne stieß einen Pfiff aus. »So viel habt ihr für die Erweiterung gar nicht gebraucht, oder?«

»Nein. Aber Mr. Burk hat darauf bestanden. Er wollte auf keinen anderen Vorschlag eingehen.«

»Dadurch hat er auch mehr Anteile?«

»Ja. Er besitzt jetzt ebenso viele Anteile wie Cousin Elliot und ich gemeinsam. Wenn er Lust hätte, könnte er gegen uns stimmen. Dann wäre deine Stimme entscheidend.«

»Aber meine Stimme unterliegt deiner Kontrolle.«

»Ja«, sagte Samuel lächelnd.

Corinne schnaufte, als sie den verschlagenen Ausdruck in den Augen ihres Vaters sah. »Das hast du ihm aber nicht gesagt?«

Samuel schüttelte bedächtig den Kopf und kostete seinen Triumph aus. »Das wird er bei der ersten Gesellschafterversammlung feststellen – falls er anwesend sein sollte.«

»Du hast ihn hereingelegt.«

»Wohl kaum. Ich habe nur bewußt einige Tatsachen für mich behalten. Glaubst du vielleicht, ich wüßte nicht, daß er dir den Hof gemacht hat? Wenn er weniger Interesse für dich gezeigt hätte, hätte ich mich verpflichtet gefühlt, ihm diese Tatsachen zu unterbreiten. Wie die Dinge liegen, muß ich jedoch alle Möglichkeiten in Betracht ziehen, auch die, daß er sich Hoffnungen machen könnte, die Firma zu übernehmen. Warum sollte er sonst so viel investieren?«

»Das ist doch lächerlich!« entgegnete Corinne. »Was weiß er schon von Werften?«

»Muß ich dich erinnern, daß wir so gut wie nichts über ihn wissen, Cori? Wenn er nicht so geheimnisvoll getan hätte, wäre ich vielleicht auch offener gewesen. Aber ganz abgesehen davon – falls er die Absicht gehabt haben sollte, die Firma unter Kontrolle zu bekommen, indem er dich manipuliert, hat er es nicht anders verdient. Und falls er keine derartigen Pläne hat, spielt es ohnehin keine Rolle.«

»Jared ist nicht so unredlich, wie du annimmst«, sagte sie zornig.

»Nein, wohl kaum. Aber Vorsicht kann nichts schaden. Mit der Zeit werde ich sehen, woran ich bin.«

»Ja, mit der Zeit wird sich erweisen, daß deine Fantasie mit dir durchgegangen ist.«

»Du verteidigst ihn«, bemerkte Samuel. »Du hast dich nicht zufällig darüber getäuscht, wie sehr er dich interessiert, Cori? Er ist ein äußerst attraktiver Mann, einer von der Sorte, auf den die Frauen fliegen.«

»Das täte dir so passen, nicht wahr?« sagte Corinne, deren Augen sich plötzlich zu einem tiefen Smaragdgrün verdunkelten.

»Er ist genau der Typ Mann, der deine Zustimmung fände!«

»Ich zweifle daran, daß er dir die Freiheiten gewähren würde, die du bei mir gehabt hast.«

»Diesen Gedanken kannst du dir auf der Stelle aus dem Kopf schlagen«, fauchte Corinne. »Ich werde Russell heiraten.«

»Nicht, solange ich etwas zu sagen habe!« Samuel erhob seine Stimme, um mit ihrer Lautstärke mitzuhalten.

Corinne warf ihm einen wilden Blick zu. Sie wußte jetzt, daß er niemals nachgeben würde. Also mußte sie jemand anderen finden, aber nicht Jared Burk. Den ganz bestimmt nicht. Er war äußerst charmant, hübsch und reich, und wenn er sie küßte – wie er es schon so oft getan hatte –, spürte sie in ihrem ganzen Körper ein Prickeln. Ohne jede Mühe nahm er ihr ihren Willen, und aus eben diesem Grund war er kein Mann für sie.

»Also gut, Vater«, sagte Corinne kühl, »wenn Russell zurückkehrt, werde ich ihm sagen, daß ich ihn nicht mehr sehen will.«

»Prima! Wirst du Burk in Betracht ziehen?« fragte er, ohne den Hoffnungsschimmer aus seinen Augen verbannen zu können.

»Wie kannst du das auch nur fragen, nachdem du ihm praktisch vorgeworfen hast, er wollte deine Werft übernehmen?«

»Ich habe nichts dergleichen gesagt. Ich habe nur auch diese Möglichkeit erwogen.«

Sie funkelte ihn an. »Zu einer Ehe mit ihm würdest du deine Zustimmung geben, nicht wahr?«

»Ja, ich glaube, er würde einen guten Ehemann abgeben«, sagte Samuel wahrheitsgemäß.

»Das glaube ich eben nicht. Außerdem ist er ohnehin bald fort«, sagte sie und tötete die Hoffnungen ihres Vaters ab.

»Wo bleibt er überhaupt? Hast du nicht gesagt, er käme gleich?«

Corinne sah auf die Uhr über dem Kaminsims und blickte finster drein. »Er hat sich verspätet.«

Samuel kicherte in sich hinein. »Das ist etwas ganz Neues. Einmal läßt dich jemand warten.«

»Das passiert mir kein zweites Mal«, erwiderte sie steif. Unruhig ging sie auf und ab. »Ich werde ihn heute abend zum letztenmal sehen.«

»Nur, weil er sich verspätet hat?«

»Nein, sondern weil ich wohl kaum meinen zukünftigen Ehemann finden kann, solange Jared Burk ein Monopol über meine Zeit hat.«

»Du bist zu kalt, meine Tochter«, sagte Samuel mißbilligend. »Ich bedaure den Mann, den du letztlich heiraten wirst.«

9

Jared kam eine halbe Stunde zu spät. Daraufhin war Corinne noch übellauniger, als sie es nach der Unterhaltung mit ihrem Vater ohnedies schon war. Sie begrüßte ihn kühl und sprach den ganzen

Abend über wenig mit ihm, außer, um ihm zu sagen, daß sie ihn nach Mitternacht erwarte. Jared stellte keine weiteren Fragen, da er annahm, sie schmollte wegen seiner Verspätung. Corinne ließ ihn in diesem Glauben. Sie würde es ihm erklären, ehe er sie vom Klub nach Hause brachte.

Corinne war nicht wütend auf Jared, sondern eher auf ihren Vater und seine Sturheit. Wieviel Zeit sie an Russell verschwendet hatte! Jetzt kostete es sie weitere Zeit, einen Mann zu finden, der ihren Bedürfnissen entsprach. Denn es wurde ihr immer undenkbarer, weitere zwei Jahre auf ihr Geld zu warten.

Als wenn dieses Problem nicht ausgereicht hätte, bereitete Jared ihr ein weiteres. Sie freute sich nicht darauf, ihm mitzuteilen, daß sie ihn nicht mehr wiedersehen wollte, und ihm zu erklären, warum. Sie haßte es, Beziehungen abzubrechen, die getroffenen Blicke zu ertragen und sich das Flehen anzuhören, wie es bei William und Charles gewesen war. Sie war nicht so kaltherzig, daß solche Szenen ihr nichts ausgemacht hätten, aber ihr Wille war zu stark, als daß sie sich davon hätte beeinträchtigen lassen.

Jared gegenüber fühlte sie sich weniger schuldig, da die Beziehung nicht auf ihr Betreiben hin zustande gekommen war. Er war derjenige gewesen, der darauf bestanden hatte, sich wieder und wieder mit ihr zu treffen. So wie er ihr als Begleiter willkommen gewesen war, so hatte er in ihr eine angenehme Zerstreuung während seines Aufenthaltes in Boston gesehen. Also hatte er kein Recht, ihr zu zürnen.

Corinne versuchte, ihren Groll gegen Jared auf dem Weg zum Klub aufzubauen. Jedesmal, wenn sie gemeinsam hierhergekommen waren, hatte er darauf bestanden, am gleichen Tisch wie sie zu spielen, damit er ein Auge auf sie haben konnte. Und jedesmal hatte sie gegen ihn verloren. Es war grauenvoll!

Heute war es nicht anders als sonst. Drei Stunden lang waren sie im Klub. Da es ein normaler Wochentag war, waren die Tische nicht überfüllt, und viele Spieler waren früh nach Hause gegangen. Nur drei Tische waren noch besetzt. Corinne wollte gehen. Jared hatte einmal mehr ihr gesamtes Geld gewonnen.

»Das ist mein letztes Spiel«, verkündete Corinne.

»Meins auch«, sagte der blonde Mann zu ihrer Linken.

»Dann hören wir doch alle auf«, entgegnete der einzige Spieler, der neben Jared noch geblieben war.

Jared nickte zustimmend. Corinne gab die Karten. Sie hatte gerade noch genug Geld für dieses Spiel, solange niemand übermäßig erhöhte. Corinne sah ihre letzte Gelegenheit, Jared zu schlagen. Nur einmal, mehr forderte sie gar nicht.

Bedächtig nahm Corinne ihre Karten auf. Beinahe ein Flush! Noch hatte sie eine Chance. Jared tauschte zwei Karten ein, und sie glaubte, er sei auf einen Drilling aus. Sie nahm eine Karte und fürchtete sich fast, sie anzusehen. Nachdem Jared schon fünfzig Dollar – die Höchstsumme – gesetzt hatte, nahm Corinne ihre Karte auf, ohne mit der Wimper zu zucken. Es war die richtige Karte! Ihr Blatt war kaum zu überbieten. Sie konnte es nicht glauben. Einen Flush bis zur Königin. Ein besseres Blatt hatte sie noch nie gehabt, und doch hatte sie kein Geld, um mitzubieten.

»Du bist dran, Corinne«, sagte Jared.

Sie sah ihn eisig an und wandte sich mit einem bezaubernden Lächeln an die anderen Spieler. »Würde es Ihnen etwas ausmachen, wenn ich den Tisch einen Moment lang verlasse? Ich weiß, daß das normalerweise nicht gestattet ist, aber schließlich ist es das letzte Spiel, und ich möchte noch einmal nachdenken.«

»Schon gut«, sagte der Mann, der gegeben hatte.

»Mir macht es auch nichts aus«, sagte der andere Mann und warf seine Karten auf den Tisch. »Ich steige ohnehin aus.«

»Ich halte es kaum für notwendig, daß du dir Geld von dem Besitzer leihst, nachdem es das letzte Spiel des heutigen Abends ist, Corinne. Warum steigst du nicht auch aus, und wir wünschen uns eine gute Nacht?«

»Ich würde das Spiel lieber zu Ende spielen«, sagte sie steif.

»Oder fürchtest du etwa, ich könnte dich schließlich doch noch schlagen?«

Er hob die Schultern und lehnte sich auf seinem Stuhl zurück.

»Gut, ich warte. Aber beeil dich!«

Sie verließ den Tisch und kam schon nach wenigen Minuten zutiefst enttäuscht zurück. Der Besitzer hatte sich geweigert, ihr einen weiteren Kredit einzuräumen.

»Nun?« fragte Jared, als er ihre verzweifelte Miene sah.

Sie sah ihn nachdenklich an. »Würdest du einen Schuldschein von mir annehmen? Du weißt, daß ich zahle.«

Jared ließ sich einen Moment mit seiner Antwort Zeit. »Warum erhöhen wir nicht gleich den Einsatz? Du hast gesagt, du zahlst, und nur wir beide sind noch im Spiel.«

Die beiden anderen Spieler waren gegangen. Als sie allein waren, spürte sie endlich wieder das Prickeln, das ausgeblieben war, seit sie mit Jared spielte. Sie wollte viel gewinnen.

»Fünftausend?« schlug sie vor.

Als er sie überrascht ansah, grinste sie. Die Summe konnte sie sich nicht leisten, ohne zu ihrem Vater zu gehen, aber das war nicht nötig, da sie gewinnen würde, und zwar einiges.

Jared nickte und zog einen Stift und Papier aus seiner Tasche.

Sie nahm den Zettel und schrieb einen Schuldschein aus.

»Das, und fünftausend«, sagte sie.

Sie war nie siegessicherer gewesen.

Jared holte ein Bündel aus seiner Tasche. »Hier sind deine Fünf.« Er zählte Geld ab. »Und fünf weitere.«

Corinne war entzückt. Sie griff nach dem Papier, um gleichzuziehen und zu erhöhen, aber Jared hielt ihre Hand fest.

»Ich nehme keinen weiteren Schuldschein von dir an, Corinne.«

»Warum nicht?«

»Weil ich weiß, wer deine Ehrenschulden zahlen muß, und er wird nicht erfreut sein.«

»Mein Vater wird nichts davon erfahren, Jared, denn ich habe nicht die Absicht, zu verlieren.«

»Das ist ein Glücksspiel, Corinne«, warnte er sie in gedämpftem Ton. »Nur ein Blatt ist unschlagbar, und es ist unwahrscheinlich, daß du das hast.«

»Fürchtest du, ich könnte gewinnen?« sagte sie herausfordernd.

»Bist du so sicher?«

»Ja.«

»Das ist schlecht, da du nicht mehr mitziehen kannst«, sagte er beiläufig.

Sie explodierte. »Warum hast du erhöht, wenn du mich nicht mitbieten läßt?«

Er ignorierte ihren Zorn. »Du bist diejenige, die die Möglichkeit gegeben hast, zu erhöhen, indem du mich überboten hast. Außerdem stammt der Vorschlag, bei fünftausend aufzuhören, von dir. Mit mehr war ich nicht einverstanden.«

»Du bist eine verachtungswürdige Kreatur, Jared Burk«, sagte sie hitzig. »Es war richtig, daß ich mich entschieden habe, dich nach dieser Nacht nie mehr zu sehen.«

»Du nimmst die Niederlage würdig hin«, sagte er sarkastisch.

»Das hat nichts damit zu tun«, fauchte sie wütend. »Ich wollte es dir auf dem Heimweg erzählen. Die Entscheidung richtet sich nicht gegen dich – oder zumindest war das so. Doch du hast dich gerade als unwürdig erwiesen. Ich würde dich nicht einmal wiedersehen, wenn du mich darum bitten würdest.«

Sein Lächeln schockierte sie. »Bei Gott, erwartest du das wirklich von mir? Eine so eitle Person wie du ist mir noch nie begegnet.«

Corinne wurde knallrot, aber sie riß sich zusammen und erhob sich würdig. »Jetzt beleidigst du mich auch noch. Ich habe es nicht nötig, mir das anzuhören.«

Sie wollte gehen, aber Jared beugte sich über den Tisch und packte ihr Handgelenk. »Setz dich, Corinne!«

»Nein.«

»Setz dich!« befahl er in einem Tonfall, den sie nie zuvor von ihm gehört hatte.

Sie machte sich von ihm los, setzte sich und funkelte ihn an. Jared lehnte sich zurück, griff in eine seiner Taschen, zog mehrere kleine weiße Zettel heraus und warf sie Corinne quer über den Tisch zu. Er begegnete ihrem mordlüsternen Blick.

»Da keiner von uns beiden die Absicht hat, den anderen wiederzusehen, kannst du sie jetzt einlösen.«

Corinne hob die Zettel auf und stellte entgeistert fest, daß es sich um ihre Schuldscheine vom Klub handelte. Sie beliefen sich auf zweitausend, die jetzt an Jared Burk zahlbar waren.

Sie sah in vorwurfsvoll an.

»Wie bist du an diese Scheine gekommen?«

»Ich habe sie gekauft.«

»Wárum?«

»Das spielt keine Rolle. Was dagegen zählt, ist, daß ich das Geld jetzt einzukassieren gedenke, einschließlich der Schulden, die du erst vor wenigen Minuten gemacht hast. Das macht zusammen siebentausend.«

»Warum hat man mir heute abend keinen Kredit eingeräumt, wenn meine Schulden beglichen waren?«

»Als ich deine Schuldscheine kaufte, habe ich gesagt, es sei riskant, dir Geld zu leihen.« Es klang so, als gehörten solche Vorfälle für ihn zu den Alltäglichkeiten. »Ich konnte sie mühelos davon überzeugen, da du deine Schulden nicht selbst beglichen hast.«

»Wie konntest du das wagen?«

»Ich glaubte, ich würde dir damit einen Dienst erweisen, da man sich demnächst mit einer Zahlungsforderung an deinen Vater gewandt hätte. Ich werde die Schulden mit dir regeln, nicht mit deinem Vater.«

»Wie kannst du erwarten, daß ich heute zahle, nachdem du verdammt genau weißt, daß ich kein Geld mehr bei mir habe?«

»Du hast etwas anderes zu verkaufen.«

»Mein Vater hat also doch recht gehabt«, keuchte Corinne.

»Du willst die Werft in die Hand bekommen. Ich darf gar nicht daran denken, daß ich dich in Schutz genommen habe!«

Jared runzelte die Stirn. »Das hat dein Vater gesagt?«

»Aber gewiß. Er hat mir heute abend erzählt, du könntest versuchen, mich zu manipulieren, um die Werft unter deine Kontrolle zu bekommen. Und er hat recht gehabt.«

»Hast du dich deshalb entschlossen, mich nicht mehr sehen zu wollen?«

»Ja«, log sie, weil es ihr einfacher erschien, die angebotene Entschuldigung anzunehmen.

»Dein Vater hat sich geirrt, Corinne.« Auch Jared log, aber seine Stimme war erstaunlich sanft. »Wenn du das glaubst, tust du mir Unrecht.«

»Wie meinst du das?« fragte sie argwöhnisch.

»Ich hatte nicht die Absicht, deine Stimme zu kaufen. Das ist es nicht, was ich von dir will.«

»Was sonst? Ich besitze keine anderen Werte.«

Jareds Blicke waren unergründlich. »Du hast dich und eine Stunde deiner Zeit in der oberen Etage zu verkaufen.«

Corinne mußte lachen. »Das kann doch nicht dein Ernst sein?«

Als er nichts sagte, sprang sie auf. Sie bebte vor Entrüstung. »So sehr hat mich noch niemand beleidigt.«

»Hast du nicht das Gefühl, siebentausend Dollar wert zu sein?« fragte er ruhig.

»Mein Wert steht nicht in Frage«, zischte sie und hielt sich an der Tischkante fest, weil ihre Hände zu stark zitterten. »Es ist unverzeihlich, eine solche Zahlungsweise auch nur vorzuschlagen.«

»Du hast keine andere Möglichkeit.«

»Ich werde das Geld morgen besorgen – bis auf den letzten Cent. Bis dahin wirst du dich gedulden müssen.«

»Ich habe nicht die Absicht so lange zu warten.«

»Ebensowenig habe ich die Absicht, auf deine Bedingungen einzugehen«, fauchte sie trotzig. »Das können Sie mit keinem Mittel ändern, Mr. Burk.«

Das Glitzern in seinen Augen hätte sie warnen müssen. »Ganz im Gegenteil. Ich werde meine Schulden einkassieren – ob mit oder ohne deine Zustimmung.«

»Das werden Sie nicht wagen!« sagte sie gepreßt.

Wenn es nötig werden sollte, würden die übrigen Anwesenden ihr zur Hilfe kommen.

»War das eine Herausforderung?«

Corinne zauderte, als sie seinen entschlossenen Blick sah.

»Nein.«

Mein Gott, er tut es wirklich! dachte sie ängstlich. Natürlich würde man ihn zurückhalten, aber das würde einen solchen Skandal geben, daß sie nicht mehr hoffen konnte, ihn geheimzuhalten. Die ganze Stadt würde darüber munkeln.

»Warum zögerst du noch, Corinne? Schließlich verdienst du siebentausend Dollar in einer Stunde. Ich kann mir nicht vorstellen, daß es viele Frauen gibt, die einen solchen Preis verlangen könnten.« Er kräuselte die Lippen. »Oder hast du etwas dagegen, dich für etwas bezahlen zu lassen, was du im allgemeinen freizügig vergibst?«

Sie keuchte. War es möglich, daß er wirklich so schlecht über sie dachte? Seine Meinung war ihr gleich, aber seinen Forderungen konnte sie nicht nachkommen. Sie mußte sich aus ihrer peinlichen Situation befreien.

»Noch ist meine Zeit unterbezahlt«, sagte sie und war bemüht, ihre Stimme spöttisch klingen zu lassen. »Gib mir eine faire Chance!« Sie warf einen Blick auf die Chips in der Mitte des Tisches, dann auf ihr Blatt und lächelte verführerisch. »Wenn du meine Schulden auf zwölftausend erhöhst, damit ich mit dir gleichziehen kann, könnte ich mich mit deinen Bedingungen einverstanden erklären.«

»Könnte?«

Sie strahlte, da sie wußte, daß sie nicht verlieren konnte. »Ich bin einverstanden.«

Er beugte sich vor. »Ich möchte meine Bedingungen noch einmal klar ausdrücken, damit es nicht zu Mißverständnissen kommt. Wenn ich gewinne, gehst du eine Stunde lang mit mir nach oben. Und ich rede nicht davon, mich eine Stunde lang mit dir zu unterhalten. Diese Stunde verbringen wir im Bett. Ist das klar?«

Sie richtete sich stolz auf. »Es ist überflüssig, vulgär zu werden, Mr. Burk. Mir war ohnehin klar, was Sie meinten.«

»Dann bist du also einverstanden?«

»Ja.«

Er nickte, und sie grinste triumphierend.

Mit großer Geste legte sie ihre Karten auf den Tisch und erwartete seinen niedergeschlagenen Blick. Doch statt dessen grinste er sie an und schüttelte den Kopf.

»Nicht gut genug, Corinne.«

Ungläubig starrte sie die Karten an, die er auf den Tisch blätterte. Ein Karo-Flush, der ihren um eine Karte schlug. Das konnte nicht wahr sein!

Als ihre Blicke sich trafen, funkelten ihre Augen mordlüstern.

»Du hast geschwindelt!«

»Wie willst du das beweisen?« fragte er, während er das Geld und die Schuldscheine einsteckte.

»Es stimmt doch – oder etwa nicht? Während ich fort war, hast du deine Karten ausgetauscht«, beschuldigte sie ihn aufgebracht.

»Ich kann nur wiederholen: Wie willst du das beweisen, Corinne?«

»Das brauche ich nicht zu beweisen. Ich *weiß* es!«

»Die Karten sagen, daß ich gewonnen habe, und jetzt wirst du zahlen.«

»Nie im Leben!«

Corinne schnappte ihre Handtasche und rannte hinaus.

Der dunkle Gang war leer. Die Treppe zum ersten Stock befand sich direkt neben der Eingangstür, damit die Nichtspieler ungesehen nach oben schlüpfen konnten. Nie zuvor waren Corinne diese Stufen bewußter gewesen. Sie schauderte, als sie daran vorbeilief und das hohe Lachen einer Frau nach unten hallen hörte.

Sollte sie sich dort oben verstecken und Jared draußen auf der Straße vergebens nach ihr suchen lassen? Er würde sie im Freien vermuten. Aber sie brachte es nicht über sich, diese Treppe hochzusteigen. Besser, sie versuchte Jareds Kutscher dazu zu bewegen, sie nach Hause zu bringen.

Corinne öffnete die Eingangstür, die jedoch sofort wieder zugeschlagen wurde. Jareds große Hand hielt die Tür zu.

Sie drehte sich um. »Ich werde schreien, Jared. Du kannst mich nicht aufhalten.«

»Doch, das kann ich«, sagte er kühl. »Bis du deine Schulden bezahlt hast.«

»Selbst, wenn mein Leben davon abhinge, würde ich nicht mit dir nach oben gehen. Geh mir aus dem Weg!«

Sie versuchte, ihn zur Seite zu schieben, konnte ihn aber nicht von der Stelle bewegen. Er ließ es sie kurz versuchen, dann hob er sie hoch und ging auf die Treppe zu.

»Nein?« schrie Corinne. »Nein, niemals!«

»Du hast keine Wahl mehr«, sagte er, als sie am oberen Treppenabsatz angelangt waren. »Welches Zimmer ist dir am liebsten, mein Schatz? Eins, in dem du schon warst? oder wäre dir das unangenehm?«

Corinne drehte sich vor Angst der Magen um. Der lange dunkle Korridor, der vor ihr lag, war dunkelblau tapeziert und wurde nur von einer einzigen schwachen Lampe am anderen Ende beleuchtet.

»Ich war noch nie hier oben«, flüsterte Corinne und konnte selbst hören, welches Entsetzen in ihrer Stimme mitschwang.

»Du mußt mir glauben, Jared!«

Er lachte grausam und ging auf die erste offene Tür zu. »Das erwartest du doch selbst nicht.«

»Was habe ich nur getan, daß du so über mich denkst?« fragte sie.

Er betrat einen Raum, in dem vom Teppich über die Möbel bis hin zu den Laken auf dem Bett alles in Grün gehalten war.

Jared schloß die Tür, setzte sie aber noch nicht ab. Als er in der dämmrigen Beleuchtung auf sie niedersah, glühten seine Augen.

»Unser Zimmer paßt zu deinen Augen«, spottete er und fuhr fort: »Seit mehr als zwei Monaten foppst du mich jetzt. Irgendwann mußt du die Konsequenzen tragen. Normalerweise warte ich nicht so lange.«

»Ich habe dich nie gefoppt.«

Er zog eine seiner dunklen Brauen hoch. »Leugnest du, daß du heftig mit mir geflirtet hast? Leugnest du, daß du meine Küsse erwidert hast?«

»Es mag sein, daß ich manchmal flirte, aber das hat nichts zu bedeuten«, verteidigte sie sich. »Ich dachte, das wüßtest du. Außerdem habe ich dich nicht aufgefordert, mich zu küssen.«

»Du hast aber auch nicht versucht, mich davon abzuhalten. Ein echter Mann gibt sich mit Küssen nicht zufrieden.«

»Die meisten schon.«

»Ich nicht«, sagte er kühl. »Nicht, nachdem du größere Erwartungen in mir geweckt hast.«

Er setzte sie ab und wollte die Türe verschließen. Während er mit dem Rücken zu ihr stand, öffnete sie schnell ihre Handtasche und holte das kleine Messer heraus. Sie hatte es noch nie benutzt und betete jetzt darum, sich an alles erinnern zu können, was Johnny Bixler ihr beigebracht hatte, als sie ein zehnjähriges Mädchen gewesen war.

Jared drehte sich abrupt um, als er hörte, wie sie das Messer aus der Scheide zog. Er lachte herzlich über den Anblick, den sie bot. Sie war in goldenen Samt mit Perlmuttknöpfen und Spitzenbesätzen gekleidet. Ihr goldenes Haar war mit goldenen Samtbändern hochgesteckt; einige Locken fielen über ihre Schläfen. In einer Hand hielt sie ihre Handtasche, in der anderen das Messer.

»Was hast du mit diesem reizenden Spielzeug vor?« fragte er kichernd.

»Wenn du mir näher kommst, werde ich es benutzen.«

»Hat man dir jemals beigebracht, daß man sich im Umgang mit Messern verletzen kann?«

»Zufälligerweise kann ich mit diesem Messer umgehen. Wenn jemand verletzt wird, dann du«, sagte sie mit mehr Zuversicht, als sie empfand. »Schließ die Tür auf!«

Er stellte sich mit gespreizten Beinen vor die Tür. »Ich habe mich schon gefragt, warum du eine Waffe in deiner Handtasche mit dir trägst. Hast du oft das Gefühl, dich verteidigen zu müssen oder weigerst du dich nur bei mir?«

Sie blitzte ihn an. »Du hast in meine Handtasche geschaut, ehe du sie zurückgegeben hast? So etwas hätte ein Gentleman nicht getan.«

»Wir wissen doch beide, daß ich kein Gentleman bin, oder?« erwiderte er und zog seinen Mantel aus.

»Was machst du da?« fragte sie.

»Ich bereite mich auf die Abwicklung unserer Geschäfte vor«, sagte er leichthin. »Schließlich hast du nur um eine Stunde deiner Zeit gewettet. Wir vergeuden also Zeit.«

»Verdammt noch mal, hast du mir denn nicht zugehört? Du wirst mich nicht anrühren. Eher schliefe ich mit dem Teufel als mit dir.«

»Der Teufel und ich stehen auf gutem Fuße«, sagte Jared kühl. »Ich bin sicher, daß es ihm nichts ausmacht.«

»Ich hasse dich, Jared Burk!«

»Das macht kaum einen Unterschied. Jetzt sei ein braves Mädchen und stell dich nicht so an, als hättest du es noch nie getan! Wenn du dich nicht wehrst, wird es dir genausoviel Spaß machen wie mir.«

Ehe sie antworten konnte, warf Jared seinen Mantel über ihr Gesicht. Damit hatte sie nicht gerechnet. Und bevor sie den Mantel wegzerren konnte, hatte er ihr Handgelenk gepackt. Er riß sie an seine kräftige Brust und bog ihr den Arm um. Das Messer fiel auf den Boden. Dann starrte er in ihre verängstigten Augen, ehe er sich mit seinem Mund wild auf ihren stürzte.

Corinne war noch nie zuvor so fest umarmt worden. Ihr Körper war gegen seinen gepreßt. Er hatte ihren Arm nicht losgelassen, und trotz der Schmerzen in ihrer Schulter schwelgte sie in einem Gefühl, das ihren ganzen Körper erbeben ließ.

Jared ließ ihren Arm los und trat zurück. »Du begehrst mich so sehr wie ich dich. Warum leugnest du es?«

Seine Worte trafen sie wie ein Schlag. Corinne lief dunkelrot an. Er hatte recht. Sie hatte nicht versucht, seinen Kuß abzuwehren, sondern ihn mit ganzem Herzen erwidert. Was war nur mit ihr los?

Wie konnte sie ihn nur dazu bringen, ihr zu glauben?

»Ich war noch nie mit einem Mann zusammen. Ich schwöre es! Nie! Ich mag manche wilden Dinge anstellen, aber das gehört nicht dazu.«

»Du lügst, Corinne. Du bist nicht jungfräulicher als ich.«

»Dir ist es ja gleich, ob ich die Wahrheit sage«, schrie sie. »Bist du so sehr darauf aus, mich zu besitzen? Mein Gott, du bist der Partner meines Vaters – *mein* Partner! Glaubst du, danach könnten wir noch je zusammenarbeiten?«

»Das hat nichts mit den Geschäften zu tun. Du zahlst deine Schulden, Corinne. Das ist alles.«

»Zum Teufel mit deiner schwarzen Seele!« brauste sie auf. »Ich schulde dir gar nichts!«

Sie hatte ihre Ängste vergessen. Er grinste sarkastisch. »Du bist nur wütend, weil du glaubst, ich hätte geschwindelt.«

»Das hast du auch getan. Aber ungeachtet dessen werde ich keinem Manne gehören, ehe ich verheiratet bin.«

»Dann hättest du unten nicht einwilligen dürfen«, entgegnete er und griff nach den Knöpfen ihres Kleides.

Corinne schlug ihm auf die Hand und bückte sich, um ihr Messer aufzuheben, aber Jared versetzte ihm einen Tritt, der es aus ihrer Reichweite brachte. Dann hob er sie hoch und warf sie unsanft auf das Bett.

Als Corinne zu schreien anfing, ließ er sich auf sie fallen und hielt ihr den Mund zu.

»Mach mich nicht wütend!« sagte er mit einer Stimme, die keinen Widerspruch duldete. »Wenn ich wütend bin, kann ich sehr grausam sein.« Mit seiner freien Hand riß er ihr Kleid auf.

»Es nutzt nichts, wenn du schreist, du würdest vergewaltigt, weil das niemanden interessiert. In diesem Haus ist man der Meinung, daß eine Dame, die hierherkommt, keine Dame ist. Da ich der gleichen Meinung bin, ist es sinnlos, meine Geduld auf eine weitere Probe zu stellen. Ist das klar?«

Nachdem Jared ihre festen Brüste entblößt hatte, wich die Kühle aus seiner Stimme.

»Du bist wirklich schön«, murmelte er. »Ich habe noch nie so zarte weiße Haut gesehen.«

Er senkte seinen Kopf auf ihre Brüste und küßte ihre Brustspitzen, eine nach der anderen. Lange verharrte sein Kopf dort, ehe er in ihre aufgerissenen Augen sah, in denen Tränen standen.

»Solange du dich nicht wehrst, werde ich dir nicht weh tun, Corinne«, sagte er fast zärtlich. »Das verspreche ich dir.«

Er nahm seine Hand von ihrem Mund und beugte sich nieder, um sie zu küssen. Sie reagierte nicht, als seine Zunge tief in ihren Mund eindrang. Gleichgültig hob er die Schultern.

»Wenn du stur bleibst, ist das deine Sache, Corinne. Mich bringst du damit nicht von meinem Vorhaben ab.«

Corinne antwortete nicht. Vor Scham wollte sie nur noch sterben. Sie konnte ihn nicht aufhalten. Wenn sie es versuchte, würde er ihr weh tun, das hatte er selbst gesagt. Vergewaltigen würde er sie ohnehin, warum sollte sie also mehr leiden als nötig?

Sie betete, es möge schnell vorübergehen. Als er sie hochzog, um ihr die übrigen Kleider auszuziehen, wehrte sie sich nicht; als er zärtlich auf sie einredete, hörte sie nicht zu; und als seine kräftigen Hände sie sanft kosten, empfand sie nichts als Scham.

Aus den Ecken ihrer Augen strömten Tränen. Ein stechender Schmerz ließ sie zusammenzucken, aber sie biß sich auf die Lippen, um nicht aufzuschreien. Er hatte versprochen, ihr nicht weh zu tun, doch sie hatte gewußt, daß er es tun würde.

Florence hatte sie nicht völlig unwissend aufwachsen lassen. Jetzt hatte Jared Burk ihr die Unschuld geraubt, die Unschuld, die sie immer für ihren Ehemann hatte aufbewahren wollen. Nie hatte sie jemanden so gehaßt wir Jared.

Jareds Körper wurde schwer, und Corinne nahm an, es war vorbei.

»Sie sind voll ausbezahlt worden, Mr. Burk«, sagte sie tonlos. »Wenn Sie sich jetzt freundlicherweise von meinem Körper entfernen könnten, würde ich gern gehen.«

»Du kaltes Weibsstück!« sagte er und stand auf, um sich anzuziehen.

»Das habe ich heute abend schon einmal gehört. Sie brauchen sich nicht zu wiederholen.«

»Du brauchst jemand, der dich aufwärmt. Ich bedauere den Mann, den du heiraten wirst, falls er sich mit einer solchen Darbietung im Bett zufriedengeben muß.«

»*Er* nicht«, erwiderte Corinne gepreßt und setzte sich leicht schwankend auf.

»Was ist, wenn ich schwanger werde?«

Er hob die Schultern. »Das ist unwahrscheinlich, da es kein zweites Mal dazu kommen wird. Aber das ist dein Risiko, nicht meines. Als Frau hat man damit fertig zu werden.«

Jared hatte sich wieder angezogen und ging um das Bett herum, um ihr zerrissenes Kleid aufzuheben. Corinne hörte, wie er scharf die Luft einsog, und drehte sich um. Sie folgte seinem Blick, der auf die Mitte des Bettes gerichtet war, wo der Blutfleck sich auf dem grünen Laken schwarz abzeichnete.

»Was ist los, Mr. Burk?« fragte sie bitter. »Sie wirken überrascht. Wußten Sie nicht, daß Jungfrauen bluten?«

Sein Blick traf sich mit ihrem. Seine Augen waren hellgrau, jede Spur von Blau war verschwunden. Lange sah er sie an.

Schließlich ging er mit ihren Kleidern in der Hand auf die Tür zu, drehte sich aber noch mal und und warf ihr quer durch den Raum einen Blick zu.

»Du bleibst hier, bis ich zurückkomme!« befahl er grob. »Hast du mich gehört?«

»Wohin gehen Sie?«

»Bleib einfach hier, Corinne!« antwortete er. »Ich bin vor der Mittagszeit zurück.«

»Mittag?« keuchte sie. »Du weißt, daß ich bei Einbruch der Dämmerung zu Hause sein muß, um nicht vermißt zu werden.«

»Darum kümmere ich mich schon.«

»Wie?«

Er war fort. Ihre Kleider hatte er mitgenommen. Was hatte er jetzt schon wieder Teuflisches vor?

10

In zwei Decken gewickelt und mit einem schweren Umhang über den Schultern wartete Jared ungeduldig in seiner Kutsche vor dem alten Sandsteingebäude in der Beacon Street. Es dämmerte, und ihm war kalt. Vermutlich würde es noch Stunden dauern, ehe die Sohne die infernalische Kälte vertrieb.

Doch er würde noch eine Weile warten müssen, ehe es sich für ihn ziemte, Samuel Barrows einen Besuch abzustatten. Der ältere Herr schlief sicher noch in seinem warmen Bett, ohne zu ahnen, was mit seiner Tochter geschehen war. Jared hatte ihm so viel zu erzählen, womit er sich seinen Zorn zuziehen würde, daß er die Lage nicht noch verschlimmern wollte, indem er ihn weckte.

Verdammt! Seit gestern war einfach alles schiefgegangen. Er hatte geglaubt, einen perfekten Plan zu haben. Corinnes Schuldscheine waren in seinem Besitz gewesen, und er hatte es für ein leichtes Spiel gehalten, sie auf seine Seite zu bringen. Schließlich stand sie im Moment nicht gerade auf gutem Fuße mit ihrem Vater, da er sich ihrer Ehe mit Drayton widersetzt hatte.

Doch sie hatte seine Pläne zunichte gemacht, indem sie ihm beiläufig erklärt hatte, sie wollte ihn nicht wiedersehen. Und das, nachdem er sie zwei Monate lang mit Aufmerksamkeiten bedacht hatte! Als würde sein Versagen bei ihr nicht ausreichen, hatte Samuel Barrows auch noch gewittert, was er mit der Werft vorhatte.

Jared fühlte sich schuldig, doch war er auch erzürnt. Dieses Weibsstück hatte nur bekommen, was es verdient hatte. Sie war nicht befugt, sich als erfahrene Frau auszugeben. Eine Jungfrau! Eine verdammungswürdige Jungfrau! Sie hatte versucht, es ihm klarzumachen, und daß er ihr nicht geglaubt hatte, machte alles noch schlimmer.

Jared ertrug das Warten nicht länger. Noch ein paar Minuten dieser Selbstbeschuldigungen, und er würde alles fahren lassen. Es gab noch eine Möglichkeit – aber die sagte ihm an sich wenig zu. Doch sonst konnte er nur noch aufgeben und wieder nach Hause fahren.

Im Moment wäre er bereit gewesen, aufzugeben.

Kurz nachdem Jared geklopft hatte, öffnete Brock die Tür, Jared hatte sich an den sauertöpfischen Butler gewöhnt, aber so fassungslos hatte er ihn noch nie erlebt. »Also wirklich, Sir!« Brock war empört. »Wissen Sie, wie spät es ist?«

»Natürlich«, antwortete Jared ungeduldig. »Wenn es sich nicht um eine dringliche Angelegenheit handeln würde, wäre ich nicht hier.«

»Um diese Zeit ist Miß Corinne nie auf«, erwiderte Brock und warf einen Blick auf die Treppe, die hinter im lag. »Ihre Zofe läßt nicht zu, daß man sie stört.«

Jared fragte sich, ob der Butler annahm, sie sei eben nach Hause gekommen. Sie hatte im erzählt, daß die Dienstboten von ihren nächtlichen Eskapaden wußten. Vor Bediensteten konnte man nichts über längeren Zeitraum hinweg verbergen.

»Ich habe nicht die Absicht, Miß Barrows zu stören«, sagte Jared belustigt. »Ihren Vater wünsche ich zu sehen.«

»Nun – Sir, das ist etwas anderes. Es ist zwar zu dieser Stunde höchst ungewöhnlich, aber Mr. Barrows ist bereits aufgestanden und kleidet sich im Moment an. Wenn Sie in seinem Arbeitszimmer warten würden, werde ich ihn von Ihrer Anwesenheit unterrichten.«

Zehn Minuten später stand Jared, dem man zur Begrüßung einen Kaffee bereitet hatte, mit der Tasse in der Hand auf, um Samuel Barrows die Hand zu schütteln.

»Man sagte mir, es sei dringend«, bemerkte Samuel und ließ sich hinter seinem breiten Schreibtisch nieder. »Ich kann mir nicht vorstellen, worum es sich handeln könnte – es sei denn, Sie hätten sich entschieden, Ihren Aufenthalt in Boston zu beenden. Sind Sie gekommen, um unsere Geschäfte vor Ihrer Abreise zu einem Abschluß zu bringen, Mr. Burk?«

»Mein Besuch hat nichts mit unseren Geschäften zu tun«, erwiderte Jared, der nicht wußte, wie er beginnen sollte.

»Was sonst sollte von solcher Bedeutung sein?«

»Ich bin wegen Ihrer Tochter gekommen«, sagte Jared rundheraus. »Ich wollte Sie um Ihre Einwilligung zu unserer bevorstehenden Hochzeit bitten.«

Samuel sah Jared ungläubig an, ehe er herausplatzte: »Gütiger Himmel, junger Mann! Ich weiß nicht, wie diese Dinge dort, wo Sie herkommen, gehandhabt werden, aber bei uns pflegt man solche Angelegenheiten zu einer zivilen Tageszeit zu besprechen.«

»Sie werden gleich erfahren, warum ich nicht warten konnte, Mr. Barrows. Doch zuerst möchte ich wissen, ob Sie uns Ihren Segen geben.«

»Ich bitte Sie, Mr. Burk! Nicht ganz so schnell! Ich hatte bisher den Eindruck, Corinne sei Ihnen nicht allzu zugetan. Damit möchte ich Sie nicht beleidigen, aber vielleicht haben Sie bemerkt, daß sie Männer vorzieht, die sich von ihr beherrschen lassen. Sollte ich mich geirrt haben? Glaubt meine Tochter, es sei leicht, mit Ihnen – äh – umzugehen?«

»Nein.«

»Warum sollte sie dann einer Heirat mit Ihnen zustimmen?«

»Ich habe sie noch nicht gefragt.«

Samuel mußte lachen. »Und doch glauben Sie, sie würde ja sagen, wenn Sie sie fragen?«

»Es wird mir gelingen, sie zu überreden. Darin bin ich gut.«

»Dessen bin ich sicher, doch Corinne ist nicht leicht zu überreden. Sie weiß, was sie vom Leben erwartet und setzt ihren Willen hartnäckig durch. Sie sind nicht ganz das, wonach sie gesucht hat.«

»Das vielleicht nicht«, sagte Jared schulterzuckend, »aber ich bin der Mann, den sie heiraten wird.«

»Das klingt ganz so, als würden Sie mir etwas mitteilen, statt sich meine Einwilligung zu holen«, bemerkte Samuel mit hochgezogenen Brauen.

»Das stimmt. Ich hätte gern Ihre Einwilligung. Aber es wird keinen großen Unterschied machen.«

Samuel kicherte vor Vergnügen. »Ich weiß entschlossene Männer zu schätzen, Mr. Burk. Sie müssen meine Tochter sehr lieben.«

»Um offen zu sein, Mr. Barrows, ist keine Liebe mit im Spiel. Wie Sie selbst wissen, ist Ihre Tochter außergewöhnlich schön und als Frau sehr begehrenswert, aber als Ehefrau wird sie einem große Schwierigkeiten bereiten. Ich brauche Ihnen wohl kaum zu erzählen, wie radikal ihre Auffassungen sind. Die Ehe ist für sie ein Schlüssel zu ihrer Freiheit. Ihr ist unklar, daß sie damit auch Verantwortung auf sich lädt. Aber das kann man ihr unter erfahrener Anleitung beibringen.«

Jetzt waren Samuels väterliche Instinkte geweckt. Er stand steif auf, stützte eine Hand flach auf den Tisch und beugte sich mit einem zornigen Funkeln in seinen braunen Augen vor. »Ich möchte wissen, ob ich Sie richtig verstanden habe, Mr. Burk. Sie lieben meine Tochter nicht, und Ihrer Meinung nach wird sie auch keine gute Ehefrau abgeben. Warum, zum Teufel, sitzen Sie dann hier und erzählen mir, daß Sie sie heiraten wollen?«

Jared zögerte nicht. »Es handelt sich um eine Frage der Ehre, Sir.«

»Ehre? Wovon, zum Teufel, reden Sie?« brauste Samuel auf.

Er war eichlich verwirrt.

»Ehe ich Ihnen das erkläre, möchte ich Ihnen eine Frage stellen. Ist Ihnen die Vorliebe Ihrer Tochter für das Glücksspiel bekannt? Wissen Sie, daß sie Ihr Haus fast allnächtlich zu später Stunde verläßt, um ein verrufenes Etablissement am anderen Ufer des Charles River zu besuchen?«

»Ich weiß alles über meine Tochter – auch, daß Sie bei diesen nächtlichen Abenteuern ihr Begleiter waren, seit der haltlose Drayton die Stadt verlassen hat.«

»Wenn Sie es wußten, warum haben Sie dem Treiben dann kein Ende gesetzt?« fragte Jared.

»Meine einzige Möglichkeit wäre gewesen, sie in ihrem Zimmer einzuschließen. Dieses Mädchen ist halsstarrig und tut, was *sie* will, nicht das, was *ich* ihr sage. Ich hatte das Gefühl, ihr Interesse am Spiel würde demnächst nachlassen, und daran glaube ich immer noch.«

»Es macht Ihnen nichts aus, daß sie sich in der Zwischenzeit dort aufhält?«

»Natürlich stört es mich. Aber ich kann sie nicht davon abhalten.«

»Das hätten Sie aber tun sollen. Mr. Barrows«, sagte Jared unheilvoll. »Dieser Ort ist nicht nur eine Spielhölle. Jeder Kunde, der dort hingeht, weiß, wofür der obere Stock genutzt wird. Ist Ihnen das bekannt?«

»Ja.« Samuel wandte verlegen den Blick ab. »Ja, ja, ich weiß es. Aber Corinne ist ein gutes Mädchen. In dieser Hinsicht sorge ich mich nicht um sie.«

»Vielleicht wußten Sie, wie unschuldig sie war«, bemerkte Jared zynisch. »Ich wußte es nicht. Meiner Meinung nach hält sich keine ehrbare Frau an einem solchen Ort auf.«

»Moment mal!«

»Lassen Sie mich ausreden! Ich hatte mir ein klares Bild von ihr gemacht. Vielleicht wissen Sie nicht, wie provozierend sich Ihre Tochter verhält. Sie vermittelt einem den Eindruck, eine erfahrene Frau zu sein. Verstehen Sie, was ich damit sagen will, Mr. Barrows? Ihre kokette Art und die Verrufenheit des Hauses haben dazu geführt, daß ich sie selbst dann noch nicht für eine Jungfrau gehalten habe, als sie es mir geschworen hat.«

Samuel wurde tiefrot. »Was haben Sie mit meiner Tochter gemacht?«

Jared war die Gefahr der Lage, in die er sich gebracht hatte, bewußt, doch er würde bei der Wahrheit bleiben.

»Ich habe beim Pokern gegen Corinne gewonnen. Es war ein Spiel zwischen uns beiden. Die Bedingungen waren im voraus ausgehandelt. Sie war entschlossen, daß Spiel zu beenden, obwohl sie kein Geld mehr hatte. Also hat sie sich selbst verwettet.«

»Ich glaube kein Wort!« brauste Samuel auf.

»Sie war sicher, sie würde gewinnen, Mr. Barrows. Ich glaube jetzt, daß sie den Bedingungen andernfalls nicht zugestimmt hätte. Aber sie hat sich einverstanden erklärt – und dann verloren. Danach hat sie sich geweigert, Ihre Schulden zu begleichen, aber ich fürchte, ich war nicht Kavalier genug, um ihre Weigerung zu akzeptieren.«

»Was sagen Sie da, Burk? Wenn sie . . .«

»Ich habe Ihre Tochter vergewaltigt«, schnitt ihm Jared kühl das Wort ab. »Ich bedauere, es getan zu haben, aber das ändert nichts an der Tatsache. Wenn ich auch nur im entferntesten an ihre Unschuld geglaubt hätte, wäre es niemals dazu gekommen. Doch sie hatte sich selbst verwettet. Ich konnte einfach nicht glauben, daß eine Jungfrau ein solches Risiko auf sich nehmen würde.«

Samuel ließ sich schwerfällig auf seinen Stuhl fallen. »Ich weiß nicht, was ich dazu sagen soll, Mr. Burk. Ich sollte Sie eigentlich ins Gefängnis werfen lassen, doch leider verstehe ich, wie dies geschehen konnte. Mein Gott, war meine Tochter wirklich so dumm, sich selbst in einem Glücksspiel als Preis auszusetzen?«

»Ja.«

»Und jetzt, nachdem Sie wissen, daß sie tatsächlich eine Jungfrau war, fühlen Sie sich also verpflichtet, sie zu heiraten?«

»Ich bin nicht allein schuld an dem, was passiert ist, aber ich bereue es wegen ihrer Unschuld. Ich komme mir wie ein Idiot vor, weil ich sie so falsch eingeschätzt habe. Doch was geschehen ist, ist geschehen. Sie hat für ihren Fehler bezahlt, und jetzt gebietet meine Ehre mir, für meinen Fehler zu zahlen.«

»Das Ganze muß sich letzte Nacht abgespielt haben?«

»Ja, Sir. Sie ist nicht verletzt«, sagte Jared, um seiner Frage zuvorzukommen. »Allzu erfreut ist sie allerdings auch nicht. Ich habe sie sogar ausgesprochen übellaunig zurückgelassen.«

»Zurückgelassen? Wo?«

»Auf der anderen Seite des Flusses, in einem behaglichen Schlafzimmer. Wahrscheinlich schläft sie noch.«

»Nicht, wenn ich meine Tochter richtig kenne. Sie wird jeden Moment in mein Haus stürzen und Ihren Kopf auf einem Silbertablett fordern.«

»Das glaube ich nicht. Ich habe ihr nicht die Möglichkeit gegeben, fortzulaufen. Sie hat keine Kleider.«

Samuel holte tief Luft. Er konnte Jared nicht die volle Schuld anlasten. Corinne hatte sich alles selbst eingebrockt. Wer kannte sie besser als er? Außerdem hatte er sie gewarnt, mit Burk zu spielen.

Er räusperte sich. »Ich will Ihnen offen gestehen, Mr. Burk, daß ich wünschte, nichts von alledem wäre geschehen. Doch nachdem es nun einmal so ist, haben Sie schließlich wenigstens angeboten, die Ehre meiner Tochter wiederherzustellen.«

»Sie sind also mit unserer Heirat einverstanden?«

»Vorausgesetzt, Corinne willigt ein. Doch daran zweifle ich. In diesem Falle entbinde ich Sie jeglicher weiterer Verpflichtungen.«

»Das ist unter diesem Umständen äußerst großzügig von Ihnen, aber sie wird einwilligen«, sagte Jared zuversichtlich.

Samuel blickte ihn finster an. »Falls Sie vorhaben, sie mit Gewalt zu einer Eheschließung zu zwingen, können Sie Ihren Plan augenblicklich abschreiben. Ich werde nicht zulassen, daß Corinne ein weiteres Mal mißbraucht wird.«

»Daran hätte ich im Traum nicht gedacht, Mr. Barrows. Ich gebe Ihnen mein Wort, Corinne in keiner Weise zu mißhandeln.«

»Ich hoffe, ich kann auf Ihr Wort vertrauen«, sagte Samuel ernst.

»Das können Sie.«

»Nun gut. Sie haben meine Erlaubnis, sie um ihre Hand zu bitten, aber *ich* möchte Sie bitten, ihr gegenüber nicht zu erwähnen, daß ich diese Heirat billigen würde. Es wäre sogar am besten, wenn sie gar nicht erfährt, daß ich über die Vorfälle unterrichtet bin. Ich möchte ihr keine weitere Scham zufügen.«

»Ich verstehe«, sagte Jared mit Unbehagen. »Doch ich fürchte, ich brauche eines ihrer Kleider. Das, was sie heute nacht getragen hat, ist – beschädigt. Dann wird sie wissen, daß ich hier war.«

Samuel wäre beinahe wieder aufgebraust.

»Kein Problem, Mr. Burk«, sagte er gepreßt. »Lassen Sie das Kleid, das Sie bei sich haben, stopfen. Suchen Sie eine Näherin und lassen Sie es richten! So einfach ist das. Ich werde dafür sorgen, daß mein Butler Ihren Besuch vergißt.«

11

Als Jared zurückkam, war Corinne eingeschlafen. Er wollte selbst nichts lieber als schlafen, aber noch konnte er es nicht tun. Zuvor mußte er die Situation mit Corinne besprechen.

Er breitete ihre Kleider am Fußende des Bettes aus und sah auf sie nieder. Ihr dunkel-goldenes Haar war in sanften Wellen auf dem Kissen ausgebreitet. Es glänzte wie gesponnene Seide.

Sie war wirklich schön. Wenn sie nur nicht Barrows' Tochter gewesen wäre! Aber sie war es, und Jared konnte es sich nicht leisten, das zu vergessen. Für ihn war sie nur ein Mittel zum Zweck. Sowie dieser Zweck erreicht war, würde er diese wilde grünäugige Schönheit nie mehr wiedersehen.

»Steh auf Corinne!« sagte Jared sanft und rüttelte sie an den Schultern. »Wir müssen miteinander reden.«

»Geh weg!« murmelte sie und vergrub ihren Kopf in dem Kissen.

»Jetzt komm schon!« krächzte er. »Es ist fast zehn.«

Sie sah ihn an und war augenblicklich wach. »Du? Du bist also doch zurückgekommen?«

Er grinste. »Du hast doch nicht etwa geglaubt, ich würde dich einfach hier zurücklassen?«

»Doch«, sagte sie bitter und zog sich das Laken bis zum Hals hoch, um sich zu bedecken. »*Dir* traue ich alles zu.«

»Ich habe dein Kleid richten lassen. Du hast ohnehin Zeit gebraucht, um nachzudenken und eine Entscheidung zu treffen.«

»Worüber?«

»Über die letzte Nacht, Corinne.«

»Ich will nicht darüber reden«, fiel sie ihm zornig ins Wort. »Ich will es vergessen.«

»Das geht nicht so einfach.«

»Nein? Wenn du aus meinem Leben verschwindest, werde ich dich mühelos vergessen.«

»Ich würde es auch gern vergessen, aber das kann ich nicht«, entgegnete Jared. »Das, was ich getan habe, ist unverzeihlich.«

»Willst du damit sagen, daß es dir leid tut?« fragte Corinne scharf.

»Ja.«

»Glauben Sie nicht, daß Ihre Reue zu spät kommt, Mr. Burk? Der Schaden ist angerichtet.«

»Es ist nicht zu spät, ihn wiedergutzumachen.«

»Können Sie zaubern?« fragte sie sarkastisch. »Können Sie mir meine Unschuld wiedergeben?«

»Nein, aber ich kann dafür sorgen, daß das, was ich dir angetan habe, dir kein weiteres Leid bringt.«

»Weiteres Leid? Wovon sprechen Sie? Mein einziges Leid besteht darin, mich mit Ihnen in einem Raum aufhalten zu müssen.«

»Ich wünschte, du würdest dich beruhigen, Corinne, damit wir ernsthaft miteinander reden können.«

»Wozu?« fauchte sie.

»Weil du an dem, was vorgefallen ist, ebensoviel Schuld trägst wie ich«, sagte er scharf und senkte seine Stimme, um fortzufahren. »Ich habe mich getäuscht, Corinne, aber du hättest dich als Jungfrau auch nicht so verhalten dürfen.«

Unfähig, ihm in die Augen zu sehen, wandte sie sich ab. Sie wußte selbst, daß sie mitschuldig war. Doch das minderte nicht ihre Wut darüber, wie herzlos er sie genommen hatte.

»Du hättest mich nicht wie eine Hure behandeln müssen«, sagte sie leise.

Jared setzte sich auf die Bettkante. Ihr Vorwurf hatte ihn seltsam bewegt. Er streckte seine Arme nach ihr aus und drehte ihr Gesicht zu sich um.

»Es tut mir so leid, Corinne. Ich schwöre dir, daß ich dir nicht so viel Leid antun wollte.« Seine Augen erforschten die ihren. »Wenn ich gewußt hätte, daß du unschuldig warst, hätte ich dich nicht angerührt. Du glaubst mir doch?«

»Ich weiß es nicht«, sagte sie schwach. In ihren Augen schimmerten Tränen. »Ich weiß einfach nicht mehr, was ich dir glauben soll.«

»Ich kann dir nicht vorwerfen, daß du mir nicht mehr traust, aber ich schwöre dir, daß ich dir nie mehr weh tun werde, Corinne.«

»Geh weg, Jared!« Sie stieß ihn fort. »Ich möchte nicht mehr darüber reden.«

Ihre Worte schockierten ihn weit mehr, als er sich anmerken ließ. Die gleichen Worte hatte seine Mutter vor langer Zeit zu seinem Vater gesagt. Die Erinnerung setzte ihm heftig zu.

»Du wirst mit mir reden, Corinne. Du mußt es um deinetwillen tun.« Und er fügte hinzu: »Möglicherweise hast du letzte Nacht ein Kind empfangen. Willst du dieses Risiko ganz allein tragen?«

»Worauf willst du hinaus, Jared?« fragte Corinna argwöhnisch. »Sag es mir gleich!«

»Ich möchte, daß du meine Frau wirst.«

Einen Moment lang herrschte Schweigen.

»Wirklich?« Sie lachte herzlich. »Willst du das wirklich? Warum denn das?«

»Ich meine es ernst, Corinne.«

»Ich habe dich gefragt, warum, Jared«, sagte sie kühl. »Du liebst mich nicht. Willst du dich opfern, weil du dich schuldig fühlst?«

»Ich habe nicht das Gefühl, mich zu opfern. Ich versuche nur, das Problem zu lösen, das ich geschaffen habe«, erwiderte er mit ruhiger Stimme.

»Ich sehe kein Problem. Was geschehen ist, ist geschehen. Ich werde mich wegen dieser letzten Nacht nicht umbringen. Du kannst sicher sein, daß ich es überlebe.«

»Was ist, wenn du ein Kind bekommst?«

»Falls das der Fall sein sollte, werde ich es weggeben«, sagte sie schroff. Sie wollte ihn verletzen. »Ein Kind von dir würde ich keinesfalls behalten.«

Jared knirschte mit den Zähnen. Sie mußte in hassen.

»Ich biete dir nicht nur eine Ehe an, Corinne, sondern auch das, was du von deinem Leben erwartest. Ich weiß, daß du Russell Drayton liebst, aber ich weiß auch, daß dein Vater euch nicht heiraten läßt. Wenn du mich jedoch jetzt heiratest, wirst du dich nicht nur für den Fall einer möglichen Schwangerschaft absichern, sondern du kannst auch haben, was du willst. Nach einer angemessenen Zeitspanne kannst du dich von mir scheiden lassen und Drayton heiraten.«

Corinne setzte an, ihm zu erklären, daß eine Scheidung in ihrer Familie ausgeschlossen war. Doch ihre Neugier war erwacht. »Was meinst du damit, daß ich bekomme, was ich erwarte?«

»Du wolltest doch deine Freiheit?« erinnerte er sie. »Du willst unabhängig sein?«

»Willst du damit sagen, daß du mich in keiner Weise einschränken würdest, wenn ich dich heirate?«

»Genau das«, erwiderte Jared und wußte, daß er es geschafft hatte.

»Du würdest auch nicht versuchen, über mein Geld zu bestimmen?«

»Ich brauche dein Geld nicht, Corinne. Du kannst damit anfangen, was du willst.«

Sie konnte kaum glauben, daß er bereit war, ihr genau das zu geben, was sie wollte. Es war zu schön, um wahr zu sein. Warum war er so entgegenkommend?

»Wie kann ich dir vertrauen?« frage sie skeptisch.

»Ich gebe es dir schriftlich, wenn du wünscht«, bot er an.

»Vor der Heirat?«

»Ja.«

Sie sah von ihm fort.

»Dein Vorschlag ist sehr verführerisch, Jared«, gestand Corinne nach einer Weile. »Doch ich frage mich, ob du mich noch heiraten willst, wenn du meine letzte Bedingung gehört hast.«

»Ich höre«, sagte Jared mit siegessicherem Grinsen.

»Die letzte Nacht war eine Demütigung für mich. Ich habe herausgefunden, daß mir die körperliche Liebe zutiefst zuwider ist. Wenn ich einwilligen würde, dich zu heiraten, wäre ich nur zum Schein deine Frau.«

»Das heißt, dein Bett ist mir versagt?«

»Ja.«

Die Muskeln in Jareds Gesicht zuckten. Warum störte es ihn? Er würde sie niemals lieben. Warum also war er verletzt?

»Du hast dir letzte Nacht keine Chance eingeräumt, Corinne. Es kann für beide Partner sehr vergnüglich sein, wenn beide bei der Sache sind.«

»Ich werde dir keine Gelegenheit geben, das zu beweisen, Jared.«

»In Ordnung«, sagte er. »Solange du nichts dagegen hast, wenn ich mir meine Befriedigung andernorts hole.«

Corinne lachte, und Jared war erbost.

»Es würde mich überraschen, wenn du es nicht tätest. Nein, ich habe nichts dagegen.«

Jesus Christus! Er war ihr wirklich vollkommen gleichgültig.

Jared behielt seine Miene unter Kontrolle. »Eine Nacht wird es dennoch geben: die Hochzeitsnacht, in der wir die Ehe vollziehen.«

Corinne dachte darüber nach. Noch eine solche Nacht wie die vergangene! Wie sollte sie das ertragen? Aber alles, was sie wollte, war in greifbare Nähe gerückt und keine zwei Jahre mehr entfernt. Diese eine Nacht würde auch vorübergehen.

»Einverstanden«, sagte sie schließlich. »Du machst ein jämmerlich schlechtes Geschäft, Jared.«

Jared entspannte vollkommen. Ihre Anteile an der Werft hatte sie mit keinem Wort erwähnt. Er wußte nicht, wie er sich verhalten hätte, wenn sie auf dieses Thema zu sprechen gekommen wäre.

»Es ist für mich kein gar so schlechtes Geschäft, Corinne. Durch die Wiedergutmachung habe ich ein reines Gewissen. Außerdem wird es nicht für lange sein. Wenn du erst geschieden bist, werden wir getrennte Wege gehen.«

Corinne strahlte. Er glaubte zu wissen, worüber sie so froh war, aber den wahren Grund kannte er nicht.

Es wird zu keiner Scheidung kommen, Jared Burk, dachte Corinne. Dieser Handel bleibt bestehen, bis daß der Tod uns scheidet. Doch das würde sie ihm jetzt noch nicht sagen. Mein Gott, welch eine köstliche Rache!

12

Das Aufgebot wurde bestellt, und der Hochzeitstag wurde auf den 10. Oktober festgelegt, einen Sonntag in weniger als vier Wochen. Die Einladungen wurden augenblicklich verschickt, und Corinne begann mit den Anproben ihres Hochzeitskleides. Ihre Tage waren mit Vorbereitungen und Einkäufen für ihre Aussteuer ausgefüllt, und so verflogen die vier Wochen in Windeseile.

Während dieser Zeit sah sie Jared selten und hatte kaum Gelegenheit, mit ihm zu reden. Er schickte ihr die schriftliche Abmachung zu, wie er es ihr versprochen hatte, und nahm ihr damit die letzten Zweifel.

Ihr Vater wußte nichts von dem Schreiben, das ihre Unabhängigkeit garantierte. Hätte er davon gewußt, hätte er nie zugelassen, daß sie Jared heiratete. Manchmal fragte sich Corinne, warum ihr Vater sofort mit der Eheschließung einverstanden gewesen war, ohne sie auch nur zu fragen, woher ihr Sinneswandel Jared gegenüber herrührte.

Während der letzten hektischen Woche vor der Hochzeit traf nur ein Ereignis ein, das Corinne bestürzte. Russell kehrte nach Boston zurück. Er wußte bereits, daß Jared an seine Stelle getreten war, und verlangte Erklärungen.

Es war Nachmittag, als Corinne davon unterrichtet wurde, daß Russell sie in der Halle erwartete. Sie hatte gerade ihr Hochzeitskleid anprobiert, das am gleichen Vormittag geliefert worden war, und war gut gelaunt, denn das Kleid war fantastisch geworden. Russells Erscheinen versetzte ihrer Laune einen Dämpfer.

Florence bemerkte Corinnes Miene und frage: »Hast du etwa geglaubt, du brauchst den armen Kerl nicht mehr zu sehen?«

»Nein. Aber ich hatte gehofft, bis dahin sei ich schon Mrs. Jared Burk«, erwiderte Corinne. »Hilf mir schnell beim Umziehen!«

»Wenn du ihn erst nach der Heirat getroffen hättest, wäre es nur um so schlimmer gewesen«, sagte Florence, während sie die Ösen am Rücken des Kleides öffnete. »Dieser Mann wollte dich heiraten. Er hat es verdient, zu erfahren, warum du statt dessen einen anderen gewählt hast.«

»Das weiß ich. Aber wenn ich schon verheiratet würde, könnte Russell nicht versuchen, mir diese Ehe auszureden.«

Florence schüttelte den Kopf. »Du nimmst die Gefühle der Männer zu leicht, Corinne.«

»Russel weiß, daß ich ihn nicht geliebt habe«, verteidigte sie sich.

»Aber *er* hat *dich* geliebt.«

»Auf wessen Seite stehst du, Florence?« fragte Corinne verdrossen.

»Auf deiner. Ich kenne dich von Geburt an. Meine Mutter war deine Amme, und seit ihrem Tod habe ich mich um dich gekümmert. Du bist wie eine Tochter für mich.«

»Hör bloß auf!« Corinne kicherte. »Du bist nicht alt genug, um meine Mutter zu sein.«

»Aber beinahe. Und wenn ich dir nicht mehr sagen kann, was ich denke, ist es an der Zeit, daß ich gehe.«

»Sei nicht albern!«

»Außer mir sagt dir doch niemand, daß das, was du tust, falsch ist, Cori. Russell Drayton hat mir nie besonders gefallen, aber du hast ihn ausgenutzt, und das ist furchtbar. Jetzt nutzt du Mr. Burk aus, um zu bekommen, was du willst. Du liebst ihn ebensowenig, wie du Drayton geliebt hast.«

»Jared ist sich darüber im klaren. Wir schließen eine Vernunftehe.«

»Die nur dir zugute kommt. Um Himmels willen, Cori! Du hast mir gesagt, daß du nicht in einem Zimmer mit ihm schlafen wirst. Was hat er von dieser Ehe?«

»Er ist mir etwas schuldig«, fauchte Corinne und vergaß dabei, daß Florence nicht wußte, wie Jared sie mißhandelt hatte.

»Er ist dir etwas schuldig? Was ist er dir schuldig? Was hast du mir nicht erzählt, Corinne Barrows?«

»Nichts«, sagte Corinne und tat die Frage mit einem nervösen Lachen ab. »Wirklich nichts Besonderes.«

Sie konnte es Florence nicht erzählen, weil sie sich viel zu sehr schämte. Außerdem würde niemand verstehen, wie sie in eine Ehe mit dem Mann einwilligen konnte, der sie vergewaltigt hatte. Nein, sie konnte es beim besten Willen nicht erklären.

Als sie nach unten kam, fand sie Russell übelgelaunt vor. Er war wütend, weil sie ihn hatte warten lassen.

»Ich dachte schon, du hättest Angst, mir unter die Augen zu treten«, sagte Russell, als sie den Raum betrat.

Er schrie fast.

Corinne überging den Vorwurf und fragte mit sanfter Stimme: »Geht es deinem Großvater besser, Russell?«

»Er ist gestorben.«

»Das tut mir leid.«

»Dessen bin ich sicher«, erwiderte Russell scharf. »Ebenso, wie ich sicher bin, daß es dir leid tut, mich nicht davon unterrichtet zu haben, daß du mich wegen eines anderen fallengelassen hast, sowie ich dir den Rücken gekehrt habe.«

»Sei nicht verbittert, Russell! Du weißt, daß mein Vater unsere Ehe nicht zugelassen hätte.«

»Du hast gesagt, du würdest ihn überreden«, erinnerte er sie. Seine blauen Augen wurden dunkel vor Zorn.

»Ich habe es versucht, aber er war nicht von seiner Meinung abzubringen.«

»Du weißt, daß ich gewartet hätte, bis du seiner Zustimmung nicht mehr bedurft hättest«, sagte Russell etwas weniger grob.

»Aber du weißt, daß ich nicht die Absicht hatte, so lange zu warten.« Corinne wurde langsam wütend. »Sei vernünftig, Russell! Ich habe nie vorgegeben, dich zu lieben. Das hatte ich klargestellt. Von Anfang an war ich offen zu dir. Es ist nur nicht so gekommen, wie ich es wollte.«

»Liebst du Burk?«

»Nein. Ich habe die gleiche Abmachung mit ihm getroffen wie mit dir. Der einzige Unterschied liegt darin, daß mein Vater Jared nicht abgelehnt hat. Falls es dich tröstet, Russell – Jared und ich werden nur auf dem Papier verheiratet sein.«

Russell zog eine Braue hoch. »Zu unseren Vereinbarungen hat das nicht gehört.«

»Nein.«

»Warum sollte ein Mann wie Burk derart widersinnige Bedingungen akzeptieren?«

»*Ich* halte sie nicht für widersinnig«, sagte Corinne verächtlich.

»Was hat Burk dann davon?«

»Eine Ehefrau zum Schein«, log Corinne. »Genau das will er haben.«

»Das ist alles?«

»Ja.«

Russell lachte höhnisch. »Ihr nutzt euch also gegenseitig aus. Er kann seinen Spaß mit den Damen haben und braucht doch nicht zu fürchten, in eine Ehe gezwängt zu werden, da er eine angetraute Ehefrau hat. Wie geschickt. Dieser Mann ist wirklich ein Charakterschwein.«

»Ich nehme an, das denkt er sich so«, bemerkte Corinne, verwirrt.

Sie hatte sich nie Gedanken über Jareds Pläne gemacht.

»Dann treffen wir uns weiterhin, nachdem du verheiratet bist?«

Corinne runzelte die Stirn. »Ich weiß es nicht, Russell.«

Er stürzte auf sie zu und packte sie an den Schultern. »Du kannst mich nicht ganz abschieben, Corinne.«

»Falls du immer noch hoffst, ich könnte mich in dich verlieben, dann gib es auf. Ich bezweifle, daß ich mein Herz je verlieren werde, Russell. Das würde mich von jemand anderem abhängig machen, und ich ziehe es vor, mich auf mich selbst zu verlassen. Auf mich kann ich zählen.«

»Ich kann die Hoffnung nicht aufgeben. Corinne. Noch nicht.« Er zog sie näher an sich und drückte ihr einen langen Kuß auf die Lippen. »Bitte mich nicht darum!«

Corinne war der flehende Unterton in seiner Stimme verhaßt. Sie ertrug schwache Männer nicht.

»Ich glaube, daß wir Freunde bleiben können«, sagte sie rauh. »Aber vor meiner Heirat kann ich dich wirklich nicht mehr treffen.«

»Abgemacht, Corinne, ganz, wie du meinst«, stimmte er eifrig zu.

Es sah Russell ähnlich, sich jedem ihrer Wünsche zu fügen. Zu schade, daß ihr Vater ihn abgelehnt hatte. Russell mochte sie wenigstens; das konnte sie von Jared Burk nicht behaupten.

13

Der 10. Oktober brachte Nieselregen, der sich bis zum Nachmittag zu einem Gewitter ausweitete. Aus ihrem Schlafzimmerfenster sah Corinne trübsinnig auf die regennasse Straße. Der Park auf der anderen Straßenseite stand unter Wasser.

Corinne warf Florence einen Blick über die Schulter zu. »Bedeutet es nicht Unglück, wenn es an einem Hochzeitstag regnet?«

Florence durchsuchte die Frisierkommode nach Corinnes Haarnadeln mit den Perlenknöpfen.

»Das ist alles nur dummer Aberglaube. Außerdem kommt es mir so vor, als ließe der Regen nach. Um vier Uhr kann die Sonne schon wieder scheinen.«

Corinna sah noch einmal auf das trostlose Bild, das der Park bot.

»Nein«, seufzte sie. »Schon auf dem Weg zur Kutsche werde ich meine Frisur ruinieren. Ganz zu schweigen von dem Kleid!«

»Vielleicht sollten wir früher zur Kirche gehen. Dann ziehst du dich dort erst um«, schlug Florence vor.

»Ja, vielleicht«, erwiderte Corinne automatisch, während ihre Gedanken längst bei anderen Dingen weilten.

Seit dem Erwachen war sie von Zweifeln geplagt. Plötzlich wandte sie sich mit weit aufgerissenen Augen angstvoll zu ihrer Zofe um. »O Florence, worauf habe ich mich nur eingelassen?«

»Sieh mich nicht so an, als würdest du von mir eine Antwort erwarten!« sagte Florence streng. »Das hättest du dir eher überlegen müssen, Mädchen.«

»Ich kenne den Mann, den ich heirate, gar nicht«, fuhr Corinne fort. »Mein Gott, ich weiß immer noch nicht, wo er herkommt!«

»Spielt das eine Rolle?«

»Ich weiß auch nicht, wo wir leben werden. Wir können schließlich nicht in seinem Hotel bleiben.«

»Ich bin sicher, daß er Pläne gemacht hat, Cori«, versuchte Florence sie zu beschwichtigen.

»Das möchte ich ihm nicht geraten haben. Nicht ohne meine Zustimmung«, fauchte sie kindisch. »Und wenn er glaubt, daß ich Boston verlasse, um dort zu leben, wo er herkommt – wo auch immer das sein mag –, dann . . .«

»Ich weiß nicht, warum ihr diese Dinge nicht besprochen habt. Woran hast du bloß gedacht?«

»Das ist mir eben erst eingefallen«, gestand Corinne und rief in heller Panik aus: »O Florence, ich werde ihn nicht heiraten! Ich kann es nicht!«

»Das wäre ein Skandal, über den ganz Boston reden würde. Corinne Barrows erscheint nicht in der Kirche.«

»Aber . . .«

»Kein Aber«, fiel ihr Corinne ins Wort. »Du bist nur nervös, Cori. Das geht allen Bräuten so. Diese Heirat hast du gewollt, und du bekommst einen gutaussehenden Teufel zum Mann.«

»Das mit dem Teufel stimmt.«

»Ach was! Nach dem was ich von Jared Burk gesehen habe, ist er sanft wie ein Lamm. Er ist halt ein Charmeur.«

»Ich habe ihn auch von einer anderen Seite kennengelernt, Florence. Er hat zwei Gesichter.«

»Wovon sprichst du?«

»Von nichts weiter«, antwortete Corinne geschwind. »Das sind meine Nerven. Vielleicht fürchte ich mich einfach bloß vor dem, was heute abend nach dem Empfang passieren wird.«

»Ach, das geht glatt«, sagte Florence kichernd. »Du weißt ja, was auf dich zukommt. Ich habe es dir doch erzählt, da deine arme Mutter es nicht konnte. Sie mit ihrer Erziehung hätte es dir ohnehin nie erzählt, aber du bist so gar nicht wie deine Mutter.«

»Ich kann mich kaum an sie erinnern«, sagte Corinne nachdenklich und entspannte langsam wieder. »Ich weiß nur noch, daß Vater und sie nie wirklich miteinander ausgekommen sind.«

»Ihre Ehe war eine Vernunftehe, ganz wie deine.«

»Ich weiß«, sagte Corinne und warf einen Blick auf die Uhr.

»Wir sollten jetzt besser gehen, wenn ich mich erst in der Kirche umziehe. Ich sage Vater bescheid, während du meine Sachen zusammenpackst. Vergiß die Perlenkette meiner Großmutter nicht! Sie wird wunderbar zu der Spitze auf meinem Kleid passen.«

»Ja.« sagte Florence lächelnd. »Fühlst du dich wieder besser?«

»Ja. Ich weiß nicht, was in mich gefahren ist, aber es geht mir jetzt gut. Sehen wir zu, daß wir diese Heirat hinter uns bringen.«

Am Ende der Straße, einige Häuser nach der Kirche, stand eine altmodische Kutsche, vor die zwei lebhafte Stuten gespannt waren. Die Kutsche selbst war leer, aber auf dem Kutschbock saß ein Kutscher in einem schweren Umhang. Er sah sich jedesmal zur Kirche um, wenn er eine Kutsche vorfahren hörte.

Es blitzte, donnerte und goß in Strömen, doch der Fahrer suchte nicht den Schutz des Kutscheninnern auf. Er erwartete eine ganz bestimmte Kutsche und den Fahrgast, der sie verlassen würde. Unter seinem Umhang verborgen, hielt er ein nagelneues Gewehr.

Jared war schlecht gelaunt. Ihm gegenüber in der Kutsche saß Willis Sherman, der Rechtsanwalt, den Dougherty ihm empfohlen hatte. Jared versuchte, seine Aufgewühltheit vor Sherman zu verbergen.

Wie zum Teufel, kam er dazu, Barrows' Tochter zu heiraten! Immer wenn er sie ansah, wurde er an ihren Vater erinnert und daran, wie sehr er ihn haßte. Aber es würde nicht für lange sein. Sobald er durch Corinnes Anteile die Firma ruiniert hatte, würde sie sich von ihm scheiden lassen. Aber wie lange würde er dazu brauchen? Und war das wirklich eine Ehe mit ihr wert?

Er hatte schon zu viel Zeit in diese Schache investiert. Vor fünf Monaten war er von zu Hause fortgefahren. Zumindest würde kein Mensch zu Hause erfahren, daß er sich während seiner Reise verheiratet und wieder hatte scheiden lassen. Er wünschte, es wäre schon soweit und er könnte sich endlich wieder auf den Heimweg machen.

Die Kutsche hielt an, und Jared erwartete die Türhüter mit den Schirmen. Ein schöner Tag für eine Hochzeit! dachte er grimmig.

Plötzlich dröhnte der Donner wie ein Schuß, und es dauerte einige Sekunden, bis Jared klar wurde, daß es sich wirklich um einen Schuß gehandelt hatte. Gleich darauf entdeckte er das Loch, das die Kugel in die Kutsche geschlagen hatte. Sie hatte ihn nur um Zentimeter verfehlt. Jared beobachtete, wie eine Kutsche schnell um die Ecke bog.

»Ein komisches Geräusch für einen Donner«, bemerkte Willis Sherman auf dem Weg zur Kirche.

»Ja«, entgegnete Jared einfach.

Instinktiv wollte er der Kutsche folgen, doch Corinne würde es nie verzeihen, am Altar versetzt worden zu sein. Er dachte kaum daran, daß er jetzt tot sein könnte, denn er konnte sich beim besten Willen nicht vorstellen, warum ihn jemand erschießen wollte. Er hatte sich in Boston keine Feinde gemacht. Da er es sich einfach nicht erklären konnte, nahm er an, der Schuß hatte nicht ihm gegolten. Wahrscheinlich hatte er es mit einem Verrückten zu tun, der Amok lief.

»Kommen Sie, ehe wir aufweichen!« drängte Willis.

Jared nickte und eilte die Stufen zur Kirchentür hinauf. Der Schuß hatte ihn verfehlt, und jetzt mußte er heiraten.

Wenige Minuten später folgt Samuel und Corinne Barrows Lauren, der Brautjungfer, den Gang hinunter.

Jared stand vor dem Altar und wirkte ungeduldig, wodurch Corinne um so nervöser wurde. Er trug eine schwarze Hose und ein weißes Jackett mit Aufschlägen aus schwarzem Samt und sah unverschämt gut aus. Corinne war einen Moment lang fast stolz. Lauren war glücklich und ein wenig neidisch. Cynthia hatte die Einladung abgelehnt. Sie hatte sich bei Jared so große Hoffnungen gemacht, daß sie nicht mehr mit Corinne redete. Auch Russell war nicht erschienen, doch viele andere aus ihrem großen Freundeskreis und dem ihres Vaters waren gekommen, um ihr Glück zu wünschen. Die Gäste waren prunkvoll und farbenprächtig gekleidet.

Ihr Vater drückte ermutigend ihren Arm, aber auch seine Gegenwart konnte ihr die panische Angst nicht nehmen. Corinne hatte feuchte Hände, und ihr Herz pochte so heftig, daß sie es über die Musik und den Regen hinweg hören konnte.

Als Jared ihre Hand nahm, wußte sie, daß er die feuchte Kälte spüren würde. Und er würde wissen, wie sehr sie sich fürchtete. Als er sie anlächelte, errötete sie unter ihrem Schleier. Sie konnte nicht ahnen, daß er sie gegen seinen Willen bewunderte. In ihrem spitzenbesetzten Kleid aus weißer Seide mit dem dazu passenden langen Schleier sah sie schöner aus als alle Frauen, die er je gesehen hatte. Welch seltsamer Streich der Natur, dachte Jared, daß ein so herzloses Wesen wie Corinne Barrows so sehr wie ein Engel aussehen konnte! Ihr goldenes Haar war mit den Perlennadeln hochgesteckt, darüber lag der Schleier. Sie trug tiefrote und orange-farbene Chrysanthemen, die die Schönheit ihres Haares herausstri-chen.

Jared lauschte der Hochzeitszeremonie kaum, und auch Corinne bekam nur wenig von dem mit, was gesprochen wurde. Ihr wurde gerade bewußt, wie allein sie war und es auch bleiben würde. Ab heute würde ihr Vater keine bedeutende Rolle mehr in ihrem Leben spielen, und Jared hatte versprochen, sich nicht in ihr Leben einzumischen. Das hatte er ihr schriftlich gegeben. Eigentlich hatte sie ihn dazu gebracht, auszusagen, daß sie ihm völlig gleichgültig war. Von heute an war sie ganz auf sich selbst gestellt.

»Hiermit erkläre ich euch zu Mann und Weib.«

Corinne keuchte. Jetzt konnte sie nicht mehr davonlaufen. Es war vorbei. Sie hatte ja gesagt, ohne es selbst zu wissen. Wie gelähmt stand sie da, als Jared ihren Schleier hob und ihre kalten Lippen mit den seinen berührte.

»Lächeln, Mrs. Burk!« flüsterte er, als er ihren Arm nahm, um sie den Gang hinunterzugeleiten. »Dies gilt als freudiges Ereignis.«

Sie setzte um der Gäste willen ein verkrampftes Lächeln auf. Ein Meer von Gratulationen überrollte sie. Zum traditionellen Braut-kuß wurde sie von einem Mann an den nächsten weitergereicht.

Schließlich gelang es Jared, sie durch die Menge hindurch und aus der Kirche hinauszuschleusen. Sie schlugen sich zu der warten-den Kutsche durch, die sie zum Studio eines Fotografen bringen würde und dann zu dem Empfang zu Hause.

Auf der Fahrt sagte sich Corinne wiederholt, jetzt hatte sie es geschafft. Dabei vermied sie Jareds Blick. Sie hatte alles, was sie wollte, und mußte nur die kommende Nacht noch durchstehen.

Beim Fotografen ging alles ganz schnell. Als sie das Stadthaus der Barrows' erreichten, wurden sie von einer jubilierenden Menge mit Glückwünschen bombadiert. Es war ein goßartiges Fest. Samu-el Barrows hatte die besten ausländischen Delikatessen und den teuersten Champagner kommen lassen. Mit einer Hochzeitsfeier konnte man die Bostoner Gesellschaft jederzeit auftauen.

Wesentlich früher als Corinne erwartet hatte, schlug Jared vor, sie sollten gehen. Sie weigerte sich wieder und wieder, doch schließlich trieb Jared sie am Treppenabsatz in die Enge.

»Geh rauf und zieh dich um, Corinne!«

Seine Stimme hatte einen entschiedenen Unterton, aber sie war noch nicht annähernd betrunken genug, um mit ihm gehen zu können.»Werden wir die Nacht nicht hier verbringen?«

»Unter dem Dach deines Vaters? Wohl kaum«, erwiderte er spöttisch. »Wir werden unsere kurzen Flitterwochen in meinem Hotel verbringen.«

»Noch nicht, Jared! Es ist noch früh.«

Er packte sie mit unangebrachter Grobheit am Ellbogen. »Ich weiß, was du vorhast, Corinne, aber es ist zwecklos. Diese Nacht gehört mir, und ich habe die Absicht, sie für uns beide angenehm zu gestalten.«

»Du kannst genießen, was du willst, aber ohne mich«, zischte sie und war wütend, weil er ihren Plan durchschaut hatte.

»Da wäre ich mir nicht so sicher«, sagte er mit einem teuflischen Lächeln, das ihr einen Schauer über den Rücken jagte.

»Ich möchte noch nicht gehen, Jared.«

Sie versuchte es mit Schmollen, aber auch das war sinnlos.

»Wenn es sein muß, bringe ich dich eigenhändig nach oben, Corinne«, warnte er sie. »Wenn du nicht in zwanzig Minuten wieder da bist, dann . . .«

»Schon klar.«

Sie sah ihn böse an und verzog sich beleidigt nach oben.

Florence erwartete sie schon. Auf ihrem Bett lagen ein weinrotes Kleid und ein Umhang ausgebreitet. »Ich habe deine Sachen schon zurechtgelegt, aber ich hätte nicht gedacht, daß du jetzt schon kommst.«

»Das hätte ich auch nicht geglaubt«, sagte Corinne zornig.

»Was du sonst noch brauchst, ist bereits in sein Hotel geschickt worden.«

»Auf wessen Anweisung hin?«

»Mr. Burk hat es veranlaßt.«

»Warst du davon unterrichtet?«

»Jetzt hör aber auf, Cori! Du hast doch nicht wirklich geglaubt, du würdest deine Hochzeitsnacht bei dir zu Hause verbringen, oder?« ermahnte Florence sie.

»Ich mag nur nicht, wenn man ohne mein Wissen Dinge für mich veranlaßt.«

»Wenn du dir die Zeit genommen hättest, solche Dinge vor dem heutigen Tag mit deinem Ehemann abzusprechen, könnte dir das jetzt nicht passieren.«

»Mit meinem Ehemann? Seinetwegen sollten wir uns besser eilen. Er hat damit gedroht, raufzukommen und mich zu holen, wenn ich zu lange brauche.«

Florence kicherte. »Er ist wohl sehr ungeduldig.«

»Diese eine Nacht wird er bekommen. Aber damit hat es sich.«

Auf der Fahrt zu Jareds Hotel schwiegen beide. Corinne spürte die Wirkung des Champagners kaum noch, denn sie war wütend und fürchtete sich. Sie hatte gehofft, keine Minute der Feuerprobe, die ihr bevorstand, bewußt mitzuerleben, aber Jared hatte ihre Pläne durchkreuzt.

Das Hotelzimmer war groß und luxuriös eingerichtet. Es war eines der besten, das die Geschäftsleitung anzubieten hatte. Das Wohnzimmer war in Weinrot und Gold gehalten und hatte einen Balkon, von dem aus man die ganze Stadt überblicken konnte. Hinter einer Doppeltür war das Schlafzimmer verborgen. Ängstlich beäugte sie diese Tür, während Jared ihr den Umhang abnahm und ihn auf ein Sofa warf. Dann sah sie den Eimer auf dem Tisch, in dem eine gekühlte Flasche Champagner stand.

Sie lächelte zu der Flasche hinüber. »Wir haben uns noch gar nicht zugeprostet.«

»Laß uns nicht scheinheilig sein, Corinne!«

»Um Gottes willen!« fauchte sie. »Ein weiteres Glas wird mich nicht umhauen.«

Er kam zu ihr hinüber und hob ihr Kinn an, um in ihre dunkelgrünen Augen zu sehen. »Gut. Dann zieh dich um, während ich die Gläser fülle!«

Sie wandte ihren Blick ab. »Hat das nicht noch ein bißchen Zeit?«

»Nein.«

»Bitte, Jared!«

Er packte sie an den Schultern und zwang sie, ihn anzusehen. »Widerstreben gehört nicht zu unserer Abmachung, Corinne«, sagte er mit erstaunlich sanfter Stimme. »Warum mißgönnst du mir diese eine Nacht? Ich verspreche dir, daß ich dir diesmal nicht weh tue.«

Sie wußte, daß sie zu weit ging. Sie hatte so viel gefordert, und dies war die einzige Gegenleistung, die er sich ausbedungen hatte.

»Es tut mir leid«, sagte Corinne leise und senkte den Blick. »Ich nehme an, es liegt nur daran, daß ich – mich fürchte.«

Er zog sie in seine Arme und drückte sie eine Zeitlang sanft an sich. »Ich weiß. Aber du hast nichts mehr zu befürchten.« Er hob ihr Gesicht an und küßte sie zärtlich. »Heute Nacht wird es nicht so wie beim letztenmal, Corinne. Ich bin nicht böse auf dich und verspreche dir, es auch nicht zu werden. Und somit hast du keinen Grund, dich zu fürchten.«

Er sprach so sanft mit ihr, daß sie ihm beinahe vertraute. Sie erinnerte sich an das prickelnde Gefühl, das sie verspürte, als er sie geküßt hatte. Vielleicht würde es ihr schließlich doch noch Spaß machen.

»Ich bin gleich zurück«, sagte sie scheu und ging auf die Schlafzimmertür zu.

Jared lächelte, als sie die Tür hinter sich schloß. Wie leicht es war, mit Corinne umzugehen, wenn er sich nur die Mühe machte. An das, was er ihr heute Nacht geben würde, sollte sie sich ewig erinnern; sie würde sich noch wünschen, sie hätte nicht auf getrennten Schlafzimmer bestanden.

Corinnes Reisetasche stand offen am Fußende des Bettes. Sie holte das Negligé und den Morgenmantel heraus, den sie eigens für diese Nacht gekauft hatte. Der Morgenmantel war aus zarter lindgrüner Spitze auf Seide und smaragdgrün. Ohne übermäßig sexy zu sein, wirkte das Kleidungsstück mit seinem figurbetonenden Schnitt und dem tiefen Ausschnitt doch provozierend.

Corinne zog den Morgenmantel an und die Nadeln aus ihrem Haar. Sie war noch nicht damit fertig, als Jared mit zwei Sektgläsern eintrat. Er hatte sein Jackett und seine Krawatte ausgezogen, und sein weißes Rüschenhemd, das bis zur Taille offenstand entblößte seine Brust mit dem schwarzgelockten Haar.

»Laß dich nicht stören«, sagte er und drückte ihr eines der langstieligen Gläser in eine Hand. Er ließ seinen Blick bewundernd über sie gleiten, ehe er weitersprach. »Ich wollte nur ein Feuer machen, damit es wärmer wird. Bei euch in Boston ist es kälter, als ich es gewohnt bin.«

Corinne trank einen Schluck Champagner, stellte das Glas ab und bürstete sich das Haar. Heimlich beobachtete sie ihn, als er auf den Kamin zuging. Er war also an ein heißes Klima gewöhnt.

»Woher kommst du eigentlich, Jared?« Sie sah, wie er bei ihrer Frage zusammenzuckte. »Ist es nicht an der Zeit, daß du dieser Frage nicht mehr ausweichst?«

»Ich halte es für völlig belanglos«, erwiderte er, ohne sie anzusehen.

»Mag sein, aber du könntest meine Neugierde befriedigen.«

»Ich bin auf einer Insel im Pazifischen Ozean aufgewachsen, Corinne.«

Sie war sehr überrascht. Wie war sie nur daraufgekommen, er käme aus dem Westen?

»Wie heißt sie?«

»Oahu«, sagte er wahrheitsgemäß und vermied es gleichzeitig, den Namen der Inselgruppe zu nennen.

»Den Namen habe ich noch nie gehört.«

»Damit habe ich auch nicht gerechnet«, entgegnete er, als das Feuer zu knistern begann. Grinsend drehte er sich um. »Jetzt ist es genug mit der Fragerei.«

»Nur noch eine einzige Frage!« sagte sie einschmeichelnd.

Er hob die Schultern und zog sein Hemd aus. »Nur zu!«

Corinne drehte sich um und war peinlich berührt, als sie sah, daß er sich auszog. »Was tust du auf der Insel?«

»Ich baue Häuser.«

Sie war von neuem überrascht. Sie hatte ihn sich nie als Bauherrn vorgestellt. Das war so gar nicht typisch für ihn.

»Hast du ein Geschäft dort?«

»Ja.«

»Hast du die Absicht, dorthin zurückzukehren?«

»Ich dachte, du wolltest nur noch eine Frage stellen«, erinnerte er sie.

»Hast du das vor, Jared?« fragte sie beharrlich.

Er seufzte. »Irgendwann.«

Sie wandte sich ab, als er sich aus seinen restlichen Kleidungsstücken schälte.

Sie würden ihr Leben wirklich getrennt voneinander verbringen, dachte Corinne. Durch Tausende von Meilen getrennt, denn sie hatte nicht die Absicht, auf irgendeiner unbekannten Insel zu leben.

Doch sie hatte keine Zeit mehr, darüber nachzudenken, denn Jared hatte sich hinter sie gestellt und seine Lippen auf ihren Hals gelegt.

Corinne schmiegte sich an ihn und genoß das aufregende Gefühl, seinen Körper zu spüren. Als sein Mund zu einer empfindlichen Stelle hinter ihrem Ohr gelangte, wurde ihr ganz heiß vor Wonne. Sie erhob keinen Einspruch, als er die Knöpfe ihres Morgenmantels bis zur Taille öffnete und das Kleidungsstück vor ihre Füße fiel.

Die Wärme des Feuers kroch zu ihnen herüber, doch Corinne genoß eine ganze andere Art von Hitze, als Jared sie in seinen Armen umwandte und sie hungrig küßte. Sie war verblüfft, als sein hartes Glied sich gegen ihren Körper drückte, aber sie zögerte nur einen Augenblick lang, ehe sie ihre Arme um seinen Hals legte und seinen Kuß hingebungsvoll erwiderte.

Corinne hatte noch nie solche Gefühle gehabt wie jetzt, wo ihr Körper gegen seinen gepreßt wurde. Als er sie losließ, war sie sogar enttäuscht. Er nahm sie an der Hand und sah ihr tief in die Augen. Dann führte er sie zu dem riesigen Bett und gab ihr einen sachten Schubs. Zum erstenmal sah sie ihn von Kopf bis Fuß, und der Anblick verblüffte sie. Sie konnte seine ganze Kraft und Stärke sehen, die sich in seinen Muskeln zeigte. Der Anblick dieses starken Mannes ließ ihr einen Schauer über den Rücken laufen.

Als sie sah, daß er ihrem Blick gefolgt war, errötete sie tief. Hatte er die Bewunderung in ihren Augen gesehen?

»Ich – ich wollte dich nicht so anstarren«, stammelte sie und wurde nur noch verlegener.

»Hast du noch nie einen Mann gesehen?« fragte er sanft.

»Nein.«

»Aber du mußt mich gesehen haben, als . . .«

»Nein«, gestand sie eilig. »Ich hatte meine Augen geschlossen.« Obwohl er sie schon einmal genommen hatte, war sie eigentlich immer noch eine Jungfrau. Jared lachte liebevoll, als er sich neben sie legte.

»Du bist so unschuldig, Corinne, so unglaublich unschuldig«, sagte er und bedeckte ihr Gesicht mit zarten Küssen »Und so schön, so zart und so sinnlich.«

Sein Blick glitt langsam über ihren Körper: dann folgten seine Hände und seine Lippen. Corinne vergaß ihre Scheu. Hatte er das beim letzten Mal auch getan? Nein, an dieses andere Mal wollte sie nicht mehr denken. Heute war alles ganz anders.

Als er ihre Beine spreizte und sich auf sie legte, war sie bereit, ihn aufzunehmen. Seine Lippen suchten die ihren noch einmal, ehe er in sie eindrang, und sie bebte bei seinem Kuß.

»Weißt du, wie sehr ich dich begehre, Corinne?«

Als sie in seine blaugrauen Augen sah, die halb geschlossen waren, wußte sie es. »Ja.«

»Willst du mich auch?«

Sie empfand keine Scham, als sie antwortete. »O ja, Jared.«

»Jetzt?«

»Ja, jetzt.«

Sie vergrub ihre Hände in seinem dichten schwarzen Haar, zog seine Lippen auf ihren Mund und küßte ihn mit einer Leidenschaft, die sie nie an sich gekannt hatte. Gleichzeitig suchte sich die Spitze seines Gliedes ihren Weg, fand ihn und glitt sanft in sie hinein, immer tiefer, bis sie ihn in sich pulsieren spürte. Zu Anfang bewegte er sich sanft und zärtlich, ganz langsam; er gab ihr Zeit, jede neue Empfindung voll auszukosten; sie war diejenige, die das Tempo beschleunigte, bis plötzlich ihr ganzer Körper in Ekstase geriet. Sie begegnete jedem seiner Stöße mit entfesselter Wildheit und glaubte, dies müßte der Gipfel aller Wonnen sein. Aber es wurde noch schöner, und sie glaubte zu ersticken, als sie erbebend ihren Höhepunkt erreichte.

Eine Weile später kehrte Corinne wieder auf den Boden der Wirklichkeit zurück. Sie konnte kaum glauben, daß sie dieser großartigen Erfahrung mit Schrecken entgegengesehen hatte. Wie dumm sie gewesen war! Doch daß es *so* sein würde, hatte Florence ihr nie gesagt. Gott im Himmel, sie hatte sich von Jared versprechen lassen, daß es kein zweites Mal geschehen würde!

Corinne öffnete die Augen, um Jared anzusehen. Er sah ebenso verblüfft aus, wie sie es war.

»Ist das immer so?« fragte sie verträumt und strich mit ihren Fingern durch sein Haar.

Sie fühlte sich so gut, daß sie sich nie mehr von der Stelle rühren wollte.

»Nein, Liebling«, erwiderte er heiser. »Das hängt von den Beteiligten ab und auch davon, ob sie in gleichem Maße leidenschaftlich sind.«

»Wir waren es doch, oder?« fragte sie.

Sanft berührte er ihre Lippen.

»Ja«, stimmte er ihr zu.

Jared wollte nicht eingestehen, daß es ihm noch nie mehr Spaß gemacht hatte. Er konnte nicht glauben, was geschehen war. Noch nie hatte er eine Frau gehabt, die sich so leidenschaftlich hingegeben, noch nie etwas erlebt, was ihn auch nur annähernd so sehr befriedigt hatte. Warum mußte ausgerechnet diese Frau sein Blut entflammen? Er wollte sie wieder haben, genau sie, selbst jetzt.

»O Jared!« Sie kuschelte ihr Gesicht an seinen Hals und hörte sein Stöhnen. »Ich fand es wunderbar. Du auch?«

Er nahm ihr Gesicht zwischen seine Hände und sah lächelnd auf sie nieder. »Erwartest du Komplimente?«

»Es scheint so.« Sie kicherte.

»Du warst großartig, Kolina, aber das weißt du selbst.«

»Kolina? Das hast du vorhin schon gesagt. Was bedeutet das?«

»Das ist dein Name in meiner Sprache.«

»Oh!« sagte sie enttäuscht.

Sie hatte gehofft, es sei ein Kosename.

Jared küßte sie jetzt wieder. Vielleicht würde es sich erübrigen, ihm zu sagen, wie dumm sie gewesen war, auf getrennten Schlafzimmern zu bestehen. Vielleicht wußte er es längst und würde das Thema nicht mehr zur Sprache bringen. Sie war sicher, daß auch er sie immer wieder begehren würde.

14

»Bist du wach, Corinne?«

Im Halbschlaf drehte sich sich unter den Laken um und stellte fest, daß der Platz neben ihr leer war. Sie sah sich im Zimmer um, bis sie Jared entdeckte, der vor dem Kamin stand. Er trug einen schwarzen Morgenmantel und hielt ein Glas Champagner in der Hand.

Corinne runzelte die Stirn. »Willst du heute nacht denn gar nicht schlafen?«

»Ein Mann heiratet nicht jeden Tag«, sagte er obenhin. »Ich bin noch zu aufgekratzt, um zu schlafen.«

Sie grinste schelmisch. »Willst du . . .«

»Mehr ist in so kurzer Zeit nicht zu machen, Corinne.«

»Habe ich dich erschöpft?« neckte sie ihn.

»Für den Moment schon.«

»Komm wieder zu mir ins Bett, und du wirst gleich sehen, daß . . .«

»Mein Gott, du bist wirklich unersättlich!« rief er ungläubig aus und schüttelte den Kopf. »Ich will jetzt mit dir reden.«

»Ich aber nicht«, schmollte sie und drehte sich auf den Bauch.

Jared setzte sich auf die Bettkante.

»Still meine Neugier!« sagte er und tätschelte sie. »Wann ist das nächste Gesellschafterzusammentreffen?«

»Warum, auf Erden, willst du das gerade jetzt wissen?« fragte sie in ihr Kissen hinein, ohne ihn anzusehen.

»Weil mich die ganze Sache beschäftigt.«

»Ich weiß es nicht, Jared. Ich war noch nie bei einer solchen Sitzung.«

»Warum nicht?« Er strich ihr über den Rücken und die Schenkel. »Du bist die Hauptaktionärin. Hast du kein Interesse an der Firma?«

»Weshalb? Mein Vater gesteht mir kein Stimmrecht zu.«

»Du bist doch jetzt verheiratet«, erinnerte er sie. »Er ist nicht mehr dein Vermögensverwalter.«

»Mein Geld verwaltet er nicht mehr, aber mein Stimmrecht bleibt in seiner Hand, bis er das Gefühl hat, ich könnte mich selbst um meine Interessen kümmern.«

»Du hast jetzt einen Mann, der das für dich tun kann.«

»Dazu müßte mein Vater dir restlos vertrauen, Jared. Eher würde er dir meine Anteile nicht übergeben.«

Jareds Hände hielten in der Bewegung inne. »Du bist meine Frau. Wir sollten nicht gegeneinander stimmen.«

Sie drehte sich um. »Warum bauschst du die Sache so auf, Jared? Mein Vater weiß, was das beste für die Firma ist. Er wird meine Stimme nicht mißbrauchen.«

»Aber so hat er die alleinige Kontrolle über die Firma.«

»Das ist auch richtig so. Schließlich hat seine Familie die Werft begründet. Weswegen sorgst du dich? Deine Investition wird dir einen beträchtlichen Gewinn einbringen. Die Firma wird nicht Bankrott machen.«

»Was ist, wenn du deinem Vater sagst, du könntest dich selbst um deine Anteile kümmern?«

Corinne lachte. »Er würde mir kein Wort glauben. Er weiß, daß ich mich nicht darum kümmern will.«

»Angenommen, du würdest es doch versuchen?«

»Jared, er wüßte sofort, daß *du* dahintersteckst«, sagte sie ernst. »Das würde ihn nur wieder zu der absurden Annahme bringen, daß du die Kontrolle über die Firma haben willst. Das hast du doch nicht vor, oder?«

Jared erhob sich steif.

»Natürlich nicht«, sagte er und konnte seine Stimme kaum beherrschen.

Er ging auf die Tür zu.

»Wohin gehst du?«

»Ich muß einen Brief schreiben. Schlaf jetzt, Corinne!«

Es kostete Jared die letzte Kraft, die Schlafzimmertür leise zu schließen. In seinem rasenden Zorn zerbrach er den Stiel des Sektglases. Seine Handfläche blutete. Er wollte das Glas quer durch das Zimmer werfen, ertappte sich aber rechtzeitig bei seinem Fehler und ließ es auf den Teppichboden fallen.

Zum Teufel mit diesem verfluchten Barrows! Dieser argwöhnische, verschlagene Schurke! Warum hatte er diese Tatsache geheimgehalten? Jared hatte Corinne für nichts und wieder nichts geheiratet. Vor der Trauung waren ihm Zweifel gekommen. Er hätte seinen Instinkten trauen sollen. Aber jetzt . . .

Er setzte sich an den Schreibtisch und begann, einen Brief zu schreiben. Auf seiner Reise war alles schiefgegangen, aber er war nicht bereit nach Hause zurückzukehren, ohne Barrows den Grund seines Kommens wissen zu lassen. Der Mann würde seinen Haß nicht in vollem Umfang zu spüren bekommen, doch die Begegnung würde er niemals vergessen.

Zwei Stunden waren vergangen, als er den Brief an Samuel Barrows beendet hatte. Außerdem hatte er eine kurze Zeitungsnotiz verfaßt. Sein Zorn hatte sich abgekühlt. Ohne die leiseste Regung von Mitleid sah er auf die Schlafzimmertür. Bei dem, was er vorhatte, würde Corinne am meisten leiden, doch auch Barrows würde ihre Scham empfinden. Was sie verletzte, verletzte auch ihn. Sie war die einzige Schwäche ihres Vaters.

Jared betrat das Schlafzimmer und ging leise auf das Bett zu.

Das Feuer war noch nicht ganz erloschen, und er konnte die schlafende Gestalt Corinnes deutlich erkennen. Sie war so schön, daß er die Hand ausstrecken wollte, um sie zu berühren. Zorn überkam ihn. Verdammt noch mal, nur keine Reue! Er sagte sich, daß sie sich mit der Zeit von dem Schlag erholen würde. Sie war widerstandsfähig.

Jared zwang sich, Corinne nicht noch einmal anzusehen, während er sich anzog, seine Sachen packte und das Hotel verließ. Im Zeitungsgebäude vereinbarte er, daß man seine Notiz einen Monat lang täglich abdrucken sollte. Dann begab er sich direkt in die Beacon Street, ehe er sich in den ersten Zug nach Westen setzte.

Es war drei Uhr morgens, als der Butler ihm die Tür öffnete und trocken bemerkte: »Wieder einmal etwas Dringendes, Sir?«

Jared wollte sich nicht abweisen lassen. »Wenn dem nicht so wäre, stände ich nicht hier in meiner Hochzeitsnacht.«

Brock nahm Haltung an. »Ja, Sir. Ich werde Mr. Barrows augenblicklich wecken.«

»Ich warte in seinem Arbeitszimmer«, sagte Jared und durchquerte den dunklen Flur.

Es dauerte keine zehn Minuten, bis Samuel Barrows in sein Arbeitszimmer stürzte. Er trug einen Morgenmantel und Hausschuhe. Sein Haar war wirr, doch er war hellwach und völlig außer sich.

Jared bemerkte seine Angst, zu fragen, was geschehen sei.

»Ehe Sie Ihre Zeit mit Fragen verschwenden: Corinne fehlt nichts. Sie schläft friedlich und weiß nicht, daß ich hier bin.«

»Aber warum . . .«

»Setzen Sie sich, Barrows!« unterbrach Jared ihn kühl. »Diesmal stelle ich die Fragen – und zwar ganz besonders eine. Warum, zum Teufel, haben Sie mir nicht gesagt, daß die Kontrolle von Corinnas Anteilen an der Werft Ihnen unterliegt und daß sich dies auch bei einer Eheschließung nicht ändern würde?«

Samuel war nicht nur von der Frage überrascht, sondern Jareds eisiger Tonfall erschreckte ihn. »Das stand in keinem Zusammenhang mit unseren Verhandlungen.«

»Schien Ihnen diese Tatsache selbst dann noch nicht wichtig, als ich mich erbot, Ihre Tochter zu heiraten?«

»Haben Sie sie deshalb geheiratet, Burk?« Samuel begann zu verzweifeln. »Um die Firma unter Ihre Kontrolle zu bringen?«

»Ja, außerdem heiße ich nicht Burk. Mein Name lautet Burkett.«

»Burkett? Warum haben Sie einen falschen Namen benutzt? Ich verstehe kein Wort. Sie haben eine außergewöhnlich reiche Frau geheiratet. Sie könnten sich ein halbes Dutzend Werften kaufen.«

»Ich bin nicht auf ihr Geld aus. Das war ich nie«, sagte Jared gehässig. »Sie hätten ihr viel Leid und viele Demütigungen ersparen können, wenn Sie mir diese Tatsache nicht vorenthalten hätten, als ich in Ihre Firma investiert habe.«

»Warum sind Sie bloß so von dieser Werft besessen? Warum wollen Sie sie unbedingt haben?«

»Ich will sie nicht haben. Barrows. Ich wollte sie zugrunde richten und damit auch Sie.«

»Ich verstehe Sie beim besten Willen nicht.«

Jared warf den Brief auf Samuels Schreibtisch.

»Lesen Sie das! Wenn ich es laut sagen müßte, würde ich den letzten Rest an Selbstbeherrschung verlieren und Sie töten«, sagte Jared vollkommen ruhig. »So lesen Sie schon!«

Samuel starrte Jared verwundert an. Noch nie zuvor hatte ihm jemand gedroht. Er verstand überhaupt nichts.

Ohne noch länger zu zögern, hob Samuel den dicken Brief auf und las ihn eilig durch. Als er ihn zu Ende gelesen hatte, ließ er den Brief auf den Schriebtisch fallen und blieb einige Minuten mit starrem Blick sitzen.

Dann sah er Jared an. »Ist das wirklich wahr? Ranelle ist tot? Und schon so lange?« Als Jared nicht antwortete, fuhr er fort: »Die ganzen Jahre über habe ich geglaubt, sie wäre am Leben. Ich habe auf den Tag gewartet, an dem Corinne heiratet und das Haus verläßt, um dann . . . Ich hatte vor, es noch einmal zu probieren, Jared. Ich wollte Ihre Mutter überreden, mit mir fortzugehen.«

»Sie wollten ihr Leben noch einmal zerstören?« fragte Jared mit viel zu ruhiger Stimme. »Das war Ihnen bereits gründlich geglückt.«

»Ich habe Ihre Mutter geliebt.«

»Sie können sie nicht geliebt haben«, erwiderte Jarred verächtlich. »Wenn es so gewesen wäre, hätte niemand Sie davon abhalten können, sie zu heiraten.«

»Sie versteh . . .«

»Ich habe gesagt *nichts*. Nichts hätte Sie davon abgehalten. Ihre familiären Verpflichtungen sind mir bekannt, Ihre sogenannte Pflicht, den Familienbetrieb zu retten. Das ist Ihnen auch gelungen – auf Kosten meiner Mutter.«

»Es tut mir leid, Sohn.«

»Ich bin nicht Ihr Sohn. Es hätte so kommen können, und ich wünschte fast, ich wäre es, denn dann wäre meine Mutter möglicherweise noch am Leben. Sie hat Sie so sehr geliebt, daß sie ohne Sie nicht mehr leben konnte. Sie hat getrunken. Sie haben es selbst in meinem Brief gelesen. Getrunken! Das war ihre einzige Möglichkeit, zu vergessen, daß Sie sie noch begehrten.«

»Das habe ich nicht gewußt.«

»Natürlich nicht«, höhnte Jared. »Nachdem Sie erreicht hatten, daß für meine Mutter die Welt zusammenbrach, sind Sie ganz einfach zu Weib und Kind zurückgekehrt. Ihnen war gleich, was geschah, nachdem Sie Hawaii verlassen hatten – was Ihr Besuch bei meiner Mutter ausgelöst hatte. Sie hat sich von da an nicht mehr um mich und meinen Vater gekümmert. Für sie waren wir nicht mehr vorhanden. Mein Vater ist daran beinahe zugrunde gegangen. Er hat sie geliebt. Acht Jahre lang hatte sie ihm gehört, bis Sie gekommen sind und unser Leben zerstört haben.«

»Das wollte ich nicht.«

»Ich habe Ihnen noch nicht erzählt, wie sie gestorben ist, Barrows. Sie haben mich nicht danach gefragt. Wollen Sie es nicht wissen?« fragte Jared grausam. Als Samuel schwieg, fuhr er fort: »Eines Nachts ist sie ins Meer gegangen und hat sich selbst das Leben genommen. Ich habe gesehen, wie sie unter den Wellen verschwunden ist, aber ich bin zu spät gekommen. Erst am nächsten Morgen habe ich sie gefunden, ihren aufgedunsenen Körper, der an Land gespült worden war.«

»Es war bestimmt ein Unfall, Jared.«

»Das würden Sie gern glauben, nicht wahr? Aber meine Mutter konnte nicht schwimmen. Sie hat es nie gelernt. Sie ist nie auch nur in die Nähe des Meeres gegangen, ist nicht einmal hineingewatet.«

Nach langem Schweigen flüsterte Samuel: »Sie geben mir die Schuld an allem?«

»Ich wollte, daß Sie wissen, warum ich hierhergekommen bin. Ich wollte Sie ruinieren, Barrows, doch ich bin dabei gescheitert. Jetzt könnte ich Sie nur noch töten, aber ich habe schon genug Ihretwegen gelitten.«

»Sie haben also meine Tochter benutzt, um mir etwas anzutun. Was ist mit ihr? Sie ist Ihre Frau, und ich glaube, ich muß Sie nicht daran erinnern, daß die Ehre mit im Spiel war.«

Jared lachte bitter. »Ich besitze keinen Funken Ehrgefühl. Ist Ihnen das noch immer nicht klar? Ihre Tochter hat bekommen, was sie wollte.«

»Haben Sie denn gar kein Gewissen?«

»Haben Sie eines?« fragte Jared. »Wo war Ihr Gewissen, als Sie meiner Mutter geschrieben haben, Sie hätten eine kleine Tochter, und es wäre gut, daß sie sich entschieden hätte, nicht mit Ihnen zu gehen?«

»Sie hat diese Entscheidung getroffen, Jared.«

»Ja, das hat sie getan. Doch sie hat sie bereut. Sie hat mir und meinem Vater die Schuld gegeben, weil sie sich verpflichtet gefühlt hatte, bei uns zu bleiben. Aber nichts von alledem wäre passiert, Barrows, wenn Sie nicht wieder in ihr Leben getreten wären. Welches Recht hatten Sie, sie nach so vielen Jahren, aufzusuchen? Haben sie wirklich erwartet, sie würde das Leben, das sie sich aufgebaut hatte, hinwerfen, um mit Ihnen davonzulaufen?«

»Ich hatte erwartet, sie wäre ungebunden.«

»Aber dem war nicht so, und doch haben Sie sie aufgefordert, mit Ihnen fortzugehen. Sie haben meine Mutter getötet. Zwar nur indirekt, aber ohne Sie wäre sie noch am Leben. Ich hoffe, daß diese Schuld ewig auf Ihnen lastet. Dann war mein Unternehmen zumindest kein vollständiger Fehlschlag.«

»Jared, bitte«, begann Samuel, »Sie müssen mir glauben, daß ich . . .«

»Nein«, fiel ihm Jared mit Schärfe ins Wort. »Der Haß, den ich für Sie empfinde, ist durch nichts zu lindern.«

»Und was jetzt?«

»Ich fahre nach Hause. Ihre Werft ist wieder in Sicherheit. Aber wenigstens lasse ich Ihre Familie nicht unversehrt zurück«, sagte Jared mit einem gehässigen Grinsen. »Ihre Tochter wird dafür sorgen, daß Sie unser Zusammentreffen nicht vergessen.«

»Wie meinen Sie das?«

»Corinne wird morgen früh nicht allzu glücklich sein – und Sie auch nicht. Falls Sie glauben sollten, Sie könnten sich rächen, indem Sie unsere geschäftlichen Verhandlungen als ungültig erklären, wäre es mir ein großes Vergnügen, Sie vor Gericht zu bringen. Ich erwarte, daß meine Gewinne regelmäßig ausgezahlt werden. Um meine Interessen wird sich mein Rechtsanwalt kümmern. Es ist mir nicht gelungen, Sie zu ruinieren, Barrows, aber ich werde an Ihnen verdienen.«

»Ich wünsche Ihnen nichts Böses, Jared.«

»Morgen früh werden Sie anders darüber denken. Es ist wirklich zu schade, daß Corinne für das leiden muß, was Sie getan haben, ehe sie auch nur geboren war. Sie können ihr ausrichten, es täte mir leid für sie, aber wahrscheinlich macht das keinen Unterschied.«

Mit diesen Worten verließ Jared erhobenen Hauptes den Raum, ohne auch nur noch ein Wort zu sagen oder sich umzudrehen. Er ging allein zur Tür.

Samuel hörte, wie die Kutsche abfuhr. Als er sich auf seinen Stuhl sinken ließ, wurde er von vielen widerstrebenden Gefühlen hin und hergerissen, an erster Stelle war es unsäglicher Kummer, er ihn quälte. Seine erste und einzige Liebe war tot. Selbst wenn Gott ihm beistand, wie sollte er mit diesem Wissen weiterleben? Und mit der Tatsache, daß er dafür verantwortlich war?

15

Am Montagmorgen legte sich der Sturm, und gegen Mittag waren bis auf ein paar Pfützen hier und da alle Spuren des Unwetters verschwunden. Der Himmel war wolkenlos, und in Boston herrschten angenehme Temperaturen, wenn man bedachte, daß es Oktober war.

Corinne war gegen zwölf nach Hause gekommen. Es hatte sie eher verwirrt als erzürnt, den Morgen allein in Jareds leerem Hotelzimmer zu verbringen. Erst nach Stunden war sie nach unten gegangen und hatte gefragt, ob Jared eine Nachricht für sie hinterlassen hätte. So erfuhr sie, daß Jared das Hotel mitten in der Nacht verlassen hatte, ohne Erklärungen abzugeben.

Zu Hause erfuhr sie, daß ihr Vater sich seit dem Besuch, den Mr. Burk ihm mitten in der Nacht abgestattet hatte, in seinem Arbeitszimmer eingeschlossen hatte. Was ging hier vor?

Samuels Kopf war auf den Schreibtisch gesunken. Neben ihm stand eine leere Schnapsflasche.

»Vater?«

Samuel hob mühsam den Kopf. Corinne keuchte, als sie sein verhärmtes Gesicht sah. Er war gealtert.

»Bist du krank, Vater?«

»Nur müde, Cori«, antwortete er und strich mit einer zittrigen Hand über ihr Haar. »Ich habe auf dich gewartet und früher mit dir gerechnet.«

»Dann weißt du, daß ich heute morgen allein erwacht bin? Wo ist er, Vater?«

»Er ist fort. Corinne. Du wirst deinen Mann nie mehr wiedersehen, falls er überhaupt dein Mann ist. Mein Gott, vielleicht ist die Ehe gar nicht legal!«

»Bist du betrunken?« frage Corinne.

»Ich wünschte, ich wäre es, aber unglücklicherweise bin ich es nicht. Ich habe eine ganze Flasche getrunken, aber es hat nichts genutzt. Die Wahrheit ist durch nichts zu ertränken.«

»Welche Wahrheit? Wovon sprichst du? Was soll das heißen – ob er überhaupt mein Mann ist?« Sie hielt ihm ihre Handtasche hin. »Ich habe die Heiratsurkunde hier.«

»Hast du sie dir angesehen?«

Corinne runzelte die Stirn und holte das Dokument heraus. Als sie den Namen sah, der neben ihrem stand, atmete sie pfeifend ein.

»Burkett? Er hat einen falschen Namen benutzt!«

»Nein«, seufzte Samuel, der gehofft hatte, auf dem Dokument würde Burk stehen. »Es sieht ganz danach aus, als sei deine Ehe legal. Jared Burkett ist sein richtiger Name.«

»Was soll das alles, Vater? Wen, zum Teufel, habe ich geheiratet?«

»Einen jungen Mann, der so haßerfüllt ist, daß er eigens hierherkam, um mich zu vernichten. Er glaubte, es sei ihm mißlungen, aber – Gott steh mir bei – er hat es geschafft.«

Ihr Vater stand kurz davor, in Tränen auszubrechen, und das nahm sie mit.

»Was ist geschehen? Was hat er dir angetan, als er dich heute nacht besucht hat?«

»Er hat nicht anderes getan, als mir die Wahrheit erzählt, die

Wahrheit, die mir gnädigerweise neunzehn Jahre lang erspart geblieben war.«

Samuel schob ihr den zerlesenen Brief zu. »Hier! Das erklärt das meiste. Du hast ein Recht darauf, zu erfahren, warum er dich dazu benutzt hat, mich zu verletzen.«

Corinne las den Brief.

»Er behauptet, du hättest seine Mutter getötet?« keuchte sie mit aufgerissenen Augen. »Was soll das heißen? Ich verstehe nicht was das bedeuted.«

»Meine schöne Ranelle hat sich das Leben genommen. Mein Gott, wenn ich nur gewußt hätte, was mein Besuch in Hawaii bei ihr angerichtet hat!«

»Du hast sie geliebt?« fragte Corinne leise.

»Sie war meine erste Liebe, und ich die ihre. Wir wollten heiraten, das stand außer Frage, aber die verfluchte Werft war nahe am Ruin, und meine Familie zwang mich, Geld zu heiraten, um sie zu retten. Mein Gott, wie konnte ich mich bloß dafür verantwortlich fühlen! Aber es war so. Und deshalb habe ich deine Mutter geheiratet. Ranelle ist nach Hawaii gegangen, ehe ich sie auch nur bitten konnte, auf mich zu warten. Erst nach vier Jahren fand ich heraus, wohin sie gegangen war. Deine Mutter und ich hatten uns nie wirklich verstanden, und wir hatten keine Kinder. Ich fand, es war an der Zeit, zu Ranelle zu gehen und sie zu bitten, mit mir zu kommen.«

»Du hättest dich von Mutter scheiden lassen?« fragte Corinne überrascht.

»Ja. Ranelle und ich gehörten zusammen. Wir waren füreinander geschaffen. Aber ich wäre im Traum nicht auf die Idee gekommen, daß auch sie verheiratet sein und ein Kind haben könnte.«

»Jared?«

Samuel nickte. »Doch selbst nachdem ich das wußte, habe ich sie noch gebeten, mit mir fortzugehen. Sie hätte nie erfahren dürfen, wieviel mir noch an ihr lag. Dieses Wissen war es, womit sie nicht mehr leben konnte, nachdem ich Hawaii verlassen hatte. Stark war sie nie.«

»Aber sie ist nicht mit dir fortgegangen. *Sie* hat die Entscheidung getroffen«, erinnerte ihn Corinne.

»Könntest du deinen siebenjährigen Sohn seinem Vater entreißen, den er anbetet? Oder könntest du den Sohn im Stich lassen? Könntest du so leicht das Herz eines Mannes brechen, den du verehrst und der geglaubt hat, du würdest ihn lieben? Ranelle konnte es nicht, aber sie hat ihre Entscheidung bereut. Und wieder habe ich sie enttäuscht. Ehe Ranelle mir schreiben konnte, hatte ich ihr geschrieben, um ihr mitzuteilen, daß ich bei meiner Frau bleiben würde, da sie mir eine Tochter geboren hätte. Ich schrieb ihr, es sei gut, daß sie diese Wahl getroffen hatte. Damit habe ich Ranelles Leben vollkommen zerstört, was ich allerdings bis heute nicht wußte.«

»Ich bin schuld«, sagte Corinne betrübt. »Wenn ich nicht auf die Welt gekommen wäre . . .«

»Nein. Das hatte nichts mit dir zu tun. Ich war dumm genug, zu glauben, ich könnte schließlich doch noch haben, was ich mehr als alles andere wollte: meine große Liebe. Doch das Leben war weitergegangen. Wir waren nicht mehr die gleichen wie früher. Es war zu spät für uns. Wenn ich das nur gewußt hätte, ehe ich versuchte, die Vergangenheit wieder einzuholen! Ich hätte niemals nach Hawaii gehen sollen.«

»Ich kann verstehen, warum Jared dir die Schuld gibt, aber er irrt sich. Ich kann dir auch keine Vorwürfe machen. Du konntest nicht wissen, was geschehen würde.«

»Er wirft es mir vor. Er ist eigens hierhergekommen, um mich zu ruinieren. Ich habe noch nie einen so haßerfüllten Menschen gesehen.«

»Also hat er mich benutzt, um dir zu schaden.« Sie hob die Schultern, als sei ihr das gleichgültig. »Er hat mir gegeben, was ich wollte, und wenn er glaubt, ich würde mich scheiden lassen, weil er mich verlassen hat, täuscht er sich. Wir müssen jetzt nur versuchen, die Tatsache, daß er fort ist, zumindest eine Zeitlang geheimzuhalten. Um seine längere Abwesenheit zu erklären, können wir sagen, er hätte geschäftlich verreisen müssen. Und schließlich werde ich verkünden, er sei gestorben.«

»Corinne«, seufzte Samuel, »Jared Burk war auf Rache aus. Es ist ihm zwar mißlungen, mich finanziell zu ruinieren, aber seine Rache hat er doch genommen. Jared hat vor seiner Abreise zu einem letzten Schlag ausgeholt. Hier!«

Er schob die Morgenzeitung über den Tisch.

Auf Seite zehn stand unten rechts in großen schwarzen Buchstaben eine Notiz. Sie sprang ihr sofort ins Auge.

TRENNUNGSERKLÄRUNG

Jared Burk gibt hiermit bekannt,
daß seine neuvermählte Braut, die
frühere Corinne Barrows aus der Beacon
Street, sich als unzulängliche Ehefrau
erwiesen hat. Aufgrund dessen hat
er sie verlassen.

Ihre Betäubung dauerte nur Sekunden. Dann stand sie auf und zerriß die Zeitung in viele kleine Fetzen.

»Wie kann er das wagen?« schrie sie und ließ ihrem Zorn freien Lauf. »Und wie kann die Zeitung es wagen, eine derart grobe Beleidigung abzudrucken? Ich werde sie vor Gericht bringen!«

»Das würde alles nur noch peinlicher für dich machen, Cori«, sagte Samuel leise. »Der Schaden ist bereits angerichtet, und wir werden sehen müssen, wie wir die Sache überstehen.«

»Dafür wird er mir büßen! Mein Gott, das klingt ja, als ob ich – ich . . .« Ihre Augen füllten sich mit Tränen. »Das ist eine Lüge! Ich war nicht unzulänglich! Ich war es nicht!«

»Corinne, Liebling, das wird auch niemand glauben.«

»Wirklich nicht? Er ist fort – soviel steht fest –, und er hat dafür gesorgt, daß alle Welt weiß, daß er mich verlassen hat.«

»Falls es dich tröstet, Cori: Jared hat mir vor seiner Abreise gesagt, daß es ihm leid tut, dich ausgenutzt zu haben, um mir zu schaden. Ich glaube, er hat es wirklich bedauert.«

»Es tut ihm leid? Wie soll ich anderen Menschen ins Gesicht schauen? Ich kann dieses Haus nicht mehr verlassen, ohne vor Scham zu sterben.«

»Das geht vorbei, Cori. Über jeden Klatsch zerreißen sich die Leute eine Zeitlang das Maul, und dann gerät alles in Vergessenheit. Es wäre vielleicht besser, wenn du eine Weile verreist. Ich kann die Scheidung während deiner Abwesenheit einreichen.«

»Scheidung? Um noch mehr Schande auf unsere Familie zu laden?« fragte sie und funkelte ihn an. »Nein! Es wird zu keiner Scheidung kommen.«

»Aber . . .«

»Nein! Genau das will Jared erreichen. Doch eher würde ich sterben, als daß ich diesem jämmerlichen Halunken gebe, was er will. Soll er doch herumrätseln, warum er keine Scheidungsunterlagen zugeschickt bekommt. Ich hoffe, es macht ihn wahnsinnig.

Außerdem hoffe ich, daß er eine Frau kennenlernt, die er liebt und die er heiraten will. Das wird ihm nicht möglich sein, weil ich ihn nicht freigebe. Glaube mir – Jared Burk wird mir dafür büßen – auf die eine oder andere Weise.«

16

Corinnes Zorn war gespielt gewesen. Innerlich war sie so verletzt, daß sie es keinem Menschen zeigen wollte. Von diesem Morgen an weigerte sie sich, auch nur an ihre Hochzeitsnacht zu denken. Sie zog sich zurück, ging nicht mehr aus und empfing niemanden.

Florence nahm die Veränderung an Corinne als erste wahr, und auch Samuel war verstört. Sie war blaß, sehr ruhig und zeigte an nichts mehr Interesse. Sie stritt nicht und nahm an keiner Unterhaltung teil. Samuel machte sich Sorgen. Das war nicht mehr seine Corinne. Vor Sorge um seine Tochter vergaß er seinen eigenen Kummer, doch nichts, was er tat, half. Selbst von einer Reise wollte sie nichts hören.

»Feiglinge laufen davon«, sagte Corinne, wenn ihr Vater sie zu einer Reise drängen wollte.

Samuels Gebete, etwas möge seine Tochter aus ihrer Lethargie aufrütteln, wurde jedoch bald erhört.

»Ich fahre nach Hawaii, Vater«, verkündete Corinne einen Monat nach ihrer Hochzeit.

Das war beim Mittagessen, und Samuel war augenblicklich der Appetit vergangen.

»Das werde ich nicht zulassen.«

»Sei nicht unvernünftig!« sagte Corinne. »Du weißt, daß du mich nicht davon abhalten kannst. Außerdem hast du mir selbst nahegelegt, eine Weile zu verreisen.«

»Aber nicht nach Hawaii!«

»Warum nicht?«

»Jared Burkett hat seine Skrupellosigkeit schon einmal bewiesen. Ich möchte nicht, daß eure Wege sich ein zweites Mal kreuzen.«

»Sei nicht albern!« erwiderte sie beiläufig. »Er ist mein Mann.«

»Um Himmels willen, das ist ihm völlig gleich, Cori.«

»Ich werde trotzdem reisen, Vater.« Ihre Stimme klang entschlossen. »Ich glaube, die Reise wird mir guttun, und Florence hat sich bereits einverstanden erklärt, mich zu begleiten.«

Samuel lehnte sich zurück und schüttelte den Kopf.

»Laß es bleiben und vergiß ihn! Ich bin sicher, daß er dich längst vergessen hat.«

»Die Angelegenheit ist noch nicht erledigt«, sagte Corinne kühl. »Jared glaubt an Rache und hat mich zu seinem Glauben bekehrt.«

»Corinne, in einem Kampf gegen diesen Mann hast du keine Chance!«

»Ich habe auch nicht die Absicht, fair zu kämpfen. Außerdem fürchte ich mich nicht vor ihm.«

»Das solltest du aber tun.«

»Mach dir keine Sorgen! Ich mache keine Dummheiten.«

»Was hast du vor?« fragte Samuel. »Du mußt einen bestimmten Plan haben.«

Corinne lachte so bösartig, wie ihr Vater es noch nie an ihr gehört hatte. »Ja, ich habe etwas Bestimmtes vor. Ich werde Jared seine eigene Medizin schmecken lassen. Dann wird sich herausstellen, ob er einen Skandal in *seiner* heimatlichen Umgebung zu schätzen weiß.«

»Was für einen Skandal?«

»Den Skandal, mit einer flatterhaften Frau verheiratet zu sein.«

»Corinne!«

»Reg dich ab, Vater!« sagte sie grinsend. »Ich will nicht wirklich eine Vielzahl von Liebhabern haben, aber ich werde diesen Eindruck erwecken. Jareds Freunde werden mich für eine Schlampe halten und er ist nicht Manns genug, damit fertig zu werden. Ich werde ihn vor allen seinen Freunden demütigen.«

»Du glaubst, Jared wird sich das bieten lassen, ohne einzugreifen?«

»Er kann nichts dagegen tun«, sagte Corinne zuversichtlich. »Ich habe mich vor der Trauung abgesichert und schriftlich von ihm, daß er mir in nichts hineinreden wird.«

Mit ihrem neugewonnenen Zutrauen erklärte Corinne sich bereit, Russell zu empfangen, der am Nachmittag vorbeikam.

»Der Schurke verdient es, ausgepeitscht zu werden«, sagte Russell, nachdem Corinne ihm alles erklärt hatte. »Wie kann er es wagen, dich zu verleumden!«

»Du hast versucht, mich zu warnen«, sagte Corinne großmütig. »Ich hätte auf dich hören sollen.«

Dann enthüllte Corinne ihm in leuchtenden Farben ihre weiteren Pläne. Russell überraschte sie.

»Ich komme mit«, verkündete er.

»Warum willst du das?« fragte Corinne erstaunt. »Das wird keine Vergnügungsreise.«

»Das ist mir klar, aber du brauchst einen Begleiter. Du kannst Burk nicht allein gegenübertreten.«

»Der gleichen Ansicht scheint mein Vater zu sein«, sagte Corinne verärgert. »Ich wünschte, ihr würdet alle aufhören, mich wie ein Kind zu behandeln. Ich kann für mich selbst sorgen, und das habe ich auch vor.«

»Daran habe ich nie gezweifelt, Corinne«, entgegnete Russell eilig. »Aber meine Anwesenheit könnte dir von Nutzen sein.«

Sie dachte kurz nach. »Meinetwegen, Russell, aber versteh mich richtig: Ich spiele nur. Ich beabsichtige nicht, wirklich Liebhaber zu haben.«

»Ich werde dich nicht drängen, Corinne.«

»Versprich mir das!«

»Das tue ich hiermit.«

»Noch eine Bedingung«, sagte sie. »Ich trage deine Kosten.«

»Das ist einfach lächerlich«, sagte Russell lachend.

Er wußte genau, daß sie darauf bestehen würde, Gott sei Dank, denn andernfalls hätte er sich noch mehr Geld leihen müssen, und seine Schulden waren bereits sehr hoch.

»Du kannst es wohl kaum erwarten, das viele Geld, das du geerbt hast, auszugeben, aber ich will nichts davon hören. Schließlich bin ich auch nicht gerade eine arme Kirchenmaus«, log er ohne Überzeugungskraft.

»Das weiß ich. Aber ich bestehe darauf.«

»Nein.«

»Ich habe gesagt, ich bestehe darauf, Russell. Ich möchte mich niemandem gegenüber verpflichtet fühlen. Durch eben dieses Gefühl werden Menschen zugrunde gerichtet.«

»Wovon sprichst du?«

»Das spielt jetzt keine Rolle«, fauchte sie. »Entweder ich zahle deine Reisekosten, oder ich nehme dich nicht mit.«

»Schon gut, schon gut«, sagte er mit einem schwachen Seufzer. »Wenn du zu keiner anderen Lösung bereit bist, dann bleibt es also dabei.«

»Gut«, sagte Corinne lächelnd. Sie war sich nicht bewußt, daß eigentlich er sie dazu gebracht hatte. »Denk aber, bitte, immer daran, daß ich dich nicht gebeten habe, mitzukommen! Du hast es mir angeboten. Jetzt solltest du besser gehen und deine Angelegenheiten regeln. Wir fahren übermorgen.«

»So bald?«

»Ich sehe keinen Grund, mein Vorhaben aufzuschieben«, entgegnete Corinne. »Je schneller ich mit Jared Burkett abgerechnet habe, desto schneller kann ich meinen Stolz wiederfinden.«

17

Samuel Barrows hielt mit der Mißbilligung der Pläne seiner Tochter nicht hinter dem Berg. Selbst auf dem Bahnhof versuchte er noch, sie umzustimmen, bekam aber nur ihr Versprechen, ihm oft zu schreiben.

»Wenn du Schwierigkeiten hast, kommst du sofort zurück?«

»Ja, Vater.«

Zu Russell sagte er: »Ich wünschte, ich hätte Ihnen die Zustimmung zu einer Heirat mit Corinne gegeben, Drayton.«

»Ich hoffe, daran erinnern Sie sich noch, wenn ich Corinne von einer Scheidung überzeugt habe.«

»Nun, ja«, sagte Samuel unverbindlich. »Ich bin froh, daß Sie mitfahren. Bewahren Sie sie vor Unheil!«

Corinne war froh, auf dem Weg zum Bahnhof keinen Bekannten begegnet zu sein. Sie hatte zum erstenmal nach diesem entsetzlichen Morgen das Haus wieder verlassen. Wenn sie mit dem Bewußtsein zurückkehrte, mit Jared quitt zu sein, wenn nicht gar mehr, würde ihr gleich sein, was die Leute dachten.

Die Zugfahrt dauerte eine Woche. Eine weitere Woche verbrachten Corinne, Russell und Florence in San Francisco, um auf das Schiff zu warten. Der laute, farbenfrohe Ort, in dem so viel mehr los war als in Boston, gefiel allen dreien. In dem eleganten Spielkasino, das nur den ganz Reichen vorbehalten war, spielte Corinne endlich in dem Spiel ohne Höchsteinsatz, von dem sie schon immer geträumt hatte. Sie gewann fünftausend Dollar, aber sie konnte sich nicht mehr wirklich darüber freuen. Jared war ihre neue Besessenheit.

Ganz gleich, wohin sie ging und was sie tat: Jared schien ständig bei ihr zu weilen. Je näher Hawaii rückte, desto häufiger dachte sie an ihn, sogar an ihre Hochzeitsnacht, die sie einfach nicht vergessen konnte.

Sobald sie auf See waren, mußte sie sich zu Bett legen. Die Seekrankheit machte ihr zu schaffen, und auch das warf sie Jared vor.

Die Überfahrt dauerte drei Wochen. Als das Schiff endlich in Honolulu anlegte, war sie so schwach durch den Gewichtsverlust, das Florence ihr helfen mußte, das Bett zu verlassen.

Corinne war freudig überrascht, als sie an Deck kam. Es war der zwölfte Dezember, eine Zeit, zu der es in Boston eiskalt war und schneite, doch hier wehte eine milde Brise, die Sonne schien, und in der Luft hing ein ganz bestimmter Geruch.

»Riechst du es auch?« fragte Florence. »Das sind Blumen. Ich habe mich sehr mit Hawaii beschäftigt, solange du unpäßlich warst. Hier begrüßt man Besucher mit Blumenkränzen. Es scheint ein Brauch zu sein und, ich finde, ein angenehmer.«

»Blumenkränze?«

»Ja, um den Hals. Wir sind hier nicht in Boston, Liebling. Hier wachsen das ganze Jahr über Blumen. Wir sind in den Tropen«, sagte Florence und fächelte sich Luft mit einem Spitzentaschentuch zu. »Ich nehme an, wir brauchen eine Weile, um uns an die Hitze zu gewöhnen.«

»Mir gefällt es.«

»Aber auch nur, weil jetzt Winter und nicht Sommer ist. Ich habe gehört, daß es hier im Sommer unerträglich heiß für Malihinis werden kann. Gut, daß wir bis dahin wieder fort sein.«

»Malihinis?«

»So nennen die Hawaiianer die Neuankömmlinge«, erklärte Florence nicht ohne Stolz.

»Du scheinst ja gut informiert zu sein«, sagte Corinne grinsend. »Du mußt mir mehr erzählen.«

»Es kann nichts schaden, etwas über den Ort zu wissen, an den wir uns begeben. Einige Passagiere waren schon einmal hier. Auch der Kapitän war sehr gut informiert.«

»Du hast recht«, gestand Corinne. »Ich hätte mir die Zeit nehmen sollen, mich über Hawaii zu informieren. Schließlich hätte ich auch darüber lesen können, während ich bettlägerig war, statt sinnlos vor mich hinzustöhnen.«

»Das kannst du immer noch tun, bis du wieder zu Kräften gekommen bist. Das wird einige Wochen dauern.«

»Wo ist Russell?«

»Er kümmert sich um unser Gepäck. Er hat gesagt, er würde uns mit einer Kutsche am Hafen abholen.«

Sie bahnten sich einen Weg durch die Menschenmenge, die sich an der Anlegestelle drängte, und wurden von freundlichen Hawaiianern in buntgeblümten Kleidern, die für jeden Passagier einen Blumenkranz in der Hand hielten, mit alohas begrüßt. Andere Eingeborene boten ihnen Früchte der Insel an. Eine Gruppe von Musikern spielte, während schwarze Schönheiten in farbenfrohen Sarongs für die Neuankömmlinge tanzten.

Corinne bedankte sich mit einem Lächeln für die Blumenkränze, doch der Duft der Blumen war so intensiv, daß sie spürte, wie sich ihr der Magen wieder umdrehte.

»Ich muß mich setzen, Florence«, sagte sie.

»Komm!« sagte Florence und führte sie in den Schatten. »Warte hier! Ich kaufe dir Obst. So wenig, wie du in letzter Zeit gegessen hast, ist es ein Wunder, daß du überhaupt noch laufen kannst.«

Einen Moment später kam sie mit einem Stück Ananas zurück, das in ein Ti-Blatt gewickelt war. Außerdem hatte sie einen Korb mit Bananen, Kokosnüssen und Guajavas mitgebracht.

»Was ist das für eine Frucht?« fragte Corinne mißtrauisch.

»Ich habe sie auch noch nie gesehen, aber sie wächst hier. Versuch diese Ananas! Man sagt, etwas Köstlicheres gäbe es nicht.«

Corinne führte die gelbe Frucht an ihre Lippen, aber der Geruch verursachte ihr Übelkeit. »Nimm sie fort!«

»Was fehlt dir, Cori?«

»Nimm sie fort!« stöhnte Corinne und wurde weiß. »Ich dachte, die Übelkeit würde vergehen, sowie ich das Schiff erst verlassen habe, aber das stimmt nicht.«

»Corinne, bist du sicher, daß es nicht – etwas anderes ist?« fragte Florence zögernd. »Du dürftest jetzt nicht mehr krank sein. Der Schiffsarzt hat mir sogar gesagt, daß auf einer so ruhigen Fahrt, wie wir sie hatten, normalerweise niemand krank wird.«

»Was willst du damit sagen?«

»Du könntest schwanger sein.«

Corinne gelang es zu kichern. »Sei nicht albern, Florence! Das müßte ich doch am besten wissen.«

»So beschäftigt wie du mit Jared Burkett warst? Wann hast du deine monatliche Blutung zum letztenmal gehabt?« fragte sie.

Corinne konnte sich nicht mehr daran erinnern.

»Das weiß ich nicht«, sagte sie unwirsch.

»Denk nach!«

Sie versuchte es. Die einzige Blutung, an die sie sich erinnern konnte, lag vor ihrer Vergewaltigung durch Jared.

Ihre grünen Augen wurden gleichzeitig groß und dunkel.

»Nein!«

»Es hat keinen Sinn, es zu leugnen, Cori. Er war ein Teufel.«

»Ich will dieses Kind nicht haben! Mein Gott, was tut er mir noch alles an?«

»Du kannst kaum etwas dagegen tun. Du mußt das Kind austragen. Es wächst schon in dir.«

»Nun gut, dann werde ich es eben nicht bei mir behalten.«

»Das liegt bei dir«, sagte Florence kühl. »Doch im Moment müssen wir entscheiden, wo du es bekommen sollst. Du wirst deinen absurden Plan kaum ausführen können, da man es bald sehen wird. Vielleicht sollten wir in Erwägung ziehen, gleich wieder nach Hause zu fahren.«

Corinne schnitt bei diesem Gedanken eine Grimasse. »Lieber würde ich sterben, als mich so schnell wieder auf dieses Schiff zu begeben. Nein, wir bleiben hier. Ich gebe meinen Plan nicht auf. Ich werde ihn nur eine Weile verschieben müssen.«

18

Corinne saß auf ihrer Veranda in Honolulu und nippte in kleinen Schlucken Limonade. Jedesmal, wenn das Baby sich bewegte, runzelte sie die Stirn. Es gelang ihr nicht, den Brief zu schreiben, den sie begonnen hatte, da sie sich selbst zu sehr bemitleidete.

Florence war auf den Markt gegangen, und Russell vergnügte sich irgendwo. Corinne langweilte sich allein zu Hause, aber sie hatte sich entschieden, niemanden zu sehen, da sie keinesfalls riskieren wollte, daß Jared auf irgendeine Weise von ihrem Kind erfuhr.

Lieber Vater,

seit meinem letzten Brief hat sich nichts Neues ereignet. Wir wohnen immer noch in dem Haus, das ich in den Hügeln von Punchbowl gemietet habe. Es blüht überall. Du kannst dir die Buntheit meines Gartens nicht vorstellen. Ich habe mich selbst um ihn gekümmert und alles über die exotischen Pflanzen, die es hier gibt, gelernt. Dies nur, damit du weißt, wie aufregend es für mich hier zugeht.

Es ist wesentlich heißer, als wir Neuengländer es gewohnt sind. Ich scheine die Hitze aufgrund meines Zustandes stärker zu empfinden als die anderen. Doch so hoch in den Bergen weht zumindest abends oft ein kühler Wind. Mein Gott, wie ich jeden Luftzug erwarte!

Ich bin nach Meinung des Arztes immer noch bei bester Gesundheit und werde in einem Monat entbinden. Um die Frage zu beantworten, die du in deinem letzten Brief gestellt hast: Ich habe meine Meinung noch nicht geändert und will das Kind immer noch weggeben. Es würde mich immer an Jared erinnern, und sobald ich von hier fort bin, möchte ich ihn für immer vergessen. Diese mütterlichen Instinkte, von denen du schreibst, sie würden sich einstellen, sind einfach nicht vorhanden. Ich hasse dieses Kind ebensosehr, wie ich Jared hasse. Nein, er wird nicht erfahren, daß dieses Kind existiert. Dies ist mir eine weitere Befriedigung.

Mein Gott, wie herzlos das klang! Aber auch daran gab sie Jared die Schuld. Von ihm hatte sie den Haß gelernt, und dieser Haß hatte jegliches Mitgefühl getilgt, das sie früher vielleicht einmal besessen hatte.

Ich habe immer noch die Absicht, meinen Plan durchzuführen, sowie man mir nichts mehr ansieht. Ich bin nicht allzu plump geworden, und insofern wird es nicht lange dauern.

Jared hält sich hier in der Stadt auf. Russell hat für mich herausgebracht, wo er wohnt und wo er arbeitet. Er baut ein Hotel am weniger überlaufenen Strand von Waikiki. Offensichtlich lebt er vor sich hin wie früher, ohne auch nur einen Gedanken daran zu verschwenden, was er mir angetan hat. Er weiß nicht, daß ich hier bin, denn ich habe mich seit unserer Ankunft nicht mehr in der Öffentlichkeit blicken lassen. Florence und Russell gehen aus, aber Jared kennt Florence nicht, und Russell versichert mir, er hielte sich von Jared fern.

Das tatenlose Warten macht mich ungeduldig. Alles ist nur passiert, weil ich es nicht erwarten konnte, mein Geld zu bekommen. Die große Summe, die ich mitnehmen wollte, liegt übrigens sicher hier auf der Bank.

Ich schreibe dir bald wieder, Vater. Erwarte dennoch keinen vollständigen Bericht über die Geburt des Kindes! Ich möchte es mir nicht einmal anschauen. Das beste ist, wenn keiner von uns weiß, wie es aussieht, und ob es ein Mädchen oder ein Junge ist. Es ist Jareds Kind – und nur sein Kind. Der Arzt hat mir erzählt, wie kinderlieb die Hawaiianer sind. Er hat schon ein gutes Heim für das Kind gefunden, und so brauchst du dich deshalb nicht zu sorgen.

Ich hänge sehr an dir, Vater, und hoffe, du kannst mir verzeihen, daß ich dein Enkelkind fortgebe. Ich könnte es einfach nicht ertragen, es bei mir zu behalten. Versteh mich, bitte!

Deine ergebene Tochter
Corinne Barrow-Burkett

Über diesen Brief würde ihr Vater sich nicht freuen. Aber wahrscheinlich hatte ihm keiner ihrer bisherigen Briefe gefallen. Sie klangen so hart und verbittert. Er hatte sie als kalt bezeichnet. Jared hatte das auch gesagt. Vielleicht war sie es. Doch sie war stark. Es war nicht leicht, eine Frau zu sein.

Corinne versiegelte den Brief. Florence würde ihn zur Post bringen. Corinne wurde unruhig, weil niemand da war, mit dem sie reden konnte. Also machte sie sich an die Gartenarbeit.

Eine Stunde später kam Florence zurück und fand sie immer noch im Garten vor.

Florence runzelte die Stirn. »Du brätst in der Sonne, Cori?«

Corinne wischte sich mit der schmutzigen Hand den Schweiß von der Stirn. »Ich habe nichts Besseres zu tun.«

»Bei dieser Hitze solltest du wenigstens im Schatten arbeiten. Es ist ein Wunder, daß du nicht ohnmächtig wirst. Jetzt komm mit ins Haus! Ich lasse dir ein kühles Bad ein.«

Sie half Corinne auf die Füße und die Stufen hoch zu Veranda.

»Warte hier, bis ich die Einkaufskörbe abgestellt und das Wasser eingelassen habe, Cori!«

»Ich weiß nicht, warum ich mich derart von dir bemuttern lasse«, klagte Corinne und lächelte müde. »Doch ein kühles Bad kling gut. Mein Rücken schmerzt wieder.«

»Wenn ich es nicht besser wüßte, würde ich glauben, daß du schon weiter bist«, bemerkte Florence und sah auf Corinnes dikken Bauch unter dem zeltartigen hawaiianischen Kleid, den muumuu.

»Sei nicht albern!«

Diesen Satz sprach Corinne immer dann aus, wenn jemand der Wahrheit zu nahe kam.

Florence schüttelte den Kopf und ging ins Haus.

Corinne setzte sich unbeholfen auf einen der Korbstühle, die auf der Veranda standen. Möglich war es schon, dachte sie dumpf, während sie über ihren Bauch strich. Es konnte jetzt täglich soweit sein. Aber obwohl das ihrem Warten ein Ende bereitet hätte, wünschte sie, es käme nicht so. Dann würde sie sich gezwungen sehen, Florence ihr erstes Zusammensein mit Jared zu erklären, und das wollte sie lieber für sich behalten.

Ein Windhauch bewegte die Pflanzen auf der Veranda und wehte den berauschenden Duft der Gardenien von den Büschen vor dem Haus herüber. Corinne atmete diesen Duft, der ihr Lieblingsgeruch geworden war, tief ein, aber als ihr Rücken heftig schmerzte, hielt sie die Luft an. Das ständige bücken, dachte sie zornig. Sie hätte es besser wissen sollen. Sie konnte nicht mehr arbeiten, ohne daß das Kind ihr Unbehagen bereitete.

Wie sehr sie es ablehnte! Das Kind hatte ihr nichts als Ärger gemacht, selbst bei seiner Zeugung. Corinne war niedergeschlagen und bereit, sich ins Bett zu legen und nicht mehr aufzustehen.

»Komm, Cori! Die Wanne ist voll.«

Corinne wollte aufstehen, aber es gelang ihr nicht. »Du mußt mir helfen. Ich kann nicht mal mehr aus einem Stuhl aufstehen.«

Florence kicherte und zog Corinne an der Hand hoch. »Es ist zu schade, daß er nicht hier ist und sieht, was du seinetwegen durchmachst, und sich deine Klagen anhören muß.«

»Wenn er jetzt hier wäre, würde ich ihm die Kehle dafür durchschneiden.«

»Na, na! Ihr wart beide nötig, um das Kind zu machen. Du wolltest ihn heiraten, erinnerst du dich?«

»Erinnere mich nicht daran! Nachdem er mich nur ausgenutzt hat, ehe er fortgegangen ist.«

»Cori, der Arzt hat dich vor Aufregungen gewarnt. Außerdem haben wir das jetzt schon oft durchgesprochen. Aus Rache kann nichts Gutes entstehen.«

»Sie kann Befriedigung verschaffen«, sagte Corinne.

Plötzlich keuchte sie und krümmte sich vor Schmerz.

»Was ist los?« fragte Florence. Sie riß ihre braunen Augen auf. »O mein Gott, es kommt doch nicht vorzeitig?«

»Nein«, sagte Corinne, nachdem der Krampf vorüber war. »Ich fürchte, es kommt genau rechtzeitig. Du hast recht gehabt, daß ich schon weiter bin.«

»Ich wußte, daß vor der Heirat etwas vorgefallen ist, was du vor mir geheimgehalten hast. Kein Wunder, daß du dich so eilig in die Ehe gestürzt hast.«

»Florence bitte!« stöhnte Corinne. »Ich erkläre es dir später. Bring mich jetzt ins Bett! Mein Rücken tut entsetzlich weh.«

»O Gott! Das wird eine Geburt von *der* Sorte«, murmelte Florence vor sich hin.

»Was?«

»Nichts, mein Liebling. Komm jetzt! Ich bringe dich in dein Zimmer und hole den Arzt.«

»Nein!« schrie Corinne. »Du kannst mich jetzt nicht allein lassen!«

»Schon gut, Cori. Schon gut«, sagte Florence beschwichtigend.

»Wir haben noch jede Menge Zeit . Ich werde die Köchin zum Arzt schicken, sowie sie zurückkommt.«

Achtzehn Stunden später kämpfte Corinne gegen ihr Bewußtsein an. Dieser entsetzliche Schmerz war noch zu nah, und jetzt, wo es vorbei war, wollte sie nur noch schlafen, um die Qualen zu vergessen. Doch dieses furchtbare Schreien hielt sie davon ab.

»Hier, Mrs. Drayton!«

Corinne hielt ihre Augen geschlossen. Sie wußte, daß Dr. Bryson mit ihr sprach. Aus Gründen der Schicklichkeit hatte sie Russells Namen angenommen. Schließlich lebten sie im gleichen Haus. Warum konnte der Arzt sie nicht allein lassen? Er piesackte sie jetzt schon seit Stunden und redete ihr zu, sich zu entspannen, was ihr einfach nicht gelang. Angeblich war noch nicht alles vorüber, wo sie doch wußte, daß sie sterben würde, wenn es nicht sofort aufhörte.

Dr. Bryson hatte geklagt, sie sei die schlimmste Patientin, die er je gehabt hätte, woraufhin sie ihn zum Teufel geschickt hatte. Ihre Sprache schockierte ihn, denn sie verfluchte Jared mit allen erdenklichen Schimpfwörtern, die sie als Kind auf der Werft aufgeschnappt hatte. Jedesmal, wenn die Wehen unerträglich wurden, hatte sie Jareds Namen gesagt. Sie wünschte fast, er wäre dagewesen, um ihre Flüche zu hören.

»Mrs. Drayton, bitte!«

Sie öffnete die Augen. »Können Sie mich nicht endlich allein lassen? Ich will nur noch schlafen.«

»Wir sind noch nicht fertig.«

»Ich schon.«

Dr. Bryson seufzte. Seine Geduld war erschöpft.

»Ich muß die Nabelschnur noch abschneiden. Sie werden Ihr Kind einen Moment lang halten müssen.«

»Nein!«

»Sie sind die unangenehmste junge Frau, die mir je begegnet ist«, schimpfte er. »Jetzt hören Sie endlich auf, so unvernünftig zu sein!«

»Florence soll es halten«, sagte Corinne stur und vermied es sorgsam, das hingehaltene Kind anzusehen. »Sie wissen, daß ich es nicht sehen will. Das habe ich Ihnen im voraus gesagt.«

»Ihre Zofe ist fortgegangen, um frisches Wasser zu holen.«

»Dann warten Sie, bis sie zurückkommt!«

»Wollen Sie eine Infektion riskieren?« fragte er grob. »Jetzt halten Sie ihr Kind!«

Er gab ihr keine Gelegenheit, sich weiterhin zu weigern, sondern legte das Kind in ihre Armbeuge. Corinne drehte sich schnell um, weil sie es nicht sehen wollte. Sie wollte keine Erinnerung, kein Bild des Kindes mit sich herumtragen.

»Könnten Sie sich, bitte, beeilen?« fragte Corinne, als das Kind weiterhin jammerte.

Nachdem die Nabelschnur durchgeschnitten war, schien es lauter zu schreien. Corinne keuchte, doch Dr. Bryson lächelte.

»Entspannen Sie, Mrs. Drayton!«

»Haben Sie ihm weh getan?«

»Nein.«

»Dann nehmen Sie es weg!«

»Noch nicht. Wir sind noch nicht fertig. Drücken Sie!« sagte er und übte Druck auf ihren Unterleib aus.

Die Nachgeburt bereitete ihr kaum Schmerzen. Das Kind weinte immer noch.

»Würden Sie das Baby jetzt wegnehmen?« flehte sie.

»Wir müssen noch auf das Wasser warten, um dem kleinen Kerl das Blut abzuwaschen.«

»Blut?« keuchte sie und drehte sich zu ihrem Kind um.

»Es ist nicht sein Blut, Mrs. Drayton«, beruhigte sie der Arzt. »Es ist ein schöner gesunder Junge geworden.«

Jetzt konnte Corinne ihre Blicke nicht mehr losreißen. Sie hatte diesem winzigen Wesen das Leben gegeben? Seinetwegen hatte sie gelitten. Sie hatte die qualvollsten Schmerzen durchgestanden, damit dieses Wesen leben konnte. Ein kleiner Junge!

»Er ist entsetzlich häßlich, nicht wahr?« fragte Corinne.

Dr. Bryson lachte herzlich. »Das ist die erste ehrliche Meinung, die ich je von einer frischgebackenen Mutter gehört habe. Ich kann Ihnen allerdings versichern, daß er besser aussieht, wenn er erst gewaschen ist.«

»Warum hört er nicht zu weinen auf?«

»Er ist gerade aus seiner gemütlichen, warmen Behausung der letzten neun Monate herausgeholt worden. Daher ist er verständlicherweise völlig außer sich und könnte ein wenig Beistand brauchen.«

»Ich – ich weiß nicht . . .«

»Alles, was er braucht, ist Ihre Brust, Mrs. Drayton.«

»Das könnte ich nie!« sagte sie schnell.

»Das liegt ganz bei Ihnen. Ich nehme an, es wird nichts schaden, ihn eine Weile weinen und schreien zu lassen. Ich gehe jetzt nachschauen, wo das Wasser bleibt.«

»Warten Sie!«

Dr. Bryson schloß die Tür.

Florence saß am Küchentisch und hielt ein halbvolles Glas Whisky in der Hand.

»Hat es geklappt?« fragte sie ängstlich und besorgt.

»Das kann man noch nicht sagen. Wir geben ihr noch ein wenig Zeit, aber dann muß ich das Kind baden.«

Florence stand auf und füllte ein zweites Glas. »Herr, ich bitte dich, laß mich das Richtige getan haben! Ich hätte es einfach nicht mit ansehen können, wenn sie ihr Baby weggegeben hätte. Ich wußte, daß es ihr leid tun würde, wenn es zu spät ist.«

»Wenn ich nicht Ihrer Meinung wäre, hätte ich niemals diese Posse mitgespielt.«

»Sie wollte nicht auf mich hören. Wenn es nichts nutzt, sie mit dem Kind allein zu lassen, ist alles umsonst gewesen.«

»Wir können nur abwarten. Wo befindet sich übrigens der Vater?«

»Oh, der ist fortgegangen, um sich zu betrinken«, erwiderte Florence.

Sie sprach von Russell.

»Das war eine gute Idee«, fügte sie hinzu und hob ihr Glas. Sie hatte Dr. Bryson ins Vertrauen gezogen, ihm jedoch nicht erzählt, daß Corinne nicht mit Russell verheiratet war. Russell Drayton betrank sich nicht aus Nervosität, sondern um zu feiern, daß es endlich vorbei war. Ihm war das Kind vollkommen gleich.

Florence konnte diesen Mann nicht leiden, doch sie war noch nicht ganz dahintergekommen, was genau sie an ihm störte.

Dr. Bryson leerte sein Glas. »Wir sollten wieder hineingehen.«

»Glauben Sie denn, daß Corinne schon genügend Zeit gehabt hat, Doktor?« frage Florence zweifelnd. »Vielleicht reicht es noch nicht aus, daß sie das Kind gesehen und im Arm gehalten hat. Sie ist furchtbar starrköpfig.«

Als sie in Corinnes Zimmer traten, hatte sie sich im Bett aufgerichtet und sah auf das Kind nieder, das in ihren Armen lag; und als sie aufblickte, war der Zorn aus ihren lindgrünen Augen geschwunden.

»Seid leise!« flüsterte Corinne. »Er schläft.«

»Wir müssen ihn ohnehin aufwecken, mein Schatz, weil er gebadet wird.«

»Warum hast du so lange gebraucht?« fragte Corinne, aber ihr Tonfall war nicht grob.

»Ich habe das Wasser verschüttet«, log Florence. »Du hast uns achtzehn Stunden auf Trab gehalten, Cori. Ich habe keine Minute ausgeruht. Ich bin völlig erschöpft, und meine Hände zittern.«

»Warum hat Russell dir nicht geholfen?«

»Er war die ganze Nacht fort. Die Sonne ist schon aufgegangen, aber er ist noch nicht zurück.«

»Das tut mir leid«, erwiderte Corinne. »Ich wußte nicht, daß er uns so im Stich lassen würde.«

Dr. Bryson kicherte. »Das ist bei frischgebackenen Vätern meistens so, Mrs. Drayton. Die wenigsten wollen bei der Geburt in der Nähe sein.«

Corinne fragte sich, wie Jared sich verhalten hätte. Aber diese Überlegung war zwecklos. Jared wußte nicht, daß er einen Sohn hatte. Einen Sohn! dachte sie mit Ehrfurcht.

Sie behielt Dr. Bryson im Auge, als er das Baby hochhob und es durch den Raum trag. Als er gewaschen wurde, schrie ihr Sohn wieder. Anschließend wickelten sie ihn in eine kleine Decke, und Florence wollte das Zimmer mit ihm verlassen.

»Wohin bringst du ihn?« fragte Corinne.

»Ich lege ihn vorläufig ins Nebenzimmer«, antwortete Florence. »Die Familie, die ihn zu sich nimmt, ist noch nicht benachrichtigt.«

»Ich werde mich heute nachmittag darum kümmern«, erbot sich der Arzt. »Sie brauchen jetzt Ruhe. Das haben wir alle nötig. Morgen sehe ich wieder nach Ihnen, Mrs. Drayton.«

Corinne versuchte zu schlafen, aber obwohl sie körperlich erschöpft war, hörte sie ständig die Schreie des Babys. Ließen sie ihn einfach vor sich hinschreien?

Was war nur mit ihr los? Das sollte ihr alles gleich sein. Es war Jareds Kind, und sie haßte es. Bald würde es fort sein, und sie würde es nie mehr wiedersehen.

Corinne schloß die Augen, aber das Bild des Kindes, das sie im Arm gehalten hatte, ließ sie nicht los. Als sie ihm die Brust gegeben hatte, hatte er zu schreien aufgehört. Er war augenblicklich eingeschlafen und hatte sich ihr anvertraut.

Schließlich ertrug sie das Schreien nicht mehr. Sie kämpfte gegen den sehnlichen Wunsch an, aufzustehen und zu ihm zu gehen.

»Florence!« rief Corinne verzweifelt. »Florence, tu etwas, damit er aufhört!«

Sie bekam keine Antwort, und das Schreien ging weiter. Corinne runzelte die Stirn. Nein, sie konnte ihn kein zweites Mal sehen. Sie mußte ihn aus ihrer Erinnerung verbannen.

»O hör auf, Baby! Bitte, hör zu schreien auf!«

Sie hielt ihre Tränen zurück und stand langsam auf. Ihr gesamter Körper schmerzte. Sie wollte nur nachschauen, ob ihm auch nichts fehlte. Dann würde sie schlafen können. Das Gehen fiel ihr schwer.

Im Nebenzimmer lag das Kind einsam und verlassen mitten im Bett. Nach dem Waschen sah es etwas besser aus, aber es war blau angelaufen vor lauter Schreien.

»Psst!« sagte Corinne und berührte mit den Fingern den schwarzen Flaum auf seinem Kopf. »Du mußt zu schreien aufhören, hörst du mich?«

Das klappte nicht. Sie schlug die Decke zurück, um zu schauen, ob er sich irgendwo weh tun konnte, aber da war nichts. Seine winzigen Glieder waren steif von der Anstrengung, sich Gehör zu verschaffen. Er schrie sich die Seele aus dem Leib.

»Bitte, hör zu schreien auf!« flehte sie. »Ich halte es nicht aus.«

Corinne nahm ihn auf die Arme und versuchte, ihn zu beruhigen, aber er schrie immer noch. Half denn gar nichts? Sie legte ihn wieder ins Bett zurück und rückte ein Kissen zur Seite, damit sie sich neben ihn legen konnte. Dann öffnete sie ihr Nachthemd und zog ihn sanft an sich. Als seine Wange ihre Brust berührte, zappelte er heftig, bis er mit seinem winzigen Mund ihre Brustwarze gefunden hatte. Es dauerte eine Weile, bis sein Atem sich beruhigt hatte, aber wie zuvor entspannte er und schlief zufrieden ein.

Corinne konnte ihre Tränen nicht mehr zurückhalten.

»O Gott, nein!« schluchzte sie. »Warum hast du mir das angetan!«

Florence kam eine Weile später ins Zimmer und fand Mutter und Sohn friedlich schlafend nebeneinander vor. Sie lächelte und schloß leise die Tür.

19

Corinne musterte sich kritisch in dem großen Spiegel. Sie trug ein azurblaues Kleid aus zartem Popelin mit weißen Spitzenbesätzen – was sehr kühl und elegant aussah – und dazu einen blauen Sonnenschirm. Ihr Haar hatte sie zu einem Knoten geschlungen, und auf der Stirn und den Schläfen ringelten sich Locken. Diese Frisur war an sich für kürzeres Haar gedacht und nicht für ihre langen dichten Locken geeignet, die sie sich nicht abschneiden lassen wollte.

Corinne hatte sich eine vollkommen neue Garderobe zugelegt.

Schluß mit den zeltförmigen muumuus. Sie mußte so wirken, als wäre sie eben erst vom Festland eingetroffen.

»Du siehst bezaubernd aus, meine Liebe«, bemerkte Florence, die mit einem Korb frisch geschnittener Blumen hereinkam.

»Warum probierst du eigentlich die neuen Kleider an?«

»Ich habe es geschafft, Florence.« Sie strahlte. »Nach zwei Monaten habe ich meine alte Figur wieder. Die neuen Kleider sind nach einem alten geschneidert und sitzen jetzt perfekt.«

»Ist es dir oben nicht zu eng?«

Corinne sah sie verwirrt an. »Nein, seltsamerweise nicht.«

Florence kicherte. »Dafür kannst du mir danken. Ich habe der Schneiderin gesagt, sie sollte die Kleider oben weiter machen. Gut, daß ich daran gedacht habe, nicht wahr?«

Corinne mußte lächeln. »O Florence, was täte ich ohne dich? Ohne deine Verschwörung mit Dr. Bryson hätte ich das Kind weggegeben.«

Corinne umarmte ihre Freundin, was sie im allgemeinen nicht tat. Gleichzeitig hörten sie die Schreie des Babys.

»Soll ich gehen?« erbot sich Florence.

»Nein«, sagte Corinne grinsend. »Ich wette, du hast geglaubt, ich würde ihn deiner Obhut anvertrauen, aber es macht mir zuviel Spaß, mich selbst um ihn zu kümmern.«

»Eine Frau von deiner Herkunft hat eine Amme für ihr Kind. Bei deiner Mutter war es auch so«, brummte Florence.

»Ich bin nicht meine Mutter«, entgegnete Corinne. »Kann ich etwas dafür, daß ich einfach nicht genug von ihm bekommen kann und mir das Füttern, Baden und Umziehen Spaß macht? Du bist nur eifersüchtig, weil du ihn auch liebst. Jetzt gehen wir beide.«

Corinne lächelte, als sie Michael Samuel Burkett sah. »Er fängt schon an, Dinge zu erkennen.«

»Der Arzt hat dir gleich gesagt, daß seine Augen in Ordnung sind. Am Anfang sehen Babys nicht so gut. Außerdem bin ich froh, daß seine Augenfarbe sich von diesem trüben Blau in dein Gelbgrün umgewandelt hat. Mein Gott, wenn er groß ist, wird er ein gutaussehender Teufel, ganz wie sein . . .«

»Nein!« Corinne fiel ihr ins Wort. »So wird er nicht.«

»Wie du meinst, meine Liebe.«

»Michael wird etwas Besonderes, das weiß ich.«

Michael war nicht mehr Jareds Sohn, den man achtlos zur Seite schob. Er war ihr Sohn – und nur ihr Sohn. Sie hätte nie geglaubt, daß ihr jemand so wichtig werden könnte.

»Hast du Hunger, Schätzchen?« fragte Corinne. »Ich sollte dich noch einmal füttern, ehe ich gehe. Dann kannst du den ganzen Nachmittag schlafen, ohne mich auch nur zu vermissen.«

»Du gehst?« fragte Florence.

»Am späten Vormittag kommt ein Schiff an. Russell und ich nehmen ein wenig Gepäck mit zum Hafen und fahren von dort aus zum ›Royal Monarch‹-Hotel, als sei ich gerade erst vom Festland angekommen. Dort werde ich mir ein Zimmer als Mrs. Jared Burkett nehmen.«

Florence schüttelte den Kopf. »Du hast es immer noch vor? Ich hatte gehofft, du hättest es inzwischen vergessen. Michael ist alt genug für eine Reise. Warum fahren wir nicht statt dessen heim?« schlug sie vor. »Dein Vater kann es kaum erwarten, seinen Enkel zu sehen.«

»Nicht, ehe ich mich gerächt habe.«

»Was ist mit Michael?« fragte Florence. »Willst du ihn in einem stickigen Hotelzimmer versteckt halten, während du durch die Stadt promenierst?«

»Natürlich nicht. Ihr beide bleibt hier. Ich muß mich nur in einem Hotel anmelden und mich in der Öffentlichkeit blicken lassen. Die meiste Zeit werde ich hier verbringen.«

»Wenn Jared dir hierher folgt und Michael findet – was tust du dann?«

Corinne runzelte die Stirn. »Das ist unwahrscheinlich, Florence. Doch selbst dann ist die Lösung einfach. Wir sagen, er sei dein Sohn, und du würdest dich hier oben in Punchbowl aufhalten, weil du Schwierigkeiten hast, dich an die Hitze zu gewöhnen.«

»Ich bin doch gar nicht verheiratet!« protestierte Florence.

»Wer kann nachweisen, daß du nicht erst kürzlich verwitwet bis, Mrs. Merrill?« fragte Corinne. »Und daß Michael vor unserer Abreise in Boston auf die Welt gekommen ist? Schließlich behaupten wir, heute erst angekommen zu sein. Außerdem können wir Michael für einen Monat älter ausgeben, als er ist.«

»Du machst alles viel zu kompliziert, Corinne. Warum sollten wir lügen, was sein Alter betrifft?«

»Damit Jared unmöglich Verdacht schöpfen kann, falls er Michael zufällig entdecken sollte. Außer Dr. Bryson weiß hier niemand, daß Michael mein Kind ist und er am 14. Juli geboren wurde. Der gute Arzt kennt mich als Mrs. Drayton. Es ist zu bezweifeln, daß er Jared kennt oder einen Zusammenhang zwischen mir und Mrs. Jared Burkett sieht.«

»Das gefällt mir alles nicht, Cori. Ich mag keine Lügen. Ich könnte keine Lüge glaubhaft über die Lippen bringen.«

»Du wirst wahrscheinlich gar nicht in die Verlegenheit kommen, lügen zu müssen. Ich werde sehr vorsichtig sein, wenn ich hierher komme. Sollte der unwahrscheinliche Fall eintreten, daß Jared mir hierher folgt, müssen wir ihn nicht hereinlassen. Du brauchst dir also wirklich keine Sorgen zu machen.«

»Das sagst du so«, entgegnete Florence.

30

Jared lehnte sich an den Stamm einer großen Kokospalme und blickte aufs Meer hinaus. Vor ihm brachen sich die Wellen am Strand von Waikiki, hinter ihm stand das Hotel, das er baute. Jared war einerseits stolz, zum Wachstum seiner Insel beizutragen, doch gleichzeitig machte es ihn auch traurig; mit der früheren Lebensweise war es vorbei.

»Geht es gut vorwärts, Ialeka?«

Jared sah zu Leonaka hinüber, der eine saftige Mango zerteilte und sich genußvoll große Stücke in den Mund schob. Beide waren Nachkommen von Leimomi Naihe, doch Leo hatte fast reines hawaiianisches Blut in den Adern; erst in der vorigen Generation hatte sich sein Vater eine Japanerin zur Frau genommen. Er war dunkelhäutig, hatte kohlrabenschwarzes Haar und schwarze Augen und überragte Jared um Haupteslänge.

Sie waren gemeinsam an der Nordküste aufgewachsen und dort zur Schule gegangen. Jetzt arbeiteten sie zusammen. Leo war nicht nur Jareds bester Vorarbeiter, sondern auch sein engster Freund und ein entfernter Cousin.

»Ja, es läuft gut«, sagte Jared grinsend. »Ich frage mich, warum ich mir überhaupt die Mühe mache, herzukommen. Unter dir läuft alles glatt.«

»Die Erfolgreiche nix brauchen zu arbeiten«, neckte Leo ihn in Pidgin-Englisch, obwohl er perfekt Englisch sprach. »Er liegen in Sonne die ganze Tag mit hübsche Wahine. Nix kümmern um nix.«

»Heißt das, daß ich mich noch vor meinem dreißigsten Geburtstag zur Ruhe setzen soll?«

»Wir kommen gut ohne dich zurecht, Boß. Du solltest das Leben genießen, solange du jung bist.«

»Vielen Dank, Leo! Nett, zu wissen, daß ich gebraucht werde.«

Beide lachten. Plötzlich veränderte sich Leonakas Miene. »Sieh mal, wer dich besucht!« sagte Leo ernst. »Es muß etwas reichlich Wichtiges sein, wenn dein Onkel die Fort Street verläßt.«

Edmond Burkett schritt zielstrebig auf die beiden zu.

»Ich glaube, ich weiß, was ihn hierher führt.«

»Ich auch«, sagte Leonaka stirnrunzelnd. »Ich wollte selbst schon mit dir darüber reden, aber da du das Thema nicht zur Sprache gebracht hast, wollte ich meine Nase nicht hineinstecken. Dein Onkel scheint mehr Mut zu haben.«

»Du meinst, Dreistigkeit«, sagte Jared kühl.

Edmond erreichte sie erschöpft und übermäßig schwitzend. Er ließ sich auf die Bank fallen und fächelte mit seinem Hut.

Leonaka stand auf. »Ich denke, ich sollte die Männer wieder zur Arbeit anhalten.«

»Ja«, sagte Jared gepreßt und sah ihm nach.

»Seit zwei Wochen lasse ich dir Nachrichten zukommen, Jared«, begann Edmond und überging die Begrüßung. »Warum hast du nicht darauf geantwortet?«

»Ich hatte viel zu tun.«

»Zuviel, um ein paar Minuten für mich zu erübrigen?«

Jared stand steif auf und stellte sich vor seinen Onkel. »Ja, und es tut mir leid, daß du umsonst hierher gekommen bist, denn jetzt habe ich auch keine Zeit für dich. Ich muß arbeiten.«

Edmond verlor seine Fassung. »Du weißt genau, warum ich hier bin. Ich möchte wissen, was du mit deiner Ehefrau zu tun gedenkst.«

»Nichts«, erwiderte Jared ruhig. »War das alles?«

Edmond starrte ihn ungläubig an. »Nichts? Nichts?«

»Dein Gehör ist ausgezeichnet, Onkel«, sagte Jared sarkastisch. Edmond runzelte die Stirn. »Weißt du vielleicht nicht, was sie tut?«

»Doch, Onkel. Ich bin über jede ihrer Taktlosigkeiten im Bilde. Ich kann dir den Namen jedes einzelnen der sechs Liebhaber nennen, die sie in den sechs Wochen seit ihrer Ankunft gehabt hat. Ich weiß genau, was sie tut. Der Unterschied liegt nur darin, daß ich weiß, warum sie es tut.«

»Mein Gott, Jared! Wie kannst du zulassen, daß sie ihre Untreue weiterhin öffentlich zur Schau stellt? Stört dich das denn gar nicht?«

»Wenn du meinst, daß sie eine Hure ist – nein, das stört mich nicht. Sie wird nicht mehr lange meine Frau sein. Wahrscheinlich wird sie sich scheiden lassen, sowie sie ihres Spieles müde geworden ist und wieder nach Hause fährt.«

»Ich verstehe überhaupt nichts mehr!« Edmond schüttelte den Kopf. »Du hast nicht einmal den Anstand besessen, mir mitzuteilen, daß du verheiratet bist.«

»Wie ich schon sagte, wird das nicht mehr lange der Fall sein.«

»Ich habe es durch Freunde erfahren«, sagte Edmond, als sei er nicht unterbrochen worden. »Ich konnte es einfach nicht glauben. Ich habe sie aufgesucht und sie aufgefordert, sich nicht länger als Mrs. Jared Burkett auszugeben.«

»Du hast Corinne gesehen?« fragte Jared und zeigte endlich doch Interesse.

»Ja, ich habe sie gesehen«, erwiderte er verächtlich. »Eine Schlampe! Mit angemaltem Gesicht! Nachdem sie wußte, wer ich bin und sie mir ihren Trauschein gezeigt hatte, hat sie die Unverschämtheit besessen, mir deutlich einen Antrag zu machen. Schließlich könnte ich ihr Vater sein, ganz zu schweigen davon, daß ich dein Onkel bin. Wie konntest du nur ein solches Geschöpf heiraten?«

Jareds Augen waren schiefergrau geworden. »Warum ich sie geheiratet habe, ist nicht von Bedeutung.«

»Dir mag es gleich sein, wenn dein Name in den Schmutz gezogen wird, aber auch ich bin ein Burkett, und deine Schwester ebenso. Hast du dir überlegt, was es für Malia bedeutet, eine Hure zur Schwägerin zu haben? Die ganze Insel weiß Bescheid. Du mußt dem ein Ende bereiten.«

»Seit wann bist du um Malia besorgt?« fragt Jared eisig.

»Ich weiß, was sie empfindet, wenn sie davon erfährt. Es ist ein Glück, daß sie im Moment auf dem Lande ist. Wenn sie das hört, wird sie auch dort bleiben wollen.«

»Jetzt ist es aber genug!« sagte Jared wütend.

»Dann tu etwas! Der Schaden ist bereits angerichtet, aber er braucht nicht noch vergrößert zu werden. Die politischen Probleme auf dieser Insel spitzen sich zu. Es ist ohne weiteres möglich, daß demnächst eine Revolution ausbricht. Darüber würden die Leute wenigstens deine Frau vergessen.«

»Ich sagte dir bereits, du solltest mir gegenüber nie eine Revolution auch nur erwähnen. Du weißt, daß ich ein Gegner von denen bin, die die Könige stürzen wollen.«

»Ich habe nur gesagt, daß deine Frau nicht mehr lange der Hauptgesprächsstoff sein wird, wenn sie erst fort ist.«

»Was schlägst du vor? Soll ich sie gegen ihren Willen in ein Schiff nach Amerika verfrachten?«

»Ja. Wenn es sein muß, zahle ihr etwas dafür. Ich werde dir behilflich sein, falls der Preis zu hoch sein sollte.«

»Sie ist reicher als wir beide zusammen, Onkel«, antwortete Jared und beobachtete die Reaktion seines Onkels.

Edmond war überrascht, aber er ließ sich nichts anmerken. »Verdammt noch mal, Jared, du mußt etwas tun! Du läßt zu, daß diese Frau dich zum Gegenstand des Gespötts macht und unseren Namen in den Schmutz zieht.«

»Schon gut, Onkel«, seufzte Jared und bedachte das burgartige ›Royal Monarch‹ mit einem Blick. »Ich werde mich darum kümmern.«

Seit ihrer unerwarteten Ankunft war das das zweite Gespräch über seine Frau gewesen. Das erste hatte mit Dayna stattgefunden, die er eigentlich hätte heiraten sollen. Sie kannte jetzt alle schmutzigen Einzelheiten dieser Eheschließung. Seltsamerweise hatte Dayna ihn kürzlich der Eifersucht beschuldigt, was ausgesprochen absurd war. Corinne war ihm gleichgültig. Konnte Dayna das nicht sehen?

»Wirst du die Sache bald zu einem Ende bringen?« drängte sein Onkel.

Jareds Mund war nur noch ein Strich. »Ja, bald.«

21

Corinne langweilte sich. Die ständige Schauspielerei und die langen Fahrten von Punchbowl nach Waikiki und wieder zurück machten sie gereizt. Die Scharade hielt sie viel zu oft von Michael fern, und das war ihr verhaßt.

Es war wirklich Zeit, abzureisen. Das Unterfangen war unbefriedigend verlaufen. Wenn Jared wenigstens in irgendeiner Form reagiert hätte. Wenn sie Anzeichen dafür gehabt hätte, daß ihr Verhalten nicht ohne Wirkung auf ihn blieb, hätte sie das Gefühl gehabt, etwas erreicht zu haben. Doch sie hatte ihn kein einziges Mal gesehen. Vielleicht war ihm wirklich gleich, was die Leute dachten.

»Ich könnte mir vorstellen, daß ich diese Insel vermisse, Russell«, bemerkte Corinne, während sie Tee in eine zierliche chinesische Tasse goß. »Du mußt zugeben, daß es angenehm ist, das ganze Jahr über Sommer zu haben und jederzeit frisches Obst zu bekommen.«

Sie saßen in einem Restaurant in Chinatown, einem dicht bevölkerten Stadtteil Honolulus, der nicht weit von Punchbowl entfernt war. Das chinesische Essen war köstlich und sehr reichhaltig.

»Du hast dich also endgültig entschieden, aufzugeben und nach Hause zu fahren?« fragte Russell.

»Ja. Ich sollte Michael von hier fortholen, ehe er sich an das warme Klima gewöhnt und Schwierigkeiten hat, sich in Boston zu akklimatisieren.«

»Michael«, sagte Russell trocken. »Für dich dreht sich alles nur noch um ihn. Ich sehe dich kaum noch, wenn ich nicht gerade deinen aktuellen Liebhaber spiele.«

»Sei nicht grob, Russell!«

»Es würde mir alles nichts ausmachen, wenn es wahr wäre – das heißt, wenn ich wirklich dein Liebhaber wäre«, erwiderte er verbittert. »Aber außer diesem verdammten Baby läßt du niemanden an dich heran.«

»Russell!«

»Es tut mir leid, Corinne«, sagte er eilig und nahm ihre Hand zwischen seine Hände. »Ich habe es nicht so gemeint. Ich bin nur schlechter Laune, weil ich ständig bei den Hahnenkämpfen in Kalihi verloren habe, und diese unglaubliche Schwüle kann jeden gereizt machen.«

Corinne seufzte. »Ich weiß. Warum hältst du nicht morgen nach einem Schiff für uns Ausschau?«

»So eilig hast du es, von hier fortzukommen?«

»Du nicht? Wir sind schon zehn Monate hier.«

»Was ist mit einer Scheidung?«

»Das habe ich dir doch schon gesagt, Russell. Es wird keine Scheidung geben. Selbst wenn wir uns nie wiedersehen, wird Jared mein im Ausland lebender Ehemann bleiben.«

»Und was ist mit mir?«

»Worauf willst du hinaus, Russell?« fragte Corinne.

»Ich möchte dich zur Frau, Corinne.«

Corinne seufzte. »Das ist unmöglich. Ich habe dir nie etwas versprochen. Ich liebe dich nicht und möchte mit Michael allein sein.«

»Vielleicht wäre ohne dieses Baby alles anders«, sagte er gehässig. »Ich frage mich, was dein Mann täte, wenn er wüßte, daß er einen Sohn hat.«

Corinne wurde bleich. So herzlos hatte sie Russell noch nie erlebt. Warum war er nur so verbittert?

»Willst du mir drohen, Russell?«

»Ich bin nur neugierig – das ist alles«, sagte er schulterzuckend.

»Glaubst du, er würde versuchen, dir den Knaben wegzunehmen?«

Corinnes Augen sprühten Funken.

»Wenn du es ihm sagen würdest, Russell«, flüsterte sie, »würde ich dich wahrscheinlich töten.«

»Die Löwin, die ihr Junges beschützt, was?« höhnte er. Dann riß er überrascht die Augen auf. »So! Der Löwe ist in die Höhle gekommen.«

»Was?«

»Dein verschollener Mann ist nicht länger verschollen.«

Corinne spürte ihren Herzschlag. Unfähig, sich umzuwenden, starrte sie Russell an.

»Wenn du es wagst, auch nur ein Wort . . .«

»Sei ganz ruhig, Corinne!« Russell lächelte und küßte ihre eine Hand. »Ich habe nur Spaß gemacht. Kennst du mich wirklich so schlecht?«

»Das habe ich mich gerade gefragt«, sagte sie ein klein wenig erleichtert. »Hat er uns schon gesehen?«

»Nicht nur das, meine Liebe, er kommt auch auf uns zu«, sagte Russell freundlich.

Corinne hielt den Atem an. Wie sollte sie sich verhalten? Aus unerfindlichen Gründen gewann ihr alter Zorn auf Jared nicht die Oberhand. Statt dessen fürchtete sie sich vor seinem Zorn.

Als sie hörte, wie sich die Schritte langsam von hintern näherten, wäre sie am liebsten davongelaufen.

»Mr. Drayton«, sagte Jared gedehnt, »ich bin sicher, daß Sie die Gesellschaft meiner Frau genießen, aber würde es Ihnen etwas ausmachen, wenn ich meine Frau für einen Moment ausleihe?«

Russell rührte sich nicht von der Stelle. Er erwiderte selbstgefällig: »Es macht mir etwas aus, Mr. Burkett.«

Jared beugte sich vor. Seine Stimme war jetzt gefährlich ruhig.

»Wenn Sie nicht sofort verschwinden, werde ich Sie eigenhändig hinausgeleiten und Sie bewußtlos schlagen.«

Russell erhob sich unwillig. Er war nicht ganz so groß wie Jared und im Vergleich zu ihm geradezu lächerlich schmal, aber er wirkte nicht im geringsten eingeschüchtert.

Corinne erhob sich ebenfalls. »Russell, bitte! Wir wollten ohnehin gehen. Warte in der Kutsche auf mich! Ganz gleich, was Jared mir zu sagen hat – ich bin sicher, daß es nur wenige Minuten dauern wird.«

Russell sah Corinne lange an. Dann griff er in seine Tasche, warf das Geld für die Rechnung auf den Tisch und stolzierte hinaus.

Corinne setzte sich wieder. Sie war sich der zahlreichen Blicke bewußt, die auf ihren Tisch gerichtet waren. Schließlich sah sie zu Jared auf. Ein Funke schien zwischen ihnen überzuspringen. Sie konnte ihren Blick nicht von ihm losreißen.

»Du siehst nicht schlecht aus, Corinne«, brach Jared das Schweigen und nahm ihr gegenüber Platz. »Und doch hat mein Onkel recht gehabt. Dein Make-up ist entsetzlich. Hat niemand gesagt, daß man nicht wie eine Hure aussehen muß, um eine zu sein?«

Obwohl sie etwas Entsprechendes erwartet hatte, trafen seine Worte sie.

»Du hast dir einen Bart wachsen lassen«, bemerkte sie und stellte fest, daß auch seine Haut dunkler geworden war. »Er steht dir nicht.«

»Ich habe dich nicht nach deiner Meinung gefragt.«

»Ich dich auch nicht«, gab sie scharf zurück, und ihr alter Zorn kehrte sofort zurück.

»Was ist los mit dir, Corinne?« fragte er. »Es gefällt dir, eine Hure zu sein, aber du magst es nicht, als solche bezeichnet zu werden? Ist es so?«

»Es stört mich nicht, Jared. Macht es dir etwas aus, daß du mit einer Hure verheiratet bist?«

»Es reicht, Corinne.«

»War es demütigend für dich, Jared? Sag mir, was du empfunden hast! Ist es dir vielleicht so ähnlich gegangen wie mir, als du diese Zeitungsanzeige aufgegeben hast? Hast du dich ein wenig geschämt, Jared? Ein wenig zum Narren gehalten gefühlt?«

»Du hast dich mit Absicht so benommen.«

»Ja, du Halunke«, zischte sie und ließ ihrem Zorn freien Lauf. »Nicht nur du verstehst es, dich zu rächen.«

Jared sah nachdenklich auf den Tisch. »Findest du nicht, daß wir jetzt quitt sind?«

»Ob wir quitt sind oder nicht, ist strittig. Ich konnte ob der Schmach das Bostoner Haus nicht mehr verlassen, doch dieses Problem scheinst du nicht zu haben. Sollte dir die öffentliche Meinung gleich sein?«

»Nein, Corinne.«

»Danke für diese Befriedigung«, sagte sie kalt.

»Du hast mich nicht ausreden lassen. Es macht mir etwas aus, aber ich bin nicht bereit, mich danach zu richten. Doch da dir die öffentliche Meinung von so großer Bedeutung zu sein scheint, frage ich mich, wie du dich in ihren Augen so weit herabsetzen konntest – nur, um eine Rechnung mit mir zu begleichen.«

»Hier ist mir gleich, was die Leute denken«, entgegnete sie. »Ich lebe nicht hier, und der Klatsch wird mir nicht nach Boston folgen.«

»Dafür könnte ich sorgen«, sagte er herausfordernd.

Sie funkelte ihn an. »Wenn du auf einen endlosen Kampf aus bist, tue ich dir den Gefallen.«

»Nein, ich möchte nur, daß dieser Kampf aufhört. Du hast schon genug Schaden angerichtet, Corinne. Ich will, daß du einsiehst, daß wir quitt sind und wieder abfährst.«

»*Du* willst?« fragte sie mit spöttischem Lachen. »Was *du* willst, Jared, ist mir vollkommen gleich. Vielleicht will *ich* noch nicht fort. Vielleicht gefällt es mir hier. Schließlich habe ich es mir hier großartig gehen lassen.«

»Als Hure?« fragte er verächtlich.

»Ja«, sagte sie grinsend. »Du hast mir gezeigt, wie schön die Liebe sein kann, und ich bin dahintergekommen, daß jeder andere Mann es auch tut.«

»Du wirst abreisen, Corinne, und wenn ich . . .«

Sie war außer sich. »Wage du es nicht, mir zu drohen! So, wie du mich behandelt hast, steht dir kein Recht mehr zu. Ich habe dir nie ein Leid angetan, Jared. Mich kannst du nicht bitten, und von mir kannst du nichts fordern.«

Jared sah ihrer entschwindenden Gestalt nach und spürte mörderischen Zorn in sich aufsteigen. Wollte sie wirklich bleiben?

Erst nach wenigen Minuten entschied sich Jared, Corinne und ihrem bevorzugten Liebhaber zu folgen. Die anderen Männer waren Geschichten für eine Nacht gewesen, aber Russell Drayton war mit gewisser Regelmäßigkeit Corinnes Bettgenosse. Jared fragte sich, was Drayton wohl davon hielt, Corinne mit anderen Männern zu teilen. Wie konnte ein Mann eine Hure lieben?

Jareds Kutsche folgte den beiden. Als er sie eben überholen wollte, überraschten sie ihn damit, daß sie in Richtung Punchbowl abbogen und nicht zu Corinnes Hotel in Waikiki fuhren. Jared verlangsamte das Tempo und folgte ihnen in größerer Entfernung. Sie hielten auf einem Hügel an, von dem aus man die Stadt überblicken konnte, und er beobachtete, wie Corinne und Russell in ein Haus traten.

Jared wartete und fragte sich, wen sie wohl besuchen mochten. Als aus den Minuten Stunden wurden, war es ihm klar. Es war ihm bisher nicht gelungen, herauszufinden, wo Drayton wohnte. Jetzt wußte er es. Corinne stellte ihre Affären nicht nur offen zu Schau, sondern sie genoß ihre Beziehungen auch privat. Schlief diese Frau denn niemals allein?

Gegen Mitternacht beobachtete Jared, wie die Lichter ausgingen. Er hätte nicht sagen können, warum er so lange gewartet und immer noch gehofft hatte, sie würden das Haus wieder verlassen. Warum, zum Teufel, verspürte er den Drang, hineinzugehen und Drayton zu töten? Jared war gleich, mit wem Corinne schlief.

Auf dem Rückweg in die Stadt hatte er nur den einen Gedanken im Kopf: Corinne mußte Hawaii verlassen. Doch er würde sie nicht mehr aufsuchen. Sollte sie nur zu ihm kommen. In dem Fall wußte er genau, was er tun würde.

22

Nach einer Nacht mit wenig Schlaf erwachte Corinne mit bohrendem Kopfschmerz. Draußen regnete es. Sie hatte vergessen, wie gut er aussah. Wenn er im Laufe der Nacht in ihr Zimmer gekommen wäre, hätte sie ihn willkommen geheißen.

Florence klopfte an die Tür und steckte den Kopf ins Zimmer. »Du bist wach? Das ist gut.« Ungebeten trat sie ein. »Ich wollte mit dir reden, ehe Michael aufwacht und deine gesamte Aufmerksamkeit in Anspruch nimmt.«

»Ja?«

»Vielleicht kannst du mir jetzt sagen, was gestern abend mit Russell und dir los war?«

»Wie meinst du das?«

»Das weißt du genau. Ihr seid nach Hause gekommen und habt euch ohne ein Wort in eure jeweiligen Zimmer zurückgezogen. Habt ihr euch gestritten?«

»Ich bin nicht sicher«, sagte Corinne. »Wir haben nämlich Jared getroffen.«

Florence holte tief Luft. »Und?«

»Ich habe mit Jared gestritten und war wahnsinnig wütend. Er hat mich Hure genannt.«

»Was hast du erwartet, meine Liebe? Du hast es doch darauf angelegt, daß alle dich für eine . . .« Florence wurde rot. Sie war unfähig das Wort auszusprechen.

»Ich habe nie daran gedacht, was er über mich denken wird, nur daran, daß ihn das, was die anderen denken, demütigt«, gestand Corinne.

»Stört es dich?«

»Weshalb? Ich werde ihn nie wiedersehen, und daher ist seine Meinung bedeutungslos. Ich kenne die Wahrheit, und das zählt.«

»Wenn du nicht leiser sprichst, weckst du Michael auf«, warnte Florence sie.

»Er hat sich nicht entschuldigt, sondern mich nur kritisiert. Er hat von mir verlangt, daß ich abreise.«

»Ich hoffe, du hast ihm versprochen, daß du abreist«, sagte Florence.

»Nein!« fauchte sie. »Diese Genugtuung gebe ich ihm nicht. Ich habe ihm gesagt, daß es mir hier gefällt.«

»Cori, jetzt ist es aber genug.«

»Ich weiß«, antwortete Corinne mit gesenkter Stimme. »Ich war schon vorher entschlossen, abzureisen. Heute werde ich das Hotel verlassen und mein Geld von der Bank abheben. Ich war nur zu wütend, um Jared das zu sagen. Er soll sich noch unwohl fühlen, während wir das Schiff erwarten.«

»Dem Himmel sei Dank, daß du wieder zu Sinnen gekommen bist!« rief Florence aus.

Corinne lächelte.

»Das ganze Spiel langweilt mich«, gab sie schließlich zu. »Immer wieder treffe ich Männer, die ich in mein Hotelzimmer mitgenommen habe, und sie bedrängen mich, meine Versprechungen einzulösen. Ich kann sie nicht mehr abwimmeln.«

»Dein Plan war weiß Gott gefährlich«, warf Florence ein. »Du hättest an einen heißblütigen Schurken geraten können, der nicht warten will. Was hättest du dann getan?«

»Um Hilfe geschrien, was sonst«, sagte Corinne lachend und fügte dann hinzu: »Darüber habe ich mir nie Sorgen gemacht, Florence. Ich habe jedem die wildesten Vergnügungen für das nächste Mal versprochen und Ausflüchte für den Moment gesucht. Alle haben erwartungsvoll gelächelt, wenn sie mein Zimmer verlassen haben, und jeder, der sie gesehen hat, muß geglaubt haben, sie hätten bereits bekommen, was sie wollen. Männer sind alle gleich. Kein einziger würde eine Niederlage eingestehen.«

»Soll ich dich lieber ins Hotel begleiten?«

»Nein, du mußt auf Michael aufpassen. Ich möchte vermeiden, daß ihn jemand sieht. Er sieht Jared zu ähnlich, und ich kann nicht riskieren, daß jemand die richtige Schlußfolgerung zieht und das Gerücht in Umlauf setzt, Jared hätte einen Sohn.«

»Nimm wenigstens Russell mit, für den Fall, daß du einen deiner feurigen Liebhaber triffst!« sagte Florence. »Dann gibt es keine Probleme.«

»Russell wird mich vor dem Hotel absetzen, aber dann soll er sich um ein Schiff kümmern. Nachdem ich mich jetzt entschlossen habe, zu fahren, möchte ich die Sache schnell über die Bühne bringen. Bis zur Abfahrt bleibe ich hier draußen. Ich gehe nicht mehr aus. Ich habe Jared einmal gesehen – das genügt.«

Florence sah Corinne prüfend an. »Er erschreckt dich?«

»Wenn er wütend ist, fürchte ich mich vor seiner Unberechenbarkeit«, gab sie widerwillig zu.

Florence verstand sie zu genau. »Du hast ihn unterschätzt. Das hättest du vorher wissen können. Es schadet jedoch nie, aus Fehlern zu lernen.«

Corinne fragte sich, ob sie Grund hatte, Jared zu fürchten. Sie schickte ein Stoßgebet zum Himmel, daß der Zorn des starken Mannes ruhen möge, bis sie auf See war.

Der junge hawaiianische Diener mit den buntgeblümten Hemd und der weiten weißen Hose rief eine bereitstehende Kutsche herbei und packte die wenigen Sachen hinein, die Corinne im Hotel gehabt hatte. Er vermied es, die wunderschöne Wahine anzusehen, die ungeduldig mit dem Fuß auf den Boden stampfte. Er wußte, wer sie war. Das ganze Hotel sprach nur von ihr. Doch der junge Knabe glaubte nicht die Hälfte von dem, was geredet wurde.

Er kannte auch ihren Mann, den er gesehen hatte, als er heute morgen ins Hotel gekommen war. Also wußte er, warum die schöne weißhäutige Dame jetzt nicht lächelte, sondern aus ihren dunkelgrünen Augen Pfeile schoß. Warum mußte ausgerechnet er derjenige sein, der müßig in der Hotelhalle herumstand, als der Hoteldirektor die Anweisung erteilte, ihre Taschen hinauszutragen? In gewissem Sinne fühlte er sich persönlich für ihren Zorn verantwortlich.

Auf dem Weg zu ihrem Zimmer war Corinne von dem Hoteldirektor aufgehalten worden, und noch ehe sie dazu kam, ihn um die

Rechnung zu bitten, unterrichtete er sie beiläufig, ihr Zimmer sei nicht mehr verfügbar. Er erklärte ihr, ihr Gepäck sei schon gepackt und die Rechnung bis auf den letzten Pfennig beglichen. Ab jetzt sei sie im ›Royal Monarch‹ nicht mehr willkommen.

»Und aus welchem Grunde?« hatte sie gefragt.

Woraufhin der eingeschüchterte kleine Mann ihr die Geschichte erzählt hatte, die sein Vorgehen rechtfertigte.

»Ihr Mann hat gedroht, mir die Kehle durchzuschneiden, wenn ich es zulasse, daß Sie auch nur noch einen Tag hierbleiben.«

Erst als die Kutsche anhielt, merkte Corinna, daß sie schon mitten in Honolulu waren und vor ihrer Bank standen. Auch als sie dem Kassierer ihr Sparbuch in die Hand drückte, war sie noch so sehr mit sich selbst beschäftigt, daß sie das Erstaunen auf dem Gesicht des Mannes, als sie ihn um ihr Geld bat, nicht wahrnahm.

»Hier muß ein Irrtum vorliegen, Mrs. Burkett.«

Jetzt schenkte sie dem Kassierer ihre volle Aufmerksamkeit. Er hatte sie Mrs. Burkett genannt. Woher wußte er, daß sie verheiratet war? Sie hatte das Konto als Miß Corinne Burkett eröffnet.

»Welcher Irrtum?« fragte sie mit wachsender Besorgnis. »Ich bin gekommen, um mein Geld abzuheben.«

Das Staunen des Mannes ging in Konsterniertheit über. »Wir haben kein Geld mehr von Ihnen, Mrs. Burkett. Es ist heute morgen abgehoben worden.«

»Von wem?« fragte sie, obwohl die Frage sich erübrigte.

»Von Mr. Burkett natürlich«, erklärte der Mann.

Corinne konnte sich kaum noch zusammenreißen. Mit zittern- den Fingern zeigte sie auf ihr Sparbuch.

»Sehen Sie seinen Namen neben meinem? Wie können Sie es wagen, ihm mein Geld auszuhändigen?«

»Er ist Ihr Mann«, sagte der Kassierer.

»Woher wissen Sie das?«

Der arme Kerl begann zu schwitzen. »Ich hatte keinen Grund, an seinen Worten zu zweifeln. Mr. Burkett ist uns gut bekannt. Er ist einer unserer Konkurrenten. Er und sein Onkel sind die Besitzer einer Spar- und Darlehenskasse in der Fort Street.«

»Das ist mir vollkommen egal!« rief sie aufbrausend und küm- merte sich nicht um die Aufmerksamkeit, die sie erregte. »Sie hatten kein Recht, ihm mein Geld zu geben.«

»Wenn es sich nicht um Ihren Mann handelt, haben wir aller- dings wirklich einen Fehler gemacht, und ich versichere Ihnen, daß wir gerichtliche Maßnahmen ergreifen werden. Falls Mr. Burkett dagegen Ihr Mann sein sollte, gehört Ihr Geld auch ihm, und er hat das Recht, es auch abzuheben.«

Corinne drehte sich abrupt um und verließ die Bank. »Bringen Sie mich nach Waikiki zurück! Und zwar schnell!« rief sie ihrem hawaiianischen Kutscher zu.

»Zum Hotel, wo wir hergekommen sind?«

»Nein. Am Strand wird gerade ein neues Hotel gebaut. Wissen Sie, wo das ist?«

»Natürlich«, sagte er grinsend. »Ich habe einen Cousin dort arbeiten. Viel Arbeit, sagt er. Noch lange nicht fertig das Hotel.«

Als die Kutsche vor dem im Bau befindlichen Hotel anhielt, war es bereits später Nachmittag. Corinne sah sich ergebnislos nach Jared um. Ein unglaublich großer Hawaiianer, der schlank und sportlich gebaut war, schien die Leitung über die Bauarbeiten zu haben. Sie hatte noch nie in ihrem Leben einen so großen Mann gesehen, und es widerstrebte ihr fast, auf ihn zuzugehen und ihn bei der Arbeit zu stören.

Während sie sich ihm näherte, tönten ihr Pfiffe und unzüchtige Bemerkungen entgegen. Corinne blieb stehen. Die Blicke aller Arbeiter waren auf sie gerichtet.

Der große Hawaiianer wandte sich um und sah nach, was seine Männer ablenkte. Als er Corinne erblickte, verfinsterte sich seine Miene. Er bemerkte ihr kostbares Kleid aus kupferfarbener Seide, den dazu passenden Sonnenschirm, den sie aufgespannt hatte, das dunkel-goldene Haar unter dem eleganten Hut und die Blässe ihrer Haut. Eine Malehine, die sich wahrscheinlich verlaufen hatte, und noch dazu eine verblüffend schöne.

Er ging auf sie zu und schnitt ihr den Weg ab. »Dieses Gebiet ist gesperrt, Miß.«

Corinne mußte den Kopf heben, um in die dunklen Augen des Hawaiianers zu schauen. »Ich suche Mr. Burkett – Mr. Jared Burkett. Wo kann ich ihn finden?«

Der Hawaiianer wirkte überrascht. »Jared ist heute morgen nicht erschienen. Ich bin Leonaka Naihe, sein Vorarbeiter. Vielleicht kann ich Ihnen behilflich sein.«

Corinne verbarg ihre Enttäuschung nicht. »Nur, wenn Sie mir sagen können, wo ich meinen Mann finden kann, Mr. Naihe.«

Er zog die Brauen hoch. »Mrs. Burkett?«

»Leider«, antwortete sie bitter. »Wissen Sie, wo er ist?«

»Sie könnten es in seinem Büro in der Merchant Street probieren. Oder bei ihm zu Hause in . . .«

»Ich weiß, wo er wohnt«, fiel sie ihm ungeduldig ins Wort. »Vielen Dank?«

Leonakà sah ihr nach und stieß einen leisen Pfiff aus. Das war also Jalekas flatterhafte Frau. Warum hatte er sie nicht mitgebracht, als er vom Festland zurückgekehrt war? Und warum war sie hierher gekommen, um es vor seinen Augen mit ihren Liebhabern zu treiben? Leonaka wünschte, er hätte gewußt, was da vorging. Er konnte sich einfach nicht dazu durchringen, Jared zu fragen.

23

Bei Sonnenuntergang bog Corinnes Kutsche von der Beretania Street in die private Auffahrt zu Jareds beeindruckendem Haus ab. In seinem Büro hatte ihr ein orientalischer Angestellter mitgeteilt, sie hätte ihn haarscharf verpaßt. Inzwischen fieberte sie vor Wut.

Ihre Brüste, die die Milch anschwellen ließ, schmerzten. Sie preßte ihre Handflächen dagegen, damit die Milch nicht hinauslaufen konnte, wie es manchmal vorkam, wenn sie Michael zu lange nicht an die Brust gelegt hatte.

Zum fünftenmal an diesem Tag bat sie den Fahrer, auf sie zu warten. Wenn Jared nicht zu Hause war, mußte sie für heute aufgeben. Sie hatte solche Schmerzen, daß sie ohnehin schon mit diesem Gedanken spielte, doch das Bedürfnis, ihrem Zorn Luft zu machen, war größer als der Schmerz und ihre Erschöpfung. Florence hatte Michael inzwischen bestimmt schon gefüttert.

Ehe Corinne auch nur an die Eingangstür klopfen konnte, öffnete sich diese, und sie sah in die blaugrauen Augen ihres Mannes. In ihnen spiegelte sich Triumph, und sein spöttisches Lächeln ließ sie derart außer sich geraten, daß sie zwei Schritte näher trat und ihre Hand hob, um ihn zu schlagen.

Jared packte ihr Handgelenk und hielt es mit eisernem Griff fest.

»An deiner Stelle würde ich das nicht noch einmal versuchen«, sagte er mit seiner tiefen Stimme. »Möglicherweise könnte ich zurückschlagen.«

Corinne versuchte, ihre Hand aus seinem Griff zu entwinden, aber er zog sie in das Haus und schloß die Tür, ehe er sie losließ. Sie hatte so viele Schimpfwörter zugleich auf der Zunge, daß sie nicht wußte, wo sie anfangen sollte.

Jared lachte. »Ich habe schon viel eher mit dir gerechnet. Hast du mich nicht gefunden?«

Ohne ihre Antwort abzuwarten, ging er auf die Bar im Wohnzimmer zu, schenkte sich ein großes Glas Punsch ein und goß einen großzügigen Schuß Rum nach. Er trug eine beige Hose und ein weißes Hemd, und seine lässige Haltung brachte Corinne zur Raserei.

»Du Schurke!« zischte sie und trat in das Zimmer.

Jared kicherte. »Du bist mir vielleicht gut. Einfach andere Menschen zu beschimpfen, mein teures Weib.«

»Du bist widerwärtig!« keuchte sie und lief rot an, während sie sich nach einem Gegenstand umsah, den sie ihm an den Kopf werfen konnte.

Sie mußte in einfach schlagen, ihn verletzen.

Jared folgte ihrem Blick zu einer Blumenvase.

»O nein!« warnte er sie. »Entweder du benimmst dich freiwillig gut, oder ich muß dich dazu zwingen.«

Corinne ignorierte seine Drohung und schleuderte ihm die Vase an den Kopf. Blumen und Wasser verteilten sich im ganzen Zimmer, doch die schwere Vase traf nur die Wand. Sie war viel zu sehr damit beschäftigt, sich nach einer neuen Waffe umzusehen, und bemerkte daher nicht die Wut, die in seinen Augen stand.

Ehe es ihr gelungen war, eine Topfpflanze von der Fensterbank zu nehmen, packte Jared sie von hinten. Er warf sie auf das Sofa und sah, die Hände in die Hüften gestimmt, auf ihre Gestalt nieder.

»Ich sollte dafür sorgen, daß du das Zimmer wieder in Ordnung bringst«, knurrte er. »Diesmal bist du also zu mir gekommen. Wenn du dich in der Lage fühlst, zu reden, tu es! Andernfalls werde ich dich in einem Zimmer einsperren, bis du dich entschieden hast, dich anständig zu benehmen.«

»Das kannst du nicht machen!«

»Wann wirst du endlich begreifen, daß ich – abgesehen von einem Mord – alles kann und auch tue?«

Der Schuft täte es wirklich, dachte sie wütend. Sie richtete sich auf, strich ihr Kleid glatt und setzte ihren Hut wieder auf.

Jared ging an die Bar.

»Darf ich dir etwas zu trinken anbieten?« fragte er und lehnte sich mit dem Rücken an die Bar. »Wenn du mir gestern abend zugehört hättest, hätte sich all das vermeiden lassen, Corinne.«

»Was hast du mit meinem Geld gemacht, Jared?« fragte sie mit beherrschter Stimme.

»Es liegt auf meinem Konto.«

»Wo?«

»Das spielt keine Rolle, da ich dafür gesorgt habe, daß du nichts von diesem Konto abheben kannst«, entgegnete er.

»Du hattest kein Recht dazu. Du hast mein Geld gestohlen.«

»Was dir gehört, gehört auch mir. Oder solltest du vergessen haben, daß du meine Frau bist?« spottete er.

»Du hast geschworen, mein Geld nicht anzurühren.«

Er hob die Schultern. »Dann habe ich eben gelogen. Du hast selbst gewußt, daß ich nicht immer mit fairen Mitteln spiele, Corinne.«

»Du scheinst vergessen zu haben, daß sich ein Schreiben in meinem Besitz befindet, in dem du schriftlich zugesichert hast, dich nicht in meine Angelegenheiten einzumischen. Genau das hast du heute getan.«

»So?«

»So?« Sie konnte nicht verstehen, warum er so ruhig blieb. »Wenn du glaubst, ich würde dich nicht vor Gericht bringen, kennst du mich schlecht, Jared Burkett.«

»Ich glaube, ich kenne dich recht gut«, sagte er grinsend.

»Du bist genau wie ich. Du kannst es einfach nicht haben, wenn dich jemand übervorteilt.«

»Jared, ich . . .«

»Dieser lächerliche Zettel, den du mich hast unterschreiben lassen, ist hier keinen Pfifferling wert.«

»Was?« keuchte sie.

»Such dir einen Rechtsanwalt und überzeuge dich selbst! Du bist in Hawaii, Corinne. Noch sind wir ein eigenständiges Königreich mit eigener Gesetzgebung.«

Verflucht noch mal? Warum hatte sie nicht daran gedacht?

Sie zitterte. Das Ausmaß seiner Macht über sie war erschreckend. Wahrscheinlich konnte er mit ihr tun, was er wollte, und das Gesetz würde auf seiner Seite stehen, weil er ihr Mann war.

Jared, der den Wechsel ihres Mienenspiels genau beobachtet hatte, grinste. »Ich glaube, jetzt hast du mich verstanden.«

Er beherrschte sie. Gott, wie sie ihn haßte!

»Ich habe verstanden, Jared«, sagte Corinne kühl. Sie stand auf und reckte stolz ihr Kinn in die Luft. »Ich verachte dich grenzenlos. Wenn dir daran liegt, kannst du mein Geld behalten. Ich besitze noch genügend Bargeld und Schmuck, um mich durchzuschlagen, bis mein Vater mir Geld schickt.«

Jared seufzte. »Du hast mich restlos mißverstanden, Corinne. Dein Geld interessiert mich nicht und hat mich auch nie interessiert. Ich will, daß du von dieser Insel verschwindest. Sobald du dich entschließt, aufzugeben und abzureisen, bekommst du dein Geld zurück.«

Warum konnte sie nicht einfach sagen, daß sie das ohnehin vorhatte? Warum trotzte sie ihm so sehr?

»Ich lasse mich nicht zu einer Abreise zwingen, Jared«, sagte sie stur. »Ich lasse mich zu gar nichts zwingen.«

»Das ist zu schade, denn ich habe genug von deiner Hurerei, ganz gleich, aus welchen Gründen du es tust. Ich werde dich aus dem Verkehr ziehen, Corinne, auf die eine oder andere Weise.«

»Geh doch zum Teufel!« kreischte sie.

Als sie merkte, daß ihre Selbstkontrolle dahinschwand, wirbelte sie herum und lief aus dem Haus.

Wenn er glaubt, ich fresse ihm aus der Hand, dann hat er den Verstand verloren, dachte sie, während sie auf die Kutsche zulief. Von ihm lasse ich mir nicht vorschreiben, was ich zu tun habe! Von ihm nicht!

Ehe Corinne die Kutsche erreichte, hatte Jared sie eingeholt. Er riß sie herum. Sie war noch viel zu wütend, um sich zu fürchten, und verlor ihren Sonnenschirm und ihre Handtasche bei dem Versuch, sich von ihm loszureißen.

»Laß mich los!« schrie sie und schlug mit ihrer freien Hand auf seinen Brustkasten ein.

»Bis ich mich entschieden habe, was ich mit dir anfange, bleibst du hier«, sagte er kühl.

Corinne versuchte, nach ihm zu treten, verlor dabei aber nur einen Schuh. Ihr Hut fiel zu Boden, und als ihre Frisur sich auflöste, sah sie einen Moment lang nichts. Eine Sekunde später hatte Jared sie sich über die Schulter geworfen. Ihre Brüste wurden gegen seinen Rücken gedrückt, und sie litt Qualen.

»Hilfe?« schrie sie, so laut sie konnte. »Hilfe!«

»Wenn du nicht sofort still bist, Corinne, gebe ich dir wirklich Grund zum Schreien«, zischte Jared. »Niemand wird dir zur Hilfe kommen.« Zu dem Kutscher, der die Szene belustigt beobachtet hatte, sagte Jared: »Falls meine Frau etwas in der Kutsche liegengelassen haben sollte, bringen Sie es hinein! Ich werde Sie für Ihre Mühe bezahlten. Sie werden nicht mehr gebraucht.«

Jared ging auf das Haus zu. Corinne versenkte ihre Zähne in sein Fleisch. Sie vernahm seinen Schmerzensschrei mit solcher Befriedigung, daß ihr ganz gleich war, was er tun würde.

Er warf sie zu Boden.

Sie fiel genau zwischen die Tür und quetschte sich bei dem Aufprall die Schultern. Jared stand über ihr und preßte eine Hand auf seine Wunde. Seine Augen glühten.

»Du verfluchtes, blutrünstiges Weibsbild! Dafür sollte ich dich verprügeln.«

»Na los!« schrie sie trotzig. »Mach nur! Das spielt keine Rolle mehr. Du bist ein niederträchtiges, gemeines Vieh. Jetzt schlag mich schon! Du wirst schon sehen, wie sehr ich hassen kann.«

Als Jared sich bückte, zuckte sie zurück. Er packte sie am Handgelenk, zerrte sie auf die Füße und dann die Treppe hinauf.

Sie wehrte sich mit aller Kraft, während sie auf das Blut auf seinem Hemd starrte. Sie wußte, daß er sie dafür schlagen würde. War sie wirklich seiner Gnade ausgeliefert, weil ein Stück Papier aussagte, sie sei seine Frau? Konnte er ungestraft mit ihr verfahren, wie er wollte?

Die Treppe mündete auf einem langen Korridor. Jared öffnete die zweite Tür, schob sie in den Raum, schlug die Tür zu und schloß sie von außen ab.

Corinne hämmerte gegen die Tür.

»Das kannst du nicht tun, Jared!« kreischte sie und hämmerte weiter.

Sie hörte, wie er fortging, wirbelte herum und sah sich in dem Zimmer um. Als sie sich ein wenig beruhigt hatte, fand sie eine Lampe und machte Licht.

Sie befand sich in einem großen, männlich eingerichteten Zimmer, das in Blau und Braun gehalten war – Wildleder, Leder und schwere Brokatstoffe. Jareds Schlafzimmer? Sie nahm die Lampe in die Hand und inspizierte den Raum genauer. In einem großen Kleiderschrank fand sie eine vollständige Männergarderobe. Eine Tür führte in ein modern ausgestattetes Badezimmer mit Marmorwanne und einem Waschbecken mit Kristallhähnen.

In einem wandgroßen Spiegel sah sie ihr Spiegelbild und war entsetzt über ihr zerzaustes Aussehen.

Der Schmerz in ihren Brüsten war unerträglich geworden, und der Druck, mit dem Corinne die Milch zurückhalten wollte, half nichts mehr. Sie verschloß die Badezimmertür von innen, öffnete ihr Kleid bis zur Taille und drückte vorsichtig die Milch aus ihren Brüsten. Welche eine Verschwendung! dachte sie verbittert. Der Vorgang war mühsam und langwierig, verschaffte ihr aber schließlich ein wenig Erleichterung. Doch sie brauchte Michael immer noch. Gegen Morgen würde sie kaum noch ohne ihn auskommen.

Corinne knöpfte ihr Kleid zu, verließ das Bad und stellte sich ans Fenster. Sie war erschöpft.

Stunden vergingen, während Corinne auf einem Stuhl saß, aus dem Fenster schaute und wartete. Ihr Kopfschmerz kehrte wieder, ihr Magen rumorte, und ihre Schulter schmerzte. Ihre Angst verflog, und ihr Zorn steigerte sich von Minute zu Minute.

Als die Tür sich endlich öffnete, fiel es Corinne schwer, nicht auf Jared zuzustürzen und ihm die Augen auszukratzen. Er hielt ein Tablett mit Nahrungsmitteln in den Händen, ihr Schuh klemmte unter seinem einen Arm, und seine Miene war ausdruckslos. »Hast du Hunger?« Als sie nicht antwortete, trat er mit dem Tablett ein. »Ich wäre eher gekommen, aber es hat mir Schwierigkeiten gemacht, Soon Ho zu erklären, was im Wohnzimmer passiert ist.« Sie zeigte kein Interesse, doch er sprach weiter. »Soon Ho kümmert sich um mich. Er kocht und hält das Haus sauber. Er ist wirklich bemerkenswert.«

Corinne schwieg und beobachtete jede seiner Bewegungen.

»Willst du sitzenbleiben und mich mit deinen Blicken töten, oder kommst zu zum Essen?«

Ihr tiefes, heiseres Gelächter ließ seine Nerven vibrieren. »Ich wünschte, meine Augen könnten töten.«

»Das glaube ich dir«, sagte er höflich und zündete eine weitere Lampe an.

Corinne sah ihm nach und bemerkte, daß er ein frisches Hemd angezogen hatte. Darunter konnte sie schwach den Umriß eines Verbandes erkennen. Sie hoffte, daß die Wunde ihn schmerzte. Noch besser wäre, wenn sie sich entzündete. Vielleicht würde er sogar an Blutvergiftung sterben.

Der Gedanke entlockte ihr ein verzerrtes Lächeln.

Jared schlenderte zu dem Kirschbaumtisch zurück und begann, von den Früchten in der Schale auf dem Tablett zu essen. Corinne blickte finster drein. Wollte er sie von jetzt an übersehen?

»Du kannst mich wirklich nicht einfach hierbehalten, Jared«, sagte sie ruhig und sachlich.

»Ja, ich weiß«, antwortete er kühl. »Aber du wirst doch nichts dagegen haben, diese eine Nacht hier zu verbringen?«

»Wozu soll das gut sein, wenn ich morgen früh gehen kann?«

»Du wirst morgen früh nicht fortgehen. Ich bin deiner Meinung, daß ich dich nicht in diesem Haus behalten kann. Ich würde dich ständig in diesem Zimmer einschließen müssen. Morgen früh fahren wir aufs Land.«

»Aufs Land?« fragte sie in heller Panik. »Meinst du die andere Seite der Insel?«

»Ja. Dort kann ich dich beruhigt zurücklassen, ohne mir Sorgen machen zu müssen, daß du einen weiteren Skandal verursachst.«

»Ich bin nicht bereit, mitzugehen.«

»Ich lasse dir keine Wahl, Corinne«, sagte Jared ruhig.

Sie geriet erneut in Panik. Er brachte sie von ihrem Baby fort!

»Sieh mal, Jared.« Sie versuchte die Angst aus ihrer Stimme zu verbannen, aber er konnte sie deutlich in ihren Augen lesen. »Als ich gestern abend gesagt habe, mir gefiele es hier, habe ich gelogen. Ich hatte mich bereits entschlossen, abzureisen, aber ich war zu wütend, um es zuzugeben. Russell ist bereits zum Hafen gegangen, um ein Schiff für uns zu suchen. Mit dem ersten Schiff werde ich abreisen.«

»Dazu ist es zu spät, Corinne.« Er stellte sich vor sie hin. Sein Blick war unergründlich. »Ich habe dir eine Chance gegeben, abzureisen, aber du hast dich geweigert.«

»Wie meinst du das?«

Er lächelte. »Ich habe mich entschieden, daß du hierbleibst.«

»Warum?«

»Du bist hierher gekommen, um mich zum Gespött zu machen, und das ist dir auch gelungen«, sagte er. »Es hat mir nichts ausgemacht, als der arme, betrogene Ehemann dazustehen, weil du mir vollkommen gleichgültig warst. Doch als es hieß, ich sei nicht Mann genug, mit meiner eigenen Frau fertig zu werden, ist mir das nun doch gegen den Strich gegangen. Es gibt nur eine Möglichkeit, den Klatsch zu meinen Gunsten zu wenden: Ich muß beweisen, daß ich die Oberhand habe.«

»Meinst du wirklich, daß die Leute glauben, du hättest mir verziehen?« fragte sie schnell.

»Ein Mann könnte nie einer Frau verzeihen, die so wie du herumgehurt hat«, sagte er grausam und freute sich, als sie zusammenzuckte. »Aber das hat nichts damit zu tun.«

»Was sonst?«

Er legte seine Hände auf die Armlehnen ihres Stuhls und beugte sich zu ihr herunter. »Du trägt meinen Namen und wirst von jetzt an eine mustergültige Ehefrau sein.«

»Du bist verrückt!« zischte sie. »Ich werde niemals tun, was du willst, Jared. Wir waren quitt, aber du wirfst etwas Neues auf deine Waagschale. Glaube bloß nicht, daß du nicht dafür bezahlen wirst! Ich verspreche es dir – dafür wirst du mir büßen!«

Lachend ging er auf die Tür zu. »Wir werden ja sehen, wieviel Schaden du anrichten kannst, wenn du isoliert und vereinsamt auf dem Land lebst.«

»Es wird dir nicht gelingen, mich dorthin zu bringen.«

»Wenn du mich zwingst, dich während der ganzen Tagesreise zu fesseln und zu knebeln, so werde ich auch das tun«, warnte er sie, schloß die Tür und drehte wieder den Schlüssel von außen im Schloß um.

24

Jared hatte schon eine halbe Flasche Rum getrunken, aber trotzdem gelang es ihm nicht, das Hämmern im oberen Stockwerk zu überhören. Wann, zum Teufel, würde sie aufgeben?

Er saß an seinem Schreibtisch und versuchte, einen Brief an Leonaka abzufassen, aber er fand nicht die richtigen Worte.

Corinnes Gepäck stand in der Zimmerecke – ein großer Koffer, ein kleiner Koffer und eine einzige Hutschachtel. Das schien nicht genug zu sein. Sie war zu elegant gekleidet, um mit so wenig Gepäck zu reisen.

Eine Stunde später war die Flasche leer, und Jared ging unruhig auf und ab. Das Pochen hatte aufgehört. Ob sie schlief?

Ihr Gepäck weckte immer noch seine Neugierde. Schließlich sah er sich den Inhalt an und war noch verblüffter, als er nur zwei Kleider, ein wenig Unterwäsche und Schminke und Parfüm fand. Wo war der Schmuck, von dem sie gesprochen hatte? Oder das Kleid, das sie gestern getragen hatte?

Er kannte die Antwort. Ihre Kleider mußten in Punchbowl sein, und sie mußte folglich einen großen Teil ihrer Zeit dort mit Drayton verbracht haben. Der Gedanke, daß sie mit dem Mann, den sie zu lieben schien, zusammenlebte, schien ihm bedeutend schlimmer als die Tatsache, daß sie in ihrem Hotel mit zahllosen Fremden ins Bett ging, aber Jared hätte nicht erklären können, warum.

Einen Moment lang spielte er mit dem Gedanken, hinaufzugehen und sie mit Gewalt zu nehmen. Was war nur in ihn gefahren? Sie hatte der ganzen Insel bewiesen, daß ihr alle anderen Männer lieber waren als ihr Ehemann. Nie mehr würde er sie anrühren, ganz gleich, wie sehr sie ihn auch begehren mochte. Sie bedeutete ihm nichts.

»Warum läßt du sie dann nicht einfach laufen?« fragte er sich laut.

Jared legte sich mit einer zweiten Flasche Rum aufs Sofa. Wieder fiel sein Blick auf ihr Gepäck. Damit würde sie nicht über die Runde kommen. Sie würden bei Drayton anhalten müssen, und sie würde ihn um Hilfe anflehen. Der Gedanke war ihm verhaßt. Schließlich fiel ihm ein, daß er noch Zeit hatte und jetzt allein zu Drayton fahren konnte.

Es war halb zehn, als Jared vor dem einstöckigen Haus stand. Drayton mußte zu Hause sein, denn durch die Gardinen drang Lichtschein.

Jared grinste hämisch. Erst jetzt wurde ihm bewußt, wie sehr er sich auf dieses Zusammentreffen freute. Leicht schwankend ging er auf die Verandatür zu und bereute die Schnapsmenge, die er sich eingeflößt hatte. Selbst in seinem trunkenen Zustand konnte er Drayton noch in Stücke reißen, doch er hoffte nur, nicht so viel getrunken zu haben, daß er sich nachträglich nicht mehr an diese Nacht erinnerte. Es versprach, ein unterhaltsamer Abend zu werden.

Ehe er angeklopft hatte, hörte Jared aus dem Innern des Hauses das Schreien eines Babys. Verwirrt trat er einen Schritt zurück. Konnte es sein, daß er vor Betrunkenheit das richtige Haus verfehlt hatte? Nein, verdammt, es war das richtige Haus! Wieder stieg er die Stufen zur Veranda hinauf und hämmerte an die Tür.

Mehrere Minuten vergingen. Das Schreien hatte aufgehört. Jared kam zu dem Schluß, er müßte es sich eingebildet haben. Als er erneut klopfte, öffnete sich die Tür, doch war eine Kette vorgelegt.

Durch den Türspalt sah Jared eine winzige Frau. Er blinzelte. Sie konnte nicht größer als ein Meter fünfundfünfzig sein und hatte krauses braunes Haar und braune Augen. Die Frau war kaum älter als er und sah nicht im entferntesten wie eine Haushälterin aus. Hielt Drayton sich vielleicht mehr als eine Mätresse?

»Wo ist Drayton?«

Die Frau schien sich trotz seines kriegerischen Tonfalls hinter der Türkette in Sicherheit zu fühlen, denn sie sagte dreist. »Er ist nicht da – und Corinne auch nicht. Sie können also wieder gehen, Mr. Burkett. Sie sind hier nicht willkommen.«

Als sie die Tür schließen wollte, stellte Jared einen Stiefel in den Türspalt. »Sie kennen mich?«

»Natürlich kenne ich Sie. Ich war an dem unglückseligen Tag in der Kirche, an dem Sie meine Cori geheiratet haben.«

»Was meinen Sie mit *Ihre* Cori?« fragte er.

»Seit sie fünf Jahre alt ist, kümmere ich mich um Corinne. Ich bin ihr Mädchen, Florence Merrill.«

Jared mußte herzlich über die närrische Vermutung lachen, die er zuvor angestellt hatte, doch dann kam ihm ein Gedanke. »Was, in Teufels Namen, tun Sie hier?«

»Das geht Sie nichts an«, sagte sie schroff.

»Öffnen Sie die Tür, Florence Merrill!« Er hatte seine Stimme gesenkt. »Ich will mit Ihnen reden.«

»O nein!« Sie schüttelte den Kopf. »Corinne hätte etwas dagegen, wenn Sie in ihrer Abwesenheit ihr Haus betreten.«

Jareds Muskeln spannten sich an, und er zog die Brauen zusammen. »Ich dachte, dies sei Draytons Haus. Wollen Sie damit sagen, daß er sich von meiner Frau aushalten läßt?«

»Sie zahlt für ihn, ja. Darauf hat sie bestanden«, erklärte Florence schnell. »Corinne fühlt sich nicht gern anderen gegenüber verpflichtet.«

»Hat meine Frau auch für ihre anderen Liebhaber bezahlt?« fragte Jared verächtlich.

»Sie wissen genau, warum sie hierher gekommen ist, Mr. Burkett. Sie hatte guten Grund . . .«

»Wagen Sie es nicht, diese Hure vor mir in Schutz zu nehmen!« fiel Jared ihr heftig ins Wort. »Wenn Sie diese verfluchte Tür nicht augenblicklich öffnen, trete ich sie ein!«

»Nein!« sagte Florence eingeschüchtert. »Sie haben kein Recht . . .«

Jared holte aus. Mit einem Tritt riß die Türkette, und die Tür wurde gegen eine Wand geschleudert. Florence trat zur Seite und sah entsetzt zu, wie Jared sich im Haus umsah.

»Das ist also das kleine Liebesnest, was?« bemerkte er beißend. »Weniger luxuriös als das ›Royal Monarch‹. Eigentlich ist es sogar ausgesprochen anspruchslos. Kein Kommentar, Florence Merrill?«

»Ich – ich habe Ihnen doch schon gesagt, daß ich allein – bin, Mr. Burkett« stammelte sie. »Was wollen Sie hier?«

»Ich möchte Corinnes Sachen holen. Sie können gleich anfangen, sie einzupacken.«

»Das geht nicht!« keuchte sie. »Das geht wirklich nicht! Corinne wird toben. Sie . . .«

»Sie wird Ihnen dankbar sein«, beendete er den Satz für Sie. »Sie ist nämlich bei mir und wird sich für ungewisse Zeit bei mir aufhalten.«

»Nein! Das glaube ich Ihnen nicht!« entgegnete Florence. »Damit wäre Cori nie einverstanden!«

Jared lachte. »Sie haben ja so recht. Sie hat wirklich einiges dagegen, aber was sie will, spielt keine Rolle. Als ihr Ehemann habe ich die Entscheidung für sie getroffen.«

Florence war entgeistert. Der Mann pochte auf seine Rechte. Jetzt verstand sie, warum Corinne nicht heimgekommen war.

»Wo ist Corinne jetzt?«

»In meinem Haus in der Stadt.«

»Sind Sie sicher, daß sie noch dort ist, wenn Sie zurückkommen?« fragt Florence zweifelnd.

»Sie scheinen sie gut zu kennen«, sagte Jared kichernd. »Ich bin auf Nummer Sicher gegangen und habe sie in meinem Zimmer eingeschlossen.«

»Mr. Burkett?«

»Erzählen Sie mir ruhig, für wie grausam Sie mich halten«, sagte er kühl. »Es hat sich als notwendig erwiesen und gilt außerdem nur für heute nacht. Morgen früh bringe ich sie in mein Haus am Meer, auf der anderen Seite der Insel. Dort kann sie keinen Schaden anrichten.« Plötzlich sah er Florence nachdenklich an. »Um Corinnes willen sollte ich Sie wahrscheinlich mitnehmen.«

Florence war in einer Zwickmühle. Wenn sie mitkam, würde Jared Michael sehen. Das Baby schlief gerade. Was würde Corinne dazu sagen, wenn sie das Risiko einging, daß ihr Mann das Kind sah? Sie hätte ihm die Geschichte erzählen können, die sie vereinbart hatten.

Als sie nicht sofort bereitwillig zustimmte, sprach Jared weiter. »Wenn Sie nicht mitkommen wollen, kann ich Ihnen die Heimfahrt zahlen.«

»Das wäre vielleicht das beste«, sagte Florence widerstrebend. Sie betete darum, die richtige Entscheidung getroffen zu haben.

Jared hob die Schultern. »Das liegt ganz bei Ihnen, Miß Merrill.«

»Ich heiße Mrs. Merrill«, log sie, für den Fall, daß sie noch auf die erfundene Geschichte zurückkommen mußte. »Wenn Sie Platz nehmen und warten, packe ich Corinnes Sachen zusammen.«

Sie begab sich in Corinnes Schlafzimmer. Warum mußte ausgerechnet sie diese Entscheidung fällen? Wenn sie nur erst mit Corinne reden könnte! Der Gedanke, Corinne ausgerechnet mit dem Mann zurückzulassen, den sie mehr als alle anderen haßte, war ihr zuwider. Dennoch hatte sie auch beharrlich darauf bestanden, daß Jared seinen Sohn nicht sehen sollte.

Jared stand in der Tür.

»Sie werden sich beeilen müssen, Mrs. Merrill«, sagte er ungeduldig. »Nach Sunset Beach ist es höllisch weit, und ich brauche wenigstens ein bißchen Schlaf, ehe wir fahren.«

Jareds Blick fiel auf die hawaiianischen Kleider, die in dem geöffneten Schrank hingen. Er nahm ein muumuu heraus und lachte herzlich. »Ich kann mir meine elegante Frau nicht in diesen Dingern vorstellen. Trägt sie sie wirklich?«

Florence zuckte zusammen.

»Cori hat sie gekauft, weil sie so bequem aussahen.« Das war das erste, was ihr einfiel. »Sie hat sie nie getragen.«

Sie hatte das Gefühl, alles, was mit Michael in Zusammenhang stand, geheimhalten zu müssen. Langsam geriet sie in Panik.

»Meine Frau scheint ihr Geld gern zum Fenster hinauszuwerfen – für Kleider, für ihre Liebhaber . . . Es wird ewig dauern, all diese Kleider einzupacken.«

Er schob die Kleider auf der Stange zusammen, hängte sie sich über den Arm und ging damit hinaus.

»Mr. Burkett!« keuchte Florence und lief hinter ihm her. »Sie werden die Kleider ruinieren, und sie haben ein Vermögen gekostet!«

»Ein paar Falten schaden nichts, Mrs. Merrill«, rief Jared über seine Schulter zurück. »Ich sagte Ihnen doch, daß ich in Eile bin. Packen Sie die übrigen Sachen ein!«

Florence war entrüstet. Wie sollte Corinne mit einem derart unmöglichen Mann zusammenleben? Sie hätten niemals hierher kommen sollen.

Jared stand in der Tür. »Sind Sie immer noch nicht fertig?«

Vor Erschöpfung und Angst schrie sie ihn an. »Machen Sie es doch selbst! Sie werden ja sehen, was Cori dazu sagt.«

Ihre schrille Stimme weckte Michael im Nebenzimmer auf. Florence erbleichte, als er zu schreien anfing. Jetzt ging es mit den Lügen los. Da half nichts.

»Da sehen Sie, was Sie angerichtet haben«, sagte sie vorwurfsvoll und lief in das Kinderzimmer.

Sie hob Michael hoch und drückte ihn an ihre Brust. Jared war ihr gefolgt.

»Wessen Kind ist das?«

Florence beobachtete ihn genau. Seine Stimme war gefährlich leise geworden, seine Augen hatten sich verengt; sie glänzten dunkel.

Er starrte Michael an. Michael schrie weiter, ohne sich um das Drama zu kümmern, das sich um ihn herum abspielte.

»Meins, natürlich«, sagte sie schnell und hielt Michaels Kopf so, daß ihn Jared nicht sehen konnte. »Wessen Kind sollte es sonst sein?«

»Wollen Sie damit sagen, daß meine Frau Sie mit einem neugeborenen Kind auf diese Reise mitgenommen hat?«

»Michael ist älter, als er aussieht. Mr. Burkett«, sagte Florence. »Als wir fuhren, war er alt genug, um die Reise machen zu können. Andernfalls hätte ich ihn nicht mitgenommen.«

»Ihr Mann hat nichts dagegen gehabt?« fragte er ungläubig.

»Ich – ich bin verwitwet«, erklärte sie. Die Lüge kam ihr nur schwer über die Zunge. »Außerdem habe ich keine Familie. Cori – Cori wollte uns nicht mitnehmen, weil Michael noch zu klein war, aber ich habe darauf bestanden. Ich wollte nicht, daß sie die lange Reise allein unternimmt. Sie ist alles, was ich habe – außer Michael.«

»Es fällt mir schwer, diesen Brocken zu schlucken, Mrs. Merrill«, sagte Jared kühl. »Ich hätte Corinne mehr Verstand zugetraut. Von seiner Größe her kann Ihr Sohn gerade erst geboren sein. Und auch Sie dürften sich kaum in der Verfassung für eine solche Reise befunden haben. Wie konnte Corinne nur so tollkühn sein?«

»Ich sagte doch schon, daß Michael für sein Alter klein ist, Mr. Burkett. Er ist fünf Monate alt. Als wir Boston verlassen haben, war er zwei Monate.«

Florence wußte, daß ihre Lügen nicht überzeugend klangen. Sie betete darum, Jared möge ihr glauben.

»Jetzt ziehen Sie ihn schon um oder füttern Sie ihn oder irgendwas!« sagte Jared grob, als Michael nicht zu weinen aufhörte. »Ich kann das nicht ertragen.«

Als er das Zimmer verließ, seufzte Florence erleichtert auf. Michael brauchte Milch. Er brauchte seine Mutter. Nachdem Jared ihn gesehen hatte, bestand für sie kein Anlaß mehr, ohne Corinne nach Boston zurückzukehren.

Sobald sie Michael beruhigt hatte, ging sie wieder hinüber. Jared stopfte Corinnes Sachen achtlos in Taschen.

»Nachdem ich gesehen habe, wie ekelhaft und unausstehlich Sie sind, Mr. Burkett, habe ich meine Meinung geändert. Ich habe nicht die Absicht, Cori allein in Ihrer Obhut zu lassen.«

»So – unausstehlich? Bin ich das?« knurrte Jared.

»Gewiß doch.«

Jared lächelte. »Dann stehen Sie nicht weiter so untätig herum, Frau!«

Eine Stunde später war die Kutsche so voll, daß für Florence kein Platz mehr war, Jared half ihr neben sich auf den Kutschbock. Sie hielt das Baby auf dem Schoß.

Michael war gerade wieder erwacht und sah gebannt zu den Sternen hierauf. Jared beugte sich hinüber, um ihn anzuschauen, konnte ihn aber in der Dunklheit nicht gut erkennen.

Als sie den Hügel hinunterfuhren, schüttelte er den Kopf.

»Ich kann mir immer noch nicht vorstellen, daß Corinne die Reise mit einem Baby angetreten hat«, bemerkte er beiläufig. »Babys erfordern Geduld, und die hat meine Frau nicht.«

»Sie wären überrascht, Mr. Burkett«, entgegnete Florence und verbarg ihr Lächeln. »Wenn es um Michael geht, hat Cori sogar mehr Geduld als ich. Sie mag ihn wirklich sehr gern.« Um allen zukünftigen Zweifeln vorzubeugen, fügte sie schlau hinzu: »Manchmal könnte man fast glauben, sie sei die Mutter – und nicht ich.«

Florence war über sich selbst entsetzt. Diese Lüge war goldrichtig gewesen, und sie war ihr so leicht über die Lippen gekommen. Was war nur mit ihr los?

Corinne schlief noch, als Jared kurz vor Einbruch der Dämmerung in ihr Zimmer trat. Er hielt die Lampe so, daß er auf Corinne niederschauen konnte, und erinnerte sich daran, wann er zum letztenmal ihre schlafende Gestalt betrachtet hatte. Morgen war ihr Hochzeitstag. Ob sie daran denken würde?

Jared hatte sich oft an diese Nacht zurückerinnert, ehe Corinne nach Hawaii gekommen war. Er hatte an ihre Schönheit gedacht, an ihr erstaunliches Entgegenkommen und an ihre wilde Leidenschaft, die die seine um so stärker entflammt hatte. Während dieser Augenblicke hatte er vergessen, warum er sie geheiratet hatte. Für diese kurze Zeitspanne war es eine wirkliche Ehe gewesen. Er hatte alles getan, um diese wunderbaren Momente zu vergessen.

Als Corinne sich im Schlaf bewegte und lächelte, fragte Jared sich, wovon sie wohl träumte. Ich prächtiges Haar lag wie ein Fächer über ihrem Kopf ausgebreitet. Sie wirkte so unschuldig, so kindlich. Obwohl er wußte, daß dies alles nur Täuschung war, hatte er das nahezu unwiderstehliche Verlangen, seine Hand auszustrecken und sie zu berühren, ihre seidige Haut zu streicheln. Seine Lippen brannten danach, die ihren zu schmecken.

Jareds klares Urteilsvermögen kehrte zurück. Mit finsterem Blick ging er ins Badezimmer und ließ kaltes Wasser in die im Boden eingelassene Wanne einlaufen. Dabei machte er bewußt Lärm, um Corinne zu wecken. Sie setzte sich im Bett auf und sah sich bestürzt um.

Jared war wütend auf sich, weil sie ihn fast hatte schwach werden lassen, und er ließ jetzt seinen Zorn an ihr aus.

»Zieh dich an!« rief er. »Ich möchte vor Sonnenaufgang aufbrechen!«

Corinne wußte, daß sie sich keinen Wutausbruch leisten konnte. Sie mußte zu Michael und Jared irgendwie bekehren, sie gehen zu lassen. Sie wollte nicht mit Jared streiten, sondern ihn beschwatzen und ihm notfalls sogar schmeicheln. Nicht ihr Stolz stand auf dem Spiel, sondern Michael.

»Sei doch vernünftig, Jared!« rief Corinne durch die geschlossene Tür und bemühte sich, ihrer Stimme einen bittenden Unterton zu geben. »Ich habe ein Mädchen mitgebracht. Ich kann nicht einfach fortgehen und sie sitzenlassen.«

Jared trat aus dem Badezimmer. »Dein Mädchen ist hier, Corinne. Wir brauchen nicht auf dem Weg anzuhalten.«

Corinne riß die Augen weit auf und wurde schneeweiß. Florence war hier? Gütiger Gott, wo war Michael? Hatte Jared ihn schon gesehen?

»Wie kommt sie hierher?« flüsterte sie.

»Ich habe sie letzte Nacht mitgebracht, als ich den Rest deines Besitzes aus dem Versteck deines Liebhabers geholt habe. Die arme Frau hat die halbe Nacht damit verbracht, deine Kleider wieder herzurichten. Soon Ho packt gerade einen Karren voll. Ich war auf Umstände gefaßt, aber du bereitest mir noch mehr Ärger, als ich angenommen hatte. Ein Mädchen und ein Baby! Ich kann beim besten Willen nicht verstehen, wie du sie dazu überreden konntest, mit einem winzigen Baby nach Hawaii zu reisen. Beeil dich jetzt, Corinne! Heute morgen bin ich noch ungeduldiger als sonst!«

Corinne wandte sich ab, um ihre unbändige Erleichterung zu verbergen. Florence hatte sich an die Geschichte erinnert und daran gehalten. Michael war in Sicherheit – und er war hier. Einen Moment lang wäre Corinne Jared am liebsten um den Hals gefallen. Sie hatte Michael wieder!

Florence saß schon in der Kutsche und hatte Michael neben sich, als Jared und Corinne aus dem Haus traten.

»Sie müssen eine Decke über das Kinderbett legen, wenn Sie

nicht wollen, daß der Kleine einen Sonnenstich bekommt«, sagte Jared beiläufig zu Florence, während er sich auf den Kutschbock setzte.

»Warum kannst du nicht einfach das Verdeck schließen?« fragte Corinne. »Oder möchtest du gern, daß wir einen Sonnenstich bekommen?«

»Ich traue dir nicht genug, um das Verdeck zu schließen, mein liebes Weib«, sagte Jared kühl. »Ich will dich die ganze Zeit über sehen können.«

»Florence und ich sollen also unter der Hitze leiden?«

»Setzt euch die Strohhüte auf, die auf dem Sitz liegen! Dafür sind sie da.«

Corinne ließ das Thema fallen. Sie konnte es kaum erwarten, daß er abfuhr, weil sie mit Florence reden wollte. Florence war genauso erpicht darauf. Sobald sie in die Beretania Street eingebogen waren, beugte sie sich zu Corinne hinüber.

»Ist alles in Ordnung?« flüsterte sie.

»Ja, aber was ist mit Michael? Was hast du Jared erzählt?«

Florence lächelte ihr beruhigend zu. »Die Geschichte, die wir ersonnen haben.«

»Hat er dir geglaubt?«

»Ja, ganz gewiß. Er konnte sich nur schlecht vorstellen, daß du ein Baby mitgenommen hast.«

»Dem Himmel sei Dank!« seufzte Corinne. »O Florence, ich bin fast wahnsinnig geworden bei der Vorstellung, von Michael und dir getrennt zu werden. Jared war einfach ekelhaft.«

»Gestern abend war er auch nicht gerade allzu angenehm, das kann ich dir versichern«, sagte Florence.

»War Russell zu Hause?«

»Nein, er hat dich gesucht. Er wird nicht schlecht staunen, wenn er zurückkommt und ein leeres Haus vorfindet.«

»Sag mir alles, was du Jared über Michael erzählt hast! Ich kann es keinesfalls riskieren, auch nur in einem Punkt abzuweichen.«

»Natürlich, Cori, aber wir sollten auch nicht riskieren, daß er etwas hört. Ich werde es dir erzählen, sobald wir einen Moment allein sind.«

Langsam fuhren sie durch die Straßen der Stadt, die selbst zu dieser frühen Stunde überfüllt waren. Als sie in Kalihi waren und in Richtung Aiea weiterfuhren, ließ der Verkehr nach. Michael fing jetzt an, sich bemerkbar zu machen. Er ließ sich nicht länger von der Fahrerei einlullen.

Florence holte eine Flasche gesüßten Wassers aus der Tasche, die Soon Ho für sie gepackt hatte.

»Ich habe ihn heute morgen noch nicht gefüttert«, gestand sie.

»Ich wußte, daß du Schmerzen haben würdest. Was ich nicht gewußt habe, war, daß wir in einer offenen Kutsche sitzen müssen. Im Moment muß das Wasser genügen.«

»Nein, gib ihn mir!« befahl Corinne.

»Das ist unmöglich, Cori!« keuchte Florence. »Jared wird dich sehen. Und jeder andere, der uns auf der Straße begegnet, auch.«

»Jared und ich sitzen Rücken an Rücken«, flüsterte Corinne zurück. »Ich decke uns mit Michaels Decke zu, aber ich halte diese Schmerzen nicht mehr aus. Ich muß ihn an die Brust legen.«

»Schon gut«, sagte Florence widerstrebend. »Ich hoffe nur, daß dein Mann sich nicht gerade umdreht, um nachzusehen, was du tust.«

26

An dem blauschwarzen Himmel funkelten schon die Sterne, als sie von der Uferstraße abbogen. Ein Sandweg führte zu einem weitläufigen, einstöckigen Haus, das weit von der Straße zurückversetzt lag.

Die beiden Frauen waren erschöpft und kamen sich schmutzig vor. Als sie die majestätische Koolau-Gebirgskette umrundet hatten und auf der dem Wind zugewandten Seite des Gebirges weitergefahren waren, hatten sich ihnen faszinierende Ausblicke geboten, und die Reise war erträglicher geworden. Bei Sonnenuntergang hatte zu ihrer Linken das Meer gelegen und rechts eine dschungelartige Landschaft. Corinne war bezaubert gewesen und hatte eine Zeitlang vergessen, warum sie in der Kutsche saß.

Das weiße Haus badete im Mondschein. Corinne war erleichtert, nicht die Hütte vorzufinden, die sie erwartet hatte. Das Haus schien sogar äußerst geräumig zu sein, und um es herum blühte und wucherte es; Blumen, Bäume und Sträucher bildeten einen Garten, der bis hin zum Strand reichte, und in der Luft hing ein süßer schwerer Duft.

Michael hatte sich trotz der Hitze auf der ganzen Fahrt ruhig verhalten. Es war Corinne dreimal gelungen, ihn zu stillen, und ihre Schmerzen waren verschwunden. Sie schüttelte Florence sanft wach.

»Wir hätten Michael heute nicht so lange schlafen lassen sollen«, sagte Florence und rieb sich die Augen. »Jetzt wird er dich die halbe Nacht lang wach halten.«

Corinne erstickte fast. Voller Entsetzen sah sie sich zu Jared um, doch er schien nichts gehört zu haben. Er sah strahlend auf die Tür, die sich einen Spalt öffnete. Jemand lugte heraus und hielt die Lampe hoch in die Luft, um zu erkennen, wer die Besucher waren.

Plötzlich flog die Tür auf, und die Lampe wurde auf der Veranda abgestellt. Corinne beobachtete entgeistert, wie eine Frau von ungeheuerlichem Umfang die Stufen hinunterstürmte und trotz ihrer gewaltigen Fülle auf sie zuzufliegen schien. Jared traf auf halbem Weg mit ihr zusammen, und erstaunt beobachtete Corinne, wie er die Frau vom Boden hochhob und sie durch die Luft wirbelte.

»Laß mich runter, Ialeka!« befahl die Frau in ernstem Ton, aber sie mußte lachen, während sie versuchte, sich aus seiner bärenhaften Umarmung zu lösen. »Du brichst dir noch das Rückgrat, wenn du mich alte Frau hochhebst.«

Jared kicherte und stellte sie auf den Boden zurück. »An dem Tage, an dem ich dich nicht mehr durch die Luft wirbeln kann, bin ich ein alter Mann geworden, Aleka.«

Sie drückte ihn an sich, stieß ihn dann jedoch abrupt von sich fort, als sei es ihr peinlich, ihre Zuneigung zu zeigen, und trat zurück und verschränkte die Arme über ihrem ungeheuerlichen Busen.

»Ich wissen will, warum du nicht geschrieben vor Kommen?« fragte die Frau. »Und warum du nicht gekommen früher?«

»Ich war beschäftigt, Tantchen«.

»Zu beschäftigt, um nach Hause zu kommen, nachdem du vom Festland zurückgekehrt bist?« fragte sie mürrisch und warf ihre Arme in die Luft. »Auwe! Malia ist ganz narrisch. Warte nur, bis du sie siehst!«

Jared lächelte gepreßt. »Wo ist Malia?«

»Was glaubst denn du, wo sie zu dieser nachtschlafenden Zeit ist?« sagte Aleka, als sei die Antwort klar. »Sie schläft.«

»Weck sie nicht! Ich bin zu müde, um sie und ihren Wirbel über mich ergehen zu lassen. Mach uns nur, bitte, Wasser für einige Bäder zurecht, dann kannst du auch wieder schlafengehen.«

»Was heißt das, einige?« fragte sie und sah sich argwöhnisch nach der Kutsche um.

»Ich habe meine Frau und ihr Mädchen mitgebracht«, sagte

Jared widerwillig. Da diese Enthüllung sie nicht zu überraschen schien, schnitt er eine Grimasse. »Du weißt es schon?«

Die Frau nickte. »Jetzt weißt du, warum Malia spinnt. Naneki ist auch nicht allzu glücklich. Zum Glück ist sie in Kahuku und besucht meine Nichten.«

Jared stöhnte. An Naneki hatte er nicht gedacht. Wie hatte er nur vergessen können, daß seine Mätresse in genau dem Hause diente, in das er seine Frau brachte? Hatte Corinne sein Denken so sehr in Anspruch genommen?

»Was trägt die wahine?«

Jared bemerkte, daß Corinne und Florence aus der Kutsche ausgestiegen waren. Florence hielt das Korbkinderbettchen in den Armen.

»Ein Baby.«

»Ein keiki?« rief Aleka und stürzte auf die Frauen zu, ehe Jared weiterreden konnte.

Corinne erschrak, als die riesige Hawaiianerin auf sie zurannte und neben der entsetzten Florence stehenblieb, um in den Korb zu schauen. Als sie in den Korb griff und versuchte, Michael herauszuholen, wollte Corinne sich schon auf sie stürzen.

Florence hatte Corinnes Bewegung vorausgesehen und stellte sich vor sie.

»Bitte, Madame, er schläft«, sagte sie eilig.

»Er nix schlafen«, tat Aleka Florences Protest ab.

Sie griff wieder nach Michael und holte ihn aus seinem Bettchen. Florence und Corinne waren bestürzt, als sie die Tränen in ihren Augen sahen. Sie sah auf das Baby nieder.

»Wie lange ich schon darauf warte, Ialekas keiki auf dem Arm zu halten!«

Jared tauchte mit grimmiger Miene hinter ihr auf. »Das ist nicht mein Kind, Tante. Es gehört dem Mädchen meiner Frau.«

Aleka sah Jared an und dann wieder Michael. Dann schüttelte sie wissend den Kopf, trug Michael gegen Florences Proteste auf die Veranda, setzte sich auf die Treppe und musterte Michael im Lampenschein.

Alle drei folgten Aleka auf die Veranda. Corinnes Herz pochte heftig. Am liebsten hätte sie Michael an sich gerissen, aber das ging nicht. Sie konnte auch kein Wort herausbringen.

Jared stand neben ihr. In seinen Augen spiegelte sich Bestürzung. Florence mußte für sie reden, und zwar gleich.

Aleka runzelte die Stirn. Das Kind, das sie in ihren Armen

wiegte, war das Abbild des Keiki, bei dessen Geburt sie Ranelle vor achtundzwanzig Jahren beigestanden hatte. Nur die Augen waren anders. Sie sah die beiden haloe wahines an und erkannte die Augen der Mutter. Die Mutter war nicht die wahine, die das keiki getragen hatte. Die Mutter war die andere, die hübsche mit dem goldenen Haar und der ängstlichen Miene.

Vorwurfsvoll sah sie Jared an. »Warum verleugnest du dieses keiki? Glaubst du vielleicht, du könntest Tante Aleka zum Narren halten?«

Jared starrte sie ungläubig an. »Wovon zum Teufel, redest du?«

»Also wirklich, Mr. Burkett«, sagte Florence schnell, nachdem Corinne ihr einen Schubs gegeben hatte. »Die Anspielungen dieser Frau sind geradezu beleidigend.«

Als sie das Kind wieder an sich nehmen wollte, stand Aleka auf und sah auf die zierliche Florence herunter. »Warum sagen Sie, das sei Ihr keiki?«

Florence keuchte. »Weil es so ist. Jetzt geben Sie ihn schon her?«

»Gib ihr den Jungen, Tante!« befahl Jared kalt. »Ich weiß nicht, was in deinem Kopf vorgeht, aber du irrst dich.«

»Nein! Du irrst dich!« Sie durchbohrte ihn mit ihren schwarzen Augen und wies mit einem anprangernden Finger auf Corinne. »Das ist die Mama, nicht die da!«

Jared sah Corinne an. Der wachsende Argwohn in seinen Augen hypnotisierte sie.

»Corinne, wenn . . .«

»Das ist einfach lächerlich«, fiel sie ihm ins Wort und senkte ihre Stimme. »Wenn du nur einmal nachdenkst, Jared, weißt du selbst, was für ein Unsinn das ist. Das Kind ist zu alt, um deines sein zu können. Wenn ich ein Kind hätte, würde ich es nicht verleugnen. Ich wünschte, Michael wäre mein Kind. Ich habe Florence bei seiner Pflege geholfen und ihn wirklich sehr ins Herz geschlossen.«

Jared seufzte und fuhr sich mit den Händen durchs Haar. »Sie hat recht, Tante. Das Baby kann unmöglich von mir sein. Wir haben erst morgen vor einem Jahr geheiratet.« Corinnes Keuchen lenkte Jareds Blick auf sie. »Das hast du wohl nicht mehr gewußt?«

»Weshalb auch?« sagte sie und hob die Schultern. »Ich verbinde keine erfreulichen Erinnerungen mit diesem Tag.«

Jared spürte, wie sein Zorn wuchs. Konnte es wirklich sein, daß sie ihre Hochzeitsnacht vergessen hatte, die Nacht, die ihn seit damals in seinen Träumen verfolgte?

Jared merkte, daß ihn alle überrascht ansahen. War sein Zorn so offensichtlich? Er mußte sich wieder in den Griff kriegen. So deutlich hatte man ihm seine Gefühle noch nie angesehen. Was war nur mit ihm los?

»Geht ins Haus!« sagte er zu den Frauen.

Dann machte er sich daran, das Gepäck abzuladen und sich um die Pferde zu kümmern, während Aleka die Frauen ins Haus brachte.

Aleka führte die beiden in ein großes Wohnzimmer und durch einen Vorhang aus Perlenschnüren in einen engen Gang, an dem drei Zimmer lagen.

»Sie schlafen hier«, flüsterte sie Florence zu und öffnete die mittlere Tür.

Sie trat in das Zimmer und zündete eine Lampe an, die auf einem großen Schreibtisch stand. Das Zimmer war eigentümlich lang und schmal geschnitten, aber es wirkte gemütlich; ein schmales Bett, ein Schreibtisch und ein Stuhl standen darin. Auf dem Fußboden lagen gewebte Matten, und am Ende des Raumes befanden sich eine geräumige Kleiderkammer und ein abgetrenntes Bad.

»Sehr hübsch«, sagte Florence.

»Psst!« flüstere Aleka. »Malia schläft nebenan. Wenn sie wach wird, gibt es Ärger.«

»Ich werde so leise wie möglich sein«, erwiderte Florence, doch Aleka verließ das Zimmer schon und bedeutete Corinne, ihr zu folgen.

»Ich mag diese Frau nicht«, flüsterte Corinne, als sie sich bückte, um Michael einen Gutenachtkuß zu geben.

»Wenn du mich fragst, ist sie sehr scharfsinnig«, entgegnete Florence. »Doch jetzt geh! Michael und ich kommen schon zurecht.«

Aleka wartete bereits ungeduldig am Ende des Korridors. Corinne folgte ihr in ein wesentlich größeres Schlafzimmer an der Vorderseite des Hauses. Sowie die Porzellanlampe auf dem Nachttisch angezündet war, ging Aleka auf die Tür zu.

»Wer ist Malia?« fragte Corinne, doch Aleka ignorierte ihre Frage.

Sie blieb in der Tür stehen und sah Corinne nachdenklich an.

»Ich weiß, daß du lügst mit dem keiki, doch wir werden trotzdem Freunde, denn du hast meinem Ialeka einen Sohn geschenkt, und das ist gut so. Eines Tages wird er es wissen und glücklich darüber sein.«

Corinne brauchte einen Moment, ehe sie empört antworten konnte: »Michael ist nicht mein Kind!«

Aleka hatte die Tür schon hinter sich geschlossen.

Corinne ging unruhig auf und ab. Diese Frau würde noch alles verderben.

Als Aleka kurz darauf mit heißem Wasser für ein Bad zurückkehrte, beachtete Corinne sie nicht. Sie tat so, als würde sie sich interessiert in ihrem Zimmer umschauen. Über dem großen Bett lag eine Decke aus rosa Seide. Zu beiden Seiten der Tür standen große Kleiderschränke und vor den Fenstern ein ungewöhnlich geformter Mahagonitisch und ein Sofa. In silbernen Rahmen hingen die Bilder von einem Mann und einer Frau und einem kleinen Mädchen mit langem schwarzen Haar, das zu Zöpfen geflochten war. Das Mädchen lächelte schelmisch. Corinne fragte sich, ob der Mann und die Frau Jareds Eltern waren. Die Frau hatte seidiges schwarzes Haar und die gleichen blaugrauen Augen wie Jared. War das die Frau, die ihr Vater geliebt hatte?

»Das Bad ist fertig«, sagte Aleka.

Corinne drehte sich um, doch die Frau mit dem graumelierten Haar, das zu einem Knoten hochgesteckt war, hatte das Zimmer schon verlassen. Aleka hatte ihr Badewasser mit Sandelholz parfümiert, und Corinne gestand sich widerwillig ein, daß sie die alte Hawaiianerin vielleicht doch eines Tages mögen würde.

Schnell kleidete sie sich aus, setzte sich in die Badewanne, und der duftende Dampf trieb ihre Probleme fort.

Aus den Geräuschen, die aus ihrem Schlafzimmer herüberdrangen, entnahm Corinne, daß Jared ihr Gepäck gebracht hatte. Selbst als das Wasser schon kalt war, wollte sie die Wanne nicht verlassen, doch es bereitete ihr Schwierigkeiten, die Augen offenzuhalten.

Corinne packte ein Nachthemd aus und legte sich zu Bett. Als sie eben das Licht löschen wollte, öffnete sich ihre Schlafzimmertür.

Jared stand in der Tür. Er trug nur eine Hose, war barfuß und hatte sich ein Handtuch um den Hals gewickelt. Seinen Bart hatte er abrasiert, wodurch er dem Jared, den sie einst kennengelernt hatte, ähnlicher sah.

»Was willst du, Jared?«

Unendlich langsam kräuselten sich seine Lippen. »Nichts, meine Liebe.«

»Warum bist du dann hier?«

»Es handelt sich zufällig um mein Zimmer.«

Er schloß die Tür und ging auf das Bett zu.

Corinne setzte sich auf und zog sich die Decke bis zum Hals hoch.

»Ich bin in dieses Zimmer geführt worden.«

»Natürlich. Du bist doch meine Frau.«

»Ich denke nicht daran, in einem Zimmer mit dir zu schlafen!« zischte sie. »Jetzt mach, daß du wegkommst!«

»Letzte Nacht habe ich dir mein Bett überlassen«, sagte er kühl. »Ich habe nicht die Absicht, das ein zweites Mal zu tun.«

»Das kannst du mir nicht vorwerfen«, entgegnete sie hitzig. Ihre grünen Augen funkelten. »Ich habe dich nicht darum gebeten, dort zu schlafen, und auch hier bin ich nicht freiwillig. Wenn du dein Bett haben willst, sollst du es auch haben.« Sie ließ sich auf den Boden gleiten und packte den Bademantel, den sie ans Fußende gelegt hatte. »Ich schlafe woanders.«

»Ich fürchte, das geht nicht, Corinne«, erwiderte er. »Mehr Zimmer gibt es nicht.«

Sie ging auf die Tür zu. »Dann schlafe ich eben bei Florence«, sagte sie hochmütig über die Schulter.

Jared packte ihren Arm. Er hielt sie wie in einem Schraubstock und wirbelte sie herum, um sie anzusehen.

»Du gehst nirgendwo hin«, sagte er grob und stieß sie zurück. »Leg dich wieder ins Bett!«

Corinna taumelte. Ihr offenes Haar fiel über ihr Gesicht. Als sie es wieder über die Schultern geworfen hatte und ihn anfauchen wollte, erstarben ihr die Worte auf den Lippen. Er hatte sein Handtuch zur Seite geworfen und fing gerade an, seine Hose auszuziehen.

»Nein?« keuchte sie und wurde weiß. »Du wirst mich nicht anrühren, Jared!«

Er hielt in der Bewegung inne und starrte sie an. Dann warf er plötzlich den Kopf zurück und lachte laut.

»Ich meine es ernst, Jared!« sagte Corinne.

In ihrer Stimme schwang Hysterie mit.

»Ich schlafe nicht angekleidet, Corinne. Das habe ich noch nie getan«, erklärte er und kicherte immer noch. »Ich hatte nichts anderes vor, als zu schlafen.«

Corinne spürte, wie ihre Wangen vor Verlegenheit erröteten. »Du schläfst allein.« Sie schnappte die Zudecke, die auf dem Bett lag. »Ich schlafe auf dem Sofa.«

Jared beobachtete, wie sie hochmütig davonstapfte. Seine Augen verengten sich.

»Wenn es etwas gibt, dessen du dir wirklich sicher sein kannst, dann, daß ich dich nicht anrühre«, sagte er in geringschätzigem Ton. »Dein Körper ist etwas zu abgenutzt, um mich noch zu interessieren.«

Er hörte, wie sie scharf einatmete, und fand ein perverses Vergnügen daran. Verdammt noch mal, warum mußte sie auch so schön sein! Als er das Zimmer betrat, hatte ihr Anblick ihm den Atem geraubt. Wie sie dalag, so einladend und verflucht verführerisch! Dann hatten ihre Augen vor Zorn gefunkelt, und sie war nur um so schöner geworden. Sie sah großartig aus in ihrer Wut. Doch er hatte die Kontrolle über sich behalten. Er würde nicht zulassen, daß er ihr gegenüber etwas empfand.

Es war zwar nur Wollust, doch verachtete er sich, sie empfunden zu haben, und beschloß, sie niemals erfahren zu lassen, daß sie sein Blut immer noch in Wallung bringen konnte.

Er schaltete das Licht aus und zog sich aus. Dann fiel er ins Bett. Obwohl er sehr müde war, dauerte es lange Zeit, bis er endlich einschlief.

27

Jared erwachte eher als Corinne. Er sah sie an. Die halbe Nacht hatte er damit verbracht, über sie nachzudenken. Jetzt mußte er sie schleunigst vergessen, um Malia gegenüberzutreten.

Malia war der hawaiianische Name für Maria, doch so nannte sie niemand. Es war zwar nur acht Monate her, seit er seine jüngere Schwester zum letztenmal gesehen hatte, doch eigentlich war mehr als ein Jahr vergangen, seit er sich wirklich mit ihr befaßt hatte. Das sah Jared gar nicht ähnlich, da er Malia mehr liebte als jeden anderen Menschen auf der Welt. Seit dem Tod seiner Mutter hatte er sich eher wie eine Mutter als wie ein Bruder um sie gekümmert, doch im Laufe des letzten Jahres waren die Belange der inzwischen Achtzehnjährigen vorübergehend in den Hintergrund getreten; er war zu sehr mit sich selbst beschäftigt gewesen.

Malia war im Februar aufs Land zurückgekehrt, voller Wut auf Jared, der sie ignoriert hatte. Daß er ihr nichts von seiner Heirat erzählt hatte, mußte ein Schock für sie gewesen sein. Auf den Gedanken, sie könnte schmutzige Einzelheiten über seine Ehe gehört haben, kam er nicht. Niemand würde derartigen Klatsch an ein achtzehnjähriges Mädchen weitergeben.

Corinne erwachte in dem Moment, in dem Jared die Tür schloß. Jetzt würde er nach Honolulu zurückfahren, und am liebsten wäre sie gleich hinterhergefahren. Noch war sie im Besitz ihres Schmucks und hatte auch noch ein wenig Bargeld. Nein, lange würde es nicht dauern, bis sie einen Weg gefunden hatte, von hier zu verschwinden.

Sie hörte Michaels Weinen, zog sich etwas über und ging in Florences Zimmer.

»Ist er gerade wach geworden?«

Florence kicherte. »Nein, er ist schon seit Stunden wach und gurrt zufrieden vor sich hin. Doch jetzt hat er wohl Hunger.«

»Komm, mein Schätzchen!« sagte Corinne, hob ihn hoch und schmiegte ihre eine Wange an ihn. »Mama füttert dich jetzt.«

»Ich sollte besser die Tür abschließen«, schlug Florence vor.

Corinne schüttelte den Kopf. »Das ist nicht nötig, Jared ist schon fort.«

»Aber diese Aleka ist noch da«, erinnerte Florence sie und ging zur Tür. »Wir brauchen kein überflüssiges Risiko einzugehen. Wie sie so sicher sein konnte, daß Michael von dir und Jared ist, geht mir nicht in den Kopf.«

»Sie muß Jared als kleines Baby gekannt haben. Die Ähnlichkeit ist uns beiden auch schon aufgefallen.«

»Gut, daß Jared Michael nie bei Tageslicht gesehen hat.«

»Jetzt hör aber auf, dich zu sorgen, Florence! Ich sehe zu, daß wir noch heute von hier verschwinden. Ich hoffe, du hast nichts gegen die lange Rückreise zur Stadt einzuwenden.«

»Wie willst du das anstellen, wenn ich fragen darf?«

»Ich weiß es noch nicht, aber es wird schon gehen«, erwiderte Corinne. »Mach dir gar nicht erst die Mühe, auszupacken!«

Als Michael gesättigt war und wieder zufrieden vor sich hin-summte, verließen Corinne und Florence das Zimmer. Sie blieben abrupt stehen, als sie laute Stimmen vernahmen.

»Du hast doch gesagt, dein Mann sei fort«, bemerkte Florence.

»Das dachte ich auch.«

Corinne biß sich auf die Lippen und fragte sich, ob sie ihm lieber aus dem Weg gehen sollte. Seine tiefe Stimme klang furchtbar zornig. Wen schrie er an? Setzte Aleka ihm wegen Michael zu?

»Komm mit?« sagte Corinne widerwillig. »Wir sollten nachse-hen, worum es sich dreht.«

Jared hatte seine Hände um die Tischkanten geklammert und starrte seine Schwester an. Malias kleines Kinn war in die Luft gereckt. In ihren leuchtendblauen Augen stand Abscheu. Das einzige, was er für unmöglich gehalten hatte, war tatsächlich eingetroffen: Sie wußte alles.

Er erwartete vergeblich eine Antwort auf seine Frage.

»Ich wiederhole meine Frage noch einmal, Malia: Wer hat es dir erzählt?«

»Das ist völlig gleich«, erwiderte sie schließlich hitzig. »Jetzt weiß ich wenigstens, warum du mir nicht gesagt hast, daß du verheiratet bist. Du hast dich geschämt.«

»Ich habe gefragt: Wer?« schrie er und schlug so fest mit der Faust auf den Tisch, daß das Geschirr klapperte.

Malia zuckte zusammen, aber ihr Kinn blieb in der Luft. Verdrossen antwortete sie: »Unser Nachbar, John Pierce. Er fand, ich müßte es wissen, nachdem alle Welt über meine Familie redet.«

John Pierce! Das hätte er sich denken können. Solange Jared sich zurückerinnern konnte, war dieser Lump hinter dem Land seiner Familie her gewesen, doch schon sein Vater hatte sich geweigert, zu verkaufen. Deshalb hatte John Pierce damals auch die Geschichte mit seiner Mutter und dem fremden Mann am Strand herumerzählt. Jetzt machte er also wieder Ärger.

»Wie konntest du nur eine solche Frau heiraten, Jared?« unterbracht Malia seine Überlegungen.

Ihr verletzter Blick machte ihn wütend. »Das geht dich einen Dreck an!«

Keuchend riß sie die Augen auf. »Wie kannst du so etwas sagen? Als du sie geheiratet hast, ist sei meine Schwägerin geworden. Glaubst du, mir macht es Spaß, eine Hure als . . .«

Aleka fuhr herum.

»Malia hüte deine Zunge!« warnte sie.

»Wenn es aber doch wahr ist?« schrie Malia. »Es ist doch so, Jared? Kannst du das leugnen?« Als er nichts sagte, funkelte sie ihn böse an. »Warum hast du nichts dagegen getan? Alle anderen haben gewußt, was sie tut. Ich kann mir nicht vorstellen, daß du es nicht gewußt hast.«

»Jetzt reicht es, Malia!« sagte Jared und versuchte verzweifelt, seinen Zorn zu unterdrücken.

Corinne hatte ihn in diese Lage gebracht.

»Wie konntest du dich nur derart zum Gespött der Leute von ihr machen lassen?« fuhr Malia unerschrocken fort. – Du, dem es immer wichtig war, die Oberhand zu behalten. Jetzt lachen dich alle aus. Sie lachen uns alle aus.«

»Kein Wort mehr, Malia!« warnte sie Aleka.

Malia sprang auf und sah die beiden böse an. »Ich bin noch nicht fertig. Weißt du, was du mir angetan hast, Jared? Ich kann dieses Haus nicht mehr verlassen. Ich würde vor Scham sterben, wenn ich den Winter in der Stadt verbringen müßte. Du weißt, daß ich es hasse, hier zu sein, wenn die Stürme kommen.«

»Auweh!« Aleka warf die Arme in die Luft. »Malia, ich schäme mich für dein egoistisches Verhalten. Was glaubst du, wie dein Bruder sich fühlt? Glaubst du, ihm macht das, was vorgefallen ist, Spaß?«

»Er hätte es verhindern können.«

»Was sich zwischen Corinne und mir abspielt, verstehst du nicht«, entgegnete Jared.

Warum konnte er seiner Schwester nicht erzählen, daß sein Stolz ihn davon abhielt, das Herumhuren seiner Frau zu beenden? Er wollte Corinne nicht wissen lassen, daß es ihm etwas ausmacht. Sein Leben war in Unordnung gebracht worden.

»Habe ich eben meinen Namen gehört?«

Corinne stand in der Tür und sah in ihrem rosaweißen Kleid wie ein Engel aus. Ihre grünen Augen blickten unschuldig drein, ihre Miene war heiter.

Jared bemerkte den Schock und das Staunen seiner Schwester. Er hatte angenommen, Aleka hatte ihr schon erzählt, daß Corinne hier war.

Er drehte sich zu der kräftigen Frau um, die jedoch nur mit den Schultern zuckte. »Es war nicht meine Angelegenheit, ihr das zu sagen.«

Sie schien seine Gedanken gelesen zu haben.

»*Das* ist deine Frau?« fragte Malie.

Sie hatte ein angemaltes kleines Flittchen erwartet und nicht die attraktive Dame, die Corinne zu sein schien.

»Wer ist das, Jared?« fragte Corinne, während sie in den Raum trat.

Florence blieb nervös in der Tür stehen.

Sie erwartete mit gutem Grund Ärger, denn sie hörte den aggressiven Unterton aus Corinnes Stimme heruas. Auch Jared entging er nicht.

»Corinne, dies ist meine Schwester Malia«, sagte er unbehaglich.

»Deine Schwester?«

Jared war erst belustigt über Corinnes Erstaunen, bis er sah, daß ihre Augen sich zu einem tiefen Smaragdgrün verdunkelten. Sie schien blitzschnell nachzurechnen, denn sie sah erst Malia an und dann wieder zurück zu Jared.

»Sie ist jünger als ich, nicht wahr, Jared?«

Jetzt war es an ihm, verblüfft zu sein. Was, zum Teufel, soll das jetzt?

»Ja um ein paar Jahre«, sagte er vorsichtig und fand erst heraus, worauf sie hinauswollte, als es schon zu spät war.

»Du Schuft!« zischte Corinne. »Du hast meinen Vater belogen, um ihn leiden zu sehen.«

Jared stockte der Atem. Plötzlich wußte er, welche Schlußfolgerung sie gezogen hatte.

»Sei ruhig, Corinna!« warnte er sie.

Die Knöchel seiner Hände, mit denen er den Tisch umklammerte, waren weiß.

»Nicht, ehe du zur Hölle fährst!« schrie Corinne wütend. »Erklär mir mal, wie deine Mutter sie bekommen haben kann, wenn sie mit gebrochenem Herzen vor sich hingesiecht ist? Ich glaube nicht, daß sie sich wegen meinem Vater umgebracht hat. Es war ein Unfall, was?«

Jared war bleich geworden. Corinne folgte seinem gequälten Blick zu Malia und sah das Entsetzen auf dem Gesicht des Mädchens. Sie griff sich an die Brust, als das Mädchen in Tränen ausbrach und aus dem Zimmer rannte.

Was hatte sie angerichtet? Sie fürchtete sich, Jared anzusehen, aber er zwang sie dazu, während er seine Fingernägel in ihre Schulter grub.

»Dafür könnte ich dich töten«, sagte er flüsternd. Sein Griff wurde schmerzhaft. »Zum Henker mit dir! Malia hat es nicht gewußt. Sie war in dem Glauben, meine Mutter wäre wirklich durch einen Unfall ums Leben gekommen.«

»Es – es tut mir leid, Jared«, stammelte Corinne und fürchtete sich mehr denn je zuvor vor ihm.

»Es tut dir leid«, sagte er verächtlich und stieß sie von sich fort. »Du wolltest ihr weh tun, und es ist dir gelungen. Ich hoffe, du bist jetzt zufrieden.«

Er stürzte hinaus, um seiner Schwester zu folgen.

Corinne zitterte. Florence eilte auf sie zu und legte ihr einen Arm um die Schultern.

»Gräme dich nicht, Cori! Ich weiß, daß du das Mädchen nicht verletzen wolltest.«

»Warum konnte ich meine boshafte Zunge nicht im Zaum halten? Ich habe jedes Wort verdient, was er gesagt hat – und noch mehr.« Sie wandte sich an Aleka. »Es tut mir wirklich leid.«

Die alte Frau runzelte die Stirn. »Du hast etwas Schlimmes angerichtet, Kolina, doch ich verstehe dich jetzt.«

»Verstehen?«

»Dein Vater muß der sein, den meine Ranelle zu sehr geliebt hat. Ialeka haßt ihn schon lange. Jetzt weiß ich, warum er aufs Festland gereist ist und dich geheiratet hat. Er war schlecht zu dir, was? Darum kamst du hierher, um ihm weh zu tun. Auweh! Haß ist böse.« Sie schüttelte den Kopf. »Liebe ist viel besser.«

»Das ist unmöglich«, sagte Corinne trostlos.

Aleka schüttelte noch einmal den Kopf. »Denk an das keiki! Dann weißt du, daß Liebe besser ist.«

Corinne wollte etwas darauf sagen, doch Florence drängte sie, die Küche zu verlassen, ehe noch mehr Unheil geschehen konnte.

Corinne verbrachte den Rest des Tages mit Florence und Michael in ihrem Schlafzimmer. Aleka spielte wieder ein wenig mit Michael, als sie das Essen brachte, doch sie war klug genug, kein Wort über ihn, Jared oder seine Schwester zu äußern.

Corinne wußte, daß es Jared Stunden gekostet hatte, das Mädchen zu beschwichtigen, denn sie alle hatten die herzzerreißenden Tränen aus dem Patio gehört. Wäre sie nur nicht gleich an diesem Morgen in die Küche gestürzt! Verflucht noch mal!

Jetzt war es zu spät, und Jared würde heute nicht mehr abreisen. Sie fürchtete, ihm in die Augen zu schauen, ganz besonders allein; noch mehr fürchtete sie, von ihm geholt zu werden.

Sie wünschte Florence eine gute Nacht und ging zögernd in Jareds Zimmer. Er stand am Fenster und sah hinaus. Jared war so in Gedanken verloren, daß er nicht hörte, als sie ins Zimmer trat. Sie räusperte sich. Er stand im Schatten, und als er sich umdrehte, konnte sie seinen Gesichtsausdruck nicht erkennen.

»Wenn du nicht mehr wünscht, daß ich in diesem Zimmer schlafe, kann ich . . .«

»Komm herein, Corinne!« sagte er. »Du bist meine Frau, und dieses Zimmer gehört dir ebenso wie mir. Ich habe dir gestern schon gesagt, daß es keine anderen Zimmer gibt. Ich möchte auch nicht, daß deinem Mädchen Unannehmlichkeiten daraus entstehen, daß wir beide nicht im gleichen Zimmer schlafen wollen.«

»Ihr würde es nichts ausmachen.«

»Aber mir.«

Seine Stimme klang nicht grob. Er schien entsetzlich müde zu sein.

»Ich schlafe heute allerdings nicht auf der Couch«, warnte sie ihn. »Mein Nacken ist noch steif von der letzten Nacht.«

»Mach es dir bequem!«

»Du wirst aber nicht . . .«

Corinne unterbrach sich mitten im Satz und biß sich auf die Lippen.

»Nein«, antwortete er.

Corinne schloß die Tür. Aleka hatte ihr Nachthemd auf das Bett gelegt. Sie nahm es, ging auf die Badezimmertür zu, blieb dann jedoch stehen und drehte sich langsam zu Jared um.

»Es – es tut mir wirklich leid wegen heute morgen«, sagte sie und war dankbar, daß er mit dem Rücken zu ihr stand und sich nicht umgedreht hatte. »Ich hätte deine Schwester niemals mit Absicht verletzt, Jared. Ich konnte nicht ahnen, daß sie über die genauen Umstände des Todes deiner Mutter nichts wußte.«

»Ich weiß«, murmelte er, ohne sie anzusehen. »Vergiß es jetzt! Das ist vorbei.«

Wie kann ich das vergessen? wollte sie sagen, ging aber statt dessen ins Bad und schloß die Tür leise hinter sich. Als sie sich umgezogen hatte, stand Jared immer noch am Fenster.

Sie legte sich zu Bett und fragte zögernd. »Hast du etwas dagegen, wenn ich das Licht ausmache?«

»Mach es aus! Ich bleibe noch eine Weile auf.«

Sie konnte nicht schlafen, doch als er nach langer Zeit wirklich ins Bett kam, stellte sie sich schlafend. Er war so nahe, so unglaublich nahe, und gegen ihren Willen dachte sie an ihre Hochzeitsnacht heute vor einem Jahr. Nie mehr würde sie dieses Prickeln empfinden, nie mehr in seinen starken Armen liegen und seine Lippen auf den ihren spüren, während er ihren Willen aus ihr saugte. Nie mehr schien eine entsetzlich lange Zeit zu sein, wenn sie jetzt sofort von diesen kräftigen Händen gestreichelt werden wollte; sie wollte seinen Körper von Kopf bis Fuß auf ihrem spüren. Warum hatten sie nur alles kaputtgemacht?

Sie merkte, daß sich etwas bewegte, und spürte, daß er sie ansah. Doch sie ließ die Augen geschlossen und hielt den Atem an.

»Es tut mir leid, Kolina«, flüsterte er leise und rückte wieder an das andere Ende des Bettes.

Was tat ihm leid? Sie wußte, daß er geglaubt hatte, sie schliefe. Er glaubte, sie hätte ihn nicht gehört, sonst hätte er das nie gesagt. Würde sie je erfahren, was ihm leid tat?

Tränen strömten aus ihren Augen, doch sie wußte nicht, warum.

28

Als Corinne erwachte, spürte sie Jareds Brust an ihrem Rücken. Einen Arm hatte er besitzergreifend um sie geschlungen. Ihr erster Impuls war, aus dem Bett zu springen, aber dann wurde ihr klar, daß sie ihn damit geweckt und vielleicht auch seinen Zorn hervorgerufen hätte. Also blieb sie still liegen und genoß seine Nähe.

Gleichzeitig machte es sie nervös, seinen Atem in ihrem Nacken zu spüren und das Gewicht seines Armes auf ihrem Körper; eine seiner Hände lag direkt auf ihrem Busen. Sie merkte, wie die Aufregung wie ein lebendiges Wesen in ihr wuchs. Verwegen schmiegte sie sich noch näher an ihn und machte große Augen, als sie spürte, daß sich etwas gegen sie drückte. Sie hatte vergessen, daß er vollständig nackt war. Ihr Nachthemd war bis zur Taille hochgerutscht.

Das Prickeln war kaum zu ertragen. Sie vergaß alles, was je zwischen ihnen gewesen war, alles – bis auf ihre Hochzeitsnacht, die Nacht, in der er ihre Leidenschaft entflammt hatte. Sie wollte von ihm begehrt und genommen werden. Doch wie sollte sie das anstellen? Würde er seinen Haß lange genug vergessen, um seine Bedürfnisse zu befriedigen – und auch ihre? Ja, sie gestand sich ein, daß sie Jared brauchte.

Corinnes Leidenschaft wurde erstickt, als sich in diesem Moment die Schlafzimmertür öffnete und ein äußerst attraktives hawaiianisches Mädchen mit goldener Haut hereinplatzte.

»Ialeka! Ich habe deine Kutsche gesehen und . . .«

Das Mädchen blieb stehen und riß die Augen auf, während sie auf das Bett starrte. Jared war augenblicklich wach geworden und Corinne konnte spüren, wie sein Körper sich anspannte, ehe er mit einem gemurmelten Fluch auf den Lippen von ihr abrückte.

Mit einem Schrei hetzte das Mädchen aus dem Zimmer.

»Naneki!« plärrte Jared hinter ihr her.

Corinne beobachtete schockiert und ungläubig, wie Jared seine Hose anzog und, ohne einen Blick auf ihre Richtung zu werfen, hinter dem Mädchen herlief. Sie starrte auf die leere Türfüllung und spürte wie ihr Kopf vor Wut glühte. Das Mädchen war Jareds Mätresse! Anders war ihre Vertrautheit mit seinem Zimmer und ihre Reaktion auf Corinnes Anwesenheit nicht zu erklären.

»Zum Teufel mit ihm!«

Corinne packte ihren Bademantel und lief hinter den beiden her. Jared hatte das Mädchen im Hinterhof eingeholt. Corinne stand oben auf der Treppe, die zum Patio führte und konnte die beiden deutlich sehen. Jared hielt das Mädchen am Arm fest, um sie zu zwingen, ihm zuzuhören, während sie versuchte, sich loszureißen.

Aleka erschien in der Küchentür. »Laß sie allein, Kolina!«

Corinna blitzte sie an. »Er ist *mein* Mann.«

Aleka nickte. »Trotzdem hatte ich noch keine Gelegenheit, Naneki zu sagen, daß du hier bist. Sie ist verletzt. Laß Ialeka erklären, was los ist!«

»Was hat sie überhaupt hier zu suchen?« fragte Corinne, die im Zorn ihre Fäuste geballt hatte.

»Sie lebt hier. Sie arbeitet hier. Gestern war sie fort, und eben gerade ist sie zurückgekommen. Naneki ist meine Adoptivtochter«, erklärte Aleka.

»Sie wohnt hier? Und er bringt mich . . .«

Corinne konnte nicht weiterreden. Sie ignorierte Aleka, die sie zurückhalten wollte, zögerte aber, ehe sie die Tür zum Patio öffnete.

»Warum bringst du sie hierher?« fragte Naneki weinend. »Wie kannst du ihr verzeihen, nach dem, was sie dir angetan hat?«

»Ich kann ihr nichts verzeihen, Naneki«, sagte Jared ungeduldig. »Ich habe sie hierher gebracht, damit sie aufhört, herumzuhuren.«

»Aber du schläfst mit ihr?«

»Schlafen, ja, zum Teufel. Aber sonst nichts.«

»Wenn sie da ist, bleibe ich nicht«, sagte Naneki. »Ich teile dich mit Dayna, aber nicht mit dieser haole.«

Wer war diese Dayna? Corinne verstand gar nichts mehr. Auch eine Mätresse von Jared?

Corinne wollte sich abwenden, als ein kleines hawaiianisches Mädchen ihre Aufmerksamkeit gefangennahm. Es rannte um das Haus herum und auf Jared zu.

»Papa!« rief das kleine Mädchen und flog in Jareds ausgebreitete Arme.

Corinne keuchte, während sie zusah, wie Jared das Kind umarmte. Doch Naneki riß das Mädchen wütend aus seinen Armen.

»Komm, Noelani!« sagte sie grob. »Wir gehen wieder in Tantes Haus.«

Corinne öffnete die Tür.

»Meinetwegen brauchen Sie nicht zu gehen«, gurrte sie und wunderte sich über ihre eigene Selbstbeherrschung.

Naneki sah Corinne mit Abscheu an, ehe sie sich steif auf den Weg machte. Noelani winkte zum Abschied unschuldig. Das kleine Mädchen mit dem dunklen Haar, den dunklen Augen und der goldbraunen Haut, war das Abbild seiner Mutter. Doch auch Jared war ein dunkler, gutaussehender Typ. Ob sie wirklich seine Tochter war?

»Du hast also eine Tochter, Jared«, sagte sie lächelnd. »Wie nett für dich! Ich frage mich nur, warum du sie bisher nie erwähnt hast.«

»Weil Noelani nicht mein Kind ist, Corinne«, sagte er und wollte wieder ins Haus gehen.

»Aber Naneki ist deine Mätresse«, sagte sie mit erhobener Stimme.

Jared drehte sich um und sagte eisig: »Sie war meine Mätresse, ehe ich dich geheiratet habe, aber seit ich vom Festland zurückgekehrt bin, habe ich keine Zeit mehr für sie gehabt.«

»Erwartest du, daß ich dir das glaube?«

»Eifersüchtig?« fragte er sarkastisch.

»Natürlich nicht.«

»Das ist auch gut so. Du kannst mir schließlich eine Mätresse nicht mißgönnen«, sagte er in brutalem Ton, »wenn du dich jedem x-beliebigen Mann hingibst.«

Sie keuchte und wollte ihn schlagen, aber er fing ihre Hand ab und hielt ihr Handgelenk fest. Als er auf sie herabsah, waren seine Augen kalte graue Schlitze.

»Verletzt dich die Wahrheit, meine Liebe?« fragte er. »Huren müssen sich an Beleidigungen gewöhnen. Das bringt ihr Beruf nun mal mit sich.«

»Mit jedem anderen täte ich es eher als mit dir«, fauchte sie giftig.

Sie wollte ihn unter allen Umständen verletzen.

Er erbleichte, stieß sie von sich und ging wieder ins Haus.

Corinne wandte sich ab und kämpfte gegen ihre Tränen an. Warum mußten sie einander immer wieder weh tun? Er konnte so gehässig sein, daß es ihr lieber gewesen wäre, er hätte sie geschlagen. Einen Augenblick lang war sie bereit, ihm die Wahrheit zu sagen, die volle Wahrheit. Wahrscheinlich hätte er sie jedoch nur ausgelacht.

Sie hatte ihre Sache zu gut gemacht, und niemand würde ihr je das Gegenteil glauben – außer ihre sogenannten Liebhaber. Sie wußten es, doch gerade sie würden es niemals zugeben. Es war einfach absurd.

Corinne war elend zumute. Sie pflückte eine Gardenie, sog ihren Duft tief ein und steckte sie sich hinter ein Ohr. Dann setzte sie sich auf eine Bank unter dem gewaltigen Mangobaum.

Sie konnte das Meer nicht sehen, aber sie hörte die Brandung. Es war so friedlich hier. Es mußte einfach himmlisch sein, mit dem Mann, den man liebte, hier zu sitzen und den Sonnenuntergang zu beobachten. Er würde sie an sich ziehen, und gemeinsam würden sie die Schönheit und das Wunder der Natur und der Liebe erleben.

Plötzlich fühlte sie sich unendlich einsam. Wie hatten Jareds beißende Bemerkungen sie so sehr verletzen können? Ihr sollte gleich sein, was er über sie dachte. Er hatte zugegeben, daß Naneki seine Mätresse war, und aus irgendeinem Grunde verletzte sie auch das. Dann war da noch das kleine Mädchen, das ihn Papa genannt hatte. Corinne glaubte keinen einzigen Moment daran, daß es nicht Jareds Kind war. Jared hätte Naneki heiraten sollen, und wenn er es bloß um seiner Tochter willen getan hätte. Statt dessen war er aufs Festland gekommen und hatte sie geheiratet, um sich an ihrem Vater zu rächen.

Sie war es leid, mit ihm zu kämpfen. Sie wollte nur noch nach Hause. Sie würde nicht einmal versuchen, das Geld zurückzubekommen, das Jared ihr abgenommen hatte. Sollte er es doch behalten. Sie brauchte es nicht.

An der Frontseite des Hauses wurde eine Tür zugeschlagen. Corinne horchte. Als sie sich umsah, erspähte sie Jared, der auf den Stall zuging. Einige Minuten später hörte sie ein Pferd davongaloppieren.

Jetzt war er also fort, ohne sich auch nur zu verabschieden. Anstelle der Erleichterung, die sie erwartet hatte, spürte sie, wie ihr von neuem Tränen in die Augen traten.

29

Corinne saß allein am Küchentisch und trank chinesischen Tee. Es war der 1. November. Jared war schon seit drei Wochen fort. Ihre Versuche, nach Honolulu zu kommen, waren gescheitert. Das Betreten des Stalles, in dem die Pferde und die Kutsche standen, war ihr untersagt, und der Eismann, der als einziger vorbeikam, fürchtete Jared so sehr, daß er sie niemals mitgenommen hätte. Aleka war unbestechlich. Sie kannte Jared von Kindheit an und hätte ihm niemals die Treue gebrochen; niemand war weniger käuflich als sie.

»Warum hast du Jared geheiratet?«

Corinne, die völlig in Gedanken versunken war, zuckte angesichts dieser unerwarteten direkten Frage zusammen. Sie sah auf. Malia stand ihr am anderen Ende des Tisches gegenüber. In den drei Wochen, seit sie sich hier aufhielt, hatte Malia noch kein Wort an Corinne gerichtet und war nie auch nur in ihre Nähe gekommen. Sie hatte jedesmal sofort den Raum verlassen, wenn Corinne zur Tür hereingekommen war, und alle Mahlzeiten auf ihrem Zimmer eingenommen, um Corinne aus dem Weg zu gehen.

»Nun?«

Corinne konnte dem Mädchen den Haß nicht verübeln.

»Es gab verschiedene Gründe, aus denen Jared und ich geheiratet haben«, sagte Corinne ausweichend und hoffte, Malia würde nicht weiter in sie dringen.

»Hast du ihn geliebt?«

»Nein.«

»Hat er dich geliebt?«

»Nein, ganz gewiß nicht.«

Corinne hörte selbst die Bitterkeit, die sich sogleich wieder in ihre Stimme schlich.

»Warum habt ihr dann geheiratet?«

Corinne fühlte sich in die Enge getrieben. »Das – äh – das geht dich eigentlich wirklich nichts an.«

Malia stützte ihre Hände auf eine Stuhllehne und beugte sich vor. »Er ist mein Bruder«, sagte sie, und in ihrer Stimme lag ein Flehen. »Ich habe ihn gefragt, warum er dich geheiratet hat, aber er hat mir die gleiche Antwort gegeben, wie du es eben getan hast. Ich bitte dich, mir zu helfen, es zu verstehen.«

Corinne schlug die Augen nieder. Sie versuchte, sich an Malias Stelle zu versetzen, und ihr wurde klar, wie bestürzt und verstört das junge Mädchen sein mußte.

»Dein Bruder hat mir versprochen, mir das zu geben, was ich von einer Ehe erwartete: keinen Ehemann.«

»Wie meinst du das?«

»Er wollte sich nicht in meine Angelegenheiten einmischen. Wir hatten vor, unser Leben unabhängig voneinander zu verbringen.«

»Wenn du nicht mit ihm zusammenleben wolltest, warum bist du dann hierher gekommen?«

»Ich glaube, es ist besser, wenn du die Antwort auf diese Frage nicht erfährst«, sagte Corinne hart. »Sie spricht nicht gerade für deinen Bruder.«

»Mein Bruder hat nichts falsch gemacht, außer, daß er dich geheiratet hat.«

Wenn es darum ging, Jared zu verteidigen, erwachte sofort wieder die Feindseligkeit in Malia.

Corinnes Zorn konnte es leicht mit Malias aufnehmen. »Jared ist keineswegs der Ausbund an Tugend, für den du ihn hältst. Der Grund, aus dem er mich angeblich geheiratet hat, war erlogen. Er behauptete, für ihn sei es eine Ehrensache. Dein reizender Bruder hat mich nämlich vergewaltigt. Dann hat er sich erboten, meinen Ruf durch eine Eheschließung zu retten.«

»Du lügst!«

»Frag ihn selbst, ob er das leugnen kann? Das war seine Ausrede, um mich zu heiraten, Malia. Aber es war wirklich nur eine Ausrede, denn dein Bruder ist gewissenlos. Der wahre Grund, aus dem er mich geheiratet hat, ist folgender: Er glaubte, als mein Ehemann über die Anteile bestimmen zu können, die ich in der Werft meines Vaters besitze. Er wollte meinen Vater ruinieren und hat zu spät herausgefunden, daß die Eheschließung ihm nicht die Kontrolle über meine Anteile überläßt. Das muß ein entsetzlicher Schlag für ihn gewesen sein.«

»Dein Vater ist . . .«

Malia war unfähig, den begonnenen Satz zu beenden.

»Hat Jared dir erklärt, was mein Vater wollte, oder hat er dir die ganze Geschichte nur aus seiner Sicht erzählt?«

»Er – er hat gesagt, meine Mutter sei gestorben – meine Mutter hätte sich getötet, weil sie ohne Samuel Barrows nicht leben konnte«, stammelte Malia.

»Ja, sie hat meinen Vater geliebt, und er hat sie geliebt. Sie war nicht stark genug, um ohne ihn weiterzuleben, aber mein Vater hat nie gewußt, wie schwer sie mit dieser Trennung fertig geworden ist. Er war am Boden zerstört und ist ein gebrochener Mann, seit Jared ihm erzählt hat, was sich zugetragen hat, denn er hatte sie immer noch geliebt. Denk daran, daß sie diejenige war, die meinen Vater von hier fortgeschickt hat!«

»Aber Jared hat gesagt, es sei *seine* Schuld.«

»Man kann niemanden für die Schwäche eines anderen Menschen verantwortlich machen. Mein Vater ist damals hierher gekommen, um sie zu suchen. Jared hat es nie so gesehen. Mein Vater wollte mit ihr fortgehen. Weil Jared das nicht verstanden hat, ist er aufs Festland gekommen und hat mich aus diesem Grunde geheiratet – um der Rache willen. Er hat mich benutzt, Malia, obwohl ich ihm nie etwas getan habe, womit ich diese Behandlung verdient hätte.«

»Bist du deshalb hierher gekommen?« fragte Malia. »Wolltest du dich auch rächen?«

»Das klingt ganz so, als wolltest du mir das Recht dazu absprechen, Malia«, sagte Corinne scharf.

»Du hast auch kein Recht dazu gehabt. Du hast bekommen, was du wolltest. Jared ist nach Hause gefahren und hat dich zurückgelassen, damit du dein eigenes Leben führen kannst. Und genau das hast du gewollt.«

»Ja, er hat mich verlassen. Aber das war noch nicht alles. Er hat mich vor aller Öffentlichkeit verlassen, Malia, und das am Tag nach unserer Hochzeit, an dem er erfahren hat, daß ich ihm nicht behilflich bin, meinen Vater zu ruinieren. Statt dessen hat er mich ruiniert, indem er eine Anzeige in alle Zeitungen setzte, in der stand, seine Frau hätte sich als unzulänglich erwiesen, und er würde sie deshalb verlassen. Das war nicht wahr. Dein Bruder konnte mir nichts vorwerfen. Er wollte mich nur verletzen. Und falls du glaubst, durch das, was ich getan habe, gedemütigt worden zu sein, dann bedenke bitte auch, wie ich mich nach dieser Anzeige gefühlt habe.«

»Ich glaube dir kein Wort. Das sagst du alles nur, weil Jared nicht hier ist und das Gegenteil erzählen kann. Was du getan hast, ist durch nichts zu entschuldigen. Durch gar nichts.«

Corinne verlor die Geduld mit dem Mädchen. »Ich habe nichts getan, dessen ich mich schämen muß. Ich habe einen Skandal hervorgerufen, aber es war nur Schauspielerei.«

»Was sagst du da?« fragte Malia. »Alle Welt weiß, daß du mit einer Unmenge von Männern geschlafen hast.«

»Das glaubt jeder«, erwiderte Corinne wütend. Jetzt war ihr völlig gleich, wie weit sie sich verriet. »Ich habe Männer in meine Hotelsuite eingeladen, aber nicht in mein Schlafzimmer. Es war nicht nötig, so weit zu gehen, um Jared zu demütigen. Es ist so leicht, die Leute das Schlimmste glauben zu lassen. Es war alles nur Schau, Malia. Der einzige Mann, der mich je berührt hat, ist dein Bruder.«

Malia richtete sich auf. »Dich hätte ich nicht nach der Wahrheit fragen sollen!«

Corinne stand auf. Sie war außer sich vor Wut. »Und ich hätte dir niemals die Wahrheit erzählen sollen. Es ist viel einfacher, mich für eine Hure zu halten, nicht wahr? Halte mich ruhig weiterhin dafür, denn ich gebe nichts auf deine Meinung.«

»Du – du bist entsetzlich!« schrie Malia und rannte mit Tränen in den Augen aus der Küche.

Corinne ließ sich auf ihren Stuhl fallen. Sie hatte das Mädchen wieder verletzt. Warum, zum Teufel, konnte sie nicht ruhig bleiben? Sie hatte Malia erzählt, ihr Bruder sei ein Lump, und hatte sich als die Unschuldige hingestellt, obwohl sie wußte, daß auch sie nicht unschuldig war.

Corinne sah aus dem Fenster. Sturmwolken ballten sich zusammen. Der Himmel war so finster wie ihr Gemüt.

30

Jared stand am Fenster des Büros seines Onkels und sah auf das geschäftige Treiben auf der Straße, ohne es wirklich wahrzunehmen. Peinlich berührt hörte er zu, wie Edmond seinem jungen Assistenten Marvin Colby einen Verweis wegen eines Fehlers, den dieser begangen haben sollte, erteilte. Edmond Burkett fand überall Fehler. Es war ein Wunder, daß er überhaupt noch Menschen fand, die für ihn arbeiteten. Die junge Miß Dearing war schon lange nicht mehr dort, und an ihre Stelle war eine spröde Mrs. Long getreten.

»Ich werde Ihr Fehlverhalten nicht länger hinnehmen, Colby«, sagte Emond. »Sie wissen, daß die endgültige Entscheidung über die Vergabe eines jeden Darlehens bei mir liegt.«

»Sie waren aber nicht da, Sir, und der Mann brauchte das Geld dringend am gestrigen Tage. Es hat sich schließlich nur um einen kleinen Betrag gehandelt, und er hatte jede Menge Sicherheiten.«

»Das entschuldigt noch lange nicht, daß Sie sich über die Richtlinien dieser Gesellschaft hinwegsetzen – über *meine* Richtlinien. Das war Ihr letzter Schnitzer in diesem Geschäft, Colby. Sie sind entlassen.«

»Sie sind unsachlich und verbissen, Mr. Burkett«, wagte Marvin Colby zu sagen.

»Raus!«

Nachdem sich die Tür geschlossen hatte, wandte Jared sein Gesicht seinem Onkel zu. »Findest du nicht, das war zu hart?«

»Du kennst die Fakten nicht, Jared, insofern steht es dir nicht zu, dich einzumischen.«

Jared seufzte. Er hatte selbst genug Probleme, und es war ihm schon lange klar, daß es sinnlos war, sich mit seinem Onkel über Dinge zu streiten, die im Zusammenhang mit der Spar- und Darlehenskasse standen.

»Warum hast du mich zu dir bestellt, Onkel?« fragte Jared ungeduldig.

»Ich dachte, wir könnten zusammen zu Mittag essen?« sagte Edmond lächelnd. »In der King Street hat ein neues Lokal eröffnet, in dem man ausgezeichnete Krabben essen kann.«

»Du hast mich zu dir bestellt, um mit mir zu Mittag zu essen,« fragte Jared umgläubig. »Ich habe keine Zeit für solche private Vergnügungen, Onkel.«

»Unsinn!« sagte Edmond spöttisch. »Ich habe zufällig erfahren, daß mit deinem Hotelprojekt alles glattläuft. Du hast mir auch schon oft gesagt, daß du keinen besseren luna finden könntest als deinen Freund Leonaka Naihe. Laß ihn die Arbeit tun, für die du ihn bezahlst! Er muß bei den einheimischen Arbeitern mehr Erfolg haben als du, da er selbst ein Einheimischer ist.«

»Zufälligerweise macht mir meine Arbeit Spaß«, sagte Jared steif. »Ich blühe bei meiner Arbeit auf.«

»Du meinst, du verlierst dich darin«, erwiderte Edmond. »Damit lösen sich deine Probleme auch nicht. Du solltest eigentlich gar keine Probleme mehr haben. Mit der Lage, in die deine Frau dich gebracht hat, bist du geradezu bewundernswert fertig geworden. Ich habe dir ja gesagt, daß der Klatsch abebbt, sowie du ihren Aktivitäten ein Ende setzt. Durch die bevorstehende Revolution ist sie in Vergessenheit geraten.«

»Onkel!«

»Diese Tatsache läßt sich nicht aus der Welt schaffen, indem man sie ignoriert, Jared. Es wird wieder eine Revolution geben, und zwar bald. Nur wird diese Revolution mehr Ergebnisse zeitigen als die von 1887. Diesmal wird die Königin gestürzt. Niemand ist mit der Regierung Liliuokalanis zufrieden. Sie ist zu hitzköpfig und will zu viel Macht.«

»Sie ist die Königin«, erinnerte Jared ihn. »Die alten Monarchen waren im Besitz der absoluten Macht. Königin Liliuokalani will nur wieder zu den alten Zeiten zurückkehren.«

»Dazu ist es zu spät. In Hawaii sind zu viele ausländische Interessen mit im Spiel.«

»Zu viel Geldgier, meinst du.«

»Kannst du leugnen, daß die Annexion durch die Vereinigten Staaten gut für diese Inseln wäre? Besser Amerika als eine fremde Macht wie China oder Großbritannien.«

»Die Hawaiianer sollten ihre Inseln selbst regieren, Onkel«, sagte Jared aufbrausend. »Dieser Meinung war ich schon immer, und ich habe sie bis heute nicht geändert. Diese Inseln gehören den Hawaiianern, aber Stück für Stück werden sie ihnen von den Haloes weggenommen.«

»Du läßt dich zu sehr von der Tatsache beeinflussen, selbst eine Spur hawaiianisches Blut in den Adern zu haben«, sagte Edmond barsch.

»Ich kann es einfach nicht billigen, daß eine Rasse um der Habgier willen und zugunsten der anderen ausgerottet wird.«

»Gütiger Himmel! Ich spreche nicht von Kriegen. Dahin wird es gewiß nicht kommen. Die kommende Revolution wird kurz, aber wirksam sein.«

»Ich rede vom Sterben einer Kultur. Mehr als die Hälfte der hawaiianischen Bevölkerung hat ihr Leben durch eine ausländische Krankheit verloren, und der Rest geht Mischehen ein und vergißt die alten Zeiten. Die Anzahl der reinrassigen Hawaiianer ist schon heute gering. Man hat ihnen ihren Glauben und ihr Land genommen, und jetzt willst du sie auch noch ihres letzten Restes an Stolz berauben.«

»Kannst du das billigen, was die Königin tut? Sie bekämpft sich mit ihren Ratgebern. Die gegnerischen Parteien blockieren die Legislative. Amtsniederlegungen sind erzwungen worden. Die Königin macht kein Hehl aus der Tatsache, daß sie die gegenwärtige Verfassung abschaffen will, für die wir alle gekämpft haben. Sie will eine neue Verfassung proklamieren, die ihr unbeschränkte Macht verleiht und nur noch Hawaiianern und Ausländern, die mit Hawaiianern verheiratet sind, das Stimmrecht zugesteht. Kannst du ein derart tyrannisches Verhalten wirklich billigen?«

»Es mag sein, daß sie es ein wenig übertreibt, doch den Versuch kann ich ihr nicht verübeln. Ihre Regierung war ein Witz. Sie trägt den Titel einer Königin, aber durch die ausländischen Interessen, für die du dich einsetzt, hat man sie ihrer Macht beraubt. Kannst du ihr vorwerfen, daß sie den Wunsch hat, die Inseln von ihrem eigenen Volk regiert zu wissen?«

»Die Inseln sind durch die Ausländer zu Blüte und Reichtum gelangt«, erinnerte ihn Edmond.

»Auf Kosten der Hawaiianer, denen nichts geblieben ist«, entgegnete Jared wütend. »Schluß jetzt! Ich will mich nicht über Revolutionen unterhalten.«

»Jared, so warte doch!«

Jared war schon im Vorzimmer. Wenn Edmond sich über Politik unterhalten wollte, sollte er sich einen anderen suchen.

Auf der Rückfahrt zu seinem eigenen Büro in der Merchant Street bemerkte Jared endlich, daß sich ein Sturm zusammenbraute. Ihm war unbehaglich zumute. Nach der Windstärke zu urteilen, würde es ein äußerst heftiger Sturm werden. Die dem Wind zugewandte Seite der Insel erlitt immer den größten Schaden. An der Nordküste würden verheerende Wellen durch die Häuser spülen und die Wege überfluten. Bei einem derartigen Sturm gehörten abgeknickte Baumkronen und fortgewehte Dächer zu den üblichen Begleiterscheinungen.

Malia hatte sich immer vor diesen Stürmen gefürchtet. Was war mit Corinne? Sie konnte nicht wissen, daß sie dort, wo sie sich befand, in Sicherheit war. Die Wellen konnten den Hof und selbst den Patio überschwemmen, wie es schon oft passiert war, doch sie würde in Sicherheit sein. Nur würde sie es nicht wissen. Aleka würde versuchen, sie zu beruhigen, aber würde Corinne ihr glauben, daß die Winterstürme nie lange dauerten und die Sonne morgen wieder scheinen würde? Oder würde sie sich vor dem Naturereignis fürchten?

Jared lenkte die Kutsche zur Beretania Street und trieb die Pferde an. Plötzlich hatte er die irrationale Sehnsucht, seine Frau zu beschützen und zu trösten. Er wußte, daß es absurd war, und doch fuhr er nach Hause. Schnell sattelte er ein Pferd und machte sich mit wachsender Unruhe, die schon an Panik grenzte, auf den Weg.

In einer ausgezeichneten Zeit erreichte Jared Wahiawa. Dort wechselte er das Pferd, aber ehe er weiterritt, nahte der Regen schon. Sekunden später geriet er in einen heftigen Regenguß. Der Rest des Rittes dauerte wesentlich länger, denn die Straße war voll klaffender Löcher, in denen sein Pferd leicht stolpern konnte.

Der Sturm mußte sich unter häufigen Regenschauern schon über Tage hinweg zusammengebraut haben. Felder und Wege waren bereits überflutet. Kutschen und Fuhrwerke standen verlassen herum. Wellen bis zu sechs Metern Höhe schlugen über die Straße, und er kam immer langsamer vorwärts.

Erst bei Nacht erreichte Jared das Haus. Er hatte mit dem Pferd so lange für die Strecke gebraucht wie an einem schönen Tag mit der Kutsche. Jared war bis auf die Knochen durchnäßt, und es regnete immer noch unaufhörlich weiter. Der Garten vor dem Haus war überschwemmt.

In den Zimmern, die nach vorne lagen, war es dunkel, doch in der Küche brannte Licht. Jared konnte sehen, daß der Patio mit schweren Läden verschlossen war, um den Wind fernzuhalten. Die Möbel aus dem Patio standen im Wohnzimmer. Aleka war wie üblich ganz Herrin der Lage, doch Jared sorgte sich trotzdem um Corinne.

Er begab sich direkt in sein Schlafzimmer. Es war dunkel und leer. Er holte sich nur einige Handtücher aus dem Bad und ging dann in die Küche. Doch auch dort fand er Corinne nicht. Aleka und seine Schwester saßen am Küchentisch und tranken heiße Schokolade.

Malia entdeckte ihn als erste und sprang auf, um sich ihm in die Arme zu werfen. Sie fing augenblicklich zu weinen an und murmelte immer wieder seinen Namen vor sich hin, wie sie es als kleines Kind getan hatte.

Jared versuchte, sie auf Armeslänge von sich fernzuhalten. »Du machst dich klatschnaß, Malia.«

Sie klammerte sich nur um so enger an ihn.

Er wiegte sie beschwichtigend in seinen Armen. »Es ist doch nur ein Sturm, Liebes. Du hast schon so viele Stürme erlebt, daß du weißt, wie sicher wir hier sind. Es ist noch nie so schlimm geworden, daß wir das Haus räumen mußten.«

»Es ist nicht der Sturm, Jared«, schluchzte Malia. »Es ist deine Frau.«

Malia nannte ihn nur Jared, wenn sie böse auf ihn war. Daher wußte Jared sofort, daß Corinne und sie gestritten hatten.

»Was ist mit ihr?«

»Diese – diese Frau ist entsetzlich. Sie hat mir schreckliche Dinge über dich erzählt. Aber sie hat gelogen. Ich weiß, daß alles, was sie gesagt hat, gelogen ist. Sie hat versucht, mir weiszumachen, sie sei keine Hure.«

Jared packte seine Schwester an den Schultern und hielt sie auf Armeslänge von sich ab. Sein Körper war von Kopf bis Fuß angespannt.

»Was hat sie dir erzählt?«

Malia wiederholte die Geschichte und erzählte sie in allen Einzelheiten. Jareds Augen bekamen einen mörderischen Glanz. Aleka merkte es, doch Malia fuhr unbeirrt fort.

»Sie war so gehässig«, schloß Malia. »Und sie hat mich angeschrien, obwohl ich ihr nichts getan habe. Ich hasse sie!«

»Wo ist sie?« fragte Jared in bedrohlichem Flüsterton.

Aleka stand auf. »Nein, Ialeka! Du solltest sie jetzt nicht sehen.«

Doch Malia antwortete: »Sie ist bei ihrem Mädchen und dem Balg, dessen Geschrei mich nachts nicht schlafen läßt.«

Jared verließ den Raum. Aleka hätte Malia am liebsten geschlagen.

»Du lolo!« sagte sie zornig. »Warum bauscht du diese Geschichte so auf, Malia?«

»Ich habe sie nicht aufgebauscht!« schrie Malia.

»Kolina hat dir nichts getan, Mädchen. Doch nach dem, was du ihm erzählt hast, wird dein Bruder ihr etwas antun, und das ist einzig und allein deine Schuld.«

»Ich bin nicht schuld! Sie ist schuld – wegen all der gemeinen Sachen, die sie zu mir gesagt hat.«

»Pua no ka uahi, he ahi ko lalo!« fauchte Aleka und wandte sich voller Abscheu ab.

Malia schnitt eine Grimasse und hielt den Mund.

Aleka hatte recht. »Wo Rauch aufstieg, ist auch ein Feuer«, hatte sie gesagt. Wer böse Worte benutzt, hat auch einen Grund. Sie hatte die böse Szene mit Corinne selbst so eingefädelt. Sie war zu Corinne gegangen und hatte ihr abscheuliche Dinge gesagt. Doch Corinne war entsetzlich, und wenn Jared sie schlug, dann hatte sie es nur verdient.

Trotz des Regens, der lautstark aufs Dach trommelte, hörten sie, wie eine Tür gegen eine Wand geschlagen wurde.

Malia sagte schnell: »Ich glaube, ich möchte noch eine heiße Schokolade. Bei diesem Sturm kann ich ohnehin nicht schlafen.«

Aleka brummte. »Was ist los? Willst du nicht in dein Zimmer gehen und dir anhören, was du angerichtet hast?«

»Sei ruhig! Ich habe nur die Wahrheit gesagt. Kann ich etwas dafür, wenn Jared wütend ist?«

»Du bist ebenso schnell mit der Zunge wie Kolina. Ihr müßt beide noch lernen, wann man den Mund hält.«

Corinne starrte Jared ungläubig an, als er ohne anzuklopfen in Florences Zimmer stürzte und sie alle drei überraschte. Sie war im Zimmer auf und ab gegangen und hatte Michael auf den Armen gewiegt, weil er sich vor dem Sturm und dem donnernden Toben des Ozeans fürchtete. Doch als Jared zielstrebig auf sie zugekommen war, hatte sie Michael schnell auf Florences Schoß gelegt.

»Was ist los, Jared?« fragte Corinne ängstlich und wich vor ihm zurück.

Anstelle einer Antwort packte er sie an einem Handgelenk und zerrte sie aus dem Zimmer. Corinne wehrte sich, von Entsetzen gepackt, doch Jared riß sie so heftig mit sich, daß sie fast gegen ihn geprallt wäre.

»Aber . . .«, wollte Florence protestieren.

»Mischen Sie sich nicht ein!« warnte er sie grob. »Denken Sie daran, daß sie meine Frau ist!«

»Mich in was einmischen?« fragte Florence, doch Jared war bereits auf dem Flur.

Florence hielt die Luft an. Sie konnte nichts tun. Cori war seine Frau; er hatte recht; und außerdem würde er ihr nichts antun. Nein, das tat er nicht, sagte sie zu sich selbst.

Als sie hörte, wie Jareds Schlafzimmertür zugeschlagen wurde, verließ sie schnell mit Michael das Zimmer und begab sich in die Küche am anderen Ende des Hauses. Sie wollte nicht hören, was jetzt kam.

Sobald Jared Corinne losgelassen hatte, um die Tür zu schließen rannte sie ins Bad und schloß sich dort ein. Ihr Herz klopfte wie wahnsinnig, während sie ein Ohr an die Tür preßte. So hatte sie Jared noch nie erlebt, noch nicht einmal in der Nacht, in der er sie vergewaltigt hatte. Damals hatte er entschlossen gewirkt, doch jetzt sah er brutal aus.

Warum war er bei diesem Sturm zurückgekehrt – und in solchem Zorn?

Corinne hörte jetzt, daß Jared direkt vor der Tür stand. Er drehte am Griff und fand die Tür verschlossen. Mit aller Kraft schlug er mit der Faust dagegen.

»Mach die Tür auf, Corinne!«

Er schrie nicht. Seine Stimme klang gefährlich ruhig.

»Nicht, ehe du mir sagst, was du willst, Jared.«

»Öffne!«

»Nein!«

»Dann solltest du besser zurücktreten.«

Sie sprang schnell zur Seite, gerade noch rechtzeitig. Der Riegel gab unter Jareds Tritt nach, und die Tür kam ihr entgegen.

Als er sie packen wollte, keuchte sie. Er griff nach ihrem Arm und zog sie ins Schlafzimmer zurück. Dann wirbelte er sie herum, um ihr ins Gesicht zu sehen. Als er sie losließ, empfand sie einen Moment lang Erleichterung. Auf den Schlag in ihr Gesicht, der sie fast zu Boden warf, war sie nicht vorbereitet. Sie fiel gegen den Teetisch und riß ihn beinahe um.

In ihre Augen schossen Tränen. Sie legte eine Hand auf die schmerzende Stelle und sah Jared schockiert an.

»Was, zum Teufel, ist nur in dich gefahren?« schrie sie mit wachsender Wut, die stärker war als jede Angst.

Sein Gesicht war weiß vor Zorn. Als er auf sie zukam, geriet sie in Panik. Ihre Augen waren angstvoll aufgerissen.

»Komm mir nicht zu nahe, Jared!« warnte sie ihn, und ihre Stimme bebte vor Angst. »Ich lasse mich nicht von dir mißhandeln, schon gar nicht, wenn ich nicht weiß, warum.«

»Du wirst schon sehen, was du von mir bekommst«, zischte er und ballte die Fäuste. »Ich hätte dich längst schon lehren sollen, den Mund zu halten.«

»Was soll ich den angerichtet haben?« fragte sie verzweifelt.

»Du hast meine Schwester wieder einmal zum Weinen gebracht. Du hast ihr erzählt, ich sei ein Lump.«

Corinne bemühte sich, Luft zu holen. »Warum soll alle Verachtung gegen mich gerichtet sein? Niemand außer dir weiß, *warum* ich getan habe, was ich getan habe. Sie hat auf der Wahrheit bestanden, und ich habe sie ihr erzählt.«

»Du hast versucht, dich als vollkommen unschuldig hinzustellen.«

»Nicht ganz«, sagte sie gepreßt.

»Nicht ganz?« wiederholte Jared höhnisch. »Du hast Malia *belogen*. Willst du mir vielleicht einreden, du seist keine Hure?«

Corinne wimmerte: »Ich bin es nicht.«

Jareds Augen glühten vor Zorn. »Ich kenne die Hälfte der Männer, mit denen du dich gezeigt hast, und die gehören nicht zu der Sorte, die sich abwimmeln läßt.«

»Ich habe nichts getan, Jared. Ich habe gespielt. Ich habe sie mit Versprechungen hingehalten«, erklärte Corinne. »Es war nicht allzu schwierig, sie loszuwerden. Ich habe nie den gleichen Mann ein zweites Mal getroffen.«

»Russell Drayton hat sich natürlich auch nur als dein Liebhaber ausgegeben?«

»Ja. Er wußte, daß ich eine Rechnung mit dir begleichen wollte, und hat mir dabei geholfen.«

»Er hat dein Spiel einfach mitgespielt und dich nie angerührt? Er ist dir nie zu nahe getreten, obwohl er wußte, daß du ihn liebst und ihm zu Willen sein würdest?«

»Was?«

»Du hast mir einst gestanden, daß du ihn liebst«, erinnerte Jared sie.

»Ich – ich habe dich belogen«, stammelte Corinne und stöhnte innerlich, weil er sich daran noch erinnern konnte. »Du hättest mich für herzlos gehalten, wenn ich dir die Wahrheit erzählt hätte. Schließlich wollte ich Russell heiraten. Ich habe ihn nicht mehr geliebt als dich, als wir geheiratet haben. Russell und ich hatten ein Übereinkommen getroffen.«

»Du bist unglaublich. Auf alles hast du eine Antwort.« Jareds Augen verengten sich. Sein Blick war unheilverkündend. »Ich habe es satt, mich von dir zum Narren halten zu lassen. Ich hoffe, es hat dir Spaß gemacht, deine giftige Zunge an meiner Schwester zu wetzen, doch dafür zahlst du mir jetzt.«

Er ging auf sie zu, aber das grüne Feuer, das in ihren Augen brannte, hielt ihn zurück.

»Was ist mit meinen Gefühlen, verdammt noch mal? Ich wollte Malia nicht verletzen, aber sie hat mich nicht in Ruhe gelassen. Es war mir noch nie möglich, Beleidigungen einzustecken, ohne mich darüber aufzuregen.«

»Seit ich dich kenne, verursacht dein aufbrausendes Temperament nichts als Ärger«, tobte er.

»Wenn du mich noch einmal schlägst, Jared, werde ich . . .«

»Was wirst du? fragte er boshaft. »Ein treuloses Weib verdient Prügel, und deine sind längst überfällig!«

Sie rannte auf die Tür zu. Die Tür war verschlossen, und noch ehe sie den Riegel wegschieben konnte, spürte sie Jareds Griff. Sie sah, wie er eine Hand hob, um sie zu schlagen. Sein Blick war unbarmherzig. Sie hätte den Schmerz nicht ertragen, und ebensowenig ertrug sie das Bewußtsein, daß sie niemals mehr fähig sein würde, ihm zu verzeihen, wenn er sie noch einmal schlug.

»Nein, Jared!«

Ohne eine Sekunde zu zögern, warf sich Corinne an seine Brust und schlang ihre Arme um ihn. Sie konnte spüren, wie sich plötzlich seine Muskeln anspannten, und wußte, daß er sie von sich stoßen wollte.

Corinnes unerwartete Reaktion hatte Jared völlig aus der Fassung gebracht, doch sein Zorn ließ nicht nach. Er ärgerte sich nicht nur über das, was Malia angetan worden war, sondern auch über die Lügen, die sie ihm gerade erzählt hatte. Er wußte, daß sie nicht unschuldig war. Er *wußte* es! Ihr Versuch, ihn vom Gegenteil zu überzeugen, zeigte nur, wie sehr sie ihn verachtete.

»Laß mich los, Corinne!« sagte er mit zusammengebissenen Zähnen und wollte ihre Arme abschütteln.

Corinne hielt ihn fester und verhakte verzweifelt ihre Finger hinter seinem Rücken. Sie sah zu ihm auf, doch in seinen Augen konnte sie keine Spur von Gnade lesen. Dann spürte sie seine Hände in ihrem Haar. Er packte ihre Locken und wollte sie von sich fortziehen. Sie wehrte sich selbst noch, als ihr vor Schmerz Tränen in die Augen traten.

»Jared – bitte!« schrie sie. »Bitte – tu mir – nicht – weh!«

Corinne spürte, wie sein Griff sich langsam lockerte. Als er sie plötzlich losließ, vergrub sie ihr Gesicht an seiner Brust. Sie schluchzte hemmungslos vor sich hin. Sie weinte aus Schmerz und vor Scham, daß sie ihn hatte bitten müssen, und aus Erleichterung, weil Jared Herr über seinen Zorn geworden war.

Als Jared seinen Griff gelöst hatte, hielt er seine Arme Zentimeter von ihrem Rücken entfernt ausgestreckt. Er wußte nicht, ob er sie herunterfallen lassen oder ob er sie um seine Frau legen sollte. Der entsetzte Blick in ihren Augen hatte ihn entnervt. Der Grund, aus dem er nach Hause gekommen war, fiel ihm wieder ein; er hatte ihr während des Sturmes beistehen wollen. Zwar wütete der Sturm draußen noch, doch Corinne fürchtete sich nicht vor dem Sturm, sie fürchtete sich vor *ihm*.

Was, in Gottes Namen, war in ihn gefahren? Er hatte in seinem ganzen Leben noch keine Frau geschlagen, doch diese hatte er würgen, sie erdrosseln wollen, bis sie das Bewußtsein verlor.

Jared spürte ihr Zittern und zuckte bei ihrem herzzerreißenden Schluchzen zusammen. Seine Arme hatten das Bedürfnis, sie festzuhalten, und schließlich gab er diesem Drang nach. Er strich über ihr seidiges Haar, das über ihren Rücken fiel. Er verfluchte sich für den Schmerz, den er ihr angetan hatte.

»Es tut mir leid«, murmelte er.

Er nahm ihr Gesicht zwischen seine Hände, doch sie wollte ihn nicht ansehen, und ihre Tränen flossen immer noch.

»Bitte, makamae, hör zu weinen auf! Ich schwöre dir, daß ich dir nicht mehr weh tun werde.«

Er küßte ihre Augen, ihre Wangen und schließlich zärtlich ihren Mund. Dann hob er langsam den Kopf und wartete auf ein Zeichen von ihr, ein Zeichen der Erleichterung, des Zornes, auf irgendein

Zeichen. Als sie die Augen öffnete, waren es funkelnde grüne Teiche. Plötzlich flackerte es auch in seinen Augen – doch es war nicht Zorn, sondern das Feuer der Leidenschaft, das sich darin spiegelte.

Er preßte seinen Mund erneut auf den ihren, und diesmal war sein Kuß fordernd, verzehrend. Er konnte einfach nicht genug von ihr bekommen.

Ihre Reaktion war heftig. Sie bot ihm keinen Widerstand, gab sich ihm ganz hin. Sie ließ seinen Rücken los und schlang ihre Arme um seinen Hals, um ihn zu sich herunterzuziehen; um ihm noch näher zu sein, erhob sie sich auf die Zehenspitzen. Ihre Küsse wurden wild, und schließlich löste Jared seine Lippen von ihrem Mund, um sie in der Grube ihres Nackens zu begraben.

»Ich begehre dich, Kolina«, flüsterte er schwer atmend und heiser. Er hob seinen Kopf, um sie anzusehen, und begann, ihr Kleid zu öffnen. »Ich werde mit dir schlafen.«

»Ich weiß«, flüsterte sie und sah ihm direkt in die Augen. »Ich will es auch.«

In seiner Hast, sie auszuziehen, zerriß Jared fast ihr Kleid. Gleichzeitig knöpfte sie sein nasses Hemd auf. Doch als er sie auf seine Arme nehmen wollte, hielt sie ihn auf.

»Mach erst das Licht aus, Jared!«

»Nein«, sagte er. »Ich will dich sehen.«

»Bitte, Jared!«

Er konnte ihr im Moment nichts abschlagen. Sosehr er auch wünschte, ihre Schönheit zu sehen, tat er doch, wie sie ihm geheißen hatte.

Sobald das Licht gelöscht war, zog Corinne schnell ihr Unterwäsche und die Brustbinde aus, die er nicht hatte sehen sollen. Großer Gott, wie er ihr Blut in Wallung brachte! Es war ihr gleich, was zuvor geschehen war. Jetzt zählte das alles nicht mehr.

Er wollte sie, er brauchte sie. Dieses Bewußtsein steigerte ihr Begehren. Sie war diejenige, die ihn hinter sich herzog und auf das Bett stieß. Dann legte sie sich neben ihn und rieb ihren Körper dreist an seinem. Als er sich aufrichten wollte, drückte sie ihn im Scherz auf die Laken zurück. Auf ihren Knien sitzend, berührte sie sein Glied und vernahm sein Stöhnen. Ihre Hände glitten über seine Brust, sein Gesicht und fuhren durch sein Haar. Dann fanden sich ihre Lippen.

Jared reagierte sofort. Er konnte es nicht mehr erwarten, ebensowenig wie sie. Zu lange hatten sie ihre Leidenschaft verleugnet.

Er stieg auf sie, und sie öffnete ihre Beine, während ihr Körper nach ihm lechzte; sie glaubte, ohne ihn sterben zu müssen.

Beide bewegten sie wild und heftig, bis der Moment des Höhepunktes nahte. Corinne schrie seinen Namen, als ihre Schenkel sich weiter öffneten, um ihn tiefer in sich hineinzuziehen und das beseligende Pochen zu spüren.

Es war zu schnell vorbei, und die Erinnerung kehrte zurück. Corinne schob sie beiseite. Sie war zu glücklich, um sich dieses Gefühl von irgend etwas trüben zu lassen.

»Corinne . . .«, setzte Jared an.

»Jared, bitte, sag gar nichts! Laß uns beide schweigen«, bat sie eilig. »Können wir nicht wenigstens diese eine Nacht für uns haben?«

Anstelle einer Antwort zog er sie näher an sich. Als sie einschlief, war ihr Kopf an seine Schulter gekuschelt, und auf ihren Lippen stand ein seliges Lächeln.

31

Jared blieb in der Küchentür stehen und reckte sich. Aleka bereitete Poi, einen hawaiianischen Brei aus vergorenen Tarowurzeln, ein Ritual, das so weit zurückreichte wie Jareds Erinnerung. Jared war wenig beglückt über die klebrige graue Paste mit der Konsistenz von Wäschestärke, die nach so gut wie gar nichts schmeckte, aber Aleka konnte ohne das Zeug nicht leben.

»Wie wäre es mit einem Frühstück? Ich habe seit gestern morgen nichts mehr gegessen.«

»Auweh!« Sie warf ihm einen bösen Blick über die Schulter zu, weil er sie erschreckt hatte. »Ich habe nicht gehört, daß du hereingekommen bist, Ialeka.«

Er lachte. »Es ist ein Wunder, daß du überhaupt noch etwas hörst bei dem Lärm, den du da veranstaltest.«

»Willst du Poi?«

»Nicht zum Frühstück«, stöhnte er. »Mit Bananenpfannkuchen wäre mir schon eher gedient.«

»Bananen haben wir keine mehr.« Sie kicherte. »Das keiki, Mikaele, findet sie ono. Ißt jeden Tag eine zerquetschte. Auf den Bäumen keine mehr. Fährst du in die Berge und holst welche?«

»Mal sehen. Was ist mit den Papayas im Regal dort? Sind sie schon reif?«

»Sieh doch nach! Kuliano hat sie mitgebracht. Soll ich dir Eier mit Wurst machen?«

»Mit Kulianos Blutwurst?« Jared schüttelte den Kopf. »Dann lieber Eier ohne alles.« Eine der grünen und gelben Papayas war reif genug. »Und Obst. Und vielleicht einen Toast mit Guavengelee.« Er schnitt die Papaya auf und setzte sich an den Tisch. »Wie geht es Kuliano?«

»Meinem Neffen geht es gut. Seine japanische Frau hält ihn auf Trab. Aber er klagt, daß er Leonaka schon so lange nicht mehr gesehen hat. Er sagt, du läßt ihn zu viel arbeiten.«

Jared grinste. »Ich schätze, ich werde Leo eine Zeitlang freigeben müssen, damit er seinen Vater besuchen kann, sonst wird mich Kuliano noch enterben. Ich lasse heute noch nach Leo schicken. Der Regen verzögert das Hotelprojekt ohnehin.« Er steckte sich ein riesiges Stück Papaya in den Mund. »Ich habe Kuliano schon seit Ewigkeiten nicht mehr gesehen. Vielleicht besuche ich ihn, wenn ich diese Bananen hole.«

»Warum nimmst du Kolina nicht mit?« schlug Aleka vor und sah Jared genau an. »Ich denke, der Blick von da oben würde ihr gefallen.«

»Glaubst du?« fragte Jared und zog langsam die Mundwinkel hoch. »Ich werde es mir überlegen. Hat sie dir viel Ärger gemacht, während ich fort war?«

»Kolina? Nein«, erwiderte Aleka nachdrücklich. »Sie hat die ganze Zeit mit dem kleinen Mikáele gespielt und sich um ihn gekümmert. Sie war immer bei dem keiki.

Jared ignorierte den Nachdruck ihrer Worte. »Sie hat nicht versucht, fortzulaufen?«

»Nur ein paarmal. Ich glaube, Kolina ist einsam. Vielleicht vermißt sie dich.«

»Den hoffnungsvollen Blick kannst du dir sofort wieder abschminken, Tante. Corinne und haben vorübergehend Frieden geschlossen, aber ich bin sicher, daß er nicht von Dauer ist.«

»Dann sorg dafür, daß er hält!« sagte sie.

»Guten Morgen, Mr. Burkett!« Jared drehte sich um und sah Florence. »Ich habe Cori nicht in ihrem Zimmer gehört.«

Er grinste. »Sind Sie nicht hineingegangen und haben nach ihr geschaut?«

Florence sah ihn böse an. »Ich wollte sie nicht stören, falls sie noch schläft.«

»Das tut sie sicher noch.« Plötzlich mußte Jared lachen. »Setzen

Sie sich. Mrs. Merrill, und frühstücken Sie! Und hören Sie auf, mich anzusehen, als hätte ich ein abscheuliches Verbrechen begangen! Ihrer Cori geht es gut.«

Florence entspannte und rang sich sogar zu einem schwachen Lächeln durch. »Ich habe nicht geglaubt, daß ihr wirklich etwas fehlt!«

Sie setzte sich zu ihm an den Tisch. Er war auffallend gut gelaunt. Die harten Falten waren aus seinem Gesicht verschwunden, und er sah jünger und wesentlich attraktiver aus.

»Mögen Sie ein Stück Papaya?« fragte Jared. »Das ist die einzige, die schon reif ist.«

Florence nahm ein Stück der gelb-orangen Frucht, legte es aber zur Seite. »Wenn Sie nichts dagegen haben, hebe ich es für Michael auf. Er ißt so furchbar gern Obst.«

»Und Poi«, fügte Aleka stolz hinzu.

Florence schnitt eine Grimasse und fragte sich, wie irgend jemand diesen pappigen Gipsbrei mögen konnte.

»Bemerkenswerterweise scheint er dadurch auch noch zu wachsen und zu gedeihen«, gestand sie ein.

Jared lachte. »Aus Erzählungen weiß ich, daß ich auch damit aufgezogen worden bin. Wenn Aleka Ihr Baby mit Poi vollgestopft hat, muß es ein bißchen Fett angesetzt haben. Es war schrecklich winzig, als ich es zum letztenmal gesehen habe.«

»Du solltest dir dieses keiki einmal genau anschauen, Ialeka«, sagte Aleka schlau. »Vielleicht siehst du dann auch das, was ich sehe.«

Florence erhob sich schnell, um Jareds Aufmerksamkeit abzulenken.

»Auf dieser Seite der Insel herrschen äußerst ungewöhnliche Witterungsverhältnisse, Mr. Burkett«, sagte sie, während sie ans Fenster trag. »Einen so heftigen Sturm, wie wir ihn gestern hatten, habe ich noch nie erlebt. Doch heute scheint die Sonne, und der Wind hat sich gelegt.«

»Für diese Inseln ist das kein ungewöhnliches Wetter, Mrs. Merrill. An diesem Ende der Insel ist es nicht so schlimm, aber jetzt ist die Regenzeit, und die bringt starke Winde vom Meer her mit sich. Auf der Windseite regnet es täglich im allgemeinen mindestens einmal, und das über mehrere Monate hinweg. Doch das ist weiter oben an der Küste, wo die Berge die Wolken anziehen.«

»Das klingt nicht schlecht, wenn man es mit einem trüben Winter in Boston vergleicht«, sagte Florence, ehe sie an das andere

Küchenfenster trag, das auf den Patio führte. »Die Wellen kommen also doch nicht bis zum Haus hoch. Ich bin einfach nicht von der Vorstellung losgekommen, daß ich erwache und mein Bett im Meer treibt.«

Jared kicherte. »Das ist höchst unwahrscheinlich. Wir liegen hier relativ weit über dem Meeresspiegel. Außerdem ist das Haus auf Pfählen erbaut. Der Patio dient als zusätzliche Blockade, um den Wellen die Kraft zu nehmen.«

»Sie haben ein sehr ungewöhnliches Haus, Mr. Burkett«, sagte Florence und drehte sie wieder zu ihm um.

»Ja, ich glaube schon«, stimmte er ihr zu. »Mein Vater hat es sich als Sommersitz gebaut. Damals hatte es nur drei Räume, zwei Schlafzimmer und den Wohnbereich.«

»Keine Küche?«

»Nach hawaiianischer Tradition wurde im Freien gekocht«, erklärte Jared. »Doch meiner Mutter gefiel es hier so gut, daß sie hiergeblieben ist. Damals hat mein Vater das Haus vergrößert. Die Küche wurde angebaut, dann das Eßzimmer. Später wurden auch die Schlafzimmer vergrößert.«

»Und der Patio?«

»Zuerst diente er meiner Mutter als Garten. Er war von einem einen Meter hohen Lavabrocken umgeben. Da sie sich mehr dafür interessierte, den Hof vor dem Haus zu bepflanzen, bekam der Patio ein Dach und einen Steinfußboden. Später folgten dann die Fenster und die Fensterläden. Wenn alle Fenster offenstehen, entsteht der Eindruck, man würde sich im Freien aufhalten, und im Sommer ist es der kühlste Platz im ganzen Haus.«

»Ihnen gefällt es hier auch besser als in der Stadt, nicht wahr?« fragte Florence.

»Ich glaube schon«, entgegnete Jared. »Ich bin in diesem Haus aufgewachsen und habe mitgeholfen, es aufzubauen, als ich groß genug war. Doch in den letzten Jahren war ich selten hier. Es hat mich ziemlich viel Zeit gekostet, das Geschäft meines Vaters zu übernehmen.«

»Haben Sie jetzt weniger zu tun?« fragte Florence. »Ich meine – weil Sie hier sind.« Als Jared die Stirn runzelte, fügte sie eilig hinzu: »Verzeihen Sie mir, Mr. Burkett! Ich wollte Sie nicht aushorchen.«

Jared hüllte sich in Schweigen und dachte über die Gründe seines Kommens und darüber, wozu sein Kommen geführt hatte, nach. Er mußte sich eingestehen, daß er seit seiner Abreise ständig an Corinne gedacht hatte. Oft hatte er ihr sagen wollen, wie leid ihm so einiges tat, doch er brachte diese Worte nicht über seine Lippen.

Er haßte sie für das, was sie getan hatte, und doch begehrte er sie noch. Ihr Anblick erinnerte ihn an alle Männer, die sie gehabt hatte, und doch wollte auch er sie. Der Sturm und sein Bedürfnis, Corinne zu beschützen, war nur eine Entschuldigung gewesen, wieder hierher zu fahren; das war ihm klar. Man konnte sehen, wozu es geführt hatte. Er begehrte sie mehr als je zuvor eine andere Frau. Ihre bloße Berührung ließ ihn alles vergessen.

Er wußte, daß er ihr die vielen anderen Männer nie wirklich würde verzeihen können, doch nach der letzten Nacht wußte er auch, daß er sie nicht von sich gehen lassen wollte. Es war verrückt, und es konnte nicht gutgehen, dennoch hoffte er, der Waffenstillstand, den sie letzte Nacht geschlossen hatten, würde währen – und sei es auch nur für kurze Zeit. Von Corinne hing vieles ab.

Jared bemerkte nicht, wie genau ihn die hawaiianische Kinderschwester und die Kinderschwester aus Boston beobachteten.

32

Corinne betrachtete sich nachdenklich im Spiegel über der Frisierkommode. Ihre angeschwollene Wange mit der leichten Blaufärbung zog ihren Blick magnetisch an. Wenn sie nicht so schnell blaue Flecken bekommen hätte, wäre kein verräterisches Mal von den Vorgängen der letzten Nacht zurückgeblieben. Die Schwellung würde einige Tage bleiben, und der blaue Fleck würde alle Farbschattierungen annehmen, ehe er verblaßte.

Sie fragte sich, was Jared sagen würde, wenn er das Mal sah.

Erstaunlicherweise war sie nicht im geringsten zornig auf ihn. Das, was sich ereignete, nachdem Jared sie geschlagen hatte, war alles wert, was vorangegangen war. Sie haßte ihn nicht mehr, das wußte sie jetzt.

Doch sie war sich auch nicht sicher, was sie eigentlich empfand. Er übte eine starke körperliche Anziehungskraft auf sie aus, aber mehr zuzugeben, hätte sie erschreckt. Es ging nicht an, daß sie sich in ihn verliebte. Er hatte ihr Geständnis nicht geglaubt und würde es auch niemals glauben. Der Ekel, den er ihr gegenüber empfand, weil er sie für eine Hure hielt, würde jegliche Beziehung letztlich zerstören. Nein, es war aussichtslos. Es war das beste, wenn sie so schnell wie möglich von hier fortkam.

Als die Tür sich öffnete, widerstrebte es Corinne, sich umzudrehen. Sie hielt den Atem an und erwartete, daß jemand etwas sagte, doch als dies nicht geschah, übermannte sie die Neugierde.

Als sie sich umdrehte, stand Jared in der Tür. Er wirkte so scheu, wie sie sich fühlte. Langsam kam er auf sie zu und hielt abrupt inne, als er ihre Wange sah.

»O nein! War ich das?« Jared gab ihr keine Gelegenheit zu antworten. Er lief auf sie zu und hob ihr Gesicht sanft zu seinem empor. »Es tut mir leid. Wie kommt es nur, daß ich bei dir meine Selbstbeherrschung verliere? Ich habe noch nie in meinem ganzen Leben eine Frau geschlagen, das schwöre ich dir. Es – es tut mir leid.«

Er stand so nahe vor ihr! Ihr Puls ging schneller, und sie errötete. Verlegen senkte sie den Blick.

»Tut es weh?«

»Nicht sehr«, antwortete Corinne und sah wieder zu ihm auf. »Es sieht viel schlimmer aus, als es ist.«

Jared zog sich zurück, da die sanften Worte, die sie wechselten, ihn aus der Fassung brachten. »Aleka hat gemeint, ein Ausflug könnte dir Spaß machen. Ich reite heute in die Berge, um ein paar Stauden Bananen zu holen. Wenn ich das richtig verstanden habe, hat Mrs. Merrills Sohn seine Leidenschaft für Bananen entdeckt.«

»Ich hoffe, du mißgönnst ihm die Früchte nicht, die auf deinem Grund und Boden wachsen«, sagte Corinne steif.

»Ganz und gar nicht«, entgegnete Jared und sah sie verblüfft an. »Du magst das Baby doch, nicht wahr? Ich habe gehört, du hättest einen großen Teil deiner Zeit mit ihm verbracht.«

»Hast du etwas dagegen einzuwenden?« fragte sie nicht ohne eine gewisse Schärfe.

»Nein. Ich nehme an, du hast Zerstreuung gebraucht, um dir die Zeit zu vertreiben.« Mit gefurchter Stirn trat er einen Schritt näher. »Warum reagierst du jedesmal so empfindlich, wenn ich den Knaben erwähne?«

»Ich weiß nicht, was du meinst«, sagte sie ausweichend und versuchte, seinen eindringlichen, durchbohrenden Blicken zu entgehen.

»Hältst du es für klug, eine so enge Bindung zu dem Kind einer anderen Frau herzustellen?«

»Florence ist für mich nicht irgendeine Frau, Jared. Sie war eine Mutter für mich, eine Schwester, und sie ist meine einzige wirkliche Freundin. Sie war mein ganzes Leben lang bei mir, und ich hänge sehr an ihr. Bei mir würde etwas nicht stimmen, wenn mir ihr Kind gleichgültig wäre.«

»Diese Logik reicht den meisten Menschen sicher als Erklärung aus, doch ich hatte den Eindruck, du seist anders. Wolltest du nicht ein Leben frei von jeder Bindung führen? Wenn man jemanden liebt und an ihm hängt, geht das nicht, Corinne. Dann ist man darauf angewiesen, daß diese Liebe erwidert wird.«

»Vielleicht habe ich mich geändert«, flüsterte sie.

Jared war nicht sicher, ob er richtig verstanden hatte.

»Wirklich?«

»Du kennst mich nicht, Jared, du kennst mich wirklich nicht. Ich habe mich früher selbst nicht gekannt.«

»Kennst du dich jetzt?«

»Ich glaube schon«, erwiderte sie langsam und nachdenklich. »Ich habe herausgefunden, daß ich viel Liebe zu vergeben habe, doch es gibt nur sehr wenige Menschen, die mir so nahestehen, daß ich sie ihnen geben kann.«

»Du scheinst sie bis vor kurzem freigiebig verteilt zu haben«, sagte er gedankenverloren und bereute seine Worte sofort.

»Das mußte jetzt natürlich kommen!« erwiderte sie zornig. Sie hatte ihre Hände auf die Hüften gestützt. »Unsere Eheschließung war zwar von vornherein ein Witz, aber muß ich dich daran erinnern, daß du *mich* verlassen hast?«

»Ich bin nicht gekommen, um mich mit dir zu streiten«, sagte Jared. »Meine Bemerkung tut mir leid. Sie war unpassend. Ich hatte gehofft, wir könnten es bei dem Waffenstillstand belassen, der letzte Nacht geschlossen wurde.«

»Ich auch. Aber . . .«

»Kein Aber!« Grinsend schnitt er ihr das Wort ab. »Kommst du heute mit?«

»Ich bin noch nicht angezogen.«

»Du hast jede Menge Zeit. Wir brechen erst in zwei Stunden auf.«

»Bis dahin bin ich fertig«, sagte sie lächelnd.

Corinne war enttäuscht, daß Jared einen langen Spaziergang geplant hatte. Sie nahm einen Sonnenschirm mit, da die Sonne unerbittlich auf sie niederbrannte, und Jared hatte sie gewarnt, bequemes Schuhwerk anzuziehen. Als sie nach einer guten halben Meile den Weg verließen und querfeldein liefen, verstand sie seine Warnung. Auf einem schmalen Pfad, der noch recht schlammig von dem vergangenen Sturm war, ging es weiter. Sie mußten über

Steine und Baumstümpfe klettern, und die ganze Gegend sah nicht nach einem tropischen Paradies aus.

Schweigend und doch vereint gingen sie nebeneinander her. Jared hielt sie an der Hand und half ihr über tiefe Gräben. Zum erstenmal fühlte sie sich wohl an seiner Seite.

Schließlich kamen sie zu felsigen Hügeln, und plötzlich veränderte sich die Landschaft drastisch: Sie standen inmitten einer grünen Pracht. Zwischen Blumen und Bäumen kletterten sie bergauf.

Dann führte der Pfad wieder bergab, und sie kamen an eine Stelle, an der viele Bananenbäume wuchsen. Jared blieb stehen. Während er nach schönen Stauden suchte, sah Corinne zurück. Der Ausblick, der sich ihr bot, nahm ihr den Atem. Man konnte die gesamte Nordküste sehen.

»Schön, findest du nicht?«

Jared hatte sich hinter sie gestellt, und sie spürte jetzt, wie er einen Arm um ihre Taille legte und sie an sich zog. Corinne war glücklich.

»Ja, es ist bezaubernd«, sagte sie seufzend. »Ich danke dir, daß du mich hierher gebracht hast.«

»Es war mir ein Vergnügen.«

Als Jared sie nicht losließ, sondern seine Lippen auf ihren Nacken senkte, fühlte Corinne ein heftiges Begehren in sich aufsteigen. Am liebsten hätte sie ihn angeschrien, weil er sie in einer Situation erregte, in der sie nichts unternehmen konnten. Als sie versuchte, sich von ihm zu lösen, hielt er sie nur um so fester.

»Jared«, begann sie »Jared, sollten wir nicht wieder gehen?«

»Wir müssen noch ein Stück weitergehen«, sagte er ihr ins Ohr. Er schien es überhaupt nicht eilig zu haben. »Die Bananen sind hier noch nicht reif genug.«

»Wie weit?«

»Mein Vetter hat schöne Bananenbäume hinter seinem Haus. Ich hatte ohnehin die Absicht, bei ihm vorbeizuschauen.«

»Dein Vetter?« fragte Corinne erstaunt. »Du hast einen Vetter – hier oben?«

»Schau mich nicht so erstaunt an!« sagte Jared. »Viele Menschen mögen die Abgeschiedenheit der Berge.«

»Aber ich bin nicht passend angezogen, um deine Verwandten zu besuchen.«

»Du bist gerade richtig angezogen. Doch mir gefällt die Vorstellung, du seist *nicht* angezogen.«

Das Blitzen in seinen Augen warnte sie, noch ehe er die Knöpfe ihres Kleides öffnen konnte. Sie wich aus seiner Reichweite zurück und schüttelte langsam den Kopf.

»Nein, Jared.«

»Warum nicht? Du bist meine Frau.«

»Du bist verrückt«, sagte sie und lächelte wider ihren Willen. Er hob die Schultern und streckte einen Arm nach ihr aus, doch sie drehte sich um und lief den Pfad hinunter. Schon nach wenigen Metern hatte Jared sie eingeholt. Er ließ sich mit ihr zu Boden fallen und hob ihren Rock. Sie stieß zwar schwache Protestlaute aus, aber sie mußte auch lachen.

»Nicht hier, Jared!«

»Doch. Genau hier und genau jetzt«, sagte er und küßte sie leidenschaftlich, um sie zum Schweigen zu bringen.

Corinne begehrte Jared. Es lag in seiner Macht, sie durch ein sanftes Wort, einen leidenschaftlichen Blick oder eine Berührung zu erregen. Warum bloß er und kein anderer Mann? Andere Männer hatten sie begehrt, und es war ihr gleich gewesen, doch die Tatsache, daß Jared sie begehrte, ließ sie erbeben und erschauern.

Unter dem berauschenden Duft der wilden Blüten, von denen sie umgeben waren, liebten sie sich mit wildem Ungestüm. Corinne empfand das, was sie taten, als äußerst sündhaft, doch gleichzeitig war sie von Jareds Impulsivität begeistert. Sie wollte den ganzen Tag lang hierbleiben und nur immer wieder mit ihm zusammensein. Wie sehr sie sich das wünschte! Doch jetzt, nachdem sein Begehren gestillt war, würde Jared weitergehen wollen.

Jared überraschte sie. Er machte keinerlei Anstalten, aufzustehen, sondern stützte sich auf seine Ellbogen, um sein Gewicht nicht länger auf ihr lasten zu lassen. Als er auf sie niedersah, waren seine Augen hellblau. Er berührte ihre Lippen mit einem federleichten Kuß.

»Du bist großartig, makamae!«

»Besten Dank, Sir!«

Er lächelte. »Ich glaube, heute abend werde ich am Strand mit dir spazierengehen. Nachts, wenn der Mond und die Sterne am Himmel stehen und deine Schönheit anstrahlen.«

Corinne seufzte. »Ich glaube, dieser Waffenstillstand gefällt mir, Jared.«

Er küßte sie, dann sagte er seufzend: »Wir sollten besser gehen, ehe ich versucht bin, die ganzen Bananen und alles andere zu vergessen.«

Widerstrebend ließ sie sich von ihm auf die Füße ziehen. Er half ihr, ihre Kleider glattzustreichen.

Nachdem sie zwanzig Minuten bergauf gegangen waren, gelangten sie zu einer Hochebene, wo unter dichten Bäumen ein roh gezimmerter Schuppen aus dünnem Holz und altem Eisen stand. Rund um den Schuppen lagen eingezäunte Weiden, doch die kleinen Ferkel und Küken liefen frei herum. Der Hügel war von Farnkraut und anderen Pflanzen übersät. Es gab Bergapfelbäume, einen gewaltigen Mangobaum, der der Hütte Schatten spendete, und die von Jared bereits erwähnten Bananenstauden.

Corinne umklammerte Jareds Arm.

»Dein Vetter wohnt doch nicht etwa hier?« flüsterte sie.

»Wieso nicht?« Jared sah sie belustigt an. »Ihm gefällt es hier oben. Man lebt wie in einem vergangenen Jahrhundert. Er hat noch nie viel von unserer modernen Welt und dem, was die halois mit seiner Insel gemacht haben, gehalten.«

»Seiner Insel? Das verstehe ich nicht.«

In dem Moment trat ein riesiger Hawaiianer gebeugt durch die Tür ins Freie und kam auf sie zu. Er war ungeheuer groß, hatte dichtes schwarzes Haar, einen Bart und warme braune Augen. Der Mann war nur mit einer ausgebeulten, gelbgeblümten kurzen Hose bekleidet. Die spitzen kleinen Äste, auf die er mit seinen nackten Füßen trat, schien er nicht zu spüren.

»Ialeka?« Erst nachdem sich Jared aus seiner Umarmung befreit hatte, warf er einen neugierigen Blick auf Corinne. »Wahine male?«

»Ja«, sagte Jared mit einem Anflug von Stolz. »Das ist meine Frau Kolina.«

»Tante Aleka hat mir erzählt, daß du geheiratet hast, Ialeka. Wann gibt es das luau, das Fest?«

»Dafür ist es schon etwas zu spät,« sagte Jared.

»Auweh! Jeder Grund ist ein guter Grund für ein luau. Komm jetzt! Du hast mich lange nicht mehr besucht. Kikuko!« rief er.

Eine kleine Orientalin mit einem ausgebleichten Kimono erschien in der Türöffnung.

Das ernste, scheue Geschöpf wirkte neben dem riesigen Hawaiianer geradezu winzig. Grußlos hastete sie in das Haus zurück.

»Sie tut mehr laulaus in die Kallebasse. Ihr bleibt doch zum kaukau bei uns?«

Jared kam nicht dazu, zu antworten, da sein Vetter schon auf dem Rückweg zum Haus war und ihnen bedeutete, zu folgen.

»Wir sind zum Abendessen eingeladen worden«, erklärte Jared.

Nach dem anfänglichen Unbehagen, Fremde kennenzulernen, entspannte Corinne. Das kleine Haus war innen äußerst gemütlich. Die beiden Kulturen fügten sich zu einer gelungenen Mischung zusammen.

Kuliano Naihe war ein fröhlicher Mensch, den man leicht ins Herz schließen konnte. Den Nachmittag über unterhielt er sie mit hawaiianischen Liedern, wobei er sich auf der Ukulele begleitete. Seine Frau, Kikuko, war sehr ruhig und hielt sich im Hintergrund. Jared erklärte Corinne, daß es nichts mit ihrer beider Anwesenheit zu tun hatte; sie war immer so.

Im Hinterhof nahmen sie bei Sonnenuntergang ein köstliches Mahl ein. Laulaus war Schweinefleisch, das in Tarospitzen eingewickelt war und wie dicker Spinat aussah, jedoch wesentlich besser schmeckte. Das Fleisch war zart und hatte den unvergleichlichen Geschmack der Tarospitzen angenommen. Natürlich wurde auch frisches Obst angeboten.

Als es dunkel war, machte Kuliano im Hinterhof ein Feuer und begann, wieder zu singen. Jared hatte es nicht eilig, zu gehen.

Corinne lehnte neben ihm an einem Baumstamm und genoß die Musik und die angenehme Gesellschaft.

»Wie lange kennst du Kuliano und seine Frau schon?« fragte sie beiläufig.

»Seit ich auf der Welt bin«, antwortete Jared. »Du hast doch Leonaka gesehen, meinen Vorarbeiter.«

»Ja.«

»Kuliano ist sein Vater, Leonaka und ich sind zusammen aufgewachsen, mehr wie Brüder als wie Vettern.«

»Für dich ist das Wort Vetter ein Ausdruck der Freundschaft, oder?«

»Nein, die Naihes sind entfernte Blutsverwandte.«

»Aber sie sind doch Hawaiianer.«

»Ganz richtig beobachtet.«

Corinne war verwirrt. »Könntest du mir das, bitte, erklären?«

»Leonaka und ich haben dieselbe Urururgroßmutter, Leimomi Naihe. Du siehst also, daß ich selbst auch hawaiianisches Blut in mir habe, wenngleich auch nicht mehr viel davon übrig ist. Willst du mehr darüber wissen?«

»Ja.«

»Leimomi war eine wunderschöne Frau, die in Kauai gelebt hat, der Insel, auf der Captain Cook 1778 zum erstenmal gelandet ist. Du hast doch schon von Cook gehört?«

»Ja.«

»Als er kam, wurde er für einen Gott gehalten, und die Hawaiianer, ein freundliches, feinsinniges Volk, konnten gar nicht genug für ihn und seine Mannschaft tun. Leimomi gab sich einem der englischen Matrosen hin, einem Mann, den sie nur als Peter kannte. Er reiste ab, ohne zu wissen, daß sie ihm bald darauf einen Sohn gebären würde. Es war ein Junge, den sie Makaulilo nannte. Später hat Leimomi einen Mann aus ihrem eigenen Land geheiratet und ihm einen Sohn und zwei Töchter geboren. Ihr Mann akzeptierte Makaulilo und zog ihn auf wie ein eigenes Kind. Doch der Junge wuchs mit dem Gefühl auf, ein Ausgestoßener zu sein. Cooks Besuche endeten mit Blutvergießen und über einen längeren Zeitraum hinweg herrschte großer Groll gegen die weißen Männer. Makaulilo war ziemlich hellhäutig und somit eine ständige Erinnerung an die verabscheuten weißen Männer, die weiterhin die Inseln aufsuchten. 1794, im Alter von nur fünfzehn Jahren, ist er auf einem Walfänger zum Festland gefahren. Fünf Jahre später ist er mit einem Sohn zurückgekehrt, den ihm eine amerikanische Prostituierte geboren hatte, die nichts mit dem Kind zu tun haben wollte und es verkauft hätte, wenn Makaulilo den Jungen nicht für sich beansprucht hätte.«

»Das ist ja entsetzlich!«

Jared warf ihr einen Seitenblick zu und fuhr dann fort. »Makaulilo brachte Keaka, das Baby, zu seiner Mutter. Sie zog es auf der Insel Oahu auf. Doch der Junge blieb nicht auf der Insel. 1818 segelte er nach England und von dort aus weiter nach Irland. Er heiratete, und 1820 wurde Colleen Naihe geboren. Keaka wurde in Irland seßhaft. Colleen wuchs dort auf und heiratete 1839 einen französischen Händler, Pierre Gourdin. Ein Jahr später wurde meine Mutter geboren.« Jareds Stimme wurde weicher, als er über seine Mutter sprach. »Ranelle hat ihre Jugend in Frankreich verbracht. 1850 kam sie mit ihren Eltern nach San Francisco.«

»War das nicht zu der Zeit, als dort das erste Gold entdeckt worden ist?« fragte Corinne.

»Ja. Doch sie hatten kein Glück, und Pierre war mit Leib und Seele ein Händler. Drei Jahre lang zogen sie kreuz und quer durch Amerika, bis sie sich schließlich in Boston niederließen und dort einen kleinen Laden eröffneten.«

»Damals hat Ranelle meinen Vater kennengelernt?« fragte Corinne vorsichtig.

»Ja. Sie hatte das Gefühl, nicht in Boston bleiben zu können, nachdem dein Vater die Verlobung gelöst hatte. Ihre Eltern waren nicht mehr am Leben, und da der Bürgerkrieg sich bereits ankündigte, hatte sie das Gefühl, es sei am besten, die Vereinigten Staaten zu verlassen. Sie wußte, daß sie hier noch entfernte Verwandte hatte, und hat sich auf den Weg gemacht, sie zu suchen. Sie fand Aleka und Kuliano, die ebenfalls die Geschichte von Leimomi und ihrem erstgeborenen Sohn Makaulilo kannten. Aleka und Kuliano sind Nachkommen der anderen Kinder Leimomis. Ranelle war Lehrerin, bis sie meinen Vater kennengelernt hat und sie geheiratet haben. Den Rest kennst du schon.«

»Du bist also hauptsächlich Engländer und Franzose mit ein wenig irischem und noch weniger hawaiianischem Blut.«

»Stört dich das hawaiianische Blut?«

»Wieso sollte es das? Außerdem gefällt es mir, daß eine so komplizierte Geschichte von Generation zu Generation weitergegeben worden ist.« Nach einer Pause fragte sie: »Haßt du meinen Vater immer noch, Jared?«

»Das, was ich für Samuel Barrows empfinde, sitzt schon lange in mir fest, Corinne.«

»Das heißt also, daß du ihn noch haßt«, bemerkte sie stirnrunzelnd. »Und was ist mit mir?«

»Eine Zeitlang waren dein Vater und du ein und dasselbe für mich. Daher hatte ich keine Gewissensbisse, dich zu benutzen, um ihm zu schaden.«

»Und jetzt?«

»Ich hasse dich nicht, Corinne.« Er zögerte, und sie konnte die Spannung spüren. »Aber ich hasse das, was du getan hast, nachdem du hierher gekommen bist.«

»Aber . . .«

Wieder wollte sie sich zu ihrer Unschuld bekennen, doch sie ließ es bleiben. Das würde nur zu einem Streit führen, und der Tag war zu schön gewesen, um ihn auf diese Weise zu beenden.

»Sollten wir uns nicht auf den Rückweg machen?«

Jared schüttelte den Kopf. »Es ist schon zu dunkel. Wir warten bis morgen.«

»Du meinst, wir bleiben über Nacht hier?« Michael hatte heute nachmittag schon keine Milch bekommen. »Man wird uns vermissen, Jared. Florence wird sich wahnsinnige Sorgen machen.«

»Wegen einer Nacht wird man uns nicht vermissen. Aleka kann sich denken, was passiert ist. Wenn ich hierher komme, bleibe ich gewöhnlich über Nacht.«

»Ich möchte jetzt gehen, Jared. Es ist noch nicht zu spät«, protestierte sie.

»Dann geh doch!« sagte Jared schulterzuckend. »Aber wenn du ausgleitest und in eine Felsspalte stolperst, brauchst du nicht damit zu rechnen, daß ich dir zur Hilfe komme.«

»Das war unpassend«, sagte sie sauer.

»Dann sei vernünftig und halt den Mund! Zu Hause gibt es nichts, was nicht Zeit bis morgen hat.« Dann grinste er und zog sie an seine Brust. »Es sei denn, du denkst an den Spaziergang am Strand, den ich dir versprochen habe.«

»Daran habe ich nicht gedacht.«

»Nein?« Seine Zähne blitzten im Licht des Feuers. »Das macht nichts. Diesen Spaziergang bekommst du noch. Wenn nicht heute, dann eben morgen abend. Doch jetzt weiß ich einen reizenden Fleck etwas weiter oben in den Bergen, an dem wir . . .«

»Hör auf, Jared!«, sagte sie kichernd und versuchte, sich aus seiner Umarmung zu lösen. »Nicht schon wieder!«

»Wenn ich mich recht erinnere, ist das für dich kein Grund. Das war nur der Appetitanreger. Ich bin bereit für den Hauptgang.«

»Jared, du bist manchmal recht derb.«

Lachend streichelte er ihre Brüste.

»Jetzt hör aber auf!« Sie wollte es zornig sagen, aber das mißlang ihr gänzlich. »Was würde dein Vetter wohl denken, wenn wir einfach verschwinden?«

»Kuliano wird lachen und sich an die Zeiten erinnern, als er selbst noch jung war.« Er warf ihr einen teuflischen Blick zu. »Es könnte sogar sein, daß er mitkommt.«

»Jared du bist unverbesserlich!«

Er stand auf und zog sie mit sich hoch. »Komm schon!« Er legte einen Arm um ihre Taille. »Es scheint, als könnte ich von dir nicht genug kriegen.«

Corinne beschloß, nicht mehr an Michael zu denken. Bei Florence war er gut aufgehoben. Im Moment zählte nur Jared.

33

Die Sonne stand hoch am Himmel. Corinne lief am Strand entlang und lächelte vor sich hin. Jared und sie waren am Morgen nach Hause gekommen und hatten festgestellt, daß niemand sie vermißt hatte. Michael war mit seiner festen Nahrung zufrieden gewesen.

Sie hatte den Ausflug genossen. Jared war weder der Charmeur gewesen, den sie in Boston kennengelernt, noch der zornige Ehemann, den er kürzlich gespielt hatte. Er war er selbst gewesen – entspannt, locker und ein Mensch, dessen Gegenwart ihr ein Vergnügen gewesen war. Und welche Wonnen er ihr erst letzte Nacht bereitet hatte! Langsam hatte er den Höhepunkt hinausgezögert, bis sie es beide kaum noch hatten ertragen können. Ihr Mann war ein großartiger Liebhaber.

Als Corinne aufsah, fiel ihr Blick auf einen großen Mann mit breitem Brustkasten, der aus zehn Metern Entfernung einen Strohhut schwenkte. Jetzt kam er näher. Während sie ihn aufmerksam beobachtete, wurde ihr klar, daß sie sich ziemlich weit von Jareds Anwesen entfernt hatte.

»John Pierce heiße ich«, sagte er, blieb kurz vor ihr stehen und setzte ein Lächeln auf. »Sie müssen die neue Mrs. Burkett sein.«

»Ja, aber woher wissen Sie das?«

»Ich habe gehört, Jared hat sich in Boston eine hübsche kleine Frau gesucht, ein Mädchen aus der besseren Gesellschaft. Das müssen Sie sein, weil ich schon lange nichts so Hübsches mehr gesehen habe.«

»Danke, Mr. Pierce«, sagte Corinne zögernd und fragte sich, was er wohl sonst noch über sie gehört haben mochte. Wahrscheinlich alles andere auch. Würde es ihr je gelingen, den schlechten Ruf wiedergutzumachen, den sie sich selbst geschaffen hatte?

»Nennen Sie mich John, meine Liebe! Ich bin Ihr nächster Nachbar. Ich wollte Jared besuchen, aber er scheint keine Zeit zu haben.« Er wischte sich die Stirn mit einem karierten Taschentuch ab. »Ich nehme an, er ist in der Stadt?«

»Nein. Er ist gerade erst zurückgekommen. Im Moment sieht er sich die Gemüsefelder an.«

»Kaum zu glauben«, gab er nachdenklich zurück. »Das sieht dem Jungen gar nicht ähnlich – mitten im Winter hierherzukommen.«

Corinne lächelte. Der Junge! John Pierce mußte Ende der Vierzig sein. Er hatte braunes Haar und lange braune Koteletten, die schon ergrauten. Sie hatte den Eindruck, er war ein ausgesprochen freundlicher Zeitgenosse.

»Wollen Sie vielleicht mit mir ins Haus kommen?« bot Corinne an. »Inzwischen ist Jared sicher zum Mittagessen nach Hause gekommen.«

Er sah sie nachdenklich und beinahe wachsam an. »Nein. Nein, vielleicht ein anderes Mal.«

»Ich wollte mich jetzt auf den Heimweg machen, ehe Jared mich vermißt.«

»Er hält ein Auge auf Sie, nicht wahr? Bei einer so hübschen Frau kann man ihm das auch nicht vorwerfen.«

»Guten Tag!«

Corinne drehte sich um und machte sich auf den Rückweg. Sie spürte seinen Blick in ihrem Rücken, während sie durch den heißen Sand wanderte. Als ihr die Doppeldeutigkeit seiner letzten Bemerkung aufging, errötete sie. Natürlich wußte er es. Alle wußten es.

»Einen Moment noch, Mrs. Burkett!«

Leise war er hinter ihr hergegangen.

»Ja?«

»Sie wissen nicht zufällig, wer einen kleinen Spanielwelpen mögen würde? Eine meiner Hündinnen hat vor zwei Wochen geworfen, und die Welpen sind jetzt alt genug. Ich habe schon fünf Hunde.«

»Nicht, daß ich wüßte.«

»Ich habe außer Ihnen noch niemanden gefragt. Sie könnten sich den schönsten von dem ganzen Wurf aussuchen.«

Sie zögerte und stellte sich vor, Michael würde mit einem kleinen Spaniel mit Schlappohren spielen. Er war noch ein wenig zu jung, doch die beiden könnten gemeinsam aufwachsen.

»Eigentlich kenne ich doch jemanden, der sich für einen kleinen Hund begeistern könnte.«

»Gut. Ich wohne gleich da drüben, hinter den Palmen. Die Welpen sind in einer Hütte hinter dem Haus. Es würde Sie nur eine Minute kosten, wenn Sie mitkämen und sich einen aussuchen würden.«

Corinne nickte zustimmend und folgte ihm. Bald zeichnete sich zwischen den Bäumen ein baufälliges altes Haus ab, von dem die Farbe abblätterte. Der Hof, der bis zum Strand reichte, war kaum als solcher zu bezeichnen. Sand und Schmutz häuften sich, und das Gras wuchs nur spärlich. Alles sah äußerst ungepflegt und unansehnlich aus, und Corinne fragte sich, ob es wohl eine Mrs. Pierce gab.

»Gleich hier!«

Er hielt die Tür zu einem Lagerschuppen auf und wartete darauf, daß Corinne eintrat.

Durch Ritzen in der Decke und den Wänden drang das Sonnenlicht herein. Staub wirbelte auf, als hätte seit Monaten niemand mehr den Schuppen betreten. Ein ranziger Geruch wehte ihr entgegen, und Corinne hielt den Atem an.

»Wo sind die Welpen?«

Als sie sich umdrehte, wurde ihr die Tür vor der Nase zugeschlagen. Einen Moment lang starrte sie verblüfft auf die Tür.

»Mr. Pierce?«

Sie bekam keine Antwort. Erst Sekunden später erholte sie sich von ihrem Schreck, und an seine Stelle trat Unbehagen. Corinne ging zur Tür und stellte fest, daß sie innen keine Klinke hatte. Sie drückte leicht dagegen, und als die Tür sich nicht rührte, probierte sie es mit mehr Kraft. Schließlich warf sie sich mit der Schulter dagegen, doch die Tür gab nicht nach.

Da bekam sie es mit der Angst zu tun. »Mr. Pierce! Wo sind Sie?« Als sie wieder keine Antwort erhielt, hämmerte sie mit den Fäusten gegen die Tür. »Lassen Sie mich raus! Hören Sie mich?«

John Pierce mußte verrückt sein, dachte sie. Sie sah sich in dem Schuppen nach einem Gegenstand um, mit dem sie die Tür öffnen könnte. Alles, was sie fand, waren alte Lattenkisten, zwei Schubkarren und feuchter Schmutz.

Sie durchsuchte die Kisten, ohne ein Werkzeug zu finden. In diesem Schuppen gab es keine Welpen. Wo, zum Teufel, war sie hingeraten?

Nachdem Corinne den Strand mit John Pierce verlassen hatte, ließ Malia von ihrer Verfolgung ab. Während sie nach Hause eilte, kräuselten sich ihre Lippen selbstgefällig. Sie hatte an sich eine neuerliche Szene mit Jareds Frau geplant gehabt, jetzt konnte sie ihm etwas erzählen. Corinne und Pierce! Ha! Jared würde toben. Diesen Fehltritt würde er seiner Frau so schnell nicht verzeihen.

Sie fand Jared im Hinterhof vor.

»Bist du schwimmen gegangen?« rief ihm Malia zu, weil sie wissen wollte, ob er Corinne gesehen hatte.

»Ich war nur kurz im Wasser, um mir den Schmutz abzuwaschen. Der Sturm hat die Felder aufgeweicht. Es ist recht schlammig dort drüben.«

Malia wartete, bis er die Pumpe niederlegte, die er gerade repariert hatte, und nach einem Handtuch griff, das über dem Ast eines Litschibaumes hing. Da er nur mit Shorts bekleidet war, sah sie, daß er nicht mehr so braun war. Er war zu lange nicht mehr am Stand, zu lange nicht mehr zu Hause gewesen. Seit dem Tode ihres

Vaters kam er nur noch selten hierher. Das nahm ihm Malia übel. Sie vermißte das gemeinsame Schwimmen und Reiten und die Aufmerksamkeit, die ihr Bruder ihr gezollt hatte.

»Wolltest du etwas von mir, Malia?«

»Ich habe mich nur gefragt, ob du weißt, wo deine Frau ist«, sagte sie in einem Tonfall, der Jared zusammenzucken ließ.

»Ist sie nicht im Haus?«

»Nein, sie ist bei John Pierce.«

»So?«

Jareds ruhige Antwort erzürnte sie maßlos. »Sie hat ihn am Strand getroffen und ist mit ihm nach Hause gegangen. Stört dich das nicht?«

»Warum sollte es mich stören? Ich mag John vielleicht nicht besonders, wenn man bedenkt, mit welcher widerwärtigen Entschlossenheit er unser Land haben will, aber er ist unser nächster Nachbar.« Jared sah seine Schwester an. »Es ist an der Zeit, daß Corinne unsere Nachbarn kennenlernt.«

Malias Augen blitzten zornig. »Du sagst das ganz so, als würde sie hierbleiben.«

»Vielleicht bleibt sie auch hier. Wer weiß?«

»Ich verstehe dich nicht, Jared. Wie kannst du ihr verzeihen, daß sie dich zum Gespött gemacht hat, zum Hahnrei?«

Seine Augen verengten sich. »Wo, zum Teufel, hast du ein solches Wort gelernt?«

»Ich lese viel«, sagte sie zu ihrer Verteidigung. »Da es keine Gleichaltrigen in der Nähe gibt, habe ich wenig anderes zu tun. Naneki war meine einzige Freundin, aber deine Frau hat sie verjagt.«

»Naneki hat sich selbst entschlossen, wieder nach Kahuku zu gehen«, sagte Jared. »Es war ihre eigene Entscheidung. Und ob ich meiner Frau verzeihe, geht dich nichts an, Malia. Ich wäre dir dankbar, wenn du dieses Thema nicht mehr zur Sprache brächtest.«

»Dann ist es dir also gleich, wenn sie immer noch Umgang mit anderen Männern hat?« fragte sie.

Er behandelte sie wie ein kleines Kind.

»John Pierce?« Jared lachte über die Absurdität dieser Vermutung. »Das ist doch lächerlich, Malia.«

Sie war aufgebracht. »Ich habe sie selbst zusammen gesehen. Ich habe gesehen, wie sie mit ihm geflirtet und ihn verführt hat. Wenn du glaubst, daß die beiden im Moment Tee miteinander trinken, bist du ein noch größerer Narr als der, den sie in Honolulu schon aus dir gemacht hat.«

Jared Augen waren jetzt sturmgrau, während er Malia nachsah, die ins Haus rannte. Er sah zum Strand hinunter. Von Corinne war nichts zu sehen. Er verfluchte Malia dafür, daß sie Argwohn in ihm aufkommen lassen wollte.

Jared wartete eine Stunde, dann hielt er es nicht mehr aus. Er sattelte ein Pferd, um auf der Küstenstraße zu Pierce zu reiten. Während dieser Stunde hatte er sich das Schlimmste vorgestellt und war doch gleichzeitig wütend auf sich selbst gewesen, weil er sich so weit hatte gehenlassen. Er war nicht darauf vorbereitet, John Pierce auf dem Weg zu seinem Stall vorzufinden, als er gerade sein Pferd besteigen wollte.

Jared sah den alten Mann argwöhnisch an. »Was tust du hier, John?«

»Ich komme wegen deiner Frau.«

»Ist Corinne etwas zugestoßen?« fragte Jared beunruhigt.

»Nein, nein, nichts dergleichen«, beruhigte ihn John Pierce und wirkte äußerst unbehaglich.

»Wo ist sie?« fragte Jared. »Ich habe gehört, sie hätte dich heute besucht.«

»Das, was du dem armen Mädchen angetan hast, ist nicht direkt nett von dir.«

»Wovon, zum Teufel, redest du?«

»Es ist allgemein bekannt, warum du sie hierher gebracht hast, Jared. Es wird behauptet, daß du sie hinter Schloß und Riegel hältst. Ich war zuerst überrascht, als ich sie am Strand gesehen habe, aber ich war nicht mehr überrascht, als sie mich um Hilfe gebeten hat.«

»Um Hilfe?«

John zögerte einen Moment. »Sie möchte, daß ich sie nach Honolulu bringe.«

»Was?«

»Deine Frau schien völlig außer sich zu sein, Jared«, sagte John eilig. »Sie – sie hat gesagt, sie würde die Einschränkungen nicht mehr aushalten, die du ihr auferlegst. Und aus diesem Grunde könnte sie es nicht mehr ertragen, mit dir zusammen zu leben.«

Jareds Augen verengten sich.

»Was hat sie noch gesagt?« fragte er in bedrohlichem Ton.

John warf Jared einen nervösen Blick zu. Die Idee, Mrs. Burkett bei sich einzusperren, war ihm erst am Strand gekommen. Er hatte ganz impulsiv gehandelt. Jetzt war es zu spät, etwas rückgängig zu machen, und er konnte nur noch weiterspielen.

John räusperte sich. »Deine Frau hat mir viel Geld versprochen, wenn ich sie in die Stadt zurückbringe.«

»Hast du dich einverstanden erklärt?«

»Noch nicht«, erwiderte John. »Ich habe ihr gesagt, ich müßte erst darüber nachdenken.«

»Was gibt es da noch nachzudenken? Diese Frau ist meine Frau. Sie hat mich aus freiem Willen geheiratet.« Jared trat einen Schritt vor. »Ich kann dir nur eines sagen: Wenn du die Absicht hast, dich einzumischen, wirst du es bereuen.«

John hielt sein Pferd am Zügel. Er schwitzte übermäßig, doch das lag nicht an der Hitze.

»Jetzt sieht mal, Jared«, sagte John und versuchte, seine Stimme empört klingen zu lassen, »es besteht kein Anlaß zu Drohungen. Ich sehe das Ganze schließlich auch von deiner Seite.«

»Was tust du dann noch hier?«

»Nun ja, ich sehe es eben auch von der Seite deiner Frau aus. Ich meine, die kleine Dame wirkte ziemlich verzweifelt, verzweifelt genug, um mir jeden Preis zu zahlen. Ich besäße nicht den leisesten Anstand, wenn ich eine solche Bitte ignorieren würde.«

»Du meinst, es wäre nicht zu deinem Nachteil«, sagte Jared sarkastisch. »Worauf willst du hinaus?«

Jetzt war es also soweit. »Ich dachte, wir beide könnten einen Handel abschließen. Ich würde der Dame zwar gern behilflich sein, aber schließlich ist sie deine Frau.«

»Außerdem wärst du auch gern dir selbst behilflich«, sagte Jared kühl.

»Ich habe nichts getan, um diese Situation zu schaffen«, sagte John zu seiner Verteidigung. »Sie ist mir in den Schoß gefallen.«

»Was willst du, Pierce?« fragte Jared, dessen Geduld erschöpft war.

»Nun, du weißt, daß ich schon immer dieses kleine Stückchen Land haben wollte, das du hier besitzt, mein Junge. Außerdem bin ich immer noch gewillt dir das Doppelte von dem zu bezahlen, was es wert ist, falls du bereit sein solltest, dich davon zu trennen.«

»Habe ich dich richtig verstanden?« fragte Jared leise. »Du bringst mir meine Frau zurück, wenn ich dir mein Land verkaufe?«

»Das stimmt.«

»Sollte ich dir das Land dagegen nicht verkaufen wollen, bringst du Corinne an einen Ort, an dem ich sie nicht wiederfinde?«

»Stimmt auch«, sagte John strahlend.

Es war ein ausgezeichneter Plan. Warum hatte er daran nicht schon eher gedacht? Natürlich würde die Frau direkt nach ihrer Heimkehr erklären, daß er sie eingeschlossen und sie ihn keineswegs um Hilfe gebeten hatte. Doch dann würde ihr Wort gegen seines stehen. Und welche Rolle spielte das noch, wenn er das Land bis dahin schon besaß?

»Wo ist meine Frau?«

»Jetzt komm schon! Du glaubst doch nicht im Ernst, ich sei so blöd, das auszuplaudern?« Und eilig fügte er hinzu: »In meinem Haus ist sie nicht, falls du daran gedacht haben solltest. Wir verschwenden Zeit. Wie lautet deine Antwort?«

»Ich muß mich über dich wundern, Pierce. Hast du geglaubt, ich würde auf einen solchen Erpressungsversuch eingehen?«

»Willst du deine Frau denn nicht wiederhaben?« fragte John, dessen Zuversicht schwand.

»Nicht unbedingt«, erwiderte Jared in täuschend beiläufigem Tonfall. »Nicht, wenn es ihr derartig am Herzen liegt, von mir fortzukommen.«

»Aber – aber . . .«, stammelte John, der auf diese Wendung nicht gefaßt war.

Jared lachte, doch seine kalten grauen Augen blickten hart. »Du scheinst verwirrt zu sein, Pierce. Hat meine Frau dir nicht erzählt, daß sie nur vorübergehend hier ist?«

»Nein, das hat sie nicht gesagt«, sagte John sauer.

»Wenn sie von hier fort will, ist es mir recht, wenn sie geht. Wenn sie dich dafür bezahlt, daß du sie nach Honolulu bringst, ist mir das auch recht. Warum solltest du dir deine Mühe nicht entlohnen lassen? So brauche ich sie wenigstens nicht hinzubringen.«

»Sie scheint dir wirklich egal zu sein«, sagte John ungläubig und schüttelte den Kopf.

»Ich muß dich leider enttäuschen. Mir ist inzwischen völlig gleich, was sie tut. Ich will nichts mehr mit ihr zu tun haben.«

»Sie ist doch deine Frau! Weißt du was – ich gebe dir ein oder zwei Tage Bedenkzeit.«

»Ich werde meine Meinung nicht ändern. Übrigens hat meine Frau auch noch eine Dienerin hier. Es wäre nett, wenn du sie auch noch abholst, ehe du in die Stadt fährst.«

Jared führte sein Pferd wieder in den Stall zurück. Erst als er hörte, daß John Pierce davonritt, kamen seine wahren Gefühle ans

Licht. In der Stille des Stalles ließ er ein Wutgebrüll los, das die Pferde so sehr erschreckte, daß sie in ihren Boxen ausschlugen.

34

Leonaka saß Jared am Küchentisch gegenüber und hielt ein großes Glas mit kaltem Rumpunsch zwischen seinen Händen. Es war am späten Nachmittag, und er war gerade aus der Stadt angekommen. Leonaka hatte sich die Begrüßung anders vorgestellt. Nur Malia hatte ihn mit Wärme willkommen geheißen. Sie war die einzig Heitere in einem trübsinnigen Haushalt. Selbst Aleka, Leonakas Großtante, hatte nur wenige Worte an ihn gerichtet, ehe sie wieder mit ihren Töpfen und Pfannen geklappert hatte.

»Du hast nicht lange für den Weg gebraucht«, sagte Jared. Leonaka lächelte und fühlte sich dadurch, daß sein Freund schließlich doch noch etwas gesagt hatte, ermutigt. »Wenn man mir eine Woche bezahlten Urlaub anbietet, setze ich mich nicht erst lange hin und denke darüber nach, ob ich dieses Angebot annehmen soll.«

Leonaka erwartete eine Entgegnung, doch die blieb aus. Schließlich hielt er es nicht mehr aus.

»Was, zum Teufel, geht hier vor?«

Jared wich Leonakas forschendem Blick aus. Er stand auf und verließ wortlos den Raum.

Leonaka bat Aleka um eine Erklärung.

»Seine Frau ist fort«, sagte Aleka.

»Wie meinst du das – fort?« fragte Leonaka. »Wo ist sie?«

»Dieser Mann John Pierce ist heute morgen gekommen und hat erzählt, daß Kolina ihn gebeten hat, sie nach Honolulu zu bringen. Sie hat gesagt, sie zahlt ihm viel Geld. Er hält Kolina versteckt, damit Ialeka sie nicht finden kann.«

»Was?«

»Wenn du mich fragst, sage ich, daß dieser Nichtsnutz, dieser haole, lügt.«

»Wer? Pierce?«

Sie nickte. »Kolina ist glücklich, seit Ialeka wieder nach Hause gekommen ist. Sie streiten nicht. Ich habe sie beobachtet und mir gesagt: Jetzt ist es gut. Sie werden doch noch eine glückliche Ehe führen. Sie sind nur stur und wollen sich nicht eingestehen, daß sie sich lieben.«

Leonaka sah sie skeptisch an. »Siehst du vielleicht nur das, was du gern sehen möchtest, Tante?«

»Frag doch Ialeka!« fauchte sie. »Frag ihn, ob es in den letzten Tagen nicht friedlicher zwischen ihm und seiner Frau geworden war!«

Doch nach einer Pause meinte sie: »Nein, es ist besser, wenn du ihn jetzt nichts fragst. Im Moment tobt er.«

»Und was ist, wenn Pierces Geschichte doch wahr ist?«

Aleka schüttelte hartnäckig den Kopf. »Kolina würde nie ohne ihr keiki weglaufen.«

Jetzt war Leonaka wirklich überrascht – und zugleich auch verletzt. »Ialeka und ich haben uns immer alles erzählt. Jetzt behält er alles für sich. Er hat mir nichts von seiner Frau erzählt. Und er hat mir auch nicht erzählt, daß sie ihm ein keiki geboren hat.«

»Er hat dir nichts von dem keiki erzählt, weil sie sagt, es sei nicht ihr keiki, sondern das von ihrer Dienerin.«

»Du hast also nur den Verdacht . . .«

»Ich weiß es«, fiel sie ihm entschieden und nachdrücklich ins Wort. »Ich habe es Ialeka gesagt, aber er glaubt mir nicht.«

»Das ist mir zu kompliziert«, seufzte Leonaka. Er stand auf und ging zur Tür. »Wird Ialeka sie einfach fortgehen lassen?«

Aleka mußte jetzt doch grinsen. »Er sagt, sie sei ihm egal, aber ich weiß es besser. Deshalb ist er auch so wahnsinnig wütend.«

Corinne saß an eine Kiste gelehnt auf dem feuchten Boden. Sie war erschöpft und hatte Blasen an den Händen und viele Splitter in den Fingern, weil sie versucht hatte, die Bretter, aus denen der Schuppen bestand, an einer Stelle aufzubrechen. Der Schuppen war zwar alt, doch er war solide gebaut, und sie hatte keinerlei Werkzeug.

Den ganzen Nachmittag lang hatte sie sich den Kopf darüber zerbrochen, warum sie wohl hier eingesperrt war. Die einzige Erklärung war: John Pierce war ein Verrückter. Falls das stimmte, mußte sie mehr befürchten. Möglicherweise war ihr Leben in Gefahr. Ihre Fantasie ging mit ihr durch, und sie stellte sich alle erdenklichen Mordarten vor, wobei eine jede grausamer und erschreckender als die vorangegangene war.

Als die Tür des Schuppens sich schließlich öffnete, war Corinne nur noch ein Nervenbündel.

Starr vor Angst sah sie zu dem Mann auf, der ihr sagte: »Es hat keinen Sinn, dich länger einzusperren. Du kannst nirgendwo mehr hingehen.«

Sie brauchte ihre ganze Kraft, um zu fragen: »Wie – wie meinen Sie das?«

»Ihr Mann wünscht Sie nicht mehr zu sehen, gnädige Frau.«

Die Wut, die in seiner Stimme mitschwang, erschreckte sie mehr als seine Worte. »Sie haben mit Jared gesprochen?«

»Ich bin zu ihm gegangen, um ihm ein Geschäft vorzuschlagen. Ich habe gesagt, ich würde Sie zurückbringen, wenn er mir sein Land verkauft. Sein Land bedeutet ihm mehr als Sie.«

Als sie den Sinn seiner Worte verstanden hatte, wurde Corinne klar, daß sie es keineswegs mit einem Verrückten zu tun hatte. Sie hatte es mit einem habgierigen Gauner zu tun, der mit ihr ein Lösegeld hatte erpressen wollen.

Ihre Angst fiel schlagartig von ihr ab, und an ihre Stelle trat glühender Zorn. Sie sprang auf die Füße.

»Dafür werde ich Sie ins Gefängnis werfen lassen!«

»Nein, das werden Sie nicht«, sagte er grob. »Niemand wird glauben, daß ich Sie gewaltsam hier festgehalten habe. Ihr Wort steht gegen meines. Sie stehen in keinem guten Ruf, Mrs. Burkett.«

»Jared weiß, daß Sie mich entführt haben.«

Er lachte. »Das ist ja absurd. Sie sind gekommen, um mich zu bitten, daß ich Sie in die Stadt zurückbringe.«

»Das ist eine Lüge!«

»Ja, aber das macht nichts, denn Ihr Mann hat sie mir geglaubt.«

Warum sollte Jared ihm so leichtfertig glauben?

Was jetzt? fragte sie sich. Pierce hatte die Tür offengelassen. Corinne schlich schnell hinaus, lüpfte ihre Röcke und rannte so schnell sie konnte.

Ihre Angst war verflogen. Zorn übermannte sie. Der Kampf zwischen Jared und ihr hatte lange genug gedauert. In den letzten Tagen hatte sich viel geändert, trotzdem hatte dieser widerwärtige Kerl ihr mitgeteilt, Jared hätte geglaubt, daß sie ihn verlassen wollte.

Alles Böse, was sie ihrem Mann je angetan hatte, tat ihr leid. Doch wann würde er sich jemals ihrer guten Seiten erinnern und nicht nur ihrer schlechten? Wann, wenn nicht jetzt sofort?

Corinne rannte weiter. Sie hatte John Pierce schon vollständig vergessen.

35

Leonaka fand Jared bei Sonnenuntergang am Strand. Er starrte aufs Meer und war so tief in seine dunklen Gedanken versunken, daß er Leonaka erst bemerkte, als dieser ihn anredete.

»So hast du oft dagesessen, nachdem deine Mutter gestorben war«, sagte Leonaka zögernd.

Jared sah nicht einmal auf.

»Möchtest du darüber reden?«

»Nein.«

»Wir haben unsere Freuden und Nöte immer geteilt«, seufzte Leonaka. »Was ist nur unserer Freundschaft zugestoßen?«

Endlich sah Jared ihn an. »Solltest du deinem Vater nicht Bescheid geben, daß du hier bist?«

»Willst du damit sagen, daß ich mich um meine eigenen Angelegenheiten kümmern soll?« fragte Leonaka.

»Sieh mal, Leo, es gibt nichts zu reden. Ich habe mich in eine beklagenswerte Ehe gestürzt. Das ist nicht der Rede wert, und ich möchte die Sache selbst so schnell wie möglich vergessen.«

»Wenn deine Ehe so beklagenswert ist, warum bist du dann so außer dir?«

»Wer sagt, ich sei außer mir?« knurrte Jared.

»Bist du das etwa nicht?« Leonaka runzelte die Stirn.

»Schon gut«, sagte Jared gereizt. »Ich ärgere mich. Aber nicht, weil sie weg ist«, fügte er schnell hinzu. »Ich hätte sie ohnehin bald gehen lassen.«

»Wirklich, Ialeka? Vielleicht ist sie schon in deinem Blut«, sagte Leonaka ruhig. »Vielleicht ist sie die Frau, die du brauchst, um glücklich zu sein.«

»Das ist einfach lächerlich«, sagte Jared. »Und selbst, wenn es wahr wäre, will sie es nicht wahrhaben. Das hat sie heute bewiesen.«

»Vielleicht hast du ihr einen Grund gegeben? Du bist leicht aufbrausend«, sagte Leonaka. »Ich weiß das. Weiß es deine Frau auch?«

Jareds Blick wurde trübe, als er daran dachte, wie entsetzt Corinne ihn in der Nacht angesehen hatte, in der er sie geschlagen hatte. Hatte sie ihn deshalb bei der ersten sich bietenden Gelegenheit verlassen? Fürchtete sie sich immer noch vor ihm? Nein, das war ausgeschlossen. Eine Frau, die sich vor ihrem Mann fürchtete, konnte ihm nicht derart leidenschaftlich begegnen.

»Corinne kennt meine Wutausbrüche und kann es ohne weiteres damit aufnehmen.«

»Ialeka«, begann Leonaka ernst. »Wenn du sie willst, dann suche sie! Sie ist deine Frau. Ich glaube, daß du sie liebst und . . . Ich habe sie nur einmal gesehen, aber ist das da nicht deine Frau?«

Jared wandte sich schnell um und stand auf, als Corinne sich ihnen näherte. Im ersten Moment überkam ihn eine maßlose Freude, doch der alte Zorn und die Bitterkeit gewannen sofort die Oberhand.

»Hast du etwas vergessen?« fragte er gehässig.

Die heftige Ohrfeige, die sie ihm verpaßte, überraschte ihn restlos.

»Bei Gott, ich hoffe, du hast dafür eine ausreichende Erklärung!« knurrte er.

Corinne war noch völlig außer Atem, weil sie die ganze Strecke gerannt war, doch sie fand ihre Stimme wieder. »Eine Erklärung? Ich hasse dich – das reicht als Erklärung aus. Aber wenn du noch mehr erklärt haben willst: Da ist noch die unbedeutende Tatsache, daß du mich diesem entsetzlichen Mann von nebenan zum Fraß vorgeworfen hast.«

»Du bist zum ihm gegangen, um ihn um Hilfe zu bitten.«

»Du Dummkopf! Bist du denn nicht auf die Idee gekommen, das Wort dieses Mannes in Zweifel zu ziehen? Ich weiß, was er dir erzählt hat, doch das waren nichts als Lügen.«

»Das sagst *du*«, entgegnete Jared und wandte sich mit Abscheu ab.

Corinne packte seinen Arm und hielt ihn fest. »Wage es jetzt nicht, fortzugehen? Ich war den ganzen Nachmittag in einem feuchten, dreckigen Lagerschuppen eingesperrt und habe geglaubt, dieser Pierce sei ein Verrückter, der mich töten will. Ich habe mir die Hände zerschunden, um ins Freie zu gelangen, aber es ist mir nicht gelungen.«

»Ist dir keine bessere Geschichte eingefallen, Corinne?« fragte Jared mit vor Sarkasmus triefender Stimme. »Was ist wirklich vorgefallen? Hat Pierce sich geweigert, dir zu helfen, nachdem ich sein Angebot ausgeschlagen hatte?«

»Oh?« Sie packte ihre Röcke und lief auf das Haus zu, blieb aber noch einmal stehen und wandte sich um. »Ich habe John Pierce nicht gebeten, mich von dir fortzubringen, Jared.« Sie wunderte sich selbst, daß es ihr gelang, ihre Stimme unter Kontrolle zu behalten. »Als ich ihm am Strand begegnet bin, hat er mir erzählt, er hätte Welpen zu verschenken. Ich habe an Michael gedacht und bin mitgegangen, um mir einen auszusuchen. Sowie ich in dem Schuppen stand, in dem die Welpen angeblich sein sollten, hat er mir die Tür vor der Nase zugeschlagen. Bis er mich freigelassen hat, wußte ich nicht einmal, warum.«

»Erwartest du im Ernst, daß ich dir das glaube?«

Sie ballte die Fäuste. »Das ist mir gleich. Doch nachdem ich weiß, das Pierce dich belogen hat, will ich wissen, ob er mich auch belogen hat. Er hat gesagt, daß dir dein Land mehr bedeutet als ich und du mich nicht mehr haben willst. Ist das wahr?«

»Ja, das habe ich ihm gesagt.«

Er war zu verbittert, um ihr zu erklären, warum er das gesagt hatte.

Corinne versuchte, den Klumpen zu schlucken, der sich in ihrer Kehle gebildet hatte. Sie hatte gehofft, es sei nicht wahr. Pierce hatte Jared belogen, also wäre es auch gut möglich gewesen, daß er sie belogen hatte. Doch das hatte er nicht getan.

»Ich verstehe«, sagte sie matt und gepreßt. »In diesem Falle kannst du dafür sorgen, daß mich morgen jemand in die Stadt zurückbringt.«

Jared sah Corinne nach. Er hörte, wie sich die Tür zum Patio öffnete und wieder schloß. Schweigend stand er dort und versuchte, den Aufruhr seiner Gefühle zu bekämpfen.

»Was ist, wenn sie die Wahrheit gesagt hat?«

»Hat sie nicht«, erwiderte Jared mürrisch.

»Und wenn doch?« fragte Leonaka und zwang Jared, ihm zuzuhören. »Das würde bedeuten, daß sie Gelegenheit hatte, Pierce zu bitten, daß er sie von hier fortbringt, sie es jedoch nicht getan hat. Das heißt, daß sie wirklich nicht von dir fort wollte.«

Jared wandte sich abrupt ab und ging am Strand entlang. Sein Freund sah ihm schweigend nach.

Es war schon spät. Corinne saß auf dem schmalen Bett in Florences Zimmer, während Florence mit einer Nadel die Splitter aus ihren Fingern entfernte. Corinne hatte ihr die ganze Geschichte erzählt, während sie Michael gefüttert hatte. Jetzt schlief er. Florence hatte sich einverstanden erklärt, ihr heute nacht ihr Zimmer abzutreten und in Nanekis Zimmer zu schlafen, das leerstand.

»Mein Gott, sind das große Splitter!« sagte Florence.

»Hol sie raus!« sagte Corinne müde.

Sie fühlte sich kraftlos und ausgelaugt. Aleka hatte ein üppiges

Mahl bereitet, aber sie konnte nicht essen. Ihr Magen revoltierte. Sie würde in die Stadt zurückfahren und von dort aus nach Boston reisen. War es nicht genau das, was sie wollte?

»Ich verstehe Jared einfach nicht«, bemerkte Florence zornig. »Hat er dir selbst dann nicht geglaubt, als er gesehen hat, in welchem Zustand deine Hände sind?«

»Er hat meine Hände nicht gesehen, Florence. Doch selbst, wenn er mir glauben würde, würde das keinen Unterschied mehr machen. Er hat zugegeben, daß er mich nicht mehr haben will.«

»Wahrscheinlich hat nur sein dummer Stolz aus ihm gesprochen«, sagte Florence.

Beide drehten sich um, als sich die Tür ohne jede Vorwarnung öffnete. Jared stand im Türrahmen; seine Hand lag noch auf der Klinke. Ohne ein Wort zu sagen, starrte er Corinne mit unergründlichen Blicken an.

Florence brach das Schweigen als erste. Sie wirkte empört.

»Hören Sie, Mr. Burkett, es ziemt sich nicht, das Zimmer einer Dame zu betreten, ohne anzuklopfen. Außerdem haben Sie hier nichts zu suchen.«

»Ich würde gern unter vier Augen mit meiner Frau sprechen, Mrs. Merrill. Würden Sie uns, bitte, für ein paar Minuten allein lassen?«

Er war eben vom Strand zurückgekehrt, nachdem er Stunden damit verbracht hatte, seine Gefühle zu sortieren. Nur eines wußte er – er war nicht bereit, Corinne gehen zu lassen.

»Du bleibst, wo du bist, Florence!« sagte Corinne, ohne ihren Blick von Jared abzuwenden. »Ich habe dir nichts mehr zu sagen, Jared. Du brauchst mir nur noch zu sagen, wann ich morgen früh zur Abreise bereit sein soll.«

»Du gehst nirgendwo hin. Noch nicht«, antwortete Jared ruhig.

Corinne starrte ihn ungläubig an. »Heißt das, daß du mich nicht zurückbringst?«

»Ja.«

»Warum?«

»Weil ich es gesagt habe«, erwiderte er kindisch.

»Warum?« fragte sie noch einmal.

»Das kann dir gleich sein, verdammt noch mal!«

Corinne eilte zu Michael, der zu weinen angefangen hatte.

»Siehst du, was du mit deinem Schreien angerichtet hast?«

Sie funkelte ihn wütend an.

»Du hast zuerst geschrien«, erinnerte er sie und trat einige

Schritte weiter ins Zimmer. »Überlaß ihn seiner Mutter, Corinne! Wir sind noch nicht fertig miteinander.«

»O doch, das sind wir«, entgegnete sie, drehte ihm den Rücken zu und drückte Michael an ihre Brust.

»Sie sollten jetzt besser gehen, Mr. Burkett«, sagte Florence mit fester Stimme und stellte sich energisch zwischen die beiden. »Cori wird heute nacht hier schlafen. Das ist ihr Wunsch, und ich wäre Ihnen dankbar, wenn Sie ihre Wünsche akzeptierten.«

»Und ich würde Ihnen raten, sich nicht einzumischen«, teilte Jared ihr scharf mit.

Florence wich keinen Schritt zurück. »Nach dem, wie Sie Corinne heute behandelt haben, werde ich dafür sorgen, daß Sie ihr keinen weiteren Schaden zufügen. Was sie Ihnen erzählt hat, war die Wahrheit.«

»Mrs. Merrill, *Sie* würden ihr zweifellos alles glauben«, erwiderte Jared kühl.

»Sie beleidigen meine Intelligenz, Sir, ohne selbst im Besitze einer solchen zu sein«, sagte Florence steif. Sie hörte, wie Corinne ob ihrer Dreistigkeit den Atem anhielt, doch das hinderte sie nicht daran, fortzufahren: »Sie sind ein ausgemachter Dummkopf, an Coris Worten zu zweifeln, wo Sie die Wahrheit an ihren Händen ablesen können. Ich habe neun Splitter entfernt, Mr. Burkett, und fünf Blasen sind noch zu sehen. Sie können es sich selbst anschauen. Sagen Sie mir, wie ihre Hände in diesem Zustand sein können, wenn die Geschichte, die sie Ihnen erzählt hat, nicht der Wahrheit entspricht!«

Jared sah jetzt nicht mehr Florence an, sondern Corinne, die wieder vor ihm stand. Sie hielt Michael im Arm. Seine Augen verengten sich zu Schlitzen, als er Florence zur Seite schob und auf Corinne zuging.

»Zeig mir deine Hände!«

»Nein.«

Er fragte kein zweites Mal, sondern packte eine Hand und drehte die Handfläche nach oben. Die Hand wies Schnittwunden, Abschürfungen und zwei Blasen auf.

Jareds Gesichtszüge verzerrten sich, als Corinne ihm ihre Hand entriß. Ihre grünen Augen loderten.

»Corinne, ich . . .«

»Wag es nur nicht, zu sagen, es täte dir leid! Wag es nicht! Dazu ist es zu spät.« Michael fing wieder zu weinen an. »Würdest du jetzt gehen, Jared? Laß mich allein!«

Jared drehte sich schnell um und lief hinaus. Dies war nicht der rechte Zeitpunkt, alles wiedergutzumachen. Vor der Tür blieb er stehen. Seine Schultern sackten in sich zusammen. Würde sie ihm je verzeihen, daß er an ihren Worten gezweifelt hatte, daß er gesagt hatte, er wollte sie nicht mehr, obwohl das nicht der Wahrheit entsprach? Wie hatte es nur dahin kommen können? Würden sie denn niemals fähig sein, einander zu glauben?

36

Corinne saß in einem Korbstuhl, und Michael krabbelte auf einer großen Matte mitten im Patio herum. Ein winziger brauner Welpe umkreiste ihn, und das Baby quietschte vor Vergnügen.

Der Welpe war eine unerwartete Überraschung gewesen. Er war eine Promenadenmischung oder ein Poi-Hund, wie ihn die Hawaiianer nach ihrem Frühstücksbrei nannten; er hatte Schlappohren und einen kurzen Schwanz, mit dem er unaufhörlich wedelte, und war einfach hinreißend. Jared hatte ihn für Michael besorgt, oder zumindest hatte Aleka das behauptet.

Corinne hatte Jared nicht gesehen. Er war den ganzen Vormittag fort gewesen und mit diesem Geschenk zurückgekehrt. Sie nahm an, dies war seine Art der Wiedergutmachung, seine Art, ihr zu zeigen, daß er bereute, ihre Geschichte nicht geglaubt zu haben. Doch dafür war es zu spät. Ihr Herz war wieder hart geworden, streng versiegelt, damit er sie nicht verletzen konnte.

Durch das geöffnete Fenster hallten Stimmen aus der Küche in den Patio hinaus. Florence half Aleka beim Backen. Florences Neugierde, was die Insel betraf, war unstillbar. Unaufhörlich verfolgte sie Aleka mit Fragen. Corinne hörte nur mit einem Ohr zu.

»In den alten Zeiten, ehe die Missionare gekommen sind, gab es etwa sechzehn Kahunas.«

»Ich dachte, du hättest gesagt, die Kahunas seien so eine Art Priester, und es hätte für jede Gemeinde einen gegeben«, fiel ihr Florence ins Wort.

»Ja, es gab Kahunas, die mit den Göttern geredet haben. Aber jetzt spreche ich von den anderen Kahunas, den Männern, die die Geschichte kannten, die in den Sternen lesen oder die Zukunft vorhersagen konnten. Und es gab Kahunas, die heilen und zaubern konnten. Alle wichtigen Angelegenheiten lagen in den Händen dieser weisen Männer.«

»Wenn man bedenkt, daß man euch als Wilde bezeichnet hat . . .«, sagte Florence lachend. »Mir klingt das eher zivilisiert. Damals muß es sehr friedlich hier zugegangen sein.«

»Es war ein gutes Leben, aber friedlich war es hier auch nicht. Wir hatten viele Kriege, wie der Rest der Welt.«

»Da siehst du es ja? Ihr wart wirklich zivilisiert.«

Corinne konnte sich richtig vorstellen, wie Aleka jetzt grinste.

»Mit jedem neuen König sind Länder an Häuptlinge oder neue Herrscher gegangen. Das hat die alten Häuptlinge geärgert, und manchmal hat es einen Bürgerkrieg gegeben. Schlimme Sache, so ein Bürgerkrieg. Kalaniopuu, der alte König, der regiert hat, als Cook auf die Insel gekommen ist, war durch einen solchen Krieg König geworden – weil der rechtmäßige Erbe, Keaweopala, ermordet worden ist.«

Leonaka durchquerte den Hinterhof. Er kam von Strand. Nachdem er sein Surfbrett abgelegt hatte, kam er in den Patio und lächelte Corinne an.

»Wir treffen uns wieder.«

»Ja, es sieht ganz danach aus.« Corinne erwiderte sein Lächeln. »Wie geht es Ihnen?«

»Ich genieße meinen Urlaub.« Er kauerte sich hin, um Michael genauer ansehen zu können. »Das ist also das Baby.«

Corinne beobachtete, wie der riesige Mann ihren Sohn prüfend betrachtete. Leonaka streckte einen seiner langen Finger aus. Michael grapschte danach und versuchte kichernd, ihn zu schütteln.

»Wann wollen Sie Ihrem Mann die Wahrheit über diesen kleinen Kerl erzählen?«

Corinne keuchte. Beinahe wäre sie aufgesprungen.

Leonaka sah, wie sie die Stirn runzelte, und stand auf. »Es tut mir leid. Das ist nicht meine Sache. Ich werde nicht mehr davon sprechen. Ich bin nur gekommen, um Sie zu fragen, ob Sie das Surfen lernen wollen.«

Er hatte das Thema Michael ebenso schnell wieder fallengelassen, wie er es auf den Tisch gebracht hatte. Corinne ließ es dabei. Innerlich verfluchte sie Aleka und fragte sich, wem sie das wohl noch alles erzählt haben mochte.

»Es ist nett, daß Sie fragen, Mr. Naihe, aber ich muß ablehnen.« Ihre Stimme war ein klein wenig steif.

»Sie sollten mich Leo nennen, denn wir werden sicher Freunde. Es geht nicht an, nach Hawaii zu kommen, ohne sich wenigstens einmal die Füße richtig naß gemacht zu haben.«

»Nein, Mr. Naihe. Ich mag nicht.«

Er runzelte die Stirn. »Ich nehme an, nachdem Sie in einer kalten Stadt leben, können Sie nicht schwimmen?«

»Ich bin ganz im Gegenteil eine gute Schwimmerin«, antwortete Corinne. Ein Lächeln umspielte ihre Lippen. »Ich habe es gelernt, als ich noch ein Kund war und mit meinem Vater zur Werft gegangen bin. Während er mit den Arbeitern beschäftigt war, bin ich auf die Straßen gegangen und habe andere Kinder gesucht, um mit ihnen zu spielen. Anfangs waren sie scheu, weil die Werft meinem Vater gehörte, doch nach einer Weile haben sie mir ihre Spiele beigebracht. Wir sind in den Hafenbecken herumgeschwommen. Florence hat nie verstanden, warum meine Haare feucht waren, wenn ich nach Hause kam, denn ich habe nie jemandem davon erzählt. Sonst hätte man es mir verboten. Eines der Kinder, Johnny Bixler – er muß ungefähr elf Jahre gewesen sein –, hat mich unter seine Obhut genommen. Ich habe ziemlich viel von ihm gelernt.«

Plötzlich mußte Corinne lachen. Warum, um Himmels willen, hatte sie ihm das erzählt? An den kleinen Johnny Bixler hatte sie schon lange nicht mehr gedacht. Sie hatte sich oft gefragt, was wohl aus diesem zähen Knaben geworden war, der ihr im Lauf dieses wilden Sommers das Schwimmen, das Fluchen und den Umgang mit einem Messer beigebracht hatte.

Leonaka grinste sie an. »Sie haben es also mit einer Bande von Straßenjungen zu tun gehabt, was?«

»Gütiger Himmel, damals war ich zehn. Außerdem hat es nur einen Sommer lang gedauert. Doch ich habe nie vergessen, welche Freiheit ich in diesem Jahr genossen habe. Es war einfach großartig!«

Corinne wurde in diesem Moment bewußt, daß sie sich damals entschieden hatte, den Rest ihres Lebens in Unabhängigkeit zu verbringen. Doch aus irgendeinem Grunde schien das heute nicht mehr von solcher Bedeutung zu sein.

»Wenn Sie schwimmen können, haben Sie keine Ausrede, das Surfen nicht zu lernen. Die Wellen sind heute günstig«, ermutigte Leonaka sie. »Jared und Malia sind auch beim Surfen.«

Corinne spürte Zorn in sich aufsteigen. Er hatte diesen Welpen hier abgeliefert und glaubte allen Ernstes, sie damit aussöhnen zu können. Dann war er zum Surfen gegangen und verschwendete keinen Gedanken mehr an sie.

»Nun, was ist?«

Wie sehr sie sich wünschte, Jared zu beweisen, daß es ihr auch nichts ausmachte.

»Ich fürchte, ich habe nichts zum Anziehen.«

»Unsinn, meine Tante kann Ihnen bestimmt einen Sarong aus ihrem Nähkasten holen.«

Corinne errötete schon bei dem Gedanken. Sie schüttelte den Kopf. »Nein!«

Leonaka hob die Schultern. »Das ist zu schade, Jared hat gesagt, ich brächte es nicht fertig, Sie ins Wasser zu bekommen, doch ich habe geglaubt, Sie seien kühner.«

Corinne stand augenblicklich auf, da sie keiner Herausforderung widerstehen konnte.

»Geben Sie mir bitte ein paar Minuten Zeit zum Umziehen! Es würde mir an sich großen Spaß machen, wenn Sie mir das Surfen beibringen würden.«

Leonaka grinste, als Corinne den Patio verließ und nach Florence rief, damit sie das Kind beaufsichtigte.

Jared hatte kein Wort gesagt, daß Corinne nicht gern schwimmen ging. In der Tat hatte er den ganzen Vormittag über noch nicht mehr als zwei Sätze geredet.

Es war zu schade, daß John Pierce diesen Ärger verursacht hatte. Doch wie konnte man einfacher einen Waffenstillstand erzielen, als mit den naheliegenden Mitteln? Jared sollte seine schöne Frau in einem nassen Sarong sehen. Sollte ihn doch das Begehren wieder zu seinen Sinnen finden lassen, damit er endlich das bemerkte, was Leonaka bereits wußte: Ohne diese Frau war Jared kein vollständiger Mensch.

Corinne errötete, als sie sich im Spiegel sah. Wenn sie einen Sarong trug, hätte sie ebensogut gleich gar nichts anziehen können. Ihre Arme und Schultern waren frei, ihre Beine nur zur Hälfte bedeckt und der Rest ihrer schön geformten Rundungen zeichnete sich deutlich unter dem Stoff ab.

»Das kann ich unmöglich anziehen, Aleka.«

»Warum?«

»Es – es . . . Man sieht zuviel.«

Aleka schüttelte belustigt den Kopf. »Malia zieht das auch an. Alle Wahine tragen das zum Schwimmen.« Sie kicherte. »Sogar ich. Wir sind nicht in Boston, Kolina. Du bist in Hawaii. Dort hat man Spaß.«

Corinne grinste.

»Gut, daß du kein Brustband mehr trägst«, sagte Aleka, als sie

Corinnes Kleider nahm, um sie aufzuhängen. »Das würde mit dem Sarong nicht gut aussehen.«

Corinne wirbelte herum.

»So etwas habe ich nie getragen!« fauchte sie und fragte sich gleichzeitig, woher, um Himmels willen, Aleka das wissen mochte.

Es stimmte. Sie brauchte das Band nicht mehr. Ihre Milch reichte noch aus für Michael, doch sie lief nicht mehr aus.

»Warum sagst du Ialeka nicht die Wahrheit, Kolina?« fragte Aleka vorwurfsoll. »Ich habe gesehen, wohin deine Freundin die Brustbinden nach dem Waschen gelegt hat. Sie hat sie in dein Zimmer gelegt, nicht in ihres. Ich könnte sie Ialeka zeigen, aber ich sage nichts. Du mußt es ihm erzählen.«

Corinne biß sich auf die Lippen. Sie entschloß sich, der Frau zu vertrauen, und sagte: »Verstehst du das denn nicht? Es ist besser, wenn Jared nichts davon weiß. Am Ende gehe ich doch noch mit Michael nach Boston zurück, und Jared wird uns beide nie wiedersehen.«

»Das stimmt nicht, Kolina. Ialeka läßt dich nicht fort. Eines Tages wird er erfahren, daß du ihn wegen Mikaele belogen hast, und dann wird er fürchterlich toben. Besser, du erzählst es ihm jetzt.«

»Es ist vollkommen unsinnig, sich mit dir zu unterhalten«, sagte Corinne außer sich.

Sie nahm ein Handtuch und verließ ihr Schlafzimmer. Die Frau war unmöglich. Würde sie denn niemals aufgeben?

Leonaka erwartete sie im Hinterhof. Corinne beschloß, jetzt nicht mehr an Aleka zu denken, sondern ihren Spaß zu haben. Das Wellenreiten war bestimmt etwas, womit sie ihre Freunde zu Hause beeindrucken konnte.

Jared und Malia waren beide noch im Wasser. Corinne bemühte sich, ihren Mann nicht anzusehen, während sie sich von Leonaka erklären ließ, was sie tun mußte.

»Vielleicht solltest zu zuerst eine Weile zusehen«, schlug Leonaka vor und fragte sich, ob er nicht ein wenig zu voreilig gewesen war. Diese Sportart war nicht ungefährlich.

Sie schüttelte trotzig ihr langes, goldenes Haar, das ihre Taille umspielte. »Fangen wir an!«

Es dauerte eine Stunde, bis Corinne den Dreh herausgefunden hatte. Anfangs fürchtete sie, sie könnte das Schwimmen nach so vielen Jahren verlernt haben; doch das ging sofort wieder. Auf einem schmalen, langen Brett auf den Wellen zu reiten, erschien ihr kinderleicht, solange Leonaka hinter ihr stand und ihr Anweisungen und Hilfestellungen gab.

Jared saß am Strand und beobachtete ihre Fortschritte. Nun wollte sie diese Sportart erst recht beherrschen. Sie wollte ihm zeigen, was sie alles konnte.

»Ich möchte es jetzt allein probieren.«

Sie waren weit von der Küste entfernt.

»Sind Sie sicher, Kolina?« Als sie nickte, fügte er hinzu: »Legen Sie sich bei den ersten Wellen flach auf den Bauch, bis Sie sich an das Brett gewöhnt haben.«

»Mache ich«, sagte sie grinsend und kletterte auf das flache Brett.

Malia war ganz dicht bei ihnen und saß selbstbewußt auf ihrem Brett. Sie erwischte eine hohe Welle und ritt darauf gekonnt bis ans Ufer.

Corinne fletschte die Zähne. Verdammt noch mal! Malia wollte angeben!

»Denken Sie nicht an Malia!« sagte Leonaka. »Bald können Sie es genausogut.«

Jetzt sofort! gelobte sich Corinne. Sie winkte Leonaka zu, während ihr Brett sich auf die Küste zubewegte und sie es mit den Armen antrieb. Schließlich fand sie, es sei an der Zeit, und zog sich zentimeterweise in die Hocke hoch. Langsam streckte sie die Beine aus, einen Fuß nach vorn, wie Leonaka es ihr gezeigt hatte.

Sie hatte es geschafft! Ihr Mut wuchs. Sie ritt auf den Wellen, wie Jared und Malia. Doch Corinnes Triumph war nur von kurzer Dauer. Sie verlor das Gleichgewicht und tauchte in der Brandung unter. Als sie hustend und spuckend wieder auftauchte, rollte eine weitere riesige Welle auf sie zu und brach über ihr zusammen. Die Strömung trieb sie auf die Küste zu, doch auf dem Boden des Meeres.

Corinne kämpfte wild, um wieder an die Oberfläche zu kommen, aber sie hatte sich mit ihrem Haar im Seetang verheddert. Starke Strömungen drückten sie nach unten, bis ihre Lungen schmerzten. Als sie glaubte, es nicht mehr auszuhalten, wurde sie von starken Händen an die Wasseroberfläche gezogen, gegen eine harte Brust gedrückt und aus dem Wasser gehoben. Sie hatte Hustenkrämpfe und schluckte Luft. Ihre Augen brannten von dem Salzwasser, und da sich zu dem Salz noch ihre Tränen mischten, hielt sie sie geschlossen. Ihre ganze linke Seite brannte.

»Du verrücktes Weib! Was, zum Teufel, hast du vorgehabt?«

Jared! Also er hatte sie errettet!

Jared legte sie nicht an den Strand, sondern trug sie den gesamten Weg bis zum Haus. Corinne gelang es, sich mit einer Hand über die Augen zu wischen, damit sie etwas sehen konnte, und sobald Jared den Patio betrag, protestierte sie.

»Laß mich runter, Jared! Jetzt sofort! Meine Beine sind in Ordnung.«

Er antwortete nicht.

Sie wand sich, doch schon kamen Aleka und Florence aus der Küche gestürzt, um zu fragen, was passiert war. Als Jared es im Vorbeigehen erklärte, war Corinne doppelt in ihrem Stolz verletzt. Sie hatte sich zum Gespött gemacht.

Jared legte sie auf sein Bett, trat zurück und sah sie an. »Bist du in Ordnung?«

»Natürlich bin ich in Ordnung!« schrie sie. »Du hättest mich nicht hierher zu tragen brauchen.«

Aleka betrat das Zimmer. Sie hielt einen Topf Salbe in der Hand. Jared nahm ihr die Salbe ab. »Ich mache es selbst.«

»Wofür ist das gut?« fragte Corinne und wollte sich aufsetzen, legte sich aber unter Stöhnen langsam wieder zurück.

Als Jared ihren Arm hochhob und sie sah, daß er von oben bis unten rote Striemen hatte, schnitt sie eine Grimasse. Ihr linkes Bein war ebenfalls leuchtendrot. Ihre Wangen brannten.

»Du hast ziemlich schlimme Schrammen, aber dieses Mittel hilft gegen das Brennen, und in ein paar Tagen ist es nicht mehr rot. Wenn du diesen Sonnenbrand nicht hättest, wäre es nicht so schlimm. Du bist zu hellhäutig, um so lange in der Sonne zu bleiben, oder gar im Wasser, denn dort ist die Sonneneinstrahlung noch intensiver.«

Natürlich hatte er recht.

»Das kann ich selbst machen«, sagte Corinne, als er sich neben sie auf das Bett setzte, um die Salbe auf ihren Arm zu schmieren und sie einzureiben.

Jared hielt das Glas außerhalb ihrer Reichweite. »Du hältst jetzt still und überläßt das mir.«

Corinne lehnte sich zurück und schloß die Augen. Mürrisch ließ sie ihm seinen Willen. Mit sanften Bewegungen rieb er die Salbe in ihre Arme und Beine ein. Plötzlich empfand sie sein Reiben als äußerst sinnlich. Jede seiner Berührungen war eine Liebkosung, die ihr nicht nur den Schmerz nahm, sondern auch den Zorn.

Er drehte sie um. Sie seufzte. Doch als sie spürte, wie ihr Sarong gelockert wurde, verkrampfte sie sich.

»Was tust du da?« fragte Corinne.

»Wenn du das Ding noch länger anbehältst, wirst du dich erkälten«, erklärte Jared. »Womit ich nicht gesagt haben möchte, daß es dir nicht ausgezeichnet steht.«

Sie drehte den Kopf um und bemerkte sein Grinsen. »Ich kann mich selbst auskleiden. Danke.«

Jared hob die Schultern und stand auf. »Ich wollte dir nur helfen, Corinne.«

»Ich kann mir schon vorstellen, was du vorhast«, sagte sie schroff.

»Wäre das so schlimm?«

Sie schnappte nach Luft. Glaubte er wirklich, sie hätte den gestrigen Tag vergessen?

»Nicht alles läßt sich im Bett bereinigen. Das letzte Mal war es etwas anderes, Jared. Damals habe ich geglaubt, daß du dir etwas aus mir machst, jetzt weiß ich, daß das nicht der Fall ist.«

»Wenn ich dich nicht wollte, hätte ich dich schon vor langer Zeit nach Hause gehen lassen. Ist dir das denn nicht klar?«

»Wollen und lieben ist nicht dasselbe.«

»Was willst du eigentlich von mir?« schrie er. »Ich habe das nur zu Pierce gesagt, weil er mir erzählt hat, du könntest es nicht mehr ertragen, mit mir zusammenzuleben. Es war nicht so gemeint, sondern nur eine Reaktion, Corinne.«

Corinne starrte ihn an. Was hatte Florence gesagt? »Aus ihm hat nur verletzter Stolz gesprochen.« War das wahr? Glaub ihm kein Wort! flüsterte ein schwaches Stimmchen. Er wird dir nur wieder weh tun.

»Warum sollte ich dir irgend etwas glauben, Jared?« fragte Corinne. »Du hast mir auch nicht geglaubt, als ich dir erzählt habe, daß ich nicht wirklich mit anderen Männern geschlafen habe. Du kannst nicht erwarten, daß ich dir glaube, solange du mir kein Wort glaubst.«

»Es tut mir leid, Corinne. Was kann ich sonst noch sagen?«

Sie stand auf, ging ins Bad und schloß die Tür vor seiner Nase. Sowie der Schlüssel sich im Schloß umdrehte, schossen ihr Tränen in die Augen. Es wäre so einfach gewesen, ihm zu verzeihen, mit ihm zu schlafen und einen neuerlichen Waffenstillstand zu schließen. Doch sie wollte nicht, daß er sie auch nur noch ein einziges Mal verletzte. Er hatte sie schon viel zu oft verletzt.

»Warum kann er mich immer noch verletzen?« flüsterte sie mit
gebrochener Stimme vor sich hin. »Wie kann er mir immer wieder
weh tun?«

37

Es war ein traumhafter Morgen. Obwohl es noch nicht wirklich
heiß war, trug Corinne einen Strohhut, um ihre empfindliche Haut
zu schützen, die – nachdem sie sich geschält hatte – jetzt wieder
geschmeidig war und eine zartgoldene Tönung hatte.

Corinne blieb bei einem Gardenienstrauch stehen, pflückte eine
große Blüte und steckte sie sich ins Haar. Sie lächelte, als sie an die
vielen Sträuße von Gardenien dachte, die Jared ihr täglich ins
Zimmer gestellt hatte.

Corinne fand es äußerst schwierig, Jared dauerhaft böse zu sein.
Er verhielt sich großzügig und rücksichtsvoll, ohne sie zu drängen,
und war sehr bemüht, die Sache wieder gutzumachen.

»Kolina!«

Leonaka stand auf der Straße zwischen zwei Kokosnußbäumen
und winkte ihr zu. Dann schüttelte er einen der Stämme so lange,
bis eine Kokosnuß herunterfiel. Sie lachte, als er zur Seite sprang,
die Nuß aufhob und sie ihr brachte.

»Für das keiki«, sagte er grinsend.

»Wie soll er sie mit seinen zwei Zähnen essen?«

Sie lachte, und ihre grünen Augen funkelten.

»Sag Tante, sie soll Kokospudding machen! Ich bin sicher, daß er
das mag.«

»Danke«, sagte Corinne. »Suchst du Jared?«

»Nein, ich habe gestern abend schon mit ihm gesprochen. Jetzt
wollte ich nur noch mein Pferd holen und mich von dir verabschieden.«

»Dein Urlaub ist viel zu schnell vorbeigegangen. Wir werden
dich vermissen.«

»Sag Jared, er soll dir das Surfen richtig beibringen!« schlug
Leonaka vor.

»Ich weiß nicht so recht«, murmelte sie.

»Er tut es sicher gern«, sagte der große Hawaiianer. »Es hat ihn
völlig verrückt gemacht, daß ich dich auf meinem Brett mitgenommen habe. Er fand, das sei seine Sache.«

»Hat er das gesagt?«

»Das war nicht nötig.« Leonaka und Corinne gingen auf den Stall zu. »Ich kenne seine Launen und weiß, was er empfindet, ehe er, bei seiner Sturheit, es selbst merkt.« Und leiser fügte er hinzu: »Ich weiß, daß er dich liebt, Kolina.«

Corinne wehrte sich gegen ihre freudige Erregung. Doch Leonaka hatte nur seine Meinung geäußert, er irrte sich.

»Es ist nett von dir, daß du das sagst«, hauchte Corinne leise.

Leonaka lächelte und beugte sich herab, um sie auf eine Wange zu küssen. »Eines Tages wirst du es aus seinem eigenen Munde hören, und dann wirst du nicht mehr daran zweifeln. Aloha, Kolina! Sei glücklich!«

Er verschwand im Stall. Sie sah ihm noch einen Moment lang nach, ehe sie sich auf den Rückweg zum Haus machte. Vor der Tür traf sie Jared.

»Hier bist du also!«

»Hast du mich gesucht?«

»Ja. Gib mir das mal!« Er nahm ihr die Kokosnuß aus der Hand. »Ich dachte, du hättest vielleicht Lust auf ein Picknick. Du warst zwar schon in Waimea Bay, aber du hast das Tal noch nicht gesehen. Dort wachsen einige der schönsten Pflanzen von der ganzen Insel.«

»Ist das weit von hier?«

»So weit, daß wir reiten müssen.«

Sie lächelte. »Ich habe große Lust und bin sicher, daß Florence sich auch freuen würde. Wann möchtest du losreiten?«

»Einen Moment! Ich habe nur von uns beiden gesprochen.«

»Wieso?«

»Ich wollte eine Zeitlang mit dir allein sein«, sagte er sanft.

Corinne schüttelte langsam den Kopf und sah ihm in die Augen. Es war noch zu früh. Sie wollte einfach noch nicht wieder mit ihm allein sein. »Nein, Jared, das möchte ich nicht.«

»Heißt das, du gehst nicht ohne Anstandsdame?« Als sie nickte, seufzte er: »Dann kannst du auch gleich den ganzen Haushalt einladen. Wir gehen sobald alle fertig sind.«

Das Waimea-Tal war atemberaubend schön und ließ sich mit nichts vergleichen, was Corinne je zuvor gesehen hatte. Der Eingang zum Tal war von hohen Felsklippen eingerahmt. Corinne und Jared ritten an dem Bach entlang, der durch das Tal floß, und Aleka, Florence und Michael fuhren in der offenen Kutsche. Malia hatte die Einladung, mitzukommen, grob ausgeschlagen, doch das dämpfte Corinnes Laune nicht im geringsten. Sie war entschlossen, den Ausflug zu genießen.

Jared hatte nicht zuviel versprochen, als er die Schönheit der Pflanzen gerühmt hatte. Es gab alle Arten von Bäumen, doch die Blumen waren noch überwältigender in ihrer Farbenpracht. Das ganze Tal sah wie ein Gemälde aus.

Sie ritten bis an die Stelle, an der es mit der Kutsche nicht mehr weiterging. Dort lud Aleka einen großen Korb voller Lebensmittel ab. Jared entfachte ein Feuer, um Hühner und Jamswurzeln zu rösten. Dann setzte er sich unter einen Baum und sah den Frauen beim Kochen zu. Aleka hatte Tarokekse und den Bananenkuchen mitgenommen, den sie zum Mittagessen vorbereitet hatte. Corinne schenkte allen Limonade ein und verkündigte dann, sie würde sich um Michael kümmern, damit er keinen Unfug anstellte. Bis jetzt krabbelte er noch nicht herum, doch dem kleinen Teufel gelang es immer wieder, etwas anzustellen. Alles, was er in die Finger bekommen hatte, wanderte sofort in seinen Mund. Corinne hätte fast aufgeschrien, als sie sah, daß er eine tote Grille gefunden hatte. Jared mußte lachen, als er Corinne bei ihrem Versuch beobachtete, Michael das Insekt aus der geballten Faust zu nehmen, ohne es selbst dabei zu berühren. Als es ihr schließlich doch gelungen war, nahm sie den Jungen auf ihren Schoß und wiegte ihn.

Jared sah, wie selbstverständlich das Kind auf ihrem Schoß saß. Er hatte dem Kind nie seine Aufmerksamkeit geschenkt, doch Michael schien Corinne sehr viel zu bedeuten. Sie kümmerte sich mehr um ihn als die eigene Mutter. Geradezu absurd fand er, daß das Baby mit Corinne in einem Zimmer schlief. Florence hatte Michael nicht mitgenommen. Zugegeben, Nanekis Zimmer war klein, doch . . .

Aleka rief Corinne zu sich ans Feuer. Corinne, die Michael nach dem Zwischenfall mit dem Insekt nicht mehr auf den Boden legen wollte, nahm ihn mit.

Spontan rief Jared: »Bring ihn mir, Corinne!«

Sie drehte sich ganz langsam um und starrte ihn an. Ohne sich von der Stelle zu rühren, drückte sie den Jungen an ihre Brust.

Jared legte die Stirn in Falten. »Um Himmels willen, stell dich nicht so an! Ich werde ihm nichts Böses tun.«

Mit langsamen Schritten ging Corinne auf ihn zu und legte ihm Michael widerstrebend in den Schoß. Einige Sekunden blieb sie vor Jared noch stehen, ehe sie zu Aleka ging.

Michael wand sich in seinem Schoß, und Jared lachte. »Du mußt etwas ganz Besonderes sein, du kleines Kerlchen – so wie du meine Frau um den kleinen Finger gewickelt hast. Worin besteht dein Geheimnis?«

Michael schien von der tiefen Stimme überrascht zu sein. Er sah zu dem Mann auf, der mit ihm gesprochen hatte. Jareds Atem stockte, so lindgrün wie die Augen Corinnes. Wieso waren ihm diese Augen noch nie aufgefallen?

Je länger er Michael ansah, desto mehr Gedanken schossen ihm durch den Kopf. Jetzt war ihm klar, warum Aleka mit solcher Sicherheit behauptet hatte, das Baby sei von Corinne. Es lag an den Augen. Offensichtlich mußte Florences Mann auch grüne Augen gehabt haben. Der Grünton war ungewöhnlich, doch sicher nicht selten.

Jared war mit seiner Schlußfolgerung zufrieden. Um sich jedoch vollständig zu beruhigen, bedachte er das Alter des Kindes. Der Junge mußte jetzt sechs Monate alt sein, auch wenn er sehr klein für sein Alter war. Ober war er erst fünf Monate?

Jared rechnete schnell nach. Wenn das Kind wirklich erst fünf Monate alt war, konnte er in der Nacht im Spielsalon gezeugt worden sein. Doch das wiederum würde bedeuten, daß Corinne fast sofort nach der Geburt des Kindes nach Hawaii abgereist war. Das Baby wäre zu klein für diese Reise gewesen.

Verärgert schob Jared seine Zweifel beiseite. Er schalt sich. Corinne würde ihn nicht belügen, wenn es um sein eigenes Kind ging.

Michael kletterte auf Jareds breiten Brustkasten. Er sah ihm ins Gesicht, streckte vorsichtig eine Hand aus und berührte Jareds eine Wange. Dann kicherte er, und bald darauf legte das Baby seinen Kopf zutraulich an Jareds Schulter.

Das ging Jared näher, als er es sich eingestehen wollte. Gott, was er nicht darum gegeben hätte, einen solchen Sohn zu haben! Diese Augen beunruhigten ihn. Und das schwarze Haar war ganz wie sein eigenes. Er entschied sich augenblicklich, an den einen Menschen zu schreiben, der seine Zweifel aus der Welt schaffen konnte. Es war ihm verhaßt, diesen Mann um etwas zu bitten, doch Samuel Barrows würde wissen, ob seine Tochter ein Kind geboren hatte. Die Antwort würde mindestens zwei Monate auf sich warten lassen, doch das war ein guter Vorwand, Corinne noch eine Weile bei sich zu behalten. Für den Moment wollte er die Sache vergessen und auf sich beruhen lassen. Es wäre nicht wohltuend, darüber nachzugrübeln.

»Komm schnell, ich will dir etwas zeigen!«

Corinne öffnete die Augen, als sie Jareds Stimme hörte. Sie lag im Schatten und hatte den zahllosen Vogelstimmen gelauscht. Jetzt richtete sie sich auf und sah Jared an.

»Was?«

Er lächelte. »Wenn ich es dir sagen würde, wäre es keine Überraschung mehr. Komm schon! Michael ist bei seiner Mutter, und den anderen habe ich Bescheid gesagt, daß wir bald wieder da sind.«

»Ich mache mir eigentlich nichts aus Überraschungen, Jared«, sagte Corinne zögernd.

»Diese wird dir gefallen. Jetzt komm schon!«

Er hielt ihr eine Hand hin und zog sie auf die Füße.

»Wohin gehen wir?«

»Ein wenig weiter ins Tal hinein. Wir können die Pferde mitnehmen.«

»Wir gehen aber nicht lange fort, oder?«

»Nein.«

Sie ritten los und hielten sich am Ufer des Baches. Stellenweise wurde er breiter und teilte sich in mehrere Läufe, die sich auf ihrem Weg zur Bucht hin wieder trafen. Die Felswände waren nicht mehr so hoch, und die Landschaft war dschungelartig.

Je weiter sie ritten, desto mehr verengte sich das Tal, und desto lauter wurden die Geräusche um sie herum. In diesem Teil des Waldes gab es wesentlich mehr Vögel, und auch das Plätschern des Baches war lauter zu hören.

Plötzlich endete das Tal abrupt an einer hohen, konkaven Felswand. Genau in der Mitte stürzte ein atemberaubender Wasserfall in Kaskaden in einen gewaltigen grün-glitzernden Teich.

Jared hatte ihren hingerissenen Gesichtsausdruck schon beobachtet, ehe sie sich zu ihm umdrehte und ihn anlächelte. »Es ist unglaublich schön.«

»Ich wünschte, du könntest das Tal im Frühling sehen, wenn die Orchideenbäume blühen. Auch der Farn ist dann grüner.«

Er half ihr vom Pferd, und sie gingen zu einer weichen Rasenfläche. Jared stand hinter ihr und atmete den Duft ihres Haares ein.

»Das ist ja wie im Paradies«, bemerkte Corinne.

»Ja, und wir sind auch so ungestört. Magst du mit mir schwimmen gehen?«

Corinne wich zurück. »Das könnte ich nie.«

»Wir beide sind ganz allein, Kolina. Fürchtest du, ich könnte die Situation ausnutzen?«

Genau davor fürchtete sie sich, doch das wollte sie nicht zugeben. »Ich habe kein Badezeug dabei.«

Jared grinste. »Du warst nicht darauf vorbereitet, aber ich.« Er ging zu seinem Pferd hinüber, öffnete eine Satteltasche und zog den Sarong heraus, den Aleka ihr zum Surfen gegeben hatte. »Ist der angemessen für dich?«

»Das war alles vorausgeplant?« fragte Corinne belustigt.

Er warf ihr den Sarong zu. »Ich wußte, daß es dir Spaß machen würde, ein bißchen zu schwimmen. Ich verspreche dir auch, nicht hinzuschauen, wenn du dich umziehst.«

Corinne stellte sich hinter ihr Pferd, um sich umzukleiden. Bei dieser Hitze wirkte der runde Teich besonders einladend.

Corinne sprang ins Wasser, ohne auf Jared zu warten. Sie tauchte sofort wieder an der Oberfläche auf und sah ihn böse an.

»Hast du gewußt, daß dieses Wasser eiskalt ist?«

Er kicherte. »Das ist es meistens.«

»Warum hast du mich nicht gewarnt?«

Er zog sein Hemd aus. »Weil du es dir sonst vielleicht anders überlegt hättest. Es ist gar nicht so schlimm, wenn man erst mal drin ist.«

Sie schwamm ein wenig. Dann kam sie näher ans Ufer. Jared zog sich gerade die Hose aus und bemerkte Corinne nicht. Daher war er nicht darauf gefaßt, als sie ihn naßspritzte.

»He!«

Corinne quietschte vor Vergnügen und schwamm mit schnellen Stößen ans andere Ufer. Jared war der wesentlich geübtere Schwimmer; schon Sekunden später packte er ihren Fuß.

»Du willst wohl spielen, was?«

Er hielt sie an beiden Füßen fest und drehte sie auf den Rücken.

»Laß mich los, Jared!« Sie mußte kichern. »Ich konnte einfach nicht widerstehen.«

Er hob ihre Füße so hoch, daß ihr Kopf unter Wasser tauchte. Dann ließ er sie los und entfernte sich mit schnellen Schwimmstößen.

»Feigling!« rief sie hinter ihm her.

Sie benahmen sich wie kleine Kinder, und sie genoß es.

Jared schwamm auf den Wasserfall zu, kletterte auf einen Felsen seitlich des Wasserfalles und setzte sich.

»Kannst du tauchen?« rief er Corinne zu. Sie schüttelte den Kopf. »Willst du es ausprobieren?«

»Nein, danke«, rief sie zurück.

Jared stand auf und kletterte neben dem Wasserfall nach oben.

»Jared! Was machst du da? Du Dummkopf, du wirst dich noch verletzen.«

Jared warf ihr mit der Hand einen Kuß zu und kletterte weiter, bis er über dem Wasserfall stand. Dann breitete er die Arme aus, ließ sich auf dem Wasser treiben und tauchte mit Grazie in den Teich ein. Es war ein wunderbarer Anblick. Doch er tauchte nicht wieder auf, und Corinne wurde von Sekunde zu Sekunde aufgeregter. Sie wußte nicht, wie tief der Teich war. Er konnte sich den Kopf angestoßen haben.

Als seine Hände nach ihrer Taille griffen und sie unter Wasser zogen, wollte sie schreien; und als sie gemeinsam wieder auftauchten, wischte sie sich schnell das Wasser aus den Augen und funkelte ihn böse an.

»Das war dumm von dir. Total kindisch!« Corinnes Herz klopfte immer noch wie wild. »Du könntest tot sein.«

Jared grinste. Er umfaßte immer noch ihre Taille. »Hast du wirklich Angst um mich gehabt?«

»Natürlich . . .« Sie fing sich rasch und wollte es nicht eingestehen. ». . . nicht.«

»Das ist nicht die Antwort, die ich hören wollte.«

Er tunkte sie wieder unter. »Ich muß wohl Gewalt anwenden, um dich in die Arme nehmen zu können.«

Sie hielt sich an seinem Hals fest, als sie auftauchte, machte sich aber sofort wieder los und schwamm ans Ufer.

Der Tag war noch schöner geworden, als Corinne erwartet hatte – bis auf die entsetzlichen Momente, in denen Jared Michael im Arm gehalten hatte. Doch offensichtlich hatte er die Ähnlichkeit, die Aleka auf Anhieb festgestellt hatte, nicht bemerkt.

Michael hatte Jared nur widerwillig verlassen. Wie selbstverständlich sich die beiden zueinander hingezogen gefühlt hatten! Warum hatte nicht alles anders kommen können? Wenn er so war wie heute, war sie wirklich gern mit Jared zusammen. Außerdem konnte sie nicht länger leugnen, daß sie leidenschaftlich gern mit ihm schlief. Sie hätten glücklich miteinander werden können.

Doch sie wußte selbst, daß das aussichtslos war. Zwischen ihnen standen zu viele Dinge, die keiner dem anderen verzeihen konnte.

Jared stieg aus dem Wasser, setzte sich neben sie und nahm zärtlich ihre Hand.

»Wir haben heute einen Waffenstillstand geschlossen, du und ich. Nicht wahr, Kolina?«

»Wozu soll das gut sein?« seufzte sie. Sie stand kurz davor, in Tränen auszubrechen. »Du weißt, daß wir nicht zusammen bleiben können. Du hast gesagt, du könntest mir nie verzeihen, Jared, und ich bin es müde, immer wieder zu versuchen, dich von meiner Unschuld zu überzeugen.«

»Fang nicht wieder davon an, Corinne!«

»Siehst du? Du bist zu dickköpfig, dir auch nur anzuhören, was ich zu sagen habe. Ich möchte, daß du mich gehen läßt, Jared. Wir haben keinen Grund mehr, zusammenzubleiben.«

»Nein.«

Sein Gesicht war verschlossen.

»Wann sonst? Wann hast du es satt, mit mir zu spielen? Ich bin kein Spielzeug.«

»Du bist meine Frau, verflucht noch mal!«

»Deine Frau ist eine Hure – erinnerst du dich noch?«

Als sie sah, wie die Farbe seiner Augen sich veränderte, bereute sie ihre Bemerkung augenblicklich. Er packte sie an den Schultern.

»Ja, ich erinnere mich. Es verzehrt mich von Tag zu Tag mehr.«

Er starrte sie eine Sekunde lang an. Dann ließ er sie abrupt los und stand auf. »Es gab eine Zeit, zu der es uns möglich war, die Gegenwart des anderen zu genießen. Warum können wir nicht einmal die Gegenwart mehr genießen? Warum müssen wir immer wieder alte Wunden aufreißen?«

»Heute ist alles anders«, sagte sie gebrochen.

»Seit wann?«

»Seit . . .«

O Gott! Seit ich mich in dich verliebt habe!

Sie wandte ihr Gesicht von ihm ab und ließ ihren Tränen endlich freien Lauf. Leise schluchzte sie vor sich hin. Sie liebte ihn. Doch sie konnte es ihm nicht sagen. Niemals würde er erfahren, daß er so viel Macht über sie besaß.

»Du hast meine Frage nicht beantwortet, Corinne.« Er kniete wieder neben ihr. »Warum ist jetzt alles anders?«

Sie erhob sich mühsam und rannte auf ihr Pferd zu.

»Wirst du meine Frage beantworten?« Jared stand hinter ihr, doch sie war nicht bereit, ihn anzusehen.

»Hör auf, so verflucht kindisch zu sein!« In seiner Stimme schwang Zorn mit.

Sie drehte sich um und sah ihm in die Augen. »Würdest du mich, bitte, allein lassen, damit ich mich anziehen kann?«

Als ihm klarwurde, daß er keine Antwort auf seine Frage erhalten würde, wandte Jared sich ab. Corinne zog sich geschwind an, bestieg ihr Pferd und ritt los, ohne auf ihn zu warten. Die Schönheit, die um sie herum ausgebreitet lag, nahm sie nicht mehr wahr.

Jared war grausam und merkte es noch nicht einmal. Er war arrogant und viel zu stolz. Doch waren nicht genau dies ihre eigenen Charakterzüge gewesen? Zahlte sie für die alten Sünden?

Die plötzliche Erleuchtung, daß sie Jared liebte, schockierte sie nachhaltig. Sie liebte ihn, und diese Liebe war schuld daran, daß ihr so elend zumute war.

38

Am nächsten Morgen kleidete Corinne sich mit besonderer Sorgfalt an. Als sie mit ihrer Erscheinung zufrieden war, ging sie in die Küche. Aleka, die gerade die Kokosnuß raspelte, die Leonaka gestern von dem Baum geschüttelt hatte, sah lächelnd auf.

Corinne fragte beiläufig: »Hast du Jared gesehen?«

Aleka sah wieder auf ihre Arbeit. »Er ist fort. Kolina.«

»Hat er gesagt, um welche Zeit er zurückkommt?«

»Heute kommt er nicht zurück. Morgen wohl auch nicht. Ich weiß nicht, wann er kommt.«

Corinne zuckte zusammen. »Wohin ist er gegangen?«

»Zurück nach Honolulu.«

Zögernd fragte sie: »Hat er irgend etwas gesagt, ehe er abgereist ist, Aleka? Hat er mir eine Nachricht hinterlassen?«

Aleka schüttelte den Kopf. »Tut mir leid, Kolina.«

»Nicht so leid wie mir«, flüsterte Corinne.

Entsetzt verließ sie den Raum und verbrachte den gesamten Tag wie eine Schlafwandlerin.

Jared trat in sein Büro in der King Street und ging direkt auf den Safe zu. Dann holte er drei Schachteln aus seiner Manteltasche und legte sie in den Tresor. Er war zu spät nach Honolulu gekommen, um seine Einkäufe noch am gleichen Tage zu erledigen, doch heute morgen war er als erstes zum Juwelier gegangen.

Für seine Schwester hatte er zwei strahlend weiße Perlen gekauft, da Malia durch Geschenke immer aufzuheitern war und ihre Laune einer drastischen Veränderung bedurfte.

Ebenso hoffte er, auch Corinne zu erfreuen. Ihr hatte er ein ungewöhnliches Geschenk besorgt: eine zweireihige Kette, Hunderte von edelsten Opalen. Außerdem hatte Jared für Corinne ein Herz aus reinem Gold gekauft, in das er vom Juwelier hatte eingravieren lassen: *Ich würde dich jederzeit wieder heiraten ohne es zu bereuen.* Er wußte, was das bedeutete. Würde sie die Tiefe seiner Gefühle verstehen? Er betete darum, sie möge ihn verstehen. Dann könnten sie noch einmal ganz von vorn anfangen. Ob das wohl möglich war?

Es klopfte an die Tür. Jared sah auf, und sein Blick fiel auf Russell Drayton. Jared wurde bewußt, daß er nicht so erstaunt hätte sein dürfen. Wieso hatte er angenommen, Drayton sei inzwischen längst fort?

»Sie haben sich also doch noch entschlossen, sich wieder zu zeigen«, begann Russell.

Jared war einen Moment lang so sehr über die Grobheit dieses Mannes verblüfft, daß er nichts sagte. Doch schließlich fragte er:

»Was haben Sie hier zu suchen, Mr. Drayton?«

Russell stand direkt vor seinem Schreibtisch und blitzte ihn böse an. »Corinne ist seit einem Monat verschwunden, und ich bin inzwischen sicher, daß Sie sie versteckt halten. Es wäre unsinnig, das zu leugnen. Ich will wissen, wo sie ist.«

»Erwarten Sie wirklich, daß ich Ihnen das mitteile?«

»Bei Gott, das sollten Sie lieber tun, Burkett!« schrie Russell. »Sie haben mir zu viele meiner Pläne durchkreuzt. Diesmal werde ich sichergehen, daß Sie mir nicht mehr in die Quere kommen.«

Die Sache fing langsam an, Jared Spaß zu machen. »Vielleicht haben Sie vergessen, daß Corinne meine Frau ist.«

»Sie kann Sie nicht ausstehen, Burkett«, höhnte Russel. »Sie wird mir dankbar sein, wenn ich sie zur Witwe mache.«

Zu spät sah Jared die Waffe, die Russell aus seiner Manteltasche gezogen hatte. Die erwartete Explosion blieb jedoch aus. Russell wollte seinen Triumph auskosten.

»Sie sind also nicht der rückgratlose Feigling, für den Samuel Barrows Sie gehalten hat, was?«

»Wohl kaum.« Russell nahm die Gelegenheit, sich ins rechte Licht zu setzen, freudig wahr. »Corinne hat sich nur für die Sorte Mann interessiert. Also habe ich die Rolle gespielt. Mein wirkliches Ich wird sie erst kennenlernen, wenn wir verheiratet sind.«

»Falls sie Sie heiratet.«

»Oh, das wird sie tun. Vielleicht liebt sie mich nicht, doch ich werde sie davon überzeugen, daß sie mich braucht. Es ist wirklich zu schade, daß ich mein Ziel verfehlte, als ich vor der Kirche auf Sie geschossen habe. Wenn Sie damals gestorben wären, hätte ich viel Zeit gespart und wäre schon längst im Besitz von Corinnes Geld. Da wir gerade von Geld sprechen: Ich werde alles mitnehmen, was Sie hier haben.«

Jared ließ Russells Worte auf sich einwirken. Der Mann war pleite. Er war also der Schurke gewesen, der ihn an seinem Hochzeitstag hatte umbringen wollen. Jared warf sich jetzt vor, diesen Zwischenfall als unwichtig abgetan zu haben.

Im Moment ging es jedoch nur darum, Russell einzulullen, um die oberste Schublade seines Schreibtisches zu öffnen. Dort lag seine eigene Waffe, mit der er sich wesentlich wohler fühlen würde.

»Ich muß Sie schon wieder enttäuschen. Ich fürchte, mehr als ein paar Dollar habe ich nicht bei mir.«

»Auf die Art brauchen Sie es gar nicht zu probieren.« Russell blickte finster drein. »In einem Tresor befindet sich immer Geld, und direkt hinter Ihnen befindet sich ein großer Tresor. Öffnen Sie ihn!«

»Darin liegen ausschießlich geschäftliche Papier«, sagte Jared ruhig. »Verträge, Sparbücher und solches Zeug. Kein Geld.«

»Verdammt noch mal, das will ich sehen«, knurrte Russell ungeduldig.

Jared stand auf und öffnete langsam den Tresor. Russel war um den Schreibtisch herumgegangen und bedeutete ihm, die Tresortür weit zu öffnen, damit er hineinschauen konnte, ohne Jared zu nahe zu kommen. Außer den Schachteln und zwei Stapeln mit Dokumenten lag dort nur Kleingeld, das sich insgesamt auf weniger als hundert Dollar belief.

»Also doch!« sagte Russell. »Geben Sie es her!«

Jared nahm das Geld heraus und blieb in gebückter Haltung stehen, während er den Tresor wieder schloß.

»Diese Sorgfalt, obwohl es ans Sterben geht?« bemerkte Russell kichernd, während er darauf wartete, daß Jared sich aufrichtete.

»Vielleicht glauben sie, ich würde nicht ernst machen? Das werden Sie ja erleben. Jetzt will ich wissen, wo Corinne ist.«

»Warum sollte ich Ihnen das erzählen, wenn Sie mich ohnehin ermorden wollen?«

Russell grinste. »Da haben Sie natürlich recht. Das macht aber nichts. Sie wird in die Stadt zurückkehren, sobald sie von Ihrem Tod erfährt. Geben Sie mir jetzt das Geld.«

Jared hielt es ihm hin, und als Russell nach dem Geld griff, zog er

Russell die Füße unter dem Körper weg. Der schlankere Mann war durch seinen Sturz verblüfft, und das gab Jared Zeit, ihm die Waffe zu entreißen.

Jared starrte die Waffe längere Zeit an, und es juckte ihn, sie auf Russell zu richten und abzudrücken. Doch er kämpfte gegen diesen starken Drang an.

Russell beobachtet Jared. Seine Augen traten vor Entsetzen hervor, und sein Magen drehte sich um vor Angst. Schließlich warf Jared die Waffe achtlos zur Seite, packte Russell an seinem Mantelkragen und zog ihn auf die Füße. Mit einem Fausthieb schlug er Russell wieder zu Boden.

Russel, dem bewußt geworden war, daß dieser Mann ihn mit seinen bloßen Händen umbringen wollte, rappelte sich mühsam auf. Sein Nasenbein war gebrochen, und er duckte sich nicht schnell genug, um dem nächsten Schlag auszuweichen. Ein Faustschlag traf seinen Kiefer, der andere quetschte ihm mehrere Rippen.

Stöhnend versuchte er, wieder aufzustehen. Er taumelte, landete auf dem Gesicht und probierte es noch einmal. Als es ihm gelungen war, spürte er, wie sich zwei Hände schraubstockartig um seine Kehle legten. Lichter schossen durch seine Augen, und seltsamerweise dachte er noch an Gott, ehe er starb.

Aber er war nicht tot. Er lag nur zusammengebrochen auf dem Fußboden, und über ihm stand ein Riese mit einem Seil in den Händen.

»Ich werde Sie nicht töten, Drayton, es sei denn, ich sehe Ihr Gesicht noch ein einziges Mal.«

Seine Handgelenke und seine Füße wurden gefesselt. Durch den nebligen Dunst hindurch vernahm er eine kalte, gnadenlose Stimme.

»Ich bringe Sie jetzt zum Hafen und setze Sie auf dem erstbesten Schiff ab. Sie können Ihre Überfahrt erarbeiten, da ich keine Lust habe, allzu großzügig zu sein.«

Jared hob Russell hoch und warf ihn sich über eine Schulter. Dann trug er ihn hinaus und warf ihn in eine Kutsche.

»Sie können sich glücklich schätzen, Drayton. Ich wollte Sie nämlich wirklich umbringen. Kommen Sie nie mehr zurück! Sowie Sie einen Fuß auf diese Insel setzen, werde ich es erfahren, und Sie sind ein toter Mann.«

Die Kutsche fuhr los. Russell glaubte an die Drohung. Er würde nicht zurückkehren. Niemals! Er war hinter Corinnes Geld hergewesen und hatte geglaubt, fast am Ziel zu sein. Doch kein Vermögen auf dieser Welt war es wert, sich solchen Gefahren auszusetzen.

Naneki kehrte in Jareds Haus an der Nordküste zurück und bekundete ihre Absicht, dort zu bleiben. Florence mußte Nanekis Zimmer räumen und in ihr eigenes zurückkehren, was Corinne zwang, wieder in Jareds Zimmer zu ziehen. Naneki mochte es nicht, daß Corinne sich in Jareds Zimmer aufhielt.

Corinne nahm an, Jared hatte nach seiner Mätresse schicken lassen. Das war keineswegs unwahrscheinlich. Nach dem Vorfall im Tal hatte er Corinne offenbar aufgegeben und wollte jetzt, daß seine Mätresse ihm das kalte Bett wärmte.

Naneki verbrachte gewohnheitsmäßig einen Teil ihrer Zeit mit Aleka in der Küche, doch die meiste Zeit steckte sie mit Jareds Schwester zusammen. Die beiden waren unzertrennlich, und Malia nahm die Haltung der Überlegenen an.

Bald ereigneten sich seltsame Dinge, die Corinne beim besten Willen nicht mehr ignorieren konnte. Nach dem Essen wurde ihr gelegentlich schlecht, doch niemand sonst spürte etwas. Dann kam der Abend, an dem sie Jareds Schlafzimmer betrat und ein riesiger Hundertfüßler unter dem Bett hervorkroch. Angesichts der Größe und Häßlichkeit dieses giftigen Getiers lief sie schreiend aus dem Zimmer. Glücklicherweise war Michael wieder bei Florence.

Aleka kam mit einem Besen angerannt und tötete das Tier. Als Corinne darauf bestand, untersuchte sie das ganze Zimmer. Sie fand noch drei weitere solcher Geschöpfe, darunter eines in Corinnes Bett.

Corinne konnte die ganze Nacht nicht schlafen.

Ein Hundertfüßler hätte sie nicht erstaunt, denn Aleka sagte, daß sie sich manchmal ins Haus schlichen. Aber vier Stück? Und alle in ihrem Zimmer?

Je mehr Zeit verstrich, desto elender wurde ihr zumute. Warum schickte Jared ihr keine Nachricht? Es sah ganz danach aus, als hätte er sie und sein Zuhause an der Nordküste vollkommen vergessen. Was hielt ihn in Honolulu?

39

Corinne hatte das Surfen recht gut gelernt. Sie hatte es sich zur Gewohnheit gemacht, morgens zum Strand zu gehen, ehe Malia und Naneki kamen. Corinne zeigte offen ihre Abneigung gegen Malia, obwohl sie bemerkte, daß Jareds Schwester erst unter Nanekis Einfluß so ein furchtbares Biest geworden war.

An einem besonders schönen Morgen war Florence mit Michael zum Strand gegangen, um Corinne beim Surfen zuzuschauen. Corinne dachte daran, daß sie ihrem Vater geschrieben und noch keine Antwort erhalten hatte. Sie hatte nichts von ihrer »Gefangenschaft« erwähnt, da ihr Vater ihr zweifellos augenblicklich zur Hilfe geeilt wäre, sondern hatte ihm mitgeteilt, daß sie sich in ihren Mann verliebt hätte. Wahrscheinlich konnte auch er ihr nicht helfen.

Corinne hatte nicht gemerkt, daß Malia und Naneki schon im Wasser waren. Erst das Kichern der beiden zog ihre Aufmerksamkeit auf sie. Florence saß noch mit Michael am Strand, und Noelani hatte sich zu ihnen gesellt. Aleka hatte ihr übrigens versichert, daß das kleine Mädchen nicht Jareds Tochter war, und ihr von Peni, dem Gemahl ihrer Tochter, erzählt. Corinne tat es leid, daß das Mädchen ihren Mann so schnell verloren hatte, doch die Tatsache, daß Naneki Jared für sich haben wollte, machte ihr das Mitgefühl auf die Dauer schwer.

Sie winkte Florence zu und wollte zum Ufer paddeln. Aus den Augenwinkeln sah sie, daß Malia sich die gleiche Welle ausgesucht hatte. Corinne ließ sich dadurch nicht beirren. Zwar nagte der Argwohn an ihr, doch sie hatte Malias Possen satt.

Die beiden standen gleichzeitig auf, und Malia versuchte, Corinne in die Enge zu treiben, und steuerte absichtlich auf ihr Brett zu. Als die beiden Bretter zusammenstießen, verlor Corinne das Gleichgewicht und fiel nach rechts. Sie spürte einen Schlag auf den Hinterkopf und wurde bewußtlos.

Jemand weinte herzzerreißend. Es war nicht das Schluchzen eines Kindes, sondern das Weinen einer jungen Frau. Wer war das? Corinne wollte die Augen öffnen, doch als ein stechender Schmerz ihren Kopf durchbohrte, schloß sie sie sofort wieder. Sie glaubte, vor Schmerz ohnmächtig zu werden, doch das konnte nicht der Fall sein, denn aus weiter Ferne hörte sie noch immer das Schluchzen und dann mehrere Stimmen, die sie kannte.

»Ich habe noch nie so etwas Merkwürdiges gesehen. Unglaublich, wie die beiden Surfbretter aufeinandergeprallt sind!«

Das war Florence.

»Welche Bretter?« Corinne erkannte Alekas tiefe Stimme.

»Coris und Malias natürlich«, antwortete Florence. »Als sie aufeinandergeprallt sind, ist Corinne seitlich heruntergefallen und Malia nach hinten. Dann hat sich eines der Bretter aufrecht in die Luft gestellt und . . .Gott! Mich hat ein solches Entsetzen gepackt, als ich gesehen habe, daß es genau an der Stelle wieder heruntergekommen ist, an der Corinne ins Wasser gefallen war. Als sie nicht mehr aufgetaucht ist, bin ich ins Wasser gelaufen, aber Malia war diejenige, die sie an die Wasseroberfläche gezogen hat. Wahrscheinlich hat sie Corinne das Leben gerettet.«

»Ich – ich wollte nicht, daß sie sich verletzt«, schluchzte Malia.

»Natürlich nicht, meine Liebe«, beschwichtigte sie Florence. »Es war ein Unfall.«

»Das frage ich mich«, brummte Aleka finster.

Corinne war derart überrascht über den Zorn, der in Alekas Stimme mitschwang, daß es ihr sogar gelang, die Augen einen Spalt zu öffnen. Die beiden älteren Frauen standen links neben ihrem Brett und sahen Malia an, die rechts von ihr stand, schluchzte und das Gesicht in ihren Händen verbarg. Aleka zeigte mit anklagendem Finger auf das Mädchen.

»Diesmal bist du zu weit gegangen, Malia! Ich schäme mich, dich aufgezogen zu haben.«

»Was willst du damit sagen, Aleka?« flüsterte Florence, die reichlich schockiert war.

»Das war kein Unfall. Malia stößt im Wasser kein Unfall zu. Sie reitet auf den Wellen, seit sie auf der Welt ist.«

»Ich wollte nicht, daß sie sich verletzt!« schrie Malia hysterisch. »Ich wollte sie nur erschrecken!«

»Vielleicht stirbt sie. Und warum? Weil du eifersüchtig auf deinen Bruder bist.«

»Mein Gott!« keuchte Florence.

»Ich glaube, das ist nicht das erste Mal, Malia«, fuhr Aleka fort und brachte Corinnes Zweifel zur Sprache. »Ich wollte nicht glauben, daß du diese Hundertfüßler in Kolinas Zimmer gesetzt hast. Ich habe gesagt: Nein, so schlecht ist meine Malia nicht. Aber ich habe mich geirrt.«

»Naneki hat gesagt – es könnte nichts passieren.« Malia versuchte, wieder Luft zu bekommen. »Deshalb haben wir die größten genommen, die wir finden konnten, damit sie sie auch bestimmt sieht.«

»Auweh! Meine eigene Tochter hat dir geholfen? Ihr verdient beide Prügel. Es ist entsetzlich!«

»Wir wollten ihr nur Angst einjagen, damit sie verschwindet.«

»Sie und verschwinden? Dein Bruder will, daß sie bleibt.«

»Was?«

»Du hörst gut, Malia. Sie wollte gehen, aber er ließ sie nicht.«

»Sie ist aber nicht gut genug für Jared. Sie . . .«

»Malia, du bist genauso blind wie Ialeka«, fauchte Aleka. »Siehst du denn nicht, daß Kolina nicht schlecht ist?«

»Das stimmt, Malia«, sagte Florence. »Cori war so wütend auf deinen Bruder, daß sie den Plan ausgeheckt hat, ehe wir nach Hawaii gekommen sind. Ich habe ihr gesagt, sie soll es bleiben lassen, aber damals war sie noch sehr halsstarrig. Das Ganze war eine sorgsam durchdachte List, damit die Leute glauben, sie sei eine« – Florence unterbrach sich, weil sie bis heute noch unfähig war, dieses Wort auszusprechen – »eine unmoralische Frau.«

»Sie hat Männer auf ihr Zimmer mitgenommen.«

»Ja. Sie hat sie betrunken gemacht und dann auf ein anderes Mal vertröstet und nach Hause geschickt. Doch ein nächstes Mal gab es nie, weil sie sich nie zweimal mit demselben Mann getroffen hat. Der einzige Mann, mit dem sie je zusammen war, ich meine in – in dieser Hinsicht – ist dein Bruder.«

Nach einem Moment des Schweigens sagte Malia schwach: »Das hat sie mir auch erzählt, aber ich habe ihr kein Wort geglaubt.«

»Dein Bruder glaubt ihr auch nicht. Das ist das Tragische an der ganzen Geschichte.«

»Jared muß sie wirklich lieben, wenn er sie behalten will, obwohl er glaubt . . .«

Florence seufzte. »Ja, das glaube ich auch. Aber was wirklich in seinem Kopf vorgeht, weiß niemand.«

»Es tut mir so leid!« Malia begann wieder zu schluchzen.

»Sag das lieber zu Kolina!« sagte Aleka barsch.

»Das werde ich tun. Ich habe bisher nichts verstanden. Trotzdem wollte ich nie, daß sie verletzt wird.«

»Ist schon gut, Malia«, flüsterte Corinne von ihrem Bett aus.

Die drei Gesichter wandten sich ihr zu.

»Du bist wach?« fragte Florence.

»Es scheint so.«

»Versuch nur nicht, aufzustehen! Du hast einen ziemlich bösen Schlag auf den Kopf abgekriegt, doch das scheint deine einzige Verletzung zu sein. Du hast doch sonst keine Schmerzen?«

»Nein.«

»Ich habe den Arzt holen lassen. Er wohnt in Haleiwa. Also wird es noch eine Weile dauern, bis er kommt«, sagte Aleka.

»Das wäre nicht nötig gewesen«, protestierte Corinne.

»Natürlich war es nötig. Du hast uns allen einen gewaltigen Schrecken eingejagt«, sagte Florence. »Ich weiß nicht, ob ich es weiterhin zulasse, daß du zum Wellenreiten gehst.«

»Sei nicht albern! Das war nur ein ungewöhnlicher – Unfall.«

Alle schwiegen. Corinne sah Malia an. Das Mädchen stand mit gesenktem Blick vor ihr und wagte nicht, sie anzusehen.

»Es ist wirklich alles in Ordnung, Malia. Ich bin schon seit einer Weile wach und habe alles mit angehört. Aus meiner Sicht war es ein Unfall. Wir wollen es vergessen.«

Malia sah sie dumm an. »Es tut mir so leid, Corinne!«

»Das weiß ich. Vielleicht können wir jetzt Freunde werden?« Malia lächelte schwach und wandte sich ab. Dann verließ sie das Zimmer.

Aleka ging hinter ihr her.

Es dauerte nicht lange, bis Corinne sich an Florence wandte. »Falls der Arzt sagen sollte, daß ich die nächsten Tage im Bett verbringen muß, mußt du etwas für mich tun.«

»Natürlich, mein Liebling.«

»Du mußt Aleka dazu bringen, daß sie dich morgen in den nächsten Laden bringt. Es gibt einige Geschäfte in Wahiawa, erinnerst du dich? Vielleicht kennt Aleka auch Läden, die näher sind. Wie dem auch sei: Ich möchte, daß du Jared ein Weihnachtsgeschenk von mir kaufst. Etwas ganz besonderes.«

»Und womit, bitte, soll ich das bezahlen?«

»Nimm meine Rubine! Nein, die Diamanten sind wertvoller. Nimm alles, die Ketten, die Ringe und die Armbänder!«

»Also wirklich, Corinne! Diese Diamanten sind ein Vermögen wert.«

»Um Gottes willen, das brauchst du mir nicht zu erzählen. Das Geld ist mir gleich. Du wirst ohnehin nirgends das bekommen, was sie wirklich wert sind. Doch was auch immer du dafür kriegst – gib es alles aus! Dies ist Michaels erstes Weihnachtsfest. Kauf ihm bergeweise Spielzeug und bring ihm auch etwas zum Anziehen mit! Er wächst so schnell aus seinen Sachen heraus.«

»Als wenn ich das nicht bemerkt hätte!« Florence kicherte.

»Besorg auch etwas für Aleka und Malia und – oh, finde auch eine Kleinigkeit für Naneki und ihre Tochter! Weihnachten ist nicht der rechte Zeitpunkt, um jemandem zu grollen. Vergiß dich selbst nicht! Doch kümmere dich vor allem darum, daß du ein besonders schönes Geschenk für Jared findest!«

»Ich habe noch nie etwas für einen Mann gekauft.«

Corinne runzelte die Stirn. »Wenn wir bloß in die Stadt fahren könnten! Sieh dich nach einem Ring um – oder vielleicht nach einem Segelboot!«

»Cori!«

»Nein, ich glaube kaum, daß wir in Wahiawa eins finden. Such einfach nach etwas Besonderem! Es muß ein Geschenk sein, das ihm gefällt und über das er sich freut.«

»Ich werde es versuchen, Liebling. Doch jetzt ruh dich aus!«

Florence schüttelte den Kopf, als sie die Tür schloß. So aufgeregt hatte sie Corinne schon lange nicht mehr erlebt. Wer hätte geglaubt, daß sie sich ausgerechnet in den Mann verlieben würde, von dem alle Welt glaubte, sie würde ihn hassen?

40

Jared hatte Bescheid gegeben, daß er Weihnachten festlich begehen wollte. Die Vorbereitungen hielten eine Woche lang das ganze Haus auf Trab. Nach der zweitägigen Bettruhe, die der Arzt verordnet hatte, arbeitete Corinne eifrig mit. Selbst die Männer, die auf Jareds Feldern arbeiteten, boten sich an, behilflich zu sein.

Das Schwein wurde am Mittwoch geliefert und mußte noch geschlachtet werden. Am Freitag trafen zwei Wagenladungen mit Fisch und Ananas ein und eine dritte mit Bier. Zusätzliche Hühner wurden gebracht, und an der Küste wurden Kokosnüsse und Seetang gesammelt, der roh verzehrt werden sollte. Die riesigen Berge von Nahrungsmitteln versetzten Corinne in Erstaunen.

Am Samstag, dem Tag vor dem luau, wurden die Tische aus den Ställen hereingebracht, gesäubert und aufgestellt, und die Kocherei begann. Der gesamte Fisch – opihi, Krabben, Hummer und Lachs – wurde roh aufgetischt, und doch erforderte es Stunden, um ihn zu schneiden und zuzubereiten.

Corinne und Florence schmückten im Wohnzimmer eine kleine Kiefer. Malia half ihnen, bunte Bänder und gekauften hölzernen Christbaumschmuck anzubringen. Unter den Baum wurden die verpackten Geschenke gelegt, darunter ein bestens verarbeiteter spanischer Sattel für Jared.

In der letzten Nacht war Corinne sehr aufgeregt und ängstlich. Warum war Jared so lange fort gewesen? Wegen seiner Arbeit oder ihretwegen? Ob er wohl noch zornig war?

»Steh auf, Cori! Die ersten Gäste kommen.«

»Was hast du gesagt?« Corinne sah Florence fassungslos an.

»Himmel, es ist schon fast elf!«

Corinne schnitt eine Grimasse. »Ich habe schlecht geschlafen.«

»Dafür steht dir ein schöner Tag bevor. Einige der Nachbarn sind schon gekommen, und Jared ist auch da.«

»Jared ist hier?« Corinne setzte sich sofort auf.

»Ja, und er hat einige seiner Arbeiter mitgebracht, ungefähr zwanzig Männer. Leonaka ist auch da. Sie haben sich natürlich gleich über den Schnaps hergemacht. Wenn sie den ganzen Tag lang so weitertrinken, können wir uns für heute abend auf ein wildes Fest gefaßt machen.«

Sowie Florence die Tür geschlossen hatte, sprang Corinne aus dem Bett. Sie wußte schon, was sie anziehen wollte: das schöne rot-weiß-grüne muumuu, das sie von Aleka schon im voraus zu Weihnachten bekommen hatte. Es stand Corinne ausgezeichnet und hatte einen tiefen Ausschnitt, der mit zarter weißer Spitze eingefaßt war. Wie die meisten einheimischen Frauen ließ sie ihr Haar heute offen flattern.

Sie sah Jared inmitten einer Gruppe von Hawaiianern stehen. Er war noch staubig von dem Ritt, doch er sah so gut aus, daß ihr Herz höher schlug.

Gegen diesen Mann würde sie sich niemals durchsetzen können, es sei denn, sie spielte alle weiblichen Tücken aus. Er war dominierend und hatte einen starken Willen. Trotzdem liebte sie ihn. Was war nur mit ihr geschehen?

Sie wußte nur allzugut, wie schmerzhaft die Liebe sein konnte, doch sie hatte auch noch nie etwas so Aufregendes erlebt.

Ja, ihre Gefühle hatten sich gewandelt. Doch was war mit seinen?

Einige der Männer waren schon zum Strand gelaufen, und Jared wollte eben sein Hemd ausziehen, als Malia auf ihn zulief, ihn an der Hand packte und zum Haus zu ziehen versuchte. Corinne konnte ihre aufgeregten Stimmen hören.

»Komm schon? Ich will meine Geschenke auspacken. Deine Frau hat gesagt, wir müssen warten, bis du da bist.«

»Du scheinst ja bester Laune zu sein.«

»Warum auch nicht?« fragte sie vorwurfsvoll. »Heute ist Weihnachten. Hast du mir etwas mitgebracht?«

Corinne, die plötzlich fürchtete, Jared könnte doch noch böse sein, ging schnell in die Küche. Dort war so viel los, daß sie im Weg stand. Während sie noch überlegte, wie sie Jared am besten aus dem Weg gehen könnte, steckte Malia ihren Kopf durch die Tür.

»Ruh dich aus, Tante!« rief Malia aufgeregt. »Komm, Kolina, Ialeka ist zu Hause!«

Jared erschien in der Türöffnung, und ihre Blicke trafen sich, aber sie konnte nichts in seinen Augen lesen. Dann packte Malia ihn wieder an der Hand und zog ihn ins Wohnzimmer. Aleka schob Corinne hinter den beiden her aus der Küche. Florence und Michael standen schon im Wohnzimmer und betrachteten den Weihnachtsbaum.

»Wessen Idee war das?« fragte Jared und sah den Baum an.

»Kolina hat den Vorschlag gemacht«, erklärte Malia. »Findest du ihn nicht schön?«

»Ein Baum? Im Haus?«

»Sei nicht so mürrisch!« schalt in Malia. »Mir gefällt es. Von nun an wird es jedes Jahr einen Weihnachtsbaum geben.«

»Und was ist das?« Er zog an dem Sattel.

»Das ist ein Geschenk für dich von Kolina.«

Jared straffte sich und sah Corinne an. Jetzt war sein Blick deutlich hart und anklagend. Was hatte sie nur falsch gemacht? Mit Tränen in den Augen lief sie aus dem Zimmer.

Kurz darauf trat Jared ins Schlafzimmer.

Als er ihre Tränen sah, sagte er: »Warum, zum Teufel, weinst du?«

Sie wollte sich abwenden, doch er hielt sie fest. »Ich weiß nicht, warum ich weine. Ich hatte geglaubt, du würdest dich über den Weihnachtsbaum freuen – aber nein. Ich hatte geglaubt, mein Geschenk würde dir gefallen – aber nein. Außerdem warst du mehr als einen Monat fort und bist bei deiner Rückkehr nicht einmal zu mir gekommen, um mich zu begrüßen.«

Nach längerem Schweigen sagte er sanft: »Ich bin nicht zu dir gekommen, weil ich nicht sicher war, ob du das willst.« Jareds Ton überraschte sie. »Außerdem gefällt mir der Sattel.« Abrupt wurde seine Stimme wieder kalt. »Er ist allerdings aus dem edelsten Leder, das ich je gesehen habe, und muß sehr teuer gewesen sein. Ich möchte wissen, wie du ihn bezahlt hast.«

Plötzlich wurde ihr klar, woran er dachte. Sie keuchte: »Hast du wirklich so wenig Vertrauen zu mir?«

»Ich weiß, daß du kein Geld mehr hast, Corinne. Wie hast du den Sattel gekauft, wenn du nicht . . .«

»Wage nicht, das auszusprechen, Jared!« Wütend fiel sie ihm ins Wort. »Wage es bloß nicht! Zu deiner Information: Florence hat den Sattel in meinem Auftrag gekauft, weil ich bettlägerig war. Willst du mein Mädchen beschuldigen, sich selbst verschachert zu haben? Eine schmutzigere Fantasie als die deine ist mir noch nie untergekommen.«

Bei ihren Worten zuckte er zusammen. »Du warst bettlägrig? Was soll das heißen!«

»Ich möchte dich bitten, das Thema nicht zu wechseln!«

»Antworte mir!«

»Es war nichts weiter. Ich hatte einen kleinen Unfall, bei dem ich mir eine Beule am Kopf zugezogen habe, das ist alles.«

»Geht es dir jetzt wieder gut?« Er war offensichtlich erleichtert.

»Ja, doch nach deinen Beschuldigungen verstehe ich dein plötzliches Interesse an meinem Wohlergehen nicht.«

»Um Gottes willen, was hätte ich denn sonst denken sollen? Ich weiß doch, daß du kein Geld mehr hast, seit ich dein Geld von der Bank abgehoben habe, ehe wir hierhergekommen sind.«

»Ich habe einen Teil meines Schmucks verkauft«, fauchte sie.

»Ich besitze ohnehin mehr Schmuck, als ich brauche.«

Ihre Worte trafen ihn wie ein Schlag ins Gesicht.

Jared erbleichte. »Mein Gott! Es tut mir so leid. Corinne.«

Sie war viel zu tief verletzt, als daß sie sich so leicht hätte besänftigen lassen. »Nein, es tut dir nicht leid. Du stellst dir wahrhaftig vor, ich hätte meinen Körper verkauft. Ich wünschte, ich hätte mich nicht von meinen Diamanten getrennt, obgleich es mir zu diesem Zeitpunkt nichts ausgemacht hat. Mir ging es nur darum, dir ein schönes Geschenk zu machen. Ich fürchte, ich bin ein noch größerer Dummkopf als du, Jared Burkett.«

»Verdammt, Corinne, wie hätte ich darauf kommen können? Ich hätte im Traum nicht daran gedacht, daß du dich von einem Schmuckstück trennen würdest. Aus Angst, sie zu verlieren, hast du deine Schmuckstücke nie beim Spielen getragen. Ich dachte, dein Schmuck sei dir wichtig.«

»Das war der Fall, als mein Vater mein Geld noch verwaltet hat. Inzwischen bin ich reich. Heute mache ich mir nichts mehr aus meinem Schmuck, weil ich mir jederzeit neuen kaufen kann.«

Er ließ sie los. Seine Züge verhärteten sich, und er verließ das Zimmer. Gleich darauf kam er mit einer länglichen Schachtel zurück und warf sie aufs Bett. »Ich dachte eigentlich, damit könnte ich dir eine Freude machen, aber ich habe mich offenbar geirrt. Wir hatten beide die gleiche Idee. Es tut mir leid, daß der Plan in beiden Fällen verheerend danebengegangen ist.«

Als Jared den Raum wieder verlassen hatte, ging Corinne zögernd auf das Bett zu und öffnete die Schachtel. In allen Regenbogenfarben schillerten ihr die Opale entgegen, und Tränen schossen ihr erneut in die Augen. Ganz langsam nahm sie ihre Kette aus Rubinen ab und legte sich die Opale um den Hals. Dann umklammerte sie sie mit ihren Händen und hielt sie sich an den Wange. Sie fühlen sich kühl an auf der Haut.

»O Jared, warum müssen wir nur immer wieder streiten?«

Der Tag hatte schlecht begonnen, doch schließlich war heute Weihnachten. Sie würde sich bemühen, den Rest des Tages angenehmer zu gestalten. Wenn sie an Michael und die Geschenke dachte, die er noch nicht ausgepackt hatte, ging es ihr gleich wieder besser.

41

Den ganzen Tag über kamen weitere Gäste, und Corinne bekam so viele Blumenkränze, daß sie sich schließlich gezwungen sah, die meisten abzunehmen. Eine Gruppe von Hawaiianern spielte auf Saiteninstrumenten, und alle waren gut gelaunt. Selbst Corinne lachte ständig.

Erst am späten Nachmittag begann das eigentliche Fest, zu dem sich alle an die Tische setzten, um gemeinsam zu essen. Jareds Freunde waren fast vollzählig versammelt, doch Corinne fühlte sich keineswegs hilflos und allein. Sie machte sich nichts aus den zahlreichen neugierigen Blicken der Leute, die sich fragten, was nun mit Jared und ihr los war.

Das Essen wurden einstimmig gelobt, und Aleka strahlte vor Freude. Corinne probierte alles und stellte zu ihrer eigenen Verwunderung fest, daß einige der rohen Fischspezialitäten ihr gut schmeckten. Der Hähnchenreis war köstlich, doch von dem Schwein konnte sie kaum genug kriegen; sie faßte dreimal nach.

Jared saß neben Corinne, doch sie wechselten kaum ein Wort miteinander.

Nach dem Essen ging es weiter mit den Lustbarkeiten, und die Getränke flossen reichlich. Jared stand auf, doch Corinne blieb mit Florence und Michael am Tisch sitzen. Die Hawaiianer liebten Kinder, und Michael wurde von einem Schoß zum nächsten herumgereicht und an einem Tag so sehr verhätschelt, daß es für mehrere Monate ausreichen würde.

Leonaka setzte sich eine Weile zu ihnen, um Malia und einigen anderen jungen Mädchen zuzuschauen, die den hula tanzten. Sie waren mit Röcken aus Ti-Blättern gekleidet und trugen Blumenkränze auf dem Kopf und um den Hals.

Nach Sonnenuntergang wurden im ganzen Hof Fackeln entzündet. Manche gingen zum Schwimmen und zum Wellenreiten, und Corinne begriff, daß ein luau Tag und Nacht dauerte.

Während Corinne den Wellenreitern zusah, setzte sich eine Frau, die nur unbedeutend älter war als sie, direkt neben Corinne und stellte sie als Dayna Callan vor. Sie war einige Jahre jünger als Jared und ausgesprochen hübsch. Corinne war nervös und wußte nicht, was sie sagen sollte, als Dayna sie plötzlich überraschte.

»Ich nehme an, Sie wissen, daß alle Welt geglaubt hat, Jared und ich würden heiraten?«

Corinne brauchte einen Augenblick, ehe sie antworten konnte. »Nein, ich wußte nicht . . .«

»O Gott, das tut mir leid! Es muß Ihnen entsetzlich vorkommen, daß ich das auf eine Art hinausposaune, aber ich dachte sicher, Sie wüßten es. Ich wollte die Sache nur aus dem Weg räumen, falls es Ihnen Unbehagen bereiten sollte, sich mit mir zu unterhalten.«

Corinne versuchte sich wieder zu fassen. »Wollte . . . Hat Jared Sie gebeten, seine Frau zu werden?«

Dayna lächelte. »Nein, um Himmels willen! Zwischen uns bestand mehr oder weniger ein schweigendes Einverständnis. Er hat es immer wieder vor sich hergeschoben, mich zu fragen. Und offen gesagt« – sie senkte ihre Stimme –, »habe ich mich immer vor dem Tag gefürchtet, an dem er es tun würde.«

»Das verstehe ich nicht.«

»Sehen Sie, ich bin mit Jared zusammen aufgewachsen. Meine Familie hatte weiter oben an der Küste ein Haus, und wir haben alljährlich ein halbes Jahr hier verbracht. Jared und Leonaka waren quasi Brüder für mich. Können Sie sich vorstellen, mit der Aussicht zu leben, daß man eines Tages einen Mann heiratet, in dem man einen Bruder sieht?«

»Sie wollten ihn also nicht heiraten?«

»Nein. Ich war erleichtert, als er mir nach seiner Rückkehr vom Festland von Ihnen erzählt hat. Ich glaube, ich bin die einzige, der er sich gleich damals anvertraut hat. Er hat mir alles erzählt. Als er zurückkam, fühlte er sich elend, und ich bin sicher, daß er sein Verhalten bereut hat. Als die Geschichten, die über Sie in Umlauf waren, ihm zu Ohren gekommen sind, wußte ich, daß er rasend vor Eifersucht war. Er hat versucht, seine Gefühle zu verbergen, doch ich wußte es.«

Zum erstenmal waren Corinne ihre Scharaden so peinlich, daß sie einen heißen Kopf bekam. »Sie müssen mich für eine entsetzliche Frau halten.«

»Ich wußte wirklich nicht, was ich von Ihnen halten sollte. Aber schließlich war mir bekannt, was Jared getan hatte, und ich konnte Ihnen daher keinen Vorwurf machen. Außerdem waren das alles nur Gerüchte, und bei Gerüchten muß man skeptisch sein.«

»Jared war nicht skeptisch.«

»Jared reagiert oft rein gefühlsmäßig und ohne jeden Verstand. Als ich Sie gesehen habe, wußte ich sofort, daß Sie das nicht getan haben können, was man Ihnen nachsagt. Jared hat keine weibliche Intuition. Außerdem ist Eifersucht dem gesunden Menschenverstand abträglich.«

»Man kann nicht eifersüchtig sein, wenn man sich nichts aus jemandem macht«, entgegnete Corinne.

»Exakt!« Dayna betonte dieses Wort und lächelte. Sie sah Corinne direkt ins Gesicht.

Corinne verstand. »Ich bin froh, Sie kennenzulernen. Ich wünschte nur, wir wären uns schon eher begegnet.«

Sie lächelte versonnen und seufzte. »War es schwierig mit Jared?«

»Oh, es geht weniger um Jareds Verhalten. Es sind die ständigen Zweifel, Verdächtigungen und Unterstellungen. Ich fürchte, ich neige auch zur Eifersucht.«

Corinnes Blick wanderte jetzt zu Naneki, die jetzt einen Solotanz vorführte. Dayna folgte ihrem Blick. Das hawaiianische Mädchen tanzte anmutig und verführerisch. Ihre Aufmerksamkeit galt ausschließlich Jared, der in der Nähe stand und zusah.

»Ach du meine Güte!«

Corinne wandte Dayna ihren Rücken zu. »Was ist los?«

Dayna runzelte die Stirn. »Ich hatte angenommen, Naneki hätte Jared aufgegeben. Doch das scheint nicht der Fall zu sein.«

»Sie war seine Mätresse, nicht wahr?«

»Nun ja, eine Zeitlang. Doch das war vor seiner Ehe mit Ihnen. Ich hätte gedacht . . . Nun ja.«

»Jared und ich sind kein Traumpaar«, sagte Corinne.

Dayna sah sie an und sagte: »Ich muß jetzt direkt sein und Sie etwas fragen, was mich nichts angeht. Lieben Sie Jared?«

»Ja.«

»Nun, dann müssen Sie um ihn kämpfen«, erwiderte Dayna mit einem Zwinkern.

»Wie meinen Sie das?«

»Sie sind sehr schön, Corinne. Wenn Jared weiß, daß Sie ihn wollen, sieht er keine andere Frau mehr an. Keine andere Frau hätte eine Chance bei ihm.«

»Glauben Sie das wirklich?«

»Natürlich. Warum beginnen Sie nicht gleich? Gehen Sie zu ihm und versuchen Sie, seine Aufmerksamkeit von Naneki auf sich zu lenken. Es ist schon spät. Niemand würde sich wundern, wenn ihr beide euch bald zurückziehen würdet.«

Dayna blinzelte, und Corinne errötete.

»Was machen Sie jetzt?« fragte Corinne, die Dayna gern wiedergesehen hätte. »Gehen Sie bald nach Hause?«

»Nein, natürlich nicht. Einer der schönsten Momente bei einem luau ist die Suche nach einem Schlafplatz. Fast alle bleiben bis morgen, um beim Aufräumen zu helfen.«

»Das wußte ich nicht.«

Dayna lachte. »Im ganzen Haus und in den Ställen werden Menschen schlafen. Jetzt machen Sie schon! Wir sehen uns morgen früh noch. Dann können Sie auch Mark Cariton, meinen Begleiter kennenlernen.«

Corinne stand auf und näherte sich Jared zögernd. Sie wußte nicht, was sie sagen sollte. Nervös fingerte sie an ihrer Kette herum. Ja, das war ein Anknüpfungspunkt.

»Jared.«

Es dauerte einen Moment, bis er seinen Blick von Naneki abwandte, doch endlich drehte er sich zu ihr um.

»Ich wollte dir für die Opale danken. Sie sind wunderschön!«

»Es freut mich, wenn sie dir gefallen. Wenn nicht . . .«

Er hob die Schultern, als sei es ihm völlig gleich.

»Sie gefallen mir, Jared«, sagte sie eilig und fügte hinzu: »Wirklich!«

Er nahm ihren Arm und führte sie zu einer Schaukel. Warum war sie nur so nervös?

»Die Opale stehen dir«, sagte Jared beiläufig, ohne sie anzusehen. »Sie schmeicheln deinem Teint. Du hast Farbe bekommen, während ich fort war.«

»Es täte mir leid, wenn dir das nicht an mir gefiele.«

»O doch! Deine Haut ist dunkler, und dein Haar ist heller geworden. Du siehst ausgesprochen exotisch aus.«

»Ist das gut?«

»Herr im Himmel, Weib nichts auf Erden könnte deiner Schönheit etwas anhaben. Bist du wirklich so naiv, oder willst du Komplimente hören?«

Corinne reckte ihr Kinn in die Luft, und Jared kicherte.

»Geh nur nicht die Wände hoch! Ich habe nur Spaß gemacht.«

Sie entspannte wieder und entschied sich, das Thema anzuschneiden, daß sie in letzter Zeit so oft beschäftigt hatte. »Warum warst du so lange fort?«

Einen Moment lang sah er sie an, doch dann richtete er seinen Blick aufs Meer.

»Es hat Ärger mit dem Hotel gegeben. Einer meiner Arbeiter hat beinahe ein Bein verloren, weil er gestürzt ist und sich schwer verletzt hat. Ich konnte nicht gut abreisen, solange er noch im Krankenhaus lag und nicht feststand, ob er das Bein verlieren würde oder nicht.«

»Geht es ihm wieder gut?«

»Ja, aber er wird für den Rest seines Lebens hinken. Anschließend haben mich noch einige andere Sachen in der Stadt gehalten.«

»Was denn?«

»Das ist eine persönliche Angelegenheit.«

»Du meinst, du hast dich nach mir . . .«

»Nein, verflucht noch mal!« sagte er heftig. »Wenn du es unbedingt wissen willst: Ich habe John Pierce gesucht. Wir beide hatten noch ein Hühnchen miteinander zu rupfen.«

»Hast du ihn gefunden?«

»Er hat die Insel verlassen.«

»Endgültig?« fragte sie.

»Es scheint so«, sagte Jared. Er wirkte enttäuscht. »Außerdem habe ich auch in Erfahrung gebracht, daß sein Land zum Verkauf ausgeschrieben ist.« Seine Stimme wurde wieder freundlicher. »Doch jetzt genug davon. Aleka hat mir erzählt, daß du ihr bei den Vorbereitungen zu dem luau viel geholfen hast. Das freut mich sehr. In der letzten Woche muß es ziemlich hektisch bei euch zugegangen sein.«

»Mir hat es Spaß gemacht.«

»Du bist sicher müde nach diesem langen Tag.«

Wieder sah er sie mit seinen stechenden blaugrauen Augen an. War das eine Frage oder eine Aufforderung?

»Ich möchte jedenfalls jetzt ins Bett gehen.«

Sie lächelte. »Ich auch.«

Sie wünschten ihren Gästen eine gute Nacht und gingen ins Haus. Der Patio und das Wohnzimmer waren bereits voll schlafender Kinder, auch einige Erwachsene waren darunter. In dem Gang, der zu den Schlafzimmern führte, war es indessen ruhig. Florence war schon längst mit Michael in ihr Zimmer gegangen. Auch Malia war nicht lange aufgeblieben, da sie vor Aufregung schon in der Morgendämmerung aufgestanden war.

Jared blieb vor Florences Tür stehen und wünschte Corinne eine gute Nacht. Er hatte sich entschieden, sie nicht zu drängen. Heute morgen war ihm ein entsetzlicher Schnitzer unterlaufen, ein unverzeihlicher, dummer Schnitzer. Er rechnete damit, daß Corinne noch wütend auf ihn war.

Doch Corinne ging weiter und trat in sein Zimmer. Jared sah ihr überrascht nach. Sie ging zur Frisierkommode, schaltete eine Lampe ein, nahm die Gardenie aus ihrem Haar und roch noch einmal daran, ehe sie sie weglegte.

»Du schläfst wieder hier?«

»Ich hoffe, du hast nichts dagegen«, sagte sie ernst.

»Nein, natürlich nicht«, antwortete Jared und fragte sich, wie auf Erden er diese Nacht durchstehen sollte, ohne sie zu berühren.

Corinne sprach nervös weiter, ehe sie ihre Halskette ablegte. »Naneki ist zurückgekommen. Seit du fort bist, wohnt sie wieder hier. Deshalb ist kein Zimmer frei. Ich glaube, Florences schmales Bett wäre recht unbequem für sie und mich.«

»Corinne, ich habe dir doch gesagt, daß ich nichts dagegen habe«, unterbrach er sie. »Du gehörst ohnehin hierher.«

Sie kehrte ihm den Rücken zu und hielt ihr langes Haar mit einer Hand zur Seite. »Würdest du mir, bitte, mein muumuu öffnen?«

Er machte ihr das Kleid auf und sah auf ihren schlanken Rücken. Ihr Nacken war so verführerisch, daß er sich vorbeugen und ihn mit seinen Lippen liebkosen wollte. Es verlangte ihn, ihre seidige Haut zu schmecken. Würde sie zornig davonlaufen?

Er hielt sich zurück, drehte sich um und begann sich auszuziehen.

Corinne stellte sich vor den Kleiderschrank und zog ihr muumuu und ihre Unterwäsche aus. Eine Weile stand sie vollkommen nackt da. Sie ließ sich Zeit, ein Nachthemd zu suchen, und hoffte, Jared würde sie zumindest sehen. Schließlich zog sie ein dunkelgrünes Negligé aus Satin heraus und drehte sich zu Jared um, ehe sie das Nachthemd anzog.

Er starrte sie an, als wäre er hypnotisiert. Lächelnd wandte sie den Blick ab. Ganz langsam schlüpfte sie mit dem Kopf in ihr Nachthemd und zog es herunter.

Jared stand bewegungslos da und beobachtete Corinne, die mit verführerischen Bewegungen auf das Bett zuging und unter die Bettdecke glitt. Wußte sie denn nicht, was sie ihm antat?

»Kommst du nicht ins Bett, Jared?«

Corinnes Stimme war verlockend süß, und Jared merkte erst jetzt, daß er seit Minuten regungslos dagestanden hatte. Er zog seine übrigen Kleidungsstücke aus und stellte sich neben sie.

»Verflucht, Weib, bist du dir eigentlich darüber im klaren, was du da tust?« fragte er grob. »Ich halte das nicht aus.«

Sie schwieg. Langsam legte sie ihre Arme um ihn und vergrub ihren Kopf an seiner Brust.

Corinne glaubte, vor Begierde zu sterben. Sie wollte von ihm genommen werden, ihn in sich spürten. Nur in diesen Momenten wußte sie, daß er etwas für sie empfand, selbst wenn es nur Begierde war. Sie riß sich ihr Nachthemd vom Leib und versuchte, ihn zu sich aufs Bett zu ziehen. Doch er hielt sie zurück.

»Nein, ánói«, sagte er heiser. »Ich möchte dich genießen. Mein Gott, wie sehr ich mich nach dir gesehnt, von dir geträumt habe!«

Langsam drückte er sie auf die Kissen, legte sich neben sie und hielt sie besitzergreifend mit einem seiner Beine fest. Dann begann er, sie mit süßen Küssen zu martern, die sie fast um den Verstand brachten. Seine Lippen preßten sich zärtlich und voller Leidenschaft auf die ihren, während seine Hände ihre Haut fast versengten. Ihr Körper forderte Erlösung, doch er zog die köstliche Marter in die Länge. Als sie es einfach nicht mehr ertrug, griff sie nach seinem harten Glied und drängte ihn, in sie einzudringen.

Als sie ihn berührte, legte Jared sich auf sie und stöhnte. »O meine Kolina!«

Wenige Sekunden später strebte Corinne unaufhaltsam dem Höhepunkt, der Explosion, zu. Ihre Erfüllung war vollkommen, als auch Jared im selben Moment kam.

Corinne seufzte tief. Jared legte sich neben sie und zog sie dicht an sich. Sie sprachen kein Wort. Denn Worte waren überflüssig.

42

Corinne erwachte spät und stellte fest, daß sie allein war. Sie kleidete sich eilig an und machte hingebungsvoll das Bett, wobei sie sich an jeden einzelnen Augenblick der vorangegangenen Nacht erinnerte. Jareds Kleider lagen wüst verstreut auf dem Fußboden. Sie hob sie auf. Er hatte nicht einmal seine Taschen ausgeleert. Sie legte einige lose Münzen und Zettel auf die Frisierkommode und zog aus einer anderen Tasche eine kleine Schachtel. Es war ein Schmuckkästchen. Sie konnte nicht widerstehen, es zu öffnen. Ein wunderschönes goldenes Herz leuchtete ihr entgegen. Zögernd las sie die Inschrift.

Corinne schloß die Schachtel sofort wieder und steckte sie in die Tasche zurück, in der sie sie gefunden hatte. Dann steckte sie auch die Münzen und Papiere wieder zurück und hängte seine Kleider auf. Er durfte nicht wissen, daß sie das Herz gesehen hatte.

Corinne zitterte. Was hatte das zu bedeuten? *Ich würde dich sofort noch einmal heiraten, ohne es zu bereuen.* Natürlich hatte er das erste Mal bereut. Ohne es zu bereuen? Konnte das bedeuten, daß er sie liebte?

»Warum hat er es mir dann nicht gegeben?« flüsterte sie vor sich hin.

Die Antwort lag auf der Hand. Er hatte es sich anders überlegt. Nur die Wollust hatte ihm diese Inschrift diktiert, nicht die Liebe. Er hatte gemerkt, daß er sie nicht liebte. Daher hatte er sich entschieden, ihr das Herz nicht zu schenken.

Corinne wartete den ganzen Tag, daß Jared zu ihr kam. Doch er mußte sich um die Gäste kümmern und war ständig beschäftigt.

Als Jared nach dem Abendessen in den Stall ging, holte Corinne sich einen Schal und ging in den Hinterhof. Sie setzte sich auf die Schaukel und hoffte, Jared würde zu ihr kommen, sobald er Zeit hatte. Es dauerte nicht lange, bis sie ihn das Haus durch den vorderen Eingang betreten hörte. Aleka würde ihm sagen, wo sie war. Als er nicht kam, machte sie sich schließlich auf die Suche nach ihm.

Jared steckte die Kette mit dem goldenen Herz in seine Tasche, und lächelte, als er das Schlafzimmer verließ. Er hatte gehofft, Corinne dort vorzufinden, doch sie war gewiß spazierengegangen. Er erwartete sie im Wohnzimmer, in dem es jetzt, nachdem längst alle Gäste gegangen waren, ruhig und friedlicher war.

Als Corinne nicht zurückkam, wurde Jared ungeduldig. Er ging im Zimmer auf und ab, öffnete die Tür und schaute zum Mond hinauf. Der Anblick erinnerte ihn an den Spaziergang am Strand, den er ihr schon vor langem versprochen hatte, was gleichzeitig bedeutete, sie unter dem Sternenhimmel zu lieben, während der Mond auf sie niederschien.

Plötzlich roch er den Geruch von Gardenien hinter sich, der Blüte, die Corinne immer im Haar trug. Als sie ihre Arme um seine Taille schlang, drehte Jared sich lächelnd nach ihren Lippen um. Doch die Lippen, die sich unter seinen teilten, gehörten nicht Corinne.

Jared fuhr herum. »Was soll das, Naneki?«

Sie schmollte. »Nicht nur sie kann Gardenien tragen. Warum kommst du nicht mehr zu mir?«

»Ich bin jetzt verheiratet, und meine Frau reicht mir vollständig aus.«

»Sie ist schlecht.«

»Jetzt reicht es mir, Naneki«, sagte Jared kalt und stieß sie von sich fort.

»Liebst du sie?«

»Ja, verdammt noch mal, ich liebe sie!« Ihr Blick war so traurig, daß er sanfter mit ihr weitersprach. »Schau Naneki, ich habe dir schon vor langer Zeit gesagt, du solltest dir einen Mann suchen. Warum probierst du es nicht mit Leonaka? Er mag dich gern.«

»Leonaka?«

»Ja, hast du das denn nicht gewußt?« Als sie den Kopf schüttelte, fuhr er fort: »Du hast ihn eben nie ermutigt. Er hat dich schon vor deiner Heirat mit Peni geliebt.«

Sie strahlte. »Leonaka ist ein guter, starker Mann.«

»Ja, das ist er.«

»Ich glaube, ich werde ihm morgen laulaus bringen. Das wird ihn doch ermutigen?«

Jared lachte. »Bestimmt. Geh jetzt schlafen!«

Es traf Jared nicht, daß Naneki ihre Gefühle von einem Augenblick zum nächsten einem anderen Mann schenken konnte. Er liebte Corinne. Schließlich konnte er es nicht mehr aushalten, auf sie zu warten, und verließ das Haus. Er wollte ihr sagen, wie sehr er sie liebte.

Corinne war nicht draußen. Sie hatte sich in ihrem Zimmer eingeschlossen und lag weinend auf dem Bett, in dem sie gestern so viel Freude empfunden hatte. Damit war es jetzt unwiderruflich vorbei. Warum war sie ausgerechnet in dem Moment vorbeigekommen? Warum hatte sie sehen müssen, wie Naneki und Jared sich umarmten und küßten? Corinne war, als würde ihr das Herz aus dem Leib gerissen. Sie war augenblicklich davongelaufen und hatte sich im Schlafzimmer eingeschlossen.

Wie hatte sie nur so dumm sein können, an das Glück zu glauben? Die Liebe zwischen Jared und Corinne gehörte der Vergangenheit an.

Nach seiner vergeblichen Suche kehrte Jared ins Haus zurück und wollte in sein Schlafzimmer gehen. Die Tür war verschlossen.

»Corinne?«

»Geh fort, Jared!«

Er schüttelte verwirrt den Kopf. »Mach die Tür auf, Corinne!«

Corinne sprang aus dem Bett und stellte sich direkt vor die Tür, damit er verstehen konnte, was sie sagte. Wie konnte er es wagen, zu ihr zu kommen, nachdem er eben erst seine Mätresse verlassen hatte?

»Ich habe dir gesagt, daß du fortgehen sollst, Jared. Gestern haben wir einen Fehler gemacht. Das wird nicht noch einmal vorkommen.«

»Was, zum Teufel, ist in dich gefahren?« brüllte er ungläubig.

Der Zorn in seiner Stimme entlockte ihr eine Antwort. »Ich bin wieder bei Sinnen – das ist alles. Ich habe vergessen, wie sehr ich dich hasse. Doch ich werde es nie mehr vergessen.«

Das stimmte nicht. Kein Wort war wahr. Doch es war besser, wenn er es glaubte.

Erneut flossen ihre Tränen. »Es ist mein Ernst, Jared. Morgen früh kannst du dein Zimmer wiederhaben. Schlaf heute nacht bei deiner Mätresse! Ich will dich nicht, doch sie will dich gewiß.«

»Corinne . . .«

»Nein!« schrie sie. »Mir reicht es, Jared. Wenn du mich morgen früh nicht in die Stadt bringst, gehe ich zu Fuß.«

Jared zuckte bestürzt und wütend zurück. Dann übermannte ihn der Zorn. Sie hatte ihn schon zweimal zum Narren gehalten und ihn immer weiter gehaßt. Sie würde niemals aufhören, ihn zu hassen.

Er würde sie in die Stadt fahren und sie selbst zum Schiff begleiten und aufpassen, daß sie auch abfuhr. Zum Teufel mit Corinne!

43

Jared holte Corinne ab. Die Kutsche und ein Anhänger für das Gepäck standen bereit. Jetzt würde Corinne also aus seinem Leben verschwinden. Er sollte sich eigentlich freuen, daß er sie, die ihm so viel Ärger gemacht hatte, loswurde; doch er war nicht glücklich; er fühlte sich verloren.

Die Schreie des Babys drangen aus Florences Zimmer. Dorthin lenkte er seine Schritte, weil er wußte, daß er seine Frau dort finden würde. Die beiden Frauen versuchten gleichzeitig, das Kind zu beschwichtigen, doch der Erfolg blieb offensichtlich aus.

Jared schüttelte den Kopf, als er durch die offenstehende Tür trat. »Falls alles gepackt ist, meine Damen, werde ich anfangen, das Gepäck nach unten zu tragen . . .«

»Nicht jetzt, Jared!« antwortete Corinne höflich, ohne in seine Richtung zu schauen.

»Wir müssen uns beeilen. Dein Schiff geht in rund drei Stunden.«

»Das verdammte Schiff ist mir egal« Sie drehte sich zu ihm um. Ihre Augen waren weit aufgerissen. »Michael ist krank.«

»Du weißt, daß vor dem 14. kein Schiff mehr fährt.«

»Das ist doch egal«, sagte sie abwesend und wandte sich wieder Michael zu.

»Hast du einen Arzt holen lassen?«

»Das wollte ich gerade tun«, antwortete Florence.

»Unsinn!« erwiderte Jared. »Ihr Platz ist an der Seite Ihres Kindes. Ich werde Sun Hoo schicken.«

Als er das Zimmer verlassen wollte, rief Corinne ihn zurück. »Jared, ich möchte Dr. Bryson. Michael kennt ihn. Sag ihm, es sei dringend.«

Jared runzelte die Stirn. »Wo liegt seine Praxis?«

»In der Alakea Street.«

»Gut«, entgegnete er. »Aber ich möchte, daß du mit mir nach unten kommst. Zu zweit erschreckt ihr in eurer Aufregung den Jungen noch.«

»Nein, ich bleibe hier.«

»Nun geh schon, Corinne!« sagte Florence und warf ihr einen vielsagenden Blick zu.

»Schon gut«, stimmte sie widerwillig zu. »Aber nur, bis der Arzt kommt.«

Nachdem Sun Hoo losgeschickt worden war, setzte sich Jared zu Corinne ins Wohnzimmer.

»Du siehst aus, als könntest du einen Drink brauchen«, sagte er.

»Danke. Das wäre nett.«

Sie saß auf einer Stuhlkante, rang nervös die Hände in ihrem Schoß und hielt ihren Blick auf die Treppe gerichtet. Jared beobachtete sie, während er die Drinks mixte. Sie schien außer sich vor Angst zu sein.

»Der Junge wird schon wieder gesund.«

»Natürlich wird er das.«

Als er ihr das Glas reichte, bemerkte er, daß ihre Hände zitterten. »Was fehlt ihm eigentlich?«

»Das wissen wir nicht. Er hat sehr hohes Fieber und weint ununterbrochen.«

»Das kann alles mögliche sein, Corinne, aber bestimmt ist es nichts Schlimmes«, versuchte er sie zu beruhigen.

»Es kann genausogut etwas Ernstes sein«, fauchte sie. »Es tut mir leid, Jared. Ich mache mir nur solche Sorgen um ihn.«

»Das ist nicht zu übersehen.«

Corinne schwieg jetzt, und Jared beobachtete sie. Er hätte sie gern beruhigt. Verdammt noch mal, er wollte ihr seine Liebe zu Füßen legen!

»Corinne, es besteht kein Grund für dich, am 14. oder überhaupt jemals abzureisen.« Sie hörte ihm nicht zu, sondern lauschte dem Weinen, das von oben herunterdrang. »Hast du gehört, was ich gesagt habe?«

Endlich sah sie in seine Richtung. »Was hast du gesagt?«

»Ich habe gesagt, du hättest keinen Grund, fortzugehen. Du kannst hierbleiben.«

»Bei dir?«

»Ja.«

Jetzt sah sie ihn direkt an. Ihre Augen waren dunkle Smaragde. »Um dich mit Naneki und mit Gott weiß welchen anderen Frauen zu teilen? Nein, danke.«

»Mich teilen?« fragte er erstaunt. »Seit ich dich geheiratet habe, habe ich mit keiner anderen Frau mehr geschlafen.«

»Verschone mich, Jared!« sagte sie bitter, und ihre Augen nahmen eine noch dunklere Färbung an. »Zufällig habe ich selbst gesehen, daß das nicht stimmt.«

»Was?«

»Ich habe dich gesehen!« schrie sie. Ihr gesamter aufgestauter Zorn und Ärger schufen sich Platz. »Ich habe gesehen, wie du deine Mätresse geküßt hast.«

Jared sah sie eine Weile verständnislos an. Dann wurde ihm schlagartig alles klar. Er lachte. »Das war nichts weiter. Sie ist in dieser Nacht von hinten an mich herangetreten, und ich habe sie für dich gehalten. Ich habe sie geküßt, ohne hinzuschauen, und sie losgelassen, sowie ich bemerkte, daß ich nicht dich in meinen Armen gehalten habe.«

»Ich glaube dir kein . . .«

Corinne sprang auf, als Michaels Weinen lauter wurde. Sie rannte die Treppe hinauf, doch Jared hielt sie zurück.

»Ich will nicht, daß du nach oben gehst, Corinne.«

Sie versuchte, sich loszureißen, doch er hielt sie fest.

»Laß mich los, Jared! Er braucht mich.«

»Sei nicht albern, Corinne! Florence kann sich um ihn kümmern.«

»Ich will zu Michael!«

»Wenn es etwas Ernstes ist, könntest du dich anstecken. Das will ich nicht.«

»Was du willst, ist mir gleich!« Ihre Stimme überschlug sich. »Laß mich sofort los!«

»Bleib hier, Corinne!« sagte Jared barsch. »Was der Junge jetzt braucht, ist seine Mutter. Mein Gott, du bist von diesem Kind besessen! Merkst du es nicht selbst?«

»Besessen!« schrie sie und fing an zu weinen. »Ja, ich bin besessen. Weil Michael mein Baby ist. Verstehst du mich jetzt? Er ist *mein* Kind!«

Jared lockerte seinen Griff so plötzlich, daß sie taumelte. Sie blieb nicht stehen, sondern rannte sofort die Treppe hinauf; andernfalls hätte sie den gepeinigten Blick auf seinem Gesicht gesehen.

Er ist *mein* Kind! Wieder und wieder hallte dieser Schrei aus Corinnes Mund in Jareds Kopf wider. Nicht unser Kind, sondern mein Kind, hatte sie gesagt. Er kam nicht auf den Gedanken, daß sie schlicht außer sich war. Somit war sein Verdacht erwiesen. Das Kind war also von Drayton. Eine andere Erklärung dafür, daß Corinne ihm die Wahrheit vorenthalten hatte, gab es nicht. Wenn das Kind von ihm gewesen wäre, hätte Corinne ihm die Wahrheit erzählt.

Corinne ließ sich erschöpft auf einen Stuhl fallen und seufzte tief.

»Hier! Ich glaube, das können wir beide brauchen.« Florence kam mit einer Flasche und zwei Gläsern ins Zimmer.

»Hast du Dr. Bryson zur Tür gebracht?«

»Ja.«

»Ich weiß einfach nicht, warum ich das getan habe«, sagte Corinne seufzend. »Erst der ganze Ärger und die vielen Lügen, um vor Jared geheimzuhalten, daß Michael sein Kind ist, und dann schreie ich ihm die Wahrheit ins Gesicht. Und es war doch nicht einmal nötig. Es bestand keinerlei Gefahr. Michael hatte keine schlimme Krankheit.«

Dr. Bryson war belustigt gewesen, daß der dringende Notfall sich als ein simples Zahnen erwies. Michael bekam die ersten Backenzähne.

»Mach dir darum keine Sorgen, Cori! Es war ohnehin an der Zeit, daß er es erfährt.«

»Sag das nicht, Florence.« Corinne schüttelte den Kopf. »Was geschieht, wenn er versuchen sollte, Michael zu behalten?«

»Wenn es dazu käme, hättest du mehr Geld als er, um vor Gericht um das Kind zu kämpfen. Aber ich begreife nicht, warum ihr beide eure Streitigkeiten nicht beilegt.«

»Dafür ist es zu spät«, sagte Corinne leise. »Ich könnte nicht mit ihm zusammenleben und dabei ständig denken, daß er mich nicht liebt – aber auch kein bißchen.«

»Wer sagt denn das?« fragte Florence.

»Ich.« Corinne setzte sich auf und stöhnte. »Oh, ich wünschte, wir hätten das Schiff heute nicht verpaßt!«

»Falls du wirklich entschlossen bist, zu gehen, gibt es noch genügend Schiffe.«

»Ja, aber was wird in der Zwischenzeit passieren? Was soll ich Jared sagen, wenn er wissen will, warum ich ihm die Wahrheit vorenthalten habe?«

»Sag ihm die Wahrheit!«

Jared kehrte die ganze Nacht nicht zurück. Auch am folgenden Tag kam er nicht wieder. Corinne erwartete ihn nervös, weil sie sich einerseits zwar vor dieser Gegenüberstellung fürchtete, doch andererseits wollte sie die unvermeidliche Szene hinter sich bringen.

Jared hielt sich bis zum 14. von seinem Hause fern. Inzwischen hatte Corinne die Hoffnung aufgegeben.

44

»Wir haben uns keinen guten Tag ausgesucht, um die Insel zu verlassen.«

Corinne drehte sich um. »Wieso? Es ist doch ein schöner Tag.«

»Hast du denn keine Zeitung gelesen, Cori?«

»Wozu denn das? Die Nachrichten sind im allgemeinen deprimierend.«

Florence schüttelte den Kopf. »Von nichts als Revolution war die Rede.«

»Meinst du Krieg?«

»Ich weiß es nicht. Es scheint eine ganze Menge Menschen auf Oahu und in ganz Hawaii zu geben, die die Monarchie abschaffen wollen. Bald wird die Revolution zum Ausbruch kommen, und heute ist ein entscheidender Tag.«

»Wieso?«

»Königin Liliu . . . Ich kann diesen Namen einfach nicht aussprechen Sie will die gegenwärtige Verfassung außer Kraft setzen und eine neue proklamieren. Die Ausländer, die hier leben, vor allem die Amerikaner, sind strikt dagegen. Das Ganze ist eine Kraftprobe zwischen den Revolutionären und den Monarchisten, zwischen den ausländischen Siedlern und den Hawaiianern.«

»Dann ist es um so besser, daß wir uns entschlossen haben, früh am Morgen abzureisen. Wir können einen Umweg zum Hafen fahren und aufpassen, daß wir nicht in die Nähe des Iolani-Palastes kommen.«

»Willst du nicht wenigstens noch ein bißchen warten, um zu sehen, ob dein Mann nach Hause kommt?«

Corinne antwortete ohne zu zögern. »Nein. Ich warte jetzt seit einer Woche. Entweder ist er maßlos wütend, weil ich Michael vor ihm geheimgehalten habe, oder es ist ihm alles gleich.«

»Ich kann mir einfach nicht vorstellen, daß es ihm gleich ist, Cori.«

»Ich schon. Ich kenne Jared besser als du. Gehen wir.«

Sie nahm ihre Handschuhe und ihre Handtasche und verließ den Raum, um Michael zu holen. Das Gepäck war schon verladen worden. Nach einem oberflächlichen Abschied von Aleka und Malia machten sie sich auf den Weg zum Hafen. Sun Hoo fuhr sie hin. Kurz darauf kam eine andere Kutsche hinter ihnen her. Beide Kutschen hielten an. Corinne zuckte zusammen, als sie Jared sah. Er stieg aus und kam auf ihre Kutsche zu.

»Ich wußte nicht, daß du schon so früh abfährst. Beinahe hätte ich dich verpaßt.«

Wie beiläufig er das sagen konnte!

»Warum hast du dir überhaupt die Mühe gemacht?«

»Ich bin gekommen, um dich zum Schiff zu bringen. Heute kann es Ärger geben. Auf den Straßen rotten sich schon einige Hitzköpfe zusammen.«

»Wir haben gehört, daß es Ärger geben kann, Jared. Wir wollten einen Bogen um den Palast machen.«

»Es gibt überall Ärger, Corinne. Zweifellos wird es zu Straßenschlachten kommen.«

»Du machst dir offenbar Sorgen um mich«, murmelte sie sarkastisch.

Anstelle einer Antwort befahl er Sun Hoo, seine Kutsche nach Hause zu fahren, während er auf den Kutschbock der anderen Kutsche kletterte. Corinne kochte. Jared hatte kein einziges Wort über Michael verloren. Er mußte das Kind auf ihrem Schoß gesehen haben. Kein einziges Wort! Warum war er gekommen? Wahrscheinlich nur, um sich zu vergewissern, daß sie auch wirklich abreiste.

Auf den Straßen herrschte großes Durcheinander. Lärmend und schreiend liefen die Leute auf den Palast zu, und Corinne entdeckte etliche Waffen. Sie bekam Angst um Michael und stellte seinen Korb auf den Boden der Kutsche. Dann begann sie sich auch um Jared zu sorgen, der deutlich sichtbar auf dem Kutschbock saß. Er hatte gewußt, was sich abspielen würde, und doch war er völlig unbewaffnet.

In dem Moment, in dem Corinne sich fragte, warum Jared kein Gewehr bei sich hatte, hörte sie die ersten Schüsse. Corinne schrie auf. Die Kutsche fuhr langsamer, und Corinne schrie erneut auf, als sie sah, wie Jared auf dem Sitz zusammenzuckte.

Sie sprang aus der Kutsche und kletterte auf den Kutschbock. Jared richtete sich schwer atmend auf.

»Bist zu verletzt?«

»Mir war nur ein wenig schwindelig« antwortete er. »Sonst geht es mir gut.«

Dann sah sie das Blut an seiner Seite, und ihr Herz setzte aus. Du bist angeschossen worden, Jared!«

»Nur ein kleiner Kratzer.«

»Das ist mir gleich. Ich bringe dich zum Arzt.«

»Ich will keinen Arzt.«

Während er redete, schwankte er wieder. Corinne packte die Zügel, die ihm aus den Händen geglitten waren und fuhr in die Alakea Street.

Das Glück war auf ihrer Seite. Dr. Bryson war in seiner Praxis und half Corinne, Jared hineinzubringen. Sie weigerte sich, das Sprechzimmer zu verlassen, während er Jared untersuchte. Hilflos und ängstlich beobachtete sie den Arzt, der sich die Wunde ansah. Jared war bemüht, seine Schmerzen nicht zu zeigen.

Dr. Bryson sah über die Schulter zu ihr. »Warum warten Sie nicht im Wartezimmer? Es wird eine ganze Weile dauern.«

Sie schüttelte entschlossen den Kopf. »Nicht, ehe ich weiß, ob es etwas Schlimmes ist.«

»Das kann ich Ihnen jetzt schon sagen. Die Kugel hat keines der lebenswichtigen Organe getroffen. Es ist nur schwierig und dauert lange, sie zu entfernen. In einer Woche ist er so gut wie neu.«

»Großartig!« sagte sie.

Jared setzte sich auf. Sein Gesicht war eine versteinerte Maske. »Du brauchst nicht zu warten, Corinne. Du kannst gehen, damit du dein Schiff noch erwischt.«

»Sei nicht albern, Jared!« schrie sie. »Ich kann dich doch so nicht verlassen.«

»Du wirst jetzt gehen, verdammt noch mal!« Seine Stimme klang grob. »Ich will nicht dafür verantwortlich sein, daß du dein Schiff verpaßt. Du wolltest heute abreisen. Also mach schon, daß du wegkommst!«

Sie glaubte, er würde noch etwas über ihren Sohn sagen, ehe sie ging.

»Was ist mit Michael?« fragte sie vorsichtig.

Jared schloß die Augen, um seine Qualen und seinen Zorn zu verbergen. Seine Liebe zu Corinne machte ihn wahnsinnig. Und diese Frau zog ihn auch noch mit Draytons Kind auf! Ihr Haß auf ihn mußte maßlos sein.

Mit kalter Stimme sagte Jared: »Nimm deinen Sohn und verschwinde aus meinem Leben! Geh wieder nach Boston, wo du hingehörst! Diesmal solltest du dich besser um eine Scheidung kümmern, Corinne, denn ich schwöre dir bei Gott, daß *andernfalls* ich das tue.«

Tränenblind rannte Corinne aus der Praxis. Sein eigener Sohn bedeutete ihm nichts.

Jared ließ sich auf den Operationstisch zurückfallen. Er fühlte sich ausgelaugt. Es hatte ihn seine letzte Kraft gekostet, ihr zu sagen, sie sollte gehen, obwohl er sie eigentlich hatte bitten wollen, zu bleiben.

»Finden Sie nicht, daß sie ein wenig zu grob waren?«

Jared öffnete die Augen und sah Dr. Bryson an. Er hatte vergessen, daß außer ihm noch jemand im Raum war.

»Es war notwendig.«

»Sie haben von einer Scheidung gesprochen. Das verstehe ich nicht. Ich dachte . . .«

»Ja«, fiel im Jared mit Schärfe ins Wort. »Ich weiß. Sie haben sie für Mrs. Drayton gehalten. Aber sie ist meine Frau, obwohl das Kind, das Sie behandelt haben, Draytons Sohn ist. Die ganze Geschichte ist – sehr kompliziert«, schloß Jared.

»So, so.« Bryson dachte fieberhaft nach. »Das erklärt allerdings einiges. Sie sind also der ›Jared‹, den diese Frau während der Geburt ohne Unterlaß verflucht hat. Das habe ich nie verstanden, nachdem ihr Mann doch Russell hieß.«

Nach einer Weile fragte Jared: »Woher wissen Sie das? Corinne hat ihr Kind in Boston geboren. Waren Sie dort?«

»Ich weiß nicht, wie Sie zu dieser Auffassung kommen. Hier muß ein Mißverständnis vorliegen, Mr. . .«

»Burkett«, sagte Jared ungeduldig.

»Mr. Burkett. Ihre Frau hat das Kind hier auf der Insel geboren. Im vorletzten Dezember habe ich sie zum erstenmal gesehen. Das war kurz nach ihrer Ankunft. Seit da an sah ich sie in regelmäßigen Abständen, bis sie im Juni ihr Kind geboren hat. Auf ihren Wunsch hin hatte ich auch schon eine Familie ausfindig gemacht, die bereit war, das Kind zu adoptieren.«

Jared setzte sich abrupt auf. »Meine Frau ist erst im August letzten Jahres hierhergekommen.«

Dr. Bryson war nicht gewillt, sich mit einem so kriegerischen Mann auf einen Streit einzulassen, ganz gleich, ob er verwundet war oder nicht. Er hob die Schultern. »Wenn Sie meinen.«

Jared sah ihn finster an. »Sie haben aber eben etwas anderes behauptet.«

Dr. Bryson nickte zögernd.

Jared schüttelte den Kopf. »Sie haben gesagt, die Geburt sei im Juni gewesen. Wann im Juni?«

»Ich kann den genauen Tag in meiner Kartei nachsehen, aber ich glaube, es war um die Monatsmitte herum.«

Jared rechnete schnell nach. »Sie haben eine Adoption erwähnt. Wollte sie das Kind nicht haben?«

Dr. Bryson runzelte selbst bei der Erinnerung daran noch die Stirn. »Ganz und gar nicht. Es war geradezu unnatürlich, wie sehr sie das ungeborene Kind zu hassen schien. Ich habe es nie verstanden.«

Ihre Worte schossen Jared durch den Kopf. »Ein Kind von dir würde ich niemals behalten.«

»Welche Einstellung hat Drayton zu dem Kind gehabt?«

»Nun ja, auch das war verwunderlich. Er wollte das Kind auch nicht haben. Jetzt verstehe ich die Situation besser. Sie hatten getrennte Zimmer, selbst nach der Geburt.«

»Woher wissen Sie das?«

»Ich war oft genug dort.«

»Warum hat sie das Kind dann doch nicht hergegeben?«

Dr. Bayson kicherte. »Das war Miß Merrills Werk.«

»Sie meinen Mrs. Merrill?«

»Ach du meine Güte, ist sie verheiratet?«

»Das ist jetzt gleich«, erwiderte Jared höflich. »Erzählen Sie weiter?«

»Miß Merrill hat mich davon überzeugt, daß Mrs. Burkett es bereuen würde, wenn sie das Kind fortgegeben hat und es zu spät war. Sie sagte, sie sei im Moment von anderen Dingen besessen und könnte keine klare Entscheidung treffen.«

Jared schnitt eine Grimasse. *Er* war das andere. Sie haßte ihn so sehr, daß sie sein Kind nicht behalten wollte.

»Jetzt möchte ich Ihnen aber wirklich die Kugel herausoperieren.«

»Das hat noch ein wenig Zeit. Ich möchte wissen, wie es weitergegangen ist.«

»Miß Merrill und ich haben es so eingerichtet, daß Mrs. Burkett eine Zeitlang mit dem Neugeborenen allein sein mußte. Mehr war nicht nötig. Man könnte sagen, es war Liebe auf den ersten Blick. Ich habe selten eine größere Mutterliebe gesehen.«

Seufzend ließ Jared sich wieder auf den Operationstisch fallen. Er hatte entsetzliche Schmerzen. Die Kugel mußte unbedingt entfernt werden.

Kurz bevor der Arzt ihm schmerztötende Mittel gab, wurde Jared in vollem Umfang bewußt, was er eben gehört hatte. Mein Gott, ich habe einen Sohn!

45

In einer Hinsicht war Corinnes Heimkehr erfreulich. Ihr Vater holte sie am Bahnhof ab und war vom ersten Augenblick an in seinen Enkel vernarrt.

In den zwei Wochen seit ihrer Rückkehr hatte Corinne einige Gesellschaften besucht und sich zum Tee einladen lassen. Lauren schleifte sie ständig mit, und Corinne hatte nichts dagegen. Solange sie beschäftigt war, dachte sie wenigstens nicht ständig an Jared. Der Klatsch über die Gründe ihrer Abreise galt heute als Fehlinformation, da Lauren hatte verlauten lassen, sie würde glücklich mit ihrem Mann zusammenleben und sei nur auf Besuch in Boston. Lauren, deren Auftreten wesentlich selbstsicherer geworden war, wurde mit fast jeder Situation fertig.

Corinne beließ es bei der Lüge ihrer Cousine, doch die Neugierde ihrer Mitmenschen bereitete ihr viel Kummer und Schmerz. Natürlich wurde sie auch ständig über die exotische, faszinierende Insel, auf der sie gelebt hatte, ausgefragt; und es fiel Corinne immer wieder schwer, ihre Melancholie zu verbergen, wenn sie die Schönheiten Hawaiis beschrieb.

Corinne seufzte, wenn sie sagte: »Ein freundlicheres Volk mit mehr Sinn für Humor als die Hawaiianer habt ihr noch nie gesehen.«

Wie war es nur möglich, daß Hawaii innerhalb so kurzer Zeit ihr Zuhause hatte werden können? Sie hatte ihr gesamtes bisheriges Leben in Boston verbracht, und doch erschien es ihr nicht länger als ihr Zuhause.

Konnte sie jemals die leuchtenden Blumen von Oahu vergessen? Würde sie nie mehr den Wasserfall hören, der in ihren Gedanken weiterrauschte? Würde es ihr jemals möglich sein, einen Sonnenuntergang in Boston ohne Enttäuschung anzuschauen?

Heute war sie an der Reihe, die Gastgeberin zu spielen. Sieben Frauen, frühere Freundinnen, saßen vor dem Kamin und nippten an ihrem Tee. Auch Lauren und ihre Mutter waren anwesend.

»Du kannst es sicher kaum erwarten, wieder nach Hawaii zurückzukehren, Corinne«, sagte eine der Frauen. »Wir hatten gar nicht erwartet, daß du so schnell wiederkommen würdest.«

»Mein Vater hat Michael noch nie gesehen und konnte sich nicht freinehmen, um uns zu besuchen.«

»Ihr Mann hat Sie sicher nur widerstrebend fortgehen lassen«, sagte Mrs. Hartmann. »Wenn man nur an die extremen Maßnahmen denkt, die er ergriffen hat, nachdem er sie geheiratet hatte.«

»Extreme Maßnahmen?« fragte Corinne.

Lauren beugte sich grinsend vor. »Ich hoffe, du hast nichts dagegen, Corinne, aber ich habe Mrs. Hartmann anvertraut, warum dein Mann diese seltsame Anzeige aufgegeben hat, ehe er abgereist ist. Ich habe ihr gesagt, daß er sich auf diese Weise nur vergewissern wollte, daß du ihm sofort nachfolgst.«

»Ja, ich meine . . .« Corinne fand die Worte nicht. Lauren hatte sie vollkommen verblüfft. »Mein Mann hat einen recht trockenen Humor.«

»Ich kann mir beim besten Willen nicht vorstellen, daß mein Harold etwas Derartiges täte«, sagte Mrs. Nautily.

»Wir auch nicht«, sagte Lauren lachend.

Corinne lächelte. Harold Nautily war äußerst furchtsam und schüchtern. Er war fast fünfzehn Zentimeter kleiner als seine Frau und sagte nie etwas anderes zu ihr als: »Ja, meine Liebe.«

Das war der Typ Mann, nach dem Corinne gesucht hatte, ehe sie mit Jared zusammengetroffen war.

»Wie geht es Ihrem hinreißenden kleinen Jungen, Corinne?« erkundigte sich Mrs. Turner.

»Michael geht es gut, wenn man von einer leichten Erkältung absieht, die er schon hat, seit wir hier angekommen sind.«

»Ich hoffe, es ist nichts Ernstes.«

»Nein, er wird nur eine Weile brauchen, um sich an das rauhere Klima zu gewöhnen.«

»Das ist verständlich, nachdem er ja auf Hawaii geboren worden ist«, sagte Mrs. Hartmann. »Ich bin sicher, daß er froh ist, wenn er wieder nach Hause zurückkommt. Und Sie selbst natürlich auch.«

»Ja«, flüsterte Corinne mit niedergeschlagenen Lidern.

Sie fragte sich, was sie diesen Frauen erzählen sollte, wenn augenscheinlich wurde, daß Michael und sie nicht nach Hawaii zurückreisten. Lauren und Corinnes Vater waren sich darüber im klaren, wie hart es für Corinne war, eine glückliche Ehe und einen Ehemann, der sie sehnsüchtig erwartete, vorzutäuschen. Niemand wußte, wie unglücklich sie in Wahrheit war. Das Ausmaß ihres Elends war nicht einmal Florence bewußt. Wie lange es wohl dauern würde, bis dieser quälende Schmerz nachließ?

Es klopfte an der Eingangstür, und Brock kam herein, um zu öffnen.

Lauren sagte entschuldigend zu Corinne: »Das wird Cynthia sein. Ich habe sie gestern auf der Straße getroffen. Sie hat gesagt, sie würde vielleicht vorbeischauen.«

Corinne fürchtete Cynthias boshafte Fragen. Wahrscheinlich hatte sie Corinne bis heute noch nicht verziehen, daß sie ihr Jared weggeschnappt hatte.

Anstelle von Cynthia erschien jedoch nur wieder Brock, der völlig verstört wirkte. Dann sah Corinne den Grund.

»Gütiger Himmel!« rief Mrs. Hartmann aus und schlug die Hände zusammen. »Es scheint, als hätte er Ihre Rückkehr nicht erwarten können, Corinne.«

Ganz langsam stand Corinne auf. Sie vernahm nur das Pochen ihres Herzens, sonst nichts.

»Corinne? Corinne?«

Sie wandte sie zu ihrer Tante um, ohne sie zu sehen.

»Es sieht ganz so aus, als seist du ebenso überrascht wie wir alle. Schämen Sie sich, Mr. Burkett! Ihr Hang zu dramatischen Auftritten scheint recht ausgeprägt zu sein.«

Jared löste den Blick von Corinne und setzte sein charmantestes Lächeln auf. »Ich bin schlicht der Eingebung des Augenblicks gefolgt, Mrs. Ashburn. Doch Sie haben recht. Das war sehr unbedacht von mir.«

»Ich denke, wir gehen jetzt, meine Damen«, sagte Lauren. »Die beiden haben einander sicher vermißt. Die Flitterwochen sind noch nicht unbedingt vorbei.«

Plötzlich stand Corinne allein mit Jared da. Was wollte er hier? Michael! Er war gekommen, um ihr Michael wegzunehmen.

»Hallo, Corinne!«

Zitternd setzte sie sich wieder hin. »Du – du siehst gut aus, Jared.«

Sie rechnete damit, schneeweiß zu sein, und sprach weiter, um ihre Nervosität zu überspielen. »Ich hoffe, deine Wunde ist gut verheilt.«

Er hob die Schultern. »Nach einer Woche war nur noch eine häßliche Narbe zu sehen.« Er grinste. »Möchtest du sie sehen?«

»Nein«, keuchte sie.

Wie konnte er nur so ruhig sein, wo sie sich doch im Zorn getrennt hatten? Er verhielt sich so, als sei es das natürlichste auf der ganzen Welt, daß er jetzt in diesem Haus in Boston saß.

Corinne senkte den Blick. »Was ist nach meiner Abreise passiert? Hat es noch viele Kämpfe gegeben?«

»Nein. Es muß die friedlichste Revolution in der Geschichte gewesen sein.«

»Und die Königin?«

»Sie regiert nicht mehr«, sagte Jared mit einem Anflug von Bitterkeit. »Wir haben eine Übergangsregierung unter amerikanischer Flagge. Abgesandte sind nach Washington geschickt worden, um eine Annexion zu erbitten.«

»Wie ist das passiert?«

»Am 14. Januar, an dem Tag, an dem du abgereist bist, wollte Königin Liliukalani die Verfassung abschaffen. Ihr Versuch, das Kabinett zu zwingen, ihre neue Verfassung zu unterzeichnen, ist fehlgeschlagen. Daraufhin wurde ein Sicherheitsausschuß gegründet, der das Regierungsgebäude besetzt und proklamiert hat, die monarchistische Regierungsform wurde abgeschafft.«

»Einfach so? Durch eine Bekanntmachung?«

»Die Mehrheit der Bürger stand hinter ihnen«, antwortete Jared. »Die Königin wurde in ihrem Palast als Gefangene gehalten, und dann wurde die amerikanische Flagge gehißt.« Jared seufzte. »Es war ein trauriger Tag für ein stolzes Volk.«

»Du sympathisierst mit der Königin, nicht wahr?«

»Sie mag ihre Machtbefugnisse überschritten haben, doch für mich ist sie immer noch die Königin. Jetzt ist es erst rund hundert Jahre her, seit Hawaii von anderen Völkern entdeckt worden ist. Das ist für eine Kultur ein bemerkenswert kurzer Zeitraum, und schon ist sie an andere Zivilisationen verloren.«

»Sie wird nicht völlig verlorengehen.«

»Vielleicht nicht«, stimmte er ihr zu. Dann stand er auf und sah sie direkt an. »Du hast mich nicht gefragt, warum ich gekommen bin.«

Corinne wandte sich ab. »Um ehrlich zu sein – ich fürchte mich vor der Antwort.«

Er sah sie schmerzlich berührt an. »Von mir hast du nichts zu befürchten, Corinne.«

»Wirklich nicht?«

Jared sah sie nachdenklich an, ehe er sich neben sie auf das Sofa setzte. »Hast du Angst, ich sei wegen Michael gekommen?«

»Ja«, flüsterte sie.

»Hast du mir deshalb nicht die Wahrheit über ihn erzählt?«

»Ja.« Sie sah ihn mit weit aufgerissenen Augen an. »*Bist* du deshalb gekommen, Jared? Wenn das der Fall ist, muß ich dir gleich sagen, daß ich meinen Sohn nicht hergebe. Du würdest mich töten müssen, um ihn von mir fortzunehmen.«

»Unser Sohn«, berichtigte er sie zärtlich. »Und ich käme niemals auf die Idee, ihn seiner Mutter fortzunehmen.«

Sie riß die Augen noch weiter auf. »Ist das dein Ernst?«

»Ja.« Er rückte näher an sie heran, doch sie rückte scheu von ihm ab.

Er seufzte. »Ich habe einen Brief von deinem Vater in der Tasche.«

Als sie nichts darauf sagte, fuhr er fort: »Er ist wenige Tage nach deiner Abreise gekommen. Die Antwort auf einen Brief, den ich ihm zuvor geschrieben hatte. Michaels wegen. Er hat mir alles erklärt.«

»Dazu hatte er kein Recht!« sagte Corinne zornig.

»Du hattest es mir bereits selbst erzählt, Corinne«, erinnerte er sie sanft.

»Ja, und du hast kein Wort gesagt. Am letzten Tag hast du auch kein Wort darüber verloren.«

»Ich mußte mich erst an den Gedanken gewöhnen«, log er.

Er hatte nicht die Absicht, ihr seinen Argwohn bezüglich Drayton mitzuteilen. Sie brauchte nicht zu wissen, was für ein Dummkopf er gewesen war.

»Es war ein Schock für mich, zu erfahren, daß ich einen Sohn habe und daß du es mir verschwiegen hast.«

»Jared, ich . . .«

»Sei still! Ich weiß jetzt, warum du es getan hast. Der Brief deines Vaters hat mir geholfen, und auch von Dr. Bryson habe ich eine Menge erfahren.«

Corinne errötete und sah sich im Zimmer um. Sie konnte Jared jetzt nicht ansehen. »Du mußt verstehen, daß ich dich damals gehaßt habe, Jared. Wenn ich nicht von diesem Haß besessen gewesen wäre, hätte ich das, was ich getan habe, niemals tun können.«

»Ich weiß es. Ich war einst ebenso von meinem Haß auf deinen Vater besessen. Ich hoffe, daraus haben wir beide etwas gelernt. Heute mache ich deinem Vater keine Vorwürfe mehr, und das werde ich ihm selbst sagen. Ich weiß jetzt, zu welchen Grausamkeiten der Haß Menschen treiben kann.«

»Was willst du damit sagen, Jared?«

Er nahm ihre Hand. »Ich weiß, daß du mich gehaßt hast, als du abgereist bist, Corinne, und wahrscheinlich haßt du mich immer noch. Aber selbst wenn ich den Rest meines Lebens dazu brauche: Ich werde alles tun, um dich dazu zu bringen, mich statt dessen zu lieben.«

Ihre Augen füllten sich mit Tränen. »Wieso?«

»Weil ich dich liebe, verdammt noch mal!« Nachdem er diese Worte endlich ausgesprochen hatte, war es ihm möglich, sanft zu sagen: »Ja ich liebe dich mehr, als ich es je für möglich gehalten hätte.«

Corinne schüttelte den Kopf. Sie wollte ihm glauben, doch sie fürchtete sich. »Du sagst, du liebst mich, ganz gleich, was ich deiner Meinung nach getan habe?«

»Ich weiß seit Monaten, daß ich dich liebe. Ja, ungeachtet dessen, was ich dir unterstellt habe. Ich wollte es dir in dieser Nacht nach dem Weihnachtsfest sagen, aber wie hätte ich das tun sollen?«

Ihr Gesicht leuchtete auf. »Dann ist es also wahr, was du mir über Naneki erzählt hast?«

Er nickte. »Ich war nicht sicher, ob du mir überhaupt zugehört hast.«

»Gehört habe ich es schon, aber ich habe es nicht geglaubt.«

»So oft, wie ich an dir gezweifelt habe, kann ich dir das kaum vorwerfen.«

»O Jared, ich liebe dich auch!«

Sie warf ihre Arme um seinen Hals. Wenn es nach ihr ginge, würde sie ihn nie mehr fortfahren lassen.

Er nahm ihr Gesicht zwischen seine Hände und sah ihr tief in die Augen. »Ist das dein Ernst?«

»Ja! O ja! Ich schwöre dir auch, dich nie mehr zu belügen. Du wirst nie mehr Grund haben, an mir zu zweifeln.«

»Mein Gott, wie dumm wir waren!« Jared seufzte und zog sie näher an sich. »Welches Unglück wir einander zugefügt haben!«

Doch in diesem Augenblick wurde Corinne stocksteif und versuchte, ihn von sich zu stoßen.

»Wir sind immer noch genauso dumm, Jared.« Ihre Miene spiegelte tiefste Verzweiflung wider. »Es geht nicht. Du wirst nie vergessen, was ich getan habe – was du glaubst, ich hätte es getan. Das wird immer zwischen uns stehen.«

Er stand auf und ging zum Fenster. »Ich weiß inzwischen die Wahrheit, Corinne.«

»Welche Wahrheit?«

»Ich habe einige deiner Exliebhaber aufgesucht.«

Sie stöhnte. »Haben sie gelogen und dir alle Einzelheiten berichtet?«

Jared kicherte. »Angesichts meiner Drohungen, sie in Stücke zu zerreißen, haben sie mir widerwillig die Wahrheit erzählt.«

»Wirklich, Jared?«

»Alle Geschichten stimmten mit deiner Version überein.« Plötzlich lachte er. »Mein Gott, das hast du wirklich geschickt gemacht!« Dann verdüsterte sich seine Miene. »Es war zu geschickt ausgeklügelt. Du hast mich vollständig zum Narren gehalten, wie ich leider eingestehen muß. Kannst du mir verzeihen, daß ich dich dazu für fähig gehalten habe?«

»Wenn du das jetzt so sagst . . .«

Ihre Augen wurden erschreckend dunkel. Doch ehe sie sich in ihren Zorn hineinsteigern konnte, setzte er sich schnell neben sie auf das Sofa, packte sie und verschloß ihr mit einem langen Kuß den Mund.

Als Jared sie losließ, war ihr Zorn verflogen, und er grinste teuflisch. »Das ist natürlich auch eine Möglichkeit, einen Streit zu begraben. Daran werde ich mich in Zukunft noch erinnern müssen.«

Mit funkelnden Augen lächelte sie ihn an. »Denk nicht an die Zukunft! Du hast gerade eben mit etwas begonnen, das du jetzt sofort zu Ende führst, mein Lieber.«

Er runzelte die Stirn. »Ist dein Vater zu Hause?«

»Nein.«

»Worauf warten wir dann noch?«

46

Das Schiff glitt geschmeidig durch das Wasser. Sie waren nur noch wenige Meilen von zu Hause entfernt. Corinne und Jared standen auf dem Deck und warteten, bis das Land zu sehen war.

Diese Reise nach Hawaii war vollkommen anders verlaufen als die erste, die Corinne krank und unglücklich in ihrer Kabine verbracht hatte.

Sie hatte die Reise zwar wieder größtenteils in der Kabine verbracht, doch diesmal mit Jared, der sie mit seiner Liebe beschlagnahmte. Sie war glücklich und sicher, genau da zu sein, wo sie hingehörte.

Jared zog sie besitzergreifend an sich. »Freust du dich, wieder nach Hause zu kommen?«

»Das weißt du doch.«

»Dayna kann es kaum erwarten, dich zu sehen.« Er kicherte im Angedenken an das stürmische Zusammentreffen mit ihr, ehe er nach Boston gefahren war. »Du hättest sehen sollen, wie sie mich behandelte, als sie herausgefunden hat, daß du fort warst. Sie hat mich in zweiunddreißig Varianten als Narr beschimpft, weil ich dich habe gehen lassen.«

Corinne lachte. »Ich mochte Dayna vom ersten Moment an. Wir müssen sie und ihren Freund bald zum Abendessen einladen. Ich glaube, sie ist ein wenig in ihn verliebt.«

»Ja, das weiß ich. Wir werden sie zur Hochzeit einladen müssen.«

Sie sah ihn fragend an. »Wie können wir sie zu ihrer Hochzeit einladen?«

»Nein, zu unserer«, murmelte er. »Werden Sie mich noch einmal heiraten. Mrs. Burkett?«

Corinne berührte das goldene Herz, das sie um den Hals trug. »Ohne es zu bereuen?«

»Ja. Beim erstenmal hat keiner von uns beiden sein Gelübde ernst genommen. Ich möchte es noch einmal aussprechen, Kolina. Und diesmal wird es keine Zweifel geben – und keine Reue.«

»Wenn es dich glücklich macht, heirate ich dich noch hundertmal«, sagte sie ernst und sah ihm in die Augen.

Er kicherte. »So, wie du mir versprochen hast, ein Dutzend Kinder zu bekommen, um wiedergutzumachen, daß ich Michael in den ersten Monaten verpaßt habe?«

»Ja. Solange du mich nur liebst, gebe ich dir alles, was du willst.«

»Ich werde dich immer lieben, Kolina. Eine weitere Heirat ist genug. Eine, die ewig hält.«

Hinter ihnen war ein kräftiges Räuspern zu hören. Als sie sich beide umdrehten, stand Florence mit Michael hinter ihnen.

»Da möchte sich jemand zu euch gesellen.«

Jared lachte und nahm ihr Michael ab. »Das hat er Ihnen zu verstehen gegeben, was?«

»Hat er!« sagte Florence. »Er hat die Insel entdeckt und wollte sie euch zeigen. Sehen Sie?«

Michael zeigte mit dem Finger auf einen Landstreifen, der plötzlich vor ihnen aufgetaucht war. Er zappelte.

»Sehen Sie!« sagte Florence.

Alle lachten.

»Sag ›Zuhause‹!« drängte ihn Jared.

Michael sah seinen Vater an, und seine lindgrünen Augen leuchteten so hell wie die seiner Mutter. Dann sah er wieder auf die Insel.

»Guck!« sagte er strahlend.

»Er wäre sicher ein besserer Seefahrer geworden als ich«, sagte Corinne lachend. »Ich hatte gehofft, ich würde die Insel als erste sehen, aber er hat mich geschlagen.«

»Allerdings«, bemerkte Florence und unterdrückte ihr Gelächter. »Es ist ein Wunder, daß du überhaupt noch etwas bemerkst, wenn dein Mann in der Nähe ist.«

»So sollte es am besten auch bleiben«, sagte Jared mit gespieltem Ernst.

Sekunden später, in denen sie alles um sich herum vergessen hatte, krähte Michael »Zuhause«, und Jared drückte ihn an sich.

Alle schauten jetzt zur Insel hinüber, die schon deutlich zu erkennen war. Im Hintergrund zeichnete sich die Koolua-Gebirgskette ab.

Jared zog Corinne näher an sich. Gemeinsam mit Michael, den sie in die Mitte genommen hatten, segelten sie nach Hause, nach Hawaii. Nach Hause. Kaum ein Wort war so schön wie dieses. Bis auf Familie, und das waren die drei jetzt.

Und natürlich gab es noch ein drittes Wort, das ebenso wundervoll war: Liebe.

Auf den Wogen der Leidenschaft

1

Als Bettina Verlaine den sonnigen Wohnraum betrat und ihren Eltern einen guten Morgen wünschte, klopfte ihr Herz beinahe schmerzhaft vor Angst. Es geschah recht selten, daß ihr Vater André Verlaine sie so früh zu sich rief. Noch nie aber war sie schon am Tag vorher von ihm ermahnt worden, auch bestimmt zu erscheinen. Bettina ahnte, daß er ihr etwas sehr Wichtiges zu sagen hatten – etwas, das ihr ganzes Leben ändern würde. Zwar hatte sie die ganze Nacht darüber nachgedacht, aber insgeheim wußte sie schon, um was es sich handeln mußte. Sie war neunzehn Jahre alt und im heiratsfähigen Alter.

Schon als sie vor drei Jahren aus der Klosterschule zurückkehrte, hatte sie erwartet, verheiratet zu werden. Die meisten Mädchen reicher Familien wurden bereits im Kindesalter verlobt und heirateten mit vierzehn oder fünfzehn – so war es auch bei Bettinas Mutter gewesen. Viele Bewerber um Bettinas Hand waren schon bei ihrem Vater erschienen. Ihr selbst wurde allerdings nicht gestattet, diese Männer zu sehen. Allerdings war vermutlich keiner von ihnen reich genug gewesen, um die Zustimmung des Vaters zu finden.

Heute jedoch wußte Bettina, daß über ihre Zukunft entschieden worden war und sie den Namen ihres zukünftigen Mannes erfahren sollte.

André Verlaine saß hinter seinem Schreibsekretär und blickte nicht auf, als seine Tochter den Raum betrat. Ob er wohl ein schlechtes Gewissen hatte, weil er ihr das jetzt antun wollte? Eigentlich war das nicht denkbar, denn er hatte Bettina ja auch einfach in die Klosterschule geschickt und behauptet, sie sei schwer erziehbar. Den größten Teil ihrer Jugend hatte sie also nicht zu Hause verbracht, und nun wollte man sie für immer fortgeben.

Die Mutter Jossel Verlaine musterte die Tochter ängstlich. Vergeblich hatte sie versucht, André zu überreden, einen anderen Mann für sie auszuwählen. Aber André ließ sich in seiner Entscheidung nicht beirren. Sein Entschluß stand fest.

Jossel saß vor den offenen Türen, die auf die Terrasse führten. Das tat sie jeden Morgen, aber heute war sie unfähig, an ihrer Stickerei zu arbeiten. Ständig mußte sie an das Schicksal der Tochter denken.

»Nun, Bettina, ich will es kurz machen«, sagte André Verlaine. »Und ich will keinen Widerspruch hören.«

Bettina erschreckte das keineswegs. Der Vater hatte noch nie Liebe oder wenigstens Verständnis für sie oder die Mutter gezeigt. Beide wurden von ihm nicht anders behandelt als die Dienerschaft. André Verlaine war ein eiskalter Mann, dem es nur darum ging, seinen Reichtum zu mehren. Das ließ ihm keine Zeit, sich um seine Familie zu kümmern.

»Warum setzt du dich denn nicht hin, ma chérie«, sagte Jossel, bevor ihr Ehemann weitersprechen konnte.

Bettina wußte, wie sehr die Mutter sie liebte, aber sie wollte sich nicht hinsetzen, um es dem Vater zu erleichtern. Obwohl es für ein Mädchen höchst unpassend war, fühlte Bettina sich wie eine Rebellin. Aber im Jahre 1767 war das eben so. Seit Jahrhunderten hatte sich nichts geändert, und das würde wohl auch nie geschehen.

Töchter wohlhabender Eltern mußten standesgemäße Ehen eingehen. Außerdem gab es in ihrer kleinen Heimatstadt Argentan natürlich keine ebenbürtigen Männer. Die Bevölkerung bestand aus Bauern und unbedeutenden Kaufleuten. Hätte sich Bettina in einen Mann von hier verliebt, wäre der Vater damit nie einverstanden gewesen.

»Ich habe für dich eine Ehe mit dem Comte Pierre de Lambert arrangiert«, verkündete André. »Sie wird kurz nach Beginn des neuen Jahres geschlossen.«

Bettina funkelte ihn mit ihren dunkelgrünen Augen zornig an. Wenigstens damit wollte sie ihm beweisen, was sie von einer solchen Vereinbarung hielt. Dann neigte sie unterwürfig den Kopf, wie es sich für eine gehorsame Tochter geziemte.

»Ja, Papa«, erwiderte sie und wunderte sich selbst über ihre Ruhe.

»In einem Monat mußt du abreisen. Viel Zeit bleibt dir nicht, um deine Brautausstattung herzurichten. Daher werde ich ein paar Schneiderinnen beauftragen, dir zu helfen. Comte de Lambert hat seinen ständigen Wohnsitz auf Saint-Martin – das ist eine Insel in der Karibik –, und du mußt daher mit dem Schiff zu ihm reisen. Leider wird es eine sehr lange und anstrengende Seefahrt werden. Dein früheres Kindermädchen Madeleine wird dich als Zofe begleiten.«

»Warum muß ich denn so weit weg?« rief Bettina. »Es dürfte doch auch in Frankreich jemand geben, den ich heiraten kann.«

»Um Himmels willen«, schrie André, und sein sonst so bleiches Gesicht lief rot an. Dann stand er auf und sah seine Frau böse an. »Ich habe sie in das Kloster geschickt, damit sie Gehorsam lernt! Diese Jahre waren völlig vergeblich, wie ich jetzt sehe. Noch immer erkennt sie meine Autorität nicht an.«

»Wenn du doch nur ihre Wünsche ein wenig bedenken wolltest, André«, wagte Jossel zu sagen. »Wäre das denn zuviel verlangt?«

»Ihre Wünsche sind unwichtig, Madame«, entgegnete André. »Und deinen Widerspruch lasse ich mir auch nicht länger gefallen. Die Vereinbarung wurde getroffen, und zurück kann und will ich nicht mehr. Bettina wird den Comte Pierre de Lambert heiraten. Ich flehe zu Gott, daß er ihren Trotz zügeln kann. Mir ist das ja nicht gelungen.«

Bettina atmete schwer. Warum sprach der Vater eigentlich immer so, als sei sie gar nicht anwesend? Natürlich liebte sie den Vater, aber fast immer trieb er sie so zur Verzweiflung, daß sie am liebsten laut aufgeschrien hätte.

»Darf ich jetzt gehen, Papa?« fragte sie.

»Ja, ja«, erwiderte er zornig. »Du hast erfahren, was du wissen mußt.«

Bettina verließ den Wohnraum und hätte am liebsten laut aufgelacht. Was hatte sie eigentlich erfahren? Sie wußte den Namen des Mannes, wußte, wo er lebte und daß sie ihn zu Beginn des neuen Jahres heiraten mußte. Das war alles. Nun, wenigstens hatte sie nicht gleich nach ihrer Rückkehr aus der Klosterschule heiraten müssen. Drei Jahre hatte der Vater gebraucht, um einen Mann zu finden, der ihm half, seinen Reichtum zu vermehren.

Als sie die Treppe hinauflief, wurde Bettina von den widerstreitendsten Gefühlen bewegt. Zorn auf ihren Vater erfüllte sie, weil er sie mit einem Mann verheiratete, der in so weiter Ferne lebte. Erschreckend war auch der Gedanke, in ein völlig fremdes Land zu kommen. Aber am meisten schmerzte es, daß sie die Mutter verlassen mußte. Etwas jedoch bereitete ihr Freude. Sie würde auf der langen Reise nicht ganz allein sein, denn ihre Kinderfrau Madeleine – Bettina liebte sie fast wie eine Mutter – durfte sie begleiten.

Bevor Bettina ihr Zimmer betrat, klopfte sie leise bei Madeleine, die sie sofort aufforderte, hereinzukommen, als habe sie schon auf sie gewartet. Madeleine saß mit einer Handarbeit beim Fenster, und Bettina setzte sich neben sie.

Da Bettina kein Wort sprach und nur starr aus dem Fenster

blickte, legte Madeleine ihre Handarbeit zur Seite und fragte leise: »Dein Papa hat es dir gesagt, nicht wahr?«

Langsam wandte Bettina sich der Frau zu, die sie als Kind betreut hatte. Madeleine war jetzt über fünfzig Jahre alt, ein bißchen rundlich, aber immer noch sehr lebhaft. Durch ihr braunes Haar zogen sich silbergraue Streifen.

»Du hast es also gewußt«, entgegnete Bettina gleichgültig. »Warum hast du mich nicht gewarnt, Madeleine?«

»Du hast es doch auch geahnt, mein Liebling. Seit drei Jahren schon hättest du etwas Derartiges erwarten müssen.«

»Ja, aber ich wußte nicht, daß man mich über den Ozean schicken will. Ich möchte Frankreich nicht verlassen. Jetzt muß ich also durchbrennen.«

»Das wirst du nicht tun, junge Dame!« Madeleine drohte ihr mit dem Zeigefinger. »Du nimmst die Dinge hin und versuchst, das Beste daraus zu machen. Schließlich hast du dich ja auch gefügt, als man dich in die Schule fortschickte. Eigentlich solltest du dich freuen, einen guten Ehemann zu bekommen. Viele Kinder wirst du von ihm empfangen. Und mit Gottes Willen werde ich dabeisein und sehen, wie sie aufwachsen.«

Bettina lehnte sich lächelnd in ihrem Sessel zurück. Natürlich hatte Madeleine recht. Sie würde diesen Mann heiraten, es blieb ihr gar nichts anderes übrig. In ihrem Alter konnte man keine Wutausbrüche mehr bekommen, um seine Wünsche durchzusetzen.

Bettina war ein fröhliches Kind gewesen, bis sie sich ernstlich zu fragen begann, warum der Vater sie nicht liebte. Dieses Empfinden belastete sie schwer, und ständig überlegte sie verzweifelt, wie sie beim Vater Liebe und Anerkennung finden könnte. Aber ihre Bemühungen blieben erfolglos, und er beachtete sie weiterhin nicht.

Bettina reichte es nicht, nur von der Mutter ständig mit Liebe überschüttet zu werden. Es erschien ihr einfach unbegreiflich, warum der Vater sie nicht mochte. Sie wußte nicht, daß er sich einen Sohn gewünscht hatte. Und da Jossel Verlaine offenbar keine Kinder mehr bekommen konnte, war es bei dieser einzigen Tochter geblieben, der André nie verzieh, daß sie kein Sohn war.

Daher entwickelte Bettina eine gewisse Starrköpfigkeit. Sie haßte den Vater, weil er sie auf die Klosterschule schickte, und auch dort benahm sie sich stets aufsässig und ungehorsam.

Jetzt erst war ihr bewußt geworden, daß es ihr eigene Schuld war, daß man sie fortgeschickt hatte. Von den Nonnen lernte sie

Geduld und Gehorsam. Nach der Rückkehr ins Elternhaus verachtete sie den Vater nicht mehr.

Geändert hatte sich jedoch nichts. Der Vater blieb für sie weiterhin ein Fremder, aber Bettina fand sich damit ab. Sie hörte auf, sich selbst zu bemitleiden, und versuchte auch nicht mehr, die Gunst des Vaters zu gewinnen. Die Mutter liebte sie über alles, und da war ja auch noch Madeleine. Langsam lernte es Bettina, für alles dankbar zu sein, was man ihr bot.

Manchmal allerdings fragte sie sich, ob sie nicht anders geworden wäre, wenn sie auch väterliche Liebe kennengelernt hätte. Vermutlich wäre sie dann nicht so leicht aufgebraust. Aber spielten solche Gedanken jetzt überhaupt noch eine Rolle? Nur der Vater erregte ihren Zorn, und diesen kalten, gefühllosen Mann würde sie bald verlassen.

2

Am frühen Abend kam Jossel Verlaine in Bettinas Schlafzimmer, um sich mit der Tochter zu unterhalten. Man merkte ihr die innere Erregung noch an.

»Ich habe es versucht, ma chérie. In endlosen Gesprächen wollte ich deinen Vater überreden, dich nicht zu diesem Mann zu schikken.« Jossel rang, wie immer bei solchen Gelegenheiten, die Hände.

»Schon gut, Mama. Auch ich war zuerst aufgeregt. Aber das lag nur daran, weil ich so weit fortgehen muß. Daß meine Heirat vorbereitet wurde, habe ich erwartet, also kam diese Abmachung für mich nicht überraschend.«

»Aber für mich kam es völlig überraschend«, gestand ihr die Mutter. »Seit Monaten hat André diese Ehe vorbereitet, aber erst gestern abend hat er mich davon unterrichtet. Von der Wahl deines Ehemannes ließ er sich nicht mehr abbringen. Auch als ich sagte, ich hätte große Bedenken, dich zu einem fremden Mann in ein wildfremdes Land zu schicken, beeindruckte es ihn nicht.«

Bettinas Mutter pflegte mit der Tochter immer offen zu sprechen. Nun jedoch schienen ihr die Worte zu fehlen, und sie begann, ruhelos im Raum auf und ab zu gehen.

»Gibt es denn etwas Besonderes, was du mir sagen willst, Mama?« fragte Bettina.

»Ja, ja, sicher«, erwiderte Jossel, und die englische Sprache schien ihr plötzlich schwerzufallen.

Papa und Mama sprachen gern Englisch, denn viele von Papas Handelspartner waren Engländer. Nachdem Bettina diese rauh klingende Sprache auch erlernt hatte, bestand der Vater darauf, daß nur noch Englisch gesprochen wurde.

Da Jossel immer noch zögerte, versuchte Bettina das Schweigen zu brechen. »Ich werde dich entsetzlich vermissen, wenn ich nächsten Monat abreise, Mama. Ob ich dich wohl je wiedersehe?« fragte sie voller Hoffnung.

»Natürlich wirst du das, Bettina. Wenn dein neuer...« Sie schwieg einen Augenblick, als ob es ihr schwerfiele, das Wort auszusprechen. »Wenn dein neuer Ehemann dich nicht zu einem Besuch hierherbringt, überrede ich André, nach Saint-Martin zu reisen.« Besorgt blickte Jossel der Tochter in die dunkelgrünen Augen. »O meine kleine Bettina, mich schmerzt es so sehr, daß dein Papa auf diesen Ehevertrag mit Comte de Lambert bestanden hat. Ich wollte immer, du solltest dir selbst deinen Mann suchen. Hätte mir André doch nur gestattet, dich nach Paris zu bringen. Dort hättest du einen Mann gefunden, den du auch lieben könntest. Sogar einen reichen Mann.«

»Comte de Lambert ist vermögend, nicht wahr?« fragte Bettina.

»Ja, aber du lernst ihn vorher nicht kennen, Bettina, und weißt daher nicht, ob du ihn lieben und mit ihm glücklich sein kannst. Und das erhoffe ich mir so sehr für dich.« Jossel seufzte tief.

»Aber Papa hat doch den Comte de Lambert für mich ausgewählt, und dieser Mann will mich zur Frau. Also muß er mich doch schon gesehen haben.«

»Ja, vor einem Jahr«, bestätigte ihr die Mutter. »Du warst im Park, als der Comte deinen Vater besuchte. Aber, Bettina, du bist ein so liebreizendes Mädchen. Du hättest dir selbst den Mann wählen können, mit dem du dein Leben verbringen sollst. Dein Papa aber hängt an den alten Traditionen. Er muß den Mann für dich aussuchen. Ihm ist es gleichgültig, ob du glücklich bist oder nicht.«

»So ist es eben, Mama. Ich habe nichts anderes erwartet«, erwiderte Bettina, obwohl sie sich fragte, warum es so sein mußte.

Die Mutter nickte traurig. »Mich schmerzt der Gedanke, daß du dein Leben an der Seite eines Mannes verbringen mußt, den du nicht liebst. Darum bin ich zu dir gekommen. Ich möchte dir nämlich etwas erzählen, obwohl ich es eigentlich nicht tun sollte.«

»Was denn, Mama?«

»Du weißt, daß ich deinen Vater auch nach dem Willen meines Vaters heiraten mußte, und ich war damals erst vierzehn Jahre alt.

Genau wie du zeigte ich große Bereitschaft, meinen Mann zu lieben und ihm eine gute Frau zu sein. Nach dem ersten Ehejahr wußte ich jedoch, daß es mir nie gelingen würde. Nach einem weiteren Jahr wurde meine Lage noch schlechter, denn André wollte einen Sohn, und ich hatte immer noch nicht empfangen. Einsam lebte ich vor mich hin. Madeleine war mein einziger Trost. Allerdings konnte sie mich nicht vor Andrés Wutausbrüchen schützen...«

Nach kurzem Zögern fuhr Jossel fort: »Ich begann lange Spaziergänge zu unternehmen und ging häufig in die Stadt, um Ablenkung zu finden. Bei einer solchen Gelegenheit lernte ich einen Seemann kennen – einen Iren mit leuchtend rotem Haar und funkelnd grünen Augen. Sein Schiff lag wegen einer Havarie im Hafen. Er kam an Land, um seine Eltern zu besuchen, die Irland verlassen und jetzt auf dem Lande in der Nähe von Mortagne lebten. Ich traf ihn immer wieder, bis er mein Liebhaber wurde.«

»O Mama, das klingt so romantisch!« rief Bettina.

Erleichtert lächelte Jossel, weil die Tochter über dieses Geständnis nicht erschrocken oder empört war.

»Ja, romantisch ist es gewesen. Ryan blieb drei Monate in Argentan, und wir trafen uns regelmäßig. Für mich waren es die glücklichsten Monate meines Lebens. Die Erinnerung bewahre ich wie einen Schatz in meinem Herzen. Ich liebte Ryan von ganzem Herzen, und in dir lebt er weiter, Bettina, denn er war dein wirklicher Vater.«

»Dann ist Papa also – mein Stiefvater?«

»Ja, ma chérie, nur dein Stiefvater«, bestätigte die Mutter. »Du solltest von dem Glück erfahren, das ich mir vor vielen Jahren stehlen mußte, von der einzigen Liebe meines Lebens. Du mußtest das wissen, falls du Comte de Lambert nicht lieben kannst. Ich bete darum, daß es nicht so sein wird. Geschieht es aber doch, dann bete ich darum, daß du jemand findest, dem du deine Liebe geben kannst.«

Tränen traten Jossel in die Augen, als sie weitersprach: »Glücklich sollst du werden, Bettina. Wenn du aber in einer lieblosen Ehe leben mußt, möchte ich nicht, daß du dich schuldig fühlst, wenn du einen Geliebten findest. Nur glücklich sollst du sein, mein Kind. Nichts sonst.«

Jossel begann laut zu weinen. Bettina trat sofort zu ihr und umarmte sie zärtlich.

»Ich danke dir, Mama, daß du es mir erzählt hast. Jetzt habe ich nicht mehr solche Angst, nach Saint-Martin zu reisen. Ich will versuchen, eine gute Ehe zu führen und Comte de Lambert zu lieben. Vielleicht brauche ich es auch nicht nur zu versuchen. Es könnte ganz von selbst geschehen.«

»Ich bete darum, daß es so kommt, ma chérie.«

Bettina trat zurück und lächelte die Mutter an. »So bin ich also eine halbe Irin. Weiß Papa – weiß André davon? Ist das der Grund, warum er mir gegenüber niemals väterliche Liebe zeigte?«

»Begreife bitte, Bettina, daß André kein Mann ist, der seine Gefühle zeigt. Er glaubt, daß du seine Tochter bist, aber er wünschte sich einen Sohn. Als die Ärzte ihm sagten, ich könnte keine Kinder mehr bekommen, denn die Geburt würde sehr schwierig werden, war er bitter enttäuscht, weil du kein Sohn warst. Aber auf seine Art liebt er dich dennoch. Leider zeigt er es nicht, und ich weiß, wie unglücklich du darüber bist.«

Nachdenklich sagte Bettina: »Mein Leben lang war ich bestrebt, Andrés Anerkennung zu finden. Dabei ist er gar nicht mein Vater. Ich habe versucht, die väterliche Liebe des falschen Mannes zu gewinnen.«

»Ich bedaure das sehr, Bettina. Vermutlich hätte ich dir die Wahrheit schon vor vielen Jahren gestehen müssen, aber ich brachte es einfach nicht fertig. Ein solches Geständnis fällt nicht leicht. Du mußt André aber weiterhin mit Papa ansprechen. Bei deiner Geburt war ich voller Angst, du könntest Ryans flammend rotes Haar haben. Doch glücklicherweise war es weißblond, und du hast auch die ausdrucksvollen Augen meines Vaters. Natürlich könnten diese Augen dir gefährlich werden. Du kannst nämlich deine Empfindungen nicht verbergen. Im Moment sind deine Augen nicht mehr grün, sondern fast dunkelblau, und ich weiß, daß du glücklich bist.«

»Du scherzt wohl mit mir, Mutter!«

»Nein, ma chérie.« Jossel lachte. »Jetzt leuchten deine Augen wieder dunkelgrün. In deinen Augen kann man immer die Wahrheit erkennen.«

»Warum ist mir das noch nie aufgefallen?« fragte Bettina. »Ich habe stets geglaubt, meine Augen seien blau.«

»Es liegt einfach daran, daß du nicht in den Spiegel blickst, wenn du zornig oder erregt bist. Dann verhältst du dich wie dein richtiger Vater. Du läufst auf und ab, du kannst nicht sitzen bleiben. Du hast viele Eigenschaften von Ryan geerbt.«

»Ich habe mich schon immer gefragt, warum ich wohl größer bin als du und André. War dein Ryan denn auch so groß?«

»Ja, ein sehr großer Mann. Und er sah so gut aus! Aber er war leicht erregbar und ein irischer Dickkopf – genau wie du. Aber mach dir wegen deiner Augen keine Gedanken, ma chérie. Den meisten Menschen fällt so etwas gar nicht auf.«

»Warum bist du eigentlich nicht mit ihm davongegangen, Mama?« fragte Bettina. »Warum bist du hiergeblieben und hast dein Glück aufgegeben?«

»Ryan mußte auf sein Schiff zurück. Ich konnte ihn nicht begleiten. Außerdem wußte ich bereits, daß ich dich erwartete. Ryan war nur ein einfacher Seemann. Mich störte das nicht, aber er wollte sein Glück machen, bevor er mich holte. Er versprach mir, er werde zurückkehren. Viele Jahre habe ich gewartet, dann gab ich jede Hoffnung auf. Immer dachte ich daran, daß er in einem anderen Land wohl eine andere Liebe gefunden hat. Daß er tot ist, glaube ich nicht.«

Tiefe Trauer erfüllte Bettina bei dem Gedanken, daß die Mutter nie erfahren würde, warum ihr Geliebter nicht zurückgekehrt war.

»Wußte er eigentlich von mir?« fragte sie.

»Ja. Und ich wünschte nur, er hätte das liebliche Wesen kennengelernt, dessen Vater er ist.«

Als Jossel sich später zur Ruhe begeben hatte, saß Bettina vor dem Spiegel ihres Ankleidetisches, betrachtete sich eingehend und überlegte, warum Comte de Lambert sie wohl zu seiner Frau ausgewählt hatte. Vermutlich sah sie hübsch aus, aber eine große Schönheit war sie nicht, obwohl es die Mutter behauptete. Ihre Nasenspitze bog sich leicht nach oben, ihr Gesicht war oval, aber sie empfand ihre Stirn als nicht hoch genug. Die Haut war straff und völlig rein, doch das flachsfarbene Haar hing glatt herunter und wellte sich nicht. Das mißfiel Bettina sehr.

Auf der Klosterschule hatte sie sich wesentlich von den anderen Mädchen unterschieden und die wesentlich kleineren Französinnen weit überragt. Damals war sie noch flach wie ein Brett und hatte keine gerundeten Hüften. Sie war knabenhaft schlank. Jetzt kam es ihr so vor, als seien ihre Brüste hübsch geformt. Dennoch glaubte sie, sie sei zu dürr. Auch ihre schönen, langen Beine waren da kein Trost.

Natürlich schmeichelte es ihr, wenn die Mutter sie eine Schönheit nannte. Aber vermutlich hielt Mama sie für schön, weil sie sie mit den Augen der Liebe sah. Ach, wie sehr würde sie die Mama vermissen!

Das Geständnis der Mutter hatte Bettina nicht sehr verwirrt. Fast erschien es ihr, als sei damit der Mutter endlich eine Last von den Schultern genommen. Sie war also ein Bastard – das Wort hatte sie von der Dienerschaft schon häufig gehört. Aber was machte das? Niemand außer der Mutter wußte davon.

Wäre doch Ryan nur zurückgekehrt, dachte Bettina und fragte sich nun auch, was ihm wohl zugestoßen sein mochte. Konnte sein Schiff untergegangen sein? War er ertrunken? Oder durchfuhr er noch die Meere auf der Suche nach Schätzen, die er Mama zu Füßen legen wollte? Dieser Gedanke gefiel Bettina am besten. Immer noch bestand die Möglichkeit, daß er nach so langen Jahren zurückkehrte. Dann könnten Mama und er mit ihr auf Saint-Martin leben.

»Ach, Bettina, träum nicht zuviel«, flüsterte sie vor sich hin. »Schau der Wirklichkeit in die Augen. Zu einem Fremden werde ich nun reisen, mit ihm leben und seine pflichtbewußte, ergebene Frau sein. Nun ja, vielleicht nicht allzu ergeben. Sie lachte leise. »Seine Frau soll ich also werden, und ich weiß noch nicht mal, wie er aussieht! Er kann klein und dick sein – oder alt. Nach seinem Aussehen muß ich Mama noch mal fragen. Das darf ich nicht vergessen. Vielleicht ist er jung und hübsch. Schließlich wollte er mich, das darf ich nicht vergessen.«

Bettina gähnte und betrachtete wieder ihre blauen Augen im Spiegel. Sie wirkten so dunkel wie Saphire. »Mama muß mit mir gescherzt haben«, sagte sie vor sich hin. »Wie kann denn jemand die Farbe seiner Augen verändern?«

Sie ging zu ihrem breiten Bett, über dem sich ein rosafarbener Himmel aus Stoff wölbte, kroch unter die Decken und streckte sich lang aus. Das offene Haar reichte fast bis auf den Boden. Es gab noch viel zu überdenken, und so dauerte es lange, bis Bettina einschlief.

3

»Wach doch auf, Bettina!«

Schnell öffnete Bettina die Augen, als sie die Stimme der Mutter hörte. Dann aber erinnerte sie sich sofort mit Bedauern daran, was für ein Tag heute war. Sie mußte für immer fort von daheim.

»Ich habe diesen dummen Mädchen doch gesagt, sie sollten dich schon früh am Morgen wecken«, fuhr Jossel fort. »Aber ich hätte es besser wissen müssen, die Mädchen hören einfach nicht auf mich. Seit einem Monat ist dieses Haus ein einziges Durcheinander, weil es mit deinen Reisevorbereitungen so schnell gehen muß. Man kann eigentlich nur staunen, daß inzwischen alles soweit fertig ist. Die ganze Dienerschaft ist so aufgeregt, als ob sie dich begleiten müßte. Und erst unsere gute Madeleine! Wie werde ich diese herrschsüchtige alte Frau vermissen. Wie meine Mutter kam sie mir vor, aber du brauchst sie natürlich mehr als ich...«

Jossel schwieg einen Augenblick und betrachtete die Tochter wehmütig. »O Bettina, wie schnell ist dieser Monat doch vergangen! Jetzt willst du mich also verlassen, um ein eigenes Leben zu beginnen.«

»Aber du hast doch versprochen, wir sehen uns wieder, Mama«, erwiderte Bettina und schob die langen, schmalen Beine über die Bettkante.

»Ja, doch das ändert nichts an der Tatsache, daß du heute von uns gehst.«

»Madeleine und ich müssen zuerst nach Saint-Malo reisen. Du und Papa, ihr begleitet uns. Du hast doch gewußt, Mama, daß dieser Tag kommt.«

»Oh, warum hat André nur einen Mann für dich ausgesucht, der jenseits des Ozeans lebt?« fragte Jossel und rang die Hände. Dann nickte sie ergeben. »Es ist nun einmal geschehen. Jetzt müssen wir uns vorbereiten, denn in zwei Stunden reisen wir. Himmel, wo stecken nur diese Dienstmädchen?«

Bettina lachte. »Vermutlich in der Küche, und dort schwatzen sie über meine Reise. Sie nehmen sicher an, es sei sehr aufregend, auf Saint-Martin zu leben. Aber ich kann mich allein anziehen. Denk daran, daß ich es auf der Schule auch mußte.«

Endlich erschienen die Mädchen und wurden zunächst von Jossel ausgescholten. Dann liefen alle eifrig hin und her, um die Kleidungsstücke für Bettina zurechtzulegen. Ein Mädchen verließ den Raum, um Wasser für Bettinas Bad zu holen, und dann herrschte fast drei Stunden lang geschäftige Betriebsamkeit.

Danach standen Bettina und Madeleine in warmer Reisekleidung bereit, denn es war Oktober und das Wetter an diesem frühen Morgen sehr kühl.

Für die Reise zum Hafen von Saint-Malo hatte André eine elegante Reisekutsche bereitgestellt. Sechs pechschwarze Pferde waren davorgespannt, und die Kutsche war groß genug, daß alle Reisekisten auf dem Dach verladen werden konnten – auch die kleine Kiste, die Bettinas Mitgift in Gold enthielt.

Bettina lehnte sich neben ihrer Mutter auf dem mit Samt bezogenen Sitz zurück und schloß die Augen. Der vergangene Monat hatte nur Aufregungen gebracht. Die meiste Zeit beanspruchte das Nähen ihres Hochzeitskleides. Aber schließlich wurde es ein Meisterwerk, auf das alle stolz sein konnten.

Den fast weißen Satin zierten handgeklöppelte Seidenspitzen. Breite Ärmel und ein fließender Rock, der sich eng um die Taille schloß, vollendeten das zauberhafte Kleid. Zur Brautausstattung gehörten Schuhe aus Satin und natürlich die weißen Perlen – ein Geschenk von André zu ihrem neunzehnten Geburtstag. Der Schleier hatte schon die Mutter an ihrem Hochzeitstag geschmückt.

Madeleine hatte die Verpackung des Hochzeitskleides in einer besonderen Reisekiste genau überwacht, damit auch nichts zerknitterte.

Der kleine Dreimaster *Windsong* lag schon viele Tage vor Anker und erwartete die Passagiere für die Reise nach Saint-Martin. Kapitän Jacques Marivaux stand auf dem Vorderdeck. Sein von Wind und Wetter gebräuntes Gesicht wirkte unsicher, während er den Blick über den Hafen schweifen ließ.

Comte de Lambert hatte Jacques beauftragt, nach Frankreich zu segeln, um seine Braut und ihre Zofe nach Saint-Martin zu bringen. Jacques hätte diesen Auftrag am liebsten abgelehnt, denn Frauen an Bord erschienen ihm als gefährliche Fracht. Aber das finanzielle Angebot des Comte war einfach zu verlockend gewesen.

Diese junge Frau mußte dem französischen Grafen viel bedeuten. Dennoch waren Schwierigkeiten zu erwarten. Jacques mußte die Frauen von seiner rauhen, aufdringlichen Mannschaft fernhalten. Außerdem bedeutete es immer Unglück, wenn man Frauen an Bord hatte. Dieser Aberglaube war nicht auszurotten. Einem Schiff drohte Unheil. Außerdem kam noch hinzu, daß die Frauen gewiß mit dem Essen und der Unterkunft verwöhnt werden wollten. Jacques betrachtete die bevorstehende Reise als die schlimmste in zwanzig Jahren auf See.

Glücklicherweise lagen sie schon seit einer Woche auf der Reede von Saint-Malo, so daß die Matrosen sich in dieser Zeit in der Stadt austoben konnten. Ihr Hunger nach Frauen dürfte inzwischen gestillt sein. Dennoch bereiteten dem Kapitän die langen Monate auf See in dieser Hinsicht große Sorgen.

Jacques beobachtete eine große Kutsche, die aus einer Seitenstraße kam und über die Planken des Landungsstegs holperte. Das muß die Braut mit ihrer Familie sein, dachte er, als ihm die hochgestapelten Reisekisten auf dem Kutschendach ins Auge fielen. Heute abend mußte er also seine Mannschaft zusammenrufen, damit sie morgen früh, wenn der Wind günstig stand, segeln konnten. Mon Dieu! Warum habe ich diesen gefährlichen Auftrag nur übernommen? fragte sich Jacques. Aber nun ließ sich ja nichts mehr ändern...

Bettina blickte aus dem kleinen Fenster der Kutsche und betrachtete die vielen im Hafen vor Anker liegenden Schiffe. Alle hatte unterschiedliche Größen, und sie fragte sich, welcher Segler wohl die *Windsong* sei. André hatte erklärt, es sei ein kleiner Dreimaster, aber hier lagen viele Schiffe, auf die eine solche Beschreibung zutraf.

Die Kutsche hielt an, und André fragte einen vorbeikommenden Seemann, wo die *Windsong* vor Anker lag. Dabei stellte sich heraus, daß ihre Kutsche unmittelbar vor dem Segler hielt. André ging über die Laufplanke an Bord und sprach mit einem großen Mann, der an Deck stand. Kurz darauf kehrte er zurück und stieg wieder in die Kutsche.

»Der Kapitän hat seine Mannschaft noch nicht zusammen, also müssen wir uns für die Nacht eine Unterkunft suchen. Die Reisekisten bleiben in der Kutsche und werden gleich abgeladen. Dann gibt es morgen früh keine Verzögerung.«

Für André war es recht ungewöhnlich, eine so ausführliche Erklärung abzugeben.

Sie nahmen in einem recht ärmlichen Gasthof Quartier. Bettina bekam einen kleinen Raum für sich und erinnerte sich mit Freuden an ihr Bad vom vergangenen Abend. Die Mutter hatte ihr ja schon gesagt, daß sich während der ganzen Reise kaum Gelegenheit zu einem richtigen Bad ergeben würde.

Noch vor Sonnenaufgang erschien am nächsten Morgen Kapitän Marivaux von der *Windsong* persönlich im Gasthof. André stellte ihm seine Tochter vor, und dann eilten alle zum Liegeplatz des Schiffes.

Beim Abschied weinten Bettina, Madeleine und Jossel herzzerbrechend. Bettina gab André sogar einen leichten Kuß auf die Wange, und das schien ihn ziemlich zu verwirren. Aber schließlich war er ja der einzige Vater, den sie je gekannt hatte, und trotz seiner Härte konnte sie sich nicht dagegen wehren, daß sie ihn liebte. Wenn André wenigstens jetzt einige verständnisvolle Worte gefunden hätte!

Der Abschied von ihrer Mutter war herzzerreißend, und nur der ungeduldige Kapitän Marivaux konnte die beiden trennen. Er trieb immer wieder zur Eile an, damit der Segler mit der Morgenbrise den Hafen verlassen konnte.

Bettina warf noch einen letzten tränenfeuchten Blick auf die Mutter und auf ihr geliebtes Frankreich. Dann stieg sie vorsichtig die Laufplanke hinauf. Alle Augen an Bord des Schiffes waren auf sie gerichtet. Da ihr heute früh keine Zeit mehr geblieben war, ihr Haar hochzustecken, hatte sie es nur mit Bändern zusammengebunden, und es fiel fast bis zur Taille über ihren Rücken hinab und glänzte weißgolden in den ersten Sonnenstrahlen.

Kapitän Marivaux beobachtete besorgt, wie seine Mannschaft Bettina anstarrte. Daß die Braut des Comte de Lambert eine solche Schönheit war, hatte er nicht erwartet. Mon Dieu, dieser Graf war schon ein glücklicher Mann!

Kapitän Marivaux erteilte laut seine Befehle, doch nur zögernd folgte die Mannschaft seinen Anweisungen. Ein paar Matrosen betrachteten die beiden Frauen mit so begehrlichen Blicken, daß der Kapitän Bettina und Madeleine schnell in seine Kabine brachte. Da es sich um die größte und komfortabelste an Bord handelte, hatte Comte de Lambert darauf bestanden, daß sie seiner Braut zur Verfügung gestellt wurde.

Außerdem hatte er ja noch Mademoiselle Verlaines Mitgift zu transportieren, und die konnte man nur als Goldschatz bezeichnen. Jacques begriff nicht, warum Monsieur Verlaine diese Menge Gold mitschickte. Die schöne Mademoiselle schien ihm der größte Schatz, den ein Mann finden konnte.

Dazu kam aber noch etwas anderes. Das von Jacques Marivaux mitgeführte Gold konnte jeden Mann zur Piraterie verführen. Und Mademoiselle Bettina war auch eine ständige Versuchung. Doch der Kapitän hatte sein Wort gegeben und betrachtete es nun als eine Ehre, Gold und Braut dem Comte de Lambert unversehrt zu überbringen.

4

Nach einer Woche auf See vermißte Bettina den Luxus des täglichen Bades immer mehr. Täglich bekam sie nur eine kleine Schüssel mit Wasser. Noch viel schlimmer jedoch war, daß ihr langes Haar staubig und fettig wurde und allmählich verfilzte. In der zweiten Woche schien sich ihr aber die Möglichkeit zu bieten, es zu waschen. Die *Windsong* segelte durch den ersten Regensturm auf ihrer Reise.

Obwohl es dem Kapitän sehr mißfiel, kam Bettina an Deck und ließ den Regen durch ihr Haar strömen. Natürlich wurde sie dabei auch am ganzen Körper völlig durchnäßt, und das Deck war spiegelglatt, aber das war die Sache schon wert.

Alle Seeleute mußten sich unter Deck aufhalten, denn der Kapitän wollte kein Risiko eingehen. Dennoch hielten Jacques Marivaux und seine Offiziere Wache, und mit Madeleine an ihrer Seite fühlte sich Bettina ganz sicher.

Immer wieder wurde sie vom Kapitän ermahnt, nicht allein an Deck zu gehen und sich von der Mannschaft fernzuhalten. Nur am späten Abend durfte sie frische Luft schöpfen. Dabei wurde sie aber stets vom Kapitän oder einem seiner Offiziere begleitet. Schließlich erkundigte sich Bettina bei Madeleine, warum sie sich an Bord nicht frei bewegen dürfe.

»Darüber mußt du dir keine Gedanken machen, ma chérie«, erwiderte Madeleine. »Füge dich einfach den Anordnungen des Kapitäns.«

Bettina blieb aber hartnäckig. »Du aber kennst doch den Grund, nicht wahr, Madeleine?«

»Ja, vermutlich schon.«

»Warum zögerst du dann, ihn mir zu nennen? Schließlich bin ich kein Kind mehr.«

Madeleine schüttelte den Kopf. »Du hast keinerlei Lebenserfahrung und bist in vielen Dingen immer noch ein Kind. Von Männern weißt du überhaupt nichts. Doch je weniger du weißt, um so besser ist es.«

»Aber du kannst mich doch nicht immer beschützen, Madeleine. Bald habe ich einen Ehemann. Muß ich denn völlig unwissend sein?«

»Nein – nein, vermutlich hast du recht«, gab Madeleine zu. »Aber erwarte nicht von mir alter Frau, daß ich dir alles erzähle, was du wissen willst.«

»Na schön. Aber dann sag mir wenigstens, warum ich mich auf dem Schiff nicht frei bewegen darf«, blieb Bettina hartnäckig.

»Weil du die Seeleute nicht mit deiner Schönheit herausfordern darfst, mein Schatz. Männer überkommt eben manchmal ein starkes Verlangen, sich eine Frau zu nehmen und sie zu lieben. Besonders dann, wenn es eine so schöne ist wie du.«

»Oh!« Bettina seufzte leise auf. »Aber sie müssen doch wissen, daß sie es nicht dürfen.«

»Ja, aber die Mannschaft hier an Bord sieht dich eben jeden Tag, und das steigert natürlich ihr Verlangen. Dieses Gefühl kann so überwältigend werden, daß sich ein Mann deiner bemächtigt, auch wenn er dabei sein Leben aufs Spiel setzt.«

»Woher weißt du eigentlich solche Dinge, Madeleine?« fragte Bettina lächelnd.

»Zwar war ich nie verheiratet, aber über die Männer weiß ich genug. Ich wurde in meiner Jugend vor ihnen nicht so beschützt wie du, Bettina.«

»Du hast also mit einem Mann geschlafen?«

»Jetzt geht deine Neugier zu weit, junge Dame«, erwiderte Madeleine. »Laß eine alte Frau in Frieden!«

»Ach, Madeleine!« Bettina seufzte, denn sie wußte genau, daß sie von ihrer Kinderfrau nichts mehr erfahren würde. Dabei gab es doch so viele Dinge, die sie noch wissen wollte. Vielleicht aber erfuhr sie die Antwort auf diese Fragen nach ihrer Heirat.

Dennoch überlegte Bettina ständig, was sich eigentlich zwischen Mann und Frau abspielte, wenn sie sich liebten und miteinander schliefen. Ein Vergnügen mußte es schon sein, wenn Männer dafür sogar ihr Leben aufs Spiel setzten. Nun, sie mußte eben bis zu ihrer Heirat warten. Dann würde sie alles erfahren...

Nach drei Wochen auf See ereignete sich ein höchst unerfreulicher Zwischenfall. Bettina war allein in ihrer Kabine, denn Madeleine wusch gerade ein paar von ihren Kleidern.

Als die Tür sich öffnete, blickte Bettina gar nicht auf, denn sie glaubte, Madeleine käme zurück. Dann jedoch packten zwei Hände ihre Schultern und rissen sie grob herum. Sie schrie, doch der Mann schien sie nicht zu hören. Seine glasigen Augen glitten langsam über ihren Leib. Aber er machte keine Bewegung, um ihr etwas anzutun.

»Ergreift ihn!« rief der Kapitän.

Zwei andere Männer stürzten in die Kabine und packten den Mann. Verstört folgte sie ihnen und sah, wie der Mann trotz verzweifelter Gegenwehr über das Deck geschleift wurde. Dann fesselte man ihn an den Hauptmast. Der Erste Offizier riß ihm mit einem Ruck das Hemd vom Leib.

Kapitän Marivaux erschien jetzt neben Bettina und sagte grollend: »Ein unglückseliger Zwischenfall! Comte de Lambert wird sehr zornig sein, wenn er hört, daß man Sie beinahe vergewaltigt hätte.«

Bettina blickte den Kapitän gar nicht an. Sie starrte wie betäubt auf den armen Mann, der jetzt seine Strafe erwartete. Ein Offizier stand mit einer kurzen Peitsche in der Hand hinter ihm. Die Peitschenschnüre waren aus Leder und mit mehreren Knoten versehen.

Der Kapitän wies seine Mannschaft mit harten Worten zurecht, aber Bettina war zu verschreckt, um etwas zu verstehen. Dann gab er das Zeichen. Der Offizier ließ die Peitsche durch die Luft knallen und mit brutaler Kraft auf den Rücken des Mannes heruntersausen. Blut quoll aus den roten Striemen hervor. Ein neuer Peitschenhieb traf den Mann.

»Um Gottes willen! Hört damit auf!« schrie Bettina.

»Es muß geschehen, Mademoiselle Verlaine. Die Mannschaft wurde gewarnt, und es ist nicht Ihre Schuld.«

Immer wieder schlug die Peitsche grausam zu. Blut spritzte nach allen Seiten und befleckte die Hosen der schweigend zuschauenden Matrosen. Jetzt begann der Mann zu schreien, und Bettina stürzte an die Reling, weil sie den Anblick nicht mehr ertragen konnte. Dennoch klangen die Schreie und das Pfeifen der Peitschenschnüre ihr ständig in den Ohren.

Schließlich trat Schweigen ein. Wie Bettina später erfuhr, hatte der Mann dreißig Peitschenhiebe bekommen und lebte kaum noch. Eine zu harte Strafe dafür, daß er sie erschreckt hatte.

In dieser Nacht weinte sie, und sie weinte immer wieder, wenn sie an den grausigen Vorfall dachte. Ein Mann mußte fast sein Leben lassen, weil er ihr Gewalt antun wollte. Vergewaltigt?

»Was meinte der Kapitän eigentlich, als er sagte, der Mann habe mich vergewaltigen wollen?« fragte sie Madeleine in dieser Nacht. »Er hat mich doch nur angesehen. Und deshalb mußte er solche Qualen erdulden?«

Madeleine lag auf dem schmalen Bett und blickte gedankenverloren an die Decke der Kabine. Sie hatten die Ereignisse des heutigen Tages genauso verwirrt wie Bettina. Ich hätte besser auf das mir anvertraute Mädchen achten müssen, dachte sie immer wieder.

Bedrückt sah sie Bettina an. »Der Mann hätte dir noch mehr antun können, wenn der Kapitän nicht rechtzeitig erschienen wäre. Es war mein Fehler, Bettina. Ich durfte dich nicht allein lassen.«

»Aber der Mann hat doch gar nichts getan! Nun ist er durch die Narben für sein ganzes Leben gezeichnet. Und das alles meinetwegen!«

»Er hat einen Befehl des Kapitäns mißachtet«, erwiderte Made leine. »Und darum wurde er ausgepeitscht. Der Mannschaft wurde verboten, sich dir zu nähern, Bettina, und dieser Mann gehorchte nicht. Er hätte versucht, dich zu nehmen, wenn der Kapitän deinen Aufschrei nicht gehört hätte.«

»Warum hat der Kapitän das nicht gesagt? Er meinte nur, ich sei fast vergewaltigt worden.«

»Wolltest du denn, daß dieser Mann dich berührte?«

»Natürlich nicht«, entgegnete Bettina entrüstet.

»Wenn du ihn gebeten hättest, es nicht zu tun, hätte er keine Rücksicht genommen. Gegen deinen Willen hätte er sich auf dich geworfen – und das ist eine Vergewaltigung.«

Bettina legte sich in ihrer Koje zurück, und ihre Gedanken rasten. Das also war eine Vergewaltigung – eine Frau zu nehmen, wenn sie es nicht wollte. Wie entsetzlich! Dennoch verstand sie immer noch nicht, wie das vor sich ging. Oh, wie dumm kam sie sich vor! Wann würde sie es endlich erfahren? Nach der Hochzeit natürlich, sagte sie sich, und das war ja recht bald.

5

Der Segler *Windsong* erreichte schnell die wärmeren Zonen, aber bis nach Saint-Martin war es noch unendlich weit. Das Wetter allerdings hatte sich auffallend geändert, eiskalte Winde gab es nicht mehr.

Bettina wußte, daß sie auf Saint-Martin ein tropisch warmes Klima erwartete. Kapitän Marivaux, mit dem sie am Kapitänstisch aß, erzählte ihr viel über die Insel. So erfuhr sie unter anderem, daß ihr zukünftiger Ehemann eine große Plantage besaß und durch den Verkauf von Baumwolle reich geworden war.

Nachdem der Matrose, der sie überfallen hatte, öffentlich ausgepeitscht worden war, kam es zu keinem ähnlichen Zwischenfall mehr. Die Mannschaft hielt sich respektvoll von Bettina fern, wenn sie an Deck war.

Nach einem Monat auf See kam erneut ein Regensturm auf, der allerdings wesentlich milder war. Bettina konnte sich wieder das Haar waschen. Aber kaum war sie damit fertig, nahm der Sturm an Stärke zu, und sie mußte sich schnell in die Kabine zurückziehen.

Der Himmel schien seine Pforten geöffnet zu haben, und der Regen prasselte mit ungeheurer Wucht auf das Schiff herunter.

Die ganze Nacht hielt der Sturm an. Bei dem starken Schwanken des Seglers war es Bettina unmöglich, in dieser Nacht Schlaf zu finden.

Erstaunlicherweise schlief Madeleine sofort ein, während Bettina unruhig in der Koje lag und angstvoll erwartete, daß der Segler unterging. Dann jedoch übermannte sie doch die Müdigkeit, und sie schlief ein, obwohl ihr Haar noch nicht trocken und daher noch schwerer war als sonst.

Am nächsten Morgen hatte sich die See beruhigt, als Bettina erwachte. Über ihre Ängste vom Abend vorher mußte sie nun selbst lachen. Madeleine stand bereits angezogen in der Kabine und goß die genau zugeteilte Menge kalten Wassers in eine kleine Schüssel, damit Bettina sich waschen konnte.

»Hast du gut geschlafen, mein Schatz?« erkundigte sie sich fröhlich.

»Ganz und gar nicht«, erwiderte Bettina und schwang die langen Beine aus der Koje. Das immer noch feuchte Haar fiel ihr über die Schultern, und sie verzog das Gesicht. »Madeleine, sei doch so lieb und bitte den Kapitän, daß er mir erlaubt, das Haar an Deck zu trocknen.«

»Das tue ich gewiß nicht, du sollst am Morgen nicht nach oben«, antwortete Madeleine unnachgiebig.

»Mit der Erlaubnis des Kapitäns schon. Du weißt doch genau, wie lange es letzthin dauerte, bis mein Haar trocken war. Beinahe hätte ich mich erkältet.«

»An Deck können mit dir viel schlimmere Dinge geschehen«, erwiderte Madeleine.

»Bitte, Madeleine, tu doch, worum ich dich bitte.«

»Ich tu's, aber es gefällt mir nicht.«

Madeleine verließ die Kabine und brummte vor sich hin, als sie die Tür hinter sich schloß. Schnell streifte sich Bettina ein dunkelviolettes Samtkleid über, das einen schönen Kontrast zu ihrem Haar bildete. Dann kam Madeleine zurück und führte sie auf das hintere Deck des Schiffes.

»Mir gefällt es immer noch nicht, junge Dame«, stellte Madeleine fest. »Also beeil dich.«

Bettina mußte lachen. »Aber ich kann den Wind doch nicht stärker wehen lassen. Lange wird es bestimmt nicht dauern.«

Sie blickte über das endlose Meer und ließ sich den Wind durch das Haar streichen, das nun schnell zu trocknen begann. Nach einiger Zeit fragte sie: »Wo ist denn der Kapitän?«

»Auf der Brücke. Mich hat es gewundert, daß er dich nach dem Vorfall mit dem armen Matrosen an Deck ließ.«

Als Bettina sich umblickte, sah sie, daß der Kapitän und jemand von der Mannschaft heftig aufeinander einredeten.

Plötzlich rief Madeleine: »Schau dorthin, Bettina! Ein Schiff!«

Bettinas Blick folgte ihrer ausgestreckten Hand, und dann sah auch sie die Segel, die am Horizont auftauchten. Der Kapitän erschien hinter Bettina und Madeleine und sagte: »Meine Damen, Sie müssen sofort in Ihre Kabine zurück. Wenn der Mann im Ausguck seine Pflicht erfüllt hätte, anstatt Sie beide anzustarren, wäre das Schiff rechtzeitig erkannt worden. Nun aber segelt es genau auf uns zu.«

»Gibt das denn Anlaß zur Besorgnis, Kapitän?« fragte Bettina und runzelte befremdet die Stirn.

»Das Schiff führt keine Flagge. Es könnte sich um Piraten handeln.«

Bettina erschrak. »Aber sie werden doch gewiß nicht die *Windsong* überfallen!«

»Zwar glaube ich es kaum, Mademoiselle, aber man weiß das bei diesen Halsabschneidern nie genau. Wir versuchen jedenfalls, vor ihnen zu flüchten. Dennoch muß ich Sie bitten, die Tür Ihrer Kabine zu verschließen«, rief der Kapitän. »Machen Sie sich keine Sorgen. Wir haben schon früher erfolgreich Piraten abgewehrt.«

Bettina befiel ein ungutes Gefühl. Wie konnte man sich keine Gedanken machen? Schon in der Klosterschule hatte sie von den anderen Mädchen die verwegensten Geschichten über Piraten gehört. Das waren ganz fürchterliche Männer! Strolche des Meeres, plündernde und mordende Teufel! Mon Dieu, ihnen durfte die *Windsong* nicht vor den Bug geraten.

»Madeleine, ich fürchte mich!« rief Bettina und brach fast in Tränen aus.

»Bleib nur ruhig, mein Liebling. Das ist ein gutes Schiff. Die Piraten werden es nie entern können. Außerdem kann dieser Segler auch freundliche Absichten haben. Keine Angst, Bettina, der Kapitän beschützt dich. Und ich bin ja auch noch da.«

Madeleines Worte klangen beruhigend und zuversichtlich. Dennoch befand sich Bettina in höchster Erregung, als plötzlich Kanonenschüsse donnerten. Die Augen Madeleines wurden groß, als sie sah, wie Bettina erbleichte. Ein Splittern und Krachen drang bis in die kleine Kabine. Holz ächzte und knirschte, und da wußten die beiden Frauen, daß ein Mast der *Windsong* umgestürzt war.

Wenig später war ein Knirschen zu vernehmen, als ob zwei Schiffe sich mit den Bordwänden berührten. Schreie und Schüsse wurden laut – und dann das Wimmern sterbender Männer.

Madeleine sank auf die Knie und betete, und Bettina tat es ihr gleich. Nach kurzer Zeit waren keine Schüsse, dafür aber wieherndes Gelächter zu hören. Vielleicht hatte die Mannschaft ihres Seglers den Feind verjagt? Durften sie hoffen, in Sicherheit zu sein?

Dann jedoch mischten sich deutlich englische Worte unter das wilde Gelächter. Die Mannschaft der *Windsong* aber bestand nur aus Franzosen. Also mußten Piraten das Schiff geentert haben.

6

»Kapitän, das Hürchen, von dem ich dir erzählte, muß sich irgendwo unter Deck in einer Kabine verstecken.«

»Dann los, Mann! Soviel Zeit haben wir nicht! Durchsucht schnell das ganze Schiff.«

Bettina war förmlich in Angstschweiß gebadet. Am liebsten wäre sie gestorben.

»Warum nur hat uns der Kapitän keine Waffe gegeben?« flüsterte sie und faltete die Hände, damit sie nicht zitterten.

»Er hat eben nicht erwartet, diesen Kampf zu verlieren«, erwiderte Madeleine leise. »Aber hab keine Angst, Bettina. Ich werde dem Anführer der Piraten sagen, daß er eine hohe Belohnung erhält, wenn er dich unversehens zu Comte de Lambert bringt. Der Comte bezahlt bestimmt den Preis. Schließlich ist er ein französischer Ehrenmann.«

»Aber diese Männer sind Piraten, Madeleine!« schrie Bettina. »Sie werden uns töten!«

»Nein, mein Liebling. Ohne Grund tun sie das nicht. Zeig nur nicht, daß du dich fürchtest, wenn sie uns finden. Gib vor, daß du die englische Sprache nicht verstehst. Ich rede an deiner Stelle. Um Himmels willen, verlier ja nicht deine Ruhe und Gelassenheit!« warnte Madeleine. »Wenn du das tust, glaubt man dir nicht das Mädchen aus reichem Haus, sondern hält dich für eine gemeine Dirne.«

»Ich bin zu erschrocken, um zornig zu werden.«

»Gut. Jetzt müssen wir nur noch beten, daß die Gier des Anführers nach Reichtum größer ist als seine Lust.«

»Ich verstehe nicht, was du damit meinst, Madeleine«, sagte Bettina.

»Macht nichts, ma chérie«, erwiderte Madeleine; selbst um Ruhe und Gelassenheit bemüht. »Denk daran, daß du am besten überhaupt nichts sagst.«

Lärm und Gelächter wurden lauter, als die Piraten das Schiff vom Bug bis zum Heck durchsuchten.

»Sie sind nicht zu finden, Kapitän. Alle Kabinen scheinen leer zu sein.«

»Dann schlagt die letzte Tür hier ein«, erwiderte eine tiefe Stimme unmittelbar vor der Kabine der beiden Frauen.

»Mein Gott!« stöhnte Bettina.

»Still jetzt!« wurde sie von Madeleine schnell ermahnt. »Denk daran, daß du nicht Englisch verstehst.«

Bettina war außer sich vor Furcht. Heute würde sie sterben, und davor konnte auch Madeleine sie nicht beschützen. Sekunden später brach die Kabinentür krachend auf, und Bettina schrie, als sie den grinsenden, bärtigen Mann sah, der im Rahmen stand.

»Da sind sie ja, die Täubchen! Wahre Schönheiten diese Französinnen«, stellte ein kleiner Mann mit einer Klappe über dem linken Auge fest.

»Stimmt! Ich würde meine Mutter dafür hergeben, heute der Kapitän zu sein«, sagte ein anderer.

»Wo ist euer Kapitän?« fragte Madeleine sofort.

»Den bekommst du schnell genug zu sehen, alte Vettel«, erwiderte ein bärtiger Mann und trieb sie vor sich her aus der Kabine.

Bettina vermied es, die toten Männer der *Windsong* anzusehen, die in ihrem Blut auf dem Deck lagen. Dann wurde sie auf den anderen Segler hinübergehoben. Madeleine ging an ihrer Seite und legte schützend den Arm um ihre Taille.

Der Piratensegler war ein Dreimaster von derselben Größe wie die *Windsong*. Die Mannschaft bestand aus rauhbeinigen, verkommen wirkenden Gesellen. Alle starrten Bettina an. Manche trugen nicht mal ein Hemd. Viele hatten goldene Ringe in den Ohren, und alle waren bärtig.

»Ich wünsche den Kapitän zu sprechen«, sagte Madeleine zu dem Mann, der sie an Bord des Piratenschiffes gebracht hatte.

Ein anderer Mann sprang nun vom Deck der *Windsong* herüber und musterte die beiden Frauen.

»Sie sprechen also Englisch«, sagte er. »Na, dann können wir ja Ihren Wert leichter feststellen.«

Der Mann wirkte gewaltig groß wie ein Bär. Bettina kam sich winzig und zerbrechlich neben ihm vor. Sonst war sie bei ihrer Größe immer gewöhnt, Männern direkt in die Augen blicken zu können. Bei diesem Mann jedoch war es anders. Fast einen Kopf größer als sie, mußte sie zu ihm hinaufschauen. Sein Körper war sehr muskulös, das sah man an den kräftigen bloßen Armen. Das hellbraune Haar reichte ihm nur bis auf die Schultern. Durch den dichten Bart, der sein ganzes Gesicht bedeckte, wirkte er finster und gefährlich. Bettina überlief ein Frösteln.

»Na, was hast du entdeckt, Jules?« fragte ein Mann mit einer ungewöhnlich tiefen Stimme, der offenbar das Kommando hatte.

»Sie sprechen Englisch, Tristan. Zumindest die ältere Frau.«

Der Mann namens Tristan stand dicht hinter Bettina, und sie drehte sich um, damit sie ihn ansehen konnte. Bei seinem Anblick schnappte sie leise nach Luft. Dieser Mann war ja noch größer als der andere. Ein wahrer Riese! Sie mußte den Kopf zurücklegen, um ihm ins Gesicht sehen zu können. Erregend gletscherblaue Augen hatte der Mann, und über seine rechte Wange zog sich eine schmale Narbe wie ein Strich durch den goldfarbenen Bart.

Lange betrachtete Bettina diese Narbe. Dabei schienen sich die Muskeln des Mannes zu spannen, und sein Blick wurde eisig. Er packte ihren Arm so heftig, daß sie aufstöhnte. Dann wollte er sie über das Deck hinter sich herziehen.

»Monsieur, so warten Sie doch!« rief Madeleine. »Wohin wollen Sie mit ihr?«

Der Mann drehte sich herum und lächelte kalt. »In meine Kabine, Madeleine. Ich möchte mich mit der jungen Dame unterhalten. Haben Sie etwas dagegen?«

»Aber ganz gewiß!«

»Na, behalten Sie es für sich«, entgegnete er und zog Bettina hinter sich her.

»Aber, Monsieur, sie spricht doch kein Englisch«, rief Madeleine ihm nach.

Die Mannschaft lachte laut auf, und jemand rief: »Wie willst du ihr denn beibringen, was sie zu tun hat, Kapitän?«

Ein anderer Pirat sagte: »Bei dem, was der Kapitän vorhat, braucht man nicht zu reden!«

Das Gelächter wurde lauter, und der Kapitän packte Bettinas Arm noch fester. Schmerzgepeinigt schrie sie auf, und er lockerte seinen Griff sofort.

»Haltet gefälligst eure schmutzigen Mäuler!« schrie er die Mannschaft an. »Ihr habt für einen Tag schon genug Zerstreuung gehabt. Geht an eure Arbeit, wir müssen segeln!« Dann wandte er sich an Bettina. »Es tut mir leid, wenn ich Ihnen Schmerz zugefügt habe, Mademoiselle.«

Von diesem Piratenkapitän hatte Bettina bestimmt keine Entschuldigung erwartet. War er gar nicht so gefährlich, wie er aussah? Neugierig betrachtete sie ihn, aber sie sprach dabei kein Wort.

»Ruhe!« rief der Kapitän und wandte sich nun an den anderen großen Mann. »Jules, bring das Weib zu mir.«

Schon lief Madeleine voller Besorgnis auf ihn zu. »Sie dürfen ihr nichts tun, Kapitän!«

Überrascht blickte der Kapitän sie an und mußte lachen. »Wollen Sie mir vielleicht Befehle erteilen, Madame?«

»Ich darf es nicht zulassen, daß ihr etwas geschieht, Monsieur.«

Jules begann zu kichern, aber der Kapitän brachte ihn mit einem zornigen Blick zum Schweigen. Dann sagte er zu Madeleine: »Sind Sie ihre Mutter?«

»Nein, aber ihre Kinderfrau und Mutter zugleich«, entgegnete Madeleine stolz.

»Trägt sie jetzt ein Kind?«

»Monsieur! Danach dürfen Sie doch nicht fragen...«

Er unterbrach sie sofort. »Antworte, Weib!«

»Nein, das tut sie nicht.«

Der Kapitän schien sich zu beruhigen, denn nun fragte er: »Sagen Sie, wieso sprechen Sie Englisch und sie nicht?«

»Ich – ich wurde in England geboren und kam später mit meinen Eltern als Kind nach Frankreich«, erwiderte Madeleine wahrheitsgemäß.

»Sie spricht also kein Wort Englisch?«

»Nein, Kapitän.«

Er seufzte leise und musterte Bettina, die keinen Blick von ihm wandte. »Wer ist sie denn?«

»Mademoiselle Bettina Verlaine«, antwortete Madeleine.

»Und wohin sollte sie gebracht werden?«

»Nach Saint-Martin. Sie soll den Comte de Lambert heiraten«, erwiderte Madeleine schnell.

»Und der Goldschatz auf Ihrem Segler? Das war wohl ihre Mitgift?«

»Ja, natürlich.«

Der Piratenkapitän lächelte träge und verzog den Mund. »Ihre

Familie muß also sehr reich sein. Und ihr zukünftiger Gatte – ist auch er ein wohlhabender Mann?«

»Aber ja. Er wird Sie gut bezahlen, wenn Sie das Mädchen sicher nach Saint-Martin bringen – unberührt!«

Bei der letzten Bemerkung lachte er laut. »Davon bin ich überzeugt. Aber ich muß über die Sache erst noch nachdenken.« Er wandte sich an Jules. »Nimm die Zofe in deine Kabine und schließe sie ein. Die Mademoiselle kommt mit mir.«

Madeleine schrie und stieß um sich, als man sie fortzog, und Bettina überfiel plötzlich eine entsetzliche Angst. Sie mußte ununterbrochen an die Geschichten denken, die sie in der Klosterschule gehört hatte. War ein schneller Tod nicht dem Schicksal vorzuziehen, das auf sie wartete?

Sie blickte zur Reling hinüber. Sollte sie den Sprung in das blaue Wasser wagen?

Der Kapitän schien ihre Gedanken zu erraten, denn er sagte: »Aber nein, nein, Bettina Verlaine, jetzt noch nicht...« Er nahm ihren Arm und führte sie in seine Kabine. In dem kleinen, unordentlichen Raum setzte er sie auf einen Stuhl neben dem langen Tisch. Dann füllte er zwei Becher mit rotem Wein, schob ihr einen zu und nahm auch Platz. Der Tisch war mit Karten und nautischen Instrumenten bedeckt.

Er lehnte sich auf seinem Stuhl zurück und betrachtete sie schweigend. Erregt erwiderte sie den Blick seiner blauen Augen, und ihre Wangen röteten sich.

»Meine Männer halten Sie für eine Schönheit, Bettina«, sagte er beiläufig. »Wie sie zu dieser Überzeugung gekommen sind, weiß ich nicht, wenn ich mir so den Schmutz in Ihrem Gesicht betrachte.«

Unbewußt tastete Bettina über ihr Gesicht und besah dann ihre Hand. Sie war völlig sauber, und nun wußte Bettina, daß er sie überlistet hatte.

»Sie verstehen also doch Englisch«, stellte er fest. »Ich dachte es mir schon. Warum hat Ihre Dienerin gelogen?«

Bettina zögerte lange mit der Antwort. »Sie – sie wollte nicht, daß ich mit Ihnen sprechen. Ich glaube, sie wollte nicht, daß ich zornig wurde.«

»Und werden Sie das?«

»Ich sehe keinen Grund dafür.«

Der Kapitän lachte. »Hat die alte Frau auch hinsichtlich Ihres Verlobten gelogen?«

»Nein.«

»Also handelt es sich bei diesem Comte de Lambert wirklich um einen wohlhabenden Mann?«

»Ja, um einen sehr wohlhabenden, Kapitän«, erwiderte Bettina und wurde etwas ruhiger.

So gefährlich, wie sie befürchtet hatte, schien dieser Mann gar nicht zu sein. Sie mußte zugeben, daß er gut aussah und jung war. Der lange Bart ließ ihn allerdings älter erscheinen.

»Sie werden also reich sein, wenn Sie mich zu meinem Verlobten bringen«, bemerkte Bettina.

»Das bezweifle ich nicht«, entgegnete er. »Aber schon allein Ihre Mitgift hat mich zum reichen Mann gemacht. Jedoch halte ich nichts davon, Frauen auf meinem Schiff zu befördern.«

»Was haben Sie dann mit mir im Sinn? Wollen Sie mich ins Meer werfen – nachdem Sie mich vergewaltigt haben?« fragte Bettina.

»Genau das.«

Bettina blickte ihn erschrocken an. »Ist das wirklich Ihre Absicht?« fragte sie dann voller Furcht.

Er betrachtete einen Augenblick seinen Weinbecher, als müsse er sich die Frage überlegen. Dann sah er sie belustigt an.

»Legen Sie Ihre Kleidung ab.«

»Was?« flüsterte Bettina.

»Ich will mit Ihnen schlafen, Bettina Verlaine. Dann bringe ich Sie zu Ihrem Verlobten. Also ziehen Sie sich aus. Ich möchte keine Gewalt anwenden und Sie womöglich verletzen.«

»Non, Monsieur, non! Comte de Lambert wird mich nicht mehr nehmen, wenn ich entehrt bin!«

»Ich versichere Ihnen, Mademoiselle, daß er Sie nehmen wird. Und er wird auch einen hohen Preis für Sie bezahlen. Er hat Sie doch schon gesehen, nicht wahr?«

»Ja, aber...«

»Also steht das ohne Zweifel fest. Der Verlust Ihrer Jungfräulichkeit wird ihn nicht sehr stören.«

Entschlossen erwiderte Bettina: »Nein! Entehrt gehe ich nicht zu ihm. Für meine Familie wäre das eine große Schande. Ich tue es nicht!«

»Ich fürchte, es bleibt Ihnen nichts anderes übrig. Meiner Überzeugung nach wird der Graf nichts davon verlauten lassen, daß Sie in der Hochzeitsnacht keine Jungfrau mehr waren«, entgegnete der Kapitän ganz ruhig.

»Sie können mir das doch nicht antun!« schrie Bettina, und ihre Augen weiteten sich vor Angst.

»Ich wiederhole, Bettina, daß ich Sie lieben werde. Davor bewahrt Sie nichts. Gewalt jedoch möchte ich nicht anwenden, denn das schätze ich nicht.«

»Aber es ist eine Vergewaltigung, Monsieur, weil ich es nicht will!«

»Sie können es nennen, wie immer Sie wollen – wenn Sie sich nicht dagegen wehren.«

Jetzt ergriff Bettina der Zorn. »Sie – Sie müssen ja verrückt sein! Sie können doch nicht erwarten, daß ich mich Ihnen füge und zulasse – nein, das tue ich nicht. Mit meiner ganzen Kraft werde ich einen Widerstand leisten.«

»Dann lassen Sie uns einen Handel abschließen, Mademoiselle«, schlug er vor. »Außer Ihrer Dienerin haben wir noch einige Gefangene von Ihrem Segler an Bord genommen – auch den Kapitän. Meine Leute sind recht hemmungslos. Es bereitet ihnen Freude, einen Menschen langsam zu töten. Erst werden ihm die Ohren abgeschnitten, dann Finger und zuletzt die Füße... Muß ich noch mehr sagen?«

Bettina fühlte sich wie erschlagen. »Und solche Dinge würden Sie erlauben?«

»Warum denn nicht?«

Bei seiner Antwort erblaßte sie. Diese Dinge schienen ihm offenbar auch Vergnügen zu bereiten. Mon Dieu!

»Sie sprachen eben von einem Handel«, sagte sie mit schwacher Stimme.

»Sie geben sich mir hin, um das Leben dieser Männer zu retten. Ich bekomme Sie nämlich, ob Sie sich nun wehren oder nicht. Aber ich schenke den Gefangenen das Leben und entlasse sie im nächsten Hafen in die Freiheit, wenn Sie sich nicht gegen mich wehren.« Er lächelte. »Verloren haben Sie ohnehin schon, Bettina, denn ich werde Sie ohne Rücksicht auf Ihre Entscheidung nehmen. Die Gefangenen allerdings können dabei alles gewinnen. Unbeschadet und lebend werden sie davonkommen, wenn Sie, Bettina, meinem Vorschlag zustimmen. Ich möchte jetzt Ihre Antwort hören.«

»Skrupellos und gnadenlos sind Sie!« stieß Bettina hervor. »Warum müssen Sie mich denn mit Gewalt nehmen?«

»Sie überraschen mich. Schließlich sind Sie Ihren Preis wert, und ich will es eben.«

»Aber ich nicht!«

»Bettina, jetzt will ich Ihnen etwas sagen«, fuhr Tristan fort. »Nur Ihretwegen habe ich Ihr Schiff gekapert. Sonst beschränke ich mich auf spanische Segler. Mein Ausguck sah Sie an Deck und erzählte mir von Ihrer Schönheit. Dankbar sollten Sie sein, daß ich Sie nicht auch noch meiner Mannschaft überlasse. Schluß damit jetzt. Ich will Ihre Antwort hören!«

»Sie lassen mir ja keine Wahl«, erwiderte Bettina langsam und kam sich völlig hilflos vor. »Natürlich muß ich das Leben dieser Männer retten.«

»Also werden Sie mir keinen Widerstand leisten?«

»Nein, Monsieur.«

»Ausgezeichnet. Das ist ein kluger Entschluß. Ich bin überzeugt, daß die Gefangenen es Ihnen danken werden. Ich will das sofort meinen Männern mitteilen. Während ich an Deck bin, ziehen Sie sich aus und legen sich in mein Bett.«

Er verließ die Kabine und schloß die Tür hinter sich. Ein Entkommen gab es für Bettina nicht mehr. Zögernd und sehr langsam begann sie, sich zu entkleiden. Jetzt also sollte sie endlich erfahren, wie sich diese Art von Liebe abspielte – oder eine Vergewaltigung. Wenigstens rettete sie dadurch das Leben einiger Franzosen. Dieser Gedanke machte ihr alles erträglicher.

Als der Kapitän wieder die Kabine betrat, trug sie immer noch ihr langes Unterkleid. Er verschloß die Tür und blickte sie stirnrunzelnd an.

»Offenbar haben Sie Ihre Meinung noch nicht geändert – oder?« fragte er.

»Nein. Und Sie?«

Er lachte und trat dicht an sie heran. Hilflos und klein kam sie sich gegen ihn vor.

»Nein, Kleines, mein Wille ändert sich niemals.« Er ließ seine Hände durch die Fülle ihres Haars gleiten und spürte, wie weich und seidig es war.

Dann legte er es ihr über die Schultern.

»Leg dein Hemd ab, Bettina. Länger halte ich es nicht aus.«

»Ich hasse Sie, Monsieur«, flüsterte Bettina leidenschaftlich.

Er lachte wieder. »Es klingt zwar reizend, wenn du mit deinen süßen Lippen Monsieur zu mir sagst, aber ich fände es schöner, wenn du mich Tristan nennen wolltest. Trink deinen Wein aus, Bettina. Er macht es dir leichter. Bei einer Jungfrau habe ich noch nie gelegen, aber ich habe mir sagen lassen, es sei beim erstenmal schmerzhaft.«

»Zwei Fässer Wein brauchten Sie, um das zu betäuben, was Sie jetzt vorhaben, Monsieur Tristan.«

»Nenn mich nur Tristan. Und stell meine Geduld nicht auf die Probe, Bettina. Was mit dir geschieht, wird geschehen – aber ich könnte ja noch meine Meinung über die Gefangenen ändern. Trink den Wein und streif das Hemd ab. Keine Widerrede!«

Nun konnte Bettina nicht länger zögern. Sie trank den Wein, drehte Tristan den Rücken zu und entledigte sich ihres Kleidungsstücks. Dann verbarg sie ihre Blöße hinter dem fast knielangen Haar und sah Tristan wieder an.

Daß sie sich hinter ihrem Haar versteckte, betrachtete Tristan nicht als Widerstand; aber er wollte auch das nicht. Er streifte die seidige Fülle zur Seite und sah lange ihren Körper an. Dann legte er beide Hände um ihr Gesicht und küßte sie zärtlich

Das hatte Bettina nicht erwartet. Warum küßte er sie denn? Seine Lippen legten sich weich und verlangend auf ihren Mund. Natürlich wollte sie sich am liebsten losreißen, aber sie mußte an die armen Gefangenen denken.

Jetzt legte Tristan die Arme um sie und drückte ihren unbekleideten Körper an sich. Seine Küsse wurden immer heftiger. Plötzlich spürte Bettina, wie sie von einer unerklärlichen und seltsamen Erregung ergriffen wurde. Es war für sie ein völlig neues Gefühl, und ihr Blut schien durch die Adern zu rasen. Was sie empfand, war überaus wohltuend, und willenlos ließ sie alles mit sich geschehen. Dabei vergaß sie völlig, daß sie nackt in den Armen eines ihr völlig fremden Mannes lag.

Plötzlich hörte er auf, sie zu küssen und hob sie mit seinen kraftvollen Armen auf. Bettina erstarrte förmlich, als er sie zu seinem Bett trug und dort behutsam niederlegte. Dann entkleidete er sich bewußt langsam und beobachtete sie ständig. Obwohl sie es wollte, konnte Bettina nicht den Blick von ihm wenden. Voller Erstaunen betrachtete sie seinen hageren und doch so muskulösen Körper – breite Schultern, schmale Hüften und schlanke Beine.

Tristan trat zu ihr und legte sich neben sie auf das schmale Bett. Lange blickte er ihr ins Gesicht und streichelte ihr dann mit einer Hand über ihre Brust. Offenbar wartete er die Wirkung ab, und sie kam dann auch. Ihre Augen wurden groß vor Verwirrung.

Er lachte leise, bedeckte eine Brust mit der Hand und drückte sie sanft. »Hast du erwartet, ich würde es ganz schnell machen?«

»Ja. O Tristan, tue mir das nicht an! Ich flehe noch einmal darum, mir diese Schande zu ersparen.« Ihre Bitte war jedoch erfolglos.

»Nein, Kleines, dazu ist es nun zu spät.«

»Dann bring es hinter dich«, entgegnete sie aufgebracht.

Seine Augen verengten sich vor Zorn, und sein Gewicht preßte sie tief in die weiche Matratze. Einen Augenblick später verspürte Bettina einen schneidenden Schmerz. Sie schrie auf und grub die Fingernägel in seinen Rücken. Aber der Schmerz verging rasch.

Bettinas Anspannung löste sich, und sie kam sich unanständig vor, weil sie auf einmal ein Gefühl der Lust verspürte. Plötzlich stöhnte er tief auf und schien erschöpft auf ihr liegenzubleiben.

Bettina wußte nicht, wie sie sich verhalten sollte. Geschah denn noch etwas? Sie mußte sich eingestehen, daß es nach dem anfänglichen Schmerz schön gewesen war. Wenn jedoch körperliche Liebe nur daraus bestand, konnte man recht gut ohne sie auskommen. Wo blieb denn das gewaltige Vergnügen, für das ein Mann sogar sein Leben aufs Spiel setzte? Nun, vermutlich empfand das Vergnügen nur der Mann.

»Verzeih mir, Bettina, aber es sollte nicht so schnell geschehen, beim nächstenmal wird es besser für dich sein«, versprach Tristan.

»Noch einmal?« fragte Bettina erstaunt. »Aber ich – ich dachte, daß...«

»Nein, Kleines«, unterbrach er sie mit amüsiertem Lächeln. »Die Insel Saint-Martin liegt noch weit entfernt. Und da du die Kabine mit mir teilst, werde ich dich lieben, wann immer ich will. Es wird eine höchst vergnügliche Reise sein.«

Als er aufstand und sich anzog, bedeckte Bettina schnell ihre Blöße mit der Decke. Was sollte sie tun? Neben ihm zu schlafen, war schon schlimm genug, aber er ließ ihr ja keine andere Wahl. Mit dieser Schande würde sie schon leben können. Aber sich ihm immer wieder hingeben, ohne sich dagegen wehren zu können? Seine Geliebte sollte sie also sein. Wie konnte man so weiterleben?

Tristan hatte sie schweigend beobachtet. Jetzt beugte er sich über sie, und seine Lippen glitten sanft über ihren Mund.

»Jetzt muß ich dich verlassen und mich um meine Mannschaft kümmern. Da wir nach Saint-Martin segeln, muß ein neuer Kurs festgelegt werden. Du darfst diese Kabine auf keinen Fall verlassen! Richte dich danach.«

»Aber ich möchte mit Madeleine sprechen. Ich will auch die Gefangenen sehen und ihnen sagen, daß sie nichts zu befürchten haben.«

»Nein!« entgegnete Tristan scharf. »Deine Dienerin kann zu den Gefangenen gehen, und du triffst sie später – nicht jetzt.«

Er verließ die Kabine. Bettina überlegte schon, ob sie die Tür hinter ihm verriegeln sollte. Aber dieser Riese würde sie aufbrechen, und sie hätte nur noch mehr unter seinem Zorn zu leiden. Bei dem Gedanken, wie er sich dann wohl verhalten würde, überlief sie ein Frösteln. Obwohl er sie gegen ihren Willen genommen hatte, war er bis jetzt guter Laune gewesen. Seine gewalttätige Seite wollte sie lieber nicht kennenlernen.

Sie war also hilflos der Gewalt eines wilden Piraten ausgeliefert. Sogar töten konnte er sie. Eine Möglichkeit der Gegenwehr gab es nicht, und sie wußte nicht, wie sie sich nun verhalten sollte.

Bettina erhob sich aus dem Bett. Wie gebannt sah sie die Blutflekken auf dem Laken an – ihr eigenes Blut. Ich hasse dich, Kapitän Tristan! dachte sie verbittert. Du hast mich erniedrigt, beschämt und entehrt. Voll hilflosem Zorn stampfte sie mit dem Fuß auf.

Langsam wurden Bettinas Atemzüge ruhiger. Warum diese Aufregung, wenn sie es ihm nicht heimzahlen konnte. Aber das wollte sie – wie auch immer.

Auf der Kommode neben dem Bett stand eine kleine Schüssel mit Wasser. Bettina säuberte sich damit so gut es ging, dann zog sie sich schnell an und schenkte sich aus dem Krug auf dem Tisch wieder Wein ein. Kaum hatte sie sich hingesetzt, um zu trinken, als sie ein leises Klopfen an der Tür vernahm.

Madeleine kam herein und schloß schnell wieder die Tür hinter sich. »O Bettina, ist dir auch nichts geschehen? Er – er hat doch nicht etwa versucht...«

»Er bringt uns nach Saint-Martin, aber...«

»Dann ist dir also nichts geschehen? Dem Himmel sei dafür gedankt, Mon Dieu! Ich wußte ja nicht, was passieren würde, als er mich einschloß. Dieser Kapitän ist ein so riesiger Mann, und ich befürchtete schon, er könnte dich verletzen.«

»Nichts blieb mir erspart«, erwiderte Bettina ruhig. »Er war entschlossen, mich zu nehmen. Und das hat er auch getan.«

»Bettina – nein!« schrie Madeleine auf, und Tränen schossen ihr in die Augen.

»Schon gut«, wurde sie von Bettina beruhigt, die jetzt einen Arm um die Schultern der alten Kinderfrau legte. »Wenigstens leben wir noch. Und er hat mir versprochen, uns nach Saint-Martin zu bringen.«

»Mein Gott, Bettina! Er kann dich doch nicht vergewaltigt haben. Dieser Mann hat ja kein Ehrgefühl.«

»Ich habe ihn angefleht, mich zu verschonen, aber er wollte mich haben. Nun ist es geschehen, und ich kann nichts mehr dagegen tun. Wenigstens ist es mir dadurch gelungen, die Gefangenen zu retten.«

»Welche Gefangenen denn?«

»Hast du sie denn noch nicht gesehen?« fragte Bettina.

»Ich wußte überhaupt nicht, daß welche an Bord sind«, erwiderte Madeleine. »Der große Mann befahl Jules mich aus der Kabine zu lassen. Ich soll in der Küche helfen. Während ihres letzten Kampfes wurde nämlich der Koch getötet. Aber ich bin erst zu dir gegangen.«

»Suche jetzt die Gefangenen. Kapitän Marivaux ist auch unter ihnen. Sag ihnen, sie brauchen sich über ihr künftiges Schicksal seine Sorgen zu machen. Im nächsten Hafen läßt man sie frei. Sollten einige verwundet sein, so kümmere dich um sie. Dann komm wieder zu mir und berichte mir alles. Kapitän Tristan hat angeordnet, daß ich die Kabine nicht verlassen darf.«

»Kann ich vorher noch etwas für dich tun?« Madeleine betrachtete ihren Schützling mit besorgten Blicken. »Nach allem, was du erleiden mußtest, lasse ich dich nicht gern allein.«

»Nein, Madeleine, bei mir ist soweit alles in Ordnung. Ich glaubte zunächst, es würde zu einem furchtbaren Erlebnis für mich. Aber so schlimm war es gar nicht. Er war sehr sanft. Außerdem ist er jung und von angenehmem Äußeren. Mich schmerzte nur, daß er mir keine Wahl ließ. Um meine Gefühle kümmerte er sich nicht.«

»Ich bin nur froh, daß du es so gut überstanden hast.«

Bettina zuckte mit den Schultern. »Was hätte ich sonst wohl tun sollen?«

Madeleine verließ die Kabine, aber sie kam schon nach kurzer Zeit zurück. »Es sind keine Gefangenen an Bord, Bettina. Ich habe einen von der Mannschaft gebeten, mich zu ihnen zu führen. Er aber sagte mir, daß außer dir und mir niemand an Bord genommen wurde. Ich fragte noch einen anderen, und er gab die gleiche Antwort.«

Bettina erstarrte. Ihr ganzer Körper schien von einer Welle des Zorns überströmt zu werden.

»Also hat er gelogen! Nur um mich gefügig zu machen. Seine Seele soll zum Teufel fahren!«

»Aber, Bettina, was ist denn mit dir?« fragte Madeleine bestürzt.

»Er – er hat mich belogen! Er behauptete, sie hätten Gefangene gemacht, und er wollte ihnen das Leben schenken, wenn ich ihm keinen Widerstand leistete!« schrie Bettina, und ihre grünen Augen flammten vor Zorn.

»O Bettina!«

»Also war ich ihm zu Willen. Der Himmel weiß, daß ich mich wehren wollte, aber ich habe es nicht getan. Mir erschien es unerträglich, daß deshalb andere Menschen sterben sollten. Ich werde ihn umbringen!«

»Nein, Bettina, so darf man nicht sprechen. Was war, kann man nicht mehr ungeschehen machen. Auch hast du gesagt, er sei gar nicht so böse gewesen.«

»Darum geht es doch nicht. Er hat mich getäuscht. Dieser Kapitän Tristan soll erfahren, was es bedeutet, mich zu täuschen! Es wird ihm noch leid tun, daß er mich auf sein Schiff brachte. Ich will meine Rache! Ich schwöre dir, Tristan wird dafür büßen!«

»Um Himmels willen, Bettina, sei doch vernünftig. Du erreichst mit deinem Zorn, daß man uns tötet.«

Aber Madeleine hätte genausogut schweigen können. Bettina lief wütend in der Kabine hin und her. Die mahnenden Worte ihrer alten Dienerin änderten keinesfalls ihre auf Rache sinnenden Gedanken.

7

»Also, Tristan, wie lautet deine Entscheidung? Was soll mit der Frau geschehen?« fragte Jules, als er seinen Freund an Deck traf.

»Ich bringe sie nach Saint-Martin, dieser Comte de Lambert wird gut für sie bezahlen«, erwiderte Tristan. »Und das Lösegeld ist es schon wert, daß unsere Heimkehr sich verzögert.«

»Ich stimme dir zu, obwohl die Mannschaft es vielleicht nicht tun wird. Aber glaubst du denn, dieser Mann merkt es nicht, daß seine Braut entjungfert wurde?«

»Bevor er das Lösegeld bezahlt, wird es ihm nicht auffallen. Danach stört es uns nicht mehr. Für sie dürfte es auch nicht viel ausmachen. Er wird sie immer noch haben wollen.«

Jules lachte. »Du bist schon ein Teufel, Tristan. Also war das blonde Weibchen so gut, wie sie aussah, was?«

»Noch besser«, antwortete Tristan. »Aber es ist für eine Frau gefährlich, so liebreizend zu sein. Die ganze Welt könnte ihr zu Füßen liegen, doch ich glaube nicht, daß es ihr bewußt ist. Die wird schon noch manches Leben auf ihrem Weg zerstören.«

»Deins doch wohl nicht – oder?«

»Nein. Ich hätte sogar Lust, diese Kleine für mich zu behalten, aber sie könnte mich in Verwirrung bringen. Ich finde jedoch keine Ruhe, bevor ich Bastida habe und seinem elenden Leben ein Ende setze!«

»Ich weiß, was dich quält, Tristan. Aber laß uns jetzt nicht daran denken. Uns bleibt genügend Zeit, um Bastida zu finden.«

»Recht hast du, alter Freund. Im Augenblick sollte man an erfreulichere Dinge denken.«

Jules lächelte listig. »Und ich dachte immer, daß du nur willige Frauen schätzt.«

»Was ich gar nicht schätze, ist die Anwendung von Gewalt und der Anblick einer wütenden Frau. Aber meist siegt der Verstand auch bei den Widerspenstigsten, und sie verzichten auf Gewalt.«

»Diesmal beneiden dich unsere Männer. Ich kann mir nicht vorstellen, daß einer von ihnen schon mal so ein Mädchen gesehen hat«, sagte Jules.

»Auch ich habe eine so liebreizende Frau noch nicht gesehen«, gestand Tristan. »Eine Lady ist sie und noch dazu mit Temperament.«

»Die Männer an Bord haben jetzt nur noch einen Gedanken im Kopf. Ich hielte es für klug, im nächsten Hafen vor Anker zu gehen. Dort sollen sich die Kerle ein oder zwei Tage in den Bordellen austoben. Das hilft ihnen, die in deiner Kabine versteckte Frau zu vergessen. Es reicht dann aus, bis wir wieder daheim sind.«

»Darin stimme ich dir zu«, erwiderte Tristan. »Wir können die Virginischen Inseln ansteuern und am Abend in Tortola anlegen. Die Männer...«, Tristan unterbrach sich, als er beobachtete, wie sich Bettinas Dienerin mit einem seiner Seeleute unterhielt. »Was hat sie denn außerhalb deiner Kabine zu suchen?«

Jules blickte hinüber. »Ich hab' sie herausgelassen, damit sie in der Kombüse arbeitet. Seit dem Tod des alten Angus hat es an Bord kein vernünftiges Essen mehr gegeben.«

»Und du traust der alten Frau, daß sie uns nicht vergiftet?« Tristan lachte.

»Ich achte darauf, daß sie die Speisen selbst probiert, bevor sie aufgetragen werden.«

Tristan runzelte die Stirn, als er sah, daß die Dienerin in seine Kabine schlüpfte. »Zum Teufel! In meiner Kabine ist doch nicht die Kombüse. Frag sofort Joco, worüber das alte Weib mit ihm gesprochen hat.«

Jules tat das sofort und kehrte schon nach wenigen Augenblikken zurück. »Sie hat ihn gebeten, sie zu den Gefangenen zu führen. Wie kommt sie denn . . .«

»Schweig!« unterbrach Tristan ihn scharf. »Vermutlich hat Joco ihr gesagt, daß es keine Gefangenen gibt?«

»Na sicher.«

»Himmel! Du hättest mich fragen müssen, bevor du die alte Frau herausgelassen hast. Höllischer Zorn wird auf mein Haupt fallen, wenn ich durch diese Tür gehe!« Tristan zeigte auf seine Kabine.

»Was redest du da?«

»Ich habe dem Mädchen erzählt, daß wir Gefangene gemacht haben. Sie könne das Leben der Männer retten, wenn sie sich mir ohne Widerstand hingebe. Damit war sie einverstanden. Nun weiß sie aber, daß ich sie getäuscht habe und dürfte schon Pläne schmieden, wie sie mir das Herz aus dem Leib reißen kann.«

Jules brach in Gelächter aus. »Du überschätzt das Mädchen. Vermutlich ist sie viel zu verschreckt, um dir etwas anzutun.«

»Da habe ich so einige Zweifel«, entgegnete Tristan nachdenklich.

»Warum erzählst du denn dem Mädchen von Gegangenen? Wir machen doch nie welche. Du hättest nur eine Drohung gegen das Leben ihrer Dienerin aussprechen müssen. Das hätte bestimmt gereicht.«

Gereizt erwiderte Tristan: »Ich wollte nicht, daß sie von mir dachte, ich könnte so abscheulich sein und eine alte Frau umbringen.«

»Was kümmert's dich, wenn sie das von dir denkt?«

»Geht dich nichts an«, erwiderte Tristan mürrisch. Er sah, wie die Dienerin seine Kabine verließ, und sagte zu Jules: »Geh rüber und sprich mit ihr. Ich möchte vor dem Betreten der Kabine wissen, was ich zu erwarten habe, und ob man mir den Schädel spalten will.«

Jules ging und kehrte mit einem nicht sehr erfreuten Lächeln zurück. »Die alte Frau ist der Meinung, das Mädchen könnte eine Dummheit begehen, denn es hat Rache geschworen. Soll ich zuerst hineingehen, um nachzusehen, ob sie nicht darauf lauert, dir die Kehle durchzuschlitzen?«

»Ein Narr war ich! Ich hätte daran denken sollen, die Dolche aus meiner Kabine zu entfernen.«

»Um Himmels willen, Tristan!« rief Jules. »Du glaubst doch nicht etwa, sie würde . . .«

Tristan unterbrach ihn sofort. »Sie würde – davon bin ich überzeugt. Aber vielleicht hat sie die Dolche nicht gefunden, denn sie liegen in einem Kasten an der Wand. Na, in jedem Fall werde ich mit ihr fertig.« Er lachte. »Glaubst du etwa, ich könnte ein so kleines Mädchen nicht bändigen? Hör auf, Jules! Wenn ich sechs Spanier bei einem Zechgelage beseitigen konnte, welche Chancen hat dann ein so zartes Pflänzchen gegen mich?«

»Frauen kämpfen nicht wie Männer – sei vorsichtig«, riet Jules.

»Du bist doch schon lange bei mir, Jules. War ich schon einmal nicht vorsichtig?«

Jules atmete tief durch, als Tristan davonging. Sein junger Freund verstand recht wenig von Frauen. Sein bisheriges Leben hatte Tristan nur mit Haß im Herzen verbracht und wenig Zeit für andere Dinge gehabt. Wie konnte er wissen, daß der Haß einer einzigen Frau stärker sein konnte als der Zorn von zwanzig Spaniern?

Als Tristan die Tür seiner Kabine öffnete, war er auf einen überraschenden Angriff vorbereitet. Bettina stand an der der Tür gegenüberliegenden Wand. Rein äußerlich war ihr von ihrem Zorn nichts anzumerken. Aber Tristan vermutete, daß sie die Dolche entdeckt hatte, denn sie verbarg die Hände in den Falten ihres langen Rockes. Eins fiel ihm allerdings nicht auf – Bettina hatte sich das Haar zurückgebunden, damit es ihr bei einem Angriff nicht über das Gesicht fallen konnte. Und ihre Augen leuchteten brennend grün. Tristan hoffte nur, daß sie mit einem Entermesser nicht umgehen konnte.

Langsam durchquerte Tristan die Kabine und beobachtete dabei genau ihre Arme. Da sie nicht erwartete, daß er etwas von ihren Absichten ahnte, war er ihr gegenüber im Vorteil. Als er den Tisch erreichte, wandte er ihr absichtlich den Rücken zu, damit sie angreifen konnte. Und Bettina tat es auch sofort. Er konnte sich gerade noch rechtzeitig umdrehen, um ihr Handgelenk mit dem hoch erhobenen langen Dolch zu packen.

Ungläubig sah er sie an, während er ihr Handgelenk so weit herumdrehte, bis sie den Dolch fallen ließ. Nie hätte er geglaubt, daß sie versuchen würde, ihn zu töten. Ihn bedrohen oder sich gegen ihn wenden – ja, das hätte er ihr zugetraut. Aber kein Blutvergießen.

Lieber Himmel! Fürchtete sie denn nicht um ihr eigenes Leben? Glaubte sie etwa, seine Mannschaft würde gelassen einen Mord an ihm hinnehmen? Verhielten sich die Dinge so, dann war diese Frau mehr als gefährlich. Sie stellte also den Haß über den Einsatz ihres eigenen Lebens. Aber wenn er jetzt genau überlegte, benahm sie sich ihm gegenüber nicht anders, wie wenn er an Bastida dachte. Es galt also in Zukunft, bei dieser flachsblonden Schönheit in jeder Beziehung vorsichtig zu sein.

»Was wolltest du denn damit erreichen?« fragte Tristan gelassen.

»Tot wollte ich dich sehen – durch meine Hand!« schrie Bettina mit flammenden Augen.

»Und dein eigenes Leben kümmert dich dabei nicht?«

»Mich interessiert nur dein Ende«, antwortete sie und bemühte sich, ihr Handgelenk aus seinem Griff zu befreien. »Doch ich finde schon eine Möglichkeit, Tristan. Ich werde dich töten. Mich hast du getäuscht, du gnadenloser Pirat!« Mit ihrer freien Hand schlug sie nach ihm, aber er griff rechtzeitig zu. »Für deine Lüge wirst du mir bezahlen!«

»Ich habe dich angelogen, das gebe ich zu, aber ich wollte dir damit nur Ärger und Schmerzen ersparen. Wäre es dir lieber gewesen, ich hätte dich mit Gewalt genommen? Leichter wäre es gewesen, das kann ich dir versichern. Du bist zwar eine sehr große und ungewöhnlich kräftige Frau, Bettina. Aber du hast gemerkt, daß du mir nicht gewachsen bist. Zornig bist du nur, weil ich dich hinderte, deine Jungfernschaft zu verteidigen.«

»Und ich hätte darum gekämpft...«, begann Bettina.

»Ja, davon bin ich überzeugt. Wo aber ist dabei etwas Schlimmes entstanden? Ich habe dich vor Verletzungen bewahrt. Wer kann schon wissen, was ich in der Hitze der Leidenschaft getan hätte, wenn du Widerstand geleistet hättest. In einer solchen Lage war ich noch nie, also kann ich auch nicht mit Sicherheit sagen, ob ich nicht zugeschlagen hätte. Oder dich umgebracht«, fügte er noch hinzu, um zu sehen, wie sie darauf reagieren würde.

»Unverletzt wärest du aber auch nicht geblieben, Monsieur!« schrie sie ihn an.

Tristan lachte herzlich. Noch niemals hatte er einer so zornigen Frau gegenübergestanden, und es belustigte ihn eigentlich. »Bettina, was hättest du denn getan, wenn du jetzt schon meinem Griff nicht entkommen kannst?«

Bettina trat ihm mit großer Wucht auf den Fuß, und sein Gesicht verzog sich vor Schmerz. Dann lief sie auf die andere Seite des Tisches, während er nach seinem Fuß tastete, denn er hatte sie sofort losgelassen, als sie nach ihm trat.

»Ha, wo ist denn deine Stärke, Kapitän?« schrie Bettina ihn an.

»Du hast mich unterschätzt! Mit dem größten Vergnügen werde ich dir wieder Schmerz zufügen, wenn du dich mir näherst!«

Sie fühlte sich sicher mit dem langen Tisch zwischen ihnen, denn dieser Tristan war ja nichts weiter als ein dicker, tolpatschiger Ochse. Schlank und gewandt, wie sie war, konnte sie sich stets aus seiner Reichweite halten.

»Du kleine Teufelin!« schimpfte er. »Ich werde mehr tun, als mich dir nur zu nähern, du Hexe. Und zwar werde ich dich wieder nehmen – jetzt sofort! Diesmal kannst du dich wehren, soviel du willst, ich zahle es dir heim.«

Bettina hatte erwartet, er würde um den Tisch herumkommen. Als er jedoch einfach darüberkletterte, packte sie die Angst. Sie griff nach dem nächsten Gegenstand, um damit nach ihm zu werfen. Doch er sprang zur Seite, als er ihre Absicht merkte. Aber Bettina wollte ihn nicht nur bedrohen – sie wollte alles zerstören. Was auf dem Tisch lag, flog ihm entgegen. Als sie nichts mehr fand, griff sie nach den schweren Metallbechern, aus denen sie vorher getrunken hatten, und der zweite traf ihn am Kopf. Tristan stürzte vornüber und blieb bewegungslos auf dem Boden liegen.

Ungläubig betrachtete Bettina seine wie gefällt daliegende Gestalt. Dann bemerkte sie, wie sich sein blondes Haar blutig färbte, und Angst packte sie. Sie rannte zur Tür, riß sie weit auf und rannte auf Deck.

Der Anblick des von ihr ermordeten Mannes erschien ihr unerträglich. Vielleicht konnte sie sich irgendwo verbergen, eine Waffe finden und damit die Mannschaft zwingen, sie an Land zu lassen. Aber kaum hatte sich Bettina ein paar Meter von der Kabine entfernt, wurde sie von einem nach Schweiß stinkenden Matrosen gepackt und festgehalten.

»Was soll denn das?« Er lachte und genoß es offensichtlich, sie fest an sich zu drücken. »Das Weibchen des Kapitäns will einen kleinen Spaziergang machen?«

»Ja, und Sie werden es bereuen, wenn Sie mich nicht sofort loslassen!« rief Bettina zornig. Vielleicht konnte sie die Macht des Kapitäns nutzen, um zu erreichen, was sie wollte, denn noch ahnte niemand von der Mannschaft, daß Tristan tot war.

»So, werde ich das?« fragte der Mann und ließ sie sofort los. »Weiß der Kapitän überhaupt, daß du an Deck bist?«

»Ja. Er – er schläft.« Im selben Augenblick erkannte Bettina ihren Fehler.

»Er schläft? Der Kapitän schläft nie mitten am Tag. Was für

Lügen erzählst du mir da, Mädchen?« fragte der Mann heiser. Dann blickte er auf und rief laut: »Mr. Bandelaire! Dieses Weib behauptet, der Kapitän schläft.«

»Schau nach, ob es stimmt, Davey.«

Bettina blickte auf und erkannte die wuchtige Gestalt des Ersten Offiziers, der sich auf dem Deck über ihr befand. Schon lief ein anderer Matrose zur Kabine des Kapitäns.

»Der Kapitän hat mir gesagt, er wünsche, nicht gestört zu werden«, sagte Bettina schnell, und ihre Stimme zitterte vor Angst.

»Kümmere dich nicht darum, Davey!« befahl Jules Bandelaire. Auch der Mann, der Bettina festgehalten hatte, lief zur offenen Tür der Kabine. Bettina blickte verzweifelt um sich. Aber plötzlich wurde sie von einer Anzahl Matrosen umringt, die sie frech anstarrten.

Der Mann namens Davey hatte inzwischen die Kabine betreten und erschien nun wieder an Deck. Sein Gesicht wirkte bleich und erschüttert. »Sie hat ihn getötet! Sie hat Kapitän Tristan umgebracht!«

»Mein Gott!« schrie Jules und ließ seine Faust donnernd auf die Reling fallen, so daß sich das Holz knirschend wehrte.

Bettina drängte sich durch die Männer, die wie erstarrt schienen, weil ein Mädchen ihren Kapitän getötet hatte. Aber an ein Entkommen war nicht zu denken. Jules sprang vom oberen Deck herunter und packte Bettinas langes Haar. Langsam zog er sie zu sich her, und es tat sehr weh.

»Wissen sollst du, Hure, daß du den einzigen Mann getötet hast, den ich meinen Freund nannte. Und dafür wirst du einen schlimmen Tod erleiden – und zwar allein durch meine Hände.« Er schob sie vorwärts, und zwei Matrosen griffen nach ihr. »Bindet sie an den Hauptmast und steht mit Wasser bereit. Diese Hure soll die volle Wucht der Peitsche spüren – bis sie stirbt!« schrie Jules, und seine Augen blickten gnadenlos.

»Mon Dieu!« stöhnte Bettina, und ihr Gesicht wurde grau wie Asche. An Bord der *Windsong* hatte sie schon mal eine Auspeitschung erlebt, aber gnädigerweise hatte den Mann bald eine Ohnmacht umfangen. Sie aber wollte man ständig mit kaltem Wasser übergießen, damit sie bei Bewußtsein blieb. Der Freund des Kapitäns würde dafür sorgen, daß sie jeden Hieb spürte, bis der Tod eintrat. »Bitte, Monsieur, erschießen Sie mich. Ich flehe darum!«

»Du hast den Kapitän dieses Schiffes getötet – meinen Freund,

Tod durch eine Kugel ist viel zu gut für dich!« erwiderte Jules mit haßerfüllter Stimme.

Bettina trat um sich und versuchte, sich von den Männern loszureißen, die sie festhielten. Aber es gelang ihr nicht. Man schleifte sie zum Hauptmast. Dort wurde sie so festgebunden, als ob sie den Mast umarmte. Jemand riß ihr das Samtkleid am Rücken auf. Dann schlitzte man ihr Unterkleid auf, so daß sich den gaffenden Augen der Seeleute ihr entblößter Rücken darbot.

Jules Bandelaire ließ die Peitsche einmal durch die Luft sausen. Bettina zuckte vor Angst zusammen. Bevor er die Peitsche zum zweiten Mal hob, wurde sie ohnmächtig. Jules bemerkte es nicht, er schwang die Peitsche jetzt über der zarten Haut ihres Rückens, damit ihr langsamer und schmerzvoller Tod beginnen konnte.

8

Tristan taumelte aus seiner Kabine. Was er erblickte, brachte sofort wieder völlige Klarheit in seine verwirrten Sinne. Er brüllte einen Befehl, den man überall auf dem Schiff hören konnte.

»Aufhören! Hör sofort auf!«

Gerade noch rechtzeitig konnte Jules den Arm ruhen lassen. Als er sich umdrehte, sah er, wie Tristan auf ihn zukam und dabei eine Hand auf den schmerzenden Kopf drückte.

»Himmel! Bist du denn verrückt geworden, Jules?« fragte Tristan, als er neben den Freund trat. Sein Gesicht verzog sich finster, als er Bettinas entblößten Rücken sah.

»Der Himmel ist mein Zeuge, Tristan, ich habe mich noch nie so gefreut wie eben, als ich dich sah. Dieser wahnsinnige Davey behauptete, du seist tot – dieses Mädchen hier habe dich umgebracht.«

Tristan konnte nur schwach lächeln, denn sein Kopf schmerzte immer noch zu sehr.

»Sag mal, alter Freund, ist dir eigentlich nicht der Gedanke gekommen, selbst nachzusehen? Dann hättest du nämlich gemerkt, daß dieses böse Weibchen mich lediglich bewußtlos schlug. Gott sei Dank bin ich rechtzeitig wieder zu mir gekommen. Du hättest etwas erlebt, wenn du diesen lieblichen Rücken zerschlagen hättest, denn mit dieser Teufelskatze bin ich noch nicht fertig.«

Nun wandte sich Tristan an Davey. »Binde sie los! Und wenn du beim nächstenmal behauptest, ein Mann sei tot, dann überzeuge dich gefälligst vorher. Wenn der Lady etwas geschehen wäre, hättest du die gleiche Strafe erlitten, die mein guter Freund für sie plante.«

»Jawohl, Kapitän«, erwiderte Davey mit schwacher Stimme.

Nachdem man Bettina die Fesseln gelöst hatte, hob Tristan die Bewußtlose auf und blickte ihr in das bleiche Gesicht. So still bliebe sie nie, überlegte er, wenn sie bei Bewußtsein wäre.

»Tristan, nach dem, was sie getan hat, kannst du sie doch nicht mehr in deiner Kabine behalten«, sagte Jules besorgt. »Du hast mir Wachsamkeit versprochen, und dann hat sie dich doch überlistet. Ich habe dich gewarnt – Frauen kämpfen anders als Männer. Beim nächstenmal könnte sie Erfolg haben und dich töten.«

»Ja, das hat sie auch geschworen. Diesmal habe ich sie unterschätzt. Ich habe sie mit den ängstlichen Frauen verglichen, die ich in der Vergangenheit kannte. Aber ein solcher Fehler unterläuft mir nicht wieder.«

Sofort fragte Jules: »Was willst du denn tun? Sie nachts fesseln? Oder soll sie dir die Kehle durchschneiden, während du schläfst?«

»Ich glaube an keinen Mordversuch. Wenigstens nicht hier auf meinem Schiff. Außerdem bot sich ihr ja die Chance, mich umzubringen, als ich bewußtlos war. Sie hat es nicht getan.«

»Nein. Sie nahm nämlich an, du seist bereits tot.«

Tristan schüttelte den Kopf. »Woher willst du denn das wissen?«

»Als ich ihr sagte, sie müßte nun auch sterben, bat sie mich, sie zu erschießen und nicht die Peitsche zu nehmen.«

»Na gut, sie glaubte also, sie habe ihren Plan in die Tat umgesetzt. Jetzt jedoch weiß sie, was für Konsequenzen das haben kann. Das verdanke ich dir, alter Freund. Mir ist bekannt, was für eine tödliche Furcht sie vor der Peitsche hat. Wurde sie eigentlich ohnmächtig, bevor du das erstemal zugeschlagen hast?«

»Aber ja.«

»Das wollte ich nur wissen, jetzt kann ich sie so zurechtweisen, wie ich es wünsche.«

»Du unterschätzt diese Frau erneut, Tristan«, warnte Jules. »Mach das nicht wieder. Du weißt, daß ich dich wie einen Sohn, wie einen Bruder liebe. Begehe keinen Fehler mit diesem Mädchen.«

»Sie hat mich arglistig getäuscht, Jules. Mir würde es große Freude bereiten, gerade diese Lady zu zähmen.«

»Lady!« rief Jules. »Dieses Biest ist doch keine Lady!«

»Doch, das ist sie schon. Woher sie die teuflische Schlauheit hat, wüßte ich gern. Jetzt besorg mir etwas für meinen Kopf, der wie Negertrommeln dröhnt. Und dann schick die Mannschaft wieder an die Arbeit.«

Tristan kehrte mit der immer noch bewußtlos auf seinen Armen liegenden Bettina in seine Kabine zurück. Vorsichtig legte er sie auf das Bett und betrachtete sie eine Weile.

Ob sie wohl beim Erwachen immer noch verschreckt sein würde? Oder würde sie wieder in Zorn geraten, weil er noch lebte? Eigentlich hoffte Tristan auf ihren Zorn. Eine solche Schönheit sollte sich vor keinem Mann beugen – auch nicht vor ihm. Eine Freude mußte es sein, ihren Stolz zu brechen, aber ihm blieb dafür nicht mehr viel Zeit. Aber, warnte eine innere Stimme Tristan, eine Frau wie Bettina Verlaine kann niemand unterwerfen, solange noch ein Funken Leben in ihr ist. Sie hat, so jung sie noch ist, einen unbeugsamen Willen.

Jules kam herein und betrachtete kopfschüttelnd die auf dem Boden liegenden zerschmetternden Gegenstände. Dann hob er zwei Metallbecher auf, stellte sie auf den Tisch und füllte sie mit Wein.

Nun erschien auch Madeleine an der Tür. Ihr Blick wanderte besorgt zwischen dem Kapitän und ihrem Schützling hin und her. Jules räusperte sich und winkte sie dann herein.

Tristan saß am Tisch, und Jules sagte: »Sie versteht angeblich etwas von der Heilkunde. Es macht dir doch nichts aus, wenn sie sich um deine Kopfwunde kümmert? Ihre zarten Hände können das sicher besser als meine dicken Pranken.«

»Einverstanden – sofern sie mir nicht auch die Kehle durchschneiden will.«

»Liebend gern würde ich das, Monsieur, aber ich tue es nicht«, erwiderte Madeleine.

Tristan lachte leise. »Wenigstens sind Sie ehrlich, alte Frau. Wie heißen Sie denn?«

»Madeleine Daudet.«

»Na, Madeleine, haben Sie gesehen, was beinahe mit Ihrer kleinen Lady geschehen wäre?« fragte Tristan ruhig.

»Ja, Monsieur. Ich bin gerade in dem Augenblick an Deck gekommen, in dem sie ohnmächtig wurde.«

»Es war nur gut, daß Sie nicht sofort aufschrien«, sagte Tristan, und er bemerkte jetzt erst die verschwollenen Lippen der Frau. Offenbar hatte sie sich sie wundgebissen, um ihre Schreie zu unterdrücken. »Hätten Sie das nämlich getan, hätte Jules meinen

Ruf nicht gehört, und Bettina hätte wenigstens zwei Hiebe bekommen, bevor ich den Mast erreichen konnte.«

»Gott sei gedankt, daß Sie rechtzeitig wieder erwachten«, sagte Madeleine. Sie beugte sich über ihn und begann, die Wunde zu säubern.

»Dann wußten Sie also, warum mein Freund Bettina zu Tode peitschen wollte?«

»Ja. Die Mannschaft glaubte, sie hätte Sie ermordet. Ich versuchte vergeblich, Bettina zu überreden, sich nicht an Ihnen zu rächen. Aber sie hat nicht auf mich gehört. Bettina war schon immer hartnäckig und entschlossen. So wie heute allerdings noch nie«, fügte sie noch hinzu.

Tristan lachte und betrachtete wieder das bewußtlos auf seinem Bett liegende Mädchen. Mit einem nachdenklichen Blick wandte er sich dann wieder an Madeleine.

»Erzählen Sie mir von ihr. Woher stammt dieses hitzige Temperament? Bei einer Straßendirne fände ich das erklärlich – aber nicht bei einer Lady.«

»Sie ist eine Lady, Monsieur«, entgegnete Madeleine empört. »Aber als Kind blieb ihr versagt, was sie sich am meisten wünschte – die Liebe ihres Papas. Das führte zu ständigen Zornesausbrüchen, bis ihr Vater sie auf eine Klosterschule schickte. Dort verbrachte Bettina viele Jahre.«

»Sollte sie eine Nonne werden?«

»Nein. Das Kloster unterhielt auch eine Schule für weltliche Schülerinnen.«

»Und was hat sie auf der Klosterschule gelernt? Wie man betet?« fragte er in leicht belustigtem Ton.

»Natürlich wurde ihr alles Wissen über Gott beigebracht. Aber sie lernte auch Lesen und Schreiben, die Pflege von Kranken und Verwundeten, und man brachte ihr bei, höflich und liebenswert zu sein...« Madeleine merkte, daß ihre Worte in diesem Zusammenhang lächerlich klangen, und brach ab.

Tristan mußte leise lachen. »Also kann Bettina keine sonderlich gute Schülerin gewesen sein, was?«

»Sie war eine ausgezeichnete Schülerin«, verteidigte Madeleine ihren Schützling. »Wenn sie jedoch gereizt wird, ist sie wie blind. Seit ihrer Kindheit habe ich sie allerdings nie wieder in diesem Zustand erlebt. Nur der Papa erregte ihren Zorn, als sie aus der Schule zurückkehrte. Wirklich, Monsieur, so wütend wie heute habe ich Bettina noch nie erlebt. Ansonsten ist sie freundlich und liebenswert von Natur aus – genau wie ihre Mutter. Schließlich gab Bettina es auf, die Liebe ihres Vaters erringen zu wollen, und sie war mit ihrem weiteren Leben glücklich. Man sieht es doch ihrem Lächeln an.«

»Weder ein Lächeln noch freundliche oder liebenswerte Züge konnte ich bisher an ihr entdecken«, entgegnete Tristan.

»Den Grund dafür wissen Sie selbst, Kapitän. Sie haben... Also, Sie haben...«

»Bettina entehrt? Ja, das sagte man mir bereits.«

»Sie hätten sie nicht anrühren dürfen!« fauchte Madeleine. »Dazu hatten Sie kein Recht. Und wenn Sie schon entschlossen waren, sie zu besitzen, hätten Sie sie nicht mit einer Lüge gefügig machen dürfen. Bettina ertrug ihr Schicksal, bis sie erfuhr, wie sie von Ihnen hintergangen worden war.«

»Madame, ich wollte nur vermeiden, ihr Schmerz zuzufügen. Jetzt sagen Sie mir aber, ob sie beabsichtigt, diesen Comte zu heiraten? Liebt sie ihn?«

»Diese Ehe wurde von ihrem Papa arrangiert. Bettinas Meinung spielt dabei keine Rolle. Sie muß tun, was man von ihr erwartet, und sie weiß das auch. Und was die Liebe betrifft – man kann keinen Mann lieben, den man nie kennengelernt hat.«

»So weiß sie also noch nicht mal, wie ihr zukünftiger Gatte aussieht?« fragte Tristan. »Was würde man denn von mir sagen, wenn ich sie irgendeinem alten, fetten Geißbock überließe, den sie gar nicht heiraten möchte?«

Madeleine lächelte. »Nein, Kapitän. Der Comte de Lambert ist jung und hübsch. Ich habe ihn gesehen.«

Über diese Bemerkung war Tristan verärgert. »Genug davon jetzt«, sagte er. »Ich muß nun etwas Ruhe haben, damit meine Kopfschmerzen vergehen. Kümmere dich um das Schiff, Jules. Wenn du mich brauchst, weißt du ja, wo ich bin.«

»Ruhe!« erwiderte Jules. »Wenn du Ruhe willst, dann kannst du nur hoffen, daß dieses Mädchen nicht aufwacht.«

Er mußte bei seinen Worten leise lachen. Dann brachte er Madeleine in die Kombüse. Hätte sie Jules' Befehl befolgt und wäre sie sofort hingegangen, überlegte Tristan, wäre all das nicht geschehen, und Bettina hätte seine Lüge weiterhin für Wahrheit gehalten.

Triston goß sich wieder Wein in seinen Becher, lehnte sich im Stuhl zurück und sah Bettina an. Wenn der Wind günstig stand, mußten sie in etwa einer Woche Saint-Martin erreichen. Da blieb ihm nicht mehr viel Zeit, um ihre Schönheit zu genießen. Mit seinen sechsundzwanzig Jahren hatte er bisher noch nie eine Frau wie Bettina Verlaine kennengelernt – auch keine mit soviel Mut und Temperament.

9

Bettinas Lider begannen zu flattern, dann riß sie die Augen weit auf, denn sie erinnerte sich wieder an das, was geschehen war. Schnell richtete sie sich auf und betastete ihren Rücken. Schmerzen hatte sie nicht. Was hatte sich denn nun wirklich ereignet? Warum lebte sie noch?

Einen Augenblick zitterte sie heftig und glaubte, den Knall der Peitsche zu hören. Wie war sie nur diesem entsetzlichen Tod entkommen? Sie mußte ohnmächtig geworden sein. Wartete man nur darauf, bis sie erwachte, um dann die Auspeitschung fortzusetzen? Alles wollte sie ertragen – aber nicht solche Qualen.

Sie verbarg das Gesicht in den Händen. Warum mußte ich ihn auch töten? fragte sie sich bedrückt. Ich hätte doch nur kurze Zeit mit diesem Kapitän ertragen müssen. Danach wäre ich frei gewesen, um ein langes und schönes Leben zu führen. Alles hätte ich dann vergessen können.

Warum nur habe ich mein Leben wegen einer Rache aufs Spiel gesetzt? Der Mann war schließlich nur ein Pirat. Von solchen Kerlen konnte man nur Täuschungen und Lügen erwarten. Bettina stöhnte leise auf. Was aber sollte nun geschehen? Würde man sie doch noch zu Tode prügeln? Ich muß fort von hier, muß an Deck, dachte sie leidenschaftlich. Mir bleibt nichts anderes, als über Bord zu springen und für immer im Meer zu versinken.

Ohne länger zu überlegen, schob Bettina die Beine aus dem schmalen Bett und erhob sich. Dann erblickte sie Tristan. Sie erstarrte, und der Atem stockte ihr. Ihr erster Gedanke war, daß es sich um ein Gespenst handeln müsse. Doch als sie ihn genauer betrachtete, erkannte sie, daß seine Augen fröhlich und gleichzeitig teuflisch funkelten. So klar wie der Himmel waren diese Augen, sie konnten keinesfalls einem Toten gehören.

Das Blut stieg Bettina in den Kopf. Tristan lebte, und nur aus diesem Grunde war sie hier und unverletzt. Wortlos hatte er ihr Erwachen beobachtet und sie in Zweifel und Angst vergehen lassen. Mit ausgestreckten Beinen saß er gemütlich da, einen Becher Wein in der Hand. Noch dazu lächelte er.

In Bettina stieg wilder Zorn auf. »Du!« schrie sie ihn endlich an. »Tot solltest du sein! Aber du entkommst mir nicht, Tristan!«

»Verlangt es dich wirklich danach, Peitschenhiebe auf deinem zarten Fleisch zu spüren, Bettina?« fragte er ganz ruhig und stellte den Weinbecher auf den Tisch.

Sie erbleichte. Hatte sie sich nicht eben gefragt, warum sie ihn nicht umgebracht hatte? Aber daß sie sich selbst opferte, war er nicht wert.

»Ich möchte deine Antwort hören, Bettina«, sagte Tristan jetzt lauter. »Willst du wirklich das erleiden, was mit dir geschehen wäre, wenn ich nicht rechtzeitig das Bewußtsein wiedererlangt hätte?«

Ihre Augen blitzten wie dunkle Smaragde vor Haß. Es gab andere Wege, um sich zu rächen. Und sie würde einen finden. Aber sie wollte warten, bis sie in Sicherheit war.

»Antworte!« Er hieb mit seiner großen Faust auf den Tisch, daß er schwankte.

»Selbstverständlich habe ich keine Lust, mich auspeitschen zu lassen, das weißt du wohl!«, entgegnete sie hitzig.

Tristan lächelte. »Dann bin ich also nicht in Gefahr, wenn ich weiterhin meine Kabine mit dir teile?«

»Hier will ich nicht bleiben! Und nach dem, was ich getan habe, wirst du mich auch nicht behalten wollen.«

»Im Gegenteil, Kleine, ich werde deine Anwesenheit genießen.« Er lachte höhnisch.

»Dann wirst du vor dem Tod sicher sein, Monsieur – aber nicht vor Verletzungen«, entgegnete sie erbost.

»Glaube ich nicht, Bettina. Schau dir das an!« Er nahm eine Peitsche vom Tisch. »Nichts hindert mich daran, sie zu benutzen.«

»Das wagst du nicht!«

»Du bezweifelst es? Soll ich es dir beweisen?«

»Ich bin nicht deine Sklavin, Monsieur, und ich werde dir nicht gehorchen«, erwiderte Bettina wütend.

»Das willst du also nicht? Komm her!« befahl er und schien seine Macht sichtlich zu genießen.

»Nein, nein!« Verzweifelt stampfte sie mit dem Fuß auf. »Ich komme nicht...«

Bevor sie noch weitersprechen konnte, flog die lederne Peitschenschnur durch die Luft und hieb in die dicken Falten ihres Samthemdes. Bettina sprang zur Seite und betrachtete den Riß, der sich in ihrem langen Unterkleid zeigte. Mit großen, verschreckten

Augen sah sie Tristan an. Hatte er es absichtlich vermieden, sie zu verletzen, oder konnte er so schlecht zielen? Zu einem zweiten Versuch wollte sie ihn nicht herausfordern.

Sie nahm ihren ganzen Mut zusammen und trat vor ihn hin. »Was verlangst du von mir, Monsieur?« fragte sie hochmütig.

Tristan lachte laut. »Was ich will, kann noch warten. Hast du eigentlich keinen Hunger?«

Zögernd nickte Bettina und bemerkte erst jetzt das Tablett mit Essen am anderen Tisches. Ihr Hunger war sogar sehr groß.

Sie ging an Tristan vorbei, setzte sich auf den zweiten Stuhl und begann zu essen. Wenig später blickte sie auf und bemerkte, daß Tristan sie genau beobachtete. Sein bärtiges Gesicht wirkte belustigt.

»Es ist mir ja wohl gestattet zu essen, Monsieur, oder willst du mich verhungern lassen?« fragte Bettina sarkastisch.

Tristan runzelte die Stirn. »Iß, was du magst. Danach sollst du erfahren, was ich will.«

Bettina aß absichtlich langsam und erregte damit Tristans Zorn nur noch mehr. Ihr jedoch bereitete es Freude, ihn zu ärgern.

Plötzlich fiel Bettina auf, daß im Raum mehrere Kerzen brannten. Durch die kleine Luke am Fußende des Bettes sah sie, daß es auch draußen schon dunkel war. Wenn er sie wieder mit Gewalt nehmen wollte, konnte sie wenigstens darauf bestehen, daß er die Kerzen löschte. Dann konnte er ihren unbekleideten Körper nicht anstarren. Kurz überlegte sie, wo sie wohl schlafen sollte, denn der Kerl überließ ihr gewiß nicht sein Bett. Was für Gedanken waren das überhaupt? Sie würde nicht dulden, daß er sie noch einmal wie eine Dirne nahm.

»Iß endlich auf, Bettina, ich bin des Wartens müde!«

»Warten? Worauf wartest du denn, Monsieur?« Bettina täuschte Unwissenheit vor. »Einmal hast du mich schon vergewaltigt. Du wirst es doch wohl nicht zweimal am gleichen Tag tun?«

Seine Antwort bestand in einem teuflischen Lachen. Bettina sprang auf und rannte zur Tür. Das Knallen der Peitsche hielt sie jedoch zurück.

»Komm her, Bettina!«

Weil sie nicht wußte, was er ihr sonst antun würde, gehorchte sie. Er griff nach ihrer Hand und zog sie nah heran, bis sie zwischen seinen Beinen stand. Blitzschnell griff er zu, packte ihr Kleid an den Schultern und riß es ihr bis zur Hüfte herunter.

Bettina stöhnte auf und hob die Hand, um nach ihm zu schlagen.

Jetzt packte er jedoch ihre beiden Hände und drehte ihr die Arme auf den Rücken. Ihre Brüste waren jetzt ganz dicht vor seinem Gesicht.

»Du tust mir weh!« schrie sie auf und versuchte sich loszureißen.

»Wolltest du mich nicht auch verletzen?« fragte Tristan und gab ihre Arme frei. »Ich weiß, daß du dich gegen mich wehren willst, Bettina. Aber du solltest wissen, daß es zwecklos ist. Ich lasse es nicht zu. Jedesmal, wenn du mich schlägst, bekommst du zehn Peitschenhiebe. Bei leichterem Widerstand fünf. Hast du mich verstanden?«

Verdammt sei dieser Kerl, dachte Bettina. Warum durfte sie sich nicht wenigstens wehren, wie andere Frauen, die vergewaltigt wurden. Es erschien ihr unerträglich, daß sie sich diesem Mann unterwerfen mußte, als sei sie ihm gern zu Willen.

»Willst du dich also wehren, Bettina?«, fragte Tristan ganz ruhig, und seine sanften blauen Augen blickten tief in ihre dunkelgrünen.

»Du hast wohl Angst vor mir, Kapitän, weil du mir heute nachmittag unterlegen bist?« fragte Bettina spöttisch und freute sich über seinen wütenden Blick. »Was soll denn deine Mannschaft von dir denken, wenn du nicht einmal mit einem Mädchen fertig wirst?«

»Wenn ich Streit vermeiden kann, dann tue ich es auch. Verletzungen und Schmerz schätze ich auch nicht. Freuden sind mir wesentlich lieber.«

»Und wie denkst du über meine Seelenqualen?« fragte Bettina. »Ein verschwollenes Gesicht und gebrochene Knochen sind für mich leichter zu ertragen als das, was du mir antun willst, ohne daß ich mich wehren darf. Du fürchtest dich ja auch vor den Verletzungen, die ich dir zufügen könnte.«

»Wieder ein guter Versuch, Kleines. Aber jetzt hast du genug Zeit damit verschwendet, mich zu ärgern. Zieh dich ganz aus – und zwar schnell.«

»Ich will aber nicht!« rief Bettina trotzig. »Ich mag es dir nicht leichtmachen!«

»Du willst also, daß ich dir die Kleider ganz herunterreiße?« fragte Tristan.

»Oh, wie ich dich hasse!« stieß Bettina hervor, begann sich aber gleichzeitig auszuziehen. Mit hochrotem Kopf stand sie dann vor ihm und fühlte sich seinem lustvollen Blick hilflos ausgeliefert. »Diese Entwürdigung muß ich ertragen, Tristan, aber laß es wenigstens in der Dunkelheit geschehen.«

»Du hast doch nichts zu verbergen, Kleines.«

»Bitte!« flehte Bettina.

»Nein«, entgegnete er scharf.

»Einen so grausamen Menschen wie dich gibt es nur einmal.«

»Das magst du im Augenblick annehmen«, sagte Tristan. »Aber sobald du mir ganz gehörst, wirst du deine Meinung ändern. Du wirst dich danach sehnen, immer wieder in meinen Armen zu liegen. Als wir uns das erstenmal liebten, blieb dir zwar die volle Erfüllung versagt, dennoch kannst du nicht leugnen, das Gefühl genossen zu haben.«

»Du – du bist ja wahnsinnig! Allein schon deine Berührung macht mich krank!«

»Mich wolltest du töten, weil ich dich belogen hatte, Bettina. Jetzt aber sprichst du auch nicht die Wahrheit. Soll ich es dir beweisen?«

Ohne ihre Antwort abzuwarten, umfaßte Tristan ihre Hüften, zog sie noch näher und begann mit den Lippen ihre Brüste zu liebkosen.

Bettina stöhnte auf. Dann legte sie die Hände auf seine Schultern und versuchte, ihn wegzudrücken. Sein Griff wurde jedoch nur noch fester. Und nun hätte Bettina am liebsten laut geschrien, denn plötzlich empfand sie ein wildes Vergnügen.

Behutsam trug Tristan sie zu dem schmalen Bett und legte sich neben sie. Seine Hände glitten kosend über ihren Leib.

»Tristan!« schrie sie entsetzt auf. »Ich bin ein tugendhaftes Mädchen, ich will nicht, daß deine Hände meinen Körper abtasten. Eine Lady bin ich, Monsieur, und ich verabscheue dich!«

»Du zänkisches Weib zwingst mich noch, dich den Haien vorzuwerfen!« sagte er verärgert.

»Mir wäre lieber, wenn sie sich an meinem Körper erfreuen – und nicht du!«

»Deine scharfen Worte werden dir wenig nützen, Mädchen.«

Und dann nahm er sie. Obwohl sie Widerstand leisten wollte, empfand sie plötzlich eine ständig wachsende, ihr völlig unbegreifliche Lust, die aber sofort verging, als er von ihr abließ.

Bewegungslos blieb er neben ihr liegen. Nach einer Weile sagte sie kalt: »Ich möchte aufstehen.«

Er stützte sich auf die Ellenbogen und sah sie an. »Warum?« fragte er leise.

»Wenn es dir nichts ausmacht, möchte ich schlafen. Also laß mich bitte heraus.«

»Das ergibt doch keinen Sinn, Bettina«, erwiderte er. »Wenn du schlafen willst, dann tu es doch.«

»Ich weiß, daß du wirklich kein Gentleman bist und einer Lady dein Bett nicht zur Verfügung stellst. Also...«

Tristan unterbrach sie. »Damit hast du durchaus recht. Aber ich muß dir nicht mein Bett überlassen, da ich es mit dir teilen möchte.«

»Nein!« schrie sie auf und versuchte, ihn fortzustoßen. Doch das erwies sich als vergeblich – wahrscheinlich ließ sich ein Granitblock leichter bewegen. »Ich lehne dein Angebot ab, Tristan. Ich muß schon genug leiden, wenn du von meinem Körper gegen meinen Willen Besitz ergreifst.«

»Wenn ich aber darauf bestehe?«

»Das wirst du nicht!« schrie sie ihn an.

»O doch«, entgegnete er und verzog die Lippen zu einem belustigten Lächeln.

»Weißt du eigentlich, wie sehr ich dich verachte?« fragte Bettina und krümmte sich. »Deine Nähe ist mir unerträglich. Laß mich los!«

»Wenn du nicht aufhörst, dich ständig herumzuwälzen, geschieht es dir heute noch ein drittes Mal.« Seine Augen glitzerten teuflisch. »Also, wie willst du es haben?«

Bettina erstarrte förmlich und wagte kaum noch zu atmen. Sie mußte daran denken, daß es doch nicht so widerwärtig gewesen war, ihn in sich zu spüren. Ihre grünen Augen begannen zu schimmern, als ob sie um Gnade flehten.

»Wie lautet also deine Antwort?« fragte Tristan. »Teilst du das Bett mit mir?«

»Mir bleibt ja keine andere Wahl«, entgegnete Bettina. »Aber bitte laß mich los, halte mich nicht länger fest.«

»Das gestehe ich dir zu – aber mehr nicht.«

Tristan streckte sich an ihrer Seite aus, und Bettina umhüllte sich schnell mit der Decke. Dann rückte sie so nahe wie möglich an die Wand. Dabei konnte sie sein leises Lachen hören, aber dann schien er eingeschlafen zu sein.

Mon Dieu, wie haßte sie diesen Mann! Er konnte jetzt einfach die Augen schließen, als ob heute ein Tag wie jeder andere gewesen sei. Wenn ihr gestern jemand gesagt hätte, sie würde heute einem skrupellosen Piraten ausgeliefert sein, sie hätte nur gelacht. Jetzt hatte sie dieser Kerl schon zweimal an einem Tag vergewaltigt. Ihre Unschuld war verloren, heiraten konnte sie nicht mehr – und auch nicht weinen.

Diese Bestie von Tristan genoß es offenbar, sie in seiner Gewalt zu haben. Nun, lange würde ihm diese Freude ohnehin nicht mehr zuteil. Und sobald er sie freiließ, fand sie gewiß auch einen Weg, um sich zu rächen.

Sie konnte ein größeres Schiff mit der nötigen Besatzung anheuern. Dann würde Tristan vom Meer verschwinden. Und wenn sie ihm nicht mit eigenen Händen die Kehle durchschneiden konnte – sterben mußte er auf jeden Fall.

Der Comte de Lambert würde ihr helfen. Allerdings konnte es sein, daß er sie nun nicht mehr heiraten wollte. Dann mußte sie eine andere Möglichkeit finden. Aber dieser Tristan sollte in der Hölle braten. Und mit diesem Gedanken schlief Bettina endlich ein.

10

Bettina erwachte ganz plötzlich. Sie hatte von Tristan geträumt, und zuerst glaubte sie von einem Nachtmahr gepeinigt worden zu sein. Als sie sich jedoch umblickte und erkannte, wo sie war, wußte sie, daß es nicht nur ein böser Traum gewesen war.

Alles war Wirklichkeit. Sie befand sich an Bord eines Piratenschiffes und war der Gnade eines Mannes ausgeliefert, von dem sie nichts wußte. Und er genoß es, daß sie ihm hilflos ausgeliefert war. Ihn interessierten nur seine eigenen Wünsche, an ihre Gefühle verschwendete er keinen Gedanken.

Hoffnungslos seufzte Bettina auf, schlug die Decke zur Seite und setzte sich auf den Rand des schmalen Bettes. Ihr veilchenfarbenes Kleid lag achtlos zusammengeknüllt wie ein unordentliches Bündel auf dem Tisch. Auf einmal wurde ihr bewußt, daß sie völlig unbekleidet geschlafen hatte. Sie konnte sich nicht erinnern, daß sie so etwas schon einmal getan hätte.

Dann blickte sie sich in dem kleinen Raum um. Dabei hoffte sie, irgend etwas zu entdecken, das sie statt ihres zerrissenen Kleides anziehen konnte. In einer Ecke stand eine handgeschnitzte Truhe. Sie ging darauf zu, weil sie ganz richtig vermutete, daß der Kapitän darin seine Kleidung aufbewahrte. Beim Öffnen der Truhe packte sie das Verlangen, den ganzen Inhalt zu zerfetzen. Dann aber mußte sie über sich selbst den Kopf schütteln, denn sie wußte ja, welche Folgen das haben konnte.

Bedachtsam durchsuchte Bettina die Kleidungsstücke in der

Hoffnung, etwas Geeignetes zu finden und wählte schließlich ein hellblaues Seidenhemd aus.

Sie streifte es über und merkte, daß der tiefe Ausschnitt kaum ihren Busen bedeckte. Der Saum des Hemdes reichte ihr bis zu den Knien, aber sie wollte dennoch keine von Tristans Hosen anziehen. Der Mann war einfach zu groß. Also galt es, Nadel und Faden zu finden, damit sie ihr Kleid in Ordnung bringen konnte, bevor Tristan zurückkehrte.

Während Bettina die Kabine durchstöberte, klopfte jemand kurz an die Tür. Verzweifelt suchte sie nach einem Kleidungsstück, mit dem sie ihre nackten Beine verhüllten konnte, denn sie erwartete, daß Tristan eintreten würde. Zu ihrer großen Erleichterung war es jedoch nur Madeleine. Sie brachte ein kleines Tablett mit Essen und stellte es auf dem Tisch ab.

»Alles in Ordnung, Bettina?« erkundigte sich Madeleine. »Ich habe befürchtet, der Kapitän könnte dir Leid zufügen.«

»Geschlagen hat er mich nicht – das siehst du ja«, erwiderte Bettina, und wilder Zorn überkam sie wieder. »Dieser Tristan rächte sich an mir auf raffiniertere Art.«

»Ich verstehe dich nicht.«

»Natürlich tust du das!« sagte Bettina verärgert. Aber sie bereute ihren Ton sofort, als sie den betroffenen Blick ihrer Dienerin bemerkte. »Entschuldige. Sieh mal, der Kapitän drohte mir damit, mich auszupeitschen, wenn ich ihm nicht gehorche. Mir blieb also nichts anderes übrig, als mich seinem Willen zu unterwerfen. Ich halte es nicht mehr aus! Ich möchte auf ihn einschlagen, aber vor der Peitsche fürchte ich mich zu sehr.«

»Darüber bin ich erleichtert, mein Schatz.«

»Wie kannst du so etwas sagen, Madeleine?« fragte Bettina erregt. »Wie kann es für dich eine Erleichterung sein, wenn ich mich diesem Ungeheuer fügen muß?«

»Ich möchte ja nur, daß du nicht verletzt wirst«, entgegnete Madeleine. »Alles würde ich tun, um zu verhindern, daß dieser Mann sich deiner bemächtigt, Bettina. Aber ich kann ja nichts dagegen unternehmen. Und du auch nicht.«

»Ich könnte schon etwas unternehmen, wenn er mir nicht mit der Peitsche gedroht hätte.«

»Daher kommt ja meine Erleichterung«, erwiderte Madeleine. »Ich kenne nämlich dein Temperament, ganz genau weiß ich noch, wie du den Stalljungen geschlagen hast. Ich kenne dich, mein Liebling – aber keine von uns beiden kennt Kapitän Tristan. Ohne

Zweifel würde er dich verletzen, wenn du dich gegen ihn zur Wehr setzt.«

»Das würde mir nichts ausmachen«, entgegnete Bettina aufgebracht.

Madeleine stöhnte auf. »Ich wünschte nur, daß deine erste Begegnung mit einem Mann erfreulicher verlaufen wäre. Aber nun ist es eben so geschehen. Die Verletzungen deines Herzens wirst du vergessen, sie werden heilen. Aber Narben auf deinem Körper müßten dich ständig an dieses unerfreuliche Erlebnis erinnern.«

»Unerfreulich! Du drückst dich sehr freundlich aus«, entgegnete Bettina. »Angst und Schrecken, wie ich sie jetzt erlebe, kann man wohl kaum erfreulich nennen.«

»Du mußt tapfer sein und durchhalten, mein Kind. Bald ist alles vorüber. Dann wirst du den Comte heiraten . . .«

»Will ich das überhaupt noch?« fragte Bettina voller Zweifel.

»Natürlich willst du es.«

»Und was wird sein, wenn der Graf erfährt, daß ich entehrt bin? Noch schlimmer – wenn er das Lösegeld nicht bezahlt? Was geschieht dann mit uns beiden?«

»Solche Gedanken darfst du nicht haben, Bettina. Der Comte ist ein Franzose, für ihn ist es Ehrensache, das Lösegeld zu bezahlen und dich zu heiraten. Komm, iß jetzt etwas, bevor alles kalt wird.«

Vermutlich hat Madeleine recht, überlegte Bettina. Wegen des Grafen konnte sie sich später Gedanken machen. Jetzt ging es nur um den Kapitän. Er durfte sich ihres Körpers nicht noch einmal bedienen.

Madeleine hatte zwei Schalen mit dicker Bohnensuppe gebracht, und die beiden Frauen aßen schweigend. Bettina beendete ihr Mahl zuerst, lehnte sich zurück und musterte Madeleine aufmerksam. Ihre alte Kinderfrau wirkte sehr müde.

»Du mußt mir verzeihen, Madeleine. Ich war so in Selbstmitleid versunken, daß ich überhaupt noch nicht gefragt habe, wie es dir ergeht. Kümmert man sich um dich? Hast du einen Platz, wo du schlafen kannst?«

Madeleine blickte lächelnd auf. »Um mich brauchst du dir keine Gedanken zu machen, mein Schatz. Von den Männern an Bord habe ich nichts zu befürchten, solange ihnen mein Essen schmeckt.«

»Du kochst also? Hast du diese Suppe auch zubereitet?«

»Das habe ich.« Madeleine kicherte. »Jules hat mich zum Schiffskoch ernannt. Mich stört das nicht, denn so habe ich eine Aufgabe.

Viel Arbeit in der Kombüse gibt es nicht, aber meine Mahlzeiten sind besser als die des Burschen, den ich ersetzen muß.«

»Davon bin ich überzeugt, Madeleine.«

»Der erste Offizier hat mir seine Kabine zur Verfügung gestellt. Also habe ich auch einen Platz, wo ich mein müdes Haupt betten kann.«

Bei der Erwähnung des riesigen Jules, der sie totpeitschen wollte, überlief Bettina ein Frösteln.

»Du mußt Jules nicht nach dem beurteilen, was sich gestern ereignet hat«, wurde sie von Madeleine ermahnt. »Ich habe mit ihm zu Abend gegessen. Ein so schlechter Mensch scheint er mir gar nicht zu sein.«

»Aber er wollte mich töten. Und er hätte es auch getan, wenn nicht...« Bettina unterbrach sich, denn sie wollte nicht eingestehen, daß Tristan sie vor diesem furchtbaren Schicksal bewahrt hatte.

»Ja, das mag schon stimmen«, erwiderte Madeleine. »Hätte er es getan, hätte ich versucht, ihn zu töten. Überleg doch einmal, Bettina! Wir beide würden unter diesen Umständen genauso handeln. Jules mußte glauben, du hättest seinen Freund getötet. Mir erzählte er gestern abend, daß Tristan für ihn wie ein Sohn ist oder ein Bruder. Obwohl zwischen ihnen ein Altersunterschied von zehn Jahren besteht, sind sie echte Freunde geworden. Hättest du in einem solchen Fall nicht dasselbe getan wie Jules?«

»Vermutlich schon«, gab Bettina zu, aber ihre Stimme klang verdrossen. Sie wußte, daß Madeleine recht hatte, aber sie wollte es nicht zugeben.

Madeleine fuhr fort: »Das Schicksal hat uns der Gnade und Ungnade dieser Männer ausgeliefert. Und daran müssen wir stets denken. Ich befürchte immer noch, daß du diesem Tristan etwas antust, und dann wird Jules...«

»Nein, einen weiteren Versuch, ihn umzubringen, unternehme ich nicht. Wenigstens nicht, bevor wir in Sicherheit sind.«

»Was meinst du denn damit?« fragte Madeleine.

»Ich will meine Rache. Tristan hat mir die Ehre geraubt, mich belogen...«

»Aber, Bettina«, gab Madeleine zu bedenken, »er ist doch ein Pirat. Es gab einen Kampf, und unser Schiff hat verloren. Der Kapitän wollte dich, und als Sieger konnte er gar nicht anders denken. Diese Piraten können uns immer noch umbringen. Und das täten sie auch, wenn es ihnen nicht um das Lösegeld ginge.«

»Du hast sicherlich recht.«

»Also verfeinde dich nicht mit dem Kapitän, denn in seiner Hand liegt unser Schicksal.«

»Aber ich hasse ihn!« rief Bettina. »Tot möchte ich ihn sehen!«

»Was ist eigentlich mit dir los, Bettina?« fragte Madeleine. »Sonst hast du dich immer in unvermeidbare Situationen gefügt. Versuch das Beste daraus zu machen. Es dauert doch nicht mehr lange.«

»Noch ein einziger Tag in der Gewalt dieses Mannes ist zuviel! Er ist eine arrogante Bestie. Ihm bereitet es Freude, mich zu erniedrigen.«

»Ich bitte dich, Bettina! Vor dir liegt noch ein langes Leben, wenn wir das hier überstanden haben. Opfere nicht deine Zukunft!«

»Mach dir um mich keine Gedanken, Madeleine.«

»Wie kann ich das denn, wenn du solche Reden führst? Tristan hat die Mannschaft der *Windsong* am Leben gelassen, und das finde ich schon sehr gnädig. Aber wenn du ihn reizt, könnte er dich töten. Du weißt ja nicht...«.

Bettina unterbrach sie. »Was hast du da eben gesagt? Er ließ die Mannschaft der *Windsong* am Leben? Er hat sie ermorden lassen. Alle.«

»Aber du mußt doch bemerkt haben, daß es nicht so war, Bettina«, sagte Madeleine.

»Gesehen habe ich nichts«, gab Bettina zögernd zu. »Als man mich über das Deck schleifte, schloß ich die Augen. Ich wollte und konnte nichts mehr sehen. Und ich nahm an, alle wären tot.«

»Das waren sie nicht. Ich habe gesehen, daß sie noch atmeten. Viele waren bewußtlos oder verwundet. Aber tot schien keiner zu sein.«

»Warum hat er sie am Leben gelassen?« wollte Bettina jetzt wissen.

»Ich weiß es nicht, Kind. Mir kam es auch seltsam vor. Piraten sind gewöhnlich Halsabschneider, die ganz einfach aus Freude oder wegen der Beute töten, die sie machen.«

»Räuber sind es dennoch«, stellte Bettina fest. »Schließlich haben sie die *Windsong* angegriffen, nicht wahr? Vielleicht war Tristan gestern in gnädiger Stimmung, aber ein Pirat bleibt er! Und ich will seinen Tod für das, was er mir angetan hat!«

»Ach, Bettina!« Madeleine seufzte leise. »Warum gleichst du nicht mehr deiner großzügigen Mama? Begreif doch, daß diese Welt von Männern beherrscht wird und wir Frauen nichts zu sagen haben. Alles wäre dann für dich wesentlich leichter. Daheim hast du den Befehlen deines Papas gehorcht, jetzt mußt du dich Tristans Anweisungen fügen. Und wenn du heiratest, gibt der Graf seine Anordnungen. Männer haben schon eine besondere Art, uns Frauen zu bestrafen, wenn wir uns ihren Wünschen nicht fügen. Entsinnst du dich nicht der Zeit, als du noch ganz jung und aufsässig warst? Man schickte dich in die Klosterschule, obwohl deine Mutter dich daheim behalten wollte. Dein Vater wollte euch beide damit bestrafen. Hast du eigentlich aus deinen Fehlern nichts gelernt?«

»Das war damals doch etwas anderes«, erwiderte Bettina.

»Ja, schon. Ein männlicher Verwandter hat über dein Leben bestimmt. Mit diesem Tristan bist du nicht verwandt, aber du bist in seiner Gewalt. Es gibt kein Gesetz, das ihn davon abhalten kann, dir ein Leid zuzufügen. Denke stets daran, mein Schatz. Schließlich geht es um dich. Gib deine Rachegedanken auf.«

»Ich habe gesagt, ich will ihn nicht umbringen, bevor wir in Sicherheit sind, aber dann finde ich schon eine Möglichkeit«, entgegnete Bettina.

Madeleine gab es auf, Bettina zu überzeugen. Im Augenblick erschien es ihr zwecklos. »Jetzt muß ich das Mittagessen vorbereiten«, sagte sie und nahm Nadel und Garn aus der Tasche ihres Kleides. »Das habe ich dir mitgebracht. Nun kannst du dein Kleid nähen. Natürlich würde ich es auch für dich tun, aber ich meine, ein wenig Beschäftigung tut dir gut und lenkt dich ab.«

»Ja, ich danke dir, Madeleine. Du denkst auch immer an alles.«

»Nicht an alles. Sonst wäre es mir gelungen, diesen Mann von dir fernzuhalten.«

»Dazu fällt mir schon noch etwas ein«, entgegnete Bettina.

Madeleine schüttelte den Kopf und stand auf. »Wenn ich kann, komme ich später noch einmal, Bettina. Allerdings bin ich sehr beschäftigt, denn der Kapitän sagte zu, daß heute nachmittag neue Vorräte an Bord kommen.«

»Neue Vorräte?« fragte Bettina überrascht.

»Jules ist heute morgen an Land gegangen, um sie zu kaufen.«

»An Land!« rief Bettina. »So sind wir also in der Nähe einer Küste?«

»Ich habe angenommen, du wüßtest es. Um Mitternacht hat das Schiff bereits Anker geworfen. Wir liegen im Hafen von Tortola.«

Jetzt erst fiel Bettina auf, daß das Schiff still lag. Nach so langer Zeit auf See hätte sie das natürlich früher bemerken müssen, aber ihre Gedanken waren zu sehr von anderen Dingen abgelenkt gewesen.

Erregt sagte sie: »Nun können wir fliehen!«

»Das ist unmöglich, Bettina. Wir brauchen ein Boot, um ans Ufer zu gelangen. Aber die Mannschaft hat alle Boote mitgenommen.«

»Wir können schwimmen.«

»Ich kann nicht schwimmen«, gestand Madeleine.

»Ach, Madeleine!« Bettina standen Tränen in den Augen. Dann kam ihr jedoch ein neuer Gedanke voller Hoffnung. »Ich fliehe allein und zeige Tristan beim Hafenmeister an. Er wird diese Piraten festnehmen und hängen lassen. Wir sind dann frei.«

»Das ist ein guter Gedanke, mein Liebling, aber er läßt sich niemals verwirklichen. Der Kapitän ist noch an Bord, und er wird dich nicht entkommen lassen.«

Bettinas ganze Hoffnungen brachen bei diesen wenigen Worten zusammen.

11

Der Tag zog sich unendlich lange dahin. Wenigstens kam es Bettina so vor. Nachdem sie Kleid und Unterkleid geflickt hatte, räumte sie in der Kabine auf. Die Dolche und die Peitsche fand sie nicht mehr, aber das hatte sie erwartet. Dann ordnete sie die Bücher des Kapitäns. Da es alles Werke über die Seefahrt waren, fanden sie bei Bettina kein Interesse.

Schließlich war alles aufgeräumt, und nun machte die Kabine einen ganz anderen Eindruck. Als es für sie nichts mehr zu tun gab, wanderte sie in dem kleinen Raum hin und her.

Dann beschloß sie, an Deck etwas frische Luft zu schöpfen. Dabei konnte sie auch einen Blick auf die Insel werfen, vor der sie ankerten. Kaum tat sie jedoch den ersten Schritt aus der Kabine, da rief ihr ein stämmiger Bursche zu, sie dürfe die Kabine nicht verlassen. Der Mann wirkte so bedrohlich, daß es keinen Sinn hatte, mit ihm zu reden. Also kehrte sie wieder in ihr enges Gefängnis zurück und warf die Tür hinter sich zu.

Da es nichts mehr zu tun gab, versuchte sie etwas Schlaf zu finden, aber die Luft in der Kabine war einfach zu drückend. Sie versuchte, das Bullauge zu öffnen, aber auch das war unmöglich. Ihr Verlangen, an Deck zu stehen, um frische Luft zu atmen, wurde immer stärker. Auf Befehl des Kapitäns war das jedoch nicht möglich. Tristan befürchtete offenbar, sie könnte fliehen.

Und fliehen wollte Bettina immer noch. Dieser Gedanke verließ sie nicht, während sie ruhelos in der Kabine umherlief. Dabei fiel ihr etwas ein, das ihr durchaus hoffnungsvoll erschien.

Draußen wurde es langsam Nacht, und Bettina zündete die Kerzen an. Kühle Luft umfächelte plötzlich ihre Wangen, und als sie sich umdrehte, sah sie Tristan in der offenen Tür stehen.

»Hast du mich denn gar nicht vermißt, Kleines?« fragte er und lachte leise.

Sie fuhr von ihm zurück, als er die Tür hinfer sich schloß.

»Ich warte noch immer auf Antwort«, sagte er.

»Wenn du mir nie wieder unter die Augen trätest, wäre ich die glücklichste Frau der Welt«, entgegnete Bettina.

»Du bist also immer noch so liebenswürdig«, stellte er spöttisch fest.

»Und du bist, wie ich sehe, weiterhin feige. Du bist zu ängstlich, um mit mir im selben Raum zu sein, wenn du nicht deine Peitsche als Schutz bei dir hast!«

Tristan lächelte und ließ die Peitsche auf den Tisch fallen. »Ich werde dir bald beweisen, daß ich keine Peitsche brauche, um dich zu zähmen.«

Bettina verstand nicht, was er damit sagen wollte. Nun klopfte es an der Tür, und ein Schiffsjunge erschien. Er brachte ein großes Tablett mit Essen herein und stellte es auf den Tisch. Er warf Bettina einen verschlagenen Blick zu und verschwand dann schnell wieder.

Sie nahmen die Mahlzeit schweigend zu sich, und Bettina hielt den Blick ständig gesenkt. Sie wußte genau, daß Tristan sie beobachtete und bemühte sich, möglichst langsam zu essen, um Zeit zu gewinnen. Tristan schien das jedoch nicht zu stören. Vielleicht ist er müde, überlegte sie hoffnungsvoll, dann wird er mich heute nacht nicht zwingen, ihm zu Willen zu sein.

»Wie wäre es mit einem Spaziergang an Deck?« schlug Tristan dann vor.

Bettina schaute in seine lächelnden blauen Augen. »Ich wollte bei Tag schon hinaus, weil es hier so heiß war. Warum wurde mir das nicht gestattet?« fragte sie und bemühte sich, ruhig zu bleiben.

»Weil ich nicht wünsche, daß du tagsüber an Deck kommst«, entgegnete er.

»Aus welchem Grund denn? Auf der *Windsong* mußte ich unten bleiben, um die Besatzung nicht zu reizen. Deine Mannschaft ist jetzt jedoch an Land, und niemand könnte mich sehen. Befürchtest du immer noch, ich könnte fliehen, Kapitän?«

»Nein, denn mir entkommst du nicht, Bettina. Also denk nicht mehr daran. Selbst wenn es dir gelänge, die Küste zu erreichen, wüßtest du nicht, wohin du dich wenden könntest«, meinte Tristan.

»Warum muß ich mich dann ständig in deiner Kabine aufhalten? Laß mir doch wenigstens Freiheit an Bord, wenn die Mannschaft nicht hier ist. Dann kann doch nichts geschehen.«

»Nicht meine ganze Mannschaft ist an Land gegangen, Bettina«, erwiderte Tristan. »Und im Hafen liegen viele Schiffe. Auf der Mole wimmelt es von Männern. Ich halte es für besser, wenn man dich nicht auf meinem Schiff sieht.«

»Hast du Angst, man rettet mich – und hängt dich dann wegen Piraterie?« fragte sie.

Tristan lächelte. »Kaum, Kleines. Aber ein Sklavenhändler könnte dich an Bord entdecken und nachts rauben. Dann wäre dein Schicksal noch viel furchtbarer als jetzt.«

»Das bezweifle ich, Kapitän«, erwiderte sie mit einem wilden Blick. »Wie lange bleiben wir in diesem Hafen?«

»Nicht lange. Vielleicht noch einen Tag.«

»Und dann segeln wir nach Saint-Martin?«

»Ja«, bestätigte Tristan.

»Wenn du also segelst, könnte ich...«

»Nein«, unterbrach er sie sofort, »dafür bist du zu unberechenbar, Bettina.«

»Aber das ist lächerlich!« widersprach sie. »Ich unterscheide mich nicht von anderen Frauen. Außerdem werden deine Matrosen auf ihrem Landgang ihre Gelüste gestillt haben.«

»Das stimmt schon. Aber wenn du an Deck erscheinst, gibt es gewiß wieder Ärger. Du bist sehr begehrenswert, und ich will meine Männer durch deinen Anblick nicht herausfordern.«

»Aber sie haben mich doch schon gesehen.«

»Ja, und sie wissen, daß du mir gehörst. Aber wenn sie dich sehen, könnte einer sein Leben aufs Spiel setzen, um dich zu bekommen.«

»Warum das?«

»Ich teile meine Frauen mit keinem anderen, Bettina. Jeden Mann, der dich auch nur berührte, würde ich töten.«

Bettina überlief ein Frösteln, denn sie erinnerte sich an den Mann auf der *Windsong*, der ihretwegen fast gestorben wäre. Doch das war unwichtig, denn morgen würde sie nicht mehr an Bord dieses Schiffes sein. Eigentlich wollte sie nur Zeit gewinnen, denn diese eine Nacht mußte sie Tristan noch ertragen.

»Kapitän, du bist unbarmherzig. In deiner Kabine gibt es keine Beschäftigung für mich. Außerdem ist es hier furchtbar stickig. Deine Bücher interessieren mich nicht. Darf ich denn während des Tages nicht wenigstens für kurze Zeit die Kabine verlassen? Du kannst mich ja überwachen.«

Tristan lehnte sich aufseufzend auf seinem Stuhl zurück. »Ich muß das Schiff führen. Da bleibt mir keine Zeit, mich gleichzeitig um dich zu kümmern. Wenn du in meiner Kabine bist, weiß ich dich in Sicherheit. Und was die schlechte Luft anbetrifft, so brauchst du ja nur die Luke zu öffnen.«

»Sie ist aber verschlossen, Kapitän«, erwiderte sie schnippisch.

Tristan stand auf, ging hinüber und öffnete die Luke spielend leicht. »Anscheinend bist du doch nicht so stark, wie du vorgibst. Wie ist es also mit einem Spaziergang?«

Ohne zu antworten, erhob sich Bettina und verließ die Kabine. Sie wartete nicht auf Tristan, sondern sie ging auf dem Vorderdeck bis zur Reling. Dort blieb sie stehen und wurde beinahe überwältigt vom herrlichen Anblick des tropischen Mondes, der am Horizont stand. Seine Strahlen spiegelten sich in der dunklen See. Sie war ganz ruhig und glatt, und eine angenehm kühle Brise strich Bettina durch das Haar.

Auch die nahe liegende Insel wurde von dem silbernen Mondlicht überstrahlt. Bettina sah im Hintergrund die Spitzen geheimnisvoll wirkender Berge. Aber die Stadt vor ihr konnte zu jedem Hafen der Welt gehören. Von der erwarteten tropischen Schönheit war nichts zu erkennen. Das konnte natürlich an der Dunkelheit der Nacht liegen, und sie sah ja auch nur die Häuser am Kai.

Es war eine herrliche, wunderbare Nacht – wie geschaffen für die Liebe. Viele solche Nächte erwarteten sie in Saint-Martin, und Bettina hoffte nur, daß sie dort eine Liebe fand, die sie all die furchtbaren Erlebnisse vergessen ließ.

Dann spürte sie, daß Tristan hinter ihr stand. Als sie nach unten blickte, sah sie, daß links und rechts von ihr seine Hände fest die Reling umspannten, damit sie nicht flüchten konnte. Er war so dicht herangekommen, daß sein Körper den ihren berührte. Seine Lippen glitten über ihren Nacken. Ein Schauer lief ihr den Rücken hinunter. Es war wie ein Zauber, aber gegen diesen Zauber mußte sie sich wehren.

»Warum hast du mir vorgelogen, du hättest die ganze Besatzung der *Windsong* getötet?« fragte Bettina.

Tristan lachte leise, und seine Arme schlossen sich um ihre Hüften. »Du hast von mir nur das Schlimmste geglaubt, und diese Befriedigung wollte ich dir gönnen. Ich bedaure es, wenn ich dich enttäuscht habe, doch ich bin nicht der Halsabschneider, für den du mich hältst.«

»Aber ein Pirat bist du?« rief Bettina, drehte sich herum und blickte ihn an.

»Genaugenommen nicht, ich muß dich wieder enttäuschen«, erwiderte Tristan. »Ich bin ein Freibeuter, der mit Genehmigung der englischen Krone segelt. Meine Beute sind spanische Schiffe, wie ich dir schon sagte. Spanische Segler mit Gold an Bord. Weißt du eigentlich, woher die Spanier ihr Gold bekommen, Bettina?«

Tristans Stimme wurde eiskalt, als er fortfuhr: »Durch den Tod von Männern, Frauen und Kindern. Die Spanier befreiten die Eingeborenen auf den Karibischen Inseln von der Sklaverei und ließen diese Menschen verhungern oder schlugen sie zu Tode, weil sie nicht schnell genug arbeiteten. So wurden die Eingeborenen der Inseln ausgerottet. Dann brachten die Spanier schwarze Sklaven her und behandelten sie nicht besser. Ich habe nichts für die Spanier übrig, und es bereitet mir Freude, ihnen das Gold abzunehmen und nach England zu bringen. Es mag dich vielleicht überraschen – aber es gibt hier auch französische Freibeuter, die sich der gleichen Beschäftigung hingeben und das Gold nach Frankreich bringen.«

»Du lügst! Jedes Wort von dir ist Lüge! Wenn du nur Spanier überfällst, warum hast du dann die *Windsong* angegriffen?«

»Um an Bord zu kommen und mit dir zu sprechen. Ich wollte den Kapitän bestechen, um zu erfahren, wohin man dich bringt«, erklärte Tristan. »Die *Windsong* jedoch eröffnete das Feuer als erste, und ich bin noch nie einem Kampf ausgewichen. Als der Kampf begann, gab ich den Befehl, nach Möglichkeit niemanden zu töten. Ich eroberte das Schiff, nahm dich und segelte weiter.«

»Aber das ist Piraterie.«

»Es ist das Ergebnis eines gewonnenen Gefechts.«

»Aber du durftest mich nicht mit Gewalt nehmen, Kapitän!« rief Bettina.

»Du hast recht. Aber du warst eben zu verführerisch. Mein Verlangen nach dir ist stärker als mein Wille.« Es klang, als ob er scherze. Dann jedoch preßte er seine Lippen auf die ihren und zog sie noch enger an sich. Bettina spürte, was er wollte, und wußte, wozu dieser Kuß führen mußte. Was sollte sie jetzt nur tun? Wie konnte sie gegen das lustvolle Empfinden angehen, das ihren Körper überflutete?

Plötzlich ließ Tristan sie los. Bettina sank gegen die Reling und atmete schwer. Sie blickte in sein vom Mond erhelltes Gesicht und war voller Zorn, daß er so leicht mit ihren Gefühlen spielen konnte.

»Komm«, sagte Tristan, griff nach ihrer Hand und zog sie hinter sich her zu seiner Kabine.

Sorgfältig schloß er die Tür hinter sich, während Bettina auf die andere Seite des langen Tisches lief. Dort sah sie die verfluchte Peitsche liegen, griff danach und warf sie mit einem Schwung durch die Luke ins Meer. Dann sah sie Tristan herausfordern an.

Ihn jedoch schien alles nur zu amüsieren. »Du willst mir doch nicht etwa Widerstand leisten, Kleines? An diesen Augenblick habe ich schon den ganzen Tag gedacht. Zieh dein Kleid aus, Bettina. Die Zeit ist gekommen.«

Was soll ich nur tun, überlegte Bettina verzweifelt. Ich bin ja wirklich ein Feigling. Die Peitsche fürchte ich mehr als den Tod. Vom Schiff hätte ich heute springen sollen, aber nun ist es zu spät.

»Nun aber los!« befahl Tristan.

Bettina schrie zornig auf, aber sie öffnete ihr Kleid und begann es abzustreifen. Dann zog sie den Unterrock über den Kopf und warf damit nach Tristan. Schließlich legte sie sich auf das Bett und wartete.

Auch Tristan zog sich schnell aus. Als er neben ihr lag, flammten Bettinas grüne Augen vor Wut. »Ich hasse dich aus ganzem Herzen, Tristan!« stieß sie hervor. »Deine Berührung ist mir widerlich. Aber wenn du mir schon Gewalt antun mußt, dann bringe es schnell hinter dich.«

Er jedoch meinte: »Nicht heute nacht, Bettina. In dieser Nacht sollst du erleben, wie schön und lustvoll es ist, eine Frau zu sein.«

»Dein Stolz geht zu weit, Monsieur!« Sie lachte bitter. »Um mich diese Freuden zu lehren, bedarf es wohl eines besseren Mannes als dich.«

Seinem zornigen Gesicht konnte sie ansehen, wie tief ihn ihr Spott getroffen hatte. Rücksichtslos nahm er sie, und Bettina empfand auch nicht das geringste Vergnügen dabei. Erleichtert spürte sie, wie er endlich von ihr ließ.

»Warum tust du dir das selbst an, Bettina?« fragte Tristan.

»Warum willst du die Freuden nicht empfangen, die ich dir schenken könnte?«

Als sie die Augen öffnete, sah sie, wie er sie wütend ansah, und erkannte, daß die Gefahr noch nicht vorüber war.

»Ich tue mir nichts an. Ich habe nur die Wahrheit gesagt«, entgegnete sie gelassen.

»Eine Hexe bist du.«

»Und du, Monsieur, ein wahrer Teufel auf Erden.«

Die Kabine dröhnte förmlich von seinem Lachen. »Wenn ich das bin, sind wir beide ja ein gutes Paar.«

Tristan verließ das Bett und streifte die Hosen über. Dann goß er Wein in seinen Becher. Bevor er trank, bückte er sich, hob ihr Kleid auf und legte es über einen Stuhl.

»Mit deiner Kleidung solltest du achtsamer umgehen, Kleines. Wenn du Sachen von mir trägst, siehst du nicht so verführerisch aus.«

»Ich besitze noch andere Kleider«, entgegnete sie scharf.

»Wirklich? Und wo sollten die wohl sein?«

»In meinen Reisekisten natürlich.«

»Es wurden keine Reisekisten an Bord meines Schiffes gebracht, Bettina. Nur du, deine Dienerin und deine Mitgift.«

Bettinas Augen wurden groß. »Schon wieder lügst du mich an.«

»Warum sollte ich wohl lügen?«

»Aber mein Hochzeitskleid war in einer der Kisten!« schrie sie ihn an.

»Nun, dein zukünftiger Mann wird ja wohl ein neues kaufen können«, erwiderte er.

»Aber ich will kein anderes!« Tränen traten ihr in die Augen. »Über einen Monat habe ich an dem Kleid gearbeitet. Es war wunderschön, und du – du...« Nun begann sie laut zu weinen und barg den Kopf in den Kissen.

»Lieber Himmel! Über den Verlust deiner Jungfernschaft hast du nicht geweint. Aber über den Verlust eines Kleides heulst du. Verdammt seien alle Frauen und ihre Tränen!« Tristan griff nach seinem Hemd, marschierte aus der Kabine und schmetterte die Tür hinter sich zu.

12

Bettina lag auf dem schmalen Bett und zählte schweigend die Minuten. Seit sie aufgehört hatte zu weinen, waren wenigstens drei Stunden vergangen. Dieses Weinen war wirklich eine dumme Angewohnheit. Nur schwache Frauen vergossen Tränen, und dann meist auch nur deshalb, um das Mitgefühl der anderen hervorzurufen.

Durch ihr Weinen hatte sie sich selbst ihre Pläne verdorben und Tristan aus der Kabine vertrieben. Bis jetzt war er noch nicht zurückgekehrt, und sie ahnte nicht, ob sie ihn heute nacht noch einmal sehen würde. Vielleicht war er an Land oder schlief sonstwo. Aber Bettina konnte das Schiff nicht verlassen, bevor sie genau wußte, wo er war. Er mußte einfach in die Kabine zurückkommen.

Noch eine Stunde verging und zwei weitere – doch sie blieb allein. Mitternacht war längst vorüber, und es fiel Bettina unerträglich schwer, die Augen offenzuhalten. Sie durfte aber nicht aufstehen und in der Kabine umhergehen, damit die Schläfrigkeit verging. Wenn Tristan zurückkehrte, mußte er glauben, sie schlafe schon.

Endlich ging die Tür der Kabine auf, und Bettina schloß sofort die Augen. Der Raum lag in völliger Dunkelheit, nur schwacher Mondschein drang durch die Luke. Sehen konnte sie Tristan nicht, aber sie hörte, wie er zum Bett taumelte. Als er gegen den Tisch stieß, fluchte er. Einen Augenblick später sackte er neben ihr auf das Bett. Einer seiner Arme fiel wie eine schwere Last auf ihre Brust, und sie stöhnte auf. Aber das hörte er offenbar gar nicht.

Der Geruch von Rum streifte Bettinas Gesicht, und sie mußte lächeln. Das war ja noch besser, als sie gehofft hatte. Tristan schlief sofort ein und lag bewegungslos wie ein Klotz neben ihr. Vermutlich würde er morgen früh immer noch schlafen, wenn sie zurückkehrte, um ihn verhaften zu lassen.

Ganz behutsam schob Bettina seinen Arm zur Seite. Dann glitt sie an das Fußende des Bettes, denn sie wagte es nicht, über ihn hinwegzuklettern. Sie schlich zu Tristans Kleiderkiste und nahm die zwei Kleidungsstücke heraus, die sie vorher zurechtgelegt hatte.

Sie hatte sich entschlossen, Tristans Kleidung zu tragen. Ihr Samtkleid würde im Wasser so schwer werden, daß es sie beim Schwimmen behinderte. Da sie die dunkelsten Kleidungsstücke ausgewählt hatte, konnte man sie im Wasser sicher kaum wahrnehmen.

Sie band sich das Haar im Nacken zusammen und schob die

blonde Flut unter das zu große blaue Hemd. Um ihren Kopf zu verbergen, sah sie sich gezwungen, Tristans einzigen Hut zu benutzen. Es handelte sich um einen breitrandigen, eleganten Hut, und sie konnte sich kaum vorstellen, daß Tristan ihn tragen würde. Solche Hüte wurden nur von wirklichen Herren mit langem, gelocktem Haar getragen, und dieser Tristan mit seinem kurzen Haar war gewiß kein echter Herr.

Die schwarzen Pluderhosen befestigte sie an der Taille mit einem Stoffstreifen, den sie von ihrem Kleid abriß.

Natürlich war es Bettina bewußt, daß sie in dieser Aufmachung reichlich lächerlich wirken mußte. Aber es blieb ihr keine andere Wahl. Sie öffnete die Tür und schloß sie ganz leise wieder hinter sich. Mit leichtem Erschrecken stellte sie fest, wie hell es draußen war. Der Mond tauchte alles in strahlend weißes Licht.

Nur zögernd wagte sie sich aus dem Schatten der Wand hervor, aber sie mußte einen Weg finden, um möglichst geräuschlos über Bord klettern zu können. Natürlich wäre es leichter gewesen, einfach zur Reling zu rennen und ins Meer zu springen. Doch das laute Klatschen, mit dem ihr Körper ins Wasser tauchte, wäre kaum zu überhören.

Bettina sah sich gründlich auf Deck um. Niemand war zu sehen, und alles war ruhig. Natürlich mußte irgendwo ein Wachtposten stehen, und sie konnte nur beten, daß er sie nicht entdeckte. Lautlos schlich sie aus dem Schatten hervor. Dann jedoch ergriff sie eine plötzliche Panik, und sie rannte zur Reling. Dort entdeckte sie eine Strickleiter, die an Backbord hinunterhing. Die Landgänger hatten sie vermutlich vergessen. Augenblicke später glitt sie fast geräuschlos ins Wasser.

Das Meer war angenehm warm, aber sie brauchte doch fast eine halbe Stunde, um den Pier zu erreichen. Dabei mußte sie ständig um ankernde Schiffe herumschwimmen und immer wieder Tristans Hut zurechtrücken. Schließlich entdeckte sie eine Holzleiter und kletterte erschöpft zum Dock hinauf. Ihre Arme waren bleischwer, und sie wußte, daß ihre Muskeln noch eine ganze Weile schmerzen würden.

Aber Tristan am Galgen baumeln zu sehen, war eine solche Strapaze schon wert. Sie würde die Insel nicht verlassen, ehe der Gerechtigkeit nicht Genüge getan und er auf dem Weg zur Hölle war.

Am liebsten hätte Bettina bei diesem Gedanken laut gelacht. Sie blickte zu Tristans Schiff hinüber, und selbst aus dieser Entfernung konnte sie erkennen, daß sich auf dem Deck nichts rührte. Also war sie in Sicherheit.

Ruhig lag die kleine Hafenstadt vor ihr. Nur sie allein stand fröstelnd auf dem Dock. Aber leise Musikklänge mischten sich mit dem Rauschen der Wellen hinter ihr. Sie ging der Musik nach und hoffte, dort jemanden zu finden, der ihr den Weg zum Hafenamt zeigen konnte.

Die Musik wurde immer lauter, und Bettina hörte trunken grölende Stimmen. Sie kamen aus einer Taverne. Bettina blieb vor den erleuchteten Fenstern stehen. Um ihre Füße bildete sich eine Pfütze. Meerwasser lief immer noch aus ihrer Kleidung. Was sollte sie tun? Es konnte natürlich sein, daß jemand von Tristans Mannschaft in der Taverne war. Doch vielleicht erkannte man sie in ihrem jetzigen Aufzug nicht. Dieser Gefahr wollte sie sich jedoch nicht aussetzen. Aber Hilfe benötigte sie, und außer ihr war niemand auf der Straße. Sollte sie in der Taverne jemand erkennen, konnte sie immer noch davonlaufen.

Bettina ging auf der Straße hin und her, bemüht, einen Entschluß zu fassen. Vielleicht verließ jemand die Taverne, oder jemand zeigte sich auf der Straße, den sie um Hilfe bitten konnte. Aber niemand kam. Vielleicht sollte sie sich irgendwo verbergen und den Morgen abwarten, bis die Straßen belebt waren. Andererseits wollte sie nicht, daß Madeleine sich Sorgen um sie machte. Das Gesetz sollte möglichst schnell eingreifen.

Langsam schlich sich Bettina an die offene Tür der Taverne heran. Aufgeregt musterte sie alle Anwesenden, ob sich auch niemand von Tristans Mannschaft darunter befand. Aber das konnte man beim besten Willen nicht erkennen. Von den meisten Männern sah sie nur den Rücken, andere hatten den Kopf auf den Tisch gelegt und schliefen.

Fauliger Geruch hing schwer in der Luft, aber Bettina wußte, daß sie die Taverne betreten mußte, um Hilfe zu finden. Sie ging hinein und trat schnell an den nächsten Tisch. Dort waren drei Männer in ein Kartenspiel vertieft.

»Monsieur«, sagte Bettina, aber keiner der Männer blickte auf.

»Monsieur, ich suche einen Gendarm.«

»Können Sie nicht Englisch sprechen«, sagte einer jetzt mürrisch. Dann sah er sie an, und seine Augen wurden groß. »Verdammt! Schaut euch die doch mal an!«

Seine Kumpane betrachteten sie mit gierigen Augen, und Bettina blickte an sich hinunter. Jetzt erst sah sie, daß das durchnäßte, dünne Hemd fast durchsichtig war und an ihrem Körper klebte, so daß man die Brüste erkennen konnte. Schnell zupfte sie sich das Hemd von der Haut, aber es war zu spät. Wenigstens ein halbes Dutzend Männer hatten schon ihren wohlgeformten Busen gesehen.

»Welchen Preis forderst du denn, Hürchen?« fragte ein Mann und erhob sich von seinem Stuhl. »Ich bezahle ihn.«

»Bleib sitzen«, sagte ein anderer. »Ich habe sie zuerst gesehen.«

Ein großer Mann im Hintergrund neben den Weinfässern schrie Bettina an: »Zum Teufel! Raus mit dir! Sonst gibt es hier noch eine Schlägerei. Verschwinde!«

Aber der Streit zwischen den beiden Männern war schon ausgebrochen. Andere mischten sich ein, und der ganze Raum schien plötzlich nur noch aus betrunken schreienden Männern zu bestehen. Bettina wollte davonlaufen, aber eine große Hand legte sich schwer auf ihre Schulter.

»Dafür wirst du bezahlen!« schrie ihr der Wirt der Taverne ins Ohr. »Alle Schäden mußt du bezahlen!«

Schnell riß Bettina sich los und rannte zur Tür. Der dicke Wirt war dicht hinter ihr. Wie wild rannte sie die Straße entlang und bog dann in die nächste Gasse ein. Vor sich sah sie einen Lichtschein und einen uniformierten Wächter. Sie stürmte auf ihn zu, während der Wirt immer noch schreiend nachkam.

»Monsieur, sind Sie ein Gendarm?« fragte Bettina, als sie den Mann erreicht hatte.

»Was soll ich sein?«

Bettina hatte angenommen, sie sei hier in einer französischen Stadt. Nun wiederholte sie ihre Frage auf englisch. »Sind Sie Polizist?«

Aber der Mann in Uniform wurde abgelenkt, denn nun kam keuchend der dicke Wirt heran. »Was haben Sie denn getan, Mädchen?« fragte der Uniformierte.

»Nichts«, erwiderte Bettina. »Ich habe einen Vertreter des Gesetzes gesucht, weil...«

»Arretiere sie!« schrie der Wirt.

»Was hat sie denn getan?«

»Sie hat meine Taverne in dieser Kleidung betreten«, erklärte der Wirt und zeigte auf Bettina. »Danach gab es eine wilde Schlägerei, Tische und Stühle, Lampen und Geschirr wurde zertrümmert.«

»Stimmt das, Mädchen?« fragte der Offizier.

»Ich habe doch nur Hilfe gesucht«, erwiderte Bettina. »Auf der Straße konnte ich niemanden finden ...«

Sie schwieg, weil beide Männer lachten. Heftig fuhr Bettina fort: »Im Hafen liegt ein Piratenschiff. Sie hielten mich gefangen, und ich konnte entkommen ...«

»Lügen helfen in diesem Fall überhaupt nicht«, erwiderte der Offizier. »Kannst du den Schaden bezahlen, oder soll ich dich arretieren?«

»Aber ich sage doch die Wahrheit!« rief Bettina.

»Bezahlen kannst du also nicht«, entgegnete er ungeduldig. »Dann komm mit.« Er griff nach ihrem Arm.

»Und wer ersetzt mir meinen Schaden?« rief der Wirt.

»Du bekommst dein Geld, Bürger, nur keine Angst!«

Bettina flehte: »Hören Sie doch auf mich! Glauben Sie mir!«

»Heb dir deine Worte für den Bürgermeister auf«, entgegnete der Offizier mürrisch und betrat mit ihr ein sehr altes Gebäude.

»Wann kann ich ihn sprechen?«

»Etwa in einer Woche. Vor dir sind noch andere dran.«

»Dann sind die Piraten davongesegelt.«

Er drehte sie zu sich herum und sah sie völlig unbeteiligt an. »In unserem Hafen gibt es keine Piratenschiffe, Mädchen. Wenn du dem Bürgermeister eine so lächerliche Geschichte erzählst, wird er dir wenigstens sieben Jahre Zwangsarbeit auferlegen. Sag ihm die Wahrheit, dann wird es nicht so schlimm.«

»Und was geschieht dann?«

»Er läßt dich einige Jahre in seinem Haus arbeiten. Der alte Bürgermeister schätzt hübsche Mädchen, die ihm das Bett anwärmen.«

Er führte Bettina auf einen Innenhof, der auf drei Seiten von vergitterten Zellen umgeben war. Er öffnete eine Tür, schob Bettina in die Zelle und riegelte hinter ihr zu. Ihr Weinen war nutzlos. Aus den benachbarten Zellen hörte sie Stöhnen und Schreien. Tränen liefen ihr über die Wangen. Warum glaubte man ihr nicht?

Wütend schleuderte Bettina Tristans Hut auf den Boden. Dieser Kerl allein war schuld an ihrem Schicksal. Für seine Schuld konnte sie nun bezahlen und sieben Jahre Fronarbeit leisten. Oder sie dachte sich eine glaubhafte Lüge aus und endete als Bettgefährtin eines alten Mannes. Bis dahin mußte sie noch eine Woche in dieser schmutzstarrenden Zelle zubringen. Hier gab es nicht mal einen Strohsack, auf dem man sich ausruhen konnte.

Völlige Hoffnungslosigkeit überwältigte Bettina, als sie ihre nasse Kleidung abstreifte. Dann hüllte sie ihren Körper in die rauhe Decke, legte sich zusammengekrümmt in eine Ecke der Zelle und schlief vor Übermüdung ein.

13

Die Nacht war hell, und der Vollmond leuchtete über dem kleinen Ort am Meer. Alles schien friedlich. Ein zwölfjähriger Junge schlief in dem kleinen Haus seiner Eltern. Sein Vater war heute nacht nicht zum Fischfang hinausgefahren, denn er litt an einer fiebrigen Erkältung. Die Eltern des Jungen schliefen in ihrem großen Bett in einer Ecke der Hütte.

Drei Stunden nachdem die Fischerboote ausgelaufen waren, kamen die Spanier. Reichtümer konnten sie in diesem armen Ort nicht holen. Für sie war es ein Vergnügen, alles zu zerstören, zu brandschatzen, zu morden und den Frauen Gewalt anzutun.

Der Knabe wachte als erster auf, als jemand gellend schrie. Er sah, wie sein Vater aus dem Bett sprang und nach dem Küchenmesser griff. Eine andere Waffe fand er nicht. Trotz der Bitten seiner Frau, im Haus zu bleiben, eilte der Mann ins Freie. Ihm wurde als einem der ersten mit einer spanischen Klinge der Kopf vom Körper getrennt. Seine Frau kauerte weinend neben ihm, während der Spanier die Klinge an der blutgetränkten Kleidung des Mannes abwischte.

Die Mutter schrie auf und lief ins Haus zurück und zwang ihren Sohn, sich unter dem Bett zu verstecken, damit er nichts sah. Dann griff sie nach einem anderen Messer und wartete auf den Spanier.

Der Spanier stürmte herein, und die Frau verteidigte sich mit dem Messer. Dann kam ein Kumpane des Spaniers und rief seinen Namen – Don Miguel de Bastida.

Bastida allein hätte die kräftige Frau nicht überwältigen können, jedoch mit Hilfe seines Kumpans gelang es ihm. Die Frau lag auf dem Boden, und Bastida tat ihr als erster Gewalt an, während vier Männer sie festhielten. Lachend sahen sie zu. Dann setzte sich Bastida an den Tisch und sah zu, wie ein Mann nach dem anderen lachend über die Frau herfiel.

Ihr Sohn lag unter dem Bett. Er verstand nicht, warum seine Mutter schrie, aber er hielt sich an das Gebot der Mutter und blieb ganz still. Nach dem vierten Mann verstummten ihre Schreie, aber fünf weitere Männer nahmen sich die Frau noch vor. Dem einen machte es noch Vergnügen, auf sie einzuschlagen.

Bastida beobachtete alles, bis der letzte Mann von der Unglücklichen abließ. Als sich die Hütte leerte, erhob die Frau sich schwankend. Mit einer höhnischen Bemerkung wollte auch Bastida die Hütte verlassen, aber die Frau besaß noch Kräfte genug, um eines der auf dem Boden liegenden Messer zu ergreifen und sich auf den Spanier zu werfen.

Nur Sekunden später hörte der Junge den letzten Schrei seiner Mutter, und sie sank gekrümmt auf dem Boden in sich zusammen. Bastida spuckte auf den leblosen Körper und verließ die Hütte. In diesem Augenblick kroch der Junge aus seinem Versteck hervor und rannte, blind vor Tränen, hinter dem Spanier her. Er griff Bastida mit bloßen Fäusten an, aber der Mann lachte nur und hieb dem Jungen mit dem Knauf seines Schwerstes ins Gesicht. Dann bearbeitete er ihn mit Fußtritten, bis er bewußtlos neben seinem toten Vater liegenblieb. Tristan fuhr in seinem Bett hoch. Kalter Schweiß bedeckte seinen ganzen Körper. Natürlich war das alles nur ein Traum gewesen, aber vor vierzehn Jahren hatte er die Wirklichkeit erlebt, die ihn noch immer verfolgte. Die Nacht, in der sein Dorf von den Spaniern überfallen wurde, konnte er nie vergessen, und auch nicht den Anblick seiner ermordeten Eltern.

Tristan stand auf und wusch sich das Gesicht mit kaltem Wasser. Jetzt erst bemerkte er, daß er allein in der Kabine war. Sofort stürmte er auf das Deck, aber schon nach fünf Minuten wurde ihm klar, daß sich Bettina nicht mehr an Bord befand ...

»Ist es diese hier, Kapitän?«

Bettina öffnete die Augen und erkannte den Mann, der sie in der vergangenen Nacht hierhergebracht hatte. Sie mußte ein paarmal blinzeln, ehe sie begriff, daß der Riese in seiner Begleitung Tristan war. Beide betrachteten sie gleichgültig.

»Ja, das ist das Mädchen«, sagte Tristan eisig. »Ich lasse sie in Ihrem Gewahrsam. Es tut der Wildkatze gut, für den Ärger zu büßen, den sie mir gemacht hat.«

»Das können wir machen, Kapitän. Sie kann wegen Ruhestörung angeklagt werden. Der Bürgermeister hätte dieses Mädchen gern.«

»Ich habe dem Vater versprochen, ihm die Tochter zurückzubringen«, erwiderte Tristan. »Sonst würde ich mich gar nicht weiter um sie kümmern.«

Bettinas Verwirrung war groß. Sie erhob sich, wobei sie jedoch peinlich darauf achtete, daß die Decke ihren nackten Körper verbarg. Dann zeigte sie mit dem Finger auf Tristan. »Er lügt! Ich habe

Ihnen doch schon von ihm erzählt. Er ist ein Pirat. Sie dürfen nicht erlauben, daß er mich mitnimmt!«

»Willst du lieber erdulden, was dich hier erwartet, Kleines?« fragte Tristan. »Erscheint dir mein Schiff nicht gemütlicher?«

Was sollte Bettina darauf antworten? Sieben Jahre Strafarbeit – oder ein paar Jahre mit einem alten Lüstling. Oder noch eine Woche auf Tristans Schiff und dann die Freiheit. Sie war froh, daß Tristan nicht auf ihre Antwort wartete.

»Hören Sie zu«, sagte Tristan nun zu dem Offizier. »Mit diesem Mädchen gibt es ständig Ärger. Ihr Vater hat sie deshalb schon in eine Klosterschule gesteckt, und dorthin soll sie wieder. Ihr ist der Gedanke verhaßt, wieder nach Hause zu müssen.«

»Eigentlich ist es eine Schande, wenn man ein so hübsches Mädchen der Obhut von Nonnen überläßt. Ich übergebe Ihnen die Kleine, Kapitän, aber achten Sie darauf, daß sie an Bord bleibt, während Sie hier vor Anker liegen.«

»Sie wird Ihnen keinerlei Ärger mehr machen, darauf gebe ich Ihnen mein Wort«, erwiderte Tristan gelassen.

Dann entfaltete er den langen Umhang, den er mitgebracht hatte, und hüllte Bettina darin ein. Als er die auf dem Boden liegenden nassen Kleider aufhob, entdeckte er auch seinen Hut und blickte Bettina finster an. Dann führte er sie aus der Zelle.

»Du hast ja heute nacht eine schöne Aufregung verursacht, als du vor den Männern im Hafen deinen Körper zur Schau stelltest«, sagte er grollend, als sie die Straße entlanggingen. »Zum Teufel, was hast du dir dabei eigentlich gedacht?«

»Ich... ich...«

»Völlig gleichgültig«, unterbrach Tristan sie grob, und sein Griff um ihren Arm verstärkte sich.

»Du scheinst dich sogar lieber verhaften und in den Kerker werfen zu lassen, als mit mir das Bett zu teilen.«

»O ja, viel lieber«, antwortete Bettina zornig.

Tristan drehte sie zu sich herum, blickte sie an, und seine Augen schimmerten wie blaue Eiskristalle. »Nur etwas hält mich davon zurück, dich wieder ins Gefängnis werfen zu lassen – das Vergnügen, deinen Trotz zu brechen. Und da ich weiß, was du für mich empfindest, dürfte dir die Lektion gefallen.«

»Was meinst du denn damit?«

»Alles zu seiner Zeit«, sagte er grausam und zog sie weiter. »Halte gefälligst den Umhang fest geschlossen, Bettina, oder ich drehe dir deinen hübschen Hals um.«

Tristan schien vor Zorn zu kochen. Vermutlich hatte er den in der Taverne entstandenen Schaden bezahlen müssen und damit ihre Freilassung erkauft. Bettina fragte sich, was er nun wohl mit ihr vorhatte. Was für eine Lektion wollte er ihr erteilen? Obwohl es sengend heiß war, überlief sie ein leichtes Frösteln.

Ihr Gesicht rötete sich vor Zorn, als ihr bewußt wurde, wie dumm sie sich doch benommen hatte. Viel Ärger wäre ihr erspart geblieben, wenn sie sich erkundigt hätte, zu welchem Land diese Insel gehörte. Es konnte sich nur um England handeln, und Tristan besaß das Wohlwollen der Krone. Daher war es durchaus nicht erstaunlich, daß die Männer laut über sie gelacht hatten, als sie berichtet hatte, ein Piratenschiff läge im Hafen. Für Engländer war Tristan kein Pirat.

Nach einer knappen Stunde befand sich Bettina wieder in Tristans Kabine, aber diesmal schloß er die Tür sorgfältig ab, als er hinausging. Während des restlichen Weges hatte er sich in Schweigen gehüllt, und sie ahnte daher nicht, was sie später erwartete. Sie blieb den ganzen Tag allein und beschäftigte sich damit, wieder einmal ihr Kleid zu flicken. Am Abend kam Madeleine zu ihr und hielt ihr eine geharnischte Strafpredigt. Danach schlief Bettina ein.

14

Ein leichter, zärtlicher Druck auf ihren Lippen weckte Bettina aus dem Schlaf. Sie öffnete die Augen und sah Tristan, der sich über sie neigte und sie küßte. Es war ein besonders sanfter Kuß – ein Kuß, mit dem ein Mann seine geliebte Frau beim Erwachen begrüßen mochte. Bettina versuchte, sich aufzurichten, aber Tristan hielt sie fest.

»Ich möchte aufstehen, Tristan«, sagte sie.

»Deine Wünsche kenne ich, Bettina. Unglücklicherweise habe ich jedoch etwas anderes vor.«

Tristans Worte hatten einen bitteren Unterton, und sie fühlte genau, daß er über die Ereignisse des gestrigen Tages immer noch wütend war. Warum aber hatte er sie dann so zärtlich geküßt?

»Laß mich aufstehen!« forderte Bettina. »Du weißt, ich kann deine Nähe nicht ertragen.«

»Das weiß ich wohl«, entgegnete er. »Und darum macht es mir auch solche Freude, dir eine endgültige Lehre zu erteilen.«

»Du willst doch nicht etwa...« Bettina unterbrach sich, denn seine Hand glitt an ihrem Unterkleid hinauf und streichelte ihre Brust. »Du solltest wenigstens den Anstand besitzen, damit bis zur Nacht zu warten, wenn du mich schon quälen willst«, wies sie ihn zurecht.

»Eine Qual? So nennst du das?« fragte Tristan, und seine Finger liebkosten immer noch ihre Brüste.

»Ja! Ich empfinde es als eine Qual, weil ich dich hasse!«

»Du magst mich hassen, kleines französisches Biest, aber dein Körper wird Lust empfinden bei dem, was ich jetzt mit ihm tun werde.«

Bevor sie weitersprechen konnte, hatte Tristan ihr das Unterkleid über den Kopf gestreift und auf den Boden geworden. Sanft glitten seine Hände über ihren Leib.

»Nein!« schrie Bettina und versuchte seine Hand wegzuschieben. Aber es gelang ihr nicht.

Verlangen überkam sie, und sie konnte sich nicht dagegen wehren. Tristans Finger schienen magische Kraft zu besitzen, und seine Lippen glitten zärtlich über ihre Haut. Wenn sie sich jetzt nicht wehrte, würde sie wieder die Unterlegene sein, das wußte Bettina genau.

Schließlich gelang es ihr, hervorzustoßen: »Dein – dein Bart ist mir lästig. Er ist struppig und kratzt.«

Tristan hob den Kopf und sah sie hart an. »Darüber hast du dich noch nie beklagt.«

»Es ging ja alles viel zu schnell«, entgegnete sie heftig.

»Mit wem vergleichst du mich eigentlich, Bettina, wenn du vor mir noch keinem Mann angehört hast?«

»Die Tatsache, daß ich mir vor dir ekle, reicht ja wohl«, entgegnete sie.

»Deine spitzen Bemerkungen kannst du dir ersparen, Bettina. Ein für allemal sollst du jetzt lernen, wie es ist, eine Frau zu sein.«

Er küßte sie so heftig, daß sie nicht widersprechen konnte. Als er sie dann nahm, spürte sie keinen Schmerz. Ein wonniges Feuer schien durch ihren Körper zu rasen, und unbewußt umarmte sie Tristan fest...

Später hörte Bettina, wie Tristan tief und triumphierend lachte. Sie kam sich so erniedrigt vor wie noch nie. Das also war seine Rache – er wollte sie durch dieses wunderbare und unglaubliche Vergnügen demütigen.

»Na, bist du immer noch nicht mit meiner Art von Liebe einverstanden, Kleines?« fragte er spöttisch.

Als sie in sein lächelndes Gesicht blickte, packte sie ein schier unerträglicher Zorn. Auf ihn, weil er ihr immer seine Macht wieder beweisen mußte – und auf sich selbst, weil die Leidenschaft sie jede Kontrolle über sich selbst verlieren ließ.

»Verdammt sollst du sein, Tristan!« schrie sie ihn an und stieß ihn zur Seite. Er beobachtete sie amüsiert, wie sie aus dem Bett kletterte und nach ihrem Unterkleid griff. Schnell streifte sie es über, stützte die Hände in die Hüften und sah ihn an. »Nichts hat sich geändert! Hast du verstanden? Nichts! Ich hasse dich immer noch – mehr als vorher!«

»Warum? Weil du unser Zusammensein genossen hast?« fragte Tristan. Er stand langsam auf und zog sich an.

»Mein Körper hat mich verraten, aber nur deshalb, weil ich mich nicht gegen dich wehren durfte. Ich hatte Angst vor deinen Drohungen...« Sie unterbrach sich und wich erschrocken zurück. Ob er sie jetzt auspeitschen würde? Nein, das nicht! Schließlich hatte er gesagt, daß er die Spanier verachte, weil sie Sklaven auspeitschten. Warum nur hatte sie das nicht schon früher durchschaut.

»Bettina, was ist mir dir?« fragte Tristan.

»Fahr mit deiner schwarzen Seele zur Hölle, Tristan!« fauchte sie.

»Sag mal, wo hast du denn eine solche Ausdrucksweise gelernt? In der Klosterschule gewiß nicht.«

»Von deiner Mannschaft. Die Leute sagen noch ganz andere Sachen, obwohl Damen an Bord sind«, erwiderte Bettina.

»Und du meinst, diese Sprache paßt zu einer Lady?« machte er sich über sie lustig.

»Wie eine Lady fühle ich mich nicht mehr. Dieses Gefühl hast du mir genommen. Mehr allerdings nicht.«

»Was bedeutet das schon wieder?« fragte Tristan.

»Ach, nichts – gar nichts.«

Plötzlich mußte Bettina lächeln, als sie Tristans verwirrte Miene sah. Wie glücklich war sie darüber! Diesem Riesen, diesem gräßlichen Kerl brauchte sie sich nun nicht mehr unterzuordnen. Endlich konnte sie sich gegen ihn auflehnen. Und wenn seine körperlichen Kräfte den ihren überlegen waren, war das für sie keine Erniedrigung. Bettinas Fröhlichkeit wollte kein Ende nehmen, und das Lachen schüttelte sie.

»Hast du den Verstand verloren?« fragte Tristan.

Plötzlich überkam ihn eine gewisse Angst, daß er vielleicht zu weit gegangen war. Er trat auf sie zu und umfaßte ihre Schultern, schüttelte sie, und endlich hörte Bettina auf zu lachen. Aber ein Lächeln umspielte noch immer ihre Lippen, und ein Blick in ihre dunkelblauen Augen verwirrte ihn noch mehr.

»Welche Farbe haben eigentlich deine Augen, Bettina?« fragte er verwundert.

Sie entzog sich seinem Griff und lächelte nicht mehr. »Du hast meine Augen oft genug gesehen, um ihre Farbe zu kennen«, entgegnete sie und drehte ihm den Rücken zu.

»Im Moment wirken sie blau wie Saphire. Als du jedoch an Bord der *Spirited Lady* kamst, waren sie grün – bis jetzt.«

»Unsinn! Augen können ihre Farbe nicht verändern.«

»Sieh mich an!« befahl Tristan. Da sie sich weigerte, drehte er sie einfach um und sah, daß ihre Augen wieder grünlich schimmerten.

»Das lag nur am Licht«, sagte sie, wandte sich aber schnell wieder zur Seite, denn bei seinem betroffenen Blick geriet sie in Versuchung, wieder zu lachen.

Tristan hatte das Gefühl, daß Bettina sich über ihn lustig machen wollte. Am Licht konnte es nicht liegen. Er hatte ihre Augen genau beobachtet. Sie waren so tiefblau wie das Meer gewesen. Veränderte sich etwa ihre Farbe bei ihr mit der Stimmung? Waren sie grün, wenn sie zornig oder ängstlich – und blau, wenn sie glücklich war? Warum jedoch sollte sie in ihrer gegenwärtigen Lage glücklich sein?

Bettina fragte: »Heißt dein Schiff so? *Spirited Lady*?«

»O ja!« Er lachte. »Der Name gefällt dir, was? Er bedeutet ja ›Mutige Lady‹.«

»Hältst du mich für mutig?« fragte Bettina kokett. »Bisher hast du mir kaum erlaubt, meinen Mut zu beweisen.«

»Und was war mit deinem Wutanfall vor ein paar Minuten?«

»Schmerzte er dich so sehr, Kapitän?« höhnte sie. »Man sieht aber keine Wunden.«

Da sie ganz offensichtlich ihr Spielchen mit ihm treiben wollte, sprach er schnell von etwas anderem. »Ich will mal sehen, ob wir Stoffe unter unseren Vorräten haben, dann könntest du dir ein leichteres Kleid nähen. Außerdem bist du dann beschäftigt.«

»Danke.«

Verblüfft blickte Tristan sie an, denn Dankbarkeit erwartete er gewiß nicht. Warum änderte sich ihr Verhalten ihm gegenüber so plötzlich? Doch er würde bald herausfinden, was sie plante, und mit diesem Gedanken verließ er die Kabine.

Kurz darauf brachte Madeleine das Essen. Sie nahmen die Mahlzeit gemeinsam ein, und natürlich fiel der Älteren Bettinas

Fröhlichkeit auf. Sie nahm jedoch an, ihr Schützling habe sich endlich mit seiner augenblicklichen Lage abgefunden.

Von Tortola waren sie in der Abenddämmerung abgesegelt. Bettina hatte es nicht gewußt und erfuhr es erst jetzt von Madeleine. Hat mich der Kapitän denn so abgelenkt? dachte Bettina. Wieso habe ich nicht bemerkt, daß die *Spirited Lady* wieder ausgelaufen ist?

Am Nachmittag erschien Tristan mit zwei Ballen pastellfarbener Seide und legte sie mit Nadel und Zwirn auf den Tisch. Dann zog er aus dem Hosenbund eine goldfarbene Schere, die er allerdings nur zögernd aus der Hand gab.

»Kann ich dir vertrauen, daß du diese Schere nicht als Waffe benutzt?« fragte er.

»Ich habe bereits gesagt, daß ich keinen weiteren Versuch unternehmen werde, um dich zu töten, Tristan«, erwiderte Bettina und befühlte die Seide. »Was für ein wunderbares Gespinst!«

Tristan lächelte, aber er wagte es immer noch nicht, ihr die Schere zu übergeben.

»Wenn du mir nicht traust, kann Madeleine die Schere immer herbringen und anschließend wieder mitnehmen«, schlug Bettina vor. »Wärst du damit einverstanden?« Sie lachte verhalten. »Damit wird alles leichter für dich, Kapitän. Du brauchst deine Angst vor mir nicht einzugestehen.«

Madeleine nickte zustimmend. Allerdings fragte sie sich, warum Bettina wohl in dieser Art mit dem Kapitän umging. Gott sei Dank schien es ihn nicht zu stören.

Dann jedoch sagte Bettina: »Sag mal, Tristan, woher hast du diese Stoffe? Du hast doch behauptet, nur Schiffe mit Goldladung anzugreifen?«

Er lachte, weil ihm auffiel, daß ihre Augen jetzt blau schimmerten. »Die Stoffe fanden wir auf einem Frachter, zusammen mit anderen Gütern, die an eine spanische Contessa geliefert werden sollten. Wenn dir die Farbe nicht gefällt, stehen noch andere zur Auswahl.«

»Du hättest auch nichts dagegen, wenn Madeleine ihre Garderobe vervollständigte?« fragte Bettina mit einem Lächeln.

»Man könnte die Stoffe in Tortuga für eine beachtliche Summe verkaufen. Ich habe dir genug zur Verfügung gestellt.«

»Es ist nicht ausreichend«, entgegnete Bettina. »Muß ich dich erst daran erinnern, daß du unsere Reisekisten zurückgelassen hast und uns nichts geblieben ist als das, was wir auf dem Leib trugen?«

»Ich will's beherzigen«, sagte Tristan. »Gibt es sonst noch etwas, was du dir wünschst, meine Lady?«

»Daß du mir nie wieder unter die Augen kommst«, antwortete sie bissig und verzog die Lippen zu einem leichten Lächeln.

»Ich fürchte, dafür kann ich keine Gewähr übernehmen.« Tristan drehte sich um und verließ die Kabine. Aufseufzend blickte Bettina ihre Dienerin an, die sehr blaß aussah.

»Bettina, du mußt deine Worte bedachtsamer wählen, wenn du mit dem Kapitän sprichst«, warnte Madeleine. »Du darfst seinen Zorn nicht erregen.«

»Und du solltest dir deshalb keine Gedanken machen«, entgegnete Bettina. »Uns tut der Kapitän nichts.«

»Aber du hast doch gesagt, er würde dich auspeitschen, wenn du dich ihm widersetzt.«

»Aber ich habe mich ja gar nicht widersetzt, ich habe ihn verspottet. Du hast es ja erlebt, das bestraft er nicht«, beruhigte Bettina sie.

»Warum verhöhnst du ihn denn?« fragte Madeleine. »Mir kam es so vor, als ob du ihn dazu bringen wolltest, die Geduld zu verlieren. Du kennst diesen Mann erst seit vier Tagen und kannst nicht beurteilen, wie er auf Spott reagiert.«

Bettina entschied sich, Madeleine lieber nichts von ihren Plänen für die kommende Nacht zu erzählen. Die alte Frau wäre vor Angst und Schrecken vergangen. »Mach dir keine Gedanken. Ich weiß schon, wie ich mich Tristan gegenüber zu verhalten habe. Nun laß uns mit der Arbeit beginnen.« Bettina griff nach der lindgrünen Seide.

Madeleine schüttelte den Kopf und lächelte schwach. »Ich werde den Kapitän um einfache Baumwolle für mich bitten. Noch nie habe ich Seide getragen, und ich habe nicht die Absicht, jetzt noch damit anzufangen.«

15

»Ich habe die Alte in den Frachtraum mitgenommen.«

Bettina zuckte bei Tristans Worten zusammen, denn sie war völlig in ihre Näharbeit vertieft gewesen und hatte sein Kommen gar nicht bemerkt.

»Was hast du?«

»Ich habe deine Dienerin nach unten gebracht, damit sie sich den Baumwollstoff aussuchen konnte. Dort hat sie dies hier gesehen und gemeint, du könntest es brauchen.« Tristan legte einen silbernen Kamm vor Bettina auf den Tisch. »Bist du jetzt zufrieden?«

»Zufrieden? Ich habe dich nicht um den Stoff gebeten, Kapitän. Du hast ihn mir angeboten, und ich schlug nur vor, meiner Dienerin auch etwas zu geben. Bedankt habe ich mich schon – noch einmal tue ich es nicht. Dieser Kamm ist wirklich wunderschön, aber ich habe einen besseren, Tristan. Zwar nicht so wertvoll und nur aus Holz, aber ich liebte in sehr, denn er war ein Geschenk meiner Mama. Ich brauche zwar einen Kamm, aber den verlorenen kann er mir nicht ersetzen.«

»Du willst wohl, daß ich zurücksegle, um deine Reisekisten zu holen?« fragte Tristan spöttisch.

»Nun, das ist doch natürlich.«

Er stöhnte leise auf. Eine andere Antwort war ja nicht zu erwarten. »Die Mannschaft der *Windsong* dürfte sich inzwischen von ihren Verletzungen erholt haben. Es gäbe also eine neue Schlacht.«

»Ach, ich hatte ganz vergessen, daß du ein Feigling bist«, erwiderte Bettina.

»Einem Kampf bin ich noch nie ausgewichen, das habe ich dir schon gesagt.«

»Aber einen Kampf mit einer Frau fürchtest du.« Bettinas Worte triefen vor Hohn.

»Mich zu bekämpfen, würde dir nichts einbringen, Bettina. Obwohl du annimmst, du könntest mich verletzen – es gelänge dir nicht. Mir geht es darum, daß bei einem Kampf du nicht verletzt wirst.«

»Und ich fände es herrlich, dich zu verwunden, Tristan«, sagte Bettina leidenschaftlich. »Zu sehen, wenn du dich vor Schmerzen windest – als Strafe für das, was du mir angetan hast.«

»Nun, mein blutdürstiges kleines Hexlein, du wirst es aber nicht tun.«

Bettina lächelte nur und erwiderte kein Wort. Sie nähte weiter. Tristan setzte sich und schenkte sich Rum in den Becher.

»Hast du schon gegessen?« erkundigte er sich und lehnte sich bequem zurück.

Bettina nickte. »Ja, der Junge hat vorhin die Mahlzeit gebracht. Ich habe gehofft, daß du heute abend nicht mehr kommst, weil es schon so spät ist. Hat Madeleine dir die Schere zurückgegeben?«

Tristan überhörte bewußt ihren gehässigen Ton und fragte: »Was für ein Theater hast du mir eigentlich heute früh vorgespielt, Bettina? Wieso hat sich dein Standpunkt so plötzlich geändert?«

»Der hat sich überhaupt nicht geändert«, entgegnete sie ruhig. »Ich hasse dich immer noch, Tristan.«

Da ihr das lange Haar über das Gesicht fiel und sie eifrig nähte, konnte Tristan ihre Augen nicht sehen. Waren sie jetzt dunkelblau wie das Meer oder flirrend grün? Ihrer gelassenen Stimme war kein Haß anzumerken. Dennoch wußte er, daß sie die Wahrheit gesagt hatte. Allerdings schien die Wildheit irgendwie gedämpft.

»Möchtest du noch einen Spaziergang an Deck machen, bevor wir uns zurückziehen?« fragte Tristan.

»Nur wenn du nicht beabsichtigst, mich wieder im Mondlicht zu küssen.«

»Ich bekenne mich einer solchen Absicht schuldig«, gab er zu. »Wenn du also weiterhin dickköpfig bleiben willst, werden wir uns jetzt zurückziehen.«

»Ich möchte allein an Deck«, sagte sie.

»Das ist unmöglich!«

»Dann kannst du dich ja zurückziehen.«

»Und du auch, Kleines«, sagte Tristan und trank den Rest des Rums aus.

»Erst wenn du deinen Bart entfernt hast.«

»Was?« rief er und glaubte, seinen Ohren nicht trauen zu dürfen.

»Du wirst dir den Bart abschneiden und dir das Gesicht so lange schaben, bis es glatt ist. Es war kein Scherz, als ich sagte, dein Bart sei mir lästig. Also nimm ihn ab!« verlangte Bettina.

»Das tue ich niemals, Weib!«

Es mochte nutzlos sein, aber Bettina wollte nicht aufgeben. Tristans Bart störte sie eigentlich nicht sehr, aber sie wollte ihren Willen durchsetzen.

»Ich bestehe darauf, daß du ihn abschabst, Tristan. Und ich stehe erst von diesem Stuhl auf, bis du es getan hast.«

Tristan murrte: »In deiner Lage kann man keine Forderungen stellen.«

»Willst du mich zwingen, mich dir wegen einer solchen Kleinigkeit zu widersetzen?« fragte Bettina scherzhaft. »Warum kannst du nicht auch einmal etwas für mich tun?«

»Mir gefällt mein Gesicht so, wie es ist.«

»Und mir nicht!« erwiderte sie schnippisch. »Hast du Angst, deinen Bart zu entfernen, weil man dann deine Narbe deutlicher sehen könnte? Wieder mal Feigling, Kapitän, nicht wahr?«

Tristans Körper schien zu erstarren, als sie seine Narbe erwähnte, und er blickte sie eiskalt an. »Du gehst wirklich zu weit, Bettina!«

Das spürte auch sie. Offenbar war er sehr empfindlich wegen der Narbe in seinem Gesicht. Natürlich mußte sie sich eingestehen, daß sie zuwenig über diesen Mann wußte und auch seine Reaktionen nicht beurteilen konnte. Aber nachgeben wollte sie jetzt nicht.

»Warum verbirgst du eigentlich deine Narben?« fragte sie. »Viele Männer haben Narben. Deshalb braucht man sich doch nicht zu schämen.«

»Ich verberge sie nicht. Soll ich vielleicht ohne Bart vor meine bärtige Mannschaft treten?«

»Ja. Ich sagte schon, daß dein Bart mir unangenehm ist. Entferne ihn und beweise mir damit, daß du kein Feigling bist.«

»Nein!«

»Dann geh ins Bett, Tristan. Aber allein. Diesmal gebe ich nicht nach.«

»Verdammt sollst du sein, Weib!« schrie er. Doch Bettina beachtete ihn nicht und nähte völlig gelassen weiter.

Tristan wurde klar, daß sie ihre Meinung nicht ändern würde. Diese Weiber mit ihren Launen! Dennoch sagte er: »Ich komme bald zurück und wünsche, daß du dann nackt im Bett liegst. Verstanden? Nackt und für mich bereit.«

Er wandte sich ab und verließ mit schweren Schritten die Kabine. Ein paar Türen weiter hausten Jules und Joco Martel. Tristan sah Licht durch die Türritze schimmern, klopfte und trat ein. Jules blickte ihn erstaunt entgegen.

»Ich dachte, du seist längst bei deinem Schätzchen«, sagte der Ältere.

»Das war ich auch. Aber jetzt brauche ich deine Hilfe.«

»Hat das nicht bis morgen Zeit, Tristan?«

»Nein«, erwiderte Tristan, »du mußt mir nämlich den Bart abschaben. Und zwar sofort.«

»Soll das ein Scherz sein? Zum Teufel, warum willst du rasiert werden – und noch dazu jetzt sofort?« Jules begann heftig zu lachen und blickte dann zu Joco hinüber, der am Tisch saß. »Wie mir scheint, hat die heißblütige Mademoiselle in einem Wettkampf mit meinem Freund die Oberhand behalten.« Dann wandte er sich wieder an Tristan. »Das hat sie doch ausgebrütet, nicht wahr? Seit wann machst du denn, was dieses Frauenzimmer von dir verlangt? Wo hast du deinen Verstand gelassen?«

»Rede nicht und tu, um was ich dich gebeten habe«, entgegnete Tristan grollend.

Als er später in seine Kabine zurückkehrte, kam er sich wie ein

Narr vor. In seinen Ohren klangen immer noch Jules' Gelächter und die bissigen Worte nach: »Nun siehst du wie der junge Bursche aus, der du auch bist.« Und es war die Wahrheit. Tristan wirkte jetzt jünger, als er in Wirklichkeit war. Verdammt! Keine andere Frau hatte sich je über seinen Bart beklagt, und die meisten Männer trugen einen. Diese Bettina wollte ihn mit ihrer Forderung nur ärgern. Nun, es dauerte wohl nicht lange, dann war der Bart wieder nachgewachsen.

Bettina war inzwischen unruhig in der Kabine auf und ab gegangen. Sie fürchtete sich vor Tristans Rückkehr. Als sie ihn jetzt erblickte, prallte sie zurück.

Tristans dichter goldblonder Bart hatte viel von seinem Gesicht verborgen. Nun sah Bettina, wie jung und hübsch er in Wirklichkeit war. Reglos blieb sie mitten im Raum stehen und konnte den Blick nicht von ihm abwenden.

In diesen Mann könnte ich mich verlieben, wenn ich ihn nicht so haßte, dachte sie.

»Wenn ich jemand einen Befehl gebe, erwarte ich, daß er befolgt wird«, sagte Tristan hart.

Bettina achtete jedoch nicht auf seinen Ton. Ohne den Bart wirkte er nicht mehr wie ein gefährlicher Pirat, und sie brauchte sich nicht vor ihm zu fürchten. Natürlich war er im Vergleich zu ihr immer noch ein Riese, aber seinen groben Ton konnte sie nicht ernst nehmen.

»Ich gehorche deinen Befehlen nicht länger«, erwiderte sie endlich.

Er verzog den Mund. »Zum Teufel, was soll denn das bedeuten?«

»Ich will damit sagen, Tristan, daß ich dir nicht gehöre und du nicht mein Ehemann bist. Und deshalb gehorche ich dir nicht.«

Er trat auf sie und beugte sich drohend über sie. Dann aber hob er sanft ihren Kopf hoch, doch Bettina vermied es, ihm in die Augen zu blicken.

»Hast du eigentlich vergessen, daß du dich auf meinem Schiff und in meiner Macht befindest?« erinnerte er sie mit leiser Stimme.

»Ich mag mich auf deinem Schiff befinden – jedoch nicht freiwillig. Und in deiner Gewalt? Vielleicht. Aber wie ich schon sagte, Tristan, ich gehöre dir nicht, und ich bin nicht deine Sklavin.«

»Du bist meine Gefangene.«

»O ja, natürlich«, entgegnete sie gelassen. »Und wenn Gefangene nicht gehorchen, werden sie ausgepeitscht. So verhält es sich doch, Kapitän?«

»Wünschst du dir das?«

Bettina trat einen Schritt zurück und blickte ihn nachdenklich an. Dann hob sie blitzschnell den Arm und schlug ihm mit der Faust ins Gesicht, so daß er fast das Gleichgewicht verlor.

Tristans erste Regung war es, sofort zurückzuschlagen, aber als er Bettinas kalten Blick sah, beherrschte er sich. Hoch aufgerichtet stand sie da und rieb sich die schmerzende Faust mit der anderen Hand. Dabei schien sie auf seinen Schlag zu warten.

Als Tristan sich nicht rührte, lachte sie verbittert. »Wo hast du denn deine Peitsche, Tristan? Hol sie doch! Zehn Hiebe bekomme ich für jeden Schlag – so war es doch! Oder willst du abwarten, bis du mehr bekommst? Bis zum Morgen könnte es eine stattliche Zahl werden.«

Tristan stöhnte auf, trat von ihr zurück und ließ sich schwer auf den Stuhl fallen. »Daher weht also der Wind! Du bist anderen Sinnes geworden, weil du glaubst, ich meinte meine Drohungen nicht ernst?«

»Weil sie nur ein Trick von dir sind. Du bist ein Lügner, und ich werde dir nie wieder auch nur ein Wort glauben!« entgegnete sie erregt.

»Woraus schließt du, daß ich dich täuschen wollte?«

»Aus deinen eigenen Worten. Du behauptest, die Spanier zu hassen, weil sie ihre Sklaven schlagen. Und du hast gesagt, du würdest etwas so Menschenunwürdiges nie tun.«

»Das waren nicht genau meine Worte, Bettina. Nicht nur weil sie ihre Sklaven mißhandeln, hasse ich die Spanier. Es gibt noch gewichtigere Gründe.«

Bettina zögerte. In seine Augen trat plötzlich ein Ausdruck unbarmherzigen Zorns, und Bettina überlief ein Schauder. »Wenn du mich auspeitschst, dann könntest du doch nicht – nie mehr...«

»Mit dir schlafen?« beendete Tristan ihren Satz. »Warum nicht? Sicherlich wäre es schmerzhaft für dich, aber weshalb sollte es mich hindern?« Nun flammte auch Bettinas Zorn wieder auf. »Das könntest du doch nicht tun?« schrie sie.

»Aber warum denn nicht? Für mich ergäbe das keine Unbequemlichkeiten. Du beurteilst alles nur aus deiner Sicht – nicht aus meiner.«

»Meinem Verlobten könntest du mich auch nicht übergeben, wenn Striemen meinen Körper entstellten.«

»Du übersiehst, daß ich dich bei deinem Verlobten in schicklicher Kleidung abliefere. Wie könnte er da irgendwelche Striemen sehen?«

»Aber ich kann reden, Tristan.«

»Alles Unsinn«, wies er sie zurecht. »Die Übergabe erfolgt auf der *Spirited Lady*. Comte de Lambert wird von meinen Männern an Bord gebracht, und bevor er auch nur daran denken kann, mich zu verfolgen, bin ich längst wieder auf hoher See.«

Bettina fühlte sich krank. Sie hatte ihn herausgefordert und verloren. Wie hatte sie nur glauben können, dieser Mann sei kein kaltblütiger Pirat? Auf sein edel wirkendes Gesicht war sie hereingefallen. Worauf wartete er eigentlich noch? Warum schlug er nicht zurück?

Bettinas Augen verdunkelten sich vor Angst. »Was willst du nun tun?«

»Nichts.«

»Aber – ich...«

»Du hast recht gehabt«, unterbrach er sie. »Das ist alles.«

Verblüfft sah sie ihn an. »Warum hast du mir dann widersprochen?«

»Weil ich andere Gründe habe, dich zu schonen.«

»Das verstehe ich nicht.«

Tristan beugte sich vor, stützte die Hände auf die Knie und sah sie völlig ausdruckslos an. »Ich werde die Peitsche benutzen, Bettina, wenn es sein muß, es wäre unbedacht von dir, daran zu zweifeln. Unterschätze mich in Zukunft nicht...«

»Warum darf ich dann meine Ehre nicht verteidigen?« unterbach Bettina ihn mit flammenden Augen.

»Eins solltest du endlich begreifen, Bettina, ich will mich mit dir im Bett vergnügen, mehr nicht. Zwar gebe ich zu, du bist die bezauberndste Frau, der ich je begegnet bin, aber in meinem Leben ist kein Platz für dich oder eine andere Frau. Ich möchte nur unsere gemeinsamen Nächte genießen und nach Möglichkeit Konflikte vermeiden. Da du dich mir jedoch um jeden Preis widersetzen willst, Bettina, dann tu es. Es ist dein gutes Recht, und ich greife deshalb nicht zur Peitsche.«

»Oh!« Bettina wendete sich ab, damit sie nicht mehr in sein hochmütiges Gesicht blickte mußte. Das Verlangen, diesen Mann zu töten, wurde immer stärker in ihr. Aber noch war es nicht möglich. Es galt zu warten, bis sie und Madeleine sich in Sicherheit befanden. Dann aber – o ja, dann würde sie sich rächen!

»Du brauchst dich doch nicht mehr gegen mich zu wehren«, unterbrach Tristan ihre mörderischen Gedanken. »Es ist nun einmal geschehen.«

»Für mich wäre es jedoch eine Genugtuung.« Bettina sah ihn wieder an, und ihr Körper spannte sich abwehrbereit.

»Dann soll ich dich also wieder mit Gewalt nehmen?«

»Das war es doch immer.«

»Es wird dir nicht gefallen, Bettina.«

»Und dir auch nicht!«

»Wieder einmal eine Kraftprobe, nicht wahr?« sagte Tristan. »Nun, dann will ich dir wenigstens beweisen, daß deine Kräfte den meinen nicht gewachsen sind.«

Er erhob sich, und Bettina rannte zur Tür. Doch noch ehe sie die Hand auf die Klinke legen konnte, hatte Tristan sie gepackt und sich über die Schulter geworfen. Bettina trat mit den Füßen um sich, aber sie traf nur auf Luft. Tristan warf sie auf das Bett. Das Haar fiel Bettina wirr ins Gesicht, und sie bemühte sich, es ein wenig zu ordnen. Als sie endlich aufblickte, stand Tristan mit einem teuflischen Lächeln nackt vor ihr.

»Nun, diesmal geht es ja leichter, als ich erwartet habe.«

»Nein!« schrie sie und wollte aus dem Bett klettern, aber im selben Augenblick war er schon über ihr.

»Ergibst du dich mir, oder willst du dein Kleid morgen zum dritten Mal flicken?« fragte er.

»Scher dich zum Teufel!« fauchte sie.

Bettina wollte sich wehren, aber Tristans Hände hielten sie eisern fest. Als er ihr Unterkleid hochstreifte, schrie sie wieder laut auf. Tristans Mund schloß sich über dem ihren. Sie warf ihren Kopf zur Seite, um seinen Lippen zu entkommen. Als das nichts half, riß sie ihm mit den Fingernägeln den Rücken auf.

»Verdammte Katze!« stieß Tristan hervor und packte ihre Handgelenke. Nun konnte sie sich nicht mehr wehren, und er nahm sie mit Gewalt.

Danach ließ sein Ärger nach, und er legte sich neben sie, ohne sich darum zu kümmern, ob sie ihn wieder angriff oder nicht. Aber Bettina blieb ruhig liegen und starrte an die Decke. Sie bewegte sich nicht einmal, als er die Decke über sie zog.

»Bettina, warum willst du eigentlich immer Schmerzen leiden?« fragte Tristan. »Heute morgen hast du doch echte Lust empfunden. Wie gern würde ich sie dir wieder bereiten.«

»Du hast nicht das Recht, mir solche Lust zu verschaffen«,

antwortete sie wütend. »Dieses Recht steht nur meinem Ehemann zu. Und der bist du nicht!«

»Und wenn der Comte dich heiratet, wirst du dich ihm freiwillig hingeben?«

»Natürlich.«

Tristan schüttelte den Kopf. »Aber du hast diesen Mann doch noch nie gesehen. Wenn du ihn nun auch so haßt wie mich? Was wird dann sein, Bettina?«

»Das sind Dinge, die dich nichts angehen.«

Plötzlich entsann sich Bettina der Worte, die ihre Mutter über die bevorstehende Heirat gesprochen hatte. Sie hatte gewünscht, Bettina möge alles Glück dieser Erde finden. Wenn nun aber der Comte de Lambert ein grausamer Mann war – so ein Mann wie Tristan?

Nein. Sie durfte ihren zukünftigen Ehemann nicht schon vorher hassen. Um sich an Tristan zu rächen, brauchte sie den Comte.

Tristan fragte ruhig: »Warum willst du die Freuden der Liebe nicht genießen, Bettina, da ich sie doch immer bei dir suchen werde? Niemand braucht zu erfahren, daß du dich mir hingegeben hast.«

»Ich aber weiß es!« schrie sie empört. »Und nun laß mich zufrieden!«

Sie drehte ihm den Rücken zu. Lautlos liefen ihr die Tränen über die Wangen. Es dauerte lange, bis sie endlich Schlaf fand. Aber auch Tristan quälten Gedanken, und spät in der Nacht verließ er leise die Kabine.

16

Der Morgen war längst angebrochen, aber Tristan hatte noch immer das wilde Verlangen, auf jemanden einzuschlagen. Die überraschten Blicke und das Getuschel seiner Matrosen, als sie ihn ohne Bart erblickten, erschien ihm unerträglich. Am liebsten hätte er befohlen, daß sie sich alle die Bärte abnehmen lassen mußten.

In dieser verärgerten Stimmung klopfte Tristan an Jules' Tür. Madeleine Daudet öffnete ihm und schrak zurück, als sie seinen wütenden Blick sah. Er verzog mißmutig das Gesicht und betrat die Kabine. Dort saß Jules vor einem Becher dampfendem Kaffee.

»Warum siehst du so müde aus, Jules?«

»Weil ich nicht schlafen konnte. Kannst du nicht wenigstens dieses verdammte Mädchen dazu bringen, daß es nicht ständig schreit wie am Spieß.«

»Soll ich sie vielleicht knebeln? Dann bekäme sie nur eine noch schlechtere Meinung von mir. Obwohl mich das ja eigentlich nicht stören sollte.« Er wandte sich mit einem vorwurfsvollen Blick an Madeleine. »Geh zu deiner Herrin. Du wirst sie in keinem schlechteren Zustand vorfinden als gestern. Eigentlich sollte sie sogar zufriedener sein.«

Die alte Frau verließ die Kabine. Tristan schloß die Tür hinter ihr und sah seinen Freund an. Jules brach in ein schallendes Gelächter aus.

»Verdammt, sei still!« fluchte Tristan. »Deine Lustigkeit auf meine Kosten reicht mir. Hätte ich deinen Bart abgekratzt, würdest du es wahrscheinlich nicht so heiter finden.«

»Es geht nicht nur um dein glattes Gesicht«, antwortete Jules. »Dazu kommt noch ein blaues Auge.«

Tristan betastete die weiche Haut unter seinem linken Auge und stöhnte. Außer den Kratzern auf seinem Rücken hatte er also auch noch das abbekommen. Den Schlag von Bettina hatte er nämlich inzwischen vergessen gehabt.

Jetzt fragte Jules ganz ernst: »Warum läßt du dir eigentlich von diesem Weib alles gefallen? Gib ihm eine gehörige Tracht Prügel, damit es sich ordentlich benimmt. Heute nacht mußte ich die alte Dienerin einschließen, als das Mädchen mit seinem Geschrei anfing. Sie wollte losrennen, um ihre Lady zu retten.«

»Ich behandle das Mädchen auf die mir genehme Weise«, erwiderte Tristan grinsend. »Gezähmt habe ich es schon. Außerdem habe ich mich entschlossen, das Fräulein noch eine Weile bei mir zu behalten.«

»Was redest du da, zum Teufel?«

»Ich habe vor, Bettina Verlaines Gesellschaft etwas länger als geplant zu genießen«, erklärte Tristan. »In der Nacht ließ ich den Kurs unseres Seglers ändern – und zwar in Richtung auf unsere eigene Insel.«

»Und was wird aus dem Lösegeld?«

»Das Lösegeld bekomme ich schon – nur eben nicht gleich. Der Comte kann noch ein bißchen warten. Und du wirst mir doch auch offen eingestehen, daß du es kaum erwarten kannst, zu deiner kleinen Maloma zurückzukehren, nicht wahr?«

»Ja, das stimmt schon«, gab Jules zu. »Aber Bettina und Madeleine nehmen an, daß wir nach Saint-Martin segeln. Was geschieht, wenn sie merken, daß wir eine andere Insel anlaufen?«

»Das brauchen sie nicht zu erfahren, bevor wir am Ziel sind. Bettina wird wild werden, aber sie kann ja nichts dagegen unternehmen.« Tristan überlegte einen Augenblick und schlug dann vor: »Ruf die Mannschaft zusammen, und hör dir an, was sie dazu sagt. Zwei lange Jahre auf See dürften den Männern reichen. Es wird ihnen nichts ausmachen, wenn sie noch eine Weile auf ihren Anteil an dem Lösegeld verzichten müssen.«

»Gewiß, und ich bin überzeugt, sie werden sich über deine Entscheidung freuen«, erwiderte Jules. »Natürlich wollen alle zu ihren Frauen zurück.«

»Eins muß ich dir jedoch sagen: Die alte Frau darf nichts davon erfahren. Verbiete der Mannschaft, in Gegenwart von Madeleine darüber zu sprechen.«

Madeleine schloß die Tür hinter sich und setzte sich ihrem Schützling gegenüber an den Tisch. »Ist auch alles in Ordnung, Bettina?« fragte sie.

»Ja. Warum fragst du?«

»Ich habe in der Nacht deine Schreie gehört, und da nahm ich an, daß er...«

»Es war nichts«, beruhigte Bettina sie schnell. »Ich habe nur geweint, weil wir in einer so verzweifelten Lage sind.«

Die Antwort überraschte Madeleine, denn Bettinas Lippen wirkten verkrampft, und sie stichelte achtlos an ihrem violetten Kleid herum. Das paßte gar nicht zu ihrer sonst so peinlich genauen Arbeitsweise.

Darum wagte Madeleine es zu fragen: »Als ich den Kapitän traf, meinte er, du seist sehr zufrieden. Aber so siehst du gar nicht aus.«

Bettina blickte auf, und ihre Augen schimmerten wie Smaragde. »Der Kapitän glaubt wohl, er kenne meine Gefühle? Er ist wirklich ein Narr!«

Hätte sie diesem Tristan nur stärker Widerstand leisten können! Erneut hatte sie verloren, und das bedeutete eine weitere Erniedrigung. Immer wieder mußte sie daran denken, wie grausam und unbarmherzig er ihr Gewalt angetan hatte.

Als sie am frühen Morgen erwachte, stellte sie mit Erleichterung fest, daß sie sich allein in der Kabine befand. Zunächst wusch sie ihren Körper mit kaltem Wasser, dann begann sie, ihr zerrissenes Unterkleid zu flicken. Aber bei jedem Stich, den sie tat, standen die schrecklichen Szenen der vergangenen Nacht wieder vor ihren Augen. Noch waren ihre Lippen von Tristans wütenden Küssen leicht geschwollen. Und an ihren Handgelenken waren schwache blaue Flecke – ein Zeichen dafür, mit welcher Gewalt er zugepackt hatte.

Bettina beschloß, nicht mehr jeden Morgen ihre Kleidung zu reparieren. Sie wollte von nun an Tristans Sachen tragen.

Wenn er ihr die vom Leib riß, war das seine Sache.

Jetzt lächelte Bettina ihre Dienerin mit funkelnden Augen an. »Ich muß daran denken, Tristan zu fragen, ob er weiße Seide im Frachtraum hat. Ich möchte mir nämlich so bald wie möglich ein neues Hochzeitskleid nähen.«

»Aber zuerst mußt du mit der Arbeit an deinem Seidenkleid fertig werden. Damit hast du ja erst gestern begonnen«, ermahnte Madeleine ihren Schützling.

»Für das grüne Kleid brauche ich nicht mehr viel Zeit«, erwiderte Bettina. »Und je schneller ich mit meinem Hochzeitskleid fertig bin, desto eher kann ich den Comte heiraten.«

17

Seit elf Tagen war Bettina nun schon an Bord der *Spirited Lady*, und sie fand es erstaunlich, daß die Zeit eigentlich stillzustehen schien. Während des Tages kam Tristan nie in die Kabine, aber die Nächte verbrachte er mit Bettina.

Sie erinnerte sich noch genau an einen Abend vor einer Woche, an dem Tristan wie üblich die Kabine betrat. Bettina trug eine seiner Hosen und ein gelbliches Hemd. Sein Gelächter dröhnte ihr noch jetzt in den Ohren. Der Grund wurde Bettina sehr schnell klar. Die Sachen waren ihr natürlich zu groß, und Tristan konnte sie abstreifen, ohne daß sie beschädigt wurden. Dennoch trug Bettina weiterhin jeden Abend Tristans Hosen und Hemden, um ihre Kleider zu schonen.

In den Nächten begann sie seine immer größer werdende Zärtlichkeit zu hassen. Grausame Behandlung wäre ihr fast lieber gewesen. Oft lachte er nicht mehr so siegesbewußt, sondern küßte ihr behutsam die Tränen von den Wangen.

Bettina vernähte den letzten Saum an dem Kleid, das eben fertig geworden war. Es war ein einfaches ärmelloses Gewand aus lila Baumwolle. Der Mode entsprach es gewiß nicht, aber in dieser warmen Gegend würde es angenehm kühl sein. Sie hatte Tristan auch um weiße Seide gebeten. Als er sie ihr brachte und erfuhr, sie wolle sich ein neues Hochzeitskleid daraus nähen, wandte er sich ab und gab ihr die Seide nicht. Bettina kam dieses Verhalten sinnlos vor, und sie konnte es sich nicht erklären.

»Bettina, wir sind da!«

Sie schrak zusammen, als Madeleine in die Kabine stürzte und die Tür hinter sich offenließ. Ihr Gesicht war gerötet, und das graubraune Haar klebte ihr schweißfeucht an den Schläfen. Die Arbeit in der Kombüse war anstrengend.

»Du erschreckst mich fast zu Tode. Was...«

Madeleine unterbrach sie: »Wir sind angekommen, mein Liebling. Ich habe die Insel gesehen, als ich an Deck ging, um etwas frische Luft zu schöpfen. Wir haben also endlich...«

Aber Bettina hörte gar nicht mehr zu. Sie lief hinauf auf das Deck und bis an die Reling. Dabei merkte sie nicht, daß Madeleine ihr gefolgt war.

»So habe ich mir die Insel Saint-Martin allerdings nicht vorgestellt«, sagte Madeleine leise hinter ihr. »Sie wirkt irgendwie verlassen. Aber schön ist sie dennoch, nicht wahr?«

Schön war Bettinas Meinung nach nicht die richtige Bezeichnung. Leuchtend weißer Sandstrand lag vor ihnen. Das Schiff ankerte in einer Felsbucht, und man konnte das endlose Meer nicht sehen. Palmen wiegten sich leise im Wind. Dahinter wuchs dichter grüner Dschungel. Ein gewaltiger Berg mit zwei Spitzen schien die Insel zu beherrschen. Dunkelgraue Wolken umschwebten ihn. Die Morgensonne tauchte alles in ein strahlendes Licht.

Bettina wandte sich zu ihrer Dienerin um, und ihre Augen schienen vor Freude hell zu leuchten. »So schön habe ich mir Saint-Martin selbst im Traum nicht vorgestellt!« rief sie. »Das ist ja ein Paradies! Ich weiß schon jetzt, daß ich diese Insel lieben werde.«

Madeleine lächelte. »Ich auch, das glaube ich wohl. Obwohl es seltsam erscheint, mitten im Winter ein so grünes Land zu sehen.«

»Das stimmt. Aber stell dir nur vor, wie es im Frühling oder im Sommer hier sein wird.« Bettina beschattete die Augen mit der Hand und blickte zum Land hinüber. »Ich frage mich, wo die Eingeborenen sind? Häuser sieht man auch nicht.«

»Vermutlich ist dieser Teil der Insel unbewohnt«, meinte Madeleine.

»Ja, so muß es sein«, stimmte Bettina ihr zu. »Es wäre ja auch für ein Piratenschiff zu gefährlich, in einen feindlichen Hafen zu segeln.«

»Ja, schon. Aber in der Bucht liegt noch ein Schiff. Komm, schau mal dorthin.«

»Was für ein Schiff denn?« fragte Bettina.

»Es lag schon hier, als wir einliefen. Aber es scheint keine Mannschaft an Bord zu sein.«

Beide Frauen gingen auf die andere Seite des Decks und betrachteten das fremde Schiff. Es war ein Dreimaster mit gerefften Segeln und wirkte wie eine Schwester der *Spirited Lady*.

»Ich frage mich, wo wohl die Mannschaft ist«, sagte Bettina.

»Sie muß wohl an Land sein«, sagte Madeleine. »Wahrscheinlich liegt die Hauptstadt ganz in der Nähe, irgendwo hinter dem Dschungel verborgen.«

»Glaubst du das wirklich?«

»Aber sicher«, erwiderte Madeleine. »Wir werden sehr bald Verbindung mit dem Comte de Lambert aufnehmen. Seine Plantage erreichen wir gewiß noch vor Einbruch der Nacht.«

Bettina zitterte vor Freude. Endlich in Freiheit! Kein Tristan mehr, keine Vergewaltigungen und Erniedrigungen. Und eine baldige Rache!

»Endlich ist dieser Alptraum zu Ende, Madeleine.«

»Ja, mein Schatz – endlich!«

Bettina stürmte über das Deck zu ihrer Kabine und lief dabei gegen Jules' breite Brust. Sie warf ihm einen ängstlichen Blick zu und trat sofort zurück.

Mit höflicher Stimme verkündete er: »Die Damen sollten jetzt ihre Sachen einpacken. Ihr werdet gleich an Land gebracht.« Er sah Madeleine an. »Bitte beeilen Sie sich, Madame. Das erste Boot wurde schon zu Wasser gelassen.«

»Wo – wo ist denn der Kapitän?« wagte Bettina zu fragen. Sie sah Jules zum erstenmal wieder seit jenem Tag, an dem er sie auspeitschen lassen wollte. Wenn Madeleine diesen Mann auch ständig verteidigte, so fürchtete sich Bettina dennoch vor ihm.

»Tristan ist beschäftigt.«

»Aber er sagte doch, die Übergabe würde hier an Bord erfolgen. Warum müssen wir vorher noch an Land?« fragte Bettina.

»Der Plan wurde geändert.«

Jules drehte sich um und ging davon. Zurück blieb eine völlig verwirrte Bettina. Aus welchem Grund hatte Tristan wohl seine Pläne geändert?

Bettina verließ Madeleine und ging in Tristans Kabine. Es brauchte nur einen Augenblick, um ihre zwei Kleider zusammenzufalten. Sie beschloß, den Silberkamm von Tristan hier liegenzulassen, denn der Comte de Lambert würde ihr bestimmt alles schenken, was sie wollte. Dann jedoch änderte sie ihre Meinung. Es handelte sich um ein kostbares Stück, und sie wollte es nur mitnehmen, damit Tristan es nicht verkaufen konnte. Später wollte sie den Kamm wegwerfen, und das sollte auch mit den beiden Kleidern geschehen, die sie sich an Bord der *Spirited Lady* genäht hatte.

Nach einem letzten Blick in Tristans verhaßte Kabine kehrte Bettina an Deck zurück. Die grüne Seide ihres Rockes flatterte leicht im Wind. Vorhin waren Wolken aufgekommen, aber jetzt trat plötzlich die Sonne wieder hervor und strahlte über die schmale Bucht.

»Bist du fertig, Kleines?«

Mit einem Ruck drehte sie sich beim Klang von Tristans tiefer Stimme um. Breitbeinig stand er an Deck und hielt die Hände auf dem Rücken verschränkt. Ein freundliches Lächeln umspielte seine Lippen. Gut sah er in dem weißen Seidenhemd mit Rüschenkragen und den hellen Hosen aus.

»Schon vor elf Tagen war ich bereit, dich und dein Schiff zu verlassen«, entgegnete Bettina hochmütig. »Wie lange dauert es noch, bis die Übergabe erfolgt?«

»Bist du so sehr darauf erpicht, mich zu verlassen?«

»Was für eine lächerliche Frage, Tristan. Ich habe den Tag herbeigefleht, an dem du aus meinem Gesichtskreis verschwindest.«

»Dein Haar leuchtet einfach zauberhaft, wenn die Sonne darauf scheint«, sagte er fröhlich.

»Warum sprichst du so plötzlich von etwas anderem?«

»Wäre es dir lieber, wir würden in meine Kabine gehen, damit wir ungestört sprechen können?« fragte er und zwinkerte mit den Augen.

»Nein«, entgegnete Bettina, »ich will von Bord.«

»Dann komm mit, meine Liebe«, erwiderte er, nahm ihren Arm und führte sie über das Deck zu der Stelle, wo schon Madeleine und Jules warteten. »Wenn du magst, kannst du deine Sachen an Bord lassen. Meine Männer bringen sie später an Land.«

»Nein! Ich nehme alles mit und will endgültig fort.«

»Ganz wie du wünschst«, stimmte Tristan ihr zu.

Dann war er Bettina beim Einsteigen in ein kleines Boot behilflich. Madeleine nahm neben ihr Platz. Tristan stellte sich hinter das Steuer, und sechs Mann der Besatzung griffen in die Ruder. Jules stieg in das zweite Boot. Dann begann die kurze Fahrt zum Strand.

Während Bettina auf das Plätschern der Wellen gegen die Bordwand lauschte, fragte sie sich, warum Tristan heute früh nicht noch einmal versucht hatte, sie mit Gewalt zunehmen. In den vergangenen elf Tagen hatte sie begriffen, daß er ein triebhafter Mann war, den es immer nach einer Frau gelüstete. Und nun ließ er die letzte Gelegenheit so einfach ungenützt?

Sie erreichten die Küste, und der Mann mit dem Namen Davey sprang ins Wasser, um das kleine Boot an den Strand zu ziehen. Tristan half ihm, und dann bestand er darauf, Bettina bis auf den trockenen Sand zu tragen. Madeleine folgte ihnen. Bettina schlenderte am Ufer auf und ab, weil sie glaubte, es werde noch einige Zeit dauern, bis die Mannschaft an Land war. Aber Tristan trat ihr plötzlich in den Weg.

»Es geht weiter«, verkündete er.

Als sie sich umdrehte, bemerkte sie, wie beide Boote wieder zum Schiff zurückfuhren. Jules stand mit Madeleine und zehn Matrosen hinter ihnen. Tristan griff nach Bettinas Arm.

Sie blickte zum Schiff hinüber. »Warten wir denn nicht auf deine restliche Mannschaft? Oder brauchst du die Männer nicht?«

»Die kommen später«, erwiderte Tristan.

»Aber wohin gehen wir denn jetzt?«

»Weit ist es nicht.«

Bettina blieb stehen. »Warum gibst du so ausweichende Antworten? Ich möchte wissen, wohin du uns bringst!«

»Nicht weit von hier liegt ein Haus. Du würdest doch bestimmt gern ein Bad nehmen. Oder etwa nicht?«

Sie lächelte. An ein richtiges Bad in einer Wanne konnte sie sich kaum noch erinnern. Und sie wollte ja auch sauber wirken, wenn sie den Comte zum erstenmal traf.

Tristan griff nach ihrer Hand und führte sie über einen Pfad, der offensichtlich künstlich von Menschenhand geschaffen war. Der Dschungel erwies sich als nicht so dicht, wie sie zunächst angenommen hatte. Es gab kaum Unterholz, und an einigen Stellen wuchs Gras.

Wenig später erreichten sie das von Tristan erwähnte Haus. Es wirkte allerdings mehr wie eine Festung – ein großes Gebäude aus schweren weißen Steinen. Die schmale Eingangstür wurde von je einer Königspalme flankiert. Im Innenhof des rechteckigen Hauses gab es einen Garten, in dem Blumen in allen Farben blühten. Dahinter erstreckten sich leicht ansteigende Wiesen, die einen sehr gepflegten Eindruck machten. Das ganze Gebäude wirkte prächtig und vornehm, und Bettina hoffte, daß es dem Comte de Lambert gehörte.

Plötzlich öffnete sich die Eingangstür, und ein großer Mann erschien. Breitbeinig stand er da und stützte die Hände in die Hüften. Sein Blick war zornig.

Tristan blieb stehen, und Jules trat neben ihn. Nur wenige Meter trennten sie von dem Mann im Eingang, und Bettina hatte das Gefühl, als sei die Luft mit Spannung geladen.

»Erkannt hätte ich dich kaum wieder, Tristan, wenn nicht dein Wachhund Jules Bandelaire bei dir wäre!« rief der Mann.

»Du hast dich kein bißchen verändert, Casey«, entgegnete Tristan.

»Habe ich auch nicht, und ich bin immer noch jung genug, um es mit dir aufzunehmen, Bursche!«

»Aber vorher mußt du mich besiegen, Casey«, sagte Jules grollend.

»Schluß damit!« rief Tristan. »Dieser alte Seehund und ich waren wohl lange weg.«

Bettina schrie leise auf, als die drei Männer aufeinander zustürmten. Dann umarmten sie sich lachend. Verärgert überlegte Bettina, daß diese wilden Kerle sich wie Kinder beim Spielen benahmen.

Neben ihr atmete Madeleine schwer, und Bettina fragte: »Warum bist du denn so aufgeregt?«

»Ich dachte schon, daß Jules...«

»Jules!« rief Bettina und erinnerte sich plötzlich daran, wie gütig stets die Stimme des riesenhaften Mannes klang, wenn er mit ihrer Dienerin sprach. »Was bedeutet er denn für dich? Hattest du eben Angst um ihn?«

»Aber nein«, erwiderte Madeleine. »Er sagte mal zu mir, daß ich ihn an seine Mutter erinnerte. Ich fand das nett. Er behandelte mich immer freundlich, und du hättest mal hören sollen, wie lobend er sich über meine Kochkünste aussprach.«

»Na, Madeleine, das hört sich ja fast an, als wolltest du ihn adoptieren.«

»Ich war eben besorgt um ihn. Dieser Casey sah so bedrohlich aus.«

»Jules hat die gleiche Größe und ist jünger«, entgegnete Bettina leicht spöttelnd. »Es gab also keinen Grund, sich um ihn zu sorgen. Es sei denn...«

Eine Männerstimme unterbrach sie. »Ist die hier vielleicht auch für deinen Harem bestimmt?«

Bettina drehte sich um und merkte, daß Casey sie anstarrte. Sie spürte, wie ihr das Blut in die Wangen stieg.

Tristan lachte. »Daß ich keinen Harem besitze, Casey, dürfte dir bekannt sein. Mit mehr als einer feurigen Lady kann ich mich nicht beschäftigen.«

»Ist sie verheiratet?« fragte Casey.

»Nein, aber sie ist jemandem versprochen. Also laß deine Augen von ihr«, warnte Tristan.

»Und ich dachte schon, mir weht ein neues Glück ins Haus. Gibt es keine Möglichkeit, da ein bißchen zu handeln?«

»Die gibt es nicht«, entgegnete Tristan. »Und warne auch deine Leute, damit sich ihr keiner nähert.«

Bettina stand kurz vor einem Zornesausbruch, aber sie beherrschte sich, als Tristan zu ihr trat.

»Möchtest du erst dein Bad nehmen, oder willst du vorher essen?« fragte er.

»Keins von beiden – wenn dieses Haus jenem rauhen Gesellen gehört«, erwiderte Bettina hitzig, und ihre dunkelgrünen Augen flammten.

Tristan lachte. »Es ist nicht Caseys Haus, und du hast ihn auch falsch beurteilt. Er ist ein guter Mann, der nur scherzte. Seine Mannschaft ist bei einem Zechgelage im Ort, aber er geht nur selten dorthin.«

»Wie weit ist das Dorf entfernt?«

»Etwa eine Meile landeinwärts.«

Voller Hoffnung fragte Bettina: »Hat dort Comte de Lambert seine Plantage?«

»Nein.«

»Ja – aber wo dann?«

»Komm mit«, entgegnete er kurz, »ich zeige dir einen Raum, in dem du ungestört dein Bad nehmen kannst.«

»Wie lange werden wir denn hierbleiben?«

»Eine Weile«, entgegnete Tristan vage und führte Bettina ins Haus. Madeleine war schon mit Jules hineingegangen, und Casey war verschwunden.

Sie betraten einen fast rechteckigen, kühlen und dunklen Raum mit drei kleinen, schmalen Fenstern, die so hoch angebracht waren, daß man nicht hindurchblicken konnte. Auf der rechten Seite war eine ziemlich verschmutzte Feuerstelle, die man offenbar zum Kochen benutzte. Daneben standen ein paar Holzstühle, und an der Wand hing ein Bord mit Töpfen und Tellern.

Die Mitte des Raumes nahm ein riesiger Tisch aus grobem Holz ein, um den wenigstens zwanzig Stühle herumstanden. Darüber hing ein Kristalleuchter mit halb herabgebrannten Kerzen. Andere Möbel gab es nicht, und die steinernen Wände waren völlig schmucklos. Eine wuchtige Holztreppe ohne Geländer führte in den ersten und zweiten Stock.

»Oben gibt es sechs Räume – drei auf jeder Seite«, erklärte Tristan. »Du darfst den ersten Raum auf der rechten Seite benutzen.«

»Wenn ich gebadet habe, geht es doch weiter, nicht wahr?«

»Dann essen wir. Aber du kannst dir Zeit lassen, denn ich muß mich um die Vorbereitungen kümmern.« Tristan ordnete an, einen Kessel Wasser zu erhitzen und ging dann.

Bettina sagte zu Madeleine: »Der Kapitän hat uns erlaubt, den ersten Raum auf der rechten Seite zu benützen. Es wird guttun, nach dieser langen Seereise ein Bad zu nehmen.«

»Ganz sicher«, antwortete Madeleine, »aber ich möchte zunächst nach dem Essen sehen.«

Bettina nickte zustimmend und stieg die Treppe hinauf. Sie kam in einen kurzen Flur, in den durch zwei einander gegenüberliegende Fenster hell das Licht fiel. Eines blickte auf den Patio, das andere auf weite Rasenflächen hinter dem Haus. Rechts befanden sich die Türen zu den Schlafzimmern.

Sie betrat den ihr von Tristan bezeichneten Raum. Er machte einen recht komfortablen Eindruck, jedoch war alles verstaubt – sogar die Bettdecke. Ein großer Orientteppich bedeckte fast den ganzen Boden. An das Fußende des Bettes hatte jemand eine eisenbeschlagene Seekiste geschoben und an der Wand standen zwei mit grünem Samt bezogene Stühle.

Einen Kamin gab es nicht, und Bettina vermutete, daß er bei dem Klima hier überflüssig war. Vom Fenster hatte man eine herrliche Aussicht auf den großen Berg mit seinen beiden Spitzen. Bettina war enttäuscht, weil düstere Wolken um die Felsen trieben.

Neugierig ging sie zu der großen Kiste und öffnete den Deckel. Aber sie war leer. Ein grüner Wandschirm in einer Ecke verbarg einen geräumigen Waschzuber. Bettina fuhr mit der Hand über die

Kante des Wandschirms, um den Staub zu entfernen. Dann hängte sie ihre Kleider darüber. Den Silberkamm legte sie auf den Tisch neben dem Bett. Dann nahm sie die schwere Decke auf und schüttelte sie aus. Wenig später erschien der Schiffsjunge Joey mit einer großen Kanne warmen Wassers. Ihm folgte Madeleine mit Badetüchern und Seife.

Da die Tür offenstand, konnte Madeleine vom Flur her das Kichern weiblicher Stimmen hören. »Gibt es denn noch andere Frauen hier?« fragte sie überrascht.

»Aber ja«, erwiderte Madeleine. »Ein paar Mädchen aus dem Dorf sind eben gekommen. Sie sollen in der Küche helfen. Es sind hübsche Mädchen mit goldbrauner Haut und schwarzen Haaren. Sie sprechen Spanisch.«

»Wirklich?« fragte Bettina erstaunt. »Ich dachte, Saint-Martin werde nur von Franzosen und Holländern bewohnt.«

»Offenbar ist es nicht so, mein Liebling.«

18

Das Wasser war angenehm warm, und Bettina beobachtete träge die Schaumblasen der Seife. Daher überhörte sie, daß die Tür geöffnet wurde. Erst als Tristan den Wandschirm zur Seite rückte, fuhr sie zusammen. Tristan betrachtete Bettina, doch da ihr dichtes, langes Haar sie im Wasser umflutete wie Tang, wurde ihm nicht der Anblick zuteil, den er erhofft hatte.

»Geh hinaus!« rief Bettina zornig, doch er ging zum Bett und setzte sich dort, ohne den Blick von ihr zu wenden. Bettina bedauerte, daß sie die Decke abgestaubt hatte. »Verlaß endlich den Raum – oder ich schreie!«

Tristan lachte herzlich. »Allmählich solltest du wissen, daß deine Schreie dir nicht helfen. Aber ich bin nur zu dir gekommen, um mich mit dir zu unterhalten. Sonst nichts.«

»Wir haben nichts mehr miteinander zu reden«, entgegnete Bettina. »Ich will nur noch wissen, wann du mich zu meinem Bräutigam bringst. Doch das hat Zeit, bis ich gebadet habe. Also geh bitte.«

»Das ist mein Zimmer, und ich werde es nicht verlassen.«

»Dein Zimmer ist das?«

»Ja«, bestätigte Tristan. »Und ich würde es begrüßen, wenn du dort bliebst, wo du jetzt bist.«

»Warum denn das?« wollte Bettina wissen.

»Weil du in dieser Lage hilflos bist. Und das mag ich.«

»Das begreife ich nicht.«

»Sieh mal, Bettina, das ist nicht nur mein Zimmer – das ganze Haus gehört mir. Und wir werden eine Zeitlang hier bleiben.«

»Du – du mußt wahnsinnig sein, mir so etwas vorzuschlagen. Ich werde den Comte benachrichtigen, und er wird hier erscheinen.«

»Wie sollte das wohl möglich sein?« erkundigte sich Tristan amüsiert.

»Schließlich lebt ihr beide auf der gleichen Insel. Also dürfte es nicht schwierig sein, dieses Haus ausfindig zu machen.«

Tristan seufzte leise auf. »Ach, Bettina, fällt es dir eigentlich so schwer, dich mit den Tatsachen abzufinden? Niemand wird je mein Haus entdecken. Wir sind nicht auf Saint-Martin, sondern auf einer kleinen, unbewohnten Insel. Einer unter vielen.«

»Nein!« schrie Bettina. »Du lügst schon wieder!«

»Ich sage die Wahrheit – darauf gebe ich dir mein Wort. Vor einer Woche habe ich den Kurs des Seglers ändern lassen. Ich weiß, dir gefällt das nicht, aber du mußt dich damit abfinden. Wir bleiben einen Monat – vielleicht auch zwei.«

»Nein – nein! Ich will nicht mit dir hier bleiben! Warum hast du den Kurs geändert? Du hast wohl nie die Absicht gehabt, mich nach Saint-Martin zu bringen?«

»Am Anfang habe ich dich belogen«, entgegnete Tristan. »Dann jedoch entschloß ich mich, einige Zeit daheim zu verbringen. Hierher wollten wir eigentlich, als wir dein Schiff trafen. Zwei Jahre waren wir auf See, und nun braucht die Mannschaft einmal Ruhe. Ich beabsichtige immer noch, dich zu deinem Bräutigam zu bringen, wenn du das willst. Für die nächste Zeit betrachte aber die Insel hier als dein Zuhause.«

»Nein! Hier will ich nicht bleiben!«

»Wohin willst du dann?« fragte Tristan.

»Du hast etwas von einem Dorf gesagt – dorthin möchte ich«, entgegnete Bettina hochmütig.

»Im Dorf findest du keine Hilfe, Bettina«, wurde sie von Tristan belehrt. »Die Awawaks sind friedliche Bauern, aber sie mißtrauen jedem Weißen. Vor über hundertfünfzig Jahren wurden sie von den Spaniern unbarmherzig ausgenutzt, die Raubbau an den Silberminen trieben. Nur etwa ein Dutzend Familien überlebten, weil sie sich in den Bergen verstecken konnten. Als die Insel wertlos wurde, verschwanden die Spanier. Dann kehrten die Flüchtlinge in ihr zerstörtes Dorf zurück.

»Als ich die Insel entdeckte«, fuhr Tristan fort, »nahm ich dieses Haus in Besitz und beschloß, hier eine neue Heimat zu finden. Die Indios sprechen Spanisch und haben, seit ich hier bin, auch etwas Englisch gelernt. Helfen würden sie dir jedoch nicht. Und selbst wenn sie es täten, ich würde dich finden und zurückholen.«

»Warum hast du mich hierhergebracht, Tristan?« fragte Bettina und bemühte sich dabei, ruhig zu bleiben. »Du hättest doch nur zwei Wochen verloren, wenn du erst nach Saint-Martin gesegelt wärst. Und eine Menge Gold hättest du bekommen. Mon Dieu, und ich war schon so glücklich, weil ich hoffte, dich nie mehr sehen zu müssen. Warum hast du deine ursprüngliche Absicht geändert?«

»Auf unsere Heimatinsel kommen wir immer zum Vergnügen und zur Erholung, und mein größtes Vergnügen bist nun einmal du«, erwiderte er leise. »Beende nun dein Bad, und komm dann hinunter. Das Essen dürfte fertig sein.«

Bettinas Augen glühten dunkel. »Mit mir, Tristan, wirst du keine Freuden mehr erleben.«

»Abwarten«, antwortete er.

»Nein, das werden wir nicht! Wenn du darauf bestehst, mich wieder mit Gewalt zu nehmen, werde ich Wege finden, um dir zu entkommen. Darauf kannst du dich verlassen.«

»Und du kannst dich darauf verlassen, daß ich dich als Gefangene hierbehalte, wenn das sein muß!« rief Tristan wütend. Dann verließ er den Raum und schlug die Tür hinter sich zu.

Bettinas Haar war noch feucht, als sie eine Stunde später hinunterging. Sie hatte ein Tuch darumgebunden und trug das Kleid aus lila Baumwolle. Madeleine stand vom Tisch auf und kam ihr zur Treppe entgegen.

»Jules hat mir gesagt, daß wir einige Zeit hierbleiben«, flüsterte sie Bettina zu. »Das tut mir leid, Madeleine. Du bist bestimmt außer dir.«

»Das bin ich durchaus nicht«, erwiderte Bettina ruhig. »Ich jedenfalls bleibe nicht hier.«

»Was meinst du damit?«

»Ich meine damit, daß ich fliehe, wenn dieser hochmütige Narr es noch einmal wagt, mich zu berühren.« Sie sah zu Tristan hinüber, der am Tisch saß und ihren Blick erwiderte. Sie lächelte ihm mit heuchlerischer Freundlichkeit zu.

»Du darfst nichts Übereiltes tun, Bettina«, bat Madeleine ängstlich.

»Das werde ich auch nicht!« entgegnete das Mädchen und merkte jetzt erst, wie erschrocken die alte Dienerin aussah. »Verzeih mir, Madeleine, immer muß ich meinen Zorn an dir auslassen. Vergib mir.«

Madeleine nickte. »Du hast dich sehr verändert, seit du mit dem Kapitän zusammen bist, und ich weiß ja, warum! Aber lieber laß mich deinen Zorn spüren als ihn. Er könnte dir gefährlich werden.«

»Mach dir keine Sorgen, Madeleine, töten wird er mich bestimmt nicht. Aber dieser Mann stachelt meinen Zorn so sehr an, daß er ihn nun auch zu spüren bekommt. Unerträglich erscheint er mir manchmal.«

»Aber, Bettina, warum haßt du ihn eigentlich so?«

»Warum? Ich – ach, das ist ja gleichgültig. Komm, er wird schon ungeduldig.«

Die Frauen begaben sich zu der langen Tafel, und Bettina setzte sich auf den freien Stuhl neben Tristan. Madeleine ging wieder in die Küche. Rechts von Bettina saß Casey und ihr gegenüber Jules.

»Ich möchte dich meinem guten Freund Kapitän O'Casey vorstellen«, sagte Tristan.

Sie wandte sich dem großen Mann an ihrer Seite zu und wurde mit einem freundlichen Lächeln begrüßt. Casey war noch ein stattlicher Mann, obwohl er doppelt so alt sein mußte wie sie, überlegte Bettina. Sein rotes Haar hatte an den Schläfen graue Strähnen, aber sein Körper wirkte kräftig und muskulös.

»Von Ihrer Dienerin erfuhr ich, daß Sie Französin sind, Mademoiselle«, sagte Casey auf französisch.

Bettina war begeistert, endlich wieder ihre Muttersprache zu hören, obwohl Casey sie mit einem harten irischen Akzent sprach. Sie lächelte ihn betörend an, denn plötzlich kam ihr ein Gedanke.

»Ist das Ihr Schiff, das in der Bucht ankert, Kapitän O'Casey?« fragte sie.

»Das ist es, Mädchen. Aber nennen Sie mich bitte bei meinem Vornamen, Casey, wie es alle Freunde tun.«

»Gern, Casey. Bleiben Sie lange hier auf der Insel?«

»Noch ein paar Tage. Ich war auf der Fahrt nach Tortuga, als ich mit einer spanischen Galeone zusammenstieß, und habe hier angelegt, um einige Schäden zu reparieren.«

»Können Sie mich mitnehmen, wenn Sie weitersegeln?« fragte Bettina, die noch immer Französisch sprach.

Casey runzelte die Stirn. »Aber warum wollen Sie denn fort?«

»Bitte – ich kann nicht hierbleiben!« flehte Bettina. »Wenn Sie mich zu meinem Bräutigam bringen, bekommen Sie eine hohe Belohnung.«

»Wie lautet denn der Name des Glücklichen?«

»Nun reicht es aber!« rief Tristan so laut, daß Bettina zusammenzuckte.

Sie blickte sich um und sah Madeleines tödlich erblaßtes Gesicht, während Jules belustigt lächelte.

Zornig sprach Tristan: »Wenn ihr euch weiter unterhalten wollt, dann sprecht gefälligst Englisch.«

»Aber warum denn?« fragte Bettina mit Unschuldsmiene.

»Weil ich dir, meine Liebe, nicht traue.«

Jules lachte so laut, daß der Tisch förmlich wackelte. Tristan sah ihn kalt an und sagte: »Darf ich fragen, was du daran so belustigend findest?«

Ohne auf Tristans Frage zu achten, wandte Jules sich an Casey. »Mein junger Freund hier hat gute Gründe, weshalb er der Lady nicht traut«, erklärte er. »Sie hat schon einmal versucht, ihn umzubringen, und nun befürchtet er, daß sie sich mit dir verbünden will, um es erneut zu versuchen.«

Tristans Ärger schien verflogen. »Ganz so verhält es sich nicht. Sie hat aber Fluchtgedanken, und ich bezweifle nicht, daß sie dich überreden will, ihr zu helfen, Casey. Aus einem ganz besonderen Grund schätzt die Lady meine Gesellschaft nicht sonderlich. Ich hingegen genieße die ihre. Laß dir sagen, daß ich ein Recht auf sie habe, weil ich sie gefangennahm. Sie ist meine Beute.«

»Das bin ich nicht!« rief Bettina erregt und sprang auf.

»Setz dich, Bettina«, ordnete Tristan an. »Wäre es dir lieber, ich würde alles mit schlichten Worten erklären?«

»Nein! Niemals!«

Tristan fuhr fort: »Wie ich schon sagte, Casey, gehört sie mir. Niemand darf sie berühren oder mir wegnehmen.«

»Hast du etwa Heiratsabsichten, Bursche?« erkundigte sich Casey.

»Nein. Du weißt genau, daß bei meinem Leben eine Heirat nicht möglich ist«, erwiderte Tristan.

»Natürlich weiß ich das. Also hast du Don Miguel noch immer nicht gefunden?«

»Nein.«

»Wie viele Jahre suchst du nun schon nach ihm?«

»Zwölf. Ich rechne die Zeit nicht nach, aber allmählich glaube ich, daß mir ein anderer zuvorgekommen ist. Feinde hat er ja genug.«

»Stimmt, aber ich glaube, er ist noch am Leben«, entgegnete Casey. »Ich habe mit einem Seemann in Port Royal gesprochen, dem es gelang, aus einem spanischen Gefängnis zu entkommen. Seine Geschichte war furchtbar, aber der Mann, durch den er in dieses Todesloch kam, war der gleiche, den du suchst.«

»Hat der Seemann noch mehr berichtet?« Tristans Stimme klang erregt. »Wo hat man Bastida zuletzt gesehen?«

»Der Matrose wurde vor drei Jahren in Cartagena verurteilt. Seitdem hat der Mann Bastida nicht mehr gesehen.«

»Verdammt! Wann werde ich endlich diesen Mörder finden! Wann?« rief Tristan.

»Hier findest du ihn bestimmt nicht, Junge«, erwiderte Casey und blickte wieder Bettina an.

Tristan nickte. »Damit hast du sicher recht. Hier nicht.« Auch er sah jetzt wieder Bettina an. »Aber ich kann die Suche nach ihm ein paar Monate unterbrechen.«

Zwei Indiomädchen erschienen und stellten große Platten mit Speisen auf den Tisch. Die Mädchen waren so hübsch, wie Madeleine gesagt hatte. Sie hatten langes, seidiges schwarzes Haar und strahlende dunkle Augen. Beide trugen lange Röcke und kurzärmelige Blusen, aber keine Schuhe. Wie Schwestern sahen sie aus, überlegte Bettina, während die beiden Insulanerinnen ihr neugierige Blicke zuwarfen.

Dann wandte Bettina ihre Aufmerksamkeit dem Essen zu. Sie hatte ja seit Wochen nur Trockenbohnen und Pökelfleisch bekommen. Nun gab es frische exotische Früchte, die sie noch nie gekostet hatte.

Nach und nach kam jetzt die gesamte Mannschaft und setzte sich an den Tisch. Bettina fragte sich, wer wohl dieser Bastida war. Nun, sie wollte Tristan später danach fragen.

19

Nach dem Essen fragte sie ihn jedoch zuerst, ob sie einen Spaziergang machen dürfe, und war überrascht, als er sofort zustimmte. Sie wanderte um das Haus herum und entdeckte auf einer Waldlichtung eine umzäunte Koppel. Sieben Pferde tummelten sich darin, doch ein herrlicher weißer Hengst gefiel ihr besonders gut. Sie versuchte, ihn heranzuwinken, aber das Tier scheute genau wie die anderen vor ihr zurück.

Bettina hatte sich schon lange gewünscht, reiten zu lernen, doch ihr Vater hatte stets behauptet, es schicke sich nicht für eine Frau. Aber allzu schwer zu erlernen kann es nicht sein, überlegte sie jetzt, wenn das Pferd zahm ist...

Hinter ihr knackten Zweige, und sie erstarrte. Als sie sich drehte, erwartete sie, Tristan zu sehen. Es war jedoch ein Fremder mit kohlschwarzem Haar. Er kam schnell den Pfad entlang und stellte sich dann so vor sie hin, daß ihr der Rückweg zum Haus versperrt war.

»Heute ist ja ein Glückstag für mich.« Der Mann lächelte geziert. »Woher kommst du denn, Mädchen?«

»Ich – ich kam...«

Mit einem leisen Auflachen unterbrach er sie. »Ist doch gleichgültig, woher du kommst. Ein Geschenk des Himmels sollte man nie befragen.« Er streckte die Arme aus und kam näher, und Bettina verging fast vor Angst. Der Mann war kräftig, hatte starke Arme und war auch größer als sie. Seine Absicht war leicht zu erraten, und es gelang Bettina, laut zu schreien, bevor er sie packte und ihr den Mund mit der Hand zuhielt.

»Warum schreist du denn so, Mädchen? Ich will dir kein Leid zufügen. Was ich vorhabe, tut nicht weh.« Er lachte und zog sie fest an sich. »Wir gehen nur ein Stück weiter unter die Bäume, damit nicht zufällig jemand vorbeikommt.«

Jetzt packte Bettina reine Verzweiflung. Ihr fiel nur eine Möglichkeit ein, sich zu schützen, und sie hoffte, damit Erfolg zu haben. Sie warf den Kopf zurück und rief: »Sie haben wohl den Verstand verloren, Monsieur? Ich bin Tristans Frau!«

Der Mann gab sie sofort frei, trat unsicher zurück, sah sie jedoch zweifelnd an. »Kapitän Tristan ist nicht auf der Insel«, sagte er.

»Er ist im Haus, wir sind heute morgen angekommen«, erwiderte Bettina.

»Nun, Mädchen, ich glaube fast, daß du lügst.«

»Bitte, Monsieur! Ich möchte nicht, daß Sie meinetwegen sterben müssen.«

»Sterben? Warum denn das?«

Bettina blickte ihn fest an. »Tristan hat geschworen, jeden Mann zu töten, der mich berührt.«

»Die Worte klingen gar nicht nach Kapitän Tristan«, stellte der

Mann fest. »Sorgen um Frauen macht der sich nie, und damit ist bewiesen, daß du lügst. Und wenn's auch so wäre – du bist es schon wert, daß man für dich stirbt.«

Ehe Bettina fliehen konnte, hatte er sie wieder gepackt. Sie schlug und trat um sich, während der Mann versuchte, sie zu küssen. Dann jedoch wurde er plötzlich von ihr fortgerissen und mit großer Wucht zu Boden geschleudert.

»Du verdammter Hurensohn! Ich werde...« Der Mann verstummte sofort, als er Tristans zornrotes Gesicht über sich erblickte.

»Er hat mir nichts getan, Tristan!« rief Bettina. »Du kannst ihn doch nicht ohne Grund töten!«

»Er hat versucht, dir Gewalt anzutun, ist das für dich kein Grund?« schrie Tristan.

»Aber er hat es doch nicht getan«, widersprach sie schwach.

Nun wandte sich Tristan an den Mann. »Was hast du mir zu sagen, Brown? Rede!«

»Sie sagte mir, Sie seien heute morgen angekommen, Kapitän, aber ich habe ihr nicht geglaubt. Keiner von Ihren Leuten ist bis jetzt im Dorf erschienen. Ich habe angenommen, daß sie log, als sie behauptete, sie sei Ihre Frau. Ehrlich, Kapitän Tristan, hätte ich gewußt, daß sie Ihnen gehört, hätte ich sie nie berührt.«

»Deinen Kapitän hast du wohl noch nicht gesehen?« fragte Tristan.

»Nein, ich komme soeben aus dem Dorf.«

»Na schön. Da du Caseys erster Maat bist, will ich die Sache auf sich beruhen lassen. Aber ich warne dich, Brown. Nähere dich dieser Frau nie wieder. Jetzt geh und suche deinen Kapitän. Ich glaube, er hat den anderen Weg ins Dorf genommen.«

»Ich bedanke mich, Kapitän Tristan«, sagte Brown und verschwand schnell. Er wagte es nicht einmal mehr, Bettina anzublikken.

»Auch ich muß mich bei dir bedanken«, sagte Bettina. »Du bist gerade zur rechten Zeit gekommen.«

Langsam trat er auf sie zu, und sie wich unwillkürlich an den Zaun der Koppel zurück. Tristan nahm sie in die Arme und küßte sie voller Verlangen. Einen Augenblick gab sich Bettina ganz dem beseligenden Gefühl hin, dann jedoch fand sie ihre Selbstbeherrschung wieder und schob ihn von sich.

»Ich bin nicht dem anderen entkommen, Tristan, damit jetzt du mir antun kannst, was er tun wollte!« stieß sie heftig hervor.

»Du bist ihm nicht entkommen, ich habe dich vor ihm gerettet. Daher nahm ich an, du würdest dich richtig bei mir bedanken wollen.«

»Das habe ich bereits getan«, entgegnete Bettina.

»Ja, ja, stimmt. Jetzt sag mir aber, warum du dich gegen Brown nicht richtig gewehrt hast, obwohl du mich bei solchen Gelegenheiten töten wolltest.«

»Weil er mir nichts getan hat, du aber hast mich belogen, betrogen und ausgenutzt!« rief sie mit flammenden Blicken. »Ich hasse dich, Tristan, und ich werde mich an dir rächen!«

»Muß ich wieder Angst um mein Leben haben, Kleines?« fragte Tristan und lächelte sie an.

»Du nimmst mich nicht ernst, Tristan, aber eines Tages wirst du es tun. Und meine Rache hat Zeit, bis ich dir entkommen bin.«

Er lachte verächtlich. »Und in welcher Form willst du dich rächen?«

»Ich finde schon Mittel und Wege.«

»So haßt mich also meine eigene Frau«, stellte er fest. »Du hast ja selbst gesagt, daß du es bist.«

»Ich bin es nicht!« Bettina sah ihn zornig an.

»Was? Du willst es jetzt leugnen? Gibst du es nur anderen gegenüber zu – aber nicht bei mir?«

»Du weißt genau, warum ich ihm das gesagt habe«, wies Bettina ihn zurecht. »Aber anscheinend fürchtet man dich nicht sehr, Kapitän Tristan, denn der Mann ließ sich nicht abschrecken.« Bettina drehte sich um und ließ ihn stehen. Langsam ging sie zum Haus zurück.

Am Abend fragte sie erregt: »Madeleine, willst du nicht bei mir bleiben?« Sie saß auf dem großen Bett und hielt die Hände im Schoß gefaltet. »Wenn er mich wieder zwingt, mit ihm zu schlafen, fliehe ich, das schwöre ich dir.«

Vorher hatte sie ihre wenigen Sachen in das Zimmer gebracht und es mit Madeleine aufgeräumt und gesäubert. Die zwei Indiomädchen hatten im übrigen Haus Ordnung geschaffen. Natürlich hätte Bettina lieber in dem anderen Flügel des Hauses geschlafen, aber dort waren Jules, Kapitän O'Casey und Madeleine einquartiert worden.

»Ich bliebe gerne bei dir, Bettina«, versicherte Madeleine ihr. »Aber ich glaube, der Kapitän wird es nicht gestatten.«

»Du könntest doch behaupten, ich sei krank«, schlug Bettina vor. »Eine von den Speisen sei mir nicht bekommen.«

»Das könnte ich schon sagen, aber Tristan käme es gewiß verdächtig vor. Du siehst gar nicht krank aus.«

»Du darfst ihn nicht in mein Zimmer lassen«, flehte Bettina.

»Er ist der Kapitän, Bettina. Ich fürchte mich vor ihm zwar nicht mehr so wie früher. Aber schließlich führt er hier das Kommando, und unser Leben liegt in seinen Händen.«

Verärgert entgegnete Bettina: »Wie oft muß ich es dir noch sagen – er wird uns nicht töten. Er hat mir sogar versichert, daß er uns gelegentlich nach Saint-Martin bringen wird.«

»Warum wehrst du dich eigentlich immer noch gegen ihn, Bettina?« fragte Madeleine. »Schließlich ist er doch ein stattlicher junger Mann. Selbst der Comte de Lambert sieht nicht so gut aus. Wenn du nachgibst, wird vieles für dich leichter sein. Und es bedeutet auch keine Entehrung für dich, meine Liebe, denn er läßt dir ja keine Wahl.«

Bettina war erstaunt. »Tristan mißbraucht meinen Körper, obwohl er weiß, daß ich ihn verachte. Jeden anderen Mann würde ich ihm vorziehen.«

»Er nimmt dich mit Gewalt, weil du Widerstand leistest. Aber es verlangt ihn nach dir. So liegen die Dinge. Ich habe angenommen, du hättest dich endlich mit der Lage abgefunden.« Ohne Bettinas Verärgerung zu beachten, fuhr Madeleine fort: »Tristan behandelt dich besser, als es jeder Ehemann täte. Er läuft deinetwegen sogar ohne Bart herum. Jules hat mir erzählt, wie zornig Tristan war, weil er sich den Bart abnehmen lassen mußte.«

Bettina mußte unwillkürlich lächeln. Diesen Kampf hatte sie ohne große Mühe gewonnen. Und nun rasierte er sich sogar jeden Abend, damit seine Stoppeln sie nicht kratzten, wenn er mit ihr schlief. Für Bettina war das immer eine Warnung. Und auch heute hatte sich Tristan wieder vor dem Abendessen rasiert.

Darum flehte sie erneut: »Bitte, Madeleine, du mußt heute nacht bei mir bleiben.«

»Und wenn es Tristan heute gestattet – was ist dann morgen?«

»Für morgen fällt mir schon etwas anderes ein«, erwiderte Bettina. »Aber vor der heutigen Nacht fürchte ich mich. Geh jetzt und sag Tristan, ich sei krank und wünsche, daß du bei mir bleibst.«

»Nun gut«, gab Madeleine nach. »Ich versuche es jedenfalls. Du aber solltest dich schon hinlegen, während ich bei ihm bin.«

Madeleine schloß die Tür hinter sich, atmete schwer und ging dann den nur schwach beleuchteten Flur entlang. Ihr war es unbegreiflich, daß Bettina Tristan so sehr haßte. Ganz offensichtlich schien dieser Haß ihrem Schützling ein gewisses Vergnügen zu bereiten.

Madeleine wollte Bettina natürlich helfen, allerdings glaubte sie kaum an einen Erfolg. Sie stieg die Treppe hinunter und näherte sich langsam der Tafel, an der die Männer noch trinkend saßen. Mehrere von Tristans Männer hatten große Becher mit Rum vor sich stehen. Jake Brown, den Madeleine schon vorher kennengelernt hatte, saß mit Kapitän O'Casey zusammen.

Als Madeleine zu Tristan trat, fragte er sofort: »Wo ist Bettina?«

»Sie liegt im Bett und fühlt sich nicht wohl«, erwiderte Madeleine und wischte sich die Hände am Rock ab.

Tristan hob die Augenbrauen. »Was hat sie denn?«

»Ich vermute, sie hat etwas gegessen, das ihr nicht bekommen ist, Kapitän. Lassen Sie mich heute nacht bei ihr bleiben. Sie braucht mich nämlich.«

»Tatsächlich, tut sie das? Nun, ich finde Ihre Anwesenheit nicht notwendig.« Tristan erhob sich und ging zur Treppe.

»Aber, Kapitän...«

Sofort unterbrach Jules sie scharf: »Setzen sie sich, Madame. Für Ihre Lady trägt Tristan die Verantwortung. Wenn sich jemand um sie kümmern muß, kann er das auch. Obwohl ich vermute, daß sie keine Krankenpflege, sondern etwas anderes braucht.«

»Sie wollen wohl andeuten, daß Bettina Schläge nötig hat«, entgegnete Madeleine zornig. »Vermutlich wären Sie gern bereit, sie ihr zu verabreichen?«

»Nun aber ruhig«, bat Jules, den Madeleines Zornesausbruch sehr überraschte. »Nie würde ich Ihre Lady auch nur anfassen. Täte ich das, ließe Tristan mir den Kopf abschlagen. Er ist dennoch zu nachgiebig und sanft mit ihr. Jeden Eigensinn läßt er durchgehen, und sie nimmt jede Möglichkeit wahr, um sich durchzusetzen.«

»Sie vergessen, daß er sie immer noch mit Gewalt nehmen muß«, flüsterte Madeleine, damit niemand sonst sie hören konnte.

»Genau das, gerade deshalb verdient sie Prügel«, erwiderte Jules...

Tristan öffnete die Tür zu seinem Zimmer und fand es leer. Sofort vermutete er, welches Spiel Bettina trieb. Er schaute in das nächste Zimmer, doch auch dort war sie nicht. Dann ging er zur letzten Tür und öffnete sie leise. Bettina hatte sich unter die

Bettdecke verkrochen. Ihr Kopf ruhte auf einer Hand. Als sie ihn hörte, richtete sie sich auf, und ihr herrliches Haar fiel ihr in weichen Wellen über die Schulter.

»Das ist aber nicht dein Zimmer, Bettina«, sagte Tristan ganz ruhig. Dann schloß er die Tür hinter sich und lehnte sich dagegen.

»So habe ich also kein Zimmer«, entgegnete sie kalt. »Wäre es dir lieber, wenn ich im Freien schliefe?«

Er verzog den Mund. »Nein, ich ziehe es vor, wen du mit mir schläfst.«

»Nun, Tristan, das werde ich nicht tun«, fauchte sie, und ihre grünen Augen wurden dunkel vor Zorn.

»Deine Dienerin hat gesagt, daß du dich krank fühlst. Bei deinen lebhaften Antworten kann man das kaum glauben.« Tristan lachte und setzte sich auf die Bettkante. »Bist du wirklich krank, Bettina?«

»Ja!« stieß sie erbost hervor. »Aber ich will nicht mit dir über meine Beschwerden sprechen.«

»Ich vermute, du lügst. Für den Fall, daß du die Wahrheit sagst, hole ich vorsichtshalber ein Glas Sauermilch, die du trinken mußt. Danach wird sich dein Magen sofort leeren.«

»Danke, aber das will ich nicht«, entgegnete Bettina und schob ihr Kinn entschlossen vor. »Wenn es dir nichts ausmacht, möchte ich schlafen – und zwar ungestört.«

»Aber ich bestehe darauf, daß du behandelt wirst, Bettina.«

»Heb dir deinen Befehlston für die Mannschaft auf«, erwiderte sie und rutschte auf die andere Seite des Bettes hinüber. »Ich habe dir schon einmal gesagt, Tristan, daß ich von dir keinerlei Befehle entgegennehme. Wo ist Madeleine? Sie soll heute nacht bei mir bleiben.«

»Sie ist unten, aber sie wird heute nacht nicht bei dir sein. Auch nicht in anderen Nächten, um das gleich klarzustellen. Für uns drei würde es reichlich unbequem im Bett.« Tristan lachte.

»Und ich bleibe hier.«

»Allmählich solltest du wohl gelernt haben, daß es völlig nutzlos ist, sich gegen einen Willen aufzulehnen. Kommst du also freiwillig mit, oder soll ich dich in mein Zimmer tragen?«

»Die Frage brauchtest du gar nicht erst zu stellen«, entgegnete Bettina. »Freiwillig komme ich nicht in dein Bett! Niemals!« Sie versuchte, sich unter den Laken zu verstecken.

Aber Tristan packte einfach ihr langes weißblondes Haar und zog sie quer über das Bett zu sich heran. Dann hob er sie auf und trug sie schnell in sein Zimmer. Dort warf er Bettina auf das Bett und verriegelte die Tür hinter sich. Als er sich umdrehte, sah er, wie Bettina aus dem Bett sprang und sich verzweifelt nach einem Platz umsah, an dem sie sich verbergen konnte.

In diesem Augenblick wirkte sie wie ein aufgescheuchtes kleines Kaninchen. Tristan geriet in Versuchung, sein Verlangen nach ihr heute nacht zu bezähmen. Aber das tödliche Funkeln ihrer Augen traf ihn wie ein Schlag ins Gesicht. Nicht sich selbst wollte er bezähmen, sie wollte er zähmen, die Wildkatze, die er begehrte wie kaum eine vor ihr.

»Ein Entkommen ist nicht möglich, Bettina«, sagte er gelassen und begann sich zu entkleiden.

Sie lief zum Fenster und sah ihn mit wutverzerrtem Gesicht an. »Ich springe hinaus!«

»Das wirst du nicht tun. Du hast noch dein ganzes Leben vor dir. Und willst du wirklich auf deine Rache verzichten?« Er schüttelte den Kopf. »Warum bekämpfst du mich eigentlich so, Bettina?«

»Weil du mich getäuscht und betrogen hast und weil ich dir immer wieder zu Willen sein muß.«

»Auch du hast mich eben wegen deines Unwohlseins angelogen, aber dennoch will ich mich nicht an dir rächen.«

Bettina blickte ihn groß an. »Nein? Warum hältst du mich dann hier fest, Tristan?«

»Bestimmt nicht aus Rachegründen«, erwiderte er. »Wenn ich dich nun bäte, mich zu heiraten – wie wäre das?«

»Nicht für alle Reichtümer dieser Erde würde ich dich je heiraten«, antwortete Bettina überzeugt, und fügte dann jedoch hinzu: »Aber du hast ja von Heirat noch nie gesprochen, Tristan.«

»Nein, das habe ich nicht. Aber ich werde dich nicht mehr schlagen, Bettina, und du bekommst von mir alles, was du willst. Ich bitte dich nur darum, dich in die Arme nehmen zu dürfen. Nicht einmal der Comte de Lambert könnte dich besser behandeln als ich.« Tristans Stimme klang plötzlich überraschend zärtlich.

»Vielleicht nicht. Aber er wird mich wenigstens nicht mit Gewalt nehmen müssen. Ihm gebe ich mich freiwillig hin.«

Tristans Augen verengten sich, und er sagte mit finsterer Miene: »Noch hat er dich aber nicht, Bettina!«

20

Bleicher Mondschein flutete durch den Fenstervorhang und tauchte den Raum in graues Licht, als Tristan die Kerzen ausblies. Es dauerte eine ganze Weile, bis er einschlief. Bettina war froh, daß er auf dem Rücken lag und sein Schnarchen ihre Bewegungen übertönte. Fast lautlos stieg sie aus dem Bett und zog ihr dunkelviolettes Kleid an. Dabei ließ sie Tristan nicht aus den Augen. »Ich habe dir gesagt, daß ich fliehen würde, wenn du mir noch einmal Gewalt antust«, redete sie in Gedanken mit ihm. »Du wolltest mir nicht glauben, nein, du mußtest mich wieder zum Werkzeug deiner Lust machen. Wenn du nun morgen früh erwachst, werde ich verschwunden sein. Und du wirst mich nie finden, Tristan. Nie!«

Völlig geräuschlos öffnete und schloß Bettina die Tür. Dann schlich sie nach unten. Eigentlich hatte sie angenommen, daß die Matrosen schlafend in dem großen Spiegelsaal herumliegen würden, aber es war niemand zu entdecken. Vermutlich waren sie an Bord des Schiffes oder im Dorf.

Bettina trat auf die Wiese vor dem Haus. Zornige Entschlossenheit trieb sie vorwärts. Das Mondlicht erwies sich hier draußen als überraschend hell, und sehr bald sah sie die dunkle Wand des Waldes vor sich.

Auch der breite Pfad, der in den Wald führte, war deutlich zu erkennen. Unter den Bäumen allerdings war es dunkel. Das Licht des Mondes sickerte nur noch schwach durch die Zweige. Dennoch erblickte Bettina schemenhaft die umzäunte Koppel mit den sieben Pferden.

Sie blieb stehen, um nachzudenken. Jetzt galt es nämlich, einen Plan zu fassen. Ein Blick zurück zeigte ihr, daß das große Haus völlig ruhig dalag. Kein Fenster war erleuchtet. Es herrschte völlige Stille.

Offenbar schlief Tristan noch fest und würde es hoffentlich bis zum Morgen tun, denn sie brauchte jetzt einen gewissen Vorsprung. Da sie vermutete, daß er sie zu Pferd verfolgen und schnell einholen würde, wenn sie zu Fuß weiterging, kam sie zu dem Schluß, daß sie auch ein Pferd brauchte.

Schnell flocht sie ihr Haar zu zwei langen Zöpfen, die sie dann im Nacken verknotete. Dann kletterte sie über den Zaun und suchte nach einem Tor. Der Zaun bestand aus wuchtigen Holzpfählen mit Querstreben. Ein Gattertor allerdings konnte sie nicht entdecken. Sie holte tief Luft und versuchte, eine Querplanke hochzustemmen. Sie erwies sich als ungemein schwer, und das Mädchen mußte seine ganze Kraft aufwenden, bis es ihr schließlich gelang.

Ein paar Pferde begannen zu schnauben, und Bettina atmete vor Erregung schneller. Das Geräusch war so laut, daß die stille Nacht plötzlich zu dröhnen schien. Ängstlich blickte Bettina zum Haus zurück, aber dort regte sich immer noch nichts.

Sei mutig, Bettina, ermahnte sie sich selbst. Tristan muß einfach noch schlafen. Anders kann es gar nicht sein.

Sie kletterte über die untere Planke des Zaunes. Gras raschelte unter ihren Füßen. Der weiße Hengst wirkte in der Dunkelheit hellgrau. Vorsichtig bewegte sich Bettina auf ihn zu. Er scheute zurück und lief mit den anderen Pferden auf die Öffnung im Zaun zu. Bettina fürchtete schon, daß alle fliehen würden, aber dann beruhigten sich die Tiere wieder.

Erst jetzt fiel Bettina auf, wie schwierig ihr Vorhaben war, und fast hätte sie aufgegeben. Sie hatte keinen Sattel, kein Zaumzeug und nicht mal ein Seil. Also mußte sie die Mähne des Pferdes packen, sich daran hochziehen und konnte dann nur hoffen, daß sie sich auf seinem Rücken halten würde. Glücklicherweise war der Hengst kein sehr großes Tier. Wie aber sollte sie ihn festhalten, wenn er scheute?

Sie ging ganz vorsichtig auf ihn zu, redete freundlich mit ihm und streichelte ihm den Hals. Dann trat sie noch näher heran und kraulte seine Samtnase, damit er sich an sie gewöhnte.

Das Tier schien zu merken, daß sie nichts Böses im Schilde führte, denn es schnaubte friedlich vor sich hin. Bettina führte es zu dem halb umgerissenen Teil des Zauns. Die anderen Pferde flüchteten, aber der Hengst folgte ihr willig. Außerhalb der Koppel griff sie nach seiner Mähne und schwang sich auf seinen Rücken.

Absichtlich hatte Bettina es unterlassen, den Zaun hinter sich wieder aufzurichten, denn sie hoffte, daß die anderen Tiere ihr folgen würden. Dadurch wäre Tristan jede Möglichkeit genommen, sie zu verfolgen.

Befriedigung erfüllte Bettina, als sie den langen Rock ihres Kleides hochzog und unter die Beine klemmte. Dann trieb sie den Hengst an. Bei den ersten Trabschritten wäre sie fast hinuntergefallen, konnte sich jedoch rechtzeitig an der Mähne festhalten. Dann fiel das Tier in einen langsamen Trott, und Bettina merkte, daß es gar nicht so schwer war, sich auf seinem Rücken zu halten.

Als sie sich umblickte, sah sie, daß die anderen Pferde ihnen tatsächlich folgten. Jetzt erst war sie überzeugt, daß ihre Flucht glücken mußte. Jetzt galt es allerdings zu überlegen, wohin sie reiten sollte. Irgendwie mußte sie die Küste erreichen und zwar an einer Stelle, wo Tristan sie nicht vermutete.

Im Dorf konnte sie bestimmt keine Hilfe finden, denn von dort aus würde man Tristan sofort benachrichtigen. Wenn sie jedoch zu einer einsamen Stelle an der Küste ritt, konnte es Wochen dauern, bis ein Schiff nah genug vorbeisegelte, um sie zu entdecken und an Bord zu nehmen.

Der Pfad machte jetzt eine scharfe Linksbiegung, aber er war immer noch breit und vom Mondlicht erhellt. Bettina warf wieder einen Blick zurück. Vom Haus war nichts mehr zu sehen. Hinter ihr lag nur schwarze Dunkelheit. Die anderen Pferde trabten nicht mehr hinter ihnen her, sondern waren in den Wäldern verschwunden.

Bettina hatte das Gefühl, der einzige Mensch auf dieser Insel zu sein. Nur mit Mühe konnte sie ihre Angst unterdrücken und mußte sich immer wieder in Erinnerung rufen, warum sie sich auf der Flucht befand. Jetzt erst wurde ihr bewußt, daß sie Madeleine zurückgelassen hatte.

Am liebsten wäre sie sofort zurückgekehrt, aber dann änderte sie ihre Meinung doch. Sie konnte Madeleine nicht mitnehmen. Nur wenn sie allein war, konnte sie das Abenteuer erfolgreich bestehen. Außerdem hätte die gute Madeleine gar nicht den Mut gehabt, zu fliehen, denn sie fürchtete sich vor Pferden.

Bettina hatte nur eine Möglichkeit, ihr zu helfen. Sie mußte dem Comte de Lambert wahrheitsgetreu von ihrem Schicksal berichten. Dann würde er Madeleine befreien, und bei dieser Gelegenheit konnte Bettina sich auch an Tristan rächen.

Der Ritt kam Bettina endlos vor, obwohl sie erst eine halbe Stunde auf dem Pferd saß. Jetzt machte der Pfad eine Biegung nach rechts und führte auf eine große Lichtung, auf der sich etwa ein Dutzend niedriger Hütten zusammendrängten.

Schnell wendete sie das Pferd und lenkte es wieder in die Dunkelheit des Waldes. Der Pfad verlief im Gebüsch, aber das Pferd bahnte sich seinen Weg durch das Unterholz.

Eine Stunde verging, weitere folgten. Bettina verlor jedes Zeitgefühl. Aber sie mußte eine möglichst große Entfernung zwischen sich und Tristan legen. Hoffentlich schlief er noch.

Zwar wußte sie, daß Tristan nicht schneller vorankommen konnte, als sie, doch vielleicht suchte er die ganze Küste ab. Nun, mochte er. Sie würde sich inzwischen in den dichten Dschungelwäldern am Ufer verbergen und auf ein vorbeisegelndes Schiff warten. Dort würde Tristan sie nie finden.

Langsam wurde es heller. Bettina konnte nun schon einzelne Farben unterscheiden. Dunkelrote und gelbe Blumen, die in der Dunkelheit einen betörenden Duft verströmt hatten, wurden jetzt sichtbar. Am Himmel erschien ein sanftes Blau mit rötlichem Schimmer. Vögel begannen zu zwitschern. Es würde ein sonniger, schöner Tag werden.

Völlig unerwartet lief ein kleines braunes Tier dicht vor dem Hengst über den Weg. Er bäumte sich auf, und Bettina fiel mit solcher Wucht auf den Boden, daß sie wie betäubt liegenblieb. Als sie sich endlich wieder aufrichten konnte, war der Hengst verschwunden.

Um ein Haar wäre Bettina in Tränen ausgebrochen. Sie stand auf und streifte sich das trockene Laub vom Kleid. In welcher Richtung sollte sie nun weitergehen? Dann aber sah sie durch eine Lücke zwischen den Bäumen den großen Berg mit seinen zwei Zacken im Morgenlicht auftauchen. Ihm mußte sie den Rücken kehren, dann war sie auf dem richtigen Weg zur Küste.

Nachdem sie etwa eine Stunde so schnell wie möglich gegangen war, hörte sie vor sich das Rauschen der Brandung. Sie bahnte sich einen Weg durch das Unterholz und mußte dann die Augen schließen, so stark blendete sie nach dem Halbschatten in den Wäldern die Sonne. Dankbar sank sie auf den noch kühlen Sand am Meeresufer auf die Knie.

Sie verharrte eine Zeitlang in dieser Haltung, bis sich ihr Atem ein wenig beruhigt hatte. Als sie dann auf das Meer hinausblickte, glaubte sie ihren Augen nicht trauen zu dürfen. Umflossen von den Strahlen der aufgehenden Sonne glitt in geringer Entfernung von der Küste ein Schiff vorbei.

Sofort sprang Bettina auf und begann, wie wild mit beiden Armen zu winken. Zunächst rief sie auch noch laut, aber dann fiel ihr ein, daß es ja unmöglich war, sie auf diese Entfernung zu hören. Der Segler schien einen bestimmten Punkt der Insel anzusteuern.

Verzweifelt winkte Bettina weiter und fürchtete schon, daß sie von niemandem an Bord bemerkt würde. Plötzlich jedoch änderte das Schiff den Kurs und lief auf sie zu. Bettina sank auf dem Sand zusammen und begann zu weinen.

Voller Ungeduld beobachtete sie dann, wie ein kleines Boot zu Wasser gelassen wurde, behielt aber gleichzeitig die im Sonnenlicht glitzernde Küste im Augen, denn sie fürchtete, Tristan könnte im letzten Augenblick doch noch ihrer habhaft werden.

Aber nach einer Viertelstunde fast unerträglicher Angst befand sich Bettina in sicherer Obhut von Kapitän William Rawlinsen und an Bord seines Schiffes.

21

»Ich hätte Sie gern selbst an Land begleitet, Mademoiselle Verlaine, aber daß ich Sie an Bord nahm und nach Saint-Martin brachte, bedeutet für mich ohnehin schon eine erhebliche Verschiebung meines Zeitplans«, sagte Kapitän Rawlinsen und sah seinen jungen Fahrgast bedauernd an.

»Aber das ist doch nicht nötig, Kapitän«, erwiderte Bettina. »Sie haben schon so viel für mich getan. Ich bin überzeugt, daß ich Comte de Lamberts Plantage ohne Schwierigkeiten finde.«

»Ja, das glaube ich auch. Wie man mir erzählte, ist es die größte Plantage auf der ganzen Insel.«

Sie standen an Deck, als das kleine Boot herabgelassen wurde, in dem Bettina an Land gebracht werden sollte. Sie hatte Kapitän Rawlinsen auf der zwei Wochen langen Fahrt nach Saint-Martin sehr schätzen gelernt. Er war ein wirklich liebenswerter Mann von etwa fünfzig Jahren und transportierte als Handelskapitän Rum und Tabak in die amerikanischen Kolonien.

Allerdings hatte Bettina ihm nicht ehrlich gesagt, wie sie auf Tristans Insel gekommen war. Angeblich war sie über Bord des Schiffes gefallen, das sie nach Saint-Martin bringen sollte und hatte sich schwimmend auf die Insel gerettet.

Sie bat Kapitän Rawlinsen, ihr eine Karte der Insel zu zeichnen und behauptete, es habe ihr dort so gut gefallen, daß sie sie später einmal mit dem Comte de Lambert besuchen wolle.

Jetzt zeigte Bettina auf die knielangen Hosen und das viel zu weite Hemd, die ihr der Kapitän am Morgen gegeben hatte. »Ich sehe wirklich keinen Grund, warum Sie darauf bestehen, daß ich mich so kleide.«

Kapitän Rawlinsen lächelte. »Billys Sachen stehen Ihnen gut, Kind.«

»Gut? Zu groß sind sie mir.«

»Das ist ja auch der Grund. Darunter können Sie Ihre Schönheit völlig verbergen. In diesem Aufzug werden Sie keinerlei Ärger mit

den Matrosen bekommen, die sich auf den Docks herumtreiben.«
Fragend blickte er sie an. »Wie ist es Ihnen nur gelungen, Ihr
herrliches Haar unter diesem roten Tuch zu verstecken?«

»Eigentlich ging es nicht«, erwiderte Bettina. »Aber dann steckte
ich es in das Hemd und weiter unten in die Hose.«

Der Kapitän mußte lachen. »Wenigstens kann es nun niemand
mehr sehen.«

»Reichlich unbequem ist es aber doch.«

»Bald sind Sie bei Ihrem Bräutigam, und dann können Sie sich
wieder anziehen, wie es sich gehört. Ja, jetzt ist das Boot unten,
und man kann Sie an Land bringen. Übrigens – stolpern Sie ja nicht
beim Gehen! Es wäre falsch, dadurch zu zeigen, was wir verbergen
wollen.«

Bettina nickte lächelnd und gab dem Kapitän einen Kuß auf die
Wange. Der alte Seebär wurde feuerrot. Dann half er ihr auf die
Strickleiter und blieb an der Reling stehen, als sich das Boot zur
Küste entfernte.

Im Hafen betrachtete Bettina staunend das geschäftige Treiben.
Schiffe wurden entladen, und überall waren Fuhrwerke mit kräftigen Pferden zu sehen. Vier kleine Kinder rannten hinter einer
zerzausten Katze her.Bettina versuchte einen Matrosen anzuspre-
chen, aber der Mann beachtete sie gar nicht. Dann entdeckte sie
zwei Männer, die ein paar vor einem Laden bettelnd herumstehen-
de Knaben beobachteten. Sie ging zu den beiden hinüber.

»Entschuldigen Sie bitte«, sagte sie zögernd.

Beide Männer fuhren sofort herum und sahen sie an. Die braunen Augen des Mannes leuchteten bei ihrem Anblick auf: »Du bist
genau das, was mir vom Kapitän verordnet wurde«, sagte er
begeistert.

»Das stimmt, Shawn«, sagte der andere und musterte Bettina
unverschämt von Kopf bis Fuß.

Bettina sah die beiden erstaunt an und wollte schon weitergehen, aber da rief der Mann namens Shawn: »Warte mal, Bursche!
Ich kann dir Arbeit als Kabinenjunge bei meinem Kapitän verschaffen.«

»Ich verstehe Sie nicht...« begann Bettina, aber der Mann griff
schon nach ihrem Arm.

»Nun sag nur nicht, daß du nicht gern zur See fahren würdest.
Das ist bestimmt ein schönes Leben.«

»Nein«, entgegnete Bettina sofort und versuchte sich loszureißen. Aber die Hand des Mannes hielt sie eisern fest.

»Magst du denn keine Abenteuer, Bursche? Du paßt genau für die Arbeit. Bisher haben wir immer nur knochige Jungen gesehen, die keine einzige Fahrt durchstehen könnten. Na, was meinst du?«

»Nein!« erwiderte Bettina, und ihre Erregung wuchs. »Lassen Sie mich los!«

Aber der Mann drehte sich herum und drückte ihren Arm schmerzhaft auf den Rücken. Bettina erschien es unbegreiflich, daß solche Dinge inmitten der vielen Menschen hier geschehen konnten.

»Schlimm, daß du zögerst, Bursche, aber das ändert nichts.«

»Sie können doch nicht...«

»Noch ein Wort und du bekommst mein Messer in den Rücken!« drohte der Kerl und drehte ihren Arm noch fester herum. Sie glaubte, die Schmerzen kaum noch aushalten zu können. »Kapitän Mike hat uns an Land geschickt, um einen passenden Burschen zu finden. Nun haben wir dich entdeckt. Mit deiner Arbeit wirst du schnell vertraut sein, denn Kapitän Mike kann man leicht zufriedenstellen. Eines Tages bist du mir sogar dankbar.«

Und schon ging es los. Die Männer nahmen sie in die Mitte, und Bettina fühlte, wie eine Messerspitze ihren Rücken kitzelte. Man brachte sie auf ein Schiff, das eben beladen wurde und sich zum Absegeln vorbereitete. Von der Mannschaft achtete niemand darauf, als Bettina an Deck kam, denn alle waren beschäftigt. Ihre Angst wuchs ständig.

Dann führte man sie in die Kabine des Kapitäns. Der Matrose Shawn schob sie einfach hinein und befestigte dann wieder seinen Dolch am Gürtel. Mit drohender Stimme riet er ihr: »Ich warne dich. Der Kapitän wird es nicht gern hören, wenn du es ablehnst, bei ihm anzuheuern. Dann schneide ich dir die Kehle durch. Hoffentlich hast du mich verstanden, Bursche, denn du stehst unter meiner Bewachung.«

Bettina erschien das alles unbegreiflich. Nun hatte man sie also zum zweiten Mal entführt. Nur diesmal glaubte jeder, sie sei ein junger Bursche. Unruhig wanderte sie in der Kabine auf und ab. Wenn doch nur dieser Kapitän Mike erscheinen wollte, damit sie ihm alles erklären konnte. Was aber würde mit ihr geschehen, wenn das Schiff absegelte, bevor der Kapitän kam?

Stunden vergingen, und nichts geschah. Sie blickte zur Tür hinaus und entdeckte, daß Shawn sie bewachte. Bettina fragte sich, warum sie das Unglück anzog wie das Licht einer arglose Motte.

Plötzlich öffnete sich die Tür, und ein Mann mit flammend rotem

Haar betrat die Kabine. Er betrachtete sie genau, während er den Raum durchschritt und sich auf den Stuhl hinter dem kleinen Schreibpult setzte. Er war ein hagerer, gutaussehender Mann mittleren Alters.

»Du bist also mein neuer Kabinenjunge«, sagte er.

»Nein, Monsieur«, erwiderte Bettina mit schwacher Stimme.

»Was hast du dann hier zu suchen?«

»Zwei Ihrer Matrosen haben mich an Bord verschleppt.«

Die grauen Augen musterten sie scharf. »Und zu welchem Zweck?« fragte er dann.

»Sie brachten mich schon als Kabinenjungen her – aber...«

»Inzwischen hast du deine Absichten geändert«, unterbrach er sie. »Kann ich dich nicht überreden, doch hierzubleiben? Mein letzter Junge wurde bei einem Sturm über Bord geweht. Außerdem war er ein kränkliches Kerlchen. Du aber machst einen kräftigen Eindruck, und uns bleibt auch keine Zeit, einen anderen Jungen zu suchen, denn wir segeln heute abend. Was hast du noch zu sagen?«

»Es ist unmöglich, Kapitän.«

»Wegen deiner französischen Sprache brauchst du dir keine Gedanken zu machen«, meinte er mit leichter Ungeduld. »Auf meinem Schiff sind noch andere Franzosen, also wirst du nicht allein sein. Außerdem beherrscht du ja auch die englische Sprache. Du verdienst bei mir gutes Geld.«

»Wenn ich ein Junge wäre, Kapitän, könnte mich Ihr Angebot schon reizen.«

»Wenn du ein Junge wärst? Was soll denn dieser Unsinn, Junge?«

»Ich bin eben kein Junge«, erwiderte Bettina sofort. »Als Ihre Männer mich an Bord schleppten, gaben sie mir nicht die Möglichkeit einer Erklärung, Kapitän. Ich bin ein Mädchen.«

»Ein Mädchen?« wiederholte er ungläubig.

Seine Zweifel ärgerten Bettina. Sie nahm das rote Tuch ab und zog ihr Haar heraus. »Ja – ein Mädchen.«

»Natürlich kam mir dein Gesicht ein bißchen zu hübsch vor für einen Jungen«, sagte der Kapitän lachend. »Du solltest dir Röcke anziehen, Mädchen, damit es keine Irrtümer gibt.« In seinen Augen tanzten grüne Lichter, während er sprach.

»Ich trage sonst nie Männerkleidung, Kapitän. Aber man riet mir dazu, damit ich keine Aufmerksamkeit erregte. Kann ich nun Ihr Schiff verlassen?«

»Ja, und zwar schnell«, riet der Kapitän. »Versteck aber dein herrliches Haar wieder, meine Liebe. Du solltest in dem Aufzug verschwinden, in dem du gekommen bist.«

Bettina schob das Haar also wieder unter das weite Hemd und band sich das Kopftuch um. Der Kapitän stand auf und begleitete sie zur Tür. Dort hob er ihre Hand und küßte sie zärtlich.

»Es war ein Vergnügen, an das ich mich noch lange erinnern werde, Mädchen. Alles Gute.«

Als Bettina in das blendende Sonnenlicht hinaustrat, entdeckte sie Shawn. Er warf ihr einen wütenden Blick zu und kam langsam näher.

Weglaufen, riet Bettina eine innere Stimme. Um Gottes willen, ganz schnell rennen. Und schon stürmte sie zur Laufplanke, erreichte das Dock und lief weiter. Hinter sich hörte sie Shawns schwere Schritte.

Warum gab dieser Kerl nicht auf? Was wollte er von ihr? Durfte er sich so einfach vom Schiff entfernen? Bettina erreichte die ersten Straßen und Gassen. Sie eilte weiter in die kleine Stadt hinein. Zwischen den anderen Menschen würde sie Schutz finden.

Aber die Gassen wurden immer leerer. Plötzlich packte sie ein anderer Mann und hielt sie fest.

»Lassen Sie mich los!« schrie Bettina auf und wand sich wie wild hin und her.

»Du bist es also wirklich!« flüsterte der Mann erstaunt.

Bettina sah ihn sich genauer an, und ihre Augen wurden beim Wiedererkennen groß. Es war der französische Matrose, den man ihretwegen auf dem Segler *Windsong* ausgepeitscht hatte. Bevor sie etwas sagen konnte, schob er sie hinter sich und zog sein Messer. Inzwischen war Shawn herangekommen und stach voller Wut sofort mit seinem langen Dolch auf den Franzosen ein.

Der Franzose war wesentlich größer und kräftiger als Shawn, der noch dazu nach dem Lauf außer Atem war. Es wurde ein Kampf auf Leben und Tod. Beide Männer bluteten aus mehreren Wunden. Natürlich hätte Bettina diese Gelegenheit zur Flucht nutzen können, aber sie blieb wie gelähmt stehen und lehnte sich an eine Hauswand.

Jetzt bohrte sich die Klinge des Franzosen tief in Shawns Schulter. Mit der anderen Hand versetzte er Shawn gleichzeitig einen wuchtigen Kinnhaken. Shawn fiel gegen die Hauswand und sank dann zu Boden.

»Komm!« Der Franzose griff nach Bettinas Hand und zog sie hinter sich her, bis er am Ende der Gasse ein altes Gebäude erreichte. Er schob sie hinein. Drinnen herrschte völlige Stille. Bettina mußte ihm die Treppe hinauf in den ersten Stock folgen, wo beide einen Raum betraten.

Bettina konnte es kaum glauben, daß sie sich nunmehr in Sicherheit befinden sollte. Sie taumelte zu dem einzigen Stuhl und sank darauf nieder.

Als sie wieder ruhiger atmen konnte und auch ihr Herz normal schlug, blickte sie sich um. Der Raum war sehr klein und düster. Außer dem Holzstuhl, auf dem sie saß, gab es nur einen Tisch mit Waschschüssel und ein schmales Bett mit einer zerknüllten Decke. Durch das Fenster sah man auf eine schmale Gasse hinunter, aber das gegenüberliegende Gebäude hielt das Sonnenlicht ab.

Der Franzose zündete eine Kerze an, die auf dem Tisch stand. An seinen Armen und auf der Brust hatte er zahlreiche Schnittwunden, die stark bluteten.

Bettina fühlte sich schuldig und stand sofort auf, um ihm ihre Hilfe anzubieten. Ein Bündel fiel von ihrem Schoß auf den Boden, und sie war erstaunt, als sie merkte, daß sie noch ihre Kleider bei sich hatte. Sie hob das Bündel auf, legte es auf den Stuhl und trat dann zu dem Franzosen.

Als sie feststellte, daß sich an seiner Hand eine besonders schwere Verletzung befand, sagte sie: »Monsieur, Ihre Hand muß verbunden werden.«

Er blickte sie mit seinen dunkelbraunen Augen an, und mit Erschrecken erkannte sie den Haß darin. »Deinetwegen ist mein Rücken für immer mit Narben gezeichnet«, entgegnete er. »Was macht da schon eine Hand aus? Außerdem wirst du dafür bezahlen. Ich bin Antoine Gautier, Mademoiselle – falls Sie den Namen des Mannes wissen wollen, der sie töten wird.«

Es dauerte einen Augenblick, bis Bettina begriff, womit er ihr drohte. Dann jedoch stürzte sie sofort zur Tür. Er blieb gelassen stehen, denn die Tür war verschlossen. Bettina wandte sich um und sah ihn mit vor Angst geweiteten Augen an.

»Schließen Sie diese Tür auf!« schrie sie erregt.

Er lachte grausam auf. »Jetzt weißt du endlich, wie ich mich fühlte, als man mich deinetwegen an den Mast band. Kein sehr angenehmes Gefühl, Mademoiselle, nicht wahr?«

»Warum wollen Sie mich töten? Warum nur?«

»Was für eine dumme Frage, meine schöne Lady, aber ich beantworte sie gern. Seit jenem Tag träumte ich davon, dich zu töten. Ich wollte, daß du dich in meiner Gewalt befinden würdest.

Nun kannst du die Qualen erleben, die ich durchstehen mußte. Ich töte dich nicht sofort, Mademoiselle Verlaine, denn das wäre zu gnädig. Und von mir hast du keine Gnade zu erwarten. Du wirst mich noch anflehen, sterben zu dürfen, weil du Hunger und Qual nicht mehr ertragen kannst. Zunächst aber will ich mir das nehmen, wofür man mich ausgepeitscht hat und was ich damals nicht einmal bekam.«

Bettina wollte seine Drohungen nicht glauben. Das konnte doch nur ein Alptraum sein.

»Wofür hat man Sie denn ausgepeitscht, Monsieur Gatuier?« fragte sie scheinbar völlig unbefangen.

Überrascht blickte Gautier sie an. »Du bist ein Unschuldslamm – aber nicht mehr lange. Ich halte mich jetzt schadlos für das, was ich deinetwegen erleiden mußte, und du sollst noch viel mehr leiden.«

»Warum müssen Sie mich dann auch noch töten?«

»Weil du es nicht verhindert hast, daß ich ausgepeitscht wurde. Das hättest du nämlich tun können!« fuhr er sie an.

»Aber ich habe es doch versucht. Ich habe den Kapitän angefleht, Sie zu schonen.«

»Lügen kommen einem leicht über die Lippen, wenn das Leben bedroht ist. Halte mich nicht für Narren, Mademoiselle!« Gautier begann seinen schmalen Gürtel aufzuschnallen.

Bettina beobachtete ihn mit ungläubigen Augen. Dann endlich begriff sie, was er vorhatte. »Tu's doch! Nimm mich, tu mir Gewalt an!« schrie sie, und ihre Augen flackerten. »Töte mich! Ich wäre ja ohnehin durch Shawns Messer umgekommen. Mir ist alles völlig gleichgültig! Alles! Hast du verstanden?«

Bettina begann wie wahnsinnig zu lachen. Der kleine Raum dröhnte förmlich. Gautier trat unsicher einen Schritt von ihr zurück.

»Du bist verrückt, Weib!« sagte er und ging zur Tür. »Bis jetzt hast du noch nichts erdulden müssen, aber dein Geist scheint bereits verwirrt. Meine Absichten jetzt schon in die Tat umzusetzen, wäre wohl kein Vergnügen. Ich warte also, bis du wieder bei Sinnen bist, damit du auch alles spürst, was ich mit dir vorhabe. Ich komme bald zurück.« Er verließ den Raum und schloß die Tür hinter sich ab.

Bettina sank zu Boden, und wildes Schluchzen schüttelte sie. Es dauerte lange, bis sie wieder still weinen konnte. Sie kam sich wie in den Tagen ihrer Kindheit vor und glaubte, sie sei wieder in dem großen Schlafsaal der Klosterschule. Sie lag auf ihrem Bett und weinte lautlos und einsam, weil es der Mutter nicht gelungen war zu verhindern, daß man sie von zu Hause fortschickte. Eine Nonne kam und sprach beruhigend auf sie ein, bis der Schlaf ihr die Augen schloß.

22

Tausende von Sternen schienen wie Kerzen am samtenen Nachthimmel zu flackern. Irgendwo auf Saint-Martin saß der Matrose Antoine Gautier und betrank sich, um zu vergessen. In seinem Raum im übelsten Teil der Stadt lag Bettina schlafend und ließ sich weder durch Wanzen noch durch Mäuse stören.

Lange nach Sonnenaufgang öffnete Bettina die Augen. Verstört blickte sie sich in der fremden Umgebung um. War das ein Raum in der alten Festung, wohin Tristan sie gebracht hatte? Ach nein, von seiner Insel war sie ja geflohen, und man hatte sie nach Saint-Martin gebracht. Sie wollte zu ihrem Verlobten, aber dann... Ja, dann...

»Nein!« stöhnte Bettina auf, denn nun erinnerte sie sich wieder an alles, was geschehen war. »Mein Gott, nein!«

Als eine Gnade hätte sie es empfunden, hätte sie nicht mehr denken, sich an nichts mehr erinnern können. Jetzt saß sie hier und mußte darauf warten, bis Antoine Gautier zurückkam. Welchen teuflischen Qualen wollte er sie wohl aussetzen? Sie fühlte sich schon ganz schwach vor Hunger, und dieser Zustand würde sich noch verschlimmern. Wollte Gautier sie verhungern lassen? Nein, er plante sicher eine viel grausamere Rache.

Leise flüsterte sie vor sich hin: »O Tristan, warum kannst du mich diesmal nicht retten? Aber du bist ja Hunderte von Meilen entfernt und suchst mich auf deiner Insel. Vielleicht hast du es sogar schon aufgegeben.«

Was sind das nur für Gedanken? fragte sich Bettina. Von ihm will ich doch bestimmt nicht gerettet werden. Sie blickte sich in dem verkommenen Zimmer um, und Tränen stiegen ihr in die Augen. Dennoch erschien ihr alles andere besser – sogar ein Leben mit Tristan! – als das, was Gautier ihr antun würde. Aber Tristan konnte ihr nicht helfen, also blieb ihr nur die Möglichkeit eines schnellen, freiwilligen Todes.

Nachdem Bettina diesen Entschluß gefaßt hatte, trat sie an das offene Fenster. Einen Balkon gab es hier nicht, und es war auch kein Sims vorhanden, der zu einem anderen Fenster führte.

Unter dem Fenster lag jedoch ein Haufen Brennholz. Es waren abgeschnittene Zweige, deren Enden wie Speere in alle Richtungen zeigten. Wenn sie dort hineinsprang, fand sie bestimmt schnell den Tod.

Bettina ließ die Beine zum Fenster hinaushängen und blieb einen Augenblick auf dem Fensterbrett sitzen. Das also waren die letzten Augenblicke ihres Lebens. Sie lächelte ironisch vor sich hin und gestand es sich endlich ehrlich ein, daß sie dem schönsten Mann entflohen war, den sie gesehen hatte.

Aufseufzend sagte sie laut: »Ach, Bettina, was für eine Närrin warst du doch!«

Dann holte sie tief Luft. Sie brauchte sich nur nach vorn fallen zu lassen, und alles war zu Ende. Aber irgend etwas in ihr klammerte sich weiterhin an das Leben, auch wenn es eine einzige Qual sein sollte. Also kletterte sie ins Zimmer zurück.

Du mußt springen, Bettina! dachte sie. Aber du kannst es nicht! Du mußt um Hilfe rufen! Aber dann kommt Antoine Gautier und will dich qualvoll sterben lassen.

Wieder blickte sie zum Fenster hinaus auf den riesigen Haufen von Zweigen. Konnte man nicht darauf landen und dann in die Gasse springen, um davonzulaufen?

»Die Markise unter mir«, flüsterte sie vor sich hin und warf beinahe gleichzeitig ihr Kleiderbündel hinaus. Dann kletterte sie auf den Fenstersims, packte ihn mit beiden Händen und ließ sich vorsichtig an der Wand hinuntergleiten.

Ihre linke Hand rutschte ab, und nun hing sie nur noch an einer Hand hoch über dem Boden. Sie blickte hinunter auf die Markise, sie schien immer noch unerreichbar fern. Doch es gelang ihr wieder, sich auch mit der linken Hand am Fenstersims anzuklammern.

Sie wußte, daß sie nun springen mußte, denn lange konnte sie sich nicht mehr festhalten. Beherzt stieß sie sich mit den Füßen von der Mauer ab, ließ sich fallen und landete auf den Knien in der Mitte der alten Leinwand. Das Stützholz gab unter ihrem Gewicht knirschend nach, und sie prallte gegen die Haustür. Dann jedoch glitten ihre Füße auf den Boden.

Sie atmete tief auf und wußte nicht, ob sie lachen oder weinen sollte. Als sie zu dem Fenster hoch über ihr aufblickte, begann sie zu zittern. Aber, dem Himmel sei Dank, sie war frei und lebte. Jetzt galt es nur noch, den Comte de Lambert zu finden und nicht wieder einem Mann zu begegnen, der in ihr eine leichte Beute sah.

Bettina richtete sich auf, griff nach ihrem Kleiderbündel, lief bis zum Ende der Gasse und spähte vorsichtig um die Ecke.

Antoine Gautier schwankte betrunken über die Straße auf sie zu. Sofort zog Bettina den Kopf zurück und preßte sich an die Mauer. Dann hielt sie den Atem an und wartete ab, bis Gautier an ihr vorübertaumelte.

Er stolperte und schlug nur wenige Schritte von ihr entfernt der Länge nach hin.

Bettina glaubte, sie müsse in Ohnmacht fallen, ehe er sich wieder aufgerafft hatte. Dann taumelte er weiter bis zum Eingang seines Hauses, warf jedoch keinen Blick in ihre Richtung. Kaum war er verschwunden, holte Bettina tief Atem und bog dann in die Straße ein, aus der Gautier gekommen war. Der erste, der ihr begegnete, war ein harmlos aussehender Junge, und sie fragte ihn, ob er wisse, wo die Plantage des Comte de Lambert liege. Stolz berichtete ihr der Bursche, er habe den Comte heute morgen auf den Docks im Hafen gesehen.

Bettina dankte ihm und setzte den Weg zum Hafen fort. Dort entdeckte sie einen alten Mann, der auf einen Stock gestützt, an einer leeren Frachtkiste lehnte.

»Verzeihung«, sprach Bettina ihn an, »wissen Sie, wo ich den Comte de Lambert finden kann?«

»Was willst du denn von ihm, Junge?«

»Es handelt sich um eine wichtige Angelegenheit«, erwiderte Bettina und schwor sich dabei, nie wieder Männerkleidung zu tragen.

»Dort drüben ist er.« Er zeigte auf ein großes Schiff. »Er beaufsichtigt das Löschen der Fracht.«

Erleichtert eilte Bettina weiter, weil sie nun endlich am Ziel war. Als sie sich dem bezeichneten Schiff näherte, stellte sie fest, daß dort keine Ballen und Kisten ausgeladen wurden, sondern menschliche Fracht. Neger, die an Händen und Füßen mit klirrenden Eisenketten gefesselt waren. Unerträglicher Gestank stieg Bettina entgegen.

Nun sah Bettina auch den Mann, der die Löscharbeiten beaufsichtigte. Er war von mittlerer Größe und hatte welliges schwarzes Haar. Er wandte ihr den Rücken zu. Bettina rief seinen Namen. Er drehte sich um, warf ihr einen befremdeten Blick zu und beachtete sie nicht weiter, doch ihr blieben seine goldbraunen Augen und das kühn geschnittene Gesicht im Gedächtnis haften.

In ihrer Verkleidung konnte sie auch keine besondere Beachtung von ihm erwarten. Er mußte sie ja für einen Jungen halten. Langsam ging sie auf ihn zu.

»Sind Sie der Comte de Lambert?« fragte sie und zwang ihn damit, sich ihr wieder zuzuwenden.

»Verschwinde, Bursche, ich habe kein Geld zu verschenken.«

»Sind Sie...«

Sofort unterbrach er sie: »Ich habe gesagt, du sollst verschwinden!«

»Ich bin Bettina Verlaine!« rief sie ihm ungeduldig zu.

Er lachte nur und ließ sie stehen. Da riß Bettina sich das Tuch vom Kopf und zog ihre langen Haare unter dem Hemd hervor.

»Monsieur!« rief sie, und als er sich wieder umwandte, schleuderte sie ihm das Tuch ins Gesicht und ging davon.

»Bettina!« Er lief hinter ihr her, aber sie blieb nicht stehen. Er holte sie jedoch ein und drehte sie einfach zu sich herum. Erstaunen malte sich auf seinem Gesicht. »Du mußt mir verzeihen, Bettina. Ich habe angenommen, du seist tot. Marivaux kehrte mit meinem Schiff zurück und berichtete mir, was sich ereignet hatte. Eben hielt ich dich für einen jungen Burschen, der sich einen Spaß mit mir machen wollte. Die ganze Stadt wußte ja, daß ich dich erwartete und auch, was sich auf See abgespielt hatte.«

Bettinas Ärger verflog schnell, und sie lächelte dem jungen Mann herzlich zu. »Es tut mir leid, daß ich mit dem Tuch nach dir geworfen habe.«

»Und ich durfte dich nicht so unhöflich anschreien. Wir wollen nicht mehr darüber sprechen. Komm«, forderte er sie auf und führte sie zu einer Kutsche, die in der Nähe stand. »Wir unterhalten uns später. Außerdem habe ich eine Überraschung für dich.«

»Eine Überraschung?«

»Ja. Und ich glaube, du wirst dich sehr freuen«, erwiderte er mit einem Lächeln. »Eins mußt du mir aber gleich sagen. Wie ist es dir nur gelungen, hierher zu kommen?«

»Mit einem Handelsschiff.«

»Aber die *Windsong* wurde doch von keinem Handelsschiff aufgebracht.«

»Das stimmt schon«, erwiderte Bettina. »Ich muß dir sehr viel erzählen, doch das hat ja Zeit bis später. Jetzt brauche ich vor allem ein Bad und etwas anderes zum Anziehen.«

»Natürlich, ma chérie, es dauert nicht lange, bis wir in meinem Haus sind«, versicherte ihr der Comte.

Als Pierre de Lambert später in seinem Arbeitszimmer saß, kam unangemeldet Jossel Verlaine, Bettinas Mutter, herein. »Ah, Madame Verlaine, ich freue mich, daß es Ihnen heute besser geht. Als Sie gestern eintrafen, muß es für Sie furchtbar gewesen sein, Ihre Tochter hier nicht vorzufinden.«

»Ich fühle mich keineswegs besser, Monsieur, aber ich glaube einfach nicht, daß meine Tochter tot ist. Sie müssen nach ihr suchen!«

»Nehmen Sie bitte Platz, Madame«, bat Pierre und wies auf einen Sessel neben seinem Schreibsekretär. »Ich habe Ihre Tochter gefunden – besser gesagt – sie fand mich. Bettina ist in dem Zimmer neben dem Ihren untergebracht. Im Augenblick nimmt sie ein Bad.«

»Warum haben Sie mir das nicht sofort gesagt?« rief Jossel und wollte hinauseilen.

»Madame Verlaine!« Pierres Stimme klang scharf, und er verstellte ihr den Weg zur Tür. »Ich bestehe darauf, daß Sie noch warten, bevor Sie Bettina sehen.«

»Aber warum? Ist etwas mit ihr?«

»Nein. Sie scheint sich wohl zu befinden. Aber ich muß erst erfahren, was mit ihr geschah, nachdem man sie von der *Windsong* raubte. Deshalb muß ich zuerst mit Bettina sprechen.«

»Ich bin doch ihre Mutter!«

»Und ich ihr Bräutigam«, entgegnete Pierre. »Es gibt da gewisse Dinge, die ich in Erfahrung bringen muß, bevor...«

Jossel Verlaine unterbrach ihn. »Was wollen Sie damit andeuten, Monsieur? Es genügt doch, daß Bettina am Leben und bei uns ist.«

»Wenn Bettina meine Frau werden soll...«

»Wenn?« rief Jossel dazwischen. »Lassen Sie sich sagen, Comte de Lambert, daß ich von Anfang an gegen diese Ehevereinbarung war. Ich wollte, daß Bettina ihren Mann selbst aussucht. Dieser Meinung bin ich immer noch. Seit dem Tode meines Mannes muß Bettina sich nicht mehr an die Vereinbarung gebunden fühlen, die Sie mit ihm getroffen haben. Aus diesem Grund bin ich auch nach Saint-Martin gekommen.«

»Bitte, Madame Verlaine, Sie haben mich mißverstanden«, sagte Pierre verwirrt.

»Ich glaube, ich habe Sie recht gut verstanden, Monsieur. Sollte nämlich Bettina nicht mehr unschuldig sein, ist es nicht ihre Schuld. Doch wenn Sie meine Tochter deshalb nicht mehr heiraten wollen, verlassen wir sofort Ihr Haus.«

Pierre fühlte sich beleidigt, aber es gelang ihm, es zu verbergen.

Er hätte dieser Frau nichts von der Ankunft ihrer Tochter sagen sollen. Dann hätte er sie nämlich wegschicken und Bettina als Mätresse bei sich behalten können, ohne daß ihre Mutter es je erfuhr. Die ganze Stadt wußte ja, was Bettina Verlaine geschehen war, und daher konnte er sie eigentlich nicht mehr heiraten. Aber fortlassen wollte er sie auch nicht mehr – sie erschien ihm zu verlockend, war zu schön.

»Madame Verlaine, ich bedaure meine Worte, die von Ihnen offenbar mißverstanden wurden. Ich beabsichtige, Bettina zu heiraten, aber eben deshalb nahm ich an, sie wollte mir ihre Geschichte zuerst erzählen. Schließlich ist sie ja zu mir gekommen. Danach kann sie sich auf ein Wiedersehen mit Ihnen freuen und die schreckliche Zeit vergessen.«

Jossel beruhigte sich und dachte über seine Worte nach. »Nun gut, Monsieur. Ich warte in meinem Zimmer.«

»Sie gehen also nicht sofort zu Bettina?«

»Ich warte, bis Sie mit ihr gesprochen haben. Nach Beendigung des Gesprächs erwarte ich jedoch, sofort gerufen zu werden.«

»Ich werde Sie selbst benachrichtigen«, versicherte Pierre. Mit zusammengebissenen Zähnen sah er ihr nach, als sie den Raum verließ, und sein Gesicht verzerrte sich vor Zorn. Am liebsten hätte er Kapitän Marivaux erschossen, weil er die Entführung von Bettina nicht verhindert hatte. Selbst wenn sie noch Jungfrau war, glauben würde es niemand. Jetzt galt es, Zeit zu gewinnen und sich etwas auszudenken, damit er die Mutter loswurde. Er war überzeugt, daß er mit Bettina allein keine Schwierigkeiten haben würde.

23

»Bettina, du bist noch schöner, als ich dich in Erinnerung habe«, sagte Pierre, als er den Salon betrat und die Türen hinter sich zuzog.

»Sehr freundlich, Monsieur«, erwiderte Bettina ganz förmlich, denn sie fühlte sich ein bißchen gehemmt.

»Aber du mußt mich doch Pierre nennen, Kleines, denn wir...«

»Nenne mich nicht so!« unterbrach Bettina ihn sofort. »Tristan nannte mich immer seine Kleine, ich möchte diesen Ausdruck nie wieder hören!«

»Verzeih mir, Bettina.«

»Ich muß um Verzeihung bitten«, entgegnete Bettina schnell

und kam sich dabei wie eine Närrin vor. »Ich wollte nicht unhöflich sein, aber die Erinnerung an diesen Mann ist noch zu lebhaft in mir.«

»Was ist das für ein Mann, von dem du da sprichst?«

»Tristan ist Kapitän der *Spirited Lady*, er hat die *Windsong* überfallen.«

»Natürlich ein Pirat, nicht wahr?« Pierre sah Bettina eindringlich an.

»Er behauptet, Freibeuter unter dem Schutze Englands zu sein.«

»Pirat oder Freibeuter – da gibt es wohl kaum einen Unterschied. Hat er – also...«

»Mir Gewalt angetan? O ja, oft sogar. Er hat mich belogen und getäuscht. Er hatte mir versprochen, mich für ein Lösegeld zu dir zu bringen. Statt dessen verschleppte er mich und meine Dienerin auf eine Insel, die er als sein Eigentum bezeichnete. Monate hätte er mich dort behalten, wenn mir die Flucht nicht gelungen wäre.«

»Hatte diese Insel eigentlich einen Namen?« fragte Pierre.

»Ich weiß es nicht. Vom Schiff aus wirkte sie völlig unbewohnt. Aber es gibt dort Eingeboren und ein großes Haus, das die Spanier vor langer Zeit erbauten.«

»Wie ist es dir gelungen, diesem Tristan zu entkommen und von der Insel zu fliehen?« wollte Pierre nun wissen.

»Während er schlief, verließ ich das Haus und hatte das Glück, am Morgen ein vorbeisegelndes Schiff zu erreichen. Aber wir müssen noch einmal zurück, um meine alte Kinderpflegerin zu befreien«, setzte Bettina hinzu.

»Deine Dienerin blieb also auf der Insel?«

»Ja – leider.«

»Aber vermutlich ist sie inzwischen tot, Bettina.«

»Das ist sie nicht!« entgegnete sie. »Ich ließ sie ja nur zurück, weil ich dachte, daß du sie holen würdest. Und ich möchte mich an Tristan rächen. Er muß sterben.«

Pierre sah sie erregt an. »Bettina, das ist unmöglich. Die Piraten hier sind völlig skrupellos. Sie schneiden einem Fremden sofort die Kehle durch. Du weißt gar nicht, um was du da bittest.«

»Ich will meine Rache und meine alte Dienerin befreien – um mehr bitte ich nicht. Wenn du es nicht willst, werde ich einen anderen finden.« Nur mühsam konnte Bettina ihren Zorn unterdrücken.

Pierre schüttelte den Kopf. »Nun gut. Doch im Augenblick habe ich kein Schiff hier. Es wird also noch einige Zeit dauern.«

»War das nicht dein Schiff, das heute entladen wurde?« fragte Bettina.

»Nein, es gehört einem Freund. Du wirst ihn heute abend beim Essen kennenlernen. Ich habe nur die Sklaven abgeholt, die ich kaufte...« Er blickte sie nachdenklich an. »Wäre es dir denn möglich, diese Insel wiederzufinden?«

»Ich habe eine Karte.« Bettina gab ihm den Stoffetzen, auf den Kapitän Rawlinsen die Skizze gezeichnet hatte.

»Dann brauchst du wenigstens nicht mitzukommen«, erwiderte Pierre und schob die Karte in seine Tasche.

»Aber ich will dich begleiten«, entgegnete Bettina erregt. »Tristans Tod muß ich miterleben.«

»Wir werden sehen. Jetzt aber warte bitte hier, damit ich dir die Überraschung zeigen kann, von der ich sprach.« Er verließ den Raum und hoffte nur, daß Jossel Verlaine ihrer Tochter von diesem Vorhaben abraten würde. Die Insel eines Piraten anzulaufen, das war einfach lächerlich, seiner Meinung nach.

»Mama!«

Bettina glaubte ihren Augen nicht trauen zu könne, als ihre Mutter in der Tür erschien. Sie klammerte sich sofort an sie, als müsse sie sie spüren, um zu glauben, daß sie nicht träumte.

»Alles ist gut, mein Liebes, ich bin es wirklich«, sagte Jossel besänftigend und streichelte Bettinas Haar.

Bei den zärtlichen Worten ihrer Mutter brach das Mädchen in Tränen aus. Es kam sich vor wie ein kleines Kind, und begann zu schluchzen. Ihre Mutter war hier, nun mußte alles gut werden.

Es dauerte lange, bis Bettina sich beruhigt hatte. Dann setzten sie sich beide auf das Sofa, und Jossel legte den Arm um die Schultern ihrer Tochter.

»Aber nein, Mama, ich will dir alles erzählen. Du mußt mir nämlich sagen, ob ich alles, was geschehen ist, richtig sehe. Manchmal bin ich so von Haß erfüllt, daß ich glaube, ein völlig anderer Mensch geworden zu sein.«

Ausführlich berichtete Bettina der Mutter alles, was sich seit dem Überfall auf die *Windsong* ereignet hatte, bis zu ihrer Flucht von der Insel und ihrem Gespräch mit Pierre. Nichts verschwieg sie über die Zeit mit Tristan, und sie gab auch zu, daß ihr Körper trotz ihres Hasses oft auch sinnliche Lust empfunden hatte.

»Madeleine konnte meinen Haß auf Tristan nicht begreifen«, schloß sie. »Und Pierre findet es dumm, daß ich mich rächen will. Aber er ist doch mein Verlobter und müßte denselben Wunsch haben. Fast glaube ich, daß Pierre die ganzen Vorkommnisse vergessen könnte.« Bettina blickte ihre Mutter flehend an. »Ist es denn falsch, wenn ich Tristan so hasse? Ist es ein so wahnwitziger Gedanke, daß ich ihn tot sehen möchte?«

»Dieser Mann hat dir immer wieder Gewalt angetan«, erwiderte die Mutter, »das gibt dir jedes Recht, ihn zu hassen. Aber du lebst, Bettina. Er hätte dich schon nach dem ersten Mal töten können. Doch er hat es nicht getan. Es ist falsch, sich den Tod eines Menschen zu wünschen. Bei dem Leben, das Tristan führt, wird er bald genug sterben müssen. Du aber sollst nicht die Schuld an seinem Tod tragen. Wer nach Rache giert, zerstört nur sich selbst.«

»Aber ich denke an nichts anderes mehr. Ich will ihn tot vor mir sehen.«

»Das ist nicht gut, mein Kind. Vergiß diesen Mann, deinen Haß und die Erinnerung an ihn. Was geschehen ist, kann man nicht ändern. Dieses Schicksal müssen viele Frauen erdulden, aber sie überleben es, und du wirst es auch überwinden.« Jossel schob ihrer Tochter das Haar aus dem Gesicht. »Glücklich solltest du dich schätzen, ma cherie, denn nun kannst du wählen, wie du dein späteres Leben führen willst. Wenn du willst, kannst du den Comte heiraten. Oder wir können, sobald die liebe Madeleine befreit ist, alle nach Frankreich zurückkehren.«

»Aber ich habe geglaubt, es sei alles fest abgemacht und ich müßte den Comte de Lambert heiraten.«

»Jetzt nicht mehr, Bettina. André hat den Ehevertrag geschlossen, aber André ist tot.«

»Tot!« rief Bettina.

»Ja. Er starb nach unserer Rückkehr aus Saint-Malo. Er fiel vom Pferd und brach sich das Genick.«

Bettina überlief ein Frösteln, und sie mußte daran denken, wie bös sie vom Rücken des weißen Hengstes gestürzt war. Obwohl André nicht ihr wirklicher Vater war, empfand sie eine gewisse Trauer.

»Es schmerzt mich, daß ich dir keine bessere Nachricht überbringen kann – nach allem, was du gelitten hast«, sagte Jossel.

»Schon gut, Mama. Für dich muß es sehr schwer gewesen sein – plötzlich ganz allein.«

»Dir gegenüber kann ich ehrlich sein, Bettina. Schon früher habe ich dir gesagt, daß ich André nie geliebt habe. Die Jahre mit ihm waren keine erfreuliche Zeit. Und als er um jeden Preis einen Sohn von mir haben wollte, erlosch der letzte Funke Zuneigung, den ich noch für ihn hatte. Sein Tod hat mich erschreckt, aber ich trauere nicht um ihn. Eigentlich überkam mich, als er starb, eher ein Gefühl von Freiheit.«

»Wie schlimm muß es sein, so lange Jahre mit einem Mann zu leben, den man nicht liebt«, sagte Bettina.

»Du warst der Inhalt meines Lebens und mein ganzes Glück«, erwiderte Jossel.

»Aber du bist doch noch jung, Mama, und kannst immer noch Liebe finden.«

Jossel lächelte. »Das bezweifle ich, ma chérie. Aber ich bin eine wohlhabende Witwe, eine sehr wohlhabende sogar. Nie habe ich geahnt, daß André solche Reichtümer besaß. Jetzt kann ich es mir erlauben, dir alles zu geben, was du dir wünschst. Und das bedeutet auch, daß du den Comte de Lambert nicht heiraten mußt, wenn du nicht willst. Wir können eine Weile hierbleiben. Solltest du ihn eines Tages lieben, gebe ich dir meinen Segen. Sonst verlassen wir Saint-Martin.«

»Ich habe mich schon so daran gewöhnt, in Pierre de Lambert meinen zukünftigen Ehemann zu sehen. Eigentlich kann ich mir gar nichts anderes vorstellen.« Bettina lächelte schwach.

»Nun ja. Wenigstens hat André einen jungen Mann für dich ausgesucht. Und hübsch ist er auch.«

»Jugend und eine schöne Erscheinung machen ihn nicht zu einem guten Menschen«, erwiderte Bettina und mußte plötzlich an Tristan denken. »Aber dein Vorschlag ist schon richtig. Wir können eine Weile hierbleiben. Ich brauche Zeit, um Pierre besser kennenzulernen.«

Mutter und Tochter unterhielten sich, bis der Comte de Lambert erschien, um sie zum Abendessen zu holen. Der Speisesaal wurde von einer großen Tafel aus poliertem Mahagoniholz beherrscht. Es war für vier Personen gedeckt. Ein wuchtiger Mann mit gewelltem, schwarzem Haar und dunkelgrauen Augen saß an einem Ende der Tafel. Höflich erhob er sich, als sie den Raum betraten.

»Das ist mein anderer Gast, Bettina«, stellte Pierre vor. »Der Eigner des Schiffes, von dem wir vorhin sprachen. Er muß einige Zeit hierbleiben, um die Rückkehr seines Seglers abzuwarten.«

Der Mann ergriff Bettinas Hand und verbeugte sich vor ihr. »Don Miguel de Bastida, Mademoiselle. Es ist mir eine Ehre...«

»Bastida!« unterbrach Bettina ihn schwer atmend. »Sie – Sie sind also der Mann, nach dem Tristan sucht.«

Der Mann erblaßte. »Sie kennen Tristan?«

»Ja, leider. Ich möchte Ihnen aus reiner Neugier eine Frage stellen, Monsieur. Warum will dieser Tristan Sie töten?«

»Die gleiche Frage könnte ich Ihnen stellen, Mademoiselle. Man hat mir seit Jahren immer wieder zugetragen, daß ein junger Kapitän namens Tristan nach mir sucht. Den Grund konnte mir jedoch niemand nennen. Und Sie sagen jetzt, daß er mich töten möchte?«

»Ich wurde zufällig Zeugin eines Gesprächs«, erwiderte Bettina. »Dabei erwähnte Tristan, daß er schon seit zwölf Jahren nach Ihnen sucht. Er befürchtete sogar, ein anderer könnte ihm zuvorkommen und Sie töten. Er – nun, er nannte Sie einen Mörder, Monsieur.«

Don Miguel de Bastida lachte. »Ein Mörder! Der Mann verwechselt mich bestimmt mit einem anderen. Aber ich würde diesem Tristan gern einmal begegnen. Wissen Sie, wo er sich aufhält, Mademoiselle?«

»Ich habe dem Comte de Lambert eine Karte gegeben, auf der Tristans Inselversteck eingezeichnet ist.«

Nun mischte der Comte sich in die Unterhaltung ein: »Don Miguel, das ist aber kein erfreuliches Tischgespräch.«

»Natürlich, Pierre, Sie haben recht. Entschuldigen Sie bitte, meine Damen, aber mir bietet sich selten Gelegenheit, in so charmanter Gesellschaft zu dinieren. Ich habe für ein paar Minuten vergessen, was sich schickt.«

»Sie sind doch Spanier, Monsieur Bastida«, sagte Bettina. »Woher kommt es, daß Sie so gut Französisch sprechen?«

»Auf meinen Reisen hielt ich mich häufig in Frankreich auf. Außerdem treibe ich Handel mit vielen französischen Siedlungen hier in der neuen Welt. Also mußte ich Ihre Muttersprache erlernen.«

Von da an unterhielt man sich nur noch über allgemeine Themen und setzte sich nach dem Essen noch zu einem angenehmen Plauderstündchen in den Salon. Don Miguel de Bastida erwies sich als charmanter Mann, der besonders von Jossel angetan schien. Bettina fiel auf, wie sehr sich ihre Mutter verändert hatte. Als sie sich in Frankreich von ihr verabschiedete, litt Jossel sehr unter der Trennung von ihrer Tochter. Jetzt wirkte sie wesentlich jünger und sah sehr schön aus. Seidiges blondes Haar umrahmte ihr Gesicht, und sie trug ein grünes Samtkleid, das genau auf die Farben ihrer Augen abgestimmt war.

Der Comte de Lambert ließ Bettina nicht aus den Augen. Ein paarmal fiel ihr auf, daß er sie besorgt ansah. Ein gutaussehender

Mann war das schon, obwohl er in dieser Beziehung Tristan nicht das Wasser reichen konnte.

Warum muß ich eigentlich immer wieder an Tristan denken? fragte sich Bettina. Werde ich diesen Mann denn nie vergessen?

Als es immer später wurde, entschuldigte sich Bettina. Müde war sie eigentlich nicht, aber sie wollte allein sein. Pierre bestand darauf, sie zu ihrem Zimmer zu begleiten, und er trat sogar mit ihr ein.

»Gefällt es dir hier?« fragte er, dicht hinter ihr stehend.

»Aber ja«, antwortete Bettina und betrachtete die luxuriösen Möbel. »Was ich bis jetzt von deinem Haus gesehen habe, war wirklich schön.«

»Ich habe alle Möbel neu gekauft, als ich mich entschloß, dich zu heiraten. Ach Bettina, wie lange mußte ich auf deine Ankunft warten!« Er zog sie an sich und küßte sie hart und verlangend.

»Bitte, Pierre, es ist schon spät, und...«

»Schick mich nicht fort, Bettina«, unterbrach er sie, und seine Arme legten sich nur noch fester um sie. »Wir sind doch bald verheiratet, und ich habe ein solches Verlangen nach dir.«

»Pierre!« rief Bettina entsetzt und stieß ihn von sich.

Jetzt war er zornig, und sein Gesicht wirkte fast grausam. »Mir ist der Gedanke unerträglich, daß dieser Mensch dich als erster besitzen durfte«, sagte er. Dann bat er wieder: »Bitte, Bettina, ich will auch sehr zärtlich mit dir sein. Bei mir wirst du Tristan vergessen.«

Bettina war über Pierres Verhalten erschüttert, aber sie war auch zornig, weil er glaubte, sie werde sich ihm hingeben, bevor sie verheiratet waren.

»Du willst mich wohl auch mit Gewalt nehmen?« fragte sie schneidend.

»Natürlich nicht«, erwiderte Pierre.

»Dann verlaß mein Zimmer! Es ist spät, und ich bin müde.«

»Verzeih mir, Bettina, du hast einen anstrengenden Tag hinter dir. Ich hätte daran denken müssen.«

Sie erlaubte ihm, sie noch einmal zu küssen, und dann ging er.

24

So sehr sich Bettina auch bemühte, sie fand keinen Schlaf. Die Erinnerung an die abscheuliche Szene mit Pierre stachelte ihren Zorn an. Betrachtete er sie denn als Freiwild, weil Tristan ihr die Unschuld geraubt hatte? Er hatte nicht das Recht, von ihr zu verlangen, daß sie sich ihm hingab, bevor sie verheiratet waren.

Vor kurzem hatte sie gehört, daß Mutter sich in ihr Zimmer zurückgezogen hatte, das neben dem ihren lag. Wie glücklich war sie über die Anwesenheit ihrer Mutter. Nun war sie nicht mehr von der Gnade eines Comte de Lambert abhängig, und sie mußte ihn auch nicht heiraten.

Im Raum war es unerträglich warm, und auch nach einer Stunde schlief Bettina immer noch nicht. Am liebsten hätte sie das Nachthemd ausgezogen, um nackt zwischen den dünnen Laken zu liegen. Obwohl die hohen Fenster geöffnet waren, kam kein kühler Windhauch herein.

Schließlich stand Bettina auf und schlenderte auf die große Veranda hinaus. Dichte graue Wolken ballten sich am Himmel und verdeckten den Vollmond. Vielleicht regnet es bald, dann würde es auch in ihrem Zimmer kühler werden.

Die Veranda führte um das ganze Gebäude herum, und sie ging ein Stück weiter, um die Lichter der nahen Stadt zu sehen. Plötzlich hörte sie jedoch Stimmen und blieb stehen. Als sie nach rechts blickte, erkannte sie, daß sie fast bis zum Salon vorgedrungen war, dessen Türen offenstanden. Nur ein schwacher Lichtschein fiel auf die Veranda, denn drinnen brannte offenbar nur eine Kerze.

Bettina hörte Don Miguel sagen: »Sie sind wirklich ein Glückspilz, Pierre. Wäre ich zehn Jahre jünger, würde ich versuchen, Ihnen Bettina wegzunehmen. Aber ich bin zu alt, um ein so schönes, junges Mädchen glücklich zu machen. Ihre Mutter allerdings wäre schon eine passende Frau für mich. Trotz ihrer erwachsenen Tochter sieht die Witwe erstaunlich jung aus. Vermutlich hält aber sogar Jossel mich für zu alt. Auch sie wünscht sich einen jüngeren, feurigeren Mann.«

»Was für dumme Gedanken, Miguel, Ihre Manneskraft ist ungebrochen«, widersprach Pierre. »Warum bleiben Sie nicht ein bißchen länger und versuchen, die liebliche Witwe zu erobern? Ich könnte mir schlimmere Dinge vorstellen.«

Don Miguel lachte. »Sie versuchen wohl, die Schwiegermutter schon vor der Hochzeit loszuwerden?«

»Es gibt keine Hochzeit«, sagte Pierre verbittert.

Bettina unterdrückte einen Aufschrei und trat näher an die Wand heran. Sie stand unmittelbar neben der offenen Tür und konnte jedes Wort deutlich verstehen.

»Das soll wohl ein Scherz sein«, sagte Don Miguel.

»Wenn es das nur wäre!« erwiderte Pierre, und seine Stimme hatte einen Unterton echten Bedauerns. »Sie waren doch in der Stadt, Sie haben gehört, was über Bettina geredet wird. Als die *Windsong* kaum einen Tag im Hafen lag, kannte schon jeder Bettinas Geschichte. Man nannte sie sofort eine Piratendirne, weil dieser Tristan sie gegen ein Lösegeld freilassen wollte. Für mich ist es unmöglich geworden, sie jetzt noch zu heiraten.«

»Sie wären ein Narr, Pierre, wenn Sie dieses Mädchen aufgeben wollten, weil ein paar Dummköpfe schwatzen.«

»Sie leben nicht hier, Miguel«, entgegnete Pierre. »Das ist eine kleine Insel, hier kann man eine Frau nicht heiraten, über die derartige Gerüchte im Umlauf sind.«

»So wollen Sie also diese Perle aus der Hand geben? Ich an Ihrer Stelle...«

»O nein«, unterbrach ihn Pierre. »Ich beabsichtige durchaus, diese Perle zu behalten. Ich weiß nur noch nicht, wie ich es anstellen soll.«

»Bettina soll also Ihre Mätresse werden?« fragte Miguel.

»Natürlich. Wie Sie schon sagten, wäre ich ein Narr, wenn ich sie gehen ließe.«

»Aber wie wollen Sie das anfangen?« fragte Miguel. »Meiner Meinung nach erwartet Bettina Verlaine, Ihre Frau zu werden. Und ihre Mutter nimmt das auch an.«

»Die Mutter muß eben fort, und Bettina muß in meiner Obhut zurückbleiben. Außerdem werde ich sie sehr bald zu meiner Geliebten machen. Ist sie es einmal, werde ich ihr erklären, warum ich sie nicht mehr heiraten kann.«

Wieder lachte Don Miguel. »Sie sind ja ein Wüstling, Pierre! Alle Freuden der Liebe mit einem schönen Weib genießen – aber nicht in die Falle der Ehe gehen.«

»Nun, ich hatte mir die Dinge nicht so vorgestellt. Ich wollte Bettina heiraten. Eine Königin wäre sie bei mir geworden, wenn dieser Pirat Tristan sie nicht zu seiner Hure gemacht hätte.«

»Eigentlich ist es doch eine Ironie des Schicksals, daß der gleiche Mann in unser beider Leben eingreift«, sagte Don Miguel. »Und dennoch ist ihm keiner von uns bis jetzt begegnet.«

»Sie haben also wirklich keine Ahnung, warum er Ihnen nach dem Leben trachtet?«

»Nein. Ich habe schon nächtelang schlaflos gelegen und darüber nachgedacht. Man erzählte mir, er sei ein junger Mann mit blondem Haar und ungewöhnlich groß. Zunächst vermutete ich, es handelt sich um einen Bastard von mir, aber bei dieser Beschreibung erscheint mir das kaum möglich. Ich weiß wirklich nicht, was er von mir will.«

»Sie sagen, er ist jung?«

»Das paßt Ihnen wohl nicht?« spottete Don Miguel. »Aber was bedeutet in einem solchen Fall schon das Alter? Ich wage zu bezweifeln, daß Bettina bei ihm Leidenschaft kennenlernte. Piraten sind ein grobes Gesindel. Ich muß es wissen, denn ich war selbst in meiner Jugend einer.«

Pierre blickte ihn erstaunt an. »Das haben Sie noch nie erwähnt.«

»Es liegt lange Zeit zurück, und nur wenige Menschen wissen es. Ich geriet in schlechte Gesellschaft, für uns waren Raub und Brandschatzung ein vergnüglicher Zeitvertreib, der sich als sehr gewinnträchtig erwies. Daher blieb ich ein paar Jahre dabei. Doch das ist lange her, ich bin ein anderer Mensch geworden – wir wollen also diese Zeit vergessen.«

»Bei mir ist Ihr Geheimnis gut aufgehoben«, versicherte Pierre.

»Das macht mir keine Sorgen – dieser Tristan ist es. Bis heute abend glaubte ich, er wolle irgendeine Schuld bei mir eintreiben. Aber nun verdanke ich es Ihrer Bettina, daß ich weiß, was für ein gefährlicher Mann er ist. Warum hat sie Ihnen eigentlich die Karte der Insel gegeben?«

»Sie ist ein sehr mutiges und eigenwilliges Mädchen.« Pierre lachte. »Sie verlangte, ich sollte zu der Insel segeln, auf der man noch ihre alte Dienerin festhält, und ich sollte Tristan töten.«

»So energisch kam sie mir bei unserer ersten Begegnung heute abend gar nicht vor. Aber warum geben Sie mir nicht die Karte? Dann bräuchten Sie sich um diesen Tristan nicht mehr zu kümmern, und Bettina bekäme vermutlich auch ihren Willen.«

»Ich habe die Karte verbrannt.«

»Was haben Sie getan?« rief Don Miguel.

»Ich hatte schließlich nie die Absicht, zu Tristans Insel zu segeln«, erklärte Pierre. »Meine Schiffe sind nicht ausreichend bestückt, meine Mannschaften keine Soldaten. Bettina wollte ich sagen, die Karte sei verlorengegangen. Damit wäre alles erledigt gewesen. Aber warum wollen Sie denn auf die Insel?«

»Ich bin kein Mann, der abwartet, bis seine Feinde ihn finden.«

»Bettina kam mit einem Handelsschiff hierher«, sagte Pierre. »Der Kapitän müßte wissen, wo die Insel liegt. Er hat ja Bettina die Karte gegeben.«

»Liegt sein Schiff noch im Hafen?« fragte Don Miguel hoffnungsvoll.

»Er setzte Bettina hier nur an Land. Aber ich frage sie morgen früh nach dem Namen und dem Bestimmungshafen seines Schiffes. Dennoch halte ich es für ein unnützes Wagnis, diesen Piraten zu suchen.«

»Es geht nicht um Sie, mich will dieser Mann töten«, entgegnete Don Miguel. »Ich nehme das Wagnis nicht auf mich, daß er mich zuerst aufspürt.«

Sogar als die beiden Männer sich zur Ruhe begeben hatten, lehnte Bettina immer noch wie angewurzelt an der Hausmauer. Was für ein hinterhältiger Mensch war doch dieser Pierre! Sie kam sich billig und ausgenutzt vor. Er wollte sie also zu seiner Geliebten machen und sie überdies wegen der Karte anlügen. Er plante, ihre Mutter fortzuschicken, und dann wollte er sie sich gefügig machen oder aus dem Haus werfen.

Trotz der warmen Nacht fröstelte Bettina, und endlich schlich sie auf Zehenspitzen in ihr Zimmer zurück. Wilder Zorn erfüllte sie. Was sie eben belauscht hatte, mußte sie ihrer Mutter erzählen. Keine Minute länger blieb sie in diesem Haus. Aber es war spät, und die Mutter schlief gewiß schon. Bettina mußte also bis zum Morgen warten, um Pierres gemeine Absichten zu durchkreuzen.

Sind eigentlich alle Männer so rücksichtslos und wollen uns Frauen beherrschen, weil wir die Schwächeren sind? überlegte Bettina. Was wäre nur mit mir geschehen, wenn ich dieses Gespräch nicht durch Zufall belauscht hätte? – Aber sie hatte Glück gehabt, und schon morgen wollte sie für sich und ihre Mutter eine Unterkunft in der Stadt suchen.

Dann erinnerte sich Bettina plötzlich an Madeleine. Sie mußte befreit werden, bevor die Mutter und sie nach Frankreich zurückkehrten. Nun, dieser Don Miguel de Bastida wollte ja auf Tristans Insel. Ihn also konnte sie bitten, Madeleine zu holen. Und wenn er Tristan tötete, brauchte Bettina in diesem Falle keinerlei Schuldgefühle zu haben.

Alles würde so geschehen, wie sie es sich vorstellte.

25

Nach Mitternacht erwachte Bettina aus schwerem Schlaf. Regen trommelte jetzt auf die Veranda, das Unwetter schien soeben losgebrochen zu sein. Zögernd kletterte sie aus dem Bett und ging zum Fenster. Kühle Luft drang herein. Im Raum herrschte völlige Dunkelheit, und der prasselnde Regen übertönte jedes Geräusch.

Zwischen Bett und Fenster standen keine Möbelstücke, aber noch bevor Bettina das Zimmer halb durchquert hatte, wurde sie zurückgerissen und gegen einen klatschnassen Körper gepreßt. Sie wollte aufschreien, aber schon wurde ihr ein trockenes Tuch in den Mund geschoben. Die Arme wurden ihr schnell auf dem Rücken gefesselt, und bevor sie den Knebel ausspucken konnte, legte der Angreifer ihr einen Tuchstreifen über den Mund und band ihn am Hinterkopf zusammen. Sie wollte losrennen, aber der Unbekannte warf sie auf den Boden und fesselte ihre Füße.

Bettina saß die Angst würgend in der Kehle. Das konnte nur Antoine Gautier sein! Doch gleichzeitig erschien es ihr unvorstellbar, daß er so dumm sein könnte, sie aus dem Haus des Comte zu entführen.

Der Mann ließ sie einen Augenblick auf dem Boden liegen und beugte sich über sie. Einzelne Wassertropfen aus seinem nassen Haar fielen ihr ins Gesicht. Wer es war, konnte sie allerdings in der Dunkelheit nicht erkennen.

»Tut mir leid, daß ich dich fesseln muß, Kleines, aber bei einem Mädchen wie dir muß man vorsichtig sein. Draußen regnet es stark, und ich werde dich daher in eine Decke packen. Warum ich nach deiner Flucht noch so achtsam mit dir umgehe, weiß ich allerdings nichts.«

Was für eine Scheußlichkeit, dachte Bettina. Wie kam Tristan nur hierher? Er mußte schon bald nach ihrer Flucht von seiner Insel abgesegelt sein, sonst hätte er noch nicht hier sein können. Warum hatte er nicht länger auf der Insel nach ihr gesucht?

Jetzt hüllte Tristan sie in eine schwere Decke, hob sie auf und trug sie durch die Verandatüren hinaus. Außer dem Rauschen des Regens war nichts zu hören. Nach einiger Zeit stellte Tristan auf die Beine, und vom Regen war nichts mehr zu spüren.

»Wir warten hier, bis Jules kommt. Vor Einbruch der Morgendämmerung müssen wir wieder auf dem Schiff sein. Es hat mich schon Zeit genug gekostet, die Plantage zu finden.«

Insgeheim verwünschte Bettina denjenigen, der ihn zu ihrem

Aufenthaltsort gewiesen hatte. Andererseits jedoch war sie froh, Saint-Martin verlassen zu können. Die Mutter würde schon nicht zulassen, daß Pierre ihnen folgte.

Nun hörte sie, wie Jules rief: »Tristan, ich habe sie gefunden!«

»Wen du hast, weiß ich nicht, Jules. Aber es ist bestimmt nicht Bettina. Die ist nämlich bei mir.«

Tristan schloß sie fest in seine Arme und zwang sie dadurch, sich an seine Brust zu lehnen.

Jules erwiderte: »Aber ich habe doch eine Kerze angezündet, wie du mir geraten hast. Meine hat langes weißblondes Haar.«

»Und ich versichere dir, daß ich Bettina bei mir habe«, entgegnete Tristan ungeduldig.

»Hast du dir ihr Gesicht genau angesehen?« fragte Jules.

»Nein. Aber...« Tristan unterbrach sich, und seine Arme umschlossen Bettina noch fester. »Diese verdammte Dunkelheit! Wir nehmen beide mit. Wir dürfen keine Zeit mehr vertrödeln, denn ich möchte weg von hier, bevor man das Schiff sichtet. Eine Frau mehr oder weniger auf unserer Insel spielt doch keine Rolle.«

Bettina wollte aufschreien, aber kein Laut kam über ihre Lippen. Sie wußte sofort, daß Jules ihre Mutter bei sich hatte. Doch was konnte sie schon dagegen unternehmen? Nun würden sie beide wohl ihr Leben lang Gefangene auf der Insel sein. Denn Pierre hatte ja die Karte nicht mehr. Außerdem würde er sie bestimmt nicht zurückholen. Selbst wenn er sie hätte.

Bettina wurde hochgehoben, und Tristan legte sie sich über die Schulter. Dann setzte er sich in einen wiegenden Trab. Bald schmerzten Bettina die Arme, und auch ihre Füße wurden kalt. Es war ein quälendes Gefühl, so hilflos weggeschleppt zu werden. Tristan hatte sie wie einen entlaufenen Sklaven gefesselt, um sie zu erniedrigen.

Nasse Zweige und Blätter streiften ihre bloßen Füße, und der Regen fiel immer noch in Strömen. Eine Weile später spürte sie, wie Tristan in ein Boot kletterte, das heftig zu schaukeln begann.

Er hob sie sich von der Schulter und legte sie auf eine Bank. Gleich darauf schwankte das Boot noch mehr. Bestimmt war Jules hereingeklettert und hatte die Mutter neben sie gelegt.

Bettina packten Furcht und Verzweiflung, denn sie war hilflos und konnte sich nicht wehren. Wie entsetzlich mußte das alles erst für ihre Mutter sein. Jossel hatte den Wortwechsel zwischen Tristan und Jules bestimmt auch gehört, und wußte nun, wem sie beide in die Hände gefallen waren. Eines jedoch ahnte sie nicht – daß Pierre die Karte vernichtet hatte und sie Tristans Willen nun völlig ausgeliefert waren.

Jetzt wurde Bettina wieder hochgehoben und über eine Strickleiter nach oben getragen. Dann legte man sie auf den Boden einer Kabine, und Tristan zog grob die Decke weg.

Bettina sah ihn düster an. Ihre Augen waren dunkelgrün, und hätten Blicke töten können, wäre er sofort tot umgefallen.

Er jedoch lachte nur fröhlich. »Ich wußte ja, daß du es sein mußtest, Kleines. Dein Körper hat einen besonderen Duft.«

Jetzt trug Jules Bettinas Mutter in die Kabine. Auch sie war in eine Decke gehüllt. Jules richtete Jossel auf und nahm ihr behutsam die Umhüllung ab.

»Jetzt sehe ich, daß du die Richtige hattest, Tristan«, sagte Jules lachend, während er Jossels Fesseln löste. »Die hier dürfte mehr in meinem Alter sein. Vielleicht hat sie nichts dagegen, die Kabine mit mir zu teilen.«

Bettina wollte protestieren und versuchte, sich aufzurichten. Aber Tristan hatte ihr die Fesseln noch nicht abgenommen und lächelte verschlagen.

Jossel rieb sich die Arme und blieb ruhig stehen. Selbst als Jules ihr den Knebel aus dem Mund nahm, schwieg sie. Bettina sah nur die verzerrten Augen ihrer Mutter.

»Wer sind Sie denn, Madame?« erkundigte sich Tristan. Breitbeinig und sie weit überragend stand er vor ihr.

»Ich bin Jossel Verlaine, und ich...«

»Verdammt!« schrie Tristan, und Jossel zuckte zusammen. »Weißt du, was du da angerichtet hast, Jules? Die Frau ist die Mutter des Mädchens!«

»Na, so was.«

»Mit dieser kleinen Hexe habe ich schon genügend Ärger. Ich brauche nicht noch die Hexenmutter dazu!«

»Es dürfte wohl deine Schuld sein, wenn du mit dem Weibchen nicht umgehen kannst«, erwiderte Jules. »Vor langer Zeit habe ich dir schon gesagt, wie du es behandeln sollst. Aber du hörst ja nicht auf mich. Mit Frauen bist du zu sanft, Tristan. Für mich sehe ich keine Schwierigkeiten mit Madame.«

Tristan musterte Jossels blasses Gesicht und die großen grünen Augen. Sein Zorn verging, und auch seine Stimme klang nun wesentlich freundlicher. »Ich bedaure, daß ich Sie erschrecken mußte, Madame, aber es war für mich völlig unerwartet, Sie hier vorzufinden. Bettina hat mir schon von Ihnen erzählt, und ich nahm an, Sie lebten noch in Frankreich. Ich will weder Ihnen noch Ihrer Tochter ein Leid zufügen. Darüber können Sie völlig beruhigt sein.«

»Dann nehmen Sie ihr doch die Fesseln ab, Monsieur«, bat Jossel ängstlich. Sie wußte nicht, was sie von diesem riesigen Mann denken sollte.

»Noch nicht.«

»Sie wollen Bettina doch nicht bestrafen, weil sie entflohen ist?« fragte Jossel.

»Also hat sie Ihnen von mir erzählt?«

Jetzt mischte sich Jules in das Gespräch. »Vermutlich waren es wenig schöne Dinge.«

Tristan blickte ihn finster an. »Hast du eigentlich nichts zu tun, Jules?«

»Im Augenblick nicht«, entgegnete Jules, ging zum Tisch und setzte sich hin.

Jossel nahm ihren ganzen Mut zusammen. »Bettina hat mir alles erzählt«, sagte sie.

»Alles?« fragte Tristan und sah sie amüsiert an.

»O ja.«

»Nun, Madame Verlaine, da kann ich Ihnen versichern, daß ich nicht der gewalttätige Pirat bin, als den sie mich Ihnen gewiß schilderte.«

»Wenn Sie also ein ehrenwerter Mann sind, dann geben Sie uns frei«, sagte Jossel. »Natürlich auch Madeleine Daudet.«

»Madame, wie ich schon sagte, ich bin kein gewalttätiger Pirat«, erwiderte Tristan, »aber ich behauptete auch nicht, ein ehrenwerter Mann zu sein. Bettina gehört mir. Ich habe sie vor einer Flucht gewarnt, aber sie hat diese Warnung nicht beherzigt. Jetzt verhalte ich mich ihr gegenüber so, wie ich es für richtig halte.«

»Aber, Monsieur...«

»Ich bin noch nicht fertig«, unterbrach Tristan sie sofort. »Ich erlaube Ihnen nicht, sich auf irgendeine Weise einzumischen. Wenn Sie bei Ihrer Tochter bleiben wollen, dann denken Sie an diese Worte. Was ich mit Bettina mache, ist meine Angelegenheit. Habe ich mich verständlich ausgedrückt?«

»Völlig klar«, flüsterte Jossel.

»Gut. Sie können in Jules' Kabine schlafen, er wird sie für Sie räumen. Ich bin überzeugt, daß er nicht mit Ihnen herumtändeln will, er ist verheiratet.«

Jules murrte: »Meine Kabine räumen? Muß ich das wirklich?«

Tristan begleitete beide zur Tür und flüsterte Jossel so leise zu, daß Bettina es nicht hören konnte: »Ich tu' ihr nicht weh, Madame. Also machen Sie sich keine Sorgen.«

Jossel war von den freundlichen Worten Tristans aufrichtig überrascht und lächelte ihm hoffnungsvoll zu.

Als Tristan die Tür hinter sich schloß und sich dagegenlehnte, beobachtete Bettina ihn genau. Breit lachend stand er da, mit nassem Haar.

Die Kleidung klebte ihm am Körper, so daß man seine gewaltigen Muskeln auf Armen und Brust sehen konnte. Er war noch immer glatt rasiert, und sein Gesicht so stark von der Sonne gebräunt, daß man seine Narbe kaum noch sah.

»Deine Mutter ist schon eine eindrucksvolle Frau und noch dazu sehr schön. Die Ähnlichkeit zwischen euch ist sehr groß«, sagte er. Dann stieß er sich von der Tür ab und kam langsam auf Bettina zu.

Neben dem Bett blieb er stehen und streifte das feuchte Hemd ab.

Er warf es zu den nassen Decken auf dem Boden, griff nach einem Tuch und rieb sich den Kopf trocken. Bettina dachte nur daran, wann er sie wohl endlich von den Fesseln befreien würde.

»Nun, Bettina«, sagte er, dicht vor ihr stehen bleibend, »was soll ich denn mit dir jetzt tun? Natürlich war ich wütend, als ich entdeckte, daß du geflohen warst. Du kannst dich glücklich schätzen, daß ich dich an diesem Morgen nicht mehr aufspürte. Sonst hättest du nämlich Prügel bekommen. Jules ist ja immer der Meinung, daß du sie nötig hast. Inzwischen hatte ich jedoch Zeit, mich zu beruhigen.«

Er ging zum Tisch und füllte einen Becher mit Rum. Bettina fürchtete schon, er werde sie gefesselt auf dem Boden liegen lassen. Was hatte er jetzt mit ihr vor?

»Womit kannst du wohl dein Verbrechen sühnen, Bettina? Ich habe dir prophezeit, daß ich dich wie eine Gefangene halten werde, wenn du einen Fluchtversuch unternimmst. Du hast nicht nur versucht zu fliehen, es ist dir sogar für kurze Zeit geglückt. Einen Fehler hast du natürlich begangen. Die Pferde hättest du nicht freilassen dürfen. Eins der Tiere kam auf den Hof gelaufen und weckte mich.«

Er lächelte überlegen und fuhr fort: »Als ich dich verfolgte, stürmte der weiße Hengst wie wild aus dem Wald. Hast du dich bei dem Sturz verletzt? Vermutlich nicht. An diesem Morgen hattest du wirklich Glück. Ich erreichte gerade die Küste, als dieser verdammte Segler dich an Bord nahm. Hätte es nicht einen Sturm gegeben, wäre ich schon einen Tag früher auf Saint-Martin gewesen.«

Daher hat er mich also so schnell gefunden, dachte Bettina. Und es war meine Schuld, weil ich die Pferde nicht in der Koppel gelassen habe.

»Nun, was für eine Strafe wünschst du dir also, Kleines?« Tristan hockte sich neben sie. »Natürlich könnte ich dich schlagen. Jules würde das für richtig halten.«

Bettina wandte den Kopf zur Seite. Als sie jedoch seine Hand auf ihrer Brust spürte, brannte sie die Berührung sogar durch das Kleid wie Feuer.

»Warum bist du eigentlich von mir davongelaufen? Etwa deshalb?« fragte Tristan mit tiefer und leicht spöttischer Stimme.

Seine Hand glitt tiefer. Bettina wollte sich von ihm wegwälzen, aber das Bett stand im Weg. Ihre Angst wuchs. Wie würde er sie wohl bestrafen?

Nimm mir doch die Fesseln ab, wollte sie schreien, doch dann wurden ihre Augen groß vor Entsetzen, denn er zog sein Messer. Lächelnd sah er sie an, doch seine Augen blieben kalt. »Bleib ruhig, und nimm dein Schicksal hin, Bettina, denn ich weiß schon eine angemessene Bestrafung für dich.«

Stocksteif vor Schreck ließ sie es sich gefallen, daß er das Messer an ihrer Schulter ansetzte und ihr das Kleid der Länge nach auftrennte. Dann riß er es ihr vom Leib und warf das Messer zur Seite. Ausdruckslos ruhte sein Blick auf ihrem nackten Leib. Bettinas Gesicht wurde heiß.

Tristan zog einen Stuhl heran, setzte sich und fuhr fort sie auszuziehen. Seinem Gesicht war keinerlei Regung anzusehen – nicht einmal Begierde.

Könnte ich ihm doch nur meinen Haß entgegenschreien, dachte sie und beschloß, ihm die Augen auszukratzen, wenn er ihr die Fesseln abnahm.

Bettina konnte seinen Blick kaum noch ertragen, aber schon ein paar Sekunden später hob er sie auf und legte sie behutsam auf das Bett. Sein Zorn schien verflogen, doch Bettina wußte, was jetzt geschehen würde.

»Jetzt könnte ich mit dir tun, was ich wollte, ohne dich festhalten zu müssen«, sagte Tristan leise. Dabei streichelte er sanft mit beiden Händen über ihren Körper. »Davor bist du fortgelaufen, nicht wahr, Bettina. Du wehrst dich dagegen, und verleugnest deine wahren Gefühle.«

Hör auf, so zu reden! Verdammt sollst du sein, schrie es in ihr, aber Tristan lehnte den Kopf an ihren Hals, und dann glitten seine Lippen und seine Zunge spielerisch über ihre Schultern zu den Brüsten. Obwohl sie sich gegen sich selbst wehrte, wurde ihr Verlangen immer stärker und schien jeden inneren Widerstand zu brechen.

»Was du jetzt fühlst, ist kein Abscheu, meine kleine Blume«, flüsterte Tristan. »Es ist eine wirkliche Freude – und wir wissen es beide. Du verfluchst mich, aber du verlangst nach mir. Deine Leidenschaft siegt über den Haß, und dein Körper schreit nach einer Erfüllung, die nur ich ihm geben kann.«

Tristan stand auf und zog sich aus. Dann entfernte er behutsam die Fesseln von ihren Beinen. Seine Hände streichelten ihren Leib. Sie wollte sich aufrichten, aber er hielt sie auf dem Bett fest und beugte sich über ihren Mund.

Und Bettina wehrte sich nicht mehr. Sie verbrannte förmlich in der Glut, die er in ihr entfacht hatte.

Sie gab sich ihm rückhaltlos hin – und es war natürlich ein Wahnwitz, aber gleichzeitig aufregend schön. Sie konnte an nichts anderes mehr denken.

26

Sie hatten den Sturm durchsegelt, und nun schien die Morgensonne durch das Kabinenfenster. Bettina lag nackt auf dem Bett. Die salzige Brise trocknete sanft ihren schweißfeuchten Körper. Noch zitterte die Leidenschaft der Umarmung in ihr nach.

Unbegreiflich schien ihr, wieso sie so leidenschaftlich nach Tristan verlangen und ihn gleichzeitig hassen konnte. War eine Frau so schwach, daß ein Kuß sie ihrer ganzen Willenskraft beraubte?

Aber Pierres Kuß hatte keinerlei Regungen in ihr wachgerufen. Das Feuer der Leidenschaft konnte nur Tristan in ihr wecken.

Was war eigentlich mit ihr geschehen? Ihre Schuld konnte es nicht sein, es mußte an Tristan liegen. Er war eben ein Teufel, und seine Hände besaßen Zauberkraft.

Er mußte ein Teufel sein, wenn er Frauen so verzaubern konnte. Doch sie sollte er nie wieder berühren.

Sie blickte zu Tristan hinüber, der am offenen Fenster stand und auf das Meer hinausschaute. Er wirkte besorgt, und das gefiel ihr.

Bettina wollte sich aufrichten, doch dann fiel ihr ein, daß Tristan ihr die letzten Fesseln immer noch nicht abgenommen hatte. »Binde mich los, Tristan«, forderte sie.

Mit hochgezogenen Augenbrauen und leichtem Lächeln betrachtete er sie. Bettina wurde sich ihrer Nacktheit bewußt und errötete. Tristans Augen glänzten, und das Haar fiel ihm in Wellen in die Stirn. Im Licht der Morgensonne wirkte es wie geschmolzenes Gold.

»Hast du etwas gesagt, Kleines?«

Verdammt, sie wußte genau, daß er sie verstanden hatte. Nun ja, sie wollte dieses Spielchen mitmachen, aber nur bis sie ihre Freiheit wiederhatte.

»Würdest du mir bitte die Armfesseln abnehmen? Mir tun die Gelenke weh«, sagte sie.

»Gefangene werden meist in rostiges Eisen geschlossen«, erwiderte Tristan. »Du solltest dich glücklich schätzen, daß es nur ein Hanfseil ist.«

Ob er sich über sie lustig machte, konnte Bettina nicht sagen, aber er blieb ungerührt am Kabinenfenster stehen. Also mußte sie ihn gnädig stimmen, obwohl sie ihn am liebsten verflucht hätte.

»Bitte, Tristan!« Mühsam richtete sie sich auf. »Du kannst mich doch nicht so hier liegenlassen.«

»Warum nicht? Solange du gefesselt bist, brauche ich mir keine Gedanken zu machen, ob du mich anfällst, wenn ich dir den Rücken kehre.«

»Aber meine Arme schmerzen!« rief Bettina. »Willst du mich quälen, weil es mir gelungen ist, dir zu entkommen? Verdammt sollst du sein! Ich hatte dir gesagt, ich würde fliehen, wenn du mir wieder Gewalt antätest. Ich habe nur Wort gehalten. Hättest du mich in Frieden gelassen, wäre ich auf deiner Insel geblieben.«

»Davon bin ich überzeugt«, höhnte er. »Aber du bist zu verlockend, ich kann dich nicht in Frieden lassen, Bettina. Ich werde dich küssen, wann ich will. Und wenn ich mit dir schlafen will, dann tue ich es. Hast du vergessen, was ich deiner Mutter sagte? Du gehörst mir.«

»Ich möchte meine Mutter sehen«, forderte Bettina.

»Wie? In diesem Zustand?« Er lachte.

Wieder errötete sie, doch sie bemühte sich, ihren Zorn zu unterdrücken. »Nimmst du mir nun die Fessel ab – oder nicht?«

»Wahrscheinlich schon. Aber nur unter gewissen Bedingungen.«

»Und die wären?«

»Du hörst auf, mir Widerstand zu leisten, und...«

Bettina unterbrach ihn und sagte spöttisch: »Immer willst du etwas mit Bedingungen aushandeln? Bist du eigentlich nicht fähig, richtig mit mir umzugehen, Tristan? Pierre ist es ganz und gar nicht schwergefallen.«

»Jetzt geht es also um Pierre, wie?« fragte er kalt. »Nach zwei Tagen warst du also schon so vertraut mit diesem Mann?«

Bettina blickte zur Seite. »Mehr als das.«

»Was soll denn das heißen?« wollte er wissen. Dann trat er auf sie zu und hob ihren Kopf. »Antworte gefälligst!«

»Nimm mir die Fessel ab.«

»Zuerst wirst du antworten, verdammt noch mal!« schrie Tristan.

»Werde ich das tun?« fragte Bettina mit honigsüßer Stimme. Es überraschte und freute sie, daß Tristan so erbost war, weil sie Pierre erwähnt hatte. »Ich kann recht hartnäckig sein, Tristan. Willst du das mal erleben?«

Er schlug sich mit der rechten Faust in die linke Hand und fluchte leise vor sich hin. Bettina überlegte, ob er wohl auf Pierre eifersüchtig war. Wie würde er sich wohl verhalten, wenn sie nun log und behauptete, aus freien Stücken Pierres Geliebte geworden zu sein? Vielleicht ließ er sie dann endlich in Ruhe.

Jetzt drehte er sich um und band ihre Arme los. Dann trat er zurück. Sie rieb sich die Handgelenke und wickelte sich in eine Decke ein.

Schweigend blieb sie stehen, bis Tristan die Geduld verlor. Er umfaßte ihr Gesicht mit beiden Händen und sah ihr eindringlich in die Augen.

»Du bist frei – also beantworte meine Frage«, forderte er sie auf, sichtlich bemüht, ruhig zu sprechen.

»Welche Frage denn?« erkundigte sie sich mit Unschuldsmiene.

»Wenn du mit mir spielen willst, kannst du etwas erleben, Bettina. Antworte jetzt!«

»Was willst du denn wissen, Tristan?«

»Du hast gesagt, du seist mit dem Comte de Lambert mehr als vertraut gewesen. Was meinst du damit?«

»Nun, ich habe angenommen, ich hätte mich völlig verständlich ausgedrückt.«

Tristans Zorn wuchs. »Ich verlange eine offene Antwort! Hat er dir Gewalt angetan?«

Bettina lachte hell auf. »Du versetzt mich in Erstaunen, Tristan. Wie kommst du nur auf den Gedanken, Pierre müsse mich mit Gewalt nehmen? Er ist doch mein Verlobter, und ich habe dir doch gesagt, ich würde mich ihm willig hingeben.«

»Aber erst nach der Hochzeit! Soll ich vielleicht glauben, du seist schon am ersten Tag die Geliebte dieses Mannes geworden?«

»Was du glaubst, interessiert mich nicht«, erwiderte Bettina. Sie war mit ihren Andeutungen zu weit gegangen, nun konnte sie nicht mehr zurück.

»Du hast es also getan?«

»Ja!« rief Bettina. »Ja! Und noch einmal ja!«

Tristans Gesicht verzerrte sich vor Zorn, und er ballte die Hände zu Fäusten. Dann stürmte er aus der Kabine und schmetterte die Tür hinter sich zu. Bettina seufzte erleichtert auf, aber einen Augenblick später kam Tristan wieder zurück.

»Du lügst!« schrie er Bettina an. »Niemals hättest du dich diesem Mann hingegeben, solange deine Mutter sich im selben Haus aufhielt.«

»Es – es geschah, bevor ich wußte, daß meine Mutter dort war, und sie nicht ahnte, daß ich mich nach Saint-Martin durchgeschlagen hatte. Pierre kam in mein Zimmer und sagte, er habe so unendlich lange gewartet, und er liebe mich.« Bettina bemühte sich, ihre Lüge glaubhaft klingen zu lassen. »Außerdem wollte ich meinem zukünftigen Mann keinen Wunsch abschlagen.«

»Du lügst immer noch! Nie würdest du einfach in die Arme eines Fremden sinken – selbst wenn es sich um deinen Bräutigam handelte.« Tristan marschierte zornig in der Kabine auf und ab.

Bettina hatte Angst. Einen solchen Zornesausbruch hatte sie noch nie bei ihm erlebt, und deshalb beschloß sie, ihm die Wahrheit zu gestehen.

»Nun gut, ich habe die ganze Geschichte erfunden, um dich zu erzürnen. Ich habe gelogen. Bist du nun glücklich?«

Er blieb stehen und sah sie an. Sein Gesicht war rot vor Zorn.

»Was ist denn jetzt los, Tristan?« fragte Bettina. »Vorher hast du behauptet, ich hätte gelogen. Und nachdem ich das zugegeben habe, glaubst du mir wieder nicht.«

»Warum sollte ich irgend etwas glauben, was du sagst?«

»Ja, warum wohl?« entgegnete sie aufgebracht. »Paß mal auf, Tristan. Du hast keinen Grund gehabt, sofort einen Wutausbruch zu bekommen, es sei denn, du liebst mich. Liebst du mich denn, Tristan? Hast du mich deshalb zu dir zurückgeholt?«

»Ich – ach, verdammt! Ich habe dir schon gesagt, daß es in meinem Leben keinen Platz für eine Frau oder Liebe gibt.«

»Dann bring mich zurück nach Saint-Martin«, forderte sie ihn auf.

»Nein. Nicht bevor ich mit dir fertig bin«, erwiderte er kalt.

»Zwei Mal bin ich dir schon entkommen, Tristan. Und ich werde wieder fliehen.«

»Dein letzter Versuch war dumm und unüberlegt. Du hättest in die Hände von Sklavenhändlern, Piraten oder Halsabschneidern fallen können.«

An diese Möglichkeit hatte Bettina überhaupt nicht gedacht. »Nun, es ist ja nicht geschehen. Der Kapitän des Frachters war so nett, mich ohne jede Gegenleistung nach Saint-Martin zu bringen. Es gibt eben immer noch anständige Männer auf dieser Welt.«

»Mag sein. Aber du bekommst nie wieder die Gelegenheit zur Flucht«, versicherte Tristan. »Ich habe dir schon gesagt, daß ich dich notfalls wie eine Gefangene halten werde.«

»Ich möchte jetzt meine Mutter sehen.«

»Nein«, lehnte Tristan ab.

»Aber sie wird vor Sorge außer sich sein. Ich will sie beruhigen.«

»Ich habe nein gesagt. Möchtest du jetzt etwas essen?«

»Was ich brauche, sind Nadeln und Garn. Wenn du...«

»Auch das bekommst du nicht.«

»Aber warum denn?« fragte Bettina.

»Solange du nackt bist, gerätst du nicht in Versuchung, meine Kabine zu verlassen.«

»Bist du dessen so sicher?«

»Eigentlich nicht«, erwiderte er mit einem leichten Lachen und verließ dann den Raum.

Bettina lief schnell zu seiner Kleiderkiste. Aber als sie den Deckel hob, verzog sich ihr Gesicht vor Ärger. Die Kiste war leer. Es gab in der ganzen Kabine nichts, was sie anziehen konnte.

27

Bettina ging erregt in der Kabine hin und her. Sie trug nur eine Decke um die Schultern. Seit einer Stunde ankerte das Schiff schon in der kleinen Bucht. Ihr Ärger wuchs ständig. Worauf mochte Tristan warten?

Die vergangenen zwei Wochen waren für Bettina unerträglich

gewesen. Sie blieb in der Kabine eingesperrt und saß tatenlos herum. Ihre Mutter durfte sie nicht sehen. Das Essen wurde ihr von Tristan gebracht. Er war der einzige Mensch, den sie seit zwei Wochen zu Gesicht bekommen hatte.

Die Kabinentür öffnete sich, und Tristan kam herein. Sie blickte ihm wütend entgegen. Ihre Augen glichen funkelnden Smaragden.

»Wann werde ich endlich an Land gebracht?« fragte sie.

»Jetzt, wenn du willst«, erwiderte er. »Die Sachen hier kannst du anziehen. Du hast sie ja gern getragen.«

Bettina griff nach den Kleidungsstücken, stieg in die zu großen Hosen und streifte sich das zu weite Hemd über. Als Gürtel benutzte sie ein Stück Seil, das er ihr gab.

»Aber ich habe keine Schuhe«, sagte sie erbittert.

»Das ist ja schlimm, Kleines. Ich konnte natürlich in der Dunkelheit nicht auch noch deine Schuhe aufstöbern. Also werde ich dich tragen müssen, wenn wir an Land gehen.«

»Das dürfte nicht nötig sein«, fauchte Bettina ihn an. »Wo ist meine Mutter?«

»Sie ist bereits auf der Insel. Komm!«

Nach fast einer halben Stunde landete Tristan das kleine Boot am Strand. Zwei Männer zogen das Boot ans Ufer und auf den Sand hinauf. Wo sich die anderen Matrosen der *Spirited Lady* befanden, wußte Bettina nicht. Auch Kapitän O'Caseys Schiff ankerte nicht mehr in der Bucht.

Tristan griff nach ihrer Hand und zog sie hinter sich her. Als sie den Wald erreichten, hob er sie trotz ihres Widerstandes auf seine Arme und trug sie bis zu den Rasenflächen vor dem Haus. Dort setzte er sie ab.

Jossel und Madeleine warteten vor der Eingangstür auf sie. Als Bettina auf sie zulaufen wollte, hielt Tristan sie mit eisernem Griff fest und zwang sie, an seiner Seite zu bleiben. Sie durfte kein Wort mit der Mutter und der Dienerin wechseln.

»Laß mich doch los!« schrie sie und versuchte, sich seinem Griff zu entwinden.

Tristan beachtete ihre Bitte nicht, sondern zog sie grob hinter sich her. Als sie das Zimmer erreichten, stieß er Bettina hinein, schloß die Tür hinter ihr und ließ sie allein. Sie hörte noch, wie sich der Schlüssel krachend im Schloß drehte. Sie rüttelte an der Klinke, doch die Tür gab nicht nach. Nur noch Tristans davoneilende Schritte waren zu hören. Wie wild hämmerte Bettina mit den

Fäusten gegen die Türfüllung und lauschte. Aber Tristan kam nicht zurück.

Also wollte er sie hier wieder einschließen. Der Gedanke, wochenlang wieder nur Tristan mit seinem verdammten Lächeln sehen und ihm zu Willen sein zu müssen, wann immer er nach ihr verlangte – dieser Gedanke erschien ihr unerträglich.

Bettina ging im Zimmer auf und ab wie eine gefangene Löwin. Eine Stunde verging und eine weitere.

Sie wollte hinaus, und als sie endlich hörte, wie sich der Schlüssel im Schloß drehte, blieb sie wie erstarrt stehen.

Tristan brachte ihr auf einem Tablett das Essen. Er stellte es auf den kleinen Tisch neben dem Bett.

»Wie lange willst du mich hier denn noch einschließen?« fragte Bettina mit erzwungener Ruhe.

»Bis ich dein Wort habe, daß du nicht wieder fliehen willst«, erwiderte er mit erstaunlich geduldiger Stimme.

»Verdammt sollst du sein, Tristan!« schrie Bettina und stampfte mit dem Fuß. »Ich halte es nicht mehr aus!«

»Dann gib mir dein Wort.«

»Scher dich zum Teufel!«

Tristan lachte. »So ein wildes Biest! Von deiner Dienerin habe ich erfahren, daß du früher ein zärtliches, liebebedürftiges Kind warst. Liegt es eigentlich nur an mir, daß du ständig so wütend wirst?«

»Bevor ich dir begegnete, gab es für mich keine Veranlassung wild zu werden.« Verächtlich blickte Bettina ihn an.

»Nein? Soviel ich weiß, warst du schon seit längerem ein kleiner Rebell.« Tristan lächelte, als er ihren überraschten Blick sah. »Ja, Madeleine hat mir einiges über das gespannte Verhältnis zwischen dir und deinem Vater erzählt. Diene ich jetzt als Sündenbock für ihn, Bettina? Brauchst du jemanden, an dem du deinen Zorn auslassen kannst?«

»Jetzt reicht es, Tristan«, rief sie. »Mein Vater ist tot!«

Betroffen sah Tristan sie an. »Ich – ich bedaure meine Worte, Bettina.«

»Dein Mitleid brauche ich nicht!« entgegnete sie aufgebracht.

Tristan seufzte tief. »Deine Hitzköpfigkeit solltest du wirklich unterdrücken, Bettina. Lange mache ich das nicht mehr mit.«

»Nein? Was willst du dann tun? Mich wieder fesseln und kneblen? Oder mich schlagen? Es macht dir Freude, mich zu quälen, nicht wahr?«

»O nein«, erwiderte Tristan leise, »ich möchte dir nur Gutes tun und dich glücklich machen.« Damit ließ er sie wieder allein.

Bettina zog einen der samtbezogenen Stühle ans Fenster. Von dort konnte sie den Berg betrachten und die ständig wechselnden Farben des Himmels. Die Sonne war schon lange hinter dem Berg versunken, aber seine Silhouette hob sich noch klar von dem rosafarbenen Himmel ab.

Eine kühle Brise strich durch das Fenster herein, und Bettina zog sich die Decke enger um die Schultern. Vorhin hatte Tristan ihr Abendessen gebracht. Sie hatte ihn nicht beachtet, und er war wieder hinuntergegangen, um mit Jules Rum zu trinken.

Seit einer Woche war sie nun wieder auf der Insel, und immer noch hielt Tristan sie wie eine Gefangene, und sie hatte auch noch nichts anzuziehen. Die Kleidungsstücke, mit denen sie an Land gekommen war, hatte er ihr weggenommen.

Die Tür war auch nachts verschlossen. Den Schlüssel klemmte er auf seiner Seite unter den Fuß des Bettes. Spöttisch forderte er sie ein paarmal auf, sich ihn zu holen, wenn sie das Bett heben könne. Er sei für sie die einzige Möglichkeit, ihre Freiheit zurückzugewinnen. Aber dazu war Bettina natürlich zu schwach. Seit einer Woche hatte Bettina kein Wort mehr mit Tristan gesprochen. Hätte er versucht, sie anzurühren, hätte sie nach ihm geschlagen, aber sie gab sich ihm immer wieder freiwillig und wortlos hin.

In den letzten Tagen begann sie sich jedoch nach seiner Gesellschaft zu sehnen. Sobald er das Zimmer betrat, fragte sie ihn, was sich draußen ereignet habe. Sie erfuhr von ihm nur sehr wenig und schon gar nichts über ihre Mutter.

Heute abend wollte sie ihm dafür eine Lehre erteilen. Sie stand auf, schob den Stuhl vor die Tür und klemmte die Lehne unter die Klinke. Dann zog sie die Seemannskiste vor den Stuhl. Ein Sessel folgte und auch der kleine Tisch, der neben dem Bett stand.

Als sie fertig war, setzte sich Bettina auf das Bett und wartete. Wenig später hörte sie, wie sich der Schlüssel im Schloß drehte. Sie sprang vom Bett und stemmte sich gegen die Barrikade. Tristan bemühte sich vergeblich, die Tür zu öffnen.

»Bettina, mach auf – und zwar sofort!« befahl er.

»Den Teufel werde ich tun!«

Wieder drückte er gegen die Tür, und diesmal öffnete sie sich einen Spalt. Bettina stemmte sich weiter dagegen, hörte wie er davonging und mit Jules zurückkam.

»Wie oft muß ich es dir noch sagen, Tristan? Die Hexe braucht eine starke Hand«, sagte Jules brummig.

Erschrocken rief Bettina: »Tristan, ich bin doch nicht angezogen!« Sie griff nach der Decke und wickelte sich hinein. Kaum hatte sie sie sich über die Brust gezogen, flog mit einem ohrenbetäubenden Krachen die Tür auf.

»Leg dich ins Bett, Bettina, und versteck dich unter der Decke!« rief Tristan.

Jules brach in lautes Gelächter aus und entfernte sich mit einem spöttischen: »Gute Nacht, meine Freunde.«

Tristan trat ein und schloß die Tür hinter sich. Bettina wich vorsichtig zurück und sah schweigend zu, wie er die Möbelstücke wieder an ihren Platz stellte.

»Na, warum sagst du nichts?« fragte sie. »Fang schon an. Zeig mir doch, wie zornig du bist.«

»Ich bin nicht zornig. Es war ein recht gelungener Versuch, Bettina. Er hat mir gezeigt, daß du noch genauso rebellisch bist wie früher. Und ich dachte schon, du seist gehorsam geworden.«

»Tristan, ich muß aus diesem Zimmer hinaus. Ich kann es wirklich nicht mehr ertragen!«

»Du weißt, was du vorher tun mußt«, erinnerte er sie.

»Nun gut. Ich verspreche dir, keinen Fluchtversuch zu unternehmen, wenn du mir sagst, wann du mich freiläßt.«

Er setzte sich in den Sessel. »Es steht dir nicht zu, solche Fragen zu stellen, Kleines.«

»Aber warum willst du mir nicht sagen, wann du mich nach Saint-Martin zurückbringst?«

»Sehnst du dich so sehr danach, deinen Pierre zu sehen?« fragte er gelassen.

»Nein. Du kannst mich auf jede Insel bringen, von der man nach Frankreich weiterreisen kann. Es muß nicht Saint-Martin sein.«

»Aber du willst immer nach Saint-Martin. Worin liegt da der Unterschied?«

Betinna sah in groß an. »Du hast mir gesagt, es gebe in deinem Leben keinen Platz für eine Frau. Wenn das der Wahrheit entspricht, kannst du mich doch nicht ständig hier festhalten.«

»Für immer will ich dich auch hier nicht behalten, Bettina. Wie lange aber, weiß ich noch nicht.«

»Nach dem genauen Datum habe ich nicht gefragt, Tristan. Ich möchte es nur ungefähr wissen. Soll ich noch einen Monat bleiben? Zwei, drei oder länger?«

»Wir wollen mal sagen ein Jahr – vielleicht etwas weniger«, erwiderte Tristan.

»Ein Jahr?« schrie sie auf. »Nein, das ist zu lange! Und du wirst der See wohl kaum ein ganzes Jahr fernbleiben.«

»Nein, vermutlich nicht. Manchmal werde ich dich auch allein lassen. Allerdings nur dann, wenn ich dein Wort habe, daß du nicht fliehst.«

Bettina drehte ihm den Rücken zu und biß die Zähne zusammen. Ein Jahr erschien ihr eine unendlich lange Zeit. Wie konnte sie es ein ganzes Jahr bei ihm aushalten? Aber er hatte ja gesagt, daß er die Insel ab und zu verlassen würde. Vielleicht blieb er immer ein paar Monate auf See. Und seit sie wußte, was für ein Mann dieser Pierre war, wollte sie auch nicht wieder zu ihm. Warum also die Dinge überstürzen? Bewegungsfreiheit jedoch mußte sie hier haben.

»Kann ich die zurückliegende Zeit als einen Teil dieses Jahres betrachten?« fragte sie.

»Wenn du darauf bestehst.«

»Nun gut, Tristan«, sagte sie verzagt.

»Und dein Wort?«

»Ich verspreche dir, nicht zu fliehen, wenn du mich nach einem Jahr gehen läßt.«

Tristan lachte triumphierend. »Komm her, Bettina.«

»Daß ich mich dir unterwerfe, gehört nicht zu unserer Vereinbarung, Tristan«, sagte sie heftig, aber sie kam.

28

Bettina erwachte am nächsten Morgen bei herrlichem Sonnenschein. Vögel zwitscherten auf dem Dach, und es duftete nach Sommer. Schnell schob sie Tristan aus dem Bett und forderte ihn auf, ihr ihre Kleider zu bringen. Er tat es, warf sie ihr wortlos zu, legte sich wieder hin und schlief weiter.

Da Bettinas Unterkleid zerschnitten war, wählte sie das lila Baumwollkleid, das sich weich an ihren Körper schmiegte. Das Haar steckte sie nicht auf, sondern sie ließ es offen über die Schultern hängen. Dann verließ sie das Zimmer. Der Boden im Flur war kalt, und sie eilte auf bloßen Füßen schnell zur Treppe.

Unten sah sie an der langen Tafel Madeleine neben ihrer Mutter sitzen und wie immer fröhlich schwatzen. Madeleine blickte überrascht auf, als sie Bettina erblickte, und Jossel sprang sofort auf und lief ihrer Tochter entgegen.

»O mein Kind, ist dir auch nichts geschehen?« fragte sie, als sie Bettina in die Arme schloß. »Er hat mir versprochen, er werde dir kein Leid zufügen, aber er hat mir nicht erlaubt, dich zu sehen.«

»Jetzt ist alles in Ordnung«, erwiderte Bettina und führte die Mutter zum Tisch zurück.

»Weiß Tristan, daß du sein Zimmer verlassen hast? Er würde sonst . . .«

»Er weiß es, Mama«, unterbrach Bettina sie. »In der vergangenen Nacht habe ich mit ihm eine Vereinbarung getroffen. Ich gab ihm mein Wort, daß ich ein Jahr bei ihm auf der Insel bleibe. Wenn man die vergangenen Wochen anrechnet, dürften es nur elf Monate sein.«

»Und dem hast du zugestimmt?«

»Mir blieb keine andere Wahl, sonst wäre ich weiterhin eingesperrt geblieben, und das konnte ich nicht ertragen.«

»Deine Flucht war eine Dummheit«, schalt Madeleine. »Tristan benahm sich wie ein Wahnsinniger, als er mir erzählte, daß du mit einem Schiff abgesegelt seist. Und ich wurde fast krank vor Sorge um dich.«

»Entschuldige, Madeleine. Deinetwegen mußte ich ja zurückkommen. Der Gedanke, dich hier zurücklassen zu müssen, war mir unerträglich.«

»Ach, mir ist es hier gutgegangen, Schätzchen«, erwiderte Madeleine. »Inzwischen gefällt es mir wirklich. Küchenarbeit muß ich nicht mehr verrichten. Ich beaufsichtige lediglich die beiden jungen Mädchen, die hier arbeiten, wenn Tristan daheim ist.«

»Wer sind denn diese Mädchen?« fragte Bettina neugierig.

»Sie heißen Aleia und Kaino«, sagte Madeleine. »Ihre ältere Schwester Maloma ist mit Jules verheiratet.«

»Verheiratet? Ja, ich entsinne mich, daß Tristan sagte, Jules habe hier eine Frau.«

»Eine Frau und drei kleine Kinder. Schlaue kleine Biester – alles Mädchen.«

»Hat Tristan etwa auch eine Frau und Kinder?« Bettina verzog spöttisch den Mund.

Madeleine und Jossel wechselten einen behutsamen Blick, und dann erwiderte Madeleine: »Tristan hat sich noch nie mit einer Frau aus dem Dorf eingelassen. Die Dirnen sucht er gelegentlich auf, aber das ist auch alles. Viele von seinen Leuten haben Mädchen aus dem Dorf geheiratet und sich eigene Hütten gebaut. Der Rest der Mannschaft hält sich im Dorf auf.«

»Gibt es denn hier einen Priester, der diese Ehe geschlossen hat?« fragte Bettina. »Ich würde auch gern zur Beichte gehen.«

»Nein, die Paare ließen sich vom Häuptling trauen. Das ist natürlich nicht richtig, aber ich glaube, ich konnte Jules überzeugen, daß er einen Priester auf die Insel bringen müsse. Dann können diese Ehen nachträglich noch gesegnet werden.«

Bettina sah sie erstaunt an. »Warum kümmerst du dich eigentlich um solche Dinge, Madeleine?«

»Tristans Männer haben diese Mädchen aus einem Ehrgefühl heraus geheiratet«, erwiderte Madeleine. »Ich bin der Meinung, sie sollten auch den Segen der Kirche erhalten.«

»Dabei denkst du natürlich an Jules«, sagte Bettina. »Wirklich, Madeleine, manchmal bist du unmöglich! Mußt du eigentlich jeden bemuttern? Jules verdient deine Besorgnis überhaupt nicht.«

Jetzt mischte sich Jossel in das Gespräch: »Ich habe diesen Mann inzwischen kennengelernt, Bettina, und ich kann mir kaum vorstellen, daß er dich zu Tode peitschen wollte.«

»Er wollte es aber, und er würde es liebend gern auch jetzt noch tun. Wenn ich Tristan etwas antäte, fiele Jules als erster über mich her.«

»Da hat sie recht, Jossel«, gab Madeleine zögernd zu. »Du warst nicht hier, als sie beinahe den Kapitän umbrachte. Jules wird zu einem Dämon, wenn es sich um Tristan handelt. Er beschützt den Kapitän wie eine Mutter ihr Kind.«

Besorgt und traurig blickte Jossel ihre Tochter an. »Ich befürchte, ich habe mich nicht so um dich gekümmert wie ich sollte, ma chérie.«

»O nein, Mama, mach dir doch keine Vorwürfe. Wenn du jetzt etwas unternimmst, setzt du dein Leben aufs Spiel. Ich stehe die Zeit schon durch. Es ist ja nur ein Jahr.«

Jossel sah die Tochter aufmerksam an. »Das klingt, als ob du aufgegeben hättest, Bettina. Comte de Lambert hat doch die Karte, die du ihm gegeben hast. Er wird uns befreien.«

Bettina seufzte leise und erzählte dann der Mutter von dem Gespräch zwischen Pierre und Don Miguel, das sie belauscht hatte. »Also wird es doch ein Jahr dauern, falls Tristan sich nicht anders entscheidet«, schloß sie.

»Weiß Tristan eigentlich, daß du nicht mehr beabsichtigst, den Comte zu heiraten?« fragte Jossel leise.

»Nein. Und ihr müßt mir versprechen, daß hier niemand etwas davon erfährt«, erwiderte Bettina. Die beiden Frauen nickten zustimmend.

»Aber wenn Tristan es wüßte, würde er dich vielleicht heiraten«, wandte Jossel ein.

»Mama, meine Gefühle für Tristan haben sich, seit ich dir alles erzählte, nicht geändert. Ich hasse ihn, und ich würde ihn nie heiraten.«

»Aber ein Jahr ist eine lange Zeit, Bettina. Wenn du Tristan ein Kind schenkst, würde er gewiß . . .«

»Sag doch nicht so etwas!« rief Bettina. »Das darf nicht geschehen!«

»Beruhige dich, mein Kind«, bat Jossel. »Ich wollte dich nicht aufregen. Natürlich wird es nicht geschehen.« Insgeheim aber wünschte sie sich, wirklich so sicher sein zu können, wie sie tat.

»Entschuldige, daß ich so laut wurde, Mama.« Bettina lächelte schwach. »Aber in letzter Zeit geschieht das sehr häufig.«

»Und zwar nicht unberechtigt, könnte ich mir vorstellen.« Nachdenklich fuhr Jossef fort: »Wäre doch nur Ryan zurückgekehrt. Wie anders hätte sich unser Leben gestaltet.«

»Ryan?« fragte Madeleine. »Wer ist denn Ryan?«

Jossel errötete leicht. »Bitte, Madeleine, hol Bettina etwas von dem frischgebackenen Brot und einen Krug Milch«, sagte sie.

Als die alte Frau gegangen war, erkundigte sich Bettina: »Du hast also Madeleine nie etwas von Ryan erzählt?«

»Nein, aber ich denke, sie vermutet doch, daß es damals jemand gab, den ich liebte. Sie weiß, wie glücklich ich eine viel zu kurze Zeit war. Doch jetzt wäre es sinnlos, es ihr noch zu erzählen.«

»Vermutlich hast du recht. Aber wie ist es dir auf der Reise hierher ergangen, Mama? Hat einer von den Männern dich – nun, ich meine belästigt?«

Jossel lachte. »Himmel, nein! Was sollten die Männer von einer alten Frau wie mir wollen?«

»So leicht darfst du die Dinge nicht nehmen, Mama. Du weißt genau, daß du schön und gewiß nicht zu alt bist.«

»Mach dir keine Sorgen um mich, Bettina. Dein Kapitän hat immer auf mich aufgepaßt und sich um mich gekümmert.«

»Das hat er getan?« rief Bettina. »Mir hat er nichts von dir gesagt – gar nichts!«

»Mir scheint er wirklich kein ganz schlechter Mann zu sein«, stellte Jossel nachdenklich fest. »Obwohl er dich zu seiner Geliebten gemacht hat. Er hat mir allerdings auch ausdrücklich gesagt, ich solle mich nicht einmischen. Unter seinem Schutz jedoch stand ich immer. Ich hörte, wie er den Befehl gab, mich respektvoll zu behandeln.«

»Daß er hin und wieder etwas Ehrenwertes tut, ändert nichts an seinem Charakter«, entgegnete Bettina sarkastisch.

»Tristan verhielt sich mir gegenüber immer äußerst großzügig«, erwiderte Jossel. »Ich bekam ein Zimmer neben Madeleine, und er gab mir herrliche Stoffe für Kleider und besorgte mir auch Schuhe, weil meine auf Saint-Martin zurückgeblieben waren.«

»Das hat er getan, ohne daß du ihn darum bitten mußtest?«

»Ja, ich habe wirklich nicht erwartet, so freundlich behandelt zu werden. Aber ich nehme an, Tristan tat es deinetwegen – weil ich deine Mutter bin.«

»Wahrscheinlich wollte er mich nicht noch mehr verärgern«, sagte Bettina erbittert.

»Nein, Bettina. Ich glaube, er macht sich wirklich Sorgen um dich. Es gefiel ihm gewiß nicht, dich eingeschlossen halten zu müssen.«

»Das stimmt nicht«, widersprach Bettina. »Er genießt es, wenn ich leide.« Ihre Augen leuchteten plötzlich dunkelgrün bei der Erinnerung an die drei Wochen der Gefangenschaft.

»Oft genug ist er entschlossen die Treppe hinaufgegangen«, berichtete die Mutter. »Dann blieb er wieder stehen, als habe er einen inneren Kampf mit sich auszufechten und schließlich stürmte er aus dem Haus. Er wußte nicht, daß ich ihn beobachtete, aber ich nehme an, daß er die Absicht hatte, deine Gefangenschaft zu beenden.«

»Du siehst sein Verhalten so, wie du es sehen möchtest«, erwiderte Bettina. »Tristan ist kein ehrenwerter Mann und er macht sich keine Gedanken um mich, wie du behauptest. Ich diene ihm nur zur Befriedigung seiner Lust – weiter gar nichts.«

»Spricht Tristan eigentlich Französisch?« fragte Jossel.

»Aber nein. Ein englischer Seebär ist er, der nur seine Muttersprache kann«, erwiderte Bettina.

»Du hast mir gar nicht erzählt, daß er ein so gut aussehender Mann ist.«

»Was spielt das schon für eine Rolle? Seine Seele ist schwarz und kennt nur Sinneslust.«

»Findest du ihn nicht ein bißchen unwiderstehlich?« wagte Jossel zu fragen.

»Bestimmt nicht! Tristan ist ein Teufel, und seine Männlichkeit läßt mich kalt.«

»Ich will ja nur, daß du glücklich bist, Bettina.«

Sofort entgegnete Bettina. »Glücklich werde ich erst sein, wenn ich diese Insel verlassen habe.«

»Deine Stimme klingt wie die eines Engels, wenn du deine Muttersprache sprichst«, sagte Tristan plötzlich leise.

Bettina zuckte zusammen und fuhr herum. Tristan stand hinter ihr.

»Mußt du dich eigentlich so lautlos anschleichen?« fuhr sie ihn an. »Wie lange stehst du schon hinter mir?«

»Ein paar Minuten«, sagte Tristan und setzte sich neben sie. »Ich wollte eure Unterhaltung nicht stören, du hattest deiner Mutter viel zu erzählen.«

Bettina blickte ihre Mutter zornig an. »Warum hast du mir nicht gesagt, daß er hier ist?«

»Er winkte mir zu, ich solle schweigen. Deshalb habe ich ja auch gefragt, ob er Französisch versteht. Ich wollte nämlich njcht, daß er hörte, wie du über ihn denkst. Aber sein Gesicht blieb völlig unbeweglich, als du von ihm sprachst. Er verstand also nichts.«

Tristan sah Bettina verdrossen an. »Du hast genügend Zeit gehabt, dich bei deiner Mutter zu beklagen. Jetzt wird wieder Englisch gesprochen.«

»Ich habe Mutter nur gesagt, wie sehr ich dich hasse«, entgegnete Bettina.

»Wie sehr glaubst du mich zu hassen?«

»Was willst du damit andeuten?« fragte Bettina hitzig. »Glaubst du, ich bin nicht mehr Herrin meiner Sinne?«

»Meiner Meinung nach täuscht du dich selbst. Empfindest du denn Haß, wenn du neben mir im Bett liegst?« Tristan lächelte spöttisch.

»Schweig in Gegenwart meiner Mutter von solchen Dingen!« schrie Bettina.

»Warum denn? Soll sie etwa glauben, daß du mich ständig haßt?«

»Ein Teufel bist du, Tristan! Dafür, daß mein Körper mich an dich verrät, kann ich nichts. Es hat auch nichts mit den Gefühlen in meinem Herzen zu tun. Wenn ich dich nicht haßte, hätte ich Pierre wohl nicht angefleht, dich zu töten. Und nachdem du mich wieder auf diese Insel gebracht hast, ist mein Haß noch größer geworden!«

Bettina stand auf und ging zum Hauseingang, aber Tristan lief ihr nach und hielt sie zurück. An der offenen Tür standen sie im warmen Sonnenschein. »Wohin willst du?« fragte er und blickte sie finster an.

»Weg von dir!« fauchte Bettina und wollte ihren Weg fortsetzen. Aber er packte ihren Arm und riß sie zurück. Dann drückte er sie an sich.

»Soll ich deiner Mutter beweisen, wie sehr du meine Umarmung genießt?« fragte er kalt.

Bettina konnte die Tränen nicht mehr zurückhalten. »Hör auf damit – bitte! Du hast mich in ihrer Gegenwart schon genug erniedrigt. Willst du es noch weitertreiben?«

»Hör mit dem dummen Geflenne auf. Das hier hast du verdient. Wo bleibt denn jetzt dein verdammtes Temperament?«

Bettina weinte weiter, während sie sich gegen seine Umarmung wehrte. Dabei kam sie sich wie eine Närrin vor.

»Laß mich doch endlich los!« Sie bemühte sich, fest zu sprechen, aber es gelang ihr nicht. »Ich habe meiner Mutter alles anvertraut. Sie weiß, was mit mir geschieht, wenn du mich zwingst, dir zu Willen zu sein, und daß mein Körper meinem Willen nicht gehorcht. Du mußt es ihr jetzt nicht noch vorführen.«

»Nein. Aber vielleicht sollte ich es dir wieder einmal beweisen«, entgegnete er heiser.

Betinna blickte zurück und sah, daß die Mutter taktvoll den Raum verlassen hatte. Nun schlang sie die Arme um Tristans Nacken und zog seinen Kopf herunter, um ihn leidenschaftlich zu küssen. Dabei streichelte sie ihn und preßte ihren Körper enger an ihn. Aber als sie spürte, daß ihr Verlangen erwachte, stieß sie ihn von sich.

Er war überrascht, daß sie am liebsten laut gelacht hätte, doch sie beherrschte sich und sagte kalt: »Jetzt weißt du, Tristan, was ich dir geben könnte, wenn ich dich nicht haßte. Mein Körper mag sich dir leidenschaftlich unterwerfen, aber meine Seele, mein Herz werden es nie tun. Sie werden dir nie gehören, es sei denn, ich schenkte sie dir. Doch das wirst du nie erleben. Lieben werde ich dich nie.«

Sie drehte sich um und lief die Treppe hinauf in ihr Zimmer.

29

In der Nacht hatte sich Bettina schlaflos herumgewälzt. Sie war übermüdet, wußte jedoch, daß es auf den Mittag zuging und sie endlich aufstehen mußte.

Sie zog ein rosafarbenes Unterkleid und ein Kleid von der gleichen Farbe an. Ein Monat und drei Wochen waren vergangen, seit Tristan sie auf seine Insel gebracht hatte, und seit drei Wochen wartete sie vergeblich auf ihre Monatsblutung. Dennoch wollte sie nicht daran glauben, was das bedeutete, obwohl sie sich kaum länger selbst täuschen konnte. Sie mußte seit ungefähr zwei Monaten schwanger sein.

Was sollte – was konnte sie tun? Sie trug ein Kind unter ihrem Herzen, das der Mann gezeugt hatte, den sie haßte. Würde sie dieses Kind auch hassen? Nein, das schien ihr unmöglich. Und gewiß liefen überall in der Karibik Bastarde von Tristan herum. Ihr Kind würde ihm also nichts bedeuten.

Bettina wollte sich das Haar kämmen, schleuderte jedoch plötzlich den Kamm zu Boden, lief aus dem Zimmer und die Treppe hinunter.

Tristan saß am Tisch und las in irgendwelchen Schriftstücken. Als Bettina ihn erblickte, schien sie vor Zorn förmlich zu explodieren. Beinahe krampfhaft schlang sie die Hände ineinander, um ihr Zittern zu unterdrücken, und trat hinter Tristan. Er hörte ihre Schritte und drehte sich um. In diesem Augenblick schlug ihm Betina die geballte Faust ins Gesicht.

»Zum Teufel, was soll denn das?« fragte er bestürzt und rieb sich die Wange.

»Verdammt sollst du sein, Tristan!« schrie Bettina ihn an. »Ich bin schwanger!«

»Lieber Jesus, ist das denn ein Grund, über mich herzufallen?« fragte er mürrisch. »Ich habe ja nichts dagegen, wenn du meinst, ich hätte eine Backpfeife verdient. Aber mußt du immer die Fäuste nehmen?«

»Ich hätte lieber nach einem Messer suchen sollen, um es in dein schwarzes Herz zu stoßen!«

»Eigentlich ist mir deine Aufregung unbegreiflich.« Tristan lachte. »Das mußte ja mal eines Tages geschehen. Warum bist du dir außerdem so sicher, wenn es erst einen Monat her ist?«

»Zwei Monate sind es – zwei!« schrie sie ihn an, und dann lief sie wieder die Treppe hinauf, ohne auf seine Antwort zu warten.

Tristan hörte, wie die Tür seines Zimmers heftig zugeschlagen wurde und mußte lachen. Dann allerdings verdüsterte sich sein Gesicht, weil ihm bewußt wurde, daß vor etwas über zwei Monaten Bettina auf Saint-Martin gewesen war.

Mit Riesenschritten stürmte er, immer zwei Stufen auf einmal nehmend, hinter Bettina her. Die Tür riß er so wild auf, daß sie gegen die Wand schlug. Er packte sie hart bei den Schultern und schüttelte sie.

»Wessen Kind ist es?« stieß er zornig hervor.

»Was meinst du damit?«

»Verdammtes Weib. Wessen Kind trägst du in dir?«

Ungläubig sah Bettina ihn an. »Bist du wahnsinnig? Das Kind ist . . .« Dann unterbrach sie sich, weil sie plötzlich begriff, was ihn bewegte. Fast hätte sie laut aufgelacht.

Er schüttelte sie noch stärker. »Antworte endlich!«

»Natürlich ist es dein Kind«, sagte sie spöttisch. »Wer sollte wohl sonst der Vater sein?«

»Das weißt du verdammt genau!«

»Beruhige dich, Tristan. Ich habe dir gesagt, daß ich gelogen habe, als ich behauptete, der Comte de Lambert sei mein Liebhaber gewesen. Du hast mir wohl nicht geglaubt?«

»Gib mir dein Wort, daß es mein Kind ist!«

»Nein, das bekommst du nicht. Diese Befriedigung verschaffe ich dir nicht«, erwiderte Betinna und wurde wieder zornig. »Es ist ja auch gleichgültig, ob es dein Kind ist oder nicht. Wenn ich die Insel verlasse, wirst du es nie wiedersehen. Und wenn dich meine Schwangerschaft so aufregt, dann laß mich doch gleich gehen!«

»Du warst so zornig, daß du in der Halle einfach über mich hergefallen bist.«

»Mein Leben hast du ruiniert!« warf ihm Bettina vor. »Nur deinetwegen bin ich noch nicht mit Pierre verheiratet. Gegen meinen Willen zwingst du mich, auf deiner Insel zu bleiben und einen Bastard in die Welt zu setzen. Ich habe allen Grund, zornig zu sein, nicht du!«

»Ich habe ein Recht zu wissen, wessen Kind das ist!«

»Ein Recht hast du?« Bettina blickte ihn groß an. »Du bist doch nicht mein Ehemann und auch nicht mein Geliebter. Du bist nur der Mann, der mich zwingt, das Bett mit ihm zu teilen. Was für Rechte hast du denn?«

Tristan riß sie an sich und küßte sie wild. Dann schob er sie von sich. »Verflucht sollst du sein, Bettina! Du bist eine Hexe!«

»Dann laß mich bitte fort. Bitte, Tristan! Deine Erinnerung an mich wird bald verblassen. Deine Gelüste kannst du auch woanders stillen. Gib mich jetzt frei.«

»Nein. Aber ich muß fort. Mich hast du verhext und von meiner eigentlichen Aufgabe abgehalten.«

»Was für eine Aufgabe ist das?« fragte Bettina spöttisch. »Gestohlenes Geld nach England bringen? Ein Pirat bist du, Tristan, obwohl zu behauptest, einen Kaperbrief der englischen Krone zu haben.«

»Und du siehst alle Dinge so, wie du sie sehen willst. Aber diese Fahrt bringt mir keinen Gewinn. Es geht mir um etwas anderes.«

»Du hast aber von einer Aufgabe gesprochen«, erinnerte Bettina ihn. »Welche denn?«

»Das sind Dinge, die du nicht zu wissen brauchst«, antwortete Tristan und wollte das Zimmer verlassen.

»Willst du vielleicht Don Miguel suchen?« fragte Bettina.

Tristan fuhr herum und sah sie mißtrauisch an. »Wie kommst du darauf, ich könnte . . .«

»Falls du dich erinnerst, war ich dabei, als du mit Kapitän O'Casey über Don Miguel sprachst«, unterbrach Bettina ihn. »Don Miguel ist . . .«

»Du nennst diesen Namen, als sei er ein Freund«, fiel Tristan ihr ins Wort, und seine blauen Augen leuchteten vor Zorn. »Dein Don Miguel ist Bastida – ein Mörder!«

»Warum suchst du ihn eigentlich?« wollte Bettina wissen.

»Wegen einer Sache, die vor langer Zeit geschah und die dich gar nichts angeht.«

Bettina schüttelte den Kopf. »Aber selbst Don Miguel weiß nicht, warum du ihn verfolgst. Er ist dir noch nie begegnet.«

»Verdammt noch mal! Was redest du da eigentlich? Wie kommst du auf den Gedanken, er wisse es nicht?«

»Ich habe mit ihm in Pierres Haus zu Abend gegessen. Er sagte . . .«

»Bastida hat sich dort aufgehalten?« fragte Tristan ungläubig.

»Aber ja.«

»Himmel! So nahe war er mir! Verdammt, Bettina, siehst du nun ein, was du mir angetan hast?«

»Was denn?« schrie sie beleidigt.

»Wenn ich nicht so mit der Suche nach dir beschäftigt gewesen wäre, hätte ich den Leuten in Saint-Martin die gleichen Fragen gestellt wie in jedem Hafen. Und dann hätte ich Bastida endlich gefunden. Ist er noch dort?«

»Jetzt lastest du mir die Schuld an, daß du Don Miguel nicht gefunden hast, obwohl es nicht meine Schuld ist. Ich beantworte dir keine Fragen mehr.«

Mit zwei großen Schritten war Tristan bei ihr und packte ihren Arm. »Du wirst mir antworten, Bettina, oder ich prügle es aus dir heraus.«

Bettina erblaßte. Ohne Zweifel meinte er seine Drohung ernst. Es war wohl besser, sie fügte sich. »Ich glaube nicht, daß er noch dort ist«, antwortete sie. »Er wartete nur auf die Rückkehr seines Schiffes, und es lief einen Tag nach meiner Ankunft in den Hafen ein. Soweit ich weiß, wollte er nur noch wenige Tage dort bleiben.«

»Weißt du, wohin er segeln wollte oder wo er lebt?«

»Nein, bestimmt nicht.«

»Und sein Schiff? Kennst du den Namen?«

Bettina schüttelte den Kopf. »Nein. Mir ist nur bekannt, daß es eine Ladung Sklaven brachte, die Pierre kaufte.«

»Eigentlich hast du mir nichts Brauchbares berichten können«, sagte Tristan jetzt schon viel ruhiger. »Vermutlich hast du mit ihm über mich gesprochen. Was sagte er dazu?«

»Er habe gehört, daß du nach ihm suchst. Den Grund kenne er allerdings nicht. Seiner Meinung nach verwechselst du ihn mit einem anderen. Du hättest seinen Weg jedenfalls noch nie gekreuzt.«

Hoffentlich entdeckt Don Miguel die Insel bald! dachte sie. Dann hätte meine Not ein Ende. Auf keinen Fall wollte sie Tristan verraten, daß Bastida jetzt schon nach ihm suchte.

»Bastida denkt also, er kenne mich nicht«, wiederholte Tristan und ließ Bettinas Arm los. »Nun, er kennt mich sehr wohl, aber er erinnert sich nicht mehr. Bevor ich ihn töte, wird er genau erfahren, warum ich ihn zur Hölle schicke.«

»Warum willst du ihn töten?«

»Ich sagte dir bereits, daß es dich nichts angeht.«

»Hast du auch bedacht, daß auch er dich töten könnte?« gab Bettina zu bedenken. »Zwar ist er wesentlich älter als du, dennoch ist er immer noch ein kraftvoller Mann. Du könntest derjenige sein, der ums Leben kommt.«

Tristan blickte sie kalt an. »Da wärst du gewiß glücklich, was?«

»Ganz sicher! Du hast mir nur Leid zugefügt. Du weißt, wie

sehr ich dich hasse. Und gewiß hättest du mich geschlagen – obwohl ich ein Kind in mir trage – nur um etwas über Don Miguel zu erfahren.«

Tristan seufzte leise auf. »Ich würde dich nicht schlagen, Bettina. Nie könnte ich die Hand gegen dich erheben, das solltest du wohl wissen. Es war nur eine leere Drohung, aber ich mußte wissen, was du mir erzählen konntest. Ich muß Bastida finden! Ich habe geschworen, ihn zu töten, und ich werde nicht ruhen, bis es geschehen ist.« Er wandte sich ab und verließ den Raum. Bettina blieb verwirrt und unglücklich zurück.

30

Die Taverne war klein. Man hatte die Tische zusammengeschoben, denn so spät nachts kamen keine Gäste mehr. Hier gab es das beste Essen der Stadt, doch das Bordell im ersten Stock erfreute sich noch größerer Beliebtheit. Tristan beobachtete belustigt das rege Treppauf und Treppab der Seeleute und Händler im Hintergrund des Lokals.

Jules blickte sich verstohlen im Raum um und meinte schließlich: »Tristan, es ist doch verrückt, hier noch länger herumzulungern. Langsam zweifle ich an deinem Verstand. Wir können doch auf dem Schiff essen. Laß uns gehen.«

»Nur ruhig, Jules.« Tristan lehnte sich auf seinem Stuhl zurück. »Hier lauern keine Gefahren.«

»Keine Gefahren! Dieser Comte de Lambert hat vermutlich bereits ein Kopfgeld auf dich ausgesetzt. Nach allem, was Bettina ihm über dich erzählte, muß er doch überzeugt sein, daß du sie entführt hast. Bist du eigentlich lebensmüde?«

»Langsam schwatzt du wie ein altes Weib. Niemand hier kennt uns.«

»Ich wollte überhaupt nicht nach Saint-Martin segeln. Aber du warst ja überzeugt, hier etwas über Bastida zu erfahren. Nun ja, du erfuhrst, daß er in höchster Eile die Insel verlassen hat. Sonst weiß niemand etwas.«

»Der Comte de Lambert dürfte es wissen. Ihm ist bekannt, in welche Richtung Bastida segelte. Vielleicht kennt er auch das Ziel.«

»Himmel!« rief Jules. »Hast du den Verstand verloren? Du willst doch nicht etwa auf seine Plantage gehen und ihn fragen!«

»Warum nicht? Wenn er mir sagt, wo Bastida jetzt ist, lohnt es sich, die Gefahr auf sich zu nehmen.«

»Aber ich begleite dich«, entgegnete Jules sofort.

»Nein«, lehnte Tristan sehr bestimmt ab.

»Ein junger Narr bist du. Nicht wegen Bastida willst du zu Lambert, sondern weil die blonde Hexe ihn heiraten will. Gib es nur zu!«

»Vielleicht. Mag schon sein.« Tristan blickte nachdenklich vor sich hin.

»Hast du eigentlich schon einmal darüber nachgedacht, daß der Comte sie nicht mehr bei sich aufnehmen könnte, wenn sie mit deinem Kind zu ihm zurückkehrt?«

Tristan sah ihn zornig an. »Woher weißt du denn etwas von dem Kind?«

»Als Bettina es dir sagte, konnte ich nicht vermeiden, euch zuzuhören. Ich habe nur noch nicht darüber gesprochen, weil du, seit wir von der Insel abgesegelt sind, in so düsterer Stimmung warst.«

»Nun, Bettina mag schwanger sein«, entgegnete Tristan erbittert. »Ob es allerdings mein Kind ist, bezweifle ich. Vielleicht bringt sie bei ihrer Rückkehr dem Comte de Lambert sein eigenes Kind mit.«

Jules lachte. »Aber das ist doch unmöglich. Sie war nur zwei Tage auf Saint-Martin.«

»Nichts ist dabei unmöglich!« fuhr ihn Tristan mit blitzenden Augen an.

»Das klingt ja so, als ob du eifersüchtig seist. Nun sag mir nur nicht, daß du dich in dieses Weibchen verliebt hast.«

»Du weißt genau«, entgegnete Tristan, »daß ich es mit einer Frau noch nie ernst genommen habe. In meinem Herzen lebt nur eines – der Haß. Aber vielleicht sehen zu müssen, wie Bettina möglicherweise ein Kind von Lambert zur Welt bring – das ist für mich ein Gefühl, als bohre mir jemand einen Dolch in den Leib.«

»Dann gib sie doch endlich auf«, riet Jules.

»Darum geht es ja. Ich bin ihrer noch nicht müde. Sie . . .«

Tristan unterbrach sich und blickte erstaunt zur Tür. Als Jules auch dorthin sah, entdeckte er einen Mann in einem grauen Seidenanzug. Sein Umhang war schwarz, und auch der Degen an seiner Seite steckte in einer mit Samt bezogenen Scheide. Sein ganzes Verhalten machte den Eindruck eines Edelmannes. Er durchschritt den Raum und trat zu der dicklichen Frau hinter der

Theke. Durch sie wurden die Verabredungen mit den Mädchen im oberen Stock getroffen.

Als die Bordell-Madame den Herrn sah, verzog sie das Gesicht zu einem freundlichen Lächeln. »Ah, le Comte de Lambert! So schnell sind Sie wieder zurück.«

»Ich möchte gern Colette kennenlernen«, erwiderte er.

»Also hat mein neues Mädchen Ihre Neugier erregt? Da wird die arme Jeanie aber traurig sein, weil Sie eine neue Favoritin gefunden haben.«

Jules traute sich kaum, Tristan anzublicken. Zwar wirkte er äußerlich völlig gelassen, ballte jedoch die Fäuste so fest, daß die Fingerknöchel weiß hervortraten. Langsam erhob sich Tristan. Er sah aus wie ein hungriger Tiger, der plötzlich eine Beute entdeckte.

»Um Himmels willen, Tristan«, flüsterte Jules, »er könnte dich doch erkennen.«

»Bleib sitzen, und schau nicht so vor dich hin, als solltest du am Galgen hängen«, entgegnete Tristan. Dann ging er auf den Comte de Lambert zu. »Monsieur, darf ich mich kurz mit Ihnen unterhalten?«

Pierre de Lambert blieb am Fuß der Treppe stehen, stützte sich mit einer Hand auf das Geländer und schien über die Verzögerung erbost. Als er jedoch den riesigen fremden Mann auf sich zukommen sah, vergaß er Colette und das damit verbundene Vergnügen. Dieser Fremde war ungewöhnlich groß, und goldblondes Haar kräuselte sich im Nacken. Seine Kleidung war die eines gewöhnlichen Matrosen. Über der Schulter trug er ein Wehrgehänge mit einem Kurzschwert. Seine rechte Hand ruhte lässig auf dem Griff.

Pierre überkam das Gefühl, den Mann zu kennen, aber er wußte genau, daß er ihn noch nie gesehen hatte. Sonst hätte er sich an ihn erinnert. Gleichgültig blickte er dem Fremden entgegen und wartete auf das, was er ihm zu sagen hatte.

»Ich hörte zufällig, wie die Madame Sie als Comte de Lambert anredete«, sagte Tristan höflich und mit starrem Lächeln. »Wenn Sie es wirklich sind, könnten Sie mir vielleicht behilflich sein.«

»Wie wäre das wohl möglich, Monsieur?«

»Ich suche einen Freund von mir und hörte, daß er erst kürzlich bei Ihnen zu Gast war.«

»Wen meinen Sie?« fragte Pierre. »Auf meiner Plantage halten sich häufig Gäste auf.«

»Don Miguel de Bastida. Er . . .«

Sofort unterbrach Pierre ihn und griff nach seinem Degen.

»Wie lautet Ihr Name, Monsieur?«

»Verzeihung, Monsieur le Comte. Ich heiße Matisse. Vielleicht hat Don Miguel von mir gesprochen. Er rettete mir vor einigen Jahren das Leben.«

Pierre schüttelte den Kopf. »Ich bedaure, aber Ihr Name ist nicht gefallen. Don Miguel hat auch nichts von der Lebensrettung erzählt.«

»Er gehört nicht zu denen, die mit ihren Taten prahlen.« Tristan lachte, obwohl er am liebsten sein Kurzschwert gezogen hätte.

Aber schließlich konnte er diesen Mann nicht einfach töten, wenn er vielleicht der Vater von Bettinas Kind war. »Können Sie mir sagen, wo ich Don Miguel finde? Es ist für mich sehr wichtig.«

»Warum?« fragte Pierre mißtrauisch, denn schließlich konnte der riesige Fremde der Pirat sein, der Bettina entführt hatte.

»Ich sagte es schon – Don Miguel rettete mir das Leben. Ich möchte mich ihm gegenüber erkenntlich zeigen. Vielleicht kann ich sein Leibwächter werden, um eines Tages sein Leben zu schützen.«

»Nun, bedauerlicherweise kann ich Ihnen nicht helfen«, erwiderte Pierre. »Vor ungefähr drei Monaten verließ Don Miguel ganz plötzlich die Insel. Ich war zu sehr mit persönlichen Dingen beschäftigt, um ihn zu fragen, wohin er wollte.«

»Sie haben also keine Ahnung, wo er sich aufhalten könnte?«

»Ich glaube schon, daß er noch in der Karibik ist. Er wollte eine alte Sache erledigen, bevor er nach Spanien zurückkehrte.«

»Sagte er, worum es sich handelte?« fragte Tristan hoffnungsvoll. »Dann könnte ich ihn vielleicht doch noch finden.«

»Das bezweifle ich, Monsieur Matisse. Die Geschäfte von Don Miguel gestatten es ihm nicht, sich lange in einem Hafen aufzuhalten«, erwiderte Pierre. »Jetzt aber muß ich mich von Ihnen verabschieden. Man wartet auf mich.«

Tristan ließ ihn gehen und kehrte zu seinem Tisch zurück. Das Lächeln um seine Lippen verschwand so schnell wie das Licht einer Kerze, wenn man sie löscht. Nur in seinen Augen leuchtete noch ein Feuer.

Als er sich wieder hinsetzte, sagte Jules sofort: »Mich hat wirklich überrascht, daß du ihn nicht gefragt hast, ob er Bettina beschlafen hat. Eigentlich wolltest du das doch?«

»Schon, aber er hätte mir kaum die Wahrheit gesagt. Du hast also gehört, was er mir vorgelogen hat?«

»Das war ja nicht anders möglich. Ein Narr warst du, dich mit dem Comte zu unterhalten. Ich habe sein Gesicht beobachtet, als du ihn nach Don Miguel fragtest. Einen Augenblick vermutete er, wer du bist. Ich war jedenfalls überrascht, daß er dein Geschwätz über Bastida glaubte.«

»Na, er tat's«, entgegnete Tristan. »Ich sagte dir ja schon vorher, es gebe keinen Anlaß zur Besorgnis.«

»Schon. Aber du hast dich unnötig einer Gefahr ausgesetzt. Und wir wissen immer noch nicht, wo sich Bastida aufhält. Bis in alle Ewigkeit können wir das Meer hier nach ihm absuchen. Finden werden wir ihn nicht.«

»Du willst also aufgeben?« fragte Tristan.

»Nun, es könnte nichts schaden, wenn wir unserer Insel einen kurzen Besuch abstatten«, meinte Jules.

»Wir sind genau einen Monat unterwegs und konnten erst in vier Häfen nachforschen. Wenn du deine Frau so sehr vermißt, hättest du ja bei ihr bleiben können, wie ich es dir anbot.«

»Sorgen um die Sicherheit der Insel mache ich mir nicht. Joco und seine Männer werden alle beschützen. Aber nicht nur ich, sondern auch die restliche Mannschaft denkt an ihr Zuhause, mein Freund. Du bist ja nicht nur nach Saint-Martin gesegelt, um etwas über Bastida zu erfahren. Du wolltest auch Bettinas Verlobten sehen. Bist du nun enttäuscht, daß der Comte nicht alt und pokkennarbig ist?« Jules lächelte durchtrieben.

»Was sollte mich das kümmern?« fragte Tristan ruhig und fuhr dann wütend fort: »Zum Teufel, was hat er in diesem verdammten Hurenhaus verloren? Ich an seiner Stelle würde jede Insel nach Bettina absuchen. Wo aber betreibt er seine Nachforschungen? Im Bett einer käuflichen Dirne! Ich wage zu behaupten, daß er gar kein Schiff hat, mit dem er Bettina suchen könnte.«

»Willst du denn, daß er es tut? Soll er sie finden?«

»Nein«, entgegnete Tristan.

»Was denn sonst?«

Tristan beruhigte sich etwas. »Ich begreife eben nicht, warum er es nicht versucht.«

»Das weißt du ja gar nicht. Aber jetzt laß uns nicht warten, bis er wieder herunterkommt. Ich bin für eine Rückkehr auf unser Schiff – und zwar sofort.«

Tristan lachte. »Was ist eigentlich mit dir los, alter Freund? So kleine Gefahren haben dir früher doch nie Angst gemacht.«

»Dennoch möchte ich nach Hause. Maloma erwartet auch ein Kind. Bis jetzt habe ich nur Töchter. Gern würde ich vor meinem Tod noch einen Sohn in den Armen halten.«

Tief in Gedanken versunken verließ Tristan mit Jules die Taverne. Dabei dachte er an die vielen Nächte, die er in quälender Schlaflosigkeit verbracht hatte, weil er an Bettina und das in ihr wachsende Kind denken mußte.

31

Das Haus war angenehm kühl, obwohl die Nachmittagssonne auf die dicken weißen Steinmauern brannte. Seit fast anderthalb Monaten befand sich Tristan nun schon auf See. Langsam ging Bettina die Treppe hinunter. Sie trug ein ärmelloses Kleid aus gelber Baumwolle und hatte ein großes Handtuch in der Hand.

In Frankreich hatte Bettina immer Kleider nach der letzten Mode getragen, obwohl sie das eigentlich verabscheute. Kleider sollten ihrer Ansicht nach zwar schön, aber auch bequem sein. Jedoch hatte ihr André nie gestattet, sich lässig anzuziehen.

Hier auf dieser tropischen Insel brauchte Bettina nicht mehr zwei Unterröcke und das lästige Mieder. Ein leichtes Unterkleid reichte ihr völlig. Auch die breiten Kragen und die gebauschten Ärmel erwiesen sich als unnötig.

Bettina betrachtete lächelnd den großen Speisesaal. Joco hatte einen Wandteppich aus dem Keller geholt und über dem Kamin aufgehängt. Er leuchtete in lebhaften Farben. Sie selbst hatte weiße Vorhänge für die wenigen Fenster genäht. Nur wenig Licht kam hier herein. Man sollte das Fenster vergrößern, überlegte Bettina. Aber das war eine Sache, die sie nach seiner Rückkehr mit Tristan besprechen mußte. Fünf dick gepolsterte Sessel bildeten mit einem Tisch eine Sitzgruppe, und Joco arbeitete schon an einem bequemen Sofa.

Glücklicherweise hatte Tristan sich noch nicht der Beute entledigt, die er bei seiner bisher letzten Kaperfahrt auf einem spanischen Schiff gemacht hatte. Daher war es Joco möglich gewesen, alle Räume im Haus gemütlicher einzurichten.

Die Beute wurde im Keller verwahrt. Keiner der Frauen war es gestattet, ihn zu betreten. Der Raum wurde ständig verschlossen gehalten, das hatte Bettina längst entdeckt. Joco versicherte ihr, dort unten gebe es nichts Geheimnisvolles – eben nur Beutestücke und Proviant. Allerdings fand Bettina es seltsam, daß Tristan für sie und die Mutter passende Schuhe gehabt hatte.

Am Morgen hatte Bettina mit Maloma in ihrem Zimmer gesessen. Die beiden Frauen hatten sich angefreundet, und da Maloma auch schwanger war, gab es viel gemeinsamen Gesprächsstoff.

Tristan hatte die Insel voller Zorn verlassen und die Hälfte seiner Mannschaft mitgenommen. Von Bettina verabschiedete er sich nicht einmal. Er segelte noch an dem Tag, an dem sie den hitzigen Streit gehabt hatten. Doch Bettina vermißte ihn nicht, das redete sie sich immer wieder ein. Wann er zurückkehren wollte, wußte sie nicht, aber sie hoffte, es würde noch lange dauern – vielleicht kam er auch nie wieder.

Bettina kam jetzt an der großen Küche vorbei und blieb einen Augenblick davor stehen. Es duftete herrlich nach frischem Brot. Dann verließ sie das Haus durch die Hintertür und ging auf dem Hof um einen Holzstapel herum. Bei einem untersetzten jungen Mann mit lockigem, blonden Haar blieb sie stehen. Er bearbeitete den Rahmen des neuen Sofas.

»Sie haben wirklich Begabung für die Tischlerei«, sagte sie und betrachtete kritisch Jocos Arbeit. »War das schon immer so?«

»Ich bin Schiffszimmermann, Mademoiselle, und ich arbeite gern mit Holz.«

»Wie lange sind Sie eigentlich schon bei Kapitän Tristan?«

»Von dem Tag an, an dem er die *Spirited Lady* kaufte«, antwortete Joco. »Für mich gab's keinen Grund, jemals auf einem anderen Schiff anzuheuern. Der Kapitän behandelt seine Mannschaft anständig. Jetzt allerdings habe ich eine Frau und zwei Kinder, da denkt man schon daran, die Seefahrt aufzugeben.«

»Also beabsichtigen Sie, sich hier anzusiedeln?« fragte Bettina und dachte, daß es also doch ehrenhafte Männer unter Tristans Mannschaft gab.

»Ja, ich will nicht mehr zur See fahren. Meine beiden Söhne brauchen einen Vater. Deshalb habe ich Kapitän Tristan gefragt, ob ich mich hier ansiedeln dürfe. Er gab mir eine Hütte an der Nordküste. Man kann sie ausbauen. Diese Insel hier ist gerade richtig für eine wachsende Familie.«

»Das glaube ich auch«, erwiderte Bettina und betrachtete die tropische Schönheit der Umgebung. »Nun, wir sehen uns nachher wieder, Joco.«

Bettina schlenderte weiter, überquerte den Rasen hinter dem Haus und schlug den Weg zum Wald ein. Sie wollte zu einem geheimen Platz, den sie eines Tages durch Zufall entdeckt hatte. Er war völlig einsam, und dort konnte sie davon träumen, daß diese Insel ihr gehörte, daß die vergangenen Monate nur ein Traum gewesen seien und sie niemals einem Mann namens Tristan begegnet war. Doch immer wenn sie sich an angenehme Dinge erinnern wollte, schlich sich Tristan wieder in ihre Gedanken.

Es war Frühling und die Insel von unwahrscheinlicher Schönheit. Wolkenlos blauer Himmel, strahlender Sonnenschein und im Hintergrund das riesige Bergmassiv.

Bettina sah Thomas Wesley ein Beet beharken, in dem leuchtende Blumen und ein gelb blühender Baum ihre ganze Blütenpracht entfalteten. Nachdem Tristan ihr erlaubt hatte, sich frei zu bewegen, hatte Bettina Thomas Wesley kennengelernt und erfahren, daß er für die gepflegten Wiesen und Gärten verantwortlich war.

Sie winkte ihm kurz zu und betrat den durch dichten Wald führenden Pfad. Das Gehölz wurde immer undurchdringlicher, aber Bettina strebte entschlossen ihrem Ziel entgegen. Sie wollte über die Hügel auf den hohen Berg steigen. Dieser von Dunstwolken umwehte Felskegel schien ihr ein Geheimnis zu bergen. Dort oben wollte sie stehen und die Sonne sehen.

Bald hörte sie Wasser rauschen und betrat ihr geheimes kleines Paradies. Der vom Berg herabströmende Bach bildete hier einen kleinen Teich. Bettina setzte sich im Sonnenlicht an das mit Gras bewachsene Ufer des kleinen Flusses. Sie legte das Handtuch neben sich und streifte das Kleid ab.

Traumhaft fand es Bettina hier. Vor ihr rauschte ein kleiner Wasserfall. Herrliche Blumen blühten, und der kleine Teich wurde von einem Kranz dichtbelaubter Bäume abgeschirmt. Bettina fühlte sich hier sicher und geborgen.

Als sie langsam in das kühle Wasser tauchte, fragte sie sich, ob sie dieses Paradies hier wohl vor Tristan verheimlichen konnte, wenn er wieder auf der Insel war.

Dann schalt sie leise mit sich selbst. Würde es ihr wohl je möglich sein, irgendwann einmal nicht an diesen Mann zu denken – wenigstens für eine kurze Zeit?

32

»Bist du eigentlich hier bei mir, Tristan, oder denkst du wieder einmal nur an unsere Insel?« fragt Jules.

»Hast du etwas gesagt?« Tristan blickte auf. Seine blauen Augen wirkten verträumt. Dann blicke er sich in dem überfüllten, rauchgeschwängerten Raum mißbilligend um. »Tortuga ist eine

Brutstätte des Teufels«, stellte er verächtlich fest. »Warum steckt dieser Bastida mit seinen Halsabschneidern und Mördern nicht hier?«

»Du wolltest ja hierher«, sagte Jules. »Der dritte Hafen seit Saint-Martin, und noch immer haben wir nichts über Bastida erfahren. Wann gibst du die Suche auf?«

»Sobald ich ihn gefunden habe«, entgegnete Tristan und leerte den zweiten Becher Run.

»Du weißt ja, daß unsere Männer mit mir gesprochen haben, bevor wir in diesen Hafen einliefen. Sie möchten so gern endlich wieder auf unsere Insel zurück.«

»Warum denn das?« fragte Tristan. »In jedem Hafen dürfen sie an Land. Dort finden sie genug Weiber.«

»Sie wollen einen Priester auf die Insel mitnehmen.«

Tristan schüttelte den Kopf. »Einen – was?«

Jules lachte. »Wie mir scheint, wünschen sich die meisten unserer Männer eine kirchlich gesegnete Ehe.«

»Dieser Haufen von Narren! Bisher reichte doch die Trauung, die der alte Häuptling vollzog. Aber vermutlich bist auch du anderer Meinung?«

»Nun ja, Madeleine macht mir ständig Vorwürfe«, antwortete Jules belustigt. »Ihrer Ansicht nach führe ich mit Maloma ein Leben in Sünde.«

»Von ihr stammt also dieser Gedanke?« entgegnete Tristan. »Das hätte ich mir denken können. Aber sag mal, wo willst du denn einen Priester finden? Und wenn du einen findest – warum sollte er uns begleiten wollen?«

»Warum denn nicht? Wenn er erfährt, wie viele Männer und Frauen auf unserer Insel ihr gemeinsames Leben in Sünde verbringen, könnte der gute Mensch es sogar vorziehen, bei uns zu bleiben.«

»Nun ja, wenn ihr einen Priester findet, habe ich keine Einwände gegen eure Wünsche«, sagte Tristan. »Obwohl ich es einfach lächerlich finde.«

Jules sah ihn nachdenklich an. »Willst du die Witwe nicht besuchen, während wir hier sind?«

»Daran habe ich noch gar nicht gedacht«, erwiderte Tristan. Wirklich hatte er an die hübsche Witwe Hagen noch keinen Gedanken verschwendet, obwohl sie ganz in der Nähe der Taverne wohnte und er sie immer besuchte, wenn er nach Tortuga kam.

»Gibt es denn einen Grund dafür, daß du dir nicht für ein oder zwei Nächte eine nette Bettgefährtin nimmst?« Jules stellte die Frage mit durchtrieben argloser Miene.

»Brauche ich einen Grund dazu?« Tristan zog die Augenbrauen hoch.

»Es paßt nicht zu dir, daß du es versäumst, ein williges Weibchen in dein Bett zu holen.«

»Mich beschäftigen andere Gedanken«, sagte Tristan erregt.

»Muß ich dich daran erinnern, daß wir auf dieser Fahrt weder hinter einer Beute noch hinter einem Vergnügen her sind?«

»Nein. Aber ohne die Hilfe der Witwe hättest du dir kein Schiff kaufen und daher auch nicht nach Bastida suchen können. Und man hat ihr bestimmt schon mitgeteilt, daß die *Spirited Lady* im Hafen liegt. Ihre Enttäuschung wird groß sein, wenn du sie nicht besuchst.«

»Falls du Schuldgefühle in mir erwecken willst, alter Freund, so zieht das nicht. Meine Verpflichtungen gegenüber der Witwe sind abgegolten.«

»Dennoch warst du dankbar, daß sie dir die *Spirited Lady* für eine so geringe Summe verkaufte.«

»Das war schon vor sechs Jahren, und du vergißt, das Margaret Hagen eine sehr reiche Frau ist«, erwiderte Tristan. »Ihr Mann hinterließ ihr nach seinem Tod ein halbes Dutzend Schiffe. Sie hatte es nicht nötig, für die *Spirited Lady* einen hohen Preis zu fordern. Sie kam mir gern entgegen.«

»Weil sie dich wollte.«

»Du schmeichelst mir, Jules. Die Lady hat unzählige Liebhaber gehabt, seit wir uns kennen. Sie mag Männer eben. Ein Besuch bei ihr wäre für mich reine Zeitverschwendung. So lange bleiben wir nicht.«

»Die Dauer kannst doch du bestimmen«, meinte Jules.

»Könnte ich, aber ich werde es nicht.«

»Was ist eigentlich mit dir los, Tristan?« fragte Jules. »Du weißt, daß die Witwe jedes Schiff kennt, das den Hafen anläuft. Daß du Bastida suchst, ist ihr auch bekannt. Vielleicht hat sie eine Nachricht für dich, die uns stundenlanges Suchen erspart.«

Tristans Aufregung wuchs. »Sag mal, warum bist du so darauf erpicht, daß ich die Witwe besuche?«

»Über zwei Monate sind wir jetzt hinter Bastida her. Aber immer noch beschäftigt Bettina Verlaine deine Gedanken. Ich habe gehofft, bei der Witwe würdest du sie für eine Weile vergessen.«

Jules hatte nicht unrecht. Bettina und ihr Kind hatten Tristan in den vergangenen Monaten eigentlich Tag und Nacht beschäftigt. Allerdings bezweifelte er, daß er Bettina bei der Witwe vergessen könnte. Aber vielleicht konnte sie ihm etwas über Bastida berichten.

»Also gut«, sagte er. »Ich treffe dich in ein paar Stunden auf dem Schiff wieder.«

»Laß dir Zeit, mein Freund, kein Grund zur Eile«, erwiderte Jules.

Tristan lächelte nur und schüttelte den Kopf. Dann verließ er die rauchige Taverne und trat in den blendenden Sonnenschein hinaus. Er seufzte leise. Ihn zog nichts zu Margaret Hagen, keine Sehnsucht, kein Begehren. Das war früher ganz anders gewesen. Nur drei Jahre älter als er, war diese Frau schön und unglaublich leidenschaftlich.

Tristan kam an einem kleinen Goldschmiedegeschäft vorbei und beschloß, etwas zu kaufen. Ein Perlenhalsband würde sicher die Laune der Witwe verbessern, wenn sie erfuhr, daß er nicht über Nacht bei ihr blieb. Aber, verdammt noch mal, warum sollte er eigentlich nicht die Nacht mit ihr verbringen? Was bedeutete schon ein Tag Verzögerung? Und sicherlich machte es auch einmal Freude, mit einer Frau zu schlafen, die ihm nicht ständig Haßtiraden entgegenschleuderte. Die Witwe würde ihn glücklich in die Arme nehmen und sich ihm bereitwillig hingeben.

Schon wollte Tristan den Laden wieder verlassen, denn nun brauchte er ja kein Geschenk für Margaret. Dann fesselten jedoch ein Paar Ohrringe seinen Blick. Es handelte sich um dunkelblaue Saphire, in Silber gefaßt, und ihre Farbe erinnerte Tristan an Bettinas Augen, wenn sie glücklich war. Wie gern würde er ihre Augen immer so freundlich leuchten sehen, und in Gedanken malte er sich aus, wie der Schmuck an Bettinas zarten Ohren wirken mußte – ein herrlicher Kontrast zu dem seidigen flachsfarbenen Haar.

Er kaufte die Ohrringe und auch noch eine lange Perlenkette, die ihm günstig angeboten wurde.

Margaret Hagen erkannte Tristan schon, als er über die Straße auf ihr dreistöckiges Haus zukam. Noch bevor er anklopfen konnte, öffnete sie ihm die Tür, und ein verärgerter Blick begrüßte ihn. Aber Margarets Zorn verrauchte schnell. Sie schlang ihm die Arme um den Hals, küßte ihn leidenschaftlich und schmiegte ihren verführerischen Körper an ihn.

»Ach, Tristan, wie sehr habe ich dich vermißt«, flüsterte sie ihm ins Ohr. Dann zog sie ihn ins Haus und schloß schnell die Tür hinter ihm. »Ich war so erbost, weil du nicht schon am Morgen kamst«, schalt sie. »Aber nun bist du hier und ich ganz verrückt nach dir.«

Sie ergriff seine Hand und wollte ihn nach oben führen. Er jedoch zog sie in den Salon im Erdgeschoß. »Verändert hast du dich überhaupt nicht, Margaret«, sagte er mit einem leisen Lachen. »Aber du – und zwar in vielen Diengen. Früher hast du mich die Treppe hinauf ins Bett getragen, bevor ich dich begrüßen konnte. Warst du heute schon bei einer anderen Frau? Hat sie dich aufgehalten?«

»Nein, aber ich wollte erst ein Geschenk für dich kaufen«, erwiderte er und zog die Perlenkette aus der Tasche.

Margaret strahlte vor Freude. Dann hob sie ihr schwarzes schulterlanges Haar, damit er ihr die Perlen um den Hals legen konnte. Sie sah ihn an und betastete die Perlen mit den Fingern.

»Ich weiß natürlich, daß du nicht den ganzen Morgen zum Kauf gebraucht hast, aber ich will dir keine Vorwürfe mehr machen.«

Sie nahm seine Hand und führte ihn zu dem mit goldfarbenem Stoff bezogenen Sofa. »Jetzt erzähl mir erst mal, warum du deinen schönen Bart nicht mehr trägst. Mir macht das nichts aus, aber du wirkst viel jünger ohne ihn.«

»Ich mußte ihn abnehmen lassen. Und inzwischen habe ich mich daran gewöhnt.«

»Du hast ihn abnehmen lassen müssen? Aber das ist doch lachhaft?«

»Es ist eine lange Geschichte, Margaret, und ich befürchte, mir bleibt nicht genügend Zeit, um sie zu erzählen«, sagte Tristan. »In wenigen Stunden segeln wir weiter.«

»Aber warum denn?«

»Du weißt doch, ich komme nicht zur Ruhe, bis ich Bastida gefunden habe«, antwortete er. »Die Jagd auf spanisches Gold zwingt mich aber, ständig auf See zu sein. Da ich jedoch diesen Mörder finden will, opfere ich jetzt meine ganze freie Zeit dafür.«

»Warum gibst du nicht auf, Tristan? Vielleicht spürst du Bastida nie auf.«

»Unsere Wege werden sich eines Tages kreuzen. Dessen bin ich ganz sicher.«

»Vor zwei Monaten war Bastida hier.«

»Verdammt!« schrie Tristan und schlug sich mit der Hand auf den Oberschenkel. »Warum bin ich nicht früher hierher gekommen? Zum zweitenmal war ich ihm dicht auf den Fersen, und wieder ist er mir entwischt.«

»Ich glaube nicht, daß du ihn hier gefunden hättest, Tristan«, entgegnete Margaret. »Er hielt sich nur ein paar Stunden auf, und ich hatte sogar den Eindruck, daß er jemanden suchte.«

»Was kannst du mir sonst noch sagen?«

»Leider nicht viel. Bastida erkundigte sich nach einem Handelsschiff. Als er erfuhr, daß es nicht im Hafen lag, segelte er wieder ab«, sagte Margaret.

»Warum nach einem Handelsschiff?«

»Das weiß ich nicht.« Margaret blickte ihn kopfschüttelnd an. »Wenn er aber jede Insel so absucht wie du und sich jeweils nur einen Tag dort aufhält, dann dürfte es dir recht schwer werden, ihm zu begegnen. Es sei denn durch einen Zufall.«

»Damit könntest du recht haben.«

»Also bleibst du noch einige Zeit hier?« fragte sie hoffnungsvoll und ließ die Hand über seine Brust gleiten.

»Nein«, entgegnete Tristan und erhob sich, »ich muß gehen.«

»Es gibt also eine andere Frau, nicht wahr?« fragte sie, um ein Lächeln bemüht.

Tristan hielt es für besser, ihr die Wahrheit zu sagen. »Ja ich glaube, so könnte man es bezeichnen.«

»Ist sie hübsch? Natürlich muß sie das sein.« Margaret nickte. »Wenn du sagst, daß deine Gedanken woanders sind, kann es sich nur um diese Frau handeln. Du mußt sie sehr lieben.«

»Ich liebe sie nicht, aber ich begehre sie. Sie hat mir die Sinne verwirrt«, entgegnete er gereizt.

»Und was empfindet sie für dich?«

Tristan lachte kurz auf. »Sie verachtet mich von ganzem Herzen, und ich kann es ihr noch nicht einmal übelnehmen. Vielleicht liegt es an dem Haß, den sie für mich empfindet, daß ich sie so begehre. Für mich ist sie wie eine Herausforderung.«

»Ich kann es kaum glauben, daß eine Frau dich haßt, Tristan.« Sie stand auf und küßte ihn leicht auf die Wange. »Aber wenn du überzeugt bist, sie nicht zu lieben, dann kann ich warten, bis sie deine Sinne nicht mehr gefangenhält.«

»Gib aber nicht deine zahllosen Liebhaber auf, während du wartest«, scherzte er.

»Du weißt, das tue ich nie!« Margaret lachte. »Es sei denn, du würdest mich heiraten. Für dich könnte ich jeden anderen Mann aufgeben, Tristan. So hoch schätze ich dich.«

In leicht beschwingter Stimmung verließ Tristan das Haus der Witwe. Eigentlich hatte er die Nacht mit ihr verbringen wollen, aber irgendwie brachte er es nicht fertig. Sein Verlangen nach ihr war erloschen. Einen Grund dafür wußte er nicht, aber er wollte sich im Augenblick keine Gedanken darüber machen.

Es erschien ihm zwecklos, die Suche nach Bastida fortzusetzen. Vielleicht konnte man seiner leichter habhaft werden, wenn er nicht mehr von Hafen zu Hafen segelte. Wie Jules und seine Leute wollte Tristan nur noch auf seine Insel zurück.

33

Nach der langen Abwesenheit konnte Tristan kaum seine Erregung verbergen, als der Mann im Mastkorb die Insel am Horizont sichtete. Wie dumm war er doch gewesen, Bettina gerade jetzt zu verlassen, während sie ein Kind erwartete. Wie sehr hatte er sie vermißt! Sie mußte jetzt schon im vierten Monat schwanger sein, und er hoffte insgeheim, daß er dennoch mit ihr schlafen konnte.

Unruhig marschierte Tristan auf dem Vorderdeck auf und ab, als das Schiff in die schmale Bucht segelte und den Anker fallen ließ. Er erlaubte der Mannschaft, sofort von Bord zu gehen. Um die Sicherheit des Schiffes sollten sich die auf der Insel zurückgebliebenen Männer kümmern.

Pfarrer Hadrian beobachtete, wie die Männer schnell die kleinen Boote zu Wasser ließen. Dabei fragte er sich, ob er den Kapitän bitten sollte, seine Leute von den ihnen nicht kirchlich angetrauten Frauen fernzuhalten. Aber er sah die vor Freude und Erwartung strahlenden Gesichter der Matrosen und zweifelte an dem Erfolg einer solchen Bitte.

Er mußte eben die Augen schließen und darum beten, daß die Trauungen möglichst bald vorgenommen werden konnten. Außerdem war vom Kapitän kaum Hilfe zu erwarten. Man hatte dem Priester von der Französin berichtet, die bei Tristan auf der Insel lebte. Der Matrose hatte Pfarrer Hadrian klargemacht, daß es wohl keinen Zweck hatte, sich über die Moral des Kapitäns zu erregen.

In weniger als zwanzig Minuten erreichten alle Boote das Ufer, und dann brauchte Tristan noch weitere zehn Minuten, bis er fast im Laufschritt sein Haus erreichte. Er blieb vor dem Eingang stehen und betrachtete erstaunt, wie sich alles hier verändert hatte.

Inzwischen hatte ihn Jules eingeholt. »Mir scheint, als seien die Frauen während unserer Abwesenheit recht geschäftig gewesen. Es ist ein hübscher Anblick. Diese alte Festung sieht jetzt aus wie ein wirkliches Zuhause. Sieh mal, es hängen sogar Vorhänge an den Fenstern.«

Tristan betrachtete die weißen Gardinen und lächelte. Wenigstens hatte Bettina kein Hochzeitskleid aus den Stoffen genäht, die er ihr gegeben hatte.

Und dann mußte Tristan laut lachen, als er sah, daß seine Männer fast ein Wettrennen zu ihren Häusern veranstalteten. Als sie den Lärm hörten, erschien Maloma oben auf der Treppe, und Tristan sah sie erstaunt an, weil ihr Umfang sehr stark zugenommen hatte.

Diese Veränderung bei Frauen war ihm noch nie so aufgefallen, aber sie waren ja auch noch nie so lange auf See gewesen. Tristan fragte sich, wie Bettina wohl jetzt aussehen mochte.

»Wir sehen uns nachher, Tristan – aber es dauert schon eine Weile«, sagte Jules, als er die Stufen hinauflief. Lächelnd beobachtete Tristan, wie herzlich Jules seine Frau umarmte.

Inzwischen begleitete der Matrose Davey Pfarrer Hadrian ins Dorf, wo er Quartier nehmen sollte. Tristan war erleichtert, daß der Diener der Kirche nicht in seinem Haus wohnen würde.

Er durchquerte die Halle und schickte sich an, die Treppe hinaufzusteigen, als eine Stimme hinter ihm ihn zurückhielt.

»Kapitän, sie ist nicht oben.«

Tristan blickte sich um und sah Jossel an der Küchentür stehen. Mit finsterem Gesicht ging er zu ihr hinüber und war auf die schlimmsten Neuigkeiten gefaßt.

»Wo ist sie?« fragte er.

»Sie brauchen sich keine Gedanken zu machen. Bettina macht, wie jeden Nachmittag, einen Spaziergang.«

»Wohin ist sie gegangen?«

»Das weiß ich nicht. Sie geht immer allein.«

Joco Martell tauchte hinter Jossel auf. »Wie schön, daß Sie wieder hier sind, Kapitän«, begrüßte er Tristan. »War die Fahrt erfolgreich?«

»Nein, das war sie nicht. Aber ich habe dich hiergelassen, damit du auf die Mademoiselle aufpaßt. Ich werfe dich in den Kerker, wenn du mir nicht sofort sagst, wo Bettina jetzt ist.«

Tristans Stimme überschlug sich fast vor Zorn.

»Sie ist im Wald, Kapitän«, antwortete Joco eingeschüchtert. »Sie nimmt immer den gleichen Weg und verläßt den Pfad, bevor er zum Dorf führt.«

»Geradeaus oder nach rechts?«

»Geradeaus.«

»Und nun erklär mir gefälligst, warum du sie allein durch den Wald laufen läßt!«

»Bevor Sie absegelten, Kapitän, haben Sie ihr erlaubt, sich frei zu bewegen. Sie wollte sich aber auf ihren Spaziergängen von mir nicht begleiten lassen, obwohl ich sie warnte, daß es mit Ihnen Ärger geben könnte. Sie aber bestand darauf, allein zu gehen, und ich konnte mir auch nicht vorstellen, daß ihr etwas passieren würde.«

»Verdammt noch mal!« schrie Tristan ihn an. Die Mademoiselle hat kein Recht, auf ihrem Willen zu bestehen. Ich habe dir vor meiner Abreise genaue Anweisungen gegeben. Nach mir hattest du dich zu richten – nicht nach ihr!«

»Meine Tochter ist kein Kind mehr, Kapitän«, mischte Jossel sich ein. »Sie kann auf sich selbst achten. Sie hat die Einsamkeit immer geliebt. In Frankreich ist sie auch stundenlang allein spazieren gegangen.«

»Wir sind hier nicht in Frankreich, Madame. Am Fuß des Berges gibt es Wildschweine. Wenn Bettina so weit gegangen ist, könnte sie angegriffen und getötet werden.«

»Noch nie ist sie so lange weg gewesen, um bis zum Berg zu kommen«, versicherte Joco schnell. »Dann wäre ich ihr bestimmt gefolgt.«

»Wie lange ist sie schon fort?« fragte Tristan nun.

»Nur eine Stunde«, erwiderte Joco.

Tristan sagte nichts mehr, sondern stürmte zum Wald hinüber, eilte den Pfad entlang und erreichte die Stelle, an der der Weg sich gabelte. Dort folgte er den Spuren im niedergetretenen Gras. Sie führten zum Berg. Er überlegte, ob Bettina wohl den verstreckten Teich gefunden hatte, den er auch so liebte. Wenn er ihr Ziel war, konnte er sie durchaus verstehen.

Jetzt erreichte Tristan den schmalen Fluß. Er ging langsamer und so leise wie möglich, denn er wollte Bettina überraschen. Als er jedoch die Blume am Ufer erreichte, war die Überraschung ganz auf seiner Seite. Bettina lag im weichen Gras neben dem Teich – und sie war nackt.

Heiß strömte Tristan das Blut durch die Adern, als er sie erblickte. Die Sonne hatte ihren Körper gebräunt, und ihre Haut schimmerte golden. Sie lag auf dem Rücken, hatte ein Bein angewinkelt und die Hände unter dem Kopf verschränkt. Ihr feuchtes Haar lag wie ein Schleier ausgebreitet auf dem Gras.

Tristan betrachtete sie lange und sah auf ihren sich leicht wölbenden Leib. Erneut überkamen ihn Zweifel. Ein Kind wuchs dort – aber wessen Kind war es? Doch im nächsten Augenblick hatte er alle Zweifel vergessen und fühlte nur noch leidenschaftliches Begehren.

»Tristan!« stieß Bettina hervor, als sie die Augen öffnete und ihn neben sich erblickte.

Sie schien ihn eine ganze Ewigkeit nur anzusehen und nicht imstande, ein Wort herauszubringen. Sein Anblick weckte auch in ihr ein fast schmerzhaftes Verlangen. Er stand vor ihr, breitbeinig, die Hände in die Hüften gestützt, und sein Haar schimmerte wie Gold in der Sonne. Wie gern hätte sie dieses Haar gestreichelt und seine gebräunten Wagen – und wie gern hätte sie seine Lippen auf den ihren gespürt.

Mit heimlicher Erregung sah Bettina zu, wie Tristan das Hemd abstreifte, die kniehohen Stiefel und die Hose auszog. Aber als er nackt vor ihr stand und triumphierend und besitzergreifend lächelte, erwachte sie aus ihrem Wunschtraum.

Schnell rollte sie sich zur Seite und griff nach ihrem Kleid. Dann stand sie hastig auf und hielt das Kleid schützend vor sich.

Tristan lachte herzlich. »Es hat ja wohl eine Weile gedauert, ehe du dich daran erinnert hast, daß du mich verabscheust. Aber in Wirklichkeit tust du das ja gar nicht, Bettina, nicht wahr? Warum gibst du nicht zu, was du soeben empfunden hat?«

Mein Gott, warum habe ich ihn nur so lange angestarrt? fragte sich Bettina bestürzt. Er muß doch das Verlangen in meinen Augen erkannt haben.

»Ich weiß überhaupt nicht, wovon du redest«, entgegnete sie. Ihre Wangen waren zwar immer noch gerötet, aber sie wirkte völlig gelassen.

»Das weißt du ganz genau, Kleines«, erwiderte er heiser und begann sich ihr zu nähern.

»Bleib stehen, Tristan!« schrie Bettina und wich zurück. »Komm mir ja nicht zu nahe!«

»Ich will dich lieben, Bettina, und das weißt du«, sagte er leise. »Und du willst es doch auch. Warum gibst du deinen Widerstand nicht auf?«

»Du bist verrückt!« schrie sie voller Angst. »Wage es ja nicht, mich anzurühren! Ich will dich nicht, Tristan, ich hasse dich noch immer!«

»Du lügst, Bettina, und zwar belügst du dich selbst«, entgegnete Tristan ruhig. Er ging auf sie zu und umfaßte ihre Hüften.

»Bitte, Tristan!« flehte sie, als er sie in den Schatten und ins Gras zog. »Wenn ich mich jetzt gegen dich wehren muß, kann dem Kind etwas geschehen.«

Tristan jedoch ließ sich nicht beirren und schob ihre Arme zur Seite, als er sich über sie beugte. »Du wirst dich nicht gegen mich wehren, Kleines. Von diesem Augenblick habe ich jeden Tag geträumt, als ich dir fern war. Nichts kann mich davon abhalten, dich zu umarmen.« Er umfaßte mit beiden Händen ihr Gesicht, küßte sie zärtlich und lächelte. »Deinen Widerstand mußt du wegen des Kindes jetzt eine Weile aufgeben. Du kannst das Kind sogar als Entschuldigung dafür benutzen, daß du dich nicht gegen mir wehrst. Also bleib ruhig und genieße es.«

»Ich will aber keine Entschuldigung! Warum zwingst du eigentlich keiner anderen deinen Willen auf?«

»Dich will ich – und dich werde ich bekommen. Du willst dich ja gar nicht gegen mich wehren, Bettina. Nur dein Stolz zwingt dich dazu.«

»So ist es nicht!« rief sie gekränkt.

»Warum bleibst du eigentlich so hartnäckig?« fragte Tristan verbittert. »Jetzt hast du doch einen Grund dafür, keinen Widerstand zu leisten – ohne deinen Stolz zu verletzen. Um Himmels willen, ich nehme es dir nicht übel.«

»Nein!« schrie Bettina wieder.

Aber Tristan küßte sie so voller Leidenschaft, daß sie nicht mehr sprechen konnte. Als er sie nahm, spürte er, wie sich ihre Fingernägel in seinen Rücken gruben. Er wartete auf den Schmerz, doch ihre Finger glitten plötzlich sanft über seinen Rücken und streichelten sein Haar. Wie immer entbrannte zwischen ihnen beiden ein fast unstillbares Feuer, und jetzt waren auch Bettinas Küsse voller Glut und Leidenschaft.

Als Tristan wieder neben ihr im Gras lag, richtete sie sich auf und schlang die Arme um die Knie. Das lange Haar umhüllte sie wie ein seidener Umhang. Nachdenklich blickte sie auf den Wasserfall.

»Du hast mir wirklich gefehlt, Bettina«, bekannte Tristan leise hinter ihr. Er schob ihr langes Haar zur Seite und streichelte zärtlich ihren Rücken. »Ständig mußte ich an dich denken – Tag und Nacht. Ich lag in meiner Kabine und sah dich im Geiste immer neben mir.«

»Nun, ich bin überzeugt, du hast bei jedem Landgang willige Weiber gefunden, die dich deine Sehnsucht vergessen ließen«, entgegnete sie höhnisch.

Tristan lachte. »Das klingt ja fast wie Eifersucht, Kleines.«

»Du machst dich lächerlich!« fuhr sie ihn an. »Ich habe dir gesagt, daß du dich um eine andere bemühen solltest.«

»Das ist leicht gesagt, auch wenn du es gar nicht so meinst. Bedenke mal deine wahren Gefühle, Bettina. Du hast mich auch vermißt, nicht wahr?«

»Bestimmt nicht. Wie sollte ich dich vermissen, wenn ich darum betete, daß du nie zurückkehren mögest. Warum bist du überhaupt schon da? Hast du Don Miguel gefunden?«

»Nein. Aber ich habe mich entschlossen, die Verfolgung erst später wieder aufzunehmen.«

»Wann denn?« fragte Bettina.

»Die vergangenen Monate, in denen ich von dir getrennt war, erschienen mir wie eine Ewigkeit«, erwiderte Tristan. »Ich möchte das Jahr, das du mir versprochen hast, auch mit dir verbringen.«

»Aber – aber das ist unmöglich!« schrie Bettina außer sich. »Als ich dir mein Wort gab, ein Jahr zu bleiben, geschah es nur deshalb, weil du gesagt hast, du würdest nicht immer auf der Insel sein.«

»Das war ich ja auch nicht. Zweieinhalb Monate warst du allein, und das genügt.«

»Dann muß ich vermutlich dankbar sein, ein Kind in mir zu tragen. Das wird mich bald vor deinen Belästigungen bewahren. Dann mußt du dir eine andere suchen.« Sie warf ihm einen giftigen Blick zu und stand auf, um sich anzuziehen.

Tristan machte ein unmutiges Gesicht, während er nach seinen Kleidern griff. Was würde sein, wenn dieses Kind mit schwarzem Haar zur Welt kam? Noch schlimmer wäre es, wenn es Bettinas weißblondes Haar und dunkle Augen hätte. Wie sollte er je erfahren, wessen Kind es wirklich war?

»Du siehst ja so besorgt aus, Kapitän«, höhnte Bettina, als sie sich bückte, um einen Strauß violetter Blumen aufzuheben. »Findest du es schwierig, einen Ersatz für mich zu finden?«

Tristan sah sie lange an, und sein Blick glitt zu ihrer Teille hinunter. Jetzt, da sie wieder angekleidet war, merkte man von ihrer Schwangerschaft überhaupt nichts.

»Ich habe Maloma vor dem Haus gesehen«, sagte er, ohne auf ihre Frage einzugehen. »Ihr Umfang hat sehr zugenommen. Du allerdings wirkst wenig verändert. Bist du sicher, schon seit viereinhalb Monaten schwanger zu sein?

Bettinas Augen blitzten, und sie lachte belustigt. »Das möchtest du wohl gern glauben, was? Dann brauchtest du dich nicht immer wieder zu fragen, ob es dein Kind ist. Tut mir leid, Tristan, aber ich muß dich enttäuschen. Meine Berechnung stimmt. Wenn es dir nichts ausmacht, gehe ich nun ins Haus zurück.«

Er hielt sie am Arm fest, als sie an ihm vorbei wollte, und ihre Blumen fielen zu Boden. »Du behauptest also, es ist mein Kind?« sagte er.

»Ich wiederhole mich nicht gern.«

»Du hast auch behauptet, du hättest gelogen, als du mir sagtest, der Comte de Lambert sei dein Liebhaber gewesen. Was sollte dich hindern, auch jetzt zu lügen?«

»Denke, was du willst, Tristan«, entgegnete Bettina. »Wie ich dir schon sagte, macht mir das nichts aus.«

»Das tut es wohl!« Seine Stimme wurde plötzlich schrill, und er umklammerte ihre Arme wie mit Schraubstöcken. »Um Gottes willen, Bettina! Ich halte diese Zweifel nicht mehr aus. Schwöre mir, daß es mein Kind ist!«

Mit Zorn vermischter Schmerz verdunkelte seinen Blick, und in Bettina stieg das Verlangen auf, ihn zu beruhigen, denn das konnte ja nur sie. Aber dann erinnerte sie sich daran, daß sie bewußt diese Zweifel in ihm wecken wollte. Er sollte darunter leiden – und das tat er auch. Nichts wollte sie tun, um seine Zweifel zu beseitigen und seinen Seelenfrieden wieder herzustellen. Für sie war es eine wenn auch kleine Rache für alles, was er ihr angetan hatte.

»Ich habe dir einmal mein Wort gegeben, Tristan, weil du mir keine andere Wahl gelassen hast. Diesmal jedoch habe ich sie, und deshalb gebe ich dir mein Wort nicht. Ich habe dir gesagt, es ist dein Kind. Das muß dir genügen.«

Tristans Augen wurden eiskalt. »Verdammtes Weib!« schrie er sie an. »Wenn du es nicht beschwören willst, ist das für mich der Beweis, daß es das Kind des Comte ist.«

»Du kannst glauben, was immer du willst«, flüsterte Bettina. Ihr Herz schlug so laut, daß sie befürchtete, er müsse es hören.

Tristan hob die Hand, um sie zu schlagen, aber dann stieß er sie nur von sich fort. »Kehr ins Haus zurück!« befahl er ihr drohend und kehrte ihr den Rücken zu.

Bettina ging langsam an ihm vorbei, als sie den Pfad erreichte, und sie beschleunigte ihre Schritte. Nach einiger Zeit blickte sie sich vorsichtig um, ob er ihr folgte. Aber der Weg blieb leer. Triumphierend lächelte sie. Das Schlimmste hatte sie hinter sich, was nun kam, konnte für sie nur noch erfreulich sein. Zornig und enttäuscht mußte er sein. Und vielleicht gab er es nun auf, nachts in ihr Zimmer einzudringen. Die Stunde der Freiheit rückte für sie immer näher.

Joco Martel erwartete sie besorgt am Hintereingang des Hauses. »Sind Sie dem Kapitän begegnet? Ist er immer noch zornig, weil ich Sie allein in den Wald gehen ließ?« fragte er sofort.

»Warum sollte er deshalb zornig sein?«

»Er hatte Angst, die Wildschweine könnten sie angreifen, die in der Nähe des großen Berges leben«, sagte Joco.

Nun gesellte Maloma sich zu ihnen. »Nicht nur der Kapitän hat sich aufgeregt«, sagte sie zu Bettina. »Auch Ihre Mama rennt voller Unruhe durch das ganze Haus.«

»Aber das ist doch lächerlich«, erwiderte Bettina. »Mir ist nichts geschehen – bis Tristan mich fand.«

Maloma mußte lachen. »Das erzählen Sie lieber Ihrer Mama. Sie hält sich mit Madeleine und meinem Jules im Speisesaal auf.«

»Ich gehe sofort zu ihr. Machen Sie sich keine Gedanken mehr, Joco. Der Kapitän wird Ihnen keine Vorwürfe mehr machen. Zornig ist er wahrscheinlich, aber aus einem anderen Grund.«

Als Bettina den Speisesaal betrat, ging ihre Mutter unruhig vor dem Kamin hin und her. Madeleine saß mit Jules auf dem neuen Sofa und schalt ihn, weil er es zugelassen hatte, daß Tristan Bettina folgte. Er habe doch gesehen, daß der Kapitän vor Zorn außer sich gewesen sei.

»Bettina!« rief Jossel, als sie ihre Tochter erblickte. »Dem Himmel sei Dank, daß du wieder hier bist! Hätte ich gewußt, daß es auf der Insel wilde Tiere gibt, hätte ich dich nie allein in den Wald gelassen.«

»In die Nähe des Berges wäre ich nie gegangen, Mama, deine Sorge war wirklich unnötig. Ich war nur an dem kleinen Teich in der Nähe des Flusses. Aber auch dorthin gehe ich nun nicht mehr.« Nach dem, was dort geschah, nie wieder, dachte Bettina. Dabei ist es ein so schönes Fleckchen Erde, an dem man diesen Tristan wirklich vergessen könnte.

»Wo ist denn Tristan?« erkundigte sich Jules ganz beiläufig.

»Er ist noch geblieben, um sich zu beruhigen. Das hoffe ich jedenfalls.«

»Also gab es Streit wegen des Kindes, nicht wahr?« Jules warf ihr einen wissenden Blick zu.

»Wie – kommen Sie denn darauf?« fragte Bettina.

»Ich habe es geahnt. Obwohl ich annahm, er würde warten bis . . .«

»Jules«, unterbrach ihn Madeleine, »sag nicht solche Dinge!«

Erstaunt blickte Jules die alte Kinderfrau an. Bettina und Jossel konnten kaum ihr Lachen unterdrücken. Jules war es gewiß nicht gewöhnt, Befehle von einer Frau entgegenzunehmen, selbst wenn sie für ihn so etwas wie eine Mutter war.

»Ich gehe jetzt in mein Zimmer«, sagte Jossel, »und werde ein bißchen ruhen. Wir sehen uns ja nachher beim Abendessen.«

Sie verließ den Raum, und Bettina sagte lächelnd zu Jules: »Nachdem Mama nun verschwunden ist, können Sie sagen, was Sie sagen wollten, Monsieur. Und du bist ruhig Madeleine!«

»Es ist mir nur so herausgerutscht«, erwiderte Jules verlegen. »Außerdem habe ich jetzt einiges zu erledigen, also . . .«

»Keine Ausflüchte, Jules«, unterbracht ihn Bettina. »Wir wollen unser Gespräch beenden. Sie wollten doch sagen, Tristan hätte bis nach der Geburt des Kindes warten sollen, bevor er mich zwang, ihm zu Willen zu sein.«

»Aber Bettina!« schrie Madeleine auf.

»Nur ruhig, Madeleine. Ich weiß, über solche Dinge spricht man nicht. Aber schließlich befinden wir uns hier nicht in einem französischen Salon.« Bettina wandte sich wieder an Jules. »Sie haben mit Ihrer Annahme recht gehabt, Monsieur. Woher aber wußten Sie, daß wir uns streiten würden?«

»Tristan machte in den vergangenen Monaten ständig einen gequälten Eindruck. Dieser junge Narr befürchtet nämlich, er sei nicht der Vater Ihres Kindes, und das macht ihm schwer zu schaffen. Ich dachte aber, er habe die Zweifel inzwischen überwunden.« Fragend sah er Bettina an. »Aber er ist doch der Vater, nicht wahr?«

Bettina lachte leise. »Natürlich ist er es. Ich habe es auch ihm gesagt, aber mir scheint, daß er es nicht glaubt.«

In diesem Augenblick hörten sie Tristans verärgerte Stimme, und dann flog eine Tür auf und schlug gegen die Wand. Das Dröhnen war im ganzen Haus zu hören. Tristan blieb stehen, blickte die vor dem Kamin Sitzenden finster an, ging zu Tisch und ließ sich, den anderen den Rücken zukehrend, schwer auf einen Stuhl fallen.

Bettina wollte ihn nicht länger durch ihre Anwesenheit reizen und stieg leise die Treppe hinauf. Die erschrockene Madeleine folgte ihr. Jules jedoch setzte sich neben seinen Freund.

»Bettina hat mir gesagt«, begann er, »daß du glaubst, das Kind sei möglicherweise nicht von dir.«

Bettina hörte die Frage noch und blieb auf dem oberen Treppenabsatz stehen. Sie versteckte sich jedoch, um von unten nicht gesehen zu werden. Sie wollte Tristans Antwort unbedingt hören. Madeleine warf ihr einen erstaunten Blick zu, doch sie gebot der alten Frau mit einer Handbewegung, zu schweigen. Auch Madeleine blieb stehen, um das Gespräch zwischen den beiden Männern zu belauschen.

›Ich weiß, daß dieses Kind nicht von mir ist«, antwortete Tristan mürrisch und mit einem gequälten Blick.

»Du bist sehr voreilig in deinem Urteil, Tristan.«

»Zum Teufel – nein! Dieses Weib lügt nur zu seinem Vorteil und mit Absicht. Aber als sie mir ihr Wort gab, wußte ich, daß sie es halten würde. Warum verweigert sie es mir diesmal?«

Jules schüttelte den Kopf. »Du hast sie schon beleidigt, als du von ihr verlangt hast, zu schwören, daß es dein Kind ist«, entgegnete Jules.

»Hah! Ich werde noch mehr tun, um sie zu beleidigen! Ich werde die Wahrheit aus ihr herausprügeln.«

»Das werde ich nicht zulassen, Tristan«, erwiderte Jules leise.

»Was wirst du nicht!« Tristan lehnte sich erstaunt zurück. »Seit wann verteidigst du denn diese Hexe? Früher warst du der Meinung, daß sie Prügel bekommen müßte.«

»Wenn sie es verdient – ja. In diesem Fall trifft das aber nicht zu. Selbst wenn es so wäre, kannst du es in ihrem Zustand nicht tun. Du könntest dabei das Kind verletzen – dein Kind – und das dulde ich nicht.«

»Und ich sage dir, es ist nicht mein Kind«, widersprach Tristan. »Ich weiß, daß Bettina lügt. Den Grund kenne ich allerdings nicht. Sobald das Kind geboren ist, wirst du dich von der Wahrheit meiner Behauptung überzeugen können. Vielleicht gelingt es mir dann auch, Bettinas Pläne endlich zu durchschauen.«

»Und vielleicht erkennst du dann auch, was für ein verdammter Narr du gewesen bist«, erwiderte Jules.

Als Bettina später zum Abendessen hinunterging, traf sie Jules auf der Treppe. Sie hielt den riesigen Mann an und küßte ihn zum Dank dafür, daß er sie verteidigt hatte, leicht auf die Wange. Jules errötete heftig unter der dunklen Sonnenbräune seines Gesichts. Bettina ging weiter, und er blieb kopfschüttelnd stehen.

Zornig und in Gedanken versunken saß Tristan am Kopfende der Tafel. Den Kuß, den Jules bekommen hatte, hatte er nicht gesehen, aber er warf Bettina einen glühenden Blick zu, als sie sich auf ihren Platz an seiner Seite setzte. Während sie ihren Teller füllte, schwieg er beharrlich. Bettina war erleichtert, denn sie hatte angenommen, er werde jetzt mit seinen Anschuldigungen fortfahren.

Tristan nahm keinen Bissen zu sich, aber er trank übermäßig. Dennoch blieb er völlig nüchtern. Die anderen kamen nun auch, und die Mahlzeit verlief in lähmendem Schweigen. Bettina zog sich hinterher schnell in ihr Zimmer zurück.

Ein paar lange Stunden versuchte sie vergeblich Schlaf zu finden. Dann hörte sie Schritte auf dem Flur, die vor ihrer Tür anhielten. Eigentlich war sie davon überzeugt gewesen, daß Tristan diese Nacht mit ihr verbringen wollen. Jetzt jedoch überkam sie eine gewisse Unsicherheit, und sie überlegte, warum er wohl vor ihrer Tür stehenblieb.

Dann wurde die Tür heftig aufgerissen und sie fuhr erschocken in die Höhe. Sie wußte natürlich, daß Tristan die Tür nur deshalb so lautstark geöffnet hatte, damit sie erwachte. Als er merkte, daß er seine Absicht erreicht hatte, sah er Bettina einen Augenblick kalt an und trat dann an ihr Bett. Er lehnte sich an einen Pfosten und musterte sie weiterhin schweigend.

Zornig und verwirrt wollte sie etwas sagen, aber er brachte sie mit einer Handbewegung zum Schweigen.

»Du wirst dein Nachgewand jetzt ausziehen, Bettina«, sagte er. »Trotz allem, was heute geredet wurde und trotz allem, was geschehen ist, werde ich mit dir schlafen.« Tristans Stimme klang ganz ruhig, aber seine Augen waren eisblau.

Bettina glaubte, ihren Ohren nicht trauen zu dürfen. Voller Zorn war er, und dennoch hatte er Verlangen nach ihr. Oder sollte das nur eine Art Strafe sein?

Schon wollte sie widersprechen, aber bevor sie ein Wort sagen konnte, setzte er drohend hinzu: »Das ist kein Wunsch, Bettina, sondern ein Befehl! Zieh das Hemd aus!«

Bettina überlief ein Frösteln, obwohl es im Zimmer recht warm war. Angstvoll erinnerte sie sich an das Gespräch zwischen Tristan und Jules, das sie belauscht hatte. Er wollte also die Wahrheit aus ihr herausprügeln. Davor konnte sie nun niemand mehr schützen.

Sie streifte sich das Nachthemd über den Kopf und zog sich die Decke bis unter das Kinn, um ihre Blöße zu bedecken. Sie wollte alles kampflos über sich ergehen lassen, denn sie mußte an ihr Kind denken, dem nichts geschehen durfte.

Obwohl sie getan hatte, was er verlangte, zeigte sich auf seinem Gesicht kein Triumph. Ungerührt riß er die Decke weg und begann sich auszuziehen.

»Du sollst endlich begreifen, Bettina, daß ich deinen nur vorgetäuschten Widerstand nicht länger dulde«, sagte er. »Bis jetzt habe ich dich immer rücksichtsvoll behandelt, weil du so reizvoll bist und ich deine Schönheit nicht zerstören wollte. Zu nachsichtig war ich dir gegenüber, und das war mein Fehler.«

Er legte sich neben sie auf das Bett und zog sie an sich. »Du gehörst mir«, flüsterte er, und es klang wie eine tödliche Drohung. »Vom ersten Tag an hätte ich deinen Widerstand aus dir herausprügeln müssen. Mit Ketten hätte ich dich an mein Bett fesseln müssen, damit du nicht entkommen konntest. Wärst du mir doch niemals begegnet! Dann müßte ich jetzt nicht diesen Schmerz ertragen. Gott mag mir verzeihen, obwohl du den Bastard des Comte in dir trägst, begehre ich dich noch immer.«

Seine Lippen preßten sich schmerzhaft auf ihren Mund. Eines jedoch erkannte Bettina in diesem Augenblick: Tristan konnte sich nie wieder von ihr befreien. Mochte er sie auch hassen, sein Begehren würde stets über seinen Haß siegen. Und dann spürte Bettina, daß auch über ihr die Flut des Verlangens zusammenschlug.

34

Der Sommer kam, und die Insel leuchtete in nie geahnter Farbenpracht. Herrliche Blumen, die Bettina noch nie gesehen hatte, blühten überall. Man setzte ihr bei den Mahlzeiten köstliche neue Früchte vor, an denen sie sich kaum satt essen konnte, so gut schmeckten sie. Besonders liebte sie die großen rotgoldenen Mangos, und Thomas Wesley ging täglich ins Dorf, in dem er lebte, und brachte ihr zwei von den aromatischen Früchten.

Die Tage waren warm, aber die Hitze war durch den Passatwind gut zu ertragen. In den Nächten herrschte angenehme Kühle. Die Insel glich wirklich einem Paradies auf Erden.

Ein Schatten allerdings lag über diesem Paradies. Im Haus

herrschte ständig gespannte Stimmung, die nur durch Tristans schlechte Laune hervorgerufen wurde. Und dieser Zustand wurde von Tag zu Tag schlimmer. Bettina vermied es nach Möglichkeit, ihm zu begegnen, denn bei ihrem Anblick wurde seine Mißstimmung nur noch schlimmer.

Zu dem kleinen Teich im Wald war Bettina nie wieder gegangen. Wie wunderschön er jetzt im Blumenschmuck des Sommers sein mußte, konnte sie sich lebhaft vorstellen. Eigensinnig redete sie sich jedoch ein, daß ihr die Freude an diesem Ort von Tristan vergällt worden war.

Oft aber wanderte sie mit ihrer Mutter und manchmal auch mit Maloma zu der kleinen Bucht, in der das Schiff vor Anker lag. Dort streifte sie die Schuhe ab, raffte ihre Röcke und ging am Ufer entlang, während die kühlen kleinen Wellen angenehm ihre Beine umspülten.

Spaziergänge mit der Mutter machten Bettina immer viel Freude. Sie unterhielten sich über angenehme Dinge, und manchmal schwiegen sie auch und gaben sich ihren Gedanken hin. Wenn sich Madeleine ihnen anschloß, sprachen sie französisch. Den meisten Gesprächsstoff bildete dann das große Fest, das vor drei Wochen gefeiert worden war. Neun Paare waren an jenem Tag mit dem Segen der Kirche und des Priesters zu einander rechtmäßig angetrauten Eheleuten geworden.

Selbst Tristans schlechte Laune hatte die Fröhlichkeit dieses Festes nicht trüben können. Obwohl Tristan etwas gegen die Ehe hatte, gestattete er doch, daß die große Halle seines Hauses für dieses Fest geschmückt wurde. Es gab Musik, und es wurde getanzt. Schon am Tag vorher wurde in allen Küchen gebacken, gebraten und gebrutzelt, und doch blieb kein Krümelchen übrig. Aus dem Dorf kamen viele Indios, und sie brachten ein am Spieß gebratenes Schwein mit. Dann tanzten alle nach den wilden und doch so schönen Rhythmen der Inselwelt.

Besonders beeindruckt war Bettina von der ungezwungenen Fröhlichkeit der jungen Indio-Mädchen, die endlich auch kirchlich getraut wurden. Bettinas Mutter empfand stets tiefe Wehmut, wenn von Heirat gesprochen wurde. Den Grund kannte Bettina wohl – die Mutter wünschte ihr auch ein solches Glück. Aber Bettina wußte nicht, wie sie es je finden sollte, solange sie auf der Insel festgehalten wurde.

Eines Morgens saß Bettina allein in ihrem Zimmer und tat die letzten Stiche an einem rosafarbenen Kinderkleidchen, mit dem sie vor einigen Tagen begonnen hatte. Zu ihrer Überraschung kam Tristan herein. Er trat an das Bett und betrachtete das Kleidchen, an dem sie arbeitete.

»Also hoffst du auf eine Tochter«, sagte er höhnisch und lehnte sich an den Bettpfosten. »Ich sehe ein, daß dich das freuen würde, wenn es mein Kind wäre. Aber mit welcher Begründung wünscht du dir eine Tochter für deinen geliebten Comte de Lambert? Jeder Mann will einen Sohn, und dieser Hurenbock unterscheidet sich darin gewiß nicht von uns anderen.«

Bettina beachtete ihn nicht, denn sie wußte, daß er nur Streit suchte. Er ging zu dem Stuhl am Fenster und begann seinen Degen zu polieren. Sie ignorierten einander, aber ein Zornesausbruch von Tristan lag in der Luft. Dann jedoch kam Jossel mit hochrotem Kopf in den Raum.

»Was soll denn das?« rief sie auf französisch und sah zu Tristan hinüber. »Was will er denn?«

»Warum fragst du ihn nicht?« schlug Bettina ruhig vor.

»Mir würde er es nicht sagen. Bis jetzt habe ich mir immer Mühe gegeben, mich nicht einzumischen. Doch euer Streit dauert allmählich zu lange.«

»Mama, hat das nicht Zeit, bis wir beide allein sind?«

»Nein«, entgegnete Jossel. »Unsere Sprache versteht er nicht, und ich möchte jetzt darüber reden. Eben hörte ich, daß unser Dienstmädchen Kaino am Morgen weinend aus dem Haus lief. Sie brachte ihm das Essen, und ihm erschien es nicht warm genug. Kaino hat Angst vor ihm und will nicht länger hier arbeiten.«

»Er droht immer nur, Mama«, sagte Bettina. »Aber er macht nie Ernst.«

»Die Dienerschaft weiß das aber nicht. Bei seinen ständigen Wutanfällen fürchten sie sich, in seine Nähe zu kommen.«

»Ich werde mal mit den Mädchen sprechen«, erwiderte Bettina. »Ich werde ihnen erklären, daß er immer nur Gründe sucht, um seine aufgestaute Wut an anderen auszulassen. Schläge braucht niemand von ihm zu befürchten.«

»Madeleine hat mir gesagt, daß nur du Tristans schlechter Laune abhelfen könntest.«

»Nenne nicht seinen Namen, Mama, sonst merkt er, daß wir über ihn reden«, bat Bettina.

Vorsichtig blickte sie zu Tristan hinüber. Aber er war mit seinem Degen beschäftigt und schien die beiden Frauen überhaupt nicht zu beachten. Bettina fragte sich allerdings, warum er ein so langes

Gespräch in französischer Sprache schweigend duldete, denn sonst pflegte er sich sofort einzumischen. Fast schien es, als habe er ihre Gedanken erraten. Er erhob sich und verließ mit finsterem Blick den Raum. Dabei murmelte er etwas über Weiber und ihre verdammten Geheimnisse vor sich hin.

Jossel war viel zu erregt, um sein plötzliches Verschwinden zu bemerken. »Kannst du denn nicht erreichen, daß Tristan sich endlich benimmt, wie es sich gehört?«

»Vermutlich könnte ich es«, flüsterte Bettina.

»Um Himmels willen, warum zögerst du dann noch?«

»Das kannst du nicht verstehen, Mama.«

»Dann erklär es mir!« forderte Jossel aufgeregt. »Warum ist Tristan seit seiner Rückkehr vor einem Monat zu einem solchen Unmenschen geworden?«

Bettina seufzte laut und blickte zur Tür, die Tristan nicht hinter sich geschlossen hatte. »Er denkt, daß es nicht sein, sondern Pierres Kind ist, daß ich unter dem Herzen trage.«

»Madeleine hat mir denselben Grund genannt, aber ich habe ihr nicht geglaubt«, entgegnete Jossel. »Diese Vermutung ist doch einfach lächerlich. In Pierres Haus warst du kaum einen ganzen Tag. Tristan muß verrückt sein, wenn er annimmt, du seist mit Pierre vor der Eheschließung zusammengewesen.«

»Ich habe ihm Veranlassung gegeben, so etwas zu denken.«

»Aber warum denn?«

»Weil ich wütend war, daß er mich von Saint-Martin entführte«, gab Bettina zu. »Außerdem erniedrigte er mich, wo er konnte, um mich für die Flucht von seiner Insel zu bestrafen. Das konnte ich mir nicht gefallen lassen. So habe ich ihm vorgelogen, ich hätte mich Pierre aus freien Stücken hingegeben.«

Jossel hörte sprachlos zu, und Bettina fuhr fort: »Dann aber wurde er so unbeherrscht in seinen Drohungen, daß ich die Lüge zugab. Ich tat es jedoch auf eine Weise, daß bei ihm Zweifel zurückblieben mußten. Schließlich vergaß er es und erinnerte sich erst wieder daran, als ich schwanger war. Da wollte er wissen, wer denn nun der Vater des Kindes sei. Wahrheitsgemäß sagte ich ihm, er sei es. Aber wieder ließ ich Zweifel offen, lehnte es ab, zu beschwören, daß es sein Kind ist. Nun ist er überzeugt, Pierre sei der Vater.«

»Warum hast du das getan, Bettina? Warum hast du ihm nicht die Wahrheit gesagt?«

»Ich habe ihm die Wahrheit gesagt«, erwiderte Bettina.

»Aber du hast vorsätzlich Zweifel bei ihm aufkommen lassen. Warum?«

»Da du mich angefleht hast, mir keinen Mord aufs Gewissen zu laden, habe ich mir eine andere Rache ausgedacht. Am Anfang empfand ich auch große Genugtuung, aber jetzt . . .«

»Jetzt bedauerst du es?« fiel Jossel ihr ins Wort.

»Ja«, mußte Bettina zugeben.

»Dann gesteh Tristan doch, was du getan hast.«

Bettina vermied es, ihre Mutter anzusehen. Traurig betrachtete sie das Kleidchen in ihren Händen. »Es ist zu spät, um das wieder in Ordnung zu bringen. Daran gedacht habe ich oft. Selbst wenn ich ihm jetzt alles gestehe, glaubt er mir nicht und denkt, ich lüge, um ihn zu beruhigen.«

»Du haßt Tristan nicht mehr?« fragte Jossel leise.

»O Mama, das weiß ich eben nicht. Mich verwirrt das Verlangen, das ich für ihn fühle. Mein Begehren ist oft so groß wie das seine. Dann gibt es wieder Stunden, in denen ich ihn hasse. Er ist so hochmütig, und ich kann nie vergessen, was er mir angetan hat.«

»Er hat dir Gewalt angetan und nun gestehst du, daß du ihn begehrst wie er dich.«

»Aber darum geht es doch nicht!« rief Bettina.

»Nein? Also, meine Liebe, nimm einen Rat an, und überleg dir, um was es wirklich geht. Unser Jahr auf dieser Insel nähert sich nämlich langsam dem Ende.« Mit diesen Worten verließ Jossel den Raum, und Bettina blickte wie verloren zu Boden. Sie verstand den Aufruhr ihrer Gefühle ja selbst nicht mehr.

35

Den restlichen Vormittag und fast den ganzen Nachmittag verbrachte Bettina damit, über sich selbst und ihr Verhalten nachzudenken. Dabei vergaß sie sogar, zum Mittagessen nach unten zu gehen. Schließlich wurde ihr klar, daß sie nichts verlor, wenn sie Tristan alles gestand. Dadurch konnte sich ihre Lage nur verbessern. Wie sehr vermißte sie sein lässiges Lachen, seinen hinreißenden Charme und auch seine Zärtlichkeiten.

Sie wünschte sich den alten Tristan zurück, und sie war glücklich, daß sie ein Kind von ihm unter dem Herzen trug. Wenn sie dieses Glückgefühl doch nur mit ihm teilen könnte! Bettina erschien es plötzlich unbegreiflich, daß ihr Tristans Art so sehr gefiel.

Sie mußten endlich miteinander sprechen, damit es keine Mißverständnisse und keinen Zwist mehr zwischen ihnen gab.

Bettina eilte die Treppe hinunter, aber der große Raum war leer. Sie ging zur Hintertür und schaute auf den Innenhof hinaus.

Tristan, der auf dem Sofa neben dem Kamin lag, hatte gehört, daß Bettina die Treppe herunterkam. Er richtete sich auf und sah sie zum Hinterausgang gehen. Schon wollte er ihr folgen, als er eine gewisse Unruhe vor dem Haus bemerkte.

Auch Bettina hatte den Lärm gehört. Als sie sich umblickte, entdeckte sie eine Schar verwegen aussehender Männer, die auf das Dorf zuliefen. Betroffen wich sie ein paar Schritte zurück, denn die Männer waren ihr völlig fremd. Dann jedoch hörte sie in der Eingangshalle eine tiefe Frauenstimme rufen. »Tristan, du hübscher Seebär! Dich hätte ich ja kaum wiedererkannt! Und deinen Bart trägst du auch nicht mehr. Das gefällt mir wirklich.«

»Wir haben uns lange nicht mehr gesehen, Gaby«, sagte Tristan voller Freude.

Als sich Bettina verwirrt umdrehte, erblickte sie eine Frau mit kupferfarbenen Locken, die ihr unordentlich auf den Rücken hingen. Gekleidet war sie wie ein Mann. Ihre Hosen waren jedoch nur knielang und entblößten wohlgeformte Beine. Es sah schamlos aus. An einem Ledergurt, der ihr über die Schultern hing, trug sie einen Degen, und eine geflochtene Lederpeitsche baumelte an ihrer Hüfte. Stolz stand sie mitten im Raum und blickte Tristan an.

»Lieber Jesus! Ich kann überhaupt nicht begreifen, was du mit diesem alten Haus angestellt hast!« rief sie jetzt. »Wenn ich dich nicht genau kennen würde, könnte ich annehmen, die Hand einer Frau war hier am Werk.« Sie schüttelte den roten Lockenkopf. »Du Bastard! Hast du etwa die Witwe auf die Insel geholt? Verdammt, wenn sie dich zur Heirat zwingt, dann werde ich . . .«

»Nun reicht es aber, Gaby«, unterbrach sie Tristan, der im Hintergrund Bettina entdeckt hatte. »Margaret ist nicht hier. Sie war es auch nie.«

»Gut. Dann hat sie eben Pech gehabt und ich Glück.« Gaby lachte. »Ich habe nämlich vor, hier einige Zeit mit dir zu verbringen. Dabei möchte ich uns beide für Tage in ein gemütliches Schlafzimmer einschließen. Meine Mannschaft soll sich zum Teufel scheren.«

»Verändert hast du dich überhaupt nicht«, sagte Tristan lachend. »Du bist genauso unmoralisch wie früher.«

»Anders willst du mich ja gar nicht haben, Liebster, stimmt's?

Jetzt begrüße mich erst mal richtig, sonst muß ich glauben, du hast dich restlos bei den Dirnen im Dorf verausgabt.«

Bettina überkam eine entsetzliche Übelkeit, die jedoch von ihrer Schwangerschaft herrührte. Die Frau mit dem kupferfarbenen Haar schlang Tristan die Arme um den Hals und zog sein Gesicht zu sich herunter. Sie küßte ihn wild, und Tristan erwiderte diesen Kuß mit derselben Leidenschaft. Verdammt sei seine schwarze Seele, dachte Bettina.

Dann berührte jemand ihren Arm, und Bettina fuhr erschrocken herum. Ein verwegen aussehender Mann mit völlig kahlem Kopf stand hinter ihr. Schuhe trug er nicht, nur eine Hose und eine ärmellose Weste. Seine nackte Brust war dicht behaart. Bettina wußte sofort, was sein Blick zu bedeuten hatte.

»Im Dorf muß ich zu lange warten«, sagte er. »Deshalb bin ich zurückgekommen, um zu sehen, was sich hier so bietet. »Seine Augen schienen Bettinas Körper förmlich abzutasten. »Gibt's noch mehr von deiner Art hier, oder muß ich dich mit meinen Kameraden teilen?«

Bettina fragte sich, ob Tristan ihr wohl zu Hilfe eilen würde, oder ob ihn die andere Frau zu sehr beschäftigte. Dann beschloß sie, es darauf ankommen zu lassen.

»Monsieur, ich erwarte ein Kind, das sehen sie wohl?«

Er zog sie an sich, und ein lüsternes Lächeln umspielte seine Lippen. »Ich sehe nur, daß du verteufelt besser aussiehst als das, was man im Dorf findet. Es ist schon lange her, seit ich eine weiße Frau hatte.«

»Lassen Sie mich los, Monsieur, oder ich schreie!« rief Bettina schrill.

»Das würdest du doch nicht tun, denn damit würdest du unseren Kapitän stören. Sie gönnt uns unser Vergnügen, und das sollten wir umgekehrt auch tun.«

Bettina schüttelte die Hand des Mannes ab und wollte gehen. Doch der Mann lief hinter ihr her, und dadurch wurde Tristan auf die Szene aufmerksam. Als der Kerl wieder Bettinas Arm packte, schrie sie laut auf. Im nächsten Augenblick stürzte sich Tristan auf den Mann, riß ihn zurück und stellte sich zwischen ihn und Bettina.

Die rothaarige Frau war Tristan gefolgt, und ihr Gesicht verzerrte sich vor Zorn. Bevor sie jedoch ein Wort sagen konnte, hieb Tristan dem Kerl die Faust ins Gesicht, und zwar mit solcher Wucht, daß er zu Boden stürzte. Tristan hatte ihn voll auf die Nase getroffen, die nun heftig zu bluten begann.

»Verdammt, Tristan!« schrie Gaby. »Du hattest keinen Grund, einen meiner Männer zusammenzuschlagen! Bist du eigentlich . . .«

Sie unterbrach sich, als Bettina hinter Tristan hervortrat. Über dem großen Raum hing plötzlich eine gefährliche Stille. Feindselig musterten sich die beiden Frauen. Bettinas flimmernd grüne Augen senkten sich in die stahlgrauen Augen von Gaby.

»Wer ist denn das?« fragte Gaby.

Lächelnd erwiderte Tristan: »Die Lady heißt Bettina.«

Nun wurde Gaby noch zorniger. »Verdammt! Ihr Name interessiert mich nicht! Was hat sie hier zu suchen? Und wenn mein Matrose sie sich nehmen wollte, warum hast du ihn daran gehindert?«

Tristans Augen wurden schmal. »Es wäre nicht geschehen, Gaby, wenn du mir Gelegenheit gegeben hättest, mit dir darüber zu sprechen. Jetzt jedoch will ich es deinem Matrosen sagen.« Er wandte sich an den Mann, der sich mühsam hochgerappelt hatte. »Dein verletztes Gesicht mag als Beweis dienen, denn es dürfte deinen Worten mehr Gewicht verleihen, wenn du es deinen Kameraden sagst. Bettina ist nicht die einzige weiße Frau auf der Insel. Da gibt es noch ihre Mutter und ihre alte Dienerin. Keine von ihnen dürft ihr auch nur anrühren.«

Tristan zeigte auf Bettina. »Und die hier steht unter meinem besonderen Schutz. Ich töte jeden unbarmherzig, der ihr zu nahe tritt! Sag das deinen Kameraden und sorg dafür, daß sie meine Worte beherzigen!«

Der Mann nickte wortlos und verließ das Haus schnell durch die Hintertür.

»Was soll das heißen – sie steht unter deinem besonderen Schutz?« fragte Gaby wütend.

Bevor Tristan noch etwas sagen konnte, erwiderte Bettina mit leisem Lächeln: »Der Kapitän hat sich freundlich ausgedrückt Mademoiselle. Besser hätte er gesagt, daß ich sein Eigentum bin.«

»Er hat Sie geheiratet?« fragte Gaby verblüfft.

»Nein.« Bettina schüttelte den Kopf.

»Also bist du eine Sklavin!« Gaby lachte laut. »Das hätte ich mir denken können.«

»Eine Sklavin in einem gewissen Sinn, Mademoiselle«, erwiderte Bettina. »Tatsächlich erstrecken sich meine Dienste lediglich auf Tristans Bett.«

Ohne sich umzusehen, verließ sie den Raum. Viel gewonnen

hatte sie mit ihren Worten nicht, aber bestimmt hatte sie den Zorn dieser Frau noch angestachelt. Wie lange aber würde er anhalten? Wann würde er sie wieder küssen?

Gaby war eine schöne Frau mit einer guten Figur. Da Bettina jetzt allmählich unförmig wurde, konnte sich Tristan leicht dieser Gaby zuwenden, um seine Gelüste zu stillen. Warum traf der Gedanke sie eigentlich wie ein Messerstich ins Herz?

Bettina ging nicht in ihr Zimmer, weil sie plötzlich fürchtete, die Mutter habe das Haus verlassen. Alles hier wirkte so leer und still. Sie eilte zu Jossels Zimmer und öffnete die Tür. Erleichtert sah sie die Mutter am Fenster stehen.

»Wenigstens du bist noch hier«, sagte Bettina seufzend.

Jossel drehte sich um und blickte die Tochter fragend an. »Ich habe ein paar Männer beobachtet, die zum Dorf rannten.«

»Ja, die habe ich auch gesehen. Wir haben Besuch bekommen.« Bettina setzte sich auf einen Stuhl. »Aber wo ist die ganze Dienerschaft? Als ich vorhin unten war, war niemand zu sehen.«

»Daran ist Tristan schuld«, antwortete Jossel verärgert. »Heute früh, nach unserem Gespräch, hat er mich und alle anderen gebeten, das Haus zu verlassen.«

»Warum denn?«

»Er behauptete, er wolle allein sein. Aber sein Verhalten wirkte recht seltsam. Außerdem befahl er nicht, sondern bat höflich darum. Nun, die Dienerinnen gingen mit Maloma ins Dorf, um ihre Eltern zu besuchen. Jules hat Madeleine mitgenommen, weil er ihr sein im Bau befindliches neues Haus zeigen will. Ich wollte nicht weggehen und blieb daher in meinem Zimmer. Als ich dann diese fremden Männer sah, hatte ich Angst, hinunterzugehen, um mir nicht Tristans Zorn zuzuziehen.«

»Das hättest du sicher getan, denn du hättest ihn bei einer Umarmung gestört«, erwiderte Bettina.

»Du hast ihm also die Wahrheit gestanden? Und nun ist alles gut?«

»Nein, Mama, nicht mich hat er umarmt, sondern den weiblichen Kapitän dieser Männer, die du gesehen hast.«

»Eine Frau kommandiert diese wilde Horde?« fragte Jossel mit großen Augen.

»Ja. Und sehr schön ist sie noch dazu. Tristan scheint sie schon seit langer Zeit zu kennen, und seine Geliebte war sie auch. Sie kam hierher, um mit ihm zusammen zu sein.« Bettina nickte traurig.

»Mag auch wahr sein, was zu erzählst, vergiß nicht, daß Tristan dich will«, ermutigte Jossel die Tochter.

»Nun nicht mehr. Ich habe gesehen, wie leidenschaftlich er sie küßte. Schau mich doch an. Glaubst du, daß er neben einer Tonne schlafen möchte, wenn er die andere haben kann?«

»Du willst doch nicht aufgeben? Kämpf um ihn!«

»Womit soll ich wohl kämpfen?« fragte Bettina.

»Du trägst sein Kind in dir. Sag ihm die Wahrheit.«

»Ich wollte es. Aber nun ist es zu spät. Er wird denken, daß ich lüge oder eifersüchtig bin.«

»Bist du das denn?« Jossel blickte die Tochter fragend an. »Eifersüchtig auf diese Frau?«

»Vielleicht. Mir erschien es unerträglich, als ich sah, wie er sie küßte. Es traf mich wie ein Dolchstoß. Aber es kommt wohl nur daher, daß ich Tristan so lange mit keiner anderen teilen mußte.«

»Ist das der einzige Grund?«

»Oh, hör doch auf, Mama! Ich liebe ihn nicht, falls du das wissen willst. Es gibt viele Arten von Eifersucht – nicht nur aus Liebe.«

»Was beabsichtigst du nun zu tun?« fragte ihre Mutter.

»Ich weiß, daß Tristan mir heute abend sagen wird, ich soll sein Zimmer verlassen, damit sie einziehen kann. Ich bliebe gern bei dir, Mama, darf ich?«

»Natürlich kannst du das«, antwortete Jossel. »Da brauchst du doch nicht erst zu fragen. Aber ich glaube, du irrst dich dennoch.«

»Nein, ich irre mich nicht, Mama. Du hast diese Frau noch nicht gesehen. Ihr kann Tristan nicht widerstehen, selbst wenn er es wollte. Gleich nach dem Essen komme ich zu dir, denn ich möchte ihm keine Gelegenheit geben, mich wegzuschicken.«

Zwar war Bettina niedergeschlagen und betrübt, aber Tristan aufgeben wollte sie nicht. Immer wieder mußte sie an die Worte der Mutter denken: »Wenn du ihn willst, dann kämpf um ihn!« Sie konnte jedoch im Augenblick nichts anderes tun, als sich besonders sorgfältig zu kleiden und das Haar zu bürsten, bis es schimmerte wie gesponnene Mondstrahlen.

Sie wählte ein Kleid aus weißem, goldverziertem Brokat, das sie sich erst kürzlich genäht hatte. Das rechteckige Dekolleté war sehr tief und zeigte ihre schwellenden Brüste. Um ihren Körper zu verbergen, hatte sie es ganz bewußt ohne Taille und ganz lose fallend gearbeitet.

Dann kam Madeleine und half ihr beim Frisieren. Mit großer Beredsamkeit sagte sie Bettina ihre Meinung über diesen weiblichen Kapitän. Nun, Madeleine und auch Jossel brauchen sich ja keine Gedanken zu machen, dachte Bettina, die keinen Augenblick vergessen konnte, daß Gaby und Tristan jetzt beieinandersaßen.

Madeleine flocht Bettina seidene Goldbänder in das Haar. Ihr Spiegelbild sagte Bettina, daß sie schön war, und sie fühlte sich allem gewachsen, was auch geschehen mochte. Zufrieden stellte sie fest, daß man ihr, wenn sie sich um eine aufrechte Haltung bemühte, ihren Zustand nicht anmerkte.

Als Bettina die Tür ihres Schlafzimmers öffnete, drang von unten wildes Gelächter herauf. Dabei konnte sie genau Tristans Stimme erkennen, und wieder war ihr, als bohre sich ein Pfeil in ihr Herz. Sie schickte Madeleine voraus, denn sie brauchte einige Zeit, um sich zu fassen. Dann verließ sie schnell und mit neuem Mut gewappnet ihr Zimmer.

Als Bettina die Treppe hinunterging, stellte sie überrascht fest, daß Gabys Männer an der langen Tafel saßen. Sie machten sich gegenseitig auf sie aufmerksam und starrten sie lüstern an. Auch Tristan konnte den Blick nicht von ihr wenden. Aber Bettina achtete nur auf Gaby, die neben Tristan auf Jules' Platz saß und sich verlangend an ihn schmiegte.

Gaby hatte sich weder umgekleidet noch gewaschen. Vermutlich wollte sie Tristan keinen Augenblick allein lassen. Diese Frau hätte mit ihrer Schönheit überall Aufmerksamkeit erregt, dennoch merkte man ihr an, wie es in ihr kochte, weil sich jetzt alle Augen auf Bettina richteten.

In dem großen Raum herrschte plötzlich eine unheimliche Stille, und alle Augen folgten Bettina, als sie sich Gaby gegenüber setzte, die ihr einen abschätzenden Blick zuwarf. Tristan lehnte sich zurück und beobachtete mit spöttisch verzogenen Mundwinkeln die beiden Frauen.

Schließlich unterbrach Bettina ganz gelassen das Schweigen und sagte. »Du hast es versäumt, mich deiner Freundin vorzustellen, Tristan.«

Tristan blickte in Bettinas aufregend grüne Augen und räusperte sich nervös, als falle es ihm schwer, etwas zu sagen.

Aber Gaby kam ihm zuvor. »Mein Name ist Gabrielle Drayton, und ich bin die Kapitänin des *Red Dragon*. Tristan erzählte mir, auf welche Weise er Sie erworben hat, Bettina. Ihren vollen Namen nannte er mir allerdings nicht. Wie lautet der denn?«

»Ich habe dir schon gesagt, daß darüber nicht gesprochen wird,

Gaby«, warf Tristan kühl ein. »Ich wünsche nicht, daß du dich weiter damit beschäftigst.«

Bettina blickte Tristan fragend an. Jetzt erinnerte sie sich auch daran, daß er auch Kapitän O'Casey ihren Familiennamen nicht genannt hatte. Mußte man sich eigentlich des Namens Verlaine schämen? Bettina blickte ihre Mutter an und lächelte. Eigentlich hatte sie ja auch kein Recht auf diesen Namen. Sie war ein illegitimes Kind und konnte daher auch nicht den Namen Ryan für sich beanspruchen.

Gaby richtete sich auf, als sie merkte, wie Bettina die ältere Frau anlächelte. Ganz augenscheinlich mußte es sich um ihre Mutter handeln. Das Mädchen schien offenbar auf Tristans Hilfe in diesem Fall noch stolz zu sein.

Gehässig sagte sie: »Ich wußte gar nicht, daß Sklavinnen so prächtige Kleidung tragen oder mit ihrem Herrn am selben Tisch essen. Gibt es eigentlich keine Klassenunterschiede mehr, Tristan, oder wird diese Ehre nur Bettina zuteil?«

Jules hustete laut, und Jossel erhob sich zornig, um zu antworten. Aber Bettina kam ihr zuvor. Mit einem zuckersüßen Lächeln erwiderte sie: »Tristan ist eben ein freundlicher Herr. Er . . .«

»Antworten Sie eigentlich immer für Tristan?« unterbrach Gaby sie mit einem drohenden Unterton in der Stimme.

»Nun ist's aber genug!« sagte Tristan und verzog verärgert das Gericht. »Ich hab' dir unmißverständlich erklärt, wie sich alles verhält, Gaby, also laß sie mit solchen Redensarten zufrieden!«

»Du hast mir viel Interessantes erzählt.« Gaby lachte kurz auf. »Unter anderem auch, daß sie ein Kind trägt, das nicht das deine ist. Wer ist denn dann der Vater? Einer von deinen Männern? Vielleicht unser guter Freund Jules hier? Ist er dir zuvorgekommen, Tristan?«

»Weib, du gehst zu weit!« schrie Jules und schlug mit der Faust auf den Tisch. »Ich habe die Lady nie auch nur berührt – und auch kein anderer Mann. Unser Freund hier hat sie von Anfang an mit Beschlag belegt.« Tristan lächelte bei dieser Bemerkung, aber das sah niemand, und Jules fuhr fort. »Sie irren auch, wenn Sie Bettina für eine Sklavin halten, denn das ist sie nicht. Sie hat nur ihr Wort, ein Jahr hierzubleiben, gegeben. Zum Jahresende verläßt sie die Insel.«

»Wirklich?« Gabys Lachen hallte durch den ganzen Raum, und sie blickte Bettina an. »Gefällt es Ihnen denn hier nicht?«

Das hinterhältige Lachen der Rothaarigen dröhnte in Bettinas

Kopf wie ein Trommelwirbel. Sie blickte hinüber zu Tristan und sah, daß er mit einem amüsierten Lächeln in seinen Trinkbecher schaute. Tränen traten ihr in die Augen, und sie erhob sich schnell, bevor jemand sie sehen konnte.

Aber als sie die Stufen hinauflief, schien Gabys Lachen nur noch lauter zu werden.

Während sie ihre Sachen zusammenraffte und damit in das Zimmer ihrer Mutter ging, liefen ihr unaufhörlich die Tränen über die Wangen.

»Ich habe etwas zum Essen mitgebracht, Bettina, denn du hast ja heute abend noch nichts zu dir genommen«, sagte Jossel, als sie später kam. »Durch diese Frau solltest du dich wirklich nicht aus der Ruhe bringen lassen. Du weißt, sie hat dich absichtlich gereizt.«

Nur mit einem hellgelben Unterrock bekleidet, kauerte Bettina im Sessel am Fenster. »Ist Tristan immer noch mit ihr zusammen?« erkundigte sie sich ruhig und nahm den Teller entgegen, den die Mutter ihr reichte.

»Ja, aber sie sind nicht allein. Er wollte dir folgen, aber dieses Weib machte ihm Vorwürfe, und da blieb er eben. Himmel, war ich wütend auf sie! Am liebsten hätte ich ihr die Augen ausgekratzt!«

Nur mühsam gelang Bettina ein Lächeln. »Das hätte ich auch liebend gern getan, Mama, aber ich fand nicht die Kraft dazu. Du siehst ja selbst, wie sich Tristan seit ihrer Ankunft benimmt. Bei ihr vergißt er seinen Ärger, und seine schlechte Laune ist auch vergangen – nur ihretwegen.«

»Du gibst also wieder einmal auf? Hast du schon daran gedacht, daß Tristan vielleicht nur versucht, deine Eifersucht zu wecken?«

»Wie denn das? Er weiß ja gar nicht, daß ich gesehen habe, wie sie sich küßten. Laß uns nicht mehr darüber sprechen. Es ist spät, und ich bin völlig erschöpft.«

»Das ist kein Wunder«, räumte die Mutter ein. »Nach allem, was du heute durchgestanden hast. Aber du mußt essen. Denk dabei . . .«

Bettina unterbrach sie lächelnd: »Ich weiß, Mama, ich muß an mein Kind denken.«

36

Die Zeit schien stillzustehen. Eine weitere Woche verging mit nervenzermürbender Langsamkeit. Bei Tag bemühte sich Bettina, ihren Kummer zu verbergen. Aber die Nächte wurden ihr zur Qual, und stets erwachte sie mit vom Weinen geröteten Augen.

Stundenlang lag sie in den Nächten wach, während die Mutter neben ihr längst schlief. Immer wieder hoffte und flehte sie, Tristan würde kommen und sie zurückholen. Wie eine Närrin, glaubte sie sogar daran, daß er sich bei ihr entschuldigen würde.

Nachdem sie sieben Nächte bei ihrer Mutter verbracht hatte, wußte sie, daß Tristan nicht mehr kommen würde. Mein Gott, warum tat das nur so entsetzlich weh?

Niemand außer ihrer Mutter wußte, wo sie ihre Nächte verbrachte. Die anderen nahmen an, es sei alles beim alten. Bettina vermutete, daß Tristan sehr erleichtert war, weil sie von selbst gegangen war und nicht gewartet hatte, bis er sie fortschickte.

Besonders qualvoll war es für sie, daß ihre Fantasie ihr immer wieder Bilder vorgaukelte, die ihr Tristan und Gaby in leidenschaftlicher Umarmung zeigten. Er war jetzt jeden Tag in bester Laune und lächelte immer. Weder Madeleine noch Maloma konnten begreifen, warum Bettina so traurig war oder warum Jossel für Tristan nur noch feindselige Blicke hatte. Wenn Madeleine Bettina jedoch fragte, bekam sie nur ausweichende Antworten.

Am späten Nachmittag des achten Tages nach Gabys Ankunft fand Jossel ihre Tochter bei der Pferdekoppel. Mit traurigem Blick betrachtete sie den herrlichen weißen Hengst. Jossel Verlaine verlor nur selten die Geduld, denn sie war ein von Natur sehr ruhiger Mensch, aber Tristan hatte ihr gerade befohlen, Bettina eine Botschaft zu überbringen. Jossel konnte sich einfach nicht beherrschen und sagte ihm deutlich, was sie von ihm hielt. Er gebot ihr jedoch zornig, zu schweigen.

Noch immer erregt stand Jossel jetzt hinter ihrer Tochter und sagte: »Tristan besteht darauf, daß du am gemeinsamen Abendessen teilnimmst.«

»Warum denn das? Er braucht sich jetzt genauso wenig um mich zu kümmern wie in der vergangenen Woche. Ich kann es nicht mit ansehen, wie dieses Weib um Tristans Gunst buhlt.«

»Ich richte dir nur aus, was er mir auftrug«, erwiderte Jossel. »Gestern abend schien er beleidigt, weil du nicht kamst, ich habe mich natürlich darüber gefreut.«

Bettina lächelte. »Wundere dich nur nicht über mein Verhalten, Mama. Falls ich heute abend Kopfschmerzen bekomme, wirst du mir doch das Essen bringen?«

»Aber ganz bestimmt«, versicherte Jossel.

»Ist Tristan unten in der Halle?« erkundigte sich Bettina nun wieder ernst.

»Ja, sicher.«

»Und sie . . .«

»Er war allein, als er mit mir sprach«, sagte Jossel.

»Ich muß ihn etwas fragen. Wenn er nicht zustimmt, werde ich in Zukunft noch viel häufiger Kopfschmerzen haben.«

»Was willst du ihn denn fragen?«

»Laß mich erst mit ihm reden, Mama. Danach erzähle ich's dir.«

Bettina wanderte über die Wiese davon und ließ die Mutter voller Zweifel zurück, die nicht wußte, was nun geschehen würde.

Bettina betrat nach Einbruch der Dunkelheit die Halle, und aller Mut verließ sie sofort, als sie sah, daß Tristan nicht mehr allein war. Er stand mit dem Rücken zum Kamin und betrachtete Gaby, die lässig ausgestreckt auf dem Sofa lag. Das Dienstmädchen Aleia zündete gerade die Kerzen im Leuchter an.

Tristan warf Bettina ein müdes Lächeln zu, und nun war sie fester denn je entschlossen, jetzt sofort mit ihm zu sprechen. Als sie jedoch näher kam, sagte Gaby mit trägem Spott:

»Nun, da haben wir ja unsere kleine zukünftige Mutter!«

Sonst hätte Bettina über eine solche Bemerkung gelacht, aber in diesem Augenblick fand sie sie keineswegs amüsant.

»Ich nehme an, Sie fühlen sich heute besser«, fuhr Gaby fort und spielte damit offensichtlich auf Bettinas Abwesenheit beim Abendessen an.

Gaby trug ein elegantes schwarzes Seidenkleid mit einem Schultertuch, das so grau war wie ihre Augen. Blendend sah sie aus, und sie wußte es. Daß auch Bettina es bemerken mußte, verschaffte ihr zusätzliche Befriedigung.

»Könnte ich mit dir – allein – sprechen?« fragte Bettina Tristan und beachtete Gaby überhaupt nicht.

»Diesem Mädchen mußt du mal Manieren beibringen, Tristan«, sagte Gaby in beleidigendem Ton.

Tristan lachte. »Der Meinung bin ich auch. Aber nicht jetzt.«

Dann griff er nach Bettinas Hand und führte sie in den Vorgarten hinaus, während Gaby wütend auf dem Sofa sitzen blieb. Als sie sich ein Stück vom Haus entfernt hatten, blieb Bettina stehen und blickte ihn an.

»Tristan, ich habe eine Bitte: Entbinde mich von meinem Versprechen. Ich möchte die Insel sofort verlassen.«

»Wolltest du nicht schon immer fort?« erkundigte er sich mit einem überlegenen Lächeln.

»Ja schon. Aber . . .«

»Warum sollte meine Antwort jetzt anders lauten als beim letztenmal?«

»Das weißt du ganz genau!« fuhr sie ihn an, und ihre Augen flimmerten grün. »Du hast keinen Grund, mich noch länger hier festzuhalten!«

»Wie kommst du denn darauf, Kleines?« fragte er.

»Läßt du mich jetzt sofort gehen?«

»Nein«, entgegnete er sehr bestimmt.

»Nun gut, Tristan«, erwiderte Bettina gelassen. »Du bestehst hartnäckig auf deinem Standpunkt. Aber eigensinnig warst du schon immer.«

»Ich freue mich, daß du so schnell nachgibst.« Er lachte leise in sich hinein. »Jetzt komm mit, es ist Zeit für das Abendessen.«

Er griff nach ihrem Arm, aber Bettina riß sich von ihm los.

»Heute abend esse ich nicht mit dir«, erklärte sie hochmütig.

»Nein?« Fragend zog er die Brauen hoch.

»Leider bekomme ich heute abend fürchterliche Kopfschmerzen – und zwar sehr schnell. In nächster Zeit werde ich übrigens ständig Kopfweh und andere Schmerzen haben.«

»Willst du wieder mit deinen Spielchen beginnen?«

»Scher dich zum Teufel!« schrie sie ihn an. Dann drehte sie sich um und eilte ins Haus zurück.

Jossel sah die Tochter erregt an. »Was hast du vorhin zu Tristan gesagt, Bettina?« fragte sie und stellte das Essen auf den Tisch. »Er war vorhin zu merkwürdig.«

»Ich habe ihn gebeten, mich schon jetzt fortzulassen, aber er hat abgelehnt. Dann habe ich ihn darauf vorbereitet, daß ich in den nächsten Tagen allerlei Beschwerden bekommen werde.«

»Vermutlich war er deshalb so verwirrt. Du hättest ihn sehen sollen, ma chérie. Er nahm keinen Bissen zu sich und sprach kein Wort. Selbst dieser Frau gelang es nicht, ihn fröhlich zu stimmen. Nach einer Weile packte sie der Zorn, und sie ging nach oben. Tristan blickte ihr nach, seufzte, und folgte ihr.«

»Also ist er jetzt mit ihr zusammen?«

»Das glaube ich wohl«, erwiderte Jossel zögernd. »Aber ich bin immer noch der Meinung, daß er dich nur eifersüchtig machen will.«

»Du irrst dich, Mama. Tristan hat sie zu seiner Gefährtin erwählt, und ich muß mich damit abfinden. Ich möchte über die beiden nicht mehr sprechen.«

Bettina zog das Tablett mit dem Essen auf den Schoß und begann lustlos zu essen. Immer noch beschäftigte Tristan ihre Gedanken. Sie begriff nicht, warum er sie noch länger hier festhalten wollte. Natürlich konnte das eine von ihm beabsichtigte Strafe sein. Konnte er sich eigentlich nicht vorstellen, wie sehr es Bettina verletzte, wenn sie sah, daß diese Gaby das Zimmer mit ihm teilte? Bettina erschien Tristans Verhalten völlig unverständlich. Es mußte ihrer Meinung nach noch andere Gründe geben, warum er sie auf der Insel behalten wollte.

In diesem Augenblick kam Madeleine herein und blieb stehen, als sie Bettina sah. »Was tust du denn hier, Liebling?« fragte sie. Dann setzte sie hinzu: »Die Rote ist übrigens gegangen!«

»Wer ist gegangen?« frage Jossel geduldig.

»Dieses Weib – diese Gaby. Sie hat die Insel verlassen.«

»Woher weißt du das denn?« fragte Jossel und empfand dieselbe Erregung, die sich in Bettinas Augen spiegelte.

»Sie kam die Treppe herunter und trug wieder ihre Seemannskluft. Ihr Gesicht war zornrot. Ich saß noch mit Jules und Maloma am Tisch. Gaby warf mir einen mörderischen Blick zu, dann schrie sie einem Mann von der Besatzung zu, er solle ihre Seemannskiste holen. Ein anderer erhielt den Befehl, die Mannschaft zusammenzurufen. Alle sollten sofort in die Bucht kommen, und damit stürmte sie zur Tür hinaus!«

»Bist du überzeugt, daß sie die Insel verläßt?« Jossel blickte die alte Zofe zweifelnd an.

»Ja. Jules versicherte mir, daß sie sich noch nie so lange hier aufgehalten habe. Er habe schon vor Tagen erwartet, sie segeln zu sehen.«

Bettina stand auf. »Mama, jetzt mußt du mir helfen!« bat sie. »Obwohl Gaby fort ist, will ich nicht in sein Zimmer zurück. Ich lehne es ab . . .«

»Nicht in sein Zimmer?« wurde sie von Madeleine unterbrochen. »Heißt das, daß du die ganze Woche bei deiner Mama warst? Warum . . .« Madeleine unterbrach sich, denn die Tür ging auf, und Tristan kam herein.

»Nein!« schrie Bettina, als Tristan sofort zu ihr trat und ihre Hand ergriff.

Er sagte kein Wort, als er sie behutsam, aber sehr bestimmt, den Flur entlang zu seinem Zimmer zog. Nachdem er die Tür hinter ihnen geschlossen hatte, lehnte er sich mit dem Rücken dagegen und gab ihre Hand frei.

»Jetzt sind wir quitt, Bettina. Obwohl natürlich eine Woche nicht die qualvollen Monate ausgleicht, die du mir bereitet hast. Aber ich habe beschlossen, gnädig zu sein.«

»Wovon redet du, Tristan?« fragte Bettina.

»Das weißt du nicht, Kleines?«

»Wenn ich es wüßte, hätte ich ja wohl nicht gefragt«, entgegnete sie mit blitzenden grünen Augen. »Du sprichst in Rätseln.«

»Ich meinte diese Woche, Bettina. Und da Gaby gerade zur richtigen Zeit kam, ergab sich eine Lösung meines Problems.«

»Das Problem war natürlich ich«, entgegnete Bettina kalt. »Gabys Anwesenheit war für dich sehr angenehm. Davon bin ich überzeugt. Warum ist sie denn so plötzlich abgesegelt?«

»Weil ich sie dazu aufforderte.«

»Du erwartest von mir wohl nicht, daß ich das glaube.«

Tristan lächelte. »Glaub, was du willst.«

Bettina sah ihn starr an, er hatte die gleichen Worte benutzt, die sie schon so häufig zu ihm gesagt hatte. Was beabsichtigte er denn nun?

»Verwirre ich dich, Bettina? Dabei dachte ich, du würdest endlich die Wahrheit begreifen. Ich habe Gaby fortgeschickt, weil sie ihren Zweck erfüllt hatte – fast zu gut. Es war überflüssig, das Spielchen fortzusetzen, wenn du es nicht sahst.«

»Willst du etwa behaupten, eure leidenschaftliche Umarmungen hätten nur den Zweck gehabt, mich eifersüchtig zu machen?«

»Aber natürlich.«

»Und wenn du mit ihr geschlafen hast, geschah das wohl aus demselben Grund?« fuhr Bettina ihn zornig an. »Mit solchen Lügen kannst du mich nicht zurückgewinnen.«

»Zurückgewinnen muß ich dich nicht, Bettina, weil ich dich nie verloren habe. Komm mit.« Tristan verließ das Zimmer und öffnete eine Tür am anderen Ende des Flurs.

Bettina folgte ihm eigentlich nur aus Neugier, war dann über das, was sie dort vorfand, aber doch sehr überrascht. Im Raum herrschte entsetzliche Unordnung. In der Waschwanne stand schmutziges Wasser, der Fußboden war mit Pfützen bedeckt. Zerknüllte Handtücher lagen, zusammen mit der Bettdecke, ebenfalls auf dem Boden. Auf den Kissen entdeckte Bettina einzelne kupfer-farbene Haare.

»Warum ist hier eine solche Unordnung?« fragte Bettina.

»Hier wohnte Gaby bei früheren Besuchen«, erklärte Tristan. »Und sie ließ das Zimmer immer in einem solchen Zustand zurück. Sie ließ es nicht zu, daß jemand aufräumte, und selbst tat sie es auch nicht. Nur das Mädchen Kaino durfte ihr Wasser bringen.«

Bettina blickte auf den mit einer Staubschicht überzogenen Tisch neben dem Bett. Jemand hatte etwas mit dem Zeigefinger in den Staub geschrieben, und sie las: »*Du wolltest sie, obwohl Du mich haben konntest. Das verzeih ich Dir nie, Tristan.*« Als Bettina den Sinn dieser Worte erfaßte, erfüllte tiefe Freude ihr Herz.

»Und du warst nicht mehr in dem Zimmer, seit sie es verließ?« fragte Bettina ruhig und wischte dabei ganz unauffällig mit der Hand die Botschaft weg.

»Nein«, sagte Tristan.

»Und vermutlich wirst du mir nun auch erzählen, daß du wäh-rend der ganzen Woche sonstwo geschlafen und nicht das Bett mit dieser Frau geteilt hast?«

»Ich schwöre es dir, und das ist die Wahrheit!«

»Allerdings kann ich es kaum glauben, Tristan. Sie ist sehr schön, und sie hat sich dir angeboten. Wie konntest du ihr wider-stehen?«

»Sie war mir einmal verfallen«, erwiderte Tistan, »aber das ist lange her. Jetzt will ich nur eine – dich.«

»Wie kannst du das sagen, obwohl ich so unförmig bin, und sie ist so schlank?«

Tristan seufzte leise. »Ach Bettina, was muß ich eigentlich noch tun, damit du mir glaubst? Ich habe dir mein Wort gegeben. Willst du denn noch mehr?«

»Ich möchte wissen, warum ich glauben sollte, daß sie Zimmer und Bett mit dir teilt?«

»Weil ich dich eifersüchtig machen wollte, das habe ich doch schon gesagt,« entgegnete Tristan. »Wenn du mir die ganze Nacht Fragen stellen willst, dann laß uns auf mein Zimmer gehen. Dort ist es entschieden gemütlicher.«

Bettina ließ es zu, daß er sie durch den Flur zog und in sein Zimmer brachte. Zwar war sie noch immer zornig, doch gleichzei-tig fühlte sie unendliche Erleichterung.

Tristan setzte sich auf das Bett, zog Stiefel und Hemd aus. »Mach es dir bequem, und sei eine Weile still. Ich glaube, ich kann dir einige Fragen beantworten, die du stellen möchtest. Kurz vor Gabys Ankunft lag ich auf dem Sofa in der Halle und überlegte, was ich mit dir tun sollte. Dann hörte ich dich die Treppe herunterkommen, und ich wollte dir schon folgen, als du aus dem Haus gingst. Aber in diesem Augenblick kam Gaby. Ich wußte, daß du jedes Wort hören konntest, das sie sagte. Und als sie mich so stürmisch küßte, ließ ich es zu, weil mir klar war, was du daraus schließen würdest. Mehr als diesen Kuß hat es die ganze Zeit nicht zwischen uns gegeben.«

Bettina trat zum Fenster. »Warum aber sah sie mich immer so listig und selbstzufrieden an?«

»Sie wußte genau wie ich, was du dachtest. Und sie wußte auch, daß du nicht mehr in meinem Zimmer schliefst. Nun glaubte sie, mich erobern zu können. Nur deshalb ist sie so lange hiergeblieben.«

»Warum gibst du dir eigentlich so viel Mühe, mir alles das zu erklären?« fragte Bettina.

»Weil ich dich wieder in den Armen halten will, als sei nichts geschehen«, sagte Tristan zärtlich.

»Bleibt mir etwas anderes übrig?«

»Nein«, erwiderte er lächelnd.

Bettina freute sich über seine Antwort, aber blickte weiterhin auf den im Mondlicht liegenden Innenhof hinaus, damit er ihr zufriedenes Gesicht nicht sehen konnte.

»Warum bist du eigentlich jetzt nicht mehr so unausstehlich wie vor Gabys Ankunft?« fragte Tristan.

Bettina fuhr herum und sah ihn voller Zorn an. Er hatte französisch gesprochen. Er beherrschte ihre Muttersprache also fließend. Sie biß die Zähne zusammen. Wie oft hatte sie sich in seiner Gegenwart mit ihrer Mutter auf französisch unterhalten – und noch dazu über ihn. Er mußte alles verstanden haben.

»Nun sag doch etwas, Kleines«, forderte er sie auf.

»Ich hasse dich!«

»Nein, das tust du nicht, du willst mich«, flüsterte er.

»Jetzt nicht mehr!« schrie sie ihn an. »Du hast mich zum letztenmal getäuscht.«

»Hör auf, Bettina! Diesmal solltest du darüber froh sein!« Er trat zu ihr ans Fenster, griff nach ihren Schultern und drehte sie zu sich um und zwang sie, ihn anzusehen. Mit ruhiger Stimme fuhr er fort: »Du wolltest, daß ich erfuhr, wer der Vater deines Kindes ist, aber du hast befürchtet, ich würde dir nicht glauben. Nun damit hast du recht gehabt. Hättest du es mir gesagt, hätte ich es dir auch nicht geglaubt. Dann wurde ich zufällig Zeuge des Gesprächs zwischen dir und deiner Mutter. Eigentlich hätte ich verärgert sein müssen, aber ich war viel zu glücklich, weil es mein Kind ist, das du erwartest.«

Bettina wich nicht zurück, als Tristans Arme sie fest umfingen, und als er sie zärtlich küßte, wehrte sie sich nicht. Sie ertrug es einfach nicht mehr, mit ihm in Unfrieden zu leben. Er hatte recht – wie immer. Und sie wahr froh, daß er nun die Wahrheit wußte.

»Alles verziehen?« fragte er und drückte ihren Kopf an seine Brust.

»Ja«, flüsterte Bettina und blickte in seine lächelnden blauen Augen. »Aber wo hast du denn so gut Französisch gelernt?«

Er lachte herzlich. »Den einzigen Unterricht, den ich je erhielt, gab mir ein alter englischer Kapitän. Mit vierzehn Jahren heuerte ich auf seinem Schiff als Kabinenjunge an. Er brachte mir Lesen und Schreiben bei – und zwar auf englisch.«

»Aber du bist doch Engländer!« rief Bettina überrascht.

»Nein, Kleines, ich bin Franzose. Meine Eltern waren Franzosen und lebten in einem kleinen Fischerdorf an der französischen Küste.«

»Warum fährst du dann für die Engländer zur See?«

»Mich hielt nichts in Frankreich, obwohl es mein Heimatland ist. Übrigens auch das von Jules. Aber wir waren nicht mehr dort seit zwölf Jahren. Wir sind immer unter englischer Flagge gesegelt und leben, seit wir Frankreich verließen, in der Karibik. Hier ist jetzt meine Heimat.

»Also ist Jules auch Franzose?« fragt Bettina.

»Aber ja. Als Casey seinen Namen richtig aussprach, nahm ich an, es würde dir auffallen. Aus diesem Grund habe ich dir auch nicht meinen Familiennamen genannt – Matisse. Meine Mannschaft soll nicht wissen, daß sie unter dem Kommando eines französischen Kapitäns steht. Du behältst das doch bitte für dich?«

»Wenn du willst.« Bettina lachte. »Aber warum hast du auch meinen Nachnamen verschwiegen? Du hast weder Gaby noch Casey gesagt, daß ich Französin bin.«

»Ich wollte deinen Namen geheimhalten, weil ich annehme, daß man dich sucht. Zwar vertraue ich Casey, nicht aber seiner Mannschaft. Und Gaby ganz gewiß nicht. Es soll ein Geheimnis bleiben, daß du bei mir auf der Insel bist.«

Bettina lächelte. Das war ganz der alte Tristan. Wie aber paßte

Don Miguel de Bastida in sein Leben? Ob er es ihr wohl je anvertrauen würde?

»Beantworte mir noch eine Frage«, bat er jetzt.

»Gern, und welche?«

»Als du mit deiner Mutter sprachst, sagte sie etwas, das für mich keinen Sinn ergab: Du hättest dich nicht einmal einen ganzen Tag im Haus des Comte de Lambert aufgehalten.«

»Wegen des Sturms kamen wir zu spät nach Saint-Martin. Ich hatte Schwierigkeiten, den Comte zu finden . . .« Fast hatte Bettina diesen furchtbaren ersten Tag auf Saint-Martin vergessen.

Aber jetzt erinnerte sie sich wieder voller Schrecken daran.

»Was ist geschehen?«

Bettina biß sich auf die Lippen. »Nichts«, erwiderte sie dann.

»Was, Bettina?« fragte er wieder.

»Nun gut, Tristan.« Sie seufzte und setzte sich auf die Kante des Bettes. Dann erzählte sie ihm, was sie erlebt hatte, bevor sie Pierre fand.

»Hat der Comte de Lambert sich wenigstens diesen Antoine Gautier gegriffen?« fragte Tristan.

»Weder ihm noch meiner Mutter habe ich etwas davon erzählt. Ich wollte es vergessen. Nur du weißt es jetzt. Aber ich bezweifle, daß Pierre irgend etwas unternommen hätte. Du hast ihn schon richtig eingeschätzt, Tristan. Er ist ein selbstsüchtiger Mann wie – mein Vater.«

»Mir scheint, daß du jedesmal, wenn du vor mir fliehst, in Gefahr gerätst«, sagte Tristan lachend. »Von nun an werde ich dich keine Sekunde lang von meiner Seite lassen.«

Er trat zu ihr, und seine blauen Augen schimmerten vor Verlangen. Als er sie sanft zum Bett schob, vergaß Bettina alles andere.

37

Tristan war Bettina beim Aufstehen von der Tafel behilflich und führte sie zum Sofa am Kamin. Dort brannte ein Feuer, und der große Raum wurde von flackerndem Kerzenlicht erhellt. Draußen war es dämmrig und kühl. Ein Sturm näherte sich mit großer Geschwindigkeit der Insel. Tristan legte Holz auf das Feuer, trat dann zu Bettina und blickte auf ihre Hände hinunter, die gefaltet auf ihrem stark gewölbten Leib ruhten.

»Bewegt es sich wieder?« fragte er fast scheu.

»Aber ja!« Bettina lachte. »Es scheint Purzelbäume zu schlagen.«

Sie griff nach seiner Hand und legte sie auf ihren Leib. Freude malte sich auf Tristans Gesicht, als er spürte, wie sich sein Kind bewegte.

»Wünschst du dir immer noch eine Tochter?« wagte er zu fragen und nahm Bettinas Hand.

»Eine Tochter wäre schön, aber wie du gesagt hast, wünscht sich jeder Mann einen Sohn.«

Tristans Augen leuchteten auf. Er neigte sich über sie und gab ihr einen zärtlichen Kuß. »Ich bin bald zurück, Bettina. Unser Holzvorrat ist zu klein für den kommenden Sturm. Ich will noch etwas holen.«

Als Tristan gegangen war, setzte Madeleine sich zu Bettina, und sie sprachen über die Doppelhochzeit, sie sollte in der nächsten Woche gefeiert werden. Malomas Schwestern waren die Bräute und Madeleine so aufgeregt, als sei sie die Mutter.

Inzwischen war es Mitte Juli geworden. Bettina mußte noch bis etwa Mitte September warten, bevor ihr Kind zur Welt kam. Sie wünschte sich sehnlichst, die Zeit möge schneller vergehen. Was allerdings werden sollte, wenn im Dezember das Jahr zu Ende ging, das sie Tristan versprochen hatte, wußte sie immer noch nicht.

Er selbst behandelte sie mit ausgesuchter Höflichkeit und verhielt sich so, als sei er schon ihr Mann. Von Ehe wurde zwar nie gesprochen, aber alle sahen, wie glücklich sie beide waren.

Jules kam zur Haustür herein und rief: »Wir haben Besuch!« Bettina seufzte auf, sah aber dann mit Erleichterung, daß es Kapitän O'Casey war, der auf der Schwelle stand. Besorgt blickte er zum Himmel mit den schweren Wolken auf.

»Mich sollte es wundern, wenn meine Männer den Weg bis zum Dorf schaffen, bevor der Sturm losbricht«, sagte er zu Jules und lachte. Dann wandte er sich um und sah mit offensichtlichem Erstaunen Bettina und Madeleine am Kamin sitzen.

Bettina stand auf, um Casey zu begrüßen, und lachte, als sie merkte, daß seine Augen sich erstaunt weiteten, als er ihren Zustand sah. Dann lächelte er sie strahlend an und wollte auf sie zugehen.

Plötzlich aber fiel klirrend ein Glas zu Boden. Eine Vase war den Händen von Bettinas Mutter entglitten, die reglos dastand. Ihr Gesicht war auf einmal so grau wie ihr Haar. Mit großen Augen sah sie Kapitän O'Casey an, der gleichfalls wie erstarrt dastand.

»Jossel?« flüsterte er mit heiserer Stimme. »Mein Gott, kann das denn möglich sein?«

Bettina war völlig verwirrt, als sie sah, wie ihre Mutter auf Casey zulief und ihn umarmte. Er klammerte sich so fest an sie, als wolle er sie nie wieder loslassen. In diesem Augenblick begriff Bettina, wer er war, noch bevor die Mutter ihn bei seinem Vornamen nannte.

»Ryan – mein Ryan! Und ich habe geglaubt, ich würde dich nie wiedersehen!« rief Jossel, und Freudentränen liefen ihr über die Wangen. »Warum nur mußte es so lange dauern, bis wir uns wiederfinden durften?«

»Nach vierzehn Jahren war ich endlich frei, um zu dir zurückzukehren, dachte aber, daß du nach so langer Zeit nicht mehr auf mich warten würdest. Ich liebte dich noch, aber dein Leben wollte ich nicht stören.«

»Ich habe dir doch gesagt, ich würde immer auf dich warten. Bis in alle Ewigkeit.«

»Vierzehn Jahre erschienen mir länger als eine Ewigkeit«, sagte Casey. »Und du warst noch so jung, als wir uns trennen mußten – erst sechzehn. Und die Gefühle eines Herzens können sich ändern.« Er nahm ihr Gesicht zwischen seine Hände.

»Ich hatte schon alle Hoffnung aufgegeben, dich je wiederzusehen«, gestand Jossel. »Aber nie habe ich aufgehört, dich zu lieben.«

Sie küßten sich, als seien sie allein. Bettina konnte den Blick nicht von dem Mann wenden, der ihr Vater war. Er sah noch immer so aus, wie die Mutter ihn beschrieben hatte – ein Ire mit flammend rotem Haar und lachenden grünen Augen.

Jetzt blickte Bettina zu Madeleine hinüber und stellte erstaunt fest, daß die alte Dienerin lächelte.

»Ich habe gewußt, daß deine Mama André Verlaine nicht liebte«, flüsterte Madeleine ihr zu. »Schon immer hatte ich die Vermutung, daß es einen anderen Mann gegeben haben müsse. Ach, ich freue mich so sehr, daß die beiden sich nun wiedergefunden haben.«

»Mir scheint, die beiden haben ganz vergessen, daß wir auch hier sind«, sagte Jules lachend.

»Kann man ihnen das übelnehmen?« fragte Bettina. »Zwanzig Jahre lang haben sie sich nicht mehr gesehen.« Sie lehnte sich an das Sofa und betrachtete ihre Eltern mit liebevollen Blicken. Was würde Ryan O'Casey sagen, wenn er erfuhr, daß er eine erwachsene Tochter hatte und er sogar bald Großvater wurde.

Jossel und Casey sahen sich verträumt an. Schließlich fragte

Casey: »Wie kommst du denn ausgerechnet hierher? Ist dein Gatte auch auf der Insel?«

»André starb im vergangenen Jahr.«

»Also können wir sofort heiraten?« Casey griff freudig nach ihren Händen.

»Ja, mein Liebster. Und der Grund, warum ich in die Karibik kam, ist, daß unsere Tochter hier heiraten sollte. Aber die Hochzeit fand nicht statt. Tristan hat mich hergebracht, als er Bettina von Saint-Martin entführte.«

»Bettina«, flüsterte Casey. »Als ich sie zum erstenmal sah, erinnerte sie mich an dich. Aber ich dachte nicht im Traum daran, daß es meine Tochter sein könnte.«

»Du bist ihr schon begegnet?«

Casey nickte. »Als Tristan sie zum erstenmal auf die Insel brachte. Sie hat mich damals gebeten, ihr bei der Flucht zu helfen. Was für ein Narr war ich doch! Hat der Bursche sie geheiratet?«

»Nein, aber . . .«

Jossel wurde unterbrochen, denn Tristan kam aus der Küche in die Halle. »Casey! Was für eine Freude, dich wiederzusehen.«

»Die dürfte nicht lange anhalten, mein Freund«, erwiderte Casey zornig und schlug Tristan mit der Faust ins Gesicht.

Der Hieb war so heftig, daß Tristan gegen die Wand taumelte. Er schüttelte den Kopf und rieb sich das schmerzende Kinn. Dann sah er Casey verwirrt an. »Verdammt, Mann, warum hast du das getan?«

»Das war noch nicht das letztemal, Bursche«, entgegnete Casey.

Trotz ihres Zustandes lief Bettina auf Tristan zu und stellte sich schützend vor ihn. Sie blickte ihren Vater mit flehenden Augen an. »Ich will nicht, daß ihm etwas geschieht!«

»Du kannst doch diesen Burschen nicht verteidigen, nach allem, was er dir angetan hat!« rief Casey.

»Ich habe versucht, dir zu erklären, daß die beiden glücklich sind, Ryan«, sagte Jossel ruhig.

Nun verlor Tristan die Geduld. »Wird mir endlich jemand sagen, was das alles zu bedeuten hat?«

Casey beachtete Tristan nicht, blickte stirnrunzelnd Jossel an. »Hast du ihr etwas von mir erzählt?«

»Ja alles. Im vergangenen Jahr, ehe sie sich in Saint-Malo einschiffte, um nach Saint-Martin zu reisen.« Jossel lächelte. »Sie sollte verheiratet werden, und ich wollte ihr Mut machen, falls eine Ehe ohne Liebe sie erwartete.«

»Kennt ihr beide eucn denn?« fragte Tristan überrascht.

Casey wandte sich zornig an ihn: »Ich weiß nicht, was ich mit dir anstellen soll, Bursche. Am liebsten zerbräche ich dir alle Knochen einzeln, aber meine Tochter wünscht ja, daß dir kein Leid geschieht.«

Tristan schüttelte den Kopf. »Deine Tochter? Bettina! Das glaube ich nicht.«

»Es stimmt«, entgegnete Casey. »Monatelang hast du meiner Tochter Gewalt angetan. Hätte ich gewußt, wer sie ist, wäre sie jetzt nicht in diesem Zustand.«

Fragend blickte Tristan Jossel an. »Stimmt das, Madame?«

»Ja«, antwortete sie stolz.

»Himmel, beide Eltern unter einem Dach!« rief Tristan, »und ausgerechnet du, Casey, warum mußt gerade du ihr Vater sein!«

»Was für eine dumme Frage, Bursche! Bettinas Mutter ist die Frau, die ich liebe – schon seit mehr als zwanzig Jahren.«

»Nun gut. Du bist also ihr Vater, doch dadurch ändert sich nichts«, sagte Tristan.

»Etwas doch, Tristan. Du wirst meine Tochter nämlich heiraten.«

»Das werde ich nicht!« schrie Tristan.

»Dann wird Bettina mit mir absegeln, sobald der Sturm abgeflaut ist.«

»Den Teufel wird sie tun. Sie hat mir ihr Wort gegeben, daß sie ein Jahr hierbleibt. Willst du, daß sie wortbrüchig wird?«

»Stimmt das, Bettina?« fragte Casey.

»Ja . . .«

»Wenn du sie nicht heiratest, Bursche, wird sie auch nicht mehr das Bett mit dir teilen. Ich werde hierbleiben und aufpassen.«

»Keiner hat mir Vorschriften zu machen, was ich zu tun oder zu lassen habe, Casey. Besonders nicht in meinem Haus.«

»Dann bleibt mir keine andere Wahl. Ich nehme Bettina mit«, erwiderte Casey.

Tristan merkte, daß Casey es ernst meinte. Was sollte er tun?

Bettina schon jetzt aufgeben, das mochte er nicht. Darum fragte er: »Warum fragst du nicht Bettina, was sie dazu sagt?«

»Sie hat überhaupt nichts zu sagen«, entgegnete Casey. »Sie ist meine Tochter, und ich wünsche nicht, daß sie mit einem Mann schläft, dem sie nicht ehelich verbunden ist.«

Tristan blieb hartnäckig. »Ich will sie aber neben mir spüren, wenn ich schlafe.«

»Tut mir leid, Tristan, aber ich kann das nicht gestatten.«

Tristan erkannte, daß er verloren hatte. »Dann solltest du aber auch zu Pfarrer Hadrian gehen, bevor der Sturm ausbricht. Ich bestehe darauf, daß du deine Lady ebenfalls heiratest, falls du beabsichtigst, mit ihr in einem Zimmer zu schlafen«, sagte er sarkastisch und ging davon.

Casey sah Bettinas trauriges Gesicht. »Ich bin dein Vater, Mädchen, obwohl Jossels Ehemann dich aufgezogen hat. Es war falsch von mir, deine Mutter und dich zu verlassen. Ein halbes Leben lang bereue ich das schon. Doch damals war ich ein armer Mann und konnte es nicht verantworten, deine Mutter dieser Armut auszusetzen. Sie war Besseres gewohnt. Meine Freude über dich ist unbeschreiblich, Mädchen. Bis jetzt konnte ich nicht dein Vater sein, doch jetzt will ich für dich sorgen, Bettina. Hasse mich nicht, weil ich Tristan so behandelt habe, vielleicht bringt es ihn zur Vernunft.«

»Niemals könnte ich dich hassen, Casey«, erwiderte Bettina gerührt. Sie schmiegte sich in seine Arme und drückte sich an ihn. Bei dem Gedanken an Tristan stiegen ihr jedoch die Tränen in die Augen. Schnell verließ sie die Halle und zog sich in ihr Zimmer zurück.

»Habe ich mich nicht richtig verhalten, Jossel?« fragte Casey, als er seiner Tochter nachblickte, als sie schwerfällig die Treppe hinaufstieg.

»Das weiß ich nicht«, erwiderte Jossel. »Bettina ist sehr glücklich gewesen. Es wird nicht leicht sein, die beiden zu trennen.«

»Ich werde darüber nachdenken«, versprach Casey. »Tristan erwähnte einen Priester. Ist denn jetzt einer auf der Insel?«

»Ja, Tristan hat ihn mitgebracht, weil einige seiner Männer mit dem Segen der Kirche heiraten wollten.«

Casey lachte vergnügt. »Warum warten wir beide dann eigentlich noch, kannst du mir das sagen?«

Das Glück schien Jossel zu überwältigen. Nach unendlich langen und verschwendeten Jahren sollte der Mann, den sie liebte, ihr endlich ganz gehören. Wäre meiner Tochter nur auch ein solches Glück beschieden, dachte sie, wäre das meine vollkommen.

38

An Jossels und Ryan O'Caseys Hochzeitstag brauste der schreck-
lichste Sturm seit Menschengedenken über die Insel, und er brach
gerade in dem Augenblick aus, als sie aus dem Dorf zu Tristans
Haus zurückkehrten. Durchnäßt bis auf die Haut kamen sie an,
aber das trübte keineswegs ihr Glück.

Casey war in bester Stimmung, als sie die Halle betraten. Auch
als Tristan ihnen mit mürrischem Gesicht entgegenblickte, störte
ihn das nicht.

»Wie ich sehe, habt ihr keine Zeit versäumt«, sagte Tristan, als
Jossel nach oben ging, um ihre durchnäßte Kleidung zu wechseln.

»Genau das habe ich mir gewünscht, Junge«, erwiderte Casey,
während er das nasse Hemd auszog und sich vor den Kamin stellte.

»Was hättest du denn getan, wenn Pfarrer Hadrian nicht auf der
Insel gewesen wäre, um euren Bund zu segnen?« fragte Tristan.
»Dich etwa nach zwanzig Jahren Trennung von der Lady zurückge-
halten, bis du einen Priester gefunden hättest?«

»Das ist schwer zu beantworten. Aber ich bin dankbar, daß es
mir erspart geblieben ist. Wir sind so ziemlich von gleicher Größe,
also könntest du mir trockene Kleidung leihen. Meine Sachen habe
ich auf dem Schiff zurückgelassen.«

»Eine tödliche Erkältung solltest du dir zuziehen«, entgegnete
Tristan aufgebracht.

»Sagt man so etwas zum Großvater seines Kinds?« fragte Casey
lachend.

»Himmel! Du brauchst mich nicht daran zu erinnern, daß mein
Kind dich als Großvater haben wird«, murrte Tristan. »Und glaube
ja nicht, daß du bei diesem Kind etwas zu bestimmen haben wirst.«

»Eines hast du vergessen, Tristan. Am Ende des Jahres verläßt
dich Bettina – und das Kind geht mit ihr.«

»Verdammt noch mal, Casey! Mußt du mir denn einen Dolchstoß um den anderen versetzen?« schrie Tristan, drehte sich auf
dem Absatz herum und verschwand. Casey blickte ihm zufrieden
lächelnd nach.

So glücklich wie an diesem Abend hatte Bettina ihre Mutter noch
nie erlebt. Hand in Hand saß sie mit Ryan O'Casey und lauschte
seinem abenteuerlichen Bericht über die vergangenen zwanzig
Jahre, in denen er es geschafft hatte, Kapitän eines eigenen Seglers
zu werden.

»Wenn du damals nur nicht so stolz gewesen wärst«, sagte

Jossel, als er geendet hatte, »hättest du schon seit vielen Jahren mit deiner Tochter zusammen sein können.«

»Es ist nun mal geschehen«, erwiderte Casey und zog ihre Hand an die Lippen. »Laß uns jetzt die Vergangenheit vergessen.« Er lächelte Tristan dankbar zu. »Nur dir verdanke ich es, daß ich Jossel wiedergefunden habe.«

»Ach, hör auf, Casey«, erwiderte Tristan gelassen. »Deine Frau ist nur hier, weil Jules sie mit ihrer Tochter verwechselt hat. Willst du mir etwa danken, daß ich Bettina hierherbrachte?«

»Kannst du deinen Zorn nicht vergessen, Tristan, und endlich einsehen, daß ich für Bettina nur das Richtige tun will?«

Verbittert entgegnete Tristan: »Du hattest keine Bedenken, eine verheiratete Frau zu lieben und sie dann zu verlassen. Wo blieb da deine Ehrenhaftigkeit?«

»Ich liebte Jossel, und ihre Ehe war unglücklich. Ich wollte sie heiraten, daher war mein Verhalten nicht unehrenhaft. Kannst du das von dir auch behaupten?« fragte Casey.

»Warum bist du eigentlich so besessen vom Gedanken an eine Ehe?« wollte Tristan wissen. »Ich tue alles für Bettina, und wir waren glücklich und zufrieden – jedenfalls bevor du hier erschienen bist.«

»Beantworte mir eine Frage, Tristan. Wenn du eine Tochter hättest – und das kann ja bald der Fall sein –, würdest du sie von irgendeinem Schurken wie eine Dirne behandeln lassen?«

»Bettina ist keine Dirne!« schrie Tristan.

»Verheiratet ist sie aber auch nicht.«

»Dieses verdammte Wort kann ich bald nicht mehr hören!« Tristans Augen blitzen. »Bürgt eine Ehe dafür, daß Mann und Frau einander treu sind? Nein! Nur die Kinder wachsen dann nicht als Bastarde auf.«

»Genug davon, bitte!« rief Bettina und stand von der Tafel auf. Sie trat zum Kamin und blickte traurig in die tanzenden Flammen.

Leise schalt Jossel: »Bettina hat recht, Ryan. Wenn du mit Tristan weiter über solche Dinge sprechen willst, dann tue es, wenn sie nicht dabei ist.«

»Ihr Rat ist überflüssig, Madame«, entgegnete Tristan kalt. »Es wird kein Streitgespräch mehr über diese Angelegenheit geben.« Langsam ging er zu Bettina an den Kamin und legte ihr die Hände auf die Schultern. »Alles in Ordnung, Kleines?« erkundigte er sich zärtlich.

»Ja.« Da ihre Antwort nur ein Flüstern war, drehte er sie zu sich herum und sah Tränen in ihren Augen schimmern. Er trocknete sie liebevoll und behielt ihr Gesicht in den Händen.

»Verzeih, Bettina. Denk nicht, daß ich dich nicht mehr will, weil ich dich nicht heiraten möchte. Mein Verlangen nach dir ist größer denn je. Aber der Gedanke an eine Ehe ist für mich erschreckend. Bis jetzt habe ich völlig unabhängig und ohne Verantwortung gelebt.«

»Du brauchst dich doch nicht zu entschuldigen.« Bettinas Augen glichen einem tiefblauen See. »Ich mag dich, Tristan. Ja, ich glaube fast, daß ich dich liebe. Aber zur Ehe mit mir soll dich niemand zwingen. Für mich ist es genug, wenn du mich begehrst.«

Tristan küßte sie zärtlich, denn das Eingeständnis ihrer Liebe machte ihn glücklich. »Bettina, würdest du noch länger auf der Insel bleiben und so mit mir leben wie bisher – auch nachdem dieses Jahr um ist?«

»Ich schon«, versicherte sie ihm. »Aber ich befürchte, daß Casey es nicht erlaubt.«

Tristan ließ ihre Schultern los. »Schon wieder Casey! Dein verflixter Vater wird allmählich zu einem Dorn in meinem Fleisch.«

»Ich kann nicht für ihn um Entschuldigung bitten, Tristan. Schließlich ist er mein Vater und will nur das Beste für mich.«

»Was er so für das Beste hält«, sagte er.

»Mag schon sein, aber es ist sein Recht«, entgegnete Bettina und senkte den Kopf, damit er ihren gequälten Blick nicht sehen konnte.

Sie wollte an ihm vorbeigehen, aber er hielt sie an der Hand fest. »Wohin willst du denn?«

»Die anderen haben sich schon zur Ruhe begeben. Ich möchte das auch.«

Tristan blickte sich um und sah, daß sich niemand mehr in der Halle befand. Er warf Bettina einen bittenden Blick zu. »Wenn wir schon nicht zusammen hinaufgehen dürfen, dann bleib doch noch ein bißchen bei mir.« Plötzlich kam ihm ein Gedanke.

»Wirst du auch nicht schreien, wenn ich mitten in der Nacht zu dir komme?« fragte er.

»Es wäre sehr schwierig, denn Mama schläft jetzt im Zimmer neben dir. Und Casey hat deine Sachen in Mamas früheres Zimmer gebracht. Er will uns möglichst weit voneinander wissen.«

»Ich bin also nicht mal mehr Herr in meinem eigenen Haus!« Tristan packte der Zorn. »Kannst du denn nichts dagegen tun, Bettina?«

»Ich werde morgen mit Mama sprechen. Vielleicht kann sie Casey überreden, daß er nachgibt.«

»Nun, dann muß ich mich für heute Nacht damit zufriedengeben. Aber dieser verdammte Casey sollte seine Meinung bald ändern!«

39

Bettina schreckte aus dem Schlaf auf und rief Tristans Namen. Aber der Platz neben ihr war leer. Dann blickte sie sich im Raum um, der noch im Halbdunkel lag, weil draußen der Sturm raste. Sie fühlte sich plötzlich niedergeschlagen und brach beinahe in Tränen aus. Warum mußte es zwischen ihr und Tristan so sein? Er wollte sie, alles in ihm verlangte nach ihr – warum konnte er sie nicht richtig lieben und zu seiner Frau machen?

Sie schob die Decke zurück und erhob sich langsam. Durch das offene Fenster wehte eine kühle Brise herein. Ein Morgen, dazu geschaffen, sich in Tristans Armen im Bett zu wärmen.

Sie zog sich ein hellblaues Gewand mit langen Ärmeln an, um an diesem stürmischen Tag nicht zu frieren. Der Himmel hing voller schwerer grauer Wolken. Wie spät es schon war, konnte man überhaupt nicht schätzen. Bettina hoffte nur, die Mutter im Nebenzimmer zu finden. Enttäuscht stellte sie fest, daß es leer war. Schon wollte sie nach unten gehen, als die Mutter auf dem Flur erschien.

»Es ist schon so spät, und ich habe mir Sorgen um dich gemacht«, sagte Jossel.

»Ich muß verschlafen haben«, entschuldigte sich Bettina. Sie biß sich auf die Lippen und überlegte, ob Mama ihr wohl bei einem Gespräch mit Casey helfen würde. »Können wir uns in meinem Zimmer einmal kurz unterhalten, Mama?« fragte sie.

»Aber natürlich.«

Die beiden Frauen betraten das Zimmer, und Bettina forderte ihre Mutter auf, Platz zu nehmen. Sie selbst trat an die kleine hölzerne Wiege, die Tristan erst in der vergangenen Woche getischlert hatte. Zärtlich glitten ihre Hände darüber, dann sah sie die Mutter an.»Mama, du sollst wissen, wie froh ich bin, daß ihr euch gefunden habt, du und Casey. Nun bist du mit dem Mann, den du liebst, verheiratet – endlich.«

»So froh klingt aber deine Stimme gar nicht, ma chérie«, sagte Jossel lächelnd.

»Wahrscheinlich Selbstmitleid. Du hast mit Casey dein Glück gefunden, und ich verlor das meine durch ihn.«

»Ich kenne deinen Kummer«, erwiderte Jossel. »Aber die Trennung von Tristan wird bestimmt nicht von Dauer sein, Bettina. Ryan ist überzeugt, daß Tristan dadurch zur Vernunft kommt und das Richtige tut. Wir haben uns lang darüber unterhalten.«

»Tristan und ich auch, Mama. Er will mich nicht heiraten, weil er eine solche Bindung als Zwang empfindet. Aber er hat mich gebeten, bei ihm auf der Insel zu bleiben. Es wäre dann genauso als wären wir verheiratet.«

»Aber dann kann er dich doch jederzeit verlassen!« rief Jossel.

»Das könnte er auch, wenn wir verheiratet sind.«

»Ein Mann trägt Verantwortung für seine Frau«, wurde Bettina von Jossel belehrt.

»Ich weiß das, Mama, aber Tristan ist nun einmal gegen die Ehe und läßt sich nicht dazu zwingen. Doch ich liebe ihn, und ich möchte bei ihm bleiben.«

»Das habe ich schon immer gewußt, auch als du noch geglaubt hast, ihn zu hassen.«

»Kannst du denn nicht mit Casey sprechen?« fragte Bettina hoffnungsvoll. »Ich will mich nicht von ihm trennen, Mama. Bis jetzt war es nur eine Nacht gewesen, aber ich vermisse ihn schon. Ich muß seine Nähe spüren.«

»Ich spreche mit deinem Vater, sobald wir allein sind«, versprach Jossel. Sie stand auf und drückte Bettina herzlich an sich.

»Aber auch wenn Ryan hartnäckig bleibt, gib du die Hoffnung nicht auf, Bettina. Manchmal glaube ich, daß du die Macht unterschätzt, die du über Tristan hast.«

Mit schwerem Herzen kam Bettina an diesem Abend zum Essen nach unten. Nachmittags hatte die Mutter mit Casey gesprochen, doch er beharrte auf seinem Standpunkt. Seiner Meinung nach mußte man Tristan nur genügend Zeit lassen, um über alles nachzudenken. Dann würde er schon einsehen, daß er nur eine Möglichkeit hatte – er mußte Bettina heiraten.

Bettina aß bewußt langsam, dennoch kam der von ihr gefürchtete Augenblick viel zu schnell. Jossel nahm Casey mit nach oben und wies Madeleine an, ihnen zu folgen. Bettina und Tristan sollten Gelegenheit haben, jetzt allein miteinander zu sprechen.

Den ganzen Tag über war Tristan recht gut gelaunt gewesen, denn er nahm an, Casey habe nachgegeben. Wie zornig würde er nun wieder werden?

Bettina stand vom Tisch auf und setzte sich auf das Sofa am Kamin. Sie fühlte sich heute abend nicht wohl, ihr Rücken schmerzte. Und nun kam auch noch die Auseinandersetzung mit Tristan.

Den ganzen Tag war schon Regen gefallen, und er plätscherte immer noch um das Haus. Vor den hohen Fenstern zuckten Blitze, und in der Ferne grollte der Donner.

Bettina blickte ins Feuer und beobachtete die flackernden Flammen. Auch Tristan setzte sich auf das Sofa und wandte sich ihr zu. Liebevoll umfing er ihre Hand.

»Hat deine Mutter mit Casey gesprochen?« erkundigte er sich ruhig.

»Ja, das hat sie.«

»Und wie steht es nun?«

Bettina atmete schwer. »Er hat seine Meinung nicht geändert, Tristan. Er ist überzeugt, du würdest nachgeben.«

»Dann mußt du ihm trotzen«, erklärte Tristan, und Bettina wußte, daß das ein Befehl war. Er fuhr fort: »Du bist eine erwachsene Frau, Bettina, und du bist alt genug, um das zu tun, was du willst.«

»Wenn mein Stiefvater mir verboten hätte, mit dir zu leben, hätte ich genau das getan, was du willst. Aber Casey ist mein richtiger Vater, und er sorgt sich um mich. Und er tut es nicht etwa, weil er dich mißachtet, Tristan, denn er ist dein Freund. Er glaubt, das Richtige für mich zu tun, und ich kann mich seinen Wünschen nicht widersetzen.«

»Möchtest du es denn so haben?« Tristans Stimme klang verletzt.

»Ich finde es abscheulich, in deinem Bett allein zu schlafen. Ich sehne mich danach, dich neben mir zu spüren. Ich liebe dich nämlich wirklich von ganzem Herzen, Tristan. Du bist mein Leben.« Bettina schwieg einen Augenblick. »Gib meinem Vater doch noch etwas Zeit, Tristan. Wenn er merkt, daß du nicht nachgibst, wird er es vielleicht tun.«

Tristan gab keine Antwort. Zu ihrer Überraschung lehnte er sich zurück und zog sie in die Arme. Schweigend blieben sie in zärtlicher Umarmung sitzen, bis der Gewittersturm sich in den späten Nachmittagsstunden legte.

40

Es war etwa Mitte August, und um diese Jahreszeit tobten Hurrikane in der Karibischen See. Gegen Ende des Monats erwartete Maloma die Geburt des Kindes.

Die letzten Wochen waren sehr ruhig verlaufen. Tristan hatte sich mit Casey nicht wieder herumgestritten und machte eigentlich immer einen recht fröhlichen Eindruck.

Er hatte sich entschlossen, ein Waldgebiet im Süden der Insel abzuholzen, um dort Zuckerrohr anzupflanzen. Da die meisten seiner Männer mit ihren Familien auf der Insel bleiben wollten, halfen sie begeistert, um später an dem Gewinn beteiligt zu sein. Eine kleine Raffinerie mußte auch gebaut werden.

Die letzten vier Wochen schienen Bettina endlos, und fast wurde das Kind zu einer unerträglichen Last. Natürlich vermißte sie auch Tristan. Etwa eine Woche später gebar Maloma unter unsäglichen Schmerzen einen Sohn. Jules war stolz und überglücklich. In den nächsten Tagen wich er nicht von der Seite seiner Frau.

»Wie ich hörte«, sagte Tristan zu seinem Freund, als er ihn besuchte, »hast du beschlossen, nach dieser schwierigen Geburt nicht mehr mit deiner Frau zu schlafen? Wie geht es ihr und deinem Sohn denn?«

»Maloma hat sich wieder erholt«, antwortete Jules. »Mein Sohn erscheint mir sehr schmal und zerbrechlich. Aber man versicherte mir, so seien Neugeborene immer. Er ist so klein, daß ich es kaum wage, ihn anzufassen.«

»Das ändert sich bestimmt noch«, erwiderte Tristan lächelnd. »Hast du ihm eigentlich schon einen Namen gegeben?«

»Ja. Er heißt Guy – Guy Bandelaire.«

»Ein schöner französischer Name«, meinte Tristan und sah Jules nachdenklich an. »Übrigens habe ich beschlossen, demnächst nach Spanien zu segeln. Acht Monate muß dieser Bastida jetzt in der Karibik gewesen sein, und ich bin überzeugt, daß ich ihn nun in Spanien finden werde. Außerdem kann ich von dort alles Notwendige für unsere Raffinerie mitbringen.«

»Ausgezeichnet. Wann segeln wir ab?«

»Ich möchte, daß du auf der Insel bleibst, Jules«, sagte Tristan sehr bestimmt.

»Aber es ist zu gefährlich für dich, allein zu segeln. Zwar haben wir im Augenblick keinen Krieg, aber du bist dann in Bastidas Heimatland. Das bedeutet für ihn einen großen Vorteil.«

»Jules, du hast zu tun, was ich anordne! Du wirst hier auf der Insel gebraucht. Vor Anbruch des neuen Jahres werde ich nicht zurückkehren, und du bist der einzige Mann hier, dem ich vertrauen kann. Bettina möchte bei mir beiben, und wenn Casey sie mitnehmen will, mußt du es verhindern. Ich möchte sicher sein, daß Bettina hier auf mich wartet.«

»Das gefällt mir gar nicht, Tristan«, sagte Jules. »Bis jetzt hast du noch nie nach Bastida gesucht, ohne daß ich dich begleitet habe.«

»Tust du, um was ich dich gebeten habe?«

»Nun ja –«, erwiderte Jules zögernd.

»Gut. Casey braucht nur zu wissen, daß ich die Gerätschaften für die Raffinerie besorge. Er könnte sonst Einwände erheben. Ich nehme Männer von meiner und von Caseys Mannschaft mit – nur Matrosen, die sich freiwillig melden. Bettina soll den eigentlichen Grund dieser Reise erfahren. Sollte Casey sich Sorgen machen, wenn ich nicht zurückkehre, dann darfst du auch ihm die Wahrheit sagen.«

Jules lachte leise. »Casey würde sich nie aufregen, wenn er seine Tochter verheiratet wüßte.«

»Der alte Fuchs ist überzeugt, daß ich mich seinen Forderungen füge.«

»Und was gedenkst du zu tun?« fragte Jules und blickte seinen Freund nachdenklich an.

Lachend erwiderte Tristan: »Du weißt ja, wie ich über eine Heirat denke, kennst mich ja lange genug.«

»Ja, ich kenne deine Meinung, doch allem Anschein nach hast du sie jetzt doch geändert.«

»Nein. Ich will Bettina nicht für immer bei mir haben, sie könnte mich von meiner Rache an Bastida abhalten. Fast wäre es ihr schon gelungen. Aber vielleicht habe ich diesmal Glück und kann diesen Teufel über die Klinge springen lassen.«

»Wann willst du segeln?«

»Morgen früh.«

»Hast du es Bettina schon gesagt?«

»Nein. Ich habe sie bis jetzt nie allein angetroffen, aber . . .«

»Dann sag es ihr jetzt«, unterbrach ihn Jules, der Bettina, die Treppe herunterkommen sah. »Ich lasse euch allein.«

Tristan wandte sich um und blickte Bettina entgegen. Der Gedanke, sie zu verlassen, erschien ihm plötzlich unerträglich. Aber er hatte seinen Entschluß gefaßt und mußte dazu stehen.

Als sie mit strahlendem Gesicht zu ihm trat, nahm er ihre Hand und zog sie an die Lippen. Dann führte er sie zu ihrem Lieblingsplatz am Kamin.

»Morgen früh segle ich nach Spanien, Bettina«, sagte er schnell, um es hinter sich zu bringen. »Bevor du Einspruch erhebst, denk bitte daran, daß ich etwas zu erledigen habe. Ehe Bastida nicht tot ist, finde ich keine Ruhe und kann auch nicht seßhaft werden.«

»Dann wirst du also nicht auf der Insel sein, wenn unser Kind geboren wird?«

Tristan war überrascht, daß sie seinen Entschluß so gelassen hinnahm. »Nein. Aber ich habe ja erlebt, was Jules bei Maloma mitgemacht hat, und deshalb möchte ich nicht hier sein.«

Bettina lächelte schwach. »Ich werde dich vermissen, Tristan, genau wie in den vergangenen Monaten. Vielleicht fällt es mir diesmal leichter. Bleibst du lange auf See?«

»Ja, aber du hast ja dann das Kind und bist beschäftigt. Die Monate werden schnell vorübergehen. Wenn ich zurückkehre, bist du wieder schlank wie früher. Sollte ich dich dann aus meinem eigenen Haus entführen müssen, wenn ich dich lieben will, dann werde ich auch das tun.«

Bettina mußte lachen. »Ich kann es kaum erwarten.«

»Ich werde es bestimmt tun, Kleines«, versicherte ihr Tristan. »Und der Gedanke daran wird mir über die kommenden Monate hinweghelfen.«

Am nächsten Tag bemühte sich Bettina, ganz ruhig zu bleiben, als Tristan sich von ihr verabschiedete. Aber sobald das Schiff die Felsbucht verlassen hatte, brach sie in Tränen aus.

Sie spürte genau, daß es lange dauern würde, bis Tristan zurückkehrte – ohne Don Miguel de Bastida gefunden zu haben. Es sollte wohl in alle Zukunft ihr Schicksal sein, daß Tristan sie immer wieder verließ, um endlich seine Rache zu finden.

Zwei Tage lang dachte Bettina unaufhörlich an Don Miguel und das Geheimnis, das ihn umgab. Immer wieder befragte sie Jules, aber er gab ihr ebenso wenig Auskunft wie Tristan vorher. Und sie fragte sich, ob Don Miguel de Bastida für die Narbe in Tristans Gesicht verantwortlich war.

Anscheinend war die Kraft ihrer Gedanken so stark und zwingend gewesen, daß sie den Mann, dem sie galten auf die Insel brachten.

Zwei Tage nachdem Tristan sie verlassen hatte, steuerte er sein Schiff kühn in die kleine Bucht. Niemand wußte etwas von seiner

Ankunft, bis er mit einem Dutzend bewaffneter Männer Tristans Haus betrat.

Bettina kam gerade die breite Treppe herunter. Als sie Don Miguel erblickte, traf es sie wie ein Schlag. Casey saß mit Jossel am Tisch und sprang sofort auf, um sich gegen die Eindringlinge zu wehren, obwohl er unbewaffnet war. Als Jossel Don Miguel erkannte, blickte sie ihm mit weit aufgerissenen Augen entgegen, denn sie erinnerte sich sofort an das Gespräch, das er und Bettina über Tristan geführt hatten. Für sie gab es keinen Zweifel, daß er gekommen war, um Tristan zu stellen.

Don Miguel zog den Hut und verbeugte sich formvollendet vor Jossel. »Was für ein Vergnügen, Sie wiederzusehen, Madame«, sagte er auf französisch.

»Wer sind Sie, Monsieur?« fragte Casey zornig in derselben Sprache.

Der Fremde lächelte hart. »Ich bin Don Miguel de Bastida.«

»Bastida! Dann sind Sie der Mann, nach dem Tristan sucht.«

»Ja, und ich bin hierhergekommen, um diese Suche zu beenden«, erwiderte Don Miguel und strich mit der Hand über seinen Degen. »Wo also ist der junge Mann, der mich sucht,«

»Sie sind zu spät gekommen, Tristan ist vor zwei Tagen abgesegelt, er wird frühestens in einem Monat wieder hier sein«, entgegnete Casey, Bastida aufrecht entgegentretend.

»Nicht so hastig, Monsieur«, sagte Don Miguel. »Muß ich die Insel nach ihm absuchen lassen? Sein Schiff ankert in der Bucht. Also muß er noch hier sein.«

»Das Schiff gehört mir«, entgegnete Casey hitzig. »Ich habe keinen Grund, Sie zu belügen, Bastida.«

Bettina stieg langsam die letzten Treppenstufen hinunter, und Don Miguel wandte sich bei dem Geräusch um. »Aha, Mademoiselle Verlaine! Wie ich sehe, konnten Sie Tristan wieder einmal nicht entkommen.«

»Das will ich auch gar nicht mehr«, erwiderte Bettina, bemüht, ruhig zu bleiben.

»Da wird Pierre aber enttäuscht sein«, stellte Don Miguel fest und musterte Bettinas unförmigen Leib. »Ist Tristan der Vater Ihres Kindes?«

»Das geht Sie nichts an!« rief Casey.

Don Miguel lachte kurz. »Ja, da wird ja Pierre wirklich enttäuscht sein. Aber Schluß damit. Ich habe nicht die Absicht, hier auf die Rückkehr von Tristan zu warten.« Mit kaltem Lächeln sah er

Bettina an. »Mademoiselle, packen Sie schnell Ihre Sachen, denn Sie werden mich begleiten.«

Jossel stöhnte entsetzt auf, und Casey zitterte förmlich vor Zorn. »Sie werden meine Tochter nicht mitnehmen!« schrie er.

»Ihre Tochter? Ich war der Meinung, ihr Vater sei tot.«

»Ihr Stiefvater schon – aber ich bin ihr richtiger Vater.«

»Höchst amüsant – aber mir völlig gleichgültig«, sagte Don Miguel. Dann wies er seine Männer an, Casey festzuhalten. »Sie begleitet mich, denn ich bin überzeugt, daß Tristan ihr folgen wird. Auf Santo Domingo habe ich ein kleines Haus und erwarte ihn dort. Machen Sie sich keine Sorgen. Dem Mädchen wird nichts geschehen. Sobald ich Tristan habe, liefere ich Ihre Tochter in Saint-Martin ab.«

»Aber in diesem Zustand kann sie doch keine Seereise machen«, sagte Jossel, während Casey sich aus dem Griff der fremden Matrosen befreien wollte.

»Bis Santo Domingo ist es nur eine kurze Reise. Es kann ihr nichts geschehen.« Don Miguel befahl einem seiner Männer, Bettina zu bewachen, während sie sich reisefertig machte. Es blieb ihr nichts anderes übrig, als dem Befehl von Don Miguel zu folgen. Leider waren Jules und seine Männer weit vom Haus entfernt und rodeten den Wald für das Zuckerrohr.

Als Bettina unter Bewachung wieder die Treppe herunterkam, sagte Don Miguel drohend zu Casey: »Versuchen Sie nicht, das Mädchen zu befreien, Monsieur. Kommt ein anderer als Tristan, werde ich es töten. Und er soll allein erscheinen. Haben Sie mich verstanden?«

Don Miguel verschwendete beim Verlassen der Insel keine Zeit. Auf seinem Schiff wurde Bettina in eine kleine und dürftig ausgestattete Kabine geführt und die Tür hinter ihr abgeschossen. Allein und wie betäubt setzte sie sich auf den einzigen Stuhl. Was geschehen war, erschien ihr völlig unbegreiflich. Don Miguel erwartete also, daß Tristan in ein- oder zwei Monaten nach San Domingo kam, um sie zu befreien. Aber sie wußte, daß Tristan nach Spanien gesegelt war, und diese Reise würde viele Monate dauern. Dabei kam ihr ein Gedanke, und sie beschloß, Don Miguel eine Geschichte zu erzählen. Sie entsprach zwar nicht der Wahrheit, doch mußte sie ihm die Dinge eben glaubhaft darstellen.

Nach Sonnenuntergang wurde Bettina gebeten, in Don Miguels Kabine zu erscheinen, um mit ihm zu speisen. Sie folgte dieser Aufforderung sofort, damit sie ihren Plan in die Tat umsetzen konnte. Ob sie Tristan je wieder sah, wußte sie nicht, aber sie wollte wenigstens sein Leben retten.

Don Miguels Kabine war sehr luxuriös ausgestattet, doch waren darin nicht die üblichen nautischen Geräte vorhanden, die man sonst bei jedem Kapitän vorfand. Ganz offensichtlich steuerte Don Miguel sein Schiff nicht selbst, sondern hatte einen Kapitän angeheuert.

Sie wechselten kein Wort, bis Don Miguels Diener den Raum verlassen hatte. Dann jedoch konnte Bettina ihre Neugier nicht mehr unterdrücken, und sie stellte die Frage, die ihr auf den Lippen brannte.

»Vom Meer aus wirkt die Insel doch völlig unbewohnt«, sagte sie. Woher wußten Sie, daß Tristan dort lebt?«

»Ich habe eine Karte«, erwiderte Don Miguel. »Allerdings glaubte ich zunächst, sie falsch gelesen zu haben – bis ich die versteckte Landebucht fand.«

»Aber Pierre hat die Karte doch verbrannt, die ich ihm gab. Woher . . .«

Don Miguel unterbrach sie lachend. »Das wissen Sie also! Nun, meine Karte hat eine Frau gezeichnet.«

»Aber das ist unmöglich!«

»O doch, es ist möglich. Überall hatte ich nach dem Schiff gesucht, mit dem Sie von Saint-Martin geraubt wurden. Leider erfolglos. Im vergangenen Monat lernte ich eine bemerkenswerte Frau kennen. Gabrielle Drayton. Ihr bereitete es eine geradezu diebische Freude, mir zu beschreiben, wo Tristan zu finden ist.«

Bettina gelang es kaum, den aufsteigenden Zorn zu unterdrükken. Ihre Wangen röteten sich. Am liebsten hätte sie Gaby laut verflucht. Dann jedoch fragte sie: »Warum suchen Sie Tristan eigentlich?«

Don Miguel blickte sie überrascht an. »Mademoiselle Verlaine, die Antwort kennen Sie so gut wie ich. Sie selbst sagten mir doch, Tristan wünsche meinen Tod. Daher wollte ich nicht warten, bis er mich findet, um die Tat zu vollbringen.«

»Ich muß sagen, Sie haben sich vergeblich so große Mühe gemacht, Monsieur Bastida. Tristan hat die Suche nach Ihnen aufgegeben.«

»Sie halten mich wohl für einen Narren.« Don Miguel lachte. »Dieser Mann hat den größten Teil seines Lebens damit verbracht, mich zu jagen. Es ist völlig unwahrscheinlich, daß er jetzt aufgibt.«

»Ich versichere Ihnen, daß es so ist«, entgegnete Bettina. »Tristan betrachtet es als Zeitverschwendung, nach einem Mann zu suchen, der ohnehin bald sterben wird.«

»Sterben?« fragte Don Miguel verwirrt. »Mir bleiben noch viele Jahre. Was soll diese unsinnige Behauptung?«

»Die habe ich in die Welt gesetzt, Monsieur. Als Tristan mich von Saint-Martin entführte, war ich voller Zorn. Ich wußte, daß er Sie töten wollte. Daher erzählte ich ihm, das könne er nicht mehr. Sie, Monsieur Bastida, seien sehr gealtert und litten außerdem an einer unheilbaren Krankheit. Mit voller Absicht zerstörte ich Tristans Hoffnungen, Sie doch noch lebend zu finden.«

»Aber Sie haben ihn doch belogen!«

»Ja«, bestätigte Bettina, »aber er hat mir geglaubt. Ich brachte sogar meine Mutter dazu, ihm zu schwören, daß meine Behauptung der Wahrheit entsprach. Natürlich war er zunächst wütend. Dann jedoch gab er auf und meinte, es sei kein Vergnügen, einen sterbenden Mann zu töten.«

»Na, dann wird er recht überrascht sein, mich gesund und kräftig vorzufinden, wenn er Sie holen kommt«, sagte Don Miguel fröhlich.

»Er wird nicht kommen. Tatsächlich dürfte er Ihnen dankbar sein, weil Sie mich von seiner Insel weggeholt haben.« Bettina nahm einen Schluck von dem dunkelroten Wein, der vor ihr stand. »Ich war ihm ohnehin lästig.«

Nun wurde Don Miguel ärgerlich. »Nun weiß ich, daß Sie lügen. Sie tragen doch ein Kind von ihm.«

»Seinen Bastard, um den er sich niemals kümmern wird. Tristan ist meiner überdrüssig. Bei nächster Gelegenheit hätte er mich abgeschoben, um sich eine andere Frau zu nehmen . . .«

Don Miguel fiel ihr ins Wort: »Wenn das alles wahr ist, warum ist Ihr Vater dann nicht mit Ihnen weggegangen?«

»Das wollte er auch sofort nach der Geburt des Kindes.«

»Ich weiß nicht warum, aber ich glaube Ihnen nicht, Mademoiselle Verlaine«, erwiderte Bastida.

»Wenn Tristan nicht kommt, werden Sie sehen, daß ich die Wahrheit gesagt habe«, versicherte ihm Bettina. »Was wollen Sie denn mit mir tun, wenn Sie des Wartens überdrüssig sind?«

»In jedem Fall übergebe ich Sie Pierre als Geschenk.«

Bettina schloß die Augen und flüsterte: »So ist das also.«

Ihr Vater würde nicht nach ihr suchen, um ihr Leben nicht zu gefährden, Tristan kam erst im neuen Jahr zurück. Dann war sie längst bei Pierre auf Saint-Martin. Wie Tristan drüber denken würde, wußte sie, und ihr war nach Weinen zumute.

41

Bettina war eine Gefangene in Don Miguels kleinem Haus. Es stand in der Umgebung von Santo Domingo und war nach spanischer Art von hohen Mauern umgeben. Die einzige Tür führte in einen Raum, der als Wohnzimmer diente. Dann gab es noch eine Küche und zwei kleine Schlafzimmer. Die Tür in der Mauer und auch die schweren Holzläden vor den Fenstern wurden stets geschlossen gehalten. Im Haus konnte Bettina sich zwar frei bewegen, aber sie zog es vor, sich nur in ihrem Zimmer aufzuhalten. Nachts wurde selbstverständlich auch diese Tür verriegelt.

Im Haus wohnten noch eine Köchin und ein Dienstmädchen. Beide hatten jedoch von Don Miguel strengste Anweisung, nicht mit Bettina zu sprechen, aber das wäre ohnehin unmöglich gewesen, denn die beiden Frauen sprachen nur Spanisch, das Bettina nicht beherrschte.

Die Tage schlichen endlos langsam dahin, und Bettina wurde immer schwermütiger. Don Miguel sah sie lediglich an den Abenden, wenn sie zusammen speisten. Ein vernünftiges Gespräch ergab sich nicht, den Bettina wußte genau, daß dieser Mann für Tristan eine tödliche Falle vorbereitete.

Seit drei Wochen hielt sich Bettina nunmehr unfreiwillig in Don Miguels Haus auf. Das Ende des Monats September näherte sich, und ihre Sorge um Tristan wurde immer größer. Außerdem fühlte sie, daß die Stunde der Geburt ihres Kindes nahe war.

Als an diesem Morgen das Hausmädchen die Tür aufsperrte und mit Bettinas Frühstück hereinkam, fiel es Bettina auf, daß die Spanierin ungewöhnlich fröhlich war. Leise summte sie eine Melodie vor sich hin, und Bettina vermutete, daß sie sich auf die bevorstehende Fiesta freute. Wenig später setzten bei Bettina die ersten Wehen ein. Die Schmerzen wurden am Nachmittag immer stärker, so daß ihre Schreie durch das ganze Hans tönten.

Plötzlich flog die Tür ihres Zimmers auf, und Don Miguel stürmte herein. Sein Gesicht war wutverzerrt, und bevor Bettina noch ein Wort sagen konnte, schlug er ihr mit der Hand ins Gesicht. Sie fiel auf das Bett, und die Schmerzen in ihrem Leib wurden stärker. Ihr Stolz verbot es ihr jedoch, laut aufzuschreien.

»Du verlogenes Hurenstück!« brüllte Don Miguel außer sich vor Wut. »Er ist hier – Tristan ist hier!«

»Das – das kann doch nicht sein!« erwiderte Bettina betroffen. »Er ist doch . . .«

»Genug von deinen Lügen!« Er lief in das Nebenzimmer und rief: »Dabei habe ich an diese Lügen geglaubt und habe angenommen, er käme nie mehr! Meine Wachsamkeit ließ nach, und nun ist es zu spät, die Falle vorzubereiten, in die er laufen sollte!«

Er kam in Bettinas Zimmer zurück und hatte einen dünnen Strick in der Hand. Dabei blickte er sich wie wild um, als suche er etwas.

»Woher wissen Sie denn, daß es Tristan ist?« fragte Bettina aufgeregt. »Es muß ein Irrtum sein!«

Don Miguels Augen waren gleichzeitig voller Angst und Zorn. »Ich habe ihn selbst gesehen. Er trieb sich zwischen den Menschenmassen in den Straßen herum. Er entsprach genau der Beschreibung, die man mir von ihm gab. Dann gelang es mir, ein Stück hinter ihm herzugehen. Der große Kerl an seiner Seite sprach ihn mit dem Namen Tristan an. Die beiden fragten immer wieder nach meinem Haus. Das ist ein schlauer Kerl, dieser Tristan. Er segelte nicht in den Hafen, wie ich es erwartet habe. Sein Schiff liegt versteckt an der Küste, damit er unbeobachtet in der Stadt herumschnüffeln kann. Meine Männer konnte ich nicht mehr zusammenrufen, also muß ich Tristan allein gegenübertreten.«

Bettina sah Don Miguel betroffen an. Es mußte also stimmen – Tristan war auf San Domingo. Wie war das nur möglich? Eigentlich sollte er doch auf der anderen Seite der Welt in Spanien sein. Warum kam er nur gerade jetzt, während sie in den Wehen lag und die Geburt des Kindes unmittelbar bevorstand.

»Sie brauchen nicht auf ihn zu warten«, sagte sie schnell. »Fliehen Sie doch, bevor er kommt.«

»Ich will endlich Schluß mit der ganzen Sache machen. Außerdem habe ich den Vorteil, ein ausgezeichneter Degenfechter zu sein. Mich hat noch nie jemand besiegt. Und es wird auch diesmal nicht geschehen.«

Don Miguel griff nach Bettinas Hand, zerrte sie vom Bett hoch und knüpfte dann den dünnen Strick um ihr linkes Handgelenk. Verständnislos sah sie ihn an.

»Was machen Sie da?« fragte sie.

»Ich fessle Sie, damit ich sicher bin, daß Sie mir nicht einen Dolch in den Rücken stoßen, während ich mich mit Tristan beschäftige.«

Bettina hatte einen Augenblick lang nicht an ihr Kind gedacht, aber nun setzten die Wehen noch stärker ein. Mit qualvoll verzerrtem Gesicht sah sie zu, wie Don Miguel ihr die Hände band. »Das können Sie nicht tun!« schrie Bettina auf. »Ich werde noch heute gebären. Mein Kind . . .«

Mehr konnte sie nicht sagen, denn ein unerträglicher Schmerz raste durch ihren Körper, und sie schrie laut auf. Sie war nun an ein Wandregal gefesselt und konnte die Hände nicht mehr über ihren Leib legen.

Don Miguel lachte gehässig. »Das finde ich ausgezeichnet. Besseres konnte ich gar nicht erhoffen. Ihre Schreie werden Tristan so verwirren, daß er unbedacht handelt.«

Bettina sah ihn mit tränenfeuchten Augen an. »Um Gottes willen, erlauben Sie mir, daß ich mich wieder auf das Bett lege!«

»Der Strick ist zu kurz, um Sie an den Bettpfosten zu fesseln.«

»Aber Sie können mich doch in meinem Zustand nicht so liegenlassen! Mein Kind kommt!« schrie Bettina.

»Offensichtlich lieben Sie diesen Tristan, sonst hätten Sie mir keine Lügen aufgetischt«, erwiderte Don Miguel. »Wenn es um die Liebe geht, vollbringen Frauen die seltsamsten Dinge. Ich aber bleibe mißtrauisch.«

»Dann schließen Sie mich in diesem Raum ein, wenn Sie mir nicht vertrauen. Ich muß mich hinlegen!« flehte Bettina.

»Der Schlüssel ist im Augenblick leider unauffindbar. Ich habe keine Zeit, ihn zu suchen. Außerdem, meine Liebe, interessiert mich Ihr Zustand weniger als mein Leben. Hinzu kommt noch, daß Tristan sich wahrscheinlich zu einer Unbesonnenheit hinreißen lassen wird, wenn er durch die offene Türe Ihre Schreie hört. Das aber wird es mir ermöglichen, ihn zu überrumpeln.«

»Aber mein Kind! Es kann dabei sterben! Ich muß meine Hände frei haben. Ich schwöre Ihnen, bei Gott, daß ich Ihnen nichts tun werde. Aber bitte, bitte, befreien Sie mich von den Fesseln!« Bettina war außer sich vor Angst und Verzweiflung.

»Nein! Wenn das Kind stirbt – um so besser. Dann kann mir, wenn ich alt bin, nicht ein zweiter Tristan nachjagen«, entgegnete Don Miguel völlig ungerührt. Er verließ den Raum, und Bettina blickte ihm wie gelähmt vor Entsetzen nach.

Jetzt blieb ihr nur eines übrig, sie mußte beten, daß Tristan schnell kam und Don Miguel überwältigte, bevor ihrem Kind ein Leid geschah. Die Wehen folgten einander jetzt so schnell und waren so heftig, daß sie das Gefühl hatte, gefoltert zu werden.

Sie riß an den Fesseln, um sich zu befreien, aber der Strick gab nicht nach. Sie begann laut zu schreien. Und sie flehte den Himmel an, er möge Tristan die Kraft geben, aus diesem Kampf als Sieger hervorzugehen.

Ihr ganzer Körper war schweißbedeckt, und sie blickte sehnsüchtig zu der Wasserkanne auf dem Tisch neben dem Bett. Alles hatte sie so sorgfältig vorbereitet, wie Madeleine es ihr geraten hatte. Sie blickte auf das bereitgelegte Messer, mit dem sie die Nabelschnur des Kindes abtrennen wollte. Wahrscheinlich hätte dieses Kind eine bessere Chance zu überleben, wenn sie das Messer Don Miguel ins Herz stieße.

42

Nachdem Tristan unzählige nur Spanisch sprechende Leute in Santo Domingo befragt hatte, fand er schließlich einen alten Mann, der seine Jugend in Frankreich verlebt hatte und ein bißchen Französisch konnte. Von ihm erfuhr Tristan endlich, wo sich Bastidas Haus befand. Nach einem heftigen Streitgespräch mit Jules machte er sich allein dorthin auf den Weg.

Das Mietpferd trottete so träge wie ein Maultier dahin, und Tristans innere Erregung wurde fast unerträglich. Natürlich war ihm bewußt, daß er in eine vorbereitete Falle laufen konnte, aber er wollte Bettinas Leben und das seines Kindes nicht noch länger aufs Spiel setzen. Zwar hatte Jules ihn vor Bastida gewarnt, aber er hatte keine andere Wahl, er mußte dieses letzte Stück des Weges allein beschreiten.

Die Dämmerung trat schon ein, als Tristan endlich Bastidas Haus erreichte. Langsam und vorsichtig näherte er sich der Eingangstür in der Mauer. Alle Fensterläden waren geschlossen, und er überlegte schon, ob der alte Mann ihm vielleicht ein falsches Ziel genannt hatte. Das Haus machte, als er den Vorraum betrat, einen völlig verlassenen Eindruck.

Lautlos schlich er wie eine Katze durch die Räume im Erdgeschoß. Dann rief er laut und zornig: »Bastida, kommen Sie endlich heraus!« Im nächsten Augenblick stand er dem Mann gegenüber, der ihn seit Jahren bis in seine Träume verfolgt hatte.

Nach fast fünfzehn Jahren sah Tristan Bastida jetzt zum erstenmal wieder, aber der Mörder hatte sich kaum verändert, obwohl die Jahre natürlich auch an ihm nicht spurlos vorübergegangen waren.

»So sehen wir uns also wieder, Tristan«, sagte Miguel de Bastida, der mit Degen und Dolch bewaffnet war.

»Sie erkennen mich also?« fragte Tristan, und seine Hand glitt unbewußt zum Griff seines Degens. Allerdings enttäuschte Bastida ihn mit seiner Antwort.

»Nein. Ich habe Sie allerdings schon in der Stadt gesehen und habe gehört, wie Ihr Begleiter Ihren Namen nannte. Wenn ich vielleicht Ihren vollen Namen wüßte, dann . . .«

»Den erfahren Sie nie, Bastida«, entgegnete Tristan scharf. »Er ist auch völlig gleichgültig.« Er warf einen schnellen Blick auf die Türen und sah dann Bastida eiskalt an. »Wo ist Bettina?«

»Dort«, erwiderte Don Miguel und zeigte auf eine offene Tür.

»Und mein Kind?«

Bastida lachte teuflisch. »Sie ist eben dabei, diesen Bastard zu gebären.«

Tristan erbleichte und wollte in Bettinas Zimmer stürzen, aber Don Miguel vertrat ihm den Weg. Tristan zog den Degen, und auch Bastida riß seine Waffe aus der Scheide. Ein verächtliches Lächeln umspielte dabei seine Lippen.

»Bettina, ist bei dir alles in Ordnung?« rief Tristan.

»Ja, ja, mach dir keine Sorgen um mich«, rief sie zurück.

Tristan war erleichtert, als er ihre Stimme hörte. Da sie nicht schrie und nicht wimmerte, nahm er an, daß die Wehen noch nicht eingesetzt hatten.

Don Miguel lächelte zufrieden. »Diese Dirne beweist ja mehr Mut, als ich ihr zugetraut hätte.« Dann schüttelte er den Kopf. »Es ist wirklich schade, daß Sie Bettina nicht mehr lebend sehen werden.«

»Abwarten, wer das Ende dieses Tages lebend übersteht«, entgegnete Tristan. »Zögern Sie nicht länger, stellen Sie sich zum Kampf.«

Don Miguel lächelte nur und blieb völlig gelassen stehen. Er verschränkte die Arme über der Brust. Er hielt seinen Degen so, daß die Klinge an seiner Schulter lag.

»Bevor wir beginnen, müssen Sie meiner Erinnerung nachhelfen«, sagte er. »Vielleicht bin ich nicht der Mann, den Sie seit so vielen Jahren verfolgen. Ein anderer könnte meinen Namen mißbraucht haben . . .«

»Möglich wäre das schon«, unterbrach Tristan ihn. »Aber in diesem Fall trifft es nicht zu. In jener verfluchten Nacht, als Sie in mein Leben traten, hörte ich Ihren Namen, und Ihr Gesicht brannte sich förmlich in mein Gedächtnis ein. Verändert haben Sie sich kaum, Bastida. Sie sind der Mann, den ich gesucht habe.«

»Aber ich kann mich nicht an Sie erinnern«, entgegnete Don Miguel gelassen.

Tristan trat einen Schritt näher und berührte die Narbe auf seiner Wange. »Entsinnen Sie sich nicht mehr an die Narbe, die Sie einem zwölfjährigen Jungen beibrachten?«

Don Miguel schüttelte den Kopf, während er die schmale Narbe betrachtete. Dann sagte er: »Solche Spuren habe ich in meinem Leben bei vielen hinterlassen.«

»Vielleicht aber erinnern Sie sich noch an das, was Sie sagten, nachdem Sie mir die Wange mit der Spitze ihres Degens aufgeschlitzt hatten: ›Das wird dich lehren, dich nie wieder gegen einen Stärkeren aufzulehnen. Dein Vater war ein Fischer, und du wirst nichts anderes werden. Und ein Fischer ist es nicht wert, daß ein Don mit ihm kämpft.‹ Diesen Satz habe ich nie vergessen, Bastida. Und nun sehen Sie, wie falsch Sie meine Zukunft eingeschätzt haben. Ich bin für Sie ein durchaus ebenbürtiger Gegner.«

»In meiner Jugend habe ich häufig solche Dinge gesagt«, erwiderte Don Miguel. »Sie werden mich doch nicht so lange Jahre wegen dieser kleinen Narbe verfolgt haben?«

Tristans Zorn wuchs. »Erinnerst du dich wirklich immer noch nicht an mich, Bastida?«

»Nein. Name und Gesicht sagen mir nichts.«

»Dann erzähle ich dir Schurken einmal, was in jener Nacht geschah. Es war eine Nacht, die sich wie Feuer in mein Herz gebrannt hat, als sei alles erst gestern geschehen. Eine Sommernacht vor etwa fünfzehn Jahren. Da kamst du mit deinen edlen Freunden in mein Dorf an der französischen Küste. Die meisten unserer Männer waren mit ihren Fischerbooten auf See. Du hast zuerst jeden getötet, der sein Haus verteidigen wollte, und dann dich mit den Frauen vergnügt.«

Tristan atmete schwer und fuhr fort: »Mein Vater war in dieser Nacht zufällig zu Hause. Er starb durch deine Klinge, Bastida. Meine Mutter versteckte mich unter meinem Bett. Dann mußte ich zusehen, wie ein paar deiner schurkischen Kumpane und du meiner Mutter Gewalt angetan habt. Dann hast du meine Mutter erstochen und ihren leblosen Körper angespuckt. Ich kroch aus meinem Versteck hervor und lief dir nach. Mit bloßen Fäusten schlug ich auf dich ein. Du hast mir die Wange mit deinem Degen aufgeritzt, mich neben meinen toten Vater auf den Boden geworfen und gesagt, ich sei kein ebenbürtiger Gegner für dich.«

Tristans Augen begannen gefährlich zu funkeln. »Jetzt weißt du also, warum ich mir geschworen habe, Rache zu üben, Bastida! Als du meine Eltern ermordet hast, war es ein Fehler, mich am Leben zu lassen. Jetzt jedoch werden meine Eltern gerächt!«

»Oder du triffst dich mit ihnen«, erwiderte Don Miguel gelassen.

»Erinnerst du dich nun wieder an mich?« fragte Tristan.

»Was du soeben erzählt hast, hat sich bei vielen Überfällen ereignet. An dich erinnere ich mich nicht. Ich entsinne mich nur noch schwach an eine blonde Frau, die mit einem Messer auf mich losging. Eingestehen will ich gern, daß ich damals ein wildes Leben führte. Unterscheide ich mich darin von dir? Hast du Bettina Verlaine nicht auch Gewalt angetan?«

»Das mag sein. Aber ich habe ihren Mann nicht getötet. Auch lieferte ich sie nicht meiner Mannschaft aus und brachte sie hinterher nicht um. Ich habe sie bei mir behalten. Sie wird mein Kind zur Welt bringen, und ich mache sie zu meiner Frau.«

Don Miguel lachte verächtlich. »Höchst ehrenwert. Aber wenn du dich auf einen Degenkampf mit mir einläßt, wird sie nie deine Frau werden. Mein Leben mag verwerflich gewesen sein, aber ich möchte es heute noch nicht beenden.«

Bastida trat vor und senkte den Degen. Die beiden Klingen kreuzten sich klirrend. Natürlich war er ein ausgezeichneter Fechter, aber auch Tristan beherrschte diese Kunst. Er führte die Klinge so geschickt, daß er das Handgelenk des älteren Mannes traf. Blut tropfte auf den Boden.

Nun griff Tristan mit der ganzen Überlegenheit seiner Jugend an und trieb Bastida durch den Raum. Immer wieder konnte er einen Treffer anbringen. Es wirkte fast so, als sei er ein Stier in der Arena, der den Matador angriff.

Jetzt ruhte die Spitze von Tristans Degen auf Bastidas Brust. Dem älteren schien das Blut in den Adern zu erstarren. Dann jedoch wurde Tristan durch ein lautes Stöhnen im Nebenzimmer abgelenkt.

Alle Farbe wich aus seinem Gesicht, und seine Hände begannen zu zittern. Er dachte nicht mehr an Bastida, sondern an das Zimmer, aus dem das Stöhnen gekommen war. Hinter ihm zog Bastida den Dolch, um ihn in Tristans Rücken zu rammen.

Plötzlich peitschte ein Schuß durch den Raum, und als Tristan sich umdrehte, sah er, wie Bastida, noch immer den Dolch umklammernd, langsam zu Boden sank: Dann blickte Tristan zur offenen Tür, in der breitbeinig und wuchtig Jules Bandelaire stand. Aus dem Lauf seiner großen Pistole quoll Rauch.

Tristan lächelte schwach. »Ich glaube, diesmal muß ich dankbar sein, daß du ein eigensinniger Franzose bist und es ablehnst, Befehle zu befolgen.«

»Das solltest du wirklich«, brummte Jules und betrat den Raum. »Der Bursche war ganz deiner Gnade ausgeliefert. Du brauchtest nur noch mit dem Degen zustoßen. Aber dann hast du dem Schurken deinen Rücken als prächtiges Ziel geboten. Eigentlich müßtest du jetzt in deinem Blut auf dem Boden liegen. Du mußt ja völlig vernarrt sein in diese Kleine, daß du beim leisesten Schrei schon zu ihr stürzt.«

»Tristan!« Bettinas Schrei drang wie ein Dolch in sein Herz. Er achtete nicht mehr auf Jules, sondern stürmte in das Zimmer. Das Bett war leer, und Tristan blickte sich verzweifelt um.

»Mein Gott!« Sie lag auf dem Boden. Er lief zu ihr, ließ den Degen fallen und wollte sie aufheben. Bei der plötzlichen Bewegung schrie sie wieder auf. Da merkte er, daß sie an das Wandregal gefesselt war, und ein wilder, besinnungsloser Haß auf den toten Bastida erfüllte ihn. Er zog den Dolch, durchschnitt hastig den Strick, mit dem Bettina festgebunden war, und hob sie vorsichtig auf das Bett. Sie schlug die Augen auf und sah ihn unendlich erleichtert an.

»Mein Gott, Bettina, warum hast du mich nicht früher gerufen? Warum hast du mich so lange mit Bastida reden lassen?« Er tupfte ihr Blut von den Lippen, die sie sich wundgebissen hatte, um nicht schreien zu müssen.

»Er wollte, daß ich schreie«, sagte sie. »Durch meine Schreie glaubte er, dich ablenken und dann mühelos töten zu können. Das konnte ich doch nicht zulassen.«

»Du hättest früher rufen müssen«, entgegnete er ernst und sah sie besorgt an.

»Nun ist es zu spät, Tristan. Du mußt ...«

Wieder schrie sie vor Schmerzen gepeinigt auf, und Tristan packte die Angst. Jules erschien an der Tür, aber als er Tristan neben dem Bett knien sah, während Bettina sich verzweifelt an seine Hand klammerte, zog er leise die Tür zu und ließ die beiden allein. Nur ein paar Minuten später hielt Tristan seine winzige Tochter in seinen beiden großen Händen. Er legte sie unendlich behutsam in Bettinas Arme, und sie betrachtete sie wie ein Wunder. Entzückt strich sie mit der Fingerspitze über den goldenen Haarflaum. Dann blickte sie besorgt zu Tristan auf.

»Es – es tut mir so leid, daß ich dir nicht den ersehnten Sohn schenken konnte«, flüsterte sie heiser.

Tristan saß auf dem Bettrand und schüttelte lächelnd den Kopf. »Was macht es schon, wenn unser erstes Kind ein Mädchen ist. Wir werden noch mehr Kinder bekommen, und ich werde alle lieben. Aber dieses kleine Mädchen hier wird einen besonderen Platz in meinem Herzen einnehmen.«

Bettina erkannte an seinem Blick, daß er wirklich nicht enttäuscht war, und das erfüllte sie mit Freude. Mit einem Seufzer der Erleichterung legte sie sich zurück und schlief ein.

Es war schon heller Morgen, als sie erwachte. Die Holzläden vor ihrem Fenster standen offen, und strahlende Sonne fiel in den Raum. Nur Frieden und Glück schienen hier noch zu herrschen.

In der nächsten halben Stunde erlebte sie das unbeschreibliche Gefühl, das jede Mutter empfindet, die zum erstenmal ihr Kind stillt. Als sie ihre Tochter im Arm hielt, schien sie zu schlafen, aber der kleine Mund mit den Lippen wie Rosenblätter schmatzte zufrieden.

Etwas später kam Tristan, setzte sich neben Bettina und ergriff ihre Hand. »Wie fühlst du dich?« erkundigte er sich.

»Wirklich glücklich und wohl«, erwiderte sie lächelnd. Dann streichelte sie zärtlich über seine Wangen. »Tristan, was du gestern Bastida erzählt hast – ist das wirklich alles so geschehen?«

»Ja«, sagte er, und diesmal flammte nicht wie früher tödlicher Haß in seinen Augen auf, als sie den Namen Bastida aussprach.

»Es muß für dich furchtbar gewesen sein, so viele Jahre mit der Erinnerung an diese Ereignisse zu leben. Du warst ja noch so jung, als es geschah. Wie hast du diese Zeit danach bewältigt? Oder möchtest du nicht darüber sprechen?«

»Jetzt macht es mir nichts mehr aus, darüber zu sprechen, Kleines. Jules habe ich schon gekannt, seit ich denken kann. Er lebte allein im Nachbarhaus. Seine Eltern starben schon viel früher. Glücklicherweise war er in jener Nacht auf dem Meer. Nach seiner Rückkehr wurde er zu meinem Erzieher und Betreuer. Wir verließen dann das Fischerdorf, denn es war schon immer unser Wunsch gewesen, über die sieben Meere zu segeln. In der nächsten großen Hafenstadt heuerten wir auf einem englischen Schiff an. Jules wollte die weite Welt sehen – und ich war von dem Gedanken besessen, Bastida zu finden.«

»Nun ist die Suche endlich zu Ende.«

»Ja, aber sie war eigentlich schon beendet, bevor ich hierherkam«, erwiderte Tristan. »Ich segelte nicht nach Spanien. Als ich etwa eine Woche auf See war, wurde mir klar, daß ich die Vergangenheit und auch Bastida vergessen konnte – deinetwegen. Ich liebe dich so sehr, Bettina, daß es manchmal fast schmerzt. Du bist ein Teil von mir, und ohne dich kann ich nicht leben.«

»O Tristan, wie sehr habe ich darum gebetet, diese Worte einmal von dir zu hören!« rief Bettina, und Freudentränen stiegen ihr in die Augen. »Als Bastida mich hierherschleppte, dachte ich schon, ich würde dich niemals wiedersehen.«

»Mich wirst du nie wieder los, Kleines«, versicherte ihr Tristan »Ein Narr war ich, so lange diesen Schurken Bastida zu suchen. Jules ist mir mit dem Schiff deines Vaters gefolgt. Er fand mich bereits auf der Rückfahrt. Als ich erfuhr, was sich hier ereignet hatte, segelten wir sofort nach Santo Domingo. Nun ist alles vorüber. Bastida ist tot, und mit ihm starb meine Vergangenheit Nie wieder werden wir uns trennen, meine kleine französische Blume. Sobald wir auf unserer Insel sind, wird geheiratet.«

Tristan verschob allerdings die Abreise von Santo Domingo, bis Bettina sich völlig von der Geburt erholt hatte, und so erreichten sie die Insel erst Ende Oktober.

Bettina stand auf dem Deck der *Spirited Lady*. Tristan hatte den Arm um ihre Taille gelegt, und sie schmiegte sich an ihn. Der *Spirited Lady* folgte Jules mit Caseys Schiff, als sie in die stille Bucht segelten. Bettina hielt ihre Tochter in den Armen, die den Namen Angélique bekommen sollte. Sonnenstrahlen vergoldeten die beiden Bergspitzen, und Bettina hatte das Gefühl, als ob der Berg sie auf dieser glücklichen Insel begrüßen wollte.

Bevor sie das Haus erreichten, kamen ihnen Casey und Jossel entgegen, um sie zu begrüßen. Jossel weinte vor Freude, und Casey klopfte Tristan auf den Rücken. Von dem Lärm erwachte natürlich die kleine Angélique und begann zu weinen. Sofort nahm Jossel ihr erstes Enkelkind in die Arme und brach in begeisterte Rufe über die Schönheit des Kindes aus. Und Angélique war wirklich schön mit den goldenen Löckchen und den großen himmelblauen Augen.

»Sie sieht ganz wie der Vater aus«, sagte Casey und sah Tristan an. »Wie ich hörte, hast du dich eine Zeitlang in den Gedanken verrannt, es sei nicht dein Kind.« Er lachte. »Plagen diese Zweifel dich immer noch?«

»Das Kind gehört mir – genau wie die Mutter«, entgegnete Tristan sehr bestimmt.

Jossel lächelte. Wie stolz Tristan auf seine Tochter war! Jetzt kam Madeleine ihnen entgegengelaufen und brach in Tränen aus, als sie

Bettina und ihr Kind erblickte. Auch Maloma erschien mit ihrem Sohn auf den Armen. Tristan sah Bettina nach, die mit strahlenden Augen im Haus verschwand. Dann reichte Casey ihm einen Becher voll Rum und lachte herzlich.

»Ich habe dich ja schon vorher gewarnt, daß es eine Tochter sein könnte«, sagte er. »Vielleicht verstehst du jetzt, da du selbst eine hast, warum ich dich von Bettina fernhielt. Aber vermutlich ist es noch zu früh dazu.« Casey lachte hinterhältig. »Wirst du eigentlich später immer auf der Insel sein, um die Burschen von Angélique fernzuhalten? Oder muß ich in meinem Alter noch meine Enkelin bewachen?«

»Darum kümmere ich mich schon, du schlauer, alter Fuchs«, erwiderte Tristan ebenfalls lachend. »Und du brauchst dir auch keine Gedanken mehr um die verlorene Ehre deiner Tochter zu machen, denn ich werde sie noch heute heiraten.«

»Ich wußte ja, daß du eines Tages vernünftig wirst, Bursche«, sagte Casey zufrieden. Dann wandte er sich an seine Frau: »Hast du das gehört, Jossel? Sie werden noch heute heiraten!«

»Um das Hochzeitskleid wirst du dich kümmern, Jossel«, sagte Tristan. »Ich beschäftige mich mit den Vorbereitungen für das Fest.«

Am Abend verließ Bettina unbemerkt die Feier, um ihr Kind zu stillen. Auf Wunsch ihrer Mutter schlief Angélique vorläufig im Zimmer der Großeltern. Das war Bettina sehr recht, denn sie wünschte sich sehnlichst eine ungestörte Nacht in Tristans Armen. Sie legte Angélique in die Wiege zurück und schloß leise die Tür hinter sich.

Tristan erwartete sie schon unten an der Treppe. Sie verabschiedeten sich von den Gästen, dann nahm Tristan Bettina bei der Hand und führte sie wieder nach oben. Draußen rauschte leiser Regen vom Himmel, und durch das offene Fenster drang eine kühle Brise herein. Tristan setzte Bettina im Halbdunkel auf einen Stuhl und begann Haken und Ösen an ihrem Hochzeitskleid zu lösen. Er war ein ungeduldiger junger Mann, den sein erstes Liebesabenteuer erwartete.

Bettina schob seine Hände fort und zog sich selbst aus. Tristan zündete eine Kerze an, und er tat es wie im Traum. Ihm erschien es noch völlig unglaubhaft, daß Bettina ihm jetzt für immer gehören sollte.

»Ich liebe dich so sehr, Tristan«, sagte sie, lächelte ihn glücklich an, und ihre Arme umschlangen ihn zärtlich.

»Habe ich meine widerspenstige Lady nun endlich gezähmt, Kleines«, fragte er scherzend.

»Ganz und für immer«, erwiderte sie, und ihre Augen leuchteten wie Saphire im Kerzenlicht.

»Der Sturm hat sich also gelegt. Nun segle ich über ruhige See«, erwiderte Tristan. »Keine wilde Hexe gibt es mehr – nur noch meine süße Frau.« Er küßte sie voller Leidenschaft und trug sie zum Bett hinüber. »Die süßeste und bezauberndste Frau der Welt – meine Bettina.«

Johanna Lindsey
Meisterin des historischen Liebesromans

Heute ist Johanna Lindsey eine international anerkannte Bestsellerautorin. Zahlreiche Preise sind Zeichen ihres schriftstellerischen Talents, das, wie sie selbst sagt, »zufällig« entdeckt wurde: »Verheiratet und Mutter von zwei Kindern, hatte ich plötzlich das dringende Bedürfnis zu schreiben.« Innerhalb kurzer Zeit eroberte sie mit ihrem ersten Roman *Die gefangene Braut* die Bestsellerlisten Amerikas. Von ihrem für sie selbst überraschenden Erfolg beflügelt und unterstützt von einer täglich wachsenden Leserschar, schrieb sie weiter. »Ich weiß nicht, warum und wie all diese Geschichten mir einfallen, aber es gibt für mich noch so viel zu erzählen, daß ich mich selbst nur noch schreiben sehe.«

Das Geheimnis ihres Erfolges ist Johanna Lindseys unnachahmliche Begabung, ihre Leser persönlich zu fesseln. Von ihrem Erzählstil bezaubert, läßt der Leser sich in die historische Welt der Autorin entführen.

»Es gibt für mich nichts Schöneres, als zu wissen, daß das, womit ich täglich meine Zeit verbringe, ich schreibe 10 bis 16 Stunden pro Tag, so vielen Menschen Freude macht.« Davon angespornt, schreibt Johanna Lindsey, inzwischen finanziell unabhängig, für ihre Leserschaft, der sie »die wunderschönsten Jahre« ihres Lebens verdankt.

Verzeichnis lieferbarer Titel
(Stand Juli 1989)

JEAN PLAIDY

Der scharlachrote Mantel
01/7702

Die Schöne des Hofes
01/7863

Im Schatten der Krone
01/8069

PHILIPPA CARR

Die Erbin und der Lord
01/6623

Die venezianische Tochter
01/6683

Im Sturmwind
01/6803

Die Halbschwestern
01/6851

Im Schatten des Zweifels
01/7628

Der Zigeuner und das Mädchen
01/7812

Sommermond
01/7996

Darüber hinaus sind von Philippa Carr noch als Heyne-Taschenbücher erschienen: „Geheimnis im Kloster" (01/5927), „Der springende Löwe" (01/5958), „Sturmnacht" (01/6055), „Sarabande" (01/6288), „Die Dame und der Dandy" (01/6557).

Wilhelm Heyne Verlag München

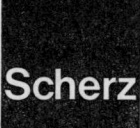